KB263435

고전소설 연구보정
下

고전소설 연구보정

下

조 희 웅

도서출판 박이정

| 저자 소개 |

조희웅(曺喜雄)
서울 출생
서울대학교 문리과대학 국어국문학과 졸업
동 대학원 문학석사·박사
한양대학교 교수 역임
하버드대학 및 큐슈대학 객원교수 역임
현재 국민대학교 교수

저서
『口碑文學槪說』(共著 1971)
『朝鮮後期 文獻說話l 硏究』(1980)
『韓國口碑文學大系』, 1-1; 1-4; 1-6; 1-9(1980-1984)
『韓國說話의 類型』(1983; 增訂版 1996)
『說話學綱要』(1989)
『이야기문학 모꼬지』(1995)
『古典小說 異本目錄』(1995)
『古典小說 作品硏究 總覽』(2000)
『古典小說 文獻情報』(2000)
『古典小說 줄거리 集成 (I·II)』(2002)
『경기북부 구전자료집』(공편, 전 2책, 2001)
『영남 구전자료집(설화편)』(공편, 전 8책, 2003)
『영남 구전민요 자료집』(공편, 전 3책[정선 CD별첨], 2005)
 외 논저 다수

〈고전소설 연구자료 총서 Ⅴ〉

고전소설 연구보정 下

인쇄 2006년 2월 10일
발행 2006년 2월 15일

지은이 조희웅
펴낸이 박찬익

펴낸곳 도서출판 **박이정**
130-070 서울시 동대문구 용두동 129-162
Tel 922-1192~3, Fax 928-4683
Http://www.pjbook.com, E-mail book@pjbook.com
온라인 (국민) 729-21-0137-159
등록 1991년 3월 12일 제1-1182호

ISBN 89-7878-829-7 (세트)
     89-7878-831-9 93810

ⓒ 2006, 조희웅

값 50,000원

머리말

무언가 좋은 일이 있을 것만 같은 새천년에 접어든 지도 벌써 5년이 지났다. 하지만 그 동안 우리는 지구 곳곳에서 테러와 전쟁과 이상 기온 혹은 지진이라는 정말 기억하기조차 싫은 일들을 수없이 경험했고, 앞으로 또 무슨 일이 눈앞에 닥칠지 예측조차 할 수 없는 불안한 삶을 살아가고 있다.

이제 본총서의 첫째 권을 냈던 1999년에서 꼭 5년의 세월이 흘렀다. 그때 필자는 본 고전소설 연구 총서를 처음 간행하면서 새 밀레니엄을 맞는 감격과 성급함으로 인하여 많은 오류와 누락이 있을 것을 예견하고 후일의 보완판 내지는 증보판을 다짐한 바 있다. 하지만 그때 희망했던 연감식 축차 보정판은 단순한 개인적 바람으로 그쳤고, 다행히 이제 최소한 5년 만의 증보판 약속은 이루어지게 되었다.

그간 필자는 늘 이 보정판을 염두에 두고 틈틈이 새 자료를 추가하거나 오류들을 바로잡는 일에 골몰하였다. 그리하여 본서에서는 '깁고 더함'의 원칙을 충실히 반영하도록 노력하였다. 본서는 어느 면으로는 기간서들과는 별개의 새 책이면서도 깁고 더했다는 의미에서는 상당한 연관이 있는 책이다.

첫 책을 낸 후 여러 동학 혹은 선·후학으로부터 많은 격려의 말씀, 혹은 질정 교시를 받았다. 그때마다 크나큰 고무를 받음과 아울러 나의 무지, 단견 혹은 실수를 자각하고 식은 땀을 흘린 적이 한두 번이 아니었다. 하지만 한편으로는 많은 연구자들의 논저에서 본 총서의 이용을 확인할 때마다 '연구의 초석'이 되겠다는 애초의 의도가 헛일로 끝난 것은 아니라는 점을 느끼고 위안을 삼기도 했다.

이번 보정판의 역점을 두었던 점은 다음과 같은 것들이다.

첫째, **기간 『문헌정보』에 거두었던 '관계기록'들에 번역을 덧붙였다는 점이다. 이와 병행하여 상당한 원문 오기도 바로잡았다.** 물론 역문 작성에는 실질적으로 기왕의 많은 연구자들의 업적을 크게 참조하였으나, 책의 성격상 특별한 경우 외에는 일일이 참고문헌을 밝히지는 못했다.

둘째, **이본 목록을 새로 많이 보강하였다.** 특히 김종철, 박순호, 여태명, 이태영, 임형택, 정명기, 홍윤표, 미도민속관 등 여러 개인 및 기관의 방대한 소장 목록들을 새로 넣거나 추가할 수 있었음은 이 책이 이룬 커다란 성과라 할 수 있다. 하지만 대부분 현물을 보지 못하고 작성한 것들이라 미비된 점이나 오류가 많을 줄 안다. 이런 것들은 다시 한번 후기를 기할 수밖에 없다. 박순호소장본 목록은 금번 보정판에 소장자 자신이 작성한 '가장 목록'을 첨가하였다. 따라서 먼저 판에 실었던 목록 중 '박순회[家目]'으로 된 것들은 이번 판과의 중복을 피하기 위하여 【削】 표시가 없어도 모두 폐기하는 것으로 하겠다. 물론 먼저 판 중 '박순회[필총]'이라 되어 있는 것은 이번 판에는 수록하지 않았으며, 그것들은 여전히 유효하다. 임형택 소장본 목록은 새로 작성하였으므로 이번 판의 것으로 기간본의 것을 대치한다.

셋째, **국립중앙도서관 소장 활자본 소설을 인터넷상에서 원본을 확인하여 대폭 정보하였 다.** 하지만 동 목록 중 일부 미심적은 점들에 대하여는 직접 도서관을 방문하여 확인 후 바로잡지 못했음을 매우 유감스럽게 여긴다.

넷째, **2000년 이후에 발표된 많은 논저들을 추가하였고, 기간본에 누락되었거나 잘못된 것을 상당수 바로잡았다.** 대체로 논문류는 2004년 말까지, 학위논문 목록은 2005년 2월 학위 취득분까지를 모두 실었다. 물론 개인 능력상 여기에서 빠진 것이 상당히 많을 줄 아나 이 역시 후일의 보완 과제로 넘긴다.

다섯째, **기간본의 오류·오기 사항 들을 상당수 바로잡았다.** 원자료 입수 곤란이나 또는 저자의 견문이 부족한 관계로 아직도 많은 사항이 바로잡히지 못했을 줄 안다. 아무쪼록 앞으로 동학 여러분의 기탄없는 질정을 바탕으로 하여 올바로 잡히기를 바란다.

여섯째, **『문헌정보』에 붙였던 '古典小說 表題 總目'을 새로 보정하여 다시 붙였다.** 첫 판에 수록하였던 고전 소설 858개 항목 중 「창난전」과 「심부인전」은 다른 작품의 이본임이 밝혀져 제외하였고, 한편 새로 발굴 추가된 작품의 수가 총 29종에 달하므 로, 본서에서 다룬 고전 소설의 수는 총 885종으로 늘어났다.

일곱째, **본 총서에서 이용한 논저들을 검증할 수 있도록 총서 전체에 대한 참고문헌 목록을 새로 붙였다.** 두말할 필요도 없이 본 총서는 전적으로 고전문학 나아가 고전소설 연구자들의 오랜 세월에 걸친 연구 성과를 종합한 것이다. 물론 본 총서 집필시 직접 이용하지는 않았지만 간접 이용의 형태로 참고된 수많은 문헌들이 본의 아니게 누락되었을 수 있다. 그런 분들의 선구적 업적을 제대로 드러내지 못한 저자의 무능함에 대하여 혜량 있으시길 바란다.

본 총서 작업이 진행되는 동안 많은 기관이나 개인에게 음으로 양으로 크나큰 은혜를 입었음을 밝히고 다시 한번 깊은 감사를 드리고자 한다. 우선 관계 자료의 열람, 복사 혹은 사진 촬영의 기회까지도 허락해 준 국립중앙도서관, 국회도서관, 국민대, 단국대 천안캠퍼스, 서울대, 연세대, 이화여대, 큐슈대, 하버드대 같은 공공기관들에게 진심으로 감사드리고 싶다. 그 밖에 고려대, 서강대 및 성균관대 도서관의 도서 검색을 통해서도 많은 도움을 받았다. 또한 문헌정보 수정 및 추가에는 국중 및 국회도서관, 학진 홈페이지 등을 많이 이용하였음을 밝혀 둔다.

위에서 언급한 바 있지만 개인 소장 자료 목록을 손수 작성하여 보내 주신 김종철, 박순호, 여태명, 이태영, 임형택, 정명기, 홍윤표 교수들에게 다시 한번 깊은 감사의 말씀 드리며, 박재연교수 외 많은 분들이 귀중한 관계 논저를 보내주신 데 대해서도 감사드린다. 사실 개인이 각 연구자의 논저를 모두 파악한다는 것은 불가능하기 때문에 커다란 한계를 지닐 수밖에 없는 것인데, 여러 분들이 기꺼이 귀중한 논저를 보내주어 참고할 수 있게 해 주었다. 책을 받는 족족 감사의 편지라도 띄웠어야 할 것이나, 게으른 천성 때문에 차일피일 미루다 오늘에야 비로소 이 계제를 빌어 사의를 올린다. 또한 이루 초들기 어려울 정도로 많은 분들의 개인적인 관심 표명과 조언도 크나큰 힘이 되었음을 밝힌다.

관계 기록 해석에 바쁜 중에도 여러 번에 걸쳐 자문에 응해 준 임형택교수에게 특별히 감사를 드린다. 또한 역문 작성에 많은 참고를 한 이가원, 『이조한문소설선』(1961); 김창룡, 『한국의 가진문학』(1997-1999); 성현경 외, 『광한루기 역주 연구』(1997); 윤광봉, 『개정 한국 연희시 연구』(1997); 무악고소설연구회 편, 『한국고소설관련자료집』 I(2001); 최자경, "유만주의 소설관 연구"(2001) 등을 비롯한 여러 참고 문헌 및 그 저자들에게 감사의 말씀을 드린다. 그 밖에 개인 논문에 힘입은 관계 기록 발굴 및 역문, 신발굴 이본 및 그 서지적 사항 등의 사항은 이 자리에서 일일이 밝히지 못하는 대신 해당 개처나 참고 서지에 명기하는 것으로 헌사를 대신할까 한다.

끝으로 많은 어려운 여건 속에서도 희생을 감수하고 선뜻 출판을 맡아주신 박찬익사장님, 그리고 골치 아픈 편집을 묵묵히 끝내 주신 편집실 여러 분께도 깊은 감사를 드린다.

2006. 1. 10.   저자

일 러 두 기

　본서의 기술 양식은 대체로 '기간본[1]'에서 적용했던 기술 양식을 따른다. 따라서 될 수 있는 한 기간본 범례에서 이미 서술했던 기술 원칙들에 대해서는 중복 서술하지 않는다.

1. 본서 전반에 걸쳐 사용한 부호 중 주요한 것은 다음과 같다.
　①「　」: 독립적인 고전 소설로 인정될 수 있는 작품 표제들에 붙였다.
　　총서 중 맨처음 간행되었던『이본목록』에는 총 858개 작품들에 이 기호 뒤에 일련번호를 쓰고 표제명을 썼으나, 이후 계속된 연구 결과에 따라 새로운 표제 항목을 삽입할 필요성이 생김에 따라, 이미 설정되었던 번호에 '줄표(-)'를 쓴 후 '1, 2, 3…'을 붙였다. 그런데 처음 설정했던 표제 번호 1.~858. 중에서 690.「창난전」은「창란호연록」의 이본이며, 364.「심부인전」은「이해룡전」의 이본임이 밝혀졌으므로, 원 번호를 삭제하는 대신 전자를 후자의 이본으로 처리하였고, 또한 초간 이후에 새로 발굴된 다음과 같은 29종의 소설들을 편입시킨 결과, 전체 작품 숫자는 총 885종으로 늘어나게 되었다.

　　[추가 삽입 작품 항목]
　　　32-1 곽종운전 / 38-1 광문자전 / 80-1 김산해전 / 100-1 김황후전 / 105-1 낙동야언 / 126-1 논개실기 / 151-1 마두영전 / 155-1 만신주봉공신록 / 239-1 분장루 / 251-1 사대춘추 / 280-1 서시전 / 285-1 서진사전 / 336-1 소헌몽록 / 434-1 오일론심기 / 439-1 옥기린 / 449-1 옥린전 / 488-1 원회록 / 510-1 유소낭전 / 516-1 유오룡전 / 530-1 육염기 / 570-1 이한림전 / 581-1 일지매실기 / 622-1 저승전 / 668-1 주왕전 / 727-1 최현전 2 / 730-1 춘추대성전 / 754-1 투색지연의 / 781-1 한철골 / 836-1 황명배신전]

　②◖ : 작품명 정도가 알려진 채 일실된 작품이거나 또는 '미발굴 작품'임을 나타낸다.
　③▶ : 동종이명 작품 즉 내용은 같으나 작품명이 다를 경우 '보내기' 표시를 하기 위한 것이다.
　④■ : 한 작품만이 아닌 여러 편의 작품을 묶은 '작품집'임을 나타낸다.
　⑤★ : 소설이라기보다는 포괄적인 이야기문학 작품.
　⑥☯ : <참고자료>나 <관계자료> 원문 뒤에 넣어, 이하의 (　　) 안이 역문임을 나타냈다.
　⑦「　」/『　』『　』:「　」는 작품명 표시;『　』는 단행본 표시임.
　⑧ 표제에 사용한 [ ] / [[ ]] / { } : [ ]는 장편, [[ ]]는 단편, { }는 미상 작품임을 나타낸다.
　⑨ 본문 중에 사용한 [ ] : 원문에 없던 내용을 저자가 주로써 삽입한 것으로, 다음과 같은 경우에

---

1) 여기에서 말하는 '기간본'이란 集文堂 출판사를 통하여 이미 간행된『고전소설 이본목록』(1999)·『고전소설 작품연구 총람』(2000)·『고전소설 문헌정보』(2000)·『고전소설 줄거리 집성』(2002)들을 가리킨다.

사용하였다.
　　　가) 같은 뜻의 낱말 표시. 예) 시단[騷壇]; 임금[主]; 한글 어휘에 대한 한자 어휘; 인물의 본명 등.
　　　나) 연호로 쓰여진 연대의 서력 환산2)이나 생몰연대.
　　　다) 원본의 오자 표시. [sic]이라 한 후 닫는 대괄호 앞에 올바른 글짜를 써 넣었다.
　⑩ →/← : 관계 항목 찾아가 보기. → 다음에는 주로 각 작품집에 수록되어 있는 작품들을 나타내기 위해 사용했고, ← 다음에는 같은 작품에 대한 異名을 나타내는 데 사용했다.
　⑪ * : 동종이명 중 내용이 상당히 다른 이본임을 나타내기 위해 사용했다.
　⑫ 각주 번호 표시 ( ) 또는) : 본서에 새로 적용되는 각주는 '주)'를 붙여 일련번호로 나타냈고, 원본에 있던 각주번호는 '(주)'로써 나타냈다. 따라서 기간 원본에 있던 각주는 본서에서 그 내용을 바꾸지 않는 한 기간본의 번호만 보이고 각주 내용은 생략하였다.
　⑬ 【增】 : 본서에 새로 증보된 항목이나 내용임을 나타낸다. 대체로 【增】 이 붙은 행이나 문단의 추가를 나타내지만, <자료>·<연구>·<관계기록>·<작자>·<작품연대>·<비교연구>·<이본연구>·<판본연대>·<회목> 등처럼 증가된 내용이 여러 항에 걸칠 경우에는 【增】 자 표시를 한 후 행을 바꾸어 차례로 나열하였다.
　⑭ 【削】 = 기간본에 있던 문단이나 행 전체의 삭제를 나타낸다. 단 일부만을 삭제할 경우에는 【削' …… '】 처럼 삭제하여야 할 부분을 '작은따옴표'안에 넣어 나타냈다.
　⑮ ~ : 생몰 연대·페이지·권수 표시의 경우에 '내지'의 뜻으로 사용하였다.
　⑯ f.와 p.; et passim과 a.: f.는 '장'수를 나타내며, 쪽[面] 수의 경우 단수 페이지는 p.; 복수 페이지는 pp.로 나타냈다. 그리고 'sic'는 '원문 그대로'를 나타내는 약어이고, 'et passim'은 수개 처 즉 '이곳 저 곳'에서 인용한 경우에 사용하고, 'a.'는 연대를 표시할 경우 '경(頃)'의 뜻으로 사용하였다.
　⑰ …… : 원문 인용의 생략 혹은 기간본 내용의 '이하 인용 생략'을 나타낸다.
　⑱ 기간본에 오자, 탈자, 추가, 한자 교체처럼 일부를 수정한 경우에는 '굵은 자체와 밑줄'로써 나타냈다.

2. 본서의 서술 항목 순서 및 주기 사항은 다음과 같다.
　① 작품 번호 및 표제: 기간서들의 항목 번호들을 종합하여 모두 수록함과 동시에 오기도 바로잡았으나, 보정된 자구를 일일이 밝히지는 않았다.
　② <제의>: 기간 『작품연구 총람』의 것에서 새로 보정된 것 이외에는 넣지 않았다.
　③ <작자>와 ④ <출전>: 기간서에 수록했던 것을 모두 옮겨 적되, 수정된 경우는 밑줄 및 고딕체 활자로 표시하였다. 작자설에 대한 이론이 추가된 경우는 【增】 표시를 한 후 인용 논저의 발표순·필자명의 가나다순을 참조하여 순차적으로 수록하였다.
　⑤ <작품연대>: 역시 수정된 경우는 밑줄 및 고딕체 활자로 밝히고, 이설이 추가된 경우는 위의 원칙을 적용하였다.
　⑥ <참고자료>: 기간서에 수록하였던 원문을 모두 재수록한 후 역주를 붙였다. 이 책의 자료를 정본으로 삼는다는 생각에서 오기의 수정을 일일이 밝히지는 않았다. 그 밖에 새로 추가된 자료의 수록

---

2) 활자본 소설(이른바 딱지본 소설)의 판권지에 발행 연도를 표시하기 위해 사용되었던 광무·융희 등의 발행 연도 표시는 원문 그대로 나타내되 [ ]속에 서력 환산 연도를 넣어 附記했다. 단 1910년 이후에 간행된 모든 간행물에 쓰인 일본식 연호 표시 중 '明治'로 되어 있는 경우를 제외한 나머지 경우는 매번 서기 환산 연도를 첨부해야 하는 번거로움을 피하기 위해 일괄적으로 서력으로 바꾸어 썼다.

원칙은 위와 같다.

⑦ <관계기록>: 위와 같다.

⑧ <비교연구>: 위 ⑤에 적용한 원칙을 따랐다.

⑨ <이본연구>: 위와 같다.

⑩ <판본연대>: 위와 같다.

⑪ 이본 목록: 이본목록의 배열 순서는 국문필사본 - 국문경판본 - 국문안성본 - 국문완판본 - 국문판각본 - 국문활자본 - 한문필사본 - 한문등사본 - 한문판각본 - 한문활자본 - 한문현토본 - 중어번역본 - 일어번역본 - 영어번역본 - 독어번역본 - 불어번역본 - 기타번역본 - 판소리창본 순으로 했다. 행 앞머리에 【增】 표시가 있는 것은 기간서에는 없던 것이 새로 추가되었음을 뜻한다.

⑫ <자료>: 【增】 표시가 있는 것은 기간서에 없던 것이 추가되었음을 뜻한다. 단,

　가) 【增】 표시에 이어 부기 사항이 있는 경우는 그 부기 사항만이 새로 추가되었음을 뜻하며,

　나) 【增】 표시에 이어 부기사항이 없는 경우는 이하에 나열된 사항들이 모두 새로 추가된 것임을 뜻한다.

　다) 대항목 자체가 새로 추가된 경우(예컨대 새로운 소설 발굴) 이하의 기재 사항들에는 일일이 【增】 표시를 붙이지 않았다. 따라서 대항목 이하에 부기된 사항은 모두 이 책에 새로 추가된 것들이다.

⑬ <연구>: 위와 같다.

⑭ <회목>: 새로 추가된 경우만 수록했지만, 간혹 기간서의 오기를 바로잡은 경우도 있다.

⑮ <줄거리>: 새로 밝혀진 경우만 수록했으나, 기간서의 줄거리 소개가 소략했던 것을 대체하는 뜻에서 새로 바꾸어 넣기도 했다. 그 밖에 기간서의 오기를 바로잡은 사항도 있다.

3) 『문헌정보』 관련 사항

① 원문과 역문 사이에는 ☯표를 넣어 구별하였다.

② 번역문은 새로 번역해 넣은 것을 제외하고는 기간의 번역들을 참조하되 오역의 정정이나 문장을 다듬는 정도로 하였다. 단, 최초 번역자를 확인하기가 어려워 특수한 경우 외에는 일일이 원역자를 밝히지 못했다.

③ 역문은 가급적 풀어 쓰려 하였으나 그래도 원문의 한자 어휘를 그대로 쓴 경우가 많다. 하지만 일반 독자를 위하여 가급적 상세한 원문주 및 각주를 붙이려 노력하였다.

4) 『이본목록』 관련 사항: 국립중앙도서관 소장 활자본이나 그 밖에 개인 소장 활자본에 의거하여 활자본 이본 목록을 대폭 수정 보완하게 됨에 따라 적용한 기본 원칙은 다음과 같다.

① 단별 기재 순서는 대체로 제1단 표제, 제2단 국중(청구 기호) 판차, 제3단 권책 표시로 하였다.

② 제1단 표제 제시는 표지가 아닌 내지 표제에 의거하되, 국문 표제와 한문 표제순으로 기재함을 원칙으로 했다. 따라서 한문 표제가 국문 표제 먼저 있거나, 양자가 병기되어 있을 경우라도 이 원칙에 따라 국문 표제를 앞에 내세웠다. 표제 중 ( )가 붙은 경우는 표제에 앞서 붙은 수식어를 나타난 것으로, 이러한 것은 대체로 활자본 고전소설의 경우 중심 표제에 앞서 단행, 혹은 2행의 細字로 붙어 있다.

③ 제2단 청구기호의 경우 동일본을 소장했을 경우도 소장번호를 각각 기재했고, 판차는 청구번호 뒤에 적었으며, 별종의 책 표시는 '/'로써 구분했다. 판차가 다른 소장본일 경우 청구기호 뒤에

판차를 보였으며, 초판본만 있을 경우는 구태어 '초판' 표시를 하지 않았다.

④ 제3단에는 서지 사항을 적되, ( )에 앞서 권·책수를 표시하였고, ( ) 내에는 구체적 여러 서지적 사항들을 적어 넣었다. 기재 원칙은 장회 수 - 서두의 참고 기재 사항[예: 저자 표시, 기타] - 저작자 혹은 발행자 - 발행사 - 판차에 따른 발행연월 - 페이지 수 순으로 하였다.

⑤ 서지적 상황을 보이는 맨처음에는 본문에 사용된 문자를 구별해 적었다. 주로 국문만으로 된 본문이라면 특별히 이를 밝히지 않았으나, 국문과 한자가 병기되어 있는 경우는 '국한자 병기'(國漢字倂記)라고 했고, 국문에 이어 ( ) 속에 한자가 注記되어 있을 경우는 '국한자 순기'(國漢字順記)라고 했다. 단 한자의 괄호 주기가 가끔 보이는 경우는 특별이 밝히지 않았다. 한편 국문과 한자가 섞여 쓰여진 경우에는 '국한자 혼기'(國漢字混記)라고 구별했다.

⑥ 장회 표시는 총 장회 수를 적되, 분책의 경우에는 권책에 따라 제 몇 회에서 제 몇 회까지 수록하고 있음을 밝혔다.

⑦ '화자 표시'란 본문의 지문에 이어 등장인물의 대화 표시를 나타내기 위하여 ( ) 속에 화자 표시를 보이는 경우를 가리킨다.

⑧ 활자본 소설의 경우는 대체로 발행자가 저작자를 겸한 경우가 많아, 이를 판권지에서 확인할 수 있다. 본서에서 [著·發]은 원서에 '著作者 兼 發行人'이라 한 것을 나타내고, [編·發]은 '編纂者 兼 發行人'를 나타내며, 간혹 저작자 겸 발행인이 다른 경우 [著]는 저작자를, [發]은 발행자를 나타낸다.

⑨ 출판사 표시가 표지의 것과 판권지 혹은 본문 서두의 것이 틀릴 경우, 본서는 대체로 판권지의 것을 따랐다. 그리고 표지에는 단일 출판사로 나타나는 것이라도 판권지에 하나 이상의 출판사 명의로 되어 있는 경우는 모두 기재함을 원칙으로 삼았다.

⑩ 발간 연도 표시는 원전에 있는 그대로 하되 [ ]속에 서력 환산 연도를 밝혀 놓았다. 그리고 연월일 표시는 판권지에 있는 대로 옮겨 적되, 미확인의 경우는 목록상에 있는 대로 연 표시만 하거나 혹은 불명으로 놓아두었다.

⑪ 작품 총 페이지 수는 분책의 구별 없이 일련 숫자로 되어 있는 경우는 총 페이지수를 적고, 분책의 경우 각각으로 페이지 수가 붙어 있을 경우는 분책별로 나타냈으며, 간혹 총 페이지 수 속에 다른 작품이 들어 있을 때에는 각주 속에서 이를 밝혔다.

5. 띄어쓰기는 '교육부 제88-1호 한국 맞춤법 고시 규정'에 대체로 따랐으나, 예외로 ① 명사에 붙이는 호칭(예: 당나라; 박씨; 김부인; 박도령, 김진사, 회양태수 등), ② 국가 이름과 임금 이름을 병렬시킬 때(예: 이태조; 당태종)는 윗말에 붙여 썼다. 그리고 인용된 문헌정보의 논저 이름이나 고전 원전 인용의 경우는 원 필자의 뜻을 존중하여 띄어쓰기 규정을 정확히 지키지는 않았다.

6. 기간본에서는 필자명, 논문명, 게재지, 발간처 등의 사항은 가급적 원래 표기대로 씀을 원칙으로 삼았으나, 새로 원본의 국문/한자 표기가 바뀌어져야 할 경우라도, 본서에서는 오기의 경우가 아닌 단순한 음과 한자 문제라면, 번거로움을 피하여 가급적 바꾸지 않기로 했다.

7. 인명 표기의 경우 '권율'이 아닌 '권률'로 하고, 한자 '娘'의 음은 '낭'으로 통일했다.

차 례

자

◈590.[자란전 紫鸞傳]

〈작자〉 朴敏孝(1672~1747)

〈출전〉『常棣軒集』, 4

〈관계기록〉

1) 『嶠南誌』, 10, '烈女'條: 紫鸞 府使沈大淵女 母楚京 府妓也 故入妓籍 知府權相一 憐其幼而絶
艶 命除役 學妓于敎坊 虞侯尹勉 愛而蓄之 贖二婢而率去來 幾月尹死 鸞年十八 守制甚謹
知府鄭廣運聞其美欲奪志失不從 囚其父母以强之 鸞急歸解紛 遺託賣粧屬送尹家 絶粒死◑
(자란은 부사 심대연의 딸인데, 어미 초경이 기생인 때문에 기적에 넣었다. 지부[1])
자란의 어리고 빼어난 미모를 불쌍히 여겨 기역[2])을 면제해 주고 교방[3])에서 배우게 했다. 우후[4])
윤면이 자란을 사랑하여 첩으로 삼고 두 여종으로 대속[5])하여 데려갔다. 몇 달 후 윤면이 죽었을
때 자란의 나이 18세였는데, 그녀는 법제를 지켜 매우 근신했다. 지부 정광운이 그 미모에
대해 듣고 뜻을 꺾으려 했으나 자란이 따르지 않았으므로 그 부모를 가두고 강압하려 했다.
자란이 급히 돌아가 화장을 지우고 화장 도구들을 팔아 윤씨 집안으로 보내 줄 것을 부탁한
후 곡기를 끊고 죽었다).

【增】 ◐{자자생설전}

【增】 국문필사본

【增】 자자싱설전권전 상이라 　　　　　　　　박순호[家目] 　　　　　　1(31f.)

◈591.[[자지자부지선생전 自知自不知先生]]

〈작자〉 趙冕鎬

〈출전〉『玉垂集』, 11

---

1) 府의 일을 맡아 다스리는 官長.
2) 기생의 구실.
3) 기생들의 교육 기관. 掌樂院에 속해 있었으며, 아악을 가르치는 左坊과 俗樂을 가르치는 右坊이 있었다.
4) 조선조의 무관직으로, 각 병영의 종3품 兵馬虞候 및 각 水營의 정4품 水軍虞候의 통칭.
5) 돈을 주거나 사람을 대신 넣고 천인의 신분에서 풀려나 양민이 됨.

▶(자치가 雌雉歌 → 장끼전)
▶(자치전 雌雉傳 → 장끼전)
【增】 ◐{작비암}
〈관계기록〉
1) 『[가람]칙목녹』(奎章閣所藏): 「쟉비암」 공이.

◘592.[[작여오상송문 鵲與烏相訟文]][6] ←『강도록』

592.2. 〈연구〉
Ⅲ. (학술지)
【增】
1) 김재환. "「작여오상송문」과 「오대변송문」고." 『새얼語文論集』, 15(새얼어문학회, 2003. 1).

◘593.[잔당오대연의 殘唐五代演義]

〈참고자료〉
① 「殘唐五代史演傳」 六十則: 八卷本題'李卓吾批點' …… 八卷本題'玉茗堂批點' 每回附評 仍作卓吾云云 …… 坊刻十二卷本 題'貫中羅本編輯' 首長洲周之標君建序◒(8권본에는 책머리에 '이탁오 비점'이라 되어 있다. …… 8권본에 '옥명당 비점'이라 되어 있다. 매회 비평이 붙어 있는데 '탁오가 지었다'고 하고 있다. …… 방각 12권본에는 '나관중[a.1330~a.1400][7] 편집'이라 되어 있는데, 책머리에 장주의 주지표 군건의 서문이 실려 있다)[孫楷第, 『中國通俗小說書目』, pp. 47~48].

자

〈관계기록〉
(한문)
① 『惺所覆瓿稿』(許筠 1569~1618), 13, 文部 10, 題跋, '西遊錄跋': 余得戱家說數種 除「三國」·「隋唐」外 「兩漢」齬 「齊魏」拙 「五代殘唐」率 「北宋」略 「水滸」則姦騙機巧 皆不足訓 而著於一人手 宜羅氏之三世啞也◒(내가 희가의 소설 수십 종을 얻어 읽어 보니, 「삼국지연의」와 「수당연의」를 제외한 그 밖의 '양한연의'는 앞뒤가 맞지 않고, '제·위지'는 치졸하며, 「잔당오대연의」는 경솔하고, 「북송연의」는 소략하고, 「수호전」은 간사하고 거짓되어 가르치기에 적당치 않은데, 이것들이 한 사람의 손에 의해 지어졌다 하니, 나씨[나관중]가 3세에 걸쳐 벙어리가 되었다 함은 마땅하다).
② 『旬五志』(洪萬宗 1643~1725), 下: 古說之表表 可稱者「西遊記」·「水滸傳」外 如列國東西漢齊魏五代唐南北宋 皆有演義皆行於世◒(옛 이야기 가운데 뛰어나[表表[8]] 일컬어질 만한 것으로

6) 일본 天理大 소장 『江都錄』에 부록되어 있는 작품인데, '까치'가 '까마귀'의 죄상을 神明에게 고발하는 '訴紙'의 형식을 띠고 있어, 본격적인 소설로 보기에는 미흡하다.
7) 중국의 원말 명초의 소설가·희곡 작가. 본명은 '本'이며 '貫中'은 그의 字이다. 생몰 연대는 명확치 않으나 대략 14세기경의 인물로 알려져 있다. 그의 작품으로 알려지고 있는 현전 작품은 「삼국지통속연의」를 비롯하여 「隋唐兩朝志傳」, 「잔당오대사연전」, 「三遂平妖傳」 등이 있다.
8) 눈에 띄게 드러남.

서「서유기」·「수호전」 외에 열국 때로부터 동서한·제·위·오대·당·남북송에 이르기까지 모두
연의가 있어 세상에 유행하였다).
　③『中國歷史繪模本』(完山[映嬪]李氏, 1762), no. 11:「殘唐演義」.
　【增】
　　1)『字學歲月』[1744](尹德熙 1685~1766):「五代史」.
　　2)『海南尹氏群書目錄』(國立中央圖書館所藏):「五代殘唐傳」.
（국문）
　　①「玉鴛再合奇緣」(溫陽鄭氏 1725~1799), 15, 表紙 裏面:「오대됴사연의」.
　　②「華山仙界錄」(낙선재본), 2: 이씨 텬히 휘휘ᄒ여 걸안이 크게 작난ᄒ고 진한이 망하게 되미
　　쥬텬지 닙국ᄒ니 됴공즈 광윤 등이 쥬텬즈를 붓드러 텬하를 졍ᄒ미 닙국 ᄉ연은「잔당연의」에
　　긔록ᄒ고 위공의 본 ᄉ젹은 본면「텬슈셕」의 희비이 긔록ᄒᆫ 고로 ᄎ면서는 위현의 ᄉ덕만
　　긔록ᄒ고 다른 ᄉ연은 번다 불긔ᄒ다.
　　③「당진연의」(낙선재본), 13, p. 67. 차후로 당국이 의관 문물이 번화ᄒ야 ᄌᄌ 손손이 계계 승승ᄒ야
　　만방이 일녕ᄒ니 후인이 당됴의 녁녁ᄒᆫ ᄉ긔롤 알고져 하거든「듕당」과「잔당」을 니ᄋ 보라.
　　【增】
　　1)『[演慶堂]諺文冊目錄』(1920; 藏書閣所藏): 112.「殘唐五代演義」5冊.9)

593.2.〈연구〉
　Ⅲ.（학술지）
　【增】
　　1) 이광호. "한글 필사본「殘唐五代演義」의 국어 문법적 검토."『藏書閣』, 7(韓國精神文化硏究院,
　　2002. 8).
　　2) 임치균. "한글 필사본「잔당오대연의」연구."『藏書閣』, 7(韓國精神文化硏究院, 2002. 8).

◐**{잠천기}**
　〈관계기록〉
　　①『諺文古詩』(가람본), '언문칙목녹', 114:「줌쳔긔」.

▶**(잠상태 岑上苔 → 영영전)**
◐**{장경국전}**
▶**(장경부전 章敬夫傳10) → 위경천전)**
◳**594.[장경전 張景傳]**
　〈관계기록〉
　　① Courant, 795:「댱경젼 張慶傳」.

　〈이본연구〉

---

9) 상단에 '現在 三冊'이라는 注記가 붙어 있고, 하단 摘要欄에는 '第二冊欠'이라 되어 있다.
10)『이본목록』·『작품연구 총람』·『문헌정보』에 추가.

【增】

1) 하버드본 「장경전」은 경판 16장본이며, 국내에도 동일한 판본이 있기 때문에 경판 계열의 이본을 대비 고찰할 수밖에 없다. 이들 경판은 내용상 서로 별 차이가 없는 것으로 판단되며, 장수가 보다 긴 판본에서 작은 판본으로 축약되어 간 것으로 추정된다. 하버드 16장본도 예외는 아니다. 하버드본과 직접적인 관련이 있는 판본은 대영박물관 소장본인 경판 25장본이다. 10장까지는 두 판본이 완전히 동일한 형태를 보여 준다. 따라서 판목의 형태 자체가 동일한 것으로 판단되기 때문에 서로 번각의 관계에 있다고 볼 수 있다. 문제는 11장부터인데, 이 부분과 동일한 판본이 존재하지 않고, 필체와 내용이 다른 판본과 상이한 점을 고려한다면, 별도로 만들어진 판본으로 추정할 수 있다. 내용에 있어서는 큰 차이가 없지만 대체로 보아 25장본의 내용을 그대로 축약한 것으로 볼 수 있다. …… 이상에서 본 바와 같이 16장본은 10장까지는 25장본과 번각의 관계를 이루고 있지만 11장부터는 상당히 많은 내용을 축약하여 새로운 판목을 이루고 있는 작품이다. 경판의 경우 이러한 모습은 다른 작품에서도 자주 확인이 되는 바이다. 방각본이 영리를 목적으로 간행된 만큼 상업적 이익의 추구는 무엇보다 중요한 과제였을 것이다. 이에 방각본 담당자들은 分卷을 하거나 장수를 줄임으로써 이윤을 추구했을 것으로 짐작된다. 종이값을 무시할 수 없었던 당시의 사정을 감안한다면 장수의 줄임은 그만큼 많은 이윤을 가져왔을 것이기 때문이다(송성욱, "「장경전」," 李相澤 외 3인 엮음, 『고전소설의 기초 연구』 [2001. 10], pp. 197~198, 203, et passim).

국문필사본

【增】 징경전 권지단전니라	미도민속관[생활사 도록](51)	1(丙午四月日抄)[11]
【增】 장경젼	이태영[家目]	1(계묘십일월)
장경<u>젼</u>	天理大: 今西龍[日所在韓古目]	1(<u>셰직임인밍하 금호셔</u>, 34f.)

국문경판본

【增】 댱경젼	정명기[尋是齋 家目]	1[12]

국문완판본

【增】 (장경전)

【增】 장경전 상/하권이라	박순호[家目]	2(상: 낙장 30f.; 하: 30f.)
【增】 쟝경젼이라	박순호[家目]	1(丁酉二月初三日, 64f.)
【增】 張景傳	정명기[尋是齋 家目]	1

국문활자본

쟝경젼 張京傳	국중(3634-2-116=1)/[仁活全](12)	1([編發]盧益亨, 博文書館, 1

---

11) '황월성전'과 합철되어 있다.
12) 「소대성전」과 합철되어 있다.

		916.11.20, 45pp.)
장경전 張景傳	국회[目·韓II](811.31)/김종철[家目] /대전대[이능우 寄目](1138) /조희웅[家目]	1(申泰三, 世昌書舘, 1952, 상하 합 70pp.)

594.1. 〈자료〉

Ⅰ. (영인)

594.1.3. 仁川大民族文化研究所 編. 『舊活字本古小說全集』, 12. 銀河出版社, 1983; (再刊) 國際아카데미, 2002. (박문서관판)

594.2. 〈연구〉

Ⅱ. (학위논문)

〈석사〉

【增】

1) 이경희. "「장경전」 이본 연구." 碩論(연세대 대학원, 2003. 2).

Ⅲ. (학술지)

594.2.7. 박일용. "「장경전」의 형상화 방식과 그 문학적 의미." 『人文科學』, 1(弘益大 人文科學研究所, 1994. 12). 『영웅소설의 소설사적 변주』(월인, 2003. 4)에 재수록.

594.2.9. 김선아. "영웅소설에 나타난 노인의식의 제문제: 「유충렬전」·「이대봉전」·「장경전」을 중심으로." 『韓國學論集』, 3 (강남대 한국학연구소, 1995. 12). 문학을 생각하는 모임 지음, 『한국문학에 나타난 노인의식』, I(백남문화사, 1996. 10)에 재수록.

【增】

1) 이은주. "「장경전」의 敍事構造에 대한 一考察." 『국문학연구』, 8(국문학회, 2002. 11).

2) 宋晟旭. "「장경전」." 李相澤·朴熙秉·林治均·宋晟旭 엮음, 『고전소설의 기초 연구』(태학사, 2002. 10).

3) 채희윤. "결연(結緣)의 양상으로 본 고전소설의 세계관: 「숙향전」과 「장경전」을 중심으로." 『한국서사문학의 통사적 고찰』(푸른사상, 2002. 11).

▶(장경천전 章敬天傳 → 위경천전)[13]
▶(장국증전 張國曾傳 → 장국진전)
◆595.[장국진전 張國振傳] ← 모란정기 / 장국증전

국문필사본

(모란정기)

모란정긔	연대[古1](811.36모란정.필)	4(1: 셰경미계츈일; 2: 셰을

---

13) 現不傳. 文璇奎의 『韓國漢文學史』, p. 234 참조. 김기동, p. 597의 「章敬夫傳」은 아마 이것의 誤記일 것이다. 한편 林熒澤은 이 「章敬天傳」은 『古談要覽』에 수록되어 현전하는 「韋敬天傳」의 잘못일 것이라 한 바 있다("傳奇小說의 戀愛主題와 「韋敬天傳」," 『東洋學』, 22, 1992. 10).

스눅월일; 3: 셰임인십월일;
4: 셰임인십월일)

(장국진전)

【增】 張國振傳	京都大[河合弘民]	낙질 1(낙장 이현, 17f.)
장국중전	계명대[古綜目](의811.35장국중)	1
【增】 사션젹강 장국진전	박순호[家目]	1(경신연졍월등셔, 츙쳥남도쳥양증산쳔장리, 61f.)
【增】 장국진젼 지일	박순호[家目]	1(12f.)
【增】 장국진젼	박순호[家目]	1(국한문 혼용, 壬子陰十月日, 壬子十月初五日 冊主林容雨, 52f.)
【增】 張國陳傳	여태명[家目](301)	1(丁巳正月十二月, 56f.)
【增】 장국진젼 장국진젼	이태영[家目]	1(계히이월초일)

국문활자본

(장국진전)

(고대소셜)장국진젼 院,	국중(3634-2-116=4)<재판>	1([著·發]金然奎, 大昌書
권지일/권지이		초판 1920.1.20; 재판 1921. 1.31, 51pp.)
(고대소셜)장국진젼	국중(3634-2-116=2)	1(東亞書舘, 1916, 78pp.)[14]
권지일/권지이 張國振傳		
장국진전 張國振傳	서울대(3350-94)/조희웅[家目]	1([著·發]盧益亨, 博文書舘, 초판 1917. 3. 15; 8판 1925. 3. 5, 51pp.)
장국진전 張國振傳	국회[目·韓II](811.31)/김종철[家目](1957)/박순호[家目]/조희웅[家目]	2-1(世昌書舘, 1951.6.30; 1957, 44pp.)[7]

595.2. 〈연구〉

Ⅲ. (학술지)

【增】

1) 전용문 "「구운몽」과 「장국진전」의 비교연구." 『한국고전문학연구』[청봉최태호박사화갑논총] (역락, 2000. 10).
2) 전용문. "「장국진전」의 소설사적 위치." 『語文硏究』, 34(語文硏究學會, 2000. 12).

---

14) 국립중앙도서관의 목록에는 東亞書舘판(大正 5年[1916], 78pp.)인 것으로 나타나나 실제 책은 世昌書舘판(昭和 10年[1935], 44pp.)이다.

◑{장군전 將軍傳}

◪596.[장끼전] ← 까토리전 / 까투리와 장끼가 / 꿩의 자치가 / 꿩의전 / 꿩전 / 자치가 / 장끼가 / 화충가 / 화충(선생)전

〈관계기록〉

① 「觀優戱」[1843?](宋晚載 1788~1851), 제20수: 靑鞦繡臆雉雄雌 留畝蓬科赤豆疑 一啄中機紛迸落 寒山枯樹雪殘時◑(푸른 꽁지 수놓은 가슴 장끼와 까투리. 묵밭에 붉은 콩 발견하고 의심하면서 한 번 쪼다 덫에 치어 죽어 버렸네. 추운 산 바싹 마른 가지에는 눈 덮힌 때에).

② 『嘉梧藁略』(李裕元 1814~1888), 樂府, 觀劇[1826], '艾如帳 第三令': 雪積千山鳥不飛 華蟲亂飛計全非 抛他女兒丁寧囑 口腹區區觸駭機◑(눈 쌓인 온 산에 새조차 끊겼는데, 꿩들이 마구 내려 셀 수조차 없네. 아녀자의 간곡한 부탁 저버리고, 구복이 구구해 덫을 건드렸도다).

〈이본연구〉

【增】

1) [「장끼전」계] 개별 작품군 중 「장끼전」과 「자치가」류는 문체에서 분명하지는 않지만, 「자치가」류가 「장끼전」보다 강한 율문적 성향을 나타낸다는 차이를 가진다. 또한 결말 유형과 서사적 유형에서는 「장끼전」이 닫힌 결말을 지향하고, '장끼의 이야기', '까투리의 이야기'와 '꿩의 이야기' 유형을 고루 나타내는데 비해, 「자치가」류는 열린 결말을 지향하고, '까투리의 이야기' 유형만을 나타낸다는 차이를 가진다. 단조로운 창곡을 가진 「장끼타령」은 다른 판소리처럼 화해 지향적 결말을 이룬 서사 형태를 가지고 있었음에도 관극시로 미루어 보아 19세기 중엽에 전반부로만 공연되기도 하는 등 서사 형태가 고정되어 있지 않았음을 알 수 있는데, 이는 후반부가 청중의 변화된 요구에 부응하지 못한 결과로 추정된다. 「꿩요」는 광범위한 지역에 전승되고 장형의 사설을 지닌다는 점에서 자생적 토착 민요로 규정하기 어려운데, 기능요의 성격을 가지면서 음영 위주의 고정되어 있지 않은 가락을 지녔던 것으로 추정되고, 전승 근원을 둘 이상으로 추정되게 할 만큼 다양한 차이와, 「장끼전」이나 「자치가」류와 밀접한 면을 드러내는 사설을 가지고 있음이 확인된다(權寧浩, "「장끼전」 작가군 연구." 慶北大 博論[1995. 8], p. 160).

〈판본연대〉

【增】

1) [「장끼전」계] 개별 작품군 사이에는 통시적인 관계가 존재하는데, 「장끼전」과 「자치가」류는 「장끼타령」에 대해 후행하는 관계를 지니고, 「꿩요」는 「장끼타령」에 대해서는 이원적인 선후 관계를, 「장끼전」과 「자치가」류에 대해서는 후행하는 관계를 지닌다. 「장끼전」은 「자치가」류에 대해 선행하는 관계를 지니니, 삽입 가요의 성격과 향수층의 계층성으로 미루어 보아, 「장끼타령」으로부터 생성된 두 계통의 「장끼전」 중 하나가 「자치가」류를 생성시켰던 것으로 추정된다. 「꿩요」는 「장끼타령」의 형성적 모태가 된 유랑 예인 집단의 가요가 정착되어 이루어진 민요와 관련을 맺으면서 「장끼전」과 「자치가」류로부터 전환됨으로써 생성된 것이라고 추정된다. …… 가장 먼저 형성된 「장끼타령」은 오래도록 보편적으로 전승되어 온 「꿩노래」에 반영된 하층인의 의식을 저층적 기반으로 하여 18세기에 유랑 예인 집단의 노래인 '꿩덫노래(雉機詞)'에서 형성된다. 그 후 초기 단계에서는 '꿩덫노래'에 반영된 하층인의 빈궁상과 비극상이 주조를 이루고, 열두 마당으로 성립된 무렵에는 서사 형태가 완성되어 장끼 죽음 이후 까투리의 삶을 다룸으로써

하층 부부의 비극적이고 궁핍한 삶을 반영했다고 추정된다(權寧浩, "「장끼전 작가군 연구."
慶北大 博論[1995. 8], pp. 160-161).

국문필사본

(꿩의 자치가)

【增】 꿩자취가	권영철[權寧浩, "「장끼전 작가 군 연구" 博論(慶北大, 1995)][15]	
【增】 꿩자치가	이신재(權寧浩, 博論, 同前)	

(꿩전 / 꿩의전)

【增】 꿩젼이라	김종철[家目]	1(13f.)[16]
【增】 꿩의젼이라	박순호[家目]	1(全羅北道任實郡只沙面只沙里 李敎 翊, 14f.)[17]

(자치가 / 자치전)

【增】 자치가	권영철(權寧浩, 博論, 同前)	
【增】 자치가	권영철(同上)	
【增】 자치가라	권영철(同上)	
【增】 자치가라	권영철(同上)	
【增】 자치기라	권영철(同上)	
【增】 (두로싼이……)	권영철(同上)	
【增】 자치가라	권영철(同上)	
【增】 자치가	권영호(同上)	
【增】 자치가	김광순[筆全](69)	1(12f.)[18]
【增】 자치가 꿩전 권지단	미도민속관[생활사 도록](24)	1(九年正月初十日始)
【增】 자치가라	서인석	1(책쥬은 이정혁이오 집필은 박성계 요 창은 김유햐라)[19]
【增】 자치젼니라	이수봉[20]	1
자치가	임기중[林基中 編, 『歷代歌辭 文學全集』, 16, no. 860]	
【增】 잣치가라	임형택	1(두루마리)
【增】 즛치기젼이라	충남대[鶴山](고서 集 小說類	

---

15) 이하 권영철 소장본은 모두 가사 작품이다.
16) 「주봉전」, 「곽씨전」과 합철.
17) 「五行雷巫筮篇」(6f.) 합철.
18) 「화조가」, 「합천황계폭포승거지라」, 「퇴계선싱도덕가」, 「견우직녀수회곡」, 「낙빈가」(퇴계선싱소작), 「모녀
    원별셔」 등 합철.
19) 서인석, "가사와 소설의 갈래 교섭에 대한 연구」, 博論(서울대 대학원, 1995).
20) 이하 「자치가」 및 「장끼전」 이본의 增補는 최진형, "고소설 향유 관습의 한 양상," 『古小說研究』, 18(2004.
    12)를 참조했다.

2014-482818)

(장끼전/장치전)

【增】 장끼전	권영철(權寧浩, 博論)	
【增】 장끼전	권영호(同上)	
【增】 장끼전	김종철[家目]	1(14f.)[21]
【增】 장끼젼	정명기[尋是齋 家目]	1[22]
【增】 징긔젼	최진형	1

【增】(장선생전)

【增】 장선싱젼	김종철[家目]	1(36f.)

(화충가 / 화충선생전 /화충전/ 황충전 / 황충선생전)

화충전	이대[古](811.31화827)	낙질 1(2: 셰뎡미즁하)
화충전	임기중[林基中 編,	(셰뎡미즁하농셔)
	『歷代歌辭文學全集』, 20, no. 1038]	
화충전	조동일[국연자](1)	1

국문활자본

【增】(장끼전)

장끼전 雄雉傳	조희웅[家目]/[대조 4]	1(大造社, 1959, 14pp.)
장씨전 雄雉傳	국중(일모813.5-세299ㅈㄱ)/국회 [目·韓II](811.31)/대전대[이능우 寄目] (1134)/이수봉[家目]/조동일	1(世昌書舘, 1951/檀紀 4285[1952], 32pp.)
장씨전 雄雉傳	박순호[家目]	1(姜根馨, 永和出版社, 1951, 24pp.)

596.1. 〈자료〉

Ⅰ. (영인)

「장끼전」

596.1.6. 仁川大民族文化研究所 編.『舊活字本古小說全集』, 12. 銀河出版社, 1983; (再刊) 國際아카데미, 2002. (경성서적업조합, 1926년 재판본)

596.1.7. 仁川大民族文化研究所 編.『舊活字本古小說全集』, 12. 銀河出版社, 1983; (再刊) 國際아카데미, 2002. (대창서원·보급서관판)

596.1.25. 권택무·최옥희 윤색 및 주해.『토끼전(장끼전·금방울전·두껍전)』. 조선고전문학선집, 44. 평양: 문예출판사, 1992; 海外우리語文學硏究叢書, 50. 한국문화사, 1995(영인); 조선고전문학선집, 31. 연문사, 2000(영인).

---

21) 「두껍전」, 「숙영낭자전」과 합철.
22) 「여자행실록」과 합철되어 있다.

【增】

1) 조규익·장경남 편.『국문학강독』. 보고사, 2003. (경성서적업조합판)

Ⅱ. (역주)

「장끼전」

　【增】

　1) 郭正植.『쉽게 읽는 고소설』. 신지서원. 2001. (경성서적업조합판)

596.2.〈연구〉

Ⅱ. (학위논문)

〈석사〉

　【增】

　1) 이문호. "「장끼전」의 교육적 활용 연구." 碩論(국민대 교육대학원, 2001. 8).
　2) 강주석. "「장끼전>의 구조와 교과서 수록양상 연구." 碩論(부산교육대 교육대학원, 2003. 8).
　3) 정희영. "「장끼전」의 사회적 의미와 교육적 활용 방법." 碩論(성균관대 교육대학원, 2004. 2).

Ⅲ. (학술지)

596.2.18. 劉德雄. "「장끼傳」論攷."『京大文學』, 4(京畿大, 1969. 12).

596.2.38. 박일용. "「장끼전」의 문학적 의미 재론: 판소리계 우화소설의 주제 논의에 대한 반성적
　　　　검토."『동리연구』, 1 (동리연구회, 1993. 12). <u>『학생생활연구』, 11(弘益大 學生生活硏究所,
　　　　1994. 3)</u>에 재수록.

　【增】

1) 나일심. "국민학교 읽기 교재의 고전작품과 그 원전의 분석 연구:「장끼전」과「흥부전」의 갈등
　　상황 비교를 중심으로."『國語敎育硏究』, 8(春川敎大 國語敎育學會, 1993. 12).
2) 정출헌. "「장끼타령」."『판소리의 세계』(문학과지성사, 2000. 2).
3) 이강엽·이상진. "「장끼전」의 남녀문제."『한국문학 평설 20』(북힐스, 2000. 11).
4) 공미옥. "실전 판소리「장끼타령」연구."『문창어문논집』, 38(문창어문학회, 2001. 12).
5) 최진형. "고소설 향유 관습의 한 양상:「장끼전」작품군을 중심으로"『古小說硏究』, 18(韓國古小說
　　學會, 2004. 12).

▶**(장녕전 張寧傳 → 장한절효기)**

▶**(장노전 張魯傳 → 장로전)**

◐**{장담낭곡}**

◐**{장대장실기 張大將實記}**

▶**(장두영전 張斗英傳[23] → 장풍운전)**

▶**(장량옥소가 張良玉簫歌 → 서한연의)**

▶**(장량전 張良傳 → 장자방실기)**

---

23)「장두영전」은「장풍운전」과 지명·인명 따위가 약간 다르게 되어 있으나 양본은 이본임에는 틀림이 없다.

◆597.[[장로전 張魯傳]]
▶(장릉혈사 莊陵血史 → 단종대왕실기)
◑{장맹전}
◑{장문충효록}
　〈관계기록〉
　　①「형산백옥」 말미: [「형산백옥」의] 후록을 보고자 하거던 「장문충효록」을 찾아 보라 장각로의
　　사위 부부의 선행과 자손이 기이한 사적이 많아 해비하니라.

▶(장박전 張朴傳 → 장백전)
◆598.[장백전 張伯傳 / 張百傳] ← 박원수전 / *주원장창업실기
　〈관계기록〉
　　①『象胥記聞』[1794?](小田幾五郎 1754-1831): 朝鮮小說「張風雲傳」·「九雲夢」·「崔賢傳」·「蘇大
　　成傳」·「張朴傳」·「林將軍忠烈傳」·「蘇雲傳」·「崔忠傳」 外「泗氏傳」·「淑香傳」·「玉橋黎」·「李白
　　慶傳」類 …… 其外「三國志」類 諺文書本有◐(조선의 소설로는 「장풍운전」·「구운몽」·「최현전」·
　　「소대성전」·「장박전」·「임장군충렬전」·「소운전」·「최충전」 외에 「사씨전」·「숙향전」·「옥교리」·
　　「이백경전」 따위가 있고 …… 그 밖에 「삼국지」 등의 국문 소설이 있다).
　　② Courant, 802: 「댱빅젼 張百傳」.
　　③ Courant, 3357: 「張百傳」.
　　④「思弟歌」: 忘懷나　하려 하고 옛책을 읽어 보니 「趙雄傳」·「風雲傳」 슬프고 장하도다 「張伯傳」·
　　「鳳凰傳」 眞言 인가 虛說 인가 「謝氏傳」·「淑香傳」 구비구비 奇談일세.

　〈비교연구〉
　【增】
　　1)「장백전」에는 「三國志演義」를 비롯하여 「楚漢志」, 「唐秦演義」 등의 연의 소설에서 유래된
　　고사를 인용하는 대목이 여럿 있다. 이는 「장백전」의 작가가 연의 소설을 상당히 애독하였고,
　　그 결과 연의 소설의 소설적 특성을 비교적 정확하게 파악하고 있었을 것임을 추측하게 한다.
　　「장백전」이 여타의 영웅 소설에서 드러나지 않는 明創業의 문제를 전체의 2/3에 해당하는
　　부분(6~30까지의 단락)에 걸쳐 서술하고 있음은, 연의 소설을 상당히 애독했던 「장백전」의
　　작가가 연의 소설의 근간이 되는 創業의 이야기를 수용한 결과라고 할 수 있을 것이다. 그런데
　　「장백전」에서 명 창업에 관련된 부분의 내용이 연의 소설 가운데서도 특히 「당진연의」의 그것과
　　유사하여 두 작품의 친연성을 짐작하게 한다. …… 이 부분의 내용은 명 창업을 놓고 기의한
　　장백과 주원장이 대결하다가, 힘에 있어서 늘 장백이 우월함에도 주원장이 眞天子임을 알고
　　주원장에게 양보한다는 것으로 요약될 수 있다. 그런데 「당진연의」 6권에서 9권까지의 부분은
　　「장백전」의 26~30까지의 단락과 매우 흡사하다. 「당진연의」의 이 부분은 隋末 蔚遲敬德이
　　劉武周의 휘하에 들어가 唐秦王 李世民과 대결하다가, 당진왕이 眞主임을 알고 당진왕의
　　취하가 되어 사방을 정벌하고 唐을 창업는 것으로 요약될 수 있다. 왕조의 쇠퇴기에 새 왕조를
　　창업하고자 기의했던 두 영웅이 대결하다가, 그 중 한 사람(「장백전」의 장백, 「당진연의」의
　　울지경덕)이 眞主가 따로 있음을 알고 능력면에서 우월함에도 진주(「장백전」의 주원장, 「당진연

의」의 당진왕)에게 양보한다는 점에서 두 소설은 유사한 양상을 보이고 있다고 하겠다. 이러한 점은 장백과 울지경덕에게 진주가 따로 있음을 말해 주는 스승의 예시가 거의 흡사하다는 점에서 더욱 확실하게 확인된다. …… 다음으로 두 소설에서 공통적으로 확인되는 것은 두 영웅 중 한 사람은 옥새를, 그리고 다른 한 사람은 天子의 位를 차지하고 서로 대결한다는 상황의 설정에서이다. 23단락과 24단락에서 볼 수 있는 바와 같이, 元帝가 장백과 대결하고자 연주로 간 사이 주원장은 장안으로 들어가 천자의 위에 즉위하게 되는데, 이 소식을 전해 들은 元帝는 장백에게 옥새를 주고 항복함으로써 기이한 대결 상황이 벌어지게 되는 것이다. 「당진연의」 9권에 보면, 夏王 寶建德과 당진왕이 대결하는 과정에서 이와 유사한 상황 설정이 나타난다(심재숙, "「장백전」과 연의소설 「唐秦演義」의 관계를 통해 본 영웅소설 형성의 한 양상," 『어문논집』, 32[1993. 12], pp. 265-267).

2) 「장백전」에 가장 많은 영향을 준 연의 소설은 물론 「당진연의」이다. ……이 외에 장백과 이정, 그리고 백운단 형제가 결의형제 하는 대목은 '도원결의를 효측하여' 하는 것으로 「삼국지연의」의 고사를, 유기가 주원장에게 장백을 연회에 초대하여 무찌를 계교를 말하면서 '한픽공이 항우로 징봉헐제 홍문연 베풀고 영웅이 구름 뫼듯 흔 중 칼이 쇽절업시니라'고 하여 「초한지」의 고사를 인용하고 있는 것 등이 그러한 예이다(심재숙, 동상, p. 265 각주 7).

국문필사본

(장백전)

【增】 張伯傳	京都大[河合弘民]	2(1: 셰지경유즁츄힝동셔, 25f.; 2: 32f.)
【增】 쟝빅젼	계명대[古綜目](고811.35장백)	1
【增】 장백전	성대(D07B-0060)	1(계해?)

국문활자본

(원변일세명쟝)쟝빅젼 (原本一世名將)張伯傳	국즁(3634-2-50=5)	1([著·發]姜殷馨, 大成書林, 1936.11.25, 61pp.)
(일세명쟝)쟝빅젼 (一世名將)張伯傳	국즁(3634-2-50=6)<3판>/ 국즁(3634-2-50=7)<4판> /국즁(3634-2-50=1)<6판>/국즁 (3634-2-50=4)<8판>/박순호[家目] /홍윤표[家目]/[仁活全](12)[25]	1([著·發]金東縉, 德興書林, 초판 1915.12.17[24]); 재판 1916.10.10: 3판 1917.2.20, 80pp.; 4판 1917.12.30. 58pp.; 6판 1921.1.30; 8판 1923.12. 20; 9판 1924. 12. 30, 61pp.)
【削】 일셰명장 쟝빅젼	[李:古研, 295]	1(德興書林, 초판 1914. 12. 17; 재판 1916. 10. 10; 3판

---

24) 3판본에는 초판의 간행 일자가 大正 3年(1914).12.17로 되어 있고, 6판에는 大正 5年(1916).10.10로 되어 있다.

25) 판권지는 없으나, 영인본 목차에 '덕흥서림'판으로 되어 있다.

		1917. 2. 20, 80pp.)
【削】 쟝빅젼	[李:古硏, 295]	1(德興書林, 초판 1915. 12. 17; 재판 1916. 10. 10; 3판 1917. 2. 20; 4판 1917. 11. 30, 58pp.)
원번 일세명장 쟝빅젼 原本 一世名將 張伯傳	고대(C15-A67)/국회[目·韓Ⅱ] (811.31)/김종철[家目] /대전대[이능우 寄目](1131)/박순호 [家目]/정문연[韓古目](1011: R35N -003037-11)/조희웅[家目]	1(申泰三, 世昌書舘, 1952; 1964, 61pp.)[34]
【削】 쟝빅젼 張伯傳	고대(C15-A67)/국회[目·韓Ⅱ] (811.31)/정문연[韓古目](1011: R35N-003037-11)	1(世昌書舘, 1952, 61pp.)
(원번일세명장)쟝빅젼 (原本一世名將)張伯傳	국중(3634-2-50=2)/박순호[家目]	1([著·發]姜夏馨, 太華書舘, 1929.12.28, 61pp.)
【增】 쟝백젼	정명기[尋是齋 家目]	1(太華書舘, 1948)
【增】 (일세명장)쟝빅젼 (一世名將)張伯傳	국중(3634-2-5=4)	1([著·發]朴健會, 漢城書舘, 초판 1913.12.??; 재판 1916. 10.20, 80pp.)

598.1. 〈자료〉

Ⅰ. (영인)

598.1.2. 仁川大民族文化硏究所 編. 『舊活字本古小說全集』, 12. 銀河出版社, 1983; (再刊) 國際아카데미, 2002. (덕흥서림판)

598.2. 〈연구〉

Ⅱ (학위논문)

【增】〈석사〉

1) 최명자. "「장백전」 연구." 碩論(한국교원대 교육대학원, 2000. 2).

2) 최재호. "「장백전」 연구." 碩論(경북대 대학원, 2003. 2).

Ⅲ. (학술지)

598.2.5. 김경숙. "「장백전」 연구." 『牧園語文學』, 11(목원대 국어교육과, 1992. 12).

598.2.7. 鄭相珍. "「張伯傳」과 「柳文成傳」의 構造와 두가지 問題." 『牛岩語文論集』, 4(부산외대 국어국문학과, 1994. 2). 『韓國古典小說研究』(三知院, 2000. 7)에 재수록.

【增】

1) 임성래. "영웅소설과 사회: 「장백전」을 중심으로." 『院友論集』, 12(연세대 대학원원우회, 1985. 2).

2) 정윤수. "地下國大賊退治說話의 小說的 受容樣相: 「洪吉童傳」·「張伯傳」을 中心으로." 『論文集』, 32(翰林情報産業大, 2002. 12).

◪599.[[장복선전 張福先傳]] ← 『도화유수관소고』

〈작자〉 李鈺(1760~1813)[26]

〈출전〉 金鑢(1766~1821),[27] 『藫庭叢書』, 24, '桃花流水館小藁'

〈관계기록〉

① 「張福先傳」, 結尾 (部分): 絅錦子曰 若福先者 眞俠人乎 其爲鼠於官 市恩於私者 在法固當刑 而若使福先 家而有積金 則亦豈盜官藏 干國律乎 …… 近歲 客有過平壤者 訪福先 方往安州未 返云◉(경금재[李鈺의 號]가 이르기를, 복선이와 같은 자야말로 정말 협사[28]라 이를 만하다. 그는 일찍이 관가의 재산을 쥐 도둑질하듯 해서 사사로이 은덕을 남에게 베풀었으니, 법률로는 마땅히 사형을 시켜야 하겠지만, 만일 복선으로 하여금 제 집에 쌓아 놓은 돈이 있었더라면, 어찌 관가에 간직한 재산을 도둑질해서 국법을 범할 리가 있겠는가? …… 근년에 어떤 이가 평양을 지나치다가 복선을 찾았더니, '방금 안주에 놀러갔다가 아직 돌아오지 않았다.'고 했다).

599.1. 〈자료〉

Ⅱ (역주)

【增】

1) 실시학사 고전문학연구회 역주. 『역주 이옥전집』, 2. 소명출판, 2001.

◪600.[[장봉사전 蔣奉事傳]] ← 『문무자문초』

〈작자〉 李鈺(1760~1813)[29]

〈출전〉 金鑢(1766~1821),[30] 『藫庭叢書』, 19 '文無子文鈔'.

600.1. 〈자료〉

Ⅱ (역주)

【增】

1) 실시학사 고전문학연구회 역주. 『역주 이옥전집』, 2. 소명출판, 2001.

◑{장부인전}

◪601.[장비마초실기 張飛馬超實記]

국문활자본

(만고명장)장비마초실긔	국중(3634-2-111=4) 재판	1([著·發]洪淳泌, 京城書籍業組合, 초판 1925.12.25; 재판 1926.12.20, 93pp.)[(35)]
(만고명장)장비마초실긔	국중(3634-2-111=1)<재판>/	1([著·發]李鍾楨, 光東書

---

26) 모든 사전 수정.

27) 모든 사전 수정.

28) 俠客. 호협한 기상이 있는 사람.

29) 모든 사전 수정.

30) 모든 사전 수정.

張飛馬超實記	국중(3634-2-111=2)/[仁活全]	局, 초판 1917.9.27[31]; 재판
	(12)<3판>	1918.1.15: 3판 1919.2.28, 90pp.)
(만고명장)장비마초실긔	국중(3634-2-111=3)/서울대(3350-95)1([著·發]洪淳泌, 朝鮮圖	
		書株式會社, 1925.12.25, 93 pp.)

601.1. 〈자료〉

Ⅰ. (영인)

601.1.1. 仁川大民族文化硏究所 編.『舊活字本古小說全集』, 12. 銀河出版社, 1983; (再刊) 國際아카
데미, 2002. (광동서국, 1918년 재판본)

【增】 ◑{장사몽}

【增】 국문필사본

| 【增】 장사몽 | 성대(D07B-0065) | 1(1921) |

◪602.[[장산인전 張山人傳]]

〈작자〉 許筠(1569~1618)

〈출전〉『惺所覆瓿藁』, 8

◪603.[[장생전 蔣生傳]][32)

[A]

〈작자〉 許筠(1569~1618)

〈출전〉『惺所覆瓿藁』, 8

〈관계기록〉

① 「蔣生傳」, 結尾: 余少日 狎游俠邪 與之諧謔甚親 悉覩其技 噫 其神矣 卽古所謂 劍仙者流耶◑ (내 일찍이 젊었을 적에 협사들과 친하게 사귄 적이 있었다. 역시 장생과 더불어 농담을 할 정도로 매우 친했으므로 그의 방술[33)을 모두 구경했다. 아아, 참으로 신가하도다. 그는 옛 사람이 말한 검선의 무리가 아니겠는가?).

603.A.1. 〈자료〉

Ⅱ (역주)

【增】

---

31) 단, 3판의 판권란에는 재판 일자가 9월 23일로 되어 있다.

32) 蔣生 (혹은 蔣道令)의 이야기는 허균의 「장생전」 및 김려의 「장생전」 외에도 洪萬宗(1643~1725)의 『海東異
蹟』(「蔣生」); 任埅(1640~1724)의 『天倪錄』(金榮福 소장본 「智異山路迷逢眞」); 劉在建(1793~1880)의 『俚鄕
見聞錄』(「蔣道令」); 작자 미상의 『記聞叢話』; 盧命欽(1713~1775)의 『東稗洛誦』(「丐者蔣道令尸解而成仙」);
李源命(1807~?)의 『東野彙輯』(「蔣道令授丹酬德」) 등에 나타난다.

33) 신선의 술법을 닦는 사람[方士]의 술법.

   1) 신해진. 『朝鮮朝傳系小說』. 월인, 2003.

603.B.2. 〈연구〉

Ⅲ. (학술지)

【增】

1) 최삼룡. "허균의 한문 전기소설에 대한 연구: '장한웅'과 '장도령'의 이인설화를 중심으로." 『語文論集』, 23(고려대 국어국문학연구회, 1982. 9).

2) 崔俊夏. "許筠과 金鑢의 「蔣生傳」." 『韓國 實學派 私傳의 硏究』(이회, 2001. 3).

3) 全俊伊. "허균의 「蔣生傳」과 조선후기 稗說의 관련 양상." 『東方學』, 8(韓瑞大 附設 東洋古典硏究所, 2002. 12).

[B] ← 『단량패사』

〈작자〉金鑢(1766~1821)

〈출전〉『藫庭遺藁』, 9, '丹良稗史'

〈관계기록〉

①『藫翁遺稿』(金鑢), 6, '丹良稗史': 余嘗誦稗史 得蔣生事甚悉 然心固疑之 及見洪萬宗所撰『海東異蹟』 所謂蔣都令者 其人歟 當是時 京師皆呼生爲蔣都令云 嗚乎 生其古劍仙者流耶…… 然聞其事 未及見其人也 及讀犀園[34]平凉子傳 盆瞿然矣 夫世固有若蔣生者◐(내가 일찍이 패사[[蔣生傳]]를 읽다가 장생에 대한 자세한 이야기를 알게 되었다. 그러나 마음 속으로는 의심하고 있었더니, 홍만종이 지은 『해동이적』을 보면서 거기에서 말하는 이른바 '장도령'이라는 사람이 장생이 아닌가 생각하게 되었다. 그때 서울에서는 장생을 모두 '장도령'이라고 불렀다고 한다. 아, 장생이란 옛날에 말하던 검객과 같은 사람이 아닌가? …… 그러나 그 이야기는 들었으나 그 사람은 보지 못했는데, 서원이 지은 「평량자전」을 읽게 된 뒤에는 더욱 놀라게 되었다. 세상에는 정녕 장생과 같은 사람이 있는 것이다).

603.B.1. 〈자료〉

Ⅱ (역주)

【增】

1) 朴熙秉 標點·校釋. 『韓國漢文小說 交合句解』. 소명출판, 2005. (서울대 소장 『藫庭遺藁』, 권9)

603.B.2. 〈연구〉

【增】 Ⅲ (학술지)

1) 이소라. "김려의 傳 연구: 「琉球世子外傳」·「韓淑媛傳」·「蔣生傳」을 중심으로" 『태릉어문연구』, 8(서울여대 국어국문학회, 1999. 7).

◪604.[장석전 張碩傳]

---

34) 金鑢의 아우 金鑪(1772~1833)의 號.

▶(장선생전 獐先生傳 → 섬동지전)
▶(장소저전 張小姐傳 → 김희경전)
◗장승상전 張丞相傳}35)
　〈작자〉趙聖期(1638~1689)
　〈관계기록〉
　　①『松南雜識』(趙在三): 我先祖拙修公行狀曰 太夫人於古今史籍無不博聞慣識 晚又好臥聽小說 以爲止睡遣悶之資 公自依演小說 構出數冊以進 世傳「創善感義錄」·「張丞相傳」是也◐ (나의 선조 졸수공[趙聖期 1638~1689] 행장에 이르기를, "대부인은 총명하고 슬기로워 고금의 사적과 전기를 널리 보아 자세히 알지 못하는 것이 없었다. 만년에는 누워서 소설 듣기를 좋아해, 이로써 잠을 막고 시름을 물리치는 자료로 삼았으므로, 공 스스로 고설에 의거하여 책 몇 편을 만들어 드리니, 세상에 전하는 「창선감의록」·「장승상전」 등이 그 작품들이다).

◐{장씨별록}36)
　〈관계기록〉
　　①「玩月會盟宴」(서울대본), 180: 성화황제[明 憲宗, 在位 1465~1487]와 정부 진공 사후 왕의 녀년은 녁곡의 머무다가 장샹셔 자손공의 되에 취국 봉왕ᄒ니 묘묘ᄒ 셜화와 긔긔ᄒ 스적이 「쟝시별록」의 희비ᄒ미 되략만 올니니라.

◐{장씨오룡기 張氏五龍記}
　〈관계기록〉
　　①『諺文古詩』(가람본), '언문칙목녹', 128:「장시오룡긔」.

605.◪[장씨전 張氏傳] ← 장씨정렬록
▶(장씨정렬록 張氏貞烈錄 → 장씨전)
▶(장씨효행록 張氏孝行錄 → 김희경전)
▶(장영전 → 장한절효기)
606.◪[장오복전 張五福傳]
　〈작자〉趙熙龍(1789~1866)
　〈출전〉『壺山外記』

▶(장옥란전 張玉蘭傳 → 옥란전)
▶(장운선전 張雲仙傳 → 운수전)37)
◪607.[장유성전 張遺聖傳] ← 명사십리
　【增】〈비교연구〉

---

35) 金台俊은 그의 『조선소설사』(p. 187)에서 이 「장승상전」을 「장풍운전」일 것으로 가정한 바 있다.
36) 「완월회맹연」의 續作인 듯하나 미발견이다.
37) 『작품연구 총람』에 추가.

1) 김태준이 언급한 것처럼 「명사십리」(「장유성전」)도 「열국지」·「조씨고아」로부터 비롯된 작품이므로 「조무 이야기」에 연원을 두고 있다고 보아야 한다. 따라서 「조무전」이나 「명사십리」(「장유성전」)는 동일한 연원으로보터 비롯된 것으로 볼 수 있다. …… 여기서 관심을 가져야 할 부분은 「조무전」류와 「장유성전」류 사이의 관계이다. 동일한 이야기를 작품의 연원으로 하고 있으며, 동일한 작품들의 영향을 받은 것으로 판단되는 이들 작품들 사이에 아무런 관계가 없다고 보기는 어렵다. …… 「장유성전」류와 「조무전」류는 중국의 「조무 이야기」로부터 비롯된 「조씨고아」와 「열국지」로부터 영향을 받아 등장한 작품들이라는 점에서 공통점을 갖는다. 그리고 갈등의 해결 과정에서 군담을 활용하고 있다는 점이 공통점이면서 중국의 것과 확연히 구별되는 두 작품류에서 공통적으로 발견되는 점이다. 두 작품류에 속하는 각 작품들은 세부적인 면에서 약간의 차이를 발견할 수 있지만, 동일한 작품류에 속하는 작품들끼리는 동질성이 더 강한 것을 볼 수 있다. 두 작품류 사이의 영향 관계를 있었음직한 단서는 있지만, 현재의 상황으로서 두 작품류 사이에 직접적인 영향 관계가 있다고 단언하기는 어려운 실정이다. 두 작품류는 중국의 것에 연원을 두고 발전적으로 소설화의 과정을 거친 것으로 보인다(박인희, "「張遺星傳」의 淵源과 特徵,"『새국어교육』, 68[2004. 12], pp. 263~264 및 266).

【增】〈이본연구〉

1) 「명사십리」는 현재 국문 필사본 1종과 국문 활자본 14종이 존재하는 것으로 알려진다. 이 가운데 영인되어 출간된 국문 필사본과 국문 활자본 1종을 「장유성전」과 비교한 결과 이 세 작품은 표기에서 약간의 차이를 보일 뿐 글자 수까지 대체로 일치하고 있음을 발견할 수 있다. 특히 구활자본 「명사십리」는 1918년 東亞書館·漢陽書籍業組合에서 처음 간행되었었고, 이후 「장유성전」이 필사되기 전 6년 동안 다섯 차례에 걸쳐 간행되기도 하였다. 이는 「명사십리」가 그만큼 대중적 인기를 끈 작품이었으며, 또한 「명사십리」가 「장유성전」의 母本이 되었을 것이라는 추정을 가능케 한다. 따라서 「장유성전」은 유일본으로 알려졌던 것과는 달리 「명사십리」의 동종이명의 한 이본임이 분명하다 할 수 있다(박인희, "「張遺星傳」의 淵源과 特徵,"『새국어교육』, 68[2004. 12], pp. 260~261)

607.2. 〈연구〉

Ⅲ. (학술지)

【增】「명사십리」

1) 李政隱. "「明沙十里」攷: 飜案 및 異本과의 關係를 中心으로."『嶺南語文學』, 19(嶺南語文學會, 1991. 6).

【增】「장유성전」

1) 朴仁熙. "「張遺星傳」의 淵源과 特徵."『새국어교육』, 68(한국국어교육학회, 2004. 12).

◐{장의사전}

◘608.[장익성전 張翼星傳] ← 모란화 / 목단화 / 용매기연

국문필사본

(장익성전)

【增】 張翼成傳	김종철[家目]	1(庚子元月, 낙장 38f.)
【增】 張翼星傳 單	김종철[家目]	1(낙장 62f.)
【增】 장익성전 단	김종철[家目]	1(26f.)
【增】 장익성전 권지	여태명[家目](415)	1(신회마월이십일, 36f.)

국문활자본

(목단화)

【增】 목단화 牧丹花	국중(3634-3-45=1)/[亞細亞: 韓國開化期文學叢書, 4]	1(廣學書舖, 1922. 3. 15. 65pp.)
【削】 목단화	서울대(3340-176)	1(金教濟, 1919, 81pp.)
【削】 목단화 牧丹花	[亞細亞: 韓國開化期文學叢書, 4]	1(김교제겨슐, 1911, 157pp.)[38]

(장익성전)

장익셩전 張翼星傳	국중(3634-3-61=4)<1920>/ 국중(3634-2-57=1)<1922>	1([編述]鄭基誠, 廣文書市, 1920.2.3; 1922.1.20, 65pp.)
쟝익셩젼 (古代小說)張翼星傳	국중(813.5-영423ㅈ)/박순호[家目]/ 여승구[『古書通信』, 15(1999. 9)]	1(永和出版社 編, [著·發]姜權馨, 永和出版社, 檀紀 4294年 [1961]. 10.10, 58pp.)
장익성전	김종철[家目]/정명기[尋是齋 家目]/[『렬녀전』(1918) 광고]	1(太華書舘, 1948)

608.1. 〈자료〉

Ⅰ. (영인)

608.1.2. 仁川大民族文化研究所 編. 『舊活字本古小說全集』, 20. 銀河出版社, 1984; (再刊) 國際아카데미, 2002. (광문서시판)

608.2. 〈연구〉

【增】 Ⅱ. (학위논문)

〈석사〉

1) 강애경. "「장익성전」 연구." 碩論(한국교원대 교육대학원, 2001. 2).

◆609.[장인걸전 張人傑傳][39) ← *이화전

〈비교연구〉

【增】

1) 「장인걸전」을 보면 민담의 수용이 작품의 전반에 걸쳐 있다고 하겠는데, 사건 전개는 물론

---

38) 이상 김교제 저술로 되어 있는 「목단화」는 「장익성전」의 이본이 아닌 전연 별개의 신소설 작품이므로 삭제한다.

39) 「배비장전」의 匣櫃妄身 설화, 「이화전」의 요괴 퇴치 설화 등의 삽화가 유사하다.

주인공의 신분, 보조적 적대자, 음조자, 배경 등에서 「異人이 된 소금장시」라는 민담과 구조적
골격을 같이 하고 있다(鄭相珍, "「張仁傑傳」 硏究,"『韓國文學論叢』, 12[1991. 11], p. 116).

609.2. 〈연구〉

Ⅱ. (학위논문)

〈석사〉

【增】

1) 염현숙. "「장인걸전」 연구." 碩論(한국교원대 교육대학원, 2000. 2).

Ⅲ. (학술지)

609.2.7. 鄭相珍. "「張仁傑傳」 연구."『韓國文學論叢』, 12(韓國文學會, 1991. 11). 【增】『韓國古典
小說硏究』(三知院, 2000. 7)에 재수록.

【增】

1) 金承鎬. "「張仁傑傳」의 간텍스트성."『韓國敍事文學史論』(國學資料院, 1997. 11).
2) 최귀묵. "「張仁傑傳」 연구: 민담, 「李華傳」과의 비교를 중심으로" 청관고전문학회,『고전문학과
교육』, 2(太學社, 2000. 6).

◪609.[장인걸전 張人傑傳]40) ← *이화전
◑{장일성전}
▶(장자방전 張子房傳 → 장자방실기)
◪610.[장자방실기 張子房實記] ← *서한연의 / 장량전 / 장자방전

국문필사본		

(장자방전)

【增】 張子房傳	정명기[尋是齋 家目]	낙질 1(卷下)

국문활자본		

(장자방실기 / 장자방전)

쟝자방실긔 楚漢乾坤張子房實記	乾坤국회[目·韓Ⅱ](811.31)	1([著·發]申泰三, 世昌書館, 1 95
	/김종철[家目]/대전대[이능우 寄目](1132)/박순희[家目]/조 희웅[家目]/홍윤표[家目]	1 ……
(초한건곤)장ᄌ방실긔	상권/하권 (楚漢乾坤)張子房 實記 上卷/下卷 국중(3634-2 -37=1)<초판 상권>/국중 (36342-37=2)<초판 하권>/	1(국한자 병기, 13회, 快齋 朴健 會 譯述, [編·發]朴健會, 朝鮮 書舘, 상: 제1회~제13회, 초판 1913.4.11, 106pp.; 하: 제14회~

---

40) 위와 같다.

	국중(3634-2-57=3)<3판 하권>	제31회, 초판 1913.10.10, 113pp.;
	/여승구[『古書通信』, 15(1999.9)]	재판 1915.11.25; 3판 1917.2.15,
	<3판 하권>/[仁活全] (12)	95pp.)
	초판 상권	
【削】 장ㅈ방실긔	여승구[『古書通信』, 15(1999.9)]	1(朝鮮書舘, 초판 1913. 10. 10;
	3판 하권/[李:古研, 296]	재판 1915; 3판 1917, 하 95pp.)

610.1. 〈자료〉

Ⅰ. (영인)

610.1.1. 仁川大民族文化研究所 編.『舊活字本古小說全集』, 12. 銀河出版社, 1984; (再刊) 國際아
카데미, 2002. (조선서관판,『장ㅈ방실긔』)

◘611. [[장자전 莊子傳]] ← 『금고기관』

◐{장장군전 張將軍傳}

〈관계기록〉

① 金起東,『李朝時代小說論』, p. 591.

◐{장장백전 張長白傳}

〈관계기록〉

① 金起東,『李朝時代小說論』, p. 601.

◐{장조구민록}

〈관계기록〉

①『諺文古詩』(가람본), ‘언문칙목녹’, 73:「쟝조구민녹」.

◘612. [[장천용전 張天慵傳]]

〈작자〉 丁若鏞(1762-1836)

〈출전〉『與猶堂全書』, 17

◐{장태문전}

◘613. [장풍운전 張風雲傳 / 張豊雲傳] ← 금선각41) / *양풍(운)전 / 장두영전 / 장풍전

〈제의〉 약혼자인 ‘장풍운’과 ‘경패’가 온갖 시련 끝에 團合하는 이야기. 반면 ‘金仙覺’ 또는 ‘金僊覺’은 ‘부처님의 깨달음’이란 뜻임.

---

41)「금선각」이「장풍운전」의 이본임이 확인됨에 따라 본총서『이본목록』「금선각」항에 있던 이본들을「장풍운
전」항으로 옮겼다.

〈작자〉

【增】

1) 김준형본은 2권 1책으로 되어 있는데, 내제는 각각 '金仙覺'과 '金仙覺卷之下'로 되어 있다. 그런데 내제 밑에는 각각 '陰城進士申公景源著'라는 기록이 남겨져 있다. 즉 「금선각」의 저자를 '申景源'으로 밝힌 것이다. 이 기록을 얼마만큼 신뢰할 것인가는 시각에 따라 다르겠지만, 필자는 실제 작가를 기록한 것으로 추정한다. …… 그렇다면 신경원은 누구인가? CD-ROM 『사마방목』을 보면 신경원은 1763년에 司馬 增廣試에 합격하여 진사가 된 인물이다. 또한 그 부친이 申浩임도 확인된다. 그 외 그의 관향이나 형제 등과 같은 세부적인 내용이 『사마방목』에는 빠져 있다. 이에 족보를 살펴보면 평산 신씨 족보에는 申景源이란 이름이 보이지 않는다. 반면 고령 신씨 족보에는 申景源(1722~1797)의 이름이 보이는데, 그의 부친의 이름 역시 '浩'이다. 따라서 이가 곧 김준형본에 씌어진 '進士 申景源'일 가능성이 높다. 그렇지만 그를 곧바로 「금선각」의 작가로 확정하기에는 다소 주저되는 면이 없지 않다. 그것은 김준형본에 씌어진 신경원이 '陰城 進士'라는 점에 있다. 그런데 고령신씨 족보에 등재된 신경원은 지금의 전라남도 화순 지역에 기반을 두고 있었다. 또한 『同福縣邑誌』 科宦條를 보면 신경원이란 인물이 씌어져 있다. '申景源 英廟癸未增科中司馬文章行讀累登 褒啓'가 그것이다. 영묘 계미년, 즉 1763년에 사마시에 합격한 인물이라는 점에서 이가 바로 고령신씨 신경원임이 분명하다. 즉 고령신씨 족보에 오른 신경원은 동복군에 세거했던 인물임이 확인된다. 동복군은 곧 화순의 옛이름이다. 따라서 고령신씨 족보에 오른 신경원은 '음성 진사'가 아니라 '화순 진사'인 셈이다(김준형, "「金僊覺」의 발굴과 소설사적 의의," 『古小說研究』, 18[2004. 12], pp. 147~149 발췌 인용).

〈작품연대〉

【增】

1) 위의 기록[유재영 복사 한문본 「금선각」의 발문]을 보면 이 책은 壬寅年, 혹은 임인년 직후에 지어졌음을 알 수 있다. 그렇다면 임인년은 어느 해 임인년인가? 이 시기는 아무리 늦어도 1782년 이전이라 하겠다. 왜냐하면 현전하는 이본 중에는 1842년 이전에 필사된 본들이 존재하기 때문이다. 따라서 임인년은 1782년, 1722년으로 압축된다. …… 김준형본은 2권 1책으로 되어 있는데, 내제는 각각 '金仙覺'과 '金仙覺卷之下'로 되어 있다. 그런데 내제 밑에는 각각 '陰城進士 申公景源著'라는 기록이 남겨져 있다. 즉 「금선각」의 저자를 '申景源'으로 밝힌 것이다. …… CD-ROM 『사마방목』을 보면 신경원은 1763년에 司馬 增廣試에 합격하여 진사가 된 인물이다. 또한 그 부친이 申浩임도 확인된다. …… 고령 신씨 족보에는 申景源(1722~1797)의 이름이 보이는데, 그의 부친의 이름 역시 '浩'이다. 따라서 이가 곧 김준형본에 씌어진 '進士 申景源'일 가능성이 높다. …… 또한 『同福縣邑誌』 科宦條를 보면 신경원이란 인물이 씌어져 있다. '申景源 英廟癸未增科中司馬文章行讀累登 褒啓'가 그것이다. 영묘 계미년, 즉 1763년에 사마시에 합격한 인물이라는 점에서 이가 바로 고령신씨 신경원임이 분명하다. …… 「금선각」의 작가는 고령신씨 신경원이고, 이 작품이 책어진 시기는 1782년 어름으로 귀결된다. 그렇지만 신경원이 동명이인이라면, 작가는 신경원으로 인정될 수 있지만 그 창작 시기는 여전히 1722년, 혹은 1782년 전후로 되돌아갈 수밖에 없다(동상).

〈관계기록〉

① 『象胥記聞』[1794?](小田幾五郎 1754~1831): 朝鮮小說 「張風雲傳」·「九雲夢」·「崔賢傳」·「蘇大成傳」·「張朴傳」·「林將軍忠烈傳」·「蘇雲傳」·「崔忠傳」 外 「泗氏傳」·「淑香傳」·「玉橋黎」·「李白慶傳」類 …… 其外 「三國志」類 諺文書本有☯(조선의 소설로는 「장풍운전」·「구운몽」·「최현전」·「소대성전」·「장박전」·「임장군충렬전」·「소운전」·「최충전」 외에 「사씨전」·「숙향전」·「옥교리」·「이백경전」 따위가 있고 …… 그 밖에 「삼국지」 등의 국문 소설이 있다).

② 「第一奇諺」(洪羲福 1794~1859), 序: 모든 쇼셜이 슈삼십 종의 권질이 호대ᄒ야 혹 빅 권이 넘으며 쇼불하 슈십 권에 니르고 그 남아 십여 권 슈샴 권식 되ᄂᆞᆫ 수오십 종의 지ᄂᆞ니 심지어 「슉향전」·「풍운젼」의 뉘 가항의 쳔ᄒᆞᆫ 말과 하류의 ᄂᆞ즌 글시로 판본에 긴간ᄒ야 시상에 미미ᄒ니 대동 쇼이ᄒ야 사름의 셩명을 고쳐시나 스실은 흡ᄉ하고 션악이 닉도ᄒᄂᆞ 계교는 ᄒᆞᆫᄀᆞ지라.

③ 『陳談錄』[1871], ‘風雲傳’: 優倡之下戲也 男女傾城縱觀 其中有一人 特立於高邱上 而豪奢衣冠 容貌如玉 超出於衆會之中 眞一世之奇男子 衆皆欽慕仰望 而不敢接語矣 其人見衆人之景仰 偉然自得 指優倡而言曰 古亦有此等矣 就中 諸人方不勝欽仰之際 聞其說道 並皆幸喜意以爲必將有珠玉之說 同聲並應曰 古事可得聞歟 其人惟离腹搖扇墜曰 昔者 「張風雲」 語未及終 諸人皆揮而回立曰 誤矣誤矣☯(광대들이 놀음을 시작하자 온 성안의 남녀들이 모여들어 구경했다. 그 중에 한 사람이 유별스레 높은 언덕 위에 서서 있었는데, 호사스런 의관과 옥 같은 용모가 모여든 사람들 가운데 특별히 뛰어나서, 실로 일세의 기남자같이 보였다. 모여든 사람들이 모두 흠모하고 우러러보며 감히 가까이 가서 말을 붙여 보지도 못했다. 그 사람이 모두 자기를 우러러보는 줄 알고 의기양양해 하며 광대놀음을 가리키며 말했다. “옛날에도 이런 일이 있었지.” 모든 사람이 바야흐로 우러러보기를 마지 않을 때, 이런 말을 듣고 모두 기뻐하며 그에게서 틀림없이 주옥 같은 말이 나올 것으로 생각하며 이구동성으로 말하기를, “그 옛 이야기를 들어 볼 수 있겠는가?” 했다. 그 사람이 다만 배를 헤치고 부채를 흔들어 대며 말하기를, “옛날 장풍운이……”라 하니, 말이 미처 끝나기도 전에 모든 사람이 떨치고 일어서며, “아냐, 아냐.”라고 했다).

④ 『諺文古詩』(가람본), ‘언문칙목녹’, 165: 「쥬풍운전」.

⑤ Courant, 794: 「쟝풍운전 張風雲傳」.

⑥ Courant, 3354: 「張風雲傳」.

⑦ 「思弟歌」: 忘懷나 하려 하고 옛책을 읽어 보니 「趙雄傳」·「風雲傳」 슬프고 장하도다 「張伯傳」·「鳳凰傳」 眞言인가 虛說인가 「謝氏傳」·「淑香傳」 구비구비 奇談일세.

〈이본연구〉

【增】

1) 「금선각」·「장두영전」·「장풍운전」에는 많은 인물이 등장한다. 그 중에는 주변 인물도 적지 않다. 그런데 작품 안에서 주변 인물이 차지하는 비중은 ‘「금선각」 > 「장두영전」 > 「장풍운전」’ 순이다. 즉 「장풍운전」에는 주변 인물의 역할이 상당 부분 약화되어 있는 반면, 「금선각」에서는 주변 인물의 역할도 적지 않다. …… 「금선각」에 등장하는 주변 인물들은 일정한 역할을 담당했다. 그런데 「장풍운전」에는 주변 인물의 역할이 약화되면서 소설의 중심에는 오로지 장풍운만 존재한다. …… 「금선각」에서 보이는 다양한 인물에 대한 관심이 「장풍운전」에서는 한 인물로 옮겨진 것이다. 한 영웅의 일생이 부각되는 반면 한 가문을 일으키는데에 보조적인 역할을

담당했던 인물은 거세되어 있는 셈이다. 이 점에서 장풍운의 영웅성과 장두영의 영웅성은 일정한 차이를 보인다. 장두영의 영웅성은 소위 가문 소설에서 보이는 양상과 유사하다면, 장풍운의 영웅성은 그보다 영웅 소설에 그려진 영웅성과 일정 정도 맞닿아 있는 셈이다. 이 점 역시 「금선각」이 「장풍운전」보다 선행했고, 「장풍운전」은 이를 수용하면서 주변 인물의 역할을 거세시키는 과정에서 빚어진 결과로 이해할 수 있다. …… 후일담의 처리 문제도 「금선각」·「장두영전」·「장풍운전」은 서로 다른 양상을 보인다. …… 경판 8장본[「장풍운전」은 성급하게 이야기를 끝맺고 있다. 경판 27장본에는 더 심한데 여기에는 고작 175자가 후일담의 전부다. 이처럼 「장풍운전」에서 후일담은 분량도 적고 그 내용 역시 심각하지 않다. 그렇지만 「금선각」에 그려진 후일담은 15회 회장 중에 '暮境에 더더욱 無疆한 복을 누리고, 闔家가 한가지로 극락 세계로 오르다(暮景益享無彊福 闔家同酪極樂界)'라는 제목의 한 회로 처리할 만큼 중요하게 다루고 있다.

국문필사본

【增】 (금선각)

금션각 <u>張杜靈傳 卷之單</u> 김선각	단국대[未刊目](古 853.5 금349) [평양: 고소해목]	1(戊戌?; ㅣ뒷면]甲辰元月譯)

(장두영전 / 【增】 장원수전)

<u>張斗英傳</u>	박순호[家目]	1(을묘납월초일일; ㅣ뒷면]大正五年[1916]十二月二十二日絶筆閣停 振威郡玄德面岐山里, 73f.)
【增】 (張元帥傳)	성균관대	낙질 1(신축십월초ᄉ일)

(장풍운전)

【增】 장풍운	김종철[家目]	1(72f.)
【增】 장풍운전	미도민속관[생활사 도록](37)	1
【增】 장풍운전	박순호[家目]	1(45f.)
【增】 장풍운전이라	박순호[家目]	1(乙未月初三日始作, 旃蒙]協洽[乙未]年六月閼逢閹茂[甲戌]日始, 을미졍월초오일의 시작, 65f.)
【增】 쟝풍운전리라	박순호[家目]	1(그히원월십오일의서ᄒ로라, 己亥正月十五日始終 內洞書, 41f.)
【增】 장풍운전이라	여태명[家目](99)	1(경ᄉ졍월초, 65f.)
【增】 장픈운전	여태명[家目](229)	1(71f.)
【增】 張風雲傳	정명기[尋是齋 家目]	1
【增】 장풍운전	정명기[尋是齋 家目]	1

(풍운전)

【增】 풍운젼 승흥권	미도민속관[생활사 도록](36)	1(경슐십이월일)
【增】 풍운젼 권이리라	박순호[家目]	1(48f.)

【增】 국문안성본

(쟝풍운젼)

쟝풍운젼	국중(한古朝48-53-6)	1(朴星七書店, 大正六[1917], 19f.)

국문완판본

【增】 쟝풍운젼	박순호[家目]	1(35f.)
【增】 쟝풍운젼 張風雲傳	이태영[家目]	1(39f.)
【增】 쟝풍운젼	이태영[家目]	1(癸卯孟冬完山開刊, 39f.)
【增】 쟝풍운젼	이태영[家目]	1(癸卯孟冬完山開刊, 39f.)42)

국문판각본

【增】 쟝풍운젼	정명기[尋是齋 家目]	1

국문활자본

쟝풍운젼 (古代小說)張豊雲傳	국중(3634-2-29=1)<8판>/여승구[『古書通信』, 15(1999. 9)]	1([著·發]洪淳泌, 京城書籍業組合, 초편 1916.6.14; 8편 1926. 12. 20, 43pp.)43) 【削】 (48)
【增】 쟝풍운젼 (古代小說) 張豊雲傳	국중(3634-2-57=6)	1([著·發]申龜永, 東洋大學堂 1918, 43pp.)
쟝풍운젼 (古代小說) 張豊雲傳	국중(3634-2-57=5)	1([著·發]宋敬煥, 東洋大學堂 1929.12.3, 31pp.)
【削】 쟝풍운젼	[權純肯, 157]	1(博文書舘新舊書林, 1915. 12. 5)
쟝풍운젼(古代小說) 張豊雲傳	국중(3634-2-57=4)	1([著·發]盧益亨, 博文書舘·新舊書林, 1925.12.5, 43pp.) 【削】 (49)
쟝풍운젼 古代小說 張豊雲傳	국회[目·韓II](811.31)/김종철[家目]	1(世昌書舘, 1951; 1956, 64pp.)
쟝풍운젼 古代小說 張豊雲傳	박순호[家目]/유탁일[仁活全](31)	1([著·發]姜義永, 永昌書舘·韓興書舘·振興書舘, ……
쟝풍운젼 (古代小說)張豊雲傳	국중(3634-2-57=7)<7판>	1([著·發]洪淳泌, 朝鮮圖書株式會社, 초판 1916.6.14; 7판

---

42) 책 표지가 훼손되었다.
43) 『이본목록』에 간행 연도와 페이지 수 사이가 1행 비어 있으므로 바로잡아야 한다.

장풍운젼(古代小說)張豊雲傳	국중(3634-2-16=4)<재판>/ 국중(3634-2-57=8)<재판>	1923. 4.10, 43pp.) 1([著·發]申龜永, 漢城書舘·惟 [唯]一書舘, 초판 1916.6.14; 재판 1918.1.12, 43pp.)44)
【削】 장풍운젼		1(國漢字 倂記, 漢城書舘, 1916, 56pp.)

【增】 **한문필사본**

【增】 (금선각)

【增】 金仙覺	고려대(대학원 C14 A2)	1(庚申 孟秋, 80f.)
【增】 金仙覺	고려대(육당 C14 A4-1/2)	2(1: 60f.; 2: 44f.)
【增】 金仙覺	국중(古373-13)/국중 (古373-13=複)/(古3730-13)	1(75f.)
【增】 金仙覺	김준형	2-1(陰城進士申公景源著, 癸未 菊秋, 36f.)
【增】 金仙覺	연세대	1(621f.)45)
【增】 金仙覺	유재영(복사)	1(56f.)
【增】 金仙覺	정명기[尋是齋 家目]	1(癸亥, 51f.)
【增】 金仙覺	정명기[尋是齋 家目]	1(黑兎南宮[癸卯]上浣 浣西姜竹□筆, 54f.)46)

【增】 (장두영전)

【增】 張斗英傳 卷之單 金仙覺	성균관대	1([표지]冊主忠淸南道保寧郡 嵋山面開花里兪福永, 110f.)
【增】 張斗英傳	임형택[莽蒼蒼齋 家目]	1(歲在甲戌夏四臨州鄉判,70f.)

613.1. 〈자료〉

Ⅰ. (영인)

613.1.4. 仁川大民族文化硏究所 編. 『舊活字本古小說全集』, 31. 銀河出版社, 1984; (再刊) 國際아카데미, 2002. (영창서관·한흥서림·진흥서관판)

【增】

1) 이창헌. 『이야기책 이야기』. 보고사, 2003. (한성서관판 「장풍운젼」)

613.2. 〈연구〉

【增】 Ⅰ. (단행본)

---

44) 유일서관 간행 「대월서상긔」(1916)의 광고 목록에 나타나 있다. 배열 순서 재배치.
45) '帝王玉璽出納記'가 후첨되어 있다.
46) 이상 補正된 이본 사항은 주로 김준형의 "「金僊覺」의 발굴과 소설사의 의미"(『古小說硏究』, 18, 韓國古小說學會, 2004. 12)를 참조하였다.

1) 金秉權.『장풍운전과 문화관습』. 世宗出版社, 2001.

【增】 Ⅱ (학위논문)
1) 신현순. 「「장풍운전」의 불교사상적 성격.” 碩論(부산대 대학원, 2000. 8).

Ⅲ. (학술지)
【增】「금선각」
1) 김준형. “「金僊覺」의 발굴과 소설사적 의의.”『古小說硏究』, 18(韓國古小說學會, 2004. 12).
【增】「장풍운전」
【增】

1) 곽정식. “「장풍운전」 연구.”『國語國文學』, 21(부산대 국어국문학과, 1983. 12).
2) 김경남. “군담소설의 전쟁 소재와 욕망의 관련 양상: 「소대성전」·「장풍운전」·「조웅전」을 중심으로.”『建國語文學』, 21·22(建國大 國語國文學硏究會, 1997. 9).
3) 김병권. “경판「장풍운전」 문헌변화의 소설시학적 기능.”『韓國民族文化』, 14(釜山大 韓國民族文化硏究所, 1999. 12).
4) 김병권. “「장풍운전」 구성의 姓名學的 접근.”『語文敎育論集』, 17(釜山大 國語敎育科, 2000. 3).
5) 김병권. “방각소설「장풍운전」 내적변화와 독자성향.”『韓國文學論叢』, 26(韓國文學會, 2000. 6).
6) 김병권. “「장풍운전」 構成의 觀相學的 접근.”『韓國民族文化』, 15(釜山大 民族文化硏究所, 2000. 6).
7) 이지영. “「장풍운전」·「최현전」·「소대성전」을 통해 본 초기 영웅소설 전승의 행방.”『古小說硏究』, 10(韓國古小說學會, 2000. 12).
8) 이창헌. “「장풍운전」: 가족의 회복과 형성.”『이야기책 이야기』(보고사, 2003. 9).
【增】〈회목〉
(국립중앙도서관 소장 한문필사본「金仙覺」)

楊夫人應夢生男	蔣道士觀相占厄
金笄山母子相失	端元寺凡姑同居
神翁濟窮配淑女	僑客避禍別賢妻
遇金山僧捨施結緣	入延瓊寺居留分袂
覽父書奴主南征	證郎衣姑婦奇遇
入貴門倡優得所	睡花園龍虎入門
登金榜擢玉署官	出錦衣結紅繩緣
討西羌元帥大捷	取南路老僧先導
入尼院母妻握手	歷舊舘胡氏喪膽
別金仙同氣相逢	證玉鞘天倫克正
凱還天門恩渥荐降	御賜新宮內外團聚
王夫人給馬通信	張丞相倍道還京
奉皇命識鞫神明	臨通衢殺活快定
暮景益享無疆福	闔家同躋極樂界

▶(장풍전 張豊傳 → 장풍운전)

◈614.[장하연정기 張河演征記] ← 장하정숙연기

〈관계기록〉

① 金起東, 『李朝時代小說論』, p. 595: 「張河演征記」.

▶(장하정숙연기 張河鄭淑演記 → 장하연정기)

◈615.[장학사전 張學士傳] ← *소부인전 / *소씨전 / *소씨청절록 / 완월루 / 장한림전 / *조생원전 ②

국문필사본

(완월루)

완월누47)	계명대[古綜目](고811.35완월누)	1

(장학사전)

장학사전	계명대[古綜目](의811.35장학사)	1
장학사전	계명대[古綜目](고811.35장학사)	1(되한융희오년신희[1911]졍월초오일필셔, 漢城 신의관댁)
【增】 장학ᄉ젼 단	미도민속관[생활사 도록](23)	1
【增】 장학ᄉ젼 단	미도민속관[생활사 도록](38)	1
【增】 張學士傳	임형택[莽蒼蒼齋 家目]	4-1(隆熙二年[1908] 4월, 74f.)
【增】 장학사전	정명기[尋是齋 家目] 낙질	1(3: 셰ᄌ긔희십월일이현필셔)

국문활자본

(완월루)

완월루 玩月樓	국중(3634-3-5=6)<초판>/ 국중(3634-2-90=3)<재판>	1([著·發]南宮濬, 唯一書舘, 초판 1912.8.28, 101pp.; 재판 1915.3.25, 82pp.)
완월루	국중(3634-2-90=2)	1([著·發]南宮濬, 漢城書舘, 초판 1912.8.28; 재판 1915.1.25; 3판 1917.10.25, 78pp.)

(장학사전)

장학사전 張學士傳	국회[目·韓II](811.31)/김종철[家目]/박순호[家目]/조희웅[家目]/홍윤표[家目]	1([著·發]申泰三, 世昌書舘, 1951.12.30; 1952. 12. 30; 1961, 56pp.)(55)
(고듸소셜)장학사젼 권지단 (古代小說)張學士傳	국중(3634-3-41=3)<재판>/정병욱/[仁活全](12)(57)	1([著·發]金翼洙, 新舊書林, 초판 1916.6.15; 재판 1917.11.15, 74pp.)

___

47) 「북천가」 합철.

615.1. 〈자료〉

Ⅰ. (영인)

615.1.4. 仁川大民族文化硏究所 編.『舊活字本古小說全集』, 12. 銀河出版社, 1983; (再刊) 國際아카데미, 2002. (신구서림판)

615.2. 〈연구〉

Ⅱ. (학위논문)

〈석사〉

615.2.1. 朴虎瀋. "「張學士傳」 硏究." 碩論(韓國敎員大 大學院, 1996. 2).

Ⅲ. (학술지)

【增】

1) 오종근·백미애. "「장학사전」에 나타난 처첩 갈등."『조선조 가정소설』(월인, 2001. 8).

▶(장한림전 張翰林傳 → 장학사전)
▶(장한전 張韓傳 → 장한절효기)
◪616.[장한절효기 張韓節孝記] ← 장영전

〈관계기록〉

① Courant, 799:「장한절효긔 張韓節孝記」.

국문필사본

(장한절효기)

【增】 張漢節孝記	京都大[河合弘民]	낙질 3(1: 긔히이월일□현필셔, 33f.; 2: 29f.; 3: 긔히이월일이현 필셔, 29f.)
【增】 장한절효긔	정명기[尋是齋 家目]	낙질 1(권4종)
【增】 張韓節孝記	河合弘民[河合蒐目, 5]	1
【增】 張韓節孝記	河合弘民[河合蒐目, 12]	3

국문활자본

| 장한절효긔 | 국중(3634-3-2=2)<초판>/서울대(3350-64)/정문연(D7B-53)/[仁活全](13) | 1(12회, [著·發]金在義, 新明書林, 초판 1915.10.27; 재판 1917; 1919, 97pp.) |
| 【削】 장녕젼 장한절효긔 張漢節孝記 | 서울대(3350-64)/[仁活全](13) | 1([著·發]金在義, 1915. 10. 27, 97pp. / 재판 1917, 82pp.) |

616.1. 〈자료〉

Ⅰ. (영인)

616.1.2. 仁川大民族文化硏究所 編.『舊活字本古小說全集』, 13. 銀河出版社, 1983; (再刊) 國際아카데미, 2002. (신명서림판)

◪617.[장현전 張賢傳]

617.2 〈연구〉

【增】 Ⅲ. (학술지)

1) 노영근. "우애 있는 형제 이야기의 의미:「장현전」과「목시룡전」을 중심으로." 『語文學論叢』, 24(國民大語文學硏究所, 2005.2).

◪618.[장화홍련전 薔花紅蓮傳]

〈작자〉朴仁壽[48]

〈관계기록〉

① 『嘉齋事實錄』, 跋: 昔維我先祖嘉齋公勳錄恩典事實 皆乘史間所著 而旣一百有六十一載去 甲戌不幸遭家燹之再失 多入於灰燼之中 只有錄勳券敎諭旨遺事 與「薔蓮傳」數三篇 則曷勝 痛恨哉 去丁巳曾祖考 有志乎修復先烈 而手澤猶新 …… 崇禎後四乙丑暮春 不肖後孫基洛盥 手謹書◪(예전에 나의 선조 가재공께서 녹훈[49]의 은전을 입은 사실이 역사책에 기록된 지도 이미 161년이란 세월이 흘렀다. 불행히도 갑술년에 화재를 다시 만나 대부분 잿더미로 화하고 다만 녹권[50]과 교지 및 유사[51], 그리고「장련전」등 수삼 편만 남게 되었은즉 어찌 원통하고 한스러움을 이길 수 있을까보냐? 지난 정사년 증조부께서 선열의 사적을 새롭게 할 뜻이 있었으니, 수택이 오히려 새로워졌다. …… 숭정 후 네 번째 맞이하는 을축년[1865] 늦은 봄에 불초 후손 [전]기락이 삼가 쓴다).

② 『嘉齋事實錄』, 結尾: 公之六代孫萬宅以諺冊屬余眞謄 故余謝不獲 略擧其槩云爾 …… 歲戊 寅臘月潘南朴仁壽謹書◪(공[全東屹]의 6대손 만택[1765~1837]이 나에게 한글로 된 책을 한문 으로 옮겨 달라고 했다. 나는 사양하였으나 뜻을 이루지 못하고 그 줄거리만을 대략 옮겼다. 순조 무인년 12월 초길일 반남 박인수 삼가 쓰다).

③ 『嘉齋公實錄』, 제2장 앞면:「薔花紅蓮傳」後孫萬宅 校譯 朴仁壽.

④ 『文獻備考』:「長花紅蓮傳」

⑤ 『朝鮮名臣錄』, '全東屹'條: 孝廟三年武科 當孝廟將用兵時與李相尙眞·蘇斗山稱三傑 歷典 州牧 屢登襃啓 時鐵山有冤獄 前後莅位者相繼而死 人無應赴者 朝廷薦公鐵山府使 至則査得 薔愛紅蓮之寃而伸之 邑邃無事◪(효종3년[1651]에 무과에 올랐다. 전동흘은 효종이 장차 용 병[52]하려 할 때에 정승 이상진[1614~1690]과 소두산[1627~1693]과 더불어 '3걸'의 칭이 있었다. 여러 고을의 목사를 거치는 중에 누차 포상의 계문[53]이 오르곤 했다. 그때 철산 지방에 원통한 옥사가 있었는데, 여러 번 부임해 온 수령들이 계속 죽곤 하여 아무도 부임하기를 원하지 않았다. 조정에서 전공을 철산부사로 추천하니, 공이 임지에 이르러 '장애홍련'의 원통함을 밝혀 내어

---

48) 저자가 朴慶壽라는 이왕의 설(김태준, pp. 181~182 참조)은 잘못임이 밝혀졌다(全聖鐸, 『국어교육』, 13, 1967. 12. 및 春川敎育大學, 『論文集』, 8, 1970. 2 참조).

49) 훈공이 장부나 문서에 기록됨.

50) 공신의 훈공을 새긴 쇠로 만든 패.

51) 죽은 사람이 남긴 생전의 사적.

52) 군사를 지휘하여 부림.

53) 임금에게 알림. 啓稟.

풀어 주니, 그 후로는 아무 일이 없었다).
⑥ Courant, 819:「쟝화홍년젼 壯花紅蓮傳」.

〈이본연구〉

【增】

1) 이본 계열 간 선후 관계는 대체로 박인수본 계열, 신암본 계열, 자암본 계열, 가람본 계열, 김광순본 계열의 순서로 볼 수 있다. 이와 같은 선후 관계를 토대로 각 이본 계열의 관련 양상을 논하면 다음과 같다. 우선 박인수본이 선행하는 가운데 신암본이 19세기에 들어 등장하였다고 볼 수 있다. 그러나 신암본의 성격이 박인수본과 다르다는 점에서, 박인수본의 직접적인 영향을 받은 것으로 보이지 않는다. 따라서 언문본이 있었다는 박인수본의 기록을 통해 비록 그 저본은 확인할 수 없지만, 18세기에 존재했었을 것으로 보이는 이본에서 계통을 찾을 수 있다. 그리고 김광순본은 신암본과의 유사성을 근거로, 19세기 후반에 신암본에서 갈라져 나왔다고 할 수 있다. 한편 자암본은 재생담이 있다는 점에서 박인수본 및 신암본과 다르며, 출간 시기는 19세기 후반으로 보인다. 따라서 기존에 읽히던 「장화홍련전」에서 재생담을 삽입하는 등의 내용 부연을 통해 흥미성을 높인 이후 출간한 것으로 보인다. 한편 가람본 역시 다른 작품을 보았다는 기록을 통해 19세기 후반 이후에 나온 것으로 보인다. 다만 재생담의 성격이 자암본과 다르게 되어 있어, 자암본과는 다른 계열이란 할 수 있다. 이상에서 서술하였듯이 현존하는 이본과 그 필사 시기 그리고 관련 양상을 통해 볼 때, 박인수본은 초기 이본이며, 신암본은 비록 저본이 있을 가능성은 있지만 19세기에 생성되었다고 할 수 있고, 김광순본, 자암본, 가람본은 대체로 19세기 중반 이후 등장한 것으로 보인다. 따라서 「장화홍련전」은 17세기의 사건을 배경으로 하면서 19세기에 계열화되었다고 할 수 있다. 그리고 대체적인 성격은 박인수본에서와 같은 역사적 성격이 약화되고 계모와 전실 자식의 갈등이 부각되거나 다른 사건이 부연되면서 이본들이 생성된 것이리 할 수 있다. 따라서 후기 이본들의 계열별 양상 및 의미를 선행하는 박인수본와 관련하여 살펴보는 것이 필요하다(李基大, "「薔花紅蓮傳」研究," 高麗大 碩論[1998. 8], pp. 24~25).

【增】〈판본연대〉

1) 「장화홍련전」의 이본은 모두 다섯 계열로 나눌 수 있다. ① 박인수본 계열(3종), ② 신암본 계열(21종), ③ 김광순본 계열(3종), ④ 자암본 계열(6종), ⑤ 가람본 계열(3종), 이외에 정연호본이 있다. 이와 같은 각 이본 계열을 토대로 하여, 간기가 밝혀진 이본을 대상으로, 필사 시기를 추측하면 다음과 같다. …… 우선 박인수본은 1818년에 지어진 것으로 보아 가장 선행한다고 할 수 있다. 문제는 다른 이본들의 필사 시기이다. 그런데 일단 다른 이본들은 정확히 지어진 연대를 알 수 없다. 다만 박인수본이 지어진 이후에 나온 것으로 보이며, 대체로 구활자본이 본격화된 1910년대 이후에 필사되었을 것으로는 보이지 않는다. 이와 같은 가설에 따라 각 계열별로 선행본을 추측해 보고자 한다. 신암본 계열의 이본에 나타난 간기는 대체로 19세기 초부터 20세기 초까지 다양하게 볼 수 있다. 물론 이본들의 간기를 18세기로 소급할 수도 있다. 그러나 내용상에 있어서 이본들 간에 큰 차이가 없다. 이러한 점을 토대로, 오랜 시간에 걸쳐 이본들이 변모되었다고 보기는 어렵고, 그보다는 비슷한 시기에 많은 이본들이 나타났다고 할 수 있다. 따라서 이본의 간기가 집중적으로 나타나던 시기를 중심으로 추측하는 것이 타당하며, 이 시기는 대체로 19세기 중반 이후로 보인다. 이러한 점에서, 이 계열의 선행본은 1855년에

필사되었을 것으로 추정되는 의산본이라 할 수 있다. 한편 선행본인 의산본은 읽기 어렵다는 단점이 있다. 반면 비교해 볼 수 있는 한에서 신암본은 의산본과 거의 동일한 이본이다. 따라서 신암본은 의산본을 토대로 했거나 의산본과 동일한 이본을 저본으로 했음을 알 수 있다. 또한 신암본은 의산본보다 비교적 자주 언급되어 왔던 이본이다. 따라서 이 계열의 대표적인 이본으로 의산본보다 신암본을 선택한다. 김광순본(24장본)의 간기는 1845년 및 1905년으로 보는 것이 가능하다. 그런데 김광순본 계열은 한정된 지역에서 전승된 것으로 보이고, 이본의 수도 3종에 불과하다. 따라서 1845년에 지어져 다른 이본들에 영향을 주었다고 하기 어렵다. 이러한 점에서 1905년으로 보는 것이 합리적이다. 한편 김광순본 계열은 논의된 적은 없었으며, 이본들의 내용은 대동소이하다. 따라서 간기가 확실한 24장본을 대표적인 이본으로 선택한다. 자암본 계열에서 김동욱본의 간기를 1843년 및 1903년으로 볼 수 있다. 그러나 재생담의 내용만 자암본과 동일하고, 나머지 내용은 신암본과 동일하다. 따라서 자암본에 영향을 주었다고 보기는 어려우며, 오히려 영향을 받았을 가능성이 높다. 따라서 김동욱본의 간기는 자암본이 지어진 이후인 1903년으로 보는 것이 타당하다. 또한 박순호본의 간기는 1861년과 1921년으로 볼 수 있고, 간기를 1861년으로 추정하면 박순호본이 선행본이라 할 수 있다. 그러나 박순호본의 간기 뒤에 '신유정월 이십삼일출판'이라 되어 있다. 따라서 필사본을 저본으로 한 것이기보다는, 인쇄되어 출판되었던 방각본이나 구활자본을 필사한 것으로 보인다. 따라서 1921년에 필사된 것으로 보는 것이 합리적이다. 한편 자암본은 '明治三十二年'이라 되어 있어 1899년이 확실하고, 비교적 자주 논의의 대상이 되어 왔던 것이다. 따라서 이전 연구와 비교를 하기 위해서도 자암본을 이 계열의 대표적인 이본으로 선택한다. 가람본은 고대본과 아울러 독자적인 이본 계열이다. 그러나 남아 있는 이본들에서 간기를 확인할 수 없다. 다만 다른 이본들을 참조했다는 기록이 가람본에 남아 있다. 이를 통해 가람본 계열은 19세기 전반보다는 다른 이본 계열이 등장한 이후인 19세기 후반 및 20세기 초반에 필사되었을 것으로 보는 것이 타당하다(李基大, "「薔花紅蓮傳」研究," 高麗大 碩論[1998. 8], pp. 22-24).

국문필사본

(장화홍련전)

【增】 薔花紅蓮傳	김종철[家目]	1(낙장 43f.)
【增】 장화홍연전이라	미도민속관[생활사 도록](39)	1(庚午年正月一日)
장화홍년전이라	임형택[莽蒼蒼齋 家目]	……
【增】 장화홍련전	박순호[家目]	1(신축팔월이십이일끝, 34f.)
【增】 장화홍연전 권단	박순호[家目]	1(56f.)
【增】 장화홍연전이라 薔花紅蓮傳 附梅花傳	박순호[家目]	1(癸酉年同月加衣, 29f.)54)
【增】 장화홍연전이라	박순호[家目]	(戊申二月日裟, 22f.)55)
【增】 장화홍연전이라	박순호[家目]	1(23f.)56)

---

54) 「梅花傳」(43f.) 합철.
55) 「박씨젼이라」(49f.)에 합철.
56) 「퇴기젼이라」(25f.), 「권학가」(1f.), 「정을선젼이라」(44f.) 합철.

【增】 장화홍연젼이라	박순호[家目]	1(38f.)
【增】 장화홍연젼이라	박순호[家目]	1(국한문 혼용, 병오납월십일등 우, 29f.)
【增】 장화홍홍연젼이라	여태명[家目](54)	1([1849], 39f.)
【增】 장화홍련젼	여태명[家目](111)	1(38f.)
【增】 장화홍연젼이라	여태명[家目](143)	1(신미시월이십육일등하다 가……, 25f.)
【增】 장화홍련젼	여태명[家目](418)	1(갑인사월초오일, 33f.)
【增】 쟝화홍연젼	이태영[家目]	1(大正九年庚申年[1920]十一 月初七日謄書)
장화홍연젼	정명기[尋是齋 家目]/[김재용, 계모형고소설의 시학, 237]	……
장화홍년져이라	정명기[尋是齋 家目]/[同上]	……
【增】 장화홍련젼	정명기[尋是齋 家目]	1[57)
【增】 장화홍연젼 권지단	정연호(李基大, "「薔花紅蓮傳」 硏究" 高麗大 석론[1998])	1(8f.)

국문활자본

쟝화홍련젼 권단 薔花紅蓮傳	국중(3634-2-52=9)<7판> /국중(3634-2-52=7)<7판> /유탁일/[仁活全](13)	1([著·發]洪淳泌, 京城書籍業 組合, 초판 1915.5.24; 5판 1921. 11.10; 7판 1926.12.20, 40pp.)[77]
장회홍연젼	조희웅[家目]/[대조 2]	1(大造社, 1959, 24pp.)
쟝화홍련젼 권단 薔花紅蓮傳	국중(3634-2-52=4)	1([著·發]玄公廉, 大昌書院· 普及書舘, 1923.1.4, 40pp.)[78]
(비극소셜)쟝화홍년뎐 (悲劇小說)薔花紅蓮傳	국중(3634-2-52=12)<초판> /국중(3634-2-52=13)<재판>	1(국한자 순기, [著·發]高永洙, 평양 東明書館, 초판 1915.11. 30; [재판[58)] 1917.1.27, 50pp.)[79]
쟝화홍련젼 권단 薔花紅蓮傳	국중(3634-2-52=8)	1([著·發]宋敬煥, 東洋大學堂, 1929.12.3, 40pp.)
(고딕소셜)장화홍련젼 (古代小說)墻花紅蓮傳	국중(3634-2-52=11)	1([著·發]盧益亨, 博文書舘, 1917.2.10, 40pp.)[80]
【增】 쟝화홍연젼 薔花紅蓮傳 방민호[家目]		1(盛文堂書店, 1936. 10. 8, 31pp.)
장화홍련젼 薔花紅蓮傳 국중(3634-2-10=5)		1(章回本, 전 10절, [著·發]姜義 永, 世昌書舘, ……
장화홍련젼 薔花紅蓮傳 국회[目·韓II](811.31)		1([著·發]申泰三, 世昌書舘,

---

57) 「조생원전」과 합철.

58) 원본에는 재판 표시가 없으나 同社의 1914년판이 이미 나왔던 점으로 미루어 재판으로 생각된다.

		/김종철[家目]/대전대 [이능우 寄目](1123)	1956; 檀紀 4290[1957].12.30; 1961, ……
(고딕소설)장화홍련전		국중(3634-2-16=7)	1([著·發]姜義永, 永昌書舘, 초 판 <3판>/국중(3634-2-52=10)
(古代小說)墻花紅蓮傳[84]			1915.5.24; 재판 1916.10.9; 3판
		<3판>/국중(3634-2-52=2)<4판>	1917.12.9[85]; 4판[86] 1921.11.10, 40pp.)
장화홍련전권단 薔花紅蓮傳		국중(3634-2-52=5)<재판>	1([編·發]南宮楔, 唯一書舘, 초판 1915.5.20; 재판 1917.10.15, 40pp.)
【削】 장화홍련전		[李:古硏, 297]	1(漢城書舘, 초판 1915; 재판 1917, 40pp.)[88]
【削】 장화홍련전[89] 장화홍련전 권단 薔花紅蓮傳		[李:古硏, 297] 국중(3634-2-52=6)<3판>	1(漢城書舘, 4판 1921, 40pp.) 1(편집자 남궁셜, 漢城書舘·唯 一書舘, 초판 1915.5.20; 재판 1917, 40pp.; 3판 1918.11.15, 37pp.; 4판 1921 40pp.)

한문판각본

| 光國將軍全東屹實記全 | | 임형택[莽蒼蒼齋 家目] | …… |

618.1. 〈자료〉

Ⅰ. (영인)

618.1.4. 仁川大民族文化硏究所 編. 『舊活字本古小說全集』, 13. 銀河出版社, 1983; (再刊) 國際아카데미, 2002. (경성서적업조합, 1926년 제7판본)

Ⅱ (역주)

【增】

1) 申海鎭 選註. 『朝鮮後期 家庭小說選』. 月印, 2000. (경성서적업조합판)

2) 구인환. 『장화홍련전』. 우리고전 다시읽기 16. 신원문화사, 2003.

618.2. 〈연구〉

Ⅱ. (학위논문)

〈석사〉

618.2.8. 李基大. "「薔花紅蓮傳」 硏究." 碩論(高麗大 大學院, 1998. 8).

【增】

1) 동효원. "「장화홍련전」과 「이옥영옥중송원」의 대비적 고찰: 계모적 특징을 중심으로" 碩論(인천대 대학원, 2002. 8).

2) 정일승. "「장화홍련전」의 구조적 특징 고찰." 碩論(인천대 교육대학원, 2004. 2).

3) 유명희. "「장화홍련전」과 「콩쥐팥쥐전」에 나타난 계모의 성격 연구." 碩論(경희대 교육대학원, 2004. 8).

Ⅲ. (학술지)

618.2.46. 金俊榮. "全東屹과 「薔花紅蓮傳」." 『全羅文化論叢』, 1(全北大 全羅文化研究所, 1992. 11). 『國語國文學 論考』(한국문화사, 2000. 5)에 재수록.

【增】

1) 李 憙. "韓國古典小說 「장화홍련전」의 精神分析的 註釋." 『精神健康研究』, 9(漢陽大 精神健康研究所, 1990. 8).

2) 허용호. "고소설의 낭독 연행에 대한 한 연구: 정규헌의 「장화홍련전」 낭독 연행을 중심으로." 『西江語文』, 13(西江語文學會, 1997. 12).

3) 조현설. "남성지배와 「장화홍련전」의 여성형상." 『민족문학사연구』, 15(민족문학사연구소, 1999. 12).

4) 李基大. "「薔花紅蓮傳」." 刊行委員會 編. 『古小說研究史』(月印, 2002. 12).

5) 조현설. "남성 지배와 「장화홍련전」의 여성 형상." 정출헌·조현설·이형대·박영민 공저, 『고전문학과 여성주의적 시각』(소명출판, 2003. 3).

6) 조현설. "고소설의 영화화 작업을 통해 본 고소설 연구의 과제: 고소설 「장화홍련전」과 영화 「장화 홍련」의 사례를 중심으로." 『古小說研究』(韓國古小說學會, 2004. 6).

7) 이금희. "계모형 소설 연구: 「장화홍련전」과 「김인향전」을 중심으로." 『古小說 研究』, 19(韓國古小說學會, 2005. 6).

▶(장흥보전 張興甫傳 → 흥부전)
▶(장희빈전 張嬉嬪傳 → 숙조역사)
◐{재상전}
▶(재생연 再生緣 → 숙영낭자전)
◼619.[재생연전 再生緣傳]

〈참고기록〉

① 提起孟麗君也是爲一般人所熟知的人物 她便是「再生緣」的女主角 所謂「再生緣」是二世姻緣的意思 所以這本書是續作 它的原作名「玉釧緣」…… 故事是寫謝玉輝的事 「再生緣」便是寫謝玉輝的二世姻緣 書中的男主角是皇甫少華 女主角是孟麗君 …… 孟麗君女扮男裝 趕考中壯元 做宰相 …… 但最後還是易弁而釵 做了皇甫少華的妻子 全書八十回分二十卷 道光三十年始有刊本 全書由兩人寫成 前十七卷的作者陳端生 後三卷作者梁德繩◐(이 맹려군은 일반인에게 잘 알려진 인물로, 그녀는 「재생연」의 여주인공이다. 이른바 「재생연」은 2세에 걸친 인연의 뜻을 담은 것으로 이 작품은 속작이기 때문에 그 원래 이름은 「옥천연」이다. …… 내용은 사옥휘의 일을 그린 것이어서, 「재생연」은 곧 사옥휘의 2세 때의 인연을 그린 것이다. 책 속의 남주인공은 황보소화이고 여주인공은 맹려군이다. …… 맹려군은 여자로서 남장을 하고 과거를 보아 장원한 뒤 재상이 되었다. …… 단 마지막에는 원래로 돌아가 상투를 풀고 비녀를 꽂고 황보소화의 아내가 되었다. 원본은 총 80회이며 20권으로 분책되었다. 도광 30년[1850]

에 처음 간행되었으며, 전체가 두 사람에 의해 이루어졌는데, 앞부분 17권의 작자는 진단생이고 뒷부분 3권의 작자는 양덕승이다)[孟瑤, 『中國小說史』, 第四冊, p. 610].

〈관계기록〉
【增】
1) 『[演慶堂]諺文冊目錄』(1920; 藏書閣所藏): 15. 「再生緣傳」 52冊.

619.1. 〈자료〉
【增】 II (역주)
1) 장경남·이재홍·김영 校註. 『지싱연전』. 조선시대번역소설총서 25-1/25-2. 이회, 2005. (정문연 소장 낙선재본)

619.2. 〈연구〉
III. (학술지)
619.2.3. 申載弘. "「再生緣傳」." 『韓國古典小說作品論』[玩巖金鎭世先生回甲紀念論文集](集文堂, 1990. 10). 장경남·이재홍·김영 校註, 『지싱연전』(조선시대번역고소설총서 25-1, 이회, 2005)에 재수록.
619.2.5. 정병설. "樂善齋本 「再生緣傳」 研究 : 飜譯樣相을 中心으로." 『冠嶽語文研究』, 16(서울大 國語國文學科, 1991. 12). 장경남·이재홍·김영 校註, 『지싱연전』(조선시대번역고소설총서 25-1, 이회, 2005)에 재수록.

▶(재세기우기 再世奇遇記 → 숙향전 ①)
◆620.[[저군전 杵君傳]]
〈작자〉 尹光啓(1559~?)
〈출전〉 『橘屋集』, 下

620.2. 〈연구〉
III. (학술지)
【增】
1) 김창룡. "절구공이에 비친 전란의 그림자: 「저군전」." 『가전 산책』(한성대출판부, 2004. 4).

▶(저마무전 → 제마무전)
◆621.[[저백전 楮白傳]]
〈작자〉 朴允黙(1771~1849)
〈출전〉 『存齋稿』, 25, 雜著

621.2. 〈연구〉
III. (학술지)
【增】
1) 김창룡. "문방사우 가전과 유서: 「저백전」·「모원봉전」·「진현전」·「석탄중전」." 『가전 산책』

(한성대출판부, 2004. 4).

◪622.[[저생전 楮生傳]]

〈작자〉李詹(1345~1405)

〈출전〉『東文選』, 101, ‘傳’

622.1.〈자료〉

Ⅱ. (역주)

【增】

1) 金俊榮·李月英.『古小說論』. 月印, 2000.

◪622-1.[저승전]59)

【增】 국문필사본

【增】 저승전 밋화전　　　　　　단국대　　　　　　　　　1(낙장 29f.)60)

【增】 622-1.2.〈연구〉

【增】 Ⅲ. (학술지)

622-1.2.1. 조상우. “「저승전」 연구.”『東洋古典硏究』, 14(東洋古典學會, 2000. 12).

▶(적강칠선임호은전 謫降七仙林虎隱傳 → 임호은전)
▶(적벽가 赤壁歌 → 적벽대전)

◪623.[적벽대전 赤壁大戰] ← 적벽가 / 화용도

〈관계기록〉

① 趙在三,『松南雜識』, ‘春陽打詠’[1855]:「華容道打詠」即「三國誌」曹操事也◐(「화용도타령」의 내용은 곧「삼국지」의 조조 이야기를 다룬 것이다).

②「觀優戲」[1843?](宋晩載 1788~1851), 제10수: 秋雨華容走阿瞞 髥公一馬把刀看 軍前搖尾眞狐媚 可唉奸雄骨欲寒◐(궂은 비에 화용도로 도망친 조조, 관운장은 칼을 쥐고 말에서 볼 뿐. 군졸 앞서 비는 꼴 정녕 여우라, 우습구나 간웅들 모골이 오싹).

③『嘉梧藁略』(李裕元 1814~1888), 樂府, 觀劇[1826], ‘三絶一 第五令’: 天生天厄老阿瞞 夜雨華容衣甲寒 報怨酬恩同一例 將軍高義後人歎◐(타고 나길 모질고 노숙한 曹操, 華容道에 밤 비 내려 갑옷 차겹네. 원수 갚고 은혜 갚음 한가지이니, 장군의 높은 절의를 후인들이 탄식하네).

④ 鄭顯奭,『敎坊歌謠』(1872), ‘倡歌’條:「華容道」此勸智將 而懲奸雄也◐(「화용도」는 지혜로운 장수를 권장하고 간웅61)을 징계한 것이다).

⑤『平山申氏世譜』, ‘桐里[申在孝]祖考孝行錄’: 晚年以勵世經綸 「初頭歌」·「烏蟾歌」著作 古來 「兎鼈」·「赤壁」·「沈淸」·「春香」·「興甫」·「橫負歌」等 一一校正 正經緯 刪其淫化 使世人感發忠

---

59)『이본목록』·『문헌정보』·『작품연구 총람』에 추가.

60)「괴똥전」·「매화전」·「화충전」이 합철되어 있다.

61) 간사한 지혜가 있는 영웅.

孝烈之心◐(만년에 세상을 격려하는 경륜으로 「초두가」, 「오섬가」를 지었고, 예부터 전해 오던 「토별」·「적벽」·「심청」·「춘향」·「흥부」·「횡부가」 등을 일일이 교정하고 경위를 바르게 하며, 그 음란한 것을 빼어 버리고 세상 사람들로 하여금 충효열의 마음을 감발62)하게 하였다).

⑥ 「화용도실긔」(신구서림판) 結尾: 이 뒤를 보고즈 ᄒ시는 이는 됴션셔관에서 발ᄒ힝ᄒ는 「산슈삼국지」를 렬남ᄒ시옵 쏘 「젹벽가」를 을푸시면 딕단 샹쾌ᄒ외다.

【增】

1) 『李朝後期閭巷文學叢書』(柳最鎭 1791~1869), 6, 「病吟詩艸」: 石友暇日 携琴某爲賞海棠 有客 演周郎赤壁戰 音吐激昂 四座歡洽 …… 一客聘劇談 抵掌三國英 諸葛呼東風 周郎破曹兵 火焰焂飛起 波濤亦砅砑◐(석우[石經, 李基福 1791~?]가 쉬는 날 거문고 바둑판 가지고 해당화 구경차 왔는데, 객중에 「주랑 적벽전」을 부르는 이 있어, 그가 토해 내는 소리가 격앙되니, 모두들 기뻐하고 흡족히 여겼다. …… 소리꾼 불러다 손바닥 치며 삼국 영웅의 이야기를 들었네. 제갈공명[諸葛亮 181-234]은 동남풍 부르고, 주유[175~210]63)는 조조[154~220]를 쳐부수는데, 문득 화염이 날아오르고 파도조차 휩쓸어 오르네).

【增】〈작품연대〉

1) 「赤壁歌」의 형성 배경으로는 우선 「三國志演義」가 국내에 수용된 이후 대단한 인기를 누린 점을 지적하였다. 그리고 「삼국지연의」의 한 대목이 판소리로 전환되는 과정에는 작품 속의 등장인물에 대한 好惡感이 그대로 작용하였으며, 평민층의 '個體意識'이 군사들의 등장을 통해 표출되었음을 밝혔다. 「赤壁歌」의 형성 시기는, 이미 판소리의 연행 원리가 확립된 이후 그러한 연행 원리에 입각하여 「三國志演義」가 판소리화된 것으로 보아 18세기 중반 무렵으로 추정하였다(金基珩, "「赤壁歌」의 歷史的 展開와 作品世界," 高麗大 博論[1993. 8], p. 217).

〈이본연구〉

【增】

1) 五衛將[申在孝]의 「赤壁歌」를 完板 「華容道」에 비교하여 보면 이러하다. 완판 「화용도」는 상하 2권으로 83장으로 된 것으로, 玄德이 孔明을 三顧草廬하는 데서 赤壁大戰을 겪고, 東吳에 앞서 유강을 차지하는 데까지의 소설이다. 이 「적벽가」는 「화용도」 중 주로 下 12장에서 同 38장의 내용과 부합한 것으로, 이 「적벽가」는 「화용도」의 절정 적벽대전에서 曹操가 패하여 가까스로 關雲長에게 목숨을 빌어서 도망하는 장면까지다. 「적벽가」에서는 타본의 비평이 없고 원문 「三國誌」와 다른 것을 간단히 암시하여 東南風을 비는 祭文과 조조가 관운장에게 비는 장면을 달리 하였다는 것뿐이다. …… 「적벽가」와 「화용도」는 그 plot에 있어서 大同小異하나 다소 배열에 다른 것이 있으니, 「화용도」는 事件主 人物從의 수법으로 주인공의 성격 구성에 등한하여 사건만 많이 나열하였으나 「적벽가」는 이와는 다르다. 즉 人物主 事件從의 방향으로 나갔으며, 사건은 적게 자세하게 서술하였다. 병졸들의 厭戰的인 各言其志는 「화용도」에서는 [曹操가 烏林에서 趙子龍을 만나는 데서 끝, 즉 華容道에서 관운장에게 빌어 求命하기까지]장면 에서 화용도 깊은 골에 들어와서 巖上에 쉬는 사이에 하게 되나, 「적벽가」에서는 조조가 적벽강에

---

62) 감동하여 분발함.

63) 중국 삼국 시대 오나라의 명장. 자는 公瑾. 처음 오나라의 孫策을 섬기다 그가 죽은 후에는 그의 아우 權을 도왔다. 劉備와 협력하여 赤壁에서 조조의 군대를 대파하였다.

서 大宴을 排設하야 犒饋할 때 船上에서 餘興을 행하게 된다. 前者는 패전의 결산으로서 서술되었으나, 後者는 예고로서 배열되었다(金三不, "申五衛將 研究 序," 학위논문[1949. 7]; 『판소리연구』, 10[1999. 12], pp. 421, 425).

2) 「華容道」는 여러 板本이 보이는데, 이본들을 내용상 분류하여 보면 크게 完板 계열과 唱本 계열로 나뉘어진다. 창본 계열은 판소리 사설이 그대로 문자화한 형식으로서, 구성, 문체 등에서 크게 달라진 바가 없다. 창본 계열에 서사적 구성 요소를 삽입 확대하여 만든 것이 완판 계열이다. 따라서 「화용도」는 「赤壁歌」가 창본 계열의 소설본으로 정착한 후 이것이 「삼국지연의」의 논리성을 강화하여 완판 계열 소설본으로 정착한 작품임을 알 수 있다. 또한 「화용도」의 초기 작품은 「적벽가」 사설을 거의 그대로 문자화한 방식에서 벗어나지 못하였음을 알 수 있었다. 그러다가 소설이 보다 전문화되고 상업화된 목판본의 경우, 소설로서의 구성을 갖추게 되고 분량도 늘어나게 되었다. 목판본의 경우 대부분 비슷한 내용과 구조를 가지므로 가장 古本이면서도 짜임새를 갖춘 완판 83장본을 대상으로 하였다. …… 「화용도」에서는 이 두 세력[劉備와 曹操] 간의 결정적인 대결을 적벽대전으로 잡고 사건을 집약, 전개시키고 있다. 여기서 창본에는 없는 여러 사건들, 孔明이 吳의 謀士들과 舌戰을 벌이는 장면, 孔明이 주유의 謀害를 물리치는 장면, 위와 오나라를 오가는 여러 계책들을 자세히 설명함으로써 독자들의 흥미를 유발시키고 사건의 긴박감을 더하는 데 성공하였다. 창본에서 관우의 의로움을 칭송하는 데 역점을 두었다면 「화용도」에서는 흥미와 서사성을 중심으로 하는 소설본의 특성상 공명의 지략에 더 큰 비중을 두고 있었고, 이에 따라 조조의 戲畵化는 상대적으로 감소하였다. 또한 조조와 程昱의 대립은 완화되고 상하 수직 관계가 완연하여 정욱의 역할이 상대적으로 감소되면서 아울러 창본에서 없었던 사실성이 소설본에서 되찾아졌음을 알 수 있었다. 한편 사건의 전개를 이야기할 때는 文語體틀 쓰되 온갖 타령과 사설이 나올 때는 판소리에서 쓰던 것을 그대로 사용하는 문체의 혼용 양상을 보여 주었다(李姃秀, "「華容道」 研究," 梨花女大 碩論[1993. 2], pp. 80~81).

3) 창본은 '적벽가' 계열과 '민적벽가' 계열로 나누어 고찰하였다. 동편제는 본래 '민적벽가'였다고 하나 현전 창본 가운데 「민적벽가」 계열에는 임방울본만이 해당된다. 정광수본·박봉술본은 이동백제와 김채만제에서 '삼고초려' 대목을 따와 부르고 있기 때문에 현재는 '민적벽가'가 아니다. 이렇게 數的인 면에 있어서 균형이 맞지 않는데도 불구하고 두 계열로 나눈 것은, 지금까지 '민적벽가'의 존재가 그다지 주목을 받지 못했기 때문이다. '민적벽가'는 東便制를 중심으로 전승되어 왔다는 점에서 「적벽가」의 역사적 전개에 있어서 古形일 가능성이 매우 높으며, 전승 계보에 있어서도 일정한 변별성이 내재해 있다. 완판 「華容道」는 정미신간본·무신개각본·무신양책방본의 세 계열로 나눈 다음, (1) '장판교 대전'을 요약·서술했는가, 아니면 자세히 서술했는가 (2) '동작대賦' 사설의 有無 (3) '청도기 행렬 사설'의 有無 (4) 공명이 남군을 취하는 대목과 결말까지의 사설을 비교해 봄으로써 세 계열의 차이점을 밝혔다. 필사본은 (1) 창본 계열 (2) 창본과 완판본의 交合本 (3) 完板非系列 (4) 「三國志演義」系列로 나누어 살폈다. 필사본의 필사 시기는 대체적으로 19世紀 후반에서 20세기 전반으로 추정되는데, 창본 계열의 경우 디테일의 차이·골계화의 정도·사설의 출입과 순서 등에는 차이가 있지만, 어떤 기준에 의해 변별할 만한 특징은 확인하기 어려웠다. 舊活字本은 (1) 창본 계열 (2) 「삼국지연의」 계열로 나누어 살폈다. 창본 계열에 속하는 '유일[서관]본'은 필사본인 「화룡도가라」 57장본과 아주 유사한데, 57장본의 축약본으로 추정되나 선후 관계에 대한 판단은 유보하였다. 완판

「화용도」와 창본의 사설 비교를 통해서는 둘 사이의 변별성을 밝혔다. 그 특징으로 첫째, '원본 지향적 개작'이 이루어졌다는 점을 들었다. 즉「삼국지연의」에 있는 사설이 대폭 수용되었다는 것이다. …… 둘째,「삼국지연의」에 있는 군담을 많이 수용한 결과, 완판「화용도」에는 창본에서 보여지는 바와 같은 골계적 표현은 많이 약화되어 나타난다는 점을 들었다. …… 셋째, 완판 「화용도」에서 당대 고전 소설의 표현 방식으로 보여지는 사설이 있는 것을 근거로 하여, 완판 「화용도」가 독서물화된 소설임을 다시 한번 확인할 수 있었다. 그 다음으로 창본 계열 간의 구체적인 사설 비교를 통해서는 사설 구성의 차이 표현 특질 등을 밝혔다. 그 결과 모든 이본에서 공통적으로 발견되는 대목은, 공명 동남풍 비는 대목 조자룡 활 쏘는 대목, 죽고 타령, 원조 타령, 조조 좀놈 사설, 조조 애걸 사설 등임을 알 수 있었다. 이와 같이 모든 이본에 공통적으로 들어 있는 사설은 일단 비교적 이른 시기에 형성되었을 것이라고 추정하였다. 물론 그렇다고 해서 모든 이본에 수용되어 있는 사설이 초기부터 현전 창본에서 보이는 바와 같은 형태의 사설로 존재했다고 말할 수는 없으며, 초기에는 소략한 형태로 존재하다가 후대에 정형화된 사설 형태로 확대된 경우도 있다.「화룡도전」24장본을 제외하고는, 창본 계열에 속하는 이본 간에는 디테일의 차이, 골계화의 정도, 사설의 출입과 순서의 차이는 있지만, 주제의 변모를 야기할 정도의 변모는 발견되지 않았다.「화룡도전」24장본은 유비에 대한 존숭과 조조에 대한 적의가 극단적인 형태로 나타나 있음을 밝혔다.「삼국지연의」에서 유래하지 않은 새로운 사설이 특히 조조의 화용도 패주 이후에 집중적으로 나타나는 것도 특징적이었다. 이러한 현상은 '화용도 패주'가 형성기부터 있으면서「적벽가」의 중심적 역할을 했던 데서 기인한 결과인 것이다(金基珩, "「赤壁歌」의 歷史的 展開와 作品世界," 高麗大 博論[1993. 8], pp. 214~216).

4) 『고전소설이본목록』에 수록된「화용도」이본은 총 147편으로 47편이 필사본이다. 목록집에서 빠진 경북대 소장「華容道歌라」16장본을 추가한다면 필사본은 48편이나 된다. 48편 중 필자가 입수·확인하여 자료로 삼은 이본은 41편이다. 창(唱)으로 전환될 수 있는 이본이 20편, 완판본을 필사한 완판 계열이 15편, 창본과 완판의 교합본이 2편, 독서물 계열이 3편이다. 20편의 창본 계열의「화용도」는 부분적인 묘사의 일치 외에는 어느 한 편도 동일한 내용이 없어 모두 독자적인 이본의 가치를 지닌다. 문체적 특징을 고려한다면,「화용도」는 문어체 문장의 흐름 속에 가창적 요소가 삽입된 유형과 구어체 중심의 문체에「삼국지」의 내용이 해체되고 가창적 요소가 주를 이루는 유형으로 가를 수 있다. 그러나 이는 문체적 특징에 따른 가름으로 내용적 측면에서는 큰 차이를 발견할 수 없다. 창본 계열「화용도」필사본 가운데 정문연 소장의「華龍道傳(1870)」 24장본과 신재효본「적벽가(1873?)」, 단국대 소장「적벽전이라(1880)」, 정문연 소장「화용도(1899)」 40장본은 1900년 이전에 필사된 것으로 확인되어 자료적 의의가 크다. 또한 필사 시기를 확인할 수 없지만, 숭실대 소장「화룡도」57장본과 영남대 소장의「화룡도 연산별곡이라」37장본은 「화용도」가 형성되는 과정을 밝힐 수 있는 자료적 가치를 부여할 수 있다. 완판 계열의 필사본은 1907년 이후 전주에서 영리를 목적으로 판각된 완판「화용도」를 필사한 것으로 창본이 소설로 정착되는 과정을 확인할 수 있다. 창본과 완판의 교합본인 단국대 소장「화룡도」낙 79장본은 현재 확인되지 않은 완판「화용도」하권의 내용을 살필 수 있는 자료로서의 의미가 있다. 단국대 「화룡도」낙79장본을 통해 완판 상권은 공명이 등장하여 촉(蜀)의 기틀을 세우는 부분이고, 하권은 촉의 건국을 공고히 하는 부분으로「화용도」가 유비가 한중왕(漢中王)으로 등극하는 촉의 건국사를 중심으로 전개됨을 짐작할 수 있다. 독서물 계열의 필사본은 번역체의 문장으로

「삼국지」에서 '적벽대전'을 독립시킨 것으로 번역을 통해 새롭게 개작되는 과정을 살필 수 있다. 김광순 소장 「화룡도」 27장본은 조자룡의 활약을 중심으로 전개되는 「山陽大戰」을 필사한 것으로 번역문 회장체의 구성으로 되어 있다. 이 필사본도 표현법과 발상은 「화용도」와 맥이 닿는 작품이다 (李起衡, "筆寫本 「華容道」 硏究: 作品群의 形成과 變異樣相을 中心으로," 慶熙大 博論[2001. 8], 252~253).

〈판본연대〉

【增】

1) [申在孝의 「赤壁歌」와] 完板本[[華容道]]과의 연대적 선후 문제는 速斷할 수 없는 것으로 현전하는 완판본은 異板이 4,5종 있으며, 卷末 刊記가 丁未, 戊申으로 돼 있는 것도 있으며, 壬申年刊의 「三國誌」도 있다. 「華容道」는 전반적으로 소설체이나, 五衛將[申在孝]의 「적벽가」 와 공통한 부분은 이상하게도 打令으로 되어 있다. …… 「적벽가」도 뚜렷한 창작 연대를 암시하는 문헌은 없다. 이것을 작품에서 구하면 기갑년 이후의 것임을 짐작하겠다. "……點考를 始作할 제 …… 군사들이 들어오난대 이것이 전장에 온 뿐이 아니라 기갑년 기민뿐이로구나"(興德本, 邑內本). '기갑'은 十干에서 己甲이니, 그 사이의 간격이 있고, '기갑'을 '계갑'의 訛傳이라고 보면, 癸와 甲은 연속하니, 연달은 2년 사이의 흉년을 두고 말함이 아닐까. 이렇게 보면 흉년이 든 癸甲年은 哲宗 4年 癸丑(1853)과 그 翌年 甲寅年이다. 계축년에는 영남에 大旱災가 있어 나라에서 饑賑을 하였고, 갑인년에도 凶作되어 저수지를 만드는 등 그 대책도 강구되었으니, 이 계갑년이면 1853年 이후의 작일 것이다(金三不, "申五衛將 硏究 序," 학위논문[1949. 7]; 『판소리연구』, 10[1999. 12], pp. 423~424).

국문필사본

(적벽가)

적벽가 赤壁歌	국중[고1](한-48-251)/정문연 [韓古目](1047: R35N-002966-3)	1(乙巳元月十六日畢, 19f.)(95)
【削】 적벽전	단국대[未刊目](古 853.5 적304)	1(辛卯?)
【增】 적벽가 赤壁歌	박순호[家目]	1(癸酉, 陰四月日裂, 34f.)
적벽가	배연형[김진영 외, 『적벽가전집』, 4]	1(29f.)
【增】 적벽가	배연형[김진영 외, 『적벽가전집』, 4]	1(45f.)
적벽가	연대(811.14적벽가)	1([표지]을ᄉ원월쵸십일긔, 낙장 27f.)
적벽가	홍윤표[家目]	1([표지]庚戌十二月二□□, 辛亥 正月十四日, 65f.)

【增】 (적벽대전)

【增】 당양장판교	김종철[家目]	1(상하, 庚戌殷春 鶴隱新謄, 75f.)

젹벽듸젼이라		
젹벽젼이라	단국대[未刊目] (古 853.5 젹304)	1([표지]신묘납월일; [말미]경진 십이월십오일, 27f.)
【增】 젹벽듸젼이라	박순호[家目]	1(47f.)
젹벽대젼 단이라	사재동[家目](0320)	1(光武元年[1897] 戊戌四月二十五日 畢書, 冊主人 李聖天, 66f.)
赤壁大戰	사재동[家目](0321)	1(국한자 병기, [표지]丁未元月, 35f,)

(화용도)

【增】 華容道歌 卷之單이라	경북대(古811.13화66)	1(국한자 혼용, [표지]壬子年正月, [이면]慶尙北道順興郡丹山面,……崔氏, 冊主忠州崔氏, [말미]壬子年十二 十二日始終, 13f.)
【增】 화룡도	계명대[古綜目](고811.35 화룡ㄷ)	1
華容道	국중[고1](한-48-209) /정문연[韓古目](1501: R35N-002976-5)	1(국한자 혼용, 己亥正月二十三日終, 40f.)
화룡도 단이라 赤壁歌華容道	김종철[家目]	1(大韓光武九年乙巳[1905]二月日, 43f.)
화룡도 단권이라	김종철[家目]	1(歲在壬寅元月湖南高山西面長洞 書 華容道冊主李, 낙장 40f.)
【增】 화룡도라	김종철[家目]	1(낙장 47f.)
【增】 활용도 권지단	김종철[家目]	1(26f.)
華容道	단국대[羅孫]-[漢目] (古853.5/화7684)	1([표지]乙卯臘月二十九日粧, 大正四 [1915], 94f.)
화룡도 華容道	단국대[羅孫]-[漢目] (古853.5/화????)	2-1(龍德精舍,丁巳, 81f.)
화룡도	단국대[漢目](古853.5/화768갸)	1(낙장 79f.)
화룡도 華容道	단국대[漢目](古853.5/화768고)	1(丁未正月, 22f.)[64]
화룡도 권지상이라	단국대[漢目](古853.5/화768교)	낙질 1(49f.)
【增】 화룡도라	미도민속관[생활사 도록](54)	1(신축틱월염팔일)
화룡도 권지상이라	박순호[필총](50)	1(양칙방 戊申八月 完山梁冊房 癸酉年五月九日, 89f.)

---

64) 말미에 단가 「소상팔경」 합철.

【增】 화룡도 권지하라 　　박순호[家目] 　　낙질 1(癸丑正月二十四日終, 칙쥬은 경상북도상쥬은쳑면문암리삼통삼호 남싱원씌리라, 32f.)

【增】 화룡도 단권니라 　　박순호[家目] 　　1(상·하. 을미납월이십팔일리라, 강 운셔필칙이라, 76f.)

【增】 화룡도 단이라 　　박순호[家目] 　　1(병진졍월일초출이라, 33f.)

【增】 화룡도라 권이라 　　박순호[家目] 　　낙질 1(2: 60f.)

【增】 화룡도라 　　박순호[家目] 　　1(갑오연졍월일리라, 26f.)

華容道 　　배연형[李起衡, 博論 (2001), p. 57] 　　1(丁未臘月下澣抄 晩松畵, 29f.)

화룡도 권지흐라 　　사재동[家目](0450) 　　낙질 1(권지흐, 28f.)

화룡도 　　숭실대[귀](811.93) 　　1(계축납월일슈의, 57f.)

화룡도젼 　　연대[古2](811.93/80) 　　1(갑진이월이십일일필셔, 칙쥬난괴슌 동명의셔부긱수후의김참봉되칙……, 29f.)

화룡도 연산별곡65) 　　영남대[目續](도남 古813.5) 　　1(37f.)

【增】 화용도 　　정명기[尋是齋 家目] 　　1

【增】 화용도 　　정명기[尋是齋 家目] 　　1

【增】 화용도 　　정명기[尋是齋 家目] 　　1

【增】 화룡도가 　　정명기[尋是齋 家目] 　　1

화룡도 　　정문연(D7B-41D)/[韓古目] (1487: R16N-001151-9) 　　1(전후 낙장 90f.)

국문완판본

화룡도 　　계명대[古綜目](의811.35 화룡도) 　　2-1(全州 龜洞, 丁未年)

【增】 華龍道 　　계명대[古綜目](고811.35 화룡도) 　　1

【增】 화룡도 　　계명대[古綜目](고811.35 화룡) 　　1

【增】 화룡도 당양장판교 젹벽되젼이라 　　김종철[家目] 　　1(상·하: 84f.)

【增】 화룡도 권지하라 　　김종철[家目] 　　낙질 1(권하: 낙장 48f.)

【增】 화룡도 권지상이라 /권지하라 　　박순호[家目] 　　2(상: 30f.; 하: 丁未孟秋 龜洞新刊, 칙쥬동문안 문씨, 48f.)

【增】 화룡도 권지상이라 　　박순호[家目] 　　2(상: 34f.; 하: 49f.)

---

65) 이면에 쓰인 제목이다. 말미에는 '화룡도 영산별곡합부 권지단'이라 쓰여 있다.

	/권지하라	
【增】 화룡도 권지상이라 /권지하라 華容道 卷之上/下	박순호[家目]	2(상: 34f.; 丁未孟秋 龜洞新刊, 59f.)
【增】 화룡도 권지상이라 /권지하라 華容道 卷之上/下	박순호[家目]	2(상: 34f.; 丁未孟秋 龜洞新刊, 48f.)
【增】 화룡도 권지상이라 /권지하라	박순호[家目]	2(상: 34f.; 하: 낙장 30f.)
【增】 화룡도 권지상이라 /권지하라	박순호[家目]	2(상: 34f.; 하: 40f.)
【增】 화룡도 권지상이라 /하권이라	박순호[家目]	2(상: 34f.; 하: 40f.)
【增】 화룡도 권지상이라 /하권리라	박순호[家目]	2(상: 40f.; 하: 44f.)
【增】 화용도	박재연[中韓飜文展目(2003)]	1
【增】 화용도	성대(D07B-0069)	1(隆熙1[1907])
【增】 화룡도 하권	여태명[家目](40)	낙질 1(하: 44f.)
【增】 화룡도 권지상	여태명[家目](41)	1(상: 84f.)
【增】 화룡도 권지삼	여태명[家目](39)	낙질 1(3: 82f.)
【增】 화룡도 권지상/하	여태명[家目](66)	2-1(상·하, 丁未孟夏龜洞新刊, 양승곤, 83f.)
【增】 화룡도 목록	여태명[家目](155)	1(83f.)
【增】 화룡도목록	여태명[家目](386)	1(41f.)
【增】 당양장판교적벽듸젼이라 화룡도권지상이라 /하권리라	이태영[家目]	1(一·二합, 1: 40f.; 2: 44f.)[66]
【增】 화룡도권지상이라 /권지하라 화룡도권지상리라	이태영[家目]	2-1(春完西溪新刊, 상: 34f.; 하: 49f.)
【增】 화룡도권지하라	이태영[家目]	1(상: 34f.; 하: 50f.)[67]
【增】 화용도 권지상이라 (華容道卷之上) 화룡도 권지상이라 화룡도 하권리라	이태영[家目]	2-1(一·二합, 1: 40f.; 2: 44f.)[68]

---

66) 표지에 '甲寅十一月初一日 사다가 十九日加衣'란 필사가 있다.
67) 상권 제1~6쪽 및 하권 제38쪽부터 낙장.
68) 표지에 '甲寅十一月初一日 사다가 十九日加衣'란 필사가 있다.

【增】 화용도 권지상 이라/권지하라 華容道上/下	이태영[家目]	2(상: 34f.; 하: 49f.)[69]
【削】 화용도라 화용도	임형택(家目) 임형택[莽蒼蒼齋 家目]	2-1(戊申完西溪新刊, 상: 34f.; 하: 49f.) 2-1(상: 40; 하: 44f.)
【增】 화용도	정명기[尋是齋 家目]	1

국문활자본

(적벽가)

적벽가 전 赤壁歌	국중(3634-2-115=1)<5판>	1(국한자 병기, 3회, [著·發]洪淳泌, 京城書籍業組合, 초판 1916.12.5; 5판 1926. 12. 20, 43pp.)
적벽가	국중(813.5-적996ㅅ)/정명기[尋是齋 家目]/조희웅[家目]/[仁活全](32)	1(世昌書舘, 1957/檀紀4295[1962], 24pp.)[70]
적벽가 전	국중(3634-2-5=3)	1(국한자 병기, 3회, [著·發]南宮濬, 漢城書舘, 1916.12.12, 43pp.)

(적벽대전)

적벽대전 古代小說 赤壁大戰	[仁活全](31)/김종철[家目]/조희웅[家目]/홍윤표[家目]	1([著·發]申泰三, 世昌書舘, 1936; 1962. 12. 30, 73pp.)[71]

(화용도 / 화용도실기)

(삼국풍진)화용도실긔	(三國風塵)華容道實記 국중(3634-2-72=1)<4판>	1(국한자 병기, 16회, [著·發]朴健會, 光東書局, 초판 1917.11.15; 4판 1920.8.12, 170pp.)
화용도실긔	[李:古硏, 305]	1(光東書局·太學書舘, 5판 1917, 170pp.)
(경선 삼국풍진) 화용도실긔(精選 三國風塵)華容道實記	국중(3634-2-88=1)	1(16회, [著]韓仁錫, 평양 光文冊肆, 1916.1.8, 181pp.)
화용도실긔	국중(3634-2-88=4)	1(16회, [著·發]石田孝次郎, 大昌書院, 1919.8.13, 130pp.)
【增】 화용도실긔	국중(3634-2-36=4)/정명기[尋是齋 家目]	1(16회, 編輯者 朴健會, [著·發]勝木良吉, 大昌書院, 1921.1.10, 130pp.)
【增】 화용도실기	정명기[尋是齋 家目]	1(博文書舘, 1940)[72]

---

69) 상권 제8쪽 및 하권 제45 쪽부터 낙장되어 있다.

70) [原註] 105. 「황부인전」(35pp.)의 뒤에 합철되어 있다. 세창서관 1952년 간행물의 광고 목록에 이미 나타나 있다.

71) [原註] 108. 총 73pp. 중 「적벽가」(pp. 65~66) 및 「오호대장긔」(pp. 66~73)가 부록되어 있다. 세창서관 1952년 간행물의 광고 목록에 이미 나타나 있다. 「화용도실기」 전 16회 중 1-8회는 생략하고 9회 이하만을 「적벽대전」으로 꾸민 것이다.

【增】 (삼국풍진) 화용도실긔 (三國風塵) 華容道實記	박순호[家目]	1([著·發]李宗壽, 盛文堂書店, 1936.1.8, 170pp.)
(삼국풍진)화용도실긔 (三國風塵) 華容道實記 附赤壁歌五虎大將記	국중(3634-2-88=2)<3판>/ 국중(3634-2-72=2)<5판>/ 조동일[국연자](23) 초판/ [仁活全](17)	1(국한자 병기, 전 16회, 編輯者 朴健會, [著·發]朴健會, 新舊書林, 초판 1914.7. 15, 207[113]); 재판 1915.7.16; 3판 1916.1. 29; 4판 1917.1.20; 5판 1917.1.15, 170pp.)[73]
【削】 화룡도	[『출판목록』]	1(永昌書舘)
(삼국풍진)화용도실긔 (三國風塵) 華容道實記	김종철[家目]<1925>/박순호 [家目]<1938>	1(永昌書舘·韓興書舘, 1925, 170pp.;1938. 3.20, 140pp.)[74]
(삼국풍진)화용도실긔 (三國風塵) 華容道實記	국중(3634-2-86=9)<재판>	1(국한자 병기, 16회, 編輯者 朴健會, [著· 發]朴健會, 朝鮮書舘, 초판 1914.7.15; 재 판 1915.7.16, 219pp.; 3판 1916; 4판 1917. 1; 5판 1917. 6, 170pp.)[75]
【削】 화용도실긔	[李:古硏, 305]	1(朝鮮書舘, 초판 1914. 7. 15, 3판 1916; 4 판 1917. 1; 5판 1917. 6, 170pp.)

632.1. 〈자료〉

Ⅰ. (영인)

「적벽가」

623.1.1. 仁川大民族文化硏究所 編. 『舊活字本古小說全集』, 13. 銀河出版社, 1983; (再刊) 國際아 카데미, 2002. (유일서관판, 「적벽가전」)

623.1.2. 仁川大民族文化硏究所 編. 『舊活字本古小說全集』, 31. 銀河出版社, 1984; (再刊) 國際아 카데미, 2002. (세창서관판, 「적벽가전」)

「화용도」/「화용도실기」

623.1.8. 仁川大民族文化硏究所 編. 『舊活字本古小說全集』, 17. 銀河出版社, 1983; (再刊) 國際아 카데미, 2002. (신구서림판)

Ⅱ. (역주)

「적벽가」

【增】

1) 최동현 주해. 『동초 김연수바디 오정숙唱 오가전집』. 민속원, 2001.

Ⅱ (활자)

---

72) 附 「오호대장기」.

73) 서두의 목차 끝에 '尾附 赤壁歌 五虎大將記'라 되어 있다.

74) 附 「赤壁歌」·「五虎大將記」.

75) 서두의 목차 끝에 '尾附 赤壁歌 五虎大將記'라 되어 있고, 실제 pp. 208~209에는 「적벽가」가, pp. 209~219에는 「오호대장기」가 수록되어 있다. 「화용도실기」의 뒷내용은 「刪修三國志」로 이어진다.

【增】

1) 김진영·김현주·이기형·백미나·김지연·김태희 편저.『적벽가전집』, 2. 박이정, 2001. (완판 83장 정미구동신간본「화룡도」; 완판 84장 무신서계개각본 화룡도; 완판 84장 무신양책방본「화룡도」; 박순호 소장 89장; 동 낙장 84장「赤壁大戰」; 동 42장「화룡도」)

2) 김진영·김현주·이기형·백미나 편저.『적벽가전집』, 3. 박이정, 2001. (박순호 소장 57장「화룡도가」; 동 81장「화룡도」; 동 59장; 동 46장「華容道」; 김종철 소장 40장; 동 44장「赤壁歌 華容道」; 동 75장「화룡도」; 국중 소장 40장「화용도」; 동 19장「적벽가」)

3) 김진영·김현주·이기형·백미나 편저.『적벽가전집』, 4. 박이정, 2001. (사재동 소장 66장「적벽대전」; 동 35장「赤壁大戰」; 정문연 소장 낙장 88장「화룡도」; 동 94장; 김광순 소장 27장「화룡도」; 동 23장「화용도」; 배연형 소장 29장「적벽가」; 동 45장「적벽가」)

4) 김진영·김현주·이기형·백미나 편저.『적벽가전집』, 5. 박이정, 2001. (조동일 소장 63장「화룡도」; 홍윤표 소장 65장「적벽가」; 김동욱 소장 24장「華龍道傳」; 단국대 소장 78장「화용도」; 동 낙장 82장「화용도」; 동 81장「화룡도」; 동 68장)

5) 김진영 외 편.『적벽가 전집』, 6. 박이정, 2003. (경북대 소장 13장「화용도가」; 숭실대 소장 낙장 57장「화룡도」; 영남대 소장 37장「화룡도 연산별곡」; 연세대 소장 낙장 27장「적벽가」; 동 29장「화룡도전」; 단국대 소장 39장「화룡도」; 동 21장; 동 27장「적벽전이라」)

6) 김진영 외 편.『적벽가 전집』, 7. 박이정, 2003. (조선서관판 활자본「화용도실기」; 세창서관판「적벽대전」; 유일서관판「적벽가」; 덕흥서림판「삼국대전」)

623.2. 〈연구〉

【增】 Ⅰ. (단행본)

「적벽가」

1) 김기형.『적벽가 연구』. 민속원, 2000.
2) 김동현·김기형.『적벽가 연구』. 신아출판사, 2000. 11.

【增】「화용도」

1) 이기형.『필사본 화용도 연구』. 고소설연구총서 3. 민속원, 2003.

Ⅱ. (학위논문)

「적벽가」

〈석사〉

【增】

1) 김병기. "적벽가 사설의 구조적 특성 연구." 碩論(경성대 교육대학원, 2002. 8).
2) 정미정. "「적벽가」의 '새타령' 수용 양상." 碩論(숙명여대 대학원, 2000. 8).

「화용도」

【增】〈박사〉

1) 이기형. "필사본「화용도」 연구: 작품군의 형성과 변이 양상을 중심으로." 博論(전북대 대학원, 2001. 8).

Ⅲ. (학술지)

「적벽가」

623.2.14. 徐鍾文. "申在孝本「赤壁歌」에 나타난 作家意識."『국어국문학』, 72·73(국어국문학회, 1976. 10). 최동현·김기형 엮음,『적벽가 연구』(신아출판사, 2000. 11)에 재수록.

623.2.15. 崔來沃. "「赤壁歌」의 諧謔的 構造."『韓國小說文學의 探究』(一潮閣, 1978. 9). 최동현·김기형 엮음,『적벽가 연구』(신아출판사, 2000. 11)에 재수록.

623.2.16. 金聖基. "「적벽가」形成考 (1)."『울산어문논집』, 1 (울산공대 국문과, 1984. 2). 최동현·김기형 엮음,『적벽가 연구』(신아출판사, 2000. 11)에 재수록.

623.2.23. 金相勳. "申在孝本 赤壁歌의 作品 變貌史的 位置."『동리연구』, 1 (동리연구회, 1993. 12). "「적벽가」의 변모 과정"으로 최동현·김기형 엮음,『적벽가 연구』(신아출판사, 2000. 11)에 재수록.

623.2.24. 崔正洛. "판소리 사설에 나타나는 空間的 構造의 기능과 의미:「적벽가」사설을 중심으로"『동리연구』, 1(동리연구회, 1993. 12). "「적벽가」의 구조와 의미"로 최동현·김기형 엮음,『적벽가 연구』(신아출판사, 2000. 11)에 재수록.

623.2.25. 설중환. "작품의 구조와 의미:「적벽가」."『판소리 사설연구』(국학자료원, 1994. 4). "「적벽가」의 인물구조와 의미"로 최동현·김기형 엮음,『적벽가 연구』(신아출판사, 2000. 11)에 재수록.

623.2.27. 김종철. "「적벽가」의 민중 정서와 미적 성격."『판소리硏究』, 6 (판소리연구회, 1995. 12). 최동현·김기형 엮음,『적벽가 연구』(신아출판사, 2000. 11)에 재수록.

623.2.28. 이성권. "「적벽가」의 주제론적 검토와 문제점."『판소리硏究』, 7 (판소리연구회, 1996. 12). 최동현·김기형 엮음,『적벽가 연구』(신아출판사, 2000. 11)에 재수록.

623.2.29. 서종문. "「赤壁歌」에 나타난 '군사점고 대목'."『판소리硏究』, 8 (판소리학회, 1997. 12). 최동현·김기형 엮음,『적벽가 연구』(신아출판사, 2000. 11)에 재수록.

623.2.30. 정병헌. "「적벽가」의 형성과 판소리사."『판소리硏究』, 8 (판소리학회, 1997. 12).『판소리와 한국문화』(亦樂, 2002. 5); 최동현·김기형 엮음,『적벽가 연구』(신아출판사, 2000. 11)에 재수록.

623.2.32. 徐鍾文. "「赤壁歌」군사 설움 타령의 생성과 기능."『韓國 古典小說과 敍事文學, 下』[陽圃 李相澤敎授還曆紀念](集文堂, 1998. 9). 최동현·김기형 엮음,『적벽가 연구』(신아출판사, 2000. 11)에 재수록.

623.2.33. 김진영·김현주. "「적벽가」의 담화 확장 원리와 그 배경적 의미."『판소리硏究』, 9 (판소리학회, 1998. 12). 최동현·김기형 엮음,『적벽가 연구』(신아출판사, 2000. 11)에 재수록.

【增】

1) 吳宗根. "「赤壁歌」異本攷: 申在孝本과 異本을 中心으로."『論文集』, 5(圓光大 大學院, 1990. 2).

2) 강한영. "신재효본「적벽가」의 특성."『한글』, 210(한글학회, 1990. 12).

3) 徐大錫. "「赤壁歌」의 再檢討."『陶谷鄭琦鎬博士華甲紀念論叢』(仁荷大文理大學 國語國文學科, 1991. 3).

4) 김기형. "「적벽가」의 전승계보와 바디間 장단·사설 구성 비교."『판소리硏究』, 4(판소리학회, 1993. 12).

5) 김기형. "「赤壁歌」의 形成과 變貌."『韓國民俗學』, 25(民俗學會, 1993. 11).

6) 金相勳. "「赤壁歌」의 變貌過程."『판소리硏究』, 4(판소리학회, 1993. 12).

7) 박성희. "포리돌 음반「적벽가」의 轉調."『韓國音盤學』, 4(韓國古音盤研究會, 1994. 11).

8) 申香淑. "「赤壁歌」 硏究."『建國語文學』, 21·22(建國大 國語國文學硏究會, 1997. 9).

9) 조희정. "「적벽가」 군사점고 대목의 인물 형상화 방식: 창본 이본 비교를 중심으로"『先清語文硏究』, 28(서울대 국어교육과, 2000. 3).

10) 장연호. "「赤壁歌」와 「三國演義」의 비교연구."『한국문학논총』, 26(한국문학회, 2000. 6).

11) 李爽雨. "「赤壁歌」의 形成을 활용한 판소리 「洪吉童歌」 構案."『대전어문학』, 17(대전대 국어국문학회, 2000. 2).

12) 김기형. "「적벽가」 연구사." 최동현·김기형 엮음,『적벽가 연구』(신아출판사, 2000. 11).

13) 김기형. "「적벽가」 이본의 서지적 특성과 사설 비교" 최동현·김기형 엮음,『적벽가 연구』(신아출판사, 2000. 11).

14) 서대석. "「적벽가」의 재검토." 최동현·김기형 엮음,『적벽가 연구』(신아출판사, 2000. 11).

15) 최동현. "폴리돌판 「적벽가」에 관하여." 최동현·김기형 엮음,『적벽가 연구』(신아출판사, 2000. 11).

16) 허원기. "「赤壁歌」와 「三國志演義」의 거리."『고전산문의 계보적 연구』(국학자료원, 2001. 4).

17) 김경희. "명창 송순섭: 소리 텃밭 지키는 동편제 명창 판소리 「적벽가」로 중요무형문화재 보유자로 인정."『21세기』, 62(光州·全南21世紀發展協議會, 2002. 4).

18) 金鍾澈. "「三國志演義」와 「赤壁歌」."『中韓人文科學硏究』, 8(中韓人文科學硏究會, 2002. 6).

19) 金基珩. "「赤壁歌」." 刊行委員會 編.『古小說硏究史』(月印, 2002. 12).

20) 김옥란. "「華容道」의 작품 세계: 「삼국지연의」·「적벽가」와 대비하여."『開新語文硏究』, 19(開新語文學會, 2002. 12).

21) 고영화. "「적벽가」 '장승 타령' 대목의 이본 연구."『고전문학과 교육』, 5(한국고전문학교육학회, 2003. 2).

22) 티엔티다탐즈른깃. "한국의 「적벽가」와 태국의 「쌈꼭 samkok」 매예인본(賣藝人本 smal)에 나타난 개작 양상 비교 연구."『판소리硏究』, 19(판소리학회, 2005. 4).

「화용도」
【增】

1) 李起衡. "「화용도」의 형성 과정에 대한 추론."『한국문화연구』, 4(경희대 민속학연구소, 2001. 1).

2) 李起衡. "「화용도」의 전승 배경 고찰."『판소리硏究』, 12(판소리학회, 2001. 10).

3) 이기형. "「화용도」의 성격과 변모 양상 고찰."『판소리연구』, 14(판소리학회, 2002. 10).

4) 김옥란. "「華容道」의 작품 세계: 「삼국지연의」·「적벽가」와 대비하여."『開新語文硏究』, 19(開新語文學會, 2002. 12).

5) 이기형. "「화용도」의 구조와 주제." 이정재,『고전문학 다시 읽기』(민속원, 2004. 9).

〈회목〉

(유일서관판 / 세창서관판 「적벽가」)[76]

......

(신구서림판 「華容道實記」)[77]

......

---

76) 경성서적업조합판과 한성서관판 「적벽가」도 이와 같다.

77) 광동서국판이나 조선서관판도 같다. 광문책사판은 약간의 자구가 다를 뿐 대체로 같게 나타난다. 대창서원판에는 국문 장회명만 있고 한문 장회명은 없다.

【增】 ▶(적선여경록 積善餘慶錄 → 금고기관 「유원보쌍생귀자」)[78]

◪624.[적성의전 狄成義傳 / 翟成義傳 / 赤聖義傳 / 積成義傳 / 謫誠義傳]

〈관계기록〉

　① Courant, 822: 「적성의전 赤聖義傳」.

【增】

　1) 『[演慶堂]諺文冊目錄』(1920; 藏書閣所藏): 133. 「狄城義傳」 1冊.

국문필사본		
(적성의전)		
【增】 적성의전	김종철[家目]	2-1(갑술년삼월이십일, 70f.)
【增】 적성의전이라	박순호[家目]	1(51f.)
【增】 성의전이라	박순호[家目]	1(37f.)
【增】 적성의전	성대(D07B-0038a)	1(1933)
【增】 적성의전	정명기[尋是齋 家目]	1
【增】 적성의전	정명기[尋是齋 家目]	1(낙장)
【增】 狄成傳	정명기[尋是齋 家目]	2(乾坤)
【增】 적성의전	정명기[尋是齋 家目]	1
(적씨효행록)		
【增】 젹시효힝녹 권지단니라	박순호[家目]	1(48f.)
【增】 젹씨효힝녹전이라	박순호[家目]	1(60f.)

국문경판본		
【增】 狄成義傳	정명기[尋是齋 家目]	1

국문안성본		
【增】 적성의전 권지단	박순호[家目]	1(안성동문이신판, 19f.)

국문완판본		
【增】 적성의전 단	박순호[家目]	1(39f.)
【增】 적성의전	박순호[家目]	1(35f.)
【增】 덕성의전상, 적성의전하	이태영[家目]	2-1(상: 38f.; 하: 36f.)[79]
【增】 적성의전	정명기[尋是齋 家目]	1

국문활자본

---

78) 『이본목록』·『작품연구 총람』·『문헌정보』에 추가.
79) 하권 제30장부터 끝까지 하단부 일부분이 훼손되었다.

적성의젼 翟成義傳	국중(3634-2-16=6)	1([著·發]盧益亭, 博文書館, 1917.6.5, 43pp.)
적성의전 古代小說 狄成義傳	국회[目·韓II](811.31)/김종철[家目]/대전대[이능우 寄目](1122)/정명기[尋是齋 家目]/조동일[국연자](22)	1([著·發]申泰三, 世昌書館, 1951/1952/1962. 12. 30, 32pp.)[127]
(고딕소셜)적성의젼 (古代小說)狄成義傳	국중(3634-2-16=11)<3판>/국중(3634-2-52=3)<3판>/정명기[尋是齋 家目]<3판>/[仁活全](31)	1([著·發]姜義永, 永昌書館, 초판 1915.5.24; 재판 1916.10.9; 3판 1917.12.22, 33pp.)
적성의젼 翟成義傳	국중(3634-2-5=2)/유탁일	1(南宮楔, 漢城書館·唯一書館, 1915, 42pp.)[128]

624.1. 〈자료〉

Ⅰ. (영인)

624.1.3. 仁川大民族文化研究所 編.『舊活字本古小說全集』, 31. 銀河出版社, 1984; (再刊) 國際아카데미, 2002. (영창서관판)

624.2. 〈연구〉

Ⅱ. (학위논문)

〈석사〉

【增】

1) 정재봉. "「적성의전」과 「흥부전」의 대비 연구." 碩論(경북대 교육대학원, 1999. 8).

2) 김미성. '한국 고전소설에 나타난 효사상 연구: 「심청전」·「적성의전」·「진대방전」을 중심으로." 碩論(수원대 교육대학원, 2002. 8).

3) 김효실. "고소설에 나타난 형제갈등 연구: 「창선감의록」과 「적성의전」을 중심으로." 碩論(건국대 대학원, 2005. 2).

Ⅲ. (학술지)

624.2.15. 趙春鎬. "「적성의전」 연구."『국어교육연구』, 15(慶北大師大 國語敎育研究會, 1983. 12).『우애소설연구』(경산대출판부, 2001)에 재수록.

【增】

1) 이정원. "15세기 불교계 국문 서사 연구: 「안락국전」·「나복전」·「적성의전」과의 대비를 통해."『韓國古典研究』, 5(韓國古典研究學會, 1999. 12).

◑{적성회연}

〈관계기록〉

① 『諺文古詩』(가람본), '언문칙목녹', 84: 「적성회연」.

▶(적씨화행록 → 적성의전)

▶(적씨효행록 → 적성의전)

◑{적한림전 翟翰林傳}

◆625.[전관산전 全寬算傳]

■『전기 傳奇』[80] → 고압아 / 배심 / 홍선

■『전등신화 剪燈新話』

〈참고자료〉

① 『剪新新話』作者瞿佑 字宗吉 錢塘人 …… 『剪燈新話』過去在我國久已無足本流傳 近人董康 據日本足本翻刻 此書始再歸中國 全書共四卷 二十篇 另附錄兩篇 其詳目 卷一爲「水宮慶會錄」·「三山福地志」·「華亭逢故人記」·「金鳳釵記」·「聯芳樓記」; 卷二爲「令狐生冥夢錄」·「天臺訪隱錄」·「滕穆醉遊聚景園記」·「牡丹燈記」·「渭塘奇遇記」; 卷三是「富貴發跡司志」·「永州野廟記」·「申陽洞記」·「愛卿傳」·「翠翠傳」; 卷四爲「龍堂靈會錄」·「太虛司法傳」·「修文舍人傳」·「鑑湖夜泛記」·「綠衣人傳」; 附錄爲「秋香亭記」·「寄梅記」 其中「秋香亭記」許多人認爲是他夫子自道 一如元稹之寫「鶯鶯傳」另有幾篇影響及後來的白話小說 如「三山福地志」凌濛初曾改爲白話小說在二刻『拍案驚奇』卷二十四 回目名「庵內看惡鬼善神 井中談前因後果」; 「金鳳釵記」凌濛初亦改成白話小說在『拍案驚奇』卷二十三中 回目名「大姊魂遊完宿願 小妹病起續前緣」; 「聯芳樓記」故事與戲曲「蘭蕙芳樓記」同(見南詞紋錄); 「渭塘奇遇記」的故事與『孤本元明雜劇』中之「王文秀渭塘奇遇」同; 「翠翠傳」凌濛初改成白話小說在二刻『拍案驚奇』卷六 回目名「李將軍錯認舅 劉氏女詭從夫」; 「綠衣人傳」明周朝俊曾改成戲曲「紅梅記」卽今之「紅梅閣」; 「寄梅記」由周淸原改成白話小說列入『西湖二集』卷十一 回目名「寄梅花鬼鬧西閣」宗吉生於元至正元年 卒於明宣德二年 享年八十七◐『전등신화』의 작자인 구우[1347~1433][81]의 자는 종길이고 전당 사람이다. 『전등신화』는 과거 우리 나라[중국]에는 이미 오랫동안 유전되지 못하던 것을 근래에 동강이 일본 족본에 의거하여 번각하여 이 책이 다시 중국에 돌아오게 된 것이다. 이 책은 모두 4권 20편으로 이루졌으며, 그 밖에 2편이 부록되어 있다. 그 자세한 목록을 보면, 권1은 「수궁경회록」, 「삼산복지지」, 「화정봉고인기」, 「금봉채기」, 「연방루기」; 권2는 「영호생명몽록」, 「천대방은록」, 「등목취유취경원기」, 「모란등기」, 「위당기우기」 권3은 「부귀발적사지」, 「영주야묘기」, 「신양동기」, 「애경전」, 「취취전」; 권4는 「용당영회록」, 「태허법사전」, 「수문사인전」, 「감호야범기」, 「녹의인전」; 부록은 「추향정기」와 「기매기」다. 이 중 「추향정기」는 많은 사람들이 그의 자전적인 이야기로서, 원진이 「최앵전」을 썼던 것과 같은 것임을 인정하고 있다. 또 그 중 몇 편은 후대의 백화 소설에 영향을 미쳤는데, 예컨대 「삼산복지지」와 같은 것은 능몽초[1580~1644][82]가 일찍이 백화 소설로 개작하여 2각『박안경기』제24권에 「암내간악귀선신 정중담전인후과」로 수록하였고; 「금봉채기」는 능몽초가 역시 백화 소설로 고쳐『박안경기』제23권에 「대자혼유완숙원 소매병기속전연」로 수록하였으며; 「연방루기」의 이야기는 희곡 작품 「난혜방루기」와 같으며(『견남사서록』을 보라); 「위당기우기」의 이야

---

80) 『태평광기』의 내용 중 3편을 뽑아 번역한 것이다.

81) 중국 명나라 때의 문인. 자는 宗吉, 호는 存齋. 단편 소설집『剪燈新話』를 지어 후세 동양 문학에 커다란 영향을 미쳤다.

82) 중국 명나라 말엽의 소설가. 별호 卽空觀主人. 단편 소설집인 初刻『拍案驚奇』와 二刻『拍案驚奇』를 지었다.

기는『고본원명잡극』중의 「왕문수위당기우」와 같으며; 「취취전」은 능몽초가 백화 소설로 개작하여 2각『박안경기』권6에 「이장군착인구 유씨녀궤종부」로 수록하였으며; 「녹의인전」은 명나라 때 주조준이 일찍이 희곡 작품 「홍매기」로 고쳐 오늘날의 「홍매각」이 되었고; 「기매기」는 주청원이 백화 소설로 개작하여『서호2집』권11에 「기매화귀료서각」으로 수록하였다. 구우는 원나라 지정 원년[1341]에 태어나서 명나라 선덕 2년[1427]에 향년 87세로 작고했다)[孟瑤,『中國小說史』, 第二冊, pp. 223~224].

〈관계기록〉

① 『梅月堂集』(金時習 1435~1493), 詩集, 四, ‘題剪燈新話後’: 山陽君子弄機杼 手剪燈火錄奇語 有文有騷有記事 遊戲滑稽有倫序 美如春葩變如雲 風流話柄在一擧 初若無憑後有味 佳境怡似甘蔗茹 龍戰鬼車與雛雉 夫子不刪良有以 語關世教怪不妨 事涉感人誕可喜 曾見河間記淫奔 復見毛穎錄亡是 濩落大瓠漆園吏 怪詭天問三閭子 又閱此話踵前踐 夔罔騰逴魚龍舞 上駕屈莊軼韓柳 六六巫山走雲雨 陶壁飛梭溫然犀 橘叟初噀龍根脯 輪困[sic 囷]肝膽貯造化 澹蕩筆下煙峰午 金翠墓前溪山麗 羅趙宅中苔草細 聚景園外荷香馥 秋香亭畔月色白 使人對此心緬邈 幻泡奇踪如在目 獨臥山堂春夢醒 飛花數片點床額 眼閱一篇足啓齒 蕩我平生磊塊臆 ☯ (산양군자[瞿佑]가 문장을 희롱하여 촛불을 돋워 기이한 말을 지었구나. 그 중에는 산문과 시, 기사 들애 유희와 골계가 차례로 늘어서 있네. 아름답기는 봄꽃 같고 변화는 구름 같아 풍류스런 이야기 모두 담아 냈네. 처음엔 믿을 게 못 될 듯했으나 다시 보니 진담이라, 아름다운 경개가 마치 사탕수수를 씹는 듯 달콤하네. 용전[83], 귀차[84], 구치[85]편을 공자가 남겨 둔 것도 뜻 있는 일이로다. [말이] 세상의 교화에 관계하니 괴이하여도 무방하고, 일이 사람을 감동시키니 뜬소리도 기쁘다. 일찍이 「하한전」[86]을 보니 음탕한 일을 기록했고, 「모영전」[87]을 보니 그것도 허구라. 큰 함박의 옛 이야기[88]는 칠원리[莊子]의 수법이고, 괴궤한 천문편[89]은 삼려[屈原]의 글이라네. 다시 이 이야기[『전등신화』]를 보니 옛 수법을 본받은 것으로, 기[90]와 도깨비 뛰놀며 어룡이

---

83)『周易』坤卦에 ‘上六龍戰于野 其血玄黃(상륙은 용이 들에서 싸우니 그 피가 검고 누르다)’는 것이 있다.

84)『周易』睽卦에 ‘上九睽孤 見豕負塗載鬼一車(상구는 어긋나서 외롭다. 돼지가 진흙을 등에 진 것과 한 수레에다 귀신을 싣는다)’는 것이 있다.

85)『詩經』小雅「小弁」에 ‘雉之朝雊 尚求其雌(장끼가 아침에 우는 것은 까투리 부르는 소리로다)’라는 것이 있고,『書經』「高宗肜日」에 ‘高宗肜日 越有雊雉(고종이 제사드리는 날에 꿩이 우는 변괴가 있었다)’는 것이 있다.

86) 중국 당나라 때 柳宗元(773~819)이 지은 글. 하한(河間)이라는 여자의 음행에 대하여 허구적으로 묘사한 후, 작가의 생각을 덧붙이고 있다.『事文類聚』後集 卷15 ‘淫婦’에 수록.

87) 중국 당나라 때 韓愈(768~819)가 붓을 의인화하여 지은 글.

88)『莊子』「逍遙遊」에 나온다. ‘惠子謂莊子曰 魏王貽我大瓠之種 我樹之 成以實五石 以盛水漿 其堅不能自擧也 剖之以爲瓢 則瓠落無所用 非不呺然大也 吾爲其無所用而掊之’(혜자가 장자에게 말하기를, “위나라 임금이 나에게 큰 박씨를 주거늘 그것을 심었더니 닷 섬이나 들 만한 큰 박이 열렸소. 물을 담자니 너무 무거워 들 수가 없었고, 쪼개어 바가지로 쓰자니 납작하고 얕아서 쓸 데가 없었소. 확실히 크기는 컸지만 아무 쓸모가 없기 때문에 다시 부숴 버리고 말았다오.”).

89) 굴원이 쫓겨나 방황할 때 초 땅의 先王의 묘와 공경의 사당에 천지 산천의 신령들이나 옛적 성현·괴물들이 그려진 것을 보고 의문을 제기하여 울분을 쏟아 낸 글.

90) 환상적 동물.

춤을 추네. 굴원·장자를 능가하고 한유·유종원을 앞지르네. 무산의 열두 봉우리 비구름 달려가고91) 陶侃92)이 벽에 건 북이 날고93) 온교는 무쇠뿔 태우고94), 귤 속의 노인은 처음으로 신선 음식 만났구나.95) 가슴 속엔 이글이글 조화가 서려 있고 붓끝에선 뭉게뭉게 온갖 일이 펼쳐진다. 金定과 翠翠의 묘 앞엔 산수도 아름답고96), 羅愛愛와 趙生의 집 안엔 이끼만 촘촘하네97). 취경원 밖엔 연꽃 피어 향기롭고98) 추향전 가엔 달빛이 밝도다99). 사람들이 이 글을 읽으면 마음이 아득해지고, 환영과 신기한 일이 눈앞에 펼쳐진 듯하리라. 홀로 산 속에 누워 봄꿈을 깨는데 꽃잎 두어 개 책상머리에 떨어지누나. 한 편만 읽어도 족히 웃을 만하니 내 평생 쌓인 불평 덩어리를 씻어내누나).100)

② 『朝鮮王朝實錄』, 62, 燕山君 12年[1506] 4月 辛酉: 下『剪燈新話』曰 序云 不正之君所好者 唯聲色歌舞 而上下相蒙 政治廢弛 國勢不振 豈因聲色歌舞 而國必亡乎 由上下相蒙而然耳 前朝之君 亦有如此者乎 承政院啓 豈從聲色 亦有上下相蒙 政治廢弛 故國勢不振 前朝之事 臣等未詳知之◐(『전등신화』를 내리면서 이르기를, "서문에 '바르지 못한 임금은 오직 성색이나 가무만 좋아하여 위와 아래가 서로 속이므로 정사가 해이해지고 국세를 떨치지 못한다.'고 하였는데, 어찌 성색이나 가무로 인하여 나라가 반드시 망하겠는가? 위아래가 서로 속임으로 말미암아 망하게 되는 것이다. 전조101)의 임금들 중에 이와 같은 자가 있었는가?" 하니, 승정원102) 이 아뢰기를, "어찌 성색 때문만이겠습니까. 역시 위아래가 서로 속여 정사가 해이해졌기 때문에 국세가 떨치지 못한 것입니다. 전조의 일은 신 등이 자세히 알지 못합니다.").

---

91) '무산'은 중국 사천성에 있는 산. 무산의 신녀가 초회왕을 찾아왔다가 떠날 때, '아침엔 구름이 되고 저녁엔 비가 되어 아침저녁 언제나 陽臺 아래에 있겠다.'고 하였다는 고사가 있다(宋玉, 「高塘賦).

92) 원래 중국 晉나라 鄱陽 땅 사람으로, 진나라가 오나라에 평정된 이후 尋陽으로 이주했다. 어려서 고아가 되어 매우 가난하게 자라났으나, 벼슬길로 들어선 후 출신하여 長沙郡公에 봉해지고 대장군에까지 이르렀다. 軍務에 종사한 지 41 년간에 명철한 판단으로 잘 다스려, 南陵에서 白帝에 이르기까지 길에 물건이 떨어져도 아무도 줍지 않을 정도였다고 한다.

93) 陶侃이 어려서 雷澤에서 낚시하다 베 짜는 북을 얻어 벽에 걸어 두었는데, 갑자기 뇌우가 일어나더니 북이 용으로 변하여 사라졌다는 고사가 있다(『晉書』, 「陶侃傳).

94) 온교는 중국 晉나라 사람. 牛渚磯에 괴물이 많다고들 하여, 온교가 무소뿔을 태워 물 속을 비추자, 괴이한 모습의 괴물이 나타났다고 한다(『晉書』, 「溫嶠傳」).

95) 巴邛 땅 사람이 귤밭에서 항아리만한 큰 귤을 보고 쪼개 보니, 두 노인이 내기 장기를 두고 있었다. 그들은 용처럼 생긴 풀뿌리를 먹었는데, 먹을 때마다 그것이 다시 보충되곤 하였고, 후에 거기에 물을 뿜으니 용으로 변하여 그 용을 타고 사라졌다(『太平廣記』, 40, 「巴邛人」).

96) 『전등신화』의 「취취전」의 남녀 주인공 김정과 취취는 전란을 만나 헤어졌다가 객지에서 죽었는데, 죽어서야 나란히 묻혔다.

97) 『전등신화』의 「愛卿傳」에서 애경은 조생이 벼슬길을 찾아 상경한 후 권력자가 강제로 절개를 꺾으려 하자 스스로 목숨을 끊었다. 조생이 돌아와 보니 애경의 자취는 찾을 수 없고 이끼만 끼어 있을 뿐이었다.

98) 『전등신화』 중의 「滕穆醉遊聚景園記」의 내용. 등목이 연꽃이 만발한 취경원에서 선녀를 만나 놀았는데, 선녀는 곧 송나라 때 궁녀인 衛芳華였다.

99) 『전등신화』 중의 「秋香亭記」의 내용. 남녀 주인공 商生과 楊采采가 달 밝은 취향정에서 사랑을 약속하는 장면에서 시작된다.

100) 번역 및 각주 모두 조선문학예술총동맹출판사의 『우리나라 고전작가들의 미학 견해 자료집』(평양, 1964) 및 무악고소설연구회 편, 『한국고소설관련자료집 I』(태학사, 2001)을 많이 참고하였다.

101) 앞대의 왕조.

102) 조선조 때 임금의 명령을 전달하고, 임금께 아뢰는 일을 맡아 하던 관청.

③ 同上, 62, 燕山君 12年[1506] 4月 壬辰: 壬戌……傳曰『剪燈新話』·『剪燈餘話』·『效顰集』·「嬌紅記」·「西廂記」等 令謝恩使貿來 …… 傳曰『剪燈新話』·『餘話』等書 印進◉(전교하시기를, "『전등신화』·『전등여화』·『효빈집』·「교홍기」·「서상기」 등을 사은사에게 사 오게 하라." …… 전교하시기를, "『전등신화』·『전등여화』 등을 인간하여 바치라." 하였다).

④ 同上, 63, 8月 甲寅: 傳曰『聯芳集』與他可見書 令赴京人貿來 承政院 以『香臺集』·『遊藝錄』·『麗情集』書啓 傳曰 此等書 何所據而書啓耶 承旨等啓『香臺集』·『遊藝錄』則載在『剪燈新話』『麗情集』則姜渾以所聞書啓 傳曰『麗情集』廣索以入 嘗覽『重增剪燈新話』有蘭英蕙英相與唱和 有詩百首 號『聯芳集』當時豪士 多傳誦之 故令貿來耳 且魏生常在室娉携持 侍姬蘭 苔見有「嬌紅記」一冊 云云 故知有「嬌紅記」今下冊 乃此集也 前敎 '竹窓幽戶尙如初'之句 亦在于此 但間有漢語 多不可解 其以文字注解開刊◉(전교하시기를, "『연방집』과 기타 볼 만한 책들을 연경에 가는 사람으로 하여금 사 오게 하라." 하시므로, 승정원에서 『향대집』·『유예록』·『여정집』 등을 적어서 아뢰었다. 전교하시기를, "이런 책들을 어떻게 알아서 올렸느냐?" 하시니, 승지 등이 아뢰었다. "『향대집』과 『유예록』은 『전등신화』에 실려 있고, 『여정집』은 강혼이 들은 것을 적어서 아뢰었습니다." 임금께서 전교하셨다. "『여정집』을 널리 찾아 들이라. 그리고 일찍이 『중증 전등신화』를 보았더니, 난영과 혜영이 서로 화답한 시 1백 수를 『연방집』이라고 이름하여 당시 호걸들이 많이 전송했다[103] 하므로 사 오라고 한 것이다. 또 '위붕이 있던 내실에 빙빙이 계집종 난초를 데리고 가 보니, 「교홍기」 한 권이 있었다.'[104]고 했기에 「교홍기」가 있는 줄 알았으니, 지금 내린 책이 바로 그 책이다. 앞서 하교에 있던 '외딴 집 대나무 있는 창가 아직도 예전 같네'란 시구도 역시 여기에 실려 있는데, 다만 간간히 한어가 있어 해석할 수 없는 데가 많으므로 문자로 주를 달아 간행하라.").

⑤ 同上, 14, 中宗6年[1511] 9月: 丁卯 御朝講 大司憲南袞 獻納鄭忠樑 啓前事 不納 領事金壽童曰 聞蔡壽之罪 斷律以絞 臺諫扶正道闢邪說之意 固當如是 壽若自造爲妖言 鼓動人心 則可斷以死 但爲技癢所使 聞見而妄作 是所不當爲而爲之也 刑賞務要得中 若此人可死 則如『太平廣記』·『剪燈新話』之類 其可盡誅乎◉(조강[105]에 나아갔다. 대사헌 남곤[1471~1527]·헌납[106] 정충량[1480~1523]이 전의 일을 아뢰었으나, 받아들이지 않았다. 영사[107] 김수동[1457~1512]이 아뢰기를, "들으니, 채수[1449~1515]의 죄를 교수[絞首]로써 단죄하였다 하는데, 정도를 붙들고 사설을 막아야 하는 대간의 뜻으로는 이와 같이 함이 마땅하나, 채수[蔡壽]가 만약 스스로 요망한 말을 만들어 인심을 선동시켰다면 사형으로 단죄함이 가하지만, 다만 기양[108]의 시킨 바가 되어 보고 들은 대로 망녕되이 지었으니, 이는 해서는 안 될 것을 한 것입니다. 그러나 형벌과 상은 중을 얻도록 힘써야 합니다. 만약 이 사람이 죽어야 된다면, 『태평광기』·『전등신화』 같은 유를 지은 자도 모조리 베어야 하겠습니까?").

⑥ 同上, 12月 己丑: 彭壽曰……蔡壽作「薛公瓚傳」 固非矣 然古亦有『剪燈新話』·『太平閑話』 乃戲玩之爲耳 亦與之方之事 有異矣 此雖已定之罪 今當恐懼修省之時 敢啓◉(팽수가 아뢰

---

103) 『剪燈新話』, 「聯芳樓記」
104) 『剪燈餘話』, 「賈雲華還魂記」
105) 이른 아침에 임금에게 경연관이 글을 강론하던 일.
106) 임금의 잘못을 지적하여 고치게 하는 일을 맡은 정5품 벼슬.
107) 조선조 때 돈녕부, 홍문관, 예문관 등의 정1품 으뜸벼슬. 돈녕부 외의 영사는 의정, 또는 영의정이 겸임하였다.
108) 재주는 있으나 쓸 데가 없어 마음이 간잘간질한 일.

기를, …… "채수가 「설공찬전」을 지은 것은 진실로 잘못이나, 옛날에도 또한 『전등신화』·『태평한화』가 있었는데, 이는 실없는 장난거리로 만든 것뿐으로, 이 지방의 일과는 다릅니다. 이미 정한 죄이지만, 이제 상께서 조심하고 반성하시는 때를 맞아 감히 아룁니다." 하였다).

⑦ 『五倫全傳』, 柳彦遇 跋文(1550): 世有『剪燈新話』·『餘話』等書 人多傳玩 雖舖張文詞之可觀 皆不過滑稽劇談耳 夫孰若是書之慕世敎 而切於日用者乎 彦遇爲縣數月 首印是書 其化民成俗之志 爲如何哉 倫全兄弟之事 誠爲可服 而彦遇之志 亦甚可嘉 是不容不識◑(세상에 『전등신화』·『전등여화』와 같은 책들이 있어 많은 사람들이 좋아하며 전한다. 비록 볼 만한 글로 펼쳤지만, 대개 골계 희담[109])에 불과할 따름이니, 대저 이 책[「오륜전전」]이 세상을 교화하는 데 보탬이 되고 매일같이 쓰는 데 긴요한 것만 같겠는가? 유언우가 태수가 된 지 몇 개월 내에 먼저 이 책을 찍어 내었으니, 백성을 교화하고 풍속을 제대로 이루려 한 뜻이 어떠한가? 오륜전 형제의 일이 진실로 따를 만하고 유언우[柳仲郢 1515~1573]의 뜻 또한 심히 기뻐할 만한 일이니 곧 쓰지 않을 수 없었다).

⑧ 『眉岩日記』(柳希春 1513~1577), 戊辰[1568] 2月 12日: 外校書館冊匠億享來議 印『剪燈新話』◑(외교서관의 책장[110]) 억향이 와서 『전등신화』의 간행에 대해 의론하다).

⑨ 同上, 2月 29日: 李星 粧送『剪燈新話』二冊『史文集覽』二冊◑(이성이 『전등신화』 2책과 『이문집람』 2책을 장정해서 보냈다).

⑩ 同上, 丁卯[1567] 10月 初9日: 許篈來告辭 余以二折冊紙 二十七卷 狀紙 四卷 白紙三卷 凡六十八貼 乃印『韻府群玉』『註剪燈新話』本草□卷十五至十九 次及『中庸或問』也◑(허봉이 와서 작별 인사를 하였다. 나는 이절 책지 27권, 장지[111]) 4권, 백지 3권 등 모두 68첩으로 『운부군옥』, 『주 전등신화』, 『본초□』 15권에서 19권까지, 그리고 『중용혹문』을 인쇄했다).

⑪ 『朝鮮王朝實錄』, 卷 3, 宣祖 2年[1569] 6月 壬辰: 非但此書與「楚漢衍義」等書 如此類不一 無非害理之甚者也 詩文詞華 尚且不關 況『剪燈新話』·『太平廣記』等書 皆足以誤人心之者 乎 自上知其誣而戒之 則可以切實於學問之功也 ……『剪燈新話』鄙褻可愕之甚者 校書舘私 給材料 至於刻板 有識之人 莫不痛心 或欲去其板本 而因循至今 閭巷之間 爭相印見 其間男 女會淫 神怪不經之說 亦多有之 ◑([奇大升 1527~1572]이 아뢰기를] "이 책은 「초한연의」 등과 같은 책[「三國志衍義」]일 뿐 아니라, 이와 같은 종류가 하나뿐이 아닌데, 모두가 의리를 심히 해치는 것들입니다. 시문·사화도 중하게 여기지 않는데, 하물며 「전등신화」나 「태평광기」와 같은 사람의 마음을 잘못 이끄는 책들이겠습니까? 위에서 무망[112])함을 아시고 경계하시면 학문을 닦는 데 절실[113])할 것입니다." …… "『전등신화』는 놀라우리만큼 저속하고 외설적인 책인데도 교서관이 재료를 사사로이 지급하여 각판[114])까지 하게 하였으니, 식자들은 모두 이를 가슴 아파합니다. 그 판본을 제거하려고도 하였으나 그대로 오늘에 이르렀습니다. 일반 민간에서는 다투어 서로 인쇄하여 보고 있으며, 그 내용에는 남녀의 음행과 상도[115])에 벗어나는

---

109) 장난삼아 하는 말.
110) 책을 만드는 일을 전문으로 하는 匠人.
111) 공문이나 편지를 쓰는 데 사용하던 종이.
112) 남을 속여 넘김.
113) 썩 긴요하고 다급함.
114) 글씨나 그림을 나뭇조각에 새김. 板刻.
115) 변하지 않는 떳떳한 도리.

괴상하고 신기한 말들이 또한 많이 있습니다.”).

⑫ 林芑,『剪燈新話句解』, 跋(1599): 志怪之書 尙矣 雖曰不經 苟非博雅 不能言矣 山陽瞿存齋 實惟博雅之士 不遇於世 退而放言 其所著述多方 幾數十篇 且是篇 盖本諸傳奇 雖符於語怪 固亦文章游刃地 況文善可勸而惡可懲者 其惡可已乎 近世記誦文字者 必於是焉仮途而祈 嚮 然而引用經史語多 咸以無釋爲恨 歲丁未秋 禮部令史宋糞者 求釋於余 余以爲稗說不適 於實用 何以釋爲 乃辭 旣而思之『山海經』·『博物志』語涉吊詭 俱有箋疏 佛氏諸典 字本梵 書 尙皆鑿空而演解 其釋是書 不猶愈於釋梵書諸典 於是 就滄洲大人而謀焉 意旣克合 方始 輯疏 纔解一錄 而滄洲適居棘于宣城 余獨以平昔所記聞 竊爲之盡釋 學雖愧於三多 註不讓 於五臣 但所釋者 雖似煩冗 其於易解 未必不爲擊蒙之指南矣 資是而學爲文字 則亦不可謂 無少補矣 或有嘲於余曰 昔韓愈嘗作「毛穎傳」 張籍譏其駁雜無實 瞿氏是書 固駁雜之尤者 也 而吾子從而注解 寧無譏乎 聖賢經世之書 不一而足 吾子去彼取此何 余答曰 聖賢之書 先儒之訓詁 備矣 然猶今世之學者 其深造乎道者 盡無 與其學聖賢書 而不能深造乎道 孰若 學是書而以爲談助乎 且古人以爲經傳 道之筌蹄也 況是書乎 雖然初學者 誠能解文於此 而 求道於被 則是書亦經傳之筌蹄也 顧何以譏余乎 遂爲讎正 委諸宋糞 使之募印 噫 糞之志勤 矣 糞吏也 惟簿書是急 乃於是書 己欲昭昭 而又欲使人昭昭 推此志也 雖古之與人爲善者 不是過也 然而糞也 不克鏤板 乃輳合木字而印之 字多刓缺 覽者病焉 今玆滄洲 以天官卿 兼提調校書館 而諸員尹繼延者 稟於其提調 欲入梓 以廣其傳 余更爲之刪煩就簡 以爲句解 而滄洲實訂焉 因撮其注釋之梗槩 書諸顚末 糞之印本 訖於己酉 而繼延之攢刻 終於己未 詳錄其年 俾來者 知之 嘉靖己未五月下瀚 靑州垂胡子跋◑(지괴서를 숭상함은 그것이 비록 경서는 아니지만 참으로 박아[116]한 사람이 아니면 말할 수 없다. 산양 사람 구존재[瞿佑]는 실로 박아한 선비로서 세상에서 대우를 받지 못해 물러나 거리낌 없이 말을 하였다. 그가 저술한 바는 다방면에 걸쳐 거의 수십 편에 이르지만, 이 책은 대개 전기에 뿌리를 둔 것으로, 비록 괴이한 일을 말한 것이기는 하나 또한 문장을 능숙하게 다룬 것이다. 하물며 선을 권하고 악을 징계할 만 한데 어찌 그만둘 수 있겠는가? 요즘 문자를 쓰고 암송하는 자들은 반드시 이것으로 길을 빌리고 메아리를 구한다. 그러나 경사를 인용한 말이 많아 모두들 주석이 없는 것을 한탄하였다. 정미년[1547] 가을에 예부의 영사[117] 송분이 내게 주석을 구하였다. 나는 패설이 실용에는 적합하지 않으니 주석은 하여 무엇하랴 하고 사양하였다. 나중에 생각해 보니,『산해경』·『박물지』 등도 내용이 허망한데 모두 전이나 소 같은 주석이 있고, 불교의 모든 전적들도 글자가 범서에 뿌리를 두어 억지로 끌어대거나 부연 설명한 것이지만, 의미를 풀어 해석하였으니, 이 책을 주석하는 것은 범서를 주석하는 것보다 낮지 않겠는가? 이에 창주대인[尹春年 1514~1567]을 찾아가 의논하였는데, 뜻이 서로 맞아 주석을 모으기 시작했다. 겨우 한 편을 주석했는데 창주선생께서 선성[118]으로 유배를 가게 되었다. 그래 나 홀로 전에 늘 듣고 기록한 것으로써 가만히 주석을 마쳤다. 학문은 비록 삼다[119]에 부끄러우나, 주석은 오신[120]에게 양보하지 않는다. 다만 주석한 것이 비록 번잡할 듯하나 쉽게 이해되도록 했으니,

---

116) 학식이 넓고 성품이 端雅함.
117) 문서를 처리하는 관리.
118) 慶北 安東郡 禮安面.
119) 讀多·持論多·著述多.

틀림없이 어리석음을 깨우치는 안내역은 할 수 있을 것이며, 이것으로써 문자를 배운다면 또한 조금이나마 도움이 없지는 않을 것이다. 어떤 사람이 나를 조롱하기를, "옛적 한유가 「모영전 毛穎傳」을 지었는데 장적이 잡스럽고 알차지 못하다고 비난했다. 구씨[瞿佑]의 이 책은 참으로 더욱 잡스러운데, 그대가 좇아 이를 주석했으니 어찌 비난이 없겠는가? 성현이 세상을 바로잡는 책들이 적지 않은데, 당신은 저것을 버리고 이것을 취하니 이유가 무엇인가?" 하였다. 나는 대답하기를, "성현의 책은 옛날 선비들의 주석이 갖추어져 있음에도, 지금의 학자들은 도에 깊이 나아가는 자가 전혀 없다. 성현의 책을 배워 도에 깊이 나아가지 못한다면, 이 책을 배워 대화의 재료로 삼는 것이 낫지 않겠는가? 또한 옛 사람들은 경전을 도의 방편[筌蹄121)]으로 생각했으니 하물며 이 책은 어떻겠는가? 비록 그렇다 해도 초학자들이 진실로 여기서 글을 깨우쳐 저기서 도를 구한다면, 이 책은 또한 경전의 방편이 되는 것이다. 어찌하여 나를 비난하는가?"라고 했다. 드디어 교정하여 송분에게 맡기어 인간122)하게 하였다. 아! 송분의 의지가 부지런하도다. 송분은 아전이다. 관청 문서가 시급할 텐데 이 책에 대해서 스스로 알고자 하고 또한 타인들도 알 수 있게 하였으니, 이 마음을 미루어 보면 비록 옛적에 타인의 선을 돕는 경우123)도 이보다 더하진 않을 것이다. 그러나 송분이 판을 새기지 못하고 나무 활자를 모아 인간하니, 글자가 많이 뭉그러져 보는 사람들이 아쉽게 여겼다. 이제 창주선생이 이조판서로 교서관제조를 겸하였는데, 제원124) 윤계연이 제조125)께 아뢰어 간행하여 널리 전하고자 하였다. 그래서 나는 다시 번거로운 것을 줄이고 간략하게 하여 '구해'라고 하였거니와, 실은 창주선생이 교정을 본 것이다. 따라서 주석의 대강 개요를 모아 그 전말을 적는다. 송분의 간행은 기유년[1549]에 마쳤고, 윤계연의 판각은 기미년[1559]에 끝났다. 그 연도를 상세히 기록하여 뒷사람들이 알도록 한다. 가정 기미년 5월 하순에 청주126)사람 수호자127)가 발문을 쓴다).

⑬ 同上, 尹春年 1514~1567, '題註解剪燈新話後': 錢唐瞿祐宗吉氏身際洪武永樂之間 心有所感 托之於文 其事則述其神異之迹 男女之情 其意則主乎善惡報應之孔昭 君臣會遇者甚難 今 讀「秋香亭記」 尙爲之淚下 宗吉氏 何以爲心而把筆哉 後之人讀其文 便以爲稗說而忽之 何 足以知宗吉氏之心哉 但其所爲文 廣引百家 博采諸子 讀者不得其說 如遊汗漫而不知止焉 靑州林君芑子育 以博聞强記之學 未試於世 無所攄發 遂注此書 窮搜冥索 少無踈漏 使隱者 卽見 微者卽顯 其爲忠臣於宗吉氏 可謂至矣 芸閣 唱准尹繼延 手書入梓 以廣其傳 可謂勤矣 世謂此注 出於余者 非也 余忝在玉堂時 偶見 陶九成所著『說浮』 得數段 添入而已 余豈能辦 此.128)☯(전당 사람인 구우 종길[瞿祐 1341~1427]은 홍무[1368~1398]·영락[1403~1424] 연간의

---

120) 당나라 開元 연간에 呂向이 李善의 『文選』에 대한 주석이 번잡하다고 하여, 吳延濟·劉良·張銑·李周翰 등과 더불어 별도로 주를 냈는데, 이를 '五臣注'라 한다.
121) 물고기를 잡는 통발과 토끼를 잡는 올가미. 뜻이 변하여 목적을 이루기 위한 방편을 가리킨다.
122) 인쇄하여 책을 펴냄.
123) "取諸人以爲善 是與人爲善者也 故君子莫大乎與人爲善(『孟子』,「公孫丑」, 上).
124) 교서관 등에 딸린 아전.
125) 종1품 또는 2품의 품계를 가진 사람으로서 각 사 또는 각 청의 우두머리가 아니면서 그 일을 맡아 보던 임시 벼슬.
126) 경북 開寧. 林芑의 本貫.
127) 林芑의 호.
128) 柳鐸一編, 『韓國古小說批評資料集成』(亞細亞文化史, 1994), p. 61 再引.

사람으로, 마음에 느낀 바가 있으면 문장에다 이런 것을 의탁했다. 그 내용은 신이한 자취와 남녀의 정을 기술하였고, 그 의미는 선악 보응의 이치가 매우 명백하다는 점과 군신의 만남이 너무 어렵다는 점을 주로 했다. 이제「추향정기」를 읽어 보니 여전히 눈물이 난다. 종길은 무슨 마음으로 붓을 잡았던가? 후대인이 그 글을 읽고 곧 패설이라고 홀대한다면 어찌 종길의 마음을 알 수 있을 것인가? 다만 문장이 널리 제자백가를 인용하고 두루 채록하여, 독자들이 그 의미를 알지 못하니, 한만29)하게 놀면서 그칠 줄 모르는 격이다. 청주 사람 임기는 박문강기130)의 학식이 있으나 세상에 쓰이지 못하여 재능을 펼 바가 없더니, 이 책을 주석하게 되매 구석구석 찾아 조금도 소루131)한 바가 없었다. 숨은 것을 드러나게 하고 미세한 것까지도 밝게 하니, 종길에게 충신됨이 지극하도다. 운각 창준132) 윤계연이 손수 써서 간행하여 널리 전하고자 하니 가히 부지런하다 하겠다. 사람들은 이 주석이 내게서 나왔다고 하나 그렇지 않다. 내가 외람되게 옥당133)에 있을 때에 우연히 도구성[陶宗儀 a.1360]134)이 지은『설부』를 보다가 몇 대목을 취하여 첨가했을 뿐이다. 내 어찌 이런 것을 힘쓰겠는가?).135)

⑭『朝鮮王朝實錄』, 卷 42, 仁祖 19年[1641] 1月 辛巳: 倭人求四書章圖·『楊誠齋集』·東坡·『剪燈新話』我國地圖 朝廷賜以東坡·『剪燈新話』餘皆不許☯(왜인이『사서장도』·『양성재집』,『동파집』,『전등신화』와 우리 나라 지도를 요구하였으나, 조정에서는『동파집』과『전등신화』만 주고 나머지는 모두 허락하지 않았다.

⑮「天君衍義」(鄭泰齊 1612~1669), 序: 近來小說雜記 行於世者 固多而其中表著者言之 來自中國者『剪燈新話』·『艶異篇』出於我東者『鍾離胡蘆』·『禦眠盾』等書 非鬼神怪誕之說 則皆男女期會之事 其不及諸史遠矣 況可與此書 同日道哉 覽者宜有以取舍之矣 時 關逢執徐季夏 上澣 菊堂居士 鄭泰齊書☯(근래에는 소설 잡기로 세상에 유행하는 것이 참으로 많은데, 그 가운데 드러난 것으로 말하자면 중국에서 온 것으로『전등신화』,『염이편』과 우리 나라에서 나온 것으로『종리호로』,『어면순』등이 있는데, 귀신의 괴탄한 이야기가 아니면 남녀의 서로 만나는 일들이어서 여러 역사에는 크게 미치지 못한다. 하물며 이 책과 한 가지로 말할 수 있겠는가? 보는 이는 마땅히 취사함이 있어야 할 것이다. 알봉집서[갑진년, 1664] 늦여름 상한에 국당거사 정태제가 쓰노라).

⑯『芝峯類說』(李粹光 1563~1628), 7, 經書部 三 書籍: 稗史曰『剪燈新話』乃楊廉夫所著 惟「秋香亭記」是瞿宗吉所撰 觀其詞氣不類可知云 余謂古今書籍 如此托名者 何限 且新話中「水宮慶會錄」專取·『東坡志林』·「申陽洞記」專襲「白猿傳」而少加檃括 其他莫不模倣而爲之 若『剪燈餘話』則效顰又甚矣☯(패사에 이르기를, "『전등신화』는 곧 양염부[楊維楨 1296~1370]가 지은 바인데, 다만「추향정기」만은 구종길[瞿祐 1341~1427]이 찬술한 것이다. 그 글의 어투가

---

129) 탐탁하지 않고 등한함.
130) 사물을 널리 알고 잘 기억함.
131) 꼼꼼치 못함.
132) 교서관 잡직의 하나.
133) 홍문관.
134) 생몰 연대 미상. 字 九成. 대표 저서로는『輟耕錄』·『書史會要』·『南村詩集』등이 있고, 경전과 사서로부터 여러 학자들의 잡다한 학설을 모아『說浮』100권을 편찬한 것으로도 유명하다.
135) 원문 중『문헌정보』에 覆字로 처리되었던 것을 정용수 譯註『剪燈新話句解 譯註』(푸른사상, 2003), p. 362에 의해 보충해 넣고, 그에 따라 해석도 동서를 참조했다.

비슷하지 않은 것을 보면 알 수 있다."고 하였다. 생각건대, 고금의 서적으로서 이와 같이 남의 이름을 칭탁[136]한 것이 어찌 한이 있겠는가? 또『전등신화』중의「수궁경회록」은 온전히『동파지림』에서 취하고,「신양동기」는 온전히「백원전」을 베끼고 약간 잘못을 바로 잡았을 뿐이다. 그 밖의 것도 모방해서 만들지 않은 것이 없지만『전등여화』[137]가 남의 것을 흉내낸 것은 더욱 심하다).

⑰『順庵集』(安鼎福 1712~1791), 13, '椽軒隨筆 下':『剪燈新話』二卷 明初瞿存齋宗吉所撰小說 而明宗朝判書尹春年 及吏文學官林芑註 所謂滄洲卽春年也 芑頷下有垂肉 故自號垂胡子 卽丙子六臣 李塏之外孫也 不敢顯仕 而爲學官云◑(『전등신화』두 권은 명나라 초의 존재 구종길[祐]이 지은 소설로서, 명종조의 판서 윤춘년 및 이문학관[138] 임기가 주를 단 것인데, 이른바 창주라 한 것[139]은 곧 윤춘년을 말함이다. 임기는 턱 아래에 혹이 달려 있기 때문에 스스로 호를 '수호자'라 했는데, 그는 병자년[1456]의 육신이었던 이개의 외손으로, 현관에 나아가지 못하고 학관[140]이 되었다고 한다).

⑱『京都雜志』(柳得恭 1748~?), 1, '詩文'條: 閭巷最愛『剪燈新話』以其有助於吏文也『剪燈新話』元瞿佑撰 東土垂胡子林芑註解◑(여항 간에서『전등신화』가 가장 사랑을 받고 있는 것은 이서배[141]가 글 익히는 데 도움이 되기 때문이다.『전등신화』는 원나라 구우가 지은 것으로 우리 나라의 수호자 임기가 주해했다).

⑲『潭庭叢書』(李鈺 1760~1813), 28, 鳳城文餘, '剪燈新語註':『剪燈新話』者 瞿宗吉之所刪述 元明間小說者 而若「聚景園」·「秋香亭」等記 亦佑之所作也「牧丹燈記」陳惰作「金鳳釵記」柳貫作「綠衣人傳」吾衍作「渭塘奇遇錄」明馬龍作 其文詞 皆鄙俚淺弱 易知而易効 故我東 吏胥必讀之 垂胡子者 姓林失其名 官至軍資監正者 而爲之註釋甚勤 知印張宗得 以『新語』來願學 余亦時閱之 註釋頗詳◑(『전등신화』는 구우 종길이 원·명 시대 소설들을 수정하여 만든 것이다.「등목취유취경원기」·「추향정기」등은 또한 그가 직접 지은 것이다.「모란등기」는 진음이 지은 것이고,「금봉차기」는 유관이 지은 것이며,「녹의인전」은 오연이 지은 것이고,「위당기우록」은 명 마룡이 지은 것이다. 그 문사가 모두 속되고 가벼워 쉽게 이해하고 쉽게 본받을 수 있기 때문에 우리 나라의 이전들은 반드시 이 작품을 읽었다. 수호자는 성이 임이요, 이름을 알 수 없고[142] 벼슬이 군자감[143]정[144]에 이르렀는데, 이 책의 주석은 매우 근실하게 달았다. 지인 장종득이『전등신화』를 가지고 와서 배우기를 원하기에 나 또한 때때로 뒤져 보니 주석이 매우 자세했다).

⑳『洛下生全集』(李學逵 1770~?), 中, '答某': 此鄕[金海] 古無書籍 以瞿存齋『剪燈新話』爲兀上

尊閣 羅貫仲「三國演義」 爲枕中秘藏 彼固無意於借人 我亦不擬借於人◐(이 고을은 예부터 책이 없어 구존재[瞿祐]의 『전등신화』를 산꼭대기의 누각처럼 우러르고, 나관중의 「삼국연의」는 베갯머리에 비장하였다. 이들은 굳이 남에게 빌려 줄 생각도 않았으며, 나 역시 남에게서 빌려 올 생각은 하지 않았다).

㉑ 同上, '書『剪燈新話』後': 山陽瞿佑著『剪燈新話』四十卷 今本所在二十一篇 不知何人所選 爲今日鄕塾 學究所持誦書 尾載「秋香亭記」 卽佑自敍 如元稹之于「會眞」托言張生者也 嗣後有李禎者 著『剪燈餘話』 有記其月下彈琴記集句◐(산양 구우가 지은 『전등신화』 40권 중 오늘날 전하고 있는 것은 21편인데 누가 뽑아놓은 것인지 알 수 없다. 지금 시골의 서당의 학구들이 읽어 대는 책의 끝머리에는 「추향전기」가 수록되어 있는데, 이는 구우의 자서로 원진[779~831][145]이 「회진기」에서 자신을 장생에 의탁하여 이야기한 것과 같다. 후에 이정이란 사람이 잇대어 『전등여화』를 지었는데 '월하탄금기집구'가 수록되어 있다).

㉒ 『五洲衍文長箋散藁』(李圭景 1788~?), 47: 今閭巷里[史]胥輩所專習者 有『剪燈新話』一書 以爲讀此 則嫺於史文云 斯爲刀筆之熟習 志氣已梏於其中 則何必苛責也 此書旣爲士大夫所不屑 …… 新話之註 但書垂胡子注云 故人多未識爲我東林知楅芑也 宣祖時人 能文章 詩文豪放 注『剪燈新話』◐(오늘날 민간의 서리배가 오로지 익히는 것으로는 『전등신화』 한 책이 있는데, 이것을 읽으면 이문[146]에 익숙해진다고들 한다. 그것으로 도필[147]의 솜씨는 숙달될지언정 지취와 기상은 그 속에 속박되게 되니, 가혹하게 나무란들 무엇하겠는가? 이 책은 이미 사대부들이 천하게 여기는 바가 되었다. …… 『전등신화』의 주를 다만 '수호자 주'라고만 써서, 옛 사람들이 많이들 그가 우리 나라의 지추 임기임을 알지 못했다. 그는 선조 때 사람으로 문장을 잘했고 시문이 호방했는데, 『전등신화』를 주석했다).

㉓ 『里鄕見聞錄』(劉在健 1793~1880), 2: 林芑 …… 六度赴京 帶『剪燈新話』而來 宣廟壬辰 死於賊 ◐(임기가 …… 6차례나 북경에 갔었는데 그 곳에서 『전등신화』를 가지고 돌아왔다. 그는 선조 임진년[1592]에 왜적에게 죽었다).

㉔ 『松南雜識』(趙在三 1801~1834), 桃卷, 稽古類, '剪燈新話'條: 世傳 元末 瞿宗吉 與曾先之 善約十年別 各著 一書垂名後世 及期宗吉載『剪燈新話』屢百卷于船 將訪先之誇 先之獨懷『史略』八卷而往 宗吉先索見之 歎曰 子書將天下萬世人讀之 我書乃稗官小說 不過村兒燈下弄談 盡投之江 先之急攫只二卷云 百體具備利於史文 故吏胥家多讀之◐(세상에 전하기로 원나라 말경에 구우와 증선지[148]가 서로 십 년을 약속하여 각자 책 한 권을 지어 후세에 이름을 남기자고 약속했다 한다. 기한이 되어 구우가 『전등신화』 수백 권을 배에다 싣고 증선지를 찾아가 자랑하려는데, 증선지는 가만히 『십팔사략』 여덟 권을 가지고 나타났다. 구우가 먼저 살펴보고는 탄식하기를, "당신 책은 장차 온전하게 전하여져 사람들이 모두 읽겠지만, 내 책은 패관 소설이라 시골 아이들이 등불 아래에서 하는 농담거리에 불과하네." 하며 모두 강물에

---

145) 중국 당나라 때의 문인. 字는 微之. 하남 낙양인. 北魏의 鮮卑族 拓跋部의 후예. 시에 뛰어나 白居易와 병칭되어 '元白'이라 불리워진다. 저서로 『元氏長慶集』이 있으며, 그가 지은 소설 「會眞記」(「鶯鶯傳」)은 많은 사람들의 사랑을 받았다.

146) 중국과 주고받는 문서에 쓰던 특수한 문체. 여기서는 다만 '서리들의 글'이란 뜻으로 쓰였다.

147) 옛날에 아전을 일컫던 말. 아전들이 늘 도필[죽간에 잘못 적힌 글을 긁고 고치느라 쓰던 칼]을 가지고 다닌다고 하여 생긴 말이다.

148) 생몰 연대 미상. 원말 원초의 인물. 『十八史略』의 저자.

던져 버렸다. 증선지가 급히 주운 단 두 권을 보고는 "백체가 구비되어 있으니 이문에 도움이 되겠군."이라고 했다. 그래서 서리층에서 많이 읽었다).

㉕「玉仙夢」, '稗說論': 由此觀之 稗官之功 亦可微哉 何以明其然也 陳壽作志而忠臣忘軀 水滸成傳而義士奮身 西遊之記出而怪鬼戢其妖術 瓶梅之書作而悍婦懲其妬心 演楚漢之義而英雄知曆數之有歸 倡『剪燈之話』而蕩子知風流之有節◑(이로써 보건대, 패관 소설의 공이 역시 작다고 할 수 있는가? 어떻게 그것을 밝힐 수 있겠는가? 진수[233~297]가『삼국지』를 지어 충신이 제 몸을 아끼지 않게 되었고,「수호전」이 만들어져 의사가 제 몸을 일으키게 되었으며,「서유기」가 나와서 괴귀가 요술을 그만두게 되었고,「금병매」가 지어져 사나운 여자가 질투심을 고치게 되었으며, 초한 때의 의리가 소설로 만들어져 영웅은 운수의 돌아감을 알게 되었고,『전등신화』의 이야기에 이끌리어 탕아가 풍류에도 절도가 있음을 알게 되었다).

㉖ 가람본,「칙목녹」:『전등신화』이권.

【增】

1)『泰村集』(高尙顔 1553~1623), 3: 垂胡子註『剪燈新話』亦多杜撰 如「申陽洞記」某者虛星之精也 用分野詩 女虛危餠齊子位之言 蓋虛星屬子 子是鼠也 註則背馳 至引槐子之說 鄙陋甚矣 某傳云 麥飯無人作寒食 是用後唐潞王母之言也 石敬塘殺潞王 其母國 何不留我子 每歲寒食 以一盂麥飯 灑向明宗陵乎云 而註只引東坡詩 不言其出處 又可恨也 垂胡子自謂博覽勝於湖陰 如分野雜書 偶未之見 而麥飯事載在『綱目』亦未及涉獵耶 其註之誤 吾所獨知者止此 又未知其有幾許誤處也◑(수호자[林芑]가『전등신화』를 주석했는데, 또한 잘못된 곳이 많다. 예를 들어,「신양동기」중에 어떤 이가 자기들이 허성의 정령이라고 한 대목은, 별자리[分野][149] 시의 '여·허·위 별무리가 자위[北方]에 나란하구나!'라는 말을 사용한 것이다. 허성은 12지의 '자'에 속하는데, 자는 쥐다. 주석의 어긋남이 괴나무 열매 이야기를 인용하는 데에 이르러서는 천함이 심하다. 어떤 전에는 '차가운 보리밥조차 차려 줄 이 없으니'[150]라고 하였으니, 이는 후당의 노왕[151]의 어머니가 한 말을 사용한 것이다. 석경당[152]이 노왕을 죽이려 하자, 그 어머니가 말하기를, "어찌 내 아들을 살려 두어 매년 한식에 한 사발의 보리밥으로 명종의 능을 향해 흩뿌리게 하지 않는가?"라고 말하였다고 한다. 그런데 주석은 다만 소동파의 시만 인용하고 출처를 말하지 않으니, 또한 가히 한탄스럽다. 수호자는 자신이 호음 정사룡[1491~1570]보다 많이 보았다고 하는데, 별자리에 관한 잡서는 우연히 보지 못했다고 하더라도, 보리밥의 사적은 『통감강목』에 나와 있거늘, 역시 섭렵하지 못하였는가? 그 주석의 오류 가운데 내가 알고 있는 것은 이 정도이지만, 또한 얼마나 잘못된 곳이 있을지 모르겠다).

---

149) '분야'는 12星次에 상응하는 나라와 지역의 위치.

150)「華亭逢故人記」.

151) 중국 五代 때 後唐의 임금. 명종의 양자로 노왕에 봉해졌다. 명종에 이어 그 아들 민제가 제위에 오르자 이를 죽이고 스스로 황제가 되었다. 그는 평소 사이가 좋지 않았던 하동절도사 石敬塘을 天平절도사로 전임시켰으므로 이에 불만을 품은 석경당이 모반하여 글안에 구원병을 요청했다. 글안이 노왕의 군사를 대파하고 석경당을 晉帝로 삼아 낙양으로 향하자 노왕은 스스로 불에 뛰어들어 죽었다.

152) 중국 五代 때 晉나라의 高祖. 원래 西夷 출신으로, 後唐 明宗의 사위가 되었다가 명종이 즉위한 후 누진하여 절도사에 이르렀다. 거란의 도움을 받아 스스로 황제의 자리에 올라 거란 황제를 '父皇帝'라 하며 幽薊 16주를 떼어 바쳤다. 거란이 남하하자 廢帝가 분사하자 낙양에 들어가 국호를 晉이라 고치고 汴州에 도읍하였다. 재위 7년.

2) 『梅窓集』(鄭士信 1558~1619), ‘題剪燈新話後’: 山陽瞿宗吉著『剪燈新話』共二十一篇 觀其縱橫闔闢 摸寫繡繪 氣焰華藻, 亦求有動人者 但作文如此 要將何用 語黷亂而不取 志怪誕而無稽 覽不終篇 令人頓躄 原心定情 得非自不免邪妄之惱思而爲此者乎 後之覽者 苟不審其取舍而嗜之疊疊 流之駭駭153) 入乎邪詖之域 則其爲亂倫戮雲之害 不旣多乎 覽是篇者 當如菫喙 使其毒不至於殺人 則庶乎可矣 萬曆庚辰仲冬書于鳳停寺☯(산양 구종길이 지은 『전등신화』는 모두 21편이다. 그 자유자재로 열고 닫은 것이라든지, 모사154)를 잘 한 것이라든지, 기세가 아름다운 것이라든지 한 것을 보면 역시 사람을 움직이게 하는 경우도 있겠지만, 이런 글을 지어서 장차 어디에 쓰겠는가? 언어가 더럽고 어지러워도 부끄러워하지 않고, 뜻이 괴탄스러워도 헤아림이 없으니, 한 편을 다 읽지 않아서 사람들에게 빈축을 살 것이다. 마음을 찾아 안정시킴에 스스로 사악하고 망령됨을 면치 못할 어지러운 생각을 지니지 않고서야 이런 짓을 하겠는가? 뒷날 보는 자가 진실로 그 취하고 버릴 것을 살피지 않고, 이것을 좋아하여 너무 힘쓰거나 이것에 몰두하여 빠져들게 되고, 사악하고 교활한 곳으로 빠져들어 도리를 어지럽히고 망치게 되는 피해가 어찌 많지 않겠는가? 이 작품을 보는 자는 마땅히 근훼155)처럼 그 독이 남을 죽이는데 이르지 않게 한다면 좋을 것이다. 만력 경신[1580] 중동에 봉정사에서 쓴다).

3) 『仁祖實錄』, 41, 仁祖 18年[1640] 8月 辛亥[2일]: 上曰 此物尤可笑 且其冊子文字使『剪燈新話』語 先王豈有用此言之理乎 其言十二國必稱二六國 其語之無形可知 且言有三龜 而以淸涼米粥 飼龜云 豈有如此事乎☯(임금께서 이르기를, “이 물건이 더욱 가소롭다. 또한 그 책156)의 문자는 『전등신화』의 것을 사용하였는데, 선왕[宣祖]께서 이런 말을 쓰셨을 리가 있겠는가? 그 책의 말에 ‘12국’157)은 꼭 ‘이륙국’이라고 칭하였으니, 그 말의 실상 없음을 알 수 있다. 또한 그 말에 ‘거북이 세 마리가 있는데, 맑은 쌀죽을 먹이로 준다.’고 하였는데, 어찌 이와 같은 일이 있을 수 있겠는가?).

4) 동상, 42, 仁祖 19年[1641] 1月 辛巳[5일]: 倭人求『四書書章圖』·『楊誠齋集』·『東坡』·『剪燈新話』我國地圖 朝廷賜以『東坡』·『剪燈新話』餘皆不許☯(왜인들이 『사서장도』·『양성재집』158)·『동파집』·『전등신화』와 우리 나라의 지도를 요구하였는데, 조정에서 『동파집』과 『전등신화』만 주고 나머지는 모두 허락하지 않았다).

5) 私集』(尹德熙 1685~1766), 4, 「小說經覽者」[1762]: 『剪燈新話』

6) 『孝田散稿』(沈魯崇 1762~1837), 山海筆戱(辛酉錄): 李生行運言科程事 仍說其父少時治科詩頗善 而赴擧輒屈 時金鍾秀謫居 就問之 金曰 須讀『剪燈新話』「天台訪隱錄」·「龍堂靈會記」千遍 可得也 歸而讀之如其言 半年乃十魁郡府官試 二得鄕解 此金之指導之效也 自後敎授諸生 此書大行于機之境 近始少衰云 金之此說 爲公車之學 未謂無見 而近臣謫來遠方 敎掖人士 不以經史子集純正門路 必誨之以淫哇小品邪逕詭遇之術 使所謂冠儒服儒者 讀此於縣學村塾之間 浸然及於一邦傳慕 所謂變秀才爲學究者 學究猶是實業 則士流君子之事 乃如是乎

---

153) ‘駭駭’은 말이 빨리 달리는 모양. 뜻이 변하여 일이 급속한 것을 이름.
154) 사물을 형체 그대로 그림.
155) 독초의 이름. 뜻이 변하여 ‘악인’을 비유함.
156) 豊基人 朴之英이 꿈속에서 태조·세종·선조로부터 穆祖의 증조모의 능의 위치에 대해 들었다는 내용을 기록한 夢書(『仁祖實錄』, 18년[1640] 7월 15일조 참조).
157) 중국 전국 시대의 12국. 魯·衛·齊·楚·宋·鄭·魏·燕·趙·中山·秦·韓.
158) 중국 송나라 사람 楊萬里(1127~1206)의 문집.

近余授童輩此書 吏校之子所望 只在刀筆之文 看此 固無傷也 然而德三尙恥之 願受『論語』
『論語』在渠 無淺近之功 而亦不必奪其志也◉(이행운이 과시문 얘기를 하다가 다음과 같이
말하였다. "저의 부친은 젊은 시절 과시159)를 매우 잘하였는데 과거에 응시만 하면 번번이
떨어졌습니다. 마침 김종수가 유배를 와 있어 그에게 나아가 방도를 물으니, 김이 말하기를,
'『전등신화』의 「천태방은록」과 「용당영회기」 두 편을 천 번만 읽으면 되느니라.'고 하였답니다.
돌아와 그의 말대로 그 편을 읽어 반 년 만에 군에서 주관하는 시험에 열 번 장원하고 향시에도
두 번 합격하니 이는 김이 지도한 효과였습니다. 이후로 여러 학생을 가르치게 되니 이 책이
기장에서 크게 유행하게 되었다가 근년에야 조금 시들해졌습니다." 김종수의 이 말은 과거
공부에 효과가 없는 것은 아니나, 조정의 근신으로 먼 곳에 유배 와서 사람들을 지도함에 경사자집
의 순정함으로 하지 않고 음탕한 소품의 사악한 지름길의 방도로써 하여, 유자의 의관을 한
이로 하여금 향교·서당에서 이 책을 읽게 함으로써 온 나라가 점점 여기에 빠져들어 사모하게
만들었으니, 이른바 수재를 평범한 학구160)로 떨어뜨린 꼴이다. 학구들에게는 그래도 이것이
실질의 일이겠으나 선비·군자의 일로야 어찌 이럴 수 있단 말인가? 근래 나는 아이들에게
이 책을 가르치니, 이교161) 자식들의 바라는 바는 다만 도필의 문일 뿐이니 이를 본다 하더라도
해될 것은 없다. 그런데도 덕삼이는 이런 책 보기를 부끄러워하여 『논어』를 가르쳐 달라고
한다. 『논어』는 그에게 실질적인 공이 없지만, 굳이 그의 뜻을 빼앗을 필요도 없을 것이다).

7) 『大畜觀書目』(19C初?): 『剪燈新話』二帙 各二冊.

8) 『[가람]칙목녹』(奎章閣所藏): 『전등신화』 이권.

한문필사본

【增】剪燈新話句解 卷之上	박순회[家目]	1(69f.)
【增】剪燈新話 下	박순회[家目]	1(60f.)
【增】剪燈新話 乾	박순회[家目]	1(54f.)
【增】剪燈新話 卷之下	박순회[家目]	1(67f.)
【增】剪燈新話 卷之上/卷之下	박순회[家目]	2(上: 64f.; 下: 57f.)
【增】剪燈新話 卷之下	박순회[家目]	1(57f.)
【增】剪燈新話 卷之下	박순회[家目]	1(57f.)
【增】剪燈新話 卷之上	박순회[家目]	1(69f.)
【增】剪燈新話 下	박순회[家目]	1(67f.)
【增】剪燈新話 下	박순회[家目]	1(73f.)
【增】剪燈新話 卷之下	박순회[家目]	1(60f.)
【增】剪燈新話 卷之上	박순회[家目]	1(己酉四月日, 87f.)
【增】剪燈新話	정명기[尋是齋 家目]	2(上下)
【增】剪燈新話	정명기[尋是齋 家目]	낙질 1(卷上)

159) 과거시험 볼 때에 짓는 시.
160) 글방 선생. 혹은 학문에만 열중하여 세상일을 모르는 사람.
161) 이서와 군교를 합한 조선 때 신분 계급의 하나. 일정한 직업과 身役을 세습하며, 관료 계급과 평민
계급의 중간을 차지하고 있었다.

【增】剪燈新話	정명기[尋是齋 家目]	낙질 1(卷上)

한문판각본

【增】剪燈新話句解	계명대[古綜目](고812.35구우ㅈ)	2
【增】剪燈新話句解	계명대[古綜目](고812.35구우전)	2
【增】剪燈新話句解	계명대[古綜目](고812.35구우전ㄷ)	2
【增】剪燈新話句解	계명대[古綜目](고812.35구우제)	낙질 1
【增】剪燈新話句解	김종철[家目]	2(上: 64f.; 下: 57f.)
【增】剪燈新話句解	김종철[家目]	낙질 1(下卷: 崇禎六年癸酉[1633]六月日開刊, 60f.)
【增】山陽集 剪燈新話句解	김종철[家目]	2(康熙五十八年己亥春嘉善 同心重刊, 上: 83f.; 下: 74f.)
【增】剪燈新話句解	김종철[家目]	낙질 1(上: 東美書市, 大正四[1915], 64f.)
【增】剪燈新話句解	김종철[家目]	낙질 1(下: 甲辰年七月日刊, 60f.)
【增】剪燈新話句解 卷之上/卷之下	박순호[家目]	2(上: 63f.; 下: [編·發]白斗鏞, 京城府仁寺洞一百七十番地, 57f.)
【增】剪燈新話句解 剪燈新語 乾/坤	이태영[家目]	2-1
【增】剪燈新話句解	정명기[尋是齋 家目]	2(上下)
【增】剪燈新話句解	정명기[尋是齋 家目]	2(上下)
【增】剪燈新話句解	정명기[尋是齋 家目]	2(上下)
【增】剪燈新話句解	정명기[尋是齋 家目]	2(上下)
【增】剪燈新話句解	정명기[尋是齋 家目]	낙질 1(卷下)

한문활자본

【增】剪燈新話	전남대[古1]	2(白斗鏞 編, 翰南書林. 1916)

한문현토본

諺文懸吐 剪燈新話	국회[目·韓II](812.3)/박순호[家目]/정명기[尋是齋 家目]/조희웅[家目]/충남대[鶴山](고서 集 小說類 2033)/[仁活全](33)	2-1(上下: 山陽瞿佑宗吉著, 滄洲 訂立, 垂胡子 集釋, 東溪 朴頤陽 懸吐, 唯一書舘·新舊書林·漢城書舘, 초판 1916.10.20; 재판 1917; 3판 1919; 1920, 上: 82pp.;

下: 74pp., 총 156pp.)

【削】 　한문활자본

【削】 剪燈新話　　　　　　　전남대[古1]　　　　　　2(白斗鏞 編, 翰南書林 1916)

1. 〈자료〉

Ⅰ. (영인)

1) 仁川大民族文化硏究所 編.『舊活字本古小說全集』, 33. 銀河出版社, 1984; (再刊) 國際아카데미, 2002. (유일서관·신구서림판,『諺文懸吐 剪燈新話』)

Ⅱ (역주)

【增】

1) 윤주필·박재연 校註.『剪燈新話』. 선문대중한번역문헌연구소, 2001.

2) 李炳赫 譯註.『剪燈新話』. 太學社, 2002.

3) 정용수.『전등신화구해』. 푸른사상, 2003.

2. 〈연구〉

Ⅱ. (학위논문)

〈박사〉

【增】

1) 이학주. "東아시아 전기소설의 예술적 특성 연구:『전등신화』,『금오신화』,『가비자』,『전기만록』을 중심으로." 博論(성균관대 대학원, 2000. 2).

Ⅲ. (학술지)

19) 한영환. "『剪燈新話』·『金鰲新話』·『伽婢子』의 比較 考察."『韓國판소리·古典文學硏究』[새터 姜漢永敎授古稀紀念論文集](亞細亞文化社, 1983. 9).『轉移와 受容』, (學文社, 1986. 3)에 재수록.

20) 金鎭斗. "『金鰲新話』와『剪燈新話』의 比較硏究:「李生窺墻傳」과「渭塘奇遇記」,「愛卿傳」,「翠翠傳」을 중심으로."『論文集』, 21(公州師大, 1983. 12).

21) 【削】 [162]

27) 丁奎福. "『剪燈新話』의 衝動."『鶴山趙鍾業博士華甲紀念論叢 東方古典文學硏究』(同刊行委員會, 1990. 10).『韓國文學과 中國文學』(국학자료원, 2001. 5)에 재수록.

【增】

1) 李明九. "「李生窺墻傳」과『剪燈新話』의 比較."『成大文學』, 8(成均館大 國語國文學科, 1961).

2) Wolff, Ernst. "The *Kumo sinhwa*(金鰲新話) and the *Chien teng hsin hua*(剪燈新話): A Comparative Study in Styles." *Korean Affairs*, 3:3(Council on Korean Affairs, 1964. 12).

3) 金琇成. "「李生窺牆傳」과「剪燈新話」의 比較硏究."『논문집』, 5(京畿工業高等專門學校, 1972. 11).

---

162) 19)와 중복.

4) 李明九. “李朝小說의 中國小說 受容姿勢: 특히 『剪燈新話』와 三言과의 대비를 중심으로.” 『中國研究』, 4(韓國外大 中國問題研究所, 1979. 7).

5) 金瑛成. “「南炎浮洲志」와 『剪燈神話』의 比較研究.” 『論文集』, 15(京畿工業專門學校, 1981. 12).

6) 金瑛成. “「龍宮赴宴錄」과 『剪燈新話』의 比較研究.” 『論文集』, 17(京畿工業開放大學, 1982. 12).

7) 金仁圭. “「雨月物語」と 『剪燈新話句解』.” 『長安論叢』, 16(長安專門大, 1996. 2).

8) 이상구. “「이생규장전」의 갈등구조와 작가의식: 『전등신화』와의 비교를 중심으로.” 『語文論集』, 35(고려대 국어국문학연구회, 1996. 12).

9) 전혜경. 『剪燈新話』(中)·『金鰲新話』(韓)·『傳奇漫錄』(越)의 比較研究(其二): 「水宮慶會錄」, 「龍宮赴宴錄」, 「龍庭對訟錄」의 비교를 中心으로.“ 『東南亞研究』, 7(한국외대 동남아연구소, 1998. 12).

10) 全惠卿. “『금오신화』(韓)·『전등신화』(中)·『전기만록』(越) 염정류 작품군의 비교 연구.” 『東南亞研究』, 8(한국외대 외국학종합연구센터 동남아연구소, 1999. 12).

11) 朴逸勇. “『금오신화』와 『전등신화』에 나타난 애정 모티프의 형상화 방식과 그 의미.” 고려대 민족문화연구원, 『東아시아文學 속에서의 韓國漢文小說 研究』(월인, 2002. 5).

12) 邊恩典. “日本 江戶時代에 있어서의 『剪燈新話句解』와 『金鰲新話』의 수용.” 고려대 민족문화연구원, 『東아시아文學 속에서의 韓國漢文小說 研究』(월인, 2002. 5).

13) 朴熙秉. “한국·중국·베트남 傳奇小說의 미적 특질 연구: 『金鰲新話』·『剪燈新話』·『傳奇漫錄』을 대상으로.” 『大東文化研究』, 36(成均館大 東아시아學術院 大東文化研究院, 2000. 6).

14) 全惠卿. “『금오신화』(韓), 『전등신화』(中)와 『전기만록』(越) 엄정류 신괴류 작품군의 비교 연구.” 『東南亞研究』, 9(한국외대 외국학종합연구센터 동남아연구소, 2000. 12).

15) 정용수. “규장각소장 고본 『전등신화구해』와 초기 판각 현황.” 『동아인문학』, 3:1(동아인문학회, 2002. 11).

16) 정용수. “奎章閣所藏 古本 『剪燈新話句解』의 板本 研究.” 『古小說研究』, 14(韓國古小說學會, 2002. 12).

◑{전생록 前生錄}
■『전수록 餞睡錄』[163] → **두껍전 ① (獐慶宴狐蟾討論) / 삼사횡입황천기 / 오호대장기 / 추풍감별곡**[164]
◪**626.[전수재 / 전수재전 錢秀才(傳)] ← 농가성진쌍신랑**

국문활자본

【增】(쌍신랑)

---

163) 단편 소설집. 「두껍전(獐慶宴狐蟾討論)」·「三士橫入黃泉記」·「五虎大將記」·「秋風感別曲」(가사)이 합철되어 있다.
164) 가사 작품이다.

| 【增】 (롱가성진)쌍신랑
(弄假成眞)雙新郎 | 국중(3634-3-11=5) | 1([著·發]金東縉, 德興書林, 초
판 1916.9.15; 1936.11.20, 48pp.) |

【增】 (전수재전)

| 전슈지젼 부 쟝씨젼 錢秀才 | <u>국중(3634-2-42=1)</u>/[仁活全](13) | 1(<u>국한자 병기, [著·發]玄公廉</u>, 大
昌書院·普及書舘, 1922.1.15, 21
pp.)[139] |

626.1. 〈자료〉

Ⅰ. (영인)

626.1.1. 仁川大民族文化硏究所 編.『舊活字本古小說全集』, 13. 銀河出版社, 1983; <u>(再刊) 國際아</u><u>카데미, 2002</u>. (대창서원·보급서관판)

626.2. 〈연구〉

【增】Ⅲ. (학술지)

1) 申東一. "錢秀才 錯占鳳凰(今古奇觀 制二十七卷)에 관하여: 결혼담에서 태수(대윤)의 역할을 중심으로."『陸士論文集』, 21(陸軍士官學校, 1981. 12).

◪627.[[전신전 錢神傳]]

〈작자〉金萬鎭(1856~1923)

〈출전〉『屐山文集』

〈관계기록〉

① 「錢神傳」, 結尾: 太史公曰 余嘗謂 孔方多權謀術數 禍人家國必矣 其所謂神 當敬而遠之可也 及見其與季倫一言 始知夫世之取禍者 無不由人所召 非孔方之過也 易曰 知幾其神乎 信乎其 錢神之謂也 余嘗過蜀郡 郡人言 孔方故里 在銅山 銅山者 郡之望也 「錢神傳」, 結尾: 太史公曰 余嘗謂 孔方多權謀術數 禍人家國必矣 其所謂神 當敬而遠之可也 及見其與季倫一言 始知夫 世之取禍者 無不由人所召 非孔方之過也 易曰 知幾其神乎 信乎其錢神之謂也 余嘗過蜀郡 郡人言 孔方故里 在銅山 銅山者 郡之望也◉(태사공이 말하였다, "나는 '공방[165])은 권모술수가 많아서 집안과 국가에 틀림없이 화를 끼칠 것이다. 그 이른바 신이란 것은 마땅히 공경하면서도 멀리 해야 하는 것'이라고 생각했는데, 그가 계륜에게 준 한 마디를 보고 비로소, 세상에 화를 입게 되는 것은 다 사람 스스로가 부르는 것이요, 공방의 잘못이 아님을 알게 되었다." 주역에 이르기를, '기미를 안다는 그것이야말로 신통한 일이다.'라고 하였으니, 참으로 이는 전신을 두고 한 말이었다. 내가 일찍이 촉군을 지날 때에 그 고을 사람이 말하기를, "공방이 살던 옛 마을은 동산[166])에 있었는데, 동산은 고을의 자랑이다."라고 하였다).

---

165) '엽전'의 다른 이름. 엽전에 뚫린 구멍이 네모진 데서 나온 말이다.

166) 중국 사천성 榮經縣 북쪽에 있는 산으로, 漢文帝때 鄧通으로 하여금 동전을 만들게 한 곳. 돈이 많음을 의미한다.

◑{전씨양우쌍련}

◪628.[전우치전 田禹治傳] ← 일치전 / 전운치전 / 전울치전 / 전웇치전 / 전일치전

〈관계기록〉

① 「壬辰錄」(韓國精神文化硏究院 所藏), 序: 古談之播在閭巷 與「蘇大成」·「趙雄」·「洪吉同」·「田禹致」 諸傳者 只以一人事跡 鏤成諺書 以媚雌文者之愚眼 則或奇或誕 無過爲剪燈一語◐(여항에 널리 전하고 있는 「소대성전」·「조웅전」·「홍길동전」·「전우치전」 따위는 오로지 한 사람의 영웅적 인물의 어려운 사적을 기록한 것인데, 언문을 알 뿐인 어리석은 사람을 만족시킬 뿐, 혹 기이하거나 혹 허탄하여 촛불 앞에서 읽는 한낱 이야깃거리에 지나지 않는다).

② 『諺文古詩』(가람본), '언문칙목녹', 163: 「전울치전」.

③ Courant, 924: 「뎐울치젼」.

④ Courant, 3365: 「田雲致傳」.

【增】

1) 『[演慶堂]諺文冊目錄』(1920; 藏書閣所藏): 161. 「田禹治傳」 1冊.

국문필사본

(전우치전)

【增】 전우치전	김종철[家目]		1(癸丑十二月二十四日釜洞精舍謹書, 45f.)
【增】 전우치전 권지단이라	박순호[家目]		1(계히정월경이라, 100f.)
【增】 전우지전이라	박순호[家目]		1(55f.)
【增】 전우치전	정명기[尋是齋 家目]		1
【增】 전우치전	정명기[尋是齋 家目]		1[167]
【增】 전우치전	정명기[尋是齋 家目]		1

(전운치전)

【增】 田雲致傳	京都大[河合弘民]		3(1: 26f.; 2: 긔히□월일이현필셔, 25f.; 3: 27f.)
【增】 全雲致傳	정명기[尋是齋 家目]		1
【增】 전운치전	정명기[尋是齋 家目]		1

국문활자본

【增】 교명뎐우치젼 단 校正 田禹治傳 單	박순호[家目]/방민호[家目] 925.12.25, 33pp.)	1([著·發]洪淳泌, 博文書舘, 1
교정 뎐우치젼	국회[目·韓II](811.31)/<u>김종철[家目]</u>	1([著發]申泰三, 世昌書舘, 1
古代小說 田禹治傳	/대전대[이능우 寄目](1121)/조동일	952. 12. 30; 1962. 12. 30, 32pp.)

---

167) 『열녀전』과 합철되어 있다.

	[국연자](22)/조희웅[家目]/홍윤표 [家目]/[仁活全](31)	
뎐우치젼	영남대[目續](도남813.5)/서강대 (CL811.34 전67)	1(新文館, 1914.7.9, 62pp.)
(교졍)뎐우치젼 단 (校正)田禹治傳 單	국중(3634-2-32=9)<3판>	1([著·發]姜義永, 永昌書舘, 초판 1917.6.25; 3판 1918.11.30 37pp.)
뎐운치젼 권지단 田雲致傳	국중(3634-2-26/=)	1([著·發]李敏漢, 海東書舘, 1918, 36pp.)

628.1. 〈자료〉

Ⅰ. (영인)

628.1.4. 仁川大民族文化硏究所 編.『舊活字本古小說全集』, 31. 銀河出版社, 1984; (再刊) 國際아카데미, 2002. (세창서관판)

【增】

1) 이창헌.『이야기책 이야기』. 보고사, 2003. (경판 丁未由谷新刊 37장)

Ⅱ. (역주)

【增】

1) 로은옥·림왕성·리영규 윤색.『홍길동전(· 전우치전·박씨부인전)』. 조선고전문학선집 11. 평양: 문예출판사, 1985; 서울: 연문사, 2000(영인).

2) 朴熙秉 標點·校釋.『韓國漢文小說 交合句解』. 소명출판, 2005. (국립중앙도서관 소장『雜記類抄』)

Ⅲ. (활자)

1) 이창헌.『이야기책 이야기』. 보고사, 2003. (경판 丁未由谷新刊 37장)

628.2. 〈연구〉

Ⅱ (학위논문)

〈석사〉

【增】

1) 안경미. "「전우치전」의 구비설화 연구." 碩論(국민대 교육대학원, 2001. 8).

2) 신세윤. "고전소설 속의 환상성 연구:「전우치전」과「박씨전」을 중심으로" 碩論(인하대 교육대학원, 2003. 8).

Ⅲ. (학술지)

「전우치전」

628.2.31. 朴逸勇. "「田禹治傳」과 田禹治說話."『국어국문학』, 92(국어국문학회, 1984. 12).『영웅소설의 소설사적· 변주』(월인, 2003. 4)에 재수록.

628.2.41. 鄭尙珍. "「田禹治傳」의 現實抵抗과 그 限界."『韓國文學論叢』, 10(한국문학회, 1989. 4).『韓國古典小說硏究』(三知院, 2000. 7)에 재수록.

628.2.43. 文範斗. "「田禹治傳」의 異本研究: 形成過程과 意味를 中心으로."『嶺南語文學』, 18(嶺南語文學會, 1990. 12).

【增】

1) 변우복. "「전우치전」 연구 『새교육』, 540(한국교육신문사, 1999. 10).

2) 변우복. "고소설의 상상력:「전우치전」을 중심으로."『한국어문교육』, 9(한국교원대 한국어문교육연구소, 2000. 2).

3) 홍태한. "「전우치전 연구」: 인물 전우치의 변모 양상과 형성과정."『慶熙語文學』, 21(慶熙大 文理科大學 國語國文學科, 2001. 2).

4) 조혜란. "민중적 환상성의 한 유형: 일사본「전우치전」을 중심으로."『古小說研究』, 15(韓國古小說學會, 2003. 6).

▶(전운치전 田雲致傳 → **전우치전**)
▶(전울치전 田蔚致傳 → **전우치전**)
▶(전웇치전 → **전우치전**)
▶(전일치전 → **전우치전**)
◑{전후강필사연}
▶(절대가인 絕代佳人 → **춘향전**)
▶(절세가인 絕世佳人 → **춘향전**)
◆629.[절화기담 折花奇談]

〈관계기록〉

① 「折花奇談」, 石泉主人 自序: 「折花奇談」卽余丁年所出閱歷者也 敍其事 記其實 不過閑中翫覽之資 而文不聯脈 事多間空 質諸吾友南華子 南華子改敍篇次 又從以潤色之 雖吾親履之事 而其腐心相思 斷腸難忘之情 句句活動 字字耿結 或有掩卷太息之處 或有心痒眼酸之句 一期二違 二約三失 如鬼弄揄 如天指導 色之所媚人之易惑也 且序文之勗予心者多矣 自今以往 改圖革舊 反非入是者 莫非吾友賜也☯(「절화기담」은 바로 내가 한 스무 살에 겪은 것이다. 그 사실을 기록한 것이니 한가한 때 보고 즐길 만한 꺼리이지만, 글은 맥락이 닿지 않고 사실은 빈 곳이 많았다. 나의 벗 남화자에게 물었더니, 남화자가 차례를 고치고 윤색을 해 주었다. 비록 내가 친히 겪은 일이지만, 마음을 졸이며 그리워하고 애가 끊어지게 잊지 못하는 정이 구절마다 살아 움직이고 글자마다 맺혀 있어, 혹은 책을 덮고 한숨 지은 곳도 있으며, 혹은 마음이 아프고 눈시울이 시큰해지는 구절도 있다. 한 번한 기약이 두 번이나 어긋나고, 두 번 한 언약이 세 번이나 깨어져, 마치 귀신이 놀리는 듯 하늘이 이끄는 듯하여, 이제 비로소 여색이 사람을 홀리기 쉬움을 알겠다. 또한 [南華散人의] 서문이 내 마음을 북돋움이 많으니, 이후로는 옛일을 고치고 그릇된 것을 돌려서 올바른 것으로 들도록 노력하련다. 이는 모두 내 벗이 내게 준 것이다.

② 同上, 南華散人 追序: 稗說盖尙華 非華勝東 人情固然 輒以未聞睹爲快 好古非今 樂遠厭近 非東之病 乃天下同病 東人著說必用夏 必曰東無觀焉 盖今說東且今 則東無觀 今尤何論 然事甚切 至與西廂說相表裏 雖美且賤 不過衣縷而頭蓬 不施膏不染粉 玩好無見稱 巾裳絶烜

然 所謂工雖巧 朽不彫 瓦不琢也 然意極而情篤 若是可觀焉 若身錦頭翠 金鏤玉成 則豈特西子無光 玉妃失顏◑(패설은 대개 중국 것을 숭상하니, 중국 것이 조선 것보다 나아서 그러는 것이 아니라, 인정이 본래 그러하여, 듣도 보도 못한 것을 좋게 여기고, 옛 것을 좋아하고 지금 것은 시원치 않게 여기며, 먼 것은 좋다고 하되 요즘 것은 싫어한다. 이는 우리 나라만의 병폐가 아니라 온 세상의 병폐다. 우리 나라 사람들의 글이나 말에는 으레껏 중국 얘기를 하며, 으레껏 "우리 나라에는 볼 게 없다."고 한다. 대개 이제 이야기는 우리나라의 것이고 또 요즘 것이니, 우리 나라에는 볼 게 없으니 이제 또 무엇을 논하리오? 그러나 사건이 매우 지극하여「서상기」이야기와 짝을 이룰 만하다. 비록 아름답지만 천하여 옷이 남루하고 머리가 헝클어지고 화장을 안 했으며 장신구가 볼 만한 것이 없으며, 옷도 화려하지 않다. 이른바 솜씨는 뛰어나도 썩은 나무엔 새기질 않고 기왓장을 쪼지는 않는다는 것이다. 그러나 뜻이 지극하고 정은 독실하니 이만하면 볼 만한 것이다. 만약 몸에는 비단옷을 걸치고 머리는 비취로써 장식하며 금옥으로써 성장을 하면 어찌 특히 서시[168]만이 무색하며 양귀비만이 안색을 잃을 것인가?)

629.1. 〈자료〉

【增】 Ⅱ. (역주)

1) 김경미·조혜란 공역.『19세기 서울의 사랑: 절화기담·포의교집』. 여이연, 2003.

629.2. 〈연구〉

Ⅲ. (학술지)

【增】

1) 이수진. "「절화기담」 소고."『한민족어문학』, 15(한민족어문학회, 1988. 8).
2) 윤채근. "「절화기담」에 나타나는 환유적 사랑."『韓國古典硏究』, 8(韓國古典硏究學會, 2002. 12).
3) 조혜란. "19세기 애정소설의 새로운 양상 고찰:「절화기담」과「포의교집」을 중심으로."『국어국문학』, 135(국어국문학회, 2003. 12).

◪630.[접동새] ← 강씨접동전

국문필사본

【增】 (강씨접동전)

【增】 강씨접동전 권지단	박순호[家目]	1(을미황국월십칠일 일셕으로기약일필셔 을미구월십칠일 맛치노라, 20f.)

【增】 (접동새록)

▶(정각록 → 정비전)

◑{정감전}

---

168) 중국 춘추 시대 월나라의 미인으로 월나라왕 勾踐이 오나라에게 패한 뒤 미인계로 서시를 오나라 왕 夫差에게 보내니, 부차는 서시에게 혹하여 姑蘇臺를 짓고 정사를 돌보지 아니하여 드디어 구천과 范少伯의 침공을 받아 망했다.

◗{정경부인전 貞敬夫人傳}

〈관계기록〉

① 蘇在英, "古代小說作品一覽表," 305.

◆631.[정광주피란록 鄭廣州避亂錄]

◗{정낭전}

▶(정대방이사적[169] → 진대방전)

▶(정도령전 鄭道令傳 → 정진사전)

▶(정두경전 → 정수경전)

▶(정명록 → 정을선전)

◗{정명화전}

◆632.[정목란전 鄭木蘭傳]

◗{정백문}[170]

▶(정백화전 鄭百花傳 → 홍백화전)

【增】◗{정부인장씨행실기}

【增】 국문필사본

【增】 뎡부인댱씨힝실긔	홍윤표[家目]	1(丁未十二月 城谷齋, 셩곡 무실듹 셩쳑니라, 53f.)

【增】◗{정부인전}

【增】 국문필사본

【增】 졍부인전	박순호[家目]	1(67f.)

◆633.[정비전 鄭妃傳][171] ← 정각록[172] / 정빈전 / 정선매전 / 정설매전 / 정성모전 / 정태비전 / 정현무전 / 정후비전[173]

국문필사본

(정비전 / 정빈전)

【增】 정비전	박순호[家目]	1(11f.)[174]
【增】 정비전	박순호[家目]	1(高妙男, 고싱원듹여아의망필……, 59f.)
【增】 정비전	여태명[家目](1)	1(98f.)
【增】 정비젼	여태명[家目](12)	1(98f.)

---

169) 『羅孫本 筆寫本古小說資料叢書』, 43의 「정대광이사적」이라 한 것은 '방'자를 '광'자로 잘못 읽은 것이다.
170) 「청백운」의 오기일 듯하다.
171) 이능우, 『국문학개론』, p. 6 및 김기동, 『이조시대소설론』, p. 597 등의 「鄭始傳」은 誤記이다.
172) 『작품연구 총람』에 추가.
173) 『이본목록』·『작품연구 총람』에 추가.
174) 「회심곡」(5f.)·「틱싱감응편」(21f.)·「정비전」(11f.) 합부. 총 37장.

【增】鄭妃傳	정명기[尋是齋 家目]	1

【增】정선매전 / 【增】(정설매전)		
졍션미젼 주션미젼	단국대[漢目](古853.5/정502)	1(임자년칠월십팔일, 93f.)
【增】 졍션미젼 단권	박순호[家目]	1(을사정월망일이라, 책쥬의 이동니라, 37f.)
【增】 졍션미젼이라	박순호[家目]	1(66f.)
【增】 졍셜미젼 권지초라 鄭雪梅傳	박순호[家目]	1(辛亥二月斗浦, 칙주 부안 군부령면서문박그 두포딕, 謄書人 海東朝鮮國全羅北道扶安郡東津面鳳凰里 金令監宅, 35f.)
【增】 졍셜미젼 권지하	박순호[家目]	1(그유니월일두포시판이라, 29f.)

(정태비전 / 정후비전)		
【增】 175)뎡후비젼	사재동[家目](0339)	1

633.1. 〈자료〉

Ⅰ. (영인)

「졍각록」

【增】

  1) 김광순. "新發掘「뎡각녹」解題."『語文論叢』, 38(한국문학언어학회, 2003. 6). (김광순 소장)

「정현무전」

633.1.6. 仁川大民族文化研究所 編.『舊活字本古小說全集』, 13. 銀河出版社, 1983; (再刊) 國際아카데미, 2002. (광동서국판)

Ⅱ (역주)

「정비전」

【增】

  1) 김유경·이윤석.『유충렬전·정비전』. 연세국학총서 34-세책 고소설 5. 이회문화사, 2005.

633.2. 〈연구〉

Ⅱ. (학위논문)

「정비전」

〈석사〉

【增】

  1) 정은영. "「정비전」의 구조와 갈등 양상." 碩論(부산대 대학원, 2004. 8).

---

175)『이본목록』「정후비전」조에서 이 곳으로 이동.

Ⅲ. (학술지)

【增】「정각록」

1) 김광순. "신발굴『뎡각녹』의 구조와 의미."『어문논총』, 38(한국문학언어학회, 2003. 6).

【增】「정비전」

1) 임철호. "고소설의 남장 여인들 (2): 「음양삼태성」과 「정비전」의 남장 성공."『國語文學』, 38(國語文學會, 2003. 12).

〈줄거리〉

(【削】 동양문고 소장 「뎡비젼」)

▶(정빈전 鄭彬傳 → 정비전)

◆634.[[정생전 丁生傳]]

〈작자〉 金琦(1721-??)

【增】 한문필사본

丁生傳	송준호[漢少目, 愛10]	1(36f.)

634.2.〈연구〉

Ⅲ. (학술지)

634.2.3. 李愼成. "「丁生傳」에 나타난 愛情과 孝의 意味."『釜山漢文學硏究』, 3(釜山漢文學會, 1988. 6).『韓國古典散文硏究』(보고사, 2001. 2)에 재수록.

【增】

1) 金章東. "未發掘 朝鮮朝 小說 硏究:「징세비태록」·「설낭자전」·「정생전」 등을 중심으로."『韓國文學硏究』, 15(東國大 韓國文學硏究所, 1992. 12).

2) 김경미. "조선 후기 한문소설의 義論的 對話 양상과 그 의미:「정생전」·「삼한습유」·「옥선몽」을 중심으로."『古小說硏究』, 8(韓國古小說學會, 1999. 12). 刊行委員會, 『澤民金光淳敎授定年紀念論叢』(새문社, 2004. 11)에 재수록.

3) 權都京. "「정생전(丁生傳)」의 서사구조적 특징과 18세기 전기소설적 의미."『민족문학사연구』, 18(민족문학사연구소, 2001. 6).

4) 吳侖鮮. "「丁生傳」의 性格 再考."『우리문학연구』, 14(우리문학회, 2001. 12).

5) 이경미. "「丁生傳」에 나타난 人物形象 연구."『문학과언어』, 26(문학과언어학회, 2004. 5).

▶(정선매전 → 정비전)

【削】 국문필사본 176)

【削】 정션믹젼 주션믹젼	단국대[漢目](古853.5/정502)	1(임자년칠월십팔일, 93f.)

▶(정설매전 → 정비전)
▶(정성모전 → 정비전)

---

176) 항목을 삭제하고 이본은 「정비전」조로 옮김.

◑{정소저전}
◈635.[정수경전 鄭壽景傳 / 鄭壽慶傳 / 鄭秀瓊傳] ← 김요문전 / 신랑의 보쌈 / 옥중금낭 / 정두경전

국문필사본

【增】(김요문전)

【增】 김요문전 金堯門傳 單	연안이씨 식산종택	1([표지]白猿[辛酉, 1921]冬間膽出而藏黃紙留置故白鷄[庚申, 1920]暮春初二日其父藏黃題目, 34f.)

(옥중금낭)

【增】 옥중국낭	박순호[家目]	1(74f.)

(정두경전)

【增】 정두경전	京都大[河合弘民]	1(44f.)

(정수경전)

【增】 정수경전 鄭叔英傳	계명대[古綜目](고811.35정숙영)	1
【增】 증슈경전	김종철[家目]	1(26f.)
정슈경전 권지단 鄭壽慶傳	단국대[羅孫] …… [筆叢](56)	1(…… 언문칙이니라, 60f.)
【增】 증슈경전 鄭洙景傳 鄭洙敬傳 單	미도민속관[생활사 도록](46)	1([표지]庚午冬季月上旬, [말미]庚午十一月二十四日終筆, 江陵后人崔明壽登出라, 24f.)
【增】 정수경전이라	미도민속관[생활사 도록](47)	1
【增】 뎡슈경전	박순호[家目]	1(56f.)
【增】 정슈경젼 단	박순호[家目]	1(병오납월염팔일청츈의셔등셔, 19f.)
【增】 정슈경젼이라	박순호[家目]	1(43f.)
뎡슈경전	임형택[莽蒼蒼齋 家目]	1(丙寅年至月初四日, 29f.)
【增】 젼슈경젼 권지단이라	홍윤표[家目]	1(병오 이월 초사일 이 칙 시세ᄒ난 일이라…… 冊主 鄭運祥, 63f.)
【增】 뎡슈경젼	홍윤표[家目]	1(셰지 뎡미 원월 사우언의 등셔ᄒ노라, 38f.)
【增】 정수경전	홍윤표[家目]	1(칙쥬 홍남표 辛亥元月十四日佳爲膽書, 明治四十四年[1911]二月日, 22f.)
【增】 정슈경젼	홍윤표[家目]	1(48f.)

국문경판본

【增】 정슈경젼	박순호[家目]	1(28f.)

【增】 **국문완판본**

【增】 정슈경젼	이태영[家目]	1(28f.)

【增】 **국문판각본**

【增】 쟝슈경	여태명[家目](124)	1(셰지무오팔일일, 37f.)

국문활자본

【增】 (신랑의 보쌈)

【增】 신랑의 보쌈	국중(3634-3-10=1)	1(10회, [著·發]朴健會, 廣益書舘, 1918.10.15, 73pp.)[177]

(옥중금낭)

옥즁금낭 獄中錦囊	국중(3634-3-76=1)<초판>/국중 (3634-3-40=5)<초판>/국중 (3634-3-76=5)<3판>	1(화자 표시, [著·發]池松旭, 新舊 書林, 1913.1.25[178]), 117pp.; 3판 1918.2.16, 75pp.)

(정수경전)

정수경전 鄭수경傳	박순호[家目]<1960>/[『한국의 딱지본』, 235] 1959	1(人造社, 1959; 檀紀 4293[1960]. 1.10, 25pp.)
(교정)뎡슈경젼(校訂)鄭壽景傳	국중(3634-2-22=8)<재판> /서울대(3350-130)/[仁活全](13)	1(국한자 병기, [著·發]南宮楔, 漢城書舘, 초판 1915.12.18; 재 판 1918.10.28, 49pp.)(164)

635.1. 〈자료〉

Ⅰ. (영인)

「정수경전」

635.1.2. 仁川大民族文化研究所 編. 『舊活字本古小說全集』, 13. 銀河出版社, 1983; (再刊) 國際아카데미, 2002. (한성서관, 1918년 제4판본)

【增】 〈회목〉

(광익서관판, 「신랑의 보쌈」)

1: 김희션이벼슬을ㅎ직ㅎ고 고향에다라가다

2: 김요문이친상을당ㅎ니 범이길디를인도ㅎ다

---

177) 「영남박씨효열」과 합철되어 있다.

178) 초판본(1913)에는 초판 발행 일자가 2. 25일로 되어 있으나, 3판본(1918)에는 1. 22일로 되어 있다.

3: 경파를보러경성으로가다가 길에셔익을만나다
4: 김수지명관을만나 익민흔루명을벗다
5: 보쌈에걸녀 후원별당을드러가다
6: 금력으로써셔죽엇든목숨이 다시사라나다
7: 김수지과거보와 장원급제ᄒ다
8: 김한림이신방에셔 변을만나다
9: 씌어진거울이다시합ᄒ고 홋터진인연거듭이루다
10: 김한림이변쾌에 글을올녀악풍을덜다

〈줄거리〉

【增】(연안이씨 식산종택본, 「김요문전」)

명문거족 출신의 김희선은 소시에 경성에 올라와 일품 벼슬까지 올랐다. 그러나 슬하에 자식이 없어 산란해 하다가 사직 상소를 올리고 청송으로 낙향했다. 부인의 제안으로 후원에 칠성단을 만들어 정성으로 백일 기도를 올리니, 부부의 꿈에 일위 선동이 나타나 상제의 명이라며 한 옥동자를 주었다. 잉태 14삭 만에 아들 요문을 얻으니 맑은 기운과 향취가 은은히 풍겼다. 요문이 점점 총명하게 자라던 중("총명은 문일지십이요 지혜가 영민한 중 문필이 겸비하야 리두와 왕우군을 가히 뒤적홀 듯하여 활달흔 도략은 뒤쇼ᄉ에 임시 처리") 김희선이 병으로 세상을 떠났다. 대호 무리가 나타나 관곽을 옹위하더니 요문에게 길을 인도하듯 하다가 사라졌다. 요문이 징후가 이상하다고 여겨 장례를 서두르니 백발 노승이 나타나 계룡산 산신령의 부탁이라면서 명당을 가르쳐 주었다. 요문이 삼년 초토를 지내니 인근에서 공론이 훤자했다. 요문이 15세가 되자 모친의 만류를 무릅쓰고 과거길에 올랐다. 요문이 칠성을 데리고 가다 한 주점에서 묵었는데 주막 안주인이 피살되어 살인 누명을 쓰게 되었다. 형을 당하려는 순간 오작 한 떼가 형구에 묶인 요문의 머리 위로 오얏나무 가지 하나를 떨어뜨리고 갔다. 군수 부인이 지혜가 있어 범인이 '이일지'임을 알게 되고 영리한 장교가 계교로써 이일지를 찾아 내어 자백을 받으니 요문은 방송되었다. 송경에 도달하여 구경하다가 관상

가가 보이자 들어가 길흉을 물었다. 노인은 생명이 위험한 액이 있다고 하며 위기에 쓰라고 새 '봉'자 셋을 쓴 황지를 주었다. 주점으로 돌아오는 길에 장정들이 덤벼들어 큰 보자기로 싸서 굉걸한 재상집 후원 별당으로 데려갔다. 잠시 후 녹의홍상을 한 일위 신부를 들여다 놓으니 용모와 색덕이 뛰어났다. 소저가 슬퍼하면서 부모님이 요문을 보쌈한 사연을 알려 주었다. (우리 나라 괴악흔 풍속에 습관되야 이런 악풍이 도쳐마다 셩힝ᄒᄂ 남의 목숨을 살히ᄒ야 녀ᄌ에 팔ᄌ를 도익한다 ᄒ니 텬리라 엇지 일얼 리가 잇시며 셜혹 도익이 될지라도 ᄉ롬의 심장으로난 결단코 힝치 못홀 일이라) 요문은 소저가 주는 은자를 마지못해 받고 벽상에 영결시를 남겼다. 요문이 방문을 나서자 여러 사람들이 덤벼들어 강가로 끌고 갔다. 요문이 은자 백 냥을 준다고 하자 서로 왈가왈부하던 때에 화적패가 나타났다. 요문은 구사일생하여 친구들에게 돌아왔다. 요문이 잡혀갔던 집은 명문세가 좌의정 왕경보의 집이었다. 만년에 한갓 영애를 얻었으나 상객(相客)이 중년 액이 있다 하여 보쌈한 것이었다. 영애소저는 요문이 벽상에 남긴 글을 읽어 보고 슬퍼하며 스스로 절의를 지키기로 했다. 다음날 왕공 부부는 우승상 둘째아들과 정혼하고 명춘에 혼례를 치르기로 했다. 영애소저는 명춘에 죽으리라고 결심했다. 요문이 무사히 과거를 보고 장원급제했다. 성상이 요문을 우의정 동군

탁의 딸과 혼인하게 하고 한림학사를 제수했다. 형부시랑 위평이 요문을 탐내어 환관을 부동하여 계교를 꾸몄다. (옛날이나 지금이나 죠졍의 간신비는 아죠 업지 안커니와 금셕 갓치 구든 김한림의 혼스가 도로 뒤지필 쥴 뉘가 알니오) 환관이 동군탁의 영애가 반신불수라고 성상께 아뢰고(슬푸닷 이런 반간을 엇지 신명지춍이 아니시면 참작ᄒ시리오) 위평의 딸을 천거했다. 성상의 번복으로 위소저와 혼인하나 첫날밤에 신부가 피살되니 금옥으로 잡혀갔다. 처형당할 직전에 검관에게 새 '봉'자 쓴 황지를 내어 놓았으나 아무도 그 수수께끼를 풀지 못했다. 성상이 인명은 소홀히 하지 못하고 필유곡절이 있으리라 하여 알아 낼 때까지 죄인을 뇌수하라고 하고 만조백관에게 풀게 했다. 백수 노인이 왕소저 꿈에 나타나 황삼봉이 범인임을 알려 주었다. 요문이 혐의를 벗고 비범한 인연이 있음을 인정받아 왕소저와 혼인하게 된다. 동소저의 수절 결심을 소문으로 알게 된 왕소저가 주선하여 동소저를 제이 부인으로 맞게 했다. 요문이 상소를 올려 보쌈의 폐를 아뢰니 곧 악습이 폐지됐다. 이후 두 부인이 각각 삼형제를 낳고 요문은 가족과 함께 평생 즐겁게 살았다(박순임, "고전소설 「김요문전」·「옥인전」·「옥긔린」에 대하여," 『한국고전문학회 2003년 동계 연구발표회 요지집』[2003. 12], pp. 189~191).

635.2. 〈연구〉

Ⅱ. (학위논문)

〈석사〉

【增】

　1) 송충기. "「정수경전」 연구." 碩論(국민대 교육대학원, 2001. 2).

　2) 이상희. "「정수경전」 연구." 碩論(계명대 교육대학원, 2004. 8).

Ⅲ. (학술지)

【增】「김요문전」

　1) 박순임. "고전소설 「김요문전」·「옥인전」·「옥긔린」에 대하여." 한국고전문학회 2003년 동계 연구발표회 요지집[2003. 12].

「정수경전」

　635.2.16. 김정석. "「정수경전」의 운명예언과 '奇緣'."『韓國人의 古典硏究』[威齋金重烈敎授回甲記念論文集](太學社, 1998. 9). 반교어문학회 편,『고소설의 사적전개와 문학적 지향』(반교어문총서 3, 보고사, 2000. 3)에 재수록.

【增】

「정두경전」

　1) 宋晟旭. "「정두경전」." 李相澤·朴熙秉·林治均·宋晟旭 엮음,『고전소설의 기초 연구』(태학사, 2002. 10).

「정수경전」

　1) 이헌홍. "「정수경전」의 연구사적 반성과 전망."『韓國民族文化』, 19·20(釜山大學校 韓國民族文化硏究所, 2002. 10).

　2) 李憲洪. "「정수경전」." 刊行委員會 編.『古小說硏究史』(月印, 2002. 12).

　3) 이헌홍. "「옥중금낭」과 「정수경전」."『語文硏究』, 41(語文硏究學會, 2003. 4).

◪636.[정수정전 鄭水晶傳 / 鄭秀貞傳] ← 여장군전 / 여자충효록[179)]

【增】〈관계자료〉

1) 『[演慶堂]諺文冊目錄』(1920; 藏書閣所藏): 162. 「鄭水晶傳」 1冊.

국문필사본

【增】(여자충효록)

| 【增】 녀즈츙효록 | 박순호[家目] | 1(38f.) |

【增】(정수정전)

| 【增】 장슈정전 권지샹 | 김종철[家目] | 1(66f.) |
| 【增】 鄭秀貞傳 | 정명기[尋是齋 家目] | 1 |

국문경판본

| 【增】 뎡슈정전 권지단 | 박순호[家目] | 1(大韓光武九年[1905]仲秋蛤洞新刊, 16f.) |

국문활자본

(여자충효록)

녀자츙효록 (古代小說) 女子忠孝錄	국중(813.5-4-35)/국회[目·韓II](811.31)/대전대[이능우 寄目](1129)/홍윤표[家目]	1([著]申泰三, 世昌書舘, 檀紀4285[1952].?.30., 71pp.)
녀즈츙효록 女子忠孝錄	국중(3634-2-12=5)/[仁活全](9)	1(국한자 병기, [著·發]池松旭, 新舊書林·漢城書舘, 초판 1914. 8. 5, 3판 1920. 4. 20, 73pp.)
녀즈츙효록 女子忠孝錄	국중(3634-2-86=5)/서울대(3350-117)/영남대[目續](도남813.5)	1([著·發]洪淳泌, 朝鮮圖書株式會社, 1925.11.20, 71pp.)

(여장군전)

【增】 녀장군전	정명기[尋是齋 家目]	1(廣學書舖, 1926)
녀장군전 古代小說 女將軍傳	국회[目·韓II](811.31)/박순호[家目]/조희웅[家目]/홍윤표[家目]/[仁活全](26)	1([著·發]申泰三, 世昌書舘, ……
【增】 (고딕소셜)녀장군전 (古代小說)女將軍傳	국중(3634-2-86=6) 재판/早稻田大	1([著·發]姜義永, 世昌書舘, 초판 1915.2.17; 재판 1916.7.29, 100pp.)
【增】 녀장군전 女將軍傳	방민호[家目]	1(和光書林, 1934. 10. 30, 64pp.)

---

179) 「정수정전」과 「여자충효록」의 여자 주인공 이름이 '정수정'으로 되어 있으나, 그 밖의 인물의 이름은 다르게 나타난다.

(정수정전)

정수정전⁽¹⁷⁵⁾　　　　조희웅[家目]/[대조 3]　　　　1(大造社, 1959, 25pp.)

636.1. 〈자료〉

Ⅰ. (영인)

「여자충효록」

　636.1.1. 仁川大民族文化研究所 編.『舊活字本古小說全集』, 9. 銀河出版社, 1983; (再刊) 國際아카데미, 2002. (신구서림·한성서관 1920년 제3판)

「여장군전」

　636.1.2. 仁川大民族文化研究所 編.『舊活字本古小說全集』, 26. 銀河出版社, 1984; (再刊) 國際아카데미, 2002. (세창서관판)

「여중호걸」

　636.1.4. 仁川大民族文化研究所 編.『舊活字本古小說全集』, 26. 銀河出版社, 1984; (再刊) 國際아카데미, 2002. (세창서관판)

Ⅱ. (역주)

【增】

　1) 김진태 윤색 및 주해. 백학선전(·정수정전·김진옥전). 평양: 문예출판사, 1988; 서울: 연문사, 2000(영인).

Ⅲ. (활자)

【增】

　1) 郭正植.『쉽게 읽는 고소설』. 신지서원. 2001. (정문연 54장)

636.2. 〈연구〉

Ⅱ. (학위논문)

〈석사〉

【增】

　1) 김지은. "「정수정전」의 대중 지향성 연구." 碩論(부산외대 교육대학원, 1999. 8).

　2) 김대은. "여성우위형 여성영웅소설의 근대적 성향 연구: 「이학사전」, 「정수정전」, 「홍계월전」을 중심으로." 碩論(울산대 교육대학원, 2004. 8).

Ⅲ. (학술지)

【增】

　1) 왕승규. "男性 英雄小說과 女性 英雄小說의 對比 考察: 「劉忠烈傳」과 「鄭秀貞傳」을 中心으로."『弘益語文』, 13(弘益大 師範大 弘益語文研究會, 1994. 2)

　2) 차옥덕. "'여도(女道)' 거부를 통한 남성우월주의 극복: 「홍계월전」, 「정수정전」, 「이형경전」을 중심으로."『한국여성학』, 15:2(한국여성학회, 1999. 11).

　3) 심재숙. "근대계몽기 신작 고소설의 현실대응적 성격: 「정씨복선록」을 중심으로."『漢城語文學』, 19(漢城大 國語國文學科, 2000. 7).

4) 곽정식. "「정수정전」에 나타난 여성의 자아실현 양상."『語文學』, 72(韓國語文學會, 2001. 2).

5) 尹敬洙. "「정수정전」의 환상(環狀)모티프와 신화적 의미 분석."『淵民學志』, 9(淵民學會, 2001. 4).

6) 임수현. "「정수정전」의 성(性)담론 고찰."『한국고전연구』, 8(한국고전연구학회, 2002. 12).

▶(정숙전 → 정수정전)

◑{정시전}180)

◆637.[[정시자전 丁侍者傳]]
〈작자〉釋息影菴181)
〈출전〉『東文選』, 101, '傳'

◆638.[정씨복선록 鄭氏福善錄]
638.2.〈연구〉
Ⅲ. (학술지)
【增】

1) 張孝鉉. "애국계몽기 고전 장편소설의 역사현실 대응:「鄭氏福善錄」과「晩河夢遊錄」."『語文論集』, 33(高麗大 國語國文學硏究會, 1994. 12).

2) 심재숙. "근대계몽기 신작 고소설의 현실대응적 성격:「정씨복선록」을 중심으로"『漢城語文學』, 19(漢城大 國文科, 2000. 7).

3) 張孝鉉. "애국계몽기 고전소설의 역사현실 대응:「정씨복선록」과「만하몽유록」."『韓國古典小說史硏究』(고려대출판부, 2002. 11).

◑{정씨충효보은록 鄭氏忠孝報恩錄}
〈관계기록〉

① 「玩月會盟宴」(서울대본), 180: 태뷔 빅셰 강년의 승되 빅운ᄒ고 츈풍 연월이 졔ᄌ손 즁으로 부귀 연늑ᄒ니 영슈 호복이 여흥부졀ᄒ고 ᄌ손이 억만딕의 면면 부졀의 잠영 거족의 공후 장상이며 셩현 명신이 부지쉬러라 각노 구문도독 목지 별젼 후록이「졍시효힝보응녹」이라 ᄒ고 이빅여 권이 이시므로 ᄎ편의ᄂ 대략만 긔록ᄒ노라.

② Courant, 886:「뎡씨츙효보은록 鄭氏忠孝報恩錄」.

◑{정씨팔룡 / 정씨팔룡기 鄭氏八龍(記)}
〈관계기록〉

① Courant, 832:「졍씨팔룡」.

②『諺文古詩』(가람본), '언문칙목녹', 134:「뎡시팔용긔」.

③『諺文古詩』(가람본), '언문칙목녹', 30:「졍시팔용」.

---

180)「정비전」의 오기일 듯하다.
181) 釋息影菴은 고려의 德興君 王譓(a. 1300~?)라고 한다.

▶(정씨효행보응록 鄭氏孝行報應錄 → 정씨충효보은록)182)

◗{정씨후록}183)

　〈관계기록〉

　　① 「玩月會盟宴」(서울대본), 67.: 목금 남왕의 과악을 명스의 긔록ᄒ미 허다ᄒ되 맛ᄎᆷ니 졍원슈 뒤하의 항복ᄒ미 되엿고 젼스를 뉘우ᄎ미 비복을 몰기의 미ᄎᆞᄆᆯ 일일히 베퍼시니 ᄎ편 셜화는 일졀 허미 탄망ᄒᆞᄆᆯ 빅쳑ᄒ고 젼혀 진실ᄒ며 광명ᄒ믈 취ᄒ므로 단젹의 명사 비결을 댱황이 올니미 가치 아닐ᄉᆡ 그 뒤략의 만일을 긔록ᄒ고 후릭의 문의공 졍쳔ᄉᆡ 안남의 교유ᄉ로 니라러 남국녀의 쳔흉 만악을 교화ᄒ여 긔과 쳔션ᄒᆞᆫ 셜화 「졍시후록」의 잇ᄂᆞ니라.

◆639.[정양파행록 鄭陽坡行錄]184)

▶(정열사전 程烈士傳 → 정영저구전)

　〈관계기록〉

　　① 金起東, 『李朝時代小說論』, p. 602.

◗{정영명전 鄭榮名傳)

◆640.[정영저구전 程嬰杵臼傳] ← 정열사전 / 조무전

　〈관계기록〉

　　① 「趙武傳」 末尾: 此只述趙武事蹟　書則抄出「東周史」中 故書意簡略 始末不載 後之見者 若備悉趙氏之先祖後系 則詳見于「東周史」焉 歲在甲寅仲秋 琹軒拙撰◖(이 책은 다만 조무의 사적만을 적은 것으로, 그 근본은 「동주사」에서 따온 것이다. 그러므로 책의 내용이 간략하고 전반적인 이야기는 적혀 있지 않다. 이후 읽는 자가 만약 주씨네 선조 및 후손들의 이야기를 모두 알려면 「동주서」에서 상세히 읽을 수 있다. 갑인년 중추에 금헌이 찬했다).

【增】〈비교연구〉

1) 19세기 한문 소설 「趙武傳」의 원형인 조무 이야기는 『사기』에서 마련되어 『說苑』이나 『新序』 등에 수용되었고, 元 雜劇 「趙氏孤兒」라는 희곡으로 번안되면서 인구에 회자되었다. 이후 매 시기마다 번안물이 등장하는 등 희곡을 통해 조무 이야기의 흥미성은 지속되었고, 「동주열국지」를 거쳐 朝鮮의 「조무전」에 이르게 된다. 「조무전」은 「東周列國志」 57회에 실려 있는 조무 이야기를 기본으로 하여 개작한 군담 소설이다. 「동주열국지」의 경우 59회 후반부에서 조무 이야기가 일단락되지만, 「조무전」은 군담 소설의 서사 방식을 취하였기에 59회의 내용은 채택되지 않았다. 「동주열국지」를 차용한 부분은 주인공이 고난을 받는 부분에 해당하는데, 이 부분에서는 기본적으로 「동주열국지」의 문장 표현을 그대로 사용한다. 그러나 한편으로는 흥미와 義理를 고조시키기 위해 사건과 표현을 부연한 경우 또한 적지 않다. 「조무전」의 찬자 琹軒은 전체

---

182) 「정시효힝보응녹」이 「완월회맹연」의 속작인 것으로 나타나나[「완월회맹연」, 권 190], 아직 발견되지 않았다(金鎭世, "李朝後期 大河小說 研究," 『韓國小說文學의 探究』, 一潮閣, 1978, p.106 참조).

183) 「완월회맹연」의 속작인 듯하나 미발견이다.

184) 소설 작품이라기보다는 行狀에 속하는 작품이다. 『김광순소장 필사본 한국고소설전집』, 제26권에 실려 있는데, 작품 끝(pp. 603~625)에는 「청흥군니공묘지문」이라는 墓誌文이 부록되어 있다.

구성을 군담 소설의 형태로 바꾸었고, 「동주열국지」의 문장을 그대로 차용하는 부분에서도 전체 구성에 맞게 개작하였던 것이다(이대형, "19세기 한문 소설 「趙武傳」의 연원과 특성," 『동방고전문학연구』, 1[1999. 8], p. 197)

2) 조무 이야기는 중국 춘추 시대 晉나라의 이야기로서 중국에서는 희곡과 소설에 걸쳐 크게 유행하였다. 우리의 경우 19세기 중엽에 「조무전」이라는 한문 소설이 「동주열국지」를 근간으로 군담소 설의 형태로 개변하여 등장하였다. 현재 유일본으로 보이는 「조무전」은 이후 작품들에 영향을 준 흔적은 보이지 않으며 한글 소설로서 「정영저구전」, 「명사십리」, 「보심록」, 「금낭이산」 등이 등장하였다. 국문 필사본인 「정영저구전」은 신선과 용왕 등을 통한 신이성을 대폭 강화하고, 趙武가 아니라 정영과 공손저구를 중심 인물로 내세우면서 「조무전」과는 다른 면모를 보여 주는 소설로 변화하였다. 「정영저구전」은 비교적 역사적 기록에 충실한 것으로 보이는 국문본 「정열사전」과 긴밀한 관계를 보이면서도 신이성 면에서는 차별성을 지닌다고 할 수 있다. 「정열사전」은 필사본과 활자본이 있다고 하는데 이에 대한 자세한 검토는 과제로 남는다. 「조무전」이나 「정영저구전」과 달리 「명사십리」와 「보심록」, 「금낭이산」은 간행본으로 존재한다. 간행본 이전에 그와 유사한 필사본은 확인되지 않았다. 이 세 작품들은 조무 이야기를 환골탈태하여 인물명과 시대 모두 바꾸어 개작을 가했다. 조무 이야기의 골격에다가 결연, 군담, 도술 등 우리 고소설의 전통적인 흥미 요소들을 첨가하였고, 주제면에서 충과 우정에다가 복선화음의 논리를 강화함으로써 복합적인 성격의 작품으로 형상화한 것이다(이대형, "趙武 이야기의 變異," 『洌上古典硏究』, 16[2002. 12], pp. 257~258).

3) 「정열사전」은 북한에 존재하는 작품으로 필사본과 20세기 초엽에 발행된 인쇄본이 전해진다고 한다. 현존하는 「정영저구전」은 상권이 낙질인 羅孫本과 한국정신문화연구원 소장본과 박순호본이 전해진다. 한글 소설 「정열사전」과 「정영저구전」은 한문 소설인 「조무전」의 이본으로 판단된다. 왜냐하면 「정열사전」이나 「정영저구전」이 모두 「조무전」의 서사 구조와 상당히 유사하며 주요 등장인물의 이름도 동일하고 또한 「조무전」보다는 후대의 작품이기 때문이다. 그렇다면 한문 소설 「조무전」도 한글 소설 「정열사전」과 「정영저구전」과 하나의 계통을 형성하게 된다. 중국의 '조무 이야기'를 연원으로 「조씨고아」·「열국지」 → 「조무전」 → 「정열사전」·「정영저구전」으로 이어지는 작품의 계통을 형성한다 할 수 있다. 또한 「조무전」, 「정열사전」, 「정영저구전」은 중국의 '조무 이야기'에 등장하는 인물들의 이름을 그대로 사용했다는 점에서 직접적인 영향 관계가 있다고도 볼 수 있을 것이다. 「조무전」의 연원이 '조무 이야기'이며, 「조씨고아」·「열국지」의 영향을 받았다는 점에서 「조무전」은 「장유성전」·「명사십리」를 비롯한 작품들과 관계가 의문시된다. 김태준이 언급한 것처럼 「명사십리」(「장유성전」)도 「열국지」·「조씨고아」로부터 비롯된 작품이므로, 「조무 이야기」에 연원을 두고 있다고 보아야 한다. 따라서 「조무전」이나 「명사십리」(「장유성전」)는 동일한 연원으로보터 비롯된 것으로 볼 수 있다. …… 여기서 관심을 가져야 할 부분은 「조무전」류와 「장유성전」류 사이의 관계이다. 동일한 이야기를 작품의 연원으로 하고 있으며, 동일한 작품들의 영향을 받은 것으로 판단되는 이들 작품들 사이에 아무런 관계가 없다고 보기는 어렵다. …… 「장유성전」류와 「조무전」류는 중국의 '조무 이야기'로부터 비롯된 「조씨고아」와 「열국지」로부터 영향을 받아 등장한 작품들이라는 점에서 공통점을 갖는다. 그리고 갈등의 해결 과정에서 군담을 활용하고 있다는 점이 공통점이면서 중국의 것과 확연히 구별되는 두 작품류에서 공통적으로 발견되는 점이다. 두 작품류에 속하는 각 작품들은 세부적인

면에서 약간의 차이를 발견할 수 있지만, 동일한 작품류에 속하는 작품들끼리는 동질성이 더 강한 것을 볼 수 있다. 두 작품류 사이의 영향 관계를 있었음직한 단서는 있지만, 현재의 상황으로서 두 작품류 사이에 직접적인 영향 관계가 있다고 단언하기는 어려운 실정이다. 두 작품류는 중국의 것에 연원을 두고 발전적으로 소설화의 과정을 거친 것으로 보인다(박인희, "「張遺星傳」의 淵源과 特徵," 『새국어교육』, 68[2004.12], pp. 263-264 및 266).

640.2. 〈연구〉

Ⅲ. (학술지)

「조무전」

【增】

1) 이대형. "趙武 이야기의 變移." 『洌上古典硏究』, 16(洌上古典硏究會, 2002. 12).

◗{정옥란전 鄭玉蘭傳}185)

◗{정용전}

◆641.[정을선 【削'/ 정을선'】 186)(전) 鄭乙善(傳)] ← 유소저전 / *유치현전 / * 정두경전 / 정명록 / 취연전

〈이본연구〉

【增】

1) 하버드 상하본[필사본 「증을선전」]은 다른 하버드 이본들보다는 활자본과 가장 밀접한 관련이 있는 것을 확인할 수 있다. …… 구체적인 자구에 이르기까지 거의 비슷함을 알 수 있다. 따라서 이 두 이본은 서로 동일한 저본을 바탕으로 이루어졌다고 볼 수 있을 것이다. 다만 활자본이 더 상세하게 서술을 하고 있는데, 전체의 내용은 오히려 하버드본이 더 풍부하다고 볼 수 있다. 하버드 63장본[「증을선전」]과 「유소저전」이 서로 같은 계열의 이본이라고 할 수 있을 것이다. 상하본이 대명 연간을 배경으로 하고 있는데 비해 이들은 송나라를 배경으로 하고 있다는 것에서 이 점은 확인된다. 뿐만 아니라 정진회란 인명, 그 부인 양씨의 성씨도 다르게 나타나고 있음이 확인된다. 그런데 63장본은 「유소저전」에 비해 상당히 축약되어 있음을 알 수 있다. 그러나 이들 두 이본은 모두 상하본과 활자본에 비해서 축약이 심한 편이다(송성욱, "「정을선전」·「유소저전」," 李相澤 외 3인 엮음, 『고전소설의 기초 연구』[2001. 10], pp. 439~440).

국문필사본

(유소저전)

【增】 뉴소졔젼니라	박순호[家目]	1(계축칠월십일, 51f.)
【增】 류소졔	여태명[家目](237)	1(덕정오연[1916]음이월초삼일, 17f.)

【增】 (을선전)

---

185) 「정목란전」일 듯하다.
186) 『이본목록』『작품연구 총람』『문헌정보』 수정.

【增】 을선전이라	박순호[家目]	1(37f.)
【增】 울선전	여태명[家目](22)	1(48f.)

(정을선전)

명을선전	계명대[古綜目](이811.35정을선)	1(癸卯)
【增】 뎡을선전	계명대[古綜目](고811.35정을서)	1
【增】 졍을션젼	계명대[古綜目](고811.35정을션ㄱ)	1
【增】 졍얼션젼이라	김광순[筆全](64)	1(이칙은成시가문의辛시슨글이라……四千二百八十四[1951]年辛卯年二月十三日ᄎ, 56f.)
【增】 뎡을션전	김종철[家目]	1(임자일월십구일리라, 41f.)
【增】 졍을션전 권지단	김종철[家目]	1(45f.)
【增】 鄭乙善傳	미도민속관[생활사 도록](40)	1([표지]隆熙二年[1908]二月二十八日, [말미]융희이련이월이십일위시팔일의필죵 戊申年正月二十七日終 繙譯官正三品 成岐鎬)
【增】 졍월선전 鄭月仙傳	박순호[家目]	1(劉氏家藏, 40f.)
【增】 졍을션전 鄭乙仙傳	박순호[家目]	1(무오연춘이월쵸오릴등셔, 칙쥬 동츈딕, 45f.)
【增】 졍을션전	박순호[家目]	1(97f.)
【增】 졍을션전 권지단이라	박순호[家目]	1(45f.)
【增】 졍을션전	박순호[家目]	1(40f.)
【增】 졍을썬전이라	박순호[家目]	1(49f.)
【增】 졍을션전 단	박순호[家目]	1(갑ᄌ납월일등셔우신쳥졍ᄉ라, 46f.)
【增】 졍을션전 권지단이라	박순호[家目]	1(병ᄌ년이월십팔일, 54f.)
【增】 졍을션전 단권	박순호[家目]	1(40f.)
【增】 졍을션젼이라	박순호[家目]	1(졍희이월초육일, 金炳孝, 44f.)[187]
명을션젼 鄭乙善傳	서울대(古3350-61)/정문연[韓古目](1098: R35N-003017-2)	3(셰진임진뉸육월일)
【增】 졍을션뎐	성대(D07B-0052)	1(隆熙2[1908])
【增】 졍을션전	여태명[家目](80)	1(80f.)
【增】 鄭乙善傳	이태영[家目]	1(무오연십이월싀칠일등셔)
졍을션젼	임형택[莽蒼蒼齋 家目]	1(65f.)
졍을셩젼 鄭乙星傳	임형택[莽蒼蒼齋 家目]	1(33f.)[185]

---

187) 「장화홍연젼이라」(23f.), 「퇴기젼이라」(25f.), 「권학가」(1f.) 합철.

정을선전	정명기[尋是齋 家目]/[황영옥, "「정을선전」 연구" 부산대, 『국어국문학』, 24]	1(신미이월소망일, 91f.)
정울선	정명기[尋是齋 家目]/[동상]	1(67f.)
(정을선전)	정명기[尋是齋 家目]/[동상]	1(64f.)
정을선 유치전	정명기[尋是齋 家目]/[동상]	1(신사이월, 50f.)
정을선전	정명기[尋是齋 家目]/[동상]	1(임자년정월, 51f.)
【增】 정을선전	정명기[尋是齋 家目]	1
【增】 정을선전	정명기[尋是齋 家目]	2-1
【增】 정을선전이라	홍윤표[家目]	1(73f.)

(취연전)

【增】 취연전	박순호[家目]	1([표지]정사맹춘신장, [말미]고향은 예천군용문면화학동 등사은갑진면갑진연삼월십구일맞춤 추연전, 48f.)

국문활자본

【增】 (정을선전)

(고딕소셜)정을선전	국중(3634-3-41=7)	1([編·發]勝木良吉, 大昌書院, 1921.1.27, 43pp.)
정을선전 鄭乙善傳	국중(3634-3-41=9)<3판>/국중(3634-3-41=10)<3판>	1(국한자 병기, [著·發]鄭基誠, 東美書市, 초판 1915.8.20; 재판 1916.5.12; 3판 1917.4.25, 77pp.)
(고딕소셜)정을션전	국중(3634-2-16=2)<3판>/서울대(3350-26)/[亞活全](10)	1([著·發]盧益亭, 博文書館, 초판1917.3.10; 재판 1918; 3판 1920.10.30, 43pp.)
정을션전 鄭乙仙傳	대전대[이능우 寄目](1139)/박순호[家目]/조희웅[家目]	1([發]申泰三, 世昌書舘, 1952.8.30, 43pp.)[(188)]
(고대소셜)정을션전	국중(3634-3-41=8)/국중(3634-3-41=12)	1([著·發]高裕相, 滙東書舘, 1925.11.30, 43pp.)

641.1. 〈자료〉

Ⅱ (역주)

「정을선전」

641.1.11. 리창유 윤색·김교식 주해. 『신유복전·정을선전』. 평양: 문예출판사, 1987; 서울: 연문사, 2000(영인).

Ⅲ. (활자)

【增】

1) 郭正植.『쉽게 읽는 고소설』. 신지서원. 2001. (박문서관판)

641.2. 〈연구〉

Ⅱ. (학위논문)

〈석사〉

【增】

1) 이영주. "「정을선전」 연구." 碩論(한국교원대 교육대학원, 2000. 2).

Ⅲ. (학술지)

【增】

1) 이경혜. "「정을선전」 연구."『인문과학연구』, 7(안양대, 1999. 10).
2) 김경숙. "「정을선전」 연구: 후기 가정소설에 대한 一考察."『洌上古典硏究』, 12(洌上古典硏究會, 1999. 12).
3) 박경열. "「정을선전(鄭乙善傳)」에 나타난 음모와 선인(善人)의 부정(不貞)에 대한 소망."『甫堂朴湧植先生 停年退任紀念論叢』(刊行委員會, 2001. 2).
4) 宋晟旭. "「정을선전」·「유소저전」." 李相澤·朴熙秉·林治均·宋晟旭 엮음,『고전소설의 기초 연구』(태학사, 2002. 10).

◖642.[[정일남전]] ← 이언총림

642.2. 〈연구〉

【增】 Ⅱ (학위논문)

〈석사〉

1) 김환경. "「정일남전」 연구." 碩論(한국교원대 대학원, 2002. 2).

▶(정재민절록 → 정재전)[188]

◑정재전 定齋傳}[189]

> **국문필사본**

정지전 定齋傳	강전섭[家目]	1(임인납월일필등, 74f.)

◖643.[정진사전 鄭進士傳] ← 괴산정진사전 / 정도령전 / 호남충렬록

> **국문필사본**

(정진사전)

【增】 정진ᄉ젼 상/하종	박순회[家目]	1(49f.)
【增】 정진사젼 상권	박순회[家目]	1(게사년정월초사일, 64f.)
【增】 정진ᄉ젼	박순회[家目]	1(을츅연의 정진ᄉ젼 등셔, 40f.)

---

188) '定齋'는 朴泰輔(1654~1689)의 호이며, '文烈公'은 그의 諡號이다. 따라서 「문렬공기사록」·「박정재전」·「정재민절록」·「정재전」 등은 모두 박태보의 전기임을 알 수 있으며, 따라서 이들은 아마 「박태보전」의 이본일 것으로 생각된다.

189) 『이본목록』·『작품연구 총람』·『문헌정보』에 각주 추가.

| 【增】 정진사전 | 여태명[家目](363) | 1(병진삼월십육일, 41f.) |
| 【增】 鄭進士傳 | 정명기[尋是齋 家目] | 1 |

국문활자본

(정도령전)

| 원본 정도령전 原本鄭道令傳 | 국회[目·韓II](811.31)/대전대 [이능우 寄目](1120)/박순호 [家目]<1953>/정명기 [尋是齋 家目]/[仁活全](31) | 1([著發]申泰三, 世昌書館, 1952; 檀紀 4286年[1953].12.30; 1962. …… |

643.1. 〈자료〉

Ⅰ. (영인)

「정도령전」

643.1.1. 仁川大民族文化硏究所 編.『舊活字本古小說全集』, 31. 銀河出版社, 1984; (再刊) 國際아카데미, 2002. (세창서관판)

Ⅱ. (역주)

「정진사전」

【增】

1) 申海鎭 選註.『朝鮮後期 家庭小說選』. 月印, 2000. (동문서림판)

643.2. 〈연구〉

【增】 Ⅱ. (학위논문)

〈석사〉

1) 김지연. “「정진사전」의 인물의 성격변모와 그 의미: 첩 '일지'를 대상으로” 碩論(경북대 대학원, 2000. 8).

2) 심은영. “「정진사전」 연구.” 碩論(한국교원대 교육대학원, 2003. 2).

◑{정충신 鄭忠信}

▶(정태비전 鄭太妃傳 → 정비전)

▶(정포은전 鄭圃隱傳 → 선죽교)

◪644.[정해경전 鄭海慶傳/鄭海京傳]

국문필사본

【增】(정해경전)

【增】 정희경전	박순호[家目]	1(경축이월十二日, ……최소직, 60f.)
【增】 정희경전 권지단	박순호[家目]	1(80f.)
【增】 증해경전	박순호[家目]	1(병진연월일이라, 26f.)
【增】 정해경전	성대(D07B-0040a)	1(1920경)

【增】(해경전)

【增】 히경전 단	박순호[家目]	1(계유소춘졀완, 긔유년삼월이 십ᄉ일……, 75f.)
【增】 히경전	홍윤표[家目]	1(55f.)

644.2. 〈연구〉

Ⅲ. (학술지)

【增】

1) 이선형. "「정해경전」에 수용된 '계모형 설화'." 『국민어문연구』, 10(국민대 국어국문학연구회, 2002. 10).

【增】 ◐{정해룡전}

【增】 국문필사본

【增】 정해룡전	박순호[家目]	1(삼월초사흔날필납, 71f.)

◇645.[정향전 丁香傳] ← 계향전 / 서유록 / 『청구기담』

국문필사본

(계향전)

계향전 桂香傳	김종철[家目]	1(戊申臘月旬八日終 述李村齋, 30f.)

(정향전)

【增】 평안도명기정향전 丁香傳	박순호[家目]	(29f.)[190]
【增】 丁香錄	정명기[尋是齋 家目]	1
【增】 丁香傳	정명기[尋是齋 家目]	1

한문필사본

(정향전)

【增】 丁香傳	고대[만송](C14-A68) [漢少目, 世1-3][191]	
丁香傳	고대[아연](C14-A7)	1(26f.)
【增】 平壤名妓丁香說	국중(『海東奇話』)[漢少目, 世1-5]/(R35N-002975-2)	
【增】 丁香傳	權友荇["「丁香傳」 小考" 『坡田金戊祚博士回甲 紀念論叢』(1998)]	1 1

---

190) 한문본 「정향전」(11f.)에 합철.
191) 『類錄』 所載.

【增】丁香傳	김종철[家目]	1(己未元月, 15f.)
【增】丁香巧計侍大君	단국대(『揚隱闡微』)	
【增】丁香傳 平安南道名妓	박순호[家目]	1(甲戌正月日畢書, 11f.)[192]
丁香傳 靑丘奇談	서울대[奎(古3477-6)	(14f.)[199]
【增】丁香傳	연세대(811.939/1)[漢少目, 世1-8]	(歲在庚子秋膽)[193]

645.2. 〈연구〉

Ⅲ. (학술지)

【增】

「서유록」

  1) 정선희. "「서유록」을 통해 본 목태림 문학의 특성과 의의." 『古小說硏究』, 12(韓國古小說學會, 2001. 12).

「정향전」

  1) 金埈亨. "「丁香傳」." 刊行委員會 編. 『古小說硏究史』(月印, 2002. 12).

▶ (정현무전 鄭賢武傳 → 정비전)

◑{정현전 鄭賢傳}

▶ (정후비전 鄭后妃傳 → 정비전)[194]

  【削】 국문필사본

【削】 뎡후비뎐	사재동[家目](0339)	1

【增】 ◑{정휘충효록}

  【增】 국문필사본

【增】 뎡휘츙효록 권디단	박순호[家目]	1(병자칠월이십사일필셔ᄒ 노라, 51f.)[195]

【增】 ◑{제가언행록}

  【增】 국문필사본

【增】 제가언힝녹	박순호[家目]	1(14f.)[196]

◪646.◪[제갈량 諸葛亮][197] ← 제갈무후전

---

192) 한글본 「평안도명기정향전」(29f.) 합철.
193) 「九雲夢」·「金山寺創業演義」와 합철.
194) 「이본목록」·「작품연구 총람」 수정. 「이본목록」에 있는 이본 목록은 ◪633. 「정비전」조로 옮김.
195) 첫머리에 「상장」(5f.) 합철.
196) 「공ᄌ여소이문답셜」(5f.) 합철.
197) 「삼국지」계 작품이다.

〈이본연구〉

【增】

1) 세 이본[『喻世明言』 제31화 「鬧陰司司馬貌斷獄」·한문 필사 「都馬武傳」·국문 필사 「제마무젼」]의
관계는 서사 내용과 구성, 그리고 등장인물에서 별 차이가 없음을 알 수 있다. 다시 부언하자면
한문본 「都馬武傳」은 화본 「了陰司司馬貌斷獄」의 내용을 그대로 轉寫해 놓은 작품이라 볼지라
도 별로 무리하다는 이의를 제기할 수가 없을 것이다. 반면에 「제마무젼」은 화본과 「都馬武傳」의
話素를 넘나들면서 후대의 坊刻本과 活版本의 내용까지 연계하여 생각해 볼 수 있는 부연된
내용을 지니고 있어서 주목된다. 따라서 본고의 연구 대상으로 삼은 한문본 「都馬武傳」은
위로는 중국의 話本小說과 밀접한 연관성을 지니고 있음을 알 수 있고, 아래로는 국문본 「제마무
젼」의 이본 형성에 적지 않은 영향을 끼쳐 주었던 주목할 작품으로 보아도 아무런 무리가
없다고 하겠다. ……「都馬武傳」은 화본 소설과 국문 필사본 「제마무젼」 과 내용과 서사 구조에
서 대동소이하다. 楚漢의 역사적 인물을 통하여 그들의 숙세 인연에 따라 삼국 시대의 역사적
인물로 轉生케 하여 伸寃토록 한다는 地府訟事 내용과 現象界와 地府의 神異界를 왕래하는
액자 구조 등이 동일하다. 더욱이나 등장인물만 살펴 보아도 이 작품의 주인공인 마무를 중심으로
玉皇과 閻羅王 그리고 訟事者로 나오는 一連의 인물들도 동일하므로 화본 소설의 亞流로
돌려 버릴 수도 있겠으나, 「都馬武傳」은 한문본의 형태로 유전된 것으로 파악하고, 후대의
필사본 내지 방각본으로 발전하는 과정에 있어서 결단코 국문본 「제마무젼」보다 선행하여
국문본 「제마무젼」의 형성·발전에 있어서 지대한 영향 관계에 있었음을 분명히 밝혀 낼 수
있겠다(朴光洙, "「제마무젼」의 이본 「都馬武傳」 小考,"『語文硏究』, 29[1997. 12], pp. 16~17).

자

국문필사본		
【增】 諸葛武侯傳	京都大[河合弘民]	낙질 2(1: 셰즈졍유스월필셔, 26f.; 2: 셰즈졍유스월필셔, 27f.)

국문활자본		
(슘국풍진)제갈량 (三國風塵)諸葛亮	국중(3634-2-2=8)<재판> [仁活全](13)	1(국한자 병기, 15장, [著·發] 玄公廉, 廣益書舘, 초판 1915. 10.11; 재판 1917.6.30, 160pp.)

646.1. 〈자료〉

Ⅰ. (영인)

646.1.1. 仁川大民族文化硏究所 編.『舊活字本古小說全集』, 13. 銀河出版社, 1984; (再刊) 國際아
카데미, 2002. (광익서관, 1917년 재판)

▶(제갈무후전 諸葛武侯傳 → 제갈량)

◆647.[제마무전 諸馬武傳] ← 도마무전 / 마무전 / 몽결초한송

〈관계기록〉

① Courant, 783: 「제마무젼 齊馬無傳」.

국문필사본

(마무전)

【增】 마무전 馬武傳 卷之全	김광순[筆全](62)	1([표지]丁丑元月望日始, 12f.)[198]
【增】 馬武傳	정명기[尋是齋 家目]	1([서두]낙장 1f.)

(제마무전)

【增】 뎨마무뎐 권지단	박순호[家目]	1(40f.)

국문경판본

【增】 제마무전 권지단	미도민속관[생활사 도록](74)	1

국문안성본 [199]

【增】 諸馬武傳	정명기[尋是齋 家目]	1

국문활자본

(몽결초한송)

몽결초한숑 (古代小說)夢決楚漢頌[訟]	국중(3634-2-26=4)<초판> /국중(3634-2-118=1)<3판> /국중(3634-2-26=5)<4판>/ 국중(3634-2-118=4)<4판>/ 국중(3634-2-118=3)<5판>/ 국중(3634-2-118=2)<6판>	1(국한자 병기, [著·發]池松旭, 新舊書林, 초판 1914.8.5, 95pp.; 재판 1917.1.20; 3판 1917.10.3 0[200], 87pp.; 4판 1919.3.3; 5판 192 2.1.20; 6판 1923.12.10, 87pp.)[215]
육전소설 몽결초한송	[우쾌재, 125]/서강대 (CL 811.36 저31)	1(新文舘, 1914.3.18/1925)
【削】 몽결초한송	[『출판목록』]	1(永昌書舘)
몽결초한숑(古代小說) 夢決楚漢頌	국중(3634-2-26=6)	1([著·發]洪淳泌, 朝鮮圖書株式會 社 1925.12.25, 61pp.)[216]

(제마무전)

【增】 제마무전 권지단 一名夢決楚 漢訟 古代小說 夢決楚漢訟	박순호[家目]	1([著·發]金東縉, 德興書林, 1925. 10.20, 66pp.)
【增】 제마무전 권지단 古代小說	박순호[家目]	1([著·發]姜義永, 永昌書舘, 1925. 12.25, 66pp.)

---

198) 「창난호영녹 錯亂浩永錄」(23f.)에 합철되어 있으며, 말미에 가사 작품인 「몽니방유록」(9f.)이 附記되어
　　있다.

199) 표 안의 글자가 오기되어 있던 것을 바로잡았다.

200) 국중 3634-2-118=1에는 3판의 발행 일자가 1917.10.30로 되어 있다.

한문필사본

〈도마무전〉

【增】都馬武傳	연세대(811.36)[漢少目, 1(경인계춘초이일, 13f.) 夢18-1][201]	
【增】都馬武傳	유탁일[漢少目, 夢18-3][202]	

〈마무전〉

【增】馬武傳	원광대[漢少目, 夢18-2]

647.1. 〈자료〉

Ⅰ. 〈영인〉

「몽결초한송」

647.1.1. 仁川大民族文化硏究所 編. 『舊活字本古小說全集』, 3. 銀河出版社, 1983; (再刊) 國際아카데미, 2002. (신구서림판)

「제마무전」

647.1.4. 仁川大民族文化硏究所 編. 『舊活字本古小說全集』, 31. 銀河出版社, 1984; (再刊) 國際아카데미, 2002. (조선도서주식회사, 1922년 제3판)

〈줄거리〉

【增】

(한문본 「**都馬武傳**」)

동한(東漢) 영제(英帝) 때 한 선비가 있었으니, 성은 도(都)요 이름은 마무(馬武)며, 자는 추(騶)로 18세에 4서 3경에 통하고 20세에 과거에 응하나 세인(世人)의 시기로 과거를 포기하고 귀향하여 독서로 세월을 보냈다. 마무는 양친이 이어서 기세(棄世)하자 6년 시묘(侍墓)함에 향리인이 효자로 천거하여 작록(爵祿)을 내려 줄 것을 상달하나 조정이 매관매직의 풍토가 만연하여 뜻이 이루어지지 않았다. 마무는 50이 되도록 벼슬에 나가지 못한 처지를 술로 달래며 한 편의 글을 지어 울고 염라왕 맡기를 자청하고 원사(怨詞)를 불로 사른 후에 침상에 기대어 잠에 들었다. 마무는 옥황의 공평치 못함과 염라왕이 시비를 가리지 못함을 책망한 내용으로 문죄하라는 옥황의 명을 받은 십여 귀졸들에 의하여 놀래어 깼다. 마무는 부인 왕씨가 준 차를 마시고 침상에 누워 다음날 깨어나지 못하나 몸에는 여전히 온기가 있어 장사를 지내지 못했다. 마무의 글을 선인이 옥황에게 올리니, 옥황이 대로하여 잡아들이길 명하되, 선인(仙人) 이태백(李太白)이 지부(地府)의 300년 송사(訟事)를 마무에게 맡겨 재주를 시험하자고 주달(奏達)했다. 마무가 귀졸을 따라 지부에 이르러 한신(韓信), 팽월(彭越), 경포(鯨布), 한고조(漢高祖), 여후(呂后)의 송사, 정공(丁公)과 한고조의 송사, 항우(項羽)와 한고조의 송사, 척씨(戚氏)와 여후의 송사, 항우와 여섯 장수의 송사를 맡았다. 마무가 먼저 한신을 불러 송사 내용을 들었다. 괴통(蒯通)을 불러 한신과의 관계를 듣고, 한신이 괴통의 말을 듣지 않은 이유를

---

201) 「雲英傳」附.
202) 「雲英傳」·「崔孤雲傳」 합철.

물었다. 마무가 허부(許負)를 불러 한신이 32세에 죽은 연유를 물었다. 마무가 소하(蕭何)를 불러 여후와 더불어 한신을 모살(謀殺)한 이유를 물었다. 팽월을 불러 여후에게 죽은 사연을 들었다. 경포를 불러 여후가 보낸 팽월의 고기를 먹은 일과 반역으로 몰려 죽은 일을 들었다. 정공을 소환하여 한고조 유방(劉邦)에게 죽은 내막을 들었다. 척씨를 불러 여후에게 혹고(酷苦)를 받아 죽은 하소연을 들었다. 항우가 한고조 유방에게 쫓기어 오강(烏江)에 이르렀을 때, 여섯 장수를 만나 마음을 놓았으나 도리어 여섯 장수에게 죽음을 당하였다는 하소연을 들었다. 한신을 불러 조조(曹操)로 환생케 하여 한나라의 태반을 다스리게 하고 임의로 한을 풀게 했다. 한나라 유방을 헌제(獻帝)로, 여후를 헌제비(獻帝妃) 복황후(伏皇后)로 내어 한신이 전생(轉生)한 인물인 조조에게 죽게 했다. 소하를 양수(楊脩)로 내어 조조의 수하에 들게 하고, 경포를 손권(孫權)으로, 팽월을 유비(劉備)로 각각 내정·판결했다. 괴통을 서서(徐庶)로 내정하고, 장량(張良)을 제갈량(諸葛亮)으로 내어 유비를 돕게 했다. 허부를 방통(龐統)으로 내정하여 유비를 돕게 하고, 번쾌(樊噲)를 장비(張飛)로, 항우를 관우(關羽)로 내정하여 유비를 도와 대공(大功)을 세우고 죽어 신장(神將)이 되게 했다. 기신(紀信)을 조운(趙雲)으로 내정하고, 척씨를 유비의 처로, 척씨의 아들을 유선(劉禪)으로 내정하고, 또한 정공을 원소(袁紹)로 내정하여 조조에게 죽게 했다. 항백(項伯)·주은(周殷)을 안량(顔良)과 문추(文楸)로, 여마동(呂馬童) 이하 여섯 장수를 각각 공수(孔秀), 한복(韓福), 변희(卞喜), 왕식(王植), 진기(秦琪), 채량(蔡良) 등으로 내정·판결했다. 마무가 모든 송사를 척결한 후 염라왕이 옥제에게 문서를 올리자 옥제가 마무의 재주를 칭찬하고 마무에게 차생에 사마의(司馬懿)로 예정했다. 마무가 처 왕씨와 더불어 차생에 부부 되어 부귀를 누릴 것을 확약받고 깨어나니 왕씨가 마무를 보고 기절했다. 마무가 부인에게 지부 송사를 자세히 이르고 차생에서 부부 되어 부귀를 누릴 것을 기약하고 울지 말 것을 이르며 숨을 거두니 왕씨 정성껏 장사 지내고 오래지 않아 죽었다(朴光洙, "「졔마무젼」의 이본 「都馬武傳」 小考," 『語文硏究』, 29[1997. 12], pp. 240~242 참조 문면 수정203)).

▶(제왕연회기 帝王宴會記 → 금산사몽유록)

◪648.[제일기언 第一奇諺]204) ← 경화연

〈참고자료〉

① 「鏡花緣」 二十卷 一百回; 淸李汝珍撰 首梅修居士石華序 (按卽海州許喬林) 武林洪棣元靜荷序 孫吉昌訒齋等六家題詞 有眉評 每回後有總評 均註各家姓名 汝珍字松石 大興人 官河南縣丞☯(청나라 때 이여진[a. 1763-a. 1830]205)의 찬으로 수매거사 석화의 서문[상고한 바에 의하면 해주 허교림], 무림 홍체원 정하의 서문, 손길창 인재 등 여섯 사람의 제사가 있고, 미평이 있으며, 매회마다 끝에 총평이, 각각의 이름에 고르게 주가 붙어 있다. 이여진의 자는 송석이고, 대흥 땅의 사람으로 벼슬은 하남현승이었다)[孫楷第, 『中國通俗小說書目』, p.178].

---

203) 원문의 시제를 본 총서의 체제에 맞게 과거로 바꾸고, 삽화 번호를 삭제하고, 일부 한자를 한글로 바꾸었다.

204) 『문헌정보』의 원 각주 31) 중 '……(丁奎福, "「第一奇諺」에 대하여", 고대 중국학연구회, 『中國學論叢』, 1, 1984. 4 참조)'로 연월 수정.

205) 중국 청나라 때 사람. 그는 聲韻學에 뛰어나 『音鑒』을 지었고, 소설 「경화연」을 지은 것으로 알려져 있다.

② 「鏡花緣」二十卷 一百回 作者李汝珍 字松石 直隸大興人 他是一位於學無所不窺的多才多藝 的文人 又特別以音韻學爲其專長 …… 「鏡花緣」一書雖在這一類的小說中是較出色的 然以 文學眼光評之 依然不够第一流 …… 全書由兩部組成 第一部份是第一回至五十回 …… 第五 十一回至一百回是第二部份◑(「경화연」 20권 100회의 작자는 이여진으로, 그의 자는 송석이고 직예성 대흥 땅 사람이다. 그는 학식에 있어서 제일이었고 다재다예한 문인이었다. 또 그는 특히 음운학에 뛰어났다. 「경화연」은 이런 종류의 소설 중에서는 특별난 것이긴 하지만, 문학적인 견지에서 보면 의연 제1류라 할 수는 없다. 전체의 내용은 두 개의 부분으로 구성되어 있는데, 제1부는 제1회에서 제50회까지이고, 제2부는 제51회에서 100회까지다)[孟瑤, 『中國小說史』, 第四册, p. 584].

〈관계기록〉

① 「제일긔언」(丁奎福 所藏), 서문.: 늬 일즉 실학ᄒᆞ야 과업을 닐우지 못ᄒᆞ고 훤당을 뫼셔 한가흔 씨 만흐므로 셰간의 젼파ᄒᆞᄂᆞ 바 언문 쇼셜을 거의 다 열남ᄒᆞ니 대져 「삼국지」·「셔유긔」·「슈호지」· 「녈국지」·「셔쥬연의」로부터 녁대 연의에 뉴ᄂᆞ 임의 진셔로 번역흔 비니 말솜을 고쳐 보기의 쉽기를 취흘 ᄲᅮᆫ이요 그 ᄉᆞ실은 흔ᄀᆞ지여니와 그 밧 「뉴시삼대록」·「미소명힝」·「조시삼대록」·「츙효 명감녹」·「옥원지합」·「님화졍연」·「구릭공츙녈긔」·「곽쟝냥문록」·「화산션계록」·「명힝졍의록」·「 옥닌몽」·「벽허담」·「완월회밍」·「명쥬보월빙」 모든 쇼셜이 슈삼십 죵의 권질이 호대ᄒᆞ야 혹 빅 권이 넘으며 쇼불하 슈십 권에 니르고 그 남아 십여 권 슈삼 권식 되ᄂᆞ 스오십 죵의 지ᄂᆞ니 심지어 「슉향젼」·「풍운젼」의 뉘 가항의 쳔흔 말과 하류의 ᄂᆞᄌᆞᆫ 글시로 판본에 긔간ᄒᆞ야 시샹에 미미ᄒᆞ니 대동 쇼이ᄒᆞ야 사름의 셩명을 고쳐시나 ᄉᆞ실은 흡ᄉᆞᄒᆞ고 션악이 늬도ᄒᆞᄂᆞ 계교ᄂᆞ 흔ᄀᆞ지라 …… 이에 그 번거흔 바를 덜고 간략흔 곳을 보틱며 풍쇽에 갓지 아닌 곳과 언어의 다른 곳을 곤치고 윤식하야 언문으로 번역ᄒᆞ야 일홈을 「졔일긔언」이라 ᄒᆞ니 사름이 그 뜻을 뭇거늘 되답ᄒᆞ야 왈 진셔 쇼셜 즁 「샴국지」를 니르되 졔일 긔셔라 ᄒᆞ믹 나는 일노써 언문 쇼셜 즁 졔일 긔담인 고로 특별이 「졔일긔언」이라 ᄒᆞ노라.

【增】

1) 『大畜觀書目』(19C初?): 「鏡花緣」二套共二十冊.

2) 『緝敬堂曝曬書目總錄』: 「鏡花緣」二十二本 又 三本一匣.

3) 『集玉齋書目』: 「鏡花緣」十卷 不帙; 「鏡花緣」十二卷; 「鏡花緣」二十二卷.

648.1. 〈자료〉

【增】 Ⅰ. (역주)

1) 박재연·정규복 校註. 『제일기언 第一奇諺』. 국학자료원, 2001.

648.2. 〈연구〉

Ⅲ. (학술지)

648.2.1. 丁奎福. "「第一奇諺」에 대하여." 『中國學論叢』, 1(高麗大 中國學硏究會, 1984. 4). 韓國古 小說硏究會 編. 『韓國古小說의 照明』(亞細亞文化社, 1990. 1); 『韓中文學比較의 硏究』(高麗 大出版部, 1987. 10); 『韓國文學과 中國文學』(국학자료원, 2001. 5)에 재수록.

【增】

　1) 서경희. "「경화연(鏡花緣)」의 여성 인식과 「제일기언」의 수용방식 연구."『한국고전여성문학연구』, 5(한국고전여성문학회, 2002. 12).

◪649.[제호연록 諸好緣錄] ← 호연록

〈관계기록〉

　① Courant, 861: 「제호연록 諸好緣錄」.

국문필사본

(제호연록)

【增】 제호연녹 원감소셜 권디예일	박순호[家目]	낙질 1(1: 66f.)
【增】 제호연녹 권디예삼	박순호[家目]	낙질 1(3: 52f.)
【增】 제호연녹 권디십이	박순호[家目]	낙질 1(12: 55f.)
【增】 제호연녹 권지십삼	박순호[家目]	낙질 1(13: 46f.)
【增】 제호연녹 권지십사	박순호[家目]	낙질 1(14: 28f.)
【增】 제호연녹 권디이십칠	박순호[家目]	낙질 1(27: 42f.)
【增】 제호연녹 권디니십팔	박순호[家目]	낙질 1(28: 58f.)
【增】 제호연녹 권지삼십뉵	박순호[家目]	낙질 1(36: 53f.)

◪650.[제환공 齊桓公]

국문활자본

제환공 齊桓公	국중(3634-2-33=4)/ [仁活全](31)	1([著·發]玄公廉, 大昌書院, 1918. 11.3, 70pp.)

650.1. 〈자료〉

Ⅰ. (영인)

　650.1.1. 仁川大民族文化研究所 編.『舊活字本古小說全集』, 31. 銀河出版社, 1984; (再刊) 國際아카데미, 2002. (대창서원판)

【增】 ◖{조기원전}

【增】 국문필사본

【增】 조기원전이라	박순호[家目]	1(25f.)[206]

◖{조대가전}

▶ (조맹행 → 도앵행)[207]

---

206) 「명당경 明堂經」(1f.) 합철.
207) 「조맹행」은 「도앵행」의 誤記이다.

▶(조무전 趙武傳 → 정영저구전)

◑{조부자전}

◪651.[조생원전 趙生員傳 ①] ← 강원조생원전 / 조순일전 / 조씨전 / 조중덕전 / 조한림전

〈이본연구〉

【增】

1) 몇몇의 이본이 전해지고 있는「조생원전」은 이본 간의 평균 면수가 80면 정도이고,「김씨열행록」은 지금까지 알려진 바로는 세창서관에서 구활자본으로 간행 된 것뿐인데, 1행 평균 37자 19행으로 모두 14면의 분량으로 되어 있다. 우선「조생원전」과「김씨열행록」의 경우에 있어서는 전자가 후자보다 선행했음이 분명하다고 생각된다. 이러한 판단은 다음과 같은 몇 가지 사실에 근거한 것이다. 첫째, 작품의 내용면에서「김씨열행록」은「조생원전」의 내용을 줄거리식으로 간략하게 축약하여 그 전반부를 구성하고, 그 위에 새로운 내용이 덧붙여져 있다는 점이다.「조생원[전]」은 「김씨열행록」보다 각 단락별 내용을 더욱 흥미롭고 짜임새 있게 전개시키고 있는 반면,「김씨열행록」은 작품 전반부의 내용을 간략하고 단순화하여 줄거리식의 표현을 보여 준다. …… 둘째, 인물에 대한 표현면에서도「조생원전」이 선행 작품으로 볼 수 있다고 하겠다. 그것은「조생원전」의 경우 등장인물들의 성격 표현에 있어서 고소설의 인물 표현의 특징인 선악의 대조적 표현을 강하게 드러내는 반면,「김씨열행록」에서의 인물 표현은 고소설의 인물의 전형성이 변하고 있으며, 특히 여주인공인 김부인은 고소설의 나약한 주인공이 아니라 적극적이며 현실적인 사고를 가진 인물로 표현되고 있어 후대적 성격을 보인다. 셋째, 갈등의 요인에서 선천적인 요인보다 상황적 요인을 강조한다는 의미에서 볼 때「김씨열행록」이 후대의 작품으로 보여진다. …… 넷째, 사건 해결 방법에서 현실적 해결 방법을 보이고 있는「김씨열행록」을 후대의 작품으로 보는 것이다.「조생원전」은 고소설의 특징 중의 하나인 몽조 해결 과정을 보이는 반면「김씨열행록」은 이미 현실적인 사건 해결 방법에서 벗어나 주인공의 능력으로 사건을 해결하는 현실적 해결 과정을 보인다. 비현실적 해결 과정을 보이는「조생원전」이「김씨열행록」보다 선행 작품으로 볼 수 있는 것이다. …… 세 작품[「조생원전」·「김씨열행록」·「구의산」]의 관계를 [4자 略] 정리해 보면 이들의 관계는 선행 작품인「조생원전」보다「김씨열행록」과「구의산」이 직접적인 상관성을 보이지만, 부분적인 면에서는「조생원전」과 닮아 있는 부분도 있다. 인물 표현이나 사건 전개, 해결 과정은「김씨열행록」의 특징을 많이 따르면서 작품 구성법이나 시부를 찾아 손자가 떠나는 단락 등은「조생원전」을 닮아 있음을 알 수 있다. 세 작품이 지어진 순서는「조생원전」→ 「김씨열행록」→「구의산」의 순서로 볼 수 있고, 작품 간의 직접적인 영향 관계는「김씨열행록」과 「구의산」의 관계가 더 긴밀하여 직접적이라고 할 수 있다(안미을, "「조생원전」의 후대적 변모: 「김씨열행록」·「구의산」과의 비교," 경남대 교육대학원 碩論[1992. 8], pp. 13~19 발췌 인용).

2) 3단계 구조 속에서 세 작품[「조생원전」·「김씨열행록」·「구의산」]은 부분의 차이로 인해 서로 변별성을 갖기도 하는데, 특히「김씨열행록」은 후반부에 '화씨'라는 새로운 인물의 영입과 그에 따른 주도권 갈등을 다시 한 번 반복함으로써「조생원전」이나「성부인전」과 구분된다. 반면「조생원전」과「성부인전」은 서사 구조상 좀더 가까운 이본 관계에 있다고 할 수 있겠다. 하지만 구체적인 내용에 있어서는「성부인전」과「김씨열행록」이 많은 부분 유사성을 보이는데, 「성부인전」은 기존의「조생원전」과「김씨열행록」만을 대상으로 한 두 작품 간의 친연성에

좀더 부드러운 연결고리의 역할을 한다. 시부인 조생원에서 며느리 성부인으로 서술의 초점이 넘어가, 서술 내용이 차츰 며느리의 역할을 비중 있게 다루기 시작하다가 '열행(烈行)'이라는 구체적인 단어를 표제에 붙임으로써 본격적으로 며느리의 행적을 그리게 되는 것이다. 이에 따라서 작품 안에서 사건의 전면에 나서는 며느리의 적극성과 직접성이 조금씩 강도를 더해 가게 된다. 「성부인전」은 서사 구조상 「조생원전」과 가깝지만, 며느리인 성부인과 김씨부인에 초점을 맞추어 볼 때는 「성부인전」과 「김씨열행록」이 더 유사하다. 따라서 「성부인전」은 「조생원전」과 「김씨열행록」의 중간적인 특징을 지니고 있는 작품이라고 이해된다. …… 「조생원전」과 「김씨열행록」을 비교하였을 때 드러나는 현격한 차이를, 「성부인전」이 두 작품의 중간적 성격으로 위치하면서 그러한 차이가 나타나는 이유를 원활하게 설명해 주고 있다. 우선 표제에서 보이는 초점이 되는 인물의 변화, 즉 시아버지에서 며느리로 인물의 비중이 변화되는 과정이 「성부인전」을 거치면서 자연스러운 양상을 보인다. 「조생원전」이라는 표제는 어디까지나 조생원의 집안에서 일어난 계모와 전처 자식 간의 비극이라는 의미가 깊지만, 「성부인전」이나 「김씨열행록」은 며느리인 성부인, 김씨부인이 남편의 억울하고 괴이한 죽음을 풀어 나가는 과정에 의미를 두고 있는 것이다. 이때 성부인과 김씨부인의 모든 행위는 '열행'으로 결말지어진다. 따라서 「조생원전」에서 「김씨열행록」이라는 직접적이고 노골적인 표제가 나타나기 이전에, 「성부인전」이라는 단계를 거쳐 인물 비중의 변화를 피한 뒤에야 비로소 '열행'이라는 행위의 의미를 표제에 붙이게 되었다고 본다면 좀더 자연스러운 변화의 과정이라 할 수 있다(이윤경, "「성부인전」을 통해 본 「조생원전」의 변모양상," 돈암어문학회 편, 『문학적 맥락에서 본 국문학』[2003. 2], p. 299; p. 313).

국문필사본

(조생원전)

	표제	소장처	비고
【增】	조싱원전이라	김광순[筆全](63)	1(경축삼월구일종이라, 56f.)
【增】	趙生員傳	미도민속관[생활사 도록](43)	1(정사팔월닐 二百面 鷄山里)
【增】	조생원전 권지단니라	박순호[家目]	1(庚辰正月, 40f.)
【增】	조생원전	박순호[家目]	1(29f.)
【增】	조생원전	박순호[家目]	1(39f.)
【增】	조할임전이라 조생원전	박순호[家目]	1(강능시옥봉아릭사난ᄉ람 기사 사월길일, 32f.)
【增】	조싱원아달영이전	박순호[家目]	1(大正九年[1920]三月二十四日 필, 35f.)
【增】	조싱원젼지단	박순호[家目]	1(52f.)
【增】	조생원전	여태명[家目](207)	1(28f.)
	趙生員傳	임형택[萍蒼蒼齋 家目]	1(檀紀四二九四年[1961]十二月二十八日, 40f.)
	조싱원전이라	임형택[萍蒼蒼齋 家目]	1(딘정샴연[1914]음十二월초십일, 42f.)
【增】	趙生員傳	정명기[尋是齋 家目]	1208)

【增】 조생원젼	정명기[尋是齋 家目]	1
【增】 조생원젼	정명기[尋是齋 家目]	1
【增】 조생원젼	정명기[尋是齋 家目]	1
【增】 조생원젼	정명기[尋是齋 家目]	1[209]
(조순일전)		
【增】 조순일전이라	박순호[家目]	1(37f.)
【增】 조순일전	박순호[家目]	1(41f.)
【增】 조순일젼가	박순호[家目]	1(43f.)
【增】 조순임젼	박순호[家目]	1(20f.)
조순일전	임형택[莽蒼蒼齋 家目]	1(31f.)
【增】 (조씨전)		
조시전 권지단	박순호[家目]	1(40f.)

651.1. 〈자료〉

Ⅱ. (역주)

「조생원전」

【增】

1) 申海鎭 選註.『朝鮮後期 家庭小說選』. 月印, 2000. (회동서관판)

651.2. 〈연구〉

Ⅱ. (학위논문)

〈석사〉

【增】

1) 구경하. "「조생원전」의 가족형태와 인물연구." 碩論(동아대 교육대학원, 2001. 8).

2) 張祐碩. "활자본 「조생원전」 연구." 碩論(崇實大 大學院, 2005. 2).

◼652.[조생원전 趙生員傳 ②] ← *소부인전 / *소씨전 / *소씨청행록 / *완월루 / *장학사전 / *장한림전 / *천리춘색

국문활자본

【增】 됴생원젼 趙生員傳	박순호[家目]	1(盛文堂書店, 1937.2.20, 55pp.)
죠생원전 古代小說 趙生員傳	국회[目·韓Ⅱ](811.31)/김종철[家目]/대전대[이능우 寄目](1125)	1(申泰三, 世昌書館, 1952/1961, 49pp.)
	/정명기[尋是齋 家目]/조희웅[家目]	
(고딕소셜)조싱원젼 (古代小說)	국중(3634-2-66=5)	1([著]池松旭, 新舊書林·漢城書館, 1917.12.5, 62pp.)

---

208) '조참의전'.

209) 「장화홍련전」과 합철되어 있다.

652.2. 〈연구〉

Ⅲ. (학술지)

【增】

1) 이윤경. "「성부인전」을 통해본 「조생원전」의 변모양상." 『돈암어문학』, 15(돈암어문학회, 2002
   12). 돈암어문학회 편, 『문학적 맥락에서 본 국문학』(국학자료원, 2003. 2)에 재수록.

◆653.[조선개국록 朝鮮開國錄]

国문필사본

(아태조전)

아틔됴전 朝鮮開國錄   임형택[莽蒼蒼齋 家目]   1(辛丑春三月舊谷書, 35f.)

【增】 ◑{조선사록전 朝鮮史錄傳}

【增】 国문필사본

【增】 조선사묵전 朝鮮史錄傳 박순호[家目]   1(丙寅臘月二十日午後一時始
                                               書筆, 강원도삼척하양면강전리
                                               박상기, 병인연이월이십삼일오
                                               전십일시예 종셔, 37f.)

【增】 ▶(조선이태왕실기 朝鮮李太王實記 → 이태왕실기)[210]

▶(조선조국록 朝鮮肇國錄 → 조선개국록)

▶(조선태조대왕전 朝鮮太祖大王傳 → 태조대왕실기)

◑{조수의전 趙繡衣傳}

▶(조순일전 → 조생원전 ①)

◆654.[조슬록 蚤蝨錄] ← 조실록

◑조승상칠자기{趙丞相七子記}

〈관계기록〉

① 『玉所集』(權燮 1671~1759), 雜著 4, '先妣手寫冊子分排記': 先妣贈貞夫人 龍仁李氏 手寫冊子
   中「蘇賢聖錄」大小說 十五冊 付長孫祚應藏于家廟內「趙丞相七子記」·「韓氏三代錄」付我
   弟大諫君 又一件「韓氏三代錄」付我妹黃氏婦「義俠好逑傳」·「三江海錄」一件 付仲房子德
   性「薛氏三代錄」付我女金氏婦 各家子孫 世世善護可也 崇禎紀元後三己巳至月二十五日
   不肖孫燮謹書◉(돌아가신 어머니 증정부인 용인이씨[1652~1712]가 손수 베끼신 책자 중「소현
   성록」대소설 15책은 장손 조응[1705~1765]에게 줄 것이니 가묘 안에 갈무리하고, 「조승상칠자기」·
   「한씨삼대록」은 내 아우 대간군[權瑩 1678~1745]에게 주고, 또 한 건「한씨삼대록」은 여동생
   황씨[黃埴]婦[1681~1743]에게 주고, 「의협호구전」·「삼강해록」한 건은 둘째아들 덕성[1704~1777]
   에게 주고, 「설씨삼대록」은 딸 김씨[金漢房]婦에게 주니, 각 가정의 자손은 대대로 잘 보호하여야

---

210) 『이본목록』에 추가.

할 것이다. 숭정 기원후 세 번째 기사년[1749] 12월 25일 불초자 섭이 삼가 쓰다).

★[[조신 調信]]

〈출전〉『삼국유사』, 3, 塔像, '洛山寺二大聖 觀音 正趣 調信'

1. 〈자료〉

Ⅱ. (역주)

【增】

1) 金俊榮·李月英.『古小說論』. 月印, 2000.

2) 郭正植.『쉽게 읽는 고소설』. 신지서원. 2001.

3) 朴熙秉 標點·校釋.『韓國漢文小說 交合句解』. 소명출판, 2005. (『三國遺事』)

2. 〈연구〉

Ⅱ (학위논문)

〈석사〉

【增】

1) 鄭桂順. "調信說話 研究." 碩論(梨花女大 敎育大學院, 1979. 8).

2) 金成振. "調信說話의 形象化를 통한 李光洙와 金東仁의 對比的 考察." 碩論(全北大 敎育大學院, 1982. 2).

3) 조현우. "몽유 서사의 현실 인식 연구:「조신」·「원생몽유록」·「운영전」을 대상으로" 碩論(서강대 대학원, 2000. 2).

Ⅲ. (학술지)

1) 車溶柱. "「調信」說話의 比較研究."『文化人類學』, 2(문화인류학회, 1969. 11). 국어국문학회 편,『民俗文學研究』(正音社, 1981. 5)에 재수록.

12) 李九義. "「調信傳」의 構成과 그 意味,"『韓民族語文學』, 30(韓民族語文學會, 1996. 12).

13) 吳大赫. "「調信傳」의 구조와 형성배경."『韓國文學研究』, 20(東國大 韓國文學研究所, 1998. 3).

14) 이동근. "「침중기」·「조신전」·「만복사저포기」의 기술 방법 비교 연구."『어문학』, 63(한국어문학회, 1998. 2).『韓國 古典小說과 敍事文學, 下』[陽圃李相澤敎授還曆紀念](集文堂, 1998. 9)에 재수록.

【增】

1) 丁範鎭. "「枕中記」研究: 特히『三國遺事』調信說話와 關聯하여."『大東文化研究』, 2(成均館大 大東文化研究院, 1966. 6).

2) 車溶柱. "「調信」說話 研究."『古小說論考』(啓明大出版部, 1985. 1).

3) 鄭宗大. "檀君神話의 構造分析 試考: 調信說話와의 構造的 換置에 關聯하여."『국어교육』, 55·56合(한국국어교육연구회, 1986. 7).

4) 채용복. "調信構造의 分節的 考察."『어문학』, 49(한국어문학회, 1988. 7).

5) 金光淳. "「調信傳」과「枕中記」에 나타난 꿈의 樣相과 意味志向 研究."『伏賢漢文學』, 7(伏賢漢文學會, 1991. 12).

6) 金光淳. "「調信傳」과「枕中記」의 比較分析的 考察."『慕山學報』, 6(慕山學術研究所,

1994. 6).

7) 李仙眞. "『三國遺事』說話의 비교문학적 고찰: '金現感虎: 申屠澄'과 '調信 : 黃粱夢'을 중심으로."『漢城語文學』, 14(漢城大 國語國文學科, 1995. 5).

8) 유광수. "만남과 깨달음으로 본 '洛山二大聖 觀音·正趣·調信'의 의미."『연세어문학』, 32(연세대 국어국문학과, 2000. 7).

9) 곽정식. "「調信傳」의 갈래 규정."『論文集』, 21:2(慶星大, 2000. 8).

10) 이강엽·이상진. "조신의 꿈, 그 쓸쓸함에 대하여: 「조신몽」."『한국문학 평설 20』(북힐스, 2000. 11).

11) 崔昌錄. "「조신몽(調信夢)」과 환몽소설의 구조분석."『幻夢小說과 꿈이야기』(푸른사상, 2000. 11)

12) 신연우. "『三國遺事』'洛山二大聖 觀音 正趣 調信'條의 분석적 이해."『韓國民俗學』, 33(한국민속학회, 2001. 6).

13) 김필래. "調信說話의 사회사적 의미: 신라 寺院田과의 관련 양상을 중심으로."『漢城語文學』, 21(漢城大 韓國語文學部, 2002. 8).

◪655.[[조신선전 曹神仙傳]] ← 육서조생전

(A) 「조신선전 曹神仙傳」

〈작자〉 丁若鏞(1762-1836)

〈출전〉『與猶堂全書』, 1, 傳

〈관계기록〉

① 「曹神仙傳」, 結尾: 外史氏曰 道家以淸心寡慾 爲飛昇之本 乃曹神仙多慾 猶能不老如此 豈世降俗渝 神仙猶不能免俗耶☯(외사씨가 이르기를, 도가에서는 마음을 맑게 하고 욕심을 없애 버림으로써 승선[211]하는 근본을 삼는다. 그러나 조신선은 욕심이 많음에도 불구하고 오히려 늙지 않기를 이러하니 이 말세가 되자 풍속이 변했은즉 신선도 오히려 속태를 면치 못해 그런 것일까?).

【增】

1) 徐有英[1801-1874],『錦溪筆談』(국립중앙도서관본): 曹神仙者 不知何許人 嘗以冊儈行於世 …… 英宗晩年 忽遍告諸宰及所親曰 某有事 將往嶺南 數年後當還云 仍辭去 未幾以鳳洲綱鑑事 儒生數人被誅 冊儈之在京者 皆被繫 而獨曹神仙 超然得脫☯(조신선이란 인물이 어떤 사람인 줄 알 수 없으나 일찍이 책 장사를 하며 살았다. …… 영조 말년에 그는 갑자기 여러 관장 및 친지들에게 두루 고하기를, "내가 무슨 일이 있어서 이제 영남 지방으로 갔다가 몇 년 후에 돌아오겠다."고 하고는 가 버렸다. 얼마 되지 않아 봉주의 강감의 일로 유생 여러 사람이 죽음을 당할 때 서울에 있던 책 장사들이 모두 연루되어 벌을 받았으나 오직 조신선만은 초연히 화를 벗어났다).

655.A.1. 〈자료〉【訂】 [212]

---

211) 신선이 됨.

Ⅱ. (역주)

【增】

　　1) 신해진. 『朝鮮朝傳系小說』. 월인, 2003.

655.A.2. 〈연구〉[213]

Ⅲ. (학술지)

　　655.A.2.3. 崔俊夏. "茶山 丁若鏞의 「曺神仙傳」 比較考察." 『語文研究』, 25(語文研究會, 1994. 11). "丁若鏞의 「曺神仙傳」과 張志淵의 「曺生」"으로 『韓國 實學派 私傳의 硏究』(이회, 2001. 3)에 재수록.

(B) 「육서조생전　鬻書曺生傳」
〈작자〉 趙秀三(1762-1849)
〈출전〉 『秋齋集』, 8, 傳

(C) 「조신선전　曺神仙傳」
〈작자〉 趙熙龍(1797-1859)
〈출전〉 『壺山外史』

▶(조실록 → 조슬록)
【增】◐{조씨보은록}

　　【增】〈관계기록〉

　　　1) 『[가람]칙목녹』(奎章閣所藏): 「됴시보은녹」 공이.

◨656.[조씨삼대록　曹氏三代錄][214]

〈관계기록〉

　　① 「명주옥연기합록」, 6: 현쇼졔 인하여 머므러 효봉 구고하고 승슌 군자하며 화우 자매하니 구괴 애즁하고 공재 즁대하며 비복이 츄앙하니 조각노의 오즈 삼녀 남혼 녀가흔 긔묘지셜과 조공즈의 미혜쇼져로 금슬 화락ᄒ여 유즈 싱녀ᄒ고 부귀 극ᄒ던 ᄉ연이 「조시삼딕록」의 잇기로 ᄎ젼의 번다 불긔라.

　　② 「第一奇諺」(洪羲福 1794-1859), 序: 녁대 연의에 뉴ᄂᆫ 임의 진셔로 번역흔 빈니 말슴을 고쳐 보기의 쉽기를 취흘 ᄲᅮᆫ이요 그 ᄉ실은 흔ᄀ지여니와 그 밧 「뉴시삼대록」·「미소명힝」·「조시삼대록」·「츙효명감녹」·「옥원직합」·「님화경연」·「구릭공츙녈긔」·「곽쟝냥문록」·「화산션계록」·「명힝졍의록」·「옥닌몽」·「벽허담」·「완월회딩」·「명쥬보월빙」 모든 쇼셜이 슈삼십 죵의 권질이 호대ᄒ야 혹 빅 권이 넘으며 쇼불하 슈십 권에 니르고 그 남아 십여 권 슈삼 권식 되ᄂᆫ 수오십 종의 지ᄂᆞ니……　.

　　③ 「현몽쌍룡기」, 14: 일월ᄀᆺ치 총명키ᄂᆫ 이현의게 불급하니 송조의 이현 선생의 말은 「조시삼딕셜」

---

212) 『문헌정보』 「조신선전」 [A]의 <자료>항 Ⅰ. (영인); Ⅱ (역주); Ⅲ. (활자)에 있는 '「조신선전」(정약용)'을 모두 삭제.

213) 동상 <연구>항 Ⅲ. (학술지)에 있는 '「조신선전」(정약용)'을 삭제.

214) 「현몽쌍룡기」의 속작이다.

의 희비히 잇ᄂ니라.

④ 동상, 18: 초공 진왕이 졸흔 후 연손이 깁히 싱각ᄒ샤 문하시랑 소문슈를 명ᄒ야 일청 이현을 위ᄒ야 문집 일긔를 지어 드리라 하야 보시고 뎐을 지어 주시며 못ᄂ 싱각ᄒ시니 ᄾ후 유영이 더욱 빗나고 조시 ᄉ뎍이 번화 기이한 곳이 만키로 대강 긔록ᄒᄂ니 ᄌ손의 셜화를 보고ᄌ 하거든 「조시삼ᄃ록」을 ᄎ즐지어다.

⑤ 『諺文古詩』(가람본), '언문칙목녹', 13: 「죠시슴ᄃ록」.

⑥ Courant, 904: 「조시삼ᄃ록 曹氏三代錄」.

〈줄거리〉

後尾(성현경, "「조씨삼대록 曹氏三代錄」,"『한국민족문화대백과사전』, 28[1995], p. 463).

▶(조씨전 趙氏傳 → 조생원전 ①)
◐{조씨후대록 曹氏後代錄}

〈관계기록〉

① 「조씨삼대록」, 36: 공쥐 년ᄒ여 뉵ᄌ 이녀를 싱ᄒ고 화시 ᄉᄌ를 나흐니 부마의게 십ᄌ 일녜 이시되 개개히 긔이ᄒ고 한시 칠ᄌ 삼녀와 기여 부인이 각각 ᄌ녀를 두어 쏘흔 이십ᄌ와 뉵녜 이시니 「조시후대록」이 니어 니믄 이인의 ᄌ녜 민멸ᄒ믈 앗기미라.

② 동상, 십ᄌ일녀의 난옥 갓튼 긔질이 개개히 츌어범뉴ᄒ여 이러므로 「조시후셰록」이 이셔 명윤 명쳔의 ᄌ녀를 민멸치 아니미라.

③ 「현몽쌍룡기」, 18: 양닌광이 비록 소시에 호싀 방탕ᄒ나 맛츰ᄂ 정도를 어더 입신 양명에 남면 왕작을 밧아 부귀 극진ᄒ야 양시 후ᄉ를 창대ᄒ고 그 아비 누힝을 삐ᄾ며 조시 월염으로 젹거 부뷔 되여 허다 풍파를 격역흔 셜홰 간간이 「조시후록」에 참예ᄒ고 ……

◪657.[[조완벽전 趙完璧傳]]

[A] 「조완벽전 趙完璧傳」

〈작자〉鄭士信(1558~1619)

〈출전〉『梅窓集』

[B] 「조완벽전 趙完璧215)傳」

〈작자〉李晬光(1563~1628)

〈출전〉『芝峯集』, 23

657.B.2.〈연구〉

【增】Ⅲ. (학술지)

1) 佐藤茂教. "『芝峰集』趙完璧傳을 中心으로."『自由』, 64(自由社, 1977. 9).

◪658.[조웅전 趙雄傳] ← 조원수전

〈관계기록〉

---

215)『문헌정보』수정.

① 「壬辰錄」(韓國精神文化硏究院 所藏), 序: 古談之播在閭巷 與「蘇大成」·「趙雄」·「洪吉同」·「田
羽致」諸傳者 只以一人事跡 鈒成諺書 以媚雌文者之愚眼 則或奇或誕 無過爲剪燈一語◐(여
항에 널리 전하고 있는 「소대성전」·「조웅전」·「홍길동전」·「전우치전」 따위는 오로지 한 사람의
영웅적 인물의 어려운 사적을 기록한 것이어서 언문을 알 뿐인 어리석은 사람을 만족시킬
뿐이어서 혹 기이하거나 혹 허탄하여 촛불 앞에서 읽는 한낱 이야깃거리에 지나지 않는다).
② 『諺文古詩』(가람본), '언문칙목녹', 156: 「죠웅전」.
③ Courant, 801: 「됴웅전 趙雄傳」.
④ 「思弟歌」: 忘懷나 하려 하고 옛책을 읽어 보니 「趙雄傳」·「風雲傳」 슬프고 장하도다
「張伯傳」·「鳳凰傳」 眞言인가 虛說인가 「謝氏傳」·「淑香傳」 구비구비 奇談일세.

〈이본연구〉

【增】

1) 방각본[「조웅전」]의 경우, 완판은 모두 上, 二, 三의 세 책으로 이루어져 있는 특색을 보이며,
104장본, 88장본, 89장본 등으로 그 분량이 길다는 특색을 보인다. 경판의 경우는 30장본, 20장본,
17장본 등이 있는데, 완판본에 비해 많이 축약되어 있음을 확인할 수 있다. 특히 경판본은
완판본에서 자주 보이는 삽입 시가가 누락되어 있으며, 군담 부분이 확연히 축약되어 있으며,
후반부의 처리 방식 역시 다르게 되어 있다는 특징을 보인다. 하버드본 「조웅전」은 비록 필사본이
지만 완판 104장본을 底本으로 하여 필사되었다고 추정을 할 수 있다. 우선 分卷의 체제로
上, 二로 한 것만 보아도 완판본과 유사점이 인정되며, 자구까지 거의 일치하고 있음을 확인할
수 있다(송성욱, "「조웅전」," 李相澤 외 3인 엮음, 『고전소설의 기초 연구』[2001. 10], p. 215).

국문필사본

(조웅전)

됴웅전	계명대[古綜目](고811.35조웅전)	1(乙卯)
됴웅전	계명대[古綜目](고811.35조웅)	낙질 1(3: 癸亥)
【增】 됴웅전	계명대[古綜目](고811.35조웅전)	1
【增】 조웅전	계명대[古綜目](고811.35조웅저)	1
【增】 조웅전	계명대[古綜目](고811.35조웅전)	1
【增】 조웅전	계명대[古綜目](이811.35조웅전)	1
【增】 됴웅전 이권	김광순[筆全](65)	낙질 1(권2: 을수정월염구일니쇼 제단촉ᄒ노라 칙쥬의귀쳔민원 쎡이라, 38f.)
【增】 趙雄傳 第參終	김광순[筆全](65)	낙질 1(권3: 칙쥬귀쳔민원쎡이라, 경슐유월망일의결칙하노라, 38f.)[216]
【增】 조웅전 권지하	김광순[筆全](65)	낙질 1(하: 전후 밑면 훼손, 76f.)
【增】 죠웅전 습권이라	김광순[筆全](66)	낙질 1(3: 68f.)

---

216) 필체 및 필사기(冊主)로 미루어 윗책의 續冊으로 생각된다.

【增】 죠웅젼 니권이라	김광순[筆全](66)	낙질 1(2: 말미 낙장 58f.)
【增】 죠웅젼	김광순[筆全](66)	1(전후 낙장 17f.)
【增】 됴웅전	김종철[家目]	1(상하, 甲子 二月, 81f.)
【增】 조웅전	김종철[家目]	1(87f.)
【增】 죠웅젼	김종철[家目]	2(상: 51f.; 하: 69f.)
【增】 죠웅젼 권지초	김종철[家目]	낙질 1(상권: 大正四年[1915], 63f.)
【增】 조웅전	綠雨堂[古文獻]	1(丁酉元月日)
【增】 趙雄傳 上下卷	미도민속관[생활사 도록](41)	1(謄書于泉谷金炯珣宅)
【增】 趙雄傳	미도민속관[생활사 도록](42)	1
【增】 조웅전 권지니라	박순호[家目]	낙질 1(2: 29f.)
【增】 조웅전 권지상	박순호[家目]	낙질 1(상; 97f.)
【增】 조웅전 상권	박순호[家目]	낙질 1(상: 28f.)
【增】 조웅전 상하趙雄傳 上下	박순호[家目]	1(丙辰臘, 36f.)
【增】 조웅전 趙雄傳	박순호[家目]	1(壬子二月初日, 31f.)
【增】 조웅전 하	박순호[家目]	1(60f.)
【增】 됴웅젼 권상이라	박순호[家目]	1(41f.)
【增】 됴웅젼 권지일이라	박순호[家目]	낙질 1(25f.)
【增】 됴웅젼초	박순호[家目]	1(긔유연十一月二十日, 칙쥬 趙 셩슉이 자필이라, 29f.)
【增】 됴웅젼 권삼이라	박순호[家目]	낙질 1(중: 丁巳年, 26f.)
【增】 됴웅젼 권이라	박순호[家目]	낙질 1(2: 31f.)
【增】 됴웅젼 권이라	박순호[家目]	낙질 1(2: 87f.)
【增】 됴웅젼 권지단	박순호[家目]	1(119f.)
【增】 됴웅젼 권지삼	박순호[家目]	1(29f.)
【增】 됴웅젼 권지상/ 권지이/권지삼이라	박순호[家目]	1(상: 녕남각슈의 박이력·셔봉운, 秋七旣望開板, 丁巳季秋開板, 27f.; 2: 24f.; 3: 同治九年赤?秋七月開板, 24f.)
【增】 됴웅젼 권지상이라	박순호[家目]	낙질 1(상: 冊主秋聲鐸이라, 88f.)
【增】 됴웅젼 권지이니라	박순호[家目]	낙질 1(2: 光武十一年[1907]丁未二月日畢謄, 88f.)
【增】 됴웅젼 권지이라	박순호[家目]	1(41f.)
【增】 됴웅젼 권지초	박순호[家目]	1(46f.)
【增】 됴웅젼 권지하라	박순호[家目]	낙질 1(하: 61f.)
【增】 됴웅젼 권지하라	박순호[家目]	낙질 1(하: 기유납월등서, 38f.)
【增】 됴웅젼 상이라	박순호[家目]	낙질 1(상: 41f.)
【增】 됴웅젼 상즁ᄒ 삼권이라	박순호[家目]	1(57f.)
【增】 됴웅젼	박순호[家目]	1(53f.)

【增】 됴웅전	박순호[家目]	1(辛亥三月初三日筆終, 84f.)
【增】 됴웅전	박순호[家目]	1(冊主 杏亭李, 낙장 202f.)
【增】 됴웅전	박순호[家目]	1(칙쥬장슈군은쳑면문암이이빅십칠번지 남싱원젹, 119f.)
【增】 됴웅전상이라	박순호[家目]	낙질 1(상: 大正七年陰丁巳十二月十二日始, 명수십이월십일에 시작ᄒ야 을연무오이월이월효수일죵이라, 칙쥬의 괴촌배달우라, 88f.)
【增】 조웅전	박순호[家目]	1(甲寅五月十七日, 50f.)
【增】 조웅전	박순호[家目]	1(경오연이월초삼일의등서ᄒ오, 낙장 44f.)217)
【增】 조웅전 권니라	박순호[家目]	낙질 1(2: 을히납월일, 32f.)
【增】 조웅전 권지듕이라	박순호[家目]	1(57f.)
【增】 조웅전 권지삼이라	박순호[家目]	낙질 1(3: 甲寅七月十五日, 19f.)
【增】 조웅전 권지싱	박순호[家目]	낙질 1(상: 50f.)
【增】 조웅전 상	박순호[家目]	1(상: 丙辰四月, 남션면빅일동52, 칙쥬의 허동즈, 52f.)
【增】 조웅전	박순호[家目]	1(乙亥蜡月一日加衣, 42f.)
【增】 조웅젼이라	박순호[家目]	1(22f.)
【增】 죠웅전 권지상이라 趙雄傳三卷合部	박순호[家目]	1(무술구월일이라, 두문동칠십니인의쇼작이라, 戊戌九月初四日始 十六日終, 100f.)
【增】 죠웅전	박순호[家目]	1(44f.)
【增】 죠웅전 권이	박순호[家目]	낙질 1(2: 光緖十五年正月初六日, 36f.)
【增】 죠웅전 권지상이라	박순호[家目]	1(34f.)
【增】 죠웅전 권지일	박순호[家目]	낙질 1(1: 복이 戊申生 동지月初七日유싱, 31f.)
【增】 죠웅전 권지일이라	박순호[家目]	낙질 1(1: 무진이월초팔닐, 74f.)
【增】 죠웅전 상	박순호[家目]	낙질 1(상: 임인이월의신셔우신 암셔지라 壬寅六月日謄于新巖精舍, 41f.)
【增】 죠웅전	박순호[家目]	1(132f.)
【增】 종웅전 권지단니라	박순호[家目]	1(壬申十二月日, 33f.)
【增】 조웅전	성대(D07B-0041a)	1(1913)
【增】 조웅전	성대(D07B-0041b)	1(1913)

---

217) 3f. 낙장. 簡牘 합철.

【增】 조웅전	성대(D07B-0041e)	1(1920경)	
【增】 조웅전	성대(D07B-0041f)	1(1930경)	
【增】 됴웅전 권지상	여태명[家目](10)	낙질 1(상: 기묘사월이십일, 53f.)	
【增】 죠웅전	여태명[家目](15)	1(86f.)	
【增】 조웅전	여태명[家目](82)	1(42f.)	
【增】 조웅가 권지하	여태명[家目](154)	1(乙巳二月初一日, 64f.)	
【增】 조웅전	여태명[家目](169)	1(57f.)	
【增】 조웅전	여태명[家目](211)	1(70f.)	
【增】 됴웅전니라	여태명[家目](324)	1(乙丑季冬念三日 蘇野九曲村, 33f.)	
【增】 종웅전	여태명[家目](336)	1(28f.)	
【增】 죠웅전	여태명[家目](400)	1(142f.)	
【增】 조웅전	여태명[家目](428)	1(갑자지월이십일가의, 116f.)	
【增】 趙雄傳	정명기[尋是齋 家目]	1(권1)	
【增】 조웅전	정명기[尋是齋 家目]	1(권2)	
【增】 조웅전	정명기[尋是齋 家目]	1(권3)	
【增】 조웅전	정명기[尋是齋 家目]	1	
【增】 조웅젼	정명기[尋是齋 家目]	낙질 1(권2)	
【增】 조웅젼	정명기[尋是齋 家目]	3-1	
【增】 조웅젼	정명기[尋是齋 家目]	2-1	
【增】 조웅젼	정명기[尋是齋 家目]	1(낙장)	
【增】 죠웅젼	정명기[尋是齋 家目]	1	
【增】 趙雄傳	홍윤표[家目]	1(丁巳二月二十一日, 52f.)	
【增】 됴웅전	홍윤표[家目]	1(국한문 혼용, 필역은 을히 졍월 초사일이라, 이 칙 등셔한 스람은 승남 겨하난 최시만이라, 이 칙쥬인은 지니 겨한난 젼셩원이라, 174f.)	

국문완판본

됴웅전	계명대[古綜目] (고811.35조웅)	3-1(1911)	
【增】 됴웅전	김종철[家目]	3-1(상: 계유초동완셔듕간; 하: 을묘맹추완서신간; 81f.)	
【增】 됴웅전 상하	박순호[家目]	1(녁남각슈 박이력·셔봉운, 2: 33f.)	
【增】 됴웅전 권지일	박순호[家目]	낙질 1(광셔십구연계ㅅ[1893]오월일 봉셩신간이라, 95f.)	
【增】 됴웅전 권지상이라	박순호[家目]	2(상: 己亥元月二十日, 31f; 2: 무	

942 · 고전소설 연구보정

/권지이		술중추완산판, 61)
【增】 됴웅전 상이라/권지이라/조웅전 권지삼니라	박순회[家目]	3(상: 壬子元月日 完山新刊 壬辰, 33f.; 2: 33f.; 3: 임진완산신판이라, 32f.)
【增】 됴웅전 상이라/권지이라/죠웅전 권지삼이라	박순회[家目]	3(상: 33f.; 2: 32f.; 3: 大正五年[1916]十月八日 發行 多佳書舖 梁珍泰, 22f.)
【增】 됴웅전 상이라/권지이라/권지삼	박순회[家目]	3(상: 31f.; 2: 29f.; 3: 무술중추 완산신판, 34f.)
【增】 됴웅전 상이라/권지이라/권지삼이라	박순회[家目]	3(상: 31f.; 2: 30f.; 3: 35f.)
【增】 됴웅전 권지상이라/권지이라/조웅전 권지삼이라	박순회[家目]	3(됴웅전 上中下合編, 河掌議宅, 상: 30f.; 2: 30f.; 3: 32f.)
【增】 됴웅전 권상이라/권지이라/조웅전 권지삼이라	박순회[家目]	3(상: 30f.; 2: 30f.; 3: 29f.)
【增】 됴웅전 샹이라/권지이라/죠웅전 권지삼이라	박순회[家目]	3(상: 光武七年癸卯[1903]夏 完山北門內重刊, 33f.; 2: 33f.; 3: 31f.)
【增】 됴웅전 샹이라/권지이라/죠웅전 권지삼이라	박순회[家目]	3(상: 33f.; 2: 33f.; 3: 27f.)
【增】 됴웅전 권지상이라/권지이종/권지삼이라	박순회[家目]	3(상: 31f.; 2: 30f.; 3: 무술중추 완산신판, 35f.)
【增】 됴웅전 상이라/권지이라/죠웅전 권지삼이라	박순회[家目]	3(상: 33f.; 2: 33f.; 3: 35f.)
【增】 됴웅전 권상이라/권지이라/조웅전 권지삼이라	박순회[家目]	3(상: 30f.; 2: 30f.; 3: 28f.)
【增】 됴웅전 권상이라/권지이라/조웅전 권지삼이라	박순회[家目]	3(상: 30f.; 2: 30f.; 3: 30f.)
【增】 됴웅전 권상이라/상ᄒ 권지이라	박순회[家目]	3(상: 28f.; 2: 29f.; 3: 무술중추 완산신판, 35f.)
【增】 됴웅전 권지일리라/권이라/죠웅전 권삼이라	박순회[家目]	3(상: 30f.; 2: 30f.; 3: 戊戌季冬完南新刊, 23f.)
【增】 됴웅전 권지일리라/권지이 종/권지삼이라	박순회[家目]	3(상: 31f.; 2: 30f.; 3: 무술중추 완산신판, 35f.)
【增】 됴웅전 권상이라/권지이라/조웅전 권지삼이라	박순회[家目]	3(상: 30f.; 2: 30f.; 3: 32f.)
【增】 됴웅전 상이라/권지이라/조웅전 권지삼이라	박순회[家目]	3(상: 32f.; 2: 己酉仲秋完山開刊, 30f.; 3: 낙장 29f.)
【增】 됴웅전 권상이라/권지이라/조웅전	박순회[家目]	3(상: 33f.[218]; 2: 33f.; 3: 37f.)

---

218) 첫장 훼손.

권지삼이라

【增】 됴웅전 권상이라/권지이라/조웅전　박순호[家目]　3(상: 30f.; 2: 30f.; 3: 29f.[219])
　　　권지삼이라

【增】 됴웅전 권지상이라/권지이라　박순호[家目]　3(상: 完山新刊 壬辰, 33f.; 2: 33f.;
　　　/죠웅전 권지삼니라　　　　　　　　　　　3: 임진완산신판이라, 32f.)[220]

【增】 됴웅전 샹이라/권지이라　　박순호[家目]　3(상: 光武七年癸卯[1903]夏 完山
　　　/죠웅전 권지삼이라　　　　　　　　　　　北門內重刊, 33f.; 2: 33f.; 3: 녁남
　　　　　　　　　　　　　　　　　　　　　　　각슈의 박이력·서봉운, 31f.)

【增】 됴웅전 샹이라/권지이라　　박순호[家目]　3(상: 33f.; 2: 33f.; 3: 38f.)
　　　/죠웅전 권지삼니라

【增】 됴웅전 상이라/권지이라　　박순호[家目]　3(상: 丙午孟春完山開刊, 32f.; 2:
　　　/조웅전 권지삼니라　　　　　　　　　　　己酉仲秋完山改刊, 30f.; 3: 임진
　　　　　　　　　　　　　　　　　　　　　　　완산신판이라, 32f.)

【增】 됴웅전 권지일이라/권지이라　박순호[家目]　3(상: 30f.; 2: 26f.; 3: 戊戌季冬完南
　　　/죠웅전 권삼니라　　　　　　　　　　　　新刊, 24f.)

【增】 됴웅전 권상이라/권지이라　　박순호[家目]　3(상: 32f.; 2: 30f.; 3: 32f.)
　　　/권지삼니라

【增】 됴웅전 권상이라/권지이라　　박순호[家目]　3(상: 3?f.; 2: 30f.; 3: 32f.)
　　　/조웅전 권지삼니라

【增】 됴웅전 권지상이라/권지이라　박순호[家目]　3(상: 30f.; 2: 30f.; 3: 29f.)
　　　/조웅전 권지삼니라

【增】 조웅전 권지삼이라　　　　　박순호[家目]　낙질 1(3: 임진완산신판이라, 31f.)

【增】 조웅전 권지상이라　　　　　박순호[家目]　3(상: 30f.; 2: 30f.[221]; 3: 낙장 15f.)
　　　/권지이라/죠웅전 권지삼이라

【增】 죠웅전 상하권　　　　　　　박순호[家目]　1(104f.)

【增】 됴웅전 권지일/권지이/권지삼　박순호[家目]　3(일봉셩[222])신간이라, 1: 95f.; 2:
　　　　　　　　　　　　　　　　　　　　　　　36f.; 3: 22f.)

【增】 趙雄傳　　　　　　　　　　서강대(고서 조67)　3-1

【增】 됴웅전 권지이라　　　　　　여태명[家目](69)　낙질 1(2: 甲子正月日發文, 60f.)

【增】 됴웅전 권지이라　　　　　　여태명[家目](70)　낙질 1(2: 83f.)

【增】 됴웅전　　　　　　　　　　여태명[家目](116)　3-1(99f.)

【增】 조웅전　　　　　　　　　　여태명[家目](159)　3-1(임진완산신판, 99f.)

【增】 趙雄傳　　　　　　　　　　여태명[家目](230)　1(91f.)

---

219) 끝 1장 낙장.
220) 동일판으로 여겨지는 이본을 2종 소장하고 있다. 그 중 하나는 권 상의 끝 3장이 낙장되었고, 다른
　　 하나는 권3이 낙장되어 29장이다.
221) 처음 한 장 낙장.
222) 전북 전주시 이서면.

【增】 죠웅젼 샹/즁/하	여태명[家目](393)	3-1(88f.)
【增】 趙雄傳	여태명[家目](398)	3-1(임진완산신판, 趙南舜 , 98f.)
【增】 조웅전	여태명[家目](403)	1(88f.)
【增】 (됴웅젼 샹/이/삼)	이태영[家目]	3-1(상: 完山新刊壬辰, 33f.; 이: 33f.; 三: 31f.)
【增】 됴웅젼권샹이라 됴웅젼 승지권	이태영[家目]	낙질 1
【增】 됴웅젼샹이라/권지이라 /조웅젼권지삼이라	이태영[家目]	3-1(상: 丙午孟春完山開刊, 32 ㄹ. ; 이: 己酉仲秋完山改刊, 30ㄹ.; 삼: 임진완산신판이라, 29f.)
【增】 됴웅젼샹이라/권지이라 /조웅젼권지삼이라	이태영[家目]	3-1(상: 33f; 이: 33f; 하: 낙장 21f. 223))
【增】 됴웅젼샹이라/권지이라 /조웅젼권지삼이라	이태영[家目]	3-1(상: 光武七年[1903]癸卯夏完山北門內重刊, 33f.; 이: 33f.; 삼: 癸卯[1903]孟秋完山重刊, 29f.)
【增】 됴웅젼샹이라/권지이라 /죠웅젼권지삼이라 趙雄傳	이태영[家目] 山北門內重刊, 33f.; 이: 33f.; 삼:	3-1(상: 光武七年[1903]癸卯夏完癸卯[1903]孟秋完山重刊, 29f.)
【增】 趙雄傳	이태영[家目]	3-1(상: 完山新刊壬辰, 33f.; 이: 33f.; 三: 임진완산신판이라, 낙장 31f.224)
됴웅젼이라 趙雄傳	임형택[莽蒼蒼齋 家目]	3-1(1: 丙午孟春完山開刊, 32f.; 2: 33f; 3: 임진완산신판이라, 32f)(243)
【增】 됴웅젼	임형택[莽蒼蒼齋 家目]	3-3(癸丑[1913]賣于西京, 1: 30f.; 2: 30f.; 3: 32f.)
됴웅젼	임형택[莽蒼蒼齋 家目]	낙질 1(낙장)
【增】 됴웅젼	홍윤표[家目]	낙질 2(2: 30f.; 3: 30f.)
【增】 됴웅젼	홍윤표[家目]	3(1: 30f; 2: 30f.; 3: 30f.)

국문판각본

됴웅젼	계명대[古綜目](의811.35.됴웅젼)	1
【增】 죠웅젼	성대(D07B-0041c)	1(1910경)
【增】 조웅전	성대(D07B-0041d)	1(1892)
【增】 됴웅젼 상이라	여태명[家目](61)	1(甲子元月十一日, 86f.)
【增】 조웅전	여태명[家目](262)	1(53f.)

---

223) 마지막 한 장 낙장.
224) 상권은 제1~7쪽 낙장, 삼권은 제31쪽부터 낙장.

국문활자본

【削】 됴웅전	[『圖書分類目錄』(1921 改正)]	1(京城書籍業組合)
됴웅전 권지상/권지중/권지하	국중(3634-2-75=7)<재판>	3-1([著·發]洪淳泌, 京城書籍業組合, 초판 1925.10.30; 재판 1926.12.20, 104pp.)
【增】 됴웅전	[李:古硏, 299]	1(京城書籍業組合, 1917; 7판 1920, 89pp.)
됴웅전 권지상/권지중/권지하	국중(3634-2-75=4)<재판>	3-1([著·發]姜殷馨, 大成書林, 초판 1928.10.18; 재판 1929.12.28, 94pp.)
조웅전	조희웅[家目]/[대조 2]	1(大造社, 1959, 90pp.)
됴웅전 권지상/권지중/권지하	국중(3634-2-75=3)	3-1([著·發]玄公廉, 大昌書院, 1920.12.30, 89pp.)
됴웅전 권지상/권지중/권지하	국중(3634-2-95=7)<재판>	3-1([著·發]玄公廉, 大昌書院·普及書館, 초판 1920.12.27; 재판 1922.12.28, 89pp.)(244)
됴웅전 권지상/권지중/권지하	국중(3634-2-75=1)<9판>	3-1([著·發]金東縉, 大昌書院·德興書林·博文書舘, 1916.2.25; 9판 1922.1.9, 104pp.)
됴웅전 권지일/권지이/권지삼 趙雄傳	국중(3634-2-95=2)<초판>/국중(3634-2-95=3)<재판>/국중(3634-2-24=6)<3판>//여승구[『古書通信』, 15(1999. 9)]/吳漢根[藏目]	3-1([編·發]金東縉, 德興書林, 초판 1914.1.28; 재판 1915.3.10; 3판 1916.1.5, 1: 38pp.; 2: 39pp.; 3: 45pp.)
됴웅전 권지상/권지중/권지하	국중(3634-2-95=8)<10판>/박순호[家目]	3-1([編·發]金東縉, 德興書林·博文書舘, 초판 1914.1.28; 10판 1923.12.25, 104pp.)
(고대소설)됴웅전 (古代小說)趙雄傳	국중(3634-2-76=1)<5판>	1([編·發]金東縉[225], 德興書林·漢城書舘·新舊書林, 5판 1917.11.6, 114pp.)
됴웅전	국중(3634-2-24=6)/이수봉[家目]/	1([編·發]盧益亨, 博文書舘, 1916.11.27, 114pp.)
됴웅전 권지상/권지중/권지하	국중(3634-2-24=4)<재판>	1([編·發]盧益亨, 博文書舘, 초판 1916.2.25; 재판 1921.2.21, 104pp.)
【削】 조웅전	[李書:古硏, 299]	1(書籍業組合, 1917; 7판 1920, 89pp.)
【削】 조웅전	[李書:古硏, 2]	1(書籍業組合, 초판 1925; 재판

---

225) 본문 첫머리에 표제에 이어 '박문셔관 편집부 편찬'이라 되어 있다.

		1926, 104pp.)
됴웅전 권지상/권지즁 /권지하 古代小說 趙雄傳 上中下合編	국중(3634-2-95=6)<1923> /국중(3634-2-95=5)<1933>/ 국회[目·韓II](811.31)/[仁活全] (31)[226]<1962>	1([編·發]申泰三, 世昌書舘, 1923, 104pp.; 1933.9.20, 79pp.; 1962, 93 pp.; 1964.11.30, 75pp.)
【削】 조웅전 됴웅전 (古代小說) 趙雄傳 上中下合編 죠웅젼 趙雄傳	[李:古硏, 299] 박순호[家目]/홍윤표[家目] 대전대[이능우 寄目](1928) /조희웅[家目]	1(世昌書舘, 1933, 79pp.) 1([著·發]姜槿馨, 永和出版社, 195 8.10.20, 93pp.) 1(上中下合編, [著·發]姜夏馨, 太華書舘, 1928. 10. 18, 79pp.)[246]

658.1. 〈자료〉

Ⅰ. (영인)

658.1.4. 仁川大民族文化研究所 編.『舊活字本古小說全集』, 31. 銀河出版社, 1984; (再刊) 國際아카데미, 2002. (세창서관판)

658.2. 〈연구〉

Ⅱ. (학위논문)

〈석사〉

【增】

1) 정소향. "「조웅전」의 소외구조 연구." 碩論(부산대 교육대학원, 2000. 8).

2) 이지영. "「조웅전」 도움 구조의 수용미학적 접근." 碩論(부산대 교육대학원, 2003. 2).

3) 윤경미. "군담소설에 나타난 '고난극복과정' 연구: 「조웅전」·「유충렬전」을 중심으로" 碩論(수원대 대학원, 2003. 8).

Ⅲ. (학술지)

658.2.12. 沈慶昊. "「趙雄傳」."『韓國古典小說作品論』[玩巖金鎭世先生回甲紀念論文集](集文堂, 1990. 10). '「조웅전」의 글짜기 방식'으로『국문학 연구와 문헌학』(태학사, 2002.2)에 재수록.

658.2.20. 박일용. "「조웅전」의 구성 및 문체적 특성과 소설사적 위상: 「유충렬전」과의 대비를 중심으로."『古小說硏究論叢』[茶谷李樹鳳先生停年紀念](景仁文化社, 1994. 2).『영웅소설의 소설사적 변주』(월인, 2003. 4)에 재수록.

658.2.25. 이창헌. "京板 坊刻小說 「조웅전」 板本硏究."『古小說硏究』, 7(韓國古小說學會, 1999. 6). "경판 「조웅전」의 판본 변모"로『이야기문학 연구』(보고사, 2005. 4)에 재수록.

【增】

1) 김경남. "군담소설의 전쟁 소재와 욕망의 관련 양상: 「소대성전」·「장풍운전」·「조웅전」을 중심으로."『建國語文學』, 21·22(建國大 國語國文學研究會, 1997. 9).

---

226) 판권지는 없으나, 영인본 목차에 '세창서관'판으로 되어 있다.

2) 윤경수. "「조웅전」의 신화적 수용 양상."『漢城語文學』, 19(漢城大 國語國文學科, 2000. 7).

3) 이강엽·이상진. "영웅의 힘과 사랑:「조웅전」."『한국문학 평설 20』(북힐스, 2000. 11).

4) 宋晟旭. "「조웅전」." 李相澤·朴熙秉·林治均·宋晟旭 엮음,『고전소설의 기초 연구』(태학사, 2002. 10).

▶(조원수전 趙元帥傳 → 조웅전)

◑{조유성전 曺幽成傳}

◪659.[조일선전]

▶(조자룡전 趙子龍傳 → 산양대전)

▶(조자룡실기 趙子龍實記 → 산양대전)

▶(조중덕전 趙重德傳 → 조생원전 ①)

　【增】◑{조진사전}

　　【增】　국문필사본

　　【增】조진사전 권지라　　　　　　　박순호[家目]　　　　　　　1(36f.)

◪660.[조창전 曹彰傳]

◪661.[조충의전 趙忠毅傳]

◑{조태경전 趙泰景傳}

▶(조한림전 趙翰林傳 → 조생원전 ①)

◑{종갈양문록}227)

　〈관계기록〉

　　①「금향정기」結尾(서울대 소장; 동양문고 소장): 평북공 자녀 구남매의 희비흔 셜화는 「종갈양문녹」의 긔록ㅎ엿기로 그만 그치노라.228)

▶(종경기전 鍾景期傳 → 금향정기)

▶(종성전 → 금향정기)229)

　　【削】　국문필사본
　　【削】종경긔전 권지상/권지하　　　사재동[家目](0360-0361)　　　2(상: 41f.; 하: 35f.)
　　【削】종경긔전 단　　　　　　　　　서대석[家目]　　　　　　　　1(91f.)

◪662.[종옥전 鍾玉傳]

---

227)「금향정기」의 속편인 듯하나 미발견이다.

228) 이 기록으로 미루어 후편이 있는 듯하다.

229) 유춘동, "성균관대 소장 「종성전」 소개,"『東方古典文學硏究』, 5(2003. 12)에 의하여, 이 「종성전」은 주인공 '종싱'을 '종셩'으로 오기한 데 기인한 것이며,「금향정기」의 이본임이 밝혀졌다. 따라서『이본목록』에 있던 이본 사항을 「금향정기」항으로 옮겼다.

〈작자〉 睦台林(1782-1840)

〈관계기록〉

①「鍾玉傳」, 序: 余於嘉慶癸亥秋 讀書於臥龍山山菴 客有來 言鍾玉說者 其說荒而雜 其事虛而誕 不足以傳之於記 而其在鑑戒之道 或不無一助 故爲之記 因以爲自戒 亦以爲後人之鑑云爾 余作此傳後 失其本藁 常以爲慨然於懷 適有松川士人 謄之於短簡 來示於余 余見之 字或有傳書者訛 語或有排布者錯 故訛者正之 錯者補之 立題目而加筆削 以待後之覽者焉 道光戊戌季冬 雲窩居士 睦台林記(내가 가경 계해년[1803] 가을에 와룡산 산암에서 독서를 하고 있었는데, 한 나그네가 종옥의 이야기를 들려 주었다. 그 이야기가 황잡하고 허탄해서 기록하여 전할 만한 것은 못 되었으나, 거울로 삼을 도에 있어서는 혹 도움 되는 바 없지 않아 기록해 두어 나 자신과 후인의 거울로 삼았다. 내가 이 전을 지은 후 그 원고를 잃어버려 늘 마음에 안타까웠는데, 마침 송천의 선비가 그것을 조그마한 종이에 베껴 두었다가 내게 가져다 보여 주었다. 내가 보니 베껴 쓰는 과정에 잘못되었거나 말의 순서가 어그러진 것이 꽤 있어, 잘못된 건 바로 잡고 어그러진 것은 보충하였으며, 제목을 붙이고 손질을 더해 뒷날 볼 사람을 기다린다. 도광 무술[1838]년 늦겨울 운와거사 목태림은 쓰다).

②「香娘新說」(「唱樂大綱」, p. 654): 新說作之者其誰 余獨知其人焉 或問於余曰 新說何爲以作也 曰懼其香娘之節行 事跡壞爛泯滅 而不得於後世故作也 …… 余忘其愚陋 點竄舊聞 盜竊陳篇 數月構思 一篇粗成 其名曰新說 …… 而察之近所爲「鍾玉傳」一偏 雖亦未傳於世 然豈憂世人之不知而不爲也 若不其言之可用也與否者 後君子之心也 於我何有哉 靑鼠仲秋旣望序("「신설」은 누가 지었는가?" "나만 그 사람을 알고 있노라." 어떤 사람이 나에게 물었다. "「신설」은 무엇 때문에 지었는가?" "향낭의 절행에 대한 사적이 사라져 후세에 전해지지 않을까 걱정이 되었다." …… 나는 내 재주가 어리석고 누추함을 잊고 옛날에 들은 것들을 고쳐 모으거나 옛책에서 따와 몇 달 동안 구상한 끝에 대충 한 편을 만들어서 그 이름을 '신설'이라 했다. …… 그리고 근래 만들어진 「종옥전」한 편을 살펴본다면, 그것 또한 비록 세상에 전하지 않지만, 그러나 어찌 세상 사람들이 알아주지 않음을 걱정하여 이 작품을 짓지 않았겠는가. 그 말이 쓸 만한지 여부는 후세 군자의 마음에 달렸으니, 내게 무슨 관계가 있으리오. 청서[甲子年] 중추 기망[8월 16일]에 서하노라).

〈비교연구〉

【增】

1) [「종옥전」을] 지은 때는 1803년 가을인데, ……이 때에는 이미 '남성 훼절 설화'라고 불리는 이야기들이 형성되어 유포되고 있었고, 특히 그 존재론적 기반 내지 형성 배경은 15, 16세기부터 마련되어 있었다고 파악되기 때문이다. 16세기에 金安老가 찬술한 「龍泉談寂記」에도 이미 기녀에 의해 양반 관료가 조롱거리가 되고 있는 이야기인 「某接廉爲妓狂辱」이 실려 있는 것을 보아도 알 수 있다. 또 『기문총화』에 실려 있는 「惑妓爲鬼」라는 설화는 거짓 편지, 여인의 假死, 假墓, 假鬼 출현, 남자 주인공도 따라서 가귀가 됨, 設宴時의 망신 등의 속임수 수법이 「종옥전」과 거의 같아서 서로 밀접한 관련이 있을 듯하지만 연대를 알 수가 없으므로 그 선후 관계는 단언할 수 없는 상태이다. 그러나 앞의 여러 정황으로 보아 「종옥전」의 소재가 이야기, 즉 설화 상태였던 것은 확실한 듯하다. 그런데 「종옥전」의 소재를 알기 위해 또 한 가지 고려해야

할 것이 있다. 그것은 바로 「종옥전」과 같은 이야기 구조를 지니고 있는 판소리 「강릉매화타령」이
다. 어떤 연구자는 「종옥전」을 「강릉매화타령」의 양반적인 개작이라고 보고 있기도 하지만,
필자가 보기에는 그렇게 직접 연결할 정도로 둘 사이가 긴밀하지는 않다. …… 필자는 「종옥전」과
「오유란전」이 「강릉매화타령」을 보수적으로, 또는 서민적으로 개작한 것으로 보지 않는다.
필자의 생각에는 종옥에 관한 어떤 설화가 있었는데, 목태림이 1803년에 이를 「종옥전」으로
소설화했고, 다른 한편으로는 그 설화가 비슷한 시기인 1800년대 초쯤에 「강릉매화타령」이
되었다가 이것이 다시 이삼십 년 후에 「오유란전」으로 개작되었다고 생각된다. 즉 설화가 한편으
로는 「종옥전」이 되었고, 다른 한편으로는 「강릉매화타령」이 되었다가 그것이 다시 「오유란전」
이 되었다는 뜻이다. …… 「종옥전」은 同系의 다른 작품들과 비교했을 때에 가귀 모티프나
가짜 묘 사건이 들어 있다는 점이 사건 전개상 가장 다른 점이고, 방자나 통인 같은 평민 공모자가
등장하지 않고 주인공 중심의 애정 소설 분위기가 연출된다는 점, 기녀가 자신의 신분을 숨기지는
않지만 요조숙녀의 행실을 가진다는 점, 남주인공이 과도한 色漢은 아니라는 점 등이 인물
성격상의 특징이며, 삽입된 시가 많고 전고가 다량 사용된 점이 문체상의 특징이다(鄭善姬,
"睦台林 文學 硏究," 梨花女大 博論[2001. 2], pp. 84~85, 89, et passim).

662.1. 〈자료〉

Ⅱ (역주)

662.1.3. 金起東 譯. "鍾玉傳: 睦台林著". 『文學思想』, 81. 文學思想社, 1979. 8. (일본 동양문고
소장)

662.2. 〈연구〉

【增】 Ⅰ. (단행본)

1) 정선희. 『19세기 소설 작가 목태림 문학 연구』. 보고사, 2005.

Ⅱ. (학위논문)

〈석사〉

【增】

1) 이현정. "19세기초 세태소설 연구: 「종옥전」과 「오유란전」을 중심으로" 碩論(안동대 교육대학원,
2004. 8).

【增】〈박사〉

1) 鄭善姬. "睦台林 文學 硏究." 博論(이화여대 대학원, 2001. 2).

Ⅲ. (학술지)

【增】

1) 여세주. "「鍾玉傳」과 「烏有蘭傳」에 문제된 性모랄과 웃음." 『大東漢文學』, 10(大東漢文學會,
1998. 12).

2) 鄭善禧. "「鍾玉傳」." 刊行委員會 編. 『古小說研究史』(月印, 2002. 12).

▶(주공전 朱公傳 → 주봉전)230)

◑{주공추전}

【增】 ◐{주낭자전 朱娘子傳}

　　【增】 국문필사본

　　【增】 주낭자전　　　　　　　박순호[家目]　　　　　1(경자년 十一月九日 끝, 40f.)

◐{주대영전}

◪663.[[주매신전 朱買臣傳]] ← 금고기관

◐{주벽전 周壁傳}

　　【增】 국문필사본

　　【增】 주벽젼이권라　　　　　박순호[家目]　　　　　1(光緒十八年壬辰十月十五日,
　　　　[말미]周壁傳　　　　　　　　　　　　　　　　　　全羅北道金堤郡 金中員宅, 46f.)

◪664.[주봉전 朱奉傳 / 朱鳳傳] ← 주공전 /[231] 주여득전 / 주해선전

　　국문필사본

(주봉전)		
【增】 쥬봉젼	김광순[筆全](63)	1(35f.)
【增】 쥬봉젼니라	김종철[家目]	1(辛未年, 55f.)
【增】 쥬봉젼이라	김종철[家目]	1(37f.)[232]
【增】 쥬봉젼 朱鳳傳	미도민속관[생활사 도록](44)	1(님슐졍월이십육일등셔ᄒᆞ노라, 109f.)
【增】 쥬봉젼 권지단이라	박순호[家目]	1(23f.)
【增】 쥬봉젼 主奉傳 卷之一	박순호[家目]	1(甲子元月裝, 55f.)
【增】 쥬봉젼	박순호[家目]	1(35f.)
【增】 쥬봉젼	선문대 중한번역문헌연구소 [생활사 도록](86)	1
【增】 쥬봉젼이라	여태명[家目](53)	1(甲寅正月二十四日畢, 20f.)
【增】 朱鳳傳	정명기[尋是齋 家目]	1
【增】 주봉젼	정명기[尋是齋 家目]	1
【增】 주봉젼	정명기[尋是齋 家目]	1
【增】 주봉젼	정명기[尋是齋 家目]	1
【增】 주봉젼	정명기[尋是齋 家目]	1
【增】 주봉젼	정명기[尋是齋 家目]	1
(주여득전)		
【增】 쥬예덕젼	여태명[家目](8)	1(39f.)

---

230) 『이본목록』·『작품연구 총람』에 추가.
231) 『이본목록』·『작품연구 총람』에 추가.
232) 「곽씨전」, 「장끼전」과 합철.

| 【增】 朱如得傳 | 정명기[尋是齋 家目] | 1 |

(주해 선전)

| 【增】 쥬희션젼이라 | 미도민속관[생활사 도록](45) | 1 |

664.2. 〈연구〉

【增】 Ⅱ. (학위논문)

「주봉전」

1) 이상빈. "18세기 고전소설에 나타난 표기법 고찰:「쥬봉전」,「열여춘향슈졀가」,「홍길동전」을 중심으로." 碩論(공주대 교육대학원, 2005. 2).

Ⅲ. (학술지)

【增】「주봉전」

1) 민영대. "「쥬봉전」 硏究."『韓南語文學』, 27(韓南大 國語國文學會, 2003. 3).
2) 민영대. "「쥬봉전」 硏究:「崔尉子傳」의 영향관계를 중심으로."『韓國言語文學』, 51(한국언어문학회, 2003. 12).

◘665.[[주사장인전 酒肆丈人傳]]

〈작자〉權韠(1569~1612)

〈출전〉『石洲集』

665.2. 〈연구〉

Ⅲ. (학술지)

【增】

1) 문범두. "권필의「주사장인전」 연구."『어문학』, 52호(한국어문학회, 1991. 3).

◘666.[주생전 周生傳] ←『신독재수택본전기집』/『화몽집』

〈작자〉權韠(1569-1612)[233]

【增】

1) 현재 학계의 분위기는「주생전」의 작자를 선조 때의 문인인 石洲 權韠(1569~1612)로 단정짓고 있다. 이에 대한 근거는 크게 세 가지 점에서다. 우선『石洲集』의 여러 시들과 유사점이 있다라는 점과「주생전」의 작품 내적 주제 의식과 미적 基調가 일치된다는 점을 들 수 있다. 물론 이들 견해는 현재까지 타당하나 결정적인 논고가 되지 못하는 추정 단계임 또한 분명하다. 따라서 좀더 확실한 것은『화몽집』에 씌어져 있는 '계사년(1593)년 음력 5월에 無言子 權汝章이 썼다(癸巳仲夏 無言子權汝章記)'라는 기록이다. 현재 후지가 기록되어 있는 것은『선현유음』을 포함하여『화몽집』본, 이헌홍본, 정경주본 등 네 본이다. 이헌홍본과 정경주본은 똑같이 '계사년 음력

---

233) 작품 말미에 '癸巳年仲夏 無言者 權汝章識'라 되어 있다. 李明善이 자신의『朝鮮文學史』(朝鮮文學社, 1948) '年表'에서「주생전」의 작자를 '권필'이라 한 후 학계에서는 이를 그대로 받아들여 왔으나, 그가 작자라는 뚜렷한 근거가 없어 학계에서는 懷疑論도 거론되고 있다.

5월에 무언자가 전한다(癸巳仲夏 無言子傳'라 하였고, 『선현유음』본에는 '계사년 음력 5월에 썼다(癸巳仲夏序)'라고만 적혀 있다. 이로 미루어 보면 「주생전」의 저작 연대는 '계사중하' 즉 1593년이 확실하다. 문제는 『화몽집』본을 제외하면 모두 '權汝章이 썼다'라는 기록이 없다는 것이다. 앞에서도 살핀바 『선현유음』은 작자의 독서 편력 중 일부를 選集하였다. 『선현유음』 필사자의 소설 편력은 의심할 필요가 없을 것 같다. …… 만약 「주생전」이 정말 권필의 작이라면 당시를 풍미하였던 대문호를 필사자가 모를 리 없을 터이다. 더구나 '癸巳仲夏序'는 필사하고 '無言子權汝章'만 쓰지 않았다는 것은 의문을 갖게끔 한다. 여러 가지 상황 논리가 있겠지만 본고는 고의적이거나 실수라기보다는 필사자가 底本 「주생전」에 작가가 기록되어 있지 않았을 가능성이 더욱 합리적이라는 견해이다. 이에 대한 단서는 이헌홍본을 통해서도 보인다. 이헌홍본 「주생전」은 여주인공 '斐桃'라는 이름만 『선현유음』과 동일하고 國英이 주생에게 공부를 배우게 되는 부분이 빠져 있다. 하지만 전반적으로 『화몽집』과 유사하다. 그런데 정경주본과 똑같이 '癸巳仲夏 無言者傳'이라고 하여 '- 無言者'라는 기록까지만 적고 있다. 이렇게 본다면 『화몽집』 본을 제외한 다른 본 모두 「주생전」의 작가를 석주 권필로 규정하는 데 반드시 필요한 '汝章'이라는 字가 없다. '無言者'는 老莊 사상을 담고 있는 호로 당시에 많은 사람들이 흔히 사용하였다. 그렇다면 『화몽집』에 '無言子權汝章'이 첨삭되어 있는 것은 권필이 필사하며 자신의 호를 기록하였을 수도 있다는 점이다. 결론적으로 「주생전」이 권필의 작품이라는 증거는 『화몽집』만 적혀 있는 것이다. 따라서 어디까지나 '無言子 權汝章이 썼다(無言子權汝章記)'를 '假託으로 돌리지 않는다면'이라는 단서 조항을 선행하였을 때만 성립될 수 있다(간호윤, 『先賢遺音』[2003. 8], pp. 21~23).

〈관계기록〉

① 「周生傳」, 結尾 : 明年癸巳春 天兵大破倭敵 追地慶尙道 生念仙花不置 遂成沈痛 不能從事南下 留在松京[開城] 余適以事 往于松京 遇生於館驛之中 語言不同 以書通情 生以余解文 待之甚厚 余詢其致病之由 愀然不答 是日有雨 仍與生張燈夜話 生以踏沙行一関 示余 …… 余再三諷詠 其詞不置 因探詞中情事 生於是不敢諱 終頭至尾 細說如右 因曰 幸勿爲外人道也 余已艶其詩詞 歎奇遇而愴佳期 退而援筆述之云爾◐(다음 해인 계사년[1593]의 봄에 명나라군이 왜적을 크게 쳐부수고 경상도로 몰아갔을 때, 주생은 선화를 생각한 나머지 마침내 깊은 병이 되어 종군하여 남하하지 못하고 송경에 머무르고 있었다. 이때 나는 마침 일이 있어 개성에 갔다가 여관 중에서 주생을 만났으나 언어가 통하지 않기로 글을 가지고 통정했던바, 내가 글을 앎으로 주생의 접대가 매우 좋았다. 나는 그에게 병이 난 사연을 물어 보았으나 근심이 있는 듯한 얼굴로 대꾸를 하지 않는 것이었다. 그 날은 비가 내렸다. 우리는 불을 켜 놓고 밤새 이야기를 하였는데 그는 '답사행'이란 시 한 수를 지어 내게 보여 주었다. …… 내가 재삼 이 사를 읊조리고 글 가운데의 정사에 대해 캐어 묻자 주생은 더 이상 감추지 못하고 처음부터 끝까지 자세히 이야기한 후 말하기를, "행여 다른 사람에게는 말하지 말라."고 했다. 나는 그 시와 사를 곱다 여기며 또 그들의 기이한 만남을 한탄하고 그들의 아름다운 기약을 슬피 여겨, 그와 헤어진 후 붓을 들어 그 사연을 적었을 뿐이다).

② 『葵窓遺稿』(李健 1614~1662), 3, 「題小說詩」, '題朱[周]生傳': 身遊萬里雖云樂 夢結深閨亦未堪 當日百祥樓上咏 男兒誰不一沾衫◐(만리에 유랑함이 즐겁다고 하나, 꿈에라도 규방 인연 견딜 수 없었네. 그 날 백상루 위에서 읊은 시에, 어느 사내인들 옷깃 흠뻑 적시지 않을쏜가).

【增】

　1) 『私集』(尹德熙 1685-1766), 4, 「小說經覽者」[1762]: 「周生傳」.

〈작품연대〉

【增】

　1) [李健이 쓴] ‘題小說詩’는 [7자 略] 7언절구 조에 수록되어 있는데 7언절구는『葵窓遺稿』권 2와 권 3에 수록되어 있으며, 각각의 시는 편년체 형식을 본따 연대순으로 편집되어 있다. …… 그런데 이들 시는 먼저 ‘題相思洞記’, ‘題嬌紅記’, ‘題裵航傳’ 등 3수가 차례로 수록되어 있다. 그리고 ‘題雲華傳’, ‘題西廂記’, ‘題餞客記’, ‘題朱生傳’ 등은 앞의 ‘題小說詩’ 3수 뒤에 ‘次舍兄韻’ 등 4題 9수의 시가 수록되어 있고, 바로 그 다음에 네 수가 나란히 실려 있다. 앞의 3수와 뒤의 4수 사이에 ‘次舍兄韻’이라는 시가 있는데, 이 시에는 형이 죽은 지 5년이 지났다는 말이 언급되어 었다. 따라서 이들 시는 1644년에 씌어진 것으로 추정된다(金南基, “李健의 생애와 ‘題小說詩’에 나타난 小說觀 考察,” 『韓國漢詩研究』, 4[1996. 12], p. 343).

　2) 정민은 ‘癸巳 仲夏 無言子 權汝章 記’ 가운데 ‘癸巳(1593)’라는 창작 시기를 허구로 보아 명군의 철수를 앞둔 1600년경에 작품이 창작되었을 것으로 추정한 바 있다.[234] 그렇지만 1593년 1월 평양성을 수복하고 4월 왜적이 한양에서 철수하는 등 당시에는 이미 전세가 아군 쪽으로 기울어진 상태였으며, 7월에는 석주 자신도 어머니가 난을 피해 머물고 있던 豊德 德水縣에 갔다가 한양에 머물렀다는 기록이 있다. 이때 그가 개성에 들러 주생을 만났을 개연성은 충분하다고 할 수 있다. 그리고 호경원이나 누봉명 등 석주와 교분을 나누었던 명군과의 관계가 작중 설정에 반영되어 있다고는 할지라도, 그들을 바로 주생의 실제 모델로 취급하여 창작 시기를 달리 잡는 것은 적절치 않다고 생각된다. 결국 북한본의 문헌적 신뢰도에 관한 결정적인 오류가 발견되지 않는 현재로서는 후지의 기록을 일단 사실로 받아들여도 좋지 않을까 한다(소인호, “「주생전」 이본의 존재 양태와 소설사적 의미,” 『古小說研究』, 11[2001. 6], pp. 189-190).

〈비교연구〉

【增】

　1) 구성의 측면에서 볼 때「주생전」은 표현의 인용과 공간 및 인물 설정 등 여러 부면에서 기본적으로 『태평광기』의 「곽소옥전」과 「앵앵전」, 『전등신화』의 「위당기우기」, 『전등여화』의 「가운화환혼기」 등 중국 전기 소설의 절묘한 교직으로 이루어져 있다. 그리고 이와 같은 수법은 나말 여초 전기 소설 「최치원」에서 볼 수 있듯 국내 전기 소설의 전통적인 창작 관습이기도 했던 것으로 판단된다(소인호, “「주생전」 이본의 존재 양태와 소설사적 의미,” 『古小說研究』, 11[2001. 6], p. 188).

〈이본연구〉

【增】

　1) 현재까지 확인되는 「주생전」 이본은 한문본으로는 김구경 소장본, 김일성대학 소장 『화몽집』 소재본, 신독재 수택본 전기집 소재본, 이헌홍과 정경주 소장본의 5종이, 국역본으로는 『묵재일기』 소재본과 「주생전」·「위생전」 연철본의 2종이 있다. …… 신독재본은 주생이 배를 타고 전당에 가서 친구 나생을 만나 술을 마신 후 홀로 배에 돌아와 뱃전에 기대 조는 부분에서 필사가

---

234) 정민, “「주생전」의 창작기층과 문학적 성격,” 『한양어문연구』, 9(한양어문연구회, 1991. 12), p. 125.

중단되어 있다. 그런데 이 부분까지의 내용은 나머지 한문본 2종과 동일하다. 구체적 서술을 문선규본 및 북한본과 비교해 보면 내용상 별 영향을 주지 않는 몇몇 자구의 교체나 가감이 보이는 정도임을 확인할 수 있다. …… 전체적으로 보아 세 본이 각기 필사 경로상의 차이를 보이고 있는 가운데, 신독재본의 계열을 어느 한 쪽으로 귀속시킬 만한 근거는 발견되지 않는다. 『묵재일기』본 「쥬싱뎐」은 7면 2,400여 자 분량으로 배도가 주생에게 자신의 내력을 설명하는 부분까지 필사되어 있는데, 전체적으로 한문 저본을 축자적으로 직역한 것이라 할 수 있다…… 『묵재일기』본은 현재 남아 있는 부분만으로는 문선규본과 북한본의 어느 한 계열로 귀속시킬 수 없다. 결국 『묵재일기』본은 문선규본 — 신독재본 — 북한본의 관계와 마찬가지로 계열은 알 수 없지만, 필사 경로를 달리하는 또다른 한문 저본을 직역한 것으로 볼 수 있다. 한편 정경주본은 그 내용이 북한본과 완전히 일치하는 가운데 상대적으로 글자의 오기가 많이 보이는 데, 이는 북한본 계열의 저본을 전사하는 과정에서 생겨난 오류로 볼 수 있다. 결국 현전 「주생전」의 이본은 그 내용상 크게 문선규본 계열과 북한본 계열 양자로 대별되며, 나머지 이본은 양대 계열의 자장 내에서 필사 경로의 상이함에 따른 세부적인 자구의 차이를 보여 주고 있음을 알 수 있다. …… 위의 논의에서 알 수 있듯이, 「주생전」이본의 계열적 선후 관계를 가늠해 볼 수 있는 단서는 현재로서는 문선규본과 북한본의 비교에 의해 찾아질 수밖에 없을 것이다. 양본은 내용면에서는 북한본에 두 부분이 확장되어 있는 것을 제외하면 동일하다. 그러나 구체적인 자구를 살펴보면 전체 6천여 자에 이르는 글자 수 가운데 약 1천여 자 가량이나 차이를 보이고 있다(소인호, "「주생전」 이본의 존재 양태와 소설사적 의미," 『古小說硏究』, 11[2001. 6], pp. 178~182 발췌 인용).

2) 김집 수택본은 필사가 중단되었으나 김구경본, 『화몽집』본과 별 다른 경정을 보이지 않는다. 국문본인 『묵재일기』본은 김구경본, 『화몽집』본, 김집 수택본과 필사 경로를 달리하는 底本을 逐字的으로 직역한 것이다. 정경주본은 글자의 오기가 많이 보이는데, 아마도 이것은 『화몽집』 계열의 저본을 전사하는 과정에서 생겨난 오류인 듯하다. 따라서 김구경본과 『화몽집』본 양자 계열로 대별되며, 『화몽집』본은 선본으로 보아야 한다. 이헌홍본은 '국영을 가르치게 되는 경위', '賀新郞詞'의 앞부분, '선화가 주생에게 매실을 던지는 부분' 등이 없어 善本으로 문제가 있다. …… 『선현유음』본, 김구경본, 화몽집본의 이본[「주생전」] 비교를 해 본 결과, 『선현유음』과 『화몽집』본은 자구의 등락만 있을 뿐, 전체적으로 유사하여 한 底本을 필사하되 독립적인 변화를 꾀한 동일 계열임을 알 수 있다. 이에 반하여 김구경본은 축약이 심하고 부분적으로도 글자의 등락 또한 심하여 『선현유문』, 『화몽집』본과 계열을 달리한다. 따라서 현전하는 「주생전」 은 김구경본 계열과 『선현유음』본, 『화몽집』본의 두 계열로 나뉠 수 있다. 『선현유음』본과 『화몽집』본은 필사 경로만 달리한 동일 계열이며, 이헌홍본과 정경주본은 이 두 계열에 속하는 이본을 저본으로 하였을 것이다. 그리고 비교적 最善(先)本은 『화몽집』본이며, 『선현유음』본에 서는 필사자의 의도적 변개를 제법 볼 수 있다(간호윤, 『先賢遺音』[2003. 8], pp. 23~24, 26, et passim).

〈판본연대〉

【增】

1) 이들 소설 자료[「설공찬전」·「왕시전」·「왕시봉전」·「비군전」·「주생전」]는 모두 거의 같은 시기 에 필사된 것이다. 「왕시봉전」 말미에 '죵셔을특계츈념팔일진시'란 필사 후기가 나오기 때문이다.

이는 1685년 을축년 9월 28일 아침으로 추정된다. 각주 1번의 저서[이복규 편저, 『초기 국문 ·국문본 소설』, 1998]에서 필자는 이 을축년을 1625년 을축년으로 보았으나 여기에서 수정한다. 1745년 을축년으로 볼 수도 있겠으나 그렇게 보기에는 17세기 말의 특징을 보여 주는 표기법으로 매우 정제되어 있다. 그 가장 특징적인 사항으로 앞에서도 언급한 것처럼 '-링이다'라는 어미가 17세기 말까지만 쓰이고 사라졌다는 점은 물론이고, '사룸'으로 일관되게 표기할 뿐 17세기 말 이후에 쓰기 시작한 '스룸' 표기가 일체 나타나지 않은 것으로 미루어 1685년으로 보는 게 타당하다. 따라서 『묵재일기』 소재 국문·국역소설은 1685년을 전후한 17세기 말에 필사되었다 고 추정할 수 있다. 세 번째로 들어 있는 「왕시봉전」이 1685년 9월에 필사되었으니, 그 앞에 필사된 「설공찬전」 국역본과 「왕시전」은 1685년 9월 28일 이전에, 「왕시봉전」 뒤에 들어 있는 「비군전」과 「주생전」 국역본은 1685년 9월 28일 이후에 필사되었다고 추정된다(이복규, "「설공찬 전」·「주생전」 국문본 등 새로 발굴한 5종의 국문표기 소설 연구," 『古小說硏究』, 6[1998. 12], p. 57).

국문필사본

【增】 쥬싱뎐235)　　　　　　　　[金一根, "「周生傳」과 「韋敬天傳」 諺解의 連綴本 出現에 따른 書誌 的 問題." 『겨레어문학』, 25(겨레어문학회, 2000. 8)]236)

한문필사본

【增】 周生傳　　　　　　簡鎬允[『先賢遺音』]　　　　　　(7f.)
【增】 周生傳　　　　　　李憲洪[漢少目, 傳13-3]237)
【增】 周生傳　　　　　　鄭景柱[『草湖別傳』]238)

666.1. 〈자료〉

Ⅰ. (영인)

【增】

1) 鄭景柱. "筆寫本 漢文小說集 『草湖別傳』 解題." 『漢文古典의 文化解釋』. 慶星漢文學硏究 會, 1999. 9. (정경주 소장)
2) 간호윤. 『先賢遺音』. 이회, 2003. (한문본, 김기현-간호윤 소장)

Ⅱ (역주)

【增】

1) 간호윤. 『先賢遺音』. 이회, 2003. (한문본, 김기현-간호윤 소장)
2) 朴熙秉 標點·校釋. 『韓國漢文小說 交合句解』. 소명출판, 2005.

Ⅲ. (활자)

---

235) 「위생전」과 합철되어 있다.
236) 제43회 전국 국어국문학 학술대회 발표 요지의 수록이다.
237) 「王慶龍傳」·「相思洞記」와 합철.
238) 「王慶龍傳」·「相思洞記」·「元生夢遊錄」·「六臣傳」과 합철.

【增】

1) 간호윤. 『先賢遺音』. 이회, 2003. (한문본, 김기현-간호윤 소장)

666.2. 〈연구〉

Ⅱ. (학위논문)

〈석사〉

【增】

1) 김양진. "「주생전」의 창작배경과 서사구조." 碩論(동의대 대학원, 2000. 2).

2) 백승수. "전기소설의 애정심리분석과 그 교육적 적용: 「주생전」과 「운영전」을 중심으로" 碩論(건국대 교육대학원, 2001. 2).

3) 우수경. "「주생전」과 「위경천전」 대비 연구." 碩論(신라대 교육대학원, 2002. 8).

4) 곽현선. "「주생전」과 「최척전」의 비교 연구." 碩論(경원대 교육대학원, 2004. 2).

5) 최다익. "「주생전」 연구." 碩論(조선대 교육대학원, 2004. 8).

6) 한선희. "「주생전」 연구." 碩論(한국교원대 대학원, 2004. 8).

7) 안정화. "「주생전」의 구조와 미학." 碩論(목포대 교육대학원, 2005. 2).

Ⅲ. (학술지)

666.2.22. 鄭珉. "「周生傳」의 창작기층과 문학적 성격."『한양어문연구』, 9 (한양대 한양어문연구회, 1991. 12).『목릉문단과 석주 권필』(태학사, 1999)에 재수록.

【增】

1) 김은희. "「周生傳」 硏究."『德成女大論文集』, 28(德成女大 , 1997. 12).

2) 李福揆. "「설공찬전」·「주생전」 국문본 등 새로 발굴한 5종의 국문표기소설 연구: 필사연대 추정과 소설사적 의의를 중심으로."『古小說硏究』, 6(한국고소설학회, 1998. 12).

3) 김양진. "「周生傳」의 갈등구조."『새얼語文論集』, 12(새얼어문학회, 1999. 12).

4) 金一根. "「周生傳」과 「韋敬天傳」諺解의 連綴本(쥬싱뎐·위싱뎐) 出現에 따른 書誌的 問題."『겨레어문학』, 25(겨레어문학회, 2000. 8).

5) 김양진. "「주생전」의 서사미학."『새얼語文論集』, 13(새얼어문학회, 2000. 12).

6) 윤경희. "「주생전」의 문체론적 접근."『韓國古典硏究』, 6(韓國古典硏究學會, 2000. 12).

7) 백운용. "「주생전」의 비극적 성격 연구."『어문학』, 72(한국어문학회, 2001. 2).

8) 소인호. "「주생전」 이본의 존재 양태와 소설사적 의미."『古小說硏究』, 11(韓國古小說學會, 2001. 6).

9) 尹勝俊. "醉鄕과 現實逸脫의 꿈: 「周生傳」의 문학적 감염장치."『東洋學』, 31(檀國大 東洋學硏究所, 2001. 6).

10) 申載弘. "「周生傳」." 刊行委員會 編.『古小說硏究史』(月印, 2002. 12).

11) 조광국. "「주생전」: 16세기말 소외 양반·기녀 교류의 양상."『한국문화와 기녀』(월인, 2004. 2).

12) 소인호. "권필의 「주생전」."『한국 전기소설사 연구』(집문당, 2005. 3).

13) 지연숙. "「주생전」의 배도 연구."『고전문학연구』, 28(한국고전문학회, 2005. 12).

◄►667. [주선전 朱仙傳]239)

【增】〈관계기록〉

1) 『[演慶堂]諺文冊目錄』(1920; 藏書閣所藏): 178. 「朱仙傳」 1冊.

2) 『[가람]칙목녹』(奎章閣所藏): 「쥬션뎐 단」.

【增】〈비교연구〉

1) 「朱仙傳」은 낙선재문고 중 하나로, 현재 한국정신문화연구원에 소장되어 있으며, 지금까지 연대 미상의 고전 소설로 알려져 왔다. 그러나 최근 필자가 열람해 본 결과 명대 중국 화본 소설 「型世言」 번역본의 일부임을 확인하였다. 이 필사본은 표지에 한문으로 '朱仙傳'이라 쓰여 있고, 본문 맨 앞부분에 '주션뎐 변화'라고 쓰여 있으며, 다시 '긔뎐청쇽누 션슐동됴뎡(奇顚淸俗累 仙術動朝廷)'이라는 제목을 병기하고 있다. 「주션전」에는 이 작품 외에도 「하유텰뎐」과 「이업후젼」 등 모두 3편이 실려 있다. …… 이들 세 작품[「주션뎐」·「하유텰뎐」·「이업후젼」] 중 전 2편이 명말 화본 소설집인 「型世言」의 제34회와 제39회의 번역이며, 표지 제목 「朱仙傳」은 원래 제목 '周顚仙人傳' → '周仙傳' → '주션뎐' → '朱仙傳'으로 오사된 것 같다. 그런데 이 「주션뎐」은 낙선재 문고에 있는 기존의 「型世言」 번역본 「형셰언」에서 2편이 떨어져 나와 유통되다가 원전을 알수 없는 「이업후젼」이 추가된 것으로 추정된다. …… 周顚은 역사상 실존 인물로, 「周顚仙人傳」은 명태조 주원장이 그를 위해 지은 것이다. 주전선인의 이야기는 후에 『明史』(方技傳, 권 299)에 수록되었는데, 대체로 이 전기에 의거하고 있다. 이 이야기는 명대에 널리 유행하여 여러 필기 소설집에 수록되었으며 백화 소설로 개작되기도 했는데, 이것이 바로 「型世言」 제34회이다(박재연, "「朱仙傳」, 명대 화본소설 「型世言」의 번역," 『주션뎐』[2001. 7], p. 1; p. 4).

【增】〈판본연대〉

1) 낙선재본 「형셰언」의 존재로 『금고기관』 이외에도 중국 화본 소설이 일찍부터 우리 나라에 전래되이 읽혔음을 알게 되었다. 국어학적으로 살펴보면, 어두에 '�', 'ㅅㄷ', 'ㅂㄷ', 'ㅂㅅ', 'ㅂㅈ', 'ㅅㄱ' 된소리가 쓰이고, 'ㄴ'의 두음법칙 현상이 아직 나타나지 않는다. 또한 구개음화 이전 단계의 모습을 보여 주고 있으며, ㅎ종성체언이 전혀 탈락되지 않은 채 그대로 사용되었다. 뿐만 아니라 '-닝이다', '-링잇가', '-링잇고' 등의 어미가 쓰였던 것으로 보아 18세기 중엽 우리말 고어의 특징을 고스란히 반영하고 있음을 알 수 있다. 또한 …… 「형셰언」은 낙선재 번역 소설 가운데 「빙빙뎐」, 「삼국지통쇽연의」, 「후슈호뎐」과 함께 가장 오래된 번역본 작품이다(박재연, "「朱仙傳」, 명대 화본소설 「型世言」의 번역," 『주션뎐』[2001. 7], pp. 2-3).

국문필사본

쥬션뎐변화 朱仙傳　　　　정문연[장서각](4-6844)/[韓古目]　　　　1(10f.)258)
　　　　　　　　　　　　(1182: R35N-000094-5)

---

239) 『이본목록』·『작품연구총람』·『문헌정보』에 각주 추가. 【增】「주선전 朱仙傳」은 명나라 말 중국 소설집인 「형세언」 제34회 '奇顚淸俗累 仙術動朝廷'의 번역이며, 그 제명은 '周仙傳[周顚仙人傳]'의 오기임이 밝혀졌다(박재연, "「朱仙傳」, 명대 화본소설 「型世言」의 번역," 『주션뎐』, 선문대 중한번역문헌연구소, 2001. 7, pp. 1-7 참조).

667.1. 〈자료〉

【增】 Ⅰ. (영인)

1) 박재연.『주션뎐』. 중국소설희곡번역자료총서, 21. 선문대 중한번역문헌연구소, 2001. (서울대 규장각 소장본「型世言」34회 '기전청속루 선술동조정').

Ⅱ (역주)

【增】

1) 박재연.『주션뎐』. 중국소설희곡번역자료총서, 21. 선문대 중한번역문헌연구소, 2001.

667.2. 〈연구〉

Ⅲ. (학술지)

【增】

1) 박재연. "「朱仙傳」, 명대 화본소설「型世言」의 번역."『주션뎐』(선문대 중한번역문헌연구소, 2001. 7).

【增】 ●{주씨청행록}

【增】 국문필사본

【增】 쥬시청힝녹 권디삼 　　　　　　박순호[家目] 　　　　낙질 1(76f.)

▶(주여득전 → 주봉전)
◆668.[주완벽전 朱完璧傳]
【增】 ◆668-1.[주왕전 周王傳]

〈제의〉 '주왕'의 전기

〈작자〉

1) 작자로 전하는 訥翁은 고려조에서 相柱國을 지낸 王護란 인물로 75세에 임금에게 直諫을 했다가 밉보이는 바람에 金剛山으로 피신했다가 修鍊과 得道에 뜻을 두게 되었고 마침 名望 높던 仙人 大典의 문하에서 수련한 것으로 전한다. 따라서「주왕전」은 訥翁이 스승의 삶을 소설화한 것이겠는데, 이는 어디까지나 傳說일 뿐 작가, 출현 시기에 대해서는 더 이상의 기록이 없다(金承鎬, "「周王傳」에 나타난 合成的 敍事構成 양상과 그 의미," 韓國語文敎育硏究會, 『語文硏究』, 122[2004. 6], p.202).

〈작품연대〉

1) 말미의 '歲在天順七載[1463]庚申三月朔辛亥 訥翁記書'라는 기록은 사실 여부를 떠나서 이 소설을 이해하는 한 단초로서 주목된다. 記錄대로라면 작품의 출현 시기는 1463년이 될 것 같다. 하지만 작자와 마찬가지로 擬歷史的 처리인 가능성이 높다.『新增東國輿地勝覽』에는 아직 '周王山' 명칭이 보이지 않고 대신 '周房山'으로 기록되었다. 이로써 '周王山'은『新增東國輿地勝覽』이 편찬된 1530년 이후 불려진 것이 분명하거니와 현재 '周王山'으로 표기한 가장 이른 시기의 문헌으로는 李養吾가 1773년「遊周王山錄」을 들 수 있다. 여기다「주왕전」에서

周王山 이전의 이름인 屛山을 사용하고 있는 것으로 보아 「주왕산」의 창작 시기는 1530년에서 17773년 사이로 좁혀진다. 하지만 英雄小說, 神仙小說, 神仙傳 등의 영향 아래 지어진 작품이라고 볼 때 17세기 정도에 등장한 작품으로 보는 것이 무난할 듯 싶다(金承鎬, "「周王傳」에 나타난 合成的 敍事構成 양상과 그 의미," 韓國語文敎育硏究會, 『語文硏究』, 122[2004. 6], pp.202-203).

한문필사본

周王傳 一名 大典道君遺蹟　　　　[權相老 編. 『韓國寺刹全書』,
　　　　　　　　　　　　　　　　上. 東國大出版部, 1979]

668-1.1. 〈자료〉

Ⅰ. (영인)

1) 權相老 編. 『韓國寺刹全書』, 上. 東國大出版部, 1979.

668-1.2. 〈연구〉

Ⅲ. (학술지)

1) 金承鎬. "「周王傳」에 나타난 合成的 敍事構成 양상과 그 의미." 『語文硏究』, 122[32:2](韓國語文敎育硏究會, 2004. 6).

〈줄거리〉

진(晉)나라의 주기(周覬)의 7대손 동(衕)과 그 아내 위씨(魏氏)는 나이 40에 이르도록 자식이 없자 옥정산(玉井山)에 들어가 기도한 후 태몽을 얻고 당나라 대종(代宗)황제 영태(永泰) 11년 인월(寅月) 인일(寅日) 인시(寅時)에 도(鍍)를 낳았다. 도는 12달 만에 사람들의 말을 알아들었으며 5, 6세에 시서 백가서(詩書百家書)를 외우고 11세에 천문 지리를 명약관화하게 꿰뚫는 등 초인적 비범성을 보였다. 활달한 기개와 함께 세상에 인물이 없음을 한탄하던 주도는 우선 장사 백여 인과 웅이산(熊耳山)에 들어가 동조하는 무리 만여 명을 규합하고 스스로 후주대왕(後周天王)이라 칭한 다음 덕종(德宗)황제가 있는 장안을 공격했다. 곽자의(郭子儀)에 의해 패퇴당한 주도가 요동을 건너 고려 땅으로 탈출하여 고려 땅 병산(屛山)에 숨어 들게 되고, 당나라 황제는 고려왕에게 주도를 토벌하라는 명을 내렸다. 그러나 고려왕의 토벌 장군 마일성(馬一聲)과 적대적이던 염세청(廉世淸)이 고려왕과 마일성이 모의하

여 역으로 장안을 공략하려 한다고 당 황제에게 참소하는 바람에 고려왕까지 위기에 빠졌다. 당 황제가 고려왕까지 죽이려 들자 곽자의가 당과 고려 간의 전통적 우호 관계를 환기시키며 명분 없는 짓임을 역설해 고려왕의 징벌은 면할 수 있게 되었다. 하지만 이로써 당측의 주왕 토벌에 대한 독촉은 점정 심해졌다. 고려왕에게서 대전(大典)[주도]의 토벌권을 위임받은 마일성은 자신의 네 아우와 더불어 병산으로 파병되어 주왕 무리를 압박했다. 주왕의 서자 희(曦)는 는 4살부터 모친인 기씨(箕氏)에게 충효의 의미를 묻는 한편 성경현전(聖經賢傳)을 섭렵하고 8, 9세에 천지 역수(曆數)에 통달하여 부친에 못지 않은 과인한 면모를 과시했다. 희는 당에 반란을 일으키는 것이 순리에 어긋나는 짓이라며 부친에게 당에 항복하고 돌아가 여생이라도 보전하자고 설득했지만 주왕은 받아들이지 않았다. 희는 사대의 예(禮)도 중하지만 부자간의 골육지은(骨肉之恩)이 앞서는 일이라고 생각하여 중국을 탈출하는 부친

과 더불어 고려 땅의 관동(關東) 외진 병산으로 숨어들었다. 효행과 이치에 밝은 희는 대전도군(大典道君)으로 불리게 되고, 이후 그는 주왕의 무리의 선봉에 나서 마일성 형제로 구성된 고려군과 병산 일대에서 전투를 벌였다. 마씨 형제에 비해 중과부적인 주왕과 대전의 무리는 점점 세가 위축되는 중에 마사성(馬四聲)이 을미(乙未) 3월 갑자일에 주왕 군대의 주둔지를 발견하고 총세를 가해 주왕을 궁지에 몰아 넣는데, 대전이 나타나 바위에 굴을 파고 주왕 무리를 피신시켰다. 마오성(馬五聲)이 주왕과 군사를 찾지 못하고 철수하려 하자, 사성이 갈구리로 굴속의 주왕과 군사를 차례로 생포하는 데 성공했다. 이때 간신히 대전만이 허공에 몸을 날려 탈출했다. 주왕의 시신을 실은 배가 요동(遼東)을 건널 때 대전이 일진광풍을 일으켜 부친의 시신을 병산으로 옮긴 다음 예를 다해 장사를 지냈다. 대전은 일부러 봉분을 만들지 않아 뒷날의 훼손을 피하고자 했다. 부친의 죽음 뒤 대전은 삭발위승하게 되고 둔적암(遯寂庵)을 지었다. 중국에서 동방의 기운을 통해 이를 알아챈 일행(一行)이 찾아와 도반으로써 천문지리 풍수의 이치를 상호 터득하게 했다. 협소한 터를 옮겨 병산 30리 밖에 암자를 지으려는 대전·일행에게 그 터에 있던 9마리의 사자가 극렬하게 저항했으나 이들을 물리치고 암자를 지은 뒤 대전은 30년 동안 일행과 동거 수련했다. 60년 후에 일행의 전신(前身)인 나옹(懶翁)이 중국에서 대전을 찾아오고 또한 무학(無學)도 대전을 찾아 스승으로 모셨다. 도선(道詵)도 대전과 더불어 세권의 책을 쓰고 더불어 천축(天竺)에 돌아가기를 권하지만 그는 부친의 시묘(侍墓)를 위해 굳이 사양했다. 대전은 조선 개국을 예견하고 나옹에게 이태조를 돕도록 권했다. 한편 무학은 정도전(鄭道傳)과 더불어 삼각산 아래에 궁터를 정했지만 대전은 이를 거부하고 도술로써 눈을 내리게 한 뒤 그 곳을 궁터로 삼도록 했다. 나옹이 동국의 산천이 부조화하여 난신적자며 음부음부(淫夫淫婦)가 자주 나타난다고 걱정하자, 흑사장군(黑獅將軍)과 혜명(慧明)이 대전의 명을 받들어 산천의 기운을 바로잡아 국태만안을 도모했다. 대전은 무학과 나옹·혜명이 선학 수련을 마치고 선부(仙府)에 들어가게 되었음을 기뻐하면서도 자신은 이에 동행하기를 거부하며 천 년 후에 다시 선계(仙界)에서 만나자며 후일을 약속했다. 대전이 제자들을 서방의 선부에 보낸 50년 후 가야산(伽倻山) 선인인 최치원(崔致遠)이 그를 찾게 되고 이들 두 사람은 선학(仙學)을 강(講)하며 병산과 가야산을 상호 내왕하며 지냈다. 대전은 도군(道君)으로 4년을 보내고 승려로 백여 년을 지냈는데, 선학자(仙學者)로서는 얼마를 살았는지 알 수 없다(金承鎬, "「周王傳」에 나타난 合成的 敍事構成 양상과 그 의미," 韓國語文敎育硏究會, 『語文硏究』, 122[2004. 6], pp.203-206).

◪669.[주원장창업실기 朱元障創業記]

〈비교연구〉

【增】

1) 일반적으로 영웅 소설에서의 군담은 주인공 남성과 외적 혹은 간신과의 대결 과정으로 되어 있으며, 주인공 남성이 그들과 대결함으로써 위기에 처한 왕권을 회복한다는 것으로 마무리된다. 그런데 「장백전」에서의 군담은 창업을 목적으로 마무리되고 있다는 점에서 여타의 영웅 소설과 구별된다. 이처럼 창업과 관련된 군담을 보여 주는 작품은 「장백전」 이외에 「유문성전」·「주원장창업실기」가 있는데, 두 작품은 20세기에 「장백전」의 창업 삽화를 차용하여 신작된 소설이라고

생각된다. 왜냐하면 두 작품은 모두 방각된 적이 없으며, 두 작품에 나타나는 명 창업의 이야기가 허구화되어진 이야기인 「장백전」의 그것과 같다는 점에서 그러하다(심재숙. "「장백전」과 연의소설 「唐秦演義」의 관계를 통해 본 영웅 소설 형성의 한 양상," 『어문논집』, 32[1993. 12], p. 262, 각주 4).

국문활자본			
쥬원쟝창업실긔 상권/하권 朱元章創業記	국중(3634-2-7=1)<재판> /단국대[羅孫]-[漢目](古853.5 /주156)/홍윤표[家目]/[仁活全](14)	2-1([著·發]鄭基誠, 大昌書院, 초 판 1919.3.5; 재판 1921.2.2, 86pp.)[260]

669.1. 〈자료〉

Ⅰ. (영인)

669.1.1. 仁川大民族文化研究所 編.『舊活字本古小說全集』, 14. 銀河出版社, 1983; (再刊) 國際아 카데미, 2002. (대창서원, 1921년 재판)

【增】 ◐{주유삼강전}

【增】 국문필사본

【增】 쥬유삼강견	박순호[家目]	1(45f.)

◆670.[[주장군전 朱將軍傳]]

〈작자〉 宋世琳(1479~?)

〈출전〉『禦眠楯』, 2

〈관계기록〉

① 「朱將軍傳」, 結尾: 史臣曰 將軍早稟服人之力 奮起草萊之中 出萬死計 深入不毛之地 彈精施 澤 澤之入人也深 十載溝血之功 一朝酒成 可謂 植根固 而發源深也 雖竟爲池神所誤 殞命於 一噓氣之閒 夷攷其行事之跡 可謂 能勇而能怯 殺身而成人者也 嗚呼 烈哉◐(사신은 이르노 라. 장군은 일찍이 뛰어난 힘으로 거친 잡풀 사이에서 떨치고 일어나 살아 남기 어려운 위대한 계획을 내어 불모의 땅으로 깊이 들어가 정력을 못에 쏟아 부었다. 그 연못은 사람이 들어가기에는 깊어서 10년이나 걸려야 이룩할 용수로의 사업이건만, 이를 하루 아침에 이루어 놓았으니, 가히 내린 뿌리가 든든하고 사물의 근원이 깊었다고 이를 것이다. 비록 결국에는 연못 신의 오해를 받아 숨 한 번 쉬는 사이에 목숨이 지고 말았으나, 장군이 행한 자취를 공정히 생각해 보면 가히 씩씩할 줄도 알고 겁낼 줄도 아는 가운데 자신의 몸을 희생해서 인을 성취한 자라고 할 수 있다. 아아, 장한지고!).

▶(주중칠선 이태백실기 酒[240]中七仙李太白實記 → 이태백실기)

▶(주해선전 朱海僊傳 / 朱海仙傳 → 주봉전)

---

240) 『이본목록』 수정.

◪671.[[주흘옹몽기 酒[241]吃翁夢記]][242]

〈작자〉許筠(1569~1618)
〈출전〉『惺所覆瓿藁』, 6, 文部, 3, 記

◪672.[[죽대선생전 竹帶先生傳]]

〈작자〉丁若鏞(1762~1836)
〈출전〉『與猶堂全書』, 17, 傳
〈관계기록〉

①「竹帶先生傳」, 結尾: 外史氏曰 余昔與竹帶先生好 恟恟如不能言者 乃唯竹帶先生 獨能爲樊翁一聲 士其可知耶 先生固烈烈義士 乃其女 亦節俠也哉 或曰 其劍術疎 非也 其志欲生劫之 若曹沫之於齊桓 故不遂殺也◑(외사씨가 말했다. "내 일찍부터 죽대선생과 친히 지냈다. 그는 두려운 듯이 말할 줄 모르는 듯했으나, 오직 번옹[蔡濟恭 1729~1799]을 위해서 한 마디 말을 했으니, 진정한 선비였음을 알 수 있다. 선생은 참으로 열렬한 의사였고, 그 딸 또한 절개를 지닌 의협인일 것이다. 어떤 사람은 말하기를, '그녀의 검술은 서툴다.'고 했으나, 이는 그렇지 않다. 그는 산 채로 겁박하되 마치 조말[243]이 제환공에게 하듯 하려는 뜻이었을 것이다. 그러므로 드디어 죽이지 않았던 것이다).

672.1. 〈자료〉

Ⅱ (역주)

【增】

1) 신해진. 『朝鮮朝傳系小說』. 월인, 2003.

◪673.[[죽부인전 竹夫人傳]]

〈작자〉李穀(1298~1351)
〈출전〉『東文選』, 100, '傳'; 李穀, 『稼亭集』
〈관계기록〉

①「竹夫人傳」, 結尾: 史氏曰 竹氏之先 有大功于上世 其苗裔皆有材 抗節見稱於世 夫人之賢宜矣 噫 旣配君子 爲人所倚 而卒無嗣 天道無知 其虛語哉◑(사신이 말하기를, "죽씨의 조상이 상세에 큰공이 있었고, 그 후손들에는 인재가 많아 절조로 세상에 이름을 날렸으니, 부인의 어짊도 마땅하다. 아아, 일찍이 군자에게 출가하였다가 미망인으로 남에 의지하여 살고 죽어서 후사가 없었으니, 하늘의 도리가 무심타 함이 어찌 헛말이랴!").

---

241) 『이본목록』 수정.

242) 『이본목록』·『작품연구 총람』에 각주 추가. 【增】 '酒吃翁'은 '醉吃翁'의 잘못이라는 이설이 제기된 바 있다. 즉 '취흘옹'은 柳夢寅의 조카인 柳潚의 號이며, 작품 自註에서 언급한 淵叔은 그의 字이다. 문집으로 『醉吃集』(문집총간 17 수록)이 현존한다. 작품 말미에서 "공은 술을 좋아하는데 취하면 번번이 더듬으며 말을 못한다."라고 하였으니, 醉吃이 더 적당하다 (尹柱弼, "寓言의 전통과 조선전기 夢遊記," 민족문화추진회, 『민족문화』, 제16집[1993. 12], p. 80, 각주 117).

243) 옛날 중국 魯나라의 의사로, 노나라가 제나라와 싸워 세 번이나 졌으므로 땅을 떼어 바쳤는데, 양국이 柯 땅에서 회담을 할 때, 조말이 비수를 뽑아 제나라 임금 환공을 위협해 빼앗겼던 땅을 찾았다.

673.2. 〈연구〉

Ⅲ. (학술지)

【增】

1) 安秉高. "李穀 「竹夫人傳」의 題材." 『中國學論叢』, 6(國民大 中國問題硏究所, 1990. 2).

2) 이병혁. "이곡의 「죽부인전」고" 『어문교육논집』, 8(부산대 국어교육과, 1984. 12). 『韓國漢文學의 探究』(국학자료원, 2003. 5)에 재수록.

◪674.[[죽존자전 竹尊者傳]]

〈작자〉釋慧諶[眞覺國師](1178~1234)

〈출전〉『曹溪誌集』(白淳在 所藏)

〈관계기록〉

① 「竹尊者傳」, 結尾 : 我愛竹尊者 不容寒暑侵 年多彌勵節 日久益虛心 月下弄淸影 風前送梵音 皓然頸戴雪 標致生叢林 其子有玉板長老 東坡器之之輩 嘗訪之 飽參而去云◓(내가 죽존자를 사랑함은 그가 추위와 더위에도 끄떡하지 않기 때문이다. 그는 오랜 세월이 흐를수록 더욱 마음을 비운다. 달빛 아래 맑은 그림자를 희롱하고 바람결에 독경 소리를 부친다. 머리엔 하얀 눈발을 이고 그윽한 정취 우거진 숲 가운데 일어난다. 그 아들에 옥판장로[종이]가 있었는데, 동파[蘇軾 1036~1101] 및 기지244)의 무리가 일찍이 그를 찾아가 싫도록 함께 지내다가 가 버렸다).

◑죽천행록 竹泉行錄}

【增】

2. 연구

Ⅲ. (학술지)

1) 조규익. "「죽천행록」의 使行文學的 성격." 『국어국문학』, 129(국어국문학회, 2001. 12).

★[[죽통미녀 竹筒美女]]

〈출전〉『大東韻府群玉』, 9

〈관계기록〉

① 『大東韻府群玉』(權文海 1534~1591), 9, '竹筒美女': 『新羅殊異傳』 崔致遠作.

◑{중당연의 中唐演義}

〈관계기록〉

① 『諺文古詩』(가람본), '언문칙목녹', 52: 「즁당연의」.

▶(중산망월전 中山望月傳 → 토끼전)

▶(중산토선생전 中山兎先生傳 → 토끼전)

▶(쥐전 → 서대주전)

---

244) 송나라 때 사람 詹範의 字. 소식을 따라 놀았다.

◑{쥐헌전}
◪675.[증산보전 曾山寶傳]
〈관계기록〉

① 金起東,『국어국문학』51, p.106:「曾山寶傳」(金東旭 藏).
② 金東旭·黃浿江,『韓國古小說入門』, p. 188.

【增】 ▶(증해경전 → 정해경전)
◪676.[[지봉전 芝峯傳]] ← 이지봉전

한문필사본

李芝峰集 李芝峰傳 　　　　임형택[莽蒼蒼齋 家目] 　　　　1(丙辰肆月日, 21f.)

◪677.[지선전 智仙傳]

국문필사본

지션전 권지단니라 　　　　정명기[尋是齋 家目] 　　　　1(22f.)
지션전 권지단니라 　　　　정명기[尋是齋 家目] 　　　　1(23f.)
지션전 권지단니라[263) 　　　　정명기[尋是齋 家目] 　　　　1(병오계춘쵸칠일, 미완 15f.)

▶(직금회문 織錦回文 → 소약란직금도)
◑{진강목}
【增】 ◑{진공설전}

【增】 국문필사본

【增】 진공설전 　　　　박순호[家目] 　　　　1(80f.)

▶(진공필전 → 진성운전)
【增】 ◑{진관사세전전}

【增】 국문필사본

【增】 진관사세젼 　　　　박순호[家目] 　　　　1(己卯年二月十二日, 84f.)

◪678.[진길충효록] ← 연진길전

국문필사본

【增】 (진길전)

【增】 진길전이라 陳吉傳 　　　　박순호[家目] 　　　　1(이칙쥬인은 십플세홍부인이
　　　　　　　　　　　　　　　　　　　　　　　　　　　　　라, 경오연모월모일의 시작ᄒ여
　　　　　　　　　　　　　　　　　　　　　　　　　　　　　모월모일의 근서ᄒ노라, 30f.)

陳吉傳 　　　　전남대[古1] 　　　　1(39f.)

【增】 陳吉傳	정명기[尋是齋 家目]	1
(진길충효록)		
【增】 진길충효록	정명기[尋是齋 家目]	1
【增】 진길충효록 晉吉忠孝錄 박순호[家目]		1(정사년, 33f.)
【增】 진길충효록	박순호[家目]	1(얼히연삼월이십오일등셔, 110f.)

【增】

〈비교연구〉

1) 「숙향전」과 「진길충효록」 중 「진길충효록」은 한편으로는 서사 무가 「바리공주」의 의식, 즉 초월적 존재에 대한 인간의 정성을 강조하고 있다는 점에서, 다른 한편으로는 「숙향전」의 서사 구조를 차용했다는 점에서 서사 무가 「바리공주」와 고전 소설 「숙향전」의 영향 아래 창작된 파생 작품으로 판단된다. 또한 「진길충효록」으로 題名된 이본의 경우에서는 군담 소설, 가정 소설에서 볼 수 있는 내용을 뒤에 덧붙이고 있다는 점에서 볼 때, 이 고전 소설은 선행한 소설의 여러 흥미 있는 부분만을 모아 편집·개작한 측면이 있기도 하다. 그래서 전체 서사 구조상 유기성이 결여되어 있음을 보게 된다. 이런 점들을 고려해 볼 때 「진길충효록」은 소설 창작에 관심은 있되 독창적 창작 능력은 가지고 있지 못한 어떤 사람이 재미삼아 창작한 소설일 가능성이 있다. 아마도 소설 읽기에 심취한 독자가 이 소설의 창작에 관여하지 않았을까 한다(최원오, "서사무가와 고소설: 「바리공주」와 「숙향전」, 「연진길전」의 관계," 『한국 고전산문의 탐구』[2002. 5], p.352).

〈이본연구〉

1) 소설의 제목이 「진길충효록」으로 되어 있는 이본은 「연진길전」으로 題名된 것보다 분량상 두 배 정도 길다. 이것은 「연진길전」에는 없는 내용, 즉 진길이 서달국을 평정하는 과정(군담 소설적 내용), 제1처와 제2처의 위상 다툼(가정 소설적 내용)이 더 들어 있는 데에 기인한다. 이것은 소설적 흥미를 위해 이미 여러 소설을 통해서 알려져 있는 내용 중에서 흥미 있는 내용만을 골라 덧붙인 것으로 보인다. 이는 분량상의 차이가 있기는 하지만 「연진길전」·「진길충효록」 등이 이전의 구비 기록 서사 문학을 이용해 창작된 작품임을 알려 주는 단서라고 할 수 있다(최원오, "고소설 읽기의 모색 2: 「연진길전」 연구," 『한국 고전산문의 탐구』[2002. 5], p. 167, n. 3); 「진길충효록」으로 題名된 이본에서는 도사가 나타나서 진처사에게 옥포동을 소개하고 있다. 또한 딸의 출산에 관한 내용이 구체적으로 소개되어 있다. 그리고 딸의 출산뿐만 아니라 아들(진길)의 출산을 모두 선녀, 선관의 謫降으로 설정하고 있다는 점에서 「연진길전」으로 제명된 이본보다 훨씬 도선적 경향이 강하게 드러나고 있다(동상, p. 168, n. 4).

678.2. 〈연구〉

Ⅲ. (학술지)

【增】

1) 최원오. "「연진길전」 연구." 『한국 고전산문의 탐구』(월인, 2002).
2) 최원오. "「바리공주」와 「숙향전」, 「연진길전」의 관계." 『한국 고전산문의 탐구』(월인, 2002. 5).

〈줄거리〉

(「진길충효록」)[245]

【增】

(전남대 소장 8장 필사본, 「진연길전」)

송나라 옥포동에 진처사란 이가 살았는데, 청백 관후하여 벼슬에 뜻이 없었으며, 나이 오십이 되도록 아들이 없었다. 어느 날 어떤 노승이 와서 월용산 월용암 부처님께 발원하면 자식을 낳을 것이라고 하자, 진처사는 부인과 여아를 집에 머물게 하고 발원하러 갔다. 월용산 월용암에 가니 한 백발 노승이 불상님 현몽으로 미리 마중 나와 있다가 진처사를 맞아들인 뒤 재백을 불상전에 놓고서 발원을 하였다. 진처사가 향탕에 목욕재계하고 옷을 갈아입고서 칠일을 지성으로 재계하니 노승이 본댁으로 가라고 하면서 귀자를 낳을 것과 도중에 은상서를 만나 백년귀객을 맞을 것이라고 하였다. 한편 은상서에게는 사십 이후에 낳은 아들(스물세 살)이 있었는데, 선친이 현몽하여 천정 인연이 있을 것이라고 하고서 진처사가 지나갈 것을 알려 주었다. 진처사와 은상서가 자식들의 사주를 받고 헤어졌다. 진처사 부인에게 그 날부터 태기가 있어, 열 달 만에 백학 한 쌍이 집안 사면을 무수히 맴돌더니 그 날 밤에 일개 동자를 탄생하여 이름을 길이라 하였다. 진처사의 아들과 은상서의 딸이 결혼하였다. 황제가 태자를 탄생하여 태평과를 여니 진길도 가고자 하나 진처사가 꾸짖고 못 가게 하니, 진길이 어머니에게 부탁하여 아버지를 설득하여 과거를 보러 갔다. 진길이 강동 주점에 도착하니 구름과 서기가 서려 있는 곳이 있어 노복으로 하여금 누구의 댁인지 알아보도록 하였다. 노복이 그 댁은 송승상댁인데, 주인은 황성에 갔으며, 부인과 소저, 비복만이 살고 있다고 전하였다. 진길은 소저가 있다는 말을 듣고 밤에 송승상댁에 가고자 했다. 이때 송소저가 방에서 수를 놓다가 침상에 의지하여 조는데, 연못가에 황룡이 여의주를 물고 자기를 따라오는 꿈을 꾸다가 깨었다. 송소저는 창을 열어 청의동재[진길]를 보고 그의 아름다움에 탄식하였다. 진길이 옥통소를 내어 짝을 찾기 어렵다는 곡을 연주하였다. 송소저가 담장 안에서 배회하는데, 진길이 담장을 넘어 집안으로 들어갔다. 송소저가 놀래어 방으로 들어가자 진길이 따라 들어갔다. 송소저는 성음을 낮추어 이 댁은 대국 송승상댁이라고 하며 나가라고 하였다. 진길은 나가지 않고서 아름다운 인연을 맺자고 하였다. 송소저가 매파를 보내라고 하자 진길은 듣지 않았다. 송소저가 눈물을 머금고 말하기를 천명이라고 한 뒤, 부친이 상시관으로 올라가며 자기에게 글을 지으라 하기에 지어 바쳤더니, 과거에 그 글제를 내걸고 딸과 같이 지은 글을 보면 장원급제를 내고 사위를 삼겠다고 하는 말을 전하고 시제를 가르쳐 주었다. 진길은 부채에 차운(次韻) 일 수를 지어 신물로 주고, 날이 새자 송소저의 집을 나왔다. 진길이 경성으로 가서 과거를 보아 장원급제하여 한림학사를 제수받았다. 송승상이 한림학사를 찾아가 성취하였는지를 물어본 뒤, 자기의 집에 들르라고 하였다. 송승상 집에 내려와서 과거장에서 있었던 일을 말하니 송소저가 전에 있었던 일을 말하였다. 한림이 석 달 말미를 받아 집에 가는 길에 송승상 댁을 들렀다. 송승상이 소저 나이 십삼 세로 성혼할 곳이 없더니 한림이 임자라고 한 뒤, 사주를 적어 달라고 하여 택일하였다. 한림이 집에 도착하여 그간의 일을 아뢰고, 송소저와 결혼하였다. 한림이 말미를 정한 날

---

245) 『줄거리 집성』에 「질길충효록」 줄거리 앞에 삽입.

이 되어 황성에 가 서주자사를 제수받았다. 서주에 흉년이 들자 자사는 창고를 흩어 백성을 구하니 백성들이 자사의 덕을 칭송하였다. 자사가 기우제를 3일 동안 지내니 비가 와서 농사를 지을 수 있게 되었다. 천자가 진길의 정성이 지극함을 듣고 이부상서로 패초하였다. 이때 천자가 득병하여 백약이 무효였는데, 서양국 의원 위가 주달하기를 삼신산 영지초를 얻어야 환후 평복할 것이라고 하였다. 좌승상 김우경이 이부상서 진길을 추천하니, 상서가 영지초를 구하러 삼신산으로 떠났다. 상서가 채석강, 연진, 무산 십이봉, 고소령, 연화강, 악양루와 황학루를 지나 오관산, 검각산, 청룡산을 넘어 한 곳에 다다르니 산이 높고 하늘이 뒤이고 좌우가 깊어 갈 곳이 없었다. 상서가 탄식하자 백발노인이 나타나, 산중에 있은 지 일만 년이나 삼신산을 듣지 못했다고 하였다. 상서가 구만 리 종천이라고 하니 노승이 웃으며 억만 리 종천이라고 하면서 길을 안내해 주는 부채를 주었다. 상서가 가다 보니 앞에 태산이 있어 그 산을 넘어가니 부처가 있었다. 부처는 자신이 산에 있은 시 수만 년이뇌 봉래산이란 말도 듣지 못하였다고 하였다. 상서가 간청하니 부처가 저 산을 넘어가면 미륵이 서 있으니 가서 물어 보라고 하였다. 미륵이 삼신산은 서천 가운데에 있다고 하고서, 약수 삼천 리가 막아 있으니 용왕의 표주 아니면 건너지 못한다고 하였다. 미륵이 상서에게 돌아가라 하니, 상서는 무수히 애걸하였다. 이에 미륵이 상서의 정성이 지극함을 알고 천 리를 가면 월출산이 있는데, 그 곳에서 선동이 약을 캐고 있으니 선동에게 물어 보라고 하였다. 상서가 월출산을 찾아가다가 기력이 다하자 한탄을 하였다. 백발노인이 나타나 상서의 정성을 칭찬하며 대추 및 발에 바를 약을 주었다. 상서가 월출산을 가니 동자가 나타나 옥황상제가 서해 용왕에게 명하여 약수 삼천 리를 건네주라고 하고, 천태산 마고할미에게 명하여 봉래산 영

지초를 캐어 주라고 분부했음을 말하였다. 상서가 동자로부터 선과를 받아먹고 종일토록 가서 물가에 이르러 축수하니, 옥저를 불며 청의동자 한 쌍이 표주를 타고 왔다. 상서가 표주를 타고 가면서 주위를 지나쳐 가는 여러 선관들을 보았다. 상서가 봉래산에 가니 한 선녀가 광주리에 영지초 한 봉을 담아 내어 주었다. 상서가 돌아갈 길을 탄식하자 서해 용왕의 아들이 여의주를 주었다. 상서가 여의주를 타고 순식간에 대궐에 이르러 영지초를 왕후에게 바치니 왕후가 제후왕을 봉하리라 하였다. 영지초를 물에 조합하여 입에 넣으니 천자가 살아났다. 이튿날 용자가 상서에게 환혼주를 주며 상서의 부친의 위독함을 전하였다. 상서가 천자께 부친의 병이 위독함과 그간의 일을 말하니, 천자가 상서를 부마로 간택하고자 함을 말하였다. 천자가 어서 가 부친의 명을 구하고 난 뒤 공주와 결혼하라고 하였다. 상서가 집에 가서 이미 죽은 부친에게 환혼주를 먹여 살려냈다. 상서가 그간의 일을 말하자 부친이 잔치를 베풀었다. 옥포동에서는 집집마다 충신패를 분에 걸고, 거리에는 효자비를 세우고, 노래를 지어 불렀다. 천자가 그 소식을 듣고 충신비를 만들어 황성 사대문 밖에 하나씩 세우게 하고, 효자비 넷을 만들어 봉황성 사대문 밖에 세우고, 노래를 지어 삼태육경으로 강하고, 천하에 창생들도 노래를 지어 부르게 하였다. 천자가 진처사를 노왕으로, 부인을 정렬부인으로, 상서부인을 숙렬부인으로 봉하고 은금 3만 냥과 비단 일만 필을 상으로 주었다. 상서가 노왕께 공주와 혼인 정한 말을 하니 숙렬부인이 공주와 혼인을 하라고 하였다. 이때 용자가 찾아와 용녀와 혼인하기를 권하였다. [용왕의 딸이 소개됨] 용왕이 딸더러 짝이 없으면 그저 늙겠다고 하였다. 용녀가 내 짝은 인간 세계에 있다고 하고서 변복한 후 청의동자로 되어 주유천하하다가, 황성에서 진길의 명성을 듣고 옥포동으로 갔다. 용녀가 제비로

되어 상서의 용모를 살피고 이처 일첩에 구자 삼녀를 둘 것을 알았다. 상서가 용궁에 들어가 용녀와 결혼하고 집으로 돌아왔다. 상서가 황성에 가서 공주와 결혼하였다. 송소저, 공주, 용녀가 각각 삼남 일녀를 두었다. 노왕과 정렬왕비가 구름을 타고 승천하였다. [끝에 충효를 본받기를 바라는 글이 첨부됨](최원오, "「연진길전」 연구," 『한국고전산문의 탐구』[2002], pp. 168-172).

678-1.◘[진녹사전 陳錄巳傳]246)

【增】　한문필사본

【增】 陳錄巳傳　　　　　임철호[『국어국문학』, 125]　　　1([표지]壬申十月日, 13f.)247)

◘679.[진대방전 陳大方傳] ← 김시각전 / 대방전 / 임시각전 / 정대방이사적 / 진태방전

〈관계기록〉

① 『징보언간독』, 下, 제19장 後面: 요사이는 적이 틈이 없사오나 긴긴 책이나 보고저 하오대 『내훈』이라 하는 책은 오륜 행실의 있사오니 보아 더 신기한 것 없사오며 「진딕방전」이라 하옵는 책은 딕방 수죄하온 말이 너모 호번만 하옵고 별노 신기한 책 얻어 볼 수 업사오니 댁의 무슨 책 있삽거든 빌이시압소서 믿삽나이다 일후 연하와 연신도 하옵고 혹 무엇 빌이라 하오시면 있는 것은 그리 하오리다.

② Courant, 792: 「진딕방젼 陳大方傳」.

【增】

1) 『三齋遺稿』(李敎器), 「同敦寧申公[申在旭 1824-1894]墓誌銘」: 嘗買「陳大方」諺冊 使愚夫觀聽 感發其孝悌之心☯(일찍이 「진대방전」 언문책을 사서 어리석은 사내들로 하여금 보거나 듣게 하여 그 효도와 우애의 마음을 느껴 일도록 하셨다).

〈이본연구〉

【增】

1) 「진대방전」의 이본들 사이에서 이루어지는 변개는 주로 후반부에서 이루어지고 있다. 그리고 이 이본들 사이의 변개에 따라 이본의 갈래를 나누어 본다면 '하버드 31장본', '하버드 57장본', '딕방전 방각본'으로 구별될 수 있을 것 같다. 33장본과 57장본은 후반부에서 그 차이가 비교적 심한 편인데, 33장본은 강릉태수가 된 대방의 치적에 대해 백성을 훈계하는 글과 백성의 대방에 대한 송덕의 글이 서술되어 있는 반면 57장본은 위에서 본 바와 같이 후반부의 구성에 있어서 대방의 자식에 대한 사항이 상세하게 묘사되는 등 보다 소설적인 구성에 힘을 기울인 흔적이 보인다. 그리고 이 57장본과 같은 계열로 볼 수 있는 것이 36장본이다. 방각본 계열은 우선 도입부에서 대방의 가계에 대한 서술이 '셰딕향족'로 되어 있어 도입부에서 고귀한 혈통이 진술되는 고전 소설의 일반적 특징에서 벗어나고 있으며, 후반부가 소설적 구성은 갖추고 있으나

---

246) 『이본목록』·『작품연구 총람』에 추가.
247) 각주 추가. 【增】 본전에 이어 「兎鼈傳」이 합철되어 있다.

간략하게 처리되고 있다. 「딕방전」은 상당히 색다른 구성을 지니고 있으며, 「진대방전」의 일반적인 특징으로 보여지는 교훈적 구도에서 완전히 벗어나려는 의도를 지니는 것으로 짐작되나, 그 전모를 파악할 수 없기 때문에, 본고에서는 상세히 다루지 않기로 하겠다(송성욱, "「진대방전」," 李相澤 외 3인 엮음, 『고전소설의 기초 연구』[2001. 10], p. 448).

국문필사본

(진대방전)

【增】	진딕방젼니라 秦大房傳	김광순[筆全](68)	1([표지]계축년맹춘, 37f.)
【增】	진딕방젼니라 秦大房傳	김광순[筆全](68)	1(38f.)[248]
【增】	진딕방젼	김종철[家目]	1(己未, 40f.)
【增】	진딕방젼이라	김종철[家目]	1(丙午二月, 35f.)
【增】	진대방전 단권	박순호[家目]	1(己丑正月二十二日始書, 39f.)
【增】	진딕방젼 권지일	박순호[家目]	1(63f.)
【增】	진딕방젼	박순호[家目]	1(을뫼연경월십육일등셔라, 32f.)
【增】	진딕방젼	박순호[家目]	1(甲寅元月二十五日, 27f.)[249]
【增】	진딕방젼	박순호[家目]	1(계희솜월쵸스일시쵸, 37f.)
【增】	진딕방젼	박순호[家目]	1(을뫼오월등셔, 30f.)
【增】	진딕방젼이라	박순호[家目]	1(47f.)[250]
【增】	진딕방젼이라	박순호[家目]	1(칙쥬에 영광대안면상동인셔, 임자이월쵸사일종이라, 壬子二月初四日終, 31f.)
【增】	진대방전	성대(D07B-0082)	1(1929)
【增】	陳大方傳	여태명[家目](23)	1(庚子臘念五日, 25f.)
【增】	진딕방젼	여태명[家目](47)	1(경술경월초이튼날위시라, 29f.)
【增】	진딕방젼	여태명[家目](192)	1(병진연, 55f.)
【增】	陳大房傳	여태명[家目](220)	1(甲午正月, 40f.)
【增】	진딕방젼	여태명[家目](239)	1(39f.)
【增】	진딕방젼	여태명[家目](281)	1(39f.)
【增】	진딕방젼	여태명[家目](348)	1(丙辰二月十四日, 39f.)
【增】	진딕방젼 陳大芳傳	여태명[家目](399)	1(庚戌正月初八日始抄, 39f.)
【增】	진딕방젼이라 진딕방젼	이태영[家目]	1(딕졍심연[1921]졍월?필리라)
	진딕방젼이라	임형택[莽蒼蒼齋 家目]	1(34f.)
【增】	陳大房傳	정명기[尋是齋 家目]	1
【增】	진대방전	정명기[尋是齋 家目]	1
【增】	진대방전	정명기[尋是齋 家目]	1

---

248) 말미에 「형제원별가」·「자책가」·「황천일기라」 등(6f.) 합철.
249) 가사(17f.), 琴譜詞(5f.), 「湖山曲」 합철.
250) 「手紙書法」(6f.)·「제문」(7f.) 합철.

【增】 진대방전	정명기[尋是齋 家目]	1	
【增】 진대방전	정명기[尋是齋 家目]	1	
【增】 진대방전	정명기[尋是齋 家目]	1	
【增】 진대방전	정명기[尋是齋 家目]	1[251]	
【增】 진대방전	정명기[尋是齋 家目]	1[252]	

국문활자본

【增】 진대방전	김종철[家目](1953)/정명기 [尋是齋 家目](1951)	1(世昌書舘, 1951/1953)	
(윤리소설)진딕방젼(倫理小說) 陳大房傳	국중(3634-2-112=1)/[仁活全](14)	1(국한자 병기, [著·發]朴健會, 新舊書林, 1915,.12.8 44pp.[253])	
【增】 진대방전	국중(3634-2-16=5)	1([著·發]朴健會, 新舊書林, 1917)	
진딕방젼 (古代小說)陳大方傳	박순호[家目]/[李:古研, 299]	1([著·發]池松旭, 新舊書林, 초판 1915; 재판 1917; 1922.9.20, 62pp.)	
진대방전 陳大方傳	방민호[家目]/[『출판목록』]	1(永昌書舘, 1935. 10. 30. 42pp.)	

한문필사본

【增】 陳大方傳	丁奎福[漢少目, 世-5]	1	

679.1. 〈자료〉

Ⅰ. (영인)

「진대방전」

> 679.1.5. 仁川大民族文化研究所 編.『舊活字本古小說全集』, 14. 銀河出版社, 1983; (再刊) 國際아
> 카데미, 2002. (신구서림판)

679.2. 〈연구〉

Ⅱ. (학위논문)

〈석사〉

【增】

> 1) 김미성. "한국 고전소설에 나타난 효사상 연구:「심청전」·「적성의전」·「진대방전」을 중심으로"
> 碩論(수원대 교육대학원, 2002. 8).

Ⅲ. (학술지)

【增】

---

251) 「옥단춘전」과 합철되어 있다.

252) 「괴똥전」과 합철되어 있다.

253) 총 85pp. 중「진대방전」은 44pp.까지이고 45pp. 이하에는 '단편소설 륙장 공산명월'이라 하여 笑談들을
수록하고 있다.

1) 이태문. "윤리 의식의 중세적 형상화: 「진대방전」을 중심으로."『연세학술논집』, 27(연세대 대학원 총학생회, 1998. 2).

2) 조재현. "「진대방전」 이본 연구: 「임시각전」과 「정대광사적」을 중심으로."『국민어문연구』, 7(국민대 국어국문학연구회, 1999. 2).

3) 박여범. "「진대방전」에서 문제된 패륜과 송사."『國語文學』, 36(國語文學會, 2001. 11).

4) 宋晟旭. "「진대방전」." 李相澤朴熙秉林治均宋晟旭 엮음,『고전소설의 기초 연구』(태학사, 2002. 10).

◘680.[진문공 晉文公]

◐{진문충의록}

〈관계기록〉

① 「옥난빙」(회동서관판) 結尾: 이후로 여러 주손이 각각 입취 성관ᄒ야 주손이 만당ᄒ고 영화 부귀 긋치지 아니ᄒ니 진문의 츙효 절렬을 하날이 살피사 주손이 번창ᄒ니 허다 사젹은 또 「진문충의록」에 잇기로 아직 붓을 이에 긋치노라.

【增】 ▶(진사전 進士傳 → 이진사전)

◘681.[진성운전 陳聖運傳 / 陳聖雲傳] ← 김성운전 / 성운전 / 진공필전 / 진장군전

국문필사본

(진공필전)

진공필젼	계명대[古綜目](고811.35긴공필)	1

(진성운전)

【增】 진성운전	김종철[家目]	1(45f.)
【增】 진성운젼 진성웅전 단 鄭洙敬傳 單	미도민속관[생활사 도록](48)	1(단긔사이팔오년[1952] 일월십삼일)
【增】 진승운젼이라 상권	미도민속관[생활사 도록](49)	1
【增】 진서운전 권지단이라	박순호[家目]	1(정월십일, 75f.)
【增】 진성운전 권지이라	박순호[家目]	낙질 1(2: 갑어연이월시무날, 단 기사천이백팔십칠연됴[1954], 81 f.)
【增】 진성윤전	박순호[家目]	1(을해년정월, 67f.)
【增】 진성운젼	박순호[家目]	1(113f.)
陳聖雲傳	임형택[莽蒼蒼齋 家目]	1(20f.)
【增】 陳聖雲傳	정명기[尋是齋 家目]	1
【增】 진성운전 상하편	홍윤표[家目]	1(병주납월 등셔, 81f.)

【增】 (진장군전)

【增】 진장군젼 단	박순호[家目]	1(무오즁츈순상라, 51f.)

(진장군전)

진장군전 권지단 陳將軍傳	국중(3634-2-112=3)	1([著·發]金在義, 大昌書院, 1916.2.11, 71pp.)
진장군전 권지단	국중(3634-2-112=2)	1([著·發]姜義永, 永昌書館·韓興書林·三光書林, 1930.4.10, 71pp.)

618.1. 〈자료〉

Ⅱ. (역주)

681.1.10. 리창유·김세민·최옥희 윤색·주해.『진장군전(·리대봉전·어룡전)』. 조선고전문학전집, 23. 평양: 문예출판사, 1988; 서울: 연문사, 2000(영인).254)

681.2. 〈연구〉

【增】Ⅱ. (학위논문)

〈석사〉

1) 박진아. "「진성운전」의 구성원리와 그 의미." 碩論(경북대 대학원, 2002. 2).

Ⅲ. (학술지)

「진성운전」

【增】

1) 田溶文. "「진성운전」의 異本에 대하여."『古小說硏究』, 5(韓國古小說學會, 1998. 6).

◐{진승상전 陳丞相傳}

▶(진시황실기 秦始皇實記 → 진시황전)

◪682.[진시황전 秦始皇傳] ← 진시황실기

〈관계기록〉

① 「진시황실긔」(유일서관판, 1916) 結尾: 독자시여 이 아릭를 자셰히 알고자 ᄒ거든 「초한건곤장자방실긔」를 보시옵쇼셔.

국문활자본

【增】 진시황실긔 秦始皇實記 국중(3634-2-37=8)/ 국중(3634-2-37=3)		1(총 11회, 박건회 편즙, [著·發] 朴承曄, 漢城書舘, 1916.11.26, 94pp.)

682.1. 〈자료〉

Ⅰ. (영인)

---

254) 리창유 윤색·조동옥 주해,「리대봉전」과 김세민 윤색·주해,「진장군전」및 최옥희 윤색·주해,「어룡전」이 합책되어 있다.

682.1.1. 仁川大民族文化研究所 編.『舊活字本古小說全集』, 14. 銀河出版社, 1983; <u>(再刊) 國際아카데미, 2002</u>. (유일서관·한성서관 총발매)

【增】 ▶(진씨천선록 陳氏遷善錄 → 진씨효열록)
◪683.[진씨효열록 陳氏孝烈錄]

> 국문필사본

【增】 (진씨천선록)		
【增】 진시쳔션록 단	박순호[家目]	1(55f.)
【增】 진시쳔션록 단	박순호[家目]	1(전북순창군복흥면반월리 정병석, 46f.)
【增】 진씨쳔선녹 권지단 陳氏遷善錄	박순호[家目]	1(丙子正月十五日, 61f.)
【增】 (진씨효열록)		
【增】 진시효열녹	박순호[家目]	1(光緒八年[1883], 43f.)

▶(진옥전 振玉傳 → 김진옥전)
◪684.[[진이 眞伊]]
〈출전〉柳夢寅(1559-1623), 『於于野譚』

▶(진장군전 陳將軍傳 → 진성운전)
◗{진주삼합재록 珍珠三合再錄}
〈관계기록〉
① 金台俊, 『朝鮮小說史』, p. 229: 「珍珠三再合錄」.
② 金起東, 『李朝時代小說論』, p. 595: 「珍珠三合再錄」.[255]

◪685.[진주탑 珍珠塔]
〈참고자료〉
① 重要的話本 就是「三國」·「水滸」及後出的「岳傳」·「玉蜻蜓」·「珍珠塔」等◐(중요한 화본으로는 「삼국지」·「수호지」 및 그 후에 나온 「악전」·「옥청정」·「진주탑」 등이다)[胡懷琛, 『中國小說研究』, p. 105].
② 土音彈詞屬於以方言彈唱的一類 其中以吳音彈詞爲最流行 譬如「三笑姻緣」·「玉蜻蜓」·「珍珠塔」都屬於這一類◐('토음 탄사'는 방언으로 탄창하는 것의 한 가지 종류인데, 그 중에는 '오음 탄사'가 가장 유행하였으니, 예컨대 「삼소인연」·「옥청전」·「진주탑」 같은 것이 모두 여기에 속한다)[孟瑤, 『中國小說史』, p. 606].
③ 「珍珠塔」一名「九松亭」原刻於乾隆四十六年 有山陰周殊士的序 '雲間方茂才元音 先得我

---

255) 金起東의 "古典小說의 書誌學的 考察"(『국어국문학』 51, p. 105)에 의하면 서울大藏本으로 되어 있다.

心 於俗本慮爲改正 惜未成書而沒 余所見僅十八回 …… 余因爲之完好 凡有掛漏處補綴靡遺 又增之二十四回' 這是在彈詞界極有名的一本書 又經過彈詞名家馬如飛的改編 更爲動人 如飛字吉卿一署滄海釣徒長洲人 幼習刑名充書吏 後因家計維艱 改承先業 從其中表桂秋榮學 遂成名家 就是彈詞中 有名的馬調 最善唱「珍珠塔」◒(「진주탑」은 일명 「구송정」이라고도 하는데, 원본은 건륭 46년[1781]에 간행되었다. 산음 사람 주수사는 서문 속에서 말하기를, “운간 사람 무재 방원음이 나보다 먼저 속본을 개정하려 하였으나, 애석하게도 미처 이루지 못하고 죽었다. 따라서 내가 본 것은 겨우 18회까지에 지나지 않았으나, 나는 이것이 가장 잘된 것으로 여겨, 일부 빠진 곳을 보충하여 빠진 곳이 없게 하고 또 더하기도 하여 24회로 늘였다.”라고 하였다. 이것은 탄사계의 가장 이름난 책으로, 그 후 다시 탄사의 명인인 마여비의 개편을 통하여 뭇 사람을 감동시켰다. 여비의 자는 길경으로 ‘滄海釣徒 長州人’이란 서명도 있다. 그는 어려서 법률학을 공부하여 서리에 보충되었으나 후에 가정 형편이 너무 가난하므로 가업을 계승했다. 그는 외종사촌형인 계추영을 따라 공부하여 마침내 명가를 이루었는데, 탄사 중에서도 유명한 ‘마조’가 바로 그것이다. 그는 특히 「진주탑」을 잘 불렀다)[동상, p. 614].

【增】〈관계자료〉

1) 『[演慶堂]諺文冊目錄』(1920; 藏書閣所藏): 12.「珍珠塔」 10冊.

【增】

〈판본연대〉

1) 규장각에 소장되어 있는 「진주탑」은 번역본의 초고인 듯 부분적으로 지우거나 수정한 부분이 보이는데, 낙선재본 한글 필사본[「진주탑」]에는 규장각본의 수정한 내용이 그대로 반영되어 있다. …… 이로 보건대 앞서 언급한 두 작품[「요화전」·「충렬소오의」]의 경우와 마찬가지로 「진주탑」 역시 규장각본을 수정한 다음 그것을 바탕으로 그대로 베껴 써서 낙선재본이 만들어진 것이다. 수정한 부분은 「충렬소오의」의 경우처럼 그리 썩 많지는 않다. 그리고 규장각본은 男筆인 듯하고, 낙선재본은 이보다 더욱 정서된 궁체로 이루어져 있다는 점도 앞서 언급한 작품들과 동일하다. 이상과 같이 규장각본을 수정하여 낙선재본을 만들었다는 점이나, 규장각본에 비하여 낙선재본이 정제되어 있다는 점, 그리고 낙선재본으로 갈수록 책 수가 2배 이상 늘어난다는 점에 있어서 앞서 언급한 「요화전」이나 「충렬소오의」와 동일한 양상을 보이기에 「진주탑」 역시 「요화전」, 「충렬소오의」와 함께 비슷한 시기에 비슷한 방법으로 만들어진 작품으로 봐야 할 것이다. 이는 곧 가람이 언급한 1884년경에 고종황제의 명으로 이종태 등 수십 명의 문사가 중국 소설을 번역하였다는 사실에 부합하는 것이다(류준경, “낙선재본 중국번역소설과 장편소설사,” 『한국문학논총』, 26[2000. 6], pp. 13-14).

▶(진태방전 陳泰方傳 → 진대방전)

◘686.[[진현전 陳玄傳 ①]]

〈작자〉 金奭行(1688~1762)

〈출전〉『晩可齋稿』

◖**687.[[진현전 陳玄傳 ②]]**
　〈작자〉趙載道(1725~1791)
　〈출전〉『忍庵遺稿』

◖**688.[[진현전 陳玄傳 ③]]**
　〈작자〉朴允黙(1771~1849)
　〈출전〉『存齋稿』, 25, 雜著

　688.2.〈연구〉
　　Ⅲ. (학술지)
　　【增】
　　　1) 김창룡. "문방사우 가전과 유서:「저백전」·「모원봉전」·「진현전」·「석탄중전」."『가전 산책』
　　　　(한성대출판부, 2004. 4).

▶**(진효자전 陳孝子傳 → 진대방전)**
▶**(짐홍전 → 김홍전)**256)
◖**689.[징세비태록 懲世丕泰錄] ← *남강월**
　〈관계기록〉
　　① Courant, 812:「징세비틱록 懲世否泰錄」.
　　【增】
　　　1)『[演慶堂]諺文冊目錄』(1920; 藏書閣所藏): 136.「懲世丕泰錄」1冊.

　　| 국문필사본 |

　　【增】懲世鄙泰錄　　　　京都大[河合弘民]　　　　낙질 2(2: 이현, 34f.; 4: 낙장 24f.)
　　증셰비태록　　　　　　　이대[古](811.31증64)　　　낙질 4(3~6책 외 결; 3~6: 세정미지월일 금호셔)

　689.2.〈연구〉
　　Ⅲ. (학술지)
　　【增】
　　　1) 金章東. "未發掘 朝鮮朝 小說 硏究:「징세비태록」·「설낭자전」·「정생전」등을 중심으로."
　　　　『韓國文學硏究』, 15(東國大 韓國文學硏究所, 1992. 12).
　　　2) 전상욱. "「징세비태록」 이본연구."『동방고전문학연구』, 3(東方古典文學會, 2001. 9).

---

256) Courant, 827에「짐홍전」이라 보이나 아마도 이것은「김홍전」의 오기일 듯하다.

차

【增】 ◑{참반겸유록 參班兼遺錄}

　　【增】 　국문필사본

　　【增】 참반겸유록 參班兼遺錄　　　　　　박순호[家目]　　　　　　1(辛亥二月八日, 43f.)

【增】 ▶(창감록 彰感錄 → 창선감의록)

◑{창난조신록 倡難朝臣錄}

▶(창낭전 → 창란호연록)[1]

　　【削】 <제의> 작품 안에서는 표제를 '창낭전'으로 한 근거를 찾을 수 없으나, 주인공의 이름이
　　　　…… '장낭전'이 오기된 것이 아닐지 모르겠다.

　　【訂】 <작품연대>

　　　① [「창낭전」의] 작가와 창작 연대는 …… [2]

　　【削】 690.1. <자료>

　　【削】 690.2. <연구>

　　【削】 Ⅲ. (학술지)

　　690.2.1. 조선문학창작사 고전연구실. "「창낭전」."『고전소설해제』(문예출판사, 1991; 한국문화사, 1994.
　　　　6); 조선문학창작사 고전문학실 편. "「창난전」."『한국고전소설해제집』, 下(보고사, 1997. 4).[3]

▶(창란호연 昌蘭好緣 → 창란호연록)

691.◻[창란호연록 昌蘭好緣錄][4] ← 창낭전 / 창란호연

---

1) 줄거리 정리 과정에서 「창낭전」이 「창난호연록」의 이본임을 새로 알게 되었다. 따라서 표제 항목 번호를
　　삭제하고 줄거리는 「창란호연록」조에 수록한다.
2) 『작품연구 총람』 ◻691.「창란호연록」조 <제의> 다음 행으로 이동.
3) 『문헌정보』의 ◻691.「창란호연록」조 691.2. <연구> Ⅲ. (학술지)조로 이동.
4) 「옥란기연」의 前篇이다.

〈관계기록〉

① 『諺文古詩』(가람본), ‘언문칙목녹’, 92:「충난회연」.

② Courant, 860:「창난호연 昌蘭好緣」.

【增】

1) 『[演慶堂]諺文冊目錄』(1920; 藏書閣所藏): 4.「昌蘭好緣」23冊.

〈이본연구〉

【增】

1) 연경본[「昌蘭好緣」]이 국도본에 비하여 상대적으로 古拙스러운 표기법을 구사하고 있다는 느낌이고, 그렇다면 조심스러운 推斷이긴 하지만, 연경본이 국도본보다 先行本에 해당될 수 있지 않을까 한다. …… 작품 변개 양상을 통하여서도 연경본에서는 古拙美를, 국도본에서는 새로운 맛을 느낄 수 있다고 하겠고, 따라서 연경본이 국도본에 선행하는 텍스트일 수 있다는 추정이 가능함은 앞서 본 ‘양본의 언어 조건’에서의 추정과 다르지 않다. …… ‘사건 전개 양상’에서 연경본에서는 상황 서술이 국도본에 비하여 매우 소략하고 압축되어 있는 등 작품 서술이 성실치 못하다는 지적을 면하기 어려웠고, 따라서 국도본의 텍스트적 우월성을 지적하게 되었던 것이다. 그러나, 작품이 후반부로 진행되면서 눈에 띄는 특이한 현상은 국도본의 경우, 작품 내용의 일정 부분이 누락되어서 서사 진행의 연결고리가 끊어지는 현상을 보이고 있다는 사실이 다. 예컨대 국도본에는 연경본 권6의 제60엽부터 마지막 엽(제100엽)까지와 권7의 12엽까지의 53엽분에 해당하는 내용이 누락되어 있어서 앞뒤의 서사 연결이 되지 않고 있다. …… 국도본에서 의 이러한 텍스트적 결함은 여기서 끝난 것이 아니고 작품 결말 부분에서 다시 적지 않은 분량이 누락됨으로써 대하 소설로서의 완결감을 잃고 있다. …… 연경본은 비록 표현과 서술 기법에서 국도본에 뒤떨어지긴 하지만, 이본 출현의 선후를 따진다면 연경본이 선행본에 해당될 개연성을 확보하고 있고, 또 텍스트로서의 온전성·완결성을 따지더라도 연경본이 또한 善本에 해당하는 조건을 확보하고 있다(이상택, “「昌蘭好緣」 連作,” 李相澤 외 3인 엮음,『고전소설의 기초 연구』[2001. 10], p. 466; pp. 474~475, 477, et passim).

〈비교연구〉

【增】

1) 「옥원」과 「창난」은 단순한 모작의 관계에 있는 것이 아니라 철저한 대응작의 관계에 놓임을 알 수 있다. 그 대응작이 「옥원」인지 「창난」인지에 대해서는 확언을 할 수가 없다. 다만 옹서 갈등이란 특별한 이야기가 두 작품에서 중요한 구실을 하고 있는데, 「옥원」이 옹서 갈등이 가지고 있는 본래적 의미에 더욱 충실하다는 감안한다면 「창난」이 「옥원」의 대응작일 가능성이 더 많다. 게다가 사용된 어투가 「옥원」은 주석을 하지 않으면 이해하기가 곤란할 정도로 어려운 한문 구절들이 많이 사용되지만 「창난」은 그렇지 않다. 또한 「창란」은 새로운 이야기를 첨가하면 서 분량을 늘렸고, 「옥원」은 한 이야기를 집중적으로 거론하여 장면 지연을 극대화함으로써 분량을 늘렸다. 이런 점들까지 감안한다면 「창난」에 대한 대응작으로서의 「옥원」을 상정하는 것에는 무리가 따른다(송성욱, “「옥원재합기연」과 「창난호연록」 비교 연구,” 『古小說研究』, 12[2001. 12], pp. 216~217).

2) 「창란」[「창란호연」]에서는 인간의 감정에 솔직한 가운데 인물들의 결함이 여과 없이 드러나는데 반해, 「완월」[「완월회맹」]에서는 도덕적 이념에 충실한 가운데 인물들의 결함이 잘 드러나지

않는다. 이러한 인물 형상의 차이는 갈등 양상의 차이로도 이어져 「창란」에서는 남녀간의 예절에서 벗어난 行態들이 보이는데 반해 「완월」에서는 이러한 모습이 보이지 않으며, 「창란」에서는 효보다는 애정을 주로 한 갈등이 전개되는데 반해 「완월」에서는 애정보다는 효를 주로 한 갈등이 전개되고, 「창란」에서는 인과 구조에서 벗어난 부분이 많은데 반해 「완월」에서는 인과 구조에 철저하다. …… 두 작품은 흡사한 이야기를 하고 있음에도 지향하는 가치는 극과 극에 놓인 작품이다. 도덕적 이념을 충실히 재현하고 있는 작품으로서의 「완월」과 이러한 이념 지향성에서 탈피하여 일상적 현실을 충실히 재현하고 있는 작품으로서의 「창란」이 대별되고 있는 것이다. 특히 두 작품은 중심 사건, 주요 인물의 역할, 심지어 시대 배경 및 조력자까지도 매우 흡사하기에 이 두 작품은 한 작품이 다른 작품에 대한 적극적인 대응의 의지를 가지고 지어졌을 가능성이 높다. 그러나 아직까지 두 작품의 선후 관계를 밝힐 확실한 문헌 자료를 찾을 수 없다. 그것은 「창란」에 대한 「완월」의 대응일 수도 있고, 「완월」에 대한 「창란」의 대응일 수도 있다. 중요한 점은 동일한 소재를 다룸에도 불구하고 두 작품이 차이를 드러내며 갈라지는 지점이다(한길연, "「창란호연」과 「완월회맹연」 비교 연구,"『冠嶽語文研究』, 28[2003. 12], p. 433 및 p. 435).

국문필사본

〈창란호연록〉

창난호연록	계명대[古綜目](고811.35창난호)	낙질 2(권3, 6: 기유삼월십일일필)
【增】 창난호연록	계명대[古綜目](고811.35창난호)	낙질 8
【增】 충ᄂ호현록 권지ᄉ	김광순[筆全](62)	낙질 1([표지]丁卯一月初一日, 82f.)
【增】 창난호영녹 錯亂浩永錄	김광순[筆全](62)	([표지]丁丑元月望日始, 서두 낙장 23f.)5)
【增】 창난호련녹 昌蘭孝烈錄	김종철[家目]	낙질 3(丙辰 九月, 권2: 55f.; 권3: 84f.; 권9하, 65f.)
【增】 창난호연녹 권지이	박순회[家目]	낙질 1(2: 辛亥八月粧, 27f.)
【增】 창난호연록 권지일	박순회[家目]	낙질 1(칙쥬 윤씨, 118f.)
【增】 창ᄂ호연녹 권지일	박순회[家目]	낙질 1(77f.)
【增】 창난호연녹	서울대[심악](813.5-C3629hp)	낙질 3(신유이월, 3; 10; 24)
【增】 창난호년녹	성대(D07B-0058)	1(신미?)
【增】 昌蘭好緣錄	정명기[尋是齋 家目]	낙질 1(권23)

691.2 〈연구〉

Ⅱ. 〈학위논문〉

〈석사〉

---

5) 뒤에 「馬武傳」(12f.)이 합철되어 있다.

【增】

  1) 곽지윤. "「창란호연」연구: 서사 기법으로서의 속이기를 중심으로." 碩論(서울대 대학원, 2001. 8).

  2) 梁珉禎. "「昌蘭好緣錄」連作." 刊行委員會 編.『古小說硏究史』(月印, 2002. 12).

Ⅲ. (학술지)

【增】「창낭전」

【增】「창란호연록」

691.2.10. 李相澤. "「昌蘭好緣」研究: 燕京圖書舘本을 中心으로."『震檀學報』, 75 (震檀學會, 1993. 6).『古小說硏究論叢』[茶谷李樹鳳先生停年紀念](景仁文化社, 1994. 2);『한국고전소설의 이론』, II(새문社, 2003. 3)에 재수록.

  【削】691.2.11. 李相澤. "「昌蘭好緣」研究: 燕京圖書舘本을 중심으로"『古小說硏究論叢』[茶谷李樹鳳先生停年紀念](景仁文化社, 1994. 2).

691.2.12. 梁惠蘭. "「昌蘭好緣錄」에 나타난 翁-壻, 舅-婦間 갈등과 사회적 의미."『淵民學志』, 4(淵民學會, 1996. 4).『외대어문논총』, 7(경희대 외국어대, 1995. 12)에도 수록. 筆者名 梁珉禎으로 李樹鳳外 共著,『韓國家門小說研究論叢』, II(景仁文化社, 1999. 7)에 재수록.

691.2.14. 이상택. "「昌蘭好緣」連作의 텍스트 校勘學."『古典文學研究』, 15(韓國古典文學會, 1999. 6).『한국고전소설의 이론』(새문社, 2003. 3)에 재수록.

【增】

  1) 송성욱. "「옥연재합기연」과「창난호연록」비교 연구."『古小說硏究』, 12(韓國古小說學會, 2001. 12). "「옥원재합기연」과「창난호연록」, 그 대응작의 논리"로『한국대하소설의 미학』(월인, 2002. 12)에 재수록.

  2) 李相澤. "「昌蘭好緣連作」." 李相澤·朴熙秉·林治均·宋晟旭 엮음,『고전소설의 기초 연구』(태학사, 2002. 10).

  3) 한길연. "「창란호연」과「완월회맹연」비교 연구: 가정 내적 갈등을 중심으로."『冠嶽語文研究』, 28(서울大 國語國文學科, 2003. 12).

◑{창삼전}

692.◆[창선감의록 彰善感義錄 / 倡善感義錄 / 昌善感義錄][6] ← 감의록 / 원감록 / 【削'창선감의록'】[7] / 창선록 / *충의록 / *충효록 ②[8] / *화문충의록 / *화문충효록 / *[9] 화씨창선감의록 / *화씨충의록 / *화씨충효록 / *화씨팔대록 / *화씨팔대선행록 / *화씨팔대충의록 / *화씨팔대충효록 【削'/ *화씨팔대충효록'】[10] / 화씨효행기 / 화진전 / *화형옥전 / *화형옥충의록

---

6) 趙在三,『松南雜識』에 趙聖期(1638~1689)作說.

7) 『이본목록』·『작품연구 총람』 수정.

8) 『이본목록』·『작품연구 총람』 수정.

9) 『이본목록』·『작품연구 총람』 수정.

〈작자〉 趙聖期(1638~1689)[11]

【增】

1) 金道洙 漢譯說은 우선 논거로 삼을 만한 것이 전혀 없을 뿐 아니라, 후술하겠지만 영남대 소장 한문본「倡善感義錄」에서 보듯이 김도수는 조성기의「창선감의록」을 단지 '所述'하였을 뿐이다. 여기서 원전 표기와 관련하여 한 가지 추정이 가능하다. 春洲 金道洙(1699~1733)의 淸風金氏 집안과 拙修齋 趙聖期(1638~1689)의 林川趙氏 집안은 사돈 관계에 있었다. 조성기의 바로 윗형으로 府使를 지낸 一峰 趙顯期(1634~1685)가 김도수의 伯父인 金佐明(1616~1658)의 사위였던 것이다. 그러므로 조성기의「창선감의록」이 소설에 빠져 있던 김도수에게 전달되었을 가능성은 매우 높다. 이것이 설득력이 있다면 다음과 같은 주장이 가능하다고 본다. 즉 김도수는 조성기의「창선감의록」을 보고 '기록(所述)'했고, 영남대본은 한문으로 되어 있으므로「창선감의 록」의 원작은 한문이었다는 것이다. 물론 김도수가 국문으로 되어 었던 것을 한문으로 번역했을 가능성이 없다고 단적으로 주장할 근거는 없다. 다만 '김도수 所述'의 의미와 '소술'한 시기 그리고 그것과 유사한 경우인 北軒 金春澤이「사씨남정기」를 漢譯한 사례가 비교될 수 있을 것이다(秦京煥, "「倡善感義錄」의 작품 구조와 소설사적 위상," 高麗大 博論[1993. 2], pp. 19~20),

〈작품연대〉

【增】

1)「구운몽」과 비슷한 시기에 창작된 것으로 추정되는「창선감의록」을 보면 가문이라는 확장된 공간에서 갈등이 이루어지기 때문에 처첩 간의 갈등뿐 아니라, 이복 형제간의 갈등, 정치적인 갈등 등 복합적인 갈등이 형상화되어 있다. 여기서는「사씨남정기」와 같은 가정 내적 갈등뿐 아니라, 가문 내적 갈등의 전개 과정 속에서 정치적 갈등 및 남성 주인의 입공담이 단초적인 형태로 등장한다.「창선감의록」에 등장하는 이러한 복합적 갈등 및 다양한 구성적 형태느 그 전형화의 정도는 문제가 될지 모르지만 이미 17세기 중반에 형성되어 규방 소설이라는 흐름을 이루었으리라 추측할 수 있다(박일용, "인물 형상을 통해 본「구운몽」의 사회적 성격과 소설사적 위상." 『정신문화연구』, 44[1991. 6], p. 206).

〈관계기록〉

① 『拙修齋集』(趙聖期, 1638~1689), 부록, '創善感義錄跋': 閱千歲亘萬古 皇英之姿 妊姒之德 其果幾人 下此一等 則鮮有不嫉妬 二人同居 其志不同 女無美惡 入室見妬 自古然矣 昔人所 言 盖出於防微杜漸之意也 余於洿寂之中 爲其逍遣 借閱「創感錄」一書 小說中 差强人意者 然大抵花門之禍 雖出於花珤母子 以沈氏卽一婦人之偏性薄品 景玉卽一華閥之柔懦凡庸 汝 陽侯斷當律已 齊家造端而正 始則庶無後日之患 而不此之爲 仦仦焉 泄泄焉 度了光陰☯(천 세와 만고를 돌이켜 보건대 아황·여영[12])의 자태나 태임·태사[13])의 덕을 갖춘 자 그 얼마나

---

10) 『이본목록』·『작품연구 총람』 중복 삭제.

11) 작자의 이설로 鄭浚東[鄭東浚의 잘못일 것이라고 함]설과 金道洙(1699~1733)설도 제기된 바 있다(김태준, 『조선소설사』, p. 160 및 p. 162).

12) 중국 고대의 堯임금의 두 딸로서 함께 舜임금에게 시집 갔는데, 순이 나라 안을 巡幸하다가 창오산에서 죽자, 두 부인이 이를 슬퍼하며 흘린 피눈물이 瀟湘江 가의 대나무에 뿌려져 얼룩 무늬를 이루었으므로, 후세에 이를 '瀟湘斑竹'이라 일컫게 되었다. 순임금을 애도하던 두 왕후도 결국 湘江에 빠져 죽자, 사람들이 그 넋을 기려 '湘君' 혹은 '湘夫人'이라 일컫고, 그 곳에 사당을 세워 넋을 기리었으니 이것이 바로 黃陵廟다.

될까. 이 아래 부류로 내려 본다면 질투하지 않는 사람은 드물다. 두 사람이 함께 산다면 필연 그 뜻이 같지 않을지니, 여자는 아름답거나 악함을 가리지 않고 방에 들어서는 질투함이 예부터 그러하다. 옛 사람이 말한 바는 대개 미미할 때 방지함과 시작부터 막자는 뜻에서 나온 것이다. 내가 적적한 중에 심심함을 물리치기 위해 「창감록」을 빌려 보았더니 소설 중에서 어느 정도 내 뜻에 맞는 것이었다. 그러나 대체로 화문이 맞은 화근은 비록 화춘 모자에게서 나온 것이나, 심씨는 일개 치우친 성질의 천한 성품의 부인이고, 또 경옥은 한낱 순하고 나약하며 범용한 화족인데, 여양후가 단연코 자신을 수양하고 집안을 다스려 단서를 만들고 처음부터 바르게 했다면 거의 후일의 환이 없었을 것을, 이런 방식으로 하지 않고 두려워하며 어물어물하는 중에 헛되이 세월만 보내고 말았구나!).

② 동상, 부록, 「拙修齋行狀」(趙正緯, 1698): 太夫人聰明睿哲 於古今史籍傳奇 無不博聞慣識 晩又好臥聽小說 以爲止睡遣悶之資 以常患無以繼之 府君每聞人家有未見之書 必竭力求之 得之而後已 又自依演古說 撰出數冊以進 苟有可以悅太夫人之意者 雖甚勞弊心力之事 樂自爲之 不覺沈痾之在體也●(대부인은 총명하고 슬기로워 고금의 사적과 전기를 널리 보아 자세히 알지 못하는 것이 없었다. 만년에는 누워서 소설 듣기를 좋아해, 이로써 잠을 막고 시름을 물리치는 자료로 삼았으나, 소설을 계속해 구할 수 없어서 항상 걱정하였다. 그러므로 부군[趙聖期 1638~1689]은 매양 다른 집안에 보지 못한 책이 있다는 말을 들으면 반드시 힘을 다하여 구하되 그것을 기어코 얻어 드리고야 말았다. 또한 자신이 고담에 의거하되 연의하여 책 몇 권을 만들어 드리기도 하였다. 진실로 대부인의 뜻을 기쁘게 할 수 있는 일이라면 비록 심력이 몹시 쓰이는 일이라도 기꺼이 몸소 행하여 몸에 깊은 병이 있는 사실도 깨닫지 못하였다).

③『松南雜識』(趙在三, 1801~1834), 桃卷, 稽古類, ‘創善感義錄’條: 我先祖拙修公行狀曰 太夫人 於古今史籍傳奇 無不博聞慣識 晩又好臥聽小說 以爲止睡遣悶之資 公自依演古說 撰出數冊 以進 世傳「創善感義錄」·「張丞相傳」等冊是也●(나의 선조 졸수공[趙聖期] 행장에 이르기를, 대부인은 총명하고 슬기로워 고금의 사적과 전기를 널리 보아 자세히 알지 못하는 것이 없었다. 만년에는 누워서 소설 듣기를 좋아해, 이로써 잠을 막고 시름을 물리치는 자료로 삼았으므로, 공 스스로 고설에 의거하여 책 몇 편을 만들어 드리니, 세상에 전하는 「창선감의록」·「장승상전」 등이 그 작품들이다).

④「一樂亭記」(晚窩翁), 序: 世之謂小說者 語皆鄙俚 事亦荒誕 盡歸於奇談詭譎 而其中所謂「南征記」·「感義錄」數篇 令人說去 便有感發低意矣 …… 噫 是書之作 雖出於架空虛構之說 便亦有福善禍淫底理則 此豈非罪我知我者乎 但願勿令人見之 使家庭間婦孺輩 眞諺讀之則 庶幾有補於敎誨之一道云爾●(세상에서 소설이라고 하는 것은 모두 말이 비속하고 내용 역시 황당[荒誕]하여 어느 것이나 기담이나 거짓말·우스갯거리에 지나지 않으나, 그 중에서 소위 「남정기」·「감의록」 등 몇 편은 사람들로 하여금 읽게 하여 감동시키게 하는 뜻이 있다. …… 아아, 이 책은 비록 가공 허구의 이야기로 지어졌으나 착한 자에게 복을 주고 악한 자에게 화를 내리는 숨은 뜻이 있으니, 어찌 나에게 죄를 주거나 나를 아는 자가 아닐까보냐?[14] 다만 원하기는

---

13) 太姒는 중국 周나라 文王의 아내이자 武王의 어머니이고, 太姙은 王季의 아내이며 문왕의 어머니다. 왕계의 어머니인 太姜과 더불어 주나라 왕실의 ‘三母’로 일컬어지며, 모두 덕이 높아 어진 아내의 표상으로 칭송된다.

14)『孟子』, ‘滕文公 下’에, 공자가 말하기를 ‘나를 아는 자 오직 『춘추』뿐이고, 나에게 죄 줄 수 있는 자

사람들로 하여금 이를 보지 못하게 하되, 가정의 부인이나 아이들로 하여금 한문이나 한글로 읽게 하면 가르치고 깨우치는 데 하나의 방도는 될 수 있을 것이다).

⑤ 『夢遊野談』(李遇駿 1801~1867), 下, '小說': 又有曰「彰善感義錄」敍花相國珍 及尹尙書汝玉之事「玉麟夢」敍范樞密景文 柳參政原之事 此未知作之者誰 而大意與「南征記」相彷佛 皆所以敍閨範內行 而節節奇聞異說 足令人家爲婦女者鑑戒 而勸懲焉 此雖閭巷稗說 所以補風化者不可謂小矣☯(또한 「창선감의록」이란 것은 화상국 진과 윤상서 여옥의 일을 그린 것이고, 「옥린몽」은 범추밀 경문과 유참정 원의 일을 그린 것으로, 이것을 지은 사람이 누구인지는 알지 못한다. 그러나 대체적인 뜻은 「남정기」와 비슷하며 모두 여성들의 법도와 행실을 서술한 것인데, 구절 구절마다 기문과 이설이 있어, 능히 인가의 부녀자들로 하여금 그것을 보고 경계를 하여 선을 권하고 악을 징계하게 할 수 있게 한다. 이것은 비록 항간에 떠도는 패설에 지나지 않으나, 풍속을 교화하는 데 돕는 바가 적다고 할 수는 없다).

⑥ 「倡善感義錄」(二葉山房版), 1, 第1張: 余以痰火로 養病潛臥ㅎ야 使婦人輩로 讀閨閤間諺書小說而聽之ㅎ니 其中에 有「寃感錄」者라 盖寃報ㅣ 相因ㅎ야 悽愴酸骨이나 然이나 爲善者ㅣ 必昌ㅎ고 爲惡者ㅣ 必敗ㅎ야 有足以動人而勸懲者矣라 昔에 花將軍雲之死於太平府也에 其妻邵氏ㅣ 往而從死之ㅎ고 幼子呱呱水中ㅎ야 七日而不死ㅎ니 豈非天也리오☯(나는 근래 담화[15]를 요양하느라 누워 있으면서 부인네들에게 민간의 한글 소설을 읽게 하고서 듣곤 하였다. 그 가운데에는 소위 「원감록」이라 하는 것도 있었다. 이 소설은 원한·응보가 서로 얽혀 뼛골이 시릴 지경이다. 그러나 '착한 일을 하는 자 반드시 일어나고 악한 일을 하는 자는 반드시 망한다'는 이치를 담고 있어 또한 사람들을 감동시키고 권징[16]하게 할 만한 것이었다. 옛날에 장군 화운이 태평부에서 죽을 당시 그의 아내 고씨는 물에 뛰어들어 남편을 따라 죽었다. 그러나 어린 아들은 물 속에 버려진 채 이레를 지났으나 죽지 않았다. 이 어찌 하늘이 시킨 바라 하지 않을 수 있겠는가?).

⑦ 「懸吐彰善感義錄」(翰南書林), 李炳勗 序: 盖「彰善感義錄」一書는 則蓬來鄭公浚東之所作[17] 而花家之孝子悌弟 所以格天感神之始末也라 其論事之正直ㅎ고 措語之平易ㅎ야 使閭巷婦孺로 讀之면 足以感發善心ㅎ야 廉頑立懦而非尋常稗官比也라 余之少時에 曾見此書ㅎ야 思所以刊布 而碌碌風塵에 有志而未遂焉이러니 白心齋斗鏞氏가 特發信心ㅎ야 鋟梓而廣布之ㅎ니 此는 救世天尊之一端善心也라 嗣後樂善君子之宅心을 如心齋ㅎ야 隨毁而隨刊之 則庶不負心齋之一片婆心而亦使花家之苦行特節로 永永不墜也리라 歲甲辰四月下浣 延城 李炳勗序☯(대개 「창선감의록」 한 책은 봉래 정동준이 지은 것으로, 화씨 가문의 효성스런 자식과 공경스런 아우가 천신을 감동시킨 전말을 쓴 것이다. 그 사건이 정직하고 말씨가 평이하여, 민간의 부녀자가 읽으면 족히 착한 마음을 일으키게 하여, 廉頑立懦하는 여느 패관 소설과는 비할 바가 아니다. 내가 어렸을 때 일찍이 이 책을 읽고 간행할 생각을 가졌으나 험한 세상에서 뜻만 가졌을 뿐 뜻을 이루지 못했더니, 심재 백두용씨가 특별이 신심[18]을 내어 간행하여 널리

　　다만 『춘추』뿐이다(知我者其惟春秋乎! 罪我者其惟春秋乎!)'라고 한 것에서 나온 말이다.
15) 담으로 인하여 나는 답답한 증세. 혹은 가래가 몹시 나오는 병.
16) 착한 것은 권하고 악한 것은 벌줌. 勸善懲惡.
17) '東浚之所作'의 誤記.
18) 옳다고 믿는 마음.

폈다. 이는 세상을 구하려는 천존[19]의 일단의 선심이었다. 뒤이어 선을 즐기는 군자의 마음을 심재처럼하여 멋대로 덜고 맘대로 간행하니, 심재가 지녔던 한 조각 노파심을 저버리지 아니하고, 또 화씨 가문의 고행과 뛰어난 절의를 오래오래 잃지 않으리라. 갑진년[1904] 4월 하순에 연성 이병욱이 서문을 쓴다).

⑧「倡善感義錄」(趙東一 소장): 觀此「寃感錄」一篇 可知其順德者昌 逆德者亡 良有以也夫☯(이 「원감록」 1편을 읽어 보니, 덕에 순응하는 자는 창성하고 덕을 거스르는 자는 참으로 망할진저!).

⑨「구운몽」(임형택 소장본) 結尾: 디져 부여의 슬필 거시 규즁과 여게 외난 업슬 거신 고로 이 칙에 졀죠와 도리난 분여[婦女]라도 방 즉[紡織] 여가에 가히 보암즉하기로 우리 조부긔오셔 번역ㅎ시어 기시는 고로 이번 봉심[奉審] 후 슈틱[手澤]을 직키랴 ㅎ였던이 슉부긔오셔 본칙 슴권 말중에 기록ㅎ삼 잇슴을 보고 번셔하엿스나 오호라 조부 만셰 후로도 슈틱이 오히려 게시온이 유즈 손자 보시오면 엇지 늣김이 업스실가 죠부 봉효공 필젹으로 「구운몽」과 「챵션감의록」 수질을 번역ㅎ삼인이 「구운몽」 일질은 슉부게오서 기록ㅎ슴이 인난 고로 디틱[大宅]에 잇스옵고 「감의록」 일질은 봉효공 친필 틱에 두셧논이 맛당히 보비오리 잇스면 번등ㅎ여 가지실 것시오 원본은 셰셰 유젼할지어다.

⑩『諺文古詩』(가람본), ‘언문칙목녹’, 51: 「창선감의록」.

⑪ Courant, 882: 「화시충효록」.

⑫『諺文古詩』(가람본), ‘언문칙목녹’, 32: 「화시팔디록」.

⑬ Courant, 882: 「화시츙효록 華氏忠孝錄」; Courant, 894: 「화문츙의록 花門忠義錄」; Courant, 895: 「창선감의록 彰善感義錄」.

⑭ 金台俊, 『朝鮮小說史』, p. 161: 「花門忠孝錄」

⑮ 金起東, 『李朝時代小說論』, p. 599: 「花門忠孝錄」.

【增】

1)『欽英』(兪晚柱 1755~1788), 7, 1779. 3. 19: 見小說二冊 以「倡善感義名錄」☯(「창선감의록」이라는 책 두 권을 읽었다).

2)『[演慶堂]諺文冊目錄』(1920; 藏書閣所藏): 7.「彰善感義錄」5冊.

〈이본연구〉

【增】

1) 한문본 ①[白斗鏞 編修 한문 활자본 「彰善感義錄」], ②[李祥九 발행 한문 石版本 「倡善感義錄」], ④[이원주 소장 한문 필사본 「倡善感義錄」], ⑤[영남대 소장 한문 필사본 「倡善感義錄」, 上], ⑥[조동일 소장 한문 필사본 「倡善感義錄」 上]과 비교했을 때, 의미상 차이가 없는 實辭 몇 자와 虛辭 몇 자의 交替가 있을 뿐이다. 이는 한문본이 대략 한 본을 두고 전승, 轉寫되었음을 의미한다. 그에 대해서 한글본 ③[亞細亞文化社 영인 한글 활자본 「창선감의록」]은 일일이 예를 들 것도 없이 한문본을 번역한 것임을 알 수 있으며, ⑧[계명대 소장 한글 필사본]도 역시 번역을 했으되 상당한 添削을 했던 것이다. 한글본 두 책을 가지고 결론을 삼는다는 것은 퍽 위험한 일이긴 하나, 위의 사실은 특별히 한글본이 譯者 또는 轉寫者에 따라서 여러 본으로 정착된 것을 짐작할 수 있게 한다. …… 「倡善感義錄」이 한글 소설 「寃感錄」을 번역한 것이므로

---

19) ‘부처’를 달리 일컫는 마음.

그 번역 과정에서 어떤 굴절을 일으켰는가 하는 문제는 퍽 흥미로운 일이나, 지금 「원감록」의 전승본은 발견되지 않았다. 따라서 이는 한문 「倡善感義錄」이 만들어지자 곧 한글 「챵션감의록」으로 번역되었고, 「창션감의록」에 밀려 「원감록」은 널리 유포되지 못한 채 없어진 것이 아닌가 한다. ……「한문본」「倡善感義錄」은 한글 소설 「원감록」을 번역한 것이며, 한문본의 母本은 하나요, 전사 과정에서 의미의 차이가 없는 몇 글자들의 차이가 있을 뿐이다. 이에 대해 한글본은 번역이나 전사 과정에서, 이야기 줄거리는 그대로 유지되되 부분적인 첨삭이 가해진 것으로 보인다(李源周, "「彰善感義錄」小考,"『童山申泰植博士古稀紀念論叢』[1979. 4], pp. 333, 335, 345~346, et passim).

2) 양본의 차이를 살펴본 결과 적어도 선후 관계에 있어서는 이내종의 주장대로 a본[국립중앙도서관 소장본 계열]이 조성기의 원본이고, b본[석인본 계열]이 후대의 개작본일 가능성이 높은 것으로 판단된다. 그 근거로는 우선, a본이 앞뒤가 잘 맞는 완결된 작품인데 반하여, b본은 앞뒤가 서로 어긋나는 대목이 많다는 점을 들 수 있다. …… 두 번째로 대하 소설 「화씨충효록」과 b본이 유사하다는 점을 들 수 있다. 앞에서 언급한 화진, 화춘 등 주요 인물의 캐릭터, 적강 구조의 삽입 외에도 산해와 관련된 부분 등등에서 「화씨충효록」은 b본과 일치하고 있다. 특히 산해와 관련된 내용들은 b본이 「화씨충효록」의 영향을 받았을 가능성을 시사한다. 세 번째 근거는 이 같은 b본의 변이가 「일락정기」와 매우 유사하다는 점이다. 「일락정기」는 「창선감의록」을 변용한 작품이지만, 전대 소설을 표면적으로만 모방하여 문제 의식은 약화되고 있다. 「창선감의록」에서의 선악과 보응에 대한 고민, 가문의 계승과 안정에 대한 관심 등은 나타나지 않고, 다만 선과 악의 대립만 나타난다. 그리고, 이를 당연한 것으로 강조하기 위해 천상과 지상의 이원적인 적강 구조를 택하고 있다. 「일락정기」의 이 같은 특징은 위에서 밝힌 b본의 내용과 일치하고 있다. 따라서, b본의 변이 양상은 후대 독자층의 취향을 반영하고 있는 것이라고 판단할 수 있다. 이러한 사실을 고려할 때, a본보다는 b본이 개작본일 가능성이 크다고 할 수 있다(이지영, "한문본 「창선감의록」의 변이와 개작의식,"『韓國古小說學會 第57次 定期學術大會』[2002. 4], p. 40).

국문필사본

【增】(창감록)

【增】昌感錄	여태명[家目](362)	1(52f.)
【增】창감록	여태명[家目](376)	1(64f.)
【增】창감록	여태명[家目](381)	1(64f.)

(창선감의록)

倡善感義錄	계명대[古綜目] (고811.35창선감ㅇ)	낙질 1(권2)
【增】倡善感義錄	계명대[古綜目](고811.35창선)	낙질 1
【增】창선감의록	계명대[古綜目] (고811.35창선감)	1
【增】창선감의록	고대(C15-A43)	4
【增】彰善感義錄	고대(C15-A43)	3

【增】 창선감의록 상권 彰善感義錄 抄	김광순[筆全](55)	낙질 1(상: 83f.)
【增】 창선감의록 권지상	김광순[筆全](68)	낙질 1(상: 83f.)
【增】 창선감의록 권지 일/권지亽	김광순[筆全](70)	낙질 2(1: 187f.; 4: [말미]을미이월 초팔닐칙쥬창영 河氏, 80f.)
【增】 창선감의록	김종철[家目]	2(상: 63f.; 하: 47
【增】 倡善感義錄	綠雨堂[古文獻]	1
【增】 倡善感義錄	綠雨堂[古文獻]	1(신유정월이십)
【增】 倡善感義錄	綠雨堂[古文獻]	1([표지]歲在乙丑夏謄書于浦上京)
【增】 창선감의록 倡善感 義錄	綠雨堂[古文獻]	1(임신칠월초길필셔)
창선감의록 唱善感 義錄	동양문고(VII-4-238)	10(1: 셰을亽사월일향목동셔, 31f.; 2: 同上, 30f.; 3: 34f.; 4: 셰지신축사 월일향亽동셔, 34f.; 5: 셰임자십월 일향목동셔, 31f.; 6: 셰임자십월일 향목동셔, 31f.; 7: 同上, 32f.; 8: 同 上, 31f.; 9: 同上, 30f.; 10: 同上, 28f.)
【增】 창선감의록 권지일	박순호[家目]	낙질 1(1: 61f.)
【增】 창선감의록 하권	박순호[家目]	낙질 1(하: 갑자이월이십亽일, 81f.)
【增】 [君子迎淑女 妖妾結凶客]20)	박순호[家目]	1(국한문 혼용, 丙正初八日出, 39f.)
【增】 창션감의녹 권지일	박순호[家目]	낙질 1(쳥광셔십亽연 [1888]무ᄌ 십일월 무ᄌ십일월쵸亽일, 37f.)
【增】 창선감의록 권지삼	박순호[家目]	낙질 1(3: 扶餘郡場岩面紙土里, 37f.)
【增】 창선감의록 권지상	박순호[家目]	낙질 1(甲□陰三月五日등셔, 68f.)
【增】 창선감의록 권지상이라	박순호[家目]	낙질 1(상: 59f.)
【增】 창선감의록 권지일 /권지이/권지三	박순호[家目]	3(1: 27f.; 2: 23f.; 3: 신희원일에필초 초亽일등쵸밋치라, 17f.)
【增】 창선감의록 권지일	박순호[家目]	낙질 1(35f.)
【增】 창선감의록 권지하	박순호[家目]	낙질 1(하: 88f.)
【增】 창선감의록 상권	박순호[家目]	낙질 1(상: 계희중춘, 81f.)
【增】 창선감의록 초권	박순호[家目]	1(61f.)
【增】 창선감의록이라	박순호[家目]	1(60f.)
【增】 창성감의녹 상/즁 /권지삼	박순호[家目]	3(상: 계미이월이십亽일등필, 38f.; 즁: 계미삼월이십이일필셔, 38f.;

---

20) 「창선감의록」 제5회의 回題이다.

		삼: 무신윤이월초한초등초월딕, 40f.)
【增】 창성감의록 하권	박순호[家目]	낙질 1(하: 임오츄구월상한의 즁화아즁 유시필등, 80f.)
【增】 챵선감의록	박순호[家目]	1(112f.)
【增】 챵선감의녹 권지삼	박순호[家目]	낙질 1(책주는 서후면 제전 조씨 아랑, 37f.)
【增】 챵선감의록 권지상	박순호[家目]	낙질 1(상: 癸巳二月和五日己巳 小子今月, 忠南公州郡牛成面방문리 南達照方 金泰東, 68f.)
【增】 챵선감의록 권지상이라 /권지이라	박순호[家目]	2(상: 45f.; 이: 게유즁츈슴일무오시 안소제는 챵셩감의록의히 본 바들믄하하야기록ᄒ나……, 79f.)
【增】 챵선감의록 권지제일	박순호[家目]	낙질 1(1: 47f.)
【增】 챵선감의록 권지하	박순호[家目]	낙질 1(하: 甲寅陰三月五日膳, 갑인음력슴월초닷ᄉ날 필셔하노라, 70f.)
【增】 챵선감의록	박순호[家目]	1(59f.)
【增】 昌善感義錄 乾/坤	박순호[家目]	2(乾: 70f.; 坤: 57f.)
【增】 倡善感義錄	서울대[奎](26366)	1(67f.)
【增】 倡善感義錄	서울대[심악](813.5-G416c v.1-2)	2
【增】 창선감의록	성대(D07B-0043a)	1(1920경)
【增】 창선감의록	성대(D07B-0043b)	1(1930경)
【增】 창선감의록 권지상	여태명[家目](167)	낙질 1(상: 계츅삼월십육일 여산군 북삼면 야경니 최류의 김강용, 82f.)
【增】 창선감의록 권지하	여태명[家目](278)	낙질 1(하: 계축십이월 십일, 34f.)
【增】 창선감의록 권지이	여태명[家目](279)	낙질 1(2: 계축십이월 십일, 30f.)
【增】 창슨감의록 권지하	여태명[家目](345)	낙질 1(하: 55f.)
【增】 창선감의록 권지니	여태명[家目](407)	낙질 1(2: 갑진사월십삼일, 57f.)
창선감의록	임형택[莽蒼蒼齋 家目]	2(상·하, 상: 60f.; ……)
【增】 창선감의록	임형택[莽蒼蒼齋 家目]	3(1: 50f.; 2: 52f.; 3: 52f.)
챵선감의록	임형택[莽蒼蒼齋 家目]	3(辛亥年三月日間村, 1: 33f.; 2: 32f.; 3: 31f.)
【增】 창선감의록	정명기[尋是齋 家目]	1
【增】 창선감의록	정명기[尋是齋 家目]	1(卷下)
【增】 창선감의록	정명기[尋是齋 家目]	1(卷下)
【增】 창선감의록	정명기[尋是齋 家目]	1(卷下)

【增】 창선감의록	정명기[尋是齋 家目]	낙질 1(天)
【增】 창선감의록	정명기[尋是齋 家目]	낙질 1(人)
【增】 창선감의록	정명기[尋是齋 家目]	낙질 1(권1)
【增】 창선감의록	정명기[尋是齋 家目]	낙질 1(권2)
【增】 창선감의록	정명기[尋是齋 家目]	낙질 1(권2-3)
【增】 (창선감의록)	조동일/정문연[韓古目] (37: R16N-000504-7)	1(44f.)21)

(화진전)

【增】 화진전 권효전	계명대[古綜目] (고811.35화진전)	1
【增】 하진전 권지二	박순호[家目]	낙질 1(국한자 혼용, 花珍傳末卷終, 36f.)

국문활자본

창선감의록 諺漢文 彰善感義錄	국중(3634-2-108=1)	1([著·發]洪淳必, 京城書籍業組合, 1926.12.20, 140pp.)(15)
창선감의록 상편/하편 倡善感義錄 上/下	국중(3634-2-108=7)<재판>	1(국한자 병기, 14회, [著·發]朴健會, 新舊書林, 초판 1914.1.5; 재판 1916.1.15, 88pp.)
창선감의록 (諺漢文)彰善感義錄	국중(3636-3)/서울대(3350-12) /[亞活全](10)	1([著]池松旭, 新舊書林, 초판 1917; 재판 1926, 140pp.)
창선감의록	국중(3634-2-108=3)<재판>	1([著·發]池松旭, 新舊書林·朝鮮圖書株式會社, 1917.10.30; 재판 1923.11.5, 140pp.)
【增】 챵선감의록	국중(3634-2-108=5)<초판> /국중(3634-2-108=4)<재판>	1([著·發]池松旭, 新舊書林·漢城書舘, 초판 1917.10.30; 1918.10.5, 140pp.)
챵션감의녹 상편/하편 倡善感義錄 上篇/下篇	국민대(고813.5.챵01ㄱ)/ 국중(3634-2-108=2)<초판> /국중(3634-2-108=7)<재판>	2-1(국한자 병기, 14회]상편 제1화~제7회; 하편 제8회~제14회], 朴健會 譯述, [編·發]朴健會, 朝鮮書舘, 초판 1914.1.5, 상: 139pp.; 하: 113pp.; 재판 1916.1.15, 상: 116pp.; 하: 88pp.)
【削】 창선감의록 倡善感義錄	[李:古研, 300]	1(朝鮮書舘, 재판 1916, 상: 116pp.; 하: 88pp.)

---

21) 원래 표지가 낙장되어 '고전소설'이라 가칭되던 이본(『이본목록』 ●{고전소설 古典小說} 국문필사본조 참조)이나 그 내용을 검토한 결과 「창선감의록」으로 밝혀졌으므로 이 곳으로 이동함.

한문필사본

(창선감의록)

倡善感義錄	계명대[古綜目](이811.35창선감)	1(時丙申榴夏初四日戊戌畢)
【增】倡善感義錄 花氏忠孝錄	고대[신암](C14-A20)[漢少目,家2-6]	1(咸豊八年聖上十一年 戊午十二月 日 李先達宅小說冊, 鳳兒十四歲時 書于瀛洲楓溪農隱齋)
【增】倡善感義錄	국중(古3636-23)[漢少目, 家2-9]	4-2[22]
【增】倡善感義錄	국중(古3736-55)[漢少目, 家2-9]	낙질 1(下, 74f.)
【增】彰善感義錄	金東旭/(R35P-000039-5)[漢少目, 家2-24]	2(庚辰)
【增】彰善感義錄	金東旭/(R35P-000036-11)[漢少目, 家2-25]	1(光武8[1904], 94f.)
【增】昌善感義錄	김종철[家目]	2-2(上: 隆熙四年[1910]庚戌二月, 67f.; 下: 隆熙四年庚戌五月, 57f.)
【增】倡善感義錄	김종철[家目]	2-2(上: 57f.; 下:67f.)
倡善感義錄 乾/坤	사재동[家目](0378-0379)/(R16N- 001260-8)	2
昌善感義錄 花公言行錄 卷上	사재동[家目](0380)/(R16N-001260 -4)	낙질 1(卷上, 88f.)
【增】倡善感義錄	사재동/(R16N-001260-3)[漢少目, 家2-30]	낙질 1(下, 73f.)
【增】倡善感義錄	성대(D7C-101a)[漢少目, 家2-33]	낙질 1(金道洙著, 30f.)
【增】彰善感義錄	소재영[漢少目, 家2-34]	2(乾坤, 庚午陽月初五日畢)
【增】昌善感義錄 下	여태명[家目](355)	낙질 1(하: 25f.)
【增】昌善感義錄	여태명[家目](368)	1(29f.)
【增】昌善感義錄	여태명[家目](369)	1(36f.)
【增】彰善感義錄	연대(811.36창선감) [漢少目, 家2-38]	2
倡善感義錄	연대[古1](811.36창선감.한-라)	2
【增】昌善感義錄	영남대[漢少目, 家2-47]	낙질 1
倡善感義錄	정규복	1(上下)
【增】倡善感義錄	정명기[尋是齋 家目]	1
【增】창선감의록	정명기[尋是齋 家目]	2-1
【增】倡善感義錄 花門忠義錄	정명기[尋是齋 家目]	2-1(上下, 癸卯元月日書于南陽)
【增】창선감의록	정명기[尋是齋 家目]	낙질 1(乾)

---

22) 返還文化財.

【增】 창선감의록	정명기[尋是齋 家目]	낙질 1(卷下)
【增】 창선감의록	정명기[尋是齋 家目]	낙질 1(卷一)
【增】 창선감의록	정명기[尋是齋 家目]	낙질 1(卷下)
【增】 昌善感義錄	天理大(日本)[漢少目, 家2-50]	2(上下)
【增】 倡善感義錄	탁민[漢少目, 家2-55]	1(慶蔚江亭 金裕成)
倡善感義錄	後孫家[『拙修齋集』	附錄]23)

(창선록)

창선록 倡善錄	연대[古2](811.939/15)	4-1(乙巳二月三日書于梅爲草廬 主權, 140f.)
창선록 彰善錄 彰善感夢錄	연대[古2](811.939/16)	2-1

한문밀양본

倡善感義錄	국중[우촌](古3636-6)/정문연 [韓古目](1260: R35N-002970-1)	3(石版本, 密陽 二葉山房, 1916, 123f.)
【增】 倡善感義錄	성대[漢少目, 家2-62-5]	
倡善感義錄	임형택[莽蒼蒼齋 家目]	3(石版本, 大正五年[1916]四月一日 二葉山房, 1: 50f.;……)

한문현토본

懸吐彰善感義錄	계명대[古綜目](고811.35 정동준ᄎ)/고대(C14-A10B)	1(鄭浚東, 白斗鏞輯, 漢城圖書株式會 社, 歲甲辰[1924]蜡月……李炳勗序)

〈회목〉

　(翰南書林版, 「懸吐 彰善感義錄」 / 金光淳 編, 『金光淳所藏 韓國筆寫本古小說全集』, 3, '倡善感義錄' / 同上 4, '唱善感義錄')24)

691.1. 〈자료〉

Ⅰ. (영인)

「창선감의록」

　692.1.3. 仁川大民族文化研究所 編. 『舊活字本古小說全集』, 33. 銀河出版社, 1984; (再刊) 國際아카데미, 2002. (한남서림, 1924년 제3판, 「懸吐彰善感義錄」)

【增】

　1) 金光淳 編. 『金光淳所藏 筆寫本韓國古小說全集』, 55. 박이정출판사, 1994. (김광순 소장)

【增】

「화씨충효록」

　1) 金光淳 編. 『金光淳所藏 筆寫本韓國古小說全集』, 60. 박이정출판사, 1994. (김광순 소장)

---

23) 驪江出版社에 의해 영인본이 간행(1984)된 바 있다.
24) 조선서관판 「倡善感義錄」 上·下篇의 회목도 이와 같다.

Ⅱ. (역주)

「창선감의록」

【增】

1) 박흥준 윤색 및 주해. 『창선감의록』. 평양: 문예출판사, 1986; 서울: 연문사, 2000(영인).

2) 구인환. 『창선감의록』. 우리고전 다시읽기 3. 신원문화사, 2002.

692.2. 〈연구〉

Ⅱ. (학위논문)

〈박사〉

691.2.1. 秦京煥. "「倡善感義錄」의 작품구조와 소설사적 위상." 博論(高麗大 大學院, 1993. 2).

〈석사〉

【增】

1) 권정희. "「창선감의록」과 「사씨남정기」·「일락정기」 비교 연구." 碩論(홍익대 교육대학원, 2002. 8).

2) 김진선. "「창선감의록」에 나타난 가족윤리 연구." 碩論(한국외국어대 교육대학원, 2002. 8).

3) 최용례. "「창선감의록」의 작가의식과 사상." 碩論(중앙대 교육대학원, 2003. 2).

4) 김효실. "고소설에 나타난 형제갈등 연구: 「창선감의록」과 「적성의전」을 중심으로." 碩論(건국대 대학원, 2005. 2).

Ⅲ. (학술지)

692.2.17. 李源周. "「彰善感義錄」小考." 『童山申泰植博士古稀紀念論叢』(啓明大出版部, 1979. 4).

692.2.22. 趙春鎬. "「倡善感義錄」 研究." 『文學과 言語』, 4(文學과言語研究會, 1983. 7). 『우애소설 연구』(경산대출판부, 2001)에 재수록.

692.2.32. 진경환. "「창선감의록」의 사실주의적 성격과 낭만적 구성." 『古典文學研究』, 6(韓國古典 文學研究會, 1991. 12). 『古典의 打作』(月印, 2000. 6)에 재수록.

692.2.45. 李昇馥. "趙聖期의 思想과 「彰善感義錄」." 『전농어문연구』, 7(서울시립대 국어국문학과, 1995. 2). "趙聖期와 「창선감의록」"으로 『고전소설과 가문의식』(월인. 2000. 11)에 재수록.

「창선감의록」

【增】

1) 이성권. "「창선감의록」과 「사씨남정기」를 통해서 본 초기 가정소설의 세계: 핵심적 갈등상과 인물의 층위에 따른 현실적 성격을 중심으로." 『우리어문연구』, 11(우리어문학회, 1997. ??).

2) 최기숙. "在地士族의 門閥糾合과 上京從仕 욕망: 「창선감의록」." 『17세기 장편소설 연구』(月印, 1999. 12).

3) 한창훈. "「창선감의록」의 구성과 성격, 그리고 교육적 가치." 『우리문학연구』, 12(우리문학회, 1999. 12).

4) 金秉權. "「彰善感義錄」과 明代話本小說의 比較研究." 『韓國民族文化』, 15(釜山大 韓國民族 文化研究所, 2000. 6).

5) 진경환. "「창선감의록」의 배경 설정." 『古典의 打作』(月印, 2000. 6).

6) 박일용. "「倡善感義錄」의 구성 원리와 미학적 특징."『고전문학연구』, 18(한국고전문학회, 2000, 12). 한국고소설학회 編.『한국고소설의 자료와 해석』(아세아문화사, 2001. 10)에 재수록.

7) 김병권. "「창선감의록」의 작명과 그 서술의 서사적 의미."『韓國民族文化』, 18(釜山大 韓國民族文化硏究所, 2001. 12).

8) 양민정. "초기 가문소설의 형성과 여성의 가문의식:「창선감의록」을 중심으로."『古小說硏究』, 12(韓國古小說學會, 2001. 12).

9) 김연숙. "「창선감의록」."『고소설의 여성주의적 연구』(국학자료원, 2002. 6).

10) 이지영. "구활자본「창선감의록」의 변이와 독자의 분화."『국문학연구』, 8(국문학회, 2002. 11).

11) 김나영. "「창선감의록」의 주요 등장인물 분석: 理氣性情論에 입각하여."『돈암어문학』, 15(돈암어문학회, 2002 12). 돈암어문학회 편,『문학적 맥락에서 본 국문학』(국학자료원, 2003. 2)에 재수록.

12) 金廷桓. "「彰善感義錄」." 刊行委員會 編.『古小說硏究史』(月印, 2002. 12).

13) 송성욱. "17세기 소설사의 한 국면:「사씨남정기」,「구운몽」,「창선감의록」,「소현성록」을 중심으로."『한국고전연구』, 8(한국고전연구학회, 2002. 12).

14) 이지영. "한문본『창선감의록』의 변이와 독자의 소설향유방식."『古小說硏究』, 14(韓國古小說學會, 2002. 12).

15) 차충환. "「강상월」과「부용헌」: 고소설의 개작본."『인문학연구』, 6(경희대학교 인문학연구원, 2002. 12). "「강상월」과「부용헌」:「창선감의록」과「홍백화전」의 개작"으로『韓國古典小說作品硏究』(월인, 2004. 10)에 재수록.

16) 정길수. "「창선감의록」의 작자 문제."『古典文學硏究』, 23(韓國古典文學會, 2003. 6).

17) 車充煥. "「창선감의록」의 서두 기록과 작가의 문제의식."『韓國古典小說 作品硏究』(월인, 2004. 10).

「화진전」

【增】

1) 林治均. "「화진전」." 李相澤·朴熙秉·林治均·宋晟旭 엮음,『고전소설의 기초 연구』(태학사, 2002. 10).

〈회목〉

(翰南書林版,「懸吐 彰善感義錄」/ 金光淳 編,『金光淳所藏 韓國筆寫本古小說全集』, 3, '倡善感義錄' / 同上 4, '唱善感義錄')

··················.

··················.

8: 驛店得烈士 仙洞訪丈人[25]

9: 白衣赴廣南 丹符破妖賊

10:元戎拜皇詔 美人投匕首

____

25) 이본 중에는 제8회 및 제10회의 회목이 각각 '驛店遇知己 仙洞訪岳翁', '元戎拜皇詔 刺客投匕首'로 되어 있는 것도 있다.

〈줄거리〉

【增】（하버드대 소장 「화진전」）

명태조 시절에 화운이라는 사람이 부인 소씨와 함께 죽었으나, 아이는 수중에서 7일간 죽지 않아 대가 이어졌다. 화운의 7세손인 화욱은 심부인·요부인·정부인을 두었는데, 요부인은 딸 빙선을 두고 일찍 죽고, 심부인은 춘을 낳고, 정부인은 진을 낳았다. 그런데 심부인은 빙선과 진을 모해하여 없애려고 하나, 고모 화욱과 성부인이 두려워 감히 뜻을 내지 못했다. 화욱은 국정을 엄숭 일당이 전단하는 것을 보고 고향 소흥으로 내려갔다. 한편 춘은 이미 임소저와 혼인하였으나, 아름답지 못하다고 하여 불쾌히 여겼다. 그러나 임소저는 덕행이 뛰어나 춘의 인물됨을 한탄했다. 그 후 진은 윤시랑의 딸과 혼인하고, 윤시랑의 집에 있던 남상서의 딸 남소저와도 혼인했으며, 범선도 유선양의 아들과 혼인했다. 그리고 얼마 후 정부인과 화욱이 세상을 떠나고, 성부인이 구가에 가면서 화부가 비게 되자, 심부인과 화춘은 화진을 잡아다가 장을 치고 가두는데, 임소저가 구호했다. 춘은 간교한 범한, 장편과 사귀고 미인인 조녀와 사통한 후 임소저를 내쳤다. 이로 인해 화부는 문란해졌다. 남소저는 본래 아버지가 엄숭의 죄를 적은 소를 올렸다가 악주에 유배되었는데, 그 곳으로 가는 도중에 엄숭이 보낸 자들에게 쫓기어 동정호에 투신하였다가 부모와 헤어지고 윤시랑에 게 의탁하였던 것인데, 10년 액화 후에 영화를 누릴 것이라는 예언을 들었다. 한편 화진은 장원급제하여 벼슬에 나아가고, 정실이 된 조녀는 심부인과 함께 윤소저와 남소저를 모해하던 끝에 독약을 먹여 남소저를 살해하려고 하나, 남소저는 여승의 구호를 입어 남복으로 개착하고 산사로 들어갔다. 화진은 모든 사실을 알면서도 지극한 효성으로 심부인을 모셨다. 화춘은 화진을 시기하다가, 범한 등과 함께 엄숭에게 화진을 모함하여 하옥시켰다. 조녀는 범한과 사통하며 윤소저를 축출하고, 화춘을 없애려 고 했다. 화춘은 장평의 밀고로 이 사실을 알고 윤소저를 엄숭 아들의 후처로 들이기로 하고, 장평과 함께 조녀와 범한을 없앨 궁리를 했다. 이때 윤소저의 동생이 우연히 화부에 왔다가 화춘의 계교를 알고는, 누이로 하여금 남복으로 개착하여 도망가게 하고, 자신이 윤소저의 옷을 입고 엄숭의 집으로 갔다. 윤소저의 동생이 동침을 거부하니, 엄공자는 자신의 누이를 보내어 함께 자게 도망쳤다. 엄숭은 윤소저가 자신의 며느리로 들어온 것으로 알고, 화춘과 약속한 대로 화진을 유배시켰다. 화진은 배소에 가 있다가 장인 남어사의 소식을 듣고 찾아가 남소저의 소식을 전했다. 화진은 그 곳에서 곽신인을 만나 무술을 익히고 배소로 돌아오니, 유성희가 와서 서산해가 창궐하였음을 알렸다. 이에 화진은 전장에 나아가 큰공을 세웠다. 이때 산해가 자객으로 보낸 미인이 화진을 죽이러 왔다가 그 인물됨에 놀라 실패했다. 화진은 결국 산해를 파했다. 한편 조녀가 범한과 함께 재물을 훔쳐 달아나자, 장평이 등문고를 쳐 그 동안의 일을 알렸다. 그 바람에 화춘의 일이 밝혀져 모두 하옥됐다. 그러나 화진이 돌아와 구하고 심부인과 화춘에게 지극한 효성과 우애로 대하니 모두 개과천선했다. 화진은 진나라 왕에 봉해졌다. 그 후 풍보 등이 제신을 없애려고 하였으나 화진의 간언으로 오히려 내쳐졌다. 화진이 팔십에 두 부인과 함께 소흥으로 돌아왔다. 그 후 화부의 복록이 끝없이 이어졌다(이상택 외 엮음, 『고전소설의 기초 연구』[2001.10], pp. 513~515).

▶(창선록 彰[倡]善錄 → 창선감의록)

◑{창성록}

　〈관계기록〉

　　①『諺文古詩』(가람본), '언문칙목녹', 62:「충성록」.26)

◑{창성숙전}

▶(창을기봉 → 이학사전)

◑{창효록 彰孝錄}

　【增】◑{채각전}

　　〈관계기록〉

　　　1)『[가람]칙목녹』(奎章閣所藏):「치각뎐」이권.

◑{채란전}

◑{채련전 採蓮傳}

◘693.[채봉감별곡 彩鳳感別曲]27) ← *추풍감별곡 /『전수록』

　　〈관계기록〉

　　①「彩鳳感別曲」(博文書舘刊本), 序文:「感別曲」은 平壤 情波의 結晶이라. 久히 同地에 傳ㅎ야
　　　或「彩鳳傳」이라 ㅎ며「秋風感別曲」이라 ㅎ야 南原의「春香歌」와 南北相對ㅎ야 實로 昔年
　　　未來 戀愛 情史의 代表的 小說이려니, 今에 其 舊本을 得ㅎ야 修正을 累加ㅎ고 更題ㅎ야
　　　曰「彩鳳感別曲」이라 ㅎ야 玆에 世에 聞ㅎ노니, 噫라 彩鳳의 幾多 奇遇險境과 感淚情懷가
　　　其將此書에서 流露ㅎ린더.

　　②「秋風感別曲」(新舊書林本; 世昌書舘刊本), 後記: 제작자 가로되 평양에「추풍감별곡」이 류전
　　　하미 오래되, 그 실사는 업고「감별곡」만 있으니, 비유컨대 실사는 샥리오,「감별곡」은 열매가
　　　되믈 애석하온 지 오래다가, 이제 문체에 천답함과 필법에 로돈함을 도라보지 아니하고, 혹
　　　듯기도하고, 혹 책자에서 본 것을 참작하야 한 샥리를 맨드렀으나, 가위 우수마별[牛溲馬渤]28)이
　　　라. 웃지 붓그럽지 아니하리오.

　　③『海東竹枝』[1925](崔永年 1856~1935), 中編, 俗樂遊戱,「感別曲」: 平壤妓妍妍紅 與觀察使有
　　　約 仍無消息 乃反作此曲而哀之 終身不嫁 至今傳其曲 名之曰「秋風感別曲」◓(평양 기생
　　　연연홍이 관찰사와 언약을 하였는데 소식이 없었다. 이에 이 곡조를 짓고 슬퍼하며 일생 동안
　　　시집을 가지 않았다. 지금까지 그 곡조가 전하는데 이름을「추풍감별곡」이라 한다).

---

26)「창선록」의 오기일 듯하다.

27) 일찍이 천태산인은「채봉감별곡」이『금고기관』의 제35화「王嬌鸞百年長恨」을 譯改한 작품이라 하였으나
　　(『조선소설사』, p. 96), 李明九에 의하면 양자는 약간의 상통점이 있는 외에는 전연 별개의 작품이라고
　　하였다(이명구, "李朝小說의 比較文學的 硏究,"『대동문화연구』, 5, 1968. 5).

28) 소오줌이나 말똥. 곧 가치 없는 말이나 글.

국문필사본

(「채봉감별곡」)

국문활자본

(「채봉감별곡」)

【削】 치봉감별곡 新小說彩鳳感別曲	여승구[『古書通信』, 15(1999. 9)]	1(장회본, 盧益亨, 博文書舘, 1913)
(명본)치봉감별곡 (正本)彩鳳感別曲	국중(3634-3-73=2)<4판>/국중 (3634-3-29=2)<5판>/여승구 『古書通信』, 15(1999. 9)] <초판>/吳漢根[藏目]/[亞活全] (10)/[啓明:新小全](13)	1(국한자 순기, 12회, 石農.) 居士 原著, 博文書舘, 초판 1914.5.25; 재판 1915.9.30; 3판 1916.1.10, 73pp; 4판 1916.10.26, 94pp.; 5판 1917.2.15, 97pp

(「추풍감별곡」)

츄풍감별곡 (古代小說) 秋風感別曲	국중(3634-3-56=1)<재판>	1(국한자 순기, [著·發]洪淳泌, 京城書 籍業組合, 초판 1925.11.10; 재판 1926. 12.20, 67pp.)[26]
츄풍감별곡(古代小說) 秋風感別曲	국중(3634-3-8=2)	1([著·發]趙南熙, 東洋書院, 1925.11. 30, 73pp.)
츄풍감별곡 秋風感別曲	국중(일모813.5-세299ㅊ표)/ 국회[目·韓Ⅱ](811.31)/김종철 [家目]/대전대[이능우 寄目](1088) /박순희[家目]/조동일[국연자](22) /조희웅[家目]/홍윤표[家目] /[仁活全](32)	1([著·發]申泰三, 世昌書舘, 檀紀 4285 [1952]. 12. 30, 64pp.)[27]
츄풍감별곡(新增演義) 秋風感別曲	국중(3634-3-56=4)<초판>/국중 (3634-3-8=1)<4판>/국중(3634-3 -56=2)<4판>/국중(3634-3-56=3) <4판>/국중(3634-3-8=6)<7판>/ 국중(3634-3-56=2)<?판>/국중 (3634-3-8=2)<?판>/[啓明: 新小全] (10)	1(국한자 순기, [著·發]池松旭, 新舊書 林, 초판 1913.10.12, 127pp.; 재판 1914. 2.12; 3판 1915.1.7; 4판 1916.1.25, 102p p.; 5판 1917, 84pp.; 7판 1918.9.13, 84pp.; 8판 1920, 84pp.; ?판 1921, 127pp.)

693.1. 〈자료〉

Ⅰ. (영인)

693.1.3. 仁川大民族文化研究所 編. 『舊活字本古小說全集』, 32. 銀河出版社, 1984; (再刊) 國際아카데미, 2002. (세창서관판)

693.2. 〈연구〉

Ⅱ. (학위논문)

【增】〈박사〉

「추풍감별곡」

1) 이혜숙. "「추풍감별곡」 연구." 博論(성신여대 대학원, 2001. 2).

〈석사〉

【增】

「채봉감별곡」

1) 홍인숙. "「숙영낭자전」과 「채봉감별곡」의 여성주의적 연구." 碩論(계명대 교육대학원, 2003. 2).

2) 강용모. "「채봉감별곡」에 나타난 근대성과 리얼리즘 연구." 碩論(단국대 교육대학원, 2003. 8).

3) 박은숙. "조선조 애정소설에 나타난 여성 인물 연구: 「금향정기」, 「숙영낭자전」, 「채봉감별곡」을 중심으로." 碩論(한국외국어대 교육대학원, 2003. 8).

4) 이은선. "조선후기 애정소설에 나타난 여성상: 「운영전」, 「숙영낭자전」, 「채봉감별곡」을 중심으로." 碩論(고려대 교육대학원, 2004. 2).

「추풍감별곡」

【增】

1) 신정희. "「추풍감별곡」의 고찰." 碩論(한양대 대학원, 1999. 8).

2) 배순희. "가사 「추풍감별곡」과 주변 장르의 교섭 양상 연구." 碩論(계명대 대학원, 2001. 2).

3) 박진선. "「추풍감별곡」의 애정양상 연구." 碩論(세명대 교육대학원, 2001. 8).

4) 임성진. "구활자본 애정소설 연구: 「추풍감별곡」, 「부용의 상사곡」, 「청년회심곡」을 중심으로." 碩論(성신여대 대학원, 2004. 2).

Ⅲ. (학술지)

【增】

「채봉감별곡」

1) 이혜숙. "『彩鳳感別曲』의 近代的 現實性." 『論文集』, 16(彗田專門大, 1998. 3).

2) 조광국. "「채봉감별곡」: 신분 와해 과정과 기녀 비애의 서사화." 『한국문화와 기녀』(월인, 2004. 2).

3) 조윤형. "「채봉감별곡(彩鳳感別曲)」의 교육적 성격." 『청람어문교육』, 30(청람어문교육학회, 2005. ??).

「추풍감별곡」

693.2.34. 權純肯. "「秋風感別曲」의 근대적 지향." 『泮橋語文研究』, 1(泮橋語文研究會, 1988. 6). 『활자본고소설의 편폭과 지향』(보고사, 2000. 4)에 재수록.

【增】

1) 김창현. "「추풍감별곡」에 나타난 여성상과 이중적 모순." 『成均語文研究』, 32(成均館大 國語國文學會, 1997. 12). 반교어문학회 편, 『고소설의 사적전개와 문학적 지향』(반교어문총서 3, 보고사, 2000. 3)에 재수록.

2) 권순긍. "「추풍감별곡」의 형성과정." 『활자본고소설의 편폭과 지향』(보고사, 2000. 4).

◘694.[천개소문전 泉蓋蘇文傳]

〈작자〉 朴殷植(1859~1926)

◕{천고은설 千古隱說}
◕{천광보경재합}

〈관계기록〉

① 『諺文古詩』(가람본), ‘언문칙목녹’, 207: 「천광보경지흅」.

◘695.[[천군기 天君記]] ← 『황동명소설집』

〈작자〉 黃中允(1577~1648)

〈출전〉 『傳家大寶』 (혹은 『三皇演義』[29])

〈관계기록〉

① 「天君紀」(I)[黃中允], ‘天君紀序’: 余少志於讀書 而不知門戶 自摳於寒岡·大庵兩先生之門 雖知有門戶 而質鈍才未免醉夢 且爲名韁縛束 役役風埃 遂至於肉走屍行者 今六十年 噫 初不知門戶則已 旣知有門戶 而反不知所入 懲旣往之大失痛 將來之莫及 而備述其從前謎誤 於此編 寓言之中如此 而其所以終能恢復云者 未敢自謂能然也 盖欲其從此 自警自勉 而不遠 於舊門戶云爾 崇禎癸酉仲秋 東溟老夫敍◕(내가 젊어서 독서에 뜻을 두었으나 문호를 알지 못하였다. 한강[鄭逑 1543~1620]·대암[朴惺 1549~1606] 두 선생에게 출입하면서 글을 배우고부터는 비록 문호가 있는 줄은 알았으나 본래 둔하고 재주가 없어 술 취하고 꿈꾸는 듯한 상태를 면하지 못하였고, 또 명예에 고삐가 매이고 세속일에 얽매이어 드디어 몸이 달리고 시체가 가는 듯한 상태가 됨이 이제 60년이 되었다. 슬프다. 처음에 문호를 알지 못하였으면 그만이거니와 이미 문호가 있는 줄을 알았고, 도리어 들어갈 바를 알지 못해서 과거의 큰 잘못을 징계하고 장래에 미치지 못함을 슬퍼해서 종전에 잘 모르고 틀린 바를 이 편 우언 가운데 이와 같이 갖추어 서술하였다. 그러나 끝내 회복할 수 있다고 말하는 것은 감히 스스로 그렇게 할 수 있다고 말할 수 없다. 대개 이를 따라 스스로 경계하고 스스로 힘써서 옛 문호에서 멀지 않다고 하고자 할 뿐이다. 숭정 계유년[1633] 중추에 동명노부는 서하노라).

② 「天君紀」(I)[黃中允], ‘天君紀敍’: 余少志於讀書 而不知門戶 自樞[摳]於寒岡·大庵兩先生之門 雖知有門戶 而質鈍才未免醉夢 且爲科曰時文 所累汨沒 奔走於槐黃之路者 殆十年 繼而名韁 鹿勒縛束 卯申役役 風埃中者 又殆十年 本以觸窓 酒朋重被 朝書桎梏 遂至於肉走屍行者 今六十年 噫 初不知門戶則已 旣知有門戶 而反不知所入 背馳叛去 而狼狽於邪岐曲徑之間 其於門戶不啻 北燕而南轅 所謂謬以千里者 此也 暴棄旣久 慨然追悔 而日暮途遠 回首奈何 懲旣往之大失痛 將來之莫及 而備述其從前謎誤於此編 寓言之中如此 而其所以終能恢復云者 未敢自謂能然也 盖欲其從此 自警自勉 而不遠於舊門戶云爾 崇禎癸酉仲秋 東溟老夫敍◕(내가 젊어서 독서에 뜻을 두었으나 문호를 알지 못하였다. 한강·대암 두 선생에게 출입하면서 글을 배우고부터는 비록 문호가 있는 줄은 알았으나 본래 둔하고 재주가 없어 술취하고 꿈꾸는 듯한 상태를 면하지 못하였고, 또 시문에만 범주를 정하매 누가 되어 과거 보는 일에 골몰하고

---

29) 이 표제의 사본 속에 「天君紀」를 비롯하여 「四代紀」 및 「玉皇紀」가 수록되어 있다.

분주함이 거의 10년이 되었다. 이어서 명예에 고삐가 매이고 세속일에 얽매이어 묘시에 조정에 들고 신시에 조정에서 나오고 하면서 풍애 중에 일한 지가 또 거의 10년이 되었다. 본래 달을 대하고 술과 벗으로 아침과 낮에 질곡되어 드디어 몸이 달리고 시체가 가는 듯한 상태가 이른 지가 이제 60년이 되었다. 슬프다. 처음에 문호를 알지 못하였으면 그만이거니와 이미 문호가 있는 줄을 알았고, 도리어 들어갈 바를 알지 못해서 반대로 달리고 반대로 가서 잘못된 갈랫길과 굽은 길에서 낭패한 채 있으니, 이는 문호에 있어서 북으로 연나라에 가는데 남쪽으로 수레를 모는 것일 뿐 아니라, 이른바 처음에 조금 틀리면 나중에 큰 차이가 난다는 것이 이것이다. 포기함이 오래되매 슬퍼하면서 뉘우치나 날은 저물고 길은 먼데 머리를 돌려 보나 어찌하겠는가? 기왕의 큰 잘못을 징계하고 장래에 미칠 수 없음을 슬퍼하여 종전에 잘 모르고 틀렸던 바를 이 우언 가운데에 이와 같이 갖추어 서술하였다. 그러나 끝내 회복할 수 있다고 말하는 것은 감히 스스로 그렇게 할 수 있다고 말할 수 없다. 대개 이를 따라 스스로 경계하고 스스로 힘써서 옛 문호에서 멀지 않다고 하고자 할 뿐이다. 숭정 계유년[1633] 중추 동명노부는 서하노라).

③ 同上, ‘逸史目錄解’: 或問於余曰「天君紀」何爲而作也 曰慨余之半生迷亂失途 而欲返轡復路 之辭也 曰然則謂之逸史 而各分爲題目者何也 曰此效史家衍義之法也 嘗考諸「列國誌衍義」·「楚漢衍義」及「東漢衍義」·「三國誌衍義」·「唐書衍義」及「宋史衍義」·「皇明英烈傳衍義」等諸 史 則皆爲目錄 …… 今吾紀也吾所覽也 非所以傳於人也 亦效爲目錄者 老夫年漸衰 精力已渴 尋常朝夕 欲隨題逐目 而披閱不怠也 文字則盡虎於「列國誌」等史 故曰逸史 目錄則又依於諸 衍義 故曰衍義☯(혹 어떤 이가 내게 묻기를, “「천군기」는 왜 지었습니까?” 하니, 내가 말하기를, “나의 반평생이 미란[30]하여 길을 잃었음을 분히 여기고 고삐를 채쳐 제 길로 가는 말을 쓰고자 함 때문이오.”라 하니, 또 그 사람이 묻기를, “각각 나누어 제목을 붙인 까닭은 무엇입니까?” 하거늘, 내가 대답하기를, “이는 사가들의 연의의 수법을 흉내낸 것이다. 일찍이 「열국지연의」·「초한연의」 및 「동한연의」·「삼국지연의」·「당서연의」·「송사연의」·「황명영렬전연의」 따위를 등의 제 사를 찾아 보니 모두 목록이 있었다. …… 지금 내가 쓴 「천군기」는 내가 보려는 것이지 남에게 전하고자 하는 것은 아니다. 또한 모방하여 목록을 만든 것은 내가 나이가 점점 더해 감에 따라 정력이 이미 다하여 평소에 아침 저녁으로 제목을 따라 열어 보는데 게을리하지 않게 하기 위함이다. 사용한 문자는 모두 「열국지」 등 역사에서 따 온 것이므로 ‘일사’라 했고, 목록은 또한 여러 연의 소설들에서 의거했으므로 ‘연의’라 한 것이다).

④ 家狀[黃冕九]: 律身也甚嚴 一言一動未嘗放過 而尤以酒色爲戒 作戒酒文 又著「天君紀」 以克 治之功 喩諸戰伐 而酒色爲寇賊 誠敬爲將相 備禁如仲弓之堅壁 勦滅如顔淵之厮役 以爲朝夕 警省☯(몸을 다스림이 심히 엄해서 한 말 한 행동도 일찍이 지나침이 없었고, 더욱이 주색을 경계하여 술을 경계하는 글을 지었고, 또 「천군기」를 지었는데, 극치[31]의 공을 전쟁에, 주색을 외적에, 정성과 공경을 장상에 비유하여, 비금은 중궁이 벽을 굳게 하듯, 초멸[32]은 안연[B.C. 514 ~ B.C. 483][33]이 시역하듯 하여, 아침 저녁으로 경계하고 반성하였다).

---

30) 정신이 혼미하여 어지러움.
31) 사사로운 욕심이나 그릇된 생각을 눌러 다스림.
32) 외적이나 도적의 무리를 무찔러 없앰.
33) 중국 춘추 시대 노나라 사람으로 이름은 回, 자는 淵. 공자 제자의 수제자로 후세에 顔子, 혹은 亞聖이라고 존칭되었다.

한문필사본		
傳家大寶 天君紀 (I) 三皇演義	黃中允後孫宗家(울진)	(39f.)

◪696.[천군본기 天君本記] ← 심사

〈작자〉鄭琦和(1786~1840)

한문현토본		
(심사)		
心史	서울대[奎](12457)	1(1885)
【增】心史	임형택[莽蒼蒼齋 家目]	1(鄭顯奭 跋, 乙酉[1885]秋刊, 35pp.)

◪697.◪[[천군실록 天君實錄]]

〈작자〉柳致球(1793~1854)[34]

〈출전〉『遺墨膽草』(1865)

〈관계기록〉

①『水西集』, 5, 28, '天君實錄跋'(柳玟熙所藏本): 右錄 卽小隱先生所纂輯也 先生早陞國庠 退遯 山林 講究治平之道 其莫要於治心 …… 天君之名立焉 昔東岡先生著「天君傳」族先祖上舍石 嵌公編軀書 而傳恐太畧 書涉太煩 乃參互折衷 裒成一通 …… 小隱諱致球 字來鳳 姓柳氏 以方谷兄子 親炙大埜之門 得聞心學之傳◉(이 작품[「천군실록」]은 소은선생[柳致球]이 찬집 하신 것이다. 선생은 일찍이 성균관에서 공부하다가 산림으로 물러나 은거하시며 치평[35]의 도를 강구하셨는데 이것은 마음을 다스리는 데 매우 중요한 것이다. …… 옛날 동강[金宇顒 1540~1603]선생이 「천군전」을 지었고, 집안의 선조이신 상사 석감공이 「구서」를 편찬했다. 그런 데 「천군전」은 너무 간략하고 「구서」는 번잡함이 지나쳤다. 이에 두 작품을 상호 참조하고 절충하여 모아 한 통의 작품을 이루었다. …… 소은의 휘는 치구요 자는 내봉이요 성은 유씨니, 방곡[柳洛文]형의 아들로서 스스로 대야[柳建休]의 문하에 나아가 가르침을 받았고 심학[36]의 전을 얻어 들었다).

한문필사본		
(오우총담)		
五友叢談	임형택[莽蒼蒼齋 家目]	1(31f.)
(천군실록)		
【增】天君實錄 單	김광순[筆全](61)	1(17f.)
天君實錄	鄭奉鎭[『遺墨膽草』][35] /김광순[筆全](51)	1(40f.)

---

34) 鄭昌翼(1818~1885)作說도 있다(朴魯春, "新資料 紹介 「天君實錄」," 『국어국문학』, 67, 1975. 4).

35) 세상을 다스려 평안함.

36) 마음을 닦는 학문이란 뜻으로, '성리학'을 일컫는 말.

| 天君實錄 | 柳玟熙(安東)[36]/김광순[筆全](51) | 1(21f.) |
| 【增】 天君實錄 | 정명기[尋是齋 家目] | 1 |

697.1. 〈자료〉

【增】 Ⅰ. (영인)

1) 金光淳 編.『金光淳所藏 筆寫本韓國古小說全集』, 51. 박이정출판사, 1994. (鄭泰鎭 소장)
2) 金光淳 編.『金光淳所藏 筆寫本韓國古小說全集』, 51. 박이정출판사, 1994. (柳玟熙 소장)

697.2 〈연구〉

Ⅰ. (단행본) 【削】

697.2.2. 【削】

Ⅲ. (학술지)

697..9. 金光淳. "「天君實錄」의 作者 是非와 作品構造."『韓國古小說史와 論』(새문社, 1990. 9). 『한국고전문학사의 쟁점』(새문사, 2004. 2)에 재수록.

【增】

1) 金光淳. "「天君實錄」의 作者와 創作動機."『申東鎰博士停年紀念論叢』(刊行委員會, 1995. 5).

◪698.[천군연의 天君演義]

〈작자〉鄭泰齊(1612~1669)

〈관계기록〉

① 「天君衍義」(鄭泰齊), 序: 嘗見史家諸書演義 其立言遣辭 皆是浮誇 實虛而修之 有無而張之 分其事而別其題 未結於前尾 而更起於下回 盖欲易於引目而務於悅人也 「天君演義」一書 不知何人所作也 其目 凡三十有一 設辭仮稱 形其無形 有文字之工 而多浮誇之病 絶類優人 之祝福 而左右咳也 雖然 始言吾人 爲私欲所撓奪 陷溺其心 失身花酒 將至於牿之反覆 而乃 以一朝悔悟 羞前之爲 就誠敬上決定 恁地明善 而復其初 終之 其法則倣史氏衍義 而其說則 本儒家工夫也 近來小說雜記 行於世者 固多而其中表著者言之 來自中國者『剪燈新話』·『艶 異篇』出於我東者『鍾離胡盧』·『禦眠盾』等書 非鬼神怪誕之說 則皆男女期會之事 其不及諸 史遠矣 況可與此書 同日道哉 覽者宜有以取舍之矣 時 閼逢執徐季夏上澣 菊堂居士 鄭泰齊 書◐(일찍이 사가들의 여러 연의를 보니 그 말을 세우고 말을 전하는 것이 모두 허황하고 과장되었다. 거짓을 참이라고 꾸미고 없는 것을 있다고 하였다. 그 사건을 나누어 제목을 달리 붙였으며, 앞 부분의 끝에서 종결짓지 않고 다시 다음 회에서 일으키고 있으니, 대개 이목을 끌어 사람을 즐겁게 하는 데 힘쓰고자 함이다. 「천군연의」의 한 책은 누가 지었는지 모른다. 그 목차는 모두 31개 항목인데 말을 만들고 이름을 가탁하여 형체 없는 것을 형용하니 문자의 공교로움은 있으나 허황하고 과장된 병폐가 많아, 광대가 복을 빌면 좌우에서 비웃는 것과 매우 흡사하다. 비록 그러하나 처음에는 사람들이 사욕에 꺾이어 마음이 푹 빠져들고 꽃과 술에 몸을 저버린 것을 말하고, 장차 마음의 질곡[37]이 반복되는 데 이르렀다가, 하루 아침에

---

37) 몹시 속박하여 자유를 가질 수 없게 하는 일.

뉘우쳐서 앞의 행동을 부끄럽게 여겨 성경[38])에 나아가 결정하여, 이같이 선을 밝히고 본심을 회복하면서 끝마친다. 그 수법은 사가의 연의를 모방했지만 그 내용은 유가의 공부에 기본하고 있는 것이다. 근래에는 소설 잡기로 세상에 돌아 다니는 것이 참으로 많은데, 그 가운데 드러난 것으로 말하자면, 중국에서 온 것으로 『전등신화』, 『염이편』이 있고, 우리 나라에서 나온 것으로 『종리호로』, 『어면순』 등이 있는데, 귀신의 괴탄한 이야기가 아니면 모두 남녀가 만나는 일들이어서, 그것이 여러 역사와는 거리가 머니, 하물며 이 책과 한가지로 말할 수 있겠는가? 보는 이는 마땅히 취사함이 있어야 할 것이다. 알봉집서[甲辰, 1664]년 6월 상순에 국당거사 정태제가 쓰다).

② 同上, 鄭敎義 跋文: 此五世祖諱泰齊之所作 而但序文中 不知何人所作 盖自韜也○(이 작품은 내 오대조인 태제가 지은 것이나 서문 중에서 누가 지은 것인 줄 모른다고 한 것은 대개 스스로 감춘 것이다).

③ 同上, 蔡呈夏 跋文: 閑居著是書 行于世 一時文士 皆傳誦歎美之曰 眞奇文也 序文中不知何人 所作云者 皆自韜也 又有詩集二卷于家甥姪廣平蔡呈夏謹跋○(선생이 한거하며 이 책[「天君演義」]을 지어 세상에 퍼졌다. 당시의 문사들이 모두 이 작품을 전하여 가며 읽으며 매우 칭찬하여 말하기를 참으로 기이한 글이라고 하였다. 서문 중에서 ‘누가 지은 것인지를 모르겠다’고 한 것은 스스로 감춘 것이다. 그 밖에 선생이 지은 시집 두 권이 집안에 전한다. 생질 광평 채정하는 삼가 발문을 쓴다).

④ 『東萊鄭氏家錄』(鄭允容編), 7, ‘菊堂公泰齊行蹟’: 公閑居多有著述 有「天君演義」○(공[鄭泰齊]은 한거하면서 많은 책을 지었으니 「천군연의」가 그것이다).

⑤ 『懸吐天君演義 附心史』, 張志淵, 序: 夫傳奇小說者ᄂᆫ 比之如鄭衛之淫聲과 尤物之妖冶ᄒᆞ야 其放蕩之調와 粉澤之艶이 足以悅人之心而暢人之情 故所以「西廂記」·「紅樓夢」之屬이 爲世間男女之所歡迎者ㅣ 久矣라 古今文人才子美人浪客之消閒遣興之際에 往往取此種傳奇俳諧之說ᄒᆞ야 以愉快一時之壹鬱ᄒᆞ나니 此ㅣ 齊諧稗乘之所以列于官者也라 雖然 其妨業害工ᄒᆞ며 傷風敗俗이 實非細物小故耳라 君子ㅣ 豈可耽玩於是ᄒᆞ야 以犯喪志之戒也哉아 吾友白心齋斗鏞君은 隱於市者也라 集古今圖書凡屢萬卷ᄒᆞ야 而有金樓鄴侯之富ᄒᆞ야 以供世之好古博覽者 而嘗慨然於叔季風俗之頹弊ᄒᆞ야 乃取鄭菊堂所著「天君演義」一書ᄒᆞ야 爲之繹解之ᄒᆞ야 將以刊布於世ᄒᆞ니 其書ㅣ 皆取古聖經傳中心學工夫ᄒᆞ야 製之以演義之體裁者니 卽一部心經正學而文字簡易ᄒᆞ야 便於世人之閱讀也오 其下에 又附之以鄭歇吾齋所著「心史」一篇ᄒᆞ니 亦傳心之要訣이오 省察之妙諦也라 若於晴窓淨几燈炟幃寂之際에 取此而詳味焉則其於去滓穢收放心之工에 未必多讓於賢師良益矣리니 比之迷惑於淫藝荒唐之辭ᄒᆞ야 以蕩吾心志ᄒᆞ며 妨吾事業ᄒᆞ면 其得失이 顧何如哉 洵不可與同年而吾矣리니 噫라 人之做事業者ㅣ 心先下正心工夫ᄒᆞ야 心定而不蕩然後에 一身之基礎ㅣ 立而萬事를 可做矣리니 此書之有補於世道風敎者ㅣ 其功이 豈下於心經一部者哉아 是不可以不識也로다○(무릇 전기 소설이란 것은 鄭風이나 衛風에 비하여 더욱 요사스러워 그 방탕스런 기분과 아름다운 치장이 족히 사람의 마음을 기쁘게 하고 사람의 훨씬 펴지게 하기 때문에 「서상기」나 「홍루몽」 같은 것들이 세간 남녀들에게 환영받게 된 지 오래다. 고금의 문인·재자·미인·낭객들이 심심함을 풀고 흥을 돋우려 할 때에 종종 이런 전기나 해학 이야기를 취하여 한때의 울적함을 유쾌하게

하나니, 이것이 제해나 패승 따위가 관과 동렬에 서게 된 까닭이지만, 비록 그렇다 하더라도 이들이 생업을 막고 공부를 해치며 풍속을 망치는 참으로 적지 않은 까닭에, 군자가 어찌 이것에 빠져 마음을 경계함을 잃어 버릴 건가? 내 벗 심재 백두용군은 저자에 숨어 사는 사람이라. 고금의 책 수만 권을 모아, 금루 업후의 재산으로 세상의 옛 것을 찾고 널리 보고자 하는 사람들에게 이바지하고자 하였다. 그래 일찍이 말세의 풍속이 퇴폐스러움을 개탄하여 국당 정태제가 지은 「천군연의」 한 책을 취해 풀어 써서 바야흐로 세상에 간행하니, 이 책은 모두 옛 성인의 경전의 마음 공부에서 취하여 연의의 체재로 만든 것이니, 일부는 심경 정학이요, 문자가 간단하고 쉬워 세상 사람들이 보고 읽는 데 편하게 하였고, 그 다음에는 또 혈오재 정기화[鄭琦和 1786~1840] 가 지은 「심사」 한 편을 붙였으니, 이 또한 마음을 전하는 데 요결이 되고 성찰을 하는 데 묘체가 되는 것이다. 만약 맑은 창가 깨끗한 책상에 촛불을 켜 놓고 장막도 정막한 때에 이것을 취해 그 맛을 음미한다면, 더러운 찌꺼기를 털어 버리고 마음을 거두는 공부에 반드시 어진 스승이 되어 훌륭한 이익을 얻을 것이니, 이 글을 외설스럽고 황당한 말에 미혹되어 내 마음가짐을 방탕케 하고 내 사업을 가로막는 그런 글에 비하면 그 득실이 생각컨대 어떨 것인가? 참으로 한 가지로 이야기할 것은 아니다. 아아, 공부에 힘쓰는 사람은 반드시 바른 마음 공부에 힘을 써 마음이 안정되어 탕연해지지 않은 후에야 한 몸의 기초가 서서 모든 일이 이루어질 수 있을 것이니, 이 책의 세상의 도와 풍교에 보탬이 되는 그 공이 어찌 심경 일부에 못하겠는가? 이것을 몰라서는 안 될 것이다).

한문필사본

| 【增】 天君演義 | 정명기[尋是齋 家目] | 139) |

698.2. 〈연구〉

【增】

1) 김광순. "「천군연의」의 작자 시비와 작품구조."『한국고전문학사의 쟁점』(새문사, 2004. 2).
2) 전성운. "「천군연의」와 연의소설의 상관성."『韓國言語文學』, 53(한국언어문학회, 2004. 12). "「천군연의」와 연의소설"로『한중소설 대비의 지평』(보고사, 2005. 2)에 재수록.

◪699.[[천군전 天君傳 ①]]

〈작자〉 金宇顒(1540~1603)

〈출전〉『東岡集』, 16

〈관계기록〉

① 『東岡集』, 8, '東岡先生年譜': 嘉靖四十五年丙寅 先生二十七歲作「天君傳」 南冥先生嘗撰神明舍圖 命先生作是傳◑(가정 45년 병인년[1566] 선생의 27세 때에 「천군전」을 지었다. 남명[曹植 1501~1572]선생은 일찍이 「신명사도」를 짓고 동강선생에게 이 작품을 지을 것을 명했다).

② 『水西集』, 卷 5, 28, '天君實錄跋': 昔東岡[金宇顒의 號]先生著「天君傳」 族先祖上舍石嵌公編軀書 而傳恐太畧 書涉太煩 乃參互折衷 裒成一通 …… 小隱諱致球 字來鳳 姓柳氏 以方谷兄子親炙大埜之門 得聞心學之傳◑(옛날 동강선생이 「천군전」을 지었고, 집안 선조이신 상사 석감

---

39) 「장도만전」과 합철.

공이 「구서」를 편찬했는데, 「천군전」은 너무 간략하고 「구서」는 번잡함이 지나쳤다. 이에 두 작품을 상호 참조하고 절충하여 모아 한 통의 작품을 이루었다. …… 소은의 휘는 치구요 자는 내봉이요 성은 유씨니 방곡[柳洛文]형의 아들로서 스스로 대야[柳建休]의 문하에 나아가 가르침을 받았고 심학의 전을 얻어 들었다).

③「天君傳」, 結尾: 太史公曰 予觀天君之爲君也 其賴太宰敬之輔乎 其治也以相敬 其亂也以去敬 其還也以復敬 其配上帝也以敬 其統萬邦也以敬 一則太宰 二則太宰 嗚呼 得一相而興 失一相而亡 人君可不愼所相與☯(태사공이 이르기를, "내가 보건대 천군의 임금됨은 태재인 경[敬]의 도움에 의지하였음이라. 그 잘 다스려진 것은 경을 재상으로 한 때문이요, 그 어지러워진 것은 경을 버린 때문이며, 그 돌아온 것도 경을 다시 찾은 까닭이요, 상제에게 배합됨도 경 때문이었고, 만방을 통치함도 경으로써 하였으니, 첫째도 태재였고 둘째도 태재였다. 아아, 한 재상을 얻으면 흥하였고, 한 재상을 잃으면 망하였으니, 임금은 재상삼는 바를 조심하지 않으면 안 될 것이다).

699.2. 〈연구〉

【增】 Ⅱ (학위논문)

〈석사〉

1) 정현섭. "「천군전」의 의미구조와 사상적 연역." 碩論(경상대 대학원, 2004. 8).

Ⅲ. (학술지)

【增】

1) 曺丘鎬. "「天君傳」과 「愁城誌」 比較硏究." 『南冥學硏究論叢』, 12(南冥學硏究院出版部, 2003. 6).
2) 김광순. "「천군전」의 구조와 소설사적 위상." 『어문론총』(한국문학언어학회, 2004. 6).
3) 김광순. "「天君傳」의 창작방법과 서술의식." 刊行委員會, 『澤民金光淳敎授定年紀念論叢』(새문社, 2004. 11).

◆700.[[천군전 天君傳 ②]]

〈작자〉 禹秉鍾

◆701.[[천궁몽유록 天宮夢遊錄]]

국문필사본

【增】 天宮夢遊錄　　　　임형택[莽蒼蒼齋 家目]　　　　1(丁酉[1897]暮?旬一日成, 35f.)

◆702.[천도화 天桃花] ← *강릉추월 / *봉황금 / *소운전 / *소학사전 / 소한림전 / *옥소기연(봉) / *옥소전 / *월봉(산)기 / *이춘백전

국문활자본

(천도화)

【增】 텬도화　　　　정명기[尋是齋 家目]　　　　1(盛文堂書店, 1936)

◪703.[천리구 千里駒]

【增】〈이본연구〉

1) 청대 鼓詞의 번역본인 「천리구」는 주목받지 못하다가 최근 …… 청대 고사의 번역 소설임이 밝혀졌다. 현재 전하는 「천리구」는 국립중앙도서관에 소장되어 있는 4권 2책의 낙질 국문 필사본이 유일하다. 半葉 9행 19자 내외이며 회목을 나누지는 않았으나 장회 형식으로 구성되어 있다. 현존하는 분량까지는 총 31회이다. 매회 시작되는 부분은 4행이나 8행의 「西江月」詞가 적혀 있어 그 회의 내용을 총괄한다. ……번역 양상은 조금씩 생략된 곳도 있고 또는 원문에는 없는 표현을 상세하게 묘사한 부분도 중간 중간에 드러난다. 또한 국역본의 장회 형식과 원문의 회목이 일치하지 않으며 석인본의 18회 일부분까지만 번안되어 있다(김영, "머릿말," 김영 校註, 『천리구』[2003. 1], p. i).

703.1.〈자료〉

【增】 Ⅰ. (영인)

1) 김영 校註. 『천리구』. 중국소설·희곡번역자료총서, 32. 鮮文大學校 中韓飜譯文獻硏究所, 2003.40) (국립중앙도서관 소장 「천리구」)

Ⅱ. (역주)

1) 김영 校註. 『천리구』. 중국소설·희곡번역자료총서, 32. 鮮文大學校 中韓飜譯文獻硏究所, 2003. (국립중앙도서관 소장 「천리구」)

〈회목〉

(中國 石印本「新刊 千里駒」)	(中國 木板本「新刻 千里駒)
[권 1]	[권 1]
1: 劉月鶴上京赴考	劉月鶴上京赴考　全林寺遭劫遇難
2: 全林寺遭劫遇難	
3: 任張氏全林報信	位張氏全林報信　張金芳放走劉生
4: 張金芳放走劉生	
5: 李桂蓁結拜姐妹	李桂蓁結拜姐妹　劉月鶴漏洩機關
6: 劉月鶴漏洩機關	
7: 劉公子夢中露相	劉公子酒醉露像　王小姐强逼成親
8: 王小姐强迫成親	[권 2]
9: 全林寺兄妹救駕	全林寺兄妹救駕　李桂蓁箭射雙僧
10: 李桂蓁箭射雙僧	
11: 郭子儀鎗挑成亮	郭子儀鎗挑成亮　劉幹國半路遭綁
[권 2]	
12: 劉幹國半路遭綁	
13: 胡全忠保本觸君	胡全忠保本觸君　常萬年强闖午門
14: 常萬年强闖午門	

---

40) 목판본 및 光緒戊申年(1908) 上海書局 石印本「千里駒」가 영인 附載되어 있다.

15: 賊劉瑾奉旨監斬	賊劉瑾奉旨監斬	天子劍懸掛午門
16: 天子劍懸掛午門	[권 3]	
17: 常萬年護守法場	常萬年護守法場	徐彦昭金殿諫君
18: 徐彦昭金殿諫君		
19: 王素花頂替進京	王素花頂替進京	見桂蓁訴說眞情
20: 見桂蓁訴說眞情		
21: 張大奇父女進京	張大奇父女進京	太平鎮怒打酒徒
22: 太平鎮怒打酒徒		
[권 3]		
23: 張金芳刑部問信	張金芳刑部問信	王素花假扮探監
24: 王素花假扮探監	[권 4]	
25: 土地廟主僕見面	土地廟主僕見面	柳陰下翁婿相逢
26: 柳陰下翁婿相逢		
27: 劉月鶴監中探父	劉月鶴監中探父	萬人敵下山進京
28: 萬人敵下山進京		
29: 萬人敵私劫法標	萬人敵私劫法標	郭元帥□□□夢
30: (未詳)	[권 5]	
31: 黃公山孔孟存身	黃公山孔孟存身	公平王生擒李武
[권 4]		
32: 公平王生擒李武		
33: 美髯公刀劈田龍	美髯公刀劈田龍	常萬年鞭打孔孟
34: 常萬年鞭打孔孟		
35: 張金芳下山對敵	張金芳下山對敵	郭子儀出馬歇兵
36: 郭子儀出馬歇兵	[권 6]	
37: 李桂蓁訴說眞情	李桂蓁訴說眞情	郭元帥辦票進京
38: 郭元帥辦票進京		
39: 姐妹兩疆場見面	姐妹兩疆場見面	用袖箭射死陳松
40: 用袖箭射死陳松		
41: 萬人敵歸順保主	萬人敵歸順保主	劉月鶴夫婦團圓
42: 劉月鶴夫婦團圓		

▶(천리춘색 千里春色 → 조생원전 / 장학사전)

◑{천상여인국 天上女人國}

◑{천생석 天生錫}

◪704.[천수석 泉水石]⁴¹⁾

---

41). 「화산선계록」으로 이어진다. 「천수석」은 「잔당오대연의」에서 시대 배경과 일부 인물을 가져와서 새로
창작한 작품이라 한다(朴舜任, "「泉水石」硏究," 碩論[韓國精神文化硏究院 韓國學大學院, 1981. 2] 및 임근수,

〈관계기록〉

① 「華山仙界錄」(낙선재본), 2: 이쩍 텬히 휘휘ᄒ여 걸안이 크게 작난ᄒ고 진한이 망하게 되미 쥬텬지 닙국ᄒ니 됴공ᄌ 광윤 등이 쥬텬ᄌ를 붓드러 텬하롤 졍ᄒ미 닙국 ᄉ연은 「잔당연의」에 긔록ᄒ고 위공의 본 ᄉ젹은 본뎐 「텬슈셕」의 히비이 긔록ᄒ 고로 츳뎐서는 위현의 ᄉ덕만 긔록ᄒ고 다른 ᄉ연은 번다 불긔ᄒ다.

② Courant, 916: 「텬슈셕 天授錫」.

【增】

1) 『[演慶堂]諺文冊目錄』(1920; 藏書閣所藏): 5. 「泉水石」 9冊.

704.2. 〈연구〉

Ⅲ. (학술지)

【增】

1) 진경환. "「천수석」의 세계인식." 『古典의 打作』(月印, 2000. 6).

2) 강은해. "「천수석(泉水石)」과 「화산선계록(華山仙界錄)」 연구." 『語文學』, 71(韓國語文學會, 2000. 10).

3) 차충환. "「천수석」의 작가의식과 유형적 성격." 『경희어문학』, 23(경희대학교 국어국문학과, 2003. 2). 『韓國古典小說 作品研究』(월인, 2004. 10)에 재수록.

4) 송성욱. "「천수석」의 텍스트 결함에 대하여." 『韓國古典研究』, 10(韓國古典研究學會, 2004. 12).

◪705.[천정가연 天定佳緣]

국문활자본

(의용무쌍)텬뎡가연 (義勇無雙)天定佳緣	국중(3634-2-7=2)/[仁活全](14)	1([著·發]姜夏馨, 太華書館, 1923.1.22, 50pp.)

705.1. 〈자료〉

Ⅰ. (영인)

705.1.1. 仁川大民族文化研究所 編. 『舊活字本古小說全集』, 14. 銀河出版社, 1983; (再刊) 國際아카데미, 2002. (태화서관판)

▶(천정연분 天定緣分 → 신유복전)

◪706.[천추원 千秋怨]

▶(천하장군 天下將軍 → 병자임진록)

◑{철유기}

〈관계기록〉

① 『諺文古詩』(가람본), '언문칙목녹', 83: 「철뉴긔」.

"「잔당오대연의」 연구," 『다곡이수봉박사정년기념 고소설연구』[경인문화사, 1994] 참조).

◖{철적전}

〈관계기록〉

　①『諺文古詩』(가람본), '언문칙목녹', 157:「철적전」.

◪707.[[청강사자현부전 淸江使者玄夫傳]]

〈작자〉李奎報(1168~1241)

〈출전〉『東國李相國集』;『東文選』, 100, '傳'

〈관계기록〉

　①「淸江使者玄夫傳」, 結尾: 史臣曰 察至微防未兆 聖人容或有差 以玄夫之智 不能杜豫且之謀 又不救二子之烹 況其餘哉 昔仲尼厄於匡 又使門人子路 未免於醢 嗚呼 可不愼乎◐(사신이 말하기를, "지극히 그윽한 일을 헤아리고 아직 나타나지 않은 일을 미리 막는 것은 성인도 혹 어려운 때가 있다. 현부의 지혜로써도 예저의 꾀[42]를 막지 못하였고, 또 두 아들이 삶아 죽는 것을 구하지 못하였으니, 하물며 그 나머지야 말할 것이 있겠는가? 옛날 중니[공자]가 광이라는 땅에서 횡액을 당하고,[43] 또 문인 자로[44]로 하여금 천수[45]를 마치지 못하게 하였으니, 아아! 삼가지 않을까 보냐?).

707.2 〈연구〉

Ⅲ. (학술지)

【增】

　1) 김창룡. "술·거북 가전에 관심한 동기와 시기:「국선생전」·「청강사자현부전」."『가전 산책』(한성 대출판부, 2004. 4).

■『청구기담 靑丘奇談』 → 운영전 / 정향전
◪708.[청년회심곡 靑年悔心曲][46]

국문활자본

청년회심곡(古代小說)靑年悔心曲　국중(3634-2-114=3)<5판>　　1(국한자 병기, 京城書籍業組 合, 초판 1914.8.5; 5판 1921.

---

42) 중국 춘추 시대 松나라 사람. 어부.『장자』외물편에는 '余且'로 나온다. 양자강의 신이 神龜를 황하신에게 사자로 보냈다. 거북이 泉陽에 이르렀을 때 豫且[예저]라는 어부가 그물로 잡아 다래끼 속에 넣어 두었다. 거북은 宋元王의 꿈에 나타나 사실을 하소연했다. 원왕이 즉시 거북을 놓아 주려 하였으나 衛平이라는 신하의 말을 들어 거북을 죽여 그 껍질을 보물로 삼고 그것으로써 국가의 중요한 일이 있을 때마다 점을 쳐 신의를 물어 송나라는 강국이 될 수 있었다.

43)『논어』子罕 第9에 있는 이야기. 공자가 匡이란 마을을 지날 때 전에 이곳에서 횡포를 일삼던 陽虎로 오인되어 봉변을 당할 뻔했다.

44) 공자의 제자로 원명은 仲由. 자로는 字. 용기 있고 효행 높기로 유명한데, 衛나라에 出仕하였다가 난리통에 죽었다.

45) 타고난 목숨.

46) 신소설기에 이루어진 작품인데, 삽입 가사가 거의 3분의 1이나 된다.

청년회심곡 靑年悔心曲	국회[目·韓II](811.31)/김종철[家目]/정명기[尋是齋 家目]	12.20; 1926, 84pp.) 【削】 (42) 1(申泰三, 世昌書館, 1952/1962, 64pp.)
【削】 청년회심곡 靑年悔心曲	국중[亞活全](10)	1(新舊書林, 1914. 8. 5, 64pp.)
청년회심곡 (古代小說)靑年悔心曲	국중(3634-2-114=4)<초판>/[亞活全](10)<초판>/조동일[국연자](22)<5판>	1(국한자 병기, 新舊書林, 초판 1914.8.5; ?판 1916.9.10; 4판 1918, 84pp.; 5판 1921.12.20, 84pp.)

708.2. 〈연구〉

II. (학위논문)

【增】

1) 한기호. "「청년회심곡」 연구." 碩論(한국교원대 교육대학원, 1999. 2).

III. (학술지)

【增】

1) 조광국. "「청년회심곡」: 기녀 애정의 통속화." 『한국문화와 기녀』(월인, 2004. 2).

◖{청루기연 靑樓奇緣}

〈관계기록〉

① 金起東, 『李朝時代小說論』, p. 596.

◆709.[청루의녀 靑樓義女]47) ← 『오옥기담』

〈출전〉『五玉奇談』(1906)

【增】〈비교연구〉

1) 「靑樓義女傳」은 『警世通言』 권 32, 『今古奇觀』 권 5 「杜十娘怒沈百寶箱」과 이야기의 유형면에서 많은 유사점을 갖고 있다. 특히 구성에서 살펴본 기본 플롯과, 인물 비교에서 나타난 등장인물의 성격 일치는 「청루의녀전」이 「두십낭노심백보상」의 飜案作임을 입증하는 충분한 근거라고 하겠다. 주제면에서 중점이 달리 설정되어 있는 것과 세부적인 내용에서 찾을 수 있는 약간의 상이점은 시대적 상황과 편폭의 차이에서 그 원인을 찾을 수 있으며, 이는 작자의 의도로 보인다(曾天富, "韓國小說의 明代擬話小說 受容의 一考察," 釜山大 碩論[1988. 2], p. 54).

▶(청루의녀전 靑樓義女傳 → 고금기관)48)
▶(청루지열녀 靑樓之烈女 【削')'】 → 왕경룡전)49)
◆710.[청백운 靑白雲]

〈관계기록〉

---

47) 중국의 『금고기관』, 권 5, 「杜十娘怒沈百寶箱」의 번안이다.
48) 『이본목록』·『작품연구 총람』·『문헌정보』에 추가.
49) 『이본목록』·『작품연구 총람』·『문헌정보』에 추가.

① Courant, 936: 「졍빅문 鄭??」.[50]

【增】

1) 『[演慶堂]諺文冊目錄』(1920; 藏書閣所藏): 47.「靑白雲」10冊.

2) 「靑白雲」(국립중앙도서관 소장 한문필사본), '靑白雲序': 後數年 余適抱疴無聊 漫意抽筆 作所謂「靑白雲」者 靑白之義 取諸卷中希夷麻衣之言 而總爲二十八編 盖內而彝倫之際 外而 禍福之著 足爲世人之鑑者 不爲無之 第心苦手卑 庸凡無警 已難裨益於訓愚之方 抑何堪爲文 士之所悅哉 自惟前言 竊愧有負 惜乎 松川子已作古人 無以質之也 如其在者 嗜之 或如古入 之羊棗耶 抑棄而不取 如路傍苦李耶 以其問答 因書諸卷首 歲在午月建丑鷦鷯山主人☯(수 년이 지난 후에 나는 마침 병이 들어 무료하던 중, 마음 가는 대로 붓을 들고 소위 「청백운」이란 것을 지었다. '청백'이란 뜻은 책 속의 희이·마이의 말에서 취했는데, 모두 28편이 된다. 무릇 안으로는 이륜[51]의 사이에서 머물고 밖으로는 화복을 드러냈으니, 족히 세상 사람들에게 감계되 는 바가 없지 않을 터다. 다만 마음이 성가시고 솜씨가 없어 평범한 내용으로 사람들을 놀라게 할 것이 없으므로, 이미 어리석은 자들을 훈계하는 방책에는 도움이 되기 어렵다. 또한 어찌 문사가 심히 즐거워할 바가 되리요? 스스로 옛날에 송천자에게 했던 말을 생각하니 저버림이 있어서 은근히 부끄럽다. 애석하도다. 송천자가 이미 고인이 되어 질정받을 수가 없구나! 만약 그가 살아 있어 이 책을 즐긴다면, 혹 증석이 양조라는 과일을 좋아했던 것처럼 할까? 아니면 버려서 취하지 않는 것이 마치 길가의 쓴 오얏처럼 치부해 버릴까? 이에 송천자와 나눈 문답으로써 책머리에 쓴다. 모년 5월 12일에 초료산주인이 쓰다).

3) 「靑白雲」(국립중앙도서관 소장 한문필사본), '靑白雲序': 韓胡二公之立朝事業 各詳本傳 子孫 婦女之嫁娶始末 竝有續記 只言其子女之數 晋公壽國五男二女 鄭公鄭國夫人三男三女 魏公 魏國夫人四男二女 三公之第三子 俱養德不仕 終老槐柳之宅 餘皆騰揚于朝 或爲卿相 或至淸 要 是後 杜韓胡三家代出名輔賢臣 文學奇節 終大宋之世 而隆顯煇爀 嗚呼 三家義則同氣 契甚金蘭(권3) / 「청빅운」(한국정신문화연구원 소장 낙선재본 「청빅운」): 한호 냥공 입조ᄉ업은 각 〃 본젼의 ᄌ셔ᄒ고 ᄌ숀 부녀의 셩취 시말은 다 쇽의의 이시ᄆ 다만 ᄎ셔와 ᄌ녀 다쇼만 별노 긔록ᄒ고 손항 이하 ᄉ적은 졈 〃 만하 ᄎ편의ᄂ 번다ᄒ야 쓰지 못ᄒ나 후학의 두한호 삼가의 명보현신과 문장긔졀이 셔로 무리지어 나 대송이 맛도록 늉현훤혁ᄒ니 오회라 삼가의ᄂ 동긔되고 계ᄂ 급난의 깁허도다.

【增】〈작품연대〉

1) 원본의 출현 시기가 빠르면 18세기 후반경임을 추정하였으며, 또 이 작품은 連作小說이었을 가능성이 있고, 한문본의 제책 시기가 빠르면 1896년일 것으로 보았다(조광국, "「靑白雲」 한문본 연구," 『古小說硏究』, 18[2004. 12], p. 191).

【增】〈이본연구〉

1) 논의를 종합하면 「청백운」은 원본이 한문본이고, 어느 경로를 거쳐 국립도서관 한문본이 나왔고, 이와는 별도의 경로를 거쳐 장서각 소장 한글본이 나온 것이 된다.

    원본 한문본   ---?--->   한문본(3권 3책본): 28편 28회 회장체

---

50) Courant, 938은 「졍빅문」으로 되어 있으나 이는 「쳥빅운」의 오기일 듯하다.
51) 사람이 지켜야 할 도리.

28편 28회 ---?---> 한글본(9권 9책본): 편차·회차 없음
(조광국, "「靑白雲」 한문본 연구,"『古小說硏究』, 18[2004. 12], p. 187).

국문필사본

| 靑白雲 | 국중[고6](古3636.112) | 3(歲在午月建丑鶴鷓山主人)52) |
| 靑白雲 | 서울대(古3350-71) | 낙질 1(1: 63f.)53) |

【增】 **한문필사본**

【增】 靑白雲　　국중(古3636-128)　　3([序文末]歲在午月建丑鶴鷓山主
　　　　　　　/M古1-1998-157　　人, 天: 제1~10회, 69f.; 地: 제11~19회,
　　　　　　　　　　　　　　　　78f., 人: 제20~28회, 79f.)

710.2. 〈연구〉

Ⅲ. (학술지)

【增】

1) 조광국. "「靑白雲」에 구현된 妓妾 나교란·여섬요의 自意識."『정신문화연구』, 91(한국정신문화
연구원, 2003. 6)

2) 조광국. "「靑白雲」 한문본 연구: 書誌 연구와 序文 분석을 중심으로"『古小說硏究』, 18(韓國古小
說學會, 2004. 12).

3) 조광국. "「청백운」: 악인형 기녀의 자의식 표출."『한국문화와 기녀』(월인, 2004. 2).

【增】 〈회목〉

1:	希夷先生一笑歸山	萬醒弟子五載還家
2:	杜公子于歸賢妻	胡小姐克養尊姑
3:	三時甘旨賣女紅	百金裝束赴槐黃54)
4:	至孝婦躬禱感神	壯元郎名成榮親
5:	侍讀學士承詔奉板輿	翰林編修自媒秉華燭
6:	玉堂臣千里宣化	梨園樂三日賜宴
7:	聞樓歌醉戀美色	感室言病續惡緣
8:	太夫人易簀戒子女	兩婆娘焚香結兄弟
9:	羅呂娘千般進讒	韓夫人一言折姦
10:	木飛妖暗賂楚岳	韓舍人遠補燕界
11:	綠衣盟成紅帕	烏臺誣上白簡
12:	杜尙書夫婦離婚姻	陳夫人母女投南北
13:	操文訴冤曺娥廟	束草代厄聖師院

---

52) 현재 국립중앙도서관 자료찾기 검색에서는 나타나지 않는다. 혹시 한문필사본의 오기일지 모르겠다.

53) 현재 행방 불명.

54) 책머리 회목에는 '百金裝束赴黃槐'로 되어 있다.

14: 解戢務專爭沉面　　　冶容皃共取恩愛
15: 胡公子鵬舍娶婦　　　杜旧婦胎夢生子
16: 嬌天懷猜心分門　　　刺史承擢命還朝
17: 金鷄唱天門降赦　　　草賊起窮途托鬼
18: 一心復來三更雁　　　二唱解去千里馬
19: 霧藏山夢感尊姑　　　雲臺觀躬訪老仙
20: 陳太太南歸救南兒　　　羅嬌嬌西走亂西邊
21: 征西元帥繡鉞上坍　　　江南招計單車下賊
22: 秋雲師用鍼療瘡　　　夏國主含枚劫營
23: 雲師劒客收功返魏州　　　同平章事奏凱歷華山
24: 槐柳巷龍劒再合　　　茱萸節駠車齊會
25: 祭先墓榮薦太守　　　宴後園恩賜美人
26: 自刃戮妖邪　　　紫液封顯烈
27: 贊謨猷戢畫股肱　　　畢婚嫁疏乞骸骨
28: 大丞相上印縱勇退故里　　　老神仙臨皐比大講主道

◑{청산녹수　靑山綠水}
◑{청운오선록　靑雲五仙錄}
◑{청월당　淸月堂}
◆711.[청정실기　淸正實記]
◆712.[청풍기　淸風記]
　　〈출전〉『黃岡雜錄』

◆713.[[청풍선생전　淸風先生傳]]
　　〈작자〉金得臣(1604~1684)

713.2.〈연구〉
　Ⅲ. (학술지)
　【增】
　1) 김창룡. "술과 부채에 실은 풍정: 「환백장군전」·「청풍선생전」." 『가전 산책』(한성대출판부,
　　 2004. 4).

◆714.[청학동기　靑鶴洞記]
714.2.〈연구〉
　【增】Ⅲ. (학술지)
　1) 高明秀. "內觀을 통한 Paradise의 시간과 공간: 헤르만·헷세의 「Der Dichter」와 陶淵明의 「桃花源記」
　　 와 李仁老의 「靑鶴洞記」를 中心으로." 『목멱어문』, 3(동국대 사대 국어교육과, 1989. 3).

◗{청학동문답}

◆715.[청화담 淸華談]

〈작자〉鶴山 (또는 明谷)

715.2. 〈연구〉

Ⅲ. (학술지)

【增】

1) 정윤수. "'두꺼비의 지네退治說話'의 小說的 受容樣相:「韓氏報應錄」·「淸華談」을 中心으로" 『論文集』, 28(翰林情報産業大, 1998. 12).

2) 김낙효 "희생효 설화와 그 소설화 과정:「청화담」을 중심으로"『比較民俗學』, 17(比較民俗學會, 1999. 8).

3) 김낙효. "「淸華談」 고찰."『紫霞語文論集』, 14·15합(상명어문학회, 2000. 8).

◗{초당전}

◗{초우후분락}

▶(초패왕실기 楚覇王實記 → 초패왕전)

◆716.[초패왕전 楚覇王傳] ← *서한연의 / 초패왕실기 / 항우전

국문필사본

【增】(항우본기)

【增】 항우본긔 項羽本記	성대[古2](D7B-46)	1

국문활자본

(초패왕실기 / 초패왕전)

팔년풍진 초픽왕(실긔) 일명 항우젼	국중(813.5-초597ㅅ)/박순호[家目]/조희웅[家目]/홍윤표[家目]	1([著·發]申泰三,世昌書舘, 檀紀4295[1962].12.30, 134pp.)
팔년풍진 쵸픽왕젼 일명 항우젼 초픽왕실긔 楚覇王實記	국중(3634-2-22=1)/국중(3634-2-16=9)/[仁活全](15)(45)	1([著·發]李源生, 以文堂, 1918. 7. 2, 134 pp.)

【削】(항우본기)

【削】 항우본긔 項羽本記	성대[古2](D7B-46)	1[55)

716.1. 〈자료〉

Ⅰ. (영인)

「초패왕전」

716.1.1. 仁川大民族文化研究所 編.『舊活字本古小說全集』, 15. 銀河出版社, 1983; (再刊) 國際아카데미, 2002. (이문당판)

---

55) 국문필사본이 국문활자본으로 오기된 것이므로 국문필사본 조항을 신설하여 이동했다.

「항우전」

716.1.2. 仁川大民族文化硏究所 編.『舊活字本古小說全集』, 16. 銀河出版社, 1983; (再刊) 國際아카데미, 2002. (박문서관판)

▶(초한기 楚漢記 → 서한연의)

▶(초한기략 楚漢奇略 → 서한연의)

▶(초한연의 楚漢演義 → 서한연의)

▶(초한전[지][56) 楚漢傳[誌][57) → 서한연의)

▶(초한전쟁실기 楚漢戰爭實記 → 서한연의)

【增】■『초호별전 草湖別傳』[58) → 영영전 / 왕경룡전 / 주생전 / 원생몽유록 / 육신전

◑{촉석기봉}

〈관계기록〉

① 『諺文古詩』(가람본), ‘언문칙목녹’, 190: 「촉셕긔봉」.

▶(최고운전 崔孤雲傳 → 최치원전)

◑{최구현전}

◆717.[최낭전 崔娘傳]

한문필사본

崔娘傳	단구대[羅孫]-[漢目](古853.5/최469)/정문연[韓古目](1303: R35P-000040-6)/[筆叢](71)	1(6.5f.)[(46)	

717.2. 〈연구〉

【增】 Ⅱ. (학위논문)

〈석사〉

1) 이동백. “「최낭전」 연구.” 碩論(영남대 교육대학원, 2003. 2).

Ⅲ. (학술지)

【增】

1) 김귀석. “「최랑전」의 비극성과 미학.”『傳統文化硏究』, 6(朝鮮大 傳統文化硏究所, 1999. 12).

2) 민영대. “「崔娘傳」 연구(1): 挿入書簡을 中心으로.”『古小說硏究』, 10(韓國古小說學會,

---

56) 『이본목록』·『작품연구 총람』·『문헌정보』에 추가.

57) 위와 같다.

58) 표지가 떨어져 나가 원 서명은 알 수 없으나, 이 필사본의 이면에 기록된 詩草에 필사자가 거주하였던 곳으로 보이는 ‘草湖’라는 지명이 나오기 때문에, 소장자가 임의로 ‘草湖別傳’이란 작품집 이름을 가칭한 것이다(鄭景柱, “筆寫本 漢文小說集『草湖別傳』解題,”『漢文古典의 文化解釋』[慶星漢文學硏究會, 1999. 9], p. 237 참조).

2000. 12).

   3) 閔泳大. “崔娘傳에 挿入된 詩文의 機能.”『韓國言語文學』, 52(한국언어문학회, 2004. 6).

▶(최문장전 崔文章傳 → 최치원전)

▶(최문헌전 崔文獻傳 → 최치원전)

◆718.[최보운전 崔保雲傳] ← 최보은전

▶(최보은전 崔保恩傳 → 최보운전)

◖{최복란전}

◖{최봉운전}

▶(최북전 崔北傳 → 최칠칠전)

◆719.[[최생우진기 崔生遇眞記]] ←『기재기이』

   〈작자〉 申光漢(1484~1555)

   〈출전〉『企齋記異』

719.2.〈연구〉

  Ⅱ. (학위논문)

  【增】

  〈석사〉

   1) 최재우. “「최생우진기」의 특성 연구:「용궁부연록」·「수궁경회록」과의 비교를 중심으로” 碩論(연세대 대학원, 2000. 2).

  Ⅲ. (학술지)

  【增】

   1) 최재우. “「崔生遇眞記」의 특성 연구:「龍宮赴宴錄」·「水宮慶會錄」과의 비교를 중심으로.”『연세학술논집』, 32(연세대 대학원총학생회, 2000. 8).

   2) 文範斗. “「崔生遇眞記」의 構造와 意味.”『어문학』, 72(한국어문학회, 2001. 2).

   3) 유정일. “「崔生遇眞記」 연구: 傳奇的 人物의 특징과 작가의식을 중심으로.”『어문학』, 83(한국어문학회, 2004. 3).

◆720.[[최생원전 崔生員傳]] ←『도화유수관소고』

   〈작자〉 李鈺(1760~1813)[59]

   〈출전〉 金鑢(1766~1821),[60]『潭庭叢書』, 24, ‘桃花流水館小藁’

   〈관계기록〉

    ①「崔生員傳」, 結尾 (部分): 主人曰 世傳 南將軍怡 能威鬼妖 若景秀才[李鈺의 自稱]之辟山魈者 豈人固畏鬼 而鬼亦有畏之之人耶 余幼嘗聞 巫之所目者 城主墟主者 人家土地之神 而煞有貴賤之別 末明者 指人祖先之靈也 軍雄者 神之武者 而若鬼雄之類也 三神者 人所稟而生者也

---

59) 모든 사전 수정.

60) 모든 사전 수정.

帝釋者 佛也 虎口婆婆者 痘神也 又有稱船王者 城隍之訛也 使者者 鬼差之號也 崔生所威之 神 亦必此中之一 而要之 皆非正神也 苟有其人 固將畏之之不暇 又何足事之而求福也◑(주 인[李鈺]이 이르기를, 세상에 전하기를 옛날 남이[1441~1468]장군이 능히 요귀를 물리치기를 마치 경수재[李鈺의 自稱]가 산초를 몰아 낸 것같이 했다고 하였으니, 사람이 귀신을 두려워하는 자가 있음은 사실이겠지만, 귀신도 역시 두려워하는 사람이 있는 것일까? 내가 어렸을 때 들은 바에 의하면, 무당이 지목한 성주61)나 허주62)는 사람이 살고 있는 토지의 신인데, 몹시 귀천의 차별이 있고, 말명63)은 사람의 조상의 영혼을 가리킨 것이요, 군웅64)은 신 가운데 무사로서 귀웅 따위를 이름이요, 삼신65)은 사람이 날 때에 돌봐 주는 신이요, 제석은 부처를 이름이요, 호구할머니66)는 천연두신을 이름이요, 또 그들이 이른바 '선왕'[서낭67)]이란 것은 성황의 그릇된 말이요, 사자란 것은 귀신차사의 이름이라 했으니, 그렇다면 최생원이 물리친 귀신 역시 그 중의 하나일 것이니, 요컨대 그들은 모두 정신은 아닐 것이다. 진실로 그런 사람이 있다 하더라도 그가 두려워 어쩔 줄 모르겠는데, 어찌 그를 섬겨 복을 구하겠는가?).

720.1. 〈자료〉

Ⅱ. (역주)

【增】

1) 실시학사 고전문학연구회 역주.『역주 이옥전집』, 2. 소명출판, 2001.

▶(최선전 崔仙傳 → 최치원전)
◐{최씨부인열행록 崔氏夫人烈行錄}

【增】 | 국문필사본 |

【增】 최씨부인열행록　　　　　　박순호[家目]　　　　　　1(20f.)

【增】◐{최씨전 崔氏傳}

| 국문필사본 |

【增】 최씨전　　　　　　여태명[家目](347)　　　　　　1(庚申正月, 73f.)

◆721.[최원정화풍남태설 崔猿亭畵諷南台說] ← 『고소설』
| 한문필사본 |

721.1. 〈자료〉

---

61) 무속에서 집을 지키는 신령을 일컫는 말.
62) 무속에서 무당이 될 사람에게 씌우는 허깨비를 일컫는 말.
63) 무당의 열두거리굿 중 열한 째 거리. 혹은 무속에서 조상의 영혼을 맡아 보는 신을 일컫는 말.
64) 무당이 위하는 귀신의 하나. 열두거리굿 중 아홉 번째 거리.
65) 민속에서 아이의 점지와 해산을 맡은 신령을 일컫는 말.
66) 戶口別星. 집집이 찾아다니며 천연두를 앓게 한다는 여신. 강남으로부터 특별한 사명을 띠고 거의 주기적으로 찾아와서 천연두를 치르게 한다는 客星.
67) 한 부락의 수호신으로 받드는 신.

Ⅱ. 〈역주〉

【增】

　　1) 朴熙秉 標點·校釋.『韓國漢文小說 交合句解』. 소명출판, 2005. (김동욱 소장『古小說』)

721.2.〈연구〉

Ⅲ. 〈학술지〉

【增】

　　1) 方東仁. "최원정 그림이 남태를 풍자했다는 이야기."『嶺東文化』, 8(關東大 嶺東文化硏究所, 2001. 2).

【增】 ◖{최유진전}

【增】 국문필사본

【增】 최유진전　　　　　　　　　　박순호[家目]　　　　　　　　1(26f.)[68]

◆722.[최익성전 崔翼星傳]

◖{최일영전}

◖{최장군전 崔將軍傳}

◖{최중경재세록}

〈관계기록〉

　　①『諺文古詩』(가람본), '언문칙목녹', 78:「최즁경지세록」.

◖{최진양문녹}

〈관계기록〉

　　①『諺文古詩』(가람본), '언문칙목녹', 26:「최진양문녹」.

◆723.[최척전 崔陟傳] ← 기우록 / *홍도전

〈작자〉趙緯韓(1567~1649)

〈관계기록〉

　　①『蘗山全集』(金鎭恒): 外史氏曰 余嘗讀 古人所撰「金英哲傳」見其孤蹤 飄迫於殊域者 久矣 終得還歸故土 老死父母之邦 其事固希奇 而但其兩妻諸子 散在他境 終身未能得一面 北望流 涕 茹恨而卒 今崔陟父子夫妻兄弟舅媤 流離奔走於三國 相去幾千萬里 霜且數十翻矣 自斷此 世 永無重逢之期 天幸 萬死一生 各保性命 畢竟團聚於千萬夢想之外 此又非更奇者耶 是盖 出於李氏之一心貞淑 賴天之靈 而或者以爲萬福佛黙佑而能致此 此直欲驅一世而入於異敎 良可慨惋也已◖(외사씨가 말하기를, "나는 일찍이 옛 사람이 지은「김영철전」을 읽고, 그가 의지할 데 없이 낯선 땅에 표류했던 것을 본 지 오래다. 그가 끝내 고국 땅으로 귀환해 부모의

---

68)「초한가」(7f.) 합철.

나라에서 늙어 죽었으니, 그것은 참으로 희한하고 기이한 일이다. 그러나 그의 처자식들은 다른 곳으로 뿔뿔이 흩어져 죽을 때까지 얼굴 한번 보지 못하고 북쪽을 바라보며 눈물을 흘리며 한을 머금은 채 죽고 말았다. 지금 최척의 부자·부부·형제·시부모와 며느리가 세 나라에 흩어져 살아가다가, 서로 떨어진 거리가 몇 천만 리고 해가 수십 차례나 바뀌어, 전혀 이 세상에서는 영원히 다시 만날 기약이 없었음에도, 천행으로 만사일생 모두 목숨을 보존하여 끝내 천만 뜻밖에 만나게 되었으니, 이 또한 다시 한 번 기이한 일이 아닌가? 이는 아마도 이씨의 한결같은 정숙함으로 하느님의 보살핌을 얻었음이리라. 어떤 사람은 만복사의 부처가 은연중 도와 주어 그렇게 될 수 있었다고 하니, 이것은 바로 한 세상을 몰아 이단의 가르침으로 들이고자 하는 것으로, 참으로 개탄할 만한 일이다).

② 「崔陟傳」(趙緯韓 1567~1649), 結尾: 余流寓南原之周浦 陟時來訪余 道其事如此 請記其顚末 無使湮沒 不獲已 略擧其槪 天啓元年辛酉二月日素翁題 素翁趙緯韓號 又號玄谷☯(내[趙緯韓]가 남원의 주포에 머물러 살고 있을 때 최척이 가끔 찾아와서 그 일에 대해 이와 같이 이야기해 주며, 그 전말이 인멸되지 않도록 기록해 주기를 청했으므로, 그만둘 수 없어 대충 그 개략을 대충 기록한다. 천계 원년[1621] 신유년 2월에 소옹이 쓴다. '소옹'은 조위한의 호이며, 또 그의 호는 현곡이다).

③ 『於于野談』(柳夢寅 1559~1623), 鄭生條 結尾 細註: 此[崔陟傳]乃趙玄谷緯韓所著 時玄谷寓居 于南原之周浦 陟時往來 道其事 玄谷述其言 而記之 今柳公所記 爽失如此 此是傳聞之誤 而以崔爲鄭 謂婦爲妻 舛謬甚矣 略書其槪 考本傳可得其詳☯(이것은 현곡 조위한이 지은 것이다. 그때 현곡이 남원의 주포에 살고 있었는데, 최척이 때때로 내왕하다가 그가 겪은 일을 이야기하니, 현곡이 그의 말을 듣고 기록한 것이다. 그런데 지금 유공이 기록한 것은 잘못됨이 이와 같다. 이는 틀리게 전해 들었기 때문으로, '최'를 '정'이라 하고 '자부[며느리]'를 '처[아내]'라 했으니, 그 오류가 심하다. 대략 그 경개를 적어 두면 본전을 통해 자세히 알아볼 수 있을 것이다).

④ 『敬亭集』(李民宬 1570~1629), 4, 「題崔陟傳」(商山有一士人 自言渠所作): 怪哉「崔陟傳」不知 誰所作 事之有與亡 文之工與拙 今姑不暇論 略破其心術 其曰崔陟者 本帶方士族 其妻名玉 英 才慧爲偶匹 亂離俱被虜 相失日本國 分離與偶合 恍惚莫可測 陟也抵江浙 遇知喬遊擊 隨陷東征時 走回乃得脫 英則泛使舶 前已歸故域 破鏡竟重圓 分鈿終復合 其中縛喬段 牽連 因敍及 以陟之生還 立證爲駕說 前後走回者 越江卽時刻 鎭將取供申 監兵並巡畫 押解平壤 府 逐一嚴査覈 某年某月日 某地某甲乙 二千四百餘 一一注簿冊 然後馳啓聞 經拆[sic 折]下備 局 備局引其人 鞫畢許還籍 陟云喬標下 與他走回別 厥跡旣新異 宜播遠耳目 奚暇此傳出 始獲其顚末 況聞帶方郡 原無還人物 或云資話柄 未必憑事實 噫文非一端 或者遊戲設 烏有 與子虛 滑稽爭雄傑 廣紀述異傳 不害於拊撫 故誕而可喜 或詭而不激 豈若騁險詖 乘時肆胸 臆 莫耶斯爲下 筆端甚鋒鏑 譬如屠膾子 刀几恣巒斵 雖快手敏妙 死者痛楚極 觀其立傳意 乃在於侫佛 佛果如可信 應墮無間獄 周禮造言刑 嗚呼今不復☯([상산69)의 한 선비가 자신이 지은 것이라 했다] 기괴하구나, 「최척전」이여! 누가 지었는지 알지 못하네. 사건의 있고 없음과 문장의 잘되고 못됨을 지금은 언급할 겨를이 없으니 대략 그 마음씀만 논하네. 그 최척이라는 인물은 본래 대방70)의 양반이며 그 아내 옥영은 재기와 지혜로 배필이 되었네. 난리에 둘 다

---

69) 경북 尙州를 가리킨다.

적에게 잡히고 헤어져 [옥영은] 일본으로 가게 되었더니, 헤어짐과 만남은 신묘하여 짐작하기 어려워라. 척[최척]은 절강성에 이르러 교유격에게 발탁되어 동쪽을 정벌할 때 따라 나섰다가 도망쳐 빠져 나왔고, 영[옥영]은 통제사의 선박을 얻어 타고 앞서서 고향에 돌아오게 되니, 깨어진 거울이 결국 다시 온전해지고, 둘로 나뉜 비녀가 다시 합해졌네. 중간에 어긋나는 부분을 붙잡아 당기고 연결하여 서술해 나가며 최척이 살아 돌아온 것으로 증거삼아 널리 알리려 하네. 전후에 도망온 자들은 압록강을 넘은 즉시 변방 장수가 공초71)하여 위에 알리고 감사와 병사가 살핀 다음 평양부로 압송72)하여 하나씩 엄하게 조사하여 모년 모월 모일 아무 곳 아무개 등 이천사백여 명을 일일이 장부에 기록하고 연후에 장계를 올려 알렸네. 절본73)이 비국[備邊司74)에 내려지면, 비국에서 그 사람을 불러 조사한 후 호적을 회복시키네. 최척은 교유격75)[喬一琦76)]의 휘하에 있다가 다른 사람과 함께 도망쳐 헤어졌다고 하니, 그 행적이 새롭고 기이하여 마땅히 널리 전해졌을 터인데, 어찌하여 이 전이 나와서야 비로소 그 전말을 알게 되었겠는가? 하물며 대방군77)에는 원래 돌아온 사람이 없다고 하네. 혹은 말하기를 얘깃거리는 되나 꼭 사실로 믿기는 어렵다고 하네. 아, 글이란 한 가지가 아니니, 어떤 것은 유희를 위해 지은 것이라. 오유·자허78)는 서로 골계로 우위를 다투고, 『태평광기』와 『술이기』는 요긴한 것들을 추려 낼 만하네. 고로 허망하지만 즐길 만하고 거짓되고 이상하지만 격앙시키지 않으니, 어찌 사특79)함 에만 힘써 때를 틈타 마음대로 하는 것과 같겠는가? 막야검80)도 이보다는 덜하리니. 붓은 칼이나 창보다 더 심하도다. 비유컨대 도살꾼이 도마 위에서 마음대로 고기를 써는 것과 같으니, 비록 좋은 솜씨로 민첩하게 하더라도, 죽는 자의 고통은 말로 할 수 없네. 전을 쓴 이유를 헤아리니, 부처에게 아첨하는 것이라. 부처가 과연 믿을 만하다면 응당 무간지옥81)에 떨어지리라. 『주례』에 말을 날조한 자를 형벌한다 했는데, 아! 지금은 그렇게 하지 않다니!).

⑤ 『靑莊館全書』(李德懋 1741~1793), 15, 「雅亭遺稿」, 7, 書 1, '族姪復初光錫'條: 惟心溪者 善中於 于之病也 此訛漏滋甚 其所稱南原鄭生者 是崔陟非鄭也 其子婦紅桃 其妻卽玉英也 余嘗讀素 翁「崔陟傳」而詳知也◐(오직 심계[李光錫]만은 어우[柳夢寅 1559~1623]의 병통을 잘 지적했네. 또한 그것은 와전되고 누락된 것이 아주 많네. 거기에서 말한 '남원 정생'이란 사람은 바로 최척이지 정씨가 아닐세. 그의 며느리도 홍도이고, 그의 아내는 옥영이라네. 내가 소옹[趙緯韓]의 「최척전」을 읽어 보았기에 자세히 알고 있네).

---

70) 남원의 옛 이름.
71) 죄인을 심문하여 범죄 사실을 진술하게 함.
72) 죄인을 호송함.
73) 卷子를 여러 번 접어 書本 형식으로 만드는 裝幀 방식.
74) 조선조 때 군국의 사무를 맡아보던 관청.
75) 遊擊 喬一琦. '유격'은 중국의 무관직.
76) 중국 명나라 때의 무신으로 劉綎과 함께 後金軍과 싸우다 패하여 자살했다.
77) 전라북도 남원. 唐 高宗이 劉仁軌로 帶方州刺史로 삼았다.
78) 司馬相如의 「子虛賦」에 나오는 인물들.
79) 요사스럽고 간특함.
80) 오나라 때의 名劍.
81) 팔열지옥의 하나. 고통을 끊임없이 받는 지옥.

【增】

1) 李民宬(1570~1629), 『敬亭集』, '崔陟傳後': …… 以陟之生還 立證爲驚說 前後走回者 越江卽時 刻 鎭將取供申 監兵竝巡書 押解平壤府 逐一嚴査覈 某年某月日 某地某甲乙 二千四百餘 一一注簿冊 然後馳啓聞 經拆下備局 備局引其人 鞫畢許還籍 陟云喬票下 與他走回別 厥蹟 旣新異 宜播遠耳目 奚暇此傳出 始穫其顚末 況聞帶方郡 原無還人物 或云資話柄 未必憑事 實◉(최척의 생환으로써 증거를 세워 이야기를 만들었네. 전후의 도망쳐 돌아온 자들은 강을 건너는 그 즉시 장수가 공초를 하고 감영의 병사가 모습을 그려 평양부로 압송하여 일일이 엄하게 조사하였네. 아무 해 아무 달 아무 날 아무 곳 아무개 아무개 2천4백여 명이 일일이 장부 속책에 들어 있네. 그런 후 임금께 계문하여 판결을 거쳐 비국에 내리고 비국은 그 사람을 잡아들여 국문을 마친 후 민적[民籍][82)]에 돌아옴을 허락했네. 최척은 "교유격의 아래에 있다가 다른 이와 더불어 도망쳐 돌아왔다."고 하니, 그 자취가 이미 새롭고 기이하여 마땅히 멀리 소문으로 퍼질 터인데, 어느 겨를에 이 전[「최척전」]이 나와 비로소 그 전말[83)]을 얻었겠는가? 하물며 들으니 대방군[남원]에는 원래 돌아온 인물이 없다고 하네. 혹자는 말하길, '이야깃거리를 만든 것이지 필시 사실에 의거한 건 아닐 것이라.'고도 하네).

2) 『欽英』(兪晩柱 1755~1788), 21, 1786. 1. 24: 夜閱「崔陟傳奇」(一冊) …… 蓋天下未嘗無奇書 特不入見聞 故以爲無耳 若崔陟之事 尤豈非曠千古而希聞者 一切神異 況其歲月名字鑿鑿班 班 非小說家杜撰之比 信可徵也 第恨寓公文字庸陋不佳 不得如中國 好奇博雅者 文之以濟楚 詳整 令人鼓舞耐看也◉(밤에 「최척전기」 1책을 보았다. ……천하에 일찍이 기이한 책이 없었던 것이 아니건만 유독 보고 듣지 못했기 때문에 없다고 여기는 것이다. 그러나 최척의 일 같은 것은 더욱이 천고를 통틀어 희귀한 것이 아니겠는가? 모두가 신이하고, 하물며 그 세월과 이름자가 분명하고 뚜렷하여 소설가가 두찬[84)]한 부류가 아니니 참으로 징험[85)]할 만하다. 다만 우화를 쓴 사람의 분상이 용렬하고 좋지 못하여 중국 것만 못함을 안나//사이 여겨, 기이하고 해박하며 우아한 것을 좋아하는 사람이 산뜻하고 가지런하게 고쳐, 남들로 하여금 그런 대로 볼 만하게 만들었다).

〈이본연구〉

【增】

1) 序를 대비하여 보면 김동욱 교수본과 서울대본 사이에 현격한 차이가 있음을 발견할 수 있다. 우선 金本은 10행으로 되어 있는데 비하여, 서울대본은 8행으로 되어 있고, 서울대본에는 글자가 빠진 곳이 있다. 3행의 '所謂南征記感義錄'에서 '記'字가 빠졌고, 5행의 '蓋一樂亭者'의 '者'字 가 빠져 있으며, 6행에서 '自一樂亭' 다음의 '上做來則是書之名以一樂亭'이라는 무려 12자가 빠져 있다. 따라서 번역하려 할 때 문리가 통하지 않는다. 이 밖에도 앞에서 언급했던 바와 같이 '己巳冬陽復之月晩窩翁識'라는 刊記 一行이 모두 빠져 있다. 생각건대 서울대본은 필사자 가 베끼는 과정에서 소홀히 하여 빠뜨린 것이라 보여지며, 간기를 빠뜨린 것은 의도적인지 혹은 서울대본의 모본에도 없었기 때문이었는지 단정키 어렵다. 다만 이와 같은 사실로 미루어

---

82) 나라 백성으로서의 호적.
83) 어떤 일이 진행되어 온 처음부터 끝까지의 경위.
84) 전거나 출처가 확실치 못한 저술.
85) 경험에 비추어 앎.

金本이 원본일 가능성을 더욱 높여 준다고 하겠다. 저자의 서명이 끝에 오는 것은 통상적인 일인데 서울대본에는 없다는 점, 필사본이라는 점에서 김본이 원본에는 없던 것을 첨기하였을 가능성을 전적으로 배제할 수는 없다고 하겠으나, 글써체로 보아 필사자와 동일인의 것으로 보아도 좋을 듯하다. 덧붙여 연급하고자 하는 것은, 서울대본에는 '一樂亭記目錄'이 있는데 김본에는 없다. 이것도 필사자가 편의상 붙인 것인지, 아니면 모본에 있는 것을 그대로 전사한 것인지 알 수 없다. 제목을 보면 양본이 일치하는데, 다만 서울대본에는 '儒'이 '仙' 혹은 '仚'으로 필사되어 있는 차이를 발견할 수 있을 뿐이다. …… 위에서 알아본 바와 같이 우리는 김교수본이 서울대본에 비하여 원본일 가능성을 확인한 셈이다(신동익, "「一樂亭記」作者 小考," 『국어국문학』, 99[1988. 6], pp. 116~117).

2) [서울대 소장본과 고려대 소장본은] 전체적인 내용상 커다란 차이점은 없다. 그러나 서울대학교 소장본 「최척전」과 고려대학교 소장본 「최척전」을 비교했을 때 서로 필사 과정에서 잘못되어 누락된 부분이 더러 있고, 또 같은 의미가 다른 글자로 표기된 것, 그리고 표기 자체가 달리 된 부분이 있다. 이 중에서 기장 큰 차이는 세 곳에서 서로 크게 누락되어 있다는 것이다. 서울대학교 소장본에는 최척과 옥영이 인연을 이루기 전 결연이 이루어지기까지의 과정과 그 사이 두 사람 사이에 오고간 결연을 약속하는 편지 내용의 전체(약 498자)가 누락되었고, 옥영이 중국에 있다가 조선으로 갈 것을 결정하고 庚申年 2월 朔日에 출발하는 것, 그 후 바다에서 중국 순행선을 만났던 것, 일본 배를 만나 길은 안내받는 것, 폭풍을 만나 위기를 겪다가 구사일생으로 살아나는 것, 또 해적을 만나 위기를 겪는 것 등(약 433자)이 누락되어 있다. 반면, 고려대학교 소장본에는 주인공들이 결연하고 난 후 甲午年 정월 부부가 자식이 태어나지 않음을 걱정하여 만복사 부처에게 자식을 비는 정성을 드리는 것과 부처가 옥영의 꿈에 나타나 몽석을 점지해 주는 것, 그 후 이들이 신혼 생활을 즐기는 것, 이때 옥영과 최척이 주고받았던 시, 이들의 대화 가운데 행복한 삶에는 언젠가 불길함이 있을 것이라는 내용, 丁酉年 8월 남원성이 함락되어 주인공들이 연곡으로 피란가는 것, 최척이 연곡에서 피란하다가 구례로 양식을 구하러 나오는 것 등(449자)이 누락되어 있음을 볼 수 있다. 이 외에는 글자의 차이가 있을 뿐 내용상 차이는 크게 나타나지 않는다. 두 사본을 합쳐 정리한다면, 보다 완벽한 작품이 될 수 있을 것으로 본다(閔泳大, 『趙緯韓과 崔陟傳』[1993. 12], pp. 10~11).

3) 이 사본[天理大 소장본]의 표지 좌측에 '金華寺記'라는 본래의 題名이 있고, 그 옆에 뒷날 써서 붙인 것으로 보이는 '崔陟傳'이 병기되어 있다. [천리대본 소장본 「최척전」은] 「금화사기」와 합철되어 있는 사본으로 1권1책 한문 필사본이며, 이 중 「최척전」은 21장, 매면 10행, 매행 20~23자로 되어 있고, 읽기에 불편이 없는 사본이다. 전반적으로 내용이 바뀔 만한 차이점은 보이지 않으나, 곳곳에서 앞의 두 사본[서울대 및 고려대 소장본]보다 더 상세하게 묘사된 부분들이 있고, 가장 큰 차이점이라면 두 사본의 작품 말미에 기록된 작자의 後記와 저작 동기, 저작 연대, 작자 명시에 대한 부분이 누락되어 있고, 그 대신 최척이 正憲大夫로, 옥영이 貞烈夫人으로 봉해졌다는 것, 몽석과 몽선이 武科에 급제하여 각기 호남병마절도사와 호남현감에 이르렀다는 내용이 부기되어 있는 점이다. 아마 [천리대 소장본은] 상기의 두 사본보다는 후대에 나온 것으로 전사자가 의도적으로 작자의 후기와 저작 연대 등을 삭제하고 최척 가족들의 이후의 상황을 첨언한것 것이라 본다(同上, pp.11~12).

4) 「최척전」에는 5종의 이본이 존재하는데, 규장각본·고려대본·간호윤본이 하나의 계열을 이루고,

김모본과 천리대본이 하나의 계열을 이룬다. 그러나 김모본과 천리대본의 결합력은 규장각본, 고려대본, 간호윤본 계열에 비해 현저히 떨어진다. 규장각본, 고려대본, 간호윤본 계열에서는 장각본과 고려대본의 친연성이 두드러진다. 간호윤본은 규장각본 계열에 속하면서도 간혹 김모본이나 천리대본과 유사한 모습을 나타내기도한다. 연세대 국문본은 규장각본, 천리대본, 간호윤본 계열의 번역본으로 그 중에서도 간호윤본과 가장 비슷한 양상을 보인다. 원본은 규장각본 계열이며, 김모본과 천리대본은 독자적인 변이를 보이는 이본들이다. 대략 김모본을 거쳐 천리대본으로 진행한다고 볼 수 있다. 김모본은 탈락이 많은 이본이고 천리대본과 탈락, 변이, 부연이 모두 많은 이본이다. 변이를 일으키면서 문맥에 오류가 생긴 곳도 적지 않으므로 천리대본은 독특한 개별 이론으로서 연구할 가치는 있지만,「최척전」의 선본(善本)으로는 부적절하다. 천리대본의 특이성은 필사자의 제작 의식과 필사 대본의 열악한 상태가 빚어 낸 결과로 추측된다. 그리고 전반적으로「최척전」의 이본 차이를 파생시킨 주된 원인은 원본 또는 원본에서 가까운 조본(祖本)의 초서체(草書體)로 짐작된다. 초서를 판독하는 과정에서 생겨난 오자나 변이가 대부분이기 때문이다.「최척전」이본의 선본은 규장각본이다. 낙장이나 낙면이 없다는 점에서는 간호윤본이 유리하지만, 오자가 많고 고유명사 등에서 두 계열의 중간적 성격을 드러내기 때문에 선본으로 삼기 어렵다. 이에 비해 규장각본은 낙장이 있으나 오자가 매우 적고 형태가 기본적이고 정확하여 선본이 될 만하다. 따라서 더 나은 이본이 발견되기 전까지는 규장각본을 텍스트로 삼고, 규장각본의 낙장을 고려대본을 통해 보완하는 것이 바람직하다(지연숙, “「최척전」 이본의 두 계열과 善本,” 『古小說硏究』, 17[2004. 6], p. 188).

5) 일찍이 알려진 가람문고본은 누락된 부분이 많고 지명 등에 있어서도 오류가 많음을 알 수 있다. 앞으로「최척전」연구에 관심을 기울여야 할 부분이다. 그리고 다른 두 본과 저본을 달리 한다. 그러나 『선현유음』본과 천리대본 또한 동일한 저본으로 보기는 어렵다. 우선 『선현유음』본과 천리대본은 필사자의 의식이 확연한 치이를 보인다. 천리대본보다 『선현유음』본이 보다 사실적으로 그려져 있다. 또 결말에 있어서도 천리대본은 조정에 상소하는 내용과 가족들이 벼슬 내역을 적고 있음에 비하여, 『선현유음』본은 가람문고본, 천리대본과 유사한 내용으로 저작 동기와 감상자의 소회를 피력하고 있다는 점이다. 이본을 살펴 본 결과 현존하는「최척전」은 세 계열, 즉 『선현유음』본 계열, 가람문고본 계열, 천리대본과 고려대본 계열로 보아야 한다. 그리고 가람문고본과 고려대본은 일부분 누락되어 있어, 선본은 『선현유음』본과 천리대본으로 추정할 수 있다. 끝으로 『선현유음』본에만 작가에 대한 언급이 전혀 없다.「주생전」에서도 살핀바, 이 부분은 여러 가지 문제점을 제공하고 있다. 많은 연구자들의 고민이 필요할 듯싶다(간호윤, 『先賢遺音』[2003. 8], p. 42).

차

국문필사본

최척전	연대[古2](811.93/76)	1(<u>15</u>f.)

한문필사본

【增】 崔陟傳	簡鎬允[『先賢遺音』]	(9f.)
崔陟傳 朴泰輔疏[52]	고대[신암](**B9-A1**/漢目索:薪,47)	1(天啓元年辛酉[1621]閏二月日素翁趙緯韓)[53]

【增】 崔陟傳	서울대[『欽英』](奎 古0320-25)	
【增】 (崔陟傳)	李樹鳳[『於于野談』, 1]	
【增】 崔陟傳	정문연(『名家雜記』)	(3f.)
【增】 崔陟傳	天理大[今西文庫](929.1-517)[86]	1(21f.)
【增】 記崔陟事	서울대[奎](任魯[1725-1828],	
	『通園稿』)[87]	

723.1. 〈자료〉

Ⅰ. (영인)

【增】

1) 『玄谷集』. 현암사, 1989.

2) 간호윤. 『선현유음』. 이회, 2003. (한문본, 김기현-간호윤 소장)

Ⅱ (역주)

723.1.10. 이상구. 『17세기 애정전기소설』. 月印, 1999. <u>(천리대 소장)</u>

【增】

1) 閔泳大. 『趙緯韓과 崔陟傳』, 亞細亞文化社, 1993. (서울대 및 고려대 소장 한문본 교합)

2) 간호윤. 『선현유음』. 이회, 2003. (한문본, 김기현-간호윤 소장)

3) 朴熙秉 標點·校釋. 『韓國漢文小說 交合句解』. 소명출판, 2005. (서울대 一簑文庫本)

Ⅲ. (활자)

1) 간호윤. 『선현유음』. 이회, 2003. (한문본, 김기현-간호윤 소장)

2) 권혁래. 『조선후기 역사소설의 탐구』. 월인, 2001. (연세대 소장 「최척전」 및 『명가잡기』 소재 「崔陟傳」, 『欽英』 소재 한문 요약본 「崔陟傳」, 『通園稿』 소재 '記崔陟事')

723.2. 〈연구〉

Ⅰ. (단행본)

723.2.3. 閔泳大. 『趙緯韓과 崔陟傳』. 亞細亞文化社, 1993.

Ⅱ. (학위논문)

〈석사〉

【增】

1) 이경옥. "「최척전」의 이본과 양식적 변용." 碩論(경북대 교육대학원, 2001. 2).

2) 고경만. "조위한의 「최척전」 연구: 구성의 특징과 작가의식을 중심으로" 碩論(공주대 교육대학원, 2002. 2).

3) 신태수. "「최척전」의 근대적 성향 연구: 가족서사에 반영된 작가의식을 중심으로" 碩論(한남대 대학원, 2002. 2).

4) 곽현선. "「주생전」과 「최척전」의 비교 연구." 碩論(경원대 교육대학원, 2004. 2).

---

86) 「金華寺記」 合本.

87) 권혁래, 『조선후기 역사소설의 탐구』(월인, 2001)에 의한다.

Ⅲ. (학술지)
「최척전」
723.2.31. 현혜경. "「崔陟傳」·「玉娘子傳」을 통해서 본 대조적인 여성 이미지."『梨花語文論集』, 14(梨花語文學會, 1996. 4). "「최척전」과 「옥랑자전」에 나타나는 여성 이미지"로 이화어문학회, 『우리문학의 여성성·남성성(고전문학편)』(월인, 2001. 1)에 재수록.

【增】
1) 閔泳大. "「崔陟傳」과 그 前後代에 나타난 小說과의 影響關係."『韓國言語文學』, 42(韓國言語文學會, 1999. 5). "「최척전」과 후대소설과의 관계"로『조위한의 삶과 문학』(국학자료원, 2000. 3)에 재수록.
2) 민영대. "「최척전」과 그 전후대에 나타난 소설과의 영향관계 (1)."『韓國言語文學』, 43(韓國言語文學會, 1999. 12).
3) 민영대. "「최척전」과 '홍도' 이야기(「홍도전」)의 상관성."『조위한의 삶과 문학』(국학자료원, 2000. 3).
4) 민영대. "「최척전」의 시대배경과 당시의 시대상."『조위한의 삶과 문학』(국학자료원, 2000. 3).
5) 민영대. "작품「최척전」."『조위한의 삶과 문학』(국학자료원, 2000. 3).
6) 민영대. "조위한과「최척전」과의 관계."『조위한의 삶과 문학』(국학자료원, 2000. 3).
7) 양승민. "「崔陟傳」의 창작동인과 소통과정."『古小說研究』, 9(韓國古小說學會, 2000. 6).
8) 민영대. "趙緯韓의「崔陟傳」."『東西文化研究』, 6(한남대 인문과학연구소, 2000. 12).
9) 권혁래. "「최척전」의 이본 연구."『고전문학연구』, 18(한국고전문학회, 2000, 12).『조선후기 역사소설의 탐구』(월인, 2001. 10)에 재수록.
10) 권혁래. "전란 중 민생의 포착:「최척전」유형."『조선후기 역사소설의 성격』(박이정, 2000. 5).
11) 김문희. "「崔陟傳」의 가족 지향성 연구."『韓國古典研究』, 6(韓國古典研究學會, 2000. 12).
12) 양승민. "「崔陟傳」의 창작 동인과 소통 과정." 한국고소설학회 編.『한국고소설의 자료와 해석』(아세아문화사, 2001. 10).
13) 강동엽. "「최척전」에 나타난 임진왜란과 동아시아."『한국어문학연구』, 38(한국어문학연구학회, 2001. 12).
14) 閔泳大. "「崔陟傳」." 刊行委員會 編.『古小說研究史』(月印, 2002. 12).
15) 簡鎬允. "「崔陟傳」 연구: 17세기 傳奇小說과 國文小說과의 관계를 中心으로."『語文研究』, 31:2(語文研究學會, 2003. 6)
16) 강동엽. "「최척전」에 나타난 임진왜란과 동아시아." 동국대한국문화연구소 편,『동아시아 비교문학의 전망』(동국대출판부, 2003. 12).
17) 지연숙. "「최척전」 이본의 두 계열과 善本."『古小說研究』(韓國古小說學會, 2004. 6).
18) 강동엽. "「최척전」에 나타난 임진왜란과 동아시아."『어문론집』, 41(한국문학언어학회, 2004. 12).

【增】「홍도」
1) 申海鎮. "'紅桃' 이야기의 受用 敷衍 樣相과 그 意味: 題名과 評決을 중심으로."『韓國古小說史의 視覺』(국학자료원, 1996. 10).
2) 민영대. "「최척전」과 '홍도' 이야기(「홍도전」)의 상관성."『조위한의 삶과 문학』(국학자료원, 2000. 3).

▶ (최충전 崔忠傳 → 최치원전)
★ [[최치원 崔致遠]] ← 선녀홍대 / *쌍녀분

〈작자〉

【增】

1) 이 逸文[『太平通載』, 38, 「崔致遠」]이야말로 『新羅殊異傳』의 작자가 최치원이 아님을 증명해 주는 좋은 자료다. 그것은 유명한 羅末의 문호 최치원이 이처럼 괴기 설화 형식을 넘지 못하는 자서전을 썼으리라고는 믿어지지 않으며, 저 南宋 高宗 때 張敦頤가 序한 『六朝事迹編類』의 墳陵門 제13 雙女墓條에서 볼 수 있는 「雙女墳記」가 이 일문의 내용과 동일하다는 점에서 더욱 그렇다. 지금 이 자리에서 「쌍녀분기」가 누구의 작이며 언제 이루어졌는가를 寡聞인 필자가 알 길은 없으나, 이 일문 「최치원전」이 저 「쌍녀분기」를 演義改題한 것에 틀림없으니, 본 「신라수이전」의 편저자가 최치원 자신이 아니라는 것을 단언하는 바이다(崔康賢, "「新羅殊異傳」小攷(續)," 『국어국문학』, 26[1963. 6], p. 98).

2) 필자는 『수이전』의 일문이 여러 문헌에 흩어져 전해 오는 전승 양상을 바탕으로 볼 때, 『태평통재』에 전한다는 「최치원」은 『육조사적편류』에 전한다는 「쌍녀분」과 같은 전기적 설화가 소설의 발생기인 조선 시대 전기에 어떤 문인에 의해 소설적 형태로 변개된 것으로 생각한다(박일용, 『조선시대의 애정소설』[1993. 8], p. 91, 각주 57).

3) 「최치원」편의 최후 단락인 '後致遠擢第 ……' 중에서 이를테면 '至今猶存(지금도 남아 있다)' · '終老焉(여생을 마쳤다)' 등은 최치원 본인의 말이 아님이 분명하다. …… 본문을 자제히 읽어 보면 이 단락의 문장은 앞의 문장과 연속성이 없으며 억지로 가져다 붙인 흔적이 분명하다. 서두에서 이미 '一擧登魁科 調授溧水縣尉(단번에 급제하여 율수현위를 제수받았다)'라고 분명히 서술하였는데, 이것은 곧 乾符 甲午 이후의 일이다. 그런데 이 곳에서는 오히려 '後致遠擢第'라고 하였으니, 서사의 순서가 맞지 않다. 그러므로 이 단락의 문장은 단연코 原篇에 있었던 것이 아니고 후인이 다른 책을 근거하여 덧붙인 것이다. 남은 문제는 '崔致遠 字孤雲(최치원은 자가 고운이다)'과 같은 제3인칭 서사 형식이 최치원 자신이 직접 서술한 自述體式이 될 수 있는가인데, 그 답은 긍정적이다. …… 『太平通載』는 『太平廣記』의 편찬을 모방한 小說類書이다. 『태평광기』는 독자들로 하여금 읽기에 편리하도록 문장를 인용하면서 자주 제1인칭을 제3인칭으로 바꾸어 놓고 있다. 이 때문에 최치원의 이 편 원문 역시 제1인칭인 '余'를 사용했을 가능성을 전혀 배제할 수 없다. …… 「최치원」편이 최치원의 손에서 나왔다는 사실은 작품 자체를 가지고 살펴본다면 그것에 대한 약간의 증거를 찾을 수 있다. 「최치원」 전편에는 대량의 對句를 사용하고 있는데, 이것은 『桂苑筆耕集』의 文風과 완전히 일치한다. …… 작가마다 모두 자신의 독특한 어휘와 수사의 습관을 지니고 있다. …… 우리는 이러한 관점에 의거하여 소설 중의 기타 용어들과 최치원의 다른 문장에서 용어들을 대조해 보면 놀랄 만한 일치성을 발견할 수 있다(李劍國·崔桓, "『新羅殊異傳』崔致遠 本考," 『中國語文學』, 33[1999. 6], pp. 290~293 발췌 인용).

4) 이른 시기의 기록들이 해당 이야기[최치원 이야기]의 출전을 「쌍녀분기」로 명시하고 있다는 사실, 그리고 『至正金陵新志』에서 「쌍녀분기」의 내용을 수록하면서 별도로 '「雙女墳記」崔致遠作'이라 하여 최치원의 원작임을 밝히고 있다는 사실을 주목할 필요가 있다. 여기서 원작자와 원작의 형태에 관한 두 가지의 중요한 사실을 추측해 볼 수 있다. 우선 「쌍녀분기」의 원작자가

아마 최치원이 아니었을까 하는 점이다. …… 다음으로 원작의 형태는 단순히 유전되는 설화를 기록한 것이 아니라 일정한 체제를 갖춘 한 편의 傳奇 작품이었을 것이며, 그 제목 또한 「쌍녀분기」가 아니었을까 하는 점이다. 각 문헌에 수록된 「쌍녀분기」는 원 내용의 대체적 골격만을 요약 · 제시하고 있지만, 두 여인이 자신을 소개하는 부분에서는 駢文對句의 활용과 같은 원작의 문체적 특성을 일부 엿볼 수 있다. …… 최치원의 당에서의 행적과 작품의 내용, 삽입시의 성격, 관습적 어구의 활용 등을 살펴볼 때, 「최치원」의 원작자는 최치원 본인일 가능성이 매우 높은 것으로 보인다. 그리고 작품의 기본 성격은 최치원이 율수현위로 재직했을 당시의 체험적 사실을 바탕으로 「유선굴」·「심경」과 같은 기존 전기의 설정을 빌어 자신의 입장과 처지를 표백한 것이라고 정리할 수 있다(소인호, "전기소설 「최치원」의 창작 경위와 문헌 성격," 『국어국문학』, 127[2000. 12.], pp. 227, 242, et passim).

5) 종래 「崔致遠」의 원제는 「雙女墳記」이며, 신라 시대의 '殊異'한 일을 기록한 여러 다른 자료들과 함께 朴寅亮에 의해 『新羅殊異傳』으로 撰輯되었다. 「쌍녀분기」의 작자는 실전되었으나, 그 동안 학계에서는 崔致遠 · 朴寅亮 · 金陟明, 또는 麗末 鮮初의 어느 작가일 것이라고들 했다. 「쌍녀분기」는 唐代 傳奇를 망라하여 挿入詩의 밀도가 가장 높다. 따라서 이 풍부한 삽입시와 羅末 遣唐 유학생들의 詩를 대조하여 검증하는 것이 작자를 밝히는 신빙할 만한 첩경이다. 그 결과 崔匡裕의 시가 그 愁艶한 풍격, 押韻 趣向, 心象 등에 있어 一致됨을 밝혀 냈다. 따라서 작자는 최광유다. 아울러 「쌍녀분기」 결미 부분 史傳의 서술 태도를 분석하여 최광유가 최치원의 만년 사생활을 近接 관찰한 최치원의 측근 후배임을 알았다(李東歡, "「雙女墳記」의 作者와 그 創作背景," 『民族文化硏究』, 37[2002. 12], p. 71).

〈출전〉『太平通載』, 6888)

〈작품연대〉

【增】

1) 「최치원」 편을 보면 실제로 이 전기의 창작 시기는 최치원의 젊은 시절인 귀국(29세) 전 唐에서 지은 것임을 알 수 있다. 唐代의 선비들은 애정 이야기를 自述하여 스스로 즐기고 뽐내기를 선호하였으며, 아울러 그것으로 자신의 文才를 드러내기도 하였는데, 젊은 최치원 역시 그러한 풍조에서 벗어나지 못하였다. 최치원은 과거에 급제하고 수년 후에 율수현위를 제수받았는데, 그가 묘사한 쌍녀분은 바로 율수에 있다. 실제로 율수현에는 쌍녀분이 분명히 남아 있다. …… 최치원 行年 고찰로부터 「쌍녀분기」 창작 시기를 둘로 추정해 볼 수 있다. 그 하나는 율수현위직에 있었던 3, 4 년간이고, 또 하나는 高騈의 회남 막료 시절이다. 최치원은 율수에서의 생활을 '봉록이 많고 관직 생활이 한가로웠으며 종일 포식하여 벼슬 생활이 넉넉하였기에 배움에 촌음을 헛되이 버리지 않아 公私로 지은 글이 5권(이것은 즉 『中山覆簣集』을 가리킴)이 되었습니다'라고 하였다. 이러한 생활 속에서 자연히 「쌍녀분기」를 지었을 가능성이 있다. 그러나 더욱 가능성이 높은 시기는 회남 막료 시절이다. 왜냐하면 고변은 평소 귀신 신령의 일을 좋아하였으며, 더욱이 中和 2년 병권을 삭탈당한 후에는 '신선의 일에 의탁하고 그것을 추구하여 전쟁에 관한 일은 끊어 버렸으며', '날로 신선의 일로 소일하였다.'[『舊唐書』, 高騈傳] 최치원은 고변의 知遇의 은혜에 대해 줄곧 마음 속 깊이 새겨왔는데, 이러한 가운데 고변의 환심을 사려는 마음도 생기게

---

88) 權文海(1534~1591)의 『大東韻府群玉』, 권 15에는 유사한 이야기가 '仙女紅帶'란 이름으로 실려 있다.

되었다. …… 최치원은 고변의 막부에 있을 때 ‘傳奇’를 읽어 본 적이 있었을 가능성이 높은데, 아마 자신의 재능을 뽐내고 싶어 의식적으로 그것을 모방했을지도 모르겠다. 「쌍녀분기」의 張氏 두 여자는 여자 귀신에 해당되나, 최치원은 오히려 선녀로서 그녀들을 묘사하였으며, 귀신과의 만남을 선녀와의 만남으로 보았으니, 이것 역시 고변이 신선을 좋아하는 사실과 관련이 있다(李劍國·崔桓, “『新羅殊異傳』崔致遠 本考,”『中國語文學』, 33[1999. 6], pp. 295, 305~306, et passim).

2)「쌍녀분기」는 좀더 정확하게 언제쯤 지어졌을까? 최치원[857~?]은 최소한 60세(916)경까지는 생존해 있었던 것으로 보이며, 그 뒤 어느 때에 死去한 것 같다. 최치원보다 10년 좌우 후배인 崔匡裕 [생몰년 미상]는 신라가 멸망할 즈음(935)에 나이가 70세에 가까웠다. 그러니까 최치원 사후로부터 경주가 중앙부이던 시기에 「쌍녀분기」는 지어진 것이다. 최광유의 나이를 생각해 보면 아무래도 신라 멸망 이전, 어쩌면 최치원 사후 오래지 않은 시기에 지어졌을 가능성이 훨씬 크다(李東歡, “「雙女墳記」의 作者와 그 創作背景,”『民族文化研究』, 37[2002. 12], p. 46).

〈관계기록〉

① 『六朝事迹編類』(중국 南宋 張敦頤), 13, ‘雙女墓’: 「雙女墳記」曰 有鷄林人崔致遠者 唐乾符中 補溧水縣尉 嘗憩于招賢館 前岡有塚 號曰 雙女墳 詢其事迹 莫有知者 因爲詩以弔之 是夜感 二女至 稱謝曰 兒本宣城郡開化縣馬陽鄕 張氏二女 少親筆硯 長負才情 不意爲父母匹于鹽商 小豎 以此憤恚而終 天寶六年 同葬於此 宴語至曉而別 在溧水縣南一百一十里☯(「쌍녀분기」 에서 다음과 같이 말하였다. 계림 사람인 최치원[857~?]이라는 이가 있었는데, 당나라 건부 (874~879) 연간에 율수현위에 임명되었다. 일찍이 초현관에서 쉬고 있었는데, 그 앞 언덕에 쌍녀분이라 불리는 무덤이 있었다. 그 내력을 물었으나 아는 자가 없었기에 시를 지어 위문하였다. 이 날 밤, 감동한 두 여자가 이르러 사의를 표하면서 “저회들은 본래 선성군 개화현 마양향에 사는 장씨의 두 딸입니다. 어려서는 문장 쓰기를 좋아했으며 자라서는 재주가 있다고 자부했습니 다. 그런데 뜻밖에도 부모님이 소금 장수 같은 하찮은 자들에게 시집 가라 하셨기에 분하여 죽고 말았습니다. 그래서 천보 6년 이곳에 같이 묻히게 되었습니다.”라고 말하였다. 술을 마시며 이야기를 하다 날이 밝자 헤어졌다. [쌍녀분은] 율수현 남쪽 백십 리 되는 곳에 있다).[89]

② 『太平通載』(成任 1421~1484), 68: 出 『新羅殊異傳』.

〈비교연구〉
【增】

1)「쌍녀분기」라는 제목은 唐人 李公佐의 「燕女墳記」와 지극히 비슷하여 아마 의식적으로 모방했 을 가능성이 높다. 최치원은 당인 소설에 대해 매우 익숙하게 알고 있었는데, 이를테면 「쌍녀분기」 속의 典故 중의 하나인 ‘任姬의 사랑하고 교태부림은 배우지 않았네(不學任姬愛媚人)’는 곧 당인 沈旣濟의 「任氏傳」에서 취하였다(李劍國·崔桓, “『新羅殊異傳』崔致遠 本考,”『中國語 文學』, 33[1999. 6], pp. 306~307).

2) 志怪傳奇나 詞 같은, 오늘날로 말하면 순수 문학에 심취한 최광유는 「洛神傳」이란 그리 秀作이랄

---

89) 송나라 때의 『景定健康志』, 권 43 및 원나라 때의 『至正金陵新志』, 권 12 등의 문헌에도 「雙女墳記」를 인용한 똑같은 내용이 전재되어 있다.

것도 없는 작품까지 찾아 읽었다. 그런데 이 「낙신전」이 사실은 「쌍녀분기」의 서사의 큰 틀의 모티브를 제공해 주었다. 줄거리를 간략히 소개하면 다음과 같다. …… [줄거리 생략] …… 보다시피 幽界의 두 여인과의 정사와 그것이 계기가 된 [「쌍녀분기」의] 최치원의 출세가, [「낙신전」의] 소광과 유계의 두 여인과의 정사와 소광의 출세 그것과 닮아 있다. 다만 「낙신전」에서는 두 여인의 관계가 姉妹間이 아니고, 각각 婢女와 靑衣 동자를 데리고 있는 水界의 독립적인 존재이나, 龍女는 神의 命에 의해 늦게 부름을 받고 나온 점에서 간주되는 관계는 자매간에 방불하다. 그리고 달 밝은 밤이라는 시간적 배경에 있어서나, 사건이 이루어지는 공간이 꿈(夢)이라는 명시적인 지시가 없어 마치 현실 공간에서 사건이 이루어지는 듯한 착각을 하게 되는 점에 있어서 두 작품은 전혀 일치한다. 또 「쌍녀분기」에서 張氏 자매가 결혼 상대가 마음에 차지 않아 그것이 鬱結이 되어 그만 죽게 되었다는 것이 하나의 실제적 사실일 수도 있으나, 「낙신전」에서 甄皇后가 마음 속의 고민으로 죽었다는 것과 상통한다. …… 그러나 「낙신전」은 소광과 두 여인과의, 작품의 편폭의 대부분을 차지하는 대화와, 불과 20여 자로 서술된 정사와, 그리고 역시 아주 짧게 서술된 소쌍의 출세가 균형도 맞지 않지만, 세 사건이 아무런 필연도 誘因도 없이 갑작스럽게 일어난, 그래서 거의 無媒介的인 나열로 되어 있다. 사사 구성이 지극히 미숙하다. 디테일에 있어서도 어색함을 면치 못한다. …… 여러 면에서 「쌍녀분기」와는 비교도 안 되는 작품이다. 「쌍녀분기」는 「낙신전」으로부터 납을 가져 와 金으로 변화시킨 격이다(李東歡, "「雙女墳記」의 作者와 그 創作背景," 『民族文化硏究』, 37[2002. 12], pp. 65~67).

〈이본연구〉

【增】

 1) 「雙女墳記」는 그 동안 학계에서 「崔致遠」으로 통행되던 작품이다. 이것은 이 작품의 원래 출전이었던 『新羅殊異傳』에서는 아마 원제목이 없이, 가령 『破閑集』이나 『補閑集』처럼 일정한 기준 아래 列擧式으로 실렸을 터이나 『太平通載』(成任 撰)의 체제를 의방하여 제목을 붙이되 이 작품의 중심 인물 최치원의 이름으로 뽑아 설정한 데에서 연유한다. 원제목이 「쌍녀분기」임을 알 수 있음은 南宋 紹興 30년(1160)에 편찬된 『六朝事迹編類』에 「雙女墳記」라는 제목 아래 내용이 짤막하게 요약되어 있기 때문이다. 쌍녀분의 여인을 주요 인물로 하여 우리 나라에서 지어진 「雙女墳記」라는 소설 작품이 중국의 江南 지방으로 流傳하여 바로 그 현지의 雙女墓에 얽힌 故事로 정착되면서 『육조사적편류』에 작품이 요약되어 오른 것이다(李東歡, "「雙女墳記」의 作者와 그 創作背景," 『民族文化硏究』, 37[2002. 12], pp. 1~2).

1. 〈자료〉

 Ⅱ. (역주)

 【增】 「쌍녀분기」

 1) 崔桓. "『新羅殊異傳』 「雙女墳記」 역주 및 교감." 『中國語文學譯叢』, 6(嶺南大 中國文學硏究室, 1997. 3).

 「최치원」

 【增】

 1) 朴熙秉 標點·校釋. 『韓國漢文小說 交合句解』. 소명출판, 2005. (『태평통재』)

2. 〈연구〉
Ⅱ. (학위논문)
〈석사〉
【增】「최치원」

1) 길정애. “『수이전』 일문 「최치원」 연구: 소설성을 중심으로.” 碩論(고려대 교육대학원 2005. 2).

Ⅲ. (학술지)
「쌍녀분」
【增】

1) 車溶柱. “「雙女墳」 說話硏究.” 『古小說論考』(啓明大出版部, 1985. 1).
2) 이동환. “「雙女墳記」의 作者와 그 創作 背景.” 『民族文化硏究』, 37(민족문화연구원, 2002. 12).

「최치원」

17) 안창수. “『太平通載』所載 「崔致遠」의 小說性 檢討.” 『韓民族語文學』, 32(韓民族語文學會, 1997. 12).

【增】

1) 이헌홍. “「崔致遠」의 구조와 소설사적 의의.” 『古典小說의 理解』(문학과비평사, 1991. 7).
2) 이검국·최환. “「신라수이전」 崔致遠本考.” 『中國語文學』, 33(영남중국어문학회, 1999. 6).
3) 소인호. “전기소설 「최치원」의 창작 경위와 문헌 성격.” 『국어국문학』, 127 (국어국문학회, 2000. 12). “「최치원」의 작자와 문헌 성격”으로 『한국 전기소설사 연구』(집문당, 2005. 3)에 재수록.
4) 정병호 “나말여초 전기소설의 대두와 「최치원」.” 『인문과학』, 14(경북대 인문과학연구소, 2000. 12).
5) 韋旭昇. “從 「仙女紅袋」 到現代京劇 「崔致遠傳記」.” 中國延邊科學技術大學 韓國學硏究所 編, 『韓國學硏究』, 1(太學社, 2001. 6).
6) 서해숙. “「최치원」 설화의 신화적 성격.” 『한국언어문학』, 50(한국언어문학회, 2003. 5).
7) 정병호 “羅末麗初 傳奇小說 「崔致遠」의 敍述方式과 意味指向.” 刊行委員會, 『澤民金光淳敎授定年紀念論叢』(새문社, 2004. 11).
8) 유정일. “『수이전』 일문 「최치원」의 장르적 성격과 소설사적 의미.” 『어문학』, 87(한국어문학회, 2005. 3).
9) 오춘택. “「쌍녀분기」와 「최치원」의 작자.” 『국어국문학』, 139(국어국문학회, 2005. 5).
10) 車充煥. “「최치원」의 장르적 성격과 작자에 대한 연구사적 검토.” 『韓國古典小說 作品硏究』(월인, 2004. 10).

◈724.[최치원전 崔致遠傳] ← 『신독재수택본전기집』 / 최고운전 / 최문헌전 / 최선전 / 최충전
〈관계기록〉
①『稗林』, 7, 「效顰雜記」上: 己卯歲 余因公差 巡湖西內浦 到保寧 時金斯文湜爲知縣 乃父執也

從容談話之餘 出「崔文昌傳」以示之未知何人所作 而載金猪事 頗詳悉 竊以爲或然矣 後閱唐史 看他歐陽詢酷似彌猴 時人作「白猿傳」謗及其親然 後知金猪之說 出於好事者 而效響白猿也無疑矣◑(기묘년[1579]에 내[高尙顏 1553~1623]가 공적인 일로 호서 내포 지역을 순행하여 보령에 이르렀을 때 사문[90] 김황 어른이 현감으로 있었는데, 곧 부친의 친구분이셨다. 조용히 담화를 나누다가 「최문창전」을 꺼내 보여 주셨다. 누가 지은 것인지는 알 수 없었으나 금돼지 이야기가 실려 있었는데, 자못 상세하게 다 갖추어져 있어서, 가만히 생각하기를 혹 그럴 수도 있겠다고 여겼다. 후에 『당사』를 열람하다가 구양순[557~641]이 원숭이와 매우 유사하여 당시 사람들이 「백원전」[91]을 지어 헐뜯음이 어버이에게까지 미치고 있음을 보았다. 그러한 뒤에야 금돼지 이야기가 호사자들에게서 나왔으며, 「백원전」을 흉내냈음이 틀림없음을 알게 되었다).

② 『象胥記聞』[1794?](小田幾五郎 1754~1831): 朝鮮小說 「張風雲傳」·「九雲夢」·「崔賢傳」·「蘇大成傳」·「張朴傳」·「林將軍忠烈傳」·「蘇雲傳」·「崔忠傳」 外 「泗氏傳」·「淑香傳」·「玉橋黎」·「李白慶傳」類 …… 其外 「三國志」類 諺文書本有☯(조선의 소설로는 「장풍운전」·「구운몽」·「최현전」·「소대성전」·「장박전」·「임장군충렬전」·「소운전」·「최충전」 외에 「사씨전」·「숙향전」·「옥교리」·「이백경전」 따위가 있고 …… 그 밖에 「삼국지」 등의 국문 소설이 있다).

③ 李能和, 『朝鮮巫俗考』, p. 77, 古羣山崔孤雲神祠: 全羅北道沃溝郡 有紫天臺 世傳崔孤雲先生遺蹟 郡之南海中有島曰 古羣山羣島 周圍可二百餘里 島有金猪窟 深不可測 窟前海名曰 金猪洋 古老相傳 昔有金毛猪棲息之屈宅 頗有神通 如『聊齋志異』所謂江南五通之事相類 新羅末崔种守是州 种妻生子曰致遠 年少聰慧異常 島古號文昌郡 又多漁 爲唐商船往來貿易之所 唐商客見致遠而悅之 遂載入唐 登科第入仕版 後歸故國 放浪山水間 島之日影臺 卽先生彈琴處云云 至今道人慕先生之風 立祠祀之 敬如天神◑(전라북도 옥구군에 자천대가 있는데 최고운[崔致遠 857~?] 선생 유적으로 세상에 전하고 있다. 군 남쪽 바다 가운데 몇 개의 섬을 가리켜 고군산군도라 한다. 주위는 백여 리나 되며 그 섬에는 금돼지굴이 있으나 깊이를 알 수 없다. 굴 앞의 바다를 금저양이라 한다. 옛 노인들이 전하는 말에 의하면 옛날에 금빛 털색깔의 돼지가 살고 있던 굴로 신통한다고 한다. 신라 말년 최충이 이 고을을 지켰는데, 그때 최충의 처가 아들을 낳아 이름을 '치원'이라 했다. 어려서부터 매우 총명하고 지혜롭기가 남달랐다. 그 섬의 옛 이름은 문창군으로 어부들이 많아 당시 당나라 상선들의 무역하는 곳이 되었다. 당나라 상객들은 치원을 보고 좋아하여 상선에 태워 치원이 당나라에 들어가 과거에 급제하게 되었다. 후에 치원은 고국에 돌아와 산수 간을 방랑했는데 그 섬 한 곳에 일영대가 곧 선생이 거문고를 타던 곳이라 한다. 지금도 섬사람들은 선생을 사모하는 풍속이 있어 사당을 세우고 천신처럼 모신다).

〈이본연구〉

【增】

1) 현재 「최선전」은 한문 필사본으로 「崔文黙傳」, 「崔孤雲傳」, 「崔冲傳」, 「崔文昌傳」과 한글 필사본으로 「최치원전」, 그리고 한글 활자본 따위의 20여 종의이 이본이 있다. …… 현전하는 이본은 한문 필사본이 가장 많은데, 대략 김집 수택본·국립중앙도서관본(한문 필사) 계열, 김기동

---

90) 유학자를 존경하여 일컫는 말.
91) 중국 당나라 때의 전기 소설인 「補江總白猿傳」으로, 歐陽紇의 부인이 원숭이에게 탈취되어 아들 歐陽詢 (557-641)을 낳았다는 내용이다.

본·고려대본 계열, 국립중앙도서관본(한문 필사)의 세 계열로 나뉘어진다. 김집 수택본 계열이 원본 계열이고, 김기동본 계열이 보완, 부연이며, 국립중앙도서관본이 번역, 개작된 계열이다. 선본은 김집수 택본으로 보고 있다. ……『선현유음』본과 김기동본은 비교적 등락의 폭은 비슷하지만, 『선현유음』이 약 8,400자, 김기동본이 약 7,600자 남짓이다. 『선현유음』 소재 「최선전」이 더 세밀하게 되어 있음을 알 수 있다. …… 김기동본은 필사 중 누락되어 앞뒤 문맥의 연결이 매끄럽지 못한 부분이 많다. 더구나 뒷부분은 수 백자를 빠뜨리고 필사하는 등의 오류와 訛誤도 여러 곳에서 보인다. 따라서 연구자들은 세심히 이본을 살펴야 한다. 『선현유음』본이 다른 이본과 가장 큰 차이점은 後識 부분이다. 이 후지 부분은 磨滅이 너무 심하다. 正德 연간 (1506~1521)에 한 樵夫가 도끼를 메고 산에 들어갔다가 文章 崔致遠과 檢隱仙師가 함께 앉아 바둑을 두는 것을 보았다는 부분이 있다. 이 부분은 김기동본과 고려대본에 있는데, 『선현유음』본 에 비하여 짧다. 그런데 임진란 뒤에 왜적이 크게 불을 질렀다는 이야기가 나오는 것으로 미루어, 『선현유음』 소재 「최선전」은 적어도 임란 후의 본임을 알 수 있다. 결과적으로 『선현유음』본 「최선전」은 김기동본과 김집 수택본과 서사적 구조만 일치할 뿐 세부적인 것은 너무 다르다. 그래도 비교적 가까운 것은 『선현유음』과 김기동본이지만, 이본 간에는 字句 교감이 무의미할 정도이다(간호윤, 『先賢遺音』[2003. 8], pp. 43~45 발췌 인용).

【增】〈판본연대〉

1) 한문본과 한글본 중 어느 쪽이 먼저냐 하는 문제부터 따져 보겠다. 기왕의 연구자들은 한문본이 앞섰다는 의견을 단지 심증만으로 언급했을 뿐 그 근거를 밝히지 않았는데, 필자의 견해는 다음과 같다. 우선 이 작품의 성격상 한시가 중요한 역할을 하는데 한글로는 부적합하다는 생각이다. 한문본엔 삽입시로서 五言絶 2수, 七言絶 2수, 五言二句·七言二句 각 1수가 나오고, 본에 따라서는 5언절 2수, 7언절 1수가 더 나오기도 한다. 한글본에서는 이것의 처리가 곤혹스러울 수밖에 없다. 한글 최고본으로 보이는 A9[羅孫 소장 「최치원전」]에서는 5언절 1수를 번역 없이 원시만 한글로 적었고, 다른 5언절 1수와 7언 2구 1수는 원시 없이 번역만 싣고, 기타는 아예 없다. 이런 현상은 한글본인 C형들도 같아서 모두 5언절 2수와 7언 2구 1수를 제외하고는 싣지 않았다. 또 하나는 문장 내용과 문체다. 한글본의 내용은 古風스럽지 못하고, 그 문체에 지나친 직역투가 종종 보인다(李惠和, "「崔孤雲傳」의 形成背景 硏究: 異本攷를 兼하여," 高麗大 碩論 [1984. 8], pp. 24~25).

국문필사본

(최고운전)

최고운전이라	박순호[家目]	1(<u>경사이월십이일시종,</u> 丁巳二月十二日始終 始作初一日, 3<u>7</u>f.)[57]
【增】 崔孤雲傳 單卷	박순호[家目]	1([표지]庚申正月日, 정사정월이 십육일이 라, 30f.)
【增】 최고운전 崔孤雲傳	박순호[家目]	1(51f.)

(최치원전)

| 【增】최치원전 | 김종철[家目] | 1(丙辰陰十二月, 56f.) |
| 【增】최치원전 | 정명기[尋是齋 家目] | 1[92] |

국문활자본

(최고운전)

| 최고운전 崔孤雲傳 | 국중(일모813.5-세299夫)/국회[目·韓Ⅱ](811.31)/대전대[이능우 寄目](1096)/조희웅[家目]/[仁活全](31) | 1(申泰三, 世昌書館, 檀紀 4285[1952], 62pp.) 【削】[58] |

한문필사본

(고운전)

| 【增】孤雲傳 | 柳鐸一[漢少目, 英1-11] | 1(甲寅) |

(최고운전)

崔孤雲傳	동국대(D923.251 최819夫)	1(11f.)[93]
【增】崔孤雲傳	박순호[家目]	1(飛鳳山中朝陽齋所藏, 臘月二十五日, 21f.)[94]
【增】崔孤雲傳	성대(D7C172)[漢少目, 英1-8]	1(12f.)
【增】崔孤雲傳	柳鐸一[漢少目, 英1-10]	(缺本)[95]
崔孤雲傳	정명기[尋是齋 家目]/[이복규:『임경업전연구』, 36]	1(12f.)[96]

(최문장치원전)

| 최문장치원전 崔文章致遠傳 | 고대[치암](C14-A74)/(漢目索: 癡,14) | 1[63] |
| 【增】崔文章集 (文昌侯 崔致遠傳) | 정명기[尋是齋 家目] | 1 |

【增】(최선전)

| 【增】崔仙傳 | 簡鎬允[『先賢遺音』] | (10f.) |

---

92) 「상사동전객기」와 합철되어 있다.
93) 「尹仁鏡傳」·時調 등 합철.
94) 「黃石公素書」·「訴誌」(4f.) 합철.
95) 「雲英傳」·「都馬武傳」·崔孤雲傳」 합철.
96) [原註] 62. 「林慶業傳」·「朴泰輔傳」·「朴香娘傳」·「방홀전」 등과 합철되어 있다.

(최치원전)

崔致遠傳	고대(C14-A9)/[吳宗根,　1(乙酉十月, 23f.) 『韓國敍事文學의 研究』, p. 193]
【增】崔致遠傳	鄭明基　　　　　　　(12f.)[97]

724.1. 〈자료〉

Ⅰ. (영인)

「최고운전」

  724.1.4. 仁川大民族文化研究所 編.『舊活字本古小說全集』, 31. 銀河出版社, 1984; (再刊) 國際아
카데미, 2002. (세창서관본)

「최문헌전」

【增】

  1) 정학성 역주.『17세기 한문소설집』. 삼경문화사, 2000.

【增】「최선전」

  1) 간호윤.『선현유음』. 이회, 2003. (한문본, 김기현-간호윤 소장)

Ⅱ (역주)

「최고운전」

【增】

  1) 백순남 역·석선영 편집.『옥포동기완록(·서씨전·최고운전)』. 조선고전문학선집, 49. 평양: 문학예
술종합출판사, 1992; 조선고전문학선집, 33. 서울: 연문사, 2000(영인).

  2) 朴熙秉 標點·校釋.『韓國漢文小說 交合句解』. 소명출판, 2005. (한문본, 국립중앙도서관 소장)

「최문헌전」

【增】

  1) 정학성 역주.『17세기 한문소설집』. 삼경문화사, 2000.

【增】「최선전」

  1) 간호윤.『선현유음』. 이회, 2003. (한문본, 김기현-간호윤 소장)

Ⅲ. (활자)

【增】「최고운전」

  1) 백순남 역·석선영 편집.『옥포동기완록(·서씨전·최고운전)』. 조선고전문학선집, 49. 평양: 문학예
술종합출판사, 1992; 조선고전문학선집, 33. 서울: 연문사, 2000(영인). (한문 원문)

【增】「최선전」

  1) 간호윤.『선현유음』. 이회, 2003. (한문본, 김기현-간호윤 소장)

724.2. 〈연구〉

  〈석사〉

---

97) 「朴香娘傳」 외 傳 3편, 「岳陽樓歌」 합철.

724.2.12. 申熙善. “「崔孤雲傳」 研究: 研究史 中心으로.” 碩論(忠北大 敎育大學院, 1997. 2).
【增】
　1) 강인혜. “「최고운전」과 「유충렬전」 비교연구.” 碩論(홍익대 교육대학원, 2005. 2).

Ⅲ. (학술지)
「최고운전」
724.2.48. 金鉉龍. “「崔孤雲傳」의 形成時期와 出生談攷.”『古小說研究』, 4(韓國古小說學會, 1998. 2). “「최고운전」의 형성시기와 출생담 고찰”이란 제목으로 한국고소설학회 編,『한국고소설의 자료와 해석』(아세아문화사, 2001. 10)에 재수록.
724.2.49. 박일용. “「崔孤雲傳」의 작가의식과 소설사적 위상.”『古典文學研究』, 16(韓國古典文學會, 1999. 12).『영웅소설의 소설사적 변주』(월인, 2003. 4)에 재수록.
【增】
　1) 崔三龍. “崔致遠의 人物說話와 「崔孤雲傳」.”『古典文學研究』, 3(韓國古典文學研究會, 1986. 12).
　2) 양언석. “최치원과 「최고운전」의 상관관계 연구.”『한국문예비평연구』, 2(한국문예비평학회, 1998. 6).
　3) 최태호. “최치원과 「최고운전」 연구.”『漢文學論集』, 19(槿域漢文學會, 2001. 11).
　4) 정출헌. “『최고운전』을 통해 읽는 초기 고전소설사의 한 국면: 작품의 형성과정과 표기문자의 전환을 중심으로.”『古小說研究』, 14(韓國古小說學會, 2002. 12).
　5) 韓碩洙. “「崔孤雲傳」.” 刊行委員會 編.『古小說研究史』(月印, 2002. 12).
　6) 조상우. “「최고운전」에 표출된 '對中華 意識'의 형성 배경과 의미.”『민족문학사연구』, 25(민족문학사학회, 2004. 7).

「최충전」
【增】
1) 정병설. “18·19세기 일본인의 조선소설 공부와 조선관:「최충전」과 「임경업전」을 중심으로.”『韓國文化』, 35(서울大 韓國文化研究所, 2005. 6).

「최치원전」
724.2.38. 吳宗根. “「崔孤雲傳」의 異本攷.”『石影洪大杓教授華甲紀念論叢』(同刊行委員會, 1990. 10).『國語國文學 研究』, 13(圓光大 國語國文學科, 1990. 12)에 재수록.
724.2.62.【削】崔三龍. “崔致遠의 人物說話와 「崔孤雲傳」.”『古典文學研究』, 3(韓國古典文學研究會, 1986. 12).
【增】
　1) 曺壽鶴. “「崔致遠傳」의 小說性.”『嶺南語文學』, 2(嶺南語文學會, 1975. 7).
　2) 지준모. “「최치원전」 평역.”『東方漢文學』, 17(東方漢文學會, 1999. 8).
　3) 김수중. “고소설에 나타난 최치원의 신화적 성격.”『國語文學』(국어문학회, 1999. 8).
　4) 김수중. “설화와 고소설의 歷史的 地境에 관한 논의:「崔致遠傳」을 중심으로.”『韓國言語文學』, 48(韓國言語文學會, 2002. 6).

◘725.[[최칠칠전 崔七七傳]] ← *최북전

〈작가〉趙纘韓(1572~1631)
〈출전〉『金陵集』, 14

◘726.[최한경전]

◘727.[최현전 崔賢傳 / 崔玄傳 / 崔鉉傳 ①]

〈관계기록〉

① 『象胥記聞』[1794?](小田幾五郞 1754~1831): 朝鮮小說「張風雲傳」・「九雲夢」・「崔賢傳」・「蘇大成傳」・「張朴傳」・「林將軍忠烈傳」・「蘇雲傳」・「崔忠傳」 外「泗氏傳」・「淑香傳」・「玉橋黎」・「李白慶傳」類 …… 其外「三國志」類 諺文書本有◉(조선의 소설로는 「장풍운전」・「구운몽」・「최현전」・「소대성전」・「장박전」・「임장군충렬전」・「소운전」・「최충전」 외에 「사씨전」・「숙향전」・「옥교리」・「이백경전」 따위가 있고 …… 그 밖에 「삼국지」 등의 국문 소설이 있다).

② 「崔玄傳」, 結尾: 歲在甲戌暮春 生靈大饑 以粟以運 列邑設賑 公私愁鬱時 與五六秋椽 披閱其諺書「崔公傳」 走筆飜眞 仍戲欷 曰天理之◉(갑술년 늦봄에 백성들이 큰가뭄을 맞아 곡식을 돌려 각읍에서 진휼[98]하느라 공사가 모두 시름할 때, 5~6명의 관라들과 더불어 그 언문으로 된 「최공전」을 보고나서 붓을 놀려 한문으로 옮겨 적은 후, "아아, 천리로고녀!"하고 탄식했다).

【增】

1) 『[演慶堂]諺文冊目錄』(1920; 藏書閣所藏): 106. 「崔賢傳」 2冊.

〈이본연구〉

【增】

1) 18종의 이본을 개관하고 이본간의 대비를 통해 서지적 사항을 검토하였다. 여기에서 그 동안 다루어지지 않았던 한문본 2종[일사 소장본·성암 소장본]을 추가로 검토함으로써 현전 최고본으로 알려졌던 안후선본이 실은 현전 최고본이 아니며, 한문본으로서도 善本이 될 수 없음을 확인하였다. 다음으로 이본 간 대비를 통해 살핀바, 「최현전」은 원래 3대기 구조를 지니고 있었음을 확인하고, 이어 계열을 확인할 수 없는 김동욱ㄱ본[筆叢 71, 697~749], 김동욱ㄴ본[筆叢 72, 3~92], 국립도서관본을 제외한 나머지 이본들을 공통점을 중심으로 살펴 각각 박순호ㄱ본[필총 46, 422~632], 김광순ㄷ본[筆全 26, 155~352], 김동욱ㄷ본[筆叢 72, 93~275], 이대본과 한문본으로 계열을 나누었다. 이 중 한문본을 제외한 나머지 이본은 모두 국문본이다. 한문본은 한시의 삽입, 군담의 축소 등 국문본과는 상당한 차이를 보이고 있다. 그런데 한문본의 필사기에 국문본을 번역했다는 기록이 있으므로 원본은 국문본임을 알 수 있었다. 따라서 원래의 「최현전」은 한문본과 국문본의 특징을 공유한 작품일 가능성이 높다. 이를 근거로 하여 조본을 추정한 결과 박순호ㄱ본이 조본에 가장 근접한 것임을 확인하였다. 한편 각 계열 간의 선후 관계는 분명치 않다. 다만 조본 계열이 박순호ㄱ본이라는 점, 작품에 등장하는 연화의 복수담의 변화 양상 등을 통해 박순호ㄱ본 계열에서 한문본이 분화되는 한편, 김광순ㄷ본 ─ 이대본 ─ 김동욱ㄷ본의 순서로 변화되었을 것으로 파악하였다(金道煥, "「최현전」 研究," 高麗大 碩論[2001. 8], p. 89).

---

98) 흉년에 구차한 백성을 구원하여 도와 줌.

【增】〈판본연대〉

1) [한문본 「최현전」인] 안후선본과 일사본의 필사기는 같다. 그런데 안후선본에는 필사기가 중간에 생략이 되어 있고, 일사본에는 온전히 들어 있으므로 안후선본이 일사본의 저본이 되었을 리 없다. 따라서 안후선본은 1814년에 필사된 것이 아니라는 것을 알 수 있다. 다시 말하면 국문본이던 「최현전」은 1814년에 한문으로 필사되었고, 일사본과 안후선본은 이 '1814년의 한문본'을 대상으로 하여 필사했다는 것이다(金道煥, "「최현전」 硏究," 高麗大 碩論[2001. 8], p. 14).

국문필사본

【增】 최현전 권지상/하이라 崔顯傳	박순호[家目]	1(을미납월십팔일시라, 칙쥬에난 파라, 니십니일죵이라, 66f.)
【增】 최현츙신일기 권지일	박순호[家目]	1(병오일월초이일, 77f.)99)
【增】 최현전	정명기[尋是齋 家目]	1
【增】 최현전	정명기[尋是齋 家目]	1
【增】 최현전	정명기[尋是齋 家目]	낙질 1(卷2)
【增】 최현전 권지상하 崔玄傳 上下	홍윤표[家目]	1(국한문 혼용, 33f.)

한문필사본

【增】 崔玄傳	김광순[筆全](51)	1(39f.)
崔玄傳	安厚善(울진)	1(歲在甲戌眷暮春 生靈大饑 移粟北運 列邑設賑 公私愁盃 時與 五六秋橡 搜閱其諺書 崔公侍走 筆龢眞……, 24f.)100)
【增】 崔玄傳	서울대[일사](813.5 C457)	1(59f.)
【增】 崔顯傳	정명기[尋是齋 家目]	1
【增】 要覽抄(최현전)	정명기[尋是齋 家目]	1(필사 미완)
崔玄傳	趙炳舜[典目](4-1432)	1(27f.)101)

727.1. 〈자료〉

Ⅰ. (영인)

【增】

1) 金光淳 編. 『金光淳所藏 筆寫本韓國古小說全集』, 51. 박이정출판사, 1994. (한문본, 김광순 소장)

---

99) 「복선화음」(5f.) 합철.

100) 소장처의 가나다 배열 원칙에 따라 趙炳舜 소장본과 순서를 맞바꾸었다. 또한 김도환의 "「최현전」 연구"(碩論, 高麗大, 2001)에 의해 필사기의 誤記를 수정하였다.

101) 위와 같다.

727.2. 〈연구〉

Ⅱ. (학위논문)

〈석사〉

【增】

1) 金道煥. “「최현전」 硏究.” 碩論(高麗大 大學院, 2001. 8).

Ⅲ. (학술지)

【增】

1) 이지영. “「장풍운전」·「최현전」·「소대성전」을 통해 본 초기 영웅소설 전승의 행방.”『古小說硏究』, 10(韓國古小說學會, 2000. 12).

2) 簡鎬允. “「崔顯傳」.”『우리문학연구』, 14(우리문학회, 2001. 12).

3) 金道煥. “「崔賢傳」.” 刊行委員會 編.『古小說硏究史』(月印, 2002. 12).

【增】 ◘727-1.[최현전 崔灝傳 ②] ← 『선현유음』

한문필사본

崔灝傳　　　　　　　　　　　　簡鎬允[『先賢遺音』]　　　　　　　(世[歲]在癸丑, 3f.)

〈비교연구〉

1)「최현전」은 기본적으로 傳奇小說의 날줄에 설화가 촘촘히 씨줄로 얽혔음을 볼 수 있다. 그리고 전기 소설로는 「최선전」, 국문 소설로는 「비군전」, 「서해무릉기」, 설화로는 「설씨녀」와 親緣性이 있음도 보았다(簡鎬允, “「崔灝傳」 연구: 17세기 傳奇小說과 國文小說과의 관계를 中心으로,”『語文硏究』, 118[2003. 6], p. 182).

727-1.1. 〈자료〉

Ⅰ. (영인)

1) 간호윤.『선현유음』. 이회, 2003. (한문본, 김기현-간호윤 소장)

Ⅱ. (역주)

1) 간호윤.『선현유음』. 이회, 2003. (한문본, 김기현-간호윤 소장)

Ⅲ. (학술지)

1) 간호윤.『선현유음』. 이회, 2003. (한문본, 김기현-간호윤 소장)

727-1.2. 〈연구〉

Ⅲ. (학술지)

1) 簡鎬允. “(發掘資料) 「崔灝傳」.”『우리文學硏究』, 14(우리문학회, 2001. 12).

2) 簡鎬允. “「崔灝傳」 연구: 17세기 傳奇小說과 國文小說과의 관계를 中心으로.”『語文硏究』, 31:2[118호](韓國語文敎育硏究會, 2003. 6).

〈줄거리〉

진시황이 천하를 통일한 뒤에 장성을 축성하려고 정장을 뽑았다. 홍농(洪濃)이라는 자가 있었는데, 나이가 칠순에 가까운데 초직대장(初職隊長)으로 참예하게 되자 밤낮으로 통곡하였다. 홍농에게 아들은 없고 딸이 하나 있는데 이름이 장(莊)이었다. 장은 나이가 겨우 15세인데 자색이 절륜(絶倫)하였고 효절(孝節)을 모두 갖추었고 또 시부에 능하였다. 아비가 애통해 하는 것을 보고 지아비를 찾아 아비를 대역(代役)하게 할 것이니 근심 말라고 하였다. 장이 이마에 지아비를 구하는 절귀[絶句 破字로 된 시임]를 지어 붙이고 수레를 타고 돌아다니나 아무도 이해하지 못했다. 마침 과거를 보러 가던 선비 최현(崔灝)이 그 시를 이해하고 답하였다. 아비가 현을 맞이하여 보니, 현의 사람됨이 극히 담대하고 호걸스러운 기상이 있었으며 말이 진중한 대장부였다. 최현이 장의 아비를 대신하여 역을 갈 것을 흔쾌히 허락하고 합환하자고 하였으나, 장이 "가득찬 술병에서 술을 덜면 알 수 있으나, 반쯤 찬 술병에서 술을 던들 알 수 있겠습니까?"라 하며 올 때까지 기다리겠노라고 하였다. 이별의 시를 주고받으며 장은 떠나는 최현에게 거울을 주었다. 그리고 이 거울이 흐려지면 변고가 난 것이라 하였다. 현이 마침내 성을 쌓는 곳에 도착하였다. 3년이 된 어느 날, 현이 명경을 보니 먼지가 끼고 색이 없어지니 놀라고 슬퍼하여 장계를 올렸으나 허락하지 않았다. 현이 구슬픈 시를 읊고는 다시 도감에게 장계를 올리니 허락하여 귀가하였다. 집에 돌아오니 담장은 무너지고 빗장은 뒹구는데 사람은 보이지 않고 사물은 바뀌었다. 심사가 낙막(落寞)하여 몇 차례 시를 읊고는 잠깐 동안 꿈을 꾸었다가 문득 깨니, 동방은 밝으려고 하는데 길이 희미하게 가로질러 있었다. 그 길을 따라가니 마침내 송암사(松庵寺)에 도착하였다. 서방정토로 가는 길을 물으니 화주(化主)가 절 짓는 것을 도와 주면

가르쳐 주겠다고 하여 머물러서 일을 도와 주었다. 3년이 되니 화주가 고개를 넘어가서 물어 보라고 하였다. 현이 고개를 넘어 가서 서방 가는 길을 화주에게 물으니 원(院)을 짓는 일을 도와 준 뒤에 가르쳐 주겠다고 하여 머물러서 일을 도와 주었다. 3년이 되니 화주가 고개를 넘어가서 물어 보라고 하였다. 현이 고개를 넘어 가서 서방 가는 길을 화주에게 물으니 다리를 조성하는 일을 도와 준 뒤에 가르쳐 주겠다고 하여 머물러서 일을 도와 주었다. 3년이 되니 화주가 큰 고개를 넘고 시내를 지나 이십 리쯤 가면 유사강(流沙江)이 있는데. 그 강을 건너면 곧 서방정토라고 하였다. 현이 가보니 과연 유사강이 있었는데, 건널 배도 노도 없었다. 건너게 해 달라고 푸른 하늘을 우러러 일심으로 기원하며 시를 읊었더니, 얼마 뒤에 천옹(天翁)이 나타나서 누구냐고 물었다. 현이 사실 이야기를 하자 천옹이 자기는 직녀의 남편 견우인데, 정상이 자기와 다르지 않아 건네주는 것이라고 하고는 사라졌다. 현이 서쪽을 바라보고 십 리쯤 가니 보리수(菩提樹)가 있고 그 나무 아래에는 우물이 있었다. 우물의 북쪽 몇 리쯤에는 임궁(琳宮)[절]이 있는데 범궐(梵闕)이 극히 장엄하고 화려하였다. 생이 우물가 나무 위에 올라가니 잠시 후 궁중으로부터 물을 긷는 선녀 여러 명이 나왔는데 그 중 하나가 장이었다. 장이 우물 속에 비친 현을 발견하여 기쁘게 맞았으나, 아직은 때가 아니니 오늘 밤은 그냥 나무 위에 있으라고 하였다. 그 날 밤에 근원을 알 수 없는 물이 현의 허리를 넘쳤다. 다음 날 아침 장이 또 나타나 오늘 밤에도 나무 위에 있으라고 하였는데, 그 날 밤에 물이 또 넘쳐 현이 나뭇가지를 잡고 견디었다. 다음 날 장이 나타나 물이 들어온 이유를 설명하고는 정을 나누었다. 한 아귀가 있는데 현이 이 곳으로 온다는 것을 알고 밤 오경에 잡아먹으려고 하였다. 장이 이것을

미리 알고 잡아먹지 못하게 종을 쳤다. 천제(天帝)가 크게 노하여 지난 밤 오경에 종을 친 자를 잡아 오라고 하였다. 장이 잡혀 와서 인간 세상에 귀양 갔을 때 요행히도 최현을 배필로 삼은 연유와 저간의 경유를 말하였다. 천제가 그 말을 듣고 정상을 애긍히 여겨 인간 세상으로 돌아가서 살도록 하였다. 두 사람이 마침내 인간 세계로 와서 팔순까지 함께 해로하였다 (간호윤, "「최현전」," 『우리文學硏究』, 14 [2002. 12], pp. 75~79; 혹은 簡鎬允, "「崔灝傳」 연구: 17세기 傳奇小說과 國文小說과의 관계를 中心으로," 『語文硏究』, 118 [2003. 6], pp. 165~167).

◆728.[최호양문록 崔胡兩門錄]

국문필사본

【增】 최호양문녹 권지단	김광순[筆全](54)	1(56f.)
【增】 최호양문녹 권지일	박순호[家目]	1(45f.)
【增】 최호양문녹 권지일	박순호[家目]	1(45f.)[102]
【增】 최호양문녹	박순호[家目]	1(45f.)
【增】 최호양문록	성대(D07B-0083)	1(1935)
【增】 崔洪兩門錄	정명기[尋是齋 家目]	낙질 1(권1)

728.1. 〈자료〉

Ⅰ. (영인)

【增】

1) 金光淳 編. 『金光淳所藏 筆寫本韓國古小說全集』, 54. 박이정출판사, 1994. (김광순 소장)

◐{최호충신일기}

국문필사본

【增】 최호충신 일 권디단 崔孝忠臣傳	박순호[家目]	1(72f.)

◐{추검전}
◐{추원정기}

〈관계기록〉

① 『諺文古詩』(가람본), '언문칙목녹', 127: 「츄원경긔」.

▶(추월가 秋月歌 → 춘향전)
◐{추월공산 秋月空山}
▶(추월전 秋月傳 → 강릉추월)

---

102) 앞머리에 「김부인열행록」(10f.) 합철.

▶(추풍감별곡 秋風感別曲 → 채봉감별곡)
　〈관계기록〉
　　①「채봉감별곡」, 結尾: 저작자 가로되 평양에 「추풍감별곡」이 류전하미 오래되 그 실사는 없고 「감별곡」만 잇스니 비유컨대 실사는 쑤리요 「감별곡」은 열매가 되믈 애석하온 지 오래다가 이제 문채에 천단함과 필법에 로둔함을 도라보지 아니하고 혹 듯기도 하고 혹 책자에서 본 것을 참작ᄒ야 한 쑤리를 맨드럿스나 가위 우수마별[牛溲馬勃]이라 웃지 붓그럽지 안이 하리오 열람ᄒ시는 동료 자매는 행물후론ᄒ심을 바라나이다.

◑{추풍감수록}103)
◑{추학사재세록 秋學士再世錄}
　〈관계기록〉
　　①『諺文古詩』(가람본), ‘언문칙목녹’, 91:「츄학ᄉ지세록」.

★[[축관장 逐官長]]
　〈출전〉『靑邱野談』(東洋文庫本), no. 49, 「逐官長知印打頰」

◆729.[[축빈설 逐貧說]]
　〈작자〉박문빈 (1622~1700)
　〈출전〉『관산유고』

▶(축영대 祝英臺 → 양산백전)
▶(춘낭신설 春娘新說 → 삼한습유)
▶(춘낭전 春娘傳 → 삼한습유)
▶(춘매전 春梅傳 → 이춘매전)
◆730.[춘몽 春夢]

　국문필사본

　【增】 춘몽　　　　　　　　　　　김광순[筆全](64)　　　　　1([표지]책쥬 션원댁, 말미 낙장 146f.)

▶(춘몽연 春夢緣 【削‘)’】 104)① →105) 춘향전) 106)
　〈작자〉梁周翊(1722~1802)
　〈관계기록〉
　　①『无極集』(梁周翊), ‘无極行錄’

---

103) 이 작품이 「추풍감별곡」의 이본인지는 확인하지 못하였다.
104)『작품연구 총람』 수정.
105) 위와 같다.
106) 위와 같다.

▶(춘몽연 春夢緣 【削')'】 107)② → 춘향전) 108)

2.〈연구〉

　Ⅲ. (학술지)

　【增】

　　1) 金庚美. "「春夢緣」 硏究."『판소리硏究』, 5(판소리학회, 1994. 12).

▶(춘무전 → 이춘매전)

▶(춘백전 春栢傳 → 강릉추월)109)

◐{춘유행}

　〈관계기록〉

　　①『諺文古詩』(가람본), '언문칙목녹', 221:「츈유힝」.

▶(춘추대경론 春秋大經論 → 춘추대성전)

�’730-1.[춘추대성전 春秋大聖傳] ← 춘추대경론110)

【削】◐{춘추대성전 春秋大聖傳}111)

▶(춘추열국지 春秋列國誌 → 열국지)

▶(춘추전 春秋傳 → 춘추대성전)

◐{춘풍상사별곡 春風相思別曲}

▶(춘풍전 春風傳 → 이춘풍전)

▶(춘향가 春香歌 → 춘향전)

　【增】〈작자〉

　　1) 安東에 살고 있던 權某가 小科에 합격되어 御樂을 잡히고 자기 집까지 내려왔으나, 그는 家勢가 몹시 가난하여 광대에게 보수할 것이 없어서「춘향가」를 지어 주었다는데, 실재 인물이었던 溪西 成以性과 月梅의 딸 李春香을 모델로 삼았었다. 계서는 곧 成府使의 아들이다. 그의 후손이 禮安·奉化·星州 등지에 살고 있으므로 바로 쓰지를 못하고 둘의 성을 슬쩍 바꿔쳤다고 한다. 그러면 成府使는 춘향에게 아버지가 아니라 시아버지이다. 또「춘향전」 중에 있는 '나와 동갑 이팔'이라는 구절도 이에 맞게 된다. 성부사가 남원을 떠나던 전 해 庚戌年에 계서의 나이가 곧 16세였고, 또 계서가 춘향을 구출하기 위하여 남원에서 出道한 일이 있었는데, 國典에 아버지가 재임하였던 고을에는 출도를 하지 못하게 되어 있으므로, 계서는 과연 淸議에 指彈을 입어서 벼슬길이 막혔다 한다. 또 계서의「繡行錄」 중에는 '저녁에 홀로 廣寒樓에 오르매 옛 行樂하던 일이 추억에 떠오른다'라는 대목이 적혀 있음을 보아서, 이는 결코 허무한 말이 아니리라 생각된다. 그렇다면 춘향을 반드시 광대나 아전이 만든 전설 중의 인물로 보아야

---

107) 위와 같다.

108) 위와 같다.

109)『이본목록』·『작품연구 총람』에 추가.

110)『이본목록』·『작품연구총람』 수정.

111)『줄거리 집성』에 중복 삭제.

할 이유는 없을 것이다(李家源, "春香은 實在人物일 수 있다," 『韓國日報』, 5063[1965. 5. 2]; 『韓文學研究』[1969], pp. 301~302).

〈관계기록〉

① 「春香歌」(晩華本), 第199~200句: 奇談祇可詠於歌 異蹟堪將繡之梓 騷翁爲作打鈴辭 好事相傳後千祀◑(기이한 얘기 노래로 읊고, 이상한 행적 수로 놓는다. 시인이 타령조의 말로 지어서, 좋은 일 후세에 전하는도다).

② 『家庭聞見錄』(柳栞): 先考 癸酉南遊湖南 歷觀其山川文物 其翌年春還家 作「春香歌」一篇 而亦被時儒之譏◑(선친[柳振漢 1711~1791]께서 계유년[1753]에 남쪽 호남으로 유람을 하며 그 산천 문물을 둘러 보셨다. 이듬해[1754] 봄에 집으로 돌아와 「춘향가」 1편을 지으셨다가 당시 선비에게 헐뜯음을 받았다).

③ 『海左集』(丁範祖 1723~1801), '春娘詞': 芙蓉生游泥 不受游泥濁◑(부용은 진흙탕 속에서 태어나도 진흙탕의 탁함을 받아들이지 않는도다).

④ 「觀優戲」(1843?)(宋晩載 1788~1851), 序[1810?]: 且停女流之俚曲 試聽妓院之香名 玉環之離淚洒樂昌之分鏡 繡衣歌舞 春回城南之咲花 餘皆經[徑]庭 而不近情 無非嘔啞之難爲聽◑(또 여인들이 노랫가락 멈추고 기생방의 꽃다운 이름을 들었다. 옥지환으로 이별함에 악창이 거울을 나눠 헤어짐처럼 눈물 뿌리고, 어사가 노래하고 춤춤에 성남에 핀 꽃처럼 봄이 돌아오도다. 나머지는 거리가 있어 감정에 맞지 않으니 어린아이의 옹아리 같아 듣기가 매우 어려웠다).

⑤ 同上, 제9수: 錦瑟繁華憶會眞 廣寒樓到繡衣 情郎不負名佳節 銷[鎖]裏幽香暗返春◑(금슬이 번화했던 「회진기」[112]를 생각하며, 수의사또 광한루에 당도했네. 도령님 그 전 다짐 어기지 않아, 옥중의 그윽한 향기[春香] 봄을 맞았도다).

⑥ 『紫霞詩集』(申緯 1769~1845), '觀劇絶句十二首詩': 春香扮得眼波秋 扇影衣紋不自由 何物龍種李御使 至今占斷劇風流◑(춘향으로 꾸미고 추파 던지는데, 부채 든 옷매무새 어색하구나. 어찌된 셈이지 이 못난 이어사가 지금까지 풍류판을 독점하는구나!).

⑦ 『枕雨堂集』(張之琬 1806~1858), 2, 詩, 臥游篇, 「廣寒樓」[『李朝後期閭巷文學叢書』, 5]: 手切寒梅不染塵 東風寄與可憐人 十年振觸南州夢 一曲春香淚滿巾◑(손으로 꺾은 겨울 매화 티끌세상에 물들지 않고 동풍이 건듯 불어 가련한 사람에게 부쳐 주네. 10년 간 남쪽 고을 꿈꾸다가 「춘향가」 한 곡조에 눈물이 수건을 홍건히 적시네).

⑧ 『二官雜識』(李參鉉 1807~?): 倡夫「春香歌」必有所據者 而或云碧梧李公時發 宣祖時事也 李判書圭枋卽其裔 而言其家乘亦有此說云耳◑(광대들의 「춘향가」는 반드시 의거한 바가 있을 터인데, 혹은 이르기를 벽오 이시발[1569~1626]의 선조 때 일이라 한다. 판서 이규방은 그의 후손으로, 그의 집안 가승[113]에 이러한 이야기가 들어 있다고 한다).

⑨ 『嘉梧藁略』(李裕元 1814~1888), 樂府, 觀劇[1826], '廣寒春 第一令': 廣寒五月綠楊垂 娘子鞦韆絳碧絲 手折一枝橋上贈 風流御使不勝悲◑(광한루 오월이라 실버들은 늘어졌는데, 낭자가 타는 그네는 붉고 푸른 실 같아라. 한 가지 꺾어 들고 다리 위에서 드리니, 풍류 어사또 슬픔을 못 이기는 듯).

---

112) 「會眞記」. 一名 「鶯鶯傳」. 唐 元稹(778~831)撰.
113) 족보와 같은 한 집안의 역사적인 기록.

⑩ 『松南雜識』(趙在三), 音樂類, '春陽打詠'[1855]: 古樂府 無此調 而打扇長詠 故俗謂打詠 …… 我國倡優 俗謂唱夫 亦曰 廣帶 以「春陽打詠」 爲第一調 而湖南諺傳 南原府使子李道令 眄童妓春陽 後爲李道令守節 新使卓宗立殺之 好事者哀之 演其義爲打詠 以雪春陽之寃 彰春陽之節☯(옛 악부에는 이런 곡조가 없어서, 부채를 치며 길게 읊조린다고 해서 민간에서 '타영[타령]'이라고 일컬었다. …… 우리나라의 창우114)를 속칭 '창부' 또는 '광대'라 하는데,「춘양타영」을 제일로 친다. 호남 지방 민간에서 전하는 바에 의하면, 남원부사의 아들 이도령이 어린 기생 춘양과 사귀었는데, 후에 춘양이 이도령을 위해 절개를 지키자, 새로 부임해 온 부사 탁종립이 춘양을 죽였다. 호사자가 이를 슬피 여겨 그 뜻을 타영으로 만들어 춘양의 억울함을 씻어 주고 춘양의 절개를 표창했다).

⑪ 『敎坊歌謠』(鄭顯奭)[1872], '倡歌'條:「春香歌」 爲李郞守節 此勸烈也☯(「춘향가」는 이낭군을 위하여 수절했으니 이는 烈을 권장한 것이다).

⑫ 「贈桐里申君序」[1872](鄭顯奭): 詩三百篇 其善者 可以感發人之良心 怒者 可以懲創人逸志 故王者 以是行敎化移風俗 使人各得其性情之正矣 後世滑稽俳優之徒 起 以談辯諷刺之言之 者無罪 聞之者 足以爲戒 淳于髡優孟 東方朔之類是已 我東倡夫之歌 殆彷彿乎古之俳優 「春香」·「沈靑」·「興富」等歌 皆足以勸善懲惡 但其人也賤 其詞也俚 語多悖理 聞者徒爲戱笑 之資 亦不解其本旨矣 日 倡夫李慶泰告予曰 高敞申處士在孝 家不甚貧 自奉儉薄 古樣若野 老 嘗召諸倡 皆於我乎歸 訓以文字 正其音釋 改撰其鄙俚之甚者 使之時習 於是 遠近就學者 日以盈門 皆舍而飼之 常有優樂底意 人皆異之「春香」·「沈靑」·「興富」等歌 易爲感發人情 而 足以勸懲者 其餘無足聽者也 歷聽俗唱 敍事多不近理 遣語亦或無倫 況唱之識字者尟 高低倒 錯 狂呼叫嚷 聽其十句譜 莫曉其一二 且搖頭轉目 全身亂荒 有不忍正視 欲革是弊 先將歌詞 祛其鄙俚悖理者 潤色以文字 形容其事情 使一篇文理接續 語言雅正 乃選唱夫中容貌端正 喉音弘亮者 訓以數千字 使平上淸濁 分明曉得然後 敎以歌詞誦若己言 次敎以聲調 其平聲 要雄深和平 其叫聲 要淸壯激厲 其哭聲 要哀怨悽悵 其餘響 要撓樑遏雲 及其升場試唱 要得 字音必分明 敍事有條理 使聽之者 莫不解得 且要持身端直 一坐一立 一擧扇 一舞袖 亦皆中 節然後 始可謂名唱 寄語桐里 須試此訣. 美錦堂居士 戱寫☯(시 삼백 편은 그 좋은 내용의 것은 사람의 양심을 감발시킬 수 있고, 그 노하게 하는 내용의 것은 사람의 게으름을 징계할 수 있다. 그래서 나라를 다스리는 사람은 이로써 교화를 행하고 풍속을 착한 데로 이끌어서는 사람들로 하여금 그 성정의 올바름을 얻도록 했던 것이다. 그 뒤에 골계 배우의 무리들이 일어나서 는 이야기와 변론으로써 세상을 풍자했는데, 풍자한 사람은 죄를 입지 않았고, 그것을 듣는 자는 자신의 경계로 삼을 수 있었으니 순우곤115)·우맹116)·동방삭117)의 무리들이 그들이다. 우리 동방의 창부들의 노래는 옛날 배우들의 그것과 매우 방불하여 「춘향가」,「심청가」,「흥부가」

---

114) 옛날에 판소리, 연극, 곡예 따위를 업으로 하던 사람.

115) 중국 전국 시대 제나라 사람. 골계 다변으로 유명했다. 宣王이 밤새도록 술 마시기를 좋아하여 정치가 문란해지자 제후가 번갈아 침입하기에 이르니, 순우곤이 왕에게 은거를 청하여 왕도 이를 따랐다.

116) 중국 춘추 시대 초나라의 유명한 배우. 초나라 莊王을 섬겼는데, 孫叔敖가 죽은 후 그 아들이 가난했기 때문에 우맹이 가짜로 손숙오 차림으로 노래를 지어 장왕을 감동시키고 손숙오의 아들에게 벼슬을 내리게 했다.

117) 중국 한나라 무제 때 사람으로 골계 해학에 뛰어나 담소할 때는 언제나 풍자를 즐겨했다고 함. 속칭 '三千甲子東方朔'이라 하여 장수한 사람의 대표로 치나 이는 어디까지나 민간 전설에 지나지 않는다.

등은 모두 권선징악을 하기에 충분하다. 다만 그 사람[唱者]이 천하고, 그 사설이 천하며, 그 말이 많이 이치에 어긋나서 이를 듣는 자들이 한갓 우스갯거리로만 여기고 그 본뜻을 이해하지 못하고 있다. 창부[118] 이경태가 나에게 말하기를 고창의 신처사 재효는 가세가 그리 빈한하지 않고 검소하게 살아 고박[119]하기가 촌노인와 같다. 일찍이 여러 창자들을 불러 모아서는 문자를 가르치고 음과 뜻을 바르게 했으며, 사설이 심하게 비리한 것은 고쳐서 그들로 하여금 때때로 익히게 하였다. 이에 원근에서 배우러 오는 사람이 날마다 문을 메웠는데, 모두 숙식을 제공하였다. 늘 창우들의 소리에 뜻을 두었으므로 사람들이 모두 이상스럽게 생각했다. …… 「춘향가」, 「심청가」, 「흥부가」 등은 인정을 감발하기 쉬우며 또 권선징악을 할 만한 것이다. 그 나머지 소리는 들을 만한 것이 못 된다. 속창[판소리]을 두루 들어보니 서사가 많이 이치에 닿지 않고 사설 또한 간혹 두서가 없었다. 더욱이 창을 하는데 글을 아는 창자가 드물어 고저가 뒤바뀌고 미친 듯 울부짓고 외쳐서 열 마디를 들어도 한두 마디조차 알아들을 수가 없다. 또 머리를 흔들고 눈을 굴리며 온몸을 어지럽게 놀리니 차마 바로 볼 수도 없다. 이러한 폐단을 없애자면 먼저 가사 중에 속되고 이치에 어긋난 것을 제거하고 한문으로 윤색하여 그 사정을 표현하여 한 편의 문리가 접속되도록 해야 할 것이다. 표현이 고상하고 바르게 되면 창부 중 용모가 단정하고 목소리가 크고 맑은 자를 골라서 글을 많이 가르쳐서는 평성, 상성, 청탁을 분명하게 깨치게 한 다음에 가사를 자기 말처럼 외우게 해야 한다. 그 다음에는 성조를 가르치는데 평성은 웅심[120] 화평해야 하며, 규성[121]은 청장[122] 격려해야 하며, 곡성은 애원 처창[123]해야 하며, 여운은 들보의 띠끌을 날리고 구름을 멈추게 해야 한다. 나아가 무대에 올라 창을 해보아 자음이 분명하고 서사에 조리가 있으며 듣는 사람이 다 이해해야 하며, 또 몸가짐을 단정하고 곧게 하여 한 사람은 앉고 한 사람은 서서 부채 한 번 드는 것, 소매 한번 날리는 것까지 모두 절도[124]에 맞은 다음에야 비로소 명창이라 할 수 있다. 동리[申在孝 1612~1884]에게 맡기노니 모름지기 이 방법을 시험해 보기 바란나. 비금낭서사[鄭顯奭]는 희사하다).

⑬ 「平山申氏世譜」, '桐里祖考孝行錄': 晩年以勵世經綸 「初頭歌」·「烏蟾歌」 著作 古來 「兎鼈」·「赤壁」·「沈淸」·「春香」·「興甫」·「橫負歌」 等 一一校正 正經緯 刪其淫化 使世人感發忠孝烈之心☯ (만년에 세상을 격려하는 경륜[125]으로 「초두가」, 「오섬가」를 지었고 예부터 전해 오던 「토별」·「적벽」·「심청」·「춘향」·「흥부」·「횡부가」 등을 일일이 교정하고 경위를 바르게 하며, 그 음란한 것을 빼어 버리고 세상 사람들로 하여금 충효열의 마음을 감발하게 하였다).

⑭ 「烏蟾歌」(申在孝 1812~1884): 죠선국 남원부에 이도령 그 아히가 춘향과 서로 만나 스랑가로 노든 모양 이별노 우든 광경 근릐에 광듸더리 타령으로 지어뇌여 종두지미[從頭至尾] 판을 쓰셔 횡셜슈셜ᄒ거니와 우리 두리 듸강 슈죽 그 말 다 하것는야.

⑮ 『海東竹枝』[1925](崔永年 1856~1935), 中編, 俗樂遊戱, 「春香歌」: 世傳 南原妓春香與李夢龍

---

118) 남자 광대.
119) 예스럽고 질박함.
120) 글이나 사람의 뜻이 크고도 깊음.
121) 크게 부르짖는 소리. 판소리의 唱調 중 羽調를 말한다.
122) 시원스럽고 씩씩함.
123) 몹시 구슬프고 애닯음.
124) 정도에 알맞게 해는 규칙적인 한도.
125) 일을 조직적으로 계획함. 또는 그러한 계획.

相約誓死不改 爲府使所陷 夢龍爲御史 救出獄中 後人演而爲曲 「春香歌」 主其烈 「沈靑歌」 主其孝 「興夫歌」 主其友愛 使世人有感發之情 且歌謠中 百調具備 爲肉聲之第一 至今傳之 名之曰 春香打令 則李東伯爲第一名唱 一箇紅樓變婉身 珠明玉潔剩精神 如何季世風流性 醉柳狂花狼藉春◉(세상에 전하기를, 남원 기생 춘향과 이몽룡은 서로 맹세하여 죽어도 마음을 변치 않는다는 약속을 하였다가 남원부사의 모함에 빠지게 되었으나, 몽룡이 어사가 되어 옥중에 갇힌 춘향을 구출하였다. 후세 사람이 이를 판소리로 만들었다. 「춘향가」는 열을 중심으로 하고,「심청가」는 효를 중심으로 하며,「흥부가」는 우애를 중심으로 하여, 세상 사람들로 하여금 감동을 일으키는 정이 있게 한다. 또 가요 중에 백 가지 곡조가 갖추어져 육성 중의 첫째가 되니 지금에 전하여 「춘향타령」이라 하며, 이동백[1886~1947][126)]이 제일 가는 명창이다. 하찮은 홍루[27)]의 아리따운 몸. 구슬같이 맑고 옥같이 깨끗한 정신 넘치어, 어쩌랴! 말세의 풍류 성향이여. 버들에 취하고 꽃에 미치니 낭자한 봄이로다).

【增】

1) 『歲時風謠』(柳晩恭 1793~1869), 四月八日[『李朝後期閭巷文學叢書』, 10]: 纔過春榜萃優倡 名唱携來卜夜良 歌罷靈山呈演戱 一場奇絶現春香◉(춘방[128)]이 나자마자 광대를 가려 뽑아, 명창을 데려다가 좋은 밤을 고른다네. 영산[129)]이 끝나고 연회가 벌어지니, 기이하고 빼어난 「춘향가」 한 마당).

2) 『文岩集』(孫厚翼, 1886-1952), 22: 人之大情大慾 在於男女之間 是故 聖人雖懲刺於淫奔 而未嘗法禁於再嫁 國朝崇節義嚴禮法 而亦未聞以刑傔如之 於夫死奔嫁者 然天理有一定 而不易者 臣之於君也 婦之於夫也 往年 余遊漢京 觀於演戱之場 扮南原妓成春香 與府使之子 李夢龍 相婬而樂 及夢龍隨父還京 後官卜學徒召春香 欲寵之 香不從 至刑囚甚苦 終不變 其奇幻凄壯 足以逼人情而動人意 同觀者有擊節而曰 若是乎烈哉 余曰 玆事之有無 未可之 藉令是實 非所謂烈也 夫在天爲理 在人爲禮 二人者逢不以禮 而爲桑中淇上之迎送 其不二於卜 直不過情根固結 偏性不移者而已 所謂天理人慾同行而異情也 噫 情慾之不循於理 而節義禮法種種隳廢 此土大夫家之所不能盡全 況於娼優雜昵花柳嬌妒之中 豈有所謂眞烈乎云云◉(사람에게 크나큰 정욕이란 남자나 여자에게 있게 마련이다. 그런 까닭에 성인은 비록 음분[130)]을 징계하긴 하지만 일찍이 법으로 재혼을 금지하지는 않았으며, 우리 나라 조정도 절의를 숭배하고 예법을 엄히 하였으나 지아비가 죽은 후 재혼한 자를 형벌로써 금했다 함은 아직 듣지 못했다. 그러나 하늘에서 정한 이치는 한번 정해진 다음에는 바꾸지 않는 것이어서 임금에 대해 신하가 그렇고 지아비에 대해 아내가 그런 것이다. 왕년에 내가 서울에 갔을 때 연희를 하는 곳에 가 봤더니 남원의 기생 성춘향이 부사의 아들 이몽룡과 더불어 서로 간음하여 즐기다가, 몽룡이 아버지를 따라 서울로 돌아간 후에 변학도가 관장이 되어 춘향을 총애하려 하였으나, 춘향이 듣지 않고 형벌과 하옥으로 심히 괴로웠음에도 끝내 변치 않았다. 그 기환과 처절하고 장엄함이 인정에 다가서고 사람의 마음을 움직였다. 함께 보던 자가 무릎을 치며 말하기를, "바로 이런

---

126) 근대의 판소리 명창.
127) 기생집.
128) 立春書. 입춘에 벽이나 문짝 들에 써 붙이는 글.
129) '靈山會上曲'의 준말. 향악에 딸린 기악곡. 본래는 석가여래가 설법하던 영산회의 불보살을 노래한 악곡이다.
130) 부녀가 음란한 짓을 함.

게 열이로다!" 하니, 내가 말하기를, "이런 일의 사실 여부는 알 수 없다. 법을 따르는 건 참은 되겠지만 이른바 열은 아닌 것이다. 무릇 하늘에는 이치가 있고 사람에겐 예의란 게 있다. 두 사람의 만남이 예로써 하지 않고 뽕나무에서 만났다가[131] 기수에서 이별했으니 그것은 변학도도 다를 게 없는 것으로, 바로 정욕의 뿌리가 굳게 맺힌 것에 지나지 않고 본성에 치우쳐 움직일 줄 모르는 사람일 뿐이다. 이른바 하늘의 이치란 사람의 욕망은 같지만 감정은 다른 것이다. 아아, 정욕은 이치를 좇지 않고 절의와 예법은 깨어지고 부서지는구나! 이것은 사대부가에서도 완전함을 기할 수 없거늘, 하물며 광대나 화류계 사람들에게 무슨 참된 열이란 게 있으리오?" 라고 했다).

〈판본연대〉

【增】

1) 「春香歌」는 신오위장 만기의 작품이다. 연대적 확증은 없으나, 남창 「춘향가」 중 '경복궁 새 대궐에 요순 같은 우리 인군'이라 하며, 농부들의 「상사노래」에 나오는 대목으로 미루어 보아, 경복궁 낙성[고종 3년, 1866] 이후 신오위장의 卒年인 고종 21년[1884] 사이에 이루어진 것이라 하면, 대략 1870년을 전후하여 성립한 것임을 추측할 수 있다. …… 이제까지 신오위장본의 성립이 완판 수절가의 뒤 지은 것이라 하였으나, 필자는 …… 완판본에 선행하는 본이라 논증하였다(金台俊, "「春香傳」의 現代的 解釋," 『東亞日報』, 1935. 1).

2) 「春香歌」는 五衛將[申在孝] 晚期의 작품이다. 작품의 연대적 확증은 없으나, 「男唱春香歌」 중 '경복궁 새 대궐에 요순 같은 우리 인군 힝피시굉 가득 부어 남산 헌수하여 보새'라 하여, 농부들의 상사노래에 나오는 대목으로 미뤄, 景福官 落成(高宗 3年, 1866) 이후의 작품임을 알겠다(金三不, "申五衛將 研究 序," 학위논문[1949. 7]; 『판소리연구』, 10[1999. 12], pp. 399~400).

▶〈춘향신설 春香新説 → 춘향전〉

【增】〈작자〉

1) 이 작품의 머리말격인 '新説序'를 주목할 필요가 있다. …… 여기서 이 「신설」의 작자가 그 전에 「鍾玉傳」을 지은 적이 있음을 알 수 있다. 그런데 이 「종옥전」의 작자인 睦台林(1782~1840)이 어떤 인물인지는 이미 필자가 밝힌 바 있다. …… 그런데 그의 「종옥전」 서문과 위에 인용한 '신설'의 내용과 일치하는 부분이 있다. …… 그가 「종옥전」의 이야기를 처음 듣고 기록한 때가 嘉慶 癸亥 곧 1803년이었고, 그 원고를 잃어 버린 다음 다시 그것을 구해서는 가필 첨삭한 것이 道光 戊戌 즉 1838년이었다. 이처럼 목태림이 「종옥전」의 원고를 잃어 버린 적이 있다는 기록은 앞의 인용에서 근래에 지은 「종옥전」이 전해지지 않는다는 발언과 일치한다. 이러한 일치는 「新説」의 작자가 목태림임을 보다 분명히 해 준다(金鍾澈, "「春香新説」攷," 『茶谷李樹鳳 博士停年紀念 古小説研究論叢』[1994. 2], p. 829).

2) 「春香新説」의 작자는 「鍾玉傳」을 일찍이 읽어 본 사람으로, …… 한 사람의 독자 입장에서 단순히 인용한 것에 지나지 않는다고 생각된다. 睦台林의 작인 「종옥전」은 목태림 생존 당시나

---

131) 樂府 相和曲의 하나인 「陌上桑」의 고사를 가리킴인 듯. '맥상산'은 趙나라의 왕이 밭두렁에서 뽕을 따는 秦氏의 여자인 羅敷를 보고 강압하려고 지은 것이라기도 하고, 혹은 뽕을 따던 여자가 남자의 유혹을 받고 거절할 때에 부른 노래라고도 한다.

그 후에도 잘 전해지지 아니했던 작품이라 생각된다. 「종옥전」의 1차 作傳 후의 유통 상황은 改作 「종옥전」 서문['余作此傳 後失其本藁']을 미루어 보아 알 수 있고, 개작 「종옥전」의 유통 상황은 「춘향신설」 서문['「鍾玉傳」一編 雖亦未傳於世']을 통해 짐작할 수 있다. 실제로 「종옥전」은 金起東 교수가 현재 일본의 동양문고에 필사본으로 소장되어 전하는 것을 발굴하여 국내에 소개함으로써 그 내용이 학계에 널리 알려진 작품이다. 「춘향신설」의 작자는, 이렇듯 잘 전해지지 않았던 작품이지만 남달리 소설에 관심이 많았던 사람이었기 때문에, 이를 일찍이 접해 본 독자였다고 생각된다. 그리하여 「춘향신설」 서문에 「종옥전」을 언급할 수 있었던 것으로 생각된다. 그렇다면 '近所爲鍾玉傳一編'의 주체는 '余'가 아니라 '누구'일 것이다. 그리고 '所爲'는 '所作'과 '所謂'의 뜻이 있는바, 所謂 즉 '이른바', '세상에서 말하는 바'식으로 보아도 별 무리가 없는 해석이라 생각된다(許鎬九·姜在哲 共譯, 『譯注 春香新說·懸吐漢文 春香傳』 [1998], p.19).

3) 여기서 논란이 되는 것은 「춘향신설」의 서문에 나타나늘 '未傳於世'의 문제이다. 「종옥전」을 지은 지 바로 몇 달 뒤에 '未傳於世'라 언급한 것은 논리적인 설득력이 떨어진다는 것이다. 하지만 '未傳於世'를 '아직 세상에 전해지지 않는다'란 의미로 파악한다면 논리적인 모순이 존재하지 않는다. 곧 '未傳於世'는 「종옥전」 원고의 분실과 관련이 없는 발언인 것이다. '지난 가을에 지은 「종옥전」은 아직 수중에 있어 세상에 내어 놓지 않았기에 세상에 전해지지 않는다.'라는 의미인 것이다. 따라서 '未傳於世'는 목태림이 아직 「종옥전」을 세상에 내놓지 않은(다른 사람에게 보이지 않은) 사실을 언급하는 것이며, 이에 따라 「춘향신설」의 작자 역시 목태림이 분명하다고 할 것이다(柳浚景, "漢文本 「春香傳」의 作品世界와 文學史的 位相," 서울大 博論[2003. 8], p. 49).

〈작품연대〉[132]

【增】

1) 김종철교수는 두[「종옥전」과 「춘향신설」] 서문의 일부 발언, 즉 '失其本藁'와 '未傳於世'를 전적으로 일치하는 것으로 받아들였는데, 작자와 창작 연대 확증에 관건이 되는 이러한 일부 措辭의 일치 여부 문제를 논하기 위해서는 무엇보다도 「종옥전」의 '失其本藁'라는 발언 내용에 보이는 '失'과 「춘향신설」의 '未傳於世'라는 발언 내용에 보이는 '傳'의 의미에 주목할 필요가 있다. …… (p. 17) 두 서문에 나타난 일부 措辭의 일치 여부를 검토해 본 결과 각기 문제점이 있어 김종철교수의 「春香新說」의 작자와 창작 연대 확증에 存疑가 생긴다. …… [「신설」 서문 중] '近所爲鍾玉傳一編'의 주체는 '余'가 아니라 '누구'일 것이다. 그리고 '所爲'는 '所作'과 '所謂'의 뜻이 있는바, '所謂' 즉 '이른바'·'세상에서 말하는 바'식으로 보아도 별 무리가 없는 해석이라 생각된다. ……「春香新說」의 '新說'이라는 명명은 '새로운 이야기'라는 뜻으로, 기존의 여러 이야기 유통본을 전제로 한 이름이라 생각된다. 그렇다면 「춘향신설」은 「춘향전」의 필사본과 판각본 소설의 성립 연대로 추정되는 '1850년(철종 1) 전후' 그 이후에 창작된 것이 아닌가 한다. 이상의 논의가 성립된다면, 김종철교수는 아마 각기 다른 사람의 별개의 서문을 연결시켜 논의한 것이 된 것이라 판단된다. 그렇다면 「춘향신설」은 목태림의 작도 아니고, 1804[甲子]년 작도 아니라 판단된다. 다만 김동욱교수가 주장한 것처럼 19세기 말 고종대 작이 옳다고 생각된다. 필자의 견해로는 「춘향신설」은 관직을 그만두고 지방에 낙향한 선비가 1864[甲子]년에 지은

---

132) 『작품연구 총람』의 「향낭신설」 '〈비교연구〉'는 '〈작품연대〉'의 오기다.

것으로 생각된다. …… 참고로 책의 겉표지를 새로 입힌 연대와 「춘향신설」의 창작 연대 추정의 한 방증이 될 만한 단서(?)에 대해 한 마디 언급하고 끝을 맺을까 한다. 김종철교수는 겉장을 새로 입힌 연대 즉 辛巳年을 1821년, 1881년, 1941년 중 1881년으로 보고, 본 작품의 처음 필사 시기가 상당히 소급될 소지가 있다고 하였다. 그러나 겉표지를 새로 입힌 연대는 1941년이 확실하다. 『增補改正 南山萬歲曆』에 의하면, 신사년 윤6월은 1941년에만 있었고, 1821년에는 윤달이 아예 없었으며, 1881년에는 윤7월이었다. 그렇다면 「춘향신설」을 1864년 작이라 추정하는 데 큰 무리가 없다고 본다(許鎬九·姜在哲 共譯, 『譯註 春香新說·懸吐漢文春香傳』[1998. 9], pp. 13, 17, 19, 21, 22, et passim).

〈비교연구〉

【增】

1) 「춘향신설」은 공식 문화적인 세계관을 바탕으로 하되, 이 세계관을 공고히 하는 수단으로서 전승본을 개작하고 있는데 비해, 「광한루기」 역시 공식 문화적인 세계관 위에서 출발하되, 이 세계관을 공고히 하려는 수단은 뒷전이고, 작품 자체의 자족적 체계와 완결미를 추구·성취하기 위하여 전승본을 개작하고 있다. …… 따라서 「춘향신설」은 충성·효도·열 의식 같은 유가의 이념들을 옹호하는 반면, 「광한루기」는 저와 같은 유가의 이념을 부인하지는 않지만, 그것들보다 는 예술성을 더 중시한다. …… 「춘향신설」의 경우 이도령을 충의지사로 부각시킨 것과는 달리 「광한루기」의 경우는 이도린을 인간적 체취를 듬뿍 풍기는 인물로 그려 내고 있다. 또 「광한루기」 에 형상화된 춘향의 면모는 이도린의 면모와 마찬가지로 유교 이념에 의해 재단된 비현실적 ·비인간적인 면모가 아니라는 점에서 「춘향신설」에 형상화된 춘향의 면모와 변별된다. 이처럼 「광한루기」에 등장하는 인물들은 하나같이 개성 있고 입체적인 살아 있는 인물들이자 개연성을 지닌 인물들이라는 점에서 매우 특징적이다(成賢慶, "「춘향신설」과 「광한루기」의 비교연구," 『古小說研究』, 8[1999. 12], pp. 236, 238~239, 249, et passim).

2) 앞에서 반박한 항목들[133] 외에도 작품 내적으로 「춘향신설」과 「종옥전」은 유사한 점들이 많이 있다. 삽입시의 편수가 20수씩, 그 형태도 5언 절구, 율시, 辭, 詞 등으로 같다. 또 나오는 대목과 어구가 비슷한 곳이 여러 곳 있으며, 제문도 한 편씩 들어 있고, 여주인공 이름이 '香蘭', '春香'으로 모두 '香娘'으로 부르고 있으며, 결말에서 기생의 신분인 두 여주인공을 첩으로 삼아 화목하게 잘 살았다고 하는 후일담이 비슷한 점 등 당시에 설화나 판소리의 형태로 전해지던 이야기를 낭만적 분위기의 한문 소설로 재창작한 기법에서 '목태림 특유의 소설 창작 기법'이라고 부를 수 있을 정도의 유사점들이 보인다(鄭善姬, "睦台林 文學 硏究," 梨花女大 博論[2001. 2], p. 23).

---

133) 첫째, 序의 '所爲'의 해석은 '이른바'가 아니라 '근래에 지은……'이 옳으며, 1803년에 지어진 「종옥전」이 1804년에 자신의 작품이 아닌데도 서문에서 본보기로 예시할 만큼 유명했을까? 둘째, 표지에 나타나는 '歲德次舍辛巳振羽節臘月吉旦遞衣'는 작품의 연대 확정에 그리 중요한 요소가 아니며, 이 작품이 소장자인 박헌봉가에 입수된 것은 1880년대 후반이라는 데 비추어 보아도, 입수한 후에 표지를 바꾸었다는 언지가 없기 때문에 입수 이전에 있었던 일로 보아야 하므로, 표지를 바꾼 때는 1941년이라고 보는 것은 맞지 않는다. 셋째, 「종옥전」의 경우도 작자 목태림이 처음 창작했을 때[1803]에는 자신의 이름을 정확히 밝히지 않았다가 그가 죽기 2년 전[1938]에야 이름을 밝혔던 것처럼, 「춘향신설」의 서에서 작자가 이름을 밝히지 않은 것은 이상하지 않다. 넷째, 序의 '傳之者 不詳 歌之者 未精'이라는 구절은 당시의 「춘향전」 소설본과 노래로 불려지는 것을 말한 것이지 판각본이나 창사본이라는 증거는 없다(鄭善姬, 상게 논문, pp. 22~23 발췌 인용).

〈이본연구〉

1) '만화본'은 「춘향신설」보다 유일하게 창작 연도가 앞서는 작품이기 때문에 「춘향신설」이 당시의 「춘향전」을 얼마나 변이시켰는가를 알려주는 좋은 비교 대상이 된다. …… '만화본'이 「춘향신설」과 가장 다른 점은 월매와 춘향의 성격이 후대의 국문본들에 비교적 가깝다는 점과, 이도령이 춘향을 불러서 대화하고 춘향의 집을 지시받고 나서 귀가한 후에 마음 설레는 모습 등 만남 대목이 소략하다는 점이다. 또한 이별해야 됨을 알게 된 이도령의 傷心과 歎息이 부각되어 있으며, 반대로 춘향의 傷心과 想思는 소략하고, 어사 출도 장면과 후일담은 자세하다는 점이다. 즉 「춘향신설」에 와서 춘향과 월매의 성격이 확실히 변화하였으며, 이도령과 춘향의 만남 부분이 부각되었고, 춘향의 상심과 상사가 확대되었다는 것이 큰 특징인데, 이는 작자가 「춘향전」을 남녀의 애정 중심으로 개작하려는 의도를 갖고 있었기 때문인 것으로 보인다. 또 '만화본'과 「춘향신설」의 공통점이면서 후대본들과 다른 점은 방자의 역할이 미미하다는 것과 이도령이 호남어사가 되는 부분에 합리성을 기했다는 점, 신관 발행과 노정기가 없고 사또와 낭청의 대화가 없다는 점, 이도령이 망신당하는 책방 도령 희극, 초분 사건이 없고 방자의 편지를 받는 부분도 없다는 점 등이다. 이로 보아 초기의 「춘향전」에서는 부수적인 인물의 역할이 미미하고 주인공 중심이었으며, 춘향과 이도령의 결연에도 월매가 개입하지 않았고, 이도령이나 사또를 희화화하는 부분도 없었다는 것을 알 수 있다. 후대본에서의 이 부분의 변개에는 민중들의 세계관이 많이 관여한 탓일 것이다. 또한 춘향은 철저하게 기생의 신분이고, 이도령 어사 출도 이후의 대단원 부분이 상세하다는 점도 초기 「춘향전」으로서의 특징이다. 「춘향신설」보다 후대본으로서 비교해 볼 만한 작품으로는 한문본인 「광한루악부」와 「광한루기」가 있다. 「광한루악부」는 1852년에 윤달선이 지은 것으로, 한문이지만 판소리의 문법인 장면 즐기기, 인물의 희화화, 삽입 가요 등에 가장 충실하다는 면에서 「춘향신설」과 차이가 있다. 그러나 춘향을 기생으로 설정했으면서도 세속적이고 약삭빠른 면은 취하지 않은 점, 어사 출도 부분이 소략하고 기뻐서 춤추는 월매의 모습을 제거한 점, 심리 묘사를 세밀하게 한 점 등이 비슷하다. 「광한루기」는 작자와 연대가 미상이지만 19세기 중·후반의 작품임은 확실하고, 서울·경기 지방 문인의 작품이라고 추정된다. 이 작품은 「춘향신설」과 마찬가지로 민중들의 그로테스크 리얼리즘과 결별하여 사실주의, 합리주의에 입각하여 개작된 것이지만, 판소리 향유는 적극적이다. 그러나 不忘記와 信物, 解夢 등의 중요 화소들을 俗되다고 하여 제거해 버린 점으로 보아서는 이 작품의 작자가 목태림보다 더 고급 문화 지향적이라고 할 수 있다. 「춘향신설」은 주인공을 비속화하는 삽화만 제거한 것에 비해, 「광한루기」는 상층 양반의 규범에 비추어 사건 전개 전체를 뒤흔들어 놓았기 때문이다. …… 「춘향신설」이 후대의 일반적인 「춘향전」들과 크게 다른 점은 먼저 줄거리 전개상 다음의 몇 부분을 변개했다는 것인데, 이도령의 4대조까지 가계를 제시하고 설명한 점, 춘향과 이도령이 시를 화답하며 첫날밤을 보낸 점, 춘향이 수청들기를 거절하다 옥에 갇히게 되어 쓴 供招文과 原情, 사또의 판결문이 삽입된 점, 이도령이 과거 급제하기까지 10여 년이 걸린 점, 임금께 전라어사를 제수받는 과정이 자세한 점, 춘향과 이도령이 해후하는 것으로 끝나는 것이 아니라 다시 3년간 암행한 후에 돌아오는 점, 돌아오자 월매가 70세로 죽어 장례를 치르고 제문도 지어 추도한 점, 춘향과 이도령의 후일담이 자세한 점 등이다. 불망기나 신물, 꿈 해몽 등의 중요 화소들을 그대로 두었다는 점에서는 「광한루기」의 작자보다 「춘향전」 수용에 긍정적이었다고 할 수 있다. 신관 발행과 노정기, 기생 점고, 이어사 노정기가 없고 어사 출도 부분이

소략한 점은 「광한루기」와의 공통점으로 두 작품이 모두 재미 위주의 축제적인 판소리 향유에 반발하고 있다는 증거가 된다. 다음으로는 「춘향전」 국문 이본들의 변모 양상을 말할 때 주된 척도가 되는 不忘記와 信物의 有無, 춘향이의 옥중 꿈 — 봉사 — 해몽 — 과거 급제 — 어사 출도의 순서를 살펴본다. 不忘記 가 없는 것은 「별춘향전」계와 같고, 이별할 때에 신물이 교환되는 것은 「남원고사」 계 와 같으므로 둘 중 어느 하나의 계열에 속한다고 규정짓기가 어렵다. 또 봉사의 꿈 해몽은 도령의 과거 급제 이전에 이루어지는데, 이는 「별춘향전」, 「남원고사」 계 모두와 다른 양상이다. 단지 「광한루악부」가 「춘향신설」의 순서를 따르고 있다. 「광한루기」의 작자 수산은 중요한 척도들인 불망기와 신물, 봉사 꿈 해몽 등의 화소들을 의도적으로 제거해 버렸고, 「춘향신설」도 불망기의 유무는 완판 계열과, 신물의 유무는 경판 계열과 같으며, 봉사의 꿈 해몽이 과거 급제 이전인 것은 「별춘향전」, 「남원고사」 둘 다와 같지 않고 오히려 「광한루악부」 등의 후대본들과 같기 때문이다(鄭善姬, "睦台林 文學 硏究," 梨花女大 博論[2001. 2], pp. 93~95).

◆**731.[춘향전 春香傳]** ← **광한루기 / 광한루악부 / 남원고사 / 대방화사 / 별춘향가(전) / 성렬전 / 성춘향가(전) / *약산동대 / 열녀춘향수절가 / 오작교 / 옥중가인 / 옥중화 / 이몽룡전[134] / 익부전 / 절대가인 / *추월가 / 춘몽연 / 춘향가 / 춘향신설 / 향낭신설**

【增】〈작자〉

1) 全北地方 전설에는 ① 南原에 얼굴이 매우 추하여 시집갈 수가 없어서 자살해서 冤魂된 처녀 '춘향'이가 있었는데, 그 후 南原府使는 赴任 오는 족족 죽는 고로, 어느 대작가가 이 소설을 지어 위로한 이후로는 무사하였다는 말, ② 남원에 梁進士가 있어서 과거에 급제하고 돌아와서 倡伕를 데리고 遊街할쌔 집이 赤貧해서 그 비용을 보상치 못하고 이에 이 노래를 지어 함께 唱하였으니, 이것이 「춘향전」의 古本이었다는 말, 우리는 여기서 英正祖 시절에 완전치 못하나마 춘향전의 古本이 있었다는 것을 推想하려 한다(金台俊, 『增補 朝鮮小說史』 [1939], pp. 196~197).

2) 昨 1954년 여름에 경북 聞慶 壯巖村에 寓居해 계신 族叔 李翊元(1881~?)翁이 來京하셨기에 故事를 많이 섭렵하는 어른이라 이렁저렁한 얘기를 물었더니, "「춘향[전]」의 주인공 이도령·성춘향은 애초에는 성도령·이춘향이니, 성도령은 곧 溪西 成以性公이다."라고 말하고, 또 "원 「춘향전」의 작자는 안동읍에 살던 權進士이다."라고 주장하였다(李家源, "陶山別曲" 贅論(中)," 『現代文學』, 1956. 6, p. 193).

3) 이가원이 제시한 양주익 창작설에 대하여 재검토하거나 그것을 새로운 시각에서 논급하려는 사람이 없었다. 그 이유는 「춘몽련[연]」의 실체를 볼 수 없을 뿐만 아니라 설령 발견된다 하더라도 晚華本 「春香傳」보다 2년이나 늦게 쓰여졌기 때문이다. 그러나 만화본이 되어진 연대나 「춘몽연」이 쓰여진 연대가 모두 뒷날 후손들의 손에 의해서 기록되었기 때문에 혹은 잘못될 수도 있다는 생각에서 필자는 양주익 창작설에 관심을 가지고 검토하던 중 몇 가지 사실을 알게 되었다. 양주익이 임진왜란 때 남원의 의병장이었던 梁大樸[1544~1592]의 六代 後孫이라는 것과 梁大樸이 동래부사를 역임하고 임진왜란 때 호남 의병 首將으로서 血盟을 같이 했던 高敬命[1533~1592]

---

134) 『이본목록』·『작품연구 총람』에 추가.

과 오랜 교분이 있었다는 사실, 고경명의 젊었을 때 실제담이 「춘향전」의 기본 구조와 매우
흡사하다는 사실 등이다. …… 고경명 설화에 나오는 동기 김명옥을 춘향으로, 충청감사 高孟英
[1502~?]을 남원부사 이등사또로, 충청감사의 아들 고경명을 남원부사의 아들 이몽룡으로 교체하
고, 고경명 설화의 지지적 배경인 공주 관아를 경관이 수려하고 시인 소객 문사들의 유서가
깃든 남원으로 바꾸어 청풍유수 같은 사설을 첨가하고 이야기를 부연한다면 「춘향전」과 완전히
일치하고 있음을 의심할 바가 없다. 양주익은 뒷날 고경명이 국가와 민족을 위해 장렬하게
전사한 것을 높이 받들었으며 상소를 올려 그의 공훈을 높이 현창할 것을 임금께 주청한 바
있다. 뿐만 아니라 자신의 6대조인 양대박에 대하여도 공훈을 널리 현창하고자 주청한 바도
있다. 이런 점으로 보아 고경명 설화가 양주익에게 전달되었을 가능성은 매우 높으며 「춘몽연」을
그가 지었다고 가정할 때, 그 기본 구조를 가지고 「春夢緣」의 기본 구조로 사용하였을 가능성도
배제할 수 없다고 보아진다(김형돈, "「春香傳」 梁參議(梁周翊) 創作說에 대한 考察: 高敬命설화
를 中心으로,"『명지어문학』, 22[1995. 3], p. 227 및 p. 245).

4) 산서(山西)[趙慶男 1570~1641]는 「춘향전」의 배경지인 남원에서 70 평생을 살았고, 「춘향전」의
모델이 된 성안의부사와 자제 성이성과 [3자 략] 가까웠다. 이런 관계 속에서 그들의 이야기를
산서 조경남을 남원의 춘향의 모델이 된 기생의 이야기와 청백리의 길을 걷는 젊은 암행어사
이야기를 결합하여 민족의 고전 「춘향전」을 창작한 것으로 판단된다. 이러한 이유를 보다 구체적
으로 제시하면 다음과 같다. 첫째, 산서는 춘향전의 핵심 공간 소재인 남원 광한루의 역사를
잘 안다. …… 둘째, 산서는『난중잡록』,『속잡록』등 57년의 역사를 일기로 기록했던 전국적
정보력을 지닌 인물이다. 따라서 남원에서 일어났다는 신원 설화(伸寃說話)의 근거가 된 춘향
모델의 기생에 대한 비극적 사건과, 그사건이 설화, 야담, 전설화하여 신원 설화가 되는 현실과
구비 전승 문학의 관계를 알고 있을 수 있는 인물이다. …… 셋째, 산서 조경남은 「춘향전」
구성의 한 축이 되는 남원부사와 책방 도령 관련 모델과 가까이 지냈던 인물이며, 특히 이도령
모델인 성이성과는 사제 관계이고, 성이성이 남원에 있는 사람 중에는 가장 존경하는 사람이다.
…… 넷째, 산서는 「춘향전」 출도 대목의 꽃이라 할 수 있는 '금준미주시(金樽美酒詩)'를 가장
잘 인지한 사람이다. 금준미주 시는 최초의 원형이 유지되는 대표적 삽입시로 「춘향전」의 항속소
(恒續素)에 해당된다. 그러므로 이 한시는 원작가의 창의력에 의한 원래의 극적 서사물에 들어
있던 유기적 배치물일 수 있다. 이 금준미주 시는 작가의 창작 의도에 따른 주제 의식이 투사되어
있기 때문에 작가의 현실관이 반영된 것으로, 작품의 몇몇 주제 의식과 맞닿은 소재이며 주제이다.
그 때문에 주변적 삽입시와는 달리 금준미주 시 자체가 가진 저항적 비판 의식은 개작 과정에
개입한 개작가나 광대들이 삽입시킨 것으로 판단하기에는 비판의 폭발력이 너무 강력하다.
이런 극적 상황과 주제시의 위치 설정을 교묘히 창안해 낼 만한 작가로 그를 능가할 사람이
없다. 그는 금준미주 시에 대한 관심을 가장 먼저 그리고 깊이 가졌던 인물이다. 더구나 「춘향전」이
지닌 극적 서사장치로 볼 때, 금준미주 시 없이 암행어사가 걸인 모습으로 부사의 생일 잔치에
참석했다가 그냥 출도를 한다면 작품의 감동력을 반감하게 된다. 따라서 그는 「춘향전」 구성의
대표 삽입시인 금준미주 시를 가장 잘 아는 문인의 한 사람으로 이를 「춘향전」 창작시에 극적인
대목에서 적절히 사용하였다. 다섯째, 산서는 빼어난 한문 문장 능력을 갖추고 있었다. 그는
일찍이 학제에 뛰어난 인물로 평가받았고, 진사에 급제했고, 다수의 한시문을 창작하였다. 특히
그는『난중잡록』,『속잡록』이라는 양란에 대한 장편 일기체 형식의 잡록을 남겼다. 그렇기

때문에 그는 「춘향전」 구성이나 표현에 필요한 문장력을 갖춘 문인이다. 여섯째, 산서는 남원에서 한 평생을 살면서 남원을 비롯한 전국이 왜란에 짓밟힐 때 몸을 던져 항거한 의병장이다. 누구보다 남원인들의 역사와 충절을 내세운 의로운 삶을 높이 평가할 줄 아는 인물이다. 춘향 모델은 물론 자신이 돌봐 준 제자가 나라의 대표적 청백리를 지향하는 암행어사로 활동하며, 충의를 실현함에 누구보다 감동을 느꼈을 것이다. 동시에 사욕만 채우는 탐학적 수령들을 볼 때, 그는 남원인의 위치에서, 진사의 위치에서, 의병장 출신의 위치에서 탐관에 대한 징치 의지도 강력하였을 것이다. 이런 점들이 열녀와 충신의 이야기를, 남원에서의 이야기를 작품화하고 싶었을 것이다. 따라서 그는 「춘향전」 주제를 설정할 수 있었던 가장 적절한 문인의 한 사람이다. …… 더 이상 「춘향전」을 서민이나 광대만의 작품이라 할 수 없을 것이다. 산서와 같은 탁월한 작가가 먼저 있었고, 이런 작품을 창우들이 판소리로 부르면서 세부적인 것을 더욱 다듬어나감으로써 진정한 탈계층적 민족 문학이요 민족 예술이 성립된 것으로 보아야 할 것이다(설성경, 『춘향예술의 역사적 연구』[2000. 4], pp. 248~250).

〈작품연대〉

【增】

1) 春香이의 설화가 문학으로 轉成할 때, 打令의 형태로 먼저 생성하였는지, 不然이면 散文小說로 먼저 凝固하였는지는 분명치 않으나, [6자 略] 張之琬의 '一曲春香淚滿巾'을 믿을진댄 타령이 벌서 正祖 때부터 있었던 것 같다. 그런즉 판소리가 정조 때부터 「춘향가」를 소리로 표현하였으면, 分散的인 춘향이에 관한 歌謠가 凝集되어 「춘향가」의 한 마당을 구성하기에는 시간적으로 상당한 동안 律調를 가진 토막 사설이 先行하였을 것이다. 庶民小說 발생의 시간적 確定이라는 문제는 매우 多難한, 그리고 막연한 근거에 立脚하는 것이나, 판소리 발생 이전을 선행할 수 없을 것 같다(金三不, "申五衛將 研究 序說," 학위논문[1949. 7];『판소리연구』, 10[1999. 12], p. 396).

2) 「춘향전」의 발생은 南原의 成以性 說話가 廣大들에 의해 17C 중기에 하나의 '판'으로 성립되었을 것이며, 이것이 광대들의 구전 과정에서 판소리의 演戱 특성인 가변성과 현장성에 의해 점차 改刪, 첨가되었기 때문에 내용상 2원성을 지니게 되었고, 따라서 경판본은 시기적으로 보아 완판본, 星斗本 A, 常山本[李在秀 소장본]보다 다소 앞서나 광대의 창극을 듣고 刻記한─ 상업과 흥행의 목적으로 ─것이지 원본이라고는 할 수 없다(朴善槇, "「春香傳」攷," 高麗大, 『語文論集』, 23[1982. 9], pp. 239~240).

〈관계기록〉

① 『諺文古詩』(가람본), '언문칙목녹', 172: 「춘향전」.

② 「배비장전」(세창서관본): 빗비쟝 한 권씩 쏩아 들고 옛날 춘향의 랑군 리도령이 춘향 싱각ᄒ며 글 읽듯ᄒ 것다 「삼국지」·「수호지」·「구운몽」·「서유긔」 칙 계목만 잠간식 보고 「슉향전」 반중둥 싹 져치고…….

③ Courant, 816: 「츈향젼 春香傳」.

④ Courant, 817: 「남원고亽 南原古詞」, 5책.

⑤ Courant, 3361: 「春香傳」.

⑥ 「漢陽五百年歌」: 김덕령이 십구 세에 평양감사 비장으로 삼년을 지날 적에 누구를 친했든고 평양 기생 화월이와 은밀한 정 맺아 두고 백년을 기약하고 맹서를 깊이 하여 평생을 잊이

말자 일구 월심 굳은 마음 전라어사 이도령과 남원 기생 춘향이와 백년 기약 맺은 듯이 둘이 서로 맺았드니…… .

⑦ 「鳳山 탈춤」(任皙宰 採錄), 第七場: 거 누구라 날 찾나 날 찾일 이 없건마는 거 누구라 날 찾나 臨塘水 風浪中에 沈娘子가 날 찾나 瀟湘斑竹 물들이던 娥媓女英이 날 찾나 蟠桃會 瑤池宴에 西王母가 날 찾나 섬돌 우에 玉비녀가 꽂히었든 淑英娘子가 날 찾나 李道令 一去後에 守節하던 春香이가 날 찾나 거 누구라 날 찾나.

⑧ 「統營五廣大」(李玟基 採錄), 第四場: 아이구 할멈아 할멈아 춘향이보다 더 예쁜 우리 할멈아 요리 봐도 내 할멈 조리 봐도 내 할멈 아이구 할멈아.

⑨ 「꼭두각시 놀음」(沈雨晟 採錄), 2, 평안감사 마당, 둘째, 상여거리: 작년에 왔던 갈설이 죽지도 않고 돌아왔네 여래 영덕 쓰러진 데 삼대문이 제 격이요 열녀 춘향 죽어가는 데는 가사 낭군이 제 격이요.

【增】

1) 『筆苑散語』(成涉, 1718~1788), 編上, 第一 109條 : 吾高祖爲繡衣湖南時 暗行至一處 湖南十二邑守令 大張宴 盃盤狼藉 設妓樂 觀者如堵 日之方中 繡衣爲乞客樣 請飮食 諸倅方醉 暫許席 草草設飮食 諸卒曰 客能作詩 則可以預終日宴席 醉飽飮食 否則莫如歸 繡衣請其韻 曰膏 曰高 卽請紙一丈 寫詩曰 樽中美酒千人血 盤上嘉肴萬姓膏 燭淚落時民淚落 歌聲高處怨聲高 寫畢 卽進 諸倅轉觀 疑訝之際 書吏呼暗行而直入 諸倅一時皆散 當日罷出者六人 其餘六人 入書啓中 諸倅者勢家子弟 而一不顧籍 湖南之人 稱之爲美談☯(내 고조가 호남 지방 암행어사로 되어 암행 중에 한 곳에 이르렀더니, 호남 열 두 지방의 수령들이 크게 잔치를 베풀어 술상이 매우 어지러웠고, 기생들이 음악을 하여 구경꾼이 담을 이루었다. 해가 정오에 이르렀을 때 어사가 거렁뱅이 차림으로 음식을 청하자 여러 수령들이 잠깐 자리를 내주도록 허락하고 보잘것없는 음식을 갖다 주게 한 후 여러 수령들이 어사에게 말하기를, "길손이 시를 지을 수 있으면 온종일 잔치에 참예하여 배부르고 취토록 먹겠지만 그렇지 못하다면 그냥 돌아감이 좋을 것이다."고 했다. 어사가 운을 청하자 '膏'자와 '高'자를 불렀다. 어사가 즉시 종이 한 장을 청하여 시를 쓰기를, "술잔 안의 좋은 술은 천 사람의 피요, 상 위에 좋은 안주는 만 백성의 땀이로다. 촛농이 질 때마다 백성들의 눈물도 떨어지고 노랫소리 높은 곳에 원망 소리도 높아간다."고 했다. 쓰기를 마치자 즉시 시를 바치니, 여러 수령들이 돌려보며 의아해 마지 않을 때, 서리가 암행어사 출또를 외치며 달려 들어왔다. 여러 수령들이 한꺼번에 흩어져 버렸다. 당일로 파직된 자가 6인이요, 그 나머지 6인은 나라에 계문[135])을 올렸다. 여러 수령들이 모두 세도가의 자제들이 었으나 하나도 그 원적을 따지지 않고 처벌하니 호남 사람들이 이를 칭송하며 미담으로 여겼다).

2) 「각설이타령」[136]: 9자나 한 장 들고봐 9월 국수 흐른 물에 열녀 춘향 여춘향 가는 이도령 잡고서 낙루이별 하누나.

3) 「배비장전」(金三不 教註本): 배비장 무료하여 하는 말이 하릴없다 고담이나 얻어 오너라 하더니 할 일 없이 남원부사 자제 이도령이 춘향 생각하며 글 읽듯 하던가 보더라 「삼국지」·「구운몽」·「경업전」 다 후리쳐 버리고 「숙향전」 내어놓고 보아 갈 제……

---

135) 임금에게 아뢰는 글.
136) 姜恩海 채록, 『국어국문학』, 85(1981. 5), p. 384.

〈비교연구〉

④ 오늘의 「춘향전」은 어느 한 사람의 손에 된 것이 아니요, …… 3) 「춘향전」은 玉溪 盧禛[1518~1578]의 사실을 소설화한 것이라는 등이니, ……

【增】

1) 남원 지방의 전설을 종합해 보면 여주인공은 다 기생이며, 남주인공은 부사의 아들로서 童妓와 정을 맺고 지냈다는 것, 그리고 그 동기가 수절하다가 자살, 혹은 피살되었다는 것이니, 아마 「춘향전」은 이런 남원 지방의 전설을 題材로 하고, 비극으로 끝난 이야기에다가 어사 설화를 가미시켜서 희극으로 꾸며 놓은 것이 아닌가 한다(金起東, 『李朝時代小說論』[1959. 4], p. 456).

2) 兩作品[「춘향전」과 「서상기」]은 우연의 일치라고 보기에는 너무나 유사하다. 「춘향전」의 劇歌的 전개라든가 개성과 배경의 표현 등은 희곡화한 「서상기」를 보지 않고는 도저히 그렇게 爛熟하게 작품화하지는 못하였을 것이다. …… 「춘향전」은 여러 설화가 雜集하여 판소리화한 것이라고 하여 그 근원을 민간 설화에만 두고 주장하는 것보다는 어느 문학적 작품에서 힌트를 받아 만든 것이라고 보겠다. 중국 소설은 우리 소설에 그같이 많은 영향을 주었는데, 元曲이 대륙에서 그 같이 성행하고 있었으니, 우리 나라에서 여기서 무관심할 리 만무하다. 판소리가 중국의 희곡과 가장 가깝고 그 요소를 풍부하게 갖추고 있다는 것도 바로 이 사실을 증명하여 준다. 「서상기」는 원곡 100여 편 중에서도 가장 우수한 작품으로 우리 나라에서도 애독되었다. …… 「춘향전」이 「서상기」와 너무나 상통하니 그 起源形을 「서상기」에 두고자 하는 것이다. 그러나 [2자 略] 작품 비교에서 보면 「춘향전」은 「서상기」보다는 「玉堂春」에 더 가깝다. …… 중국 사절단에 참가한 隨行員이나 譯官이 중국에서 「玉堂春」을 구경하고 돌아와서 광대에게 이야기하여 주고, 광대는 이 敎示를 받아 이것을 소재로 향토화하여 시종의 전개를 짜고 여기에 민속적 가요를 삽입하고 하여 한 편의 판소리로 구성하였다고 보겠다(李在秀, "「春香傳」考," 『韓國小說研究』[1973. 11], pp. 392, 397, et passim).

3) 「춘향전」 발생의 근원을 찾다 보면 남원 지방에 민간 설화로 널리 유포된 伸寃說話를 소설 구성의 소재 및 배경으로 삼지 않을 수 없다. 古來로부터 남원에는 이 伸寃을 내용으로 한 민간 설화들이 유독 많이 전해 오고 있다. 물론 그 유형도 가지가지나, 오늘날까지도 전해 오고 있는 신원 설화의 유형을 살펴보면, (ㄱ)「만복사저포기」의 寺院緣起 설화, (ㄴ) 蓼川水 달래다리 설화, (ㄷ) 박색터 설화, (ㄹ) 춘향의 빡보 설화, (ㅁ) 치알봉 선녀 唱歌 설화 등 다섯 가지로 분류해서 살펴볼 수 있다. …… 상기한 설화 다섯 가지를 가지고 「춘향전」의 내용과 공동성을 띠고 있는 점을 살펴보면 다음 도표와 같다. …… (도표 생략) …… 상기 도표에서 증명되고 있는 것과 마찬가지로 「춘향전」의 내용과 흡사한 공통점을 지니고 있는 설화들의 주인공들은 「만복사저포기」의 경우만 빼놓고, 기생(官妓)이라는 신분의 소지자들이다. 그리고 사건의 연결은 '사또'라는 권력자로 연유된 애정 문제와 관련돼 있고, 신원의 근본 원인이 되고 있다(朱吉淳, "「春香傳」의 根源說話考: 醜女 '빡보' 說話를 중심으로" 『國語敎育硏究』, 1[1975. 2], pp. 96, 101, et passim).

4) 이 부분[成涉의 『筆苑散語』 編上 第一 109條의 成以性 逸話]은 「춘향전」에서의 암행어사 출두 장면과 너무나 혹사하다. 특히 '吾祖'가 바로 成涉[1718~1788]의 고조 成以性(溪西)[1595~1664]이요, [成以性은] 成安義[1561~1629]의 子다. …… 성섭이 자기 조상을 단순히 칭송하기 위해 삽입한 것이라고만 돌리기엔 몇 가지 문제가 제기된다. 첫째, 晩年에 杜門不出하며

학문에만 전념하였으며 명문의 자부심이 강했던 성섭이 단지 선조를 미화시키기 위해 市井에 떠돌아다니는 광대들의 소리에 나오는 시[‘樽中美酒千人血 盤上嘉肴萬姓膏 燭淚落時民淚落 歌聲高處怨聲高’]를 자기 선조가 지은 것이라고 하였다는─ 그것도 그의 저서 두 곳에 모두 「춘향전」에 나오는 ‘金樽’이 ‘樽中’으로, ‘玉盤佳肴’가 ‘盤上嘉肴’로 단지 3자만 다르게 ─ 것은 아무래도 수긍이 가지 않는다. …… 둘째는 「春香傳」에 나오는 이 御史詩는 당시 여러 사람들에게 회자된 듯하니 「廣寒樓記」엔 ‘卽華人爲而辭意太露因不足取也’라 하여 不明의 漢人詩라고 했으나, 『青丘漫錄』엔 ‘明都司來京有詩曰 …… (詩) ……蓋以光海政亂人因也’라 하여 明都司의 시라 했다. 그러나 이것은 都司의 창작시인 것만도 아닌 것이, 成宗 때에(우리 나라로 보아서) 新任 太守 伍倫備가 殿試에서 장원급제하여 도임하자 백성들의 訟事를 다스리는 데 時際 官途의 定場詩로써 敍懷한 것을 備用한 것이라 할 수 있다. 이것은 邱濬이 지은 『五[伍]倫全備』에 나오는 시로 …… 추정컨대 『오륜전비』의 시에서 유래된 이런 시를 이용하여 당시 광해군의 난정을 비방하는 데 많이 備用하였던 것으로 보여져, 그것을 [『青丘漫錄』에서는] 잘못 명 도사의 작으로 한 것이 아닌가 본다. 그렇다면 이런 시로써 탐관오리들의 秕政을 나무라기 위해 유행했던 이 시를 성이성의 시로써 차용할 수도 있었을 것이다. 셋째는 前述한 대로 초기 창극본에서 발전한 창극본을 가장 먼저 刻記한 것으로 보이는 경판본 序頭의 ‘話說我朝仁祖 때의’라는 것과 시기적으로 성이성과의 관계가 일치한다는 점이다. …… 넷째는 현존 연대가 분명한 것으로서 「춘향전」에 관한 기록이 가장 오래된 것은 柳振漢의 漢譯歌 「춘향가」로 英祖 30년(1754)인데, 당시 벌써 판소리 ……「춘향전」이 상당히 유행한 것을 알 수 있을 뿐 아니라 유진한은 바로 『於于野談』을 쓴 柳夢寅의 손자이다. …… 이상의 몇 가지의 이유로 보아 「춘향전」의 암행어사 부분은 성이성의 사실적 설화가 첨가된 것으로 본다(朴善植, “「春香傳」攷.” 高麗大, 『語文論集』, 23[1982. 9], pp. 235~239 발췌 인용).

〈이본연구〉

⑬ …… (설성경, “「春香傳」의 系統,” 韓國古典小說編纂委員會編, 『韓國古典小說論』[1990. 9], pp. 275~279 발췌 인용).

⑳ …… 「옥중가」는 장자백 창본 「춘향가」를 연원으로 하여 성립되었던바, 장자백 창본 「춘향가」의 의도를 계승한 것이라 할 수 있다. 「옥중화」는 20세기 – 구체적으로 말하자면 1910년대 이후에 생산된 「춘향전」의 창작적 원천이 되어 하나의 「춘향전」 이본 계열을 형성케 했던 영향력 있는 텍스트라 할 수 있는데, 이것은 20세기 「춘향전」의 전승사 또한 두 상이한 지향의 공존을 모색하는 방향으로 전개되었음을 의미하는 것이라 할 수 있다(김현양, “「獄中花」의 계보,” 『동방고전문학연구』, 1[1999. 8], pp. 214~215 및 p. 225).

【增】

1) 板本 「春香傳」은 京板系와 完板系가 있으니 지금 전한 자료적으로 기본되는 「춘향전」은 이 두 계의 관계로서 설명할 수 있을 듯하다. 즉 경판계는 散文系요 완판계는 打令系로 볼 수 있으니, 경판의 「춘향전」은 一種이고 완판계의 「춘향전」은 二種이다. 趙潤濟氏는 …… 경판 「춘향전」을 最古本으로 봤으나, 필자의 의견으로는 씨의 의견대로 가장 간단한 것과 기교의 졸렬이 연대적으로 先行하는 것에 傍證이 될 수 있다면, 완판의 「別春香傳」이 더 오랜 것이 아닌가 한다. 그리고 이 「별춘향전」에서 산문계의 경판이 파생되지 않았나 한다. 「별춘향전」은 28장 1행 약 20자 1면 14행의 판본으로, 분명한 4장의 補刻과 여러 異刻을 한데 모아 놓은

매우 복잡 不精한 형용으로 전하여지는 것으로, 李秉岐氏가 그 完本을 갊아 있고, 鄙藏의 完山板 板刻中에 그 補刻板을 除한 것이 있으니, 이는 판본 「춘향전」의 最古한 것이며 또 타령본의 最古한 것이 아닌가 이렇게 추측한다. 즉 '광딕목도 쉬니 쿵 〃 〃 〃 〃 〃'이라 하여 분명히 타령본이고, 이것을 경판의 그것에 비하면 줄거리는 대동소이하되 경판본이 훨씬 수사적 윤색을 가졌다. 그러나 양본은 문학보다는 설화에 가차운 것으로, 別春香傳이라는 명칭은 보각한 첫 장과 맨 나중 장에 새긴 것으로, 본래의 명칭이 아니겠으며, 짐작하건대 「[열녀춘향]守節歌」 시대에 보각한 까닭으로 「수절가」에 대한 「별춘향전」이 아닌가 한다. 그러나 이 「별춘향전」의 張數는 間間 순서에서 어그러지고 刻體도 여러 것의 집합인바, 그 중 어느 것이 本刻이며 原대목인지 판단하기 곤란하나, 이것은 그마만큼 그 年條의 오램을 말하는 것이 아닐까. 춘향의 설화가 서울 아닌 南原이라든가 하는 이러한 모든 점에서 「별춘향전」은 판본 「춘향전」의 最古本 으로 볼 때에는, 경판은 「별춘향전」에서 왔고, 이 경판을 다시 부연한 것이 「古本春香傳」이라 하겠다. 그러나 이 산문계는 타령의 영향을 過度히 받아 순수한 산문이라고는 할 수 없다. 다시 타령계에서는 「수절가」가 「별춘향전」을 부연 발전시켰고, 「수절가」를 五衛將[申在孝]이 새로운 각도로 개작하였으니, 그 plot며 사건의 添削의 정도에 따라, 타령계의 積層이 屈曲波動線 으로 그려졌다면, 산문계의 그것은 直線 同心的 팽창을 취하였다고 하겠다.

$$
別春香傳 \begin{cases} 京板春香傳 \to 古本春香傳 \to 散文系 \\ 完板春香歌 \to 申五衛將本 \to 打令系 \end{cases}
$$

(金三不, "申五衛將 研究 序," 학위논문[1949. 7]; 『판소리연구』, 10[1999. 12], pp. 397~398).

2) 「男唱 春香歌」는 곧 싱인의 문학이다. 성인 중에도 장부의 문학이라는 뜻이나. 주로 ㄱ 선행본인 「守節歌」와 대조하여 볼 때, 대략 아래와 같은 수법의 차를 볼 수 있다. 五衛將本에는 (1) 방자의 역할이 축소되고, 연로한 忠僕으로서의 방자다. (2) 춘향이가 廣寒樓에 오지 아니하고, 또 香丹이를 시켜 미리 李道令의 선을 보게 하였다. (3) 도령이 춘향이에 알리지도 않고 서울 길을 떠나 일종의 뺑소니를 친다. (4) 十杖歌가 다르다. (5) 夢中歌가 다르다. (6) 過客 차림으로 찾아온 어사를 대접하는 월매의 태도가 「수절가」와 不同하다. (7) 월매와 춘향이가 어사에게 구출의 방도를 부탁한다. (8) 死問代로 新行記를 썼다. (9) 어사 출도 후에도 어사는 일절 그의 정체를 감추고, 이도령 아닌 어사로서 일을 처리한다. 이상의 列擧에서 남창에 있어 방자의 역할을 말살시킨 것은 도령을 장부로 만들려는 까닭이오, 아무런 곡절 없이 손쉽게 춘향이와 결연하게 된 것은 外方作妾이란 관념, 즉 춘향이에 대한 태도의 輕忽性을 뵈는 것이다. 이것은 곧 춘향이가 수줍은 처녀로서 나타나는 것이 아니라, 우리가 생각할 수 있는 그 당시의 娼家 출신의 춘향이고 보면 처음부터 '妾'이라는 것을 打算하고 각오한 춘향이란 것이 대단한 특색이다. ……童唱은 동심의 반영이다. 동창에서 볼 수 있는 가장 특징적인 것은 그 심리 묘사에 있다 하겠다. 사춘기의 과잉한 정서와 신경, 여기서 빚어지는 청년적인 것이 동창의 윤곽이다. 동창이 爾餘의 그것과 다른 것은 대략 이렇게 볼 수 있다. (1) 방자의 역할이 남창에 비하여 가중되어 있다. (2) 춘향은 월매의 지시와 동의 없이 자기의 자유 결혼론에 입각하여 도령과 결연한다. (3) 결연에 있어 도령의 不忘記를 받지 않는다. (4) 도령은 어린 총각으로 형상된다. 남창의

그것보다 도령이 춘향을 획득하기에는 많은 곡절이 있어, 얼른 손쉽게 그렇게는 안 된다. 왜냐면 동심에도 신분적 사회적인 重壓이 물론 있지마는 아직 그것이 철저하게 인식되지 않는 세계인 까닭이다. 그리고 애정은 전 plot에 걸쳐 찬란하게 빛을 낸다. 이 애정의 發光은 자연 그의 수법을 내면적인 심리의 묘사로 옮기게 하였다(金三不, "申五衛將 硏究 序," 학위논문[1949. 7];『판소리연구』, 10[1999. 12], pp. 401~402, 406).

3) [마][137] '古本「春香傳」': 本書는 1913년 12월 20일부로 新文館에서 발행된 책이다. 이름은 古本이고, 그 奧書엔 編修兼 發行人이 崔昌善이라 되어 있으나, 其實은 崔南善氏의 改刪本으로 상당히 광범위에 亘하여 改刪한 흔적을 認證할 수 있다. 그런데 본서의 底本이 어떤 것이었는지 一覽할 기회를 얻지 못하였고, 또 본서 卷頭 序文에도 何等 이에 언급함이 없어 나는 전연 알 수 없다. 그러나 앞에서 연구하여 온 바의 다른 이본으 로 미루어 보면, 그는 완판본과는 별로 관련이 없고 경판본과 이명선씨본에서 가장 많은 영향을 받았으리라는 것만은 의심할 수 없으니, 춘향은 本是 기생의 몸으로 광한루에 불려가서 手記를 받고 이도령에게 약혼을 許한 것이라든지, 이별에 있어 面鏡과 玉指環의 信物을 교환하고, 춘향은 다시 五里亭에서 이도령을 餞送한 것이라든지, 춘향이 하옥될 때 한량들이 모여들었다는 것이라든지, 어사가 남의 草殯에 가서 울다가 욕을 보았다는 것이라든지, 모두가 그것을 傍證할 수 있을 듯하다. 그러나 본서는 또 본서로서 새로 고안된 점도 많이 있다. …… 본서는 이와 같이 상당히 넓은 범위에 최남선씨가 손을 대어 改刪하였는만큼 그 문장은 극히 세련되어 있다 하겠다. 문장의 유창한 점은 완판목도 결코 다른 이본의 밑에 가지는 않겠지마는, 그러나 완판본과 이와는 또 다른 맛이 있다 하겠으니, 나는 먼저 완판본과 이명선씨본의 문장을 比하면서 전자를 시민적 문학이라 한다면, 후자는 농민적 문학이라 한 일이 있으나, 본서와 완판본을 비교하면 본서는 완판본보다 또다시 일층 정도가 높은 느낌이 있어, 그것을 시민적 문학이라 하였다면 이것은 귀족적 문학이라 하여야 될 것이다. 그만큼 본서에는 漢熟語와 漢詩句가 더욱 많아지고, 또 韓國의 故事, 한국의 속담, 한국의 지식이 풍부하여 보통의 힘으로는 그 전체의 解讀이 容易하지 못하게 되었다(pp. 199, 203).[138]

[바]「別春香傳」: 본서는 鄙藏[陶南 趙潤濟 소장]한 編者 미상의 사본이다. 그러나 표지 內面에 '癸丑十月十日 冊主 朴琪俊'이라 써 있는 것으로 보아 지금으로부터 27년 이전의 사본인 것은 의심 없다. …… 본서는 앞에서 說來하여 온 바와 같이 이명선씨의 本과 완판본 두 책의 영향을 받은 것은 틀림없는 사실이나, 이 두 책은 춘향의 신분에 대하여 각기 달랐던 것이다. 즉 이명선씨본 은 기생이라 하였고, 완판본은 여염집 처녀라 하였던 것인데, 춘향을 非妓生이라 한 것은 물론 완판본의 創說이요 동시에 이전 전래본에는 없는 말이다. 이 점을 본서로써 볼 때 다소라도 사실에 치중하자면 역시 춘향은 기생에 그대로 두는 것이 유리하지 않을까 하여 완판본의 그것을 취하지 않은 듯싶다(pp. 205, 210).

[사]「獄中花」:「춘향전」이본을 대강 三期로서 나누어 본다면 京版「춘향전」에서 완판「춘향전」까지 제1기, 완판「춘향전」에서「옥중화」까지가 제2기,「옥중화」이후가 제3기가 될 것인데, 본서는 李海朝의 편저로 서기 1912년 8월 27일에 普及書館에서 그 초판이 발행되었다. …… 본서는 단단히 종래의「춘향전」에 大改纂을 꾀하였고, 또 可及的 현대 생활의 감정을 넣어 보려고

---

137) (가) ~ (라)는『이본목록』<판본연대>항을 참조할 것.
138) 이하의 페이지 숫자는 趙潤濟,『校註 春香傳』(乙酉文化社, 초판 1957; 5판 1970)에 의거한다.

애썼으나. 이하 본서의 이 점에 대하여 대강 들어 보면, 첫째 그 형식에 있어서 종래의 連續式을 分切式으로 고치고, 또 순국문체를 국한문체로 써서 그 대신 한문자에는 일일히 그 옆에 국문으로 音譯하였기 때문에 독서에 많은 편의를 주었으며, 다음 그 내용에 이르면 우선 劈頭에 무슨 대왕 연간에 운운으로 시작하던 고대 소설의 전형을 타파하고, ……그리고 춘향에 대하여는 완판본에서 많은 영향을 받아 그를 여염집 처녀로 新裝한 것은 물론이지마는, …… 그러나 본서도 대체로는 앞에서 말한 바와 같이 이명선씨본과 완판본에서 많은 영향을 입었음은 어찌할 수 없었다(pp. 211~212, 215).

[아] 漢文「春香傳」1: 본서는 근대 한문 大家 呂圭亨의 편저인데, 한문「춘향전」으로 가장 잘 「춘향전」의 본색을 나타낸 소설이다. …… 그러면 본서는 어떤 이본을 참고하였으며, 또 그의 영향을 많이 받았는가 하는 것이 [문제개] 되겠으나, 이것은 물론 한 책을 저본으로 삼아 그를 번역한 것이 아니니까 어느 책이라 지적할 수는 없는 일이다. 그러나 대강 [7자 略] 고본 더욱이 이명선본류의 영향이 많았던 것만은 속일 수 없을 듯한데 …… 본서는 한문「춘향전」의 白眉가 될 것이다(pp. 259, 261, 262).

[자]「廣寒樓記」: 본서는 水山선생의 편저다. 수산선생의 성명은 무엇이며 또 어느 때 사람인지 알 수 없으나, '廣寒樓記敍'와 그 '後敍'에 다만 水山先生이라고 일렀을 뿐인데, 서기 1922년에 본서가 남원군청에서 발간이 되고, 서기 1927년에 다시 重刊이 되었다. 鄙藏本은 곧 이 서기 1927년의 중간본이나, 이에는 卷頭에 雲林樵客의 '廣寒樓記敍', 小庵主人의 '廣寒樓記後敍', '讀廣寒樓記法', 李東漢의 '廣寒樓記發刊辭', 白定基의 '重刊 廣寒樓記敍'가 있고, 卷尾에는 '廣寒樓記小引'이 첨부되어 있다. 그리고 본문에 들어가서는 처음에 '水山過客題, 雲林樵夫編, 小庵主人'이라 하여 두고, 전부를 ……[回目 생략] 이상 8회에 나누어서 각회의 首尾에는 評文이 붙었으며, 또 본문의 중간 중간에는 評者의 讚詞가 割註되어 있으니 …… 내용은 종래의 이본과 낳은 다른 섬이 있었다(pp. 262~263, 264).

[차]「懸吐漢文 春香傳」: 본서는 兪喆鎭의 편저로, 서기 1917년 11월 20일에 東昌書屋에서 발행되었는데, 그 플롯은 보통「춘향전」과 별다름이 없었다. 역시「옥중화」같은 이본을 참고한 모양인데 …… 본서에는「춘향전」으로서 흔히 있는 이도령의 冊室讀書, 妓生點考, 十杖歌, 農夫歌, 춘향의 獄中書簡, 춘향의 黃陵廟夢事, 춘향모의 기도 등은 없었다. 그리고 문장도 순수한 한문체에 국문으로 懸吐하여 가끔 詩의 唱和가 있을 뿐이다. 또 춘향 인물에 대하여는 본서에서도 역시 성참판의 딸 운운이란 말은 없고, 다만 기생 월매의 딸이라 하였다(pp. 266~267).

[카]「春夢緣」: 본서는 李能和氏의 편저로 일명 '漢詩 春香歌'라 하여 서기 1929년 11월 1일에 간행하였다. 처음에 總引이라 하여 '春香歌之本據', '妓生之起源及沿革', '廣大之俳優業', '朝鮮戲劇 山臺戲之由來', '春香歌之演劇'을 論하고, 다음 본문을 7회에 나누었으니, 그 목차를 들면 左와 如하다. [回目 생략] …… 體裁는 呂圭亨「春香傳」을 그대로 모방하여 먼저 漢詩로 唱和하고 다음에 그 사실을 記述한다는 형식인데, 이 사실의 기술에도 아무 편자의 創案이라는 것이 없고, 여규형「춘향전」의 원문을 대부분 그대로 인용하였고, …… 본서가 呂本을 모방하면서 한가지 특색을 가지고 있는 것은 故事와 難局에는 註解를 하였다는 것인데, 여기에 편자의 저서에 대한 알뜰한 태도를 볼 수 있고, 동시에 卷頭의 總引과 아울러「춘향전」연구에 한 참고 자료가 될 것을 잊을 수가 없다(pp. 267~268, 271).

(이상 趙潤濟, "「春香傳」異本考 (一), (二)"『震檀學報』, 11-12[1939. 12/1940. 9];『校註 春香傳

附 春香傳異本考』[1957. 10], pp. 163~274 참조).

4) [「춘향전」은] 현재 알려진 板本으로는 晩華本이 英祖 30년(1754)에 이루어진 것으로 最古의 작품이고, 그 다음이 完板의 木板本이 전하나 그 연대와 이들 상호간의 선후 관계도 구구하다(p. 401). …… 1. 常山本 : …… 필사 연대는 卷之一 끝에 '셰직 님인 밍동 념일 댱종필셔'라 쓰여 있고 卷之二에도 마지막에 '셰직 임인 밍츈 념삼일 은곡필셔'라 쓰여 있다. 壬寅年은 1902년이며, 혹 그 전의 임인년이라면 1842년이 되는데, 紙質이 古하고 책이 많이 파손된 것으로 보아 1902년보다는 1842년으로 보고 싶다(p. 402). …… 2. 만화본과의 비교 : 양본[晩華本과 常山 李在秀 소장본]에서 공통점은 ① 춘향의 신분이 賤生, ② 천자풀이 없음, ③ 방자의 존재는 있으나 향단의 존재가 없으며, ④ 不忘記가 있음, ⑤ 이별시에 黃鷄打令을 이별가로 불렀으며 ⑥ 옥중에서 破鏡, 花飛의 꿈을 꾸고 村盲을 불러 解夢함, ⑦ 춘향의 칼매듭을 衆妓로 하여금 입으로 물어 뜯게 함 등인데 ①②③⑤는 딴 이본과 통하고 있는 것도 있지만, ③⑤⑦은 양본만이 공통된다. (상산본과 同系인 경판본과도 같다.) 이것으로 보면 상산본의 만화본에의 접근성이 농후하다 하겠으나, 플롯과 내용에 있어서 徑庭이 크다. 만화본과 상산본은 50년 내지 백 년의 연대적 차이가 있고, 만화본이 漢譯歌이므로, 양본의 문장을 비교하여 상호간의 영향을 언급하기는 至難하다. 양본에는 差違點이 많으나, 이상 열거한 공통점에서 특히 양본만에 상통한 점이 있는 것으로 보면, 상산본이 만화본과 관련성이 있다고 생각한다(pp. 405~406). …… 3. 李古本과의 비교 : 이고본은 부분적으로 딴 이본과 유사점이 있지마는, 전체에 있어서 고대본과 「廣寒樓樂府」에 통하는 바 있다. 그 중 「광한루악부」에 더욱 가깝다. 이고본과 상산본과의 플롯을 비교하여 보면, …… 상이점이 너무 많아 양본을 別系라고 본다. 또 [이고본은] 상산본과 同系인 경판과도 상호 관련이 적다. 이고본을 경판에서 완판으로 발달하는 과정에 위치한다고 한 陶南說은 여기서 마땅히 시정되어야 한다. …… 4. 高大本과의 비교: 상산본과 고대본을 비교한 결과 등장인물과 플롯에서 차이가 많고 문장 서술이 판이하여 상호 영향이 없다고 보겠다(p. 406). …… 5. 京板本·安城板本·「別春香傳」(완산판)과의 비교 : …… 경판본의 플롯을 상산본과 비교하여 보면 일치한 것을 알 수 있다(p. 408). …… 경판본과 상산본의 분량을 보면 경판본이 16장으로 대략 14,000자이고, 상산본은 약 29,000자 가량 되니 경판본의 2배가 넘는다. 이것은 경판본에 없는 내용이 첨가되었고, 또 경판본에 한두 줄로 요약 표현한 곳을 구체적으로 타령조로 풍부하게 서술한 것이라고 생각할 수 있다. 그러면 상산본은 양적으로 2배가 넘고 경판본에 없는 사건과 삽입 가요, 긴 타령이 있는 것으로 보아, 상산본은 경판본을 補遺한 것으로 後來的이라고 추정할 수 있다(p. 411). …… 필자는 생각건대 常山本이 京板本의 後來本이 아니라 도리어 경판본이 상산본을 스토리 본위로 압축한 것으로, 경판본의 謄本이 바로 상산본이거나 상산본과 같은 體裁의 것으로 보는 것이다. …… 상산본은 원형을 그대로 간직한 直系本이며, 경판본은 상산본에서 또는 상산본의 底本에서 갈라진 傍系로 볼 것이다. 경판본의 내용을 자세히 보면 이별 전까지는 거의 문맥이나 삽입 가요 타령의 사설이 상산본과 일치되어 창곡본에서 그대로 옮긴 것을 알 수 있고, 그 이후는 改刪者 嗜好와 문학적 재질에 따라 潤色되어 동일한 대목의 표현이 상산본과 상이하다고 보겠다. 경판본은 「춘향전」 이본 중 분양이 가장 적은 면에서도 주목되지마는, 창곡 → 소설의 과정에서 창곡본이 소설로 된 것으로 그 위치는 중요하다. 따라서 聽者 대신에 讀者에 의존하게 되었으니, 「춘향전」은 창곡과 소설과의 二系統으로 내려 오게 되었다. 그런데 여기서 또 경판본과 플롯과 내용이 비슷한 安城板本이 있다.

이것은 16장인 경판본보다는 4장이 많은 20장으로 된 목판본이다. 金東旭교수가 밝힌 바와 같이 경판본과의 차이에는 行文中 음운적인 차이와 극소수의 어휘 문구의 차이가 있을 뿐이다. 初 10장까지는 같은 플롯에서 경판본이 오히려 자수가 많고 10장 이후에 있어서는 안성판본이 평균 2분지1 정도 자수가 많다. 안성판본도 경판본과 같이 상산본 또는 이 저본에서 나온 것이라고 본다(p. 412). …… 「別春香傳」은 경판본, 안성판의 저본이 아니고, 성행되었던 「춘향전」을 板刻하여 독서계에서 상품화하려 할 때 경비 관계로 상산본을 축소한 것이라 보겠고, 이 本의 판각이 너무 粗雜하여 상산본을 축소 改刪하여 출판한 것이 경판본·안성판본이라고 보겠다. 그러면 종래에 「별춘향전」이 경판본·안성판본으로 유입하였다고 보는 설은 시정되어야 한다. 常山本과 京板本, 安城板本, 完山板 「別春香傳」 이 四本의 관계를 圖示하면 다음과 같다.

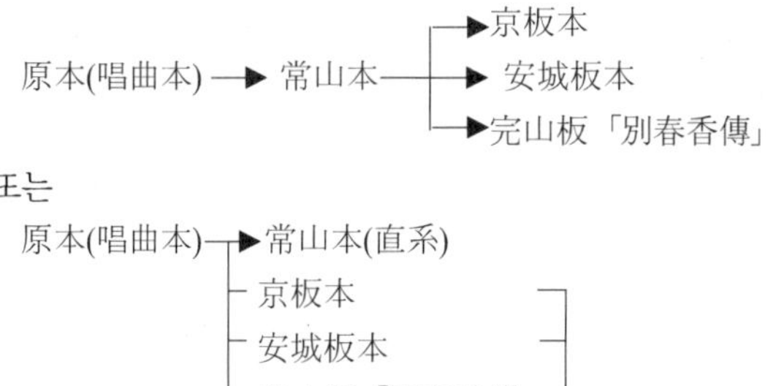

6. ‘古本春香傳’과의 비교: …… ‘고본 춘향전’은 상산본이 저본이며, 그 외 이고본·기타본에서 부분적으로 영향을 받았다(p. 413). 양본의 비교로써 ‘고본 춘향전’이 상산본을 저본으로 하여 六堂의 풍부한 문장력을 구사하여 「춘향전」으로는 가장 양이 많은 것을 이룬 것이 된다. 그리고 상산본으로 여러 「춘향전」 가운데 하나의 뚜렷한 간선을 잡게 되었다. 곧 어떤 창곡본에서 상산본이 나왔고, 경판본, 안성판본, 완판 「별춘향전」이 나왔고, 그 다음으로 상산본의 직계로 ‘고본 춘향전’이 뒤를 이어 나왔다(p. 416)(李在秀, “「春香傳」의 異本考,” 『韓國小說研究』[1973. 11], pp. 401~416 발췌 인용).

5) 이 「춘향전」[「別春香傳」]은 1840년대에서 50년대에 판각되어 간행되어 오다가 판이 완결되자 보판으로 갈아 그런 不整한 판본이 된 것 같다. 魚尾內 제목으로는 「春香傳」으로 되어 있으나 애초의 개판시 제목은 「春香傳」이거나 「春香歌」였을지도 모른다. 그것이 뒤에 「烈女春香守節歌」가 나오니까 애초의 제명을 고쳐 「別春香傳」이라 했을 것 같다. 그 증거로는 이 「별춘향전」의 사본인 權寧徹교수 소장본에는 「春香歌」로 되어 있기 때문이다(권교수본의 겉표지는 「成春香歌」이지만). 그러니 이 판본의 원명은 「春香歌」이었을 것이다. 그것이 「별춘향전」으로 補刻된 것은, 독자를 「열녀춘향수절가」에 빼앗겼기 때문이다. 그리고 이 「별춘향전」이 완본이 아닌 것은 金三不이 實見하였다는 가람 李秉岐선생 소장본 「별춘향전」의 마지막 장 ‘광대목도 쉬니 쿵쿵쿵쿵……’이란 대목이 안 보이기 때문이다. …… 이 「별춘향전」과 「열녀춘향수절가」는 같은 계통이면서도 서로 차이가 있음을 알 수 있다. 「별춘향전」이 광대 사설로 보면 「수절가」에 앞서 있으나, 읽는 이야기책으로서는 「수절가」가 나타남으로 해서 무색해져 퇴장된 것으로 추측하는 필자의 추정이 타당성이 있어 보인다(金東旭, “「別春香傳」에 대하여,” 『增補 春香傳研究』[1976. 8], pp. 438~440 발췌 인용).

6) 安城의 金相玉씨가 天安에서 구했다고 해서 가져온 이 이본 「烈女春香守節歌」는 完板의

결정판이라고 하는 84장본 「열녀춘향수절가」의 前板으로, 「춘향전」의 계보를 따지는 데 있어 중요한 의의를 가지기 때문이다. 본서는 간기가 '丙午孟夏 完山開刊'으로 되어 있어 1846년 간 33장본이다. …… 魚尾下 제목은 「春香歌」…… 표제만은 「烈女春香守節歌」로 되어 있다. 본서는 후판 「열녀춘향수절가」의 선행본임이 역연하고, 많은 행문이 같으나, 또한 차이도 상당히 있다고 보아야 할 것이다. …… 이러한 차이점을 다시 「別春香傳」과 대비하여 보면, 「별춘향전」의 조잡한 사설이 다시 이 병오판에서 일단 다듬어지고, 다시 84장본에서 보다 사설이 많은 「춘향전」으로 발전한 것 같다. …… 춘향의 신분 관계로 보더라도, 「별춘향전」이나 이 33장본 「춘향가」가 춘향의 신분이 기생인 데 비하여, 신재효본이나 84장본이 成千摠·成參判의 庶女 등 신분이 상승되어 있는 점으로 보더라도, 확연한 후래본인 것을 알 수 있다. …… 이 본이 나옴으로써, 84장본은 바로 갑오경장 이후에 이룩된 것을 알 수 있으며, 그러면 이는 개화기 이후의 「춘향전」이 되는 셈이다(金東旭, "丙午板 完山 三十三張本 「春香歌」에 대하여," 『增補 春香傳硏究』[1976. 8], pp. 443~451 발췌 인용).

7) 京版本과 常山本은 줄거리상으로는 아주 닮아 있는데 이 두 이본의 차이점을 좀더 살펴 보아야 할 것 같다. 一見 스토리 전개상의 차이라야 상산본에는 이도령이 암행어사가 되어 南行 도중에 山家 佛堂서 뭇선비들과 作詩하고 草墳에 가서 통곡하는 대목이 더 있고, 대신 경판본에 나오는, 허봉사가 獄으로 오다가 개천에 빠지고 춘향의 살을 만지는 淫詞가 없다. 다른 큰 차이는 없다. 그러나 근본적인 차이는 상산본에는 본문 시작 전의 虛頭歌가 있고, 전체 길이에 있어 경판본이 약 14,000자인 데 비해 상산본은 약 29,000자가 되어 분량면에서 거의 배가 되고 있다. …… 경판본에도 삽입 가요가 다소 있기는 하나 완판본 · 星斗本 B · 상산본보다는 훨씬 적고, 특히 재담 · 익살이 판소리가 '판의 예술'로서 존립하기 위한 가변적·현장성의 요구, 그리고 전승의 法統에 근거해야 하는 구비 문학적 요건, 이 두 가지의 요구가 융합되어 지향하는 바가 부분적인 개작, 첨가의 결과라고 할 때, 완판본 · 성두본 B · 상산본이 ―그 외 이 계열에 속한다는 李明善本 「춘향전」· 고대본 「춘향전」· 陶南本 「별춘향전」 들도 경판본보다 後來的인 것이라 추정할 수 있다. …… 華燭新房 장면을 완판본과 성두본 B를 비교하여 보면 완판본이 훨씬 더 淫詞的이며 삽입 가사가 많이 나타나 있는데, 이것은 어떻게 해석되어야 하는가? 성두본 B엔 사랑가 사설 하나밖엔 보이지 않으나 ―그것도 완판본의 사랑가에 비해 훨씬 짧다.― 완판본엔 이 외에도 '情字노래', '官字노래', '탈乘字노래' 등이 나오며, 음사도 훨씬 더 적나라하다. 만약 개작·첨가만을 염두에 둔다면 완판본이 더 후래적이라는 추정이 가능하나, 桐里가 당시 혼란스러운 판소리 사설들을 정리 개작할 때 鄭顯奭의 [5자 略] 말을 염두에 두었을 것이라 생각되어 오히려 桐里가 이런 부분은 삭제, 改刪했을 것이라고 생각된다. …… 완판본엔 두 가지 ― 多佳書舘[舖]의 것과 完西溪書舖의 것이 있는데, 李家源氏의 校註에 의하면 이것들은 同本이었는데 飜刻, 補版의 과정에서 표기상 다소의 차이만 있다고 하였다. 그러면 이 둘 중 어느 것이 시기적으로 더 오래된 것인가? …… 完西溪書舖의 것이 거의 단모음화가 일어나고 있어서 多佳書舘[舖]의 것보다 후래적임을 알 수 있다(朴善楨, "「春香傳」攷," 高麗大, 『語文論集』, 23[1982. 9], pp. 225, 227~229, et passim).

8) 전주에서 목판으로 출판된 완판 「춘향전」의 계통 내에는 30장본, 33장본, 84장본이 있다. 이 중에서 30장본 「별춘향전」은 異板이 있고, 이들이 확장되어 33장본과 84장본으로 나타났다. 가람[李秉岐]의 소장본이었던 30장본 「별춘향전」은 마지막 장에 '광대목도 쉬니 쿵쿵쿵쿵'이란

대목이 있었다. 하지만 현재는 남아 있지 않는 것 같고, 다만 『景印古小說板刻本全集』에 소개된 韓昌基 소장 30장본에는 이 내용이 없으므로 서로 이본임이 분명하다. …… 33장본의 刊記에 나타난 丙午는 1846년으로 추정되고, 이 판은 30장본 「별춘향전」의 발전적인 확대본으로 볼 수 있다. …… 30장본이 33장본으로 판이 달라짐에 따라 나타나는 이행 변이와 확대 변이 등의 변이 양상은, 30장본은 30장본의 소설 텍스트를 보고 확대하여 再刻한 것은 아니고, 30장본을 母本으로 한 판소리 사설이 발전 변이된 새 판소리 사설을 모본으로 하여 새로 板刻한 것임을 보여 준다. …… 84장본은 33장본의 발전적인 확대본이다. 30장본이 33장본으로 확대됨에는 후반에서 변화가 많이 일어나지만, 33장본이 84장본으로 확대됨에는 전반에서 변화가 많이 일어나므로, 30장본에 비하여 84장본은 전체의 내용이 고루 확대되는 발전적 변화를 가져 왔다. 이러한 변화의 뿌리는 판소리에서 나타난 사설의 변화에 있다. 30장본에서 84장본으로의 변이에는 장면 이행은 없으나, 장면의 확장에 의한 생성적 삽입이 많다. 또 84장본은 전반적인 성격이 춘향 중심으로 되어 있기에 月梅의 기능이 강조된다. …… 84장본은 기본 플롯은 33장본에서 다듬어진 내용을 토대로 수용하고, 여기에다 春香家의 내력을 중심으로 한 춘향의 출생, 성장을 생성적 확대로 첨가시켰다. 그 결과 춘향은 성참판의 庶女로 계층적인 상승을 획득했고, 월매는 월매대로 춘향을 통한 자신의 꿈을 실현하려 노력하고, 또 그 좌절에 당하여서는 그만큼 인간적인 恨을 고조시키게 되는 개성을 지닌 인물로 부각된다. 33장본에서 84장본으로의 확장이 보여 주는 이런 질적인 변화는 84장본이 坊刻 「춘향전」의 최대, 최고의 작품으로 정착하는 결정적인 요인이 되었다. …… 서울에서 방각된 경판은 35장본, 30장본, 17장본, 16장본이 학계에 소개되었고, 23장본은 서지에는 나와 있으나 그 대본이 확인되지는 않고 있다. 또 안성판 20장본은 경판의 이행으로 보이므로 경판에는 20장본도 있었을 가능성이 높다. 이러한 경판계의 이본들은 크게 두 계통으로 구분된다. 하나는 35장본계이고, 다른 하나는 30장본계다. 후자에 속하는 이본은 30장본 17장본, 16장본이다. 이들 두 계통우 모본을 달리한다. 경판 「춘향전」 가운데서 가장 신 내용을 지니며, 또 가장 초기의 판으로 판단되는 35장본은 경판의 대표 이본이다. 35장본은 현재 전하고 있는 전체 「춘향전」 중에서 서울의 소설 계통인 「南原古詞」 계통에 속하며, 이 계통의 초기본을 모본으로 축약하여 板刻한 소설계의 이본이다. 이 35장본은 「남원고사」 계의 대표적 이본인 「남원고사」, 동양문고본, 常山本의 어느 한 이본 또는 두 이본의 본문들과 일치하는 부분이 많다. 독자적인 한 이본으로는 「남원고사」와 가장 친근하지만, 「남원고사」 보다는 선행한 원 「남원고사」 계의 대본을 모본으로 하고 있다. …… 35장본은 서울의 이도령 이야기 후에 춘향의 꿈이 있으나, 30장본은 춘향의 꿈 이후에 서울의 이도령 이야기가 있다. 또 35장본은 이도령이 태평과에 급제하나, 30장본은 알성과에 급제하는 등 그 계통이 서로 다름을 알 수 있다. …… [30장본계] 각 이본의 내용을 비교하여 보면, 30장본이 축약되어 23장본이 되고, 이 23장본이 축약되어 한 계통은 17장본과 16장본이 되고, 또 다른 계통은 20장본이 되고, 이는 다시 안성판 20장본으로 옮아간 것으로 보인다. 17장본과 16장본은 동일한 본문인데, 16장본은 한 행의 글자 수를 더 많이 늘여서 결국 한 장을 줄이게 되었다. 20장본과 17장본이 서로 다른 하위 계통임은 17장본의 '북텬을'이 20장본에는 없고, 30장본에서는 '북쳔을'이 있음에서 실증된다(설성경, "坊刻本小說의 本文批評," 설성경·박태상, 『고소설의 구조와 의미』[1986. 6], pp. 413~414, 416~420, et passim).

9) '완판 30장본'은 현재 박순호본과 한창기본이 전하고, 이병기가 소장하였던 이본이 있었던

것으로 보고되어 있지만 실물이 전하지 않는다. …… 박순호본의 제목은 '별츈향젼이랴극상'이다. …… 그리고 23~24쪽, 31~32쪽은 낙장되어 없고, 1~4쪽, 35~38쪽, 45~48쪽, 55~56쪽은 판의 크기도 다르고, 字體가 '완판 84장본'과 같은 楷書體로 되어 있어, 이 부분은 '완판 84장본'이 나온 뒤에 補刻한 것이 분명하다. 마지막 행에 '어스쏘 힝장을 찰려 춘향이을 거늘려 경성으로 가다 광듸 목도 쉬니 쿵쿵쿵쿵콩쿵쿵쿵쿵'이 보이므로 이병기가 소장했던 이본과 동형의 이본일 것으로 추정된다. 간기가 없어 간행 연대를 알 수 없지만 이 이본을 모본으로한 '완판 33장본'이 丙午年(1846)에 간행된 것으로 보아 박순호본은 늦어도 1840년대 이전에 간행되었을 것으로 추정된다. 한창기본의 제목은 '별춘향젼이라'이다. 이 이본이 박순호본과 동일한 이본의 覆刻本 이라는 사실은 박순호본의 40쪽 마지막 행의 끝 부분인 '어니여여 여루 상수뒤요'를 삭제하고 그 자리에 '完山新刊'이라는 간기를 넣은 사실에서 확인할 수 있다. 한창기본은 박순호본의 복각본이기 때문에 두 이본의 체재는 동일하다. 다만 두 이본의 차이는 복각하는 과정에서 몇 개의 글자가 달라졌고, 마지막 장을 복각하면서 박순호본의 '광듸 목도 쉬니 쿵쿵쿵쿵콩쿵쿵쿵 쿵'을 빼 버린 정도이다. 이 이본 역시 낙장된 곳(17쪽, 22~24쪽, 33쪽, 55~56쪽)과 보각된 곳도 더러 있다. 박순호본의 낙장 부분인 31~32쪽은 한창기본에 있으므로 그 내용을 알 수 있지만, 23~24쪽은 한창기본에도 낙장되어 그 내용을 알 수 없다. 그러나 다행스럽게 '완판 30장본'의 전사본인 김일근본(「成烈傳」)과 권영철본(「春香歌」)이 전하고 있어 그 내용을 확인할 수 있다. …… 완판 33장본은 김동욱의 소장본으로 제목은 '열녀춘향슈졀가'이다. …… '丙午孟夏 完山開 刊'이라는 간기가 있으므로 1846년에 간행된 것이 분명하고, 본문 끝에 '오자 낙서 많사오니 살펴보압'이라는 구절로 보아 필사본을 모본으로 판각한 이본임을 알 수 있다. '완판 84장본'은 갑오경장 이후 완서계서포에서 간행한 이본으로 김동욱의 소장본이다. 제목은 '열여춘향슈졀가' 이고 …… 해서체의 상하 합책 84장(상 45장, 하 39장)이다. 판심의 어미는 상하내향흑어미이고 '완서계서포'라는 간기가 있다. 그런데 완판 84장본에는 김동욱본과 약간 다른 두 종류의 이본이 전하는데, 김광순본과 조윤제본이 그것이다. 이들 두 이본은 改刻 또는 補刻過程에서 몇 개의 글자를 수정한 것 이외는 김동욱본과 동일하지만 序頭의 紋樣과 題名이 약간 다르다. 또한 김동욱본과는 달리 간기가 없는 것이 특징이다. …… 그리고 계명대본은 김동욱본과 동일하고, 김무조본은 김광순본과 동일하고, 국립도서관본은 조윤제본과 동일하다. …… 서두 행문 비교를 통해 '완판 33장본'은 '완판 30장본'을 모본으로, '완판 84장본'은 '완판 33장본'을 모본으로 간행한 동일 계통의 이본임을 분명하게 확인할 수 있다. 앞에서 '완판 84장본'에는 세 종류의 이본이 전하고 있다고 한 바 있다. 이 세 이본 사이에 내용이 달라진 것은 전혀 없고, 차이는 [5자 略] 몇몇 어구가 달라진 정도에 불과하다. …… 이상에서 살핀 완판 방각본 춘향전의 계통 관계를 그림으로 나타내면 다음과 같다.

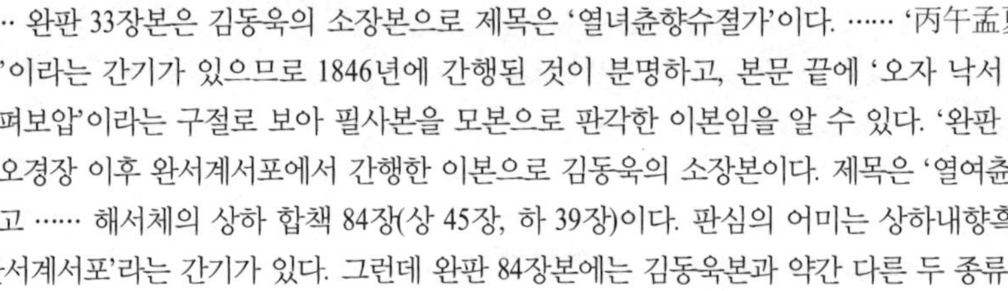

박순호본 → 한창기본(복각본)

완판 30장본 ↗

↘

완판 33장본 ↘

(1846)　　　김동욱 84장본　→　김광순본　→　조윤제본

　　　　　　계명대본　　　　　김무조본　　　국립도서관본

　　　　　　　　　　　　　　　(복각본)　　　(복각본)

(김석배, "완판 방각본 「춘향전」의 이본 연구: 계통과 변모 양상을 중심으로," 金烏工大, 『論文集』, 15[1994. 12], pp. 354~357 발췌 인용).

10) '극상'[박순호 소장 29장본 「별춘향전이라 극상」]에서 특히 주목할 것은 제일 마지막 장의 결말이 '한본'[한창기 소장 29장본 「별춘향전이라」]과 달리 '어스쏘 힝장 찰려 츈향이을 거늘려 경성으로 가다 광딕 목도 쉬니 쿵///////'으로 되어 있어, 지금은 사라진 '가람본'의 결말과 같은 점이다. 우선 이 점으로 본다면 '극상'과 '한본'은 차이가 있다. 그렇다면 '극상'과 '한본'의 관계는 어떠한가. '한본'은 이러한 결말이 없을 뿐만 아니라 '극상'과 몇 가지 점에서 차이가 있다. '극상'이 그 자체 여러 번 보판한 역사를 그대로 지니고 있음에 비해, '한본'은 그 전체를 새로 판각한 것으로 보인다. 그리고 '한본'은 전체가 초서 지향의 행서인 것으로 보아, 부분적으로 해서체가 있는 '극상'보다는 먼저 출판된 것으로 보인다. 이 두 본의 저본이 동일본인지는 단정하기 어려우나 체제나 행문이 거의 일치하는 것으로 보아 그럴 가능성이 높다. …… 양 본의 저본은 동일했을 가능성이 매우 높다. 따라서 양 본의 들쭉날쭉한 체제는 그 저본의 체제가 그러했기 때문이었음을 알 수 있다. 행문 역시 일치하며. 두 본 사이에 삽화의 차이는 없다. 다만 어구와 표기상의 차이가 더러 있을 뿐이다. 그리고 '한본'은 장20 뒤 쪽 끝에 '完山新刊' 이라고 밝히고 있다. 이로 보아 '한본'은 '극상'과는 다른 출판사에서 낸 것으로 추정된다. …… 이 자료[임형택 소장본]는 내제가 '별츈향젼이라'로 되어 있는 26장본의 완판본으로, '戊申 季秋完西新刊'이란 간기가 있다. 역시 낙장이 더러 있는데, 검토해 본 결과 한 번 내지 두 번은 보각된 판본으로 판단되고, 간기의 '무신'은 1908년으로 보인다. 내용상 이 자료는 '극상'이나 '한본'과 비교해 볼 때 상당한 차이(내용의 축약된 표현이나 삽화의 차이)가 있어 이들과는 계통이 다른 「별춘향전」이라고 할 수 있다. 즉 내용과 표현에서 동일 계통이라고 하기는 어렵다. 즉 현재까지 수습된 자료로 볼 때 완판 「별춘향전」에 두 계통이 있었던 셈이다(김종철, "「별춘향전」의 복원," 『亞洲語文研究』, 2[1995. 12], pp. 94~95; 98, et passim).

11) '26장본'의 자료적 가치는 무엇보다도 완판 「별춘향전」에 '29장본' 외에 새로운 계통이 있었음을 보여 주는 데 있다. 이로써 기존의 '29장본' → '33장본' → '84장본'의 완판 계열 외에 '26장본'의 계열을 세울 수 있게 된 것이다. 아울러 '29장본' 외에 '26장본'의 「별춘향전」의 출현으로 19세기 중엽엔 기존 판본 「춘향전」에 맞서는 '별' 「춘향전」의 출판이 거듭되었으며. '33장본', '84장본'의 출현과 나란히 「별춘향전」도 보각(補刻)의 형식으로 거듭 출판되었음을 알 수 있게 되었다. 또 두 계통의 「별춘향전」[26장본과 29장본]의 등장은 그 전제로서 호남 지역에 상당한 인기를 끈 판본 「춘향전」의 존재를 인정하지 않을 수 없게 한다. 다시 말해 19세기 초엽에 「춘향전」은 판본으로 출판되어 상당한 인기를 누렸다고 보아야 한다. 이 '26장본'은 '29장본'과 마찬가지로 절략본 형태의 출판이다. 이것은 이 자료를 「춘향전」 또는 「춘향가」의 초창기 모습으로만 간주해서는 안 된다는 의미이다. 이미 '26장본'에서 춘향의 신분은 이도령과 결연 후 대비정속하고 있어서 신분상의 변동이 일어나기 시작하고 있다. 즉 「가사춘향가이백구 歌詞春香歌二百句」[晚華本, 1754]에서의 신분과는 차이가 있는 것이다. 그런가 하면 춘향의 해몽 단락이나 암행어사의 남행 순서가 '29장본'이나 '33장본' 등과 서로 동일하지 않다. 또 사설이나 삽화에서 '29장본'과 상당한 차이를 보이고 있다. 19세기 중엽에 계통이 다른 두 「별춘향전」이 성립했다는 것은, 이 당시 「춘향가」와 「춘향전」이 사설과 삽화에서 상당히 풍부한 단계에 도달해 있었음을 말해 준다. 비슷한 시기에 「남원고사」 같은 장편의 「춘향전」이 서울

쪽에서 성립했음을 감안한다면 그에 상응하는 호남 쪽에서의 「춘향전」의 발달도 충분히 상정할 수 있는 것이다(김종철, "완서신간본 完西新刊本 「별춘향전」에 대하여." 『판소리硏究』, 7[1995. 12], pp. 45~46).

12) [최남선의] 「고본 춘향전」은 「南原古詞」, 동양문고본 「春香傳」, 동경대학본 「春香傳」과 함께 경판본 「춘향전」에 속하는 것이다. 따라서 이들은 대체로 비슷한 플롯으로 되어 있으며, 세부 묘사에 차이를 보일 뿐이다. 이들 이본을 장면에 따라 구체적으로 비교해 보면 동양문고본 「春香傳」과 동경대학본 「春香傳」이 가장 밀접한 관계를 갖는다. 같거나 비슷한 장면이 89개 가운데 56개나 된다. 동경대학본은 「南原古詞」와도 밀접한 관계를 가진다. 그러나 동양문고본과 비교하면 소원한 편이다. 비교적 같거나 비슷한 장면이 34개 있을 뿐이다. 동양문고본과 「南原古詞」의 관계는 이들 삼자 간에 가장 소원한 편이다. 「고본 춘향전」은 위의 세 이본 가운데 동양문고본과 가장 가까운 것이다. 이들의 관계는 어느 이본과의 관계보다 밀접한 것이다. 그러나 이들은 서로 가까운 것일 뿐 같은 것은 아니다. 따라서 동양문고본이 바로 「고본 춘향전」의 저본이라고 할 수는 없다. 「고본 춘향전」과 동양문고본을 비교해 보면 49개 장면이 개고되었는데 의미 있는 개고가 33개 장면이나 된다. 따라서 광범한 개작을 하였다고 할 수 있다. 「고본 춘향전」의 표현 특성은 표현상 가장 가까운 동양문고본과 그 이동을 비교함으로써 드러날 수 있다. 「고본 춘향전」은 중국적 요소를 한국화하고, 외설적인 사설과 저속한 사설 및 해학적 표현을 제거한 것이 가장 두드러진 표현 특성이라고 할 수 있다. 이 밖에 부조리한 표현을 조정하고 쉬운 문장으로 개작하였는가 하면, 바른 말과 바른 표현으로 교정한 것이 그 다음 특성이 된다. 이 밖에 바람직하지 않은 표현의 교정 및 개악도 「고본 춘향전」이 안고 있는 특성 가운데 하나이다. 「고본 춘향전」은 이러한 표현 특성을 지니고 있기 때문에 흥미 오락적 성격이 약화되고, 교훈 설교적 성격이 강화되었다고 할 수 있다. 이런 의미에서 동양문고본 「춘향전」을 민중 문학, 서민 문학이라 한다면, 「고본 춘향전」은 趙潤濟(1957)가 이르듯 귀족 문학이라 할 수 있을 것이다(朴甲洙, "古本 「春香傳」의 位相과 表現 (下)," 『先淸語文』, 25[1997. 12], pp. 124~125).

13) 현재 전해지고 있는 「춘향전」의 한문본은 모두 8종으로서, 柳振漢의 「春香歌」(1745?), 睦台林의 「春香新說」(1804), 水山의 「廣寒樓記」(1845?), 尹達善의 「廣寒樓樂府」(1851), 呂圭亨의 「春香傳」(1915?), 劉喆鎭의 「漢文春香傳」(1917), 李能和의 「春夢緣」(1919), 李家源 「春香歌」(1979) 등이다. 이들 가운데 대부분은 근래에 발굴된 것이며 따라서 앞으로 새로운 이본이 발굴될 가능성은 아직도 남아 있다. 이들 한문본들은 각기 다른 특성을 가지고 있기 때문에 더 이상의 하위 분류가 쉽지 않다. 편의상 작품의 형식을 기준으로 이들을 분류해 보면 크게 세 가지 유형으로 나누어진다. 첫째는 漢詩 형식의 작품으로 '晩華本', 「廣寒樓樂府」, '淵民本' 등이 이에 속하고, 둘째는 小說形式의 작품으로 「春香新說」, '劉喆鎭本' 등이 이에 속하며, 셋째는 戲曲形式의 작품으로 「廣寒樓記」, '呂圭亨本', 「春夢緣」 등이 이에 속한다(鄭夏英, "「春香傳」 漢文異本群 硏究," 『省谷論叢』, 29: 1[1998. 8], p. 110).

14) 「懸吐漢文春香傳」[兪喆鎭 저작 겸 발행]은 「春香新說」류의 동종본을 저본으로 개작한 작품으로 성격을 규정하여야 할 것이다. 양본을 대조해 보면 상당한 이동이 보이는데, 대체로 「현토 한문 춘향전」이 「춘향신설」에 비해 축소·생략된 감이 있다. 그러나 개작자는 나름대로의 「춘향전」에 대한 작품 인식에 따라 일관성 있게 첨삭·가감하여 「춘향신설」과는 또다른 작품

세계를 구축하고 있다. 더군다나 「춘향신설」은 끝 부분이 결락되어 있는데, 이는 「현토 한문 춘향전」을 참고해야 할 것이며, 반대로 「현토 한문 춘향전」에는 서문이 없는데, 이는 「춘향신설」의 서문을 참고해야 할 것으로, 양본이 상호 보완 관계에 있기 때문에 양본의 가치를 서로 인정해야 할 것이다(許鎬九·姜在哲 共譯, 『譯注 春香新說·懸吐漢文 春香傳』[1998], p. 23).

15) [완판 방각본 「별춘향전」 이본 중] 첫째, '임[형택]26장본'의 초간본은 1850년대 전후에서 1890년대 사이에 출판되었고, 현재와 같은 '임26장본'은 적어도 두 차례 이상의 보판을 거쳐 1908년에 출판된 것이다. 그리고 부분적이지만 '박[순호]29장본', '경판30장본'과 강한 친연성을 지니고 있고, 농민 독자층의 구매력에 맞추기 위해 생산비를 절감하는 과정에서 대폭적인 축약이 이루어진 염가의 보급판이다. 류탁일교수 소장의 『통감』 뒷표지 안쪽에 붙어 있는 「춘향전」의 낱장은 '임26장본'과 동일한 판목에서 인행된 것인데, '임26장본'이 초인본이고 낱장이 후인본이다. 그리고 제명에 '별'자를 내세운 것은 경쟁 관계에 있던 '경판30장본', '경판35장본'과는 다른 '새로운 「춘향전」'이라는 점을 부각시키기 위한 것이다. 둘째, '박29장본'은 「춘향가」 창본을 바탕으로 축약한 것으로 몇 차례의 보판 과정을 거쳤고, 그 과정에서 다른 「춘향전」과 차별화하기 위해 내제 앞부분에 문양과 '극상'을 붙이고, 본문 초두를 음각하였다. '한[창기]29장본'도 몇 차례 보판을 거듭한 판본인데, 新刊임을 강조하고 분권을 목적으로 '完西新刊'이란 刊記를 넣었다. 그리고 실물본의 경우는 '한29장본'이 '박29장본'보다 먼저 출판되었지만, 초간본의 경우는 오히려 '박29장본'이 '한29장본'보다 먼저 출판되었다. 이들 역시 생산비를 낮추기 위해 대폭적으로 축약된 염가의 보급판이다(김석배, "완판방각본 「별춘향전」의 성격," 『한국문학논총』, 26[2000. 6], pp. 17~18).

16) 서사 단락과 장면 구성과 주요 인물의 형상화를 통해 완판 계열은 크게 세 계열로 묶어볼 수 있다. '완판 26장본' 계열과 '완판 29장본'·'완판 33장본' 계열과 '완판 84장본' 계열이 그것이다. '완판 26장본'은 완판 아에서두 새로운 계열로, 이 텍스트는 '완판 29장본'·'완판 33장본'이나 '완판 84장본'과는 다른 저본을 대상으로 판각되었다. 이 텍스트는 다른 세 개의 이본과는 달리 삽화들이 대거 소거되어 있고, 그런 까닭에 골계미보다는 텍스트 전체의 미학이 비교적 진지한 쪽으로 실현되고 있다. 「춘향가」적인 속성보다는 쉽게 유통되고 읽을 수 있는 「춘향전」의 성격이 강하다. '완판 29장본'과 '완판 33장본'은 서사 단락과 장면 구성과 행문 등을 통해 볼 때 같은 저본을 대상으로 판각되었다고 할 수 있다. 이 이본들은 서사 대목의 순서만 약간 다를 뿐, 전반적으로 거의 비슷한 텍스트들이다. 삽입 사설과 적절한 일련의 삽화를 통해 골계미를 구현하면서 텍스트의 흥미성을 드러내고 있다. 특히 '완판 33장본'은 삽입 가요가 보다 풍부하게 수용되어 있다. '완판 84장본'은 장면 구성과 삽입 사설의 측면에서 완판 계열에서 새로운 이본으로 변이되고 있다고 할 수 있다. '완판 84장본'은 '완판 29장본'이나 '완판 33장본'이 저본으로 삼은 텍스트나, 아니면 이 두 텍스트를 어느 정도 참고로 하여 장면 구성과 삽입 사설의 측면에서 새로운 방향으로 이동하고 있는 텍스트이다. '완판 29장본'이나 '완판 33장본'에는 없는 삽입 사설과 장면 구성은 '완판 84장본'을 새로운 계열로 자리매김할 수 있게 한다. …… '완판 84본'은 '완판 29장본'과 '완판 33장본'이 저본으로 했을 어떤 텍스트를 참고로 하고, 신재효의 '남창 춘향가'와 '장자백 창본'을 절충하면서 창본이 지니는 삽입 가요를 널리 수용하고 있는 텍스트이다. 덧붙여 '완판 84장본'은 춘향을 여염집 처자로 승격하고, 전반부의 이도령은 해학적인 인물로 형상화하고 있으며, 후반부에는 의연한 어사로서의 모습을

부각시키면서 합리적인 서사 전개를 고려하고 있는 텍스트이다. 이런 완판 「춘향전」을 세 계열로 나누는 과정에서 '완판 26장본'은 '경판 30장본'과 친연성이 두드러짐을 알 수 있었다. '경판 30장본'의 전반부는 「남원고사」와 유사하고, 후반부는 '완판 26장본'과 행문에서도 유사한 점은 경판과 완판이 별개의 「춘향전」이나 「춘향가」를 저본으로 하여 개별적으로 분화·발전한 것만이 아니라는 것을 보여 준다. 이런 양상은 '경판 30장본'과 '완판 26장본'이 같은 계통의 저본을 바탕으로 판각되었음을 짐작하게 해 준다. 이 점은 경판과 완판이 독자적으로 분파된 것이 아니라 분명히 어떤 접합점을 지니고 있다는 것을 반증하는 것이다(김문희, "완판 「춘향전」 의 계열과 위상," 『古小說硏究』, 10[2000. 12], pp. 110~111).

17) 연경본[「별춘향전」]의 주요한 특징으로는 다음의 몇 가지를 들 수 있다. 우선 이도령이 춘향을 광한루에서 처음 보았을 때의 장면이다. 즉 연경본에서는 이도령이 멀리서 춘향의 모습을 보고, 방자에게 불러 오라고 한다. 그러나 춘향은 오지 않고 방자에게 이도령을 밤에 집으로 모시고 오라는 말을 전할 뿐이다. 한편 '연경본'에서 춘향의 신분은 창기로 설정되어 있다. 이도령이 춘향을 창기로 알고서 접근했을 뿐 아니라, 춘향 스스로도 자신이 창기라고 말하고 있다. 춘향의 신분이 창기라는 사실과 관련되지만, 연경본에는 불망기[수기]가 보이는데, 불망기 의 내용이 상당히 자세하다. 또 연경본에서는 이도령과 춘향의 이별 장면이 확대되어 있다. 물론 다른 이본들에서도 이도령과 춘향의 이별 장면은 매우 중요한 부분이다. 연경본에는 춘향과 이도령이 춘향 집에서 이별한 다음, 이도령이 행장을 차려 떠날 때 춘향은 또 밖에 나가서 전송한다고 음식을 장만한다. 그리고 춘향은 향단이와 전송하러 가서 수풀 속에 있는데, 이도령이 춘향의 울음 소리를 듣고 수풀로 와서 다시 수작하고 이별한다. 이때 방자가 와서 재촉한다. 또 이도령은 가다가 마부를 속여 되돌아와서는 춘향이에게 그만 울음을 그치고 집으로 돌아가라고 타이른다. 이렇듯 연경본에서는 춘향과 이도령의 이별 장면을 퍽 자세하게 서술하고 있다(박희병, "「별춘향전」," 李相澤 외 3인 엮음, 『고전소설의 기초 연구』[2001. 10], pp. 101~102).

18) 경판 「춘향전」에는 세책(貰冊)으로 유통되던 장편의 「춘향전」에 기초한 전통적인 흐름이 한 줄기 이어지고 있었고, 이에 대항해서 새로운 변화와 유행을 적극적으로 반영한 새로운 흐름이 형성되었다. 전통적인 흐름을 반영하는 것이 '경35'라면, 새로운 흐름을 반영하는 것은 '경30'이라고 할 수 있다. 그러나 '경30'이 서울 지역 「춘향전」에서 새로운 흐름을 반영하고 있다고 해서 반드시 '경35'에 후행한다고 볼 수는 없다. 왜냐하면 새로운 흐름이 생성되고 상당 기간 동안은 두 흐름이 치열하게 경쟁했을 것이기 때문이다. 경판 「춘향전」에서 이러한 신·구 흐름의 경쟁 양상을 '경30'과 '경35'에서 찾아볼 수 있다. 이 경쟁은 경판 방각본 내에서는 '경30'의 압도적인 승리로 귀착되었던 것 같다. 그러나 서울 지역에서는 여전히 세책의 형태로 「춘향전」이 독자들에게 읽히고 있었으므로, 결국 이 두 흐름은 「춘향전」 시장을 양분했다고 할 수 있겠다. 완판 「춘향전」에서도 이와 유사한 양상을 찾아볼 수 있다. '완26', '완29' 등이 상대적으로 전통적인 흐름을 반영하고 있는 이본이라면, '완33', '완84'는 새로운 흐름을 반영하 고 있는 이본으로 파악할 수 있다. 완판 「춘향전」에서의 경쟁 양상은 '완29'와 '완33'에서 확인할 수 있으며, 경판본에서와 마찬가지로 완판본에서도 경쟁의 결과는 새로운 흐름의 승리로 귀결되었던 듯하다. 한편 경판 「춘향전」과 완판 「춘향전」은 서로 전혀 독자적인 발생 · 발전 과정을 거쳐 온 것이 아니었다. 거시적인 차원에서의 「춘향전」 변모의 흐름을 공유하고

있었고, 또 일정한 교섭을 주고받았을 것으로 보이는데, 그 구체적인 양상을 '경30'과 '완26'에서 발견할 수 있었다. 상당히 많은 분량에서 행문 차원의 친연성을 보이는 이 두 이본을 대상으로 그 영향 관계를 추적해 보았는데, 19세기 후반의 「춘향전」 존재 양상을 추측할 수 있는 몇 가지 기록을 통하여, 서울의 「춘향전」이 지방에 영향을 미쳤을 가능성이 상대적으로 높다는 사실을 알 수 있었고, 이를 토대로 '경30' 또는 '경30'과 매우 유사한 행문을 가진 '경30'의 저본이 '완26'에 영향을 준 것으로 생각했다(사성구 · 전상욱, "「춘향전」 이본 연구에 대한 반성적 고찰: 경판본과 완판본을 중심으로," 『춘향전 연구의 과제와 방향』[2004. 1], pp. 190~191).

〈판본연대〉

【增】

1) 京板 「春香傳」과 完板의 「別春香簿」이 先行하고, 완판의 [烈女春香]守節歌」가 이 뒤에 온다는 추측을 명확히 할 수 있다면, 「수절가」의 간행 연대는 高宗 10[1873]여 년경이 되겠고, 이 완판이 성행하게 되자 이보다 선행한 古「춘향전」은 「별춘향전」으로 퇴행하게 된 것으로 믿어진다. 완판의 「수절가」도 2본이 있어 먼저 존재해서 磨滅될 듯하기에 그대로 覆刻하면서도 간혹 어구에 출입이 있게 된 것이다(金東旭, "板本攷: 한글小說 坊刻本의 成立에 대하여," 『春香傳硏究』[1965. 8], p. 400).[139]

2) [동양문고본 「춘향전」의] 필사 연대는 1900년 庚子에서 1924년 甲子 연간에 걸친 것으로 추정된다. 제1~4권은 '긔유'요, 제 5, 7, 9, 10권은 '신희'로 되어 있다. 제6권은 '갑지'로 되어 '갑자'의 誤記로 보이는데, 이것은 필체가 달라 後寫本으로 추정케 한다. 제8권은 '경즈'로 되어 있는데 다른 帙의 필사본이 끼어든 것으로 보게 한다. 그것은 세책이었던 듯 낙서가 많은 것이 그렇게 추정케 한다. 따라서 본 「춘향전」은 1909년에서 1911년 사이에 필사된 것으로 봄이 온당할 것으로 보인다. 본서는 그 내용과 표현으로 볼 때 崔南善의 「古本 春香傳」과 함께 「南原古詞」와 같은 계통의 이본이다. 필사 연대로 보면 「남원고사」가 1864(甲子)년에서 1869(己巳)년 사이에 이루어졌고(金東旭, 1979: 20), 「고본 춘향전」이 1912년 최남선에 의해 개작되었으니, 東洋文庫本은 시대적으로 이들 두 異本 사이에 놓이는 것이다. 동양문고본은 「남원고사」와 비교할 때 좀더 장편에 속하는 것으로, 그 구성도 짜여진 것이다. 익살스러운 사설과 외설적인 사설이 부연되었으며, 필연성이 적은 가요나 사설이 생략되었다. 이러한 특징은 동양문고본이 필사 연대만이 아니라, 작품 자체가 후대에 이루어진 것임을 의미하는 것이라 하겠다(朴甲洙, "東洋文庫本 「春香傳」(1)," 『語文硏究, 51[1986. 10], p. 398).

---

139) 『增補 春香傳硏究』(1976)에서는 아래와 같이 약간의 文面 수정이 이루어졌다.
　　"京板 「春香傳」 30장본과 完板의 「別春香簿」 30장본, 「春香歌」 33장본이 先行하고, 완판의 84장본 [烈女春香]守節歌」가 이 뒤에 온다는 추측을 명확히 할 수 있다면, 33장본이 丙午(1846)이므로 「별춘향가」의 원본 「춘향가」는 이보다 선행되고, 84장본 「수절가」의 간행 연대는 훨씬 후기인 甲午更張 뒤가 되겠다. 이것은 申在孝本에 "다른 歌客 '夢中歌'는 黃陵廟에 갔다는데 云云"라 있음은 병오본을 가르친 것으로, 그는 갑오경장 10여 년 있어 죽었으므로, 成千摠의 庶女에서 成參判의 서녀로 신분이 상승된 것을 勘案하면, 84장본은 갑오경장 이후의 刊本이다. 이 33장본이 성행하게 되자, 이보다 선행한 30장본 「춘향전」은 「별춘향전」으로 퇴행하게 된 것으로 믿어진다. 완판의 「수절가」도 3본이 있어 먼저 前板이 磨滅될 듯하기에 그대로 覆刻하면서도 간혹 어구에 출입이 있게 된 것이다(金東旭, "板本攷: 한글小說 坊刻本의 成立에 대하여," 『增補 春香傳硏究』[1976. 8], pp. 400~401).

3) 작품 말미에 나타나 있는 ‘戊申季秋完西新刊’이라는 간기(刊期)는 초간(初刊)의 것이 아니라 보각 출판 때의 것으로 보아야 한다. 문제는 이 ‘무신’년을 1908년, 1848년 중 어느 것으로 보느냐인데, 대체적인 정황으로 1908년으로 보는 것이 타당하지 않을까 한다. 우설 보각된 부분의 자체(字體)가 해서체인데, 이는 「유충렬전」에서 보는 바와 같은 후기 완판본의 종후횡박(縱厚橫薄)형 자체(字體)에 가깝다. 한 연구에 따르면, 이 종후횡박형 자체는 20세기 초엽에 완판본에 등장했다고 한다. 그러니까 이 완서신간본의 간기 ‘무신’년은 1908년으로 볼 수 있다. 그렇다면 이 「별춘향전」의 초판은 언제 출판되었느냐 하는 문제가 남는데, (가)형의 행서체를 두고 볼 때 대체로 19세기 중엽으로 볼 수 있지 않을까 한다. …… 그렇다면 이 완서판[26장본]은 ‘29장본’과 선후 관계가 어떻게 되는가? 지금 우리가 접하는 자료 자체의 출판 연대로서 그 선후 관계를 따지기는 어렵다. 다만 한창기 소장 ‘29장본’의 출판 연대를 19세기 후반기로 본다면, 현재의 ‘26장본’은 1908년에 출판된 것으로 볼 수 있으므로, 시기적으로 늦게 출판되었다고 하겠다. 그러나 박순호 소장 ‘29장본’과 이 ‘26장본’ 모두 보각 출판된 것이기 때문에, 그 초판의 출판 연대 상의 선후 관계는 가늠하기 어렵다. 그런데 내용의 측면에서 볼 때 이 ‘26장본’은 ‘29장본’과 거의 비슷한 시기거나 조금 늦게 등장한 것이 아닐까 한다(김종철, “완서신간본 完西新刊本 「별춘향전」에 대하여.” 『판소리硏究』, 7[1995. 12], p. 31 및 p. 37).

국문필사본

(별춘향가 / 별춘향전)

별춘향전 춘향전	경상대[漢目](D7B별817아천)	1(75f.)
【增】 별츈향젼이라	박순호[家目]	1(29f.)
【增】 별춘향전	임형택[莽蒼蒼齋 家目]	1(신해[1911]납월, 55f.)
【增】 별춘향가	정명기[尋是齋 家目]	1[140]
별츈향전 단	충남대[鶴山] (고서 集 小說類 1940)	1([표지]긔유연十一月八日입셔라, [말미]긔유연十二月초一日필셔라, 이칙쥬난청쥬붕면북강니니화상사년박슌명일너라)

(성렬전)

별춘향전이라 성렬전	김일근[건국대, 『人文科學論叢』, 1]	1

(열녀춘향수절가)

【增】 열여츈힝슈졀가라	김종철[家目]	2-1(大正五年[1916] 丙辰 三月日 金某書, 97f.)
【增】 烈女成春香守節歌	박순호[家目]	1(국한문 혼용, 戊申十一月二十五日書, 48f.)
【增】 열녀춘향슈졀가라	박순호[家目]	1(壬戌十二月二十八日終,

---

140) 「초한가」와 합철되어 있다.

		忠淸南道大田郡漢德面法洞里, 권씨셔택책, 85f.)
【增】 열녀춘향수절가 佳人傳	정명기[尋是齋 家目]	1
【削】 열여춘향전	정문연(D7B-67)	1(90f.)[141]
(옥중가인)		
옥즁가인젼	고대[신암](C15-A88)	(낙장 16f.)[82]
【削】 [142]訂正五刊獄中花 春香歌	정문연(D7B-142)/[韓古目] (764: R16N-001137-10)	1(乙卯正月二十七日始丙辰 正月二十六日終, 78f.)
(옥중화)		
【增】 獄中花 春香歌演訂	김종철[家目]	1(국한문 혼용, 癸丑二月晦日 獄中花終, 37f.)
【增】 옥중화 獄中花	미도민속관[생활사 도록](29)	1(乙未年拾貳月拾貳日出發 丙申年正月拾九日終)
【增】 옥중화 춘향가 연정 (演訂)	박순호[家目]	1(80f.)
옥즁화 춘향전	정명기[尋是齋 家目]	1(庚子)
(訂正五刊獄中花 春香歌 最新小說雪中梅	정문연(D7B-142)/[韓古目] (764: R16N-001137-10)	1(乙卯正月二十七日始丙辰 正月二十六日終, [末尾]등셔 인황신오 칙쥬 황신오, 78f.)[143]
(춘향가)		
【增】 츄양ᄀ라 獄中花 春香歌	미도민속관[생활사 도록](52)	1(江原道三陟郡未老面活耆 甲 冊主李寶榮)
【增】 츈향가 獄中花	박순호[家目]	1(상: 乙卯正月, 54f.)[144]
【增】 춘양가	여태명[家目](150)	1(35f.)
【增】 춘양가 상하	홍윤표[家目]	1(충청남도 청양군 광시면, 청양 광시면 책주 김봉학, 40f.)
(춘향전)		
춘향전	계명대[古綜目](의811.35춘향젼)	1(丙午)
리도령 춘양전	金大[평양: 고소해제 /고전문학선집, 41, 해제]	1
【增】 (춘향전)	김종철[家目]	1(낙장 18f.)
【增】 (춘향전)	김종철[家目]	1(낙장 74f.)
【增】 (춘향전)	김종철[家目]	1(낙장 30f.)
【增】 (춘향전)	김종철[家目]	1(낙장 65f.)[145]

---

141) 「춘향전」조로 옮김.
142) 「옥중화」조로 옮김.
143) 「옥중가인」조에서 이 곳으로 옮김.
144) 「증타령」(1f.) 합철.
145) 천병식교수 구장본.

차

【增】 열여츈향젼 春香傳單	김종철[家目]	1([표지]칙쥬쥬의홍션달리라, 辛亥四月旬三日架, 56f.)
【增】 춘향전 단이라	김종철[家目]	1(국한자 혼용, 69f.)[146]
【增】 춘향전이라 春香傳	김종철[家目]	1([표지]丙辰季秋補衣, [말미]경즈이월이십이일의셩평이라, 48f.)
이몽룡열녀첩춘향전	김진영[『국어국문학』, 123]	1(국한자 혼용, [표지]冊主 李氏宅, 辛卯□……, 癸丑戊戌未時始畢, 諺文眞書釋計作 誤字落書納汝看, 李夢龍烈女姜春香傳, 낙장 30f.)
츈힝젼	동국대[古](813.5춘92ㅊ)	2-1(新元[1914]正月十六日初端[서두]黃仲景畢, 海東朝鮮國慶尙南道泗川郡郡內面貞義洞 注禹德春冊主, [말미]甲寅年正月 黃仲景抄記, 69f.)
【增】 춘향전	박순호[家目]	1(全羅南道谷城郡玉果面武昌里, 冊主洪?化, 70f.)
【增】 춘향전 권지단권이라	박순호[家目]	1(국한문 혼용, 尙州郡洛東面柳谷里, 48f.)
【增】 춘향전 권지라	박순호[家目]	1(66f.)
【增】 츈향젼이라	박순호[家目]	1(국한문 혼용, 42f.)
【增】 춘향젼	박재연[家目]/[中韓飜文展目(2003)]사회과학원도서관(평양)/[고전문학선집, 41, 해제]]	1
춘향전 단		1
【增】 춘향전	설성경[『춘향예술사자료총서』, 7(1998)]	1
【增】 츈향젼 상/하	이태영[家目]	2-1
춘양전	인민대학습당(평양)[고소해제/고전문학선집, 41, 해제]]	1
【增】 춘향전 셩춘향전	정명기[尋是齋 家目]	1
【增】 춘향전	정명기[尋是齋 家目]	1
【增】 [147] 열여춘향전	정문연(D7B-67)	1([표지]을묘연셧달수무아혀린날, [말미]西溪書舖, 90f.)
춘향전	충남대[鶴山](고서 集 小說類 1938)/[71.5 어문전시](2209)/	1(上: [표지]淸州東村新版, 딕증육년연[1917]졍사졍월이십

---

146) 「이춘풍전」과 합철.
147) (열녀춘향가)조에 있던 것을 이 곳으로 옮김.

	[典籍目 2]	팔일죵이라, 72f.)
츈향전 권지단	충주박물관[관리번호 260]	1([표지]大正七年[1918]四月初五日, [이면 및 말미]槐山郡七星面双谷里抄, [말미]戊午陰三月二十四日, 冊主 金順先, 67f.)
츈향전	홍윤표[家目]	1(154f.)
【增】 츈향전 권지단	홍윤표[家目]	1(국한문 혼용, 53f.)

국문등사본

(대방화사)

帶方花史	단국대[未刊目](古 853.5 춘149가)	1(22f.)

국문경판본

【增】 춘향전	정명기[尋是齋 家目]	1[148]
【增】 춘향전	정명기[尋是齋 家目]	1

국문안성본

【增】 츈향전	임형택[莽蒼蒼齋 家目]	1(안성동문이신판, 明治45年[1912] 경기도 안성군 기좌면 본리, 北村書鋪, 20f.)

국문완판본

(별춘향전)

【增】 별춘향전	성대(D07B-0067)	1(1920경)
【增】 별춘향전	여태명[家目](388)	1(全州郡多佳田丁一二三番5統8戶 多佳書鋪 金寬先, 28f.)
별츈향젼이라	임형택[莽蒼蒼齋 家目]	1(戊申季秋完西新刊, 낙장 25f.)

(열녀춘향수절가)

【增】 열녀춘향슈절가라	여태명[家目](468)	2-1(84f.)
【增】 열여춘향슈절가라	이태영[家目]	2-1(全州郡多佳町一百二七二番地 多佳書鋪, 大正五年[1916]十月八日發行, 상: 45f.; 하: 39f.)

---

148) 「양풍운젼」·「젹셩의젼」·「제마무젼」·「흥부젼」 등과 합철.

춘향전 상/하		
열여춘향슈절가	임형택[莽蒼蒼齋 家目]	2-1(상: 45f.; 하: 37f.)
【增】 열녀춘향슈절가	정명기[尋是齋 家目]	1

(춘향전)

춘향전	계명대[古綜目](이811.35춘향전)	1(西溪書舖)
【增】 츈향전	여태명[家目](394)	2-1(100f.)

국문활자본

(광한루)

광한루 전 증정특별춘향전	국중(3634-2-64=5)	1(국한(倫理小說)廣寒樓 全 (增訂特別)春香傳 자 순기, [編·發]閔濬鎬, 東洋書院, 1913.4.20, 119pp.)

(별춘향가 / 별춘향전)

(신역)별춘향가 新譯別春香歌[112]	국중(3634-2-8=3)/[仁活全](32)/[고려 2-2]	1(총 24절, 原著 東溪 朴頤陽, [編·發]南宮濬, 唯一書舘, 1913.7.20, 144pp.)

(옥중가인 / 옥중가화)

【增】 獄中佳話 (特正新刊) 春香傳	국중(3634-2-64=6)	1(국한자 병기, [著·發]姜義永, 大昌書院, 1918.11.21, 108pp.)
【削】 獄中佳人 춘향전	[權純肯, 161]	1(大昌書院·普及書館, 1918)
신옥중가인 新獄中佳人 춘향전	국중(3634-2-35=4)	1(국한자 병기, [著·發]石田孝次郞 大昌書院·普及書館, 1918.12.24, 108pp.)
【削】 특별옥중가화 特別獄中佳花	[李:古硏, 302]	1(大昌書院·普及書館, 1922; 3판 1925,157pp.)
獄中佳話 (特正新刊) 春香傳	국중(3634-2-64=7)	1(국한자 병기, [著·發]姜義永, 世昌書舘, 1916.1.10, 140pp.)[115]
(증상연예) 중가인 (增像演藝)獄中佳人	국중(3634-2-8=1) <초판>/국중(3634-2-103=1)<4판>/국중(3634-2-103=3)<6판>/국중(3634-2-103=2)<8판>/국중(3634-2-109=4)<10판>/국중(3634-2-109=2)<11판>/	1(국한자 병기, 전 19막, 玉蓮菴 監校, 古優 丁北平 唱本, [著·發]池松旭, 新舊書林, 초판 1914.4.30[149], 221pp.; 재판 1914.12.7; 3판 1915, 203pp.; 4판 1916.1.13, 203pp.; 5판 1916. 5, 203pp.; 6판1917.12.16, 203pp.; 7판 1917, 203pp.;8판 1918.1.15,

---

149) 4판본에는 초판본의 간행일자가 4. 28일로 되어 있다.

	국중(3634-2-109=3) <12판>/국중(3634-2-109 =1)<13판>/여승구 『古書通信』,14]/吳漢根 [藏目]/유탁일/[仁活全] (30)	144pp.; 10판 1919.3.15,144pp.; 11판 1920.11.25, 144pp.; 12판 1922.1.20, 144pp.; 13판 1923.2. 27,144pp.)

(옥중화)

【增】 옥중화 춘향가연정 (訂正九刊)獄中花 春香歌演訂	국중(3634-2-104=1)<10판> /국중(3634-2-97=2)<17판>	1(국한자 병기, [著]李海朝, [發] 金容俊, 博文書舘, 10판 1917.5. 28, 157pp.; 17판 1921.12.20, 157pp.)
옥중화 춘향가 연정 (訂正六刊)獄中花 春香歌演訂	국중(3634-2-104=2)<6판>/ 今西龍/여승구『古書通信』, 14]/영남대[目續](도남 古813. 5)/吳漢根[藏目]/[고려 2-2]	1(국한자 병기, [編譯]李海朝, [發] 金容俊, 普及書舘, 초판 1912. 8. 27; 재판 1913.1.10; 3판 1913.4.5; 4판 1913.4.9; 5판 1914.1.17; 6판 1914.2.5, 188pp.)[150]
【削】 도상옥중화 圖像獄中花	서울대[가람](813.5C472b)	1(世昌書舘, 1952, 62pp.)
도상옥중화 萬古烈女 圖像獄中花	국중[目·東2](3636-17)/국회 [目·韓II](811.31)/대전대 [이능우 寄目](1130)/서울대 [가람](813.5C472b)/여승구 『古書通信』, 14]/정명기 [尋是齋 家目]/[仁活全](30)	1(8장, 국한자 병기, 李國唱唱本, 無然居士校錄, [著·發]申泰三, 世昌書舘·文昌書舘·天一書舘, 1952. 8. 30; 1955, 190pp.)[151]
도상옥중화 圖上獄中花 萬古貞烈女中花	[趙潤濟, "「春香傳」異本考, (2)," 『震檀學報』, 12]	1(국한자 병기, 전 8장, 申泰三, 李 國唱唱本, 無然居士校錄, 世昌 書舘, 1937.12.25)[123]
【削】 萬古烈女 圖像獄中花 도상옥중화	국회[目·韓II](811.31)/여승구 『古書通信』, 14]/[仁活全](30)	1(전8장, 國漢字 倂記, 李國唱唱 本, 無然居士校錄, 世昌書舘, 1952.8.30, 190pp)[152]

(우리들전)

우리들전 一名別春香傳	서울대[一石](813.6Si41u)	1(上: [著·發]沈相泰, 新明書林, 1924, 148pp.)

---

150) '名唱 朴基洪調 解觀子 刪正'이라고 되어 있는데, '해관자'는 이해조의 필명이다.

151) 「옥중화」의 번안본. 삽화를 다른 책처럼 권두에 몰아 붙이지 않고 중간중간 원문 중에 넣었다는 특색이 있다. 표지에는 「圖像獄中花 도상옥중화」라 되어 있고, 內題에는 縱書로 「萬古烈女圖像獄中花」로 되어 있다. 또한 pp. 1~4까지의 매 페이지 상단에는 橫書로 「도상옥중화」로, 5p. 이하 끝까지는 「女中花」로 표기되어 있다. 『古書通信』, 14(1999. 4)에는 '日帝時代' 刊本과 1952년刊本의 둘을 들고 있다.

152) 위와 같다.

(춘향가)

옥즁화 춘향가연졍 (訂正六刊) 獄中花 春香歌演訂	국중(3634-2-104=2)<6판> /今西龍/여승구『古書通信』, 14]/영남대[目續](도남 古813.5) /吳漢根[藏目]/[고려 2-2]	1(국한자 병기, [編譯]李海朝, [發] 金容俊, 普及書舘, 초판 1912. 8. 27; 재판 1913.1.10; 3판 1913.4.5; 4판 1913.4.9; 5판 1914.1.17; 6판 1914.2.5, 188pp.)[153]
(國語對譯)春香歌	국중(3636-33)	1([著]姜義永, 永昌書舘, 檀紀 4275[1942], 226pp.)

(춘향전)

(고딕소셜)언문 춘향전	국중(3634-2-97=7)/[仁活全](15)	1([著·發]姜殷馨, 大成書林, … …
춘향전	조희웅[家目]/[대조 1]	1(大造社, 1959, 78pp.)
(졀되가인) 츈향전 絕代佳人	국중(3634-2-64=1)<초판>/ 국중(3634-2-64=8)<3판>	1(국한자 병기, [著·發]李敏澤, 大 昌書院, 초판 1918.11.28; 재판 1921; ……
(선한문)츈향뎐 (鮮漢文)春香傳	국중(3634-2-35=1)	1(14회, 국한자 병기[著·發]李容 漢, 東美書市, 1913.12.30, 208pp.)
【增】(新譯)春香傳	국중(3636-13)<1954>/국중 (3636-6)<1952>	1(三文社 編, 三文社, 檀紀 4287[1954], 147pp.; 檀紀 4286 [1952], 142pp.)
춘향전 春香傳	국회[目·韓II](811.31)/대전대 [이능우 寄目](1086)/박순호[家目]	1(申泰三, 世昌書舘, 1952 ……
춘향전 (絕代佳人)春香傳	박순호[家目]	1([著·發]姜義永, 永昌書舘, 1925. 11.13, 60pp.)
춘향전 絕代佳人 烈女春香 萬古烈女 春香傳	박순호[家目]/여승구『古書通信』, 14]/홍윤표[家目]	1([著·發]姜槿馨, 永和出版社, 1952; 檀紀 4291[1958].10.20, 74pp.)
(특별무쌍)츈향뎐	국중(3634-2-35=5)<초판>/	1(국한자 병기, 14회, 著者 朴健 會,
(特別無雙)春香傳	국중(3634-2-85=3)<4판>/ [仁活全](15)	[著·發]朴健會, 초판 朝鮮書舘, 1915.12.25, 148pp.; 4판 唯一書舘, 1920.8.8, 146pp.)[(133)]
【削】춘향전 萬古烈女 日鮮文春香傳	영남대[目續](도남813.5)	1(朝鮮圖書株式會社, 1929, 161pp.)
【增】(연졍)츈향젼 (演訂) 春香傳	국중(3634-2-104=3)	1(국한자 병기, [編·發]南宮楔, 漢城書舘, 1917.9.5, 147pp.)
(특별무쌍)츈향뎐 (特別無雙)	국중(3634-2-85=4)<재판>	1(국한자 병기, 총 14회, 著者 朴

---

153) '名唱 朴基洪調 解觀子 刪正'이라고 되어 있는데, '해관자'는 이해조의 필명이다.

春香傳	/영남대[目續](도남813.5) 1920년판	健會, [著·發]朴健會, 漢城書舘, 1915 .12.25; 재판 1917.1.20, 148pp.; 1920, 146pp)
【削】 특별춘향전	[『산양듸젼』(1916) 광고]	1(漢城書舘)
【增】 춘향전 春香傳	박순호[家目]	1([著·發]朴彰緒, 鄕民社, 1962. 10. 24, 64pp.)
춘향전 (古代小說)春香傳	국중(3634-2-97=8)	1([著·發]姜範馨, 和光書林, 1934. 12.20, 60pp.)
(증수)츈향젼 (增修)春香傳	국중(3634-2-35=7)<4판> /국중(3634-2-85=2)<?판>/ 영남대[目續](도남813.5)	1(국한자 병기, 총 14회, [著·發]高裕相, 滙東書舘, 초판 1913.12. 30; 4판 1918.3.17; 5판 1923.12.6, 110pp; 1924, 110pp.)[135]
【增】 증수 춘향전	국중(3634-2-35=3)	1([著·發]李容漢, 滙東書舘, 1918)

한문필사본

(광한루기)

廣寒樓記	숭실대[金良善]	1(半綃十疋 長亘直心著, 雲林樵客編輯, 小广主人評批)[154]

(광한루악부)

【增】 廣寒樓樂府 香娘詞	서울대[奎](古3447-30) [漢少目, 愛5-4]	1([序]本朝立國已四百六十餘載……乙未……張琬; [卷末]歲甲申……松雲抄藏莘堂, 37f.)

(춘향전)

【增】 春香傳	국중(漢48-236)[漢少目, 愛8-2] /(R35N-002971-8)	1

(향낭신설/향낭전)

【增】 香娘傳	정명기[尋是齋 家目]	1

한문활자본

(춘몽연)

春夢緣 漢詩春香歌	서울대[가람](811.03-Y6c)/ 여승구[『古書通信』, 14]/영남대 [目續](도남813.5)/吳漢根[藏目]	1(전7회, 李能和, 文化書林, 1929. 11. 1, 55pp.)[142]

---

154) 앞머리에 있는 雲林樵客이 쓴 '敍一'의 일부분이 훼손되어 있다.

한문현토본

(懸吐)漢文春香傳	<u>국중(3634-2-85=1)</u><재판>/ 국중[고](한-48-111)/국중[고3][위창古](3636-19)/여승구 [『古書通信』,14]/영남대[目續] (도남813.5)/吳漢根[藏目]/정문연 [韓古目](1423: R35N-002980-6) /정문연[韓古目](1424: R35N- 002975-1)/哈燕[韓籍簡目 1] (K5973.5/5622.5)	1(<u>兪喆鎭 著, [著·發]兪喆鎭</u>, 東 昌書屋, 초판 1917.11.20, 88pp.; 재 판 1923.<u>12.15</u>, 40pp.)[144]

일어번역본

(춘향전)

【增】 鷄林情話 春香傳	[大阪朝日新聞]	(20회, 伴井桃水 譯, 1982. 6. 25 - 7. 23]
(萬古烈女)日鮮文 春香傳	<u>국중(3634-2-85=5)</u>	1([著·發]南宮楔, 漢城書舘·唯 一書舘, 1917.7.30, 161pp.)

영어번역본

【增】 *The Waiting Wife*	Chai Hong Sim	1(Seoul: The International Cultural Associ-ation of Korea, 1950)[155]
【增】 *A Classical Novel* *Chun-hyang*	Chin In-sook, translated with annotation	1(Seoul: Korean Centre, International P.E.N., with annotati-on.1970)
【增】 *Virtuous Women: Three* *masterpieces of traditional* *fiction*	Richard Rutt	1(Seoul: Korean National Commission for UNESCO, 1974)

731.1. 〈자료〉

Ⅰ. (영인)

「광한루기」

731.1.1.“水山「廣寒樓記」.”『崇實語文』, 4(崇實大 國語國文學會, 1987. 4). <u>(숭실대 기독교박물관 소장)</u>

「열녀춘향수절가」

【增】

1) 조규익·장경남 편. 『국문학강독』. 보고사, 2003. (완판 84장)

---

155) 후에 『*Fragranse of Spring*』(Seoul: The International Publicity League of Korea)로 재간되었다.

「옥중가인」

731.1.20. 仁川大民族文化硏究所 編.『舊活字本古小說全集』, 30. 銀河出版社, 1984; (再刊) 國際아카데미, 2002. (신구서림판,「增像演藝 獄中佳人」)

「옥중화」

731.1.21. 仁川大民族文化硏究所 編.『舊活字本古小說全集』, 30. 銀河出版社, 1984; (再刊) 國際아카데미, 2002. (세창서관본,「萬古烈女 圖像獄中花」)

「춘향가」

731.1.25. 仁川大民族文化硏究所 編.『舊活字本古小說全集』, 32. 銀河出版社, 1984; (再刊) 國際아카데미, 2002. (유일서관판,「별춘향가」)

【增】

1) 韓國古小說硏究會 編.『春香傳의 綜合的 考察』. 亞細亞文化社, 1991. (만화본)

「춘향전」

731.1.39. 仁川大民族文化硏究所 編.『舊活字本古小說全集』, 15. 銀河出版社, 1983; (再刊) 國際아카데미, 2002. (조선서관판,「무쌍춘향전」)

731.1.40. 仁川大民族文化硏究所 編.『舊活字本古小說全集』, 32. 銀河出版社, 1984; (再刊) 國際아카데미, 2002. (대성서림판,「언문 춘향전」)

【增】

1) 韓國古小說硏究會 編.『春香傳의 綜合的 考察』. 亞細亞文化社, 1991. (呂圭亨 漢文演本「春香傳」)

2) 許鎬九·姜在哲 共譯.『春香新說·懸吐漢文春香傳』. 이회, 1998. (東昌書屋,『懸吐漢文 春香傳』)

「춘향(향낭)신설」

1) 鄭夏英. "한문「춘향전」자료 (「春香新說」)."『韓國古典硏究』, 2(계명문화사, 1996. 11).

2) 許鎬九·姜在哲.『譯註 春香新說·懸吐 漢文春香傳』. 이회, 1998. (朴憲鳳 소장「香娘新說」)

3) 정하영.『춘향전의 탐구』. 집문당, 2003.

Ⅱ. (역주)

「광한루기」

【削】731.1.53. 閔 濟 校註,『對校春香傳』, 同和出版公社, 1976.

【增】

　1) 金秀煥 編著.『修正增補 拾六合春香傳, 中, 廣寒春香傳』. 明文堂, 1992.

　2) 성원경 역.『廣寒樓記』. 박이정, 2002.

「광한루악부」

　【削】731.1.56. 具滋均 校註,『春香傳』, 韓國古典文學大系, 10, 民衆書舘, 1970.

【增】

　1) 金秀煥 編著.『修正增補 拾六合春香傳, 中, 壺山春香傳』. 明文堂, 1992.

【增】「만화본 춘향전」

　1) 金秀煥 編著.『修正增補 拾六合春香傳, 中, 晩華春香傳』. 明文堂, 1992.

「춘향가」

【增】

 1) 최동현 주해.『동초 김연수바디 오정숙唱 오가전집』. 민속원, 2001.

「춘향신설」

【增】

 1) 許鎬九·姜在哲 共譯.『春香新說·懸吐漢文春香傳』. 이회, 1998.

「춘향전」

 731.1.80. Allen, H.N., "Chun Yang."『*Korea Fact and Fancy*』. Seoul: Methodist Publishing House, 1904.[156]

 731.1.93. 許南麒 譯註.『春香傳: 春香傳の現代的解釋』. 岩波文庫, 5656-5657. 岩波書店, 昭和 31[1956]. [157]

 731.1.141. 조령출 윤색 및 주해.『춘향전』. 조선고전문학선집, 41. 평양: 문예출판사, 1991; 海外우리語 文學硏究叢書, 49. 한국문화사, 1995(영인); 조선고전문학선집, 30. 연문사, 2000(영인).

【增】

 1) 伴井桃水 譯. "鷄林情話「春香傳」."『大阪朝日新聞』(日文, 1882. 6. 25~7.23).

 2) 泳慰·張友鸞 譯.『春香傳』. 人民文學出版社, 1957.

 3) 李殷直.『新編 春香傳』. 東京: 朝鮮文化社, 1960

 4) 愼和范·張義源 譯.『春香傳』. 吉林敎育出版社, 1984.

 5) 배양수. *Truyên Xuân Huong*. 부산외국어대출판부, 1998.

 6) 김중식 외.『불멸의 춘향전』. 청동거울, 1999.

 7) Choi Mikyung et Jean-Noël Juttet. *Le chant de la fidèle Chunhyang*. Zulma, 1999.

 8) 김선아. 춘향전(우리가 정말 알아야 할 우리고전). 현암사, 2000.

 9) 이상보 주해.『춘향전·심청전』. 범우사, 2000.

 10) 정병헌 외 교주.『춘향전』. 생각나라, 2000.

 11) 한국고전편집위원회 엮음.『춘향전』. 장락, 2000.

 12) 성현경 풀고 옮김.『옛 그림과 함께 읽는 이고본 춘향전』. 열림원, 2001.

 13) 김문.『춘향전』. 이텍스코리아, 2002.

 14) 李殷直 譯.『春香傳』. 東京: 高文硏, 2002.[158]

Ⅲ. (활자)

「광한루기」

 731.1.160. 趙成敎, " 【削'廣寒樓記:'】 春香傳,"『南原誌』, 南原誌編纂委員會, 1975.

 731.1.161. 林明德 編,『韓國漢文小說全集』, 7. 韓國精神文化硏究院, 1980.

【增】

 1) 閔 濟 校註.『對校春香傳』. 同和出版公社, 1976.

---

156) 한국기독교사연구회의 영인본이 1983년에 한빛문고에서 간행된 바 있다.

157) 金台俊의 "「春香傳」의 現代的 解釋" 및 許南麒의 "解說"이 들어 있으며, 揷畵는 金基昶이 담당하였다. 2000년도에 신판으로 重版(岩波文庫 赤73-1, 32-073-1)이 나왔다.

158) 譯者의 글에 의하면 이 책은 초판이 1948년 東京 有樂座에서 간행되었다고 한다.

2) 정하영. 『춘향전의 탐구』. 집문당, 2003.

「광한루악부」

【增】

1) 金台俊. "「廣寒樓樂府」解題."『學燈』, 13(漢城圖書株式會社, 1935. 1).

2) 具滋均 校註, 『春香傳』, 韓國古典文學大系, 10, 民衆書舘, 1970.

3) 정하영. 『춘향전의 탐구』. 집문당, 2003.

【增】「별춘향전」

1) 金東旭. "「春香傳」: 申學均本「別春香歌」."『文學思想』, 17(문학사상사, 1974. 2).

【增】

「춘몽연」

1) 정하영. 『춘향전의 탐구』. 집문당, 2003.

「춘향가」

【增】

1) 金秀煥 編著. 『修正增補 拾六合春香傳, 中, 晚華春香傳』. 明文堂, 1992. (晚華本)

2) 정하영. 『춘향전의 탐구』. 집문당, 2003. (晚華本)

【增】「춘향(향낭)신설」

1) 鄭夏英. "한문「춘향전」자료 (「春香新說」)."『韓國古典研究』, 2(계명문화사, 1996. 11).

2) 許鎬九·姜在哲 共譯. 『春香新說·懸吐漢文春香傳』. 이회, 1998. (朴憲鳳 소장「香娘新說」)

3) 정하영. 『춘향전의 탐구』. 집문당, 2003.

「춘향전」

【增】

1) 정병헌 외 교주. 『춘향전』. 생각나라, 2000.

2) 구인환. 『춘향전』. 우리고전 다시읽기 2. 신원문화사, 2002.

3) 김진영 외 4인 편. 『춘향전 전집』, 10. 박이정, 2001. (박순호 소장 55장「춘향전」; 동 49장; 동 59; 동 91장; 김광순 소장 28장「별춘향가」; 동 61장; 동 낙장 3장「춘향전」; 동 낙장 39장; 계명대 도서관 소장 52장「춘향전」)

4) 김진영 외 6인 편. 『춘향전 전집』, 11. 박이정, 2004. (정문연 소장 59장「춘향전」; 동 35장 / 동 낙장 51장; 동 낙장 18장; 동 77장; 동 94장; 동 90장)

5) 김진영 외 6인 편. 『춘향전 전집』, 12. 박이정, 2004. (고려대 도서관 소장 54장「춘향전」; 동 만송문고 소장 64장「춘향가」; 동 신암문고 낙장 16장「옥중가인전」; 충남대 학산문고 소장 72장「춘향전」; 동 42장「별춘향전」; 국립중앙도서관 소장 53장「춘향전」; 하버드대 엔칭도서관 소장 94장「춘향전」; 충주박물관 소장 67장「춘향전」)

6) 김진영 외 6인 편. 『춘향전 전집』, 13. 박이정, 2004. (경상대 도서관 소장「춘향전」; 동국대 도서관 소장 69장「춘향전」; 서울대 일사문고 소장 42장「춘향전」; 김진영 소장 50장「춘향전」; 동 낙장 30장; 이명선 소장「춘향전」; 김동욱 소장 49장「춘향가」; 신학균-국회도서관 소장 39장「별춘향가」)

7) 김진영 외 6인 편.『춘향전 전집』, 14. 박이정, 2004. (홍윤표 소장 154장「춘향전」; 동 45장「성춘향가」; 김종철 소장 48장「춘향전」; 동 56장; 동 69장; 김일근 소장 26장「성렬전」; 권영철 소장 30장「성춘향가」)

8) 김진영 외 6인 편.『춘향전 전집』, 15. 박이정, 2004. (보급서관판「옥중화」; 유일서관판「별춘향가」; 회동서관판「증수 춘향전」; 신문관판「고본 춘향전」)

9) 김진영 외 6인 인 편.『춘향전 전집』, 16. 박이정, 2004. (신구서림판「옥중가인」; 조선서관판「특별무쌍 춘향전」; 대창서원판「절대가인 춘향전」)

10) 김진영 5인 외 편.『춘향전 전집』, 17. 박이정, 2004. (신명서림판「우리들전」; 회동서관판「오작교」; 대성서림판「언문 춘향전」; 세창서관판「도상 옥중화」)

731.2. 〈연구〉

Ⅰ. (단행본)

「춘향가」

【增】

1) 설중환.『꿈꾸는 춘향: 판소리 여섯마당 뜯어보기』. 나남출판, 2000.

「춘향전」

【增】

1) 설성경.『춘향예술의 역사적 연구』. 연세대출판부, 2000.

2) 설성경.『춘향전의 비밀』. 서울대출판부, 2001.

3) 薛盛璟/西岡健治 譯.『春香傳の世界』. 韓國の學術と文化, 13. 法政大出版局, 2002.

4) 한채화.『개화기 이후의 춘향전 연구』. 푸른사상, 2002.

5) 전영선.『고전소설의 역사적 전개와 남북한의 춘향전』. 문학마을사, 2003.

6) 정하영.『춘향전의 탐구』. 집문당, 2003.

7) 향사설성경교수 화갑기념논문집 간행위원회 편.『춘향전 연구의 과제와 방향』. 국학자료원, 2004.

8) 이창헌.『경판 방각소설 춘향전과 필사본 남원고사의 독자층에 대한 연구』. 보고사, 2004.

9) 한국공연문화학회.『춘향예술의 양식적 분화와 세계성』. 박이정, 2004.

Ⅱ. (학위논문)

〈박사〉

【增】「춘향가」

1) 한규섭. "장자백본「춘향가」연구:「남원고사」와 남창「춘향가」와의 대비를 중심으로" 博論(청주대 대학원, 2002. 2).

2) 박영산. "「춘향가」와「소네자키신주」(曾根崎心中)의 비교연구." 博論(고려대 대학원, 2004. 8).

「춘향신설」

【增】

1) 鄭善姬. "睦台林 文學 研究." 博論 (이화여대 대학원, 2001. 2).

「춘향전」

【增】

1) 한채화. "「춘향전」의 생산적 수용 연구." 博論(청주대 대학원, 2000. 2).

2) 柳浚景. "漢文本 「春香傳」의 作品世界와 文學史的 位相." 博論(서울大 大學院, 2003. 8).

〈석사〉

「광한루기」

【增】

1) 장예준. "「광한루기」의 이본과 작품 세계." 碩論(고려대 대학원, 2002. 8).

「남원고사」

【增】

1) 김희동. "고전을 통한 문학교육 방법론 연구: 「남원고사」를 대상으로." 碩論(수원대 교육대학원, 2004. 2).

2) 이수진. "「남원고사」 소재 삽입 한시 연구." 碩論(선문대 대학원, 2004. 2).

3) 양용관. "「남원고사」 인물 연구: 완판본·경판본·신재효본과 대비하여." 碩論(전북대 교육대학원, 2004. 8).

「열녀춘향수절가」

【增】

1) 이상빈. "18세기 고전소설에 나타난 표기법 고찰: 「쥬봉전」, 「열여춘향슈졀가」, 「홍길동전」을 중심으로." 碩論(공주대 교육대학원, 2005. 2).

「춘향가」

【增】

1) 김명진. "판소리 「춘향가」의 교육연극론적 수업 연구." 碩論(부산대 교육대학원, 2000.8).

2) 노상예. "「춘향전」과 「춘향가」의 수업 모형 비교 연구." 碩論(고려대 교육대학원, 2000. 8).

3) 이세정. "판소리 「춘향가」의 '적성가'에 관한 연구." 碩論(전북대 대학원, 2000. 8).

4) 이명진. "송만갑제 「춘향가」의 계열별 전승양상: 이별 대목 사설을 중심으로." 碩論(서남대 대학원, 2001. 8).

5) 김연미. "판소리 문학의 교육연극적 수업 방안 연구: 「춘향가」를 대상으로." 碩論(성균관대 교육대학원, 2004. 2).

「춘향전」

【增】

1) 서은아. "정신분석학적 접근을 통한 춘향의 성격 연구." 석론(서울여대 대학원, 1997. 2).

2) 고양숙. "「춘향전」의 현대적 수용과 문학교육적 활용방안 연구." 碩論(인하대 교육대학원, 2000. 2).

3) 이보근. "창극 연출 방법론 연구: 완판장막창극 「춘향전」을 중심으로." 碩論(단국대 대학원, 2000. 2).

4) 김나영. "판소리문학의 학습자 중심 교수학습 방안: 고등학교 국어 「춘향전」과 「홍보가」를

대상으로.” 碩論(성균관대 교육대학원, 2000. 8).

5) 김종식. “영화 및 TV드라마「춘향전」비교 연구.” 碩論(중앙대 예술대학원, 2000. 8).

6) 김주희. “「춘향전」의 현대적 변용과 교육적 활용: 패러디 작품을 중심으로.” 碩論(이화여대 교육대학원, 2000. 8).

7) 노상예. “「춘향전」과 「춘향가」의 수업모형 비교 연구.” 碩論(고려대 교육대학원, 2000. 8).

8) 조희권. “현대소설에 나타난 「춘향전」 패러디 연구.” 碩論(한양대 대학원, 2000. ??).

9) 손선희. “고전소설 교육의 연구:「홍길동전」과「춘향전」을 중심으로.” 碩論(조선대 교육대학원, 2001. 2).

10) 윤길한. “「춘향전」의 현대시로의 변용 양상.” 碩論(서남대 교육대학원, 2001. 2).

11) 장원석. “구성주의 이론을 통해본 「춘향전」교육의 실제와 의의.” 碩論(경북대 교육대학원, 2001. 2).

12) 박근혜. “판소리 문학의 학습자 중심 수준별 교수·학습 방안 연구: ‘춘향’ 문학을 중심으로.” 碩論(홍익대 교육대학원, 2001. 8).

13) 이배근. “춘향의 성격 연구.” 碩論(상지대 교육대학원, 2001. 8).

14) 김재식. “「춘향전」 연구: 여성 형상화의 사회적 성격.” 碩論(전남대 교육대학원, 2002. 2).

15) 심은경. “「춘향전」 한문연본 연구.” 碩論(이화여대 대학원, 2002. 2).

16) 윤종선. “「춘향전」에 나타난 기녀문화.” 碩論(고려대 교육대학원, 2002. 2).

17) 최기재. “패러디 소설과 창작교육 연구:「춘향전」의 패러디 작품을 중심으로.” 碩論(한국교원대 교육대학원, 2002. 2).

18) 최보연. “판소리문학 지도방안 연구:「춘향전」을 제재로 한 고등학교 과정을 중심으로.” 碩論(경희대 교육대학원, 2002. 2).

19) 김미선. “판소리문학 교육론:「춘향전」을 중심으로.” 碩論(전북대 교육대학원, 2002. 8).

20) 김양현. “판소리계 소설 지도 방안 연구:「춘향전」을 중심으로.” 碩論(부산대 교육대학원, 2002. 8).

21) 김형진. “판소리계 소설의 수업 방안 연구:「춘향전」을 중심으로.” 碩論(전남대 교육대학원, 2002. 8).

22) 이명희. “방자 성격의 변이 연구:「춘향전」 이본 분석을 중심으로.” 碩論(경희대 교육대학원, 2002. 8).

23) 정상우. “「춘향전」 교육 방법 연구.” 碩論(연세대 교육대학원, 2002. 8).

24) 강진모. “‘고본「춘향전」’의 성립과 그에 따른 고소설의 위상 변화.” 碩論(연세대 대학원, 2003. 2).

25) 김희선. “판소리 형성에 관한 연구:「춘향전」을 중심으로.” 碩論(고려대 교육대학원, 2003. 2).

26) 김진희. “「춘향전」의 현대적 변용과 교육적 활용방안 연구.” 碩論(연세대 교육대학원, 2003. 2).

27) 박선희. “「춘향전」 방자의 기능 변이 연구.” 碩論(동의대 대학원 2003. 2)

28) 박은주. “「춘향전」의 문학교육적 연구.” 碩論(한국외국어대 교육대학원, 2003. 2).

29) 안남순. “「춘향전」에 나타난 전통의 교육적 의미.” 碩論(부산대 교육대학원, 2003. 2).

30) 정다정. “「춘향전」에 수용된 민간신앙: 이본 비교를 중심으로.” 碩論(중앙대 교육대학원, 2003. 2).

31) 김은영. “「춘향전」의 현대적 변용과 문학 교육적 효과: 패러디 소설 작품을 중심으로.” 碩論(한국

외국어대 교육대학원, 2003. 8).

32) 김덕영. “「춘향전」의 인성 교육적 가치고: 인성 교육자료 출전 한문을 중심으로.” 碩論(청주대 교육대학원, 2004. 2).

33) 김이태. “「춘향전」의 문예 미학 연구: 대중예술적 관점을 중심으로.” 碩論(공주대 교육대학원, 2004. 2).

34) 이명주. “영화 「춘향전」을 통한 한국 문화 교육 방법.” 碩論(부산외국어대 교육대학원, 2004. 2).

35) 이효성. “『문학』 교과서의 근대문학기점 설정에 대한 교육적 연구: 「춘향전」과 「봉산탈춤」을 중심으로.” 碩論(한국외국어대 교육대학원, 2004. 2).

36) 최석환. “「춘향전」에 나타난 속담의 구사양상과 효과: 완판본 「춘향전」을 중심으로.” 碩論(영남대 교육대학원, 2004. 2).

37) 현창국. “「춘향전」 지도 방안 연구.” 碩論(순천대 교육대학원, 2004. 2).

38) 임홍택. “방자의 성격 연구: 『춘향전』과 『배비장전』을 중심으로.” 碩論(서남대 교육대학원, 2005. 2).

38) 郁菁. “「홍루몽」과의 비교를 통한 「춘향전」 교육 연구: 중국인 한국어 학습자를 대상으로.” 碩論(서울대 대학원 2005. 2).

39) 장영인. “통합적 문학교육 방법의 연구 :「춘향전」을 중심으로.” 碩論(성균관대 교육대학원, 2005. 2).

40) 전초롱. “「춘향전」의 민요화 양상 연구.” 碩論(동국대 대학원, 2005. 2).

41) 황택준. “고등학교 고전 소설 교육의 실태와 개선 방안 연구: 제7차 교육과정 국어(하)의 「춘향전」을 중심으로.” 碩論(연세대 교육대학원, 2005. 2).

42) 당소연. “고전소설 교육 방안 연구: 「춘향전」을 중심으로.” 碩論(국민대 교육대학원, 2005. 8).

Ⅲ. (학술지)

「광한루기」

731.2.135. 鄭夏英. “「廣寒樓記」 硏究.” 『梨花語文論集』, 12(梨花女大 韓國語文學硏究所, 1992. 3). 『춘향전의 탐구』(2003. 6)에 재수록.

731.2.137. 鄭夏英. “「廣寒樓記」 評批硏究.” 『韓國古典硏究』, 1(韓國古典硏究會, 1995. 8). 『춘향전의 탐구』(2003. 6)에 재수록.

731.2.140. 간호윤. “「廣寒樓記」의 小說 批評論 硏究: ‘文章如畵法論’을 中心으로.” 『古小說硏究』, 8(韓國古小說學會, 1999. 12). “「廣寒樓記」에 나타난 小說批評”으로 『韓國古小說批評硏究』(景仁文化社, 2002. 4); “「광한루기」에 나타난 소설 비평”으로 『한국 고소설 비평 연구』(경인문화사, 2002. 4)에 재수록.

【增】

1) 金鎭榮. “「水山廣寒樓記」의 戲曲的 硏究.” 『論文集』, 14(忠南大 大學院, 1994. 2). 『院友論叢』, 14(忠南大, 1994. 10)에 재수록.

2) 임수현. “「광한루기」의 화행 맥락 연구: ‘敍1·2’와 ‘引’, ‘讀法’을 중심으로.” 『西江論集』, 12(서강대 대학원총학생회, 1998. 12).

3) 김정숙. "「廣寒樓記」 이본고." 『語文論集』, 39[성오소재영교수정년기념호](안암어문학회, 1999. 2).

4) 김진영. "「광한루기」의 희곡문학적 성향." 『한국서사문학의 연행양상』(이회, 1999. 9). "「廣寒樓記」의 戲曲文學的 性格"으로 史在東 編, 『韓國戲曲文學史의 研究』, V(文研究學術叢書 第7輯, 中央人文社, 2000. 3)에 재수록.

5) 황혜진. "「광한루기」에 나타난 '취향'의 문화론적 의미." 『고전문학과 교육』, 2(청관고전문학회, 2000. 6).

6) 簡鎬允. "19세기 古小說 批評 用語 考察: 「廣寒樓記」를 中心으로." 『仁荷語文研究』, 5(仁荷大 文科大學 國語國文學科 仁荷語文研究會, 2001. 5).

7) 이문규. "「광한루기」 비평고 I·II." 『고전소설 비평자료』(새문社, 2002. 8).

8) 류준경. "「광한루기」의 문화론적 지향과 그 의미." 『국문학연구』, 9(국문학회, 2003. 6).

9) 김진영. "水山의 「廣寒樓記」를 통해 본 知識層의 小說論." 『語文研究』, 42(語文研究學會, 2003. 8).

10) 권도경. "「광한루기」 연구의 쟁점과 나아갈 방향의 새로운 모색." 간행위원회 편, 『춘향전 연구의 과제와 방향』(국학자료원, 2004. 1).

11) 김진영. "지식층의 소설에 대한 인식과 제작의식: 水山의 「廣寒樓記」를 中心으로." 刊行委員會, 『澤民金光淳敎授定年紀念論叢』(새문社, 2004. 11).

「광한루악부」
【增】

1) 簡鎬允. "「廣寒樓樂府」의 장르 運動性과 意義 考察." 『東洋古典研究』, 13(東洋古典學會, 2000. 6).

2) 이윤석. "만화본 「춘향가」와 「광한루악부」의 원천." 刊行委員會, 『澤民金光淳敎授定年紀念論叢』(새문社, 2004. 11).

「남원고사」
【增】

1) 李秉讚. "「南原古詞」의 構成." 『大眞論叢』, 4(大眞大, 1996. 12).

2) 한규섭. "동경대본 「춘향전」의 인물 변모 양상 연구: 「남원고사」와 대비를 중심으로." 『語文論叢』, 13(청주대 국어국문학과, 1997. 12).

3) 이병찬. "「남원고사」의 구성과 주제." 반교어문학회 편, 『고소설의 사적전개와 문학적 지향』(반교 어문총서 3, 보고사, 2000. 3).

4) 윤덕진·임성래. "「남원고사」 연구 (1)." 『洌上古典研究』, 13(洌上古典研究會, 2000. 12).

5) 윤덕진·임성래. "「남원고사」 연구 (2)." 『洌上古典研究』, 15(洌上古典研究會, 2002. 6).

6) 최기숙. "언어의 육체성, 공감과 경험의 수사학: 「남원고사」의 문체미학." 『古小說研究』, 16(韓國 古小說學會, 2003. 12).

7) 이현식. "「남원고사」의 수사적 특징에 대한 고찰." 간행위원회 편, 『춘향전 연구의 과제와 방향』(국 학자료원, 2004. 1).

「별춘향전」

【增】

　1) 김석배. "완판 방각본 「별춘향전」의 성격." 『韓國文學論叢』, 26(韓國文學會, 2000. 6).

　2) "「별춘향전」," 李相澤·朴熙秉·林治均·宋晟旭 엮음, 『고전소설의 기초 연구』(태학사, 2002. 10).

「성춘향가」

【增】

　1) 尹柱弼. "필사본 「成春香歌」의 이본적 특징." 『東方學志』, 96(延世大 國學研究院, 1997. 6).

「열녀춘향수절가」

　731.2.172. 李金喜. "古小說에 나타난 어른(老人)의 태도 및 염원: 「謝氏南征記」·「九雲夢」·「烈女春香守節歌」를 중심으로." 『국어교육』, 92(한국국어교육연구회, 1996. 9); 石軒丁奎福博士古稀紀念論叢 刊行委員會 編, 『韓國古小說史의 視覺』(國學資料院, 1996. 10). <u>문학을 생각하는 모임 지음, 『한국문학에 나타난 노인의식』, I(백남문화사, 1996. 10)에 재수록.</u>

【增】

　1) 文學思想社 編. "「열녀춘향수절가」." 『문학사상』, 47(문학사상사, 1976. 8).

　2) 朴榮哲. "房子의 民衆意識과 限界: 「烈女春香守節歌」와 「裵裨將傳」을 中心으로." 『國語國文學』, 15(釜山大 國語國文學科, 1978. 2).

　3) 한규섭. "「춘향전」 인물의 기능과 성격 연구: 병오판 33장본 「열녀춘향수절가」를 중심으로." 『語文論叢』, 12(淸州大 國語國文學科, 1996. 12).

　4) 문흥구. "「春香傳」의 言語 樣相 研究: 完板 33張本 「烈女春香守節歌」를 中心으로." 『새국어교육』, 63(한국국어교육학회, 2002. 1).

　5) 성기련. "완판84장본 「열녀춘향수절가」의 김세종제 「춘향가」 수용과 개직." 『판소리研究』, 11(판소리학회, 2000. 12).

　6) 西岡健治. "完板八十四張本 「烈女春香守節歌」に見る非妓生的表現の考察: 完板三十三張本 「烈女春香守節歌」との比較による." 『大谷森繁博士古稀記念 朝鮮文學論叢』(白帝社, 2002. 3).

　7) 최경환. "「열녀춘향수절가」 연구: 언어사용역과 인물영역." 『어문학』, 82(한국어문학회, 2003. 12).

　8) 김종군. "「열녀춘향수절가」의 구연적 과장 표현 양상과 그 의미." 『판소리研究』, 19(판소리학회, 2005. 4).

　9) 김현주. "문장체 고소설과 판소리 서사체의 언어조직 방식: 「구운몽」과 「열녀춘향수절가」를 중심으로 한 시론적 비교 연구." 『古小說 研究』, 19(韓國古小說學會, 2005. 6).

「옥중화」

　731.2.175. 권순긍. "판소리 개작소설 「獄中花」의 근대성." 『泮橋語文研究』, 2 (泮橋語文研究會, 1990. 12). <u>『활자본고소설의 편폭과 지향』(보고사, 2000. 4)에 재수록.</u>

【增】

　1) 한채화. "이해조의 「옥중화」 연구." 『語文論叢』, 12(淸州大 國語國文學科, 1996. 12).

　2) 閔泳大. "「三生獄樵花傳」의 「獄中花」 影響關係." 25(韓南大 國語國文學會, 2001. 2).

【增】「익부전」

1) 류준필. “「益夫傳」의 서사적 특성과 기록성.”『韓國文學論叢』, 32(韓國文學會, 2002. 12).

2) 류준경. “「益夫傳」의 서사적 특징과 그 의미.”『韓國文化』, 31(서울大 韓國文化硏究所, 2003. 6).

「춘향가」

731.2.182. 金泰俊. “申在孝의「春香歌」硏究”『東岳語文論集』, 1(東國大 東岳語文學會, 1965. 1).

731.2.192. 朴鳳禮. “「春香歌」의 文學的 比較硏究 : 丁貞烈판과 宋萬甲판을 中心으로.”『韓國古典 文學硏究』(合本)[백영정병욱선생환갑기념논총](新丘文化社, 1982. 5).

731.2.203. 朴鎭泰. “판소리와 탈놀이의 比較發生論 : 春香歌와 河回別神굿탈놀이의 發生說話와 祭儀的 構造를 中心으로.”『국어국문학』, 100(국어국문학회, 1988. 12).

731.2.226. 최동현. “신재효의 개작「춘향가」연구.”『國語文學』, 33(국어문학회, 1998. 8).『韓國人의 의 古典硏究』[威齋金重烈敎授回甲記念論文集](太學社, 1998. 9)에 재수록.

731.2.228. 서유경. “「춘향가」중 몽중가의 소통적 특성과 기능.”『판소리硏究』, 9(판소리학회, 1998. 12).『고전소설 교육 탐구』(박이정, 2002)에 재수록.

731.2.547. 심경호. “「春香傳」의 사설짜임과 갈등구조에 대한 비교문학적 一考察.”『古典文學硏究 』, 6(韓國古典文學硏究會, 1991. 12). ‘「춘향전」의 삽입가요와 갈등구조’로『국문학 연구 와 문헌학』(태학사, 2002.2)에 재수록.

【增】

1) 金賢柱. “판소리 문학에서 口述性과 記述性의 關聯樣相 및 장르적 意味:「春香歌」또는 「春香傳」을 中心으로.”『판소리硏究』, 2(1991. 9).

2) 朴鎭泰. “「春香歌」와 「변강쇠歌」의 祭儀相關性: 河回別神굿탈놀이와의 대비를 겸하여.” 『판소리硏究』, 2(판소리학회, 1991. 9).

3) 千一斗. “판소리의 主調로서 한국적 恨의 和解原理에 관한 연구: 특히 판소리「春香歌」와 日本의 淨瑠璃「仮名手本忠臣藏」의 등장인물들의 액션 전개의 樣相의 대비를 중심으로.” 『省谷論叢』, 24(省谷學術文化財團, 1993. 6).

4) 李重訓. “명창 金楚香의「春香歌」중 ‘離別歌’ 대목에 대한 일고찰.”『韓國音盤學』, 3(韓國古音 盤硏究會, 1993. 10).

5) 박관수. “「춘향가」의 ‘농부가’ 수용 양상.”『韓國民謠學』, 2(韓國民謠學會, 1994. 8).

6) 金奭培. “申在孝本「女唱春香歌」의 存在 可能性 檢討.”『문학과언어』, 16(문학과 언어연구회, 1995. 5).

7) 김익두. “판소리 공연의 ‘너름새’에 대한 동작학적 시론:「춘향가」의 ‘어사출도 대목’(창: 오정숙 / 고수: 김동준, 1989. 3. 23. 전주 공연)을 중심으로.”『韓國言語文學』, 34(한국언어문학회, 1995. 6).

8) 임명진. “판소리 사설의 口述性과 전승 원리:「춘향가」의 경우.”『國語文學』, 30(국어문학회, 1995. 8).

9) 조성원. “「남창 춘향가」의 개작의식: 춘향의 신분변이와 이어사의 정치적 상징성을 중심으로.” 『판소리硏究』, 6(판소리학회, 1995. 12).

10) 백인덕. “「春香歌·傳」주제의 시적 변용 양상 연구: 서정주, 전봉건, 박재삼의 시에서.”『한민족문 화연구』, 1(한민족문화연구학회, 1996. 12).

11) 尹柱弼. "필사본 「成春香歌」의 이본적 특징."『東方學志』, 96(延世大學校國學研究院, 1997. 6).

12) 정충권. "「춘향가」 정원사설의 연원과 변모."『국어국문학연구』(남경박준규박사정년기념논총 간행위원회, 1998. 6).

13) 김현양. "'張子伯 唱本「춘향가」'의 텍스트적 淵源: 19세기 후반 판소리사의 構圖와 관련하여." 『판소리硏究』, 10(판소리학회, 1999. 12).

14) 원명수. "「春香歌」에 나타난 깨달은 자의 희극적 세계관: 申在孝의 '男唱'本을 中心으로." 『韓國學論集』, 26(啓明大 韓國學硏究所, 1999. 12).

15) 鄭雲采. "「춘향가」에 나타난 두 권력과 그 문화론적 의미."『敎育論叢』, 33(建國大 敎育大學院, 2000. 1).

16) 황혜진. "「춘향가」 수용자의 즐거움."『先淸語文』, 28(서울대 사대 국어교육과, 2000. 3).

17) 정충권. "「춘향가」 결연대목 서술방식의 연원과 변모."『口碑文學硏究』, 10(韓國口碑文學會, 2000. 6). "「춘향가」 결연대목의 연원과 변모"란 제목으로『판소리 사설의 연원과 변모』(다운샘, 2001. 11)에 재수록.

18) 金恩希. "판소리 辭說의 판짜기 樣相와 機能: 趙相賢 唱 판소리 「春香歌」를 中心으로." 『語文硏究』, 106(韓國語文敎育硏究會, 2000. 7).

19) 姜錫瑾. "「晩華本春香歌」에 나타난 主要人物의 性格考."『國際言語文學』, 2(國際言語文學 會, 2000. 12).

20) 강윤정. "朴東鎭本 「春香歌」에 나타나는 아니리의 특징."『開新語文硏究』, 17(開新語文學會, 2000. 12).

21) 성기련. "「열녀춘향수절가」의 김세종제 「춘향가」 수용과 개작."『판소리硏究』, 11(판소리학회, 2000. 12).

22) 元明洙. "깨달은 자의 희극적 세계관으로 본「春香歌」: 申在孝의 '男昌'本을 中心으로." 『東一文化論叢』, 9(東一文化獎學財團, 2000. 12).

23) 최동현. "21세기의 판소리 「춘향가」."『판소리硏究』, 11(판소리학회, 2000. 12).

24) 姜允晶. "朴東鎭 本「春香歌」의 특징: 金如蘭 本「春香歌」와의 比較를 중심으로."『開新語文硏究』, 18(開新語文學會, 2001. 12).

25) 김석배. "김창환제 「춘향가」에 끼친 신재효의 영향."『판소리硏究』, 13(판소리학회, 2002. 4).

26) 김석배. "문학적 층위에서 본「춘향가」의 磁力."『문학과언어』, 24(文學과言語學會, 2002. 5).

27) 한정미. "판소리 사설의 민요 수용양상과 연창자들의 민요 수용에 대한 인식:「춘향가」,「심청가」, 「흥부가」를 중심으로."『韓國民俗學』, 35(韓國民俗學會, 2002. 6).

28) 황혜진. "신재효본 「춘향가」의 은유적 표현에 대한 문화론적 연구: 典故를 활용한 표현을 중심으로."『고전문학과 교육』, 4(청관고전문학회, 2002. 6).

29) 김정애. "「춘향가」에 대한 독자 반응의 실제와 그 심리적 특성."『겨레어문학』, 29(겨레어문학회, 2002. 10).

30) 이명진. "송만갑제 「춘향가」 계열의 이별대목 비교 연구: 사설의 전승양상과 미의식을 중심으로." 『南道民俗硏究』, 8(南道民俗學會, 2002. 10).

31) 류춘경. "만화본 「춘향가」 연구."『冠嶽語文研究』, 27(서울大 國語國文學科, 2002. 12).

차

32) 박진태. "「춘향가」 발생설화를 통해 본 「춘향가」의 수용 양상."『比較民俗學』, 24(비교민속학회, 2003. 2). 한국공연문화학회,『춘향 예술의 양식적 분화와 세계성』(박이정, 2004. 7)에 재수록.

33) 尹用植. "신재효의 「春香歌」 연구상 문제점 검토: 연구사 反省을 겸하여."『論文集』, 35(韓國放送通信大學校, 2003. 2).

34) 전신재. "「춘향가」의 극적 아이러니."『고전희곡연구』, 6(한국고전희곡학회, 2003. 2). 한국공연문화학회,『춘향 예술의 양식적 분화와 세계성』(박이정, 2004. 7)에 재수록.

35) 최동현. "판소리 「춘향가」의 사적 전개와 양식적 특징." 동상. 한국공연문화학회,『춘향 예술의 양식적 분화와 세계성』(박이정, 2004. 7)에 재수록.

36) 裵淵亨. "李東伯 「춘향가」 연구."『판소리研究』, 15(판소리학회, 2003. 4).

37) 전신재. "「춘향가」와 죽음의 미학."『口碑文學研究』, 17(韓國口碑文學會, 2003. 12).

38) 홍순일. "「춘향가」의 후대적 변이와 의미: 갈등구조를 중심으로."『語文研究』, 43(語文研究學會, 2003. 12).

39) 김석배. "김창환제 「춘향가」 연구." 간행위원회 편,『춘향전 연구의 과제와 방향』(국학자료원, 2004. 1).

40) 이윤석. "만화본 「춘향가」와 「광한루악부」의 원천." 刊行委員會,『澤民金光淳教授定年紀念論叢』(새문社, 2004. 11).

41) 김현주. "「춘향가」 문체의 환유적 성격."『판소리研究』, 19(판소리학회, 2005. 4).

42) 신은주. "김소희제 「춘향가」 연구."『판소리研究』, 19(판소리학회, 2005. 4).

43) 이진원. "판소리 「춘향가」의 현대적 재창조에 관한 연구."『판소리研究』, 19(판소리학회, 2005. 4).

「춘향신설」
【增】

1) 강재철·허호구. "「春香新說」과 「懸吐漢文春香傳」의 作者와 創作年代."『論文集』, 32(檀國大, 1998. 8).

「춘향전」

731.2.278. 金起東. "「春香傳」의 內容的 考察 : (Ⅰ),(Ⅱ),(Ⅲ)."『自由文學』, 16 [3: 7],18 [3: 8],19 [3: 9].(韓國自由文學者協會, 1958. 7-10).

731.2.299. 閔泳珪. "「春香傳」 三則 : 「伍倫全備」와 '娘子謺'와 元·明의 '才子佳人劇'."『人文科學』, 7(延世大 人文科學研究所, 1962. 6).『江華學 최후의 광경: 西餘文存其一』(又牛, 1994)에 "「春香傳」 五則"이란 이름으로 증보 재수록.

731.2.330. 李相澤. "「春香傳」研究: 春香의 性格分析을 中心으로."『論文集』, 1 (空軍士官學校, 1966. 8).『韓國古典小說의 探究』(中央出版, 1981. 3); "「춘향전」의 인물 성격과 작품 갈등"으로『한국고전소설의 이론』, I(새문社, 2003. 3)에 재수록.

731.2.394. 鄭東華. "「春香傳」에 나타난 諧謔性."『國語敎育』, 27·28합병호(韓國國語敎育研究會, 1976. 5).

731.2.398. 李相澤. "「春香傳」 研究史 反省."『韓國學報』, 5(一志社, 1976. 12). "「춘향전」 연구 방법론 반성"으로『한국고전소설의 이론』, I(새문社, 2003. 3)에 재수록.

731.2.427. 鄭夏英. "「春香傳」 改作에 있어서 身分問題."『韓國言語文學』, 17·18합병호(韓國言語

文學會, 1979. 12). 『춘향전의 탐구』(2003. 6)에 재수록.

731.2.442. 朴甲洙. "日本 所藏 「春香傳」의 文體考: 同音語의 語戲를 中心하여." 『師大論叢』, 24(서울大 師大, 1982. 10).

731.2.449. 李相澤. "「九雲夢」과 「春香傳」: 그 對稱 位相." 『金萬重研究』(새문社, 1983. 3). 『한국고 전소설의 이론』, I(새문社, 2003. 3)에 재수록.

731.2.450. 閔肯基. "英雄小說 作品構造와 總體的 意味糾明을 위한 豫備的 考察: 「洪吉童傳」・「九 雲夢」・「劉忠烈傳」・「春香傳」을 對象으로." 『論文集』[人文科學・自然科學篇], 5 (馬山 大, 1983. 6).[159]

731.2.467. 鄭夏英. "漢文演本 「春香傳」 考." 『韓國言語文學』, 23(韓國言語文學會, 1984. 12). 『춘향 전의 탐구』(2003. 6)에 재수록.

731.2.471. 鄭夏英. "월매의 성격과 기능." 『古典小說研究의 方向』(새문社, 1985. 3). 김병국 등편, 『춘향전 어떻게 읽을 것인가』(서광학술자료사, 1994. 8); 『춘향전의 탐구』(2003. 6)에 재수록.

731.2.484. 鄭夏英. "「春香傳」의 主題." 『韓國文學史의 爭點』[城山張德順先生停年退任紀念論 叢](集文堂, 1986. 11). "「春香傳」 主題論"으로 『춘향전의 탐구』(2003. 6)에 재수록.

731.2.519. 金光淳. "「春香傳」 根源說話의 研究史的 檢討." 『국어국문학』, 103(국어국문학회, 1990. 5). 『韓國古小說史와 論』(새문社, 1990. 9); "「춘향전」 근원설화의 연구사적 검토와 쟁점" 으로 『한국고전문학사의 쟁점』(새문사, 2004. 2)에 재수록.

731.2.546. 金一烈. "「춘향전」." 『古典小說新論』(새문社, 1991. 12).

731.2.568. 정출헌. "「춘향전」의 인물 형상과 작중 역할의 현실주의적 성격: 李古本 「춘향전」을 중심으로." 『판소리研究』, 4(판소리학회, 1993. 12).

731.2.600. 김형돈. "「춘향전」과 꿈." 『명지어문학』, 23(명지대 국어국문학과, 1996. 8). 黃在君・金京 南・文福姬 編, 『韓國文學과 女性』(박이정, 1997. 11)에 재수록.

731.2.607. 김병권. "「춘향전」의 이념적 탈중심화 담론: 성춘향과 변학도의 대화 분석." 『韓國文學論 叢』, 20(韓國文學會, 1997. 6).

731.2.610. 신동흔. "「춘향전」 주제의식의 역사적 변모양상: 완판 계열 이본을 중심으로." 『판소리研 究』, 8(판소리학회, 1997. 12).

731.2.620. 정병헌. "「춘향전」의 공연과 창극의 지향." 『판소리研究』, 9 (판소리학회, 1998. 12). 『판소리와 한국문화』(亦樂, 2002. 5)에 재수록.

731.2.621. 이격주. "「춘향전」의 談論 特性 研究: 敍述者의 이야기 傳達方式을 中心으로." 『한어문 교육』, 6(한국언어문학교육학회, 1998. 12).

【增】

1) 宋錫夏. "倡調劇 「春香傳」 小論: 主로 倡調劇 全體에 對한 問題." 『劇藝術』, 5(劇藝術研究會, 1936. 9).

2) 李銘牛. "「春香傳」을 製作할 때." 『朝鮮映畫』, 1(朝鮮映畫社, 1936. 10).

3) 旗田巍, "「春香傳」과 暗行御史." 『歷史學研究』, 8:6(歷史學研究會, 1938. 6)

---

159) 연도 수정에 따른 배열 순서 재배치가 요망된다.

4) 金東旭. "「春香傳」." 『韓國의 古典百選』[『新東亞』附錄](東亞日報社, 1961. 1).

5) 丁來東. "「春香傳」에 影響을 미친 中國의 作品들: 西廂記·玉堂春等." 『大東文化』, 1(成均館大 大東文化硏究所, 1963. 8)

6) 劉起龍. "「春香傳」: 그 異本과 판소리 名唱系譜." 『文化財』, 1:1(文化財管理局, 1965. 12).

7) 金淵洙. "바르샤바 古書店의 「春香傳」." 『月刊中央』, 78(中央日報社, 1974. 9).

8) 趙東華 外. "<座談> 無踊劇은 可能한가: 舞踊劇 「春香傳」을 中心으로." 『對話』, 76(크리스챤 아카데미, 1977. 3).

9) 朱吉淳. "「春香傳」의 舞台設定에 對하여." 『韓國文學論叢』, 2(韓國文學硏究會, 1980. 12).

10) 최선욱. "고대소설에 대한 서사구조 연구: 「홍길동전」·「박씨부인전」·「구운몽」·「춘향전」을 중심으로." 『學位論叢』, 7(圓光大 大學院, 1981. 8).

11) 이춘영. "「춘향전」을 어떻게 가르칠 것인가." 『배달말가르침』, 7(경상대 사대 국어교육학과, 1983. 3).

12) 설성경. "「십장가」의 변이상과 본질." 『연세교육과학』, 4(연세대 교육대학원, 1983. 12).

13) 朱吉淳. "堂마당 形成과 「春香傳」 發生." 『언문논지』, 5(충남대, 1985. 12).

14) 崔容安. "「春香傳」의 教訓." 『政友』, 47(국회의원 동우회, 1986. 4).

15) 성연아. "월매에 대한 소고: 경판·완판·고대본 중심." 『語文論集』, 20(中央大 文理大 國語國文學科, 1987. 3).

16) 신정순. "춘향과 신분 상승 의지." 『國語教育論志』, 15(대구교대 국어교육과, 1989. 7).

17) 설성경. "「춘향전」에 나타난 우리말의 아름다움." 『한글』, 210(한글학회, 1990. 12).

18) 金羨培. "「춘향전」의 이별대목에 나타난 변모양상." 『판소리硏究』, 2(판소리학회, 1991. 9).

19) 金賢柱. "판소리 문학에서 口述性과 記述性의 關聯樣相 및 장르적 意味: 「春香歌」 또는 「春香傳」을 中心으로." 『판소리硏究』, 2(판소리학회 , 1991. 9).

20) 백현미. "창극 공연의 현황과 전망: 창극 「춘향전」을 중심으로." 『판소리硏究』, 2(판소리학회, 1991. 9).

21) 柳壬夏. "「春香傳」의 繼承과 詩的 變容: 朴在森의 「춘향이마음」의 경우." 『東院論集』, 4 (동국대 대학원학생회, 1991. 12).

22) 최봉석. "연변 조선족 창작 무극 「춘향전」." 『예술세계』, 17(한국예술문화단체총연합회, 1992. 2).

23) 설성경. "「춘향전」 문체의 변이양상 연구." 『東方學志』, 74(延世大 國學硏究院, 1992. 3).

24) 孫泰龍 評. "판소리사 연구의 귀중한 음반사료: 「춘향전」, 서울 신나라레코드사, 1990 LP음반 3매." 『예술세계』, 19(한국예술문화단체총연합회, 1992. 4).

25) 김일영. "유치진 각색 희곡 「春香傳」의 구성과 그 각색 배경." 『국어교육연구』, 24(경북대 사대 국어교육연구회, 1992. 12).

26) 千二斗. "춘향의 恨과 情." 『現代文學』, 456(現代文學社, 1992. 12).

27) 맹택영. "「春香傳」의 生命力: 完板84張本을 中心으로." 『창조문학』, 11(창조문학사, 1993. 6).

28) 설성경. "「춘향전」 서두 부분의 유동화와 계층화 양상." 『애산학보』, 29(1993. 12).

29) 이상우. "1930년대 유치진 역사극의 구조와 의미: 「춘향전」과 「개골산」의 텍스트 연구를 중심으로." 『語文論集』, 34(고려대 국어국문학연구회, 1995. 11).

30) 李文奎. "「春香傳」 新考." 『인문과학』, 3(서울시립대 인문과학연구소, 1996. 2).

31) 박현. "무대의상에 대하여; 「춘향전」을 중심으로." 『淸藝論叢』, 10(淸州大 藝術文化硏究所, 1996. 3).

32) 유석호. "홍종우의 「춘향전」 불역의 문제점." 『문학과번역』, 1(번역문학연구소, 1996. 10).

33) 김중신. "'고전성(古典性)'의 속성과 요건에 관한 수용론적 연구: 「춘향전」·「무정」·「광장」의 인지발달 측면에서의 고찰." 『畿甸語文學』, 10·11(水原大 國語國文學會, 1996. 11).

34) 李御寧. "「春香傳」과 「忠臣藏」을 통해서 본 한일문화의 비교: 怨과 恨의 文化記號論的 해독." 『翰林日本學硏究』, 1(翰林大 翰林科學院日本學硏究所, 1996. 11).[160]

35) 김재국. "「춘향전」의 독자 생산적 수용양상." 『語文論叢』, 12(淸州大 國語國文學科, 1996. 12).

36) 백인덕. "「春香歌·傳」 주제의 시적 변용 양상 연구: 서정주, 전봉건, 박재삼의 시에서." 『한민족문화연구』, 1(한민족문화연구학회, 1996. 12).

37) 한규섭. "「춘향전」 인물의 기능과 성격 연구: 병오판 33장본 「열녀춘향슈절가」를 중심으로." 『語文論叢』, 12(淸州大 國語國文學科, 1996. 12).

38) 배양수. "SO SANH HE THONG NHAN VAT TRONG TRUYEN KIEU VA XUAN HUONG TRUYEN." 『外大論叢』, 16(釜山外大, 1997. 2).

39) 서운아. "월매의 성격과 역할에 관한 정신분석학적 고찰: 춘향과의 관계를 중심으로." 『태릉어문연구』, 7(서울여대 국어국문학회, 1997. 2).

40) 백현미. "유치진의 「춘향전」 연구." 『한국극예술연구』, 7(한국극예술학회, 1997. 6).

41) 李秉讚. "「春香傳」의 悲壯과 滑稽: 「南原古詞」를 중심으로." 『泮橋語文硏究』, 8(泮橋語文學會, 1997. 12).

42) 조현호. "고대소설에 나타난 여가의 사회적 의미에 관한 연구 (I): 「춘향전」을 대상으로." 『논문집』, 9(경주대, 1997. 12).

43) 채길순. "「춘향전」의 미래 생산적 양상: 최근 몇 편의 정치 풍자극을 보고." 『語文論叢』, 13(청주대 국어국문학과, 1997. 12).

44) 최승옥. "「春香傳」에 나타난 '길'의 象徵性." 『論文集』, 6(주성전문대, 1997. 12).

45) 한규섭. "동경대본 「춘향전」의 인물 변모양상 연구: 「남원고사」와 대비를 중심으로." 『語文論叢』, 13(청주대 국어국문학과, 1997. 12).

46) 김진영. "판소리 문학 주석의 제문제." 『한국문화연구』, 1(경희대 민속학연구소, 1998. 2).

47) 정하영. "「춘향전」 한문이본군 연구." 『省谷論叢』, 29: 1(省谷學術文化財團, 1998. 8). 『춘향전의 탐구』(2003. 6)에 재수록.

48) 임성래. "연애소설의 관점에서 본 「춘향전」." 『洌上古典硏究』, 11(洌上古典硏究會, 1998. 12).

49) 한규섭. "「춘향전」의 인물 기능과 성격 연구." 『洌上古典硏究』, 11(洌上古典硏究會, 1998. 12).

50) 문흥구. "「춘향전」 창극본의 인물 분석." 『새국어교육』, 57(한국국어교육학회, 1999. 1).

51) 朴炳棹. "唱劇의 舞臺化에 관한 硏究: 「春香傳」 공연의 경우를 중심으로." 『언론연구논집』,

---

160) 같은 책(pp. 157~175)에 일역인 李御寧, "「春香傳」と「忠臣藏」を通して見た日韓文化の比較: '怨'と'恨'の文化記號論的解讀"이 수록되어 있다.

27(중앙대 신문방송대학원, 1999. 3).

52) 정 양. "춘향 유언의 아이러니: 옥중상봉가 연구."『지구문학』, 5[2:1](지구문학사, 1999. 3).

53) 김진영. "「春香傳」과 揷畵의 상관성."『고전소설과 예술: 예술요소의 기능을 중심으로』(박이정, 1999. 5).

54) 한규섭. "「춘향전」의 정서 연구."『語文論叢』, 14(동서어문학회, 1999. 9).

55) 한채화. "1990년대의 「춘향전」 재생산 연구."『語文論叢』, 14(동서어문학회, 1999. 9).

56) 양명학. "한국소설의 주역적 해석(II): 중지곤괘와 「춘향전」의 서사구조를 중심으로."『어문학』, 68(한국어문학회, 1999. 10).

57) 최정락. "판소리계 소설에 나타나는 제시형식의 고찰: 완판 84장본 「춘향전」을 중심으로."『어문학』, 68(한국어문학회, 1999. 10).

58) 곽봉재. "'사랑'·'그리움'의 시적 변용: 춘향에 관한 두 가지 시적 해석." 김중식 외,『불멸의 춘향전』(청동거울, 1999. 11).

59) 김미란. "춘향 서사의 낭만성." 동상.

60) 김수이. "「춘향전」에 나타난 가치관의 이중성." 동상.

61) 노귀남. "북한 「춘향전」과 만남." 동상.

62) 김문희. "완판 「춘향전」의 계열과 위상에 관한 연구: '완판26장본'·'완판29장본'·'완판33장본'·'완판84장본'을 중심으로."『西江論集』, 13(서강대 대학원총학생회, 1999. 12). "완판 「춘향전」의 계열과 위상: 완판26장본·완판29장본·완판33장본·완판84장본을 중심으로"으로『古小說研究』, 10(韓國古小說學會, 2000. 12)에 재수록.

63) 金賢柱. "「춘향전」 담화의 회화성."『판소리硏究』, 10(판소리학회, 1999. 12).

64) 문흥구. "「춘향전」 교육 방법론."『우리문학연구』, 12(우리문학회, 1999. 12).

65) 柳應九. "漢譯 「春香傳」."『인문학연구』, 5(경상대 인문학연구소, 1999.12).

66) 鄭大成. "「春香傳」 일본어 번안 텍스트(1882~1945)의 계통학적 연구: '원전'의 轉移양상과 多聲的 얽힘새."『日本學報』, 43(한국일본학회, 1999. 12).

67) 한규섭. "춘향의 애정과 분노의 발전양상."『牛岩論叢』, 21(淸州大 大學院, 1999. 12).

68) 전영선. "「춘향전」에 대한 북한의 인식과 접근 태도."『민족학연구』, 4(한국민족학화, 2000. 2).

69) 박삼서. "「춘향전의 'PUN' 양상과 교육." 이상익 외,『고전산문교육의 이론』(집문당, 2000. 3).

70) 이병찬. "「춘향전」의 비장과 골계." 반교어문학회 편,『고소설의 사적전개와 문학적 지향』(반교어문총서 3, 보고사, 2000. 3).

71) 이지호. "「춘향전」 교육의 한 방법: 작중인물의 '말'을 중심으로" 이상익 외,『고전산문교육의 이론』(집문당, 2000. 3).

72) 하재봉. "「춘향전」과 「춘향뎐」."『문화예술』, 248(한국문화예술진흥원, 2000. 3).

73) Le, Dang Thanh/배양수 譯. "한국의 사랑가: 「춘향전」."『國際地域問題研究』, 18:1(釜山大學校 國際地域問題研究所, 2000. 3).

74) 김재국. "「춘향전」의 현재적 변용 양상에 대한 연구."『현대소설연구』, 11(한국현대소설학회, 2000. 6).

75) 류선무. "「춘향전」을 통해 본 조선시대의 성윤리(性倫理)와 문화." 김현룡 외,『한국문학과 윤리의식』(박이정, 2000. 8).

76) 呂知宣. “近·現代詩史와「春香傳」.”『겨레어문학』, 25(겨레어문학회, 2000. 8)

77) 최웅권. “남북한「춘향전」 비교 연구.”『북한의 고전소설 연구』(지식산업사, 2000. 9).

78) 김종국. “해방전 한국영화 기술사 고찰: 발성영화「춘향전」(1935)의 출현을 중심으로.”『씨네포럼』, 3(동국대 대학원 영화학과 이론학회, 2000. 10). “해방전 한국영화 기술사 연구: 발성영화「춘향전」(1935)의 출현을 중심으로”로『東院論集』, 13(東國大學校大學院, 2000. 12)에 재수록.

79) 강헌규. “「춘향전」에 나타난 어사또 이몽룡의 남원행 경유지명(經由地名)의 고찰.”『熊津文化』, 13(공주향토문화연구회, 2000. 12).

80) Lee, Hyangjin. “Chunhyangjon, Cinematic Texts of the Era of Division.”『THE REVIEW OF KOREAN STUDIES』, 3:2(The Academy of Korean Studies, 2000.12).

81) 장원석. “구성주의 이론을 적용한「춘향전」 교육의 실제.”『국어교육연구』, 32(국어교육학회, 2000. 12).

82) 이혜경. “문학작품의 영화로의 전환 방식:「춘향전」을 그 한 예로.”『語文硏究』, 35(語文硏究學會, 2001.4).

83) 설성경. “「춘향전」의 원작가에 대하여 A Study on the Original Author of the Chun hyang jeon.”『비교한국학』, 8(국제비교한국학회, 2001. 6).

84) 이문성. “방각본「춘향전」의「농부가」와 민요「상사소리」의 상관성.”『韓國民謠學』, 9(韓國民謠學會, 2001. 6).

85) 金昌華. “韓國에서의 唱劇演戲方式:「春香傳」을 中心으로.”『고전희곡연구』, 3(한국고전희곡학회, 2001. 8).

86) 채수영. “고전의 로맨스「춘향전」.”『2000年』, 222(현대사회문화연구소, 2001. 10).

87) 강헌규. “「춘향전」 어사또의 路程 ‘널티’·‘문엄이’에 대하여.”『熊津文化』, 14(공주향토문화연구회, 2001. 12).

88) 권순긍. “문제제기를 통한 古小說 敎育의 방향과 시각:『고등학교 국어』교과서 소재「九雲夢」·「春香傳」·「興夫傳」을 중심으로.”『古小說硏究』, 12(韓國古小說學會, 2001. 12).

89) 배양수. “「춘향전」과「끼에우전」의 사회, 문화적 배경 비교.”『아시아지역연구』, 4(부산외대 아시아지역연구소, 2001. 12).

90) 정상진. “「춘향전」의 문학교육적 전제와 내용.”『교육논총』, 3(부산외국어대학교 교육대학원, 2001. 12).

91) 문흥구. “「春香傳」의 言語 樣相 硏究: 完板 33張本「烈女春香守節歌」를 中心으로.”『새국어교육』, 63(한국국어교육학회, 2002. 1).

92) 임승빈. “이근삼 희곡「춘향아, 춘향아」 연구: 고전「춘향전」의 희곡적 수용 양상을 중심으로.”『人文科學論集』, 24(淸州大學校人文科學硏究所, 2002. 2).

93) 전성희. “한국 고전극에 나타난 여성 노인연구:「춘향전」의 ‘월매’와「봉산탈춤」의 ‘미얄할미’를 중심으로.” 문학을 생각하는 모임 지음,『한국문학에 나타난 노인의식』, Ⅲ(푸른사상, 2002. 2).

94) 蔡禹錫. “「紅樓夢」과「春香傳」의 敍事構造.”『第72回 中國學硏究會發表論文集』(中國學硏究會, 2002. 4).

95) 정병헌. “「춘향전」과 사람 사는 법, 그리고 창극.”『판소리와 한국문화』(亦樂, 2002. 5).

96) 조광국. "법제적 질서와 사회경제적 변화의 충돌 측면에서 본「춘향전」완판 84장본의 작품적 가치."『국어교육』, 108(한국국어교육연구학회, 2002. 6). "「춘향전」완판 84장본의 작품적 가치"로『한국문화와 기녀』(월인, 2004. 2)에 재수록.

97) 배양수. "「춘향전」과「끼에우전」의 주제와 쟝르 및 생활 반영 방식."『외대논총』, 25(부산외국어대, 2002. 8).

98) 全永善. "文學的 傳統과 媒體變容 硏究:「춘향전」을 중심으로"『出版雜誌硏究』, 10:1(出版文化學會, 2002. 9).

99) 민병욱. "신극「춘향전」의 공연사회학적 연구."『韓國文學論叢』, 31(韓國文學會, 2002. 10).

100) 진은진. "「춘향전」의 여성 인물 형상 연구."『판소리硏究』, 14(판소리학회, 2002. 10).

101) 김수남. "'춘향영화'의 製作史와 양식적 특징에 대한 고찰."『淸藝論叢』, 20(淸州大 藝術文化硏究所, 2002. 12). 한국공연문화학회,『춘향 예술의 양식적 분화와 세계성』(박이정, 2004. 7)에 재수록.

102) 薛盛璟. "「春香傳」." 刊行委員會 編.『古小說硏究史』(月印, 2002. 12).

103) 신선희. "「춘향전」에 나타난 여성인물의 언술 양상."『한국고전여성문학연구』, 5(한국고전여성문학회, 2002. 12).

104) 翁敏華. "「春香傳」與「桃花扇」比較硏究."『中國人文科學』, 25(中國人文學會, 2002. 12).

105) 전혜숙·유혜경. "「春香傳」各 異本에 表現된 春香의 外樣描寫 比較硏究."『生活科學硏究論文集』, 10(東亞大附設 生活科學硏究所, 2002. 12).

106) 조성원. "순결의 딜레마: 셰익스피어의 Measure for Measure와 판소리계『춘향전』의 문화적 비교연구."『比較文學』, 28(韓國比較文學會, 2002. ??).

107) 김광수. "「춘향전」과『아언각비』."『전기제품 안전21』, 109(한국전기제품안전진흥원, 2003. 1).

108) 강영매. "「춘향전」과「모란정」의『천자문』수용양상."『중국어문학논집』, 22(중국어문학회, 2003. 2).『중국희곡』, 9(한국중국희곡학회, 2004); 한국공연문화학회,『춘향 예술의 양식적 분화와 세계성』(박이정, 2004. 7)에 재수록.

109) 김창화. "한국에서의 창극연희 방식:「춘향전」을 중심으로."『고전희곡연구』, 6(한국고전희곡학회, 2003. 2).

110) 이윤석. "짝타령과「춘향전」의 바리가."『묵계월 경기소리 연구』(깊은샘, 2003. 2).

111) 차충환. "홍윤표 소장 154장본「춘향전」연구."『판소리硏究』, 17(판소리학회, 2004. 4).

112) 백현미. "창극「춘향전」의 공연사와 양식상의 특징." 동상. 한국공연문화학회,『춘향 예술의 양식적 분화와 세계성』(박이정, 2004. 7)에 재수록.

113) 양희석. "월극(越劇)「춘향전」초탐(初探)." 동상. 한국공연문화학회,『춘향 예술의 양식적 분화와 세계성』(박이정, 2004. 7)에 재수록.

114) 이미원. "현대극의「춘향전」수용." 동상. 한국공연문화학회,『춘향 예술의 양식적 분화와 세계성』(박이정, 2004. 7)에 재수록.

115) 이영미. "북한 민족가극「춘향전」의 공연사적 위치와 특징." 동상. 한국공연문화학회,『춘향 예술의 양식적 분화와 세계성』(박이정, 2004. 7)에 재수록.

116) 정병헌. "「춘향전」서사의 성격과 역사적 전개." 동상. 한국공연문화학회,『춘향 예술의 양식적

분화와 세계성』(박이정, 2004. 7)에 재수록.

117) 신선희. "「춘향전」에 나타난 여성인물의 언술양상."『人文社會科學研究』, 12(長安大 人文社會科學研究所, 2003. 2).

118) 강희안. "현대시의 「춘향전」 패러디 수용 양상: 김소월·서정주·박재삼의 시를 중심으로."『韓南語文學』, 27(韓南大 國語國文學會, 2003. 3).

119) 민병욱. "村山知義 연출 「춘향전」의 공연사회학적 연구."『韓國文學論叢』, 33(韓國文學會, 2003. 4).

120) 박춘순·강주희·박미영. "영화 「춘향전」에 나타난 복식의 시대별 비교 연구: 1960년대와 2000년대를 중심으로."『忠南生活科學研究誌』, 16(忠南大 生活科學大學生活科學研究所, 2003. 4).

121) 신익호. "『현대시에 수용된 「춘향전」의 패러디 양상."『韓國言語文學』, 50(한국언어문학회, 2003. 5).

122) 김신중·김용의·신해진. "나카라이 도스이(半井桃水)역 '鷄林情話「春香傳」' 연구."『日本語文學』, 17(韓國日本語文學會, 2003. 6).

123) 이창헌. "경판방각소설 「춘향전」의 순차단락 고착화 양상 연구."『古小說研究』, 15(韓國古小說學會, 2003. 6).

124) 이윤석. "세책 「춘향전」에 들어 있는 '바리가'에 대하여." 이윤석·대곡삼번·정명기 편저,『세책 고소설 연구』(혜안, 2003. 8).

125) 전상욱. "세책 계열 「춘향전」의 특성." 동상.

126) 정병헌. "「춘향전」 교육의 현실과 당위."『한국 고전문학의 교육적 성찰』(숙명여대출판국, 2003. 8).

127) 鄭善姬. "19세기 鄕村 中間層의 「春香傳」 개작 양상."『東洋學』, 34(檀國大 東洋學研究所, 2003. 8).

128) 황혜진. "「춘향전」과 순정만화를 통해 본 '낭만적 사랑'의 형성과 변화."『國語敎育學研究』, 17(國語敎育學會, 2003. 8).

129) 李晋源. "월극(越劇) 「춘향전(春香傳)」과 창극(唱劇) 「홍루몽(紅樓夢)」: 중국 희극과 한국 창극의 교류에 관한 소고."『판소리研究』, 16(판소리학회, 2003. 10).

130) 권내현. "「춘향전」: 이몽룡을 통해 본 조선의 양반관료."『역사비평』, 65(역사문제연구소, 2003 겨울).

131) 권혁래. "고전동화로 보는 「춘향전」: 1990년대 이후 출간된 작품을 대상으로."『동화와번역』, 6(건국대 동화와번역연구소, 2003. 12).

132) 백완. "「春香傳」의 時間構造 考察."『人文科學論叢』, 40(建國大 人文科學研究所, 2003. 12).

133) 전상욱. "홍윤표교수 소장 「춘향전」(154장본)에 대하여."『동방고전문학연구』, 5(東方古典文學會, 2003. 12).

134) 전평국. "한국영화의 전통과 근대성의 횡단에 대한 탐사: 영화 「춘향전」을 중심으로"『영화연구』, 22(한국영화학회, 2003. 12).

135) 정천구. "「춘향전」과 「주신구라」, 그 미학과 윤리." 동국대한국문화연구소 편,『동아시아 비교문학의 전망』(동국대출판부, 2003. 12).

136) 권우행. "신분상승의 전략적 측면에서 본 춘향." 향사설성경교수 화갑기념논문집 간행위원회 편, 『춘향전 연구의 과제와 방향』(국학자료원』, 2004. 1).

137) 권혁래. "고전동화로 보는 「춘향전」." 동상.

138) 김경완. "「춘향전」의 기독교적 조명." 동상.

139) 김광순. "「춘향전」의 연구의 경향별 검토와 쟁점." 동상.

140) 김미란. "기녀(妓女)풍속으로 본 「춘향전」의 몇 가지 문제." 동상.

141) 김승호. "민요 잡가의 노래말을 통해 본 「춘향전」의 수용양상." 동상.

142) 김영희·이대형. "「춘향전」 연구사." 동상.

143) 김창진. "「춘향전」의 문학적 성공 요인." 동상.

144) 김현양·이다원. "「춘향전」의 구성 양상과 주제 해석과의 상관성." 동상.

145) 문흥구. "「춘향전」 창극본의 문체적 특성 연구." 동상.

146) 박태상. "북한문학사에서의 「춘향전」의 평가." 동상.

147) 백문임. "영화 '성춘향'과 전후(戰後)의 여성상." 동상.

148) 백완. "「춘향전」의 시간구조 고찰." 동상.

149) 사성구·전상욱. "춘향전」 이본 연구에 대한 반성적 고찰." 동상.

150) 설성경. "춘향예술학의 새 지평." 동상.

151) 신태현 / 이복규·김기서 역. "「춘향전」 상연을 보고." 동상.161)

152) 원용문. "춘향전」의 사회문화적 배경 연구." 동상.

153) 윤경수. "춘향과 변부사의 관계 양상." 동상.

154) 윤성현. "현대사에서의 춘향 변용과 세계인식 태도." 동상.

155) 윤혜신·이강엽. "「춘향전」의 발생과 형성." 동상.

156) 전송열. "「춘향전」에 삽입된 한시의 양상과 그 기능적 의미." 동상.

157) 최기숙. "「춘향전」의 고전적 가치와 미학." 동상.

158) 최문정. "「춘향전」을 통해 본 조선조의 문학관리." 동상.

159) 최재우. "이광수 『일설 춘향전』의 특성 연구." 동상.

160) 홍성남. "「춘향전」의 근원설화." 동상.

161) 김광순. "「춘향전」의 작자 시비와 등장인물의 실존 검토." 『한국고전문학사의 쟁점』(새문사, 2004. 2).

162) 차충환. "홍윤표소장 154장본 「춘향전」 연구." 『판소리연구』, 17(판소리학회, 2004. 4).

163) 심치열. "구활자본 애정소설 「藥山東臺」의 서사적 측면에서 본 변모 양상: 「춘향전」의 전승적 맥락을 중심으로." 『한국고전여성문학연구』, 8(한국고전여성문학회, 2004. 6).

164) 장선영. "「춘향전」과 스페인 「라 셀레스띠나」의 비교." 한국공연문화학회, 『춘향 예술의 양식적 분화와 세계성』(박이정, 2004. 7).

165) 정연식. "「춘향전」: 가공의 현실에 투영된 꿈." 『역사비평』, 67(역사문제연구소, 2004 여름).

166) 안인희. "조선후기 「춘향전」과 영화 「춘향전」 복식의 시대성과 유행성 비교." 『服飾』, 54:6[87] (한국복식학회, 2004. 9).

---

161) 朝鮮總督府에서 발간한 월간지 『朝鮮』 제283호(1938. 12)에 게재되었던 辛兌鉉의 "「春香傳」上演を觀つ"의 번역문이다.

167) 진은진. “「춘향전」, 통합과 공존의 미학.” 이정재, 『고전문학 다시 읽기』(민속원, 2004. 9).

168) 차충환. “국문필사본 「춘향전」의 계열과 성격.” 『판소리硏究』, 18(판소리학회, 2004. 10).

169) 설성경. “「춘향전」 문체의 변이양상.” 刊行委員會, 『澤民金光淳敎授定年紀念論叢』(새문社, 2004. 11).

170) 西岡健治. “日本에서의 「春香傳」 飜譯의 初期樣相: 桃水야사 譯 『鷄林情話 春香傳』을 대상으로.” 『語文論叢』, 41(韓國文學言語學會, 2004. 12).

「향낭신설」 / 「춘향신설」

【增】

1) 김종철. “「향랑신설」고.” 『李樹鳳敎授停年退任紀念論叢』(景仁文化社, 1994. 2).

2) 許鎬九·姜在哲. “「春香新說」과 「懸吐漢文春香傳」의 作者와 創作年代: ‘序’와 ‘解題’에 대신하여.” 『논문집』, 32(단국대, 1998. 8). 『譯注 春香新說·懸吐漢文春香傳』(以會文化社, 1998. 9)에 재수록.

3) 성현경. “「춘향신설」과 「광한루기」 비교 연구.” 『古小說硏究』, 8(韓國古小說學會, 1999. 12).

◆732.[[출동문 黜僮文]]

〈작자〉 丁若鏞(1762~1836)

〈출전〉 『與猶堂全書』, 22, ‘雜文’

◑{충계명감록 忠季冥感錄}

〈관계기록〉

① 「第一奇諺」(洪義福 1794~1859), 序: 「忠季冥感錄」.

▶(충렬공명행록 忠烈公明行錄 → 소씨명행록162))

〈관계기록〉

① 『諺文古詩』(가람본), ‘언문칙목녹’, 1: 「츙녈공명힝녹」.

【削】 국문필사본

【削】 츙열공명힝녹　　　　　　　　김광순[筆全](42)　　　　　　　(임인월월십亽일죵셔, 21f.)163)

◑{충렬기봉록 忠烈奇逢錄}

〈관계기록〉

① 李源周. “고전소설 독자의 성향.” 『韓國學論集』, 3(啓明大 韓國學研究所, 1975. 8).

▶(충렬부인전 忠烈夫人傳 → 박씨전)

◆733.[충렬소오의 忠烈小五義]

---

162) 『이본목록』에 추가.

163) 「소씨명행록」항으로 이동.

〈참고자료〉

① 其年五月 復有「小五義」出于北京 十月又出「續小五義」 皆一百二十四回 序謂與「三俠五義」 皆石玉崑原稿 得之其徒 本三千多篇 分上中下三部 總名「忠烈俠義傳」 原無大小之說 因上部 「三俠五義」 創始之人 故謂之大五義 中下二部五義卽其後人出世 故謂之「小五義」 「小五義」 雖續上部 而又自白玉堂盜盟單起 略當上部之百一回●(그 해[1889] 5월 북경에서 「소오의」가 나왔고, 10월에는 「속소오의」가 나왔으니, 총 124회다. 서문은 「삼협오의」와 더불어 석옥곤의 글로서 그것을 그의 문인에게서 구입하였으며, 본래는 3000여 편으로 상·중·하의 3부로 나누어 「충렬협의전」이라 이름을 붙였다. 원래는 '대'·'소'라는 구별이 없던 것을 상부의 「삼협오의」는 창시자이므로 '대오의'라 하였고, 중부와 하부의 오의는 그 후에 세상에 것이므로 「소오의」라 한 것이다. 「소오의」는 비록 상부를 이은 것이기는 하지만, 그러나 또 백옥당이 맹약서를 훔치는 곳으로부터 시작하고 있어, 대략 상부의 100회에 해당한다)[魯迅, 『中國小說史略』, pp. 239~230].

② 「忠烈小五義傳」 一百二十四回: 淸無名氏撰 首光緖庚寅[1890]文光樓主人序 云係石玉崑稿 本●(청나라 때의 무명씨 찬. 책머리에 광서 경인년 문광루주인의 서문이 있다. 석옥곤의 원고본이라 일컬어지고 있다)[孫楷第, 『中國通俗小說書目』, p. 192].

〈이본연구〉

【增】

1) 「忠烈小五義」는 「三俠五義」의 연작으로, 「삼협오의」는 '大五義'로, 「忠烈小五義」는 '小五義로 흔히 불리워지는데, 「삼협오의」는 「忠烈俠義傳」이라는 제목으로 낙선재본에 번역되어 있다. 「충렬소오의」는 「삼협오의」의 저자인 石玉崑[1810~1871]의 원고를 토대로 민간 전설과 講唱文學을 정리·편집하여 만들어진 작품이다. …… 한글 필사본 「충렬소오의」는 규장각과 정신문화연구원에 소장된 2종이 있는데……3 종 모두 장회수는 같지만, 그 권 수나 책 수에서는 많은 차이를 보이고 있다. 특히 규장각본과 낙선재본을 비교해 볼 때, 18권까지는 그 분량이 일치하고 있지만, 19권부터는 차이가 있다. 또 책 수에 있어서는 규장각본은 제32권을 한 책으로 묶은 것을 제외하고는 각 2권을 묶어 1책을 만들고 있는데, 낙선재본은 1권을 1책으로 만들고 있다. 따라서 낙선재본의 책 수가 규장각본의 거의 두 배에 달하게 된 것이다. 규장각에 소장되어 있는 한글 필사본은 번역본의 초고인 듯 부분적으로 지우거나 수정한 부분이 보이는데 낙선재본 한글 필사본에는 규장각본의 수정한 내용이 그대로 반영되어 있다……. 이로 보건대 ……「요화전」의 경우와 마찬가지로 「충렬소오의」 역시 규장각본을 수정한 다음 그것을 바탕으로 그대로 베껴 써서 낙선재본을 만들었다 할 것이다. 그런데 그 수정 부분은 그리 많지 않다. ……「요화전」에서 보다 훨씬 적게 나타나는 특징적인 면모을 보이고 있다. 그리고 규장각본은 男筆인 듯하고, 낙선재본은 이보다 더욱 정서된 궁체로 이루어져 있다는 점에 있어서는 「요화전」의 경우와 동일하다. 이처럼 규장각본에 비해서 낙선재본의 책 수가 늘어나고 있다는 점이나, 규장각본의 수정내용이 그대로 반영되어 있다는 점, 그리고 그 필체에 있어서 규장각본은 남필인 듯하고, 낙선재본은 궁체라는 점 등으로 미루어 볼 때, 아마도 「충렬소오의」 역시 「요화전」이 번역되던 비슷한 시기에 같은 방법으로 이루어졌다고 여겨진다(류준경, "낙선재본 중국번역소설과 장편소설사," 『한국문학논총』, 26[2000. 6], pp. 116~117, 119~120, et passim).

【增】

〈판본연대〉

1) 「충렬소오의」의 번역 대본인 중국의 원본은 …… 道光[sic 光緖] 16[1890]년에 최초로 간행된다. 이로 보건대 「충렬소오의」의 번역은 아무리 빨라도 1890년 이전은 될 수 없고, 번역과 필사의 기간을 고려한다면, 최소한 이보다는 1~2년 뒤에야 낙선재본 「충렬소오의」가 만들어졌다고 할 것이다. 따라서 1886년에 수정 작업이 이루어진 「요화전」보다는 최소한 5년 정도는 뒤에 「충렬소오의」가 만들어졌다고 봐야 할 것이다(류준경, "낙선재본 중국번역소설과 장편소설사," 『한국문학논총』, 26[2000. 6], p. 120).

733.2. 〈연구〉

【增】 Ⅲ. (학술지)

1) 김정녀. "「충렬소오의」의 번역 양상." 김정녀·박재연 校註. 『충렬쇼오의』(조선시대 번역고소설 총서 26, 이회, 2005. 8).

◐{충렬쌍의록 忠烈雙義錄}

〈관계기록〉

① 『諺文古詩』(가람본), '언문칙목녹', 58: 「츙열빵의록」.

▶(충렬전 忠烈傳 → 유충렬전)

◪734.[충렬협의전 忠烈俠義傳]164) ← *165)염라왕전166) / *167)포공연의 / *168)포염라연의

〈참고자료〉

① 「三俠五義」出于光緖五年, 原名「忠烈俠義傳」百二十回 首署'石玉崑述' 而序則云'問竹主人 原藏 入迷道人編訂' 皆不詳爲何人 …… 如三俠 卽南俠展昭·北俠歐陽春·雙俠丁兆蘭·丁兆蕙 以及五鼠爲鑽天鼠盧方·徹地鼠韓彰·穿山鼠徐慶·翻江鼠蔣平·錦毛鼠白玉堂等 率爲盜俠 縱橫江湖間 或則偶入京師 戲盜御物 人亦莫能制 …… 當兪樾寓吳下時 潘祖蔭歸自北京 出示此本 初以爲尋常俗書耳 及閱畢 乃嘆 ……而頗病開篇 …… 又以書中南俠·北俠·雙俠 其數已四 非三能包 加小俠艾虎 …… 黑妖狐智化 ……小諸葛沈仲元 …… 此兩人非俠而何 因復改名「七俠五義」于光緖己丑 序而傳之 乃與初本幷行 在浙江特盛◯(「삼협오의」는 광서 5년[1879]에 나왔고, 원이름은 「충렬협의전」이며 120회다. 머리에 '석옥곤이 서술하였다'고 되어 있으며, 서문에는 '문죽주인 원장·입미도인 편정'이라고 말하고 있으나 모두 어떤 사람들인지는

---

164) 중국의 包拯(999~1063)이 억울한 일을 당한 사람들의 원한을 풀어 주는 이야기를 모은 明나라 때의 公案小說을 번역한 것이다. 낙선재본 「包公演義」는 중국본 「龍圖公案」에 수록돼 있는 100편 중 80편만 번역하였다.
165) 『이본목록』·『작품연구 총람』에 추가.
166) 『이본목록』에 추가.
167) 『작품연구 총람』 수정.
168) 『작품연구 총람』 수정.

잘 알 수 없다. …… 3협 즉 남협인 전소·북협인 구양춘·쌍협인 정조란·정조혜 등과 5서인 찬천서 노방·철지서 한창·천산서 서경·번강서 장평·금모서 백옥당 등은 마침내 협도[169]가 되어 세상을 종횡하고 혹은 서울에 들어가서 임금의 물건을 장난삼아 도둑질하였으나 사람들이 그것을 막지 못하였다. …… 유월이 오하에 살고 있을 때 반조음이 북경으로부터 돌아와서 이 책을 보여 주었다. 처음에는 보통의 속된 책으로만 생각했으나 다 읽고나서는 이에 찬탄하고 말았다. …… 그러나 개편을 심히 결함으로 생각하였다. …… 또 책 중에 남협·북협·쌍협은 그 수가 이미 넷으로 되어, 셋으로는 포함할 수가 없으므로 소협 애호를 가하였다. ……흑요호 지화 …… 소제갈 심중원 …… 이 두사람이 의협인이 아니고 무엇이겠는가? 따라서 다시 '7협 5의'라 개명하고, 광서 기축년[1889]에 서문을 써서 이것을 전하였다. 이에 초간본과 더불어 병행하였는데 특히 절강 지방에서 성행되었다)[魯迅, 『中國小說史略』, pp. 226~229 발췌 인용].

② 「忠烈俠義傳」一百二十回 (亦名 三俠五義): 存清光緒五年己卯北京聚進堂活字本 不分卷…… 此爲原刊本 …… 兪曲園改訂本 易名七俠五義 …… 清無名氏撰 舊本題‘石玉崑述’ 首光緒己卯問 竹主人序 及退思主人入迷道人二序☯(청나라 광서 5년 기묘[1879]에 북경 취진당 활자본이 현재 전해지고 있는데 권은 나뉘어져 있지 않다. …… 이것이 원간본이라 한다. …… 유곡원의 개정본은 이름을 바꾸어 「칠협오의」라 하였다. …… 청나라 무명씨의 찬이다. 구본의 표제지는 ‘석옥곤이 서술했다’고 되어 있다. 책머리에 광서 기묘년에 쓴 문죽주인의 서문이 있고, 또 퇴사주인과 입미도인 두 사람의 서문이 붙어 있다)[孫楷第, 『中國通俗小說書目』, pp. 191~192].

③ 「七俠五義」: 這本書的前身是「三俠五義」又名「忠烈俠義傳」一百二十回 光緒五年 由北京聚珍 堂排印 首署 ‘石玉崑述·問竹主人原藏·入迷道人編訂’ 石玉崑字振之 天津人 是道光年間 (或謂 咸同[咸豊·同治]年間) 有名的說唱家 以唱單絃 名重一時 而最受歡迎便是講唱「忠烈俠義傳」 所以當時有‘編來宋代「包公案」 成就當時石玉崑’的話 這本書最原始的形式是散文韻文相間 的‘說唱本’ 後來把韻文的唱的部份淘汰 而成爲後來流行的長篇說部 故事的內容是以盛傳民 間的包公故事爲主幹☯(이 책의 전신은 「삼협오의」이고, 혹은 「충렬협의전」이라고도 한다. 광서 5년[1879] 북경의 취진당에서 간행하였다. 첫머리에 ‘석옥곤이 쓰고, 문옥주인이 원래 소장하였으며, 입미도인이 고쳐 편찬했다.’고 되어 있다. 석옥곤의 자는 ‘진지’요, 천진 사람으로, 도광 연간 [1821~1850](혹 함풍[1851~1861]·동치[1862~1874] 연간이라고도 한다)의 유명한 설창가이다. 그는 단현을 설창하여 그 이름이 한때에 드날렸다. 그가 부른 설창 중 가장 환영을 받은 것이 「충렬협의전」 이었는데, 당시에 편찬되어 내려오던 「포공안」이 석옥곤의 이야기로 만들어졌기 때문이다. 이 책의 가장 최초의 형식은 산문과 운문이 섞여 있는 설창본이었는데, 후에 운문으로 노래하던 부분이 도태되고 후대에 유행한 장편 이야기가 이루어지게 되었다. 이야기의 내용은 민간에서 널리 전하던 포공의 고사가 줄기를 이루고 있다)[孟瑤, 『中國小說史』, 第四冊, p. 592].

〈관계기록〉

【增】

1) 『[演慶堂]諺文冊目錄』(1920; 藏書閣所藏): 14. 「忠烈俠義傳」 40冊.
2) 『[演慶堂]諺文冊目錄』(1920; 藏書閣所藏): 16. 「忠烈五義傳」 31冊.

---

169) 의협심이 있는 도둑.

734.1. 〈자료〉

【增】 II (역주)

1) 김명신·박재연 校註.『충렬협의전』. 조선시대번역소설총서 24. 이회, 2005. (정문연 소장 낙선재본)

▶(충신박태보전 忠臣朴泰輔傳 → 박태보전)

▶(충열전 忠烈傳 → 유충렬전)

▶(충의록 忠義錄 → 화씨충효록)

▶(충의수호지 忠義水滸誌 → 수호지)[170]

▶(충효록 忠孝錄 ① → 설저전)[171]

▶(충효록 忠孝錄 ②[172] → 화씨충효록)

◑{충효명감록 忠孝明鑑錄}

〈관계기록〉

① 「第一奇諺」(洪羲福 1794~1859), 序: 녁대 연의에 뉴는 임의 진셔로 번역흔 빈니 말솜을 고쳐 보기의 쉽기를 취홀 쑨이요 그 수실은 흔ᄀ지여니와 그 밧 「뉴시삼대록」·「미소명힝」·「조시삼대록」· 「츙효명감녹」·「옥원지합」·「님화졍연」·「구리공츙녈긔」·「곽장냥문록」·「화산션계록」·「명힝졍의록」· 「옥닌몽」·「벽허담」·「완월회밍」·「명쥬보월빙」 모든 쇼셜이 슈삼십 종의 권질이 호대ᄒ야 혹 빅 권이 넘으며 쇼불하 슈십 권에 니르고 그 남아 십여 권 슈샴 권식 되ᄂ 수오십 종의 지ᄂ니.

◑{충효보응록 忠孝保應錄}

〈관계기록〉

① 『諺文古詩』(가람본), '언문칙목녹', 66: 「츙효보응녹」.

◆735.[충효선인창길록]

국문필사본

【增】 츙회선인창길녹 권지십칠　　　박순호[家目]　　　낙질 1(긔유동십이월쵸팔일의이감 스댁의등츌한칙이라, 책주인 오소제 라, 40f.)

◑{충효여행록}

〈관계기록〉

① 『諺文古詩』(가람본), '언문칙목녹', 49: 「츙효여힝녹」.

---

170) 『이본목록』·『작품연구 총람』에 추가.
171) 『이본목록』·『작품연구 총람』에 추가.
172) 『이본목록』·『작품연구 총람』에 추가.

◑{**충효전 忠孝傳**}
◑{**취경원기 聚景園記**}173)
◑{**취대록**}

〈관계기록〉

① 『諺文古詩』(가람본), '언문칙목녹', 82: 「취듸록」.

◆**736.[[취란방기 翠蘭芳記]]** ← **오옥기담**

〈출전〉『五玉奇談』(1906)

▶(**취련전 / 취연전**174) → **정을선전**)

◆**737.[취미삼선록 翠微三仙錄]**

〈관계기록〉

① 「玉駕再合奇緣」(溫陽鄭氏 1725~1799), 14, 表紙 裏面: 「취미삼션녹」.
② 『諺文古詩』(가람본), '언문칙목녹', 25: 「취미습션녹」.

국문필사본

【增】취미샴션녹 샹권　　　　박순회[家目]　　　　1(셰직경인뉵월의 시작ᄒᆞ야 신묘칠월초팔일 죵
　　　　　　　　　　　　　　　　　　　　　　　셔ᄒᆞ다, 楊平郡龍門面花田里, 洪庚杓, 65f.)

737.2.〈연구〉

【增】 Ⅱ. (학위논문)

〈석사〉

1) 구선정. "「취미삼선록」 연구." 碩論(이화여대 대학원, 2004. 8).

Ⅲ. (학술지)

【增】

1) 전성운. "장편 국문소설에 나타난 몽유양식의 양상과 의미: 「현봉쌍의록」·「현몽쌍룡기」·「몽옥
쌍봉연록」·「쌍천기봉」·「취미삼선록」을 중심으로." 『古小說研究』, 8(韓國古小說學會, 1999.
12).
2) 이승복. "「옥환기봉」과의 관계를 통해 본 「취미삼선록」의 경우." 『국문학연구』, 6(국문학회,
2001. 11).

◆**738.[취승루(기)**175) **取勝樓(記)]**

【增】〈관계기록〉

1) 『[演慶堂]諺文冊目錄』(1920; 藏書閣所藏): 57. 「取勝樓」 30冊.

---

173) 『전등신화』에 「滕穆醉遊聚景園記」가 있다.
174) '취련'은 본작품의 여주인공 이름. 「정을선전」의 여주인공 이름인 '추년/추련'의 변음이다.
175) 『이본목록』·『작품연구 총람』 수정.

◘739.[[취유부벽정기 醉遊浮碧亭記]] ← 『금오신화』

〈작자〉 金時習(1435~1493)

〈출전〉『金鰲新話』

〈관계기록〉

①『金鰲新話』, 依田百川, 序文[1884]: 「浮碧亭記」 則樂而不淫 哀而不傷 得風人之旨◉(「취유부벽정기」는 즐거우나 음란하지 않으며, 슬프나 마음을 상하지 않아 풍인[시인]의 뜻을 얻었다).

② 同上, 蒲生重章 跋文[1884]: 大塚彦 將鑴朝鮮人金時習所著『金鰲新語[話]』 携來示余 余閱之歎日 蓋作者成化初 抱才學與時不遇 故發憤慨於此焉耳 如其「萬福寺樗蒲記」·「李生窺墻傳」·「南炎浮洲志」·「龍宮赴宴錄」 諸篇或情致纏綿 或感慨鬱勃 或悲壯淋漓 或議論明快 或豪懷骯髒 一讀 使人擊節不已 但諸篇 多虞初体 特乏聖賢正大之筆氣矣 而獨如「醉遊浮碧亭記」 一篇 其文則歐蘇 而詩則老杜之忠憤 而許渾劉禹錫之筆墨也 實是爲壓卷◉(대총언이 조선인 김시습[1435~1493]이 지은『금오신화』를 간행하려고 가지고 와서 내게 보여주었다. 내가 열람한 후 탄식하여 말하기를 대개 작자는 성화[1465~1487] 초년에 재주와 학식을 품었으나 때를 만나지 못해 여기에 분개함을 나타냈을 뿐이다. 예컨대 「만복사저포기」·「이생규장전」·「남염부주지」·「용궁부연록」 등은 혹 정치[176]가 뒤얽히고 혹 감개[177]가 울발[178]하며 혹 비장함이 홍건하고 혹 의논이 명쾌하며 혹 크나큰 회포가 항장[179]하여 한번 읽으면 사람으로 하여금 격절[180]하여 마지 않게 한다. 단 여러 편들은 '우초[181]'의 체가 많아 특히 성현의 바르고 큰 글월의 힘이 부족하다. 다만 「취유부벽정기」 같은 1편은 그 글은 구양수[1007~1072]·소동파[蘇軾 1036~1101]요, 시는 두보[712~770]의 충분[182]을 지녀 허혼[a. 844 전후]이나 유우석[772~842]의 문장이라 할 수 있어, 실로 이는 압권이다).

739.2.〈연구〉

Ⅱ. (학위논문)

〈석사〉

【增】

1) 류성심. "「취유부벽정기」 연구." 碩論(공주대 교육대학원, 2004. 2).

Ⅲ. (학술지)

739.2.8. 李相澤. "「醉遊浮碧亭記의 道家的 文化意識." 『현상과 인식』, 9[3: 1](韓國人文社會科學院, 1979. 4). 『韓國古典小說의 探究』(中央出版, 1981. 3); "醉遊浮碧亭記의 도가적 주체의식"으로 『한국고전소설의 이론』, I(새문社, 2003. 3)에 재수록.

---

176) 좋은 감정을 자아내는 흥치.

177) 매우 감격하여 마음 속 깊이 느낀 느낌.

178) 속에 꽉 찬 기운이 터져 나올 듯이 성함.

179) 꿋꿋함.

180) 박자를 맞춤.

181) '우초'는 원래 중국 한나라 때의 方士인데 의술에 능통하여 무제의 총애를 받았다. 그가 지은 '周說'은 주나라 때의 전설을 모은 것으로 소설의 시조로 우러러져 후에는 뜻이 전하여 소설을 일컫는 말이 되었다.

182) 충의로 인해 일어나는 분한 마음.

【增】

1) 김진두. "「취유부벽정기」와 음주시의 비교연구: 굴평, 도잠, 이백을 중심으로." 『論文集』, 23(공주사대, 1985. 12).

2) 이승수. "한국문학의 공간 탐색 1:평양: 김시습의 「醉遊浮碧亭記」와 이태준의 「浿江冷」을 중심으로." 『韓國學論集』, 33(漢陽大 韓國學硏究所, 1999. 10).

3) 박일용. "「취유부벽정기」의 형상화 방식과 그 의미: 「등목취유취경원기」·「감호야범기」와의 대비를 중심으로." 『古小說研究』, 14(韓國古小說學會, 2002. 12).

◘740.[[취은몽유록 醉隱夢遊錄]]

〈작자〉李瑛[仁興君](1604~1651)

〈출전〉『先君遺卷』, 地, 1

〈관계기록〉

① 『先君遺卷』(郞善君 李俁 1637~1693), 地, '湖西錄·醉隱夢遊錄' 附記: 右「湖西」·「夢遊」兩錄 元無家藏草本 不肖於篋笥中 偶得先君以諺書手記錄者 譯以書之 附于卷末 蓋欲猶勝於全闕 之爲愈耳 ◖ (위의 「호서」·「몽유」의 양록은 원래 가장 초본 중에는 없었던 것을, 불초가 책상자 중에서 우연히 선군께서 한글로 기록한 것을 얻어 한문으로 번역하여 권말에 붙여 놓은 것이니, 그러는 것이 완전히 없는 것보다는 나은 때문이다).

◘741.[취취전 翠翠傳]

〈관계기록〉

① 「周生傳」, 緖頭 部分: 是夜賦高唐 二人相得之好 雖金生之於翠翠 魏郎之於娉娉未之喩也 ◖ (이 날 밤 그들이 「고당부」[183]를 노래부르며, 두 사람이 서로 즐김은, 김생이 취취[184]와 위랑이 빙빙[185]과의 재미에다 비할 바가 아니었다).

741.2 〈연구〉

Ⅲ. (학술지)

【增】

1) 김진두. "『금오신화』와 『전등신화』의 비교연구: 「이생규장전」과 「위당기우기」, 「애경전」, 「취취전」을 중심으로." 『論文集』, 21(公州師大, 1983. 12).

2) 鄭煥局. "'전란' 소재 애정전기소설의 성립과 발전에 대한 시론: 「취취전(翠翠傳)」과 「이생규장전(李生窺墻傳)」을 중심으로." 『민족문학사연구』, 19(민족문학사학회, 2001. 12).

◑{취해록}

〈관계기록〉

---

183) 중국 전국 시대 楚나라의 시인 宋玉이 지은 楚辭名. 그 서사적 내용은 楚王이 고당이란 곳에서 선녀와 만나 놀은 이야기인데, 이 고사가 후세에는 '남녀의 은밀히 만남'을 비유하는 뜻으로 자주 쓰이게 되었다.
184) '김생'과 '취취'는 명나라 瞿佑가 지은 『剪燈新話』중의 「翠翠傳」의 주인공들이다.
185) '위랑'과 '빙빙'은 명나라 李禎이 지은 『剪燈餘話』중의 「賈雲華還魂記」의 주인공들이다.

① 「玉鴛再合奇緣」(溫陽鄭氏 1725~1799), 14, 表紙 裏面: 「취해록」.

◆742.[[취향기 醉鄕記]]
〈작자〉鄭壽崗(1454~1527)
〈출전〉月軒集

◆743.[[취향지 醉鄕志]]
〈작자〉池光翰(1695~1756)
〈출전〉『雪嶽遺稿』, 8

◑{친족소설}

【增】◑{칠공주요전}

【增】 국문필사본

【增】 칠공주요전　　　　　　박순호[家目]　　　　　　1(무신계하절, 24f.)

◆744.[칠선기봉(전)186) 七仙奇逢(傳) ①]

◑{칠진주 七眞珠}

◑{침향루기 沈香樓記}

〈관계기록〉
① 金起東, 『국어국문학』, 51, p. 104: 「沈香樓記」.

---

186) 『이본목록』·『작품연구 총람』 수정.

카

❖745.[콩쥐팥쥐전]

〈비교연구〉

【增】

1) 「콩쥐팟쥐젼」은 방각본이나 필사본도 없이 식민지 시대인 1928년 泰華書館에서 처음 발행되었다. …… 불행하게도 '신데렐라 이야기'가 수록되어 있는 『그림동화』가 「콩쥐팟쥐젼」보다 몇 년 앞서 이 땅에 수입되어 번역되었다. 물론 우리의 「콩쥐팟쥐젼」이 「그림동화」의 단순한 모방으로 이루어졌다고는 믿지 않는다. 하지만 적어도 당시의 여러 가지 문화적 분위기는 민담의 형태로 존재하던 '콩쥐팥쥐 이야기'를 소설로 형성시켰으리라 보여진다. …… 콩쥐가 결혼하기까지는 별 차이가 없는데 비해 결혼 후의 이야기가 여러 가지로 변이된다는 것은 이 설화가 「콩쥐팟쥐젼」을 형성했다기보다 「콩쥐팟쥐젼」의 영향으로 설화가 전승되고 변이되었을 가능성이 크다. …… 「공쥐팟쉬젼」의 앞 부분은 신분 상승의 민담이 그대로 정착된 것이다. 민담적 질서에 의해 이야기가 전개되고 있다. …… 뒷 부분의 이야기는 여러 모로 민담적 요소가 약화되었으며, 소설적 개작 혹은 창작의 모습을 보여 준다. 마음 착한 콩쥐가 단순히 하늘의 도움을 기다리는 것이 아니라, 적대자를 징치하는 적극적인 행위를 보여 주기도 한다(권순긍, "「콩쥐팟쥐젼」과 고소설의 童話化 경향," 『成大文學』, 25[1987. 12], pp. 49~52, 55, et passim).

국문활자본

(콩쥐팥쥐)

(奇談小說) 콩쥐팟쥐젼	국중(813.5-공784ㄱ)/국중(일모813.5-공723ㅈ)/대전대 [이능우 寄目](1175)	1(김인성, 共同文化社, 檀紀 4287[1954], 36pp.)[1]

745.1. 〈자료〉

Ⅰ. (영인)

745.1.1. 仁川大民族文化硏究所 編. 『舊活字本古小說全集』, 16. 銀河出版社, 1983; (再刊) 國際아카데미, 2002. (태화서관판)

745.2. 〈연구〉

Ⅱ. (학위논문)

〈석사〉

【增】

　1) 유명희. "「장화홍련전」과 「콩쥐팥쥐전」에 나타난 계모의 성격 연구." 碩論(경희대 교육대학원, 2004. 8).

Ⅲ. (학술지)

【增】

　1) 이원수. "「콩쥐팥쥐」 연구의 경과와 전망." 『어문학』, 61(한국어문학회, 1997. 8).

　2) 권순긍. "「콩쥐팥쥐전」과 고소설의 동화화 경향." 『활자본고소설의 편폭과 지향』(보고사, 2000. 4).

　3) 권순긍. "활자본 「콩쥐판쥐전」의 소설화 과정과 작품의 의미." 『활자본고소설의 편폭과 지향』(보고사, 2000. 4).

　4) 오윤선. "'콩쥐 팥쥐 이야기'에 대한 고찰: 당대 연구자들의 국어관을 중심으로." 『語文論集』, 42(안암어문학회, 2000. 8).

　5) 이원수. "'콩쥐팥쥐'와 '신데렐라'의 비교 연구." 『어문학』, 77(한국어문학회, 2002. 9).

　6) 오윤선. "「콩쥐팥쥐전」." 刊行委員會 編. 『古小說研究史』(月印, 2002. 12).

◆746. [쾌심편 快心篇][1]

〈참고자료〉

　① 「快心篇」 初集五卷十回 二集五卷十回 三集六卷十二回: 淸無名氏撰 題'天花才子編輯'·'四橋居士評點' 首無名氏序 疑與「隔簾花影」作者爲一人◑(청나라 무명씨의 찬. 표지에는 '천화재자 편집'·'사교거사 평점'이라 되어 있다. 작품 서두에 무명씨가 쓴 서문이 있다. 「격렴화영」과 작자가 같을 것으로 생각된다)[孫楷第, 『中國通俗小說書目』, p.140].

【增】

　1) 『[演慶堂]諺文冊目錄』(1920; 藏書閣所藏): 79. 「快心篇」 32冊.

746.1. 〈자료〉

【增】 Ⅱ. (역주)

　1) 전성운·박재연 교주. 『쾌심편 快心編』. 조선시대 번역고소설 총서 11. 이회, 2003.[2] (정문연 소장)

746.2. 〈연구〉

【增】 Ⅲ. (학술지)

　1) 전성운. "낙선재본 「쾌심편」의 번역 양상과 그 특징." 『제56회 한국중국소설학회 발표집』(중국소

---

1) 東亞大에 중국판(12책)이 소장되어 있고(『韓國古書綜合目錄』), 국립중앙도서관 서목 카드(5-76-B84)에는 '「快心篇」 上卷(淸天花才子 著 尾上八郎[紫舟] 譯 東京 昭和 十九年 一冊)'라는 것이 보인다.
2) 중국의 課花書屋刊 「쾌심편」이 영인 附載되어 있다.

설학회, 2003. 9. 27).
2) 전성운. "낙선재본「쾌심편」의 번역 양상." 전성운·박재연 교주 .『쾌심편 快心編』(이회, 2003.
  11). "「쾌심편」의 번역 양상"으로『한·중소설 대비의 지평』(보고사, 2005. 2)에 수록.

카

타

◈747.[타호무송 打虎武松]

국문활자본

타호무송 打虎武松　　　　국중(3634-2-6=2)/[仁活全](16)　　　　1(9회, [著·發]高敬相, 廣益書舘, 1
918.4.3, 후미 낙장 92pp.)

747.1.〈자료〉

Ⅰ.(영인)

747.1.1. 仁川大民族文化研究所 編,『舊活字本古小說全集』, 16. 銀河出版社, 1983; (再刊) 國際아
카데미, 2002. (광익서관판)

●{탁록연의 涿鹿演義}

〈관계기록〉

(한문)

① 「玉鴦再合奇緣」(溫陽鄭氏, 1725~1799), 15, 表紙 裏面: 「타[탁?]녹연의」.

② 『中國歷史繪模本』(完山[映嬪]李氏, 1762), no. 2, 「涿鹿演義」.

(국역)

① 『諺文古詩』(가람본), '언문칙목녹', 98: 「탁목[록?]연의」.

◈748.[탁영전 卓英傳]

▶(탄금대 彈琴臺 → 김학공전)

▶(탄몽설 誕夢說 → 구운몽)

★[[탈해 脫解]]

〈출전〉『三國史節要』, 2, '新羅脫解王元年'[1]

〈관계기록〉

---

1)『三國遺事』, 1, 紀異 1, '第四脫解王'에도 유사한 내용이 기록되어 있다.

① 『三國史節要』(盧思愼 1417~1498 外編), 2, '新羅脫解王元年': 『殊異傳』龍城國王妃生大卵☯ (『수이전』에 의하건대 용성국의 왕비가 큰 알을 낳았다고 한다).

2. 〈연구〉
Ⅲ. (학술지)
【增】

1) 金杜珍. "新羅昔脫解神話의 形成基盤: 英雄傳說的 性格을 中心으로." 『韓國學論集』, 8(1986. 2).

▶(탕옹변화 宕翁邊話 → 옥선몽)
◈749.[[탕파전 湯婆傳 ①]]
〈작자〉趙纘韓(1572~1631)

〈출전〉『玄洲集』, 15

〈관계기록〉

① 「湯婆傳」, 結尾: 太史公曰 婆非以色事人者 未嘗干人 而有容人之量 未嘗諂人 而有悅人之才 和而不流 狎而不褻 進退有其命 如其貞如其義也 世之粉飾狐媚 事一人而二心者 盡以婆爲鑑 也哉☯(태사공이 일렀다. "탕파는 미색으로 사람을 섬기는 이가 아니어서 남에게 영합한 적은 없었으나, 사람을 포용하는 아량이 있었다. 다른 사람에게 아첨한 일은 없었어도 그들을 기쁘게 해 줄 수 있는 자질이 있었다. 화합을 이루되 유동되지 아니했고, 가까이 했지만 무람없지는2) 않았다. 진퇴에도 도가 있다고 했음은 그의 지조와 같고 그의 떳떳함과 같은 것일까? 세상에 그럴싸한 꾸밈새나 심지어 여우처럼 남의 기분이나 맞추되, 한 사람을 섬기면서 두 마음을 품은 자 어찌 이 탕파를 거울삼지 않을까 보냐?").

◈750.[[탕파전 湯婆傳 ②]]
〈작자〉高用厚(1577~?)

〈출전〉『晴沙集』

【增】 ☾{태고태상천전}
【增】　국문필사본

【增】 태고태상청전 史記錄　　박순호[家目]　　　　　　　　　　　1(61f.)

■『태상감응편 太上感應篇』3) ← 감응록

---

2) 스스럼없고 버릇없지는.

3) 道敎書. 明 許纘曾輯 『太上感應篇圖說』(木板, 7책, 1655년경)을, 조선의 崔瑆煥이 編하고 諺解한 것. 원래 1848년에 한문본이 간행되었다가 1852년(철종 3)에 언해본이 간행되었고, 1880년에는 書頭와 書末에 高宗命 刊임을 알리는 내용과 刊記만이 부가된 채 다시 간행된 바 있다. 언해본에 의하면, 善惡의 業報를 실증하는 사실들을 善報와 惡報로 분류하여, 각 사실마다 圖像 및 한문 원문, 그리고 이에 대한 국문 번역을 붙여, 5권으로 분류하고, 이를 仁·義·禮·智·信의 5책으로 분책하고 있다.

〈관계기록〉

① 『中國歷史繪模本』(完山[映嬪]李氏, 1762), no. 65: 「感應篇」.

【增】

1) 『[演慶堂]諺文冊目錄』(1920; 藏書閣所藏): 82. 「太上感應篇」彦[諺] 10; 元文 5冊[4]

2) 『[演慶堂]諺文冊目錄』(1920; 藏書閣所藏): 88. 「太上感應篇」 6冊[5]

국문필사본			
【增】 太上感應篇 感應篇	미도민속관[생활사 도록](4)	1	
【增】 감응록	박순호[家目]	1(11f.)	
【增】 틱싱감응편	박순호[家目]	1(私記言 許占義 二月十五日 兩, 21f.)[6]	
【增】 감응편	성대(D07B-0063)	1(1932)	
【增】 태상감응록	정명기[尋是齋 家目]	1	
【增】 태상감응편	정명기[尋是齋 家目]	1	

국문판각본		
【增】 太上感應篇	동양어학교(파리)/[『문학한글』, 11·12]	5

2. 〈연구〉

Ⅲ. (학술지)

【增】

1) 張世勳. "筆寫本『太上感應篇』에 나타난 한글 宮體에 대한 소고: 특히 닿소리 'ㅇ'자에 대하여." 『京畿道博物館年報』, 3(京畿道博物館, 1999. 12).

▶ (태서두서 太鼠豆鼠 → 콩쥐팥쥐)

◈751. [태아선적강록 太娥仙謫降錄]

【增】

〈작품연대〉

1) 이 작품[「태아선적강록」]의 전반적인 구성을 검토해 본 결과에 의하면, 그 서사적 전개가 다른 많은 가문 소설이나 쟁총형 가정 소설과 그다지 다르지 않고, 또한 이본의 희소성으로 미루어 보아, 그 창작 연대가 고전 소설기의 후반에 속할 것이라는 느낌을 갖게 해 준다. 따라서 위에서 들었던 성암본의 '병인년'이나 국민대본의 '정축년'이란 필사기가 그 대체적인 창작 연대를 가늠해 볼 수 있는 하나의 준거가 되지 않을까 생각한다. 즉 이들 필사기가 가리키는 병인년과 정축년의 최하한선은 일단 1926년과 1937년이 될 것이며, 반면 최상한선은 1806년과 1817일

---

4) 하단 摘要欄에 '第二冊欠'이라 되어 있다.
5) 상단에 '現在 五冊'이라는 注記가 붙어 있고, 하단 摘要欄에는 '第二冊欠'이라 되어 있다.
6) 「회심곡」(5f.)·「틱싱감응편」(21f.)·「졍비전」(11f.) 합부. 총 37장.

것이다. 그러나 이 작품의 상한선을 19세기 초까지 끌어올리기에는 다른 고전 소설들의 예들에 비추어 보아 다소 무리일 듯하고, 빨라야 1866년이나 1877년이 되지 않을까 한다(조희웅, "국민대 省谷기념도서관 소장 고전소설에 대하여,"『語文學論叢』, 18[1999. 2], p. 41).

◘752.[태원지 太原志]

〈관계기록〉

(한문)

　①『中國歷史繪模本』(完山[映嬪]李氏, 1762), no. 50:「太原志」.

(국역)

　①『諺文古詩』(가람본), '언문칙목녹', 182:「틱원지」.

【增】

　1)『[演慶堂]諺文冊目錄』(1920; 藏書閣所藏): 110.「太原誌」4冊.

◘753.[태조대왕실기 太祖大王實記] ← 아태조전 / *조선개국록 / *조선조국록 / 조선태조대왕전

국문활자본

(조선태조대왕전 / 태조대왕실기)

조션틱조딕왕젼 朝鮮太祖大王傳	조동일[국연자](24)/[仁活全](32)	1([作]張道斌, [著·發]金東縉, 德興書林, 초판 1926. 12.10; 5판 1935.11. 20, 36pp.)

754.1. 〈자료〉

Ⅰ. (영인)

　754.1.1. 仁川大民族文化硏究所 編.『舊活字本古小說全集』, 29. 銀河出版社, 1984; (再刊) 國際아카데미, 2002. (회동서관판,「태조대왕실긔」)

　754.1.2. 仁川大民族文化硏究所 編.『舊活字本古小說全集』, 32. 銀河出版社, 1984; (再刊) 國際아카데미, 2002. (덕흥서림판,「죠선태조대왕젼」)

■『태평광기 太平廣記』

〈관계기록〉

　①『朝鮮金石總覽』(朝鮮總督府, 1987), 黃文通撰, '尹誧墓誌銘'(1154): 又於大金皇統六年 撰 『太平廣記撮要』詩一百首 隨表進呈 上敎遣知奏使崔惟淸獎諭曰 卿年高聰明 藻思如新 嘉歎 不忘◔(또 금나라 황통 6년[1146]에『태평광기촬요』시 100수를 모아 표7)와 함께 올렸다. 임금께 서 지주사 최유청[1095~1174]을 보내 칭찬하시기를, "경은 나이가 많은데도 총명하여 글이 새로우 니 갸륵하여 잊지 못하겠다."라고 하셨다).

---

7) 자기 생각을 적어서 임금께 바치던 글.

② 『樂章歌詞』, ‘翰林別曲’: 「唐·漢書」·「莊·老子」·「韓·柳文集」·「李·杜集」·「蘭臺集」·「白樂天集」·「毛詩·尙書」·「周易·春秋」·「周戴禮記」 위 註조쳐 내외옰景 긔 엇더ᄒ니잇고 『太平廣記』四百餘卷 『太平廣記』四百餘卷 위 歷覽ㅅ景 긔 엇더하니잇고.

③ 『朝鮮王朝實錄』, 104, 世宗[1397~1450] 26年[1444], 6月, 甲午[16日]: 凡唐制 自勳階進者 敍以散官 封公蔭敍 明經出身 亦以散官 京官罷歸 亦以散官 勞考進敍 亦以散官 故未有職品而授者 有已職品而加者 有免職任而居者 『太平廣記』白履忠請還鄕 授朝散大夫 鄕人曰 吾子家貧 竟不霑一斗米 一匹帛 雖得五品 止是空名 何益於實也 履忠曰 雖不祿賜 且是五品家 終身高臥 免有徭役 豈易得之也 本曹參詳散官 所以別等級職事 所以治其任而已☯(당나라 제도에 공훈이 있어 벼슬에 나간 자는 산관8)으로 임명하며 봉공9)과 음서10) 그리고 명경과11) 출신도 역시 산관12)으로 임명하며, 경관13)으로 일을 마치고 돌아간 자도, 역시 산관으로 임명하고, 공로를 상고하여 올려 쓴 자도 역시 산관으로 임명합니다. 그 때문에 직품이 없어도 벼슬을 주는 경우가 있으며, 이미 직품이 있어도 더해 주는 경우가 있고, 직임을 그만두어도 그대로 두는 경우가 있습니다. 『태평광기』에 백이충이 고향에 돌아가기를 청하여 조산대부14)를 제수하니, 그 고을 사람이 말하기를, “이 사람은 집이 가난한데 끝내 쌀 1두와 비단 1필도 받지 못하니, 비록 5품직을 얻었다 하더라도 다만 헛된 명예로만 그칠 뿐이다. 실제로 무슨 이득이 되겠는가?” 하니, 이충이 말하기를, “비록 녹봉은 받지 못하더라도, 이것이 5품의 집안으로서 종신토록 한가로이 지내며 요역15)을 면하게 되니, 어찌 쉽게 얻는 것이겠는가?” 하였습니다. 본조에서 산관을 자세하게 참고하는 것은 등급을 구분하려는 것이오며, 직사6)는 그 맡은 일을 다스리려는 것뿐입니다).

④ 『世祖[1417~1468]實錄』, 27: 上與中宮御仁政殿 王世子與宗親宰樞 進豊呈 上謂梁誠之曰 卿知『太平廣記』其語『廣記』中之言 誠之啓 昔唐宰相蘇瓌·李嶠二兒 皆童年 中宗召置於前 賜與甚厚 因語曰 爾讀書 何事最好 瓌子頲曰 惟木從繩則正 后從諫則聖 嶠子曰 斲朝涉之脛 剖賢人之心 中宗曰 蘇瓌有子 李嶠無兒 上笑曰 卿可謂因事勸戒者也☯(임금께서 중궁과 더불어 인정전에 나아가니, 왕세자와 종친·재추17)들이 풍정18)을 바쳤다. 임금께서 양성지에게 이르기를, “경은 『태평광기』를 아는가? 『태평광기』 이야기를 해 보시오”라 하셨다. 양성지[1415~1482]가 상계19)하였다. “옛날 당나라 재상 소괴와 이교의 두 아들이 모두 어린 나이였을 때, 중종이 불러서 앞에 두고 선물을 후하게 내려주면서, ‘너희들이 읽은 글에서 어떤 일이 가장 좋던고?’ 하고 물었습니다. 소괴의 아들 정은 ‘재목은 먹줄을 따르면 곧아지고, 임금은 간함을 따르면

---

8) 관명만 있고 직무가 없는 명예직. 散職
9) 자손이 일정한 품계에 이르면 그 선대에게도 작위 등을 내려 줌.
10) 선대의 공훈으로 벼슬을 받음.
11) 경문을 외우거나 강론케 하여 인재를 선발하던 과거시험 제도의 하나.
12) 품계의 이름만 받고 일정한 벼슬을 받지 못한 벼슬.
13) 서울에 있는 각 관아에 딸린 벼슬아치.
14) 당나라 때 종5품 下에 해당하는 산관의 이름.
15) 나라에서 구실 대신으로 시키는 노동.
16) 직무에 관계되는 일.
17) 재상과 요직에 있는 신하.
18) 임금에게 음식을 바침.
19) 임금에게 아뢰는 일.

성군이 된다.'[20]고 하였고, 이교의 아들은 '아침에 물 건너는 사람의 정강이를 자르고, 어진 사람의 심장을 가른다.'[21]고 하였습니다. 그러자 중종이 '소괴는 아들이 있으나 이교는 아이가 없다.'라고 하였습니다."[22] 임금이 웃으면서, "경은 '일을 통하여 권계하는 자'[23]라고 이를 만하다."고 말했다).

⑤『成宗實錄』, 卷 169-5, 成宗 15年[1484] 8月 甲戌: 知中樞府事 成任卒 …… 壬寅拜議政府左參贊 未幾以疾還拜知中樞府事 至是卒 年六十四 諡文安 博聞多見文 寬裕和平安 任爲人器度寬洪 識見精博 善書工文 尤長於律詩 嘗倣『太平廣記』編輯古今異聞 名曰『太平通載』行于世☯ (지중추부사 성임[1421~1484]이 졸하였는데, …… 임인년[1482]에 의정부 좌참찬에 제수되었다가 얼마 안 가서 병 때문에 도로 지중추부사에 제수되었다. 이때에 이르러 죽었는데 64세였다. '문안'이라고 시호[24]하니, 널리 듣고 많이 본 것을 '문'이라 하고 너그럽고, 화평한 것을 '안'이라 한다. 성임의 사림됨은 도량이 너그럽고 넓으며, 식견이 정교하고 넓으며, 글씨를 잘 쓰고 문장을 잘 지었는데, 율시에 더욱 능하였다. 일찍이『태평광기』를 본떠 고금의 기이한 이야기를 편집하여 『태평통재』라 이름하였는데 세상에 널리 전한다).

⑥『東國滑稽傳』(徐居正 1420~1488), 梁誠之 1415~1482 序: 曰經曰史 固賢君賢相 所以治國平天下之道也 至於稗官小說 亦儒者以文章爲劇談 或資博文 或因破閑 皆不可無者也 前史有「滑稽傳」宋太宗命李昉 撰進『太平廣記』即此意也☯(경전과 사서는 본디 현명한 임금과 재상이 나라를 다스리고 천하를 평안케 하는 도로 삼았던 것이다. 패관 소설의 경우도 또한 유자들이 문장을 희롱한 것으로서 혹은 널리 들어 많이 알게 하기도 하고 혹은 심심함을 없애게 하는 자료로 쓰이니 모두 없을 수 없는 것들이다. 옛 역사책에 골계전이 있거나, 송태종이 이방에게 명하여『태평광기』를 편찬해 바치게 했던 것도 그러한 뜻이었다).

⑦『詳節太平廣記』(徐居正 1420~1488), 序': 予嘗讀太史公「滑稽傳」以爲不作可也 聖人著書立言 足以裨名敎訓後世 何嘗採撫奇怪 以資好事者解頤哉 是固不可作也 及讀『太平廣記』乃宋學士李昉所撰 進之太宗者也 爲書總五百卷 大抵衰集稗官小說 閭巷鄙言 非有關於世敎 徒爲滑稽之捷徑耳 心竊少之 一日在集賢殿 亡友昌寧成和仲 讀之終日 矻不知倦 …… 頃謁和仲之兄重卿 出示『太平廣記詳節』五十卷 其去就悉當刪繁削冗 至簡而要 賢於本紀遠矣 博而略之 張而弛之 重卿之志 即和仲之志 而能超予者 君家伯仲氏也 後之好古博雅君子 能知吾伯仲之志 然後 可與讀是書矣☯(내가 일찍이 태사공[司馬遷 B.C. 145~86]의 「골계전」을 읽고 그것을

---

20) 중국 은나라 때 임금 武丁이 傅巖이란 곳에서 만난 傅說에게 국정의 보좌를 부탁하자, 부열이 왕에게 복명하여 말하기를, "나무는 먹줄을 따르면 잘라지고, 임금이 간함을 좇으면 성인이 됩니다(說復于王曰惟木 從繩則正 后從諫則聖)."운운에서 나온 말(『書經』, 「說命 上」).

21) 중국 고대 은나라 때 문왕의 아들 發[무왕]이 은나라의 폭군 紂를 정벌하기에 앞서 孟津에서 여러 제후와 장졸들에게 정벌의 불가피함을 역설했던 것을 기록한 글[『書經』, 泰誓]에 들어 있는 말. "오늘날 商[殷]王 受는 오륜을 업신여기고 때없이 게으르며, 공경하는 마음이 없이 스스로 하늘과 끊고 백성들과 원수를 맺고 있다. 겨울 아침에 물을 건너는 사람을 보고 그 정강이가 유별나다 하여 잘라 보고, 현인의 심장을 쪼개 보는 등 함부로 횡포를 자행 사람을 죽임으로써 온 세상에 해독을 퍼뜨려 통탄하게 하고 있다(今商王受 狎侮五常 荒怠弗敬 自絶于天 結怨于民 斲朝涉之脛 剖賢人之心 作威殺戮 毒痛四海"(『書經』, 「泰誓 下」).

22) 이상『太平廣記』, 493, 「蘇璟李嶠子」 참조.

23) "昔諸侯訪政 弟子問仁 仲尼答之 人人異辭 蓋因事托規 隨時所急(『抱朴子』, 外篇, 43, 「喩蔽」).

24) 제왕, 경상, 유현 들이 죽은 후에 그들의 공덕을 칭송하여 추증하는 칭호.

지음이 옳지 못하다고 생각했다. 성인이 책을 쓸 때에는 말을 세워 후세에 교훈이 되도록 하는 것인데, 어찌 일찍이 기괴한 일들을 캐고 주워 모아 호사자들이 읽고 웃어넘기는 자료로 하였던 말인가? 이는 참으로 지어서는 안 되는 것이다. 『태평광기』를 읽게 되었는데, 이 책은 송나라 때 학사인 이방이 편찬하여 태종에게 바친 것으로 총 500권으로 되어 있다. 무릇 패관 소설이 민간의 낮고 천한 말들을 모음은 세상을 가르치는 것과는 아무런 관련이 없고, 다만 우스갯소리의 지름길이 될 뿐이라고 여겨, 마음 속으로 [『태평광기』를] 하찮게 여겼다. 하루는 내가 집현전에 있는데, 이미 고인이 된 벗 창녕 성화중[成侃 1427~1456]은 이를 종일 읽고도 지루한 줄을 몰라 했다. …… 저번에 화중의 형님인 중경[成任 1421~1484]을 뵈웠더니 『태평광기상절』 50권을 내보였다. 그 취사선택한 것을 보니 번잡한 것은 깎아 버리고 늘어진 것은 빼어 버려 매우 간요25)하게 되어 원본과는 아주 달라졌다. 넓게 하면서도 간략히 하고 크게 하면서도 없앴다. 중경의 뜻은 곧 화중의 뜻일 것이니, 그대[成俔 1439~1504] 집안 중에서 능히 내 윗길인 분은 백씨[成任]와 중씨[成侃]일 것이다. 뒷날 옛것을 좋아하며 해박하고 단아한 군자들은 능히 이 두 분의 뜻을 안 후에야 가히 더불어 이 책을 읽을 것이다).

⑧ 『三灘集』(李承召 1422~1484), 10, ‘略『太平廣記』序’: 此『太平廣記』之所以作也 由其『廣記』衆 說而不遺 故泛濫支離 至五百卷而已焉 讀者鮮能畢其說 吾友昌寧侯[成任] 好古博雅君子也 嘗讀『廣記』喜其文之富麗 事之瓌詭 而病其汗[閑]漫寡要 於是芟其繁蕪 約爲五十卷 以便觀 悅 持以示予 且求序 予受而讀之……☯(이것은[『태평광기상절』] 『태평광기』를 근거로 하여 만들어진 책으로, 『태평광기』가 많은 이야기가 실려 있음에도 후세에 전해지지 않으므로 범람하고 지루하여 500권에 이를 정도다. 이 책을 읽는 사람은 그 이야기를 모두 읽는 경우가 드물다. 내 벗 창녕후는 옛것을 좋아하고 박아한 군자로서, 일찍이 『태평광기』를 읽어 보고 그 문장의 풍부함과 화려함 및 사건의 허구적인 것을 좋아하였으나, 그 한만26)함과 과요27)함을 병되게 여겨, 이에 그 번잡함을 제거하여 약 50여 권으로 만들어 보고 즐기는 데 편하게 했다. 이를 내게 가지고 와서 서문을 써 주기를 부탁하므로 내가 받아 읽어 보았다).

⑨ 『慵齋叢話』(成俔 1439~1504), 10; 『增補文獻備考』, 246, ‘藝文考抄集類’: 伯氏文安公 好學忘倦 嘗在集賢殿 抄錄『太平廣記』五百卷 約爲『詳節』五十卷 刊行於世 又聚諸書及『廣記·詳節』 爲『太平通載』八十卷☯(나의 형 문안공[成任 1421~1484]은 배우기를 좋아하여 싫증을 내지 않았다. 일찍이 집현전에 있을 때 『태평광기』 500권을 초록하여 『상절』 50권을 만들어 세상에 간행하였다. 또 여러 책과 『광기』·『상절』을 모아 『태평통재』 80권을 만들었다).

⑩ 『中宗實錄』, 6年[1511] 9月: 丁卯 御朝講 大司憲南袞 獻納鄭忠樑 啓前事 不納 領事金壽童曰 聞蔡壽之罪 斷律以絞 臺諫扶正道闢邪說之意 固當如是 壽若自造爲妖言 鼓動人心 則可斷以 死 但爲技癢所使 聞見而妄作 是所不當爲而爲之也 刑賞務要得中 若此人可死 則如『大[太] 平廣記』·『剪燈新話』之類 其可盡誅乎☯(조강에 나아갔다. 대사헌 남곤[1471~1527]·헌납 정충 량[1480~1523]이 전의 일을 아뢰었으나, 받아들이지 않았다. 영사28) 김수동[1457~1512]이 아뢰기를, “들으니, 채수[1449~1515]의 죄를 교수형으로써 단죄29)하였다 하는데, 정도를 붙들고 사설30)

타

---

25) 간단하고 종요로움.
26) 한가하고 느긋함. 길게 늘어짐.
27) 요점이 적음. 별로 중요하지 않음.
28) 조선조 때 돈녕부, 홍문관, 예문관 등의 정1품 으뜸벼슬. 돈녕부 외의 영사는 의정, 또는 영의정이 겸임하였다.

을 막아야 하는 대간의 뜻으로는 이와 같이 함이 마땅하나, 채수가 만약 스스로 요망한 말을 만들어 인심을 선동시켰다면 사형으로 단죄함이 가하지만, 다만 기양[31]의 시킨 바가 되어 보고 들은 대로 망녕되이 지었으니, 이는 해서는 안 될 것을 한 것입니다. 그러나 형벌과 상은 중용을 얻도록 힘써야 합니다. 만약 이 사람이 죽어야 된다면, 『태평광기』·『전등신화』 같은 유를 지은 자도 모조리 베어야 하겠습니까?).

⑪ 『宣祖[1552~1608]實錄』, 3, 奇大升 1527~1572 啓: 非但此書 如「楚漢演義」等書 如此類不一 無非害理之甚者也 詩文詞華 尙此不關 況『剪燈新話』·『太平廣記』等書 皆足以誤人心志者乎 ◉(「초한연의」 등과 같은 책일 뿐 아니라 이와 같은 종류가 하나뿐이 아닌데, 모두가 의리를 심히 해치는 것들입니다. 시문이나 문장도 중하게 여기지 않는데, 더구나 『전등신화』나 『태평광기』와 같은 사람의 마음을 그릇되게 이끄는 책들이겠습니까)

⑫ 『於于野譚』(柳夢寅 1559~1623), 3, '文藝': 李洪男與羅世纘相酬唱 以簫字爲韻 逐句下書李羅 最末李[32]次簫字曰 羅李李羅羅李李 …… 余每奇其句 後得『太平廣記』于中原 羅李爲簫之語 出自唐人……我國文章之士 皆攻『太平廣記』 故洪男早從於斯◉(이홍남[1515~?]과 나세찬 [1498~1551]이 서로 술을 마시며 시를 읊는데, '簫'자로 운을 달아 매구마다 아래에 '李'자와 '羅'자를 쓰되 맨 끝에는 이홍남이 '簫'자를 차운하여 읊었다. '라리리라 라리리 두 사람이 태평소를 부네' …… 나는 늘 이 구절을 기이하다고 여겼다. 후에 중국에서 『태평광기』를 얻어 보니, '羅李'가 퉁소 소리가 된다는 말은 당나라 사람에게서 나온 것임을 알게 되었다. …… 우리 나라의 문장 하는 선비들이 모두 『태평광기』를 공부했기 때문에, 홍남도 일찍이 이를 따랐던 것이다).

⑬ 『芝峰類說』(李晬光 1563~1628), 16, 語言部 '諧謔': 小說云 張錫作文敏捷 而用事多出杜撰 人有質之者 必曰 出『太平廣記』 盖以其書世所罕也◉(소설에서 이르기를, 장석은 글을 짓는 데는 민첩했지만 용사[33]에는 틀린 곳이 많았는데, 바로잡아 주는 사람이 있으면 반드시 '『태평광 기』에 있다.'고 하였다고 하니, 그 책이 세상에 드물었기 때문이다).

⑭ 『星湖僿說』(李瀷 1579~1624), 28, '詩文門': 余嘗從松谷詞伯 問遺響 詞伯云……我有迷魂招不 得 用馬周夢遊天宮事 在『太平廣記』云◉(내가 일찍이 송곡스승에게 '유향'에 대해 물었더니, 스승이 말하기를 …… "'내가 정신이 혼미해져 불러도 얻을 수 없다.'는 시구는 마주가 꿈에 천궁에서 놀았던 일을 쓴 것인데 이 일은 『태평광기』에 있다."[34]고 했다).

⑮ 『澤堂集』(李植 1584~1647), 別集, 15: 稗家小說『太平廣記』之類 間有男女風謠 尙可觀採 其他 荒怪之說 聊以破閒止睡 不足亂眞 但有志於學者 不可費日力於此也◉(잡가 소설인 『태평광 기』와 같은 것에는 남녀간의 사랑타령이 간간이 들어 있는데, 그래도 개중에는 보암직한 것이 있다. 그 나머지 허황되고 괴이한 이야기들은 한가로움을 잊고 잠을 물리칠 만하지만, 진실을 어지럽히지는 못한다. 다만 배움에 뜻을 둔 사람들이라면 이것에 시간과 힘을 허비하지는 말아야

타

---

29) 죄를 단죄함.
30) 바르지 아니한 말.
31) 재주는 있으나 쓸 데가 없어 마음이 간질간질한 일.
32) '萬宗齋'본에는 '李'자가 없으나 『靑丘稗說』본에는 '李'자가 들어 있다. 내용 전개상 후자가 옳다고 여겨 보충한다(玄惠卿·金忠實·申仙姬 譯註, 『어우야담 於于野譚』, 2, 傳統文化硏究會, 2003 참조).
33) 글을 지을 때 옛글을 이끌어 쓰는 일.
34) 『太平廣記』, 19, 「馬周」 참조.

할 것이다).

⑯『北軒集』(金春澤 1670~1717), 16:『太平廣記』之類 間有男女之風謠 尙可觀採 其他荒怪之說 聊以破閑止睡◑(『태평광기』와 같은 것에는 남녀간의 사랑타령이 간간이 들어 있는데, 그래도 개중에는 보암직한 것이 있다. 그 나머지 허황되고 괴이한 이야기들은 한가로움을 잊고 잠을 물리칠 만하다).

⑰『梅山文集』(洪直弼 1776~1852), 52 '雜錄': 滄海力士姓名『太平廣記』稱黎明「西漢演義」稱黎黑 未知孰是 而出於吾東之江陵者 其事尤奇 當與張良幷傳 不朽於天下萬歲者也◑(창해역사의 이름은 『태평광기』에는 '여명'이라 하였고, 「서한연의」에는 '여흑'이라 하였으니, 누가 옳은지 모르겠으나, 그가 우리 나라 강릉 출생이라 하니, 그 일이 매우 기이하다. 마땅히 장량[B.C.?~B.C.168][35)과 더불어 그 이름이 천하 만세에 사라지지 않을 것이다).

【增】

1) 『朝鮮王朝實錄』, 92, 世宗 23年[1441], 5月 癸丑[18日]: 醫官啓 ……『太平廣記』云 每大雷雨後 多於野中得霹石 謂之雷公墨 扣之鎗然 光塋如漆 又於霹靂後 或土木中 得楔如斧者 謂之霹靂楔 小兒佩帶 皆霹靂邪 孕婦磨服 爲催生藥 必驗 朱子曰 如雷斧之類 亦是氣聚而成者 但已有査[渣]滓 便散不得 由是觀之 雷斧雷楔等物 其來久矣 乞令中外 廣行尋覓 從之◑(의관이 아뢰었다……『태평광기』에 이르기를, "큰 우레와 비가 내린 후에 들판에서 검은 돌을 얻는 경우가 많은데, 이를 '우레신의 먹[뇌공묵]'이라 한다. 두드리면 쟁그렁 소리가 나고 빛깔은 옻칠한 듯하다. 또 벼락이 떨어진 뒤에 간혹 흙이나 나무 가운데에서 도끼 모양의 쐐기를 얻게 되는데, 이를 '벼락신의 쐐기[벽력설]'이라 한다. 어린아이에게 채워 주면 경기[36)와 사기[37)를 모두 물리치고, 임신한 부인이 갈아 복용하면 해산을 돕는 약이 되는데, 반드시 효험이 있다."고 하였습니다. 주자는 말하기를, "뇌부[38) 같은 종류는 또한 기가 모여서 이루어진 것이다. 그러나 사재[39)가 있으면 바로 흩어져 버려 얻을 수 없다."고 하였습니다. 이로써 보면 뇌부·뇌설 등의 물건은 그 유래가 오래 되었으니, 바라옵건대 나라 안팎으로 널리 찾아보게 하옵소서).

2) 『惺所覆瓿藁』(許筠 1569~1618), 18, 「丙午紀行」: 初五日 少留回瀾石上 中火于金郊 入松京 夕書本國人詩 自孤雲以下百二十四人詩八百三十篇 爲四卷 粧[sic 潢]廣作兩件 呈于兩使 上使給綠花段一疋 息香千枝 副使給藍花紗一端『太平廣記』一部◑(5일 회란석[40) 위에서 잠깐 쉬고 금교[41)에서 점심을 먹고 송경[42)에 들어갔다. 저녁에 우리 나라 사람 고운[崔致遠 857~?] 이하 124명의 시 830편을 써서 4권으로 만들고 노란 표지로 꾸며 2부를 만들어 두 사신에게 올렸다. 상사는 녹화단[43) 1필과 안식향[44) 1천 매를 주고, 부사는 남화사[45) 1단과 『태평광기』

---

35) 중국 漢나라 高祖 劉邦의 공신으로, 字는 子房. 蕭何와 함께 책략이 뛰어나 한나라 창업에 힘썼으며, 그 공으로 留侯에 책봉되었다.
36) 어린아이가 깜짝깜짝 놀라고 경련이 일어나 까무러치는 병.
37) 병이 나게 하는 나쁜 기운.
38) 우레신의 도끼. 돌도끼.
39) 찌꺼기.
40) 돌난간의 두겁대. '두겁대'는 난간 위에 가로 대는 나무.
41) 경기도 개성 근처의 역말.
42) 개성.
43) 꽃무늬가 놓인 푸른 비단.

1부를 주었다).

3) 『谿谷漫筆』(張維 1587~1638), 1: 『太平廣記』有「虯鬚[sic 髥]客傳」記楊素家妓紅拂者 夜奔李
靖 恐事泄 將走太原 道遇虯鬚 言州將愛子有英雄命世之表 要靖爲紹介 往覘之 州將子者
卽太宗也 其事甚奇 然攷諸史 則皆妄也 楊素卒於大業二年 其未死也 太宗生纔六七歲 雖有
英雄之姿 何以知之 況神堯當大業初 歷官內外 至十一年 始爲太原留守 楊素在時 神堯未嘗
爲太原州將也 且所謂海寇數千艘入 滅扶餘國者 亦不見於史 皆是好事者粧撰 而觀者或不覺
故漫爲記之☯(『태평광기』에 「규염객전」46)이 실려 있다. 양소의 가기인 홍불이 밤에 이정
[571~649]47)에게로 달아났는데, 일이 새어 나갈까 두려워 장차 태원으로 달아나던 중, 길에서
규염객을 만나 주장의 아들이 영웅으로 세상을 건질 만한 큰 의표48)가 있다고 말했다. 규염객이
이정에게 소개해 달라고 하여 가서 엿보았는데, 주장의 아들은 곧 태종이었다. 그 일은 심히
기이하나, 역사서를 살펴보니 다 허망한 것이었다. 양소[?~606]49)는 대업 2년[606]에 죽었으니,
그가 죽지 않았을 때는 태종이 겨우 6~7세였고, 비록 그에게 영웅의 자질이 있었더라도 어찌
알아볼 수 있었겠는가? 하물며 신요[唐高祖]가 대업 초에 내외의 벼슬을 두루 지내고, 11년에
이르러 비로소 태원유수가 되었으니, 양소가 살아 있을 때에는 신요가 아직 태원의 주장이
되지 못했었다. 또한 이른바 해적이 수천 척의 배로 들어와 부여국을 멸했다고 하는 것 또한
역사서에 보이지 않으니, 이는 다 호사자들이 꾸며 낸 것인데, 보는 이들이 간혹 깨닫지 못하므로
대강 기록해 둔다).

4) 『海東文獻總錄』(金烋 1597~1638), 「太平通載」: 成任在玉堂 聚諸書及『太平廣記詳節』爲『太平通
載』八十卷 歷代史牒 百家著述 夷堅雜誌 方外諸書 靡不蒐閱 以至本國事實 收錄無遺 類附於『廣
記』之目 與元目不相當者 別立目以附之☯(성임[1421~1484]이 옥당50)에 있을 때, 여러 서적과
『태평광기상절』을 취하여『태평통재』80권을 만들었다. 역대 사첩51)과 백가의 저술과『이견지』
류들 및 방외의 여러 책들을 열람하지 않은 것이 없었으며, 본국의 사실까지도 수록하여 빠뜨리지
않았다. 『태평광기』의 항목에 따라 종류별로 나누고, 원 항목과 부합하지 않는 것들은 따로
항목을 만들어 나누었다. [成任自序曰 是書始於仙佛 中於鬼怪 終於戲謔 正不免不經之誚
而其中猶有可取者 寓至妙於鄙俚 含機警於談諧 淺近之語 有所資補 誇誕之辭 有所發起
異端不足信也 而無損於守正 異術不足取也 而有助於辨惑 可以見善無常住 理無定在 而不可
執一也 且其紀敍不凡 抑揚縱橫 頗有可觀 文學之士 所當留意 不可以爲不經而去之也 不可

---

44) 때죽나무과에 딸린 갈잎큰키나무에서 채취한 향료로, 훈향료·방부제·소독제 따위로 쓰인다.
45) 남빛의 꽃무늬가 있는 비단.
46) 중국 당나라 때의 전기 소설. 일반적으로 杜光庭(850~933)이 지은 것이라 하나, 혹은 張說이 지은 것이라고도
한다.
47) 중국 당나라의 장수. 처음에는 隋나라를 섬겼으나, 반란을 일으킨 李世民에게 사로잡혀 인정을 받은
후 천하 평정에 큰 공훈을 세워 衛國公에 봉해졌다.
48) 몸가짐.
49) 중국 수나라 때의 權臣. 대대로 北朝에 출사한 집안에서 태어나, 처음에는 北周에 벼슬하였으나 얼마
뒤 楊堅과 결탁하여 수나라를 일으키는 데 크게 공헌하였으며, 晉王 廣과 함께 陳나라를 토벌하는 데
크게 활약하였다. 만년에는 文帝의 미움을 받아, 광이 煬帝로 즉위한 뒤에도 외견상으로는 예우를 받는
듯이 보였으나, 실제로는 경원되었다.
50) 弘文館의 별칭.
51) 역사책.

以爲無益而棄之也]◑(성임의 자서에 이르기를, "이 저서는 신선과 부처 이야기에서 시작하여, 괴귀한 이야기가 중간에 있고, 우스운 이야기로 끝을 맺으니, 정말이지 떳떳하지 못하다는 비판을 피할 길 없다. 그 중에 그래도 취할 만한 것이 있다면, 낮고 천한 말에 지극히 묘한 이치를 담고, 해학거리에 뛰어난 재치를 포함하였으니, 얄팍한 말이지만 보탬이 되고, 황당한 말이지만 느끼는 마음이 생기게 한다는 점이다. 이단은 믿을 만하지 못하나 바름을 지키는 데 손해되지 않고, 이상한 술법은 취할 만하지 못하나 의혹을 분별하는 데 도움이 된다. 그리하여 선함은 늘 한군데 머물러 있지 않고, 이치는 정한 곳에만 있지 않음을 볼 수 있으니, 한 가지에 집착할 수만은 없다. 한편 그 문체[紀敍]는 평범하지 않고 억양과 종횡에 있어 볼 만한 점이 있으니, 문학하는 선비가 유의해야 한다. 떳떳하지 못하다고 치워 버려서는 안 되고, 무익하다고 버려서도 안 된다).

5) 同上,「略太平廣記」: 成任嘗在玉堂 抄錄『太平廣記』五百卷 約爲『詳節』五十卷 刊行於世◑ (성임이 일찍이 옥당에 있을 때『태평광기』500권을 초록하여『태평광기상절』50권을 만들어 세상에 간행하였다).

6)『私集』(尹德熙 1685~1766), 4,「小說經覽者」[1762]:『太平廣記』

7)『欽英』(兪晚柱 1755~1788), 1, 1775. 3. 3: 昔宋太宗詔學士李昉等 就『御覽』書名中 類其小說 別爲『太平廣記』五百卷 傳奇之大家也◑(옛날에 송태종이 학사 이방[925~996] 등에게 조서를 내려『태평어람』중에서 소설을 모아 따로『태평광기』500권을 만들게 하였으니, 전기의 대가가 된 것이다).

8)「雲英傳」: 進士由層階循曲欄干肩而入 妾開紗窓 明玉燈而坐 以獸形金爐 燒鬱金香 琉璃書案 展『太平廣記』一卷 愁吟獨坐 見進士至 起而迎拜◑(진사가 층계를 올라 난간을 지나 들어가니, 첩[운영]이 사창52)을 열고 촛불을 밝히고 앉아 거북을 새긴 금향로에 울금향53)을 피우고 유리 서안에『태평광기』를 펴 놓고 글을 보다가, 생[김진사]의 이름을 보고 일어나 맞아 절하였다).

9)『[演慶堂]諺文冊目錄』(1920; 藏書閣所藏): 94.「太平廣記」9冊.

10)『閱古觀書目』:『太平廣記』四十八卷.

11)『集玉齋書目』:『太平廣記』二十四卷.

12)『海南尹氏群書目錄』(國立中央圖書館所藏):『太平廣記』.

〈이본연구〉

②『태평광기언해』는 전 5권으로 된 覓南本이 최초의 母本으로 보이고, 낙선재본은 거기에 후일 추가하여 형성된 것이다. …… 『태평광기언해』는 멱남본의 전5권이 최초로 이루어지고……

| 국문필사본 | 54) |

太平廣記諺解	김일근		낙질 4(木卷 佚失, 金: 60f.; 水: 59f.; 火: 63f.; 土: 54f.)(19)
【增】 태평광긔 太平廣記	연세대		낙질 1(권 2: 50f.)

---

52) 비단으로 바른 창.

53) 백합과 튤립속에 속하는 원예 식물의 총칭. 그 향기가 좋음.

54) 김일근 소장본에는 총 130여 편(추정) 중 현재 106편만이 전하며, 장서각 소장본에는 총 268편 수록되어 있다. 이 중 양본에 겹치는 작품은 61편이고, 김일근본만의 것은 45편, 장서각본만의 것은 207편이다.

1. 〈자료〉

Ⅰ. (영인)

2) 金一根 編校.『太平廣記諺解』. 全3冊. 書光文化社, 1990. (김일근 소장본 / 정문연[낙선재] 소장본)

Ⅱ. (역주)

【增】

1) 金長煥·朴在淵 校註.『태평광긔 권지이』. 중국소설·희곡번역자료총서, 35. 鮮文大 中韓飜譯文獻研究所

2) 金長煥·朴在淵·李來宗 校勘.『太平廣記諺解』. 全8冊. 연세대 국학총서 58. 學古房, 2005.

2. 〈연구〉

Ⅱ. (학위논문)

【增】 <박사>

1) 金鉉龍. "韓國說話·小說에 끼친『太平廣記』의 影響硏究: 주로 그 素材的 關聯性에서." 博論(建國大 大學院, 1976. 8).

Ⅲ. (학술지)

【增】

1) 安炳國. "『太平廣記』의 移入과 影響."『溫知論叢』, 6(溫知學會, 2000. 12).

2) 趙維國. "『太平廣記』傳入韓國時間考."『中國小說研究彙報』, 46(韓國中國小說學會, 2001. 6)

3) 김장환·박재연. "延世大 所藏本『太平廣記諺解』, 권2에 대하여."『태평광긔 권지이』(鮮文大 中韓飜譯文獻研究所, 2003. 7).

4) 박재연. "연세대 소장본『태평광긔』 권지이에 대하여."『東方學志』, 121(延世大 國學研究院, 2003. 9).

〈회목〉

	(낙선재본)	(중국본)
[권3]	샤시뎐55)	謝氏 (134)
	왕수진뎐56)	
	(연세대본)	(중국본)
[권2]		
	강슈뎐	姜修 (370)
	오감뎐	吳堪 (83)
	원셔뎐	永康人 (468)
	댱슈국뎐	長鬚國 (469)

---

55) 눈금자의 탭이 밀려나는 바람에 '중국본'조에 잘못 기록되어 있어 바로잡는다.
56) 위와 같다.

▶(태평광기상절 太平廣記詳節 → 태평광기)

▶(태평광기언해 太平廣記諺解 → 태평광기)

◗{태평유기 太平遺記}

〈작자〉愼後聃 (1701‑1761)

▶(텬 → 천)

▶(토공전 兎公傳 → 토끼전)

◪754.[토끼전] ← 경화수궁전 / 별주부전 / 별토가 / 별토문답 / 불로초 / 수궁록 / 수륙문답 / 옥토전 / 중산망월전 / 중산토선생전 / 토공전 / 토별가(전) / 토별산수록 / 토별소화 / 토생전 / 토석사전 / 토선생전 / 토선생별주부전 / 토의간 /토전 / 토처사전]

〈관계기록〉

①『三國史記』(1145, 金富軾 1075~1151), 권 41, 列傳 1, 金庾信 上: 昔東海龍女病心 醫言 得兎肝合藥則可療也 然海中無兎 不奈之何 有一龜白龍王言 吾能得之 遂登陸見兎言 海中有一島 淸泉白石 茂林佳果 寒暑不能到 鷹隼不能侵 爾若得之 可以安居無患 因負兎背上 遊行三千里許 龜顧謂兎曰 今龍女被病 須兎肝爲藥 故不憚勞負爾來耳 兎曰 噫 吾神明之後 能出五臟 洗而納之 日者少覺心煩 遂出肝心洗之 暫置巖石之底 聞爾甘言徑來 肝尙在彼 何不廻歸取肝 則汝得所求 吾雖無肝尙活 豈不兩相宜哉 龜信之而還 纔上岸 兎脫入草中 謂龜曰 愚哉汝也 豈有無肝而生者乎 龜憫黙而退☯(옛날에 동해 용왕의 딸이 병이 들어서 앓았는데, 의사의

말이 토끼의 간을 얻어서 약에 합하여 쓰면 나을 수 있다고 하였으나, 바닷속에는 토끼가 없으므로 어떻게 할 도리가 없었다. 이때 한 거북이가 용왕에게 말하기를, "내가 능히 토끼의 간을 얻어 올 것이다."라 하였다. 거북이가 드디어 육지로 올라가 토끼를 만나자 말하기를, "바다 가운데 섬이 하나 있는데, 샘물이 맑고 돌도 깨끗하며 숲도 우거지고 좋은 과실도 많이 열리고 춥지도 않고 덥지도 않으며 매나 독수리 같은 것들도 감히 침범할 수 없는 곳이라, 만약 그 곳으로 갈 것 같으면 편안하게 살 수 있어 아무런 근심도 없을 것이다."라고 하며 토끼를 꾀어 마침내 토끼를 등 위에 업고 바다에 떠서 한 2, 3리쯤 갔다. 이때 거북이는 토끼를 돌아보고 말하기를, "지금 용왕의 따님이 병이 들어 앓고 있는데, 꼭 토끼의 간을 약으로 써야만 낫는다고 해서 내가 수고로움을 무릅쓰고 너를 업어 가는 것이다." 하니, 토끼가 이 말을 듣고 말하기를, "아아, 나는 신명[57]의 후예로서 능히 오장을 꺼내어 깨끗이 씻어 이를 다시 집어 넣는다. 요즈음 좀 마음에 근심스런 일이 생겨 간을 꺼내어 깨끗이 씻어 잠시 바윗돌 밑에 두었는데, 너의 달콤한 말을 듣고서 급히 오는 바람에 그만 간을 두고 왔다. 돌아가 간을 가져오지 않으면 어찌 네가 구하는 것을 구할 수 있겠느냐? 나는 비록 간이 없어도 살 수 있으니, 어찌 둘이 다 좋은 일이 아니겠느냐?" 하니, 거북이는 이 말을 믿고 돌아가 토끼를 뭍에 내려놓자마자 토끼는 풀숲 속으로 달아나며 말했다. "너는 참 어리석구나. 어찌 간이 없어도 살 수 있는 자가 있단 말이냐?" 거북은 아무 말도 못하고 돌아가고 말았다).

② 『大東韻府群玉』(權文海 1534~1591), 14, 張 16, 後面: 昔東海龍女病心 醫言 得兎則可療 有一龜 曰 吾能得之 遂登陸見兎言 海中有一島 淸泉白石 鷹隼不能侵 可以安居無患 因負兎 行數三里 顧謂兎曰 今龍女 須兎肝爲藥 故負汝爾來耳 兎曰 吾神明之後 能出肝洗而納之 日者少覺心煩 洗置巖石之底 肝尙在彼 若歸取肝 汝得所求 龜信之乃還 兎脫入草中 曰 愚哉汝也 豈有無肝而生者乎☯(옛날 동해 용왕의 딸이 심장병을 앓았는데, 의원이 토끼의 간을 쓰면 낫을 수 있다고 했다. 한 거북이 말하기를, "내가 토끼의 간을 가져올 수 있다."고 하고 드디어 육지에 이르러 토끼를 보고 말했다. "바다 가운데에 한 섬이 있는데, 그 곳의 샘은 맑으며 하얀 조약돌이 깔려 있고 매들이 침입할 수 없어 가히 근심없이 편히 살 만한 곳이다." 거북이 토끼를 업고 몇 리쯤 가다가 토끼를 돌아다 보며 말하기를, "지금 용왕의 딸이 오로지 토끼의 간만이 약이라고 하여 너를 업어 왔을 뿐이다."고 하니, 토끼가 말하기를, "나는 신명한 후에 능히 간을 꺼내 씻어서 도로 넣을 수 있게 되었다. 저번에 갑자기 마음이 산란하여 간을 씻어서 바위 밑에 두었는데, 간이 아직도 그 곳에 있다. 만약 내가 돌아가 간을 취하여야 네가 구하려는 것을 얻을 수 있을 것이다."라고 했다. 거북이 이를 믿고 육지로 돌아가니, 토끼가 도망하여 풀숲으로 들어가며 말하기를, "어리석구나, 너는! 어찌 간이 없어도 살 수 있는 자가 있으랴."라고 했다).

③ 「觀優戲」[1843?](宋晩載 1788~1851), 제19수: 東海波臣玄介使 一心爲主訪靈丹 生憎缺口偏饒舌 愚弄龍王出納肝☯(동해 용왕의 신하 자라가 사신 되어, 일심으로 임금 위해 영약 찾아 나섰구나. 얄밉고도 수다스런 요설에 솔깃하여, 간을 빼었다가 넣는다며 용왕을 놀렸다네).

④ 『嘉梧藁略』(李裕元 1814~1888), 樂府, 觀劇[1826], '中山君 第四令': 龍伯求仙遣主簿 水晶宮闕朝鱗部 月中搗藥兎神靈 底事凌波窺旱土☯(용왕이 약 구한다 별주부 보내려고, 수정궁에서 물고기들 조회를 하네. 달에서 약 찧던 슬기로운 토끼를, 어찌하여 물결 넘어 뭍을 엿보았는고).

---

57) 하늘과 땅의 신령.

⑤『敎坊歌謠』(鄭顯奭, 1872) '倡歌'條:「兎打令」欺龍脫身 此懲暗也◉(「토끼타령」은 용왕을 속여 탈출한 것이니 이는 어리석음을 징계한 것이다).

⑥『平山申氏世譜』, '桐里祖考孝行錄': 晚年以勵世經綸「初頭歌」·「烏蟾歌」著作 古來「兎鼈」·「赤壁」·「沈淸」·「春香」·「興甫」·「橫負歌」等 一一校正 正經緯 刪其淫化 使世人感發忠孝烈之心◉(만년에 세상을 격려하는 경륜으로「초두가」,「오섬가」를 지었고 예부터 전해 오던「토별」·「적벽」·「심청」·「춘향」·「흥부」·「횡부가」등을 일일이 교정하고 경위를 바르게 하며, 그 음란한 것을 빼어 버리고 세상 사람들로 하여금 충효열의 마음을 느껴 갖게 하였다).

⑦『註解歌辭文學全集』(金聖培 外),「寡婦歌」(p. 440): 장장추야 긴긴 밤에 동리 할미 불러다가 옛말로 벗을 사마 밤 새우자 언약하니 그 할미 흉악하야 청춘소년 백발 되면 다시 젊지 못하리라 아모개네 맛딸아기 개가해서 편안하지 늘근 몸 자라 되어 토공선생 못 소긴다.

⑧『諺文古詩』(가람본), '언문칙목녹', 170:「토기젼」.

⑨ Courant, 925:「토긔젼」.

〈이본연구〉

④ …… (柳鐸一, "새로 發見된 庚子本「水宮歌」에 대하여,"『韓國文學論叢』, 4[1981. 12], p. 199).

【增】

1) [「토끼젼」은] 시기별로 볼 때 1940년대 이전에 나타나는 이본과 그 이후의 이본으로 대별되어 성격이 나타나고 있다. 1940년대 이전은 용왕과 자라에 거리를 두어 풍자하고 있으며, 토끼는 서민을 대표할 수 있는 영웅적인 인물로까지 묘사되고 있다. 그 이후의 이본들은(申本 이전) 양반의 개입에 의해 내용의 添削이 이루어져 토끼에게 거리를 두고 있음을 알 수 있다. 이러한 현상은 판소리史와도 연관이 있는데, 18C 말엽에서부터 양반층의 청중이 많아지고, 19C 중엽에는 판소리 광대가 궁중으로 불려가고 상과 벼슬이 내려지는 등의, 문헌을 통해 볼 때「토끼傳」 이본의 變移樣相은 이해될 수 있다(李恩明, "「토끼傳」異本考: 그 系譜와 敍述의 變異樣相을 中心으로," 仁荷大 碩論[1985. 2], p. 99).

2)「토끼젼」이본은 공통 단락의 결합 양상과 고유 단락의 보유 양상에 따라 가람 A본[「鼈兎歌」] 계열, 신재효본 계열,「수궁가」계열, 경판본[「토싱젼」] 계열, 연경 A본 계열 [「즁산망월젼」「一名 兎碩士傳」], 가람 B본[「토긔젼 兎先生傳」]계열 등 여섯 계열로 구분된다. 가람 A본 계열은 전 시기 창본을 바탕으로 하고 있으면서도, 한편으로는 '암자라 동침' 등 부분적으로 연경 A본 계열의 내용을 수용하고 있다는 특징을 지닌다. 이 계열에 속하는 이본은 가람 A본, 조동일 A본[「별쥬젼」], 국도 A본[「별쥬부젼」], 사재동 A본[「별쥬부젼」], 나손 A본[「경화수궁젼」] 등 총 5종이다. 이 가운데 가람 A본과 조동일 A본은 직접적인 연관 관계가 있는 것으로 보이나, 그 선후 관계는 판단하기 어렵다. 국도 A본, 사재동 A본, 나손 A본 역시 직접적인 연관을 보이는데, 그 선후 관계는 ① 국도 A본 ②사재동 A본 ③나손 A본의 順으로 판단된다. 신재효본 계열은 신재효에 의한 개작을 그대로 따르고 있다는 특징을 지닌다. 이 계열에 속하는 이본은 완판 A본[戊戌仲秋完西新刊「兎鼈歌」], 완판 B본[多佳書鋪「兎別歌」], 신씨 가장본[신기업 소장「퇴별가」], 가람 C본[「兎鼈歌 퇴별가」], 가람 D본[「토끼타령」] 등 총 5종이다. 이 중 완판 B본은 완판 A본의 재간본이다. 신씨가장본, 가람 C본, 가람 D본은, 완판본에는 없는 곰이 동물의 세계를 인간의 세계에 직접 비유하는 대목이 들어 있는 것으로 보아 완판본과의 직접적인

연관은 없으며, 개개 이본의 모본이 다른 것으로 보아 이들 상호간에도 직접적인 연관은 없다. 수궁가 계열은 현재 판소리로 연행되는 「수궁가」와 유사한 모습을 보인다는 특징을 지닌다. 이 계열에 속하는 이본은 현전 판소리 창본 전부와 박순호 A본[「퇴기전」], 정문연 A본[「水宮歌 톡기전」], 나손 C본[「水宮錄 슈궁록」], 나손 D본[「兎先生鱉主簿立傳 슈궁록」], 나손 G본[「톡기 젼 단권」], 박순호 B본[「별쥬부전」], 박순호 C본[낙장 33장본 「퇵기젼」], 박순호 F본[「톡기젼」], 박순호 I본[「玉兎傳」], 조동일 C본[「톡긔젼」], 사재동 B본[「토끼젼 玉兎傳」], 연경 B본[「별쥬부젼」], 경북대본[「水宮龍王傳 토기젼」], 윤해옥본[「兎傳 토기젼」], 국민대본[「별토문답」], 박문본[「兎의肝 별쥬부가」] 등 총 27종이다. 이들 이본은 크게 창본의 성격을 지닌 이본과 독서물의 성격을 지닌 이본으로 양분할 수 있다. 창본의 성격을 지닌 이본은 현존 창본 모두와 홍윤표본[「鱉 主簿曲」], 경북대본, 박문본이다. 이들은 다시 전승 계보에 따라 동편제에 속하는 이본, 강산제에 속하는 이본, 그리고 정확한 전승 계보를 알 수 없는 이본으로 나눌 수 있다. 심정순 창본을 제외한 현존 창본들은 그 전승 계보가 명확하다. 그러나 심정순 창본과 홍윤표본은 정확한 전승 계보를 파악하기 어렵다. 한편 경북대본과 박문본은 심정순 창본과 동일한 이본이다. 독서물의 성격을 지닌 이본은 박순호 A본, 정문연 A본, 나손 C본, 나손 D본, 박순호 C본, 박순호 F본, 박순호 I본, 조동일 C본, 연경 B본, 사재동 B본, 윤해옥본, 국민대본 등이다. 이 가운데 나손 C본과 나손 D본은 동일한 작품이며, 박순호 B본, 박순호 C본, 박순호 F본, 사재동 B본은 독특한 내용이 공통적으로 들어 있어 직접적인 연관을 보인다. 그 외의 나머지 이본들은 직접적인 연관 관계를 논하기 어렵다. 경판본 계열은 장황한 사설이나 삽입 가요, 그리고 전체 작품 전개에 영향을 미치지 않는 삽화가 일체 배제된 단순한 줄거리 중심으로 되어 있어 매우 간략한 모습을 보이면서도 고유단락인 '암토끼 등장'이 첨가되어 있다는 점에서 특징적이다. 이 계열에 속하는 이본은 경판본, 국도 B본[「兎生傳 토싱젼」], 서울대본[「토기젼 두겁젼」] 등 총 3종이다. 현존하는 경판본은 6장과 9장의 각자체가 다른 장과는 다른 것으로 보아 한 번 이상의 번각이 이루어진 것으로 판단된다. 따라서 번각되기 이전의 경판본을 상정할 수 있는데, 국도B본은 번각되기 이전의 경판본과 유사한 모습을 지닌 이본으로 추정되며, 현전하는 경판본은 번각되기 이전의 경판본이 축소 개작된 것으로 추측된다. 그러나 국도 B본은 표기법이나 어휘 등을 볼 때, 경판본의 판각 시기에는 미치지 못하는 것으로 추측된다. 한편, 서울대본은 현존하는 경판본이 축소 개작된 것으로 보인다. 연경A본 계열은 용왕이 황주에 비 주러 갔다가 득병하고, 사신 택출이 도사의 지명에 의해 이루어진다는 점과 고유 단락인 '우생원 만남'과 '암자라 동침'이 들어 있다는 점에서 특징적이다. 이 계열에 속하는 이본은 일사본[「鱉主簿傳」], 임형택 A본[「兎處士傳」], 나손 E본[「兎記文集 별쥬부젼」], 나손 H본[「토끼젼」], 박순호 D본[28장 본 「퇵기젼」], 조동일 B본[「兎處士傳」], 조동일 D본[「톳별젼」], 정문연 C본[「슈궁젼」], 연경 A본, 권영철본[「톡기젼 별쥬부젼」], 김광순 A본[「별쥬부젼」], 김광순 B본[「슈육문답」], 연대 A본[「兎傳 토젼」] 등 총 13종이다. 이 가운데 일사본, 임형택 A본, 나손 E본, 조동일 B본, 조동일 D본, 정문연 C본, 연경 A본, 김광순 B본은 이본에 따라 탈락된 대목이 있기는 하나 대체로 거의 동일한 모습을 보인다. 그런데 이들 이본은 모두 전사본이고 내용 또한 동일하여 이본 간의 수수 관계를 파악하기 어렵다. 다만 필사 연기가 남아 있는 이본은 연대 추정을 통하여 대략적인 선후 관계를 파악할 수 있는데, 필사 연기가 남아 있는 이본 중 가장 선행하는 이본은 정문연 C본이다. 나손 H본, 김광순 A본, 박순호 D본, 권영철본, 연대 A본은 타 계열의 내용을 수용하고 있거나 독특한 내용이 첨가되어 있는 등 앞서 언급한 이본들과는 다소 차이를 보인다. 가람B본 계열은 명약 지시가 초청된 명의에 의해 이루어지고, 사신 택출이 별주부와 문어의 대결을 통해 이루어진다는 점에서 특징적이다. 이 계열에 속하는 이본은 가람 B본, 임형택 B본[「兎公傳 토공젼」], 정문연 D본[「兎生傳全」], 임명덕본[「兎先生傳」], 신구본[「별쥬부젼」], 영창본[「鼈主簿傳 兎의肝」], 세창 A본[「鼈主簿傳」], 세창 B본[「불로초」], 신명균본[中央印書館版「토끼傳」] 등 총 9종이다. 이 중 정문연 D본이 가장 이른 시기의 이본으로 판단되며, 임형택 B본, 임명덕본, 가람 B본은 정문연 D본에서 각각 파생된 것으로 보인다. 한편 세창 B본과 신구본은 가람 B본을 근간으로 이루어진 것으로 보인다. 세창 B본은 결말에서만 가람 B본과 차이를 보일 뿐 나머지 부분은 가람 B본과 거의 동일하다. 그러나 신구본은 타본에는 없는 독특한 내용이 첨가되어 있는 등 전반적으로 심한 개작이 이루어져 있다. 이 여섯 계열 가운데 가람A본 계열, 신재효본 계열, 수궁가 계열은 창본이거나 창본에 밀착한 성격을 지니고 있다. 가람A본 계열은 전 시기 창본을 바탕으로 하면서도 부분적으로는 연경 A본 계열의 내용을 차용하여 작품을 결구하고 있다. 따라서 기존의 논의처럼 신재효본계열이나 수궁가계열이 가람 A본 계열을 바탕으로 개작 혹은 변모되었다고 보기는 어렵다. 하지만 가람 A본 계열이 「수궁가」 계열에 선행하였고, 전 시기 창본의 모습을 대체로 잘 유지하고 있음을 감안하면, 「수궁가」 계열에 직·간접적으로 영향을 미쳤을 것으로 판단된다. 신재효본 계열은 대대적인 개작이 이루어져 가람 A본과는 상당한 차이를 보인다. 따라서 가람 A본 계열과의 직접적인 연관은 논하기 어렵다. 한편 신재효본 계열은 「수궁가」 계열에 부분적으로 영향을 미치고 있는데, 김연수 창본을 제외하면, 그 정도는 미미하다고 할 수 있다. 이 세 계열 간의 선후 관계는 「수궁가」 계열이 가장 후행 계열임은 확실하나 가람 A본 계열과 신재효본 계열은 선후 관계를 알기 어렵다. 경판본, 연경 A본 계열, 가람 B본 계열은 창본보다는 소설본에 밀착된 성격을 지니고 있다. 따라서 앞서 언급한 세 계열과의 직접적인 연관 관계는 찾기 어렵다. 또한 이들 상호간에도 편차가 심하여 직접적인 연관 관계는 밝혀내기 어렵다. 이들 계열의 선후 관계는 ① 경판본 계열 ⑦ 연경 A본 계열 ③ 가람 B본 계열의 순인 것으로 판단된다(金東建, "「토끼傳」研究," 慶熙大 博論[2001. 2], pp. 236~238).

3) 이본의 계열 분류는 이본의 공시적 존재 양상을 유형화하는 방법이지만, 통시적 형성 과정과 파생 원리까지 밝혀 줄 수 있는 방향으로 작업이 진행되어야 한다. 이를 위해 이본 계열 분류의 기준을 '演行物 / 讀書物'과 '육지 위기 / 토끼 포획'의 두 가지로 설정하였다. '演行物 / 讀書物'의 기준은 「토끼전」뿐만 아니라 모든 판소리 문학에 적용될 수 있는 기준이고, '육지 위기 / 토끼 포획'은 「토끼전」에만 적용될 수 있는 기준이다. '演行物 / 讀書物'의 구분은 이본 전반이 演行文法에 의해 지배받는가, 아니면 敍事文法에 의해 지배받는가에 따른 것이다. 연행 문법이란 연행물적 성격을 갖게 하는 원리나 방법으로 부분의 독자성, 장면 극대화 등 판소리 연행의 현장성에 따른 것이다. 서사 문법이란 독서물적 성격을 갖게 하는 원리나 방법으로 서술 균등화, 구성상의 합리성 지향 등 판소리 연행의 현장성과 멀어짐에 따른 것이다. '육지 위기 / 토끼 포획'은 토끼가 '수궁 위기'를 탈출한 이후의 사건 전개 양상에 따른 분류이다. '육지 위기' 계열은 토끼가 '그물 위기', '독수리 위기' 등 거듭되는 위기를 겪는 방향으로 사건이 전개되는 이본이며, '토끼포획' 계열은 수궁에서 토끼 포획론이 제기되어 수궁과 육지의 대결 관계가 지속되는 이본 계열이다. '육지 위기'로 사건이 전개되는가 '토끼 포획'으로 사건이 전개되는가는

작품의 구조를 크게 변이시키는 구실을 하므로 이본 계열화의 지표로서 충분한 의의가 있다. 이 두 기준을 함께 적용하면 「토끼전」은 연행물 - 육지위기 계열, 독서물 - 육지 위기 계열, 독서물 - 토끼 포획 계열, 연행물-토끼포획 계열로 분류할 수 있다. 이 가운데 연행물 - 토끼포획 계열에 속하는 이본은 아직 파생되지 않았으나 나머지 세 계열은 다수의 이본을 포함하고 있다. 연행물 - 육지위기 계열은, 「토끼전」이 판소리 연행 환경에서 생성·변모하였기 때문에 가장 먼저 파생된 계열로서 이본 계열의 주류를 형성하고 있다. 독서물 - 육지 위기 계열은 연행물 - 육지 위기 계열이 필사되는 과정에서 연행물적 성격이 지양되고서 사적 성격이 강화되면서 생성된 이본 계열이다. 이 계열에는 문장체 소설도 있으나 그 수가 적고 독서물적 성격이 우세한 이본이 주류를 이루고 있다. …… 독서물 - 토끼 포획 계열은 연행물적 성격을 독서물적 성격으로 전환시키고, '육지 위기' 부분을 '토끼 포획'으로 대체하면서 생성된 이본으로 시기적으로 두 계열보다 늦게 생성된 계열이다. 이 계열에는 독서물적 성격이 우세한 독서물 전환 계열은 드물고 문장체 소설이 주류를 이루고 있다. …… 개별 이본의 상호 관계를 검토하여 이본 계열의 큰 줄기를 정리하면 다음과 같다. (고딕체는 연행물 계열, 굵은 글자체는 토끼 포획 계열임)

初期 「水宮歌」
⇩
先行 「수궁가」 선행 唱本系 ⇒ 가람본 「별토가」 계열 → 「중산망월전」 계열 → 「토별산수록」 계열
⇩
現行 「水宮歌」 現行 창본의 母本系 ⇒ 박순호 35장본 계열 → 나손 20장본 계열 → 현행 창본 계열
독서물계 가람본 「토끼전」 계열, 「토생전」 계열, 고대본 「토공전」 계열

위에서 보다시피 「토끼전」은 선행 연행물 계열 및 그 독서물 계열, 현행 연행물 및 그 독서물 계열, 연행물에서 완전히 멀어진 독서물 계열로서 가람본 「토끼전」 계열, 「토생전」 계열, 고대본 「토공전」 계열을 설정할 수 있다. 가람본 「별토가」 계열과 박순호 35장본 계열은 연행물 - 육지 위기 계열이고, 이들이 독서물화된 「중산망월전」 계열, 「토별산수록」 계열, 나손 20장본 계열 등이 독서물 - 육지 위기 계열이다. 가람본 「토끼전」 계열, 「토생전」 계열, 고대본 「토공전」 계열은 독서물 - 토끼 포획 계열에 속한다(崔光晳, "「토끼전」 異本系列의 構造와 近代指向 意識," 慶北大. 博論[2001. 8], pp. 184~186).

4) 토끼전의 결말은 이본에 따라 퍽 다양하게 나타난다. 연경본의 경우처럼 독수리의 재난을 극복하는 것으로 끝나는 경우도 있지만, ① 뭍으로 올라온 토끼의 감회를 상세하게 서술하는 경우도 있고(완판본), ② 토끼로부터 그간의 사정을 전해 들은 암토끼가 자라를 꾸짖는 장면이 나타나는 경우도 있으며(경판본), ③ 토끼를 기다리다가 상사병으로 죽는 자라부인의 이야기가 들어 있는 경우도 있다(가람본A). 한편 자라는 낙담한 나머지 머리를 바위에 찧고 자결하는가 하면(경판본), 수궁으로 돌아갈 면목이 없어 아예 육지에 뿌리를 내리기도 하고(가람본A), 수궁으로 다시 돌아가기도 하며(가람본B, 연경본), 충신으로 숭앙받기도 한다(완판본). 또 용왕의 경우는, 결국 죽거나(가람본B), 태자가 즉위해 선정을 베푸는 것으로 끝나는 이본(가람본A)이 있는가 하면, 쾌차하여 태평세월을 누리는 것으로 마무리되기도 한다(완판본, 경판본)(박희병, "「별쥬부전」," 李相澤 외 3인 엮음, 『고전소설의 기초 연구』[2001. 10], p. 82).

5) 연경본[「별쥬부젼」]의 주요한 이본적 특성을 정리하면 다음과 같다. 첫째, 두꺼비가 모족 회의 장면이 아닌 수궁행 바로 앞에 등장하고 있으며, 굴원과의 만남이 다른 이본에서는 자라가 뭍으로 떠나면서 이루어짐에 반하여 연경본에서는 토끼가 뭍으로 돌아가면서 만나는 것으로 되어 있다. 이런 설정은 부자연스런 것으로 보인다. 둘째, 연경본은 結末部에서 독수리의 수난을 극복하는 것으로 종결되고, 다른 이본들에서처럼 다양한 뒷이야기가 없다는 점이 특이하다. 셋째, 연경본은 대체로 보수적인 서술 의식을 보여 주는 것으로 판단된다. 자라부인과의 동침과 같은 비윤리적 장면이 보이지 않으며, 용왕의 병세를 서술할 때도 해학적으로 서술함이 없이 그저 어떤 약으로도 치유가 불가능한 병이라도 점잖게 서술하고 있고, 어족 회의에서의 다툼의 양상도 자라가 자원하여 뭍으로 나가는 것으로 설정하고 있으며, 토끼가 돌아간 뒤의 자라와 용왕의 후일담도 다른 이본에서는 용왕이 병들어 죽거나 용왕이 다시 군사를 놓아 토끼를 잡았다가 놓치는 등으로 서술된 것에 반해 아무런 사연 없이 간단하게 처리하고 있다는 점 등등이 이런 판단을 뒷받침해 준다(박희병, "「별쥬부젼」," 李相澤 외 3인 엮음, 『고전소설의 기초 연구』[2001. 10], pp. 82~83).

6) 연경본[「중산망월전」]의 특징을 몇 가지로 정리하면 다음과 같다. 첫째, 연경본은 갈등을 자세히 다루지 않았다. 육지로 보낼 신하 추천에 있어서 도사의 평가가 판단 기준이 되어 어족들 간에 갈등의 소지가 없었다. 이는 다른 본에 비해 연경본의 도사가 문제 해결의 역할자로서 권위 있는 모습으로 그려져 있는 것과 관련된다. 또한 모족 회의에서도 극심한 갈등이 나타나지 않는다. 자라가 호랑이에 의해 위기에 처했을 때도, 자라는 호랑이에게 직접 상해를 입히는 적극적인 저항이 아니라 간단한 꾀로써 호랑이를 쫓는다. 수궁에서 토끼가 위기를 당했을 때 자라와 토끼의 대립은 심하게 나타나지 않으며, 육지로 나오면서 자라는 토끼에게 아부하기도 한다. 둘째, 연경본에는 다른 본에 보이는 다양한 에피소드와 흥미소가 대거 소거되어 있다. 신하 추천 장면에서 궁녀 조개의 등장과 그 묘사, 가족들과의 작별 장면, 너구리[여우]가 토끼의 수궁행을 말리고 이에 대해 자라가 너구리[여우]를 욕하는 대목 등등이 이에 해당된다. 이들은 거의 모두 주변 인물이나 주변 에피소드에 해당하는데, 이처럼 연경본은 주변 인물이나 주변적 에피소드에 대한 관심이 미약한 편이다. 셋째, 인물의 감정 묘사에 있어서도 연경본은 그리 큰 관심을 보여 주지 않는다. 호랑이에 의해 자라가 위기에 처하는 대목에서 자라와 호랑이의 감정 묘사나, 토끼가 물에 들어가면서 겪는 고통에 대해 간략하게 서술하는 등 감정에 대한 서술을 자제하고 있다. 넷째, 연경본에는 다른 본에 나타나는 삽입 가요가 생략되어 있다. 다섯째, 대체로 김동욱본은 연경본과 자세한 묘사까지 공유하는 부분이 많다. 가람본은 연경본에 비해 묘사 및 열거의 확대가 두드러진다. 신재효본은 그 개작 양상 때문에 여타본과의 공유점이 상대적으로 적은 편이다(박희병, "「중산망월전」," 李相澤 외 3인 엮음, 『고전소설의 기초 연구』[2001. 10], pp. 252~253).

〈판본연대〉

【增】

1) 「兎鼈歌」의 연대는 작품에서 고증한바 1864(甲子)년 이후의 작품임을 단정할 수 있으니, 곧 그가 죽기 전 20년 사이에 작품이니, 이것도 晚年의 作이다. 곧 '東方君子文明國에 甲子元年 聖人님금 登極을 하겨시니 잠간 가서 다녀오자 漢陽을 가난 길에 毛族 모음 하다기로 知面이나 하자 하고 잠간 찾아 온 길이니……'(「兎鼈歌」) '갑자 원년 성인 군자'는, 고종 원년(1864)이

甲子인바, 이것이 작품에서 찾을 수 있는 유일한 보람이다(金三不, "申五衛將 硏究 序," 학위논문 [1949. 7];『판소리연구』, 10[1999. 12], p. 413).

2) 「토끼전」 이본을 고찰해 다음과 같은 사실을 알 수 있었다. (1) 필사본을 서술 방식에 따라 판소리체 문장과 소설체 문장으로 2대분하여 비교했는데, 소설체 문장도 판소리 대본에 근거를 두고 서술하고 있다. 이것은 「토끼전」이 초기 판소리 형성 때 唱으로 불리워지다가 후에 소설로 정착되었다는 것을 의미한다. 그리고 연대가 현존 이본 중 가장 이른 ②번 「鱉免歌」가 서술의 散漫性은 보이지만 삽입 가요나 한자어의 사용, 내용의 다양성, 구조상의 체계 확립의 정도로 보아 「토끼전」 원본의 성립은 1827年 이전으로 올려 잡을 수 있다. (2) ②번 「별토가」 이후로는 노골적이고 난삽한 언어는 變移되어 나타나는데 몇 장면(자라가 아내와 이별, 토끼와 자라부인과의 同寢 및 사랑가, 이별가, 자라가 육지에서 삶)의 특이성으로 先行本을 추측할 수 있다. ①번 「鱉主簿傳」, ⑩번 「별쥬부전」, ⑪번 「별쥬전」, ⑭번 「토기전 兎記文集」, ⑰번 「퇴별전」, ⑳번 「토처사전」, ㉚번 「兎生傳」이 ②번 「별토가」와 동계열로 잡을 수 있는데, 이 사설을 통해 당시의 판소리의 내용도 알 수 있는, 1840년대 이후의 필사본에서는 특이한 몇몇 장면은 사라지고 나타나지 않는다. (3) ⑤번 「토기전」은 先行本(1832)이면서도 다른 필사본과는 다르다. 필체의 미려함이나, 묘사, 사건의 진행으로 보아 규방에서 쓰여진 것을 알 수 있는데, 또 특이한 것은 자라를 자살로 이끄는 결말 처리이다. 이 장면은 이후 ⑪번 「별쥬부전」과 ⑱번 「토생전」, ㉜번 「兎生傳」에만 나타나는데, 이 「토기전」은 경판본에 영향을 주고, 활자본 소설로 연결된다. (4) (申本) 「퇴별가」는 그 이전에 전하던 필사본을 底本으로하여 교정한 것인데, 底本이 될 수 있는 가능성이 있는 이본은 ⑬번 「兎公傳」, ⑲번 「토선생별주부립전」, ㉒번 「水宮龍王傳」이다. 그리고 ⑲번 「토선생별주부립전」이 1873年에 씌어진 필사이므로 「퇴별가」의 형성 시기는 1873~1884年으로 좁혀서 추정할 수 있다. (5) (申本) 이후의 필사본은 모두가 (申本)의 내용 體裁를 따르고 있다. 이것은 「퇴별가」가 영향력이 컸다는 이야기가 되는데, 그러나 산만함이 정제되는 대신 많은 삽입 가요의 삭제나 漢文臭의 난발 등 다양한 묘사가 많이 사라지게 되었다. 그리고 (申本) 「퇴별가」는 실제 창으로 불리워지지 않았다. (6) ㉝번 「兎의 肝」은 唱本의 記述인 만큼 1910년대의 판소리의 내용을 알 수 있게 한다. 내용면에서 ⑥번 「토긔전」과 ㉒번 「水宮龍王傳」과의 영향 관계로 보아 창본 「水宮歌」의 脈을 잡을 수 있다. 李善有本 「수궁가」에 연결되고, 최근에 전하는 「수궁가」에까지 이르고 있는데, 오늘날 현존하는 동편소리제의 系譜도 함께 알 수 있다(李恩明, "「토끼傳 異本考: 그 系譜와 敍述의 變異樣相을 中心으로," 仁荷大 碩論[198 5. 2], pp. 96~98).

국문필사본

(별주부곡 / 별주부전)

【增】 별듀부 권지단	김종철[家目]	1(50f.)[58]
【增】 兎記文集 별쥬부전	단국대[羅孫]-[漢目](古853. 5/토243)/정문연[韓古目](1367: R35P-000041-11)/[筆叢](75)	1(정유원월초십일시죽ㅎ여필어 십오일이라, 32f.)

---

58) 「김부인전」과 합철.

별쥬부젼	박순호[필총](17)	1(<u>임즈지월이십육일</u>, 15f.)
별쥬부젼	사재동[家目](0150)/<u>정문연</u> <u>(MF-R16N-001235-4)</u>	1(<u>권말 낙장, 53f.</u>)
鼈主簿傳 卷之單	서울대[一簑](<u>813.53B991J</u>) [印權煥: "「토끼傳」異本攷"]	1(국한자 혼용, [표지 이면]尙州 郡內西面綾岩里 冊主崔基宅, <u>서</u> <u>두낙장</u>, 24f.)
【增】 별쥬부젼이라	선문대 중한번역문헌연구소 [생활사 도록](85)	1(계유졍월이십일셔ᄒᆞ노라 쥬싱 면……)
별쥬부젼 <u>兎先生傳全</u>	연대[古1](811.36별주부.필)	1(<u>[이면]歲在赤龍陽月念單</u>, 49f.)
【增】 별쥬부젼	하서기념회	1(23f.)

(별토가 / 별토전)

鼈兎歌	서울대[가람古](813.5-B45)	1(국한자 혼용, 右丁亥臘月旬望 間草川新社錦南筆, 44f.)
鼈兎傳 水宮歌	임형택[<u>莽蒼蒼齋</u> 家目]	1(<u>庚戌十一月, 21f.</u>)[27]

(별토문답)

鼈兎問答	국민대(고813.5.별01)	1([표지]신츅원월지싱빅등셔우 관곡졍샤, <u>61f.</u>)

(수궁가)

【增】 수궁가	정명기[尋是齋 家目]	1

(수궁록)

슈궁녹이라 水宮錄·水宮傳	단국대[羅孫]-[漢目] (古853.5/토2434)/정문연 [韓古目](556: R35P-000041 -10)/[筆叢](75)	1(歲在戊中正月念日, 隆熙二年 [1908], <u>20f.</u>)
슈궁녹이랴 兎先生鼈主簿立傳	단국대[羅孫]-[<u>漢目</u>](古853.5 /토2435)/정문연[韓古目] (1373)/[筆叢](75)	1(癸酉六月, 22f.)

(수궁전/수궁용왕전)

【增】 토기젼 水宮龍王傳	경북대(古811.31토19)/국중[고6] (古3636.113)(영인)	1([표지]明治四十五年[1912] 壬 子五月抄出, 낙장 59f.)

(옥토전)

<u>玉兎傳</u>	박순호[필총](36)	1(56f.)
<u>玉兎傳</u> 토끼젼	사재동[家目]	1(<u>권두 낙장, [표지]丁巳至月小梅</u> <u>膽書, 36f.</u>)

【增】 (중산전)

【增】 中山傳	정명기[尋是齋 家目]	1

(토공전)

퇴공전이라 兎公傳 玉屑和答	단국대[羅孫]-[漢目](古853.5/토2432)/정문연[韓古目](1364:R35P-000041-12)/[筆叢](75)	1(<u>임즈원월념구일취필셔</u>, 전후 낙장, 6f.)[59]
토공전 兎公傳	임형택[<u>莽蒼蒼齋</u> 家目]	1(甲午[1894]二月日畢, 72f.)

(토끼전)

톡긔젼 별쥬부젼	<u>권영철-조춘호</u>	1(<u>61f.</u>)
【增】(토끼전)	김종철[家目]	1(낙장 56f.)
【削】토긔젼 兎記文集	단국대[羅孫]-[漢目](古853.5/토243)/정문연[韓古目](1367: R35P-000041-11)/[筆叢](75)	1(정유원월초십일시죽ᄒ여필어십오일이라, 32f.)[(32)]
토끠젼	단국대[漢目](古853.5/토2436)	1(<u>서두 낙장, 으류연이월초이흘게뻿긴칙이라</u>, 35f.)
퇵긔젼이라	단국대[<u>羅孫</u>](古853.5토243 【削‘ㄱ’】)	1(<u>上元甲子臘月念五日謄畢于□安□外亭</u>, 22f.)
톡긔젼 <u>단권이라</u>	단국대[未刊目](古 853.5 토243ㄱ)	1(<u>긔미여니월슌닐필셔하연노라; 경신경월슌일민연노라</u>, 53f.)
【增】퇵긔젼	단국대[羅孫](古853.5토2437)	1(전후 낙장, 18f.)
퇵긔젼이라	박순호[필총](48)	1(<u>28f.</u>)
<u>토끠젼</u> 사씨전	박순호[필총](66)	(17f.)[(33)]
퇵긔젼이라	박순호[필총](100)	1(<u>권말 낙장, 33f.</u>)
【增】퇴긔젼이라	박순호[家目]	1(무신이월쵸삼일, 16f.)[60]
【增】퇵긔젼이라	박순호[家目]	1(무ᄌ중춘영이릴, 25f.)[61]
【增】토끼전	성대(D07B-0045)	1
【增】(토끼전)	여태명[家目](112)	1(서두 낙장, 50f.)
토긔젼이라	尹海玉[『朝鮮時代 寓言寓話小說 研究』, 부록]	1(<u>갑인년의 시셔ᄒ야 을모년 츈□□□□필셔</u>, 63f.)
【增】토끼전	정명기[尋是齋 家目]	1(낙장)
<u>톡의지젼긔</u> 톡긔젼 권지단	조동일[국연자](9)/정문연[韓古目](1366: R16N-000503-15)	1(43f.)

(토끼타령)

토끼타령	서울대[가람]	1([권두]동이선생쇼작 옥천거사 장단토끼타령, [권말]기축납월이

---

59) 「한별곡」·「토공전」·「옥셜화답」·「집로가」·「낙빈가」·「애죽가」·「권농가」·「계문」 등이 합철되어 있다.
60) 「삼국지」(41f.) 합철.
61) 「장화홍연젼이라」(23f., 「권학가」(1f.), 「졍을션젼이라」(44f.) 합철.

십오일二日字原本 金宗吉所有 寫本에 依함, 26f.)

(토별가 / 토별전)

퇴별가 兎鼈歌　　　서울대[가람](MF 70-5-1-C)　　　1(정ᄾ지월쵸일일필셔, 칙쥬졍 즉ᄉ 鄭稷山翰圭 號荷舟 普專圖書館西藏 戊寅善春鈔 梅花原, 42f.)[62]

【增】토별가　　　정명기[尋是齋 家目]　　　1(낙장)

(토별산수록)

토별산수록　　　박순호[필총](48)　　　1(기사구월망일, 73f.)

(토생전)

【增】兎蟾傳　　　임형택[莽蒼蒼齋 家目]　　　1(을축[1925]소츈염일, 52f.)[63]

(토전)

토전 兎傳卷之單　　　연대[古1](811.36별주부.토)　　　1(41f.)

(토처사전)

兎處士傳　　　임형택[莽蒼蒼齋 家目]　　　1(丁未[1907]正月二十四日蒼洞新刊, 서두낙장 51f.)

토쳐ᄉ젼 토처사전　　　임형택[莽蒼蒼齋 家目]　　　낙질 1(下: 양녁근양원년[1896]병신삼월회일필셔, 19f.)[42]

국문완판본

(토별가)

【增】퇴별가라 兎鼈歌　　　미도민속관[생활사 도록](78)　　　1

【增】퇴별가라　　　여태명[家目](71)　　　1(戊戌仲秋完西新刊, 19f.)

퇴별가라 兎鼈歌　　　연대[古1](811.36토별가)/[판3](94)　　　1(戊戌仲秋完西新刊, 21f.)

퇴별가라 兎傳(퇴뎐)　　　임형택[莽蒼蒼齋 家目]　　　1(戊戌[1898]仲秋完西新刊, 21f.)

(토생전)

토싱젼 권지단 兎生傳　　　단국대[羅孫]-[漢目](古853.5/토2431)/[판3](95)　　　1(戊申十一月日由洞新刊, 9f.)[43]

국문활자본

(별주부전)

---

62) 「소상팔경」 합철.
63) 「생원가」, 「백발가」, 「회심가」 등이 이면에 쓰여 있다.

【增】 별주부전	김종철[家目]	1(博文書舘, 1925)
원본 별쥬부전 鱉主簿傳	[『한국의 딱지본』, 66]	1([著·發]申泰三,　世昌書舘, 1912; 1952.1)[64]
【增】 별쥬부전	정명기[尋是齋 家目]	1(世昌書舘, 1961)
【削】 별쥬부전 鱉主簿傳	[仁活全](4)[(44)]	1(李海朝作, 國漢字 倂記, 新舊書林, 1913, 106pp.)
별쥬부전 鼈主簿傳	국중(3634-2-76=8)<초판>/국중(3634-2-76=7)<3판>/국중(3634-2-76=6)<4판>/[仁活全](4)[65]	1(국한자 병기, [著]李海朝, [發]池松旭, 新舊書林, 초판 1913.9.25, 109pp.; 재판 1915.1.25; 3판 1916.4.28, 93pp.; 4판 1917. 6. 30, 93pp.)[(45)]
원본 별쥬부전 鼈主簿傳 兎의肝	[李:古硏, 284]	1([著·發]姜義永,　永昌書舘·韓興書林·振興書舘, 1925, 66pp.)

(불로초)

불로초 토기젼	국중(3634-2-48=6)<초판>/국중(3634-3-34=5)<재판>/국중(3634-2-48=3)<3판>/국중(3634-2-48=7)<4판>	1([著·發]南宮濬, 唯一書舘, 초판 1912.8.10; 재판 1913.9.30; 3판[66] 1915.12.25, 56pp.; 4판 1917.3.15, 40pp.)

(토 의간)

兎의肝 (小題)별쥬부가	국중[仁活全](32)/[李周映, 博論]	1(국한자 병기, [著·發]金容俊, 博文書舘, 초판 1916, 94pp.; 재판 1917, 88pp.)[(49)]

한문필사본

(토공전)

【削】 兎公傳	국중[李恩明, "「토끼전」異本考," 인하대 석론(1985)]	1(22f.)

(토별전)

兎鼈傳 兎生傳	林哲鎬	1(壬申十月, 16f.)

(토 생전)

兎生傳	정문연[南涯藏目]/정문연	1(46f.)

---

64) 체재와 내용이 영창서관본과 동일하다.

65) 판권지는 없으나, 영인본 목차에 '신구서림'판으로 되어 있다. 국중본은 원래 pp. 89~96이 낙장된 것이나, 이 부분을 똑같은 내용의 세창서관판으로 보충하여 복원한 것으로 보인다.

66) 3판은 발행소가 唯一書舘과 漢城書舘의 공동 명의로 되어 있다.

(D7C-29)(MF R35N-008130)

판소리창본

(수궁가)

水宮歌	강도근본[김기형 역주, 『강도근 오가전집』]	1(박이정출판사, 1998)
水宮歌	朴初月本[『한국음악』, 6, pp. 19~93; 『판소리연구』(정음사, 1986)]	
水宮歌	朴憲奉[『唱樂大綱』, pp. 365~422]	1(국립예술학교출판부, 1966)[55]
水宮歌	신재효개작본[姜漢永校注, 『申在孝판소리사설集』]	1(民衆書館, 1971)
水宮歌	임방울본[千二斗, 『판소리 명창 임방울』]	1(현대문학사, 1986)
水宮歌	정권진창[姜漢永·柳基龍 調査, 『판소리水宮歌』, 無形文化財 調査報告書 11: 78,pp. 345~386]	1(文化財管理局, 1970)

(토의간)

【增】 토의간	심정순창	(『每日申報』, 1912. 6. 9~7. 11)

754.1. 〈자료〉

Ⅰ. (영인)

「별수부전」

754.1.1. 仁川大民族文化硏究所 編. 『舊活字本古小說全集』, 4. 銀河出版社, 1983; (再刊) 國際아카
데미, 2002. (신구서림판)

「불로초」

754.1.7. 仁川大民族文化硏究所 編. 『舊活字本古小說全集』, 20. 銀河出版社, 1984; (再刊) 國際아
카데미, 2002. (세창서관판)

「토의간」

754.1.29. 仁川大民族文化硏究所 編. 『舊活字本古小說全集』, 32. 銀河出版社, 1984; (再刊) 國際아
카데미, 2002. (박문서관판)

Ⅱ. (역주)

【增】「수궁가」

1) 최동현 주해. 『동초 김연수바디 오정숙唱 오가전집』. 민속원, 2001.

「토끼전」

754.1.51. 권택무·최옥희 윤색 및 주해. 『토끼전·장끼전·금방울전· 두껍전)』. 조선고전문학선집,
44. 평양: 문예출판사, 1992; 海外우리語文學硏究叢書, 50. 한국문화사, 1995(영인); 조선고전문학

<u>선집, 31. 연문사, 2000(영인).</u>

【增】

1) 『홍길동전·심청전·흥부전·토끼전』. 한국고전시리즈, 5. 보성출판사, 1994.

2) 구인환. 『토끼전』. 우리고전 다시읽기 15. 신원문화사, 2003.

Ⅲ. (활자)

【增】

1) 김진영·김현주·김동건·이영희·김필대 편저. 『토끼전전집』, 4. 박이정, 2001. (단국대 나손문고 59장「경화수궁전」; 동 낙장 35장「토끼젼」; 동 53장「톡기젼」; 동 낙장 22장「퇵기젼」; 동 낙장 18장「퇵기젼」; 박순호 소장 17장「퇴끼젼」; 동 56장「玉兎傳」; 조동일 소장 33장「별쥬젼」; 동 61장「퇵별젼」; 동 낙장 41장「토쳐사젼」; 동 낙장 42장「톡기젼」; 홍윤표 소장 47장「별주부곡」)

2) 김진영·김현주·김동건·이영희·김필대 편저. 『토끼전전집』, 5. 박이정, 2001. (일사문고 소장 24장「별주부젼」; 정문연 소장 28장「톡기젼」; 동 35장「별쥬부젼」; 동 61장「슈궁젼」; 임형택 소장 72장「兎公傳」; 동 72장「兎處士傳」; 김광순 소장 낙장 40장「별쥬부젼」; 동 38장「슈육문답」; 사재동 소장 낙장 53장「별주부젼」; 동 낙장 35장「玉兎傳」; 고려대 소장 15장「별주부젼」; 경북대 낙장 59장「水宮龍王傳」)

3) 김진영 외 편. 『토끼전 전집』, 6. 박이정, 2003. (국민대 소장 61장「별토문답」; 하서기념회 소장 23장「별쥬부젼」; 고려대 소장 한문본「토공전」; 임명덕본 한문본「토선생전」; 정문연 소장 한문본「토생전 전」; 박문서관판 활자본「토의간」; 신구서림판「별쥬부젼」; 세창서관판 「불로초」)

754.2. 〈연구〉

【增】 Ⅰ. (단행본)

「수궁가」

1) 최동현·김기형 엮음. 『수궁가 연구』. 민속원, 2001.

「토끼전」

1) 인권환. 『토끼전·수궁가 연구』. 고려대 민족문화연구원, 2001.

2) 김동건. 『토끼전 연구』. 고소설연구총서 2. 민속원, 2002.

Ⅱ. (학위논문)

【增】 〈박사〉

「토끼전」

1) 金東建. "「토끼傳」 硏究." 博論(慶熙大 大學院, 2001. 2).

2) 최광석. "「토끼전」 이본계열의 구조와 근대지향 의식." 博論(경북대 대학원, 2001. 8).

〈석사〉

「별주부전」

【增】

1) 김광욱. "고전을 수용한 애니메이션의 공간 배경 연구:「효녀 심청」과 「별주부 해로」를 중심으로" 碩論(건국대 대학원, 2003. 2).

「수궁가」

　【增】

　　1) 김정태. "판소리「수궁가」선율분석: 조통달 소리를 중심으로." 碩論(전북대 대학원 2001. 2).

「토끼전」

　754.2.8. 李恩明. "「토끼傳」異本攷考: 그 系譜와 敍述의 變異樣相을 中心으로." 碩論(仁荷大 大學院, 1985. 2).

　【削】 754.2.9. 최태환. "「토별가」에 나타난 신재효의 현실인식." 碩論(경남대 교육대학원, 1994. 2).

　【增】

　　1) 조용우. "「토끼전」의 풍자성 연구." 碩論(세명대 교육대학원, 1999. 8).

　　2) 강성곤. "김연수 판소리 연구:「수궁가」를 중심으로." 碩論(군산대 교육대학원, 2002. 2).

　　3) 김미경. "우화소설「토끼전」의 지도방안 연구." 碩論(순천대 교육대학원, 2002. 8).

　　4) 김수정. 고전소설 교육에서 예측하며 읽기:「토끼전」이본을 중심으로" 碩論(홍익대 교육대학원, 2002. 8).

　　5) 나수호. "「토끼전」과 북미원주민 설화에 나타난 트릭스터 비교 연구." 碩論(서울대 대학원, 2002. 8).

　　6) 박세정. "「토끼전」교육방안 연구." 碩論(인제대 교육대학원, 2003. 2).

　　7) 오해룡. "「토끼전」의 작가의식과 해학성 연구." 碩論(인하대 교육대학원, 2003. 2).

　　8) 서욱희. "중학교 고전소설 교육의 반응중심 학습방안에 대한 연구: 중학교 2학년「토끼전」의 수업 모형." 碩論(성균관대 교육대학원, 2003. 8).

　　9) 황진아. "「토끼전」의 인물형상과 공간구조." 碩論(중앙대 교육대학원, 2003. 8).

　　10) 김승현. "중학교 고소설의 학습자 중심 교육 방안 연구:「토끼전」을 중심으로." 碩論(여수대 교육대학원, 2004. 2).

　　11) 김진미. "고전 문학 교수학습 능력 신장 방안:「토끼전」의 토론학습." 碩論(성균관대 교육대학원, 2004. 2).

　　12) 박희정. "중학교 고전소설의 효율적인 지도 방안:「토끼전」을 중심으로." 碩論(한국외국어대 교육대학원, 2004. 2).

　　13) 김윤오 . "「토끼전」지도방안 연구." 碩論(영남대 교육대학원, 2004. 8).

　　14) 한진형. "「토끼전」의 인물형상 연구." 碩論(군산대 교육대학원 2005. 2).

Ⅲ. (학술지)

「별주부전」

　754.2.23. 印權煥. "「별주부전」漢文本攷."『東方學誌』, 52(延世大 國學研究院, 1986. 9).『韓國古小說의 照明』(亞細亞文化社, 1990. 1);『토끼傳·水宮歌 研究』(高麗大 民族文化研究院, 2001. 8)에 재수록.

　【削】 754.2.24. 印權煥. "「별주부전」漢文本攷."『韓國古小說의 照明』(亞細亞文化社, 1990. 1).

　754.2.26. 전신재. "별주부와 토끼의 人間像."『口碑文學研究』, 6(한국구비문학회, 1998. 6). 윤철중 외,『韓國古典의 文藝的 研究』(월인, 2001. 10)에 재수록.

　【增】

　　1) 朴熙秉. "「별쥬부전」." 李相澤·朴熙秉·林治均·宋晟旭 엮음,『고전소설의 기초 연구』(태학사,

2002. 10).

【增】「별토가」

1) 김동건. "이본간 비교를 통해 본 가람본 「별토가」의 성격."『판소리硏究』, 12(판소리학회, 2001. 10).

「수궁가」

754.2.30. 李憲洪. "「水宮歌」의 구조연구(2): 수수께끼적 구조의 연쇄적 반복과 그 전승론적 의미."『國語國文學』, 20(釜山大 國語國文學科, 1983. 3).

754.2.31. 印權煥. "「水宮歌」의 揷入說話考."『人文論集』, 30(高麗大 文科大, 1985. 12).『토끼傳 · 水宮歌 硏究』(高麗大 民族文化硏究院, 2001. 8)에 재수록.

754.2.34. 印權煥. "「水宮歌」의 形成과 唱者의 傳承系譜."『배달말』, 11 (배달말학회, 1986. 12).『韓國古典文學의 原典批評』(새문社, 1990. 9);『토끼傳 · 水宮歌 硏究』(高麗大 民族文化硏究院, 2001. 8)에 재수록.

754.2.35. 印權煥. "「水宮歌」의 說話的 構成과 사설의 양상."『語文論集』, 27(高麗大 國語國文學科, 1987. 12).『토끼傳 · 水宮歌 硏究』(高麗大 民族文化硏究院, 2001. 8)에 재수록.

754.2.36. 印權煥. "판소리 辭說「藥性歌」考察 :「水宮歌」를 中心으로"『문학한글』, 1 (한글학회, 1987. 12). "「水宮歌」의 藥性歌 考察"로 수정하여『토끼傳 · 水宮歌 硏究』(高麗大 民族文化硏究院, 2001. 8)에 재수록.

754.2.37. 印權煥. "「水宮歌」爭長說話의 根源과 展開."『弘益語文』, 7(弘益大 弘益語文硏究會, 1988. 2).『토끼傳 · 水宮歌 硏究』(高麗大 民族文化硏究院, 2001. 8)에 재수록.

754.2.38. 【削】 印權煥. "「水宮歌」의 形成과 唱者의 形成系譜."『韓國古典文學의 原典批評』(새문社, 1990. 9).

754.2.40. 印權煥. "「水宮歌」東便制와 江山制."『民族文化硏究』, 25(高麗大 民族文化硏究所, 1992. 7).『토끼傳 · 水宮歌 硏究』(高麗大 民族文化硏究院, 2001. 8)에 재수록.

754.2.43. 김동건. "「水宮歌」毛族會議 대목의 존재양상과 의미."『국어국문학』, 122(국어국문학회, 1998. 12).『高凰論集』, 22(慶熙大 大學院, 1998. 6)에도 같은 논문이 수록되어 있다.

【增】

1) 劉 信. "토끼 용궁에서 돌아오다 1: 수궁가 劉聖俊판."『월간음악』, 187(월간음악사, 1986. 9).

2) 金兩培. "「水宮歌」의 '泛彼中流' 硏究."『문학과언어』, 15(문학과 언어연구회, 1994. 5).

3) 최광석. "「수궁가」 '모족모임' 대목의 생성과 변모."『문학과언어』, 20(文學과言語學會, 1998. 5).

4) 서은아. "「수궁가」에 나타난 토끼의 성격과 당대 수용자들의 심리적 특성."『국어교육』, 100(한국국어교육연구회, 1999. 10).

5) 서은아. "'구토지설'과의 관계에서 본 「수궁가」의 주제."『論文集』, 8(서울여대 대학원, 2000. 12).

6) 印權煥. "「토끼傳」·「水宮歌」硏究史."『토끼傳 · 水宮歌 硏究』(高麗大 民族文化硏究院, 2001. 8).

7) 印權煥. "「토끼傳」·「水宮歌」異本의 解說 및 槪況."『토끼傳 · 水宮歌 硏究』(高麗大 民族文化硏

　　究院, 2001. 8).

　8) 김석배. "「수궁가」 '범피중류 대목'의 변모 양상."『선주논총』, 4(금오공대 선주문화연구소, 2001. 12).

　9) 이헌홍. "「수궁가」의 수수께끼적 구조와 의미."『韓國文學論叢』, 29(韓國文學會, 2001. 12)

10) 鄭夏英 評. "(書評) 30년 공력의 결산과 과제: 인권환 著,「토끼傳」·「水宮歌」研究."『민족문학사연구』, 19(민족문학사학회, 2001. 12)

11) 정병헌. "「수궁가」의 인물과 삶의 모습."『판소리와 한국문화』(亦樂, 2002. 5).

12) 인권환. "「水宮歌」의 形成과 唱者의 傳承系譜."『판소리 唱者와 失傳辭說 研究』(집문당, 2002. 8).

13) 김미선. "유성준제「수궁가」연구: 바디별 대목 비교를 중심으로"『판소리研究』, 14(판소리학회, 2002. 10).

14) 류수열. "「수궁가」 소재 노정기의 존립과 변이: '고고천변'과 '범피중류' 및 '혼령상봉' 대목의 비교."『판소리研究』, 14(판소리학회, 2002. 10).

15) 姜允晶. "朴東鎭 本「水宮歌」아니리의 口演 方式."『판소리研究』, 16(판소리학회, 2003. 10).

16) 김동건. "「수궁가」의 형성과 전승."『全北의 판소리』(全羅北道, 2003. 10).

17) 김진영. "「토끼전」,「수궁가」의 인물 형상."『판소리研究』, 17(판소리학회, 2004. 4).

18) 김동건. "「수궁가」." 이정재,『고전문학 다시 읽기』(민속원, 2004. 9).

【增】「중산망월전」

　1) 朴熙秉. "「중산망월전」." 李相澤·朴熙秉·林治均·宋晟旭 엮음,『고전소설의 기초 연구』(태학사, 2002. 10).

【增】「토공사 / 토공선」

【增】

　1) 최정락. "「토공사」 고찰."『어문학』, 65(한국어문학회, 1998. 10).

　2) 김동건. "임형택 소장「토공전」의 이본 내적 위상 연구."『人文學硏究』, 7(慶熙大 人文學硏究院, 2003. 12).

「토끼전」

754.2.51. 印權煥. "「토끼傳」根源說話研究 : 印度說話의 韓國的 展開."『亞細亞研究, 25[10: 1](高麗大 亞細亞問題研究所, 1967. 3). 국어국문학회편,『古典小說研究』(정음사, 1979. 6);『토끼傳·水宮歌 研究』(高麗大 民族文化研究院, 2001. 8)에 재수록.

754.2.54. 印權煥. "「토끼傳」의 庶民意識과 諷刺性."『語文論集』14·15합병호(高麗大 國語國文學研究會, 1973. 7). 李相澤·徐大錫·成賢慶 共編,『韓國古典小說』(啓明大出版部, 1974. 8); 趙東一·金興圭 編,『판소리의 理解』(創作과批評社, 1978. 12);『토끼傳·水宮歌 研究』(高麗大 民族文化研究院, 2001. 8)에 재수록.

754.2.61. 印權煥. "「토끼傳」의 比較 考察 : 京板·完板·가람本「兎鼈歌」를 中心으로"『人文論集』, 29(高麗大, 1984. 12).『토끼傳·水宮歌 研究』(高麗大 民族文化研究院, 2001. 8)에 재수록.

754.2.63. 印權煥. "'토끼화상'의 展開와 變異樣相."『語文論集』, 26(高麗大 國語國文學研究會,

1986. 3). 『토끼傳·水宮歌 硏究』(高麗大 民族文化硏究院, 2001. 8)에 재수록.

754.2.66. 인권환. “「토끼전」의 구조와 주제.” 윤광봉·유영대 편, 『고전소설의 이해』(문학과비평사, 1988. 2). 『토끼傳·水宮歌 硏究』(高麗大 民族文化硏究院, 2001. 8)에 재수록.

754.2.71. 印權煥. “「토끼傳」群 結末部의 變異樣相과 意味.” 『정신문화연구』, 44[14: 3](한국정신문화연구원, 1991. 9). 『토끼傳·水宮歌 硏究』(高麗大 民族文化硏究院, 2001. 8)에 재수록.

754.2.77. 이문규. “「토끼전」의 新考察: 현실 인식 문제를 중심으로.” 『人文科學』, 1(서울市立大 人文科學硏究所, 1993. 12).

754.2.84. 정출헌. “봉건국가의 해체와 「토끼전」의 결말 구조.” 『古典文學硏究』, 13(韓國古典文學會, 1998. 6). 『고전소설사의 구도와 시각』(소명출판, 1999. 5)에 재수록.

【增】

1) 차월영. “소설 지도의 한 방법: 특히 「토끼전」을 예로 하여.” 『배달말가르침』, 9(경상대 사범대학 국어교육학과, 1985. 2).

2) 김동건. “「토끼전」 모족회의 대목의 형성 과정.” 『慶熙語文學』, 19(慶熙大 國語國文學科, 1998. 9).

3) 김현주. “「토끼전」의 우의적 성격.” 『고전작가 작품의 이해』(박이정, 1998. 9).

4) 김진영·김현주·김동건. “「토끼전」의 정치 담론적 성격.” 『韓國民俗學報』, 11(韓國民俗學會, 2000. 6).

5) 최광석. “「토끼전」 결말구조의 두 양상과 그 성격.” 『선주논총』, 3(금오공대 선주문화연구소, 2000. 12).

6) 최광석. “「토끼전」의 공간대립의 양상과 의미.” 『어문학』, 73(한국어문학회, 2001. 6).

7) 印權煥. “「토끼傳」·「水宮歌」 硏究史.” 『토끼傳·水宮歌 硏究』(高麗大 民族文化硏究院, 2001. 8).

8) 印權煥. “「토끼傳」·「水宮歌」 異本의 解說 및 槪況.” 『토끼傳·水宮歌 硏究』(高麗大 民族文化硏究院, 2001. 8).

9) 최광석. “「토끼전」 이본 계열의 존재양상.” 『판소리硏究』, 12(판소리학회, 2001. 10).

10) 최광석. “「토끼전」의 대립구조와 근대지향 의식.” 『선주논총』, 4(금오공대 선주문화연구소, 2001. 12).

11) 권순긍. “「토끼전」의 人物形象과 諷刺.” 『판소리硏究』, 14(판소리학회, 2002. 10).

12) 김동건. “「토끼전」의 서사확장 방식 연구.” 『설화 고소설 교육론』(민속원, 2002. 11).

13) 鄭出憲. “「토끼전」.” 刊行委員會 編. 『古小說硏究史』(月印, 2002. 12).

14) 남지대. “「토끼전」에 비친 조선의 관직과 忠.” 『역사비평』, 63(역사문제연구소, 2003. 5).

15) 김진영. “「토끼전」, 「수궁가」의 인물 형상.” 『판소리硏究』, 17(판소리학회, 2004. 4).

16) 최광석. “「토끼전」의 창작방법 연구.” 刊行委員會, 『澤民金光淳敎授定年紀念論叢』(새문社, 2004. 11).

17) 김재웅. “「토끼전」에 수용된 용궁설화의 양상과 의미.” 『韓國語文硏究』, 15(韓國語文硏究學會, 2004. 12).

「토별가」
   754.2.96. 印權煥. “「兎鼈歌」에 나타난 申在孝의 作家意識.”『文學思想』, 146(文學思想社, 1984.
      12).『토끼傳·水宮歌 硏究』(高麗大 民族文化硏究院, 2001. 8)에 재수록.
   754.2.99. 金昌龍. “「兎鼈歌」 寓意의 公式.”『論文集』, 14(漢城大, 1990. 12).

【增】
   1) 최광석. “‘육지위기’의 삭제로 본 신재효의 「토별가」.”『국어교육연구』, 29(국어교육연구회,
     1997. 12).
   2) 서종문. “토별가에 나타난 申在孝의 現實認識.”『판소리硏究』, 10(판소리학회, 1999. 12).
   3) 김동건. “이본간 비교를 통해 본 가람本 「鱉兎歌」의 성격.”『판소리硏究』, 12(판소리학회, 2001.
     10).

▶(토별가 兎鼈歌 → 토끼전)
▶(토별산수록 兎鼈山水錄 → 토끼전)
▶(토별소화 兎鱉笑話 → 토끼전)
▶(토별전 兎鼈傳 → 토끼전)
▶(토생전 兎生傳 → 토끼전)
▶(토석사전 兎碩士傳 → 토끼전)
▶(토선생별주부립전 兎先生鼈主簿立傳 → 토끼전)
▶(토선생전 兎先生傳 → 토끼전)[67]
▶(토의간 兎의肝 → 토끼전)
▶(토전 兎傳 ·› 토끼전)
◑{토정록}
▶(토처사전 兎處士傳 → 토끼전)
▶(통방울전 → 금방울전)
▶(퇴별가 → 토끼전)

◆754-1.[투색지연의 鬪色誌演義][68]
〈관계기록〉
   ① 『諺文古詩』(가람본), ‘언문칙목녹’, 140: 「투싁긔」.
【增】
   1)『[가람]칙목녹』(奎章閣所藏):「고금결염투싁녹 단」

〈작품연대〉
【增】

---

67) 『이본목록』에 추가.
68) 『이본목록』·『작품연구 총람』·『문헌정보』에 추가. 【增】이 작품이 「투색지연의」→「여와전」→「황릉몽환
   기」의 연작 소설이라는 설이 제기된 바 있다(池硯淑, “「여와전」 연작의 소설 비평 연구,” 高麗大 博論,
   2001. 8).

1) 「투색지연의」에 나오는 국내 소설 9편[69] 중 4편[「빙빙전」·「한씨삼대록」·「소현성록」·「옥환빙」]은 17세기 후반의 것이고, 1편[「옥기린」]은 늦어도 18세기 중반 이전의 것이다. 따라서 「투색지연의」는 17세기 후반 ~ 18세기 전반의 소설사적 상황을 증언하는 것이라 할 수 있다. 그런데 「투색지연의」의 후편인 「여와전」은 그 제명이 「옥원재합기연」 소설 목록에 들어 있으므로 늦어도 18세기 후반 이전에 창작되었을 것이다. 그렇다면 「여와전」이 반영하는 소설사적 상황은 「여와전」보다 빠른 18세기 중반 이전의 것이 되겠는데, 「여와전」에 새롭게 등장하는 작품인 「유효공선행록」, 「현봉쌍의록」, 「유씨삼대록」은 모두 18세기 전반의 소설로 추정되어 왔다. 따라서 「여와전」은 18세기 전반의 소설사적 상황을 기록한 작품으로 볼 수 있을 것이다. 그렇다면 자동적으로 「여와전」의 전편인 「투색지연의」가 보여 주는 소설사의 단면은 이보다 더 빠른 17세기 후반 ~ 18세기 초 무렵의 것이 될 것이다(池硯淑, "「여와전」 연작의 소설 비평 연구," 高麗大 博論[2001, 6], pp. 182~183).

〈비교연구〉

【增】

1) 「鬪色誌演義」는 최패정 무리와 가빙빙 무리가 아름다움을 겨루는 내용으로 되어 있다. 뒤에서 다시 밝히겠지만 최패정과 가빙빙은 둘 다 소설 속의 여주인공[70]이다. 두 소설의 여주인공이 우열을 가리고자 다툼을 벌인다는 점에서 「투색지연의」는 「園林午夢」과 그 구도가 같다. 여주인공뿐 아니라 여주인공의 시비들까지 싸움에 참여한다는 점도 일치하는 사항이다. 그러나 「원림오몽」이 단순한 말다툼이며 구성도 평면적인 반면, 「투색지연의」에서는 양측의 대결이 군담으로 전개되며, 스케일이 훨씬 크고 화려하다. 따라서 「투색지연의」가 「원림오몽」보다 소설적으로 한층 발전된 형태라고 할 수 있다. 「투색지연의」의 작자가 실제로 「원림오몽」으로부터 영향을 받았는가는 알 수 없다. 그러나 「원림오몽」이 弘治 연간 이후의 明刊本 「서상기」에 부록으로 실렸기 때문에 국내에서도 상당히 읽혔을 것으로 생각되며, 「투색지연의」에 영향을 미쳤을 가능성도 있다고 본다. …… 요컨대 「투색지연의」는 「원림오몽」과 같이 대결 구도를 취하면서도 연의 소설의 군담을 원용하여 작품 편폭을 대폭 확장한 작품이다. 연의 소설의 방식을 본뜬 「천군연의」류나 「여용국전」과 마찬가지로 鬪色의 전개에 있어서도 演義라는 제명답게 장수끼리의 일대일 접전, 야습, 설전, 용병의 영입, 전군의 전면전, 매복, 포위 등 연의 소설에서 볼 수 있는 여러 가지 전투 방식을 활용하여 흥미롭게 구성했다(池硯淑, "「여와전」 연작의 소설 비평 연구," 高麗大 博論[2001, 6], pp. 35~36, 40, et passim).

2) 「투색지연의」에 등장하는 작품은 「옥교행」, 「빙빙전」, 「애경전」, 「녹주전」, 「한궁추」 계열의 작품, 「홍불기」 계열의 작품, 「옥환빙」, 「한씨삼대록」, 「소현성록」(「소씨삼대록」 포함), 「소문록」, 「이현경전」, 「옥기린」, 「추학기」 등이다. 여기에는 「녹주전」, 「애경전」과 같은 중국 소설도 있고, 「한궁추」 계열의 작품이나 「홍불기」 계열의 작품처럼 반드시 중국 희곡이라고 단정할 수는 없지만 중국 희곡에 근원을 두고 있는 작품도 있으며, 「옥환빙」, 「한씨삼대록」, 「소현성록」과 같이 분명한 우리 나라 작품도 있고, 국적이 다소 불분명한 「빙빙전」과 같은 작품도 존재한다. 또 이들은 중국의 傳奇, 희곡, 중편 傳奇小說, 才子佳人小說, 우리 나라의 장편 소설, 여성

---

69) 「빙빙전」·「옥교행」·「옥환빙」·「한씨삼대록」·「소현성록」·「소문록」·「이현경전」·「옥기린」·「추학기」
70) 가빙빙은 「빙빙전」의 여주인공이나 최패정은 미상이다.

영웅 소설 등 다양한 유형에 걸쳐 있다(同上, pp. 180~181).

【增】 국문필사본

【增】 (투색연의 / 투색지연의)

【增】 투싀연의 妬色演義	박순호	1(歲在丁未元月上澣改衣, 셰진긔히쵸츄월일…… 명수 납월염뉵일 이원뒥; 무오명 월 칙듀 …… 이원뒥, 34f.)[71]
【增】 고금전령투색기투싀연의	박재연[家目]/[中韓飜文展目(2003)] 여승구[『古書通信』, 15(1999. 9)]	1
【增】 투싀연의 녀와격냥셩 문챵진군탕평요얼	정문연(D7B-64)	1(무인이월상슌의필셔, 39f.)[72]

【增】 한문필사본

| 【增】 鬪色誌演義 | 국중(漢48-219)[漢少目, 家9] | 1(上章閹茂[庚戌]窝月[三 月]念間畢書于小龍洞宅, 19f.)[73] |

【增】 754-1.2. 〈연구〉

1) 지연숙. "「투색지연의」의 작품세계." 『장편소설과 여와전』(보고사, 2003. 8).

---

71) 「여와전」의 이본.
72) 「여와전」의 이본.
73) 「洞㣼記」 합철.

파

◐{**파경전 破鏡傳**}

■『**파수기담 破睡奇譚**』 → **꼭두각시실기 / 마씨행실록 / 삼사횡입황천기 / 오호대장문답기 / 장끼재담 / 장자고분지통 / 추풍감별곡**

【增】◐{**판교삼낭자전 板橋三娘子傳**}

〈관계기록〉

1)『[演慶堂]諺文冊目錄』(1920; 藏書閣所藏): 192.「板橋三娘子傳」1冊.

【增】◐{**팔대춘정전**}

【增】 ┃ 국문필사본 ┃

【增】 팔대준청전　　　　　　　　　　박순호[家目]　　　　　　　　　　1(31f.)

◈**755.[팔상록　八相錄]**

【增】〈작자〉

1)「팔샹녹」의 纂輯者는 鄙藏本『셔가여린응화시현팔승녹』의 권지이십오·육 題下에 '희동 쳔마순 사문 보월 춘집'이라고 분명하게 명시되어 있으므로 보월(寶月이 아니면 普月)임에 틀림없다. 그러나 '보월' 和尙의 신원과 생존 연대를 정확히 밝힐 수 없는 것은 매우 안타까운 일이다. '천마山(天磨山)'은 開城(松嶽北)·楊州(州東六十里)·淮陽(楊根縣西) 등에서 찾아야 할 것이다(崔南善,『大東地名辭典』 참조)(姜銓燮, "寶月 纂集「팔승녹」의 吟味鑑賞,"『古小說硏究』, 13[2002. 6], p.272).

【增】〈작품연대〉

1) 상·하권 2책본인 鶴山本(趙鐘業敎授 藏本)(冊大, 縱橫 31×21cm, 함풍십년경신 무우ᄌ 근셔, 1860, 精寫本)「팔상녹」의 '션문'에 의하면, '무진 이월춘의 비로소 팔상 힝적을 초발 긔록'하여 精書 裝冊하였다고 밝혀져 있으므로……,「팔승녹」의 형성 연대는 연대를 낮추어 보아도 純祖 8年 戊辰(1808) 2월로까지 소급해 올라갈 수 있으리라고 본다. 또 현존본「팔상녹」의 필사 연대로 미루어 본다면, 咸豊 元年本 1종(1851, 서울대본)·咸豊 10년본 3종(1860, 無牛子 필사

鶴山本, 高大本 2종)·隆熙 5년본 2종(1911, 完秩 敬山本, 신히, 金光淳氏本) 등의 이본 계열 사본들을 유의할 수밖에 없게 되는데, 纂輯者인 天磨山 沙門 寶月의 활동 영역으로 미루어 18세기 초엽인 純祖年間에 형성되어진 불교 전적으로 보아야 되지 않을까 한다. 한편 문장 표현면과 고어 철자 상황 등 어학적인 검토에 의하여 보다 접근된 의견도 펼쳐질 수 있으리라고 본다(姜銓燮, "寶月 纂集 「팔슝녹」의 吟味鑑賞,"『古小說硏究』, 13[2002. 6], p.271).

국문필사본

【增】 팔슝녹	강전섭	낙질 6
【增】 팔상녹	계명대[古綜目] (이294.322팔상록)	3
【增】 팔상녹 권지일	박순호[家目]	낙질 1(디졍팔연기미[1919]오월이십십일, 41f.)
【增】 팔상녹 권지하	박순호[家目]	1(칙쥬 청신녀갑신생장씨극낙화, 25f.)
【增】 팔상녹 권지습종	박순호[家目]	낙질 1(3: 大淸元年臘月日黃稿書終, 35f.)
【增】 팔상녹 십이권	박순호[家目]	낙질 1(디졍팔연[1919]칠월이십ᄉ일등셔, 셔가여릭응화시현팔상녹권지이십ᄉ종, 디졍팔월[년]기미연칠월초오일등셔, 지필남복이거흔이쳐사라, 49f.)
【增】 팔상녹	박순호[家目]	1(셔가여릭힝졍이며 혹팔상녹이라 ᄒ시나니……, 48f.)
【增】 팔상녹	박순호[家目]	1(신축칠월십팔일종, 55f.)
【增】 팔상녹	박순호[家目]	1(井邑郡井州邑市基里望德山龍隱庵新城一雲, 95f.)
【增】 팔상녹이라	박순호[家目]	1(56f.)
【增】 팔상록 권지쵸	박순호[家目]	낙질 1(1: 갑신오월, 59f.)
【增】 팔상록	박순호[家目]	1(관음사, 122f.)
【增】 팔샹록	박순호[家目]	1(일천구빅삼십육년 병ᄌ음오월삽십일완, 158f.)
【增】 팔샹록	조종업	2(상·하, [셔문]무진이월츈의 비로소 팔상 힝젹을 초발 긔록ᄒ되……, 함풍십년[1860]경신 무우ᄌ 근셔)

755.1. 〈자료〉

Ⅱ. (활자)

【增】

1)『新編 八相錄』. 제3판. 法輪社, 1960.

755.2. 〈연구〉

【增】 Ⅰ. (단행본)

1) 박광수.『팔상명행녹 연구』. 충남대출판부, 2001.

Ⅲ. (학술지)

【增】

　1) 김진영. "팔상의 구조적 특성과 소설적 전이." 『韓國言語文學』, 47(한국언어문학회, 2001. 12).

　2) 김진영. "팔상문학과 법주사의 팔상전." 『法住寺 文化財의 佛敎文化學的 照明』(韓國佛敎文化學會, 2004. 11).

▶(팔상명행록 八相明行錄 → 팔상록)
▶(팔선녀록 八仙女錄 → 구운몽)
▶(팔장사전 八壯士傳 → 남정팔난기)
◈756.[편옥기우기 片玉奇遇記]

　한문필사본

片玉奇遇記　　　　　　　국민대(고813.5.편01)　　　　　1(歲在庚寅至月日書終, 48f.)

756.1. 〈자료〉

Ⅰ. (영인)

【增】

　1) 조희웅·양현승·조재현·이선형·임주영. 편옥기우기 片玉奇遇記. 박이정, 2002.

Ⅱ. (역주)

【增】

　1) 조희웅·양현승·조재현·이선형·임주영. 편옥기우기 片玉奇遇記. 박이정, 2002.

Ⅲ. (활자)

【增】

　1) 조희웅·양현승·조재현·이선형·임주영. 편옥기우기 片玉奇遇記. 박이정, 2002.

756.2. 〈연구〉

Ⅲ. (학술지)

【增】

　1) 曹喜雄. "漢文古典小說 「片玉奇遇記」攷." 『語文學論叢』, 20(國民大 語文學硏究所, 2001. 2). 『편옥기우기』(박이정, 2002. 12)에 재수록.

　2) 양현승. "「편옥기우기」의 갈등 해소 방식." 『편옥기우기』(박이정, 2002. 12).

▶(평국전 平國傳 → 홍계월전)
◈757.[평산냉연 平山冷燕]

　〈참고자료〉

　① 「平山冷燕」亦二十回 題云'狄[sic 荻]岸散人編次' 淸盛百二 以爲嘉興張博山十四五時作 其父執某續成之 博山名劭 淸康熙時人◉(「평산냉연」 역시 20회로 표제에 '적안산인 편차'라고 되어 있다. 청나라의 성백이는 '가흥 지방의 장박산이 14, 5세 때 지은 것을 그 아버지의 친구인

아무가 잇대어 완성한 것'이라고 하였다. 박산의 이름은 '소'로 청나라 강희제[1662~1722] 때의 사람이다)[魯迅, 『中國小說史略』, p.151].

② 「平山冷燕」 二十回: 清無名氏撰 題'狄[sic 荻]岸散人(一作 山人) 清盛百二『柚堂續筆談』 謂張劭撰『檇李詩繫』又以爲秀水張勻所作 未知孰是●(청나라 무명씨의 찬으로 표제에는 '荻岸散人[혹은 山人으로 쓰기도 한다]'이라 되어 있다. 청나라 성백이의 『유당속필담』에서는 장소의 찬이라 하였고, 『취이시계』에는 '수수 장균이 지은 것'이라 했으나, 누가 지은 것인지는 알 수 없다)[孫楷第, 『中國通俗小說書目』, pp. 133~134].

③ 「平山冷燕」 二十卷도 第四才子書로서 꼽는 荻岸散人의 名著이니, 壯元郎 平如衡(洛陽才子)은 美女 冷絳雪과 結婚하고, 壯元郎 燕白頷(雲間才子)은 美姬 山黛와 結緣한 風流奇譚이다(金台俊, 『增補朝鮮小說史』[1939], p. 96).

〈관계기록〉

(한문)

① 『北軒集』(金春澤 1670~1717), 16, '囚海錄': 小說無論『廣記』之雅麗 「西遊」·「水滸」之奇變宏博 「平山冷燕」 又何等風致 然終於無益而已●(소설이란 『태평광기』의 우아함이나 아름다움이나 「서유기」·「수호전」의 기이함과 웅대함은 논할 것도 없고 「평산냉연」과 같은 것은 또한 어쩌면 그토록 풍치가 있는가? 그러나 무익함에서 끝나 버릴 따름이다).

② 『正祖實錄』, 36, 16年[1792] 壬子 十月 己丑條: 先時丁未年間 相璜與金祖淳 伴直翰苑 取唐宋百家小說及「平山冷燕」等書 以遣閑 上偶使入侍注書 視相璜所事 相璜方閱是書 命取入焚之 戒兩人專力經典 勿看雜書●(앞서 정미년[1787]에 이상황[1763~1841]은 김조순[1765~ 1831]과 더불어 한원[예문관]에서 숙직하면서 당·송시대의 백가 소설과 「평산냉연」 등을 읽으면서 시간을 보내고 있었다. 임금이 우연히 입시해 있던 주서[1]에게 이상황이 하고 있는 바를 보고 오게 하였다. 이상황이 이 책들을 읽고 있었으므로 그것을 가져다 태워 버리게 하고, 두 사람에게 경전에 전력하고 잡서를 보지 말도록 경계하였다).

③ 『中國歷史繪模本』(完山[映嬪]李氏, 1762), no. 34: '四才子書'.[2]

【增】

1) 『私集』(尹德熙 1685~1766), 4, 「小說經覽者」[1762]: 「平山冷烟」.

2) 『隆文樓書目』: 「平山冷燕」 六卷.

3) 『集玉齋書目』: 「平山冷燕」 四卷.

(국문)

① 『諺文古詩』(가람본), '언문칙목녹', 95: 「평슌냉연」.

【增】

1) 『[演慶堂]諺文冊目錄』(1920; 藏書閣所藏): 89. 「平山冷燕」 10冊.

757.1. 〈자료〉

【增】 Ⅱ (역주)

---

1) 조선조에 승정원에 딸려 역사의 초고를 쓰던 벼슬.
2) '四才子書'는 「平山冷燕」의 별칭이다.

　　1) 박재연·김영 校註.『평산닝연 平山冷燕』. 조선시대 번역고소설 총서 9. 이회, 2003.3) (정문연 소장)

757.2. 〈연구〉
　　Ⅲ. (학술지)
　　【增】
　　1) 박재연. "낙선재본「평산냉연」에 대하여: 고어 자료를 중심으로" 박재연·김영 校注.『평산닝연 平山冷燕』(이회, 2003. 9).
　　2) 최윤희. "낙선재본「평산냉연」의 번역 양상 연구."『제56회 한국중국소설학회 발표집』(중국소설학회, 2003. 9. 27).

◆758.[평안감사 平安監司]
▶(평양사리 → 옥련전)
▶(평요기 平妖記 → 평요전)
◆759.[평요전 平妖傳] ← 평요기
〈참고자료〉
　　① 「三遂平妖傳」四卷二十回: 存明錢塘王愼修精刊本 …… 題'東原羅貫中偏次' 首武勝童昌祚益開甫序 不記年月 此爲羅貫中原本 張蕪咎序「新平妖傳」所謂武林舊刻止二十回者也◑(명나라 전당의 왕신수의 정간본이 남아 있다. …… 표제에 '동원 나관중 편차'라 되어 있고, 책머리에는 무승지방의 동창조 익개의 서문이 있는데 그 연월은 밝히지 않았다. 이것은 나관중본의 원본이 되는 것인데, 장무구가 서문을 쓴「신평요전」- 이른바 무림에서 찍어냈다는 옛 판본의 20회에서 그치고 있다)[孫楷第,『中國通俗小說書目』, p. 163].
　　② 「三遂平妖傳」四卷 二十廻: 明錢塘王愼修有精刻本 是羅氏原著 極少流傳 內容記貝州王則以妖術變亂事『宋史』二百九十二明鎬傳言王則涿州人 以歲飢流至恩州 叛變 號東平君王 歷六十六日爲文彥博所平 助文平亂者 有化身爲諸葛遂智的彈子和尙 又有馬遂和李遂 故名「三遂平妖傳」今日所流行的本子稱「新平妖傳」四十回 原刻本在明泰昌元年 翻刻本在崇禎年間 題'宋東原羅貫中編·明東吳龍子猶補' 張譽(無咎)序 是馮夢龍的修訂本◑(명나라 전당지방 왕신수의 정간본이 있는데, 이는 나씨[나관중]의 원저로 극히 일부분만이 유전되고 있다. 그 내용은 패주의 왕칙이 요술로써 변란을 일으킨 일을 다루고 있다.『송사』292의 명호전에 의하면, 왕칙은 탁주 사람으로 기근의 해를 만나 떠돌다가 은주에 이르러 반란을 일으켜 스스로 동평군왕을 일컫고 66일 만에 문언박에 의하여 평정되었다. 문언박을 도와 난을 평정한 사람이 탄자화상으로 변신한 '제갈수지' 및 '마수'와 '이수'이므로「삼수평요전」이라 하였다. 오늘날 유행하는 본은「신평요전」이라 하고 40회다. 원래의 각본은 명나라 태창 원년[1620]에 간행되었고, 번각본은 숭정 연간에 이루어졌다. 표지에 '송나라 동원의 나관중이 편집하고 명나라 동오의 용자유4)가 보충했다'고 적혀 있으며, 장예[무구]의 서문이 있는데, 이는 풍몽룡이 수정한 판본이다)[孟瑤,『中國小說史』, 第三冊, pp. 348~349]

---

　3) 중국의 大連圖書館藏 順治刊本「平山冷燕」이 영인 附載되어 있다.
　4) 풍몽룡의 호. 시문에 뛰어났으며 경학에도 밝았고, 또 詞曲과 소설도 능했다.

〈관계기록〉

① 『惺所覆瓿稿』(許筠 1569~618), 13, ‘西遊錄跋’.
② 『諺文古詩』(가람본), ‘언문칙목녹’, 174: 「평요전」.

【增】

1) 『私集』(尹德熙 1685~1766), 4, 「小說經覽者」(1762): 「平妖傳」.
2) 『[演慶堂]諺文冊目錄』(1920; 藏書閣所藏): 36. 「平妖記」 9冊.
3) 『集玉齋書目』: 「平妖傳」 六卷.

【增】

〈이본연구〉

1) 「평요전」의 국역본으로서 2종이 현재 정신문화연구원에 소장되어 있다. 이것이 현재로서는 「평요전」이 한국에 전래되어 나타난 모든 것이다. 이 2종의 「평요전」 국역본은 원래가 낙선재에 소장되어 있던 것으로 하나는 「평요기」의 명칭으로 9권으로 되어 있는 전질본이다. 이들 중 전자[9권 전질본]는 이미 앞에서도 언급된 바와 같이 鄭炳昱·橫山弘교수에 의해 간략하게 소개된 바 있지만, 후자에 비해 후기본이다. 여기서는 선후의 문제를 중요시하며, 후자 낙질본을 B본이라 칭하여 이들에 대해 살펴보기로 하겠다. A본은 현재 제3권(권지삼)과 제5권(권지오)의 2권만이 전하지만, 원래는 제1권, 제2권, 제4권 등과 함께 모두 5권으로 되어 있었을 것이다. …… 그러나 제5권 말미에 ‘첫권 칠십구장 츠권 스십삼장 삼권 팔십팔장 스권 뉵십녁장 합이백칠십장’으로 낙서가 되어 있는 것으로 보아 원래가 4권으로 되어 있는 듯도 하다. 하지만 말미엔 분명 ‘권지오 종’으로 되어 있는 것으로 보면 A본은 5권으로 구성되어 있음을 알 수 있다……. 대충 읽어 본 바에 의하면, 거의가 축약으로 이루어졌지만, B본이 축약 의역이라면, A본은 축약 직역에 가깝다는 것이다(丁奎福, “「平妖傳」의 한국번역문학적 受容,” 『韓國文學과 中國文學』[2001. 5], pp. 385~386, 388).

2) 낙선재본[「평뇨긔」]과 나손본[「평요뎐」]을 면밀히 대조한 결과, 역문이 거의 일치하고 있는 점으로 미루어 양본이 같은 번역 원본에서 파생한 후필사본인 것으로 추정된다. …… 낙선재본과 나손본의 원 번역본이 같다는 근거는 다음 몇 가지 예에서 잘 드러나고 있다. 첫째, 인명 표기가 서로 같다는 점이다. 심지어 오독임이 분명한 글자마저도 똑같은데, 예를 들어 ‘奶奶’를 ‘잉잉’(낙 3:16 / 나3:11)으로, ‘溫殿直’을 ‘은견직’(낙7:48), ‘은면직’(나5:7)"으로 표기한 것 등이다. 특히 ‘내내’의 표기는, 1884년경에 번역되었다는 「紅樓夢」 번역본에 보면 엄연이 ‘내내’라고 적혀 있는 것으로 보아, 번역이 잘못된 것임을 알 수 있는데도, 양본 모두 오역 표기인 ‘잉잉’을 쓰고 있다. 둘째, 번역을 생략하거나 축약한 부분이 일치한다. 셋째, 원문에 없는 번역문의 번역이 똑같다. 다음, 나손본이 낙선재본보다 원 번역본에 가깝다는 근거로는, 첫째, 회목명의 우리말 독음에서 양본 모두 잘못 표기된 부분이 많지만, 나손본이 낙선재본보다 훨씬 정확하다. …… 둘째, ‘鎭家之寶’(14:134)를 나손본에서는 ‘딘가흐는’(3:43)이라고 바르게 옮기고 있는데 반해, 낙선재본은 ‘젼가흐는’(3:67)이라는 전혀 다른 뜻으로 옮겨 놓았다. 또 나손본에서는 ‘賣靑果’를 원문의 뜻 그대로 ‘실과 파는’으로 그대로 번역한 데 반해 낙선재본에서는 ‘고기 파는(1:45)’이라고 기록하고 있다. 그러나 이 같은 차이점은 번역자가 다르기 때문에 나타난 현상이 아니라 전사자가 원 번역본을 전사하는 과정에서 문맥을 매끄럽게 뜯어 고치려 했다는 인상이 짙다. 실제로 뒤에 나오는 ‘果子鋪’를 번역하면서 나손본은 ‘실과 파는 곳’으로 전사한 데 반해 낙선재본

은 앞 부분과 일관되게 '고기 파는 푸자'로 개역하고 있다. 셋째, 낙선재본에서 생략되거나 축약된 부분 중 일부가 나손본에서는 그대로 남아 있다. (예문 생략) 넷째, 숫자의 번역을 보면 낙선재본에서는 오역된 부분이 나손본에는 정확하게 번역되어 있다. (예문 생략) 이 밖에도 낙선재본과 나손본은 둘 다 비교적 생략 및 축약을 많이 하고 있으나 부연한 곳은 거의 없다. 다만 낙선재본에서는 전사자가 문맥을 매끄럽게 하기 위해 원문에 없는 내용을 임의로 부연한 부분이 눈에 띈다(박재연, "낙선재본 「평뇨긔」와 나손본 「평요뎐」에 대하여," 『평뇨긔·평요뎐』 [2004. 5], pp. 6~9).

【增】
〈판본연대〉

1) 위[A본]에 나타난 '도곤, 한미, 즘적여보니, 알픽, 벅벅이, 글히여, 알프디 아니리라, 윈듸일, 사오나이, 어즐ᄒ여' 등은 모두가 19세기 중기 전후한 고어들이며, 더구나 존재어 '이시니', '이셔야'에서와 같이 전편에 한결같이 '잇다'로 되어 있음은 A본은 줄잡아도 1835년 이전으로 소급시킬 가능성이 짙다는 것이다. 그것은 19세기 초엽에 이루어진 洪羲福[1794~1859]의 「第一奇諺」에 나타난 고어의 성격과 비교하여 하등 아래로 잡아야 할 근거가 없기 때문이다(丁奎福, "「平妖傳」의 한국번역문학적 受容," 『韓國文學과 中國文學』[2001. 5], p. 393).

2) 나손본의 권지삼과 권지오 맨 뒤에는 필사기가 있어 정확한 필사 연도를 밝혀 준다. 권지삼의 말미를 보자. "셰직 을미 초동의 경호서옥의셔 총총 필셔ᄒᄂ니 글시 비록 추비ᄒ나 나의 졍을 닛지 말고 졋듸 반길지어다." 위의 기록만으로는 乙未가 정확히 어느 해 을미를 가리키는지 알 수 없다. 그러나 권지오 말미와 비교해 보면 이때가 1835年 乙未임이 명확히 드러난다. (원문 인용 생략) 위의 내용을 요약하면, 乙未年(1835)에 三卷을 필사하고 이듬해 丙申年(1836) 겨울, 사랑하는 조카의 부탁을 받고 슈곡 金宅冊을 빌려왔다. 끝을 마저 이어 달라는 조카의 부탁을 받고 곧 베껴 보내려 했으나 丁酉年(1837) 정월부터 팔월까지 병을 앓아 작업을 중단했다. 그 해 겨울이 되어서 몸은 회복되었으나 마침 종이가 없어 또 작업을 못하고, 戊戌年(1838) 정월 협순(浹旬)이 되어서야 마침내 종서했다는 것이다. 결국 이 책은 1835년에서 1838년까지 무려 4년에 걸쳐 필사되었다. 그러나 이 책의 34회 끝 부분과 35회 앞 부분(낙8:56~72), 36회 전부와 37회 앞부분이 누락된 채 여백으로 남겨진 것을 보면 당시 빌려 온 책의 일부분이 떨어져 나가 있었던 듯하다(박재연, "낙선재본 「평뇨긔」와 나손본 「평요뎐」에 대하여," 『평뇨긔·평요뎐』[2004. 5], pp. 5~6).

국문필사본

【削】 文昌星平妖記　　　　　경북대(古811.31문811)/국중[고6](古3636.99)(영인)　　　1(120f.)[5]

759.1. 〈자료〉

【增】 Ⅱ. (역주) [현대어역]

1) 羅貫中, 孫昌涉 역. 『平妖傳』. 高麗出版社, 1953.
2) 김덕문 평역. 『평요전』. 마니아북스, 1999.

---

5) 「여와전」 항목으로 옮김.

3) 박재연·김영·김민지 校註.『평뇨긔·평요뎐 平妖記·平妖傳』. 조선시대 번역고소설 총서 14. 이회, 2004.6) (정문연 소장「평뇨긔」/ 단국대 소장 나손 구본「평요뎐」)

759.2. 〈연구〉

Ⅲ. (학술지)

759.2.2. 丁奎福. "「平妖傳」의 한국 번역문학적 受容."『亞細亞硏究』, 85(高麗大 亞細亞文化硏究所, 1991. 1).『韓國文學과 中國文學』(국학자료원, 2001. 5)에 재수록.

【增】

1) 丁奎福. "「平妖傳」韓譯本之諸問題."『中國學論叢』, 5(高麗大 中國學硏究會, 1991. 11).

2) 박재연. "낙선재본「평뇨긔」와 나손본「평요뎐」에 대하여."『평뇨긔·평요뎐(平妖記·平妖傳)』(이회, 2004. 5).

【增】 ◑{평작전}

국문필사본

【增】 평쟉전이라　　　　　　　　　여태명[家目](259)　　　　　　　　　1(25f.)

◆760.포공연의　包公演義]7) ← *염라왕전 / *충렬협의전8) / *포염라연의 【削 '包閻羅演義』】9)

〈참고자료〉

① 「包孝肅公百家公案演義」 六卷百回: 明萬卷樓刊本 圖嵌正文中 左右各半葉爲一幅 圖左右有題句 正文寫刻 甚工 半葉十三行 行二十六字 版心上題『全像包公演義』朝鮮解放前 日本 '朝鮮總督府' 藏此書殘本 存七十餘回 此包公案祖本 書極不多見 明無名氏撰 自序署'饒安完熙生' 記年曰丁酉歲 疑卽萬曆二十五年◐(명나라 만권루의 간본이다. 본문 중에 그림이 새겨져 있고, 좌우 각 반 엽씩이 한 폭을 이루며, 그림 좌우에 제목이 붙어 있다. 본문의 새김이 매우 정교하며, 반 엽은 13행, 매행 26자로 되어 있다. 판심의 위에『전상포공연의』란 제목이 있다. 일본이 한국을 지배했을 때 조선총독부가 이 책의 잔본 70여 회를 소장하고 있었다. 이 포공안의 조본은 매우 보기 어렵다. 명나라의 무명씨 찬으로, '요안완희생'이라 자서가 있고, '정유'년에 기록하였다고 하였는데, 이는 만력 25년[1597]으로 여겨진다)[孫楷第,『中國通俗小說書目』, pp. 110~111].

〈관계기록〉

① 宣祖[1567~1608]의 諺簡(160)310): 今日 亦親往見之 則幾盡脹起ᄒ고 녀나믄 證이 업스니 닉일

---

6) 일본 內閣文庫의 淺草文庫 天許齋批點「平妖傳」과 중국의 金陵 世德堂校梓「三遂平妖傳」및 墨憨齋手授「新平妖傳」들이 영인 附載되어 있다.

7) 중국의 包拯(999~1063)이 억울한 일을 당한 사람들의 원한을 풀어 주는 이야기를 모은, 明나라 때의 公案小說을 번역한 것. 낙선재본「包公演義」는 중국본「龍圖公案」에 수록돼 있는 100편 중 80편만 번역하였다.

8) 『이본목록』에 추가. 『작품연구 총람』에는 '*'표 첨가.

9) 『이본목록』·『작품연구 총람』 삭제.

모리] 스이면 庶有回根之望矣 且「四書」一帙「書言故事」一帙「包公案」一帙 보내노니 駙馬
주라「包公案」乃怪妄之書 只資閑一晒而已 萬曆癸卯冬十一月念五日午時●(오늘 또한 친히
가서 보니 창기가 거의 다 나았고, 남은 증세가 없으니 내일 모레면 회복할 가망이 있는 것
같다. 또 사서 한 질,「포공안」한 질을 보내니 부마에게 주거라.「포공안」은 괴이하고 망탄스런
책이니 한가로움을 보내면서 읽고 나서 한번 웃을 뿐이다. 만력 계묘년[1603] 11월 25일 오시).
　②『中國歷史繪模本』(完山[映嬪]李氏, 1762), no. 62:「包公演義」.

【增】

1)『大畜觀書目』(19C初?):「包龍圖公案」一套八冊.

2)『[演慶堂]諺文冊目錄』(1920; 藏書閣所藏): 98.「包公演義」9冊.

3)『閱古觀書目』:「包龍圖公案」八卷 第五佚.

760.2.〈연구〉

Ⅲ.（학술지）

【增】

1) 박재연. "조선시대 공안협의소설 번역본의 연구: 낙선재본「포공연의」와 구활자본「염라왕전」을
중심으로."『中語中文學』, 25(韓國中語中文學會, 1999. 12).

★[[포쇄별감 曝曬別監]]

〈출전〉『於于野談』

◪761.[[포수이사룡전 砲手李士龍傳]][11)

[A]

〈작자〉宋時烈(1607~1689)

〈출전〉『尤菴先生文集』

[B]

〈작자〉黃景源(1709~1787)

〈출전〉『江漢集』, 21,「明陪臣傳」, 1

[C] ←『단량패사』

〈작자〉金鑢(1766~1821)

〈출전〉『藫庭遺藁』, 권 9, '丹良稗史'

【增】〈관계기록〉

1)『藫庭遺稿』, 9: 故太學士文景黃公景源 有敍傳 然與余所聞者 及諸野史 有異 故兹改述焉●
(태학사 문경공 황경원[1709~1787]이 전을 서술한 것이 있는데, 자신이 들었던 것과 여러 야사와

---

10) 宣祖가 貞淑翁主에게 보낸 편지(金一根 編註,『親筆諺簡總覽』, 景印文化社, 1974, no. 21).
11) 포수 이사룡의 이야기는 李肯翊의『燃藜室記述』, 26, 仁祖條에 古事本末 淸人徵兵條에도 들어 있다.

다름이 있어 이에 고쳐 서술한다).

761.C.2. 〈연구〉

Ⅲ. (학술지)

761.C.2.2. 崔俊夏. "實學派의 軍談類 私傳 硏究:「砲手李士龍傳」을 中心으로." 『語文硏究』, 21(語文硏究會, 1991. 7). "宋時烈과 金鑢의 「砲手李士龍傳」"으로 『韓國 實學派 私傳의 硏究』(이회, 2001. 3)에 재수록.

▶ (포염라연의 包閻羅演義 → 염라왕전[12]))

【增】 〈작자〉

1) 「包閻羅演義」 2卷 23回로 鷺溪叟가 짓고 安往居(彛堂生)가 訂正하여 1915년 京城 五車書廠에서 인쇄한 鉛活字本이다. 책의 맨 앞에 安往居의 「讀法」이 있고, 肯來의 詞 1수, 吳剛의 「打缺壺口」가 실려 있다. 작자인 鷺溪叟에 대해서는 알려진 것이 거의 없다. 그러나 다음과 같은 몇 가지 상황으로 미루어 조선인임을 쉽게 알 수 있다. 첫째는 고려 방언이 나온다는 점이다. 예를 들면 제5회 '但生在田家 忽入富堂 逡逡巡巡 如高麗人俚語所謂 村難官廳一般'; 제1회 서두에 '話說支那五季之間 國無正統 民無寧日'이라 하여 중국을 '支那'로 표기한다든가; 제7회 '催店小賣些料理 …… 須臾 店小把料理排在小桌 …… 店小問道 老人家要吃甚麼料理?'에서 보듯 '料理'란 단어를 쓴다거나, 과거 급제자를 '狀元'이라 표기하지 않고 한국식 한자어인 '壯元'으로 표기하는 등은 이런 것들은 모두 이 책의 저자가 확실히 조선임임을 나타내 주는 증거이다. 「삼협오의」 고사의 배경은 송대이지만, 글 속의 많은 제도와 풍속 등은 명·청 시대를 따랐다. 가령 포증의 과거에 응시하는 과정이 生員(秀才)에서 鄕魁(향시 제1등, 解元)에서 會試 23명 進士의 하나가 되는데, 「포염라연의」에서는 '中了生員壯元'을 하고 다시 '又捷壯元'하고 會試에서 '中了第九榜進士'라 하여, 초시·향시·전시의 1등을 일률적으로 '壯元'으로 칭하는 오류를 범하고 있는데, 이는 목계수가 중국 명·청 과거 제도에 익숙지 못함을 알려 준다(박재연, "「包閻羅演義」와 「염라왕전」에 대하여," 『염라왕전』[1999. 5], p. 1).

【增】 〈비교연구〉

「포염라연의」

1) 본서의 머리에 吳剛이라는 사람의 본서의 저작 경위를 밝힌 글이 있다. …… 이로 미루어 목계자가 명나라 때 저술인 「용도공안」(사실은 「三俠五義」)을 연의하였고, 저자 자신 연의에서 근세 패가류의 허식을 버리고 바른 사기를 보태는 것이 되고자 하였음을 알 수 있다. …… 「포염라연의」가 「삼협오의」의 개작 양상은 크게 세 가지 측면으로 나타난다. 첫째, 내용에 첨삭이 있으나 회목은 변동된 것이 서로 비슷하다. …… 둘째, 구성을 조정하였다. …… 셋째, 이야기 순서를 뒤바꿨다. …… 아무튼 「포염라연의」는 20세기 초까지 조선 문인이 중국 통속 소설을 개작하고, 또 문언문으로써 백화문을 주석까지 해놓은 특이한 자료라고 하겠다(박재연, "「包閻羅演義」와 「염라왕전」에 대하여," 『염라왕전』[1999. 5], pp. 2~4 발췌 인용).

---

12) 『이본목록』·『작품연구 총람』에 추가.

「염라왕전」

1) 「염라왕전」은 제1회부터 제5회까지는 「포염라연의」 제4회부터 제8회의 번역, 「염라왕전」 제6회
는 「포염라연의」 제9회 앞부분과 제1회의 번역, 제7회는 「포염라연의」 제2회의 번역, 제8회는
「포염라연의」 제3회의 번역, 제9회는 「포염라연의」 제9회 뒷부분과 제10회의 번역이며, 그
뒤는 차례로 번역하였다. 따라서 두 회가 줄어 번역본은 21회로 끝난다. 이처럼 앞뒤가 뒤바뀐
현상은 「포염라연의」 제1회부터 3회가 삵괭이로 갓 낳은 태자를 바꿔치기하는 이야기로부터
시작하는 반면에 「염라왕전」에서는 포공의 출생담(「포염라연의」 제4~9회)으로부터 시작한 데서
비롯되는 것으로, 이야기 전개에는 아무런 문제가 없다(박재연, ""包閻羅演義」와 「염라왕전」에
대하여," 『염라왕전』[1999. 5], pp. 4~5).

◆762.[포의교집 布衣交集]

762.1. 〈자료〉

【增】 Ⅱ (역주)

1) 김경미·조혜란 공역. 『19세기 서울의 사랑: 절화기담·포의교집』. 여이연, 2003.

762.2. 〈연구〉

【增】 Ⅱ. (학위논문)

〈석사〉

1) 한의숭. "「포의교집」 연구: 애정전기 전통의 계승 및 변용 양상." 碩論(경북대 대학원, 2002.
2).

2) 황진묵. "「포의교집」 연구." 碩論(동아대 교육대학원, 2004. 8).

【增】 Ⅲ. (학술지)

1) 李昇馥. "漢文小說 「布衣交集」의 人物形象과 小說史的 意義."『奎章閣』, 21(서울大 奎章閣,
1998. 12).

2) 신상필. "한문소설 「포의교집」 연구."『漢文學報』, 3(우리한문학회, 2000. 12).

3) 김정숙. "「布衣交集」의 小說的 特徵 研究."『漢文敎育硏究』, 6(韓國漢文敎育學會, 2001. 4).

4) 조혜란. "「布衣交集」 여주인공 초옥에 대한 연구."『한국고전여성문학연구』, 3(한국고전여성문
학회, 2001. 12)

5) 권도경. "「포의교집」의 애정 갈등과 비극적 결말의 현실적 의미."『국어국문학』, 132(국어국문학
회, 2002. 12).

6) 조혜란. "19세기 애정소설의 새로운 양상 고찰: 「절화기담」과 「포의교집」을 중심으로."『국어국문
학』, 135(국어국문학회, 2003. 12).

7) 한의숭. "「포의교집」의 문체와 서사적 특징."『어문론집』, 41(한국문학언어학회, 2004. 12).

◆763.[[포절군전 抱節君傳]]

〈작자〉 丁壽崗(1454~527)

〈출전〉『月軒集』, 5

〈관계기록〉

① 「抱節君傳」, 結尾: 史臣曰 疾風知勁草 世亂識忠臣 君之謂也 旣全其節 又受其爵 流芳萬葉 不與草木同凋 可謂烈丈夫矣 樹此不拔之業 淸白遺子孫 世封此君 當與天地俱存 所謂 千載 香名長不泯者也●('빠른 바람에야 질긴 풀을 알아보고 세상이 어지로워야만 충신을 알 수 있다'고 한 것은 '포절군'을 두고 이름이다. 진작에 그 절개를 온전히 한 데다가, 그 위에 벼슬마저 얻어 온 잎새에 꽃다움이 넘쳐 흐르고, 여느 초목과 더불어 한데 시들고 지지 않으니, 열열한 장부라 이를 만하다. 이것을 심고 뽑아 내지 않는다 함은 맑고 깨끗한 정신을 자손에게 끼치고자 함이요, 대대로 차군[13]에 봉해짐은 마땅히 천지와 더불어 함께 남으리니, 이른바 '천년의 향기로운 이름, 길이 사라지지 말아라.' 하는 것이다).

◪764.[[포호처전 捕虎妻傳]]

〈관계기록〉

① 「捕虎妻傳」 結尾: 李子曰 …… 此氓妻 一女子也 卒然逢虎於衆人之中 則且掩目而先走 顧何 敢有意於圖虎也 然而獨處深夜 不動色 而收壯士之功 是故勢之所迫 弱亦可以勝强 慮之所未 及 强亦不可以自恃 傳曰 患生於所忽 其虎之謂 而兵法曰 置之死地而後生 其氓妻之謂乎●(이재[李鈺]가 이르기를 …… 또 그의 아내는 한낱 여자인 만큼 별안간 범을 뭇 사람 가운데서 만났다면 금새 무서워서 눈을 감고 먼저 달아나 버렸을 것이니, 어찌 감히 범을 쫓을 계교를 꾸밀 겨를이 있었겠는가? 그러나 홀로 아닌 밤중에 얼굴빛도 변치 않은 채 장사의 공을 거두었으니, 이는 한때의 형세가 다가옴에 있어서는 약한 자도 강한 자를 이길 수 있는 것이다. 그리고 보통 생각으로는 미치지 못한 일에는 강한 자도 역시 어쩔 수 없는 법이다. 옛글에 이르기를, '걱정은 소홀한 데서 난다' 하였으니, 그야말로 이 범을 두고 이름이었으며, 병법에 이르기를 '죽을 땅에 둔 후에 살 길이 트인다' 하였으니, 이는 바로 이 숯장수 아내를 이름이로다).

〈작자〉 李鈺(1760~1813)[14]

〈출전〉 金鑢(1766~1821),[15] 『潭庭叢書』, 21, '梅花外史'

764.1. 〈자료〉

Ⅱ. (역주)

【增】

1) 실시학사 고전문학연구회 역주. 『역주 이옥전집』, 2. 소명출판, 2001.

☽{폭포담명사록}

〈관계기록〉

① 『諺文古詩』(가람본), '언문칙목녹', 50: 「폭포담명ᄉ록」.

【增】 ☽{풍류배 風流配}

〈관계기록〉

---

13) 대나무를 일컫는 말.
14) 모든 사전 수정.
15) 모든 사전 수정.

1) 『[演慶堂]諺文冊目錄』(1920; 藏書閣所藏): 132. 「風流配」 1冊.

◪765.[[풍악기우기 楓嶽奇遇記]]
〈작자〉柳夢寅(1559~1623)
〈출전〉『於于集』, 권 6, '雜著'

▶(풍왕서 諷王書 → 화왕계)
▶(풍운전 風雲傳 → 장풍운전)
◪766.[[피생명몽록 皮生冥夢錄]][16] ← 『화몽집』
【增】 Ⅱ. (학위논문)
〈석사〉

1) 강수경. "「피생명몽록」 연구." 碩論(경북대 교육대학원, 2000. 2).

Ⅲ. (학술지)

766.2.7. 張孝鉉. "17세기 夢遊錄의 歷史的 性格 :「皮生冥夢錄」의 분석을 중심으로." 『人文論叢』, 10(호서대 인문과학연구소, 1991. 12). 『韓國古典小說史硏究』(고려대출판부, 2002. 11)에 재수록.

【增】

1) 장준기. "「皮生冥夢錄」의 구성과 의미 연구." 『동남어문논집』, 12(동남어문학회, 2001. 6).

▶(피은보은록 → 보심록)

---

16) 임진왜란 후의 참혹한 상황을 그리고 있는 작품으로, 산야에 드러난 채 있는 백골들의 收葬 문제를 배경으로 하면서 부도덕한 관리들을 비판하고 있다.

하

◐{**하각로별록** 河閣老別錄}

〈관계기록〉

　　① 「玉鴛再合奇緣」(溫陽鄭氏 1725~1799), 14: 「하각노별녹」.

◐{**하날님전**}

◐{**하담소하록** 消夏錄}

◐{**하룡전**}

◐{**하북이장군전** 河北李將軍傳}

〈관계기록〉

　　① 仁宣王后 張氏[1618~1674]의 諺簡[1652~1674][1]: 「하븍니쟝군뎐」 간다 감역집의 벗긴 칙 츳자
　　　드러올 제 가져 오나라.

▶(**하생기우록** 何生奇遇錄 → **하생기우전**)

◆**767.**[[**하생기우전** 何生奇遇傳]] ←『**기재기이**』

〈작자〉申光漢(1484~1555)

〈출전〉『企齋記異』

767.1. 〈자료〉

Ⅱ (역주)

【增】

　1) 金俊榮·李月英.『古小說論』. 月印, 2000.

　2) 朴熙秉 標點·校釋.『韓國漢文小說 交合句解』. 소명출판, 2005. (고려대 만송문고본)

767.2. 〈연구〉

【增】 Ⅱ. (학위논문)

---

1) 仁宣王后가 淑明公主에게 준 편지(金一根 編註,『親筆諺簡總覽』, 景印文化社, 1974, No. 57).

〈석사〉

1) 김여림. "「하생기우전」 연구." 碩論(아주대 교육대학원, 2003. 8).

2) 서원순. "「하생기우전」의 재창작을 통한 문학치료 연구." 碩論(건국대 교육대학원, 2005. 2).

Ⅲ. (학술지)

【增】

1) 채연식. "「何生奇遇傳」의 구조와 傳奇小說로서의 미적 가치."『동국어문학』, 10·11(동국대학교 사범대학국어교육과, 1999. 12).

2) 崔在佑. "「하생기우전」(何生奇遇傳)의 '결핍-충족' 구조와 그 의미."『민족문학사연구』, 15(민족문학사연구회, 1999. 12).

3) 유정일. "「하생기우전」에 대한 반성적 고찰."『한국어문학연구』, 39(한국어문학연구학회, 2002. 8).

4) 정운채. "「하생기우전」의 번역 문제와 주석."『고전문학과 교육』, 5(한국고전문학교육학회, 2003. 2).

◆768[[하생몽유록 何生夢遊錄]]

〈작자〉李渭輔(1694~?)

〈출전〉『必東錄』, 12, 「寓言」

【增】〈관계기록〉

1)『必東錄』(李渭輔 1694~?), 1, 凡例, 1: 終之以寓言者 猶精忠傳之於東窓記其報應之理 雖屬茫昧 固非君子之可信 而慷慨之士有所興感 托於言 而聊以洩千古不平之氣 且深得天堂有則君子登之義 故載之◯([「하생몽유록」의] 마지막을 우언으로 한 것은 「정충전」이 동창에서의 인과응보의 이치를 기록한 것과 같다. 이것이 비록 도깨비의 이야기에 속하여서 진실로 군자가 가히 믿을 만한 것이 아닐지라도, 강개1)한 선비가 느낀 바 있어 말에 가탁하여서 애오라지 천고의 불평한 기를 쏟아내었고, 또한 천당에도 법칙이 있음을 깊이 얻었다. 군자가 실은 뜻이 있을 것이므로 여기에 수록하였다).

2) 동상, 12, 「何生夢遊錄引並序」: 土固有曠百世而相感者 苟有所慕 雖曠百世而無相感之理 矧乎人代不遠 感艷無窮者耶 余觀「何生夢遊錄」益驗斯理之不忒也 於戲 林將軍魁偉之姿 復雪之志 已於前輩記述 覽之甚詳 未嘗不擊節興□ □□山斗矣 將軍義勇冠三軍 忠烈炳千古 滿腔衷赤 指天□心 常欲掃除腥羶 擬復皇室 至於再涉鯨濤 一犁龍庭 可壯圖哉 遂寃血邊埋 向非三凶之忌功 蜚語隨而媒孽□ □□之舊業可復 吾東之臣節可伸 雖使三凶 刀山劍樹 萬剚千剚 火灼水漂 不足以贖其罪 而洩其憤矣 抑天醉未醒 皇運告訖 無復人力之容爲 故生此梟獍之徒 沮其志業耶 漠乎其不可究也 若張魏公岳武穆之神迋 殆曠感百世者耶 兩公之精忠諒節□□飮恨 與將軍千載一套 或者皇天嘉尙其秉節盡忠 □□□櫂讒殞身 俾聚仙府 □□無窮之樂耶 三節士之共會幷酬 尤可奇也 兹錄似近於齊諧之說 而精誠所感 至發□□寐 使將軍之冥報 昭暴宇宙 照人耳目 不勝怊悵慷慨也 遂感而爲之詩 詩曰 '將軍扼龍灣 虜騎不敢逼 間道潛懸師 忍辱爲臣妾 公時奮大義 鯨波再利涉 如能展壯圖 庶可復皇業 瑤皇方醉鶉 大志嗟未

1) 의분과 결기가 있음.

恓 賊檜隨媒孼 寃淚終盈睫 泉塗改昭洗 諡贈哀榮疊 何生夢何奇 異說誠於惜' 延城李渭輔鈞
叟謹書(出鈍窩雜稿).

한문필사본

768.2. 〈연구〉

Ⅲ. (학술지)

【增】

1) 金南基. "「何生夢遊錄」 解題."『奎章閣』, 21(서울대 규장각, 1998. 12).

◑{하씨기순록}2)

◑{하씨삼대록 河氏三代錄}

〈관계기록〉

① 『諺文古詩』(가람본), '언문칙목녹', 2:「하시슴딕록」.

◑하씨선행록 河氏善行錄}

〈관계기록〉

① Courant, 872:「하시션힝록 河氏善行錄」.

【增】

1)『[演慶堂]諺文冊目錄』(1920; 藏書閣所藏): 66.「河氏善行錄」33冊.

국문필사본

【增】 하씨선힝록 권지일 /제이/권디삼	박순호[家目]	3(1: 셰직을미납월열팔일서 歲在乙未臘月二十八日, 44f.; 2: 을미시월십삼일총총필셔, 52f.; 3: 셰직을미구월십오일 틱월필셔, 개국오빅사연을미[895]계추망일 무장김태을셔, 집 딕동강으로경셔강과서라, 丙申二月日, 48f.)
【增】 하시선행녹	서울대[심악] (813.5-H273sp)	낙질 3(6; 10; 41)

◆769.[하씨선행후대록 河氏善行後代錄]3)

〈관계기록〉

① 「河氏善行後代錄」 結尾: 모로미 차후는 공검 절챠하야 사치를 멀니하고 온슌지도를 다하라 백시는 한낫 별물 투악지인이라 사사의 그 가부의 뜻을 맛초아 시일노붓터 군자 음녀의 시죵이 엇지된고 차하 쇼셜 「하시팔농자녀별뎐」을 셩남하라.

---

2) 현재까지 발견되지 않고 있으나 한국정신문화연구원 소장「뉴시삼딕록」의 후기 중에「하시긔순록」이라는 작품명이 나타난다.

3) 「벽허담관제언록」의 속편이다.

769.2. 〈연구〉
Ⅲ. 〈학술지〉
769.2.2. 金起東. "「河氏善行後代錄」小考." 『趙演鉉博士回甲紀念論文集』(刊行委員會, 1980. 7).

◑{하씨세대록 河氏世代錄}
〈관계기록〉
① 『諺文古詩』(가람본), '언문칙목녹', 31:「ㅎ시세딕록」.

◑{하씨쌍천기봉 河氏雙釧奇逢}
〈관계기록〉
① 『諺文古詩』(가람본), '언문칙목녹', 186:「하시쌍천긔봉」.

◑{하씨창선록 河氏彰善錄}
〈관계기록〉
① 『諺文古詩』(가람본), '언문칙목녹', 27:「하시창션녹」.

◑{하씨팔룡자녀별전 河氏八龍子女別傳}4)
〈관계기록〉
①「碧虛談關帝言錄」結尾: 하노공의 빅셰 종명홈과 오왕 팔농의 슈다 즈녀 즁 쌘혀는 스적이 긔긔 묘묘흔딕 이 젼[碧虛談關帝言錄]은 하시 팔농의 셜화롤 긔록ᄒᆞ미 지리홈을 쩌려 그 딕강만 ᄒᆞ고 하시 팔농의 즈녀 별젼을 두어 하 즈녀의 찬츌홈과 효즈의 아름다운 셜화는 별젼의 잇난지라.
②「河氏善行後代錄」結尾: 모로미 차후는 공검 졀챠하야 사치를 멀니하고 온슌지도를 다하라 백시는 한낫 별물 투악지인이라 사사의 그 가부의 뜻을 맛초아 시일노붓터 군자 음녀의 시죵이 엇지되고 차하 쇼셜 별뎐「하시팔농자녀」을 셩남하라.
③ 『諺文古詩』(가람본), '언문칙목녹', 38:「하시팔용」.

◑{하씨전 河氏傳}
◪770.[하유철전신사 夏維喆傳]5) ←『주선전』
【增】〈비교연구〉
1)「하유텰뎐 夏維喆傳」은「형세언」'蚌珠巧乞護身符 妖蛟竟餐誅邪檄'[제39회]의 번역으로,「幻影」제22회에는 '藏珠符可護 貪色檄能珠'라 개제되어 있다. …… 하유철[1366~1430]의 본명

---

4) 「하씨선행후대록」의 前篇에 해당하는「벽허담관제언록」의 말미에 속작인「하씨팔룡자녀별전」이 있음을 기록하고 있다. 또한「벽허담관제언록」의 후편인「하씨선행후대록」(권 7, 16, 26)에도 속작이 있음을 기록하고 있으나 그 속편이 구체적으로 어떤 것인지는 확실치 않다.

5) 『이본목록』·『작품연구총람』·『문헌정보』에 각주 추가. 【增】「하유철전 夏維喆傳」은 명나라 말 중국 소설집인「형세언」제39회 '蚌珠巧乞護身符 妖蛟竟餐誅邪檄'의 번역임이 밝혀졌다(박재연, "「朱仙傳」, 명대 화본소설「型世言」의 번역," 『주선뎐』, 선문대 중한번역문헌연구소, 2001. 7, pp. 1~7 참조).

은 夏原吉, 유철은 자이다. 시호는 忠靖이며 명초의 대신이자 명신이다. 작자는 영락 연간
吳浙 지방의 홍수가 났을 때 하유철이 각지를 다니며 治水한 일을 큰 골격으로 하여 志怪
고사를 삽입하였다. 치수 일은 역사적으로 근거가 있으며, 괴이지설 역시 전설로 남아 있다.
요컨대 이 작품은 하유철의 청렴과 정직을 예찬하고 있다. 하유철에 관한 사적은 명인의 문헌에
많이 나타나는데 주로 치수에 관한 이야기이다.『明史』권 149에 전이 있다(박재연, “「朱仙傳」,
명대 화본소설「型世言」의 번역,”『주션뎐』[2001. 7], p. 6).

| 국문필사본 |

| 하유텰젼 신수 | 정문연[『쥬션뎐 변화』] | 1(29f.)[6] |

770.1.〈자료〉

【增】 Ⅰ. (영인)

1) 박재연.『주션뎐』. 중국소설희곡번역자료총서, 21. 선문대 중한번역문헌연구소, 2001. (서울대
규장각 소장본「型世言」39회 ‘뇌주걸교호신부 요교경사주사격’).

【增】 Ⅱ (역주)

1) 박재연.『주션뎐』. 중국소설희곡번역자료총서, 21. 선문대 중한번역문헌연구소, 2001.

770.2.〈연구〉

【增】 Ⅲ. (학술지)

1) 박재연. “「朱仙傳」, 명대 화본소설「型世言」의 번역.”『주션뎐』(선문대 중한번역문헌연구소,
2001. 7).

◐{하윤별취록}

〈관계기록〉

①『諺文古詩』(가람본), ‘언문칙목녹’, 35:「ㅎ윤별취록」.

◆771.[하진양문록 河陳兩門錄]

〈관계기록〉

①『諺文古詩』(가람본), ‘언문칙목녹’, 14:「ㅎ진양문녹」.

② Courant, 911:「하진냥문록」河陳兩門錄」.

【增】

1)『[演慶堂]諺文冊目錄』(1920; 藏書閣所藏): 80.「河陳兩門錄」25冊.[7]

〈작품연대〉

【增】

1) 이본을 살피는 과정에서 장서각본과 러시아본이 체제와 내용은 물론 필사기가 일치하는 것에

---

6)「주선전」에「이업후전」과 합철되어 있다.
7) 상단에 ‘現在 二四冊’이라는 注記가 붙어 있고, 하단 摘要欄에는 ‘第十八·十九 二冊欠’이라 되어 있다.

주목하여, 이 두 이본의 필사기에서 제시된 필사 시기 ‘戊申’은 모본의 필사기를 再寫한 것이며, 시대 상황에 비추어 볼 때 무신년은 1908년이 아닌 1848년일 가능성이 더 큼을 밝혔다. 한편 러시아본보다 원본에 더 가까운 모습을 하고 있는 11권 계열이 존재하는 것에 고려할 때, 이 작품의 창작 시기는 1848년보다 더 소급되어야 하지만, 이 작품이 대단한 인기를 누린 소설임에도 불구하고 18세기 후반 이전의 작품을 열거하고 있는 소설 목록들에 이 작품이 거명되지 않고 있으며, 작품의 내용이나 형식도 선행하는 장편 소설들과는 적잖은 차이를 보이는 것에 주목하여, 「하진양문록」의 창작 시기를 19세기 전후로 추정하였다(金珉助, “「河陳兩門錄」의 創作方式과 小說史的 位相,” 高麗大 碩論[2000. 2], p. 119).

【增】 〈이본연구〉

1) 「하진양문록」은 5종의 이본을 가지고 있다. 그 가운데 3종의 필사본은 공교롭게도 모두 戊申年에 필사된 것이며, 활자본은 大正十四년(1925)에 간행된 것과 1954년에 간행된 것이다. 이 가운데 1954년 간행본은 1915년에 동미서시에서 간행된 것과 같다는 주장이 있으므로 이를 인정한다 하더라도, 필사본이 유통된 이후 이를 바탕으로 활자본이 간행된 것임을 알 수 있다. 그러므로 작품의 원형에 가까운 선본은 필사본 가운데서 찾아야 할 것이다. 세 종의 필사본 가운데 낙선재본 과 러시아본은 필사지와 필사 시기가 동일하다. 글씨체는 물론이고 ‘세재무신농호필셔’라는 필사기가 8권의 끝에 있는 것까지 일치한다. 또 25권으로 분권된 것도 같으며, 분권된 위치나 분량도 거의 완전히 일치하므로, 이 두 이본은 같은 모본을 가지고 필사한 것임을 알 수 있다. 다만 낙선재본 1권과 16권이 러시아본과 다르고 활자본과 정확히 일치하는데, 이것은 낙선재본 1권과 16권이 활자본을 보고 다시 베낀 것이기 때문이다. 특히 낙션재본 16권은 필사 글씨가 다를 뿐만 아니라 중간 부분에 이전까지는 없던 ‘22회’라는 回章과 회장의 제목이 갑자기 나오므로, 러시아본이 발견되기 전까지는 읽는 이를 당황하게 하는 점이었다. 또 낙선재본 1권이 활자본과 오자까지 똑같다는 사실은 그 동안 연구자들로 하여금 필사본과 활자본이 똑같으므로 활자본 연구만으로도 「하진양문록」 작품 이해에 무리가 없을 것이라는 성급한 판단을 하게 한 중요한 원인이었다. 그러던 것이 러시아본의 발견으로 필사본 「하진양문록」의 고유한 모습을 찾아 내게 되어 작품 연구에 중요한 전기를 마련할 것으로 기대된다. 다시 말하면, 러시아본과 비교해 봄으로써 낙선재본은 1권과 16권의 缺卷을 후대에 다른 사람이 활자본을 보고 보충해 넣은 것임을 알 수 있게 된 것이다. 그러므로 작품이 완전한 모습을 갖추고 있는 것은 러시아본뿐이므로 러시아본이 선본의 자격을 지닌다고 볼 수 있다(朴淑禮, “「하진양문록」 연구: 필사본과 활자본의 대비를 중심으로,” 韓國學大學院 碩論[1999. 2], p. 12).

2) 「하진양문록」의 이본은 완결 필사본 3종, 부분 필사본 6종, 활자본 4종이 현재 전하고 있으며, 출판 기록을 찾아볼 수 있는 활자본 5종이 있었다. 필사본은 11권 11책 계열의 김광순본과 이대본, 25권 25책 계열의 러시아본과 장서각본, 29권 29책 계열의 동양문고본과 고대본이 있었다. 이 중 最善本은 러시아본이었다. 본고에서는 「하진양문록」의 이본이 원본의 내용에 비교적 가까워 보이는 11권 11책 계열 → 25권 25책 계열 → 29권 29책 계열의 순서로 필사가 이루어진 것으로 보았다. 그리고 이들 간에 각기 첨가생략된 부분들이 있는 것을 비교하여 3계열의 이본들이 제각기 원본으로부터 파생된 것이라고 추정하였다. 특히 활자본과 내용상의 공통점이 많은 고대본에 주목하여 이 작품이 활자화 과정에서 적잖은 변모를 보였다는 기존의 논의를 수정하고, 활자본은 25권 계열의 필사본을 기본으로 하면서도 29권 계열의 고대본 등에서

이루어진 변화를 적극적으로 수용하여 이루어진 것임을 밝혔다. 활자본은 31회 조선서관본과 동미본, 신구본, 공동서관본 등과 30회 대학당본이 있었다. 활자본은 조선서관본을 기본 판형으로 한 31회본이 주축이 되며. 이를 그대로 간행한 동미본과 更組版인 신구본으로 나눌 수 있었다. 또 31회본 이본들 사이에는 조판 과정의 미세한 차이가 있음을 제시해 연구자들이 주로 인용하는 공동본이 동미본이 아닌 신구본의 更刊本임을 밝혔다(金珉助, "「河陳兩門錄」의 創作方式과 小說史的 位相," 高麗大 碩論[2000. 2], pp. 118~119).

국문필사본

하딘양문녹	김광순[筆全](29)	낙질 1(임진중춘망일등셔 칙쥬난달셩후인이라, 3: 55f.)
하진냥문녹	아스톤문고(레닌그라드)[Sk](476)/[Pet](221)	25(8: 셰긔무신칠월초슌 일뇽호필셔, 801f.)
하진냥문녹	연대[古1](811.36하진양)	낙질 1(1: 셰긔묘즁츄묘동 즁슈, 33f.)
하진양문록 河陳兩門錄	정문연[장서각](4-6859)/[韓古目] (1389: R35N-000016-17)	25(8: 셰긔무신칠월초슌 일뇽호필셔, 912f.)
하진양문록	충남대[鶴山](고서 集小說類 2134)/ [典籍目 2]	1(정묘이월영육일, 38f.)

국문활자본

하진양문록	대전대[이능우 寄目](1176)/[亞活全](11)	3(31회, 快齋編, 共同文化社, 1954.10, 상: 216pp.; 중: 167pp.; 하: 117pp.)
하진양문록 河陳兩門錄 上篇/中篇/下編	국중(3636-32)<中篇>/국중(3636-38) <下篇>/연세대(811.9308)<上篇>	3([著]朴健會, 東美書市, 檀紀 4248[1915].3.10, 上: 제1회~제14회, 213pp.; 中: 제15회~제24회, 167pp.; 下: 제25회~제31회, 117pp.)
하진량문록 忠義孝烈 河陳兩門錄 하진양문록忠義孝烈 河陳兩門錄	서울대[국회:古綜目]/정명기[尋是齋 家目](1928)/정문연(D7B-44)	2-1(上·下, 東洋大學堂, 재판 1925.2.10; 3판 1927) 3([著·發]姜根馨, 永和出版社, 1956.10.20, 상: 167pp.; 중: 167pp.; 하: 117pp.)

771.1. 〈자료〉

Ⅱ (역주)

771.1.5.윤석범·윤색·리동윤 주해.『하진량문록』, 상 【削 '하'】. 조선고전문학전집, 12 【削 '13'】. 평양: 문예출판사, 1987; 서울: 연문사, 2000(영인).

【增】

1) 김광현 윤색·김충기 주해. 『하진량문록』, 하. 조선고전문학전집, 13. 평양: 문예출판사, 1987;
   서울: 연문사, 2000(영인).
2) 이대형 교주. 『하진양문록』, 1. 연세국학총서 34-세책 고소설 2. 이회문화사, 2004.
3) 이대형 교주. 『하진양문록』, 2. 연세국학총서 34-세책 고소설 3. 이회문화사, 2004.
4) 이대형 교주. 『하진양문록』, 3. 연세국학총서 34-세책 고소설 4. 이회문화사, 2004.

771.2. 〈연구〉

Ⅱ. (학위논문)

〈석사〉

771.2.5. 金珉助. "「河陳兩門錄」의 創作方式과 小說史的 位相." 碩論(高麗大 大學院, 2000. 2).

【增】

1) 朴淑禮. "「하진양문록」 연구: 필사본과 활자본의 대비를 중심으로" 碩論(韓國精神文化硏究院
   韓國學大學院, 1999. 2).
2) 방동수. "「하진양문록」에 나타난 '부마되기' 모티프의 양상과 의미." 碩論(경북대 대학원,
   2002. 8).

Ⅲ. (학술지)

【增】

1) 이경하. "하옥주論:「河陳兩門錄」 남녀주인공의 氣質 연구(1)."『국문학연구』, 6(국문학회, 2001.
   11).
2) 金玟助. "「河陳兩門錄」." 刊行委員會 編. 『古小說硏究史』(月印, 2002. 12).

◪772.[학강전 鶴降傳[8)]

◪773.[한강현전 韓江玄傳 / 韓康賢傳]

【增】 〈관계기록〉

1) 「한강현전」(李樹鳳 소장) 말미 筆寫記: 시당[9)] 숭정 긔원 후 병진 씨유[10)] 십월 염오일[11)]이
   삭즉삭 필즉필 효공부ᄌ지획인법[12)]ᄒ노라. 연니니[13)] 칙 보시난 니 뉘기란지 희담[14)]과 웃지
   마소 마음이 분요[15)]ᄒ며 ᄌᄌ니[16)] 조적힝[17)]이요 혹혹니[18)] 구린지거라. 원근 첨존[19)]시든지

---

8) 『이본목록』·『작품연구 총람』·『문헌정보』에 추가.
9) 歲當.
10) 歲維.
11) 念五日. 25일.
12) 削則削 筆則筆 效孔夫子獲麟法. 깎아 버릴 것은 깎아 버리고 기록할 것은 기록하여, 공자의 '획린'하던
    법을 본받는다는 뜻. '획린'은 곧 '春秋筆法'을 가리키는 것으로,『春秋』哀公 14년조에 '春西狩獲麟'
    기사의 주에 "주나라의 도가 쇠하고 상서로운 짐승인 기린이 응험도 없이 잡힘을 보고『춘추』를 지어
    중흥의 가르침을 세우고, '獲麟'이라는 구절에서 붓을 놓았다."고 되어 있다.
13) 然이니. 그러니.
14) 戲談. 희롱의 말. 놀리는 말.
15) 紛擾.

연소흔 청안20)니 보시든지 경부녀21)가 보시든지 공부녀22)가 보시든지 수부녀23)가 보시든지
서부녀24)가 보시든지 규중이 장양25)ᄒᄂᆫ 처녀가 보시든지 어린 하히26) 십새 안으로 볼지라도
족키 볼 만ᄒ기로 ᄃᆡ강 긔록ᄒ여시니 니 칙 듀인 한강현은 가위 ᄃᆡ인군ᄌ ᄲᆞᆫ 아니라 그 모부인을
이랄진ᄃᆡ 밍모27)가 붓ᄭ럽고 한강현의 위의을 말ᄒᆞᆯ진ᄃᆡ 소년장원은 리청연28)을 친압29)ᄒ고
장약30)은 손오31)을 압두ᄒᆞᆯ 거시오 ᄃᆡ인풍치는 비록 만니32)라도 급ᄒᆞ야 스사로 퇴병ᄒ고 암힝어
ᄉ 행ᄉ는 우정국33)을 비교ᄒ고 양씨 소저 살인34) 인의지ᄉ는 탁무35)을 중흠36)ᄒ고 부모게
효양은 순증37)을 ᄲᆞᆫ바드미요 빅ᄌ천손는 곽ᄌ의38)을 샷그럽ᄃᆞ 이리ᄒ고야 음득39)이 읍실손야?
치치40)ᄒ고 가소롭ᄃᆞ 우리 갓흔 ᄒᆞ우지몽41) 회과ᄌ착42)ᄒ고져 ᄒ나 역불즉염유43)요 흔흔ᄒ니
뉴지미취여씨로다 원근 다소 첨위는 글시 보고 웃지 마소 다문 일체 밧긴44) 뜻신 가증이 크는
동싱 사촌과 ᄌ질 규녀로 ᄒ여곰 혹 이 칙 보고 ᄲᆞᆫ바들가 심렴45)ᄒ야 여광여취 고초치46)로

---

16) 字字이. 글자마다.
17) 새의 발자국처럼 어지러움.
18) 劃劃이. 劃마다.
19) 僉尊. 여러분.
20) 靑顔. 젊은 사람.
21) 卿婦女.
22) 公婦女.
23) 士婦女.
24) 庶婦女.
25) 長養.
26) 아이.
27) 孟母. 맹자의 어머니.
28) 李靑蓮. 李白.
29) 親押. 壓頭함.
30) 將略. 장수의 계략.
31) 孫·吳. 손자[孫武]와 오자[吳起].
32) 萬里.
33) 于定國. 東海의 郯 땅 사람으로 昌邑王이 음란한 행위를 하자 글을 써서 간하였고, 宣帝 때 등용되어
    廷衛 벼슬을 맡게 되자 백성을 잘 다스려, 조정에서 청하기를, "張釋之가 정위를 하였을 때는 천하에
    寃民이 많더니, 우정국이 정위가 되니 백성들이 저절로 원한이 없게 되었다."고 하였다(『漢書』, 71, 于定國傳).
34) 살린.
35) 卓武. 密 땅의 현령으로 있을 때 백성들을 자식처럼 대하였다(『後漢書』, 25).
36) 徵驗.
37) 舜·曾. 舜임금과 曾子[曾參].
38) 郭子儀[697~781]. 중국 당나라 때 사람. 안녹산의 난 때 반군인 史思明의 군대를 격파하고 汾陽 땅에
    봉하여져 부귀를 누림. 그리하여 郭汾陽의 칭호를 얻음.
39) 陰德.
40) 嗤嗤. 비웃음. 냉소함.
41) 下愚之蒙.
42) 悔過自責.
43) 力不則念有. 힘은 없고 생각만 있음.
44) 베낀.
45) 心念. 생각함.
46) 藁草體. 흘려 쓴 글씨체.

밧겨스오니 희롱 말시고 담치 맛시고 박장 마옵소서 우는 획인주[47) 필적이라. 이 칙 듀인은 선정[48) 회직[49)선싱 후 무쳠종파[50) 직일가벌[51) 성듀딕[52) 말녀[53) 리소저 함규지물[54)이라 니심동 딕 혹호ᄒ노라.[55)

국문필사본

【增】한강현젼이라　　　　　　박순회[家目]　　　　　　1(긔츅연졍월이십구일, 40f.)

773.2. 〈연구〉

Ⅲ. (학술지)

【增】

1) 서인석. "영대본「한강한전」해제 및 주석."『國語國文學硏究』, 26(嶺南大 國語國文學科, 1998. 12).

2) 강인범. "「한강현전(韓江賢傳)」의 현실인식과 그 형상화 방식."『韓國文學論叢』, 29(韓國文學 會, 2001. 12).

◑{한글소설}56)

▶(한단기화 邯鄲奇話 → 회선오세한단기화)

◈774.[한당유사 漢唐遺事]

〈작자〉朴泰錫(1835~?)

〈관계기록〉

① 「漢唐遺事」, 錦溪序: 或問於余曰「漢唐遺事」何爲而述之校之也 余曰 噫 夫漢唐者 非夫盛漢盛唐 而後漢後唐也 遺事者 軼於稗官野史 而拾遺寓言也 而余偶得而述之 故名之曰「漢唐遺事」也 夫人生此世 疾如石火 幻如泡花 而消遣無法 極可憐憫 故於無消遣之中 強生消遣法 述此而校之訏之耳 夫以暫之在我 旣無以消遣 則暫在之他人 與未來之人 亦復如是 故以無消遣中 強生消遣法 自以消遣 而兼遺爲他人與未來人 亦何不可之有 …… 余年未弱冠 何至無消遣法 而有此撫拾之閒工夫 特於鉛槧之暇 偶病 世之小說家例多荒誕 述此遺事一帙 雖語不足驚人 文不足以悅心 而使覽之者 不但資消遣之具 而欲亦爲懲創之端也 …… 咸豊三年癸丑四月二十日甲午 錦溪序◐(어떤 사람이 나에게 묻기를, "「한당유사」는 무엇 때문에 짓고 고쳤는

47) 獲麟者.

48) 先正. 先賢.

49) 晦齋. 李彦迪(1491~1553)의 호.

50) 無忝宗派.

51) 第一家閥.

52) 星州宅.

53) 末女.

54) 函閨之物.

55) 이상의 「한강현전」 필사기 및 주석은 무악고소설자료연구회 편『한국고소설자료집 I』(태학사, 2001)의 것을 참조 보충한 것이다.

56) 책의 처음과 끝이 낙장되어 소설 제목은 미상이다.

가?” 내가 답하기를, “아아, 무릇 ‘한·당’이란 성한과 성당을 말하는 게 아니라, 후한과 후당을 말하며, ‘유사’란 패관 야사를 모아 버려진 것을 줍고 말을 붙인다는 것인데, 내가 우연히 얻어 적은 까닭에 이름하여 ‘한당유사’라 했다. 대저 사람이 이 세상에 태어나서 빠르기는 전광석화 같고, 변하기는 거품과 같은데, 답답함을 풀 방도가 없어 매우 가련하다. 그러므로 답답함을 풀지 못하고 지내던 중 억지로 답답함을 풀 방도로 만들어 이 작품을 쓰고 고치고 평했을 뿐이다. 무릇 이미 소일거리가 없다가 이것이 잠시 내게 있은즉 이것이 잠시 타인에게 전해진다면, 그가 미래인과 더불어 함도 그와 같을 것이다. 그런 까닭에 답답함을 풀 길이 없던 차에 그것을 풀 방도를 만들어서 스스로의 답답함을 푸는 동시에 이것을 남겨 타인과 미래인을 위해서도 하는 것이니, 무엇이 불가할 까닭이 있을 것인가? …… 내 나이 아직 약관[57]도 못 되었는데 어찌 답답함을 풀 방도가 없는 데까지 이르렀리오마는, 두루 주워 모으는 공부를 하다가 특히 문필[58]의 겨를에 우연히 세상의 소설가들이 너무 허무 맹랑함을 병 되게 생각해서 이 유사 한 질을 지었다. 비록 그 중에 사용한 말로써 사람들을 놀래게 하고 또 그 글로써 사람들의 마음을 기쁘게 하는데는 부족하겠지만, 보는 사람들로 하여금 소일거리가 되게 하고, 징계의 실마리가 되게 하려는 것이다.” …… 함풍 3년[1853] 계축 4월 20일 갑오에 금계가 서문을 쓴다).

② 同上, 李一九序: 朴君泰錫年才十八 聰明强記 超出儕流 偶於壬子之春 欲作一小話 展軸握筆 淋灘寫來 宛若宿構 不數月而文成 親自謄出 經月而脫藁 合爲四卷八十四回……咸豊二年壬子三月十一日辛酉 李一九謹識☯(박군 태석은 나이가 겨우 18세이나 총명하고 기억력이 좋은 것이 무리들보다 뛰어났다. 임자년 봄에 우연히 짧은 이야기 한 편을 지으려고 종이를 펼치고 붓을 잡고 써 내려갔는데, 마치 미리 구상해 둔 것 같아서 며칠 지나지 않아 글을 완성했다. 손수 베껴서 달을 넘기고 탈고하였으니, 모두 4권 84회였다. …… 함풍 2년 임자[1852] 3월 12일 신유).

【增】

1) 「漢唐遺事」[1852?](朴泰錫), 竹灘書屋 自序: 余嘗晝寢 忽到一處 乃南漢國也 聞其曲節 觀其時事 然後乃欠身[sic 伸]而覺 卽南柯一夢也 坐以細想 因述其事 作爲小話一帙 數日而畢 四月而謄 覽者勿哂其文之工拙 而但看奇夢寓焉 歲在咸豊二年七月初八日丙辰 竹灘書屋自序☯(내가 일찍이 낮잠을 자는 중에 갑자기 한 곳에 이르렀는데 그 곳은 남한국이었다. 그 곳에서 곡절을 듣고, 그 곳의 시사를 보고난 후 기지개를 켜며 깨어나니 곧 한바탕의 꿈이었다. 일어나 앉아 곰곰 생각하여 꿈속의 일들을 적어 짤막한 이야기 한 편을 만들었다. 여러 날 만에 끝내 4월에 책으로 만들었으니, 보는 이들은 그 문장의 치졸함을 웃지 말고 한낱 기이한 꿈에 붙인 것으로 여기고 보시기 바란다. 함풍 2년[1852] 7월 초팔일 병진에 죽탄서옥이 스스로 서문을 썼다).

2) 「漢唐遺事」[1852?](朴泰錫), ‘梅鶴山人謹識’: 自有書契以來 稗說之家多矣 如「三國」·「列國」·「東·西漢演義」·「西廂」·「西遊」·「水滸」等書 或附會事跡 或述記寓言 使覽之者欣然忘食 聞之者怡然解頤 於斯時也 擧天下之物 似不足以喩其樂也 此等書例多荒誕 醇儒莊士之所不道 況其下此者乎 朱子云 勿看雜書 恐分精力 豈欺我哉 朴君道卿所著「漢唐遺事」一帙 文不足以悅人

---

57) 남자가 스무 살 된 때.
58) 원문의 ‘鉛槧’은 원래 문자를 지우는 데 쓰는 胡粉[白粉]과 문자를 쓰는 판을 말하는 것인데, 후에 뜻이 바뀌어 ‘문필’을 가리키는 말로 되었다.

詞不足以惑人 但出於集字消遣之意 而亦有意存焉 於其間覽者勿哂 而取其年幼才戲之一節 可也 歲在咸豊二年四月十四日甲辰 梅鶴山人謹識.◑(글자[書契]가 생긴 이래로 패설가들이 많으니, 「삼국지연의」·「열국지」·「동서한연의」·「서상기」·「서유기」·「수호전」 등의 책과 같은 것이다. 혹은 옛일을 억지로 끌어다 쓰고, 혹은 우언을 써서 보는 사람으로 하여금 재미있어서 먹는 것을 잊게 하고, 듣는 사람으로 하여금 즐거워서 웃음이 나오게 한다. 이럴 때에는 천하의 물건을 들어도 그 즐거움을 비유하기에 부족하다. 이런 책들은 매우 터무니없는 것이고, 순수한 선비라면 입에 올릴 바가 못 되는데, 하물며 이보다 못한 책들이야 말해 무엇하겠는가? 주자가 말하기를, '잡서를 보지 말고, 정력의 나뉨을 두려워하라.'고 했는데, 어찌 나를 속일 건가? 박도경[朴泰錫]이 지은 「한당유사」 한 질은 글은 사람은 기쁘게 하는 데 부족하고, 시는 사람을 홀리는 데 부족하지만, 다만 집자59)와 소일하려는 뜻에서 나온 것이고, 더구나 그 안에는 예사롭지 않은 뜻이 들어 있다. 따라서 이를 보는 사람들은 웃지 말고, 그 유치한 재주 놀음의 한 구절을 취함이 옳다. 함풍 2년[1852] 4월 14일에 매학산인이 삼가 쓴다).

한문일문본

原文和譯對照 漢唐遺事　　　이대(952.04박842ㅎ)　　　1(88회, 歲在咸豊二年癸丑[1852]七月初八日丙辰 錦溪·梅鶴山人·竹灘書屋·李一九 序, 靑柳網太郎編, 朝鮮硏究會, 古書珍書刊行 第二期 第十六輯, 1915, 序·凡例·讀方·目錄 17pp.+本文 151pp)

774.1. 〈자료〉

【增】 Ⅱ. (역주)

　1) 靑柳綱太郎 著作兼發行.『原文和譯對照 漢唐遺事 全』. 朝鮮硏究會, 1915.60)

Ⅲ. (활자)

【增】

　1) 靑柳綱太郎 著作兼發行.『原文和譯對照 漢唐遺事 全』. 朝鮮硏究會, 1915.

▶(한대경전 → 한태경전)

◑{한몽룡전 韓夢龍傳}

〈관계기록〉

① 金起東,『李朝時代小說論』, p. 598.

★[[한 무변 韓 武弁]]

〈출전〉『靑邱野談』(동양문고본), 180, 「李節度窮途遇佳人」

---

59) 문헌에서 필요한 글자를 찾아 모음.

60)『石齋外書』전 13권 88회본의 日譯. 본문 첫머리에 제명에 이어 '錦城 朴泰錫 著 完山李氏 校 雲水道人 評註'라 되어 있다.

◐{한문충의록 韓門忠義錄}
〈관계기록〉
　① Courant, 893: 「한문츙의록 韓門忠義錄」.

◐{한송전}
◘775. [한수대전 漢水大戰]
　【增】〈관계기록〉
　(국역)
　　1) 『孝田散稿』(沈魯崇 1762~1837), 南遷日錄, 1802年 11月 22日: 終日苦痛 懷益無聊 招來李益倫 使讀諺冊所謂「蘇大成傳」沒味之言 徒增擾聒而已 李益倫來宿 使讀諺書「三國志」·「漢水大戰」尙有勝於所謂「林將軍傳」·「蘇大成傳」而亦沒意趣 不足以消遣也◑(종일 아프고 더욱 무료하기에 이익륜을 불러 소위 「소대성전」이라는 언문 소설을 읽게 하였는데, 맛없는 글이 한갓 어수선함만 보탤 뿐이었다. 이익륜이 와서 자게 되어 그로 하여금 언문「삼국지」·「한수대전」을 읽게 하니 그래도 소위 「임장군전」·「소대성전」이니 하는 것보다는 나았으나, 뜻이 없기는 마찬가지여서 소일할 수 없었다).

국문활자본		
(삼국풍진)한수딕젼 (三國風塵)漢水大戰	국중[目·東2](3636-36)	1([著]朴健會, 大昌書院, 1924, 50pp.)
【增】 (삼국풍진)한수딕젼 (三國風塵)漢水大戰	국중(3634-2-61=7)	1([編·發]朴健會, 博文書舘, 大正 7年[1918]. 11. 20, 50pp.)

775.1. 〈자료〉
　Ⅰ. (영인)
　　775.1.1. 仁川大民族文化硏究所 編. 『舊活字本古小說全集』, 16. 銀河出版社, 1983; (再刊) 國際아카데미, 2002. (조선서관판)

◘776. [[한숙원전 韓淑媛傳]][61] ←『단량패사』
　〈작자〉金鑢(1766~1821)
　〈출전〉『潭庭遺藁』, 권 9, '丹良稗史'
　〈관계기록〉
　　①『潭庭遺藁』(金鑢), 6, '丹良稗史', 結尾: 余讀東平鄭公所錄[『公私聞見錄』]及稗史 未嘗不喟 然歎曰 淑媛 古之遺烈也 當其臨亂 雍容出一言 引正義 使三軍肅然 雖毅然丈夫 何以加諸 於乎偉哉◑(나는 동평 정아무개가 쓴 글과 패설을 읽고서 한숨을 쉬며 감탄하기를 마지 않았다. "숙원[62]은 옛날에 말하던 그런 의로운 여인이로구나! 난리를 만나 단정한 얼굴로 한 마디 말을

---

61) 鄭載崙, 『公私聞見錄』 및 作者未詳, 『稗史』.

내어 의롭고 올바른 이치로써 삼군[63]을 머리 숙이게 하였으니, 비록 걸출한 사나이라도 어찌 이보다야 더 할 수 있겠는가? 아 거룩하다).

776.2. 〈연구〉

Ⅲ. (학술지)

【增】

1) 이소라. "김려의 傳 연구:「琉球世子外傳」·「韓淑媛傳」·「蔣生傳」을 중심으로." 『태릉어문연구』, 8(서울여대 국어국문학회, 1999. 7).

◘777.[한씨보응록 韓氏報應錄][64]

〈작자〉

【增】

1) 당시 인기 있는 작가였던 이해조는 자신의 기발표 신소설들을 새로 교정 발간하고, 「수호지」 등의 기존 소설과 설화, 일화 등을 수용하여 「홍장군전」과 「한씨보응록」을 만들었다. 그리고는 광고[65]에서도 그의 유명세를 이용해서, 이해조의 손을 거친 작품들임을 강조하고 있는 것이다(오윤선, "「홍장군전」의 창작경위와 인물형상화의 방향," 『古小說研究』, 12[2001. 12], p. 305).

【增】〈비교연구〉

1) 「홍장군전」과 함께 이해조가 편집했다고 거론되는 「한씨보응록」은 「홍장군전」과 아주 공통점이 많다. 두 작품 모두 시대 배경이 같고, 세조 정변의 두 인물을 주인공으로 하고 있다. 또한 「한씨보응록」은 「홍장군전」과 마찬가지로 「수호지」의 삽화를 빌려온 것이 눈에 뜨인다. 그리고 수양대군을 긍정적인 시각에서 그린 고전 서사물은 단 이 두 작품뿐이라는 것 또한 무척 흥미롭다. 전해 오는 민간 설화들에서도 '나쁜 수양대군, 불쌍한 단종'이라는 민중의 의식은 분명한 것이었다. 하지만, 두 작품은 수양을 미화하여 그리고 있다. 특히 「한씨보응록」에서는 작품 전체적으로 「홍장군전」에서보다 더 수양의 미화에 많은 양을 할애하고 있다. …… 이상에서 살펴본 결과 「홍장군전」과 「한씨보응록」은 자매편과 같은 성격을 가지고 있다. 두 작품에서의 작자의 시각이 비슷한 데다가, 작품 내에서의 역사적 사실과 관계 없는 허구들도 서로 일치하고 있다. 특히, 홍윤성이 전라감사로 가게 된 배경, 문종렬의 세조 암살 시도 사건이 「한씨보응록」에서는 구체적으로 서술되어 있는데 반해, 「홍장군전」에서는 별다른 설명 없이 간략히 사건의 개요만을 이야기하고 있어, 「한씨보응록」을 이미 읽은 사람들만이 충분히 이해할 수 있도록 되어 있다. 이는 「한씨보응록」이 지어진 후, 동일한 작가 혹은 같은 시각을 가진 다른 작가가 「홍장군전」을 지었음을 추측할 수 있게 한다(오윤선, "「홍장군전」의 창작경위와 인물형상화의 방향," 『古小說研究』, 12[2001. 12], p. 299; p. 300).

---

62) 조선조에 내명부의 종4품 품계.
63) 좌군·중군·우군의 편성한 전체의 군대.
64) 조선조 세조 때의 공신인 韓明澮(1415~1487)의 전기를 다룬 작품이다.
65) 「花의 血」(五車書廠, 19180, 뒷면.

777.2. 〈연구〉

Ⅱ. (학위논문)

〈석사〉

【增】

1) 신행자. "「한씨보응록」 연구." 碩論(한국교원대 교육대학원, 1999. 2).

Ⅲ. (학술지)

【增】

1) 정윤수. "'두꺼비의 지네退治說話'의 小說的 受容樣相:「韓氏報應錄」·「淸華談」을 中心으로" 『論文集』, 28(翰林情報産業大, 1998. 12).

◆778.[한씨삼대록 韓氏三代錄][66]

〈관계기록〉

① 『玉所集』(權燮 1671~1759), 雜著 4, '先妣手寫冊子分排記': 先妣贈貞夫人 龍仁李氏 手寫冊子 中「蘇賢聖錄」大小說 十五冊 付長孫祚應藏于家廟內「趙丞相七子記」·「韓氏三代錄」付我 弟大諫君 又一件「韓氏三代錄」付我妹黃氏婦「義俠好逑傳」「三江海錄」一件 付仲房子德性 「薛氏三代錄」付我女金氏婦 各家子孫 世世善護可也 崇禎紀元後三己巳至月之二十五日 不肖子燮謹書◐(돌아가신 어머니 증정부인 용인이씨[1652~1712]가 손수 베끼신 책자 중「소현 성록」대소설 15책은 장손 조응[1705~1765]에게 줄 것이니 가묘 안에 갈무리하고,「조승상칠자기」· 「한씨삼대록」은 내 아우 대간군[權瑩 1678~1745]에게 주고, 또 한 건「한씨삼대록」은 여동생 황씨[黃埴]婦[1681~1743]에게 주고,「의협호구전」·「삼강해록」한 건은 둘째아들 덕성[1704~1777] 에게 주고,「설씨삼대록」은 딸 김씨[金漢房]婦에게 주니, 각 가정의 자손은 대대로 잘 보호하여야 할 것이다. 숭정 기원후 세 번째 기사년[1749] 12월 25일 불초자 섭이 삼가 쓰다).

② 『山水軒遺稿』(權震應 1711~1775), 卷 7,「書先妣手筆韓氏三代錄後」: 余年始六七時 與諸姉妹 侍先妣側 持一冊子墨戲傷汚滋甚 先妣奪而禁之曰 此「韓氏三代錄」我兒時習字舊也 其說不 經 筆亦幼沖非所足惜 而間以亡仲弟錦山君書 古跡不可藝也 時余與諸姉妹壞伏膝下恐恐焉 懼其免叱責之爲幸 而不省其言之甚慽 又不省其冊之爲珍且貴也 嗚呼 彈指之頃 奄作二十年 前事 而人事之變極矣 天乎 痛哉 歲己未夏 內子吳忽以一古軸相送伴小子以勉之曰 先蹟也 子盍爲壽後之道 於是 余方畢二祭 廓乎其無以爲懷 蹶然而起受閱未半而不覺滯淚之汍瀾 嗚呼 寒暄短牘 槪乎多家大人往復手筆 而其一破冊 卽所謂「韓氏錄」者也 惜乎 鼠蠹乖食 太牛殘裂非復舊時之樣 而手墨淋漓 往跡尙班班可徵 嗚呼 是豈忍讀 亦豈忍一日因循等 其漫 漶乎 遂添其刑而補其缺 改其粧而題其面 曰先墨 就下方略記顚末 自訟不敏 俾告稚昧無或妄 加傷汚如我之爲 己未七月日 不肖男震應枚血書◐(내[權震應 1711~1775] 나이가 6, 7살이었을 때, 여러 누이들과 더불어 어머니를 모시고 있었는데, 책 한 권을 가지고 먹으로 장난을 하여 책을 심하게 상하고 더럽혔다. 어머니[恩津宋氏 1676~1737]가 책을 빼앗고 금하시며 말씀하시기 를, "이「한씨삼대록」은 내가 아이었을 때 글씨를 연습한 것이어서 오래 된 것이다. 이 이야기는 정도에 어그러진 것이고 글씨도 유치하여 족히 아낄 것이 없지만, 이 책 사이에는 죽은 둘째

---

66)「소현성록」의 파생작이다.

동생 금산군[宋堯佐 1678~1723]의 글씨가 있으니, 옛 자취를 업신여겨서는 안 된다."고 하셨다. 이때 나와 여러 누이들은 어머니 무릎 앞에 엎드려 두려워하였다. 오직 그 질책을 면하는 것을 다행으로 여기고 그 말씀이 심히 슬픈 것을 깨닫지 못했고, 또한 그 책이 진기하고 귀한 것을 알지 못했다. 아아! 잠깐 사이에 이십 년 전의 일이 되었으니, 인간사의 변화가 극심하구나. 하늘이여, 슬프도다! 기미년[1739] 여름에 아내 오씨가 갑자기 오래 된 책 한 권을 심부름하는 아이를 시켜 보내며 권하기를, "어머님이 남기신 책입니다. 그대는 어찌 자식된 도리를 행하지 않습니까?" 하였다. 이에 내가 바야흐로 두 번의 제사를 지내고 망연히 가슴 속이 비어 있었는데, 벌떡 일어나 받아서 읽으니 반도 못 가서 나도 모르는 사이에 눈물이 줄줄 흘러내렸다. 아아! 안부 편지는 대체로 아버님과 주고받은 수필이 많이 있는데, 낡은 책 하나인즉 이른바 「한씨록」이 다. 애석하게도 쥐가 먹고 좀먹어 태반이 상하고 찢어져서 예전의 모양이 회복되지 않았고, 수묵67)이 줄줄이 그어져 있어 지난 날의 흔적이 아직도 역력해서 증거가 된다. 아아! 이것을 어찌 차마 읽겠으며 또한 어찌 차마 하루라도 내버려 두어 책을 상하게 하겠는가? 마침 내 그 닳은 것을 첨가하고 빠진 것을 보충하고 장식을 바꾸어 그 표지에 '선묵'이라고 제목을 썼다. 아래에 바야흐로 대략 전말을 기록하여 스스로 불민함을 반성하고 어린아이들에게 혹시라 도 망령되이 내가 했던 것처럼 책을 상하고 더럽히는 일이 없기를 고한다. 기미 칠월 일 불초남 진응이 혈서로 쓴다).

【增】 한씨삼대록 　　　　　　　 김종철[家目] 　　　　　　　 낙질 1(권2:갑인십월, 74f.)

◐{한씨선행록　韓氏善行錄}
〈관계기록〉
　① 『諺文古詩』(가람본), '언문칙목녹', 39:「한시선힝녹」.

◐{한씨수연쌍룡기봉韓氏壽筵雙龍奇逢}
〈관계기록〉
　① 『諺文古詩』(가람본), '언문칙목녹', 42:「한시빵셩긔우록」.
　② Courant, 836:「한시슈현쌍룡긔봉」.

▶(한씨쌍성기우록 → 한씨수연쌍룡기봉)
◐{한씨팔룡　韓氏八龍}
〈관계기록〉
　① Courant, 833:「한시팔룡　韓氏八龍」.

◐{한양본기　漢陽本紀}
▶(한음과오성실기　漢陰과鰲城實記 → 오성과 한음)68)

---

67) 빛이 묽은 먹물.

◎779.[[한장군전 韓將軍傳 ①]]

〈작자〉黃曙

〈출전〉『檜山世稿』, 8

(한장군전 ② → 병인양요)

▶**(한조삼성 漢朝三姓 → 한조삼성기봉)**

◎780.[한조삼성기봉 漢朝三姓奇逢]

【增】〈관계기록〉

1)『[演慶堂]諺文冊目錄』(1920; 藏書閣所藏): 48.「漢朝三姓」14冊.

780.1.〈연구〉

Ⅲ.(학술지)

【增】

1) 李昇馥.“「한조삼성기봉」의 구조와 성격: 前篇「옥환기봉」과의 관계를 중심으로” 淸冠古典文學會,『고전문학과 교육』, 3(중앙교육진흥연구소, 2001. 6).

2) 임치균.“「한조삼성기봉」연구”,『정신문화연구』, 26:3[92](한국정신문화연구원, 2003. 9).

3) 임치균.“사랑과 갈등에 대한 남성의 시각 뒤집어 보기:「옥환기봉」과「한조삼성기봉」을 중심으로.”『한국고전여성문학연구』, 9(한국고전여성문학회, 2004. 12).

◎781.[한중록 恨中錄] ← 읍혈록 / 한중만록 / 혜경궁읍혈록

〈작자〉惠慶宮 洪氏 (敬懿王后, 1735~1815)

〈관계기록〉

① 「恨中錄」(李秉岐 註解本), p. 8: 백질(伯姪) 수영(守榮)이 매양 본집의 마누라 수적(手蹟)이 머믄 것이 없으니 한번 친히 무슨 글을 써 나리오서 보장하야 집에 길이 전하면 미사(美事) 되겠다 하니 그 말이 옳으며 써 주고저 하되 틈이 없어 못하였더니 올해 내 회갑 해라 추모지통(追慕之痛)이 백배 더하고 세월이 더하면 내 정신이 이때만도 못할 듯하기 내 흥감한 마음과 경력한 일을 생각하는 대로 긔록하얏스나 하나흘 건지고 백을 빠치는지라.

② 동상, p. 59: 내 임술 춘간(壬戌春間)의 이 일을 초잡아 두고 미쳐 뵈지 못하였더니 근일(近日)의 경력(經歷)한 수작이 밎어 가순궁(嘉順宮)도 자손을 알게 하는 것이 옳으니 써 내라 청하니 비로서 강잉하야 써 주상긔 뵈니 내 심혈(心血)이 이 긔록에도 있는지라.

【增】

1)『[演慶堂]諺文冊目錄』(1920; 藏書閣所藏): 99.「閒中漫錄」6冊.

2)『集玉齋書目』:「閒中漫錄」三卷.

> 국문필사본

【增】 한중만녹 일　　　　　　　　서울대[일석](813.54-H994ha v.1)　　낙질 1

---

68) 모든 사전에 추가.

【增】 영어번역본

Han Joong Nok Reminiscences in Retirement	1(Bruce K. Grant & Kim Chin-man New York: Crown Princess Hong, Larchwood Publications, 1980)
Memoirs of a Korean Queen	1(Choe Yang-hi London & New York: Kegan Paul, 1985)
The Memoirs of Lady Hyegyŏng: The Autobiographical Writings of a Crown Princess of Eighteenth-Century Korea	1(JaHyun Kim Habouch Berkeley: University of California Press, 1996)

781.1. 〈자료〉

II (역주)

781.1.22. <u>전영진 편.</u>『恨中錄』. 弘新文化社, 1983.

【增】

1) 편집부 편.『한중록·인현왕후전』. 한국고전문학선. 인문출판사, 1983.
2) 구인환.『한중록』. 우리고전 다시읽기 1. 신원문화사, 2002.
3) 정은임.『한중록』. 이회문화사, 조선시대 궁중문학 시리즈 1. 2002.
4) 이동렬.『한중록』. 지경사, 2003.
5) 이선형.『한중록: 내 붓을 들어 한의 세월을 적는다』. 오래된 책방 4. 서해문집, 2003.

781.2. 〈연구〉

I. (단행본)

【增】

1) 이금희.『한중록 (상)』. 한국궁중문학연구 1. 국학자료원, 2001.

II. (학위논문)

〈석사〉

【增】

1) 전지현. "「한중록」에 나타난 혜경궁 홍씨의 삶의 지향." 碩論(한남대 교육대학원, 2002. 8).
2) 김성수. "「한중록」 연구: 장르 성향과 서술 미학을 중심으로." 碩論(영남대 대학원, 2003. 2).
3) 김재영. "「한중록」 연구." 碩論(인천대 교육대학원, 2003. 8).
4) 정권균. "「한중록」의 집필 의도와 교수·학습에 대한 연구." 碩論(부경대 교육대학원, 2004. 8).

III. (학술지)

781.2.60. 정은임. "朝鮮朝 王室에서의 少母妃에 대한 孝意識:「癸丑日記」와「恨中錄」을 中心으로."『韓國學論集』, 3 (강남대 한국학연구소, 1995. 12). <u>"조선조 왕실에서의 年少母后에 대한 효의식:「계축일기」·「한중록」을 중심으로"로 문학을 생각하는 모임 지음,『한국문학에 나타난 노인의식』, I(백남문화사, 1996. 10)에 재수록.</u>

781.2.64. 이금희. "「한중록」에 나타난 혜경궁홍씨의 태도: 정조 즉위 전을 중심으로."『국어교육』,

95(한국국어교육연구회, 1997. 12). 문학을 생각하는 모임 지음,『한국문학에 나타난 노인의식』, II(국학자료원, 1998. 4)에 재수록.

【增】

1) 李銀順. "「한중록」에 나타난 思悼世子의 死因."『梨花史學研究』, 3(梨花史學研究所, 1968. 9).

2) 이덕희. "풀이씨에 연결되는 주체높임 안맺음씨끝:「한중록」을 중심으로 하여."『어문교육논집』, 5(부산대 국어교육과, 1981. 7).

3) 이우경. "「한듕록」에 나타난 四不의 자화상."『梨花語文論集』, 8(梨花女大 韓國語文學研究所, 1986. 1).

4) 김용숙. "궁중어의 아름다움:「한중록」을 중심으로."『한글』, 226(한글학회, 1994. 12).

5) 한효정. "「閑中錄」의 史料的 價值 研究."『誠信史學』, 14·15(誠信女大史學會, 1997. 12).

6) 정은임. "「한중록」에 투영된 노인으로서의 군주." 문학을 생각하는 모임 지음,『한국문학에 나타난 노인의식』, II(국학자료원, 1998. 4).

7) 鄭恩任. "「恨中錄」에 나타난 實記文學的 성격 IV: 思悼世子의 '어머니' 映嬪李氏."『논문집』, 32(강남대, 1998. 12).

8) 최기숙. "자서전, 전기, 역사의 경계와 언술의 정치학:「한중록」에 관한 제안적 독법."『여성이론』, 1(여성문화이론연구소, 1999. 4).

9) 비아시오, 죠반나 디/이대성 譯. "혜경궁홍씨의 「한중록」을 읽고: 한 편의 소설처럼 매우 흥미로운 작품."『文學思想』, 325(文學思想社, 99. 11).

10) 鄭恩任. "「閑中錄」에 나타난 實記文學的 性格 V: 사도세자의 생애를 중심으로."『논문집』, 34(강남대, 1999. 12).

11) 신병선. "「閑中錄」."『江南語文』, 10(江南大 語文學部, 2000. 2)

12) 李鍾聲. "「한중록」과『백범일지』."『淡水』, 29(淡水會, 2000. 9).

13) 서경희. "「한중록」의 英譯本「The Memoirs of Lady Hyegyong」 연구."『溫知論叢』, 7(溫知學會, 2001. 12).

14) 鶴園裕. "「閑中漫錄」を讀む."『大谷森繁博士古稀記念 朝鮮文學論叢』(白帝社, 2002. 3).

15) 이기동. "근대국어의 표기형식에 대하여:「한중록」을 중심으로."『한국학연구』, 17(고려대 한국학연구소, 2002. 11).

▶(한중만록 閑中漫錄 → 한중록)

【增】 781-1.◪[한철골 寒徹骨][69] ←『인중화』

〈관계기록〉

1)『[가람]칙목녹』(奎章閣所藏):「한텰골 단」.

---

69) 중국 소설의 번역. 원래「한텰골 寒徹骨」(일명「柳春蔭」)은「風流配」와 더불어 중국 소설『人中畵』에 들어 있는 작품이다. 원전「한철골」은 3회로 되어 있으며, 주인공 유춘음이 아버지를 위해 복수를 하고 부귀를 얻는다는 이야기다(朴在淵 編,『韓國所見中國小說戲曲書目資料集 十二峰記 십이봉면환긔』[2002. 11], p. 20).

◆782.[한태경전]
◆783.[한후룡전 韓厚龍傳]
 783.2. 〈연구〉
  【增】 Ⅱ (학위논문)
  〈석사〉
   1) 김미리. "「한후룡전」 연구." 碩論(한국교원대 대학원, 2001. 2).

【增】 ◑{함안전}

  【增】 국문필사본

  【增】 함안전   박순호[家目]   1(67f.)

▶(함양열녀박씨전 咸陽烈女朴氏傳 → 열녀함양박씨전)
▶(항우본기 項羽本記 → 초패왕전)
▶(항우전 項羽傳 → 초패왕전)
◆784.[항장무전 項莊舞] ← 홍문연

  국문활자본

  (항장무 【削】 '전')

| (홍문연회)항쟝무 전
(鴻門宴會)項莊舞 | 全 국중(3634-2-22=5)<초판>/
국중(3634-2-61=5)<재판>/국중
(3634-2-61=4)<3판>/[仁活全]
(16)재판 | 1(국한자 병기, 右文舘書會
藏版, [著·發]玄丙周, 博文
書館, 초판 1917.9.25; 재판
1919.2.20; 3판 1920, 40pp.) |
| 【削】 항쟝무젼[16] | [李:古研, 303] | 1(博文書舘, 1920, 73pp.) |

  (홍문연)

| (초한풍진)홍문연 (楚漢風塵)鴻門宴 | 국중(3634-2-99=6)<초판>/
국중(3634-2-99=5)<3판>/
국중(3634-2-12=2)<?판>/
서울대(3350-73)/정문연
(D7B-46) | 1(漢字頭注, 20회, [著]李圭瑢,
[發]高裕相, 滙東書舘, 초판 19
16.8.3[19], 95pp.; 3판 1918.1.25,
90pp.; 7판 1926, 90pp) |

 784.1. 〈자료〉
  Ⅰ. (영인)
  「항장무전」
   784.1.1. 仁川大民族文化硏究所 編.『舊活字本古小說全集』, 16. 銀河出版社, 1983; (再刊) 國際아
        카데미, 2002. (박문서관판)
  「홍문연」
   784.1.2. 仁川大民族文化硏究所 編.『舊活字本古小說全集』, 17. 銀河出版社, 1983; (再刊) 國際아
        카데미, 2002. (회동서관판)

●{항주기연 ?珠奇緣}70)

〈관계기록〉

① Courant, 828: 「항쥬긔연 ?珠奇緣」.

② 金起東, "古典小說의 書誌學的 考察,"「국어국문학, 51, p. 106: 「黃珠奇緣」.

◆785.[해당향 海棠香]

●{해동기화 海東奇話}

◆786.[해동이씨삼대록 海東李氏三代錄] ← 회동이씨삼대록

국문필사본

(해동이씨삼대록)

【增】 히동니씨삼디록   김광순[筆全](28)   1(병ᄌ연십구시날디딕, 미완 21f.)

【削】 (회동이씨삼대록)

【削】 회동니씨삼디록   김광순[筆全](28)   1(병ᄌ연십구시날디딕, 미완 21f.)

〈작품연대〉71)

▶(해룡전 海龍傳72) → 이해룡전)

◆787.[해상조오객전 海上釣鰲客傳]

〈작자〉趙纘韓(1572~1631)

〈출전〉『玄州集』, 15

◆788.[해서개자 海西丐者]

〈작자〉李用休(1708~1782)

〈출전〉『惠寰雜著』, 11

★[해서기문 海西奇聞] ← 『부담』

〈출전〉『浮談』

●해신기 海蜃記}

〈작자〉愼後聃(1701~1761)

〈관계기록〉

①『河濱雜著』(愼後聃 1702~1761), 削雜記諸篇: 「續列仙傳」 一篇·「續搜神記」 一篇·「龍王記」
一篇·「海蜃記」 一篇·「遼東遇神記」 一篇·「紅粧傳」 一篇·「奇文囂說」 一篇·「文字抄」 一篇
·「雜書抄」 一篇·「隨筆錄」 一篇·「經說」 一篇·「雜錄」 一篇 所記多誕妄荒雜 皆余幼時 狂馳之爲

---

70) 김태준, p. 229 및 김기동 p. 595의 「黃珠奇緣」은 아마 이 작품을 가리킨 듯하다.
71)『작품연구 총람』 수정.
72)『이본목록』에 추가.

也 並削之 癸卯菊秋日書◐(「속열선전」 1편, 「속수신기」 1편, 「용왕기」 1편, 「해신기」 1편, 「요동우신기」 1편, 「홍장전」 1편, 「기문비설」 1편, 「문자초」 1편, 「잡서초」 1편, 「수필록」 1편, 「경설」 1편, 「잡서초」 1편은 내용이 매우 허탄하고 망녕되며 거칠고 잡된 것들인데 모두 내가 젊었을 적 어린 기분으로 지었던 것이라 모두 삭제하였다. 계묘년[1723] 가을에 쓰다).

◪789.[행락도 行樂圖] → *등대윤귀단가사

| 국문필사본 |

| 힝낙도 젼 行樂圖 | 국중(3634-3-49=4)/『韓國開化期文學 1([著發]閔濬鎬, 東洋書院, 叢書I 新小說·飜案(譯)小說』, 7　明治 45年 [1912].4.10, 150pp.) |

789.2. 〈연구〉

Ⅲ. (학술지)

【增】

　1) 李在春. "「行樂圖」 研究."『大邱語文論叢』, 15(대구어문학회, 1997. 9).

★[[행실록 行實錄]][73] ← 여자행실록 / 행실전

| 국문필사본 |

(여자행실록)

【增】 여자힝실록 머린말	여태명[家目](351)	1(29f.)
【增】 女子行實錄	정명기[尋是齋 家目]	174)
【增】 여자행실록	정명기[尋是齋 家目]	1(낙장) 75)

(행실록)

| 【增】 힝실록 | 박순호[家目] | 1(甲申, 17f.) |

▶(행실전 行實傳 → 행실록)
▶(향낭구보 香娘舊譜 → 광한루악부)
▶(향낭신설 香娘新說 → 춘향전)

〈관계기록〉

　①『唱樂大綱』(朴憲鳳), p. 654, '新說序': 新說作之者 其誰 余獨知其人焉(起論) 業問於余曰 新說 何爲以作也 曰 懼其香娘之節行事跡 壞爛泯滅 而不得於後世 故作也 余又曰 前朝有李君者 坡州人也 名思伯 字乃仙 爲人擴慨有大節 以度量雄於時 國有大事可屬焉 持心淸廉 賦性峭直 當時群小有所畏 而不敢爲者多矣 歷事本朝 身閱六卿 位至三公 名望驚動於一國 門戶赫赫於中古 雖兒童走率 莫不知其姓名焉 一朝以年滿七十 風塵宦路 仕宦無意 上疏乞骸

---

73) 이 작품은 소설이 아니라 소설적 구성을 지닌 가사다.
74) 「제마무전」과 합철되어 있다.
75) 「장끼전」과 합철되어 있다.

致仕歸鄕 或曰 李君者誰也 曰 李道令之曾祖也 (李思伯 事先祖大王 致仕於辛卯年 而其明年
有兵火 故擧此以爲 或問張本) 或又問於余曰 夫臣之事君 如女之從夫 一許其身而終不改其
節焉 (此改李君之事 暗引香娘之操) 履危而欲存宗廟 臨亂而以濟生靈 此爲人臣者之常理也
是故龍逢見誅 比干見剖 此二子者 豈不知安逸之所樂哉 誠爲人臣而守常理故也 李君本以一
布衣 隱於蓬茨之下 主上聞其行義 召以爲宰相者 爲其聞經濟之策 而欲共其安危之理也 何以
徒費月俸之錢 虛受歲廩之粟 而無一言補國之道 無一事扶君之計 進於安樂之時 位忝三公之
職 退於危難之際 自利一身之安 何哉 寧就木而不忍爲此態也 余曰 不然 子休矣 吾將語汝
子獨不聞 古人之言乎 漢史曰 位高而不止 知足而不去 必有後悔 殷書曰 臣罔以寵利 居成功
邦其永孚(信也)于休 是以范蠡之乘舟浮海 伊尹之復政告歸 皆由此焉 何必無忠君補國之誠
心 而欲安其一身而爲哉 子往矣 且漢之疏廣受 唐之楊巨源 後世之人 稱何如人哉 工書者圖
其像焉 撰史者書其事焉 此二子者 其出於庸人也遠矣 猶有此行 豈可謂無忠君補國之心 而放
浪於江湖之間哉 子徒知其一 未知其二也 或口咈(開也)而不合 舌擧而不下 乃俛而走 李君
有子二人 其長曰雄 其次曰馥 皆以大家後裔 早登靑雲 光顯於朝延 雄以春宮侍講 轉爲楊州
牧 卒于官 馥以殿中少監 遷拜寧越郡而後五年 又移守春川府 以老終於家 雄有子 曰震元
中宗卽位之明年以門功 特拜南原府而襃賞金帛 前後無比 李道令者 震元之子也 春香者 府妓
月梅之女也 春香以娼家賤生 一許其身而蒼松翠栢之節 能傲靑霜白雲之威 芳蘭軟蕙之質
不帶墻花路柳之色 寧以絶死 不苟幸生 而視死如歸 此世人之所難 而香娘之所易也 古人之言
曰 歲寒然後 知松栢之後凋 香娘之節 至於此而後可見也 吾觀府使之取供於香娘也 香娘以可
知使道之忠節對之 美哉言乎 非香娘 其孰能之 或謂香娘之積年係獄 以此言之 觸犯府使之怒
而然也 此不通之論也 如香娘之無此言 不入於獄中乎 彼府使何人也 乃木强之人矣 不言可也
噫 香娘之節 亘萬世烈千秋 而世世民間作風流語本 其不朽而存者 愈遠而彌久也 然而數世之
後 傳之者不詳 歌之者未精 其流也 樂而或近於淫 其失也 哀而或近於傷 亂雜而無章 壞漏而
難記 吁 其後之人 雖欲聞其說 其孰從以求之 余忘其愚陋 點竄(會也)舊聞 盜竊陳篇 數月搆思
一篇粗成 其名曰 新說 其文淺狹可笑 而聲律記問又從而破壞 其體不足觀也 而論卑而氣弱
雖不足以用於今而傳於後 然抑其中其亦庶乎 有萬一之取焉而其章句也 麗則麗矣而無條達
疎暢之脈 其言語也 工則工矣而 多艱難辛苦之態 於我心猶未敢自以爲是也 以毛髮絲粟之才
區區而不自知止 猥筆之於書者 以其待後君子之筆削焉 後之君子 勿爲鄙陋 思其數月吃吃之
心 如是之不偶然也而察之 近所爲「鍾玉傳」一編 雖亦未傳於世 然豈憂世人之不知而不爲也
若夫其言之可用也與否者 後君子之心也 於我何有哉 靑鼠仲秋旣望序●「신설」을 지은 사람
은 누구인가? 내 홀로 그 사람을 알고 있다. 어떤 사람이 "「신설」은 무엇 때문에 지었는가?"고
내게 물어 왔다. 내 대답하기를, "향낭의 절행에 대한 사적이 사라져 후세에 전해지지 않을까
걱정되어 지은 것이다."라고 말했다." 내가 또 말하기를, "선왕조 때에 이군이 있었으니 파주
사람이다. 이름은 사백이고 자는 내선인데 사람됨이 강개[76]하여 큰 절의가 있고, 도량이 뛰어나
나라에 큰 일이 있을 적에 맡길 만했다. 마음 가짐이 청렴하고 타고난 성품이 준엄하니, 당시의
소인배들이 두려워하여 함부로 대하지 못하는 자가 많았다. 본조의 임금을 내리 섬겨 육경[77]을
지내고 벼슬이 삼공[78]에 이르니, 명망이 온 나라 안을 놀라게 하여 움직이게 하고 문벌은 중세에

---

76) 의분과 결기가 있음.
77) 육조의 판서.

크게 빛나 비록 어린아이나 하인까지도 그 이름을 모르는 자가 없었다. 어느 날 나이 칠십이 되매, 한때의 바람이나 티끌 같은 벼슬길에 머물 뜻이 없어서 물러날 것을 상소하여 벼슬을 그만 두고 고향으로 돌아왔다.”고 했다. 어떤 사람이, “이군은 누구인가?” 하고 물었다. “이도령의 증조다.” [이사백은 선조대왕을 섬기다가 신묘년(1591)에 벼슬을 그만두었는데, 그 이듬해에 왜란이 있었다. 그러므로 이를 들어 혹시 있을 줄 모르는 질문에 대한 근본을 삼은 것이다.] 어떤 사람이 또 내게 물었다. “무릇 신하가 임금을 섬김은, 마치 여자가 남편을 좇아 그 몸을 한번 허락하면 끝내 그 절개를 고치지 아니함과 같은 것이다[이는 이군의 일을 바꾸어 향낭의 지조를 은연 중 인용한 것이다]. 위태로움을 당해서는 종묘를 보존하며 어지러움에 임해서는 백성을 구제하려는 것이 신하된 자의 떳떳한 도리이다. 이런 까닭에 용방[79]이 베임을 당하였고, 비간[80]이 찢겨짐을 당했다. 이 두 사람이라고 어찌 편안하고 한가함의 즐거움을 몰랐겠는가! 진실로 신하된 자로서 떳떳한 도리를 지키기 위함 때문이었다. 이군은 본래 벼슬하지 않은 서민으로 누추한 집에 은거하고 있었다. 임금이 그가 의를 행한다는 말을 듣고 불러 재상으로 삼은 것은, 그에게 경제[81]의 계책이 있음을 듣고, 나라의 안위를 함께 다스리고자 함이었다. 어찌 한갓 월급으로 주는 돈을 낭비하고 연봉으로 주는 곡식을 받으면서, 나라를 돕는 방도에 대해서는 한 마디의 말이 없으며, 임금을 돕는 계책에 대해 한 가지의 일도 하는 것 없이, 안락한 때에는 나아가 벼슬이 삼공의 지위를 차지하고, 위태롭고 어려운 때에는 물러나 일신의 편안함만을 욕심낸다면 어찌하는가! 차라리 죽을지언정 차마 이런 짓은 못할 것이다.” 나는 답하였다. “그렇지 않다. 그대는 말하지 말라, 내가 그대에게 말하리라. 그대는 유독 옛 사람의 말을 듣지 못했는가? 한나라 역사[『漢書』]에 이르기를, ‘벼슬이 높은데도 멈추지 아니하며, 족함을 알면서도 물러나지 않는다면 반드시 후회함이 있게 된다.’라고 하였으며, 『은서』에 이르기를, ‘신하가 특별한 총애를 가지고 성공한 자리에 있지 않아야 나라가 영원히 믿에[孚는 信의 뜻이다] 융성해질 것이다.’라 하였다. 그러므로 범려가 배를 타고 바다로 나간 일[82]과 이윤이 왕에게 정사를 되돌려 주고 돌아갈 것을 청한 것[83]도 모두 이 때문이다. 어찌 반드시 임금께 충성하고 나라를 돕는 성심이 없어서 일신만을 편안히 지내고자 하여 그렇게 한 것이겠는가. 그대는 갈지어다. 또 한나라의 소광·소수[84]와 당나라의 양거원[85]을 후세 사람들이 어떤 사람이라

---

78) 영의정·좌의정·우의정의 세 정승.

79) 關龍逢. 중국 하나라의 마지막 임금인 桀王 때의 충신으로 걸왕의 폭정을 간하다가 죽임을 당했다.

80) 중국 은나라의 마지막 임금인 紂王 때의 충신으로, 주왕이 실정을 보고 극간하니, 주왕이 “성인의 심장에는 일곱 개의 구멍이 있다는 말을 들었다.”고 하며 그의 배를 갈라 보았다고 한다.

81) ‘經世濟民’의 준말. 세상을 다스리고 백성을 구제함.

82) 범려는 중국 춘추 시대 초나라 사람. 越王 勾踐을 도와서 오나라를 멸망시키는 데 큰 공이 있었으나, 벼슬을 버리고 배를 타고 떠나 陶 땅에 숨어 살면서 큰 부자가 되었다.

83) 이윤은 중국 商[殷]나라의 賢相. 처음 有莘氏의 들판에서 밭을 갈고 있었는데, 湯이 세 번 예의를 갖추어 부르자, 탕을 도와 桀王을 내치고 夏나라를 멸하였다. 탕이 죽고 손자 太甲이 즉위하여 무도하자, 이윤이 太甲篇을 지어 훈계하였으나 고치지 않으므로, 태갑을 桐 땅에 내쫓았는데, 3년 뒤에 태갑이 허물을 뉘우치므로, 다시 서울로 데려와서 그에게 정사를 되돌려 주고 자신은 은퇴하였다.

84) 疏廣은 중국 한나라 때 난릉 사람으로 字는 중옹. 宣帝 때 太子太傅가 되었는데, 위인이 청렴하여 태자태부가 된 지 5년 만에 사임하고 돌아갈 때, 황제가 많은 재물을 주었으나, 광은 이를 모두 친구들에게 나눠주고 治産하지 않았다. 疏受는 소광의 조카. 자는 公子. 賢良으로 기용되어 선제 때 少傅가 되었다. 뒤에 소광과 함께 벼슬을 사양하고 고향으로 돌아갔다.

고 일컫는가. 그림을 잘 그리는 사람은 그 초상을 그렸고, 역사를 쓰는 사람은 그 사적을 기록하였다. 이 두 사람은 보통 사람보다는 훨씬 뛰어났음에도 이 같은 행실이 있었으니, 어찌 임금께 충성하고 나라를 돕는 마음이 없어서 관직을 떠나 시골에서 방랑하였다고 말할 수 있겠는가. 그대는 하나만 알았지 둘은 알지 못하는도다." 질문한 사람이 입을 벌린 채['呿'는 '開'의 뜻이다] 닫지 못하고 혀를 올린 채 내리지 못하고는 고개를 숙이고 달아나 버렸다. 이군에게는 자식이 둘이 있으니, 장자는 웅이고, 차자는 복이다. 모두 대가의 후예로서 일찍이 높은 벼슬에 올라 조정에서 이름을 빛냈다. 웅은 춘궁86) 시강87)으로 있다가 자리를 옮겨 양주목사가 되어 재직 중 죽고, 복은 전중88) 소감89)으로 있다가 관직이 바뀌어 영월군수가 되었다가 5년 뒤에 또다시 춘천부사로 자리를 옮겼다가 집에서 늙어 죽었다. 웅에게 자식이 있으니 진원이다. 중종[재위 1506~1544]이 즉위한 이듬해[1507]에 문공90)으로 특별히 남원부사에 임명되어 포상으로 받은 황금과 비단이 전후에 비할 바가 없었다. 이도령은 진원의 아들이고, 춘향은 부기 월매의 딸이다. 춘향은 창가의 천한 출생으로 한번 그 몸을 허락한 뒤로는 푸른 소나무와 잣나무 같은 절개는 찬 서리와 흰 눈의 위력을 깔보며, 향기로운 난초와 여린 지초의 바탕은 노류장화91)의 빛을 띠지 않아, 차라리 죽을지언정 구차히 살려고 하지 않으면서, 죽는 것을 마치 제 집에 돌아가는 것처럼 여겼다. 이것은 세상 사람들이 어렵게 여기는 것인데 향낭[춘향]은 쉽게 행했던 것이다. 옛 사람의 말에 '날씨가 추워진 후에야 소나무와 잣나무가 늦게 시듦을 안다'고 했으니, 향낭의 절개도 이런 지경에 이른 뒤에야 볼 수 있었던 것이다. 내 보건대, 부사가 향낭에게 공초를 받을 때, 향낭은 '사또의 충절을 알 만하다'고 대답했으니, 아름답도다 그 말이여! 향낭이 아니라면 누가 그렇게 말할 수 있으리오. 어떤 사람은 향낭이 수년 동안 옥에 갇힌 것이 이 말로 해서 부사의 노여움을 건드렸기 때문이라고 하나, 이것은 사리에 통하지 않는 말이다. 만약 향낭이 이 말을 하지 않았다면 옥에 갇히지 않았을 것이란 말인가? 저 부사가 어떤 사람이었던가? 억지스럽고 고집센 사람이니 더 말하지 않아도 알 터가 아니던가. 아, 향낭의 절개는 만세에 뻗치고 천추에 빛나 세세로 민간에서 풍류스런 이야기의 바탕이 되었으니, 그 사적이 없어지지 않고 더욱 멀리 더욱 오래도록 전해질 것이다. 그러나 여러 세대가 지난 후 그 이야기를 전하는 사람이 자세하지 못하고 노래하는 사람이 정밀하지 못하여, 그 유[流]는 즐겁되 혹 음란한 데에 가깝고, 그 실[失]은 슬프되 상심하는 데에 빠져서 난잡하여 문채가 없고 어그러지고 빠져서 기록하기도 힘들게 되었다. 아! 후세 사람들이 그 이야기를 듣고자 하나 누구에게서 들을 것인가? 이에 나는 내 재주가 어리석고 누추함을 잊고 옛날에 들은 것들을 고쳐 모으거나('竄' 은 '會'의 뜻이다) 옛 책에서 따와 몇 달 동안 구상한 끝에 대충 한 편을 만들어서 그 이름을 「신설」이라 했다. 그 문장은 얕고 좁아 가소롭고 성률과 기문도 따라서 그 체를 파괴했으므로 볼 만하지 않을 것이며, 또 논의가 낮고 기가 약하여 비록 지금 쓸모없고 후세에도 전할 만하지

---

85) 중국 당나라 때 蒲州 사람. 貞元[785-804] 연간에 진사가 되고 國子司業을 거쳐 河東少尹이 되었다. 나이 70이 되자 벼슬을 그만두었다.

86) 東宮. 世子.

87) 임금을 모시고 경서를 강독하던 벼슬.

88) 대궐 안.

89) 監의 다음 종4품 벼슬.

90) 과거를 거치지 아니하고 조상의 혜택으로 얻은 벼슬.

91) 아무라도 꺾을 수 있는 '길가의 버들과 담 밑의 꽃'이라는 뜻으로, '娼婦'의 비유.

않을 것이나, 그 중에 혹시 만의 하나라도 얻을 것이 있기를 바란다. 그 구절들이 아름답기는 아름다우나 사방으로 시원스럽게 툭 터지는 맥이 없고, 그 언어가 공교롭기는 공교로우나 어려워 하여 고민한 흔적이 많으므로 나 스스로도 감히 옳다고 여기지 못한다. 머리카락이나 좁쌀 같은 얇은 재주로써 구구하게도 스스로 그칠 줄 모르고 외람되이 글로 쓰는 것은, 뒷날의 군자가 가필 첨삭해 주길 기다려서이다. 뒷날의 군자는 천하다고 생각지 말고, 몇 개월 동안 부지런히 힘쓴 마음을 생각하여, 이같이 쓴 것도 우연이 아니라고 여겨 살펴주길 바란다. 근래에 만들어진 「종옥전」 한 편이 역시 세상에 전하지 않으나, 어찌 세상 사람이 알아주지 못함을 염려하여 이 책을 쓰지 않겠는가. 무릇 그 말이 쓰이고 쓰이지 않음은 뒷날의 군자의 마음에 달려 있는 것이니, 나와 무슨 상관이 있겠는가! 갑자년 2월 16일에 서문을 쓰다).92)

〈작품연대〉

① [「香娘新說」의 창작 시기는] …… (金東旭, "岐山(朴憲鳳)本 「香娘新說」에 대하여," 『東方學 志』, 8[1967. 10], p. 341 / 『增補 春香傳硏究』[1965], p. 425).

【增】〈판본연대〉

1) 이 「香娘新說」은 朴憲鳳氏의 先大人 誠庵公이 지금으로부터 約 70년 전에 李香草라는 사람으로 부터 구했다는 것이다. 필자가 별견한 바에도 菊版 정도의 韓裝本으로 지질은 그리 오래 된 것은 아닌 것 같았다. …… 「新說」序에 '靑鼠仲秋旣望序'라 있지만, 그 성립 연대는 알 길이 없다. 다만 「新說」 마지막에 '金氏三淸洞金洛龜'라고 있는 것이 무슨 증표가 되지 않을까 하나 이것도 고증할 길이 없다. …… 그러나 「新說」序에 '然而數世之後 傳之者不詳 歌之者未精 其流也樂而或近於淫 其失也哀而或近於傷 亂雜而無章 壞漏而難記……'라고 한 것으로, 이것 은 중요한 내적 증거로서 본서가 판소리 생성 후에 이루어진 것을 알 수 있다. 그러나 본서는 여러 「춘향전」이 나돌게 된 후, 다시 申在孝의 제자 探仙이 晉州의 李善裕에 귀부한 후의 일이 아닐까 한다. 즉 박헌봉씨의 선대인이 山淸 태생이면 진주 相距가 멀지 않고, 본서의 次序가 통행본과 멀지 않음을 보면 19세기 말 高宗代에 이루어진 것이 아닌가 추측하고자 한다(金東旭, 『增補 春香傳硏究』[1976], pp. 424~425).

◪790.[향낭전 香娘傳93)] ← 『문무자문초』 / *삼한습유 / 상낭전 / 임열부향낭전

〈관계기록〉

① 『善山邑誌』, 2, '善山人物', 趙龜祥, 「香娘傳」: 夫死難事也 丈夫猶難 況婦人乎 古人有言曰 慷慨殺身易 從容就事難 況村女之賤 辦古人之難者 吾於香娘見之矣 娘卽嶺南 一善府 上荊 谷人也 壬午之秋 余莅一善 過數日 而南面約正 文狀至 其略曰 上荊谷居 良人朴自甲女 香娘 自幼時 容貌方正 性行貞淑 不但不與隣居男兒遊戲 其後母性甚不良 待香娘甚薄 日加 叱辱毆打 而香娘少無慍色 惟以巽言承順 十七嫁作同里居 林天順子七奉之妻 七奉年才十四

---

92) 許鎬九·姜在哲 譯注, 『春香新說·懸吐漢文春香傳』(以會文化社, 1998), pp. 33~38을 참조하되, 일부 문면은 본서 체제에 맞게 수정하였다.

93) 숙종(재위 1674~1720) 때 善山에서 있었던 實事를 기반으로 하여 趙龜祥이 「香娘傳」이란 기록을 남겼는데, 후에 여러 문인들이 이 기록과 민간 전승을 바탕으로 보다 내용이 풍부한 傳을 만들었다. 이러한 작품으로는 李光庭(1674~1756)의 「香娘傳」; 李安中(1752~1791)의 「香娘傳」; 李鈺(1760~1812)의 「尙娘傳」 등이 있다.

性行怪悖 姪惡香娘如仇讐 香娘旣不得於繼母 又不容於其夫 欲依叔父則叔父將改嫁之 歸于
其舅則舅又令他適 遂投水 死時 遇近村樵女 說其悲懷云 余招其樵女 而問之 則樵女年十二
性頗伶俐 陳其首尾甚詳 十二歲女兒 必無文飾之言 此其爲實蹟明矣 其言曰 …… 兒之言止於
此 余聞而惻然 報於方伯曰 惟善爲邑 自古忠孝節義之代有 聞人 至於畜物 亦有義死之稱
而不料無識村氓之女 有此卓絶之行也 雖此於古之烈女何以加此 其處事之明白 就死之從容
有不可泯滅者 故敢此校報 伏望轉報于朝 旌表其塚以樹烈義之風云 方伯卽爲啓聞 則該曹置
之 尙無表旌之擧 豈不慨然哉 余惜其名泯沒而無稱 玆依三綱行實之例 圖其形而敍其事 以附
義牛圖之下 俾後之覽者 知有香娘而其死也烈焉 噫王考之莅此府也 有義牛焉 不肖之莅此府
也 有香娘焉 人皆積異事云爾◑(무릇 죽음이란 어려운 일이다. 장부도 오히려 어렵거든 하물며
아낙네에게 있어서랴! 옛 사람의 말에, "강개하여 죽는 것은 쉬운 일이지만, 조용히 죽음에
나아간다는 것은 어려운 일이다. 하물며 천한 시골 계집이랴!" 옛 사람이 어렵다고 한 것을
찾아 보건대 나는 그것을 향낭에게서 보았다. 향낭은 영남의 일선부[현 '善山'] 상형곡 사람이다.
임오년[1702] 가을에 내가 일선에 부임한 지 몇 일이 되지 않아 남면 약정에게서 글월이 이르렀는데
그 대략은 다음과 같았다. 상형곡에 사는 양인 박자갑의 딸 향낭은 어릴 적부터 용모가 방정하고
성품과 행실이 정숙하여, 이웃에 사는 사내아이들과 더불어 놀지 않았을 뿐만 아니라, 그 계모
성품이 매우 불량하여 향낭을 심히 구박하여 날이 갈수록 꾸짖고 욕하며 때렸지만, 그래도
향낭은 조금도 성난 기색을 보이지 않고 오직 공손한 말로써 뜻을 이어받고 따랐다. 향낭은
열일곱 살에 시집을 가 한 고을에 사는 임천순의 아들 칠봉의 아내가 되었다. 칠봉은 나이가
열넷이었는데, 성품과 행실이 괴이하고 어그러져 향낭을 질시하고 미워함이 원수를 대하듯
했다. 향낭이 이미 계모에게 받아들여지지 않고 또 지아비에게도 받아들여지지 않자 숙부에게
의지하고자 하였으나, 숙부가 장차 향낭을 개가시키고자 했다. 향낭이 이에 시아버지에게 돌아갔
으나, 시아버지 역시 다른 곳으로 가라고 명하니, 마침내 물에 몸을 던지려 했다. 죽을 때에
이웃 마을에 사는 초녀를 만나서는 그 슬픈 마음를 이야기했다. 내가 그 초녀를 불러서 물어
보았는데, 초녀의 나이는 열두 살로 성품이 꽤 영리하여 사건의 전말을 매우 자세하게 진술했다.
열두 살의 계집아이라면 틀림없이 꾸며 대는 말은 없었을 것이니, 이는 참으로 믿을 만한 일임이
틀림없다. 그 말은 이러했다. …… [생략] …… 아이의 말이 여기에서 그치자, 나는 측은히 여겨
방백에게 알려 말하기를, "생각건대 선산이 읍이 된 옛날부터 충효 절의가 대대로 있어, 사람들에
게 짐승에 이르러서도 또한 의로운 죽음을 했다는 말은 들었으나, 헤아릴 수 없을 만큼 무식한
촌구석의 아녀자까지 이같이 빼어난 절행이 있을 줄은 생각지 못했다. 비록 옛날의 열녀라도
어찌 이에서 더하겠는가? 그 일을 처리함이 분명하고 죽음에 나아감이 조용함이 민멸되어서는
안 되는 까닭에 감히 이렇게 가르치고 알리고자 하니, 엎드려 바라옵건대 조정에 알려서 그
무덤에 정표를 내려 열의의 풍도를 세우자." 방백이 즉시 계문을 지었으나 해당 부서가 이를
내버려 둔 채 아직 정표의 거행이 없으니 어찌 개탄스럽지 않은가?. 나는 그 이름이 인멸되어
칭송되지 못함을 안타깝게 여겨 『삼강행실도』의 예를 따라 그림을 그리고 내용도 기록하여
'의우도'의 아래에 붙여, 뒷날 보는 이들로 하여금 향낭이 있었음과 그 죽음은 열이었음을 알게
하고자 한다. 아아, 돌아가신 할아버지께서 이 고을[선산]을 맡아 다스릴 때에는 의로운 소가
있었고, 내가 이곳을 다스릴 때에는 향낭이 살았으니, 고을 사람들이 모두 기이한 일이 거듭됐다고
칭송하는도다).

【增】

1) 『靑泉集』(申維翰 1681~?), 2, ‘山有花曲’: 山有花曲者 一善烈婦香娘之怨歌也 香娘見絶於其夫 還家而父母不在 其叔欲令改嫁 則泣而道不可 自沉於洛東江 江上峻坂 有吉先生表節砥柱中流碑 娘之死也 與采春僑女 相遇於碑下 作山有花曲 使春女歌之 歌竟而赴水 卽今江畔兒慣唱山有花 聲甚悽愩 其後漢京崔君士集 記其事精甚 爲作「山有花歌」 宛轉麗都 怨而不怒 陽陽乎美矣 余覩其辭 實籍采薪女口語 以叙香娘之思 與漢孔雀東南飛行 相表裡而香娘遺曲 但在郊童齒頰間 人不得采其章句 甚慨也 娘素賤不解文藻 其爲此曲 只因巷俚之嘔啞而發 其端莊專精之天 余又悲之 遂復用其意 而文其辭 竊自幾於漢樂府九章蘼蕪之怨 而爲山有花九歌 是曲也 不敢曰 有合於古 而後之采風於江南者 將亦有以香娘怨曲得而陳之矣☯(「산유화」곡은 일선의 열부인 향낭이 원망하는 노래다. 향낭은 그 지아비로부터 절연을 당하고 집으로 돌아왔으나 부모가 안 계셨다. 그 숙부가 개가시키고자 하니 향낭이 울면서 불가함을 말하고는 스스로 낙동강에 몸을 던졌다. 강 위의 험한 비탈에는 길재[1353~1419]선생의 절의를 나타내는 지주비94)가 있었다. 향낭의 죽을 때에 나물 캐는 계집아이가 함께 있었는데, 비석 아래에서 서로 만났다. 향낭이 「산유화곡」을 지어서는 나물 캐는 계집아이에게 그것을 부르도록 하고는 노래를 마치자 물에 뛰어들었다. 오늘날 강가의 아이들이 익숙하게 부르는 「산유화」의 소리는 매우 슬프고 처량하다. 그 후로 서울의 최사집군95)이 그 사건을 매우 정밀하게 기록하여 「산유화가」를 지었는데, 완연히 아름답고 원망하되 성내지 않아 그 아름다움이 밝게 드러났다. 내 그 노래말을 보니 실로 나무하는 계집의 말로 향낭의 생각을 서술함이 중국의 「공작동남비」96)와 더불어 서로 안팎이 됨직했으나, 향낭의 남긴 곡이 다만 교외의 어린 아이들 사이에서만 불려지고, 사람들은 그 내용의 깊은 뜻을 깨닫지 못함이 심히 개탄스러웠다. 향낭은 본디 미천하여 글을 몰랐으니 그 노래됨은 다만 누추한 거리의 아이들의 웅얼거림으로 인해 드러났다. 그 바르고 장엄하고 오로지 정성됨이 지극하여, 나 또한 슬퍼하여 마침내 그 뜻을 거듭 인용하여 그 가사를 글로 남기되, 스스로 한나라 악부 9장인 ‘미무지원’에 가깝게 하여 「산유화」 아홉 수를 지은 것이 이 노래다. 감히 옛날과 합치된다고 말하지 못하지만, 훗날 강남에서 민요를 채집하는 자가 장차 마찬가지로 향낭의 원망하는 노래를 얻어 늘어놓을 수도 있을 것이다).

2) 『靑莊館全書』(李德懋 1741-1793), 2, ‘香娘詩’, 幷序: 香娘善山村女也 性端潔有女儀 然後母不慈 嫁而夫女痴悍 無故而毆罵之 舅姑不襟其子 酒勸再嫁 娘泣歸家 母拒不納 歸叔父不受 又泣歸舅姑 舅曰 爾盡嫁 無用歸我 娘哽咽曰 願借門外地 建屋以終身 舅姑執不聽 始有死意 潛往哭於砥柱碑下 見采薪童女 同里也 歷擧平生 寄之曰 吾夫怒我 吾母與叔不容我 吾舅姑 忍我以更嫁也 我安歸 歸見我慈母也 寄汝以雙屨 持歸告吾家曰 香娘悲無歸而投于彼江中也 又歌山花曲一闋 遂赴水死 采薪女傳其事 鄕人號曰 貞女 朝廷旌于閭 余恨其母叔暨其舅姑無

---

94) 고려 말 冶隱선생 길재가 고려 왕조에 대한 충절을 지켜 고향인 선산으로 낙향하여 은거하며 이씨 조정에서 불러도 나아가지 않았다. 이에 후세인이 금오산 기슭 낙동강 가에 그를 추모하는 서원인 ‘竹林祠’를 건립하고, 그 근처에 ‘砥柱’라 새긴 비도 세웠다.

95) 崔成大(1691~?). 자는 士集, 호는 杜機.

96) 중국 漢나라 때 작자 미상의 시편 이름. 그 서문에, “한나라 말 建安 중에 廬江府의 焦仲卿의 아내 劉氏가 중경의 어미에게 버림을 받고 스스로 재가하지 않겠다고 맹세하였으나 그 부모의 핍박을 받자 물에 빠져 죽었다. 중경이 이 사실을 알고 역시 남쪽 뜰에서 목 매어 죽으니, 당시 사람들이 이를 슬피 여겨 시를 지었다고 한다.”고 되어 있다.

思義 以詩之頗詳☯(향낭은 선산 고을의 여자였다. 성품이 단아하고 고결하여 여자의 거동이 있었다. 그러나 계모가 인자하지 못하였고, 시집 가서는 남편이 여자만 탐하고 사나워서 이유 없이 때리고 꾸짖었다. 시아버지와 시어머니도 그 아들을 금할 수 없었다. 이에 재가할 것을 권하자 향낭은 울면서 친정으로 돌아왔는데 계모가 거절하며 받아들이지 않자 숙부에게 돌아갔으나 받아 주지 않았다. 다시 울면서 시댁으로 돌아왔는데, 시아버지가 이르기를, "너는 어찌 개가하지 않느냐? 내게 돌아올 필요가 없다." 향낭이 목이 메어 울면서 이르기를 "원컨대 문 밖의 땅을 빌어 집을 지어 죽기까지 살고 싶습니다."라고 했으나, 시부모가 끝내 들어주지 않았다. 비로소 죽을 결심을 하고 가만히 지주비 아래에 가서 울다가 나무하던 어린 계집아이를 보았는데 같은 마을에 사는 아이였다. 향낭이 제 사정을 모두 이야기해 주고는, "내 남편이 나를 미워하고, 내 계모와 숙부도 나를 받아주지 않고, 내 시부모는 내게 다시 시집 가라고 하니 내가 어찌 돌아가겠느냐? 죽어서 내 자애로운 어머니를 보려 한다. 네게 신 한 짝을 줄 테니 가지고 돌아가 우리 집에 이르기를, '향낭은 돌아갈 곳이 없음을 슬퍼하여 저 강물 속에 몸을 던졌다.'고 전해 주렴!" 향낭은 다시 「산화곡」 한 구절을 노래하고는 마침내 물에 빠져 죽었다. 나무하던 계집아이가 그 사실을 전하자, 고을 사람들이 정녀라고 불렀다. 조정에서도 마을에 정표하였다. 내가 그 계모와 숙부 및 그 시부모의 의리에 대한 생각 없음을 한스럽게 여겨 시로써 매우 상세하게 기록한다).

3) 「山有花曲」(李魯元), '小序'[金鑢, 『藫庭叢書』, 7]: 山有花曲者 俚辭也 丹丘李平子 爲之傳 其略曰 香娘者 善山烈婦也 性潔貌好 家亦殷 有數尺珊瑚樹 嫁同郡巨商人 其姑淫 惡娘知 且亟諫 欲强淫娘以混 不可 則驅遣之 其夫亦不悅於娘 因不尋 娘與女伴遊洛東江 作歌曰 山有花 我無家 我無家 不如花 又曰 山有花 桃與李花 桃李雖相雜 桃樹不開李花 謂女伴曰 幸爲我傳於父母 吉先生砥柱碑下香娘死 遂投江 平子又作古絶 吾宗益之和之☯(「산유화곡」은 속된 가사인데, 단구 이평자[李安中]가 이에 대해 선을 시었으니, 그 대강은 이러하다. 항낭은 선산 땅의 열부로 본성이 깨끗하고 외모도 아름다웠고 그 집안도 넉넉하여 여러 척이나 되는 산호나무가 있었다. 같은 고을에 거상집으로 시집 갔더니 그 시어미가 음란하매 향낭의 슬기로움과 또 극간함을 미워하여 억지로 향낭으로 하여금 혼음시키려 하다가 실패함에 쫓아 내고 말았다. 그 남편 역시 향낭을 달갑게 여기지 않아 찾지 않았다. 향낭이 마을 여자들과 함께 낙동강 가로 나아가 노래를 지어 부르기를, '산유화여, 나는 집이 없어라. 내 집이 없으니 꽃만도 못하구나!'라고 하고, 또 '산유화여, 오얏꽃 복숭아꽃 비록 서로 섞어 피어도 복숭아나무에 오얏꽃이 피지는 못하네!'라고 했다. 향낭이 여자들에게 말하기를, "나를 위해 부모에게 길재선생 지주비 밑에서 죽었다고 전해 주면 다행이겠다."고 하고는 드디어 강에 몸을 던졌다. 이평자가 또 고언 절구를 지으니 내 문중 사람 익지[李友信 ?~1822]가 이 시에 화답했다).

4) 「山有花」(李安中), 注[金鑢, 『藫庭叢書』, 30, 丹邱子樂府]: 善山女香娘 臨節時作此曲而死 先生爲香娘立傳 而其曲甚俚 故更作☯(선산 땅 여자인 향낭이 죽으려 할 때에 이 노래를 부르고 죽으니, 선생이 향낭을 위해 전을 지었는데, 그 원래 노랫말이 매우 속된 까닭에 다시 지었다).

5) 『藫庭叢書』, 19, 文無子文鈔(李鈺 1760~1812), 「尙娘傳」: 尙娘朴氏烈女者 嶺之尙州人也 …… 歌山有花一曲 歎曰 天乎高 地乎廣 哀我一身 莫乎往也 歔欷良久 又起而噫曰 夫子不矛 母氏有他 余心之悲 無死而何 遂反裙加面 跳水而下 崔氏之鄰之女歸告崔氏 且致其遺 崔氏

大驚 朴氏母及兄弟 亦始皆悲憐之 往洛水上求之 水上有高麗忠臣碑 …… 司馬氏禮曰 女子七年敎『孝經』·『論語』·『列女傳』是皆欲早敎誨 以成其爲端莊貞壹之女也 然而世俗 女往往不遵禮 彼尙娘者 未嘗有婉娩之敎『孝經』·『論語』·『列女傳』之授 其所成就 卒如彼卓乎然也 質之純者 不待飾而美也◉열녀 박상낭은 영남의 상주 사람이다. ……「산유화」한 곡조를 노래하여 탄식하여 이르기를, '하늘은 높고 땅은 넓지만 슬프다! 이 내 몸은 갈 곳이 없네.'라며 오랫동안 한숨짓더니, 다시 일어나 한탄하여 말하기를, '남편도 날 버리고 어머님도 나와 달라 내 마음 슬프니 죽지 않고 어찌하리?'하고, 드디어 치마를 뒤집어 쓰더니 물에서 뛰어내렸다. 최씨의 이웃 여자가 최씨에게 돌아가 고하고 그 유물을 전하니, 최씨가 크게 놀래고 또 박씨의 어미와 형제들도 비로소 슬퍼하고 가련히 여겼다. 낙동강으로 나아가 그 주검을 찾으니 물 상부에 고려 충신비가 있었다. …… 사마씨의 예절에 말하기를, "여자는 7세가 되면『효경』·『논어』·『열녀전』을 가르친다."고 하는데, 이것은 모두 일찍 가르쳐 깨우쳐서 단정하고 곧은 여자가 되도록 하자는 것이다. 그러나 세상에 여자들은 왕왕 예를 좇지 않는 일이 있으나, 저 상낭은 시골 아낙네로서 일찍이 여자가 갖추어야 할 교육이나,『논어』·『효경』·『열녀전』의 가르침을 받은 적이 없이도 그녀가 이룬 바는 저와 같이 우뚝하다. 대개 바탕이 순수한 자는 꾸미지 않아도 아름다운 것인가).

6) 『嶺南樂府』(李學逵 1770~?), '山有花': 山有花 本一善里婦香娘怨歌 香娘見絶於其夫 還家父母不在 其叔欲令改嫁 則泣而道不可 自沈於洛東江 江上峻坂 有吉先生表節砥柱中流碑 娘之死 與采春儕女 相遇於碑下 作山有花曲 使儕女歌之 歌竟 赴水死 今其詞已失 聲調猶傳嶺外 每春時采山及揷秧 悉其曼聲 嗚咽纏綿悽惻 使人有墟落之感 昔崔杜機先生著有山有花歌一篇 自詳述其事始 其後申靑泉維翰 繼作山有花曲九篇 謂自幾於漢樂府九章蘼蕪之怨云◉(「산유화」는 본래 일선 고을의 여자 향낭이 지은 원망하는 뜻을 담은 노래다. 향낭은 그 지아비에게 절연을 당해 집으로 돌아갔으나 부모가 이미 죽고 생존해 있지 않았고, 그 숙부가 개가시키고자 하니, 향낭이 울면서 그 도리가 아님을 말하고 스스로 낙동강에 몸을 던졌다. 강 위 가파른 언덕에는 길재[1453~1419]선생의 절개를 표창하는 지주비가 있었다. 향낭이 죽으려 할 때 봄나물을 뜯는 여자들과 그 비 아래에서 만나「산유화」곡을 지어 여자들로 하여금 부르게 했다. 노래가 끝나자 향낭은 물에 몸을 던져 죽었다. 이제 그 노래의 가사는 잃었으나 그 가락은 영남 지방에 전해 내려와 매번 봄이 되면 나물을 뜯거나 모내기를 할 때 모두 그 노래를 부르니, 그 곡조가 흐느끼듯 매우 처량하여 사람들로 하여금 쓸쓸한 느낌을 갖게 한다. 전에 최두기[崔成大 1691~?] 선생이 지은 시 가운데 '산유화가' 1편이 있어 그 일에 대해 처음으로 자세히 묘사했고, 그 후 청천 신유한[1681~?]이 계속하여「산유화곡」아홉 수를 짓고 스스로 한나라 악부 9장인 '미무지원'에 가깝다고 했다).

7) 『增補文獻備考』, 106, 樂考 俗樂部: 肅宗戊寅年間 善山府民女 名香娘 早寡守節 其父母欲奪志 香娘作山有花歌以見志 投洛東江以死 俗樂府世傳山有花歌曲◉(숙종 무인년[1698] 간에 선산부 백성의 딸로 태어난 향낭이 일찍이 과부가 되어 수절을 하였는데, 그 부모가 개가시키고자 했다. 이에 향낭은「산유화」노래를 지어 자신의 뜻을 밝히고 낙동강 물에 몸을 던져 죽었다. 민속 악부에 대대로「산유화」노래가 전해져 오고 있다).

8) 『道軒遺稿』(金雲淳 1798~1870),「原韻」(金碩鎭 譯) 公晩來爲人懇請 所著之表於世 不得已作「香娘傳外書」一卷 以此卽是半餉援筆呼之者 而世之在朝文士 亦許大文章 又使行以示中國

人則 當時擅名文章者 覽卽驚歎稱以天下文章 因給銀三百價而買去云壽當九十四歲 已蒙天爵而已 平生貧窮焉◑(석계공[97])께서 늦게 사람의 간청에 못 이겨 「향랑전」이라는 소설 한 권을 지으셨는데 반 나절에 붓을 들고 부르며 지어 쓰셨다. 그 당시 조야를 막론하고 선비들이 이 저서를 큰 문장이라 일컬었으며, 마침 중국에 가는 사신이 이 저서를 가지고 중국에 가서 보이니 중국에서 이렇다 하는 문장 대가들이 보고는 천하 문장이라 경탄하면서 은전 300냥을 주고 사 갔다. 수는 95세를 사셨으니 天爵이라고 하는 수는 받았으나 평생 가난하게 살았다).

9) 『海東竹枝』[1925](崔永年 1856~1935), 俗樂遊戲, 「山有花」: 肅宗二十四年 善山民婦香娘 夫死守節 父母欲奪志 乃作此曲 而投洛東江而死 世傳其曲 今之메너리◑(숙종 24년[1698] 선산 땅 백성의 아내 향낭은 남편이 죽은 후 수절하고 있었다. 부모가 그 뜻을 빼앗으려 하니 향낭은 이 노래를 짓고 낙동강에 빠져 죽었다. 세상에 그 노래가 지금까지 전해 오니 '메너리[미나리]'라는 것이 곧 그것이다).

한문필사본

(상낭전)

尙娘傳	[李鈺 1760~1812, 『潭庭叢書』, 19]
烈婦尙娘傳	[金民澤 1678~1722, 『竹軒集』]

(향낭전)

林烈婦薌娘傳	[李光庭 1674~1754, 『訥隱先生文集』, 20]
香娘傳	[李安中 1752~1791, 『海叢』, 冬, '傳記類']
香娘傳」, 一名 一善義烈圖	[趙龜祥 1642~1722, 『善山邑誌』, 2]
烈女香娘傳	[尹光紹 1708~1786, 『素谷遺稿』]

790.1. 〈자료〉

【增】 II (역주)

1) 실시학사 고전문학연구회 역주. 『역주 이옥전집』, 2. 소명출판, 2001. (尙娘傳)

790.2. 〈연구〉

II (학위논문)

〈석사〉

790.2.1. 朴玉賓. "香娘故事의 文學的 演變." 碩論(成均館大 大學院 漢文學科, 1982. 8).

【增】

1) 朴敎善. "'香娘' 傳記의 「三韓拾遺」로의 定着." 碩論(高麗大 大學院, 1988. 2).

2) 박수진. "향랑고사 변용양상 연구." 碩論(계명대 교육대학원, 2000. 2).

하

---

97) '石溪'는 金紀行의 호이고, '竹溪'는 그의 아우인 金紹行인데, 본문의 '죽계'는 '석계'의 착오라 한다(김석회. "여성 생활과 여성 문화: 조선후기 향촌사족층 여성의 삶과 시집살이 서사: 「망실안인윤씨행장」, 「삼한습유」, 「복선화음가」의 경우." 『한국고전여성문학연구』, 6(한국고전여성문학회, 2003. 6), p.58 각주 6).

Ⅲ. (학술지)

【增】

1) 李春基. "香娘說話의 研究." 『韓國民俗學』, 23(韓國民俗學會, 1990. 9).

2) 전경원. "가족제도를 통해 본 향낭(香娘) 고사 수용 한시(漢詩)의 의미." 『겨레어문학』, 26(2001. 2).

3) 정출헌. "「향랑전」을 통해 본 열녀 탄생의 메카니즘: 善山地方의 香娘이 '국가 열녀'로 還生하기까지의 보고서." 『한국고전여성문학연구』, 3(한국고전여성문학회, 2001. 12).

◆791.[허백전 許伯傳]

국문필사본

【增】 허빅전 상하합부라 許白傳上下合部	박순호[家目]	1(무술팔월초이일라, 戊戌陰八月初二日, 허빅젼승하합부종리라, 무슐팔월의양회 윤은셔ᄒ로라, 79f.)

◆792.[[허생(전) 許生(傳)]]

[A]98)

〈작자〉 朴趾源(1737~1809)

〈관계기록〉

① 『后山集』(許愈), 19 '六代祖臥龍亭公遺事': 公諱鎬 字京遠 姓許氏 金海人 滄州先生諱燉之孫 道菴公諱壋之子 台溪河先生諱溍之外孫也 生而英秀峻拔 旣長 沈潛好讀書 而不屑爲擧子事 痛國家丙丁之恥 常有直擣燕雲之志 自號臥龍 盖有感於朱夫子臥龍菴古事也 公弱冠時 遊湖西一寺 寺有一老僧 以勇力自負 多不法事 而官吏畏不敢捕 公至 僧易其年少也 甚無禮 公數其罪而椎殺之 聞者莫不快之 以爲古之許愼也 惟同行輩數人爲敵 幾不測 公遂避身海島中 旣歸 傲居終南山下 席門土屋 霜雪凜如 而弊衣冠 讀中庸不撤也 時朝廷密議北學 搜訪人才 時將臣某 聞公之爲人 異之 夜屛騶從至門 與論天下事 公說三策以詰之 將臣以爲難 公正色曰 如此尙鑠有爲乎 將臣浚巡而退 公亦明日拔宅而去◐(공의 휘는 호고 자는 경원이며 성은 허씨로 김해인이다. 창주선생 돈의 손자요, 도암공 훈의 아들이며, 태계선생 하진의 외손이다. 선생은 태어나면서부터 품성이 뛰어났고 자라매 가만히 독서하기를 좋아하였으나 과거공부는 달갑게 여기지 않았다. 병자·정묘란 때 겪은 수치를 가슴 아프게 여겨 늘 연운99)을 직접 찌를 뜻을 가져 스스로 '와룡'이라 호를 지었으니, 이는 대개 주부자[朱熹 1130~1200]의 와룡암 옛일에서 느낀 바가 있었기 때문이다. 공이 약관 때에 호서 지방의 어떤 절에 머물렀던 일이 있었다. 그 절에 한 늙은 중이 자신의 힘을 믿고 법에 어긋난 행위를 많이 저질렀으나 관리도 두려워하여 감히 그를 잡지 못했다. 공이 이르자 중은 그 나이 어림을 보고 무례하기가 이를 데 없었다.

---

98) 이 작품의 제목은 원본에는 없던 것을 주인공의 이름을 따 보통 「허생」, 혹은 「허생전」이라 부른다. 어떤 연구자는 이 작품이 포함되어 있는 「玉匣夜話」 전체를 한 편의 작품으로 처리하기도 한다.

99) '燕雲'은 중국 五代 때 晉高祖 石敬塘이 거란에게 떼어 준 땅 燕雲十六州 가리킨 것으로, '연주'는 幽州, '운주'는 '雲州'인데, 지금의 하북산서 양성의 북부 및 察哈爾城의 남부에 해당한다.

공이 그 죄를 물어 쳐죽이니 듣는 사람들이 모두 쾌히 여겨 옛날의 허신이라 했다. 오직 동행했던 무리 여럿이 적으로 여겨 어찌 될 줄 몰라 공은 섬으로 피신했다. 뒤에 돌아와 종남산 아래에 거적문 흙집을 지어 살며 서리 내리고 눈보라 쳐도 꿋꿋하였고 떨어진 옷과 갓을 입은 채 『중용』읽기를 게을리하지 않았다. 그때 조정에서 북을 칠 의논을 몰래 하고 인재를 찾았다. 때에 아무 장신[100]이 공의 인물에 대해 듣고 기이하다 여겨 밤에 추종을 물리치고 공의 처소에 이르러 천하의 일을 의논했다. 공이 세 개의 계책을 이야기 하며 다그치니 장신은 어렵다고 했다. 공이 정색을 하여 말했다. "당신 같은 사람이 무슨 쓸모가 있겠는가?" 장신이 멈칫멈칫하며 물러갔다. 공 역시 이튿날 집을 허물어 버리고 떠나 버렸다).

② 『燕巖集』(朴趾源), 14, 別集, 熱河日記, '玉匣夜話': 余亦言有尹映者 嘗道卜承業之富 其財貨 有自來 富甲一國 至承業時少衰 方其初起時莫不有命存焉 觀許生事可異也 許生竟不言其名 故 世無得而知者云 映之言曰 [以下 小說本文]◐(나는 일찍이 윤영이라는 이에게서 변승업의 부에 관한 이야기를 들었다. 그의 부는 처음부터 이유가 있어……허생은 끝내 자기의 이름을 드러내지 않았으므로 세상에서는 그를 아는 이가 없다고 한다. 윤영의 이야기를 적어 보면 다음과 같다).

③ 朴趾源(1737~1809), 「熱河日記」(一齋本), 5, '進德齋夜話'[101]: 余年二十時 讀書奉元寺 有一客 能小食 終夜不寢 爲導引法 至日中 輒倚壁坐 少合眼爲龍虎交 年頗老 故貌敬之 時爲余談許 生事 及廉時道·裵時晃·完興君夫人 疊疊數萬言 數夜不絶 詭奇怪譎 皆可足聽 其時自言姓名 爲尹映 此丙子冬也 其後癸巳春 西遊 泛舟沸流江 至十二峯下 有小庵 尹映獨與一僧居此庵 見余躍然而喜 相勞苦 十八年之間 貌不加老 年當八十餘 而行步如飛 余問許生一二有矛盾事 老人卽擧解說 歷歷如昨日事 曰 子前讀昌黎文 當□ 又曰 子前欲爲許生立傳 文當已就否 余謝未能 語間余呼尹老人 老人曰 我姓辛 非尹也 子誤認 我愕然問其名 曰 吾名薔也 余詰之 曰 老人豈非姓名尹映耶 今何改言辛薔也 老人大怒曰 君自誤認 乃謂人變姓名耶 余欲再詰 則老人轉益怒 靑瞳瑩瑩 余始知老人 乃異趣之士 或廢族 或左道異端 避人晦遮之徒 是未可 知也 余闔戶去 老人嘖嘖言可哀 許生妻竟當復飢也 又廣州神一寺有一老人 號簟笠李生員 年九十餘 力扼虎 善奕棋 往往談東方故事 言論風生 人無知名者 聞其年貌 甚類尹映 余欲一 見 而未果 世固有藏名隱居 玩世不恭者 何獨於許生 而疑之乎 谿菊下小飮 援筆書之 燕巖識 ◐(내가 나이 20살[1756] 되었을 때 봉원사에서 글을 읽었는데, 어떤 손님 하나가 음식을 적게 먹으며 밤이 새도록 잠을 자지 않고 선인 되는 법을 익혔다. 그는 정오가 되면 반드시 벽을 기대어 앉아서 약간 눈을 감은 채 용호교[102]를 시작했다. 그의 나이가 자못 늙었으므로 나는 존경하였다. 그는 가끔 나에게 허생의 이야기와 염시도[103]·배시황[104]·완흥군부인[105] 등에 대한 이야기를 늘어놓되 몇만 언으로써 며칠 밤을 걸쳐 끊이지 않았다. 그 이야기가 거짓스럽고 기이하고 괴상하고 휼황하기 짝이 없어서 모두 들음직하였다. 그때 그는 스스로 성명을 소개하기

---

100) 장수.
101) 이 '許生後識'는 모든 본에 들어 있는 것이 아니라 '一齋本'·'玉溜山莊本'·'綠天山莊本'에만 나타난다.
102) 道家에서 말하는 물과 불의 교합 導引術의 하나.
103) 申光洙의 『石北雜錄』과 李源命의 『東野彙輯』에는 '廉時道'; 일명씨의 『醒睡叢話』에는 '廉喜道'; 어떤 寫本에는 '廉時度'로 나타난다.
104) 李瀷의 『星湖僿說』에는 '裵是愰'; 李圭景의 『五洲衍文長箋散稿』에는 '裵時愰'으로 되어 있다.
105) 인조 때 靖社功臣 3등 중의 한 사람인 李元榮일 듯하다.

를 윤영이라 하였으니, 이는 곧 병자년[1756] 겨울이다. 그 뒤 계사년[1773] 봄에 서쪽으로 구경갔다
가 비류강106)에서 배를 타고서 십이봉107) 밑까지 이르자, 조그마한 초암108) 하나가 있었다.
윤영이 홀로 중 한 사람과 이 초암에 붙어 있었다. 그는 나를 보고 깜짝 놀라는 듯이 기뻐하면서
서로 위로의 말을 나누었다. 대체 열여덟 해를 지났지마는 그의 얼굴은 더 늙지 않았다. 나이가
응당 80이 넘었음에도 불구하고 걸음이 나는 듯하였다. 나는 그에게, "허생 이야기 말입니다.
그 중 한두 가지 모순되는 점이 있군요." 했더니, 노인은 곧 풀이해 주는데 역력히 그저께
겪은 일이나 다름 없었다. 그리고 그는 또, "자네, 지난날 창려109)의 글을 읽더니 의당……"하고는,
또 뒤를 이어서, "자네, 일찍이 허생을 위해 외전110)을 쓰려더니 이젠 글이 벌써 이룩되었겠지."
하기에, 나는 아직 짓지 못했음을 사과하였다. 이야기 할 때 나는, "윤노인!" 하고 불렀더니,
노인은, "내 성은 신이요, 윤이 아니거든. 자네 아마 그릇 안 것일세." 하였다. 나는 깜짝 놀라서
그의 이름을 물었더니 그는, "내 이름은 색이라우." 한다. 나는, "영감님의 옛 성명은 윤영이
아닙니까? 이제 갑자기 고쳐서 신색이라니 무슨 까닭이십니까?" 따졌더니, 노인은 크게 화를
내면서, "자네가 그릇 알고서 남더러 성명을 고쳤다구?" 한다. 나는 다시 따지려 했으나 노인은
더욱 노하여 파란 눈동자가 번뜩일 뿐이다. 나는 그제서야 비로소 그 노인이 이상한 도술을
지닌 분임을 알았다. 그는 혹시 폐족111)이나 또는 좌도112)·이단으로서 남을 피하며 자취를
감추는 무리인지도 알 수 없는 일이다. 내가 문을 닫고 떠날 무렵에도 노인은, "허생의 아내
말씀이요? 참 가엾더군요. 그는 마침내 다시 주릴 거요." 하면서 혀를 찼다. 그리고 또 광주
신일사에 한 노인이 있어서 호를 삿갓 이생원이라 하는데 나이는 아흔 살이 넘었으나 힘은
범을 껴잡았으며, 바둑과 장기까지도 잘 두고, 가끔 우리 나라 옛일을 이야기할 제 언론이
풍부하여 바람이 불어 오는 듯했다. 남들은 그의 이름을 아는 이가 없었으나 그의 나이와 얼굴
생김을 듣고 보니 윤영과 흡사하기에 내가 그를 한번 만나 보려 하였으나 이룩하지 못하였다.
세상에서는 물론 이름을 숨기고 깊이 몸을 간직하여 속세를 유희하는 자가 없지 않은즉 어찌
이 허생만 의심할까보냐? 평계113) 국화 밑에서 조금 마신 뒤에 붓을 잡아 쓴다. 연암은 기록하다).
④ 동,「熱河日記」(燕岩手澤本), 冊6, '玉匣夜話', '許生後評': 次修曰 大略以虯髥配貨殖 而中有
重峯封事 柳氏 隨錄 李氏僿說 所不能道者 行文尤疎宕悲憤 鴨水東有數文字 朴齊家識◑(차
수[朴齊家 1750~?]는 다음과 같이 논평하였다. "이는 대체로 규염114)으로써 화식115)에 합친
것이었으나 그 중에는 중봉[趙憲 1544-1592]의 봉사16), 반계[柳馨遠 1622~1673]의 수록[『磻溪隨
錄』], 성호[李瀷 1681~1763]의 사설[『星湖僿說』] 등에서 말하지 못했던 부분을 능히 말하였다.

---

106) 평안도 成川에 있는 물 이름.
107) 성천 동북 30리에 있는 紇骨山의 봉우리들을 말하는데 속칭 '巫山十二峯'이라 한다.
108) 갈대나 짚, 풀 따위로 지붕을 인 암자.
109) 당나라 때의 시인 韓愈의 封號.
110) 본전에 빠진 부분을 따로 적은 전기.
111) 형을 받고 죽어 그 자손이 벼슬을 할 수 없는 족속.
112) 자기가 믿는 도[종교] 밖의 도를 일컫는 말.
113) 연암서당 앞에 있는 시내 이름.
114) 당나라의 杜光庭이 지은 「虯髥客傳」.
115) 한나라 때 司馬遷과 班固의 「貨殖列傳」.
116) 선조 때 유학자인 조헌이 중국에 갔다 돌아와서 임금에게 올린 글.

문장이 더 소탕[117]하고 비분하여 압록강 동쪽[우리 나라]에서 손꼽을 만한 훌륭한 글이다. 박제가는 삼가 쓰다").

⑤ 『臥龍亭遺集』, 3, 附錄, 郭鍾錫, ‘墓碑銘序’: 余嘗讀燕巖公所謂「許生傳」歎有是一人者 而不見遇於當世 是天之忘中夏也 及得許后山先生 狀其六世大父臥龍處士遺事者 而讀之 又復愕然長驚 以爲傳與狀決非二人者☯(내 일찍이 연암공이 지은 「허생전」을 읽고 이 허생이란 사람이 때를 만나지 못함을 탄식했다. 이는 하늘이 중하를 잊은 것이다. 내가 허후산선생의 6세 선조인 와룡처사의 행장에 담긴 유사를 얻어 읽게 됨에 이르러 또 한번 깜짝 놀라 「허생전」과 허후산의 행장[118]이 결코 다른 사람의 것이 아님을 알게 되었다).

〈비교연구〉

② 이 一篇[「許生」]은 『熱河日記』의 ‘玉匣夜話’ 속에 들어 있는 말로 최근 李春園[李光洙]이 「許生傳」을 개작해서 더욱 ‘허생전’이란 말을 일반인에게 넓게 소개하였다. 燕巖보다도 39세를 뒤져 나서 純祖 때에 禮判까지 한 李羲準[1775~1842]의 『溪西野談』에도 연암의 것과 비슷한 「허생전」을 볼 수 있으니 …… [경개 생략] …… 그런데 許后山遺事가 너무도 『燕巖集』에 나타난 설화와 너무도 부합한즉 실재 인물인 許后山[許愈][(16)]의 남해 經略에 관한 설화가 사실이 진기하기 때문에 各色으로 변하여 口碑로 喧傳된다. 『許后山文集』에 臥龍先生遺事가 있는데, …… [인용문 생략] …… 허후산은 金農巖(?)과도 10여차씩 理學問答이 있던 도학자요 經綸家이며, 李浣과 함께 숙종 때 사람이니, 연암은 당시에 전하던 『계서야담』 속에 있는 이야기와 같은 소박한 전설에 點綴하여 金을 만들어 놓은 셈이다. 이제 양자의 비교를 하여 본다면 (1) 『계서야담』에는 방외인으로서 있는 허생이 ‘옥갑야화’에는 기이한 一儒生으로 적혀 있어서 그만큼 현실 묘사에 충실코자 하였고, (2) 야담에는 호사스러운 虯髥[119]流의 인물과 서역 賈胡와 같은 사적 인물을 가지고 일시 高見으로써 一攫萬金한 상태를 그렸고, 야화에는 一介 寒儒가 실과를 전매하며 때로 해외에 무역하여 大金을 모은 것이니, 이는 『磻溪隨錄』과 『星湖僿說』 같은 실학 영향을 많이 받은 것이며, 조선 농촌의 구제와 미래 사회의 예언이라고도 볼 수 있으며, 유생도 商賈와 實業을 경영할 수 있다는 것은 연암 독특한 평등 사상의 發露이다. …… (3) 이정승[李浣 1602~1674]에게 發問한 時事三難이 서로 다르니, 야담[『溪西野談』]에는 黨論蕩平과 卿相子弟에게도 力法施行할 것과 東邦魚鹽貿易·胡服宣傳 등이며, 야화‘玉匣夜話’의 「허생전」]에는 "와룡선생을 천거할 터이니, 임금으로 하여금 三顧草廬시킬 것과 理髮胡服하고 자제를 중국에 유학시키며, 商賈를 강남에 보내어 中原의 허실을 搜探하고, 중원의 영웅을 交結하여 丙亂의 원수를 갚고, 南蠻椎結의 유물인 상투와 文弱의 상징인 廣袖白衣를 폐지할 것을 역설하였다. 야담보다도 규모가 크고 식견이 훨씬 초월해서 言言句句마다 警世鐘 아님이 없다(金台俊, 『增補 朝鮮小說史』[1939], pp. 174~177 발췌 인용).

【增】　영어번역본

Early Korean Literature Selections and Introductions　David R. McCann　(Columbia University Press, 2000)

---

117) 수더분하고 호탕함.
118) 어떤 사람이 죽은 뒤 그의 평생 일을 적은 글.
119) 중국 당나라 때 전기소설 「虯髥客傳」에 나오는 협객류의 인물.

792.1. 〈자료〉

Ⅱ (역주)

【增】

1) 金俊榮·李月英. 『古小說論』. 月印, 2000.
2) 신해진. 『朝鮮朝傳系小說』. 월인, 2003.

792.2. 〈연구〉

Ⅱ. (학위논문)

〈석사〉

792.A.2.8. 趙光文. "「許生傳」 研究." 碩論(成均館大 教育大學院 教育學科, 1984. 8).
792.A.2.20. 劉敏相. "燕巖小說 「許生」의 構造的 特質考." 碩論(청주대 대학원, 1991. 8).
792.A.2.21. 柳玟汀. "「許生傳」의 敎育的 受容에 관한 연구." 碩論(이화여대 교육대학원, 1991. 8).
792.A.2.24. 金孝南. "『關內程史』 研究: 「虎叱」과의 關係를 중심으로." 碩論(동국대 교육대학원, 1992. 8).

【增】

1) 김용수. "「홍길동전」과 「허생전」 비교 연구: 전개양상과 현실인식을 중심으로." 碩論(영남대 교육대학원, 1999. 8).
2) 김효일. "「허생전」을 통해서 본 연암의 잔반관 고찰." 碩論(수원대 교육대학원, 2000. 8).
3) 이동표. "연암소설의 현실인식과 사회적 의미: 「양반전」·「호질」·「허생전」·「열녀함양박씨전」을 중심으로." 碩論(상지대 교육대학원, 2001. 2).
4) 정완섭. "소설교육에서 주제 탐색 방법 연구: 「허생전」과 「양반전」을 실례로." 碩論(단국대 교육대학원, 2001. 8).
5) 이희윤. "「허생전」의 교육적 가치와 교수-학습 방안 연구." 碩論(공주대 교육대학원, 2002. 2).
6) 박태경. "「허생전」의 바람직한 교수·학습 방안 모색: 제6, 7차 국어과 교육 과정의 비교·분석을 통해." 碩論(고려대 교육대학원, 2002. 8).
7) 신현길. "「허생전」에 투영된 박지원의 내면의식 연구." 碩論(순천향대 교육대학원, 2002. 8).
8) 장유경. "「허생전」의 현실인식과 문학 교육적 가치 연구." 碩論(숙명여대 교육대학원, 2002. 8).
9) 김성하. "구성주의 학습 이론을 적용한 고전 소설 지도방안: 제7차 교육과정 「허생전」을 중심으로." 碩論(홍익대 교육대학원 2003. 8).
10) 백귀종. "연암소설에 나타난 '사' 의식 연구: 「양반전」, 「호질」, 「허생전」을 중심으로." 碩論(한양대 교육대학원, 2003. 8).
11) 백팔목. "「허생전」 학습지도 방안 연구." 碩論(인제대 교육대학원, 2003. 8).
12) 김은주. "「허생전」 교육의 문제점과 교수-학습 개선 방안." 碩論(서울시립대 교육대학원, 2004. 2).
13) 윤지경. "수용적 관점에서의 상호텍스트성을 활용한 「허생전」 교육 연구." 碩論(경북대 교육대학원, 2004. 2).
14) 박춘화. "제7차 교육과정에 따른 고전소설 교육방안 연구: 「허생전」을 중심으로." 碩論(성균관대

교육대학원, 2004. 8).

15) 이연순. "고전소설 수업 연구 방법: 「허생전」을 중심으로." 碩論(부경대 교육대학원, 2004. 8).

16) 배주영. "「許生傳」 硏究 : 法古刱新에 主眼하여." 碩論(檀國大 大學院, 2005. 2).

17) 신동환. "「옥갑야화」와 「허생전」의 관련 양상." 碩論(공주대 교육대학원, 2005. 2).

18) 정연숙. "「허생전」을 활용한 쓰기의 교수-학습 방법 연구." 碩論(한남대 교육대학원, 2005. 2).

19) 정주희. "연암소설의 풍자성 연구: 「양반전」, 「호질」, 「허생」을 중심으로." 碩論(목포대 교육대학원 2005. 2).

20) 태혜정. "「허생전」의 정의적 수용 연구." 碩論(부산대 교육대학원 2005. 2).

Ⅲ. (학술지)

【增】 「옥갑야화」

1) 김영동. "「옥갑야화」의 분석적 고찰." 『韓國文學硏究』, 11(東國大 韓國文學硏究所, 1988. 12).

2) 金仙雅. "「玉匣夜話」의 構造分析." 『원우논총』, 1(숙명여대 대학원 총학생회, 1983. 9).

3) 김영준. "「옥갑야화」 분석." 『西江語文』, 4(西江語文學會, 1985. 5).

4) 金英東. "「玉匣夜話」의 分析的 考察." 『韓國文學硏究』, 11(동국대 한국문학연구소, 1988. 12).

5) 崔在吉. "「玉匣夜話」의 構造分析." 『關東語文學』, 7(關東大 關東語文學會, 1991. 12).

6) 김수업. "「玉匣夜話」의 짜임새와 속뜻." 『배달말』, 17(배달말학회, 1992. 12).

7) 박기석. "「옥갑야화」의 연구." 『인문논총』, 1(서울여대 인문과학연구소, 1995. 8).

8) 崔千集. "『熱河日記』의 表現方式과 그 意圖: 「金蓼少鈔」, 「黃圖紀略」, 「謁聖退述」, 「盎葉記」, 「銅蘭涉筆」, 「玉匣夜話」를 중심으로." 文學과 言語 18집(文學과 言語硏究會, 1997. 5).

9) 김봉진. "전통 소설기법의 계승과 변용: 「玉匣夜話」, 「話中話」, 「배따라기」를 중심으로." 『한민족문화연구』, 4(새로운사람들, 1999. 6).

10) 김종철. "「옥갑야화(玉匣夜話)」 이해의 시각." 『先淸語文』, 28(서울大 師範大 國語敎育科, 2000. 3).

11) 金漢植. "「玉匣夜話」를 통해서 본 燕巖의 근대사상." 『敎授論叢』, 22(國防大, 2001. 8).

12) 김봉진. "전통 소설기법의 계승과 변용: 「옥갑야화」, 「화중화」, 「배따라기」를 중심으로." 『한민족문화연구』, 4(한민족문화학회, 1999. 6).

【增】 「허생전」

792.A.2.44. 尹炳魯. "「許生傳」의 諷刺精神." 『文學春秋』, 2:3(文學春秋社, 1965. 3). 『韓國現代批評文學序說』(靑鹿出版社, 1982. 3); 『韓國現代批評文學論』(靑鹿出版社, 1982. 3); 『隨筆文學』, 3: 2[23](隨筆文學社, 1974. 2)에 재수록.

792.A.2.46. 李在秀. "朴燕岩小說論考 : 「虎叱」과 「許生傳」을 中心으로." 『論文集』, 10(慶北大, 1966. 10). 『韓國實學思想論文選集』(弗咸文化社, 1991)에 재수록.

792.A.2.71. 李石來. "「許生傳」 硏究." 『韓國古典散文硏究』[張德順先生華甲紀念](同和文化社, 1981. 9). 李相澤·成賢慶 編, 『韓國古典小說硏究』(새문사, 1983. 9); 車溶柱 編, 『燕巖硏

究』(啓明大出版部, 1984. 5); 『朝鮮後期小說研究』(景仁文化社, 1992. 12)에 재수록.

792.A.2.79. 閔玹基. "燕巖·春園·蔡萬植의「許生傳」比較研究".『冠嶽語文研究』, 8(서울大 國語國文學科, 1983. 12).『한국근대소설론』(계명대출판부, 1984. 9); 『韓國近代小說과 民族現實』(文學과知性社, 1989. 8).

792.A.2.98. 金明順. "연암소설의 비극성 :「허생전」을 중심으로."『淵民李家源先生七秩頌壽紀念論叢』(正音社, 1987. 4).『古典小說의 悲劇性 研究』(創學社, 1986. 2)에 "비극적 구조로 본 작품세계:「허생전」"으로 재수록; 최철 외편, 『조선조 후기문학과 실학사상』(정음사, 1987. 9); 韓國古小說研究會 編,『韓國古小說의 照明』(亞細亞文化社, 1990. 1)에 재수록.

792.A.2.120. 文永午. "「許生傳」에서의 老莊哲學 考究."『同大論叢』, 21 (同德女大, 1991. 5).『燕巖小說의 道敎哲學的 照明』(太學社, 1993. 1)에 재수록.

792.A.2.125. 金一烈. "朴趾源과 燕岩小說 (「許生傳」)."『古典小說新論』(새문社, 1991. 12).

792.A.2.131. 朴基龍. "「許生傳」人物形成의 背景 研究: 이지함·許鎬의 생애와 단편설화를 중심으로."『대구어문론총』, 12(대구어문학회, 1994. 6).『어문학』, 67(한국어문학회, 1999. 6)에 재수록.

【增】

1) 한광교. "燕巖朴趾源과「許生傳」."『淸州大學報』, 19(淸州大 總學生會, 1973. 2).

2) 李御寧. "번역정신과 그 인간상:「許生傳」."『古典을 읽는 법』(甲寅出版社, 1985. 8).

3) 金泳. "朝鮮後期 士·民概念의 變化와 漢文小說: 訥隱의「蟹醬」과 燕巖의「許生傳」을 中心으로."『人文科學』, 59(延世大 人文科學研究所, 1988. 6).『朝鮮朝 後期 漢文學의 社會的 意味』(集文堂, 1992. 2)에 재수록.

4) 吳相泰. "「許生傳」과 Gulliver's Travels의 對比的 考察."『大邱語文論叢』, 8(大邱大 國語國文學科, 1990. 5).

5) 김종희. "박지원의「허생전」." 김종희,『한국소설의 낙원의식 연구』(문학아카데미, 1990. 8).

6) 김일영. "행위공간의 회귀와 인식공간의 확대: 박지원의「허생이야기」와 이광수의「許生傳」."『語文學』, 53(韓國語文學會, 1992. 4).

7) 白承烈. "「許生傳」에 나타난 作家意識의 兩面性."『伏賢漢文學』, 8(慶北大 伏賢漢文學會, 1992. 12).

8) 전흥남. "채만식의「허생전」에 나타난 고전소설의 현대적 수용과 변용."『국어국문학』, 109(국어국문학회, 1993. 5).

9) 장석규. "국어 교과서의「허생전」수용과 그 문제점."『국어교육연구』, 26(국어교육연구회, 1994. 12).

10) 金鍾運. "燕巖小說에 나타난 實學思想 考察:「許生傳」·「兩班傳」·「虎叱」·「廣文者傳」을 中心으로."『청람어문학』, 20(청람어문학회, 1998. 1).

11) 정상진. "「허생전」의 교육적 내용와 의의."『논문집』, 1(부산외대 교육대학원, 1999. 1).

12) 박기용. "「허생전」인물 형성의 배경 연구: 이지함·허호의 행적·사상과 관련 설화를 중심으로>"『語文學』, 67(韓國語文學會, 1999. 6).

13) 옥정윤. "수용이론의 적용을 통한 학습자 주도적 문학교육의 실제:「허생전」을 중심으로."『국어교육연구』, 31(국어교육학회, 1999. 12).

14) 류홍렬. "허생 이야기의 변이양상에 대한 연구."『先淸語文硏究』, 28(서울대 국어교육과, 2000. 3).

15) 鄭相珍. "朴趾源과「許生傳」."『韓國古典小說硏究』(三知院, 2000. 7).

16) 강인숙. "朴燕岩의 소설에 나타난 노벨의 징후:「許生傳」을 중심으로"『겨레어문학』, 25(겨레어문학회, 2000. 8).

17) 한명환. "「허생전」개작 및 변형의 비교 고찰."『우리어문연구』, 16(우리어문학회, 2001. 2).

18) 최광석. "「허생전」의 형상화 방향과 현실인식의 층위: 구전설화 및 야담과의 대비적 관점에서."『문학과언어』, 24(문학과언어학회, 2002. 5).

19) 杜銀球. "「許生傳」." 刊行委員會 編.『古小說硏究史』(月印, 2002. 12).

20) 차충환. "「허생전」의 인물형상과 작가의식의 표출방식."『한국문화연구』, 7(경희대 민속학연구소, 2003. 12).『韓國古典小說 作品硏究』(월인, 2004. 10)에 재수록.

21) 오윤선. "「許生傳」의 英譯本을 통해 본 한국 고소설 英譯의 문제."『古小說硏究』, 17(韓國古小說學會, 2004. 6).

[B]

〈출전〉『古談要覽』

【增】 ◐{허인전}

【增】 국문필사본

【增】 허인젼 상권/권지이 　　　　　　　박순호[家目] 　　　　　　2(83f.)

◐{현구기외사 玄駒記外史}
◆793.[현몽쌍룡기 現夢雙龍記]120)

〈관계기록〉

① 『諺文古詩』(가람본), '언문칙목녹', 131:「현몽쌍용긔」.
② Courant, 834:「현몽쌍룡긔 現夢雙龍記」.

【增】

1)『[演慶堂]諺文冊目錄』(1920; 藏書閣所藏): 23.「現夢雙龍記」18冊.

793.2. 〈연구〉

Ⅲ. (학술지)

【增】

1) 전성운. "장편국문소설에 나타난 몽유양식의 양상과 의미:「현봉쌍의록」·「현몽쌍룡기」·「몽옥쌍봉연록」·「쌍천기봉」·「취미삼선록」을 중심으로."『古小說硏究』, 8(韓國古小說學會, 1999. 12).

2) 박일용. "「현몽쌍룡기」의 창작방법과 작가의식."『정신문화연구』, 26:3[92](한국정신문화연구원, 2003. 9).

---

120)「조씨삼대록」의 前篇으로 알려졌다.

◪794.[현봉쌍의록 顯封雙義錄 / 賢鳳雙義錄]

〈관계기록〉

① 「賢鳳雙儀錄」, 권지삼(정문연 소장) 말미: 「현봉녹」 도합 열두 권 기외 즙책 열여덜 권이ᄂ 다 엇지 못하여 끗틀 믓지 못이둘둘 이후 만나면 이을 듯……

② 「玉鴛再合奇緣」(溫陽鄭氏, 1725~1799), 14, 表紙 裏面: 「현봉쌍의록」.

③ Courant, 854: 「현몽쌍의록 現夢雙意錄」.

【增】

1) 「여자탄」(閨房歌詞): 싀조모의 나아가니 노루피히 범을만나 어엿쁜 시며나리 칙보난 소릭듯ᄌ 설화조흔 「현봉록」과 ᄌ미로운 「옥인몽」을 권권이 압히놋코 겻틱안ᄌ 크리보와……

2) 『[가람]칙목녹』(奎章閣所藏): 「현봉쌍의록」 공이십이

국문필사본

【增】 현봉쌍의록 賢鳳雙義錄	성대(D07B-0076)	1(1920경)
【增】 현봉쌍이록	정재영[中韓飜文展目(2003)]	2

794.2. 〈연구〉

Ⅲ. (학술지)

794.2.2. 田城芸. "「현봉쌍의록」 연구 (1)." 石軒丁奎福博士古稀紀念論叢刊行委員會 編, 『韓國古 小說史의 視覺』(國學資料院, 1996. 10). "「현봉쌍의록」의 창작 시기와 독자층"이란 제목으로 『조선후기 장편국문소설의 조망』(보고사, 2002. 10)에 재수록.

【增】

1) 전성운. "장편국문소설에 나타난 몽유양식의 양상과 의미: 「현봉쌍의록」·「현몽쌍룡기」·「몽옥 쌍봉연록」·「쌍천기봉」·「취미삼선록」을 중심으로."『古小說硏究』, 8(韓國古小說學會, 1999. 12).

◪795.[현수문전 玄壽文傳]

〈관계기록〉

① 『諺文古詩』(가람본), '언문칙목녹', 158: 「현슈문젼」.

② Courant, 798: 「현슈문젼」.

③ Courant, 3355: 「玄壽文傳」.

국문필사본

【增】 현슈문젼	정명기[尋是齋 家目]	낙질 2(3: 셰ᄌ긔히; 7:셰□긔히 사월일의현필셔)

국문활자본

(고딕쇼셜)현수문전 상/하	국즁(3634-2-33=3)<재판>/국즁	1([編發]朴運輔, 新舊書林, 초판

	(3634-2-68=2)<3판>/국중	1917.9.21; 재판 1920.9.25; 3판 19
	(3634-2-30=4)<4판>	22.9.8; 4판 1923.12.25, 122pp)
(일딕명장)현수문젼	국중(3634-2-68=3)/[仁活全](16)	1(23회, 編輯 朴健會, [編·發]朴
(壹代名將)玄壽文傳	/조희웅[家目]	健會, 朝鮮書舘, 1915.9.29, 122p
		p.[121])
(일딕명장)현수문젼 (壹代名將)	국중(3634-2-68=1)<재판>	1(23회, 編輯 朴健會, [編·發]朴健
玄壽文傳		會, 泰華書舘, 太華書舘, 초판 19
		15.9.30; 재판 1918.3.29, 110pp)
【削】 현수문젼 玄壽文傳	[權純肯, 157]	1(太華書舘, 1915. 9. 30)

795.1. 〈자료〉

Ⅰ. (영인)

795.1.2. 仁川大民族文化研究所 編.『舊活字本古小說全集』, 16. 銀河出版社, 1983; (再刊) 國際아
카데미, 2002. (조선서관판)

Ⅱ (역주)

795.1.4. 김칠환 윤색·주해.『현수문전』. 조선고전문학전집, 24. 평양: 문예출판사, 1988; 서울: 연문사,
2000(영인).

795.2. 〈연구〉

Ⅱ. (학위논문)

〈석사〉

【增】

1) 김현정. "「현수문전」의 이본 특징과 수용 양상 연구." 碩論(성균관대 대학원, 2005. 2).

2) 임채문. "「현수문전」 연구." 碩論(한국교원대 대학원, 2005. 2).

Ⅲ. (학술지)

【增】

1) 주형예. "동양문고본 「현수문전」의 서사적 특징과 의미."『洌上古典研究』, 15(洌上古典研究會,
2002. 6).

2) 주형예. "향목동본 「현수문전」의 서사적 특성과 의미."『세책 고소설 연구』(혜안, 2003. 8).

〈회목〉

(조선서관판)[122]

▶(현씨삼대록 玄氏三代錄 → 현씨양웅쌍린기)

▶(현씨쌍린기 玄氏雙麟記 → 현씨양웅쌍린기)

▶(현씨양웅록 玄氏兩雄錄 → 현씨양웅쌍린기)

---

121) 원래 총 면수는 124pp.이나, pp. 122~124는 '렬 필 소를 먹어더 흐고 오듸승을 퇴살ᄒ다'라는 야담 작품이다.
122) 태화서관판의 회목도 같다.

◪796.[현씨양웅쌍린기 玄氏兩雄雙麟記][123] ← 현씨삼대록 / 현씨쌍린기 / 현씨양웅록

〈관계기록〉

① 「명주옥연기합록」, 25, 結尾: 추후 빅연의 이르도록 마장업시 지닌니 원닉 오 진 냥공의 ᄉ적은 「현시냥웅쌍인긔」의 희비ᄒ고 퇴ᄉ공과 제왕의 ᄉ적은 「명쥬긔봉」의 희비ᄒ고 현시 졔인의 후 ᄉ적은 「현시팔용긔」 희비ᄒ나 옥화군쥬의 「옥연긔합」과 연의열의 「명주긔합」이 긔이ᄒ무로 현승상 희빅과 병부 희문의 ᄉ적을 초출ᄒ여 「명쥬옥연긔합녹」이라 ᄒ여 후셰의 견ᄒ여 션악의 보응ᄒᄆ를 밝히미니 후인은 다시 현시후록을 이어 볼지어다.

② 「현씨양웅쌍린기」, 結尾: 승샹과 쟝부인의 별셰ᄒ던 셜화와 웅린·천린 등의 취실ᄒ던 긔긔ᄒ 셜화는 다 후록에 자셰히 잇거늘 차뎐은 다만 사지시녀 난혜 가사를 낫낫치 다 일긔ᄒ여 닉믜 후세 사람이 뎐을 지어 뻐 세상에 젼ᄒ믜 냥현공의 위인공이 위인이 일빵 룡닌 ᄀᆺ탄 고로 슈계ᄒ되 「양웅빵닌긔연」이라 ᄒ얏시니 차차 유젼 만세ᄒ라.

③ 「玉駕再合奇緣」(溫陽鄭氏, 1725~1799), 14, 表紙 裏面: 「현씨냥웅」.

④ 『諺文古詩』(가람본), '언문칙목녹', 135: 「현시양웅쌍닌긔」.

⑤ Courant, 907: 「현시냥웅쌍닌긔 玄氏兩雄雙麟記」.

【增】

1) 『大畜觀書目』(19C初?): 「玄氏兩熊雙獜記」 諺九冊.

2) 『[演慶堂]諺文冊目錄』(1920; 藏書閣所藏): 59. 「玄氏兩熊雙麟記」 10冊.

국문필사본

(현씨쌍린기)

현씨쌍인긔	계명대[古綜目](고811.35현씨쌍)	3
【增】 현씨쌍인긔 현삐빵인긔	숭실대(811.93)	10(경술원월초육일시)[124]

(현씨양웅쌍린기)

【增】 현씨양웅쌍인긔 권지이 玄氏兩雄雙人記 卷之二	김광순[筆全](62)	낙질 1(권2, 서두 낙장 90f.)
【增】 현씨냥웅쌍닌긔뎐 玄氏兩雄雙麟奇緣	미도민속관[생활사 도록](53)	10(경슐납월십구일필셔, 報恩山內鍾西一統十戶金漢祚閱覽新草)
【增】 현씨양웅쌍인긔 권지칠	박순호[家目]	낙질 1(7: 신축삼월일, 66f.)
【增】 현씨양웅쌍인긔	박순호[家目]	10(1: 이칙의 원본은 갑인연의 용산되에셔 비러다가 베긴 것시오 경신연 삼월일의 칙가의를 ᄒ다, 52f.; 2: 43f.; 3: 40f.;

---

123) 「명주기봉」의 前篇. 玄澤之의 두 아들 壽文과 景文, 곧 兩雄의 결혼 생활 및 그들의 영웅적인 무용담을 그린 작품이다.

124) 「현씨양웅쌍린기」에 잘못 배열되어 있는 것을 바로잡았다.

		4: 34f.; 5: 33f.; 6: 32f.; 7: 34f.; 8: 35f.; 9: 38f.; 10: 38f.)
【增】 현씨양웅쌍린기	성대(D07B-0057)	1(1912)
【削】 현씨쌍인긔 현씨쌍인긔	숭실대(811.93)	10(경술원월초육일시)
【增】 현씨냥웅쌍린긔 권지삼 현시냥웅쌍닌긔	여태명[家目](171) 연대[古1](811.36현씨량)/ [이윤석 외,『貰冊古 小說硏究』, 74]	낙질 1(3: 50f.) 24(2: 셰긔유듕츈회전 동호셔; 3~4: 셰긔유듕츈소의 동호셔; 5: 셰긔유듕츈회일 동호셔; 6: 셰긔유뉴월일 동호셔; 7: 셰긔유뉸이월초삼일 동호셔; 8: 셰긔유뉸이월초동호당현셔; 9~10: 셰긔유뉸이월상완 동호셔; 11: 셰긔유뉸이월순젼 동호셔; 13: 셰긔유뉸이월순후 동호셔; 14: 셰긔유뉸이월 망젼 동호셔; 15: 셰긔유뉸이월망일 동호당현셔; 16: 셰긔유뉸이월긔망 동호셔; 18~19: 셰긔유뉸이일[월]념젼 동호셔; 20: 셰긔유뉸이월념일 동호셔; 21~22: 셰긔유뉸이월념후 동호셔; 23: 셰긔유뉸이월하완 동호셔; 24: 셰긔유뉸이월하완 동호당현셔)
【增】 玄氏兩雄雙仁錄	홍윤표[家目]	8-2(1: 권 1~권 2, 57f.; 2: 권 3-권 8, 경술년, 113f.)

국문활자본

【增】 (고딕소설)현씨양웅쌍린긔 상권/하권 (古代小說)玄氏兩雄 雙麟記 上卷/下卷	국중(3634-2-12=3)<상권> /국중(3634-2-12=4)<하권>	1([著·發]金東縉, 德興書林, 상: 제1회~제10회, 1920.2.5, 111pp.; 하: 제11회~제20회, 1920.9.30, 104pp.)

796.2. 〈연구〉

Ⅱ. (학위논문)

〈석사〉

【增】

1) 이다원. "「현씨양웅쌍린기」 연구: 연대본 「현씨양웅쌍린기」를 중심으로." 碩論(연세대 대학원, 2001. 2).

　　2) 한아름. "「현씨양웅쌍린기」에 나타난 규방소설적 성격 연구." 碩論(인천대 대학원, 2004. 8).

　Ⅲ. (학술지)
　　【增】
　　1) 李昇馥. "「玄氏兩熊雙麟記」 連作." 刊行委員會 編.『古小說研究史』(月印, 2002. 12).

◐{현씨팔룡기　玄氏八龍記}[125)]
　〈관계기록〉
　　① 「명주옥연기합록」, 25, 結尾: 추후 빅연의 이르도록 마장업시 지닌니 원닉 오 진 냥공의 ᄉ젹은 「현시냥웅쌍인긔」의 희비ᄒ고 팀ᄉ공과 졔왕의 ᄉ젹은 「명쥬긔봉」의 희비ᄒ고 현시 졔인의 후 ᄉ젹은 「현시팔용긔」 희비[126)]ᄒ나 옥화군쥬의 「옥연긔합」과 연의열의 「명주긔합」이 긔이ᄒ무로 현승상 희빅과 병부 희문의 ᄉ젹을 초츌ᄒ여 「명쥬옥연긔합녹」이라 ᄒ여 후셰의 젼ᄒ여 션악의 보응ᄒ믈 밝히미니 후인은 다시 현시후록을 이어 볼지어다.

◐{현위충렬기　玄魏忠烈記}
◐{현풍곽씨전　玄風郭氏傳}
　【增】 ◐{현행쌍행기}

　　【增】 | 국문필사본 |

　　【增】 현행쌍행기　　　　　　　　　　　　　박순호[家目]　　　　　　　　　1(84f.)

▶(현화록　玄化錄 → 구운몽)
◪797.[[협효부전　峽孝婦傳]] ← 『도화유수관소고』
　〈작자〉 李鈺(1760~1813)[127)]
　〈출전〉 金鑢(1766~1821),[128)] 『藫庭叢書』, 24, '桃花流水館小藁'
　【增】〈비교연구〉
　　1) ㄱ)[李鈺의 「峽孝婦傳」, 서경창의 「嶺南孝烈婦傳」, 『靑邱野談』의 「守貞節崔孝婦感虎」]에 해당되는 이야기는 효행담과 열부담, 그리고 보은담을 근거로 여러 양식에 기록으로 정착되었다. 이들 세 작품은 줄거리가 다소 차이가 나지만, 기본 모티프는 어디까지나 동일하다. 서사 전개의 상이함은 서사 양식의 차이, 그리고 작가의 교직 방식에서 차이가 나는 것이 큰 요인이 아닌가 한다(진재교, "漢文小說과 記錄傳統과의 관련성에 대한 몇 가지 문제," 『古小說研究』, 11[2001. 6], p. 51).

　797.1. 〈자료〉

---

125) 「현씨양웅쌍린기」의 제4부작으로, 제명만이 알려졌을 뿐(「명주옥연기합록」, 권 25 말미 기록) 아직 실제 작품은 발굴되지 않고 있다.
126) 該備. 넉넉하게 썩 잘 갖추어짐.
127) 모든 사전 수정.
128) 모든 사전 수정.

Ⅱ. (역주)
【增】
　1) 실시학사 고전문학연구회 역주.『역주 이옥전집』, 2. 소명출판, 2001.

◑{형남전}
◪798.[형산백옥　荊山白玉]

| 국문활자본 |

| 형산빅옥　荊山白玉 | 국회[目·韓Ⅱ](811.31)/<u>김종철</u>[家目] /대전대[이능우 寄目](1094)/조희웅[家目] | 1([著·發]申泰三, 世昌書舘, 1952. 12. 30, 86pp.)[46] |
| 형산빅옥　荊山白玉 | <u>국중(3634-2-68=4)</u><재판>/국중 <u>(3634-2-12=1)</u><3판>/[亞活全](10) | 1(12회, <u>朴健會 輯,</u> [著發]朴 健會, 新舊書林, 초판 1915.1.30.; 재판 1918.<u>3.10</u>; 3판 1923, 87pp.) |

▶(형산옥　荊山玉　→　춘향전)
◪799.[형세언　型世言]
〈참고자료〉
　①「幻影」八卷　三十回 (一名「型世奇觀」): 明無名氏撰 題'夢覺道人編輯' 北京大學本題'夢覺道人編輯' 前載癸未年序 無年號 疑卽崇禎十六年 夢覺道人不知何人 黃文暘『曲海總目』有「鴛鴦合」傳奇 注云夢覺道人 與此小說作者當是一人 又明末福建邵武人周學霆 以醫術著名 亦號夢覺道人 不知是一人否 書名三刻『拍案驚奇』實與凌[凌濛初]書[『拍案驚奇』]無關◑(명나라 무명씨의 찬이다. '몽각도인 편집'으로 되어 있다. 북경대학본의 제에는 '몽각도인편집'이라 되어 있으며, 머리 부분에 계미년에 쓴 서문이 있는데 연호는 없으나 숭정 16년[1643]으로 생각된다. 몽각도인이 누구인지는 알 수 없으나, 황문양의『곡해총목』에「원잠합」전기가 있는데, 그 주에 명나라 말 복건성 소무 사람 주학정이 의술로써 이름났는데 호를 몽각도인이라 한다 하였으니, 동일인인지 알 수 없다. 책 이름은『3각 박안경기』라 하였으나 실은 능몽초[1580~1644][129]가 지은『박안경기』와는 무관하다)[孫楷第,『中國通俗小說書目』, p. 97].
　②『三刻拍案驚奇』一名「幻影」又名『型世奇觀』凡三十四回 題夢覺道人編 文筆拙劣 較濛初兩書[初刻·二刻]更遜色◑(『3각 박안경기』는 일명「환영」이라고도 하며, 또는『형세기관』이라고도 한다. 모두 34회이며, '몽각도인 편'이라 되어 있다. 문필이 졸열하여, 능몽초의 두 책[초각·2각]과 비교하면 매우 손색이 있다)[葛賢寧,『中國小說史』, 145].

〈관계기록〉
　①『中國歷史繪模本』(完山[映嬪]李氏, 1762), no. 25:「型世言」.
【增】
　1)『大畜觀書目』(19C初?):「型世言」諺 落五冊 落四冊存;「型世言」諺六冊.

---

129) 중국 명나라 말엽의 소설가. 별호 卽空觀主人. 단편 소설집인 初刻『拍案驚奇』와 二刻『拍案驚奇』를 지었다.

2) 『[演慶堂]諺文冊目錄』(1920; 藏書閣所藏): 119. 「型世言」 6冊.[130]

3) 『隆文樓書目』: 「型世言」 十二卷 第四·第十二 佚.

4) 『海南尹氏群書目錄』(國立中央圖書館所藏): 「型世言」.

799.2. 〈연구〉

Ⅲ. (학술지)

799.2.4. 朴在淵. "奎章閣本「型世言」(1~3)." 『中國小說硏究會報』, 10~12(中國小說硏究會, <u>1992.3;</u> 1992.6; 1992.9).

【增】

1) 박재연. "樂善齋本「型世言」에 대하여." 『靑河金炯秀博士華甲紀念論叢』(東國大, 1992. 3).

2) 박재연. "韓國所見奎章閣藏本「型世言」." 『文化遺産』, 1:3(中國社會科學院文學硏究所, 1993. 3).

▶ (혜경궁읍혈록 惠慶宮泣血錄 → 읍혈록)

【增】 ◖{혜경전}

【增】 국문필사본

【增】 혜경전　　　　　　　박순호[家目]　　　　　1(乙未十二月, 단기사이팔연음십일월, 37f.)

◪800. [호구전 好逑傳]

〈참고자료〉

① 「好逑傳」四卷十八回 (一名「俠義風月傳」): 淸無名氏撰 題'名敎中人編次'·'遊方外客批評' 夏二銘「野叟曝言」三十一回引 二銘康熙乾隆間人 卽此書亦淸初人作也◖(청나라 무명씨 찬으로 '명교중인 편차 원방외객 비평'이란 제가 있다. 하이명[夏敬渠]의 『야수폭언』31회의 인용이 나타나는데, 이명은 강희·건륭 연간 사람이므로, 이 책 역시 청나라 초 사람의 작품이다)[孫楷第, 『中國通俗小說書目』, p. 140].

〈관계기록〉

① 『玉所集』(權燮 1671~1759), 雜著 4, '先妣手寫冊子分排記: 先妣贈 貞卿夫人 龍仁李氏 手寫冊子中「蘇賢聖錄」大小說 十五冊 付長孫祚應藏于家廟內「趙丞相七子記」「韓氏三代錄」付我弟大諫君 又一件「韓氏三代錄」付我姨黃氏婦「義俠好逑傳」·「三江海錄」一件 付仲房子德性「薛氏三代錄」付我女金氏婦 各家子孫 世世善護可也 崇禎紀元後三己巳至月二十五日不肖孫燮謹書◖(돌아가신 어머니 증정부인 용인이씨[1652~1712]가 손수 베끼신 책자 중「소현성록」대소설 15책은 장손 조응[1705~1765]에게 줄 것이니 가묘 안에 갈무리하고, 「조승상칠자기」·「한씨삼대록」은 내 아우 대간군[權瑩 1678-1745]에게 주고, 또 한 건「한씨삼대록」은 여동생 황씨[黃㙆]婦[1681~1743]에게 주고, 「의협호구전」·「삼강해록」 한 건은 둘째아들 덕성[1704~1777]에게 주고, 「설씨삼대록」은 딸 김씨[金漢房]婦에게 주니, 각 가정의 자손은 대대로 잘 보호하여야 할 것이다. 숭정 기원후 세 번째 기사년[1749] 12월 25일 불초자 섭이 삼가 쓰다).

② 『中國歷史繪模本』(完山[映嬪]李氏, 1762), no. 41: 「好逑傳」.

---

130) 상단에 '現在 四冊'이라는 注記가 붙어 있고, 하단 摘要欄에는 '第一·二 共二冊欠'이라 되어 있다.

【增】

  1) 『私集』(尹德熙 1685~1766), 4, 「小說經覽者」[1762]: 「好逑傳」.

800.1. 〈자료〉

Ⅰ. (영인) / Ⅱ. (역주)

【增】

  1) 박재연·황선엽·김명신. 『셩풍뉴·호구전』. 선문대 중한번역문헌연구소, 2001.

800.2. 〈연구〉

Ⅲ. (학술지)

【增】

  1) 박영희. "17세기 재자가인소설의 수용과 영향: 「好逑傳」을 중심으로." 『한국고전연구』, 4(한국고전연구학회, 1998. 11).

【增】 ▶(호남악부 湖南樂府 → 광한루악부)[131]

▶(호남충렬록 湖南忠烈錄 → 정진사전)

◪801.[[호미낭전 胡媚娘傳]][132] ← 태평광기언해

◑{호백화}[133]

◪802.[호섬전 虎蟾傳]

〈관계기록〉

  ① 「호섬전」(정문연본) 後記: 향회를 잇고ㅈ 흐여 고담으로 들은 바 호랑 둑겁이 상힐흔 거슬 딕강 가감흐여 긔록흐……

802.2. 〈연구〉

Ⅲ. (학술지)

【增】

  1) 李惠淑. "「호섬전」 研究." 『論文集』, 10(彗田專門大, 1992. 1).

  2) 민 찬. "「호섬전」의 면모와 작자의 존재." 『대전어문학』, 16(대전대 국어국문학회, 1999. 2).

  3) 민 찬. "우화소설 「호섬전」의 작자 추정과 주제의식." 『語文研究』, 41(語文研究學會, 2003. 4).

▶(호씨명행록 胡氏明行錄 → 월영낭자전)

▶(호씨전 胡氏傳 → 월영낭자전)

▶(호씨행록전 胡氏行錄傳 → 월영낭자전)

▶(호씨호공록 → 월영낭자전)

〈관계기록〉

---

131) 『이본목록』·『작품연구 총람』·『문헌정보』에 추가.

132) 원래 이 작품은 『태평광기』에는 들어 있지 않고, 『剪燈餘話』, 3에 들어 있다.

133) 「홍백화」의 오기일 듯하다.

　　① 金起東,『李朝時代小說論』, p. 600.

▶(호어 虎語 → 호원)
　〈작자〉崔滋(1186~1260)
　〈출전〉『補閑集』

▶(호연록 好緣錄 → 제호연록)
◪803.[[호예 虎睨]]
　〈작자〉李光庭(1552~1627)
　〈출전〉『訥隱文集』, 22,「亡羊錄」

★[[호원 虎願]]134) ← *김현감호 / *호어
　〈출전〉『大東韻府群玉』, 15
　〈관계기록〉
　　①『大東韻府群玉』(權文海 1534~1591), 15, ‘虎願’:『新羅殊異傳』崔致遠作.

1.〈자료〉
　Ⅱ (역주)
　「호원」
　【增】
　　1) 朴熙秉 標點·校釋.『韓國漢文小說 交合句解』. 소명출판, 2005. (『삼국유사』, 5)

2.〈연구〉
　Ⅲ. (학술지)
　「金現感虎」
　　1) 車溶柱. “「金現感虎」 說話의 比較研究.”『論文集』, 7(淸州女師大, 1978. 7).
　【增】
　　1) 車溶柱. “「金現感虎」 說話研究.”『古小說論考』(啓明大出版部, 1985. 1).
　　2) 임재해. “화소 체계에 따른「김현감호」설화의 유형적 이해.”『嶺南語文學』, 13(嶺南語文學會, 1986. 9)
　　3) 趙顯雨. “「金現感虎」와「虎願」의 對比研究.”『語文研究』, 109[29:1](韓國語文敎育研究會, 2001. 3).
　　4) 朴鍾翼. “「金現感虎」의 戱曲的 性格 考察.” 史在東 編,『韓國戱曲文學史의 研究』, II(文研究學術叢書 第4輯, 中央人文社, 2000. 3).
　　5) 趙顯雨. “「金現感虎」와「虎願」의 對比 研究.”『語文研究』, 109(韓國語文敎育研究會, 2001. 3).

---

134)『殊異傳』佚文『삼국유사』, 권 5, 感通에는 유사한 이야기가 출전을 밝히지 않은 채 ‘金現感虎’란 이름으로 수록되어 있다.

6) 정출헌. "삼국의 여성을 읽던 일연의 한 시각: 「김현감호」의 경우." 『문학과경계』, 13(문학과경계사, 2004. 5).

▶(호은전 虎隱傳 → 임호은전)

◆804.[[호정 虎穽]]135)

〈작자〉 柳夢寅(1559~1623)

〈출전〉『於于集』, 5

◆805.[[호주명보록 湖州冥報錄]]

805.1.〈자료〉

【增】

Ⅰ. (영인)

1) 이수봉. "「여선담전」 외 작품 해제 및 원문: 「호쥬명보록」." 『古小說研究』, 10(韓國古小說學會, 2000. 12).

◆806.[[호질 虎叱]]

〈작자〉 朴趾源(1737~1809)

〈출전〉『燕巖集』, 熱河日記, '關內程史'

〈관계기록〉

① 『泠齋書種』(柳得恭 1748~?), 「古芸堂筆記」, 3, '熱河日記': 燕巖弱冠善屬文 名動京師 旣而落拓 未第 隨族兄錦城都尉使燕 遊熱河而歸 著日記二十卷 嬉笑怒罵 雜以寓言 其「象記」·「虎叱」·「夜出古北九」·「一日九河」 等篇 極恢奇 一時士大夫 傳寫借看 數季而未已◐(연암은 20세 때 이미 글을 잘 지어 그 이름이 경사에 드날렸다. 그러나 불우하여 과거에 급제치 못하고 친척 형인 금성도위 박명원[朴明遠 1725~1790]을 좇아 연경에 가 열하136)를 유람하고 돌아와 일기 20권을 지었다. 그 중에는 기뻐함·웃음·노함·꾸짖음에다가 우언을 섞어 놓은 것이 많은데, 그 「상기」·「호질」·「야출고북구」·「1일 9하」 등 편은 극히 괴기한 것으로 한때 사대부들이 베끼거나 빌려 보기를 수년 동안 그칠 줄 몰랐다).

【增】

1) 『燕巖集』(朴趾源 1737~1809), 熱河日記, 關內程史, 二十八日: 壁上懸一篇奇文 鷺紙細書爲格子塗之 橫竟一壁 筆又精工 就壁一讀 可謂絶世奇文 余因還座 問壁上所揭 誰人所作 主人曰 不知誰人所作也 鄭君問 此似是近世文 無乃主人先生所題耶 沈由朋曰 主人不解文字 旣無作者姓名 不知有漢 何論魏晋 余曰然則何從得此 沈曰囊於薊州市日收買 余曰可許膽去否 沈首肯曰不妨 約持紙更來 飯後與鄭君更往 堂中已點兩燭矣 余就壁欲解下格子 沈招侍者捧下

---

135) 원본에 제목이 없는 것을, 李家源이 그의 『韓國漢文學史』에서 이렇게 假稱한 것이다.

136) 청나라 康熙帝(1662~1722) 이후 역대 황제들이 거처했던 여름 별장 소재지로, 북경으로부터 230km 떨어진 하북성 동북부 灤河의 지류인 武烈河 서안에 위치하고 있으며, 오늘날엔 承德이라 불리운다. 주변에 온천들이 많아 추운 겨울에도 얼지 않기 때문에 붙여진 이름이라고 한다.

余復問 此先生所作否 沈掉頭曰 有如明燭 俺長齋奉佛懺誠譜妄 余囑鄭君自中間起筆 余從頭寫下 沈問先生謄此何爲 余曰歸令國人一讀 當捧腹軒渠 嘔噦絶倒 噴飯如飛蜂 絶纓如拉朽 及還寓點燈閱視 鄭之所謄無數誤書 漏落字句 全不成文理故 略以己意點綴爲篇焉☯(벽 위에 한 편의 기이한 글이 걸려 있는데, 백로지[137]에다 가늘게 써서 격자[138]를 만들어 가로 붙인 것이 한 폭 벽에 가득하였다. 글씨 역시 정공[139]하기에 그 밑에 다가서서 한번 읽어 본즉, 가히 절세의 기이한 글이라 이르겠다. 나는 다시 자리에 돌아와서, "저 벽 위에 걸린 글은 어떤 사람이 지은 거요?" 하고 물었더니, 주인은, "누가 지은 것인지 모릅니다." 하였다. 정군은, "이는 아마 근세의 작품인 듯싶은데, 혹시 주인선생께서 지으신 게 아닙니까?" 하니, 심유붕은, "저는 글을 전혀 모른답니다. 지은이의 성명이 기록되어 있지 않은즉, 한[韓]나라가 있는 줄도 모르는 놈이 어찌 위[魏]나라인지 진[晉]나라인지를 논할 수 있겠습니까?" 하였다. 나는, "그럼, 이게 어디에서 났단 말씀이요?" 했더니, 심은, "며칠 전에 계주 장에서 사온 것입니다."하였다. 나는, "베껴 가도 좋겠죠?" 했더니, 심은 머리를 끄덕이며, "무방합니다." 하였다. 내가 종이를 가지고 다시 오겠다고 약속하고 저녁 뒤에 정군과 함께 간즉 방안에는 벌써 촛불 두 자루를 켜 놓았다. 내가 벽 가까이 가서 격자를 풀어 내리려 하였더니, 심은 심부름하는 사람을 불러서 내려 준다. 나는 다시, "이게 선생이 지으신 게 아니오?" 하였더니, 심은 머리를 절레절레 흔들며, "저는 거짓이 없기가 마치 저 밝은 촛불과 같답니다. 전 오래 전부터 부처님을 섬기고 있기 때문에 부질없은 말은 삼가고 있습니다." 나는 그제야 정군에게 부탁하여 그 한가운데에서 쓰기 시작하게 하고 처음부터 베껴 내려가는 판이었다. 심은, "선생은 이걸 베껴 무얼 하시려오?"하기에, 나는, "돌아가서 우리 나라 사람들에게 한번 읽혀서 모두들 허리를 잡고 한바탕 웃게 하려는 거요. 아마 이걸 읽는다면 입 안에 든 밥알이 벌처럼 날아갈 것이며, 튼튼한 갓끈이라도 썩은 새끼처럼 끊어질 게야."하고 말을 마쳤다. 사관에 돌아와 불을 밝히고 다시 훑어 본즉, 정군이 베낀 곳에 그릇된 것이 수없이 많을 뿐더러, 빠뜨린 글자와 글귀가 있어서 전혀 맥이 닿지 않았으므로 대략 내 뜻으로 고치고 보충해서 한 편을 만들었다).

2) 동상, 「虎叱」 後識: 燕巖氏曰 篇雖無作者姓名 而盖近世華人悲憤之作也 世運入於長夜 而亮夷狄之禍甚於猛獸 士之無恥者 綴拾章句以狐媚當世 豈非發塚之儒而豺狼之所不食者乎 今讀其文言 多悖理 與胠篋盜跖 同旨 …… 篇本無題 今取篇中有虎叱二字爲目 以竢中州之淸焉 ☯(연암씨 가로되, "이 편이 비록 지은이의 이름은 알 수 없으나 대체로 근세 중국 사람이 비분함을 참지 못해서 지은 글일 것이다. 요즘 와서 세상 운수가 긴 밤처럼 어두워짐에 따라, 오랑캐의 화가 사나운 짐승보다도 더 심하며, 선비들 중에 염치를 모르는 자가 하찮은 글귀나 주워 모아서 시세에 아첨[狐媚[140]]하니, 이는 바로 남의 무덤을 파는 유학자로서 승냥이나 이리 같은 짐승으로도 오히려 먹기를 달갑게 여기지 않은 것이 아닌가 싶다. 이제 이 글을 읽어 본즉 말이 이치에 많이 어긋나서 저 거협[141]·도척[142]과 뜻이 같음을 깨달았다. …… 이 편은 애초엔 제목이 없으므로 이제 그 글 중에 '호질'이란 두 글자를 따서 제목을 삼아 두어,

---

137) 갱지.
138) 가로 세로로 바둑판 모양을 이룬 낱낱의 네모꼴.
139) 정밀하고 교묘하게 공작을 함.
140) 알씬거리어 아양을 부림.
141) 『莊子』의 篇名 중의 하나.
142) 중국 상고 시대의 큰도둑의 이름. 『莊子』의 篇名으로도 사용되었다.

저 중원의 혼란이 맑을 때까지 기다릴 뿐이다." 하였다).

3) 『欽英』(兪晩柱 1755~1788), 22, 1786. 11. 1: 書于絅 送示「虎叱」◐(경에게 편지하여 「호질」을 보내 주었다).

4) 同上, 22, 1786. 11. 2: 「虎叱」還 書云 文非不可奇 意甚不可 一覽而止足矣 凜還「虎叱」書云 此文 絶似將作手段「燕記」云云 無乃英雄欺人 憤嫉發冢之儒[143] 模寫處 不患不淋漓 患太逼 盡 毋或過乎◐(「호질」이 돌아왔다. 편지에 이르기를 "문장은 기이하지 않음이 없으나 뜻은 심히 아름답지 못하니 한번 보는 것으로 충분하다."고 하였다. 늠이 「호질」을 돌려보내며 편지에 이르기를, "이 글은 『연기』[『熱河日記』]에서 보여 준 솜씨와 참으로 비슷하오. 바로 영웅이 사람을 속이고, 성내고 무덤을 파내던 유자를 묘사한 것이 아닌가? 필세가 왕성하지 못한 것은 걱정스럽지 않으나 너무 진짜에 가깝게 묘사한 것은 걱정스러우니, 혹 지나친 것은 아닐는지?"라 고 하였다).

5) 『初刊 燕巖集』[1900~1901](金澤榮 1850~1927), 6, '虎叱文跋': 「虎叱」文 按『熱河日記』先生與 鄭進士 行至玉田縣 於商客沈由朋舖壁上 得一篇奇文 不著作人姓名 問所從得 沈云 收買於 薊州市 乃偕鄭謄之 而鄭所謄 多誤 字句漏落 不成文理 故略以己意 點綴爲篇 蓋中國放言之 士 託爲滿人 罵漢人之辭 而先生潤而演之 爲此瑰奇之作也 或曰 先生爲世俗爲學而作 沈商 云云 乃其假託 豈其然乎 澤識◐(「호질」문은 『열하일기』에 의하면, 선생이 정진사와 더불어 옥전현을 지나다가 상인인 심유붕의 점포의 벽 위에서 한 편의 기이한 글을 얻었는데, 글 지은 사람의 이름이 쓰여 있지 않아 그것을 얻은 곳을 물어 보았더니, 심[유붕]은 계주시에서 얻은 것이라 했다. 이에 연암은 정진사와 함께 베꼈는데, 심이 베낀 것은 오기가 많았고 자구가 누락되기도 하여 문리가 통하지 않았다. 그러므로 연암이 자신의 뜻으로 생략하고 점철하여 한 편을 만들었다. 그것은 대개 중국의 방언지사가 「호질」에 가탁하여, 만주인이 한인을 꾸짖는 글을 만든 것인데, 선생이 그것을 윤색하고 부연하여 이와 같은 괴기한 삭품을 이룩한 것이다. 어떤 사람은 말하기를, 선생이 세속의 가짜 학자를 풍자하기 위해서 자작한 것을, 심씨 상점에서 얻었다고 하는 것은 순전히 가탁이라고 하는데, 어찌 그럴 이가 있겠는가? 김택영은 적는다).

6) 『重編 燕巖集』[1914](金澤榮), 5, '虎叱文跋: 以余觀之 蓋沈舖所在者 卽稗官小說 數行之文 而先生認爲前明遺民之托 遂推演以爲大篇耶◐(내 관찰한 바로는 대체로 심씨 상점에 있었던 것은 곧 패관 소설 두어 줄의 글이었는데, 선생이 명나라 유민[144]이 가탁한 작품으로 인정하고, 드디어 추론하고 부연하여 이 같은 거편을 만든 게 아닐까 한다).

7) 『韶濩堂集』[1916](金澤榮): 蓋先生 惡世俗僞儒之無實行 而好奇論 作此以譏之 而恐招怨謗 托彼以掩焉耳 …… 若曰 中國人作之 必在於一代一二大家 三家村中無名之士所可擬議 而今 考有淸諸古文大家 未嘗有此 此一也 此又使是文 眞出於中國人 先生演而大之 則卽是先生之 文 而不復繫中國人 此二也 其中五行定位 未始相生 卽先生平日所常持之新論 而無於古者 此三也 又其衰服者不食一句 卽本國之諺也 余疑中國亦或有此諺 試叩之淮南諸文士 皆以未 聞答之 此又可決其爲先生之作者 四也◐(선생이 세속의 가짜 선비들이 실행은 없고 까다로운 논의만 좋아하는 것을 미워하여, 이 글을 지어 조롱하고 배척한 것이나, 원망이나 비방을 살 것이 염려되므로, 저 중국인의 작으로 가탁하여 자기를 엄호한 것이다. …… 만약 중국인의

하

---

143) 儒以詩禮發冢 大儒臚傳曰 東方作矣 事之何若(『莊子』, 外物).
144) 없어진 나라의 남아 있는 백성.

작품이라면, 반드시 한 시대의 첫째 둘째를 다투는 대가의 손에서 된 것이지, 작은 마을의 이름도 없는 선비의 작품이 될 수는 없을 것이며, 지금 청나라 때의 여러 고문가를 상고해 보아도 그런 사람이 없으니, 이것이 그 첫째 이유요, 이 글이 설사 정말 중국인에게서 나온 것이라도 선생이 꾸며 늘인 것이니 선생의 글이지 중국인과는 관계 없는 것이므로, 이것이 그 둘째 이유다. 그리고 글 가운데 나오는 '五行定位 未始相生'이라는 문구는 선생의 평소의 독특한 지론 그대로이며, 이전에는 없었던 말이니, 그 셋째 이유다. 또 [「호질」 가운데 나오는] '喪服者不食'[喪主는 범도 물어가지 않는대]'는 우리 나라의 속담을 말한 것인데, 혹시 중국에도 이 같은 속담이 있는가 하여 회남 문사들에게 물어 봤으나, 모두 금시초문이라고 하였다. 이것은 [「호질」이] 선생이 지은 것이라고 할 수밖에 없는 넷째 이유다).

806.1 〈자료〉

Ⅱ. (역주)

【增】

1) 金俊榮·李月英. 『古小說論』. 月印, 2000. 8.
2) 朴熙秉 標點·校釋. 『韓國漢文小說 交合句解』. 소명출판, 2005. (朴榮喆刊本 『연암집』)

806.2. 〈연구〉

Ⅱ. (학위논문)

〈석사〉

【增】

1) 이동표. "연암소설의 현실인식과 사회적 의미: 「양반전」·「호질」·「허생전」·「열녀함양박씨전」을 중심으로." 碩論(상지대 교육대학원, 2001. 2).
2) 황유선. "「호질」 연구: 사상 기반과 작품구조를 중심으로." 碩論(성균관대 교육대학원, 2001. 8)
3) 김태원. "「양반전」과 「호질」의 풍자 구조 연구." 碩論(서강대 교육대학원, 2003. 8).
4) 백귀종. "연암소설에 나타난 '사' 의식 연구: 「양반전」, 「호질」, 「허생전」을 중심으로" 碩論(한양대 교육대학원, 2003. 8).
5) 정주희. "연암소설의 풍자성 연구: 「양반전」, 「호질」, 「허생」을 중심으로" 碩論(목포대 교육대학원 2005. 2).

Ⅲ. (학술지)

806.2.16. 李在秀. "朴燕岩小說論考 : 「虎叱」과 「許生傳」을 中心으로." 『論文集』, 10(慶北大, 1966. 10). 『韓國實學思想論文選集』(弗咸文化社, 1991)에 재수록.

806.2.26. 李石來. "朴燕巖의 諷刺作品考: 「兩班傳」과 「虎叱」." 『誠心語文論集』, 4 (誠心女大, 1977. 8). 『朝鮮後期小說研究』(景仁文化社, 1992. 12)에 수정 재수록.

806.2.53. 元亨甲. "「虎叱」의 系譜와 燕巖의 文學觀." 『民族文化』, 4(漢城大 民族文化研究所, 1989. 12). 圓光大 國語國文學科, 『法山宋順康教授華甲記念論叢』(圓光大出版局, 1991. 10)에 재수록.

806.2.58. 元亨甲. "「虎叱」의 系譜와 燕巖의 文學觀." 『國語國文學研究』[法山宋順康教授華甲紀念語文論叢], 14(圓光大出版局, 1991. 10).

806.2.60. 김병민. "「호질」 신론: 범의 형상분석을 중심으로." 『韓國學論集』, 20(漢陽大 韓國學硏究所, 1992. 2). 『韓國 移行期 文學硏究』(國學資料院, 1995. 3)에 재수록; 『민족문학의 통합적 조명』(료녕민족출판사, 2003. 10)에 에 재수록.

806.2.63. (삭제)[145]

806.2.67. (중복 삭제)[146]

806.2.69. 朴箕錫. "『熱河日記』를 통해 본 燕巖의 對淸意識과 「虎叱」의 主題." 『국어교육』, 94(한국국어교육연구회, 1997. 8). "연암 박지원의 중국 인식과 「호질」의 주제"로 고경식 외, 『고전작가 작품의 이해』(박이정, 1998. 9)에 재수록.

【增】

1) 鄭震權. "'어허, 이 亡할놈들'論: 燕岩의 「虎叱」을 補함." 『世代』, 3:9(世代社, 1965. 10).

2) 이송희. "「호질」의 일고찰." 『태능어문』, 2(서울여대 국어국문학회, 1983. 11)

3) 文永午. "「虎叱」의 老莊哲學的 考究." 『同大論叢』, 22(同德女大, 1992. 5). 『燕巖小說의 道教哲學的 照明』(太學社, 1993. 1)에 재수록

4) 鄭亨鎬. "假面劇의 영노마당과 연암의 「호질」 비교고찰." 『語文論集』, 23(中央大 國語國文學會, 1994. 2).

5) 김종순. "'영원한 의문'마저 완벽한 구성 요소: 완고한 시대 현실을 초월한 고도의 풍자 소설 「虎叱」." 『漢城語文學』, 13(한성대 국어국문학과, 1994. 5).

6) 崔光洙. "「虎叱」과 「禽獸會議錄」의 比較 硏究." 『教育論叢』, 11(中央大 教育大學院, 1994. 6).

7) 鄭大成. "「호질」 텍스트의 번역론적 연구: 원문(한문)·국역·일역의 비교 검토." 『외대어문논총』, 8(경희대 외국어대학, 1997. 12)

8) 金鍾運. "燕巖小說에 나타난 實學思想 考察: 「許生傳」·「兩班傳」·「虎叱」·「廣文者傳」을 中心으로." 『청람어문학』, 20(청람어문학회, 1998. 1)

9) 김재수. "「虎叱」의 '東里子善守寡 然有子五人 各有其姓'에 대하여." 『국어교육연구』, 10(광주교대 초등국어교육학회, 1998. 8).

10) 許元基. "「虎叱」 生態談論의 性格." 『한국학대학원논문집』, 13(韓國精神文化硏究院 韓國學大學院, 1998. 12)

11) 金東錫. "「虎叱」 연구: 「鬈山問答」과의 관련을 중심으로." 『漢文教育硏究』, 14(韓國漢文教育學會, 2000. 6).

12) 李康燁. "「關內程史」의 '交織' 技法과 「虎叱」." 『韓國漢文學硏究』, 26(韓國漢文學會, 2000. 10)

13) 임용식. "「虎叱」의 新考察." 『地域研究』, 10(長安大 地域研究所, 2001. 2)

14) 金仁圭. "燕巖 朴趾源의 陰陽五行論 研究: 「洪範羽翼序」와 「虎叱」을 중심으로." 『東方學』, 8(韓瑞大學校 附設 東洋古典研究所, 2002. 12)

15) 金鎭英. "「虎叱」." 刊行委員會 編. 『古小說研究史』(月印, 2002. 12).

16) 김옥희. "「호질」과 「외눈박이 신(目ひとつの神)」의 비교연구: 인성물성론의 관점에서." 『比較

---

145) 【增】 1) 참조.
146) 806.2.60. 참조.

文學』, 30(韓國比較文學會, 2003. ??).

17) 車充煥. "「虎叱」의 본질과 '범' 상징의 문학적 효과." 『韓國古典小說 作品研究』(월인, 2004. 10).

▶(홍경래 洪景來 → 신미록)

▶(홍경래실기 洪景來實記 → 신미록)

〈관계기록〉

① 「洪景來實記」(南岳主人撰, 新文館, 1917), 序.: ……갓가운 수빅년 동안에 반드시 후셰에 젼홀 사람과 일이 잇다 ㅎ면 홍경리 쟝군과 밋 그 일딕 ㅅ적은 그 즁에서 웃듬되는 것이라 흘지니 그 신긔 묘산(神機妙算)과 웅지 대략(雄才大略)이 진실로 근딕 력ㅅ샹에 독보(獨步)ㅎ건마는 촉휘(觸諱)되는 일이 만흠으로 이째까지 볼 만흔 긔록이 셰샹에 드러나지 아니ㅎ야 그 거록흔 면목(面目)이 오릐 어두운 즁에 무치게 되니 엇지 애닯지 아니ㅎ리오 내 오래 젼으로부터 쟝군의 사람을 흠앙ㅎ고 쟝군의 자최를 ㅅ모ㅎ야 그 숨은 바를 파고 끼친 바를 거두어 다만 붓긋으로나마 쟝군의 오래 억울흔 것을 펴드릴가 ㅎ얏스나 아즉 그 긔회를 엇지 못ㅎ야 거샹에 결연히 지내더니 우연히 녯 글뭉치를 뒤지다가 당시에 관군(官軍)을 싸라 갓든 이의 약간 실록(實錄)흔 것을 어드니 소위 명분(所謂名分)의 관계로 쟝군을 위ㅎ야 싱싀되는 곳보다 욕되게 ㅎ는 구절이 만하 죡히 셰샹에 무를 마흔 것이 되지 못ㅎ나 가만히 싱각ㅎ니 셰샹이 쟝군을 이즘은 날로 심ㅎ고 완젼흔 글월이 셰샹에 드러나기는 긔약이 업는지라 차라리 이런 대로라도 쟝군의 실긔(實記)라 ㅎ야 셰샹에 내 노흐면 나와 가치 쟝군을 놉히고 사랑ㅎ는 쟤 응당 그 사람이 만흘지니 이 칙이 빗딕 영웅(百代英雄)의 거록흔 ㅅ업을 한낫 필부(匹夫)의 소견 업는 일처럼 적은 것을 보고 도리혀 강개 격분ㅎ고 감흥 차탄(感興嗟歎)ㅎ야 가만흔 긔록 잇는 이는 감초앗든 것을 내노코 은근흔 빅포 잇는 이는 쥬겨ㅎ든 붓대를 들어 영광의 긔록을 불러 닐히키는 긔틀이 될 만ㅎ기로 약간 슈졍을 더ㅎ야 간힝ㅎ기를 쇠흔 것이라…… .

▶(홍경래전 洪景來傳147) → 신미록)

◈807.[홍계월전 洪桂月傳] ← 계월전 【增】 / 계월충렬록148) 【增】 / 평국전149) / 홍평국전

국문필사본

(계월전)

【增】 계월전 권지사	여태명[家目](132)	낙질 1(4: 55f.)
【增】 겨월전이라	임형택[荇蒼蒼齋 家目]	1(병오[1906]원월십육일필종, 6f.)

(홍계월전)

---

147) 『이본목록』·『작품연구 총람』에 추가.
148) 『작품연구 총람』에 추가.
149) 『이본목록』·『작품연구 총람』에 추가.

【增】 홍계월전	김종철[家目]	2-1(낙장 50f.)
【增】 홍계월전이라	여태명[家目](263)	1(51f.)
【增】 洪桂月傳	정명기[尋是齋 家目]	1

국문활자본

【增】 홍계월전	김종철[家目]/정명기[尋是齋 家目]	1(世昌書舘, 1961)
홍계월전 洪桂月傳	국중(3634-2-99=3)<재판>/국중(3634-2-99=4)<3판>/국중(3634-2-99=1)<5판>	1(7회, [編·發]朴健會, 新舊書林, 초판 1916.2.5; 재판 1918.3.12 【削】[54]; 3판 1920.10.25; 5판 1924.1.27, 59pp.[150])
홍계월전 洪桂月傳	국중(3634-2-99=2)	1(7회, [編·發]朴健會, 太學書舘, 1916.2.2, 63pp.[151])

807.1. 〈자료〉

Ⅰ. (영인)

「홍계월전」

807.1.3. 仁川大民族文化研究所 編. 『舊活字本古小說全集』, 16. 銀河出版社, 1983; (再刊) 國際아카데미, 2002. (회동서관판)

Ⅱ (역주)

807.1.7. 최태권·김복련 윤색·주해. 『류충렬전(·홍계월전)』. 조선고전문학전집, 25. 평양: 문예출판사, 1990; 서울: 연문사, 2000(영인).[152]

【增】

1) 정병헌·이유경 엮음. 『한국의 여성 영웅소설』. 태학사, 2000.

807.2. 〈연구〉

Ⅱ. (학위논문)

〈석사〉

【增】

1) 정의명. "「홍계월전」에 나타난 여성의식의 특질." 碩論(경성대 교육대학원, 2000. 2).

2) 김대은. "여성우위형 여성영웅소설의 근대적 성향 연구: 「이학사전」, 「정수정전」, 「홍계월전」을 중심으로." 碩論(울산대 교육대학원, 2004. 8).

3) 李海根. "「홍계월전」 연구." 碩論(嶺南大 敎育大學院, 2005. 2).

Ⅲ. (학술지)

---

150) 총 면수는 59pp.이나 pp. 56~59에 걸쳐 '죠선 야담'(1편)이 수록되어 있다.
151) 총 면수는 63pp.이나 pp. 60~63에 걸쳐 '죠선 야담'(1편)이 수록되어 있다.
152) 최태권 윤색·주해 「류충렬전」과 김복련 윤색·주해의 「홍계월전」이 합책되어 있다.

【增】

1) 李元祚. "『三國遺事』所載 說話에서 移行된 「洪桂月傳」 小考." 『論文集』, 20(晋州農林專門大, 1983. 3).

2) 이혜숙. "「홍계월전」에 나타난 여성의식 연구." 『論文集』, 15(彗田專門大, 1997. 3).

3) 차옥덕. " '여도(女道)' 거부를 통한 남성우월주의 극복: 「홍계월전」, 「정수정전」, 「이형경전」을 중심으로." 『한국여성학』, 15:2(한국여성학회, 1999. 11).

4) 정규식. "「홍계월전」에 나타난 여성우위 의식." 『동남어문논집』, 13(동남어문학회, 2001. 12).

5) 조은희. "「홍계월전」에 나타난 여성의식." 『우리말글』, 22(우리말글학회, 2001. 10).

6) 김연숙. "「홍계월전」." 『고소설의 여성주의적 연구』(국학자료원, 2002. 6)

【增】〈회목〉

(태학서관판 「홍계월전」)

1: 홍시랑이만릐에사속이업다가계월을탄싱ㅎ고
   길에셔도적을만나권속이훗터지다
2: 여공이계월을거두어양육ㅎ고
   양부인이만리고도에홍시랑을 만나다
3: 두원슈군ᄉ를거ᄂ려츌젼하고
   오랑키크게패ㅎ야벽파도로다라ᄂ다
4: 홍시랑이의외에계월을만나고
   영화로이화셩으로도라오다
5: 계월이녀ᄌ의본식이탄로ㅎ고
   보국과동방화촉을밋다
6: 양원슈가군ᄉ를거나려역젹을치고
   젹장밍길이황셩을범ㅎ다가사로잡히다
7: 오쵸양왕을사로잡아졍법ㅎ고
   황후와틱ᄌ를구ㅎ야황궁에도라오다

808.[홍길동전 洪吉童傳] ← 김길동전 / 위도왕전

〈작자〉 許筠(1569~1618)

【增】

1) 현존 「홍길동전」 이본은 모두가 19세기 후반기 이후의 작품이다. 허균이 지었다는 「홍길동전」은 작품이 없기 때문에 어떤 내용인지 알 수 없을 뿐만 아니라 실제로 「홍길동전」이 있었는지도 확실치 않다. 더구나 허균이 죽은 후 250년 이상의 오랜 기간 동안 「홍길동전」이 어떤 경로를 거쳐 지금의 모습으로 남아 있는지 설명할 수 있는 아무런 자료도 없다. 『택당문집』의 「홍길동전」이 지금 우리가 연구하는 바로 그 「홍길동전」임을 실증적으로 증명하지 못하는 한, 현존 「홍길동전」을 허균의 작이라고 말하는 것은 모순이 아닐 수 없다(이윤석, 『홍길동전 연구』[1997. 11], p. 114).

2) 허균이 연산군대의 도적 洪吉同을 바탕으로 하여 창작한 소설 「洪吉同傳」은 후대에 일정하게 부연·윤색되어 현전 「홍길동전」으로 이어진다. 한편 홍길동 이야기는 세간에 口傳으로 유포되면

서 전라도 장성의 인물인 세종대 홍상직의 얼자 洪吉童으로 민간에서 附會되어 오히려 實事로 인식되었고, 홍길동이 건설한 바다 밖 왕국은 유구 혹은 안남으로 간주되어, 유구의 민중 영웅에 다시 附會되는 전파 경로를 갖게 된 것으로 보인다(장효현 “「홍길동전」의 生成과 流傳에 대하여,”『국어국문학』, 129[2001. 12], p. 362).

〈작품연대〉

【增】

1) 만약 「홍길동전」이 18세기 말엽부터 19세기 중반 사이에도 널리 읽히던 소설이었다면『상서기문』이나『추재집』또는「제일기언」가운데 어느 한 곳에라도 그 이름이 나와야 하지 않을까? …… 이러한 정황으로 미루어 볼 때「홍길동전」은 19세기 중반까지는 없었을 가능성이 크다(이윤석,『홍길동전 연구』[1997. 11], p. 140).

2) 허균이 창작한 소설「洪吉同傳」은 한편으로는 그 내용이 구전담의 형태로 세간에 유포되고, 한편으로는 소설본으로 전파되면서 후대에 일정하게 부연·윤색되어 현전「홍길동전」으로 이어진 것으로 보인다. 그렇다면 필사본 계열 → 경판본 계열 → 완판본 계열의 계통을 보여 주고 있는「홍길동전」은 언제쯤 형성된 것일까? …… 19세기 중엽에 와서야 형성된 것인가? 그렇게까지 내려오지는 않을 것으로 여겨진다. 1862~1863년에 저술된『智水拈筆』에서 홍한주(1798~1868)는 “세상에서 전해지는「홍길동전」도 또한 허균이 지은 것이다.”라 적고 있다. 이보다 조금 늦게 光緖 2년(1876)의 간기가 있는「임진록」서문에도「홍길동전」이 여러 영웅 소설과 함께 거명되고 있다. ‘고담으로 여항 간에 퍼져 있는 소대성·조웅·홍길동·전우치 같은 여러 전은 다만 한 사람의 사적으로 언문책을 이룬 것이다(古談之播在閭巷 如蘇大成趙雄洪吉同田羽致諸傳者 只以一人事跡 鋟成諺書)’ 19세기 중엽의 기록에서 이 작품에 대해 ‘世傳’, ‘播在閭巷’으로 적어 넓은 유통 상황을 알려 주고 있는 점에서, 현전「홍길동전」이 19세기 중엽에 비로소 창작된 것으로 보기는 어려울 듯하다. 「홍길동전」작품에 들어 있는 ‘道術’, ‘變身’, ‘망탕산 妖怪’ 등의 여러 삽화들은 오히려 고전 소설이 발전되어 나오는 초기의 상황에서 그 출현 가능성을 보여 주는 것이라 하겠다(장효현, “「홍길동전」의 生成과 流傳에 대하여,”『국어국문학』, 129[2001. 12], pp. 365~366).

〈관계기록〉

① 『澤堂集』(李植 1584~1647), 別集 15, 雜著: 世傳作「水滸傳」人 三代聾啞受其報應 爲盜賊尊其書也 許筠朴燁等好其書 以其賊將別名 各各占爲號以相謔 筠又作「洪吉同傳」以擬「水滸」 其徒徐羊甲沈友英等 躬踏其行 一村齏粉 筠亦叛誅 此甚於聾啞之報也☯(세상에 전하는 말에, ‘「수호전」의 작자는 3대 농아가 되어 그 응보를 받았다.’고 한다. 그 책이 도둑을 높인 까닭이다. 허균[1569~1618]·박엽[1570~1623] 등은 그 책을 좋아하여 적장의 별명을 각각 차지해 호를 삼고 서로 희롱하였다. 허균은 또한「홍길동전」을 지어「수호전」에 비겼다. 그의 무리 서양갑[?~1613]·심우영[?~1613] 등은 그 짓을 실천하다가 온 마을이 가루가 되고, 허균 또한 반역죄로 처형되니, 이는 농아의 갚음보다 심하다).

② 『海東異蹟』(洪萬宗 1643-1725), 下, ‘補海中書生’: 舊聞 國朝中葉以前有洪吉童者 相臣逸童孼弟也 (洪逸童居長城亞次谷) 負才氣自豪 而拘國典不許科宦淸顯 一朝忽逃去 後有使者 歸自明朝言 海外一國使臣 以其王表文 賫至北京 王姓㳟 從共下水 此何字也 或疑其爲吉童變姓 吉童忽單騎來謁逸童上壽 留數日將行泣曰 自此不復來矣 乃去 蓋其威儀容止 非復爲人下者

必其逃海外自王 或曰 許筠所作 傳不足信 何可信也 若鄭所遇 其亦吉童者類歟 或言吉童舊家 長城之小谷里底 有遺趾云◉(전에 들으니, 우리 나라 중엽 이전에 홍길동이란 자가 있었는데, 재상 홍일동[?~1464]의 서얼 동생이었다. 재기를 품고 호방[153]하였으나 나라의 법식에 묶여 청직[154]에 오를 수 없어 홀연 집을 나갔다. 뒷날 사신이 중국 명나라에서 돌아와 말하기를, "해외의 한 나라 사신이 그 나라 왕의 표문[155]을 가지고 북경에 왔는데 왕의 성이 '粲', 곧 '共'字 아래에 '水'字를 썼으니 이것이 도대체 무슨 글자인가 하였다. 어떤 이는 그것은 길동이 성을 바꾼 것이 아닌가 의심하였다. 길동은 홀연 단기[156]로 형 일동을 찾아가 배알하며 장수를 축원하고는 여러 날을 머문 후 장차 떠날 때에 울며 말하기를, "이후로 다시는 오지 않겠습니다."라 하고는 떠나 버렸다. 대개 그 위의와 용모거지가 다시는 남의 아래에 있을 자가 아니니, 분명 그가 해외로 도피하여 왕이 되었던 것이리라. 어떤 사람들은 말하기를, '허균이 지은 바'라 하나, 전해지는 말은 족히 믿을 수가 없으니, 어찌 믿을 수 있겠는가? 정태화[1602~1673]가 만난 이[157]가 어찌 또한 홍길동 같은 부류가 아니겠는가? 혹 말하기를, 길동이 살던 옛 집이 장성 소곡리에 그 옛 터가 있다고도 한다).[158]

③『松泉筆談』(沈縡): 澤堂云 世傳作「水滸傳」人 三代聾啞受其報 應爲盜賊尊其書也 許筠朴燁等好其書 以其賊將別名 各各占爲號以相謔 筠又作「洪吉童傳」以擬「水滸」其徒徐陽[羊]甲沈友英等 躬踏其行 一村齏粉 筠亦判[叛]誅 此甚於聾啞之報也◉(세상에 전하는 말에 "「수호전」의 작자는 3대에 걸쳐 벙어리가 되어 그 응보를 받았다." 한다. 그 책이 도둑을 높인 까닭이다. 허균·박엽 등은 그 책을 좋아하여 적장의 별명을 각각 차지해 호를 삼고 서로 희롱하였다. 허균은 또한「홍길동전」을 지어「水滸傳」에 비겼다. 그의 무리 서양갑·심우영 등은 그 짓을 실천하다가 온 마을이 가루가 되고, 허균 또한 반역죄로 처형되었으니, 이는 벙어리가 된 재앙의 보답보다 심하다).

④『智水拈筆』, 4: 許草堂曄 宣廟時 以耆宿爲東人領袖 而其諸子 荷谷筬 岳麓篊與筠 皆以文辭名世 女蘭雪軒 世所稱許景樊 而至登於淸人 尤西堂 外國「竹枝詞」者也 其兄弟姉妹 皆才勝無行 儘人妖也 其中 筠詩文尤妙絶 如淸人金麟[sic 人] 瑞之類 世傳「洪吉童傳」亦筠作也 然所謂看竹集 詩文所存無多 中國則不然 錢牧齋『呂晩村集』雖禁書 人多私藏 而寶重之云◉(초당 허엽[1517~1580]이 선조 때 기숙[159]으로 동인의 우두머리가 되었다. 그 여러 아들 하곡 봉[1551~1588]과 악록[160] 성[1548~1612]은 균과 더불어 모두 글로써 이름을 세상에 날렸으며, 딸 난설헌[1563~1589]은 세상에서 허경번이라 불리웠는데, 청나라 사람들에게 이르러, 특히 서당[金誠立 1562~1592] 같은 사람은 '나라 밖의「죽지사」[161]'라고 칭찬하였다. 그 형제 자매가

---

153) 기개가 있고 털털함.
154) 학식과 문벌이 높은 사람에게 시키는 벼슬.
155) 임금에게 자기 생각을 적어 올리는 글.
156) 혼자만 말을 타고 감.
157) 『溪西野談』제116화「鄭陽坡少時」에 보이는 盜賊 이야기를 가리키는 듯하다.
158) 黃胤錫의『頤齋漫錄』, 3에 기록되어 있는 내용도 거의 동일하다.
159) 늙어서 덕망과 경험이 많은 사람.
160) 허성의 호.
161) 악부의 한 종류[體]. 남녀의 情事나 토지의 풍속 등을 읊은 것. 중국 당나라 때 劉禹錫이 朗州에 귀양 가서 新詞 9수를 지은 것을 시초로 한다.

모두 재주는 뛰어났으나 행이 없이 모두 일찍 죽었다. 그 중에 허균은 시문이 더욱 절묘하여 청나라 사람 김인서[金聖嘆 1608~1661]의 부류 같아서, 세상에 전하는 「홍길동전」도 그가 지은 것이다. 그러나 이른바 간죽집에는 시문이 전하는 바가 많지 않다. 중국은 그렇지 않아 전목재[錢謙益 1582~1664][162)의 『여만촌집』은 비록 금서였으나 사람들이 이를 많이 사장하고 진중히 여겼다고 한다).

⑤ 「壬辰錄」(韓國精神文化硏究院 所藏), 序: 古談之播在閭巷 與「蘇大成」·「趙雄」·「洪吉同」·「田羽致」諸傳者 只以一人事跡 錄成諺書 以媚雌文者之愚眼 則或奇或誕 無過爲剪燈一語☯(여항에 널리 전하고 있는 「소대성전」·「조웅전」·「홍길동전」·「전우치전」 따위는 오로지 한 사람의 영웅적 인물의 사적을 기록한 것으로, 언문으로 판각하여 부녀자들의 무심한 읽을거리를 겨냥한 것이어서 혹 기이하거나 혹 허탄하여 촛불 앞에서 읽는 한낱 이야깃거리에 지나지 않는다).

⑥ 『諺文古詩』(가람본), '언문칙목녹', 166: 「홍길동전」.

⑦ Courant, 821: 「홍길동전 洪吉童傳」.

〈이본연구〉

【增】

1) 경판 계열의 내용 비교는 경판 30장본을 중심으로 판각본, 필사본, 신활자본의 순서로 이루어졌다. 먼저 판각본을 보면, 경판(안성판) 23장본과 경판 21장본은 경판 30장본의 이야기 줄거리는 전혀 변형시키지 않으면서 자구를 몇 자씩 빼면서 축약한 본이고, 경판 24장본과 안성판 19장본은 후반부의 많은 에피소드를 빼낸 축약본이다. 그러나 어떻게 축약을 했든 선행본의 자구를 빼내서 축약을 한 것이지 문장 자체를 다른 문장으로 바꾸면서 축약한 것은 아니다. 경판 21장본은 경판 23장본을 기본으로 하여 조금씩 줄인 본이고, 경판 23장본은 경판 30장본을 축약한 것이다. 경판 23장본이나 경판 21장본은 축약된 본이기는 하지만 전체적으로 빠진 내용이나 대목은 없다. 이들은 경판 30장본에서 몇 자씩 빼 내고 또 한 장에 글자를 더 많이 넣어서 전체 장수를 줄인 것이다. 그리고 경판 23장본과 안성판 23장본은 두 본 가운데 어느 한 본이 다른 한 본을 복각한 것이다. 23장본과 21장본의 축약은 기본적인 내용이 바뀌는 것이 아니고 몇몇 자구가 빠진 정도이지만, 경판 24장본과 경판 19장본은 완전히 양상이 다르다. 경판 24장본은 제21장부터 마지막까지가 축약되었고, 안성판 19장본은 제15장부터가 축약되어 있다. 경판 30장본을 기준으로 해서 축약된 부분의 분량을 비교해 보면, 경판 24장본의 축약된 부분의 분량이 2,884자인데 비해 경판 30장본의 해당 부분은 7,963자이고, 안성판 19장본의 축약된 부분이 약 5,000자인데 비해 경판 30장본의 해당 부분은 10,317자이다. 안성판 19장본의 경우는 길동이 율도국을 정벌하기 전에서 이야기를 끝내 이야기의 진행도 중도에서 끝냈다. 안성판 19장본과 경판 24장본의 축약된 부분은 축약하지 않은 부분에 비해 한 면의 글자 수도 훨씬 많다. 경판 24장본의 경우 제20장까지는 한 면의 글자 수가 평균 250자 정도이다가 축약하기 시작한 제21장부터는 360자 정도가 되고, 안성판 19장본의 경우 제14장까지는 한 면 평균 335자 정도인데 제15장부터는 500자 정도가 된다. 두 본 모두 축약되기 이전에 비해 훨씬 조잡한 글씨로 많은 분량을 한 면에 집어넣고 있다. 경판 계열 필사본 가운데 김동욱 47장본, 박순호 53장본, 연세대 48장본 등은 경판 30장본과 거의 일치하는 본이고, 이가원 21장본은 경판 23장본을 바탕으로 필사한

---

162) 중국 명나라 말 내지 청나라 초기의 문인. 문장과 장서가로 유명했다. '牧齋'는 그의 아호.

본이며, 숭실대 19장본은 안성판 19장본과 일치하는 본이다. 동양문고본의 경우 후반부의 율도국 정벌 부분이 독특한 내용이기는 하지만, 그 이전까지의 내용은 경판 30장본을 저본으로 한 것이다. 그리고 신활자본은 경판 21장본을 대본으로 한 것이다. 완판 계열 이본 가운데 정신문화원 68장본과 국립도서관 70장본 두 본을 제외한 나머지는 모두 완판 36장본에서 나온 것이다. 국립도서관 70장본의 제18장까지의 내용은 완판 36장본과 달리 필사본 계열과 비슷하고, 정신문화원 68장본의 첫머리는 다른 이본에서 볼 수 없는 내용이다. 경판 계열 판각본이 7종이 있는데 반해 완판 판각본이 1종밖에 없는 이유는 완판 판각본이 매우 늦게 나왔기 때문이 아닌가 한다. 이렇게 볼 때 정신문화원 68장본이나 국립도서관 70장본은 완판 36장본의 대본이 확정되기 전에 유포되었던 본을 필사한 것이 아닐까 하는 추정을 해볼 수 있다. 필사본 계열은 경판 계열과 완판 계열에 포함시킬 수 없는 이본을 총칭하는 것으로 필사본 계열 이본 사이에는 많은 내용상의 차이가 있다. 그러나 이들을 한 계열로 묶을 수 있는 필사본 계열만의 특징을 모든 이본이 공통적으로 갖고 있다. 다만 김동욱 55장본은 다른 28종의 이본과 전혀 다른 내용의 이본이므로 다른 이본과 내용 비교가 불가능하다. 필사본 계열의 이본은, 길동이 조선왕에게 쌀을 빌리는 대목 바로 전에 남경을 다녀오는 대목과 율도국 왕이 된 후 조선에 사신을 보내는 대목이 있느냐 없느냐에 따라 경판 계열과 친연성이 있는 이본과 완판 계열과 친연성이 있는 이본으로 나뉜다. 경판 계열과 친연성이 있는 이본은 김동욱 89장본, 조종업본, 정우락본, 박순호 86장본, 김동욱 18장본 등이고, 완판 계열과 친연성이 있는 이본은 정명기 77장본과 서강대 30장본이다. 경판 계열과 친연성이 있는 이본 가운데 박순호 86장본은 명백하게 경판 계열과 친연성이 있는 이본으로 분류하기 어려운 면도 있다. 왜냐하면 김동욱 89장본, 조종업본, 정우락본 은 이야기의 진행이 완전히 일치하는데 비해, 박순호 86장본은 이들과 이야기의 진행이 일치하지 않는 부분이 많고, 또 박순호 86장본에만 있는 독특한 내용이 많기 때문이다. 이렇게 필사본 계열의 이본 내에서 또 갈라지지만, 이들 필사본 계열의 이본은 선행하는 어느 한 본에서 갈라져 나와 그 계통을 유지하고 있는 이본들이다. 필사본 계열 가운데 김동욱 89장본, 조종업본, 정우락본 과 같은 경판 계열과 친연성이 있는 이본이 원형에 가깝다. 이 원형을 축약한 김동욱 18장본 같은 본이 있고, 원본에서 갈라져 나와 독자적인 내용을 갖고 있는 본이 박순호 86장본이라고 할 수 있다. 정명기 77장본은 완판 계열 형성에 영향을 준 필사본 계열의 이본이 아닌가 한다. 서강대 30장본은 정명기 77장본과 같은 내용을 한문으로 번역한 것이다. 김동욱 55장본은 필사본 계열에서 파생된 것이 아니라 경판 계열을 기본으로 해서 새로운 내용을 덧붙인 것으로 추정된다 (이윤석, 『홍길동전 연구』[1997. 11], pp. 152~154)

2) 「홍길동전」의 경판 이본은 안성판 2종까지 포함하여 현재 모두 6종이 전해지고 있다. 그 중 신문관본의 저본으로 추정할 수 있는 것은 경판 24장본이다. 신문관본은 표기법상의 차이를 제외하고는 경판 24본과 거의 동일한 내용으로 이루어져 있다. …… 경판 24장본의 21장 이후는 분량상으로도 경판 계열의 이본들 중에서 가장 적을 뿐 아니라, 내용면에서도 유난히 간략하다. 군담의 요소가 없고, 무상가(無常歌)가 나오지 않으며, 후손들에 관련된 후일담도 위의 인용문[생략]에서 보이는 것이 전부이다. 홍길동이 백일승천하지 않는 것도 경판 24장본에서만 나타나는 점이다. 이러한 사실들은 경판 24장본이 21장 이후가 축약된 교합본임을 말해 주는 주요한 증거이기도 하다. 그렇다면 신문관본에서 따로 전함이 있다고 언급한 내용은 24장본 이외의 이본들이 갖고 있는 결말 부분을 가리키는 것일 수도 있다. 다시 말해 개작자는 30장본을 비롯한

다른 경판 이본들, 혹은 타계열의 이본들이 지닌 후반부의 내용들도 알고 있었을 것으로 보인다. 그러나 위 인용문[생략]의 이전까지는 24장본과 신문관본이 거의 동일하다. 즉 신문관본은 24장본의 축약되었을지도 모르는 부분까지도 그대로 수용한 것이다. 그러므로 24장본의 21장 이후가 축약되지 않은 추정본이 존재했었다고 가정하더라도 그것이 신문관본의 저본은 아니었을 것이다. 신문관본「홍길동전」의 저본은 경판 24장본이며, 마지막 부분은 신문관본에서 자체적으로 수정한 결과로 보아야 할 것이다(李泰華, "신문관 간행 판소리계 소설의 개작 양상," 碩論, 高麗大 大學院[2003. 8], p. 18 및 pp. 21~22).

〈판본연대〉

【增】

1) 경판 중 翰南本이 최고본이든 冶洞本이든 결국 경판이 완판보다 먼저 이루어진 것이 뚜렷이 밝혀져 있고, 뿐만 아니라 한문본[서강대 소장「韋島王傳」]이 경판과 완판이 저본이 된 것이 전제가 되기 때문에, 결국 한문본은 경판이 저본이 되어 이루어진 완판의 후행본이 되는 셈이다. 그러면 완판은 언제 이루어졌는가. 물론 이 문제는 우리 나라 국어사가 확실하게 밝혀져 있지 않아 확실한 연도를 밝힐 수는 없지만, 19세기 후기로부터 20세기 초로 잡아 보면 어떨까 한다. 그 이유는 어휘와 문체에서 볼 때 완판보다 확실하게 선행된 경판도 결국 19세기 중엽에서 후엽으로 잡아야 하기 때문이다. …… 경판의 성립 시기는 아무리 일찍 잡아도 19세기 중엽 이전을 상승할 수가 없고, 따라서 완판의 성립은 경판을 저본으로 하여 성립됐고, 거기에 출현하는 출현하는 어휘와 문체로 보아 20세기 전후로 잡아야 하리라고 본다. 이는 홍길동전 완판의 어휘와 문체에 있어서 동류라고 생각되는 현「춘향전」의 완판「열녀춘향수절가」의 성립이 20세기 초에 이루어졌다는 데서도 그 논리의 추리가 가능하다고 생각된다. …… 한문본은 재필본일 가능성이 많지만, 이 한문본의 원작 한역본도 …… 해본이 지닌 문체상의 근대적 표현은 말할 것도 없고, 아울러 4大門에 기한 근대적 표현인 '동대문'과 '남대문'의 명칭이 출현하고, 그리고 길동의 아버지 홍승상의 근대적 나이의 셈수인 '滿八十'으로 표기된 것으로 역시 20세기 전후로 보는 것이 좋을 것이다(丁奎福, "「洪吉童傳」 漢文本의 텍스트 문제,"『東方學志』, 68[1990. 10], pp. 304~305).

국문필사본

(길동록/길동전)

【增】 길동전지단	김광순[筆全](66)	1(69f.)
【增】 길동녹	정우락[이윤석,『홍길동전 연구』(1997), p. 40]	2(상: 37f.; 하: 병자츈간시셔, 23f.)163)

(홍길동전)

홍길동전	강전섭[家目]	1(낙장 33f.)55)
【增】 홍길동전	김광순[筆全](59)	1(낙장 28f.)
【增】 홍길동전 권지단	김광순[筆全](66)	1(병ᄌ유뉴월초오일시즉

163) 이윤석,『홍길동전 연구』(계명대출판부, 1997)에 활자화한 자료가 수록되어 있다.

		슌이일낙필, 갑인생박씨부인졸필, 58f.)
홍길동전	동양문고(VII-4-251)	3(1: 셰신츅십일월일ᄉ직동셔, 31f.; 2: 셰신츅십일월일ᄉ직동셔, 31f.; 3: 셰신츅십일월일ᄉ직동셔, 33f.)[164]
【增】 홍글동전	박순호[家目]	1(신유십이월이십일필셔종, 43f.)
【增】 홍길동전 단	박순호[家目]	1(무오졀월일, 43f.)
【增】 홍길동전이라	박순호[家目]	1(39f.)
【增】 홍길동젼 권지단 洪吉童傳	박순호[家目]	1(53f.)
【增】 홍길동전	박순호[家目]	1(癸卯十一月日, 41f.)
【增】 홍길동전	이가원[이윤석, "새로 소개하는 「홍길동전」 이본 몇 가지," 『문학한글』, 13]	1(계ᄉ졍월일취산칠십ᄉ셰옹, 21f.)[165]
홍길동전	이수붕[家目]	1(癸巳, 29f.)
【削】 홍길동전	임형택(家目)	1(전두 낙장, 35f.)
홍길동전이라	임형택[莽蒼蒼齋 家目]	1(35f.)
【增】 홍길동전	임형택[莽蒼蒼齋 家目]	1(甲辰[1904], 19f.)[166]
홍길동전	전남대[古1]	1([표지]歲在乙丑年上澣, 43f.)
【增】 홍길동전	정규복[이윤석, "새로 소개하는 「홍길동전」 이본 몇 가지," 『문학한글』, 13]	1(계축, 66f.)
홍길동전	정명기[尋是齋 家目]	1(계유이월이일날ᄌ셔ᄒ노라, 77f.)
【增】 홍길동전	정우락[이윤석, "새로 소개하는 「홍길동전」 이본 몇 가지," 『문학한글』, 13]	2(상: 37f.; 하: 병자, 23f.)
【增】 홍길동전	조종업[이윤석, 『홍길동전 연구』 (1997), p. 40]	낙질 2(1: 셰지경슐하ᄉ월이십오일필셔, 31f.; 2: 33f.)[167]
홍길동전	충남대[鶴山](고서 集 小說類 1937)	낙질 2(1: 셰지경슐하ᄉ월이십오일필셔, 31f.; 2: 33f.)

---

164) 위와 같다.

165) 『洌上古典硏究』, 2(洌上古典硏究會, 1989. 4)에 영인 자료 수록.

166) 「회심별곡」이 합철되어 있다.

167) 이윤석, 『홍길동전 연구』(계명대출판부, 1997)에 활자화한 자료가 수록되어 있다.

국문경판본

【增】 홍길동전 권지단	미도민속관[생활사 도록](72)	1
【增】 홍길동전	임형택[萃蒼蒼齋 家目]	1(24f.)
【增】 홍길동전	여태명[家目](191)	1(25f.)

국문완판본

【增】 홍길동전	박순호[家目]	1(35f.)
【增】 홍길동전	여태명[家目](120)	1(34f.)

국문활자본

홍길동전	조희웅[家目]/[대조 1]	1(大造社, 1959, 34pp.)
홍길동전 상편/하편 洪吉童傳 上篇/下篇	국중(3634-2-53=9)	1(국한자 순기, [編·發]勝木良吉, 大昌書院, 1920.1.18, 37pp.)
홍길동전	국중(3634-2-53=5)/서울대[국회:古綜目]/哈燕[韓籍簡目 1] (K5973.5/4290/3)	1(德興書林, 1925, 37pp.)
【削】 홍길동전	서울대[국회:古綜目]/哈燕[韓籍簡目 1](K5973.5/4290/3)	1(德興書林, 1925, 37pp.)
홍길동전 상편/하편 洪吉童傳上篇/下篇	국중(3634-2-53=1)<초판>/국중(3634-2-53=10)<재판>/국중(3634-2-53=8)<4판>/국중(3634-2-53=7)<5판>/국중(3634-2-53=4)<6판>/국중(3634-2-53=2)<8판>/국중(3634-2-53=5)<10판>/서울대[국회:古綜目]/조동일[국연자](23)/哈燕[韓籍簡目 1](K5973.5/4290/3)/[仁活全](17)	1(國漢字 順記, [編·發]金東縉, 德興書林, 초판 1915. 8. 18, 73pp.; 재판 1916.1.23[168], 64pp.; 3판 1917.1.28, 49pp.; 4판 1917. 9.5, 49pp.; 5판 1918. 3.20, 50pp.; 6판 1919. 4.26, 37pp.; 8판 1921.1.26, 37pp.; 10판 1924.1.30, 37pp.; 11판 1925.2.10, 37pp.)
홍길동전 상편/하편 洪吉童傳 上篇/下篇	국중(3634-2-53=6)	1([著·發]宋敬煥, 東洋大學堂, 1929.12.3, 37pp.)
홍길동전 상편/하편 洪吉童傳 上篇/下篇	국중(3634-2-53=3)	1([編·發]申泰三, 世昌書舘, 1934.2.15, 37pp.)
룩젼쇼셜 홍길동전	吳漢根[藏目]/서강대 (CL811.34 허17ㅎ)	1(新文舘, 1913. 9. 5)
홍길동전 洪吉童傳	박순호[家目]/여승구 [『古書通信』, 15(1999. 9)]	1(국한자 혼용, [發], 姜權馨, 永和出版社, 檀紀 4291年

___

168) 4판과 5판의 판권지에는 재판일자가 10. 12일로 되어 있다.

[1958].10.20; 檀紀 4294年[1961].10.10,
46pp.)

한문필사본

〈위도왕전〉

| 韋島王傳 吉童傳 | 서강대[『西江語文』, 6] | 1(戊申臘月二十八始作, 己酉正月初四日書終, 30f.)[169] |

808.1. 〈자료〉

Ⅰ. (영인)

「홍길동전」

808.1.12. 仁川大民族文化研究所 編.『舊活字本古小說全集』, 17. 銀河出版社, 1983; (再刊) 國際아카데미, 2002. (덕흥서림 1919년 제6판본)

808.1.47. 로은옥 · 림왕성 · 리영규 윤색.『홍길동전』(·「전우치전」·「박씨부인전」). 조선고전문학선집, 11. 평양: 문예출판사, 1985; 서울: 연문사, 2000(영인).

【增】

1) 金光淳 編.『金光淳所藏 筆寫本韓國古小說全集』, 59. 박이정출판사, 1994. (김광순 소장)

2) 尹榮玉 選編.『古典文學讀法』. 文昌社, 2001. (완판 36장)

3) 조규익 · 장경남 편.『국문학강독』. 보고사, 2003. (경판 24장)

Ⅱ (역주)

808.1.62. 전영진 편저.『홍길동전 · 박씨부인전』. 홍신문화사, 1995.

【增】

1)『홍길동전·심청전·흥부전·토끼전』. 한국고전시리즈, 5. 보성출판사, 1994.

2) 김성재.『홍길동전』(우리가 정말 알아야 할 우리고전). 현암사, 2000.

3) 구인환.『홍길동전』. 우리고전 다시읽기 10. 신원문화사, 2003.

4) 강동엽 외.『한국 고전문학의 이해와 분석』. 북스힐, 2001. (경판)

5) 허균 지음, 허경진 옮김.『홍길동전』. 책세상문고 세계문학 015. 책세상, 2004.

6) 허균 지음, 장정룡 옮김.『홍길동전』. 동녘출판기획, 2005.

808.2. 〈연구〉

Ⅰ. (단행본)

808.2.1. 鄭鉒東.『洪吉童傳研究』. 文豪社, 1961; 민족문화사, 1983 재출판.

【增】

1) 설성경.『홍길동의 삶과 홍길동전』. 연세대출판부, 2002.

2) 설성경.『홍길동전의 비밀』. 한국의 탐구 27. 서울대출판부, 2004.

---

169)『西江語文』제6집(西江語文學會, 1988. 12) 및 이윤석,『홍길동전 연구』(계명대출판부, 1997)에 수록되어 있다.

Ⅱ. (학위논문)

〈석사〉

【增】

1) 김용수. "「홍길동전」과 「허생전」 비교 연구." 碩論(영남대 교육대학원, 1999. 8).

2) 박은주. "고전소설의 만화영화 텍스트 변용 연구: 「홍길동전」을 중심으로." 碩論(인천교대 교육대학원, 2000. 2).

3) 권미숙. "「홍길동전」 율도국 대목의 변이 양상." 碩論(영남대 대학원, 2000. 8).

4) 김영섭. "「홍길동전」의 분석과 그 교육적 적용." 碩論(건국대 교육대학원, 2000. 8).

5) 강진연. "「홍길동전」 교육 연구: 고등학교 『문학』 교과서 분석을 중심으로" 碩論(연세대 교육대학원, 2001. 2).

6) 손선희. "고전소설교육의 연구: 「홍길동전」과 「춘향전」을 중심으로." 碩論(조선대 교육대학원, 2001. 2).

7) 고재형. "「홍길동전」에 나타난 허균의 종교 사상 연구." 碩論(경희대 교육대학원, 2001. 8).

8) 송원영. "「홍길동전」의 주제교육에 관한 연구." 碩論(창원대 교육대학원, 2001. 8).

9) 김미현. "고전소설의 교수학습 방안 연구: 「홍길동전」을 중심으로." 碩論(전북대 교육대학원, 2002. 8).

10) 안현주. "고전소설 「홍길동전」의 지도방안 연구." 碩論(부산대 교육대학원, 2002. 8).

11) 전광남. "「홍길동전」의 학습자 중심 교수·학습 방안 연구: 중학교 교과과정을 중심으로." 碩論(홍익대 교육대학원, 2002. 8).

12) 김희숙. "「홍길동전」의 교육방법 연구: 상호텍스트성을 중심으로." 碩論(경북대 교육대학원, 2003. 2).

13) 이재숙. "「홍길동전」의 교육 현황과 효율적인 지도방안 연구." 碩論(인하대 교육대힉원, 2003. 2).

14) 전선영. "「홍길동전」의 교육 방법 연구." 碩論(아주대 교육대학원, 2003. 2).

15) 권엄미. "창의력 신장을 위한 고전소설 지도 방안 연구: 『중학교 국어 1-1』 「홍길동전」을 중심으로." 碩論(단국대 교육대학원, 2003. 8).

16) 김현숙. "한풀이로 본 「홍길동전」의 구조와 의미." 碩論(경남대 교육대학원, 2003. 8).

17) 신명식. "「홍길동전」과 적장형 문헌설화의 서사전개 비교." 碩論(전주대 교육대학원, 2003. 8).

18) 이상헌. "「홍길동전」에서 이상향적 요소 연구." 碩論(공주대 교육대학원, 2003. 8).

19) 송지연. "「홍길동전」의 공간 중심 교육 고찰." 碩論(숙명여대 교육대학원, 2004. 2).

20) 권오돈. "「홍길동전」 교육 방안 연구." 碩論(성균관대 교육대학원, 2004. 8).

21) 김형욱. "「홍길동전」 담론의 교육적 활용 연구." 碩論(부산대 교육대학원 2005. 2).

22) 이상빈. "18세기 고전소설에 나타난 표기법 고찰: 「쥬봉전」, 「열여춘향슈절가」, 「홍길동전」을 중심으로."碩論(공주대 교육대학원, 2005. 2).

23) 전소정. "「홍길동전」의 학습자 중심 교육 방안 연구: 수용이론을 중심으로" 碩論(서강대 교육대학원, 2005. 2).

24) 전현주. "「홍길동전」의 작가의식 연구." 碩論(공주대 교육대학원, 2005. 2).

Ⅲ. (학술지)

808.2.61. 鄭鎭石. "朝鮮文學論 :「洪吉童傳」에 나타난 反抗과 諦念."『民族文化』, 2 (全國文化團體
　　　總聯合會, 1946. 10).

808.2.98. 金炳旭. "小說의 原型:「洪吉童傳」을 中心으로."『月刊文學』, 28[4: 2] (月刊文學社,
　　　1971. 2).

808.2.179. 杜銀球. "「洪吉童傳」構成攷."『關大論文集(人文科學篇)』, 13 (關東大, 1985. 1).『國文
　　　學研究』(新陽社, 1996. 2)에 재수록.

808.2.236. 金光淳. "「홍길동전」의 漢字表記問題와 作者 是非."『慕山學報』, 1(慕山學術研究所,
　　　1990. 12).『韓國古小說史와 論』(새문社, 1990. 9);『한국고전문학사의 쟁점』(새문사, 2004.
　　　2)에 재수록.

808.2.247. 金一烈. "許筠과「洪吉童傳」."『古典小說新論』(새문社, 1991. 12).

808.2.267. 조용호. "「洪吉童傳」異本의 한 研究: 한문본의 위상을 제고하기 위한 시론."『西江語文』,
　　　9(西江語文學會, 1993. 12).

808.2.286. 張良守. "許筠의「洪吉童傳」: 海島에 세운 平等·豊饒의 理想國."『韓國樂園小說研究』
　　　(文藝出版社, 1996. 6).

808.2.292. 【削】沈東福. "「洪吉童傳」의 研究: 道敎思想을 中心으로."『韓國言語文學』, 38(韓國
　　　言語文學會, 1997. 6).[170]

808.2.298. 【削】정상균. "「홍길동전」연구."『論文集』, 30(서울市立大, 1998. 12).

808.2.299. 윤주필. "중세 지식인의 존재 방식과「홍길동전」."『古小說研究』, 7(韓國古小說學會,
　　　1999. 6). 한국고소설학회 編.『한국고소설의 자료와 해석』(아세아문화사, 2001. 10)에 재수록.

【增】

1) Pihl, Marshall R. Jr. "The Tale of Hong Kil-Tong: Korea's First Vernacular Novel."『*KOREA JOURNAL*』,
　　8:7(Korean National Commission for UNESCO, 1968. 7).

2) 김정욱. "명대 소설과 이조시대 소설 연구:「수호전」과「홍길동전」을 중심으로."『慶大文化』,
　　9(慶南大, 1976. 2).

3) 오명근. "허균의 문학사상:「홍길동전」을 중심으로."『敎育論叢』, 1(東國大 敎育大學院, 1981.
　　7).

4) 최선욱. "고대소설에 대한 서사구조 연구:「홍길동전」·「박씨부인전」·「구운몽」·「춘향전」을
　　중심으로."『學位論叢』, 7(圓光大 大學院, 1981. 8).

5) 허말봉. "「홍길동전」을 어떻게 가르칠 것인가: '집 떠나는 홍길동'을 중심으로."『배달말가르침』,
　　8(경상대 사범대 국어교육학과, 1984. 3).

6) 정경. "시대상황에서의 갈등극복의 양태:「남염부주지」와「홍길동전」의 비교."『태능어문』,
　　3(서울여대 국어국문학회, 1986. 2).

7) 김경희. "고대소설과 현대소설에 나타난 '유토피아 의식'의 대비 고찰."『國語國文學』, 7(東亞大
　　國語國文學科, 1986. 12).

8) 이윤석. "「춘향전」(완판84장본) 주석의 몇가지 문제에 대하여."『女性問題研究』, 16(曉星女大

---

170) 초판에는 잘못 기재되어 있다.

女性問題硏究所, 1988. 1).

9) 表彦福. "小說의 序頭에 관한 硏究, 1."『論文集』, 14(牧園大, 1988. 3).

10) 박일용. "「홍길동전」의 문학적 의미 재론."『古典文學硏究』, 9(韓國古典文學會, 1994. 12). 『영웅소설의 소설사적 변주』(월인, 2003. 4)에 재수록.

11) 강현모. "「홍길동전」 서사 구조의 특징과 양상."『한민족문화연구』, 1(한민족문화연구학회, 1996. 12).

12) 정상균. "「홍길동전」 연구."『論文集』, 30(서울市立大, 1996. 12).

13) 박태상. "許筠의 文學觀과「洪吉童傳」에 나타난 '유토피아' 양상 연구."『論文集』, 24(韓國放送大, 1997. 8).

14) 金永和. "「洪吉童傳」의 素材移行關係 硏究: '朱夢 建國神話' 對比 分析을 中心으로"『인문논총』, 16(호서대 인문과학연구소, 1997. 12).

15) 장정룡. "동해시 참의공 댁 소장「홍길동전」고찰."『人文學報』, 24(江陵大 人文科學硏究所, 1997. 12).

16) 설성경, "「홍길동전」의 성립 배경."『연세교육과학』, 46(연세대 교육대학원, 1998. 2).

17) 심동복. "「홍길동전」 연구: 허균의 도교사상을 중심으로."『論文集』, 6(裡里農工專門大, 1998. 2).

18) 강현모. "「홍길동전」의 구조적 의미." 『한민족문화연구』, 3(한민족문화학회, 1998. 8).

19) 김욱동. "한국소설의 환상적 전통:『금오신화』와「홍길동전」에서 최근의 인기작까지."『문학사상』, 313(문학사상사, 1998. 11).

20) 윤경수. "「홍길동전」의 傳記的 성격."『比較民俗學』, 16(比較民俗學會, 1999. 2). 반교어문학회 편,『고소설의 사적전개와 문학적 지향』(반교어문총서 3, 보고사, 2000. 3)에 재수록.

21) 정규복. "(서평)「홍길동전」연구: 서사와 해석(이윤식 저)."『古小說硏究』, 5(韓國古小說學會, 1998. 6).

22) 윤경수. "「홍길동전」의 전기적 성격과 신화의식."『比較民俗學』, 16(比較民俗學會, 1999. 2).

23) 윤주필. "중세 지식인의 존재 방식과「홍길동전」."『古小說硏究』, 7(韓國古小說學會, 1999. 6).

24) 孫吉元. "「홍길동전」과 제도적 모순의 환상적 해결."『고소설에 나타난 도선사상 연구』(민속원, 1999. 8).

25) 손길원. "문학작품에 투영된 갈등구조 연구:「홍길동전」을 중심으로."『論文集』, 27(嘉泉吉大學, 1999. 12).

26) 이윤석. "새로 소개하는「홍길동전」이본 몇 가지."『문학 한글』, 13(한글학회, 1999. 12).

27) 송성욱. "「홍길동전」의 磁場."『聖心語文論集』, 22(가톨릭大 國語國文學科, 2000. 2).

28) 蔡熙閏. "「洪吉童傳」 硏究: 原作者의 確定 問題와 더불어."『論文集』, 3(光州女大, 2000. 2).

29) 李泰玉. "「洪吉童傳」의 苦難 克服의 의미." 杜鋹球 編,『江陵地方의 傳統文化 硏究』(국학자료원, 2000. 3).

30) 김나영. "고전 서사문학에 나타나는 영웅적 특징과 그 의미:「주몽신화」·「아기장수전설」·「홍길동전」을 중심으로."『돈암語文學』, 13(돈암어문학회, 2000. 9).

31) 이강엽·이상진. "「홍길동전」의 양면성."『한국문학 평설 20』(북힐스, 2000. 11).

32) 이윤석. "「홍길동전」 55장본 개작에 대하여."『洌上古典硏究』, 13(洌上古典硏究會, 2000. 12).

33) 강현모. "길동의 영웅적 성격: 신화적 영웅과 비극적 영웅의 중간적 특성을 중심으로"『한국언어문화』, 19(한국언어문화학회, 2001. 6).

34) 이복규. "허균과 「홍길동전」과의 상관성."『인문과학연구』, 9(서경대 인문과학연구소, 2001. 12).

35) 장효현. "「홍길동전」의 生成과 流傳에 대하여."『국어국문학』, 129(국어국문학회, 2001. 12). "「홍길동전」의 生成과 流傳"으로『韓國古典小說史硏究』(고려대출판부, 2002. 11)에 재수록.

36) 許庚寅. "「洪吉童傳」的受容性與獨創性硏究: 與中國古典小說比較之下."『中國語文學論集』, 19(中國語文學硏究會, 2002. 2).

37) 박일용. "이본 변이 양상을 통해서 본 「홍길동전」 서술시각의 중층성."『성곡논총』, 33(성곡학술문화재단, 2002. 8).『영웅소설의 소설사적 변주』(월인, 2003. 4)에 재수록.

38) 김성우. "「홍길동전」 다시 읽기: 조선사회의 경직화와 마이너리티의 저항."『역사비평』, 61(역사비평사, 2002. 11).

39) 채희윤. "「홍길동전」 연구: 원작자의 확정 문제와 선행본과 더불어."『한국서사문학의 통사적 고찰』(푸른사상, 2002. 11).

40) 김희숙. "「홍길동전」의 교육 방법 연구: 텍스트 상호성을 중심으로"『국어교육연구』, 34(국어교육학회, 2002. 12)

41) 유병환. "「홍길동전」의 형성과 분화 과정(속-1)."『한어문교육』, 10(한국언어문학교육학회, 2002. 12).

42) 李胤錫. "「洪吉童傳」." 刊行委員會 編.『古小說硏究史』(月印, 2002. 12).

43) 정윤수. "地下國大賊退治說話의 小說的 受容樣相:「洪吉童傳」·「張伯傳」을 中心으로"『論文集』, 32(翰林情報産業大, 2002. 12).

44) 설성경. "「홍길동전」의 몇몇 소재에 대하여."『애산학보』, 28(애산학회, 2003. 5).

45) 이문규. "「洪吉童傳」作者是非 再論."『古典文學과敎育』, 6(한국고전문학교육학회, 2003. 8).

46) 조규익. "홍길동 서사의 서구적 변용: 새 자료「Lotus Bud」의 가치와 의미."『語文硏究』, 45집(語文硏究學會, 2004. 8).

47) 장영창. "「홍길동전」 다시 읽기." 이정재,『고전문학 다시 읽기』(민속원, 2004. 9).

48) 김병권. "「홍길동전」 창작의 주역적 원리 연구." 刊行委員會,『澤民金光淳敎授定年紀念論叢』(새문社, 2004. 11).

49) 서종문. "「홍길동전」 '율도국'의 생성과 그 의미." 刊行委員會,『澤民金光淳敎授定年紀念論叢』(새문社, 2004. 11).

하

▶(홍난성전 紅鸞城傳 → 강남홍전)

◎809.[홍낭전 紅娘傳]

809.2.〈연구〉

Ⅲ. (학술지)

【增】

1) 蘇在英. "「洪娘傳」에 대하여." 『洌西金基鉉教授回甲紀念論叢』(刊行委員會, 1995. 1).

◐{홍달성전 洪達城傳}

◪810.[[홍도 【削'/ 홍도'】 171)(전) 紅桃(傳)]] ← *최척전 / 상사루

〈작자〉 柳夢寅(1559~1623)

〈출전〉 『於于野譚』

〈관계기록〉

① 「紅桃」, 結尾: 太史公曰 鄭生東人也 亂離失其妻 遠求之中國 紅桃失其夫於兵戈中 入三國 男服變容以全身 夢眞妻自求與異國人爲婚 求見父死所 卒皆相合於一處 一家六人 不期而合 者 皆在萬里風濤別界之外 雖出於理外萬一之幸 以庸非所謂至誠感神者耶 奇乎異哉◐(태사 공이 말하기를, 정생은 본래 우리 나라의 사람이다. 그는 난리를 만나서 그의 아내를 잃고 멀리 중국에까지 찾아갔으며, 홍도는 그의 남편을 전쟁 중에 떨어뜨리고 세 나라 땅에 스며들어 남장을 하고 얼굴을 변하여서 그의 몸을 온전히 하였고, 몽진의 아내는 스스로 이국의 사람과 혼인하여 그 아버지의 죽은 곳을 찾으려다가 종말에는 모두 한 곳에서 만나 한 집안 여섯 사람이 뜻밖에 서로 합친 것이 모두 만리 별계의 바람 물결 밖이었으니, 이 일은 비록 보통 이치의 밖이며, 생각 밖의 요행에서 이룩된 것이었으나 옛글의 '지성을 다하면 귀신도 감동시킨다' 는 말이 이를 두고 이른 것이 아니겠는가? 아아, 기이하고 이상하도다).

국문활자본

【增】 선상의 상사루 船上의 相思淚172)　　　방민호[家目]　　　1(盛文堂書店, 1936. 10. 15)

◪811.[홍루몽 紅樓夢]173) ← 금옥연 ②

〈참고자료〉

① 「紅樓夢」: 淸曹霑撰 霑字芹圃 號雪芹 正白旗漢軍人……霑 「紅樓夢」起草當在乾隆初 至乾隆 二十七年除夕卒 書竟未卒業 「紅樓夢」當曹雪芹生時 已播於世 爲人部分傳抄 今唯百二十回 本通行 其八十回以後 係高鶚所補 昔人已能道之◐(청나라 조점의 찬이다. 조점의 자는 근포요 호는 설근이다. 그는 정백기174)에 속하는 한인[歸化人]이었다. …… 점은 건륭 초에 쓰기를 시작했으나 건륭 27년[1762] 섣달 그믐날 밤에 죽어 책이 마침내 끝맺어지지 못했다. 「홍루몽」은 조설근이 살아 있을 때에 이미 세상에 전파되어 사람들이 부분적으로 초하여 전했다. 지금 오직 120회본이 유통되고 있으나, 그 80회 이후는 고악이 보충한 것이라고 옛 사람들이 이미 이처럼 말해 왔다)[孫楷第, 『中國通俗小說書目』, pp. 118~119].

---

171) 『이본목록』·『작품연구 총람』·『문헌정보』 수정.
172) 책어깨의 머리말에는 '상사의 눈물'로 되어 있다.
173) 중국 청나라의 曹霑(號 雪芹)이 지은 작품을 번역한 것이다.
174) 청나라 때의 軍制에 의한 만주 8기 중의 하나.

② 「紅樓夢」 高鶚增補一百二十回本「紅樓夢」: 存 乾隆辛亥(五十六年) 程偉元第一次活字印本 有程偉元序 高鶚序 圖像二十四頁 前圖後撰……坊刻百二十回本 多從此本出 乾隆壬子(五十七年) 程偉元第二次活字印本 圖像行款同上本 百二十回後題云 '萃文書屋藏板' 引言: 初印時 不及細校 間有紕繆 今復聚集各原本 詳加校閱 改訂無訛云云 坊刻覆辛亥本 文美齋石印本 亞東圖書館排印本 …… 以上二書八十回前存曹氏舊文 八十回以後增補◐(건륭 신해년[1791]에 간행된 정위원의 제1차 활자 인본이 남아 있다. 정위원의 서문 및 고악의 서문에 이어 도상 24면이 있어 앞에는 도상, 뒤에는 본문 형식이다. …… 방각 120회본은 대개 이 본에서 나온 것이다. 건륭 임자년에 정위원의 제2차 활자 인본은 도상과 행관이 위의 본과 같다. 120회 끝에는 '萃文書屋藏板'으로 되어 있다. 引言: '처음 간행할 때에 세밀한 교정을 하지 않아 간혹 오류가 나타나므로 지금 각 본들을 다시 모아 자세한 교열을 거쳐 개정에 어그러짐이 없다' 운운. 방각 복간인 신해본인 '문미제 석인본'과 '아동도서관 배인본' …… 이상의 두 책[「眞本紅樓夢」과 「高鄂增補一百二十回本紅樓夢」]의 80회 이전은 조설근[曹雪芹]의 옛글에 있었던 것이고, 80회 이후는 증보된 것이다)[孫楷第, 『中國通俗小說書目』, p.121].

〈관계기록〉

(한문)

① 『五洲衍文長箋散稿』(李圭景 1788~?), 卷 7, '小說辨證說': 「齊諧記」·「夷堅志」·「諾皐記」·「琵琶記」·「水滸傳」·「西湖游覽誌」·「三國演義」·「錢塘記」·「宣和遺事」·「金甁梅」·「西廂記」·「眞珠船」……「桃花扇」·「紅樓夢」·「續紅樓夢」·「續水滸志」·「列國志」·「封神演義」·「東游記」……「聊齋志異」·「九雲夢」·「南征記」·「芙蓉堂」·「雙渠怨」·「風月須知」.

② 『松南雜識』(趙在三 1801~1834), 稽古類 '西廂記'條: 「西廂記」……「金甁梅」·「紅樓浮夢」……等 小說 不可使新學少年律己君子讀也◑(「서상기」 …… 「금병매」나 「홍루부몽」과 같은 소설을 새로 공부를 시작하는 소년들이나 자신의 행동을 엄히 단속해야 하는 군자들에게 읽도록 해서는 안 된다).

③ 『懸吐天君演義 附心史』, 張志淵, 序: 夫傳奇小說者ᄂ 譬之與鄭衛之淫聲과 尤物之妖冶ᄒ야 其放蕩之調와 粉澤之艶이 足以悅人之心 而暢人之情故 所以「西廂記」·「紅樓夢」之屬이 爲世間男女之所歡迎者ㅣ 久矣라 古今文人才子美人浪客之消閒遣興之際에 往往取此種傳奇俳諧之說ᄒ야 以愉快一時之壹鬱ᄒ나니 此ㅣ 齊諧稗乘之所以列于官者也라◑(무릇 전기 소설은 『시경』의 정·위의 음란한 소리와 비교해 볼 때, 보다 더 사물의 요사스러움을 북돋우어, 그 방탕스런 격조와 치장의 아름다움이 족히 사람의 마음을 기쁘게 하여 사람의 정을 창달[175]시키므로, 「서상기」나 「홍루몽」 따위가 세상 남녀들에게 환영을 받은 지 오래되었다. 고금의 문안·재자미인·낭객들이 한가함을 물리치고 흥을 붙이려 할 때 종종 이런 전기나 해학의 이야기들을 취하여 한때의 울적함을 유쾌하게 만드니, 이것이 제해[176]나 패승[177]이 사서에 끼게 된 까닭이다).

【增】

1) 『大畜觀書目』(19C初?): 「紅樓夢」 三套共十八冊.

---

175) 거침없이 쭉쭉 뻗어 자람.

176) 옛 책의 이름. 일설에는 중국 劑나라 때 있었던 해학서라고도 하고, 혹은 괴담을 잘하던 사람의 이름이라고도 한다. 후대에는 일반적으로 해학적인 서적을 일컫는 말로 쓰였다.

177) 稗史. 사관이 아닌 사람이 이야기 모양으로 꾸며 쓴 역사 기록.

2) 『緝敬堂曝曬書目總錄』: 「紅樓夢」 散套 四本欠.

(국문)

① Courant, 769: 「홍누몽 紅樓夢」.

【增】

1) 『[演慶堂]諺文冊目錄』(1920; 藏書閣所藏): 31. 「紅樓夢」 120冊.

〈이본연구〉

【增】

1) 몇몇 판본의 回目을 비교한 결과 낙선재본은 '程甲本'이나 '王希廉評本'과 가장 가까운 것으로 나타났지만, 그렇다고 어느 한 판본과 완전히 동일하지는 않고 서로 異同을 공유하고 있음을 알게 됐다. 제7회, 21회, 29회, 112회 등에서는 '王評本'과 같지만 제66회, 94회 등에서는 차이를 드러냈고, 제27회, 74회 등에서는 독특한 상황을 보였기 때문이다. 특히 낙선재본의 封面에 따로 써서 붙인 회목은 원본의 總目을 따로 옮긴 것이고, 첫 장의 회목은 원본의 각회에 나타던 회목임도 알게 됐다. 원본의 총목과 回首의 회목이 서로 쉽게 대조할 수 없음에 반해 낙선재본은 겉면과 속면의 회목 차이를 쉽게 발견할 수 있음에도 불구하고 이를 고치지 않고 원본에 충실한 것은 이 번역본의 필사가 대단히 신중하게 이뤄졌음을 보여 주는 증거라 하겠다. 그러한 의미에서 이 번역본의 원본 계통이 정갑본과 왕평본의 중간자적인 새로운 제3의 판본이었을 가능성도 있다. …… 적어도 淸末에 크게 유행하였고 우리 나라에도 많이 들어온 '金玉緣本'과는 전혀 다른 양상을 보여 이 번역본의 원본 계통이 1880년대 이전의 판본이었음은 확인할 수 있게 됐다(崔溶澈, "樂善齋本 完譯 「紅樓夢」 初探," 高大中國語文硏究會, 『中國語文論叢』, 1[1988. 12], p.193 및 204).

【增】〈판본연대〉

1) 이 책[「홍루몽」]이 樂善齋에 소장된 것과 필사의 정교함으로 보아 궁중에 바쳐진 것이 분명하며, 그것도 왕명을 받아 전문적인 번역가와 필경사의 작업이 병행된 것으로 보여진다. 당시 李鍾泰라는 文士가 중국 소설 번역가로서 왕의 신임을 받고 있었다면, 「三國志演義」나 「紅樓夢」 등이 그에 의해 번역되었을 가능성은 높다. 적어도 그가 주관하는 번역팀에 의해 번역되었을 것이라고 본다. 한편 번역 연대의 추정도 마찬가지로 불확실하지만, 이종태를 번역자로 보았을 때 그가 장기간에 걸쳐 중국 소설의 번역 작업을 계속하였을 것이므로, 특정한 한 해를 「홍루몽」 번역 연도로 지적할 수는 없을 것이다. 여기서 참고가 될 수 있는 것은 낙선재본 소설로 함께 발견된 「楊門忠義錄」에 필사 연대가 적혀 있다는 사실이다. 이 소설은 총 43권 43책으로서 卷之一 마지막 면에 '셰직기묘칠월일셔(歲在己卯七月日書)'로 쓰고, 卷之四十三 끝에 '경진이월일필셔(庚辰二月日畢書)'를 기록하여 필사의 시작과 종결 시기를 밝혔다. 鄭炳昱교수는 '기묘'와 '경진'을 각각 1879년과 1880년으로 추정하였다. 이러한 점을 감안하면 이 무렵 함께 번역 또는 필사된 낙선재 소설의 연대를 추정할 수 있고 「홍루몽」의 경우도 1880년대일 가능성은 높아진다고 할 수 있다. 필자는 이에 따라 이 번역본의 역자를 이종태로, 연대를 1884년 전후로 잠정 규정하고자 한다(崔溶澈, "樂善齋本 完譯 「紅樓夢」 初探," 高大中國語文硏究會, 『中國語文論叢』, 1[1988. 12], p.190).

811.1. 〈자료〉

Ⅱ. (역주) [현대어역]

【增】

1) 梁建植.「紅樓夢」.『每日申報』連載. 138回(未完, 1918).

2) 梁建植.「石頭記」.『時代日報』連載. 17回(未完, 1925).

3) 張志瑛.「紅樓夢」.『朝鮮日報』連載. 302回(未完 1930~1931)

4) 연변대학 홍루몽 번역소조 옮김.『홍루몽』(전 4책). 1978~1980. (程乙本系本)

5) 外文出版社.『홍루몽』(전 5책). 北京: 外文出版社, 1978~1982. (脂硯齋評本系 戚蓼生書本本)

6) 姜龍俊.「紅樓夢」.『土曜新聞』連載. 34章(未完, 1990~1991).

7) 趙星基.「紅樓夢」.『韓國經濟新聞』連載. 613回(1995~1996).

8)『홍루몽』(전 4책). 한국문화사, 1999.

9) 목삼, 유재원 역.『신홍루몽』(上·中·下). 2001. 4.

10) 권도경 외.『홍루몽』(상·하). 이회문화사, 2004.

811.2. 〈연구〉

【增】 Ⅰ. (단행본)

허룡구 지음, 정재서 옮김.『홍루몽, 7(해설및 연구자료집)』. 예하, 1991.

Ⅱ (학위논문)

811.2.1. 金泰範. "韓文藏書閣本「紅樓夢」研究." 碩論(臺灣: 東海大, 1988. 4)

【增】

1) 李承姬. "樂善齋本「紅樓夢」中國語 音韻體系 研究." 碩論(韓國外大 大學院 2003. 8).

Ⅲ. (학술지)

811.2.5. 權友荇·宋明子. "「紅樓夢」과「玉樓夢」의 比較研究 : 人物의 性格과 道德的 價値觀의 心理 分析을 中心으로."『國文學研究』, 5(曉星女大 國語國文學科, 1976. 2).
811.2.7. 崔溶澈. ……
811.2.9. 崔溶澈. ……
811.2.10. 崔溶澈. ……
811.2.11. 崔溶澈. ……
811.2.12. 崔溶澈. ……
811.2.13. 崔溶澈. ……
811.2.14. 崔溶澈. "「九雲記」的作者及其與「紅樓夢」的關係."『紅樓夢學刊』, 56(北京文化藝術出版社, 1993. 5).

【增】

1) 崔溶澈. "(書評) 樂善齋本 完譯「紅樓夢 影印本."『中國語文學』, 15(嶺南中國語文學會, 1988. 12).

2) 李桂柱. "「紅樓夢」詩詞 飜譯比較論 試稿."『中國語文學』, 22(嶺南中國語文學會, 1993. 12).

3) 崔溶澈. "梁建植의「紅樓夢」論評과 飜譯文 分析."『中國語文論叢』, 6(高麗大 中國語文研究會, 1993. 12).

4) 崔溶澈. "1910~1930年韓國「紅樓夢」研究和飜譯: 略論韓國紅學史的第二階段."『紅樓夢學刊』, 67(北京, 1996. 2).

5) 崔溶澈. "「紅樓夢」在韓國的流傳和飜譯"『紅樓夢學刊』, 75(北京, 1997. 12).

6) 崔溶澈. "韓國古典小說「九雲夢」與「紅樓夢」的結緣" 『中國學論叢』, 11(高麗大 中國學硏究所, 1998. 12).

7) 허원기. "藏書閣本 完譯「紅樓夢」 小考." 『비블리오필리』, 9(한국애서가클럽, 1999. 12).

8) 尙基淑. "小說과 民俗硏究: 「紅樓夢」·「玩月會盟宴」·「家」의 家族生活에 보이는." 『訪日學術硏究者論文集-歷史』, 5(日韓文化交流基金, 2001. 9).

9) 蔡禹錫. "「紅樓夢」과 「春香傳」의 敍事構造." 『第72回 中國學硏究會發表論文集』(中國學硏究會, 2002. 4).

10) 尙基淑. "「紅樓夢」과 「玩月會盟宴」에 나타난 女性像." 『東方學』, 8(韓瑞大學校, 2002. 12).

11) 金泰星. "樂善齋本「紅樓夢」 譯音聲母 表記體系 考察." 『中語中文學』, 33(韓國中語中文學會, 2003. 12).

12) 崔溶澈. "韓國에서의「紅樓夢」 傳播와 飜譯." 『紅樓夢的傳播與飜譯』(鮮文大 中韓飜譯文獻硏究所, 2004. 11).

13) 朴在淵. "「紅樓夢」系 筆寫本 飜譯小說에 나타난 語彙硏究." 『紅樓夢的傳播與飜譯』(鮮文大 中韓飜譯文獻硏究所, 2004. 11).

◈812.[홍루몽보 紅樓夢補]178)

〈참고자료〉

① 「紅樓夢補」四十八回: 淸無名氏撰 署歸鋤子 首犀脣山樵序 及嘉慶己卯(二十四年) 歸鋤子自序 敍略八則 自高書九十七回後作起◐(청나라의 무명씨 찬. 귀서자의 서문이 있다. 책머리에 서척산초의 서문 및 가경 기묘년[1819]에 쓴 귀서자의 자서와 '서략8칙'이 있다. 고서[高鶚이 증보한 120회본「홍루몽」]의 97회 이후에 잇대어 지은 것이다(孫楷第, 『中國通俗小說書目』, p. 123).

〈관계기록〉

【增】

1) 『[演慶堂]諺文冊目錄』(1920; 藏書閣所藏): 28.「紅樓夢補」 20冊.

【增】〈이본연구〉

1) 낙선재본「홍루몽보」는 嘉慶 기묘년[1819]에 歸鋤子가 창작한 『紅樓夢補』를 번역한 것으로 총 24권 48회로 이루어진「홍루몽」續書 가운데 하나이다. 이 작품은 귀서자가 자신의 벗 石兄 등과 대화에서 밝히고 있듯이「홍루몽」의 후반부 20여 회 정도를 끊어 버리고, 한을 품고 원통하게 죽은 林黛玉을 되살려 賈寶玉과 이별하는 아픔을 겪지 않도록 하기 위해 창작한 것이다. …… 「홍루몽보」는「홍루몽」속서들이 일반적으로「홍루몽」120회가 모두 끝난 뒤 그 뒤를 이어서 창작한 것과는 달리 97회 이후를 이어 쓴 것이다. 97회 이후를 이어 쓴 속서로는「홍루몽보」 이외에 秦子忱의「續紅樓夢」과 花月癡人의「紅樓幻夢」이 있는데, 세 작품은 모두 임대옥이 죽었다가 다시 살아나는 '還魂' 모티프를 취하고 있다(김정녀, "낙선재본「홍루몽보」의 번역 양상," 김정녀·박재연 校註, 『홍루몽보 紅樓夢補』[2004. 7], p. 1).

---

178) 「홍루몽」의 제97회 이후로부터 이야기를 시작하고 있다. 서울대 규장각에 8책짜리(48회)「紅樓夢補」 (3477-92)가 수장되어 있다.

【增】〈판본연대〉

1) 「홍루몽보」가 언제 우리 나라에 유입되었는지는 단정지을 수 없다. 다만 李圭景[1788~??]의
『五洲衍文長箋散稿』 권 7 ‘小說辨證說’에 「속홍루몽」에 대한 기록이 보이고, 趙在三
[1808~1866]의 『松南雜識』 권 7 ‘稽古類 西廂記’에 「紅樓浮夢」에 대한 기록이 보이는 것으로
보아, 이 작품 역시 창작이 이루어지고 얼마 지나지 않은 19세기 후반 이전에는 이미 조선에
유입되었을 것으로 추정된다(김정녀, “낙선재본 「홍루몽보」의 번역 양상,” 『홍루몽보 紅樓夢補』
[2004. 7], p. 2).

812.1. 〈자료〉

【增】 Ⅱ (역주)

1) 김정녀·박재연 校註. 『홍루몽보 紅樓夢補』. 조선시대 번역고소설총서 16, 이회, 2004.[179) (정문연
소장)

812.2. 〈연구〉

【增】 Ⅲ. (학술지)

1) 김정녀. “낙선재본 「홍루몽보」의 번역 양상.” 김정녀·박재연 校註, 『홍루몽보 紅樓夢補』(이회,
2004. 7).

2) 金貞女. “樂善齋本 「紅樓夢補」와 「補紅樓夢」의 飜譯樣相.” 『紅樓夢的傳播與飜譯』(鮮文大
中韓飜譯文獻硏究所, 2004. 11). 『中國小說論叢』, 21(韓國中國小說學會, 2005. 3)에 재수록.

◪813. [홍루부몽 紅樓復夢][180)

〈참고자료〉

① 「紅樓復夢」 一百回: 淸某氏撰 題‘紅香閣小和山樵南陽氏編輯’·‘款月樓武陵女史月文氏校
訂’ 首嘉慶四年己未女弟武陵女史陳詩雯(卽校訂人) 又四年紅樓復夢人小海氏自序. 書接高
書一百二十回之後◐(청나라 때 성명 미상인의 편찬. 책머리에 ‘홍향각 소화산초 남양씨 편집’과
‘관월루 무릉여사 월문씨 교정’이라는 서제가 있다. 또 책머리에 ‘가경 4년 기미[1799] 여제
무릉여사 진시삽’과 ‘동 4년 홍루부몽인 소해씨의 자서’가 있다. 이 책은 고서[高鶚이 증보한
120회본 「홍루몽」]의 120회 이후에 잇대어 쓴 것이다(孫楷第, 『中國通俗小說書目』, p. 122)

〈관계기록〉

【增】

1) 『[演慶堂]諺文冊目錄』(1920; 藏書閣所藏): 73. 「紅樓復夢」 50冊.

【增】〈이본연구〉

1) 낙선재 필사본 「홍루부몽」은 嘉慶 10년[1805]에 陳姓이 창작한 100회본 「홍루부몽」을 번역한
것으로, 원전의 서문에 작자는 我兄紅羽라고 되어 있다. 작자 자신의 서문에 근거하면 陳姓의
字는 少海 또는 南陽, 호는 小和山樵 또는 紅樓復夢人이다. 이 책은 「홍루몽」 4대 속서 중에

---

179) 중국본인 道光十三年癸巳(1833)藤花榭 重刊本이 영인 부재되어 있다.
180) 「홍루몽」 제120회 뒤에 續作한 것이다.

가장 마지막에 나온 작품으로 진소해가 1799년에 창작하였다.「홍루몽」제120회부터 이어지는 속편으로, 축몽옥으로 환생한 가보옥, 송채지로 환생한 임대옥, 가보채로 환생한 설보차 등 남녀가 바뀌어 환생한 주인공들이 사랑을 이루는 한편 개인과 가문의 부귀영달을 달성하는 방향으로 줄거리가 짜여져 있다(박재연 외 3인 교주,『홍루부몽 紅樓復夢』, 上[2004. 8], '머리말' 참조).

2) 낙선재본「홍루부몽」은 陳少海의「紅樓復夢」을 번역한 것이다. 1805년에 간행된 이 책은 100回本(「홍무몽」)의 방대한 속서다. 낙선재본 번역본은 이를 모두 번역하면서 50권 50책으로 만들었는데, 따라서 한 권에 두 회의 내용을 포함시키고 회목도 문중에 모두 넣었다. 필사본은 半葉 9행 17자로 번역하였으며, 직역을 위주로 하고 한자 용어를 많이 사용한 것은 다른 번역본과 거의 비슷하다(崔溶澈, "韓國에서의「紅樓夢」傳播와 飜譯." 鮮文大 中韓飜譯文獻硏究所,『紅樓夢的傳播與飜譯 홍루몽의 전파와 번역』[2004. 11], p. 76).

3) [낙선재본]『홍루부몽』은 전체 100회 가운데 권 26 중의 제52회는 부분적으로 필사가 잘 되어 있지 않고 권 27 중의 제 53회와 권 36 중의 제71회는 앞부분 첫 면의 내용이 아예 빠져 있다. …… 또한 필사된 글자가 조금씩 다른 형태로 드러나는 것으로 보아서 한 사람이 일률적으로 한 것이 아니라 여러 사람이 번역 내지는 필사한 것임을 드러내고 있다. 낙선재본 번역 소설의 특징은 한 마디로 요약하자면 직역과 축역 위주의 번역이라는 설명할 수 있다.『홍루부몽』도 그러한 특징을 고스란히 이어받고 있다는 점에서 여타의 낙선재본과 동일선상에 있다고 본다. 그렇지만 낙선재본『평산냉연』과 같은 才子佳人小說의 번역과는 약간은 상이한 점을 나타내고 있기도 하다. [중국 원본]『평산냉연』의 경우는 詩詞의 삽입이 두드러진 작품 중의 하나이다. 그러나 [중국 원본]『홍루부몽』은 그에 비하여 시사가 그리 많이 삽입되어 있지 않은 편이다. 게다가 작품 중의 출현된 시사는 낙선재본『홍루부몽』에서는 대부분 수록하고 번역되어 있다는 점이다. 예를 들어 제73회에 삽입된 시는 우리말 발음을 달아 놓은 동시에 빈역까지 멋들이지게 해내고 있는 점을 볼 수가 있다. 그러나 낙선재본『홍루부몽』에서도 개장시와 산장시는 아예 제거하고 언급하지 않고 있다. 이 점은 다른 낙선재본 작품들과 상통하는 면이라 할 수 있다(金明信, "樂善齋本「紅樓復夢」의 飜譯樣相," 鮮文大 中韓飜譯文獻硏究所,『紅樓夢的傳播與飜譯 홍루몽의 전파와 번역』[2004. 11], pp. 132~133).

【增】〈판본연대〉

1)「홍루부몽」이 언제 우리 나라에 유입되었는지 명확하게 결론을 내릴 수 없다. 다만 李圭景 [1788~??]의『五洲衍文長箋散稿』권7 '小說辨證說'에「속홍루몽」에 대한 기록이 보이고, 趙在三[1808~1866]의『松南雜識』권7 '稽古類 西廂記'에「紅樓浮夢」에 대한 기록이 전하는 것으로 보아, 이 작품 역시 창작이 이루어지고 얼마 지나지 않은 19세기 후반 이전에는 이미 조선에 유입되었을 것으로 추정된다(박재연 외 3인 교주,『홍루부몽 紅樓復夢』, 上[2004. 8], '머리말' 참조).

813.1.〈자료〉

【增】Ⅱ.(역주)

1) 박재연·이재홍·김영·김명신 校註.『홍루부몽 紅樓復夢』, 上. 조선시대번역고소설총서 18-Ⅰ. 이회, 2004.[181] (정문연 소장)

2) 박재연·김명신·김영·우춘희 校註. 『홍루부몽 紅樓復夢』, 下. 조선시대번역고소설총서 18-Ⅱ. 이회, 2004.[182] (정문연 소장)

813.2. 〈연구〉
Ⅲ. (학술지)

【增】

1) 金明信. "樂善齋本 「紅樓復夢」의 飜譯樣相." 『紅樓夢的傳播與飜譯』(鮮文大 中韓飜譯文獻 研究所, 2004. 11).

◈814. [[홍매기 紅梅記]][183) ← 태평광기언해

814.1. 〈자료〉
Ⅰ. (영인)

814.1.2. 朴在淵. 『홍미긔』. 중국소설·희곡 번역본 총서 18. 선문대학교 중한번역문헌연구소, 1999.[184)

Ⅱ (역주)

814.1.3. 朴在淵. 『홍미긔』. 중국소설·희곡 번역본 총서 18. 선문대학교 중한번역문헌연구소, 1999.

▶(홍문연 鴻門宴 → 항장무전)
▶(홍백화 紅白花 → 홍백화전)
▶(홍백화기 紅白花記) → 홍백화전)
◈815. [홍백화전 紅白花傳] ← 계순전 / 낙양삼절록 / 정백화전 / 홍백화 / 홍백화기

〈관계기록〉

① 「紅白花傳」, 序: 或有問於余曰 「紅白花傳」 誰能作也 曰未知何許人而作也 曰然則何以謂之 紅白 曰余曾未知其本也 吾亦日者聞於函丈 曰大明成化年間 有桂荀兩家 生才子 桂則男 荀則女也 以表兄表弟之義 欲爲結緣也 其間有呂相之子 房彦欲納□於美人 乃論婚事於荀家 之女 女乃唱然而歎 亡逃於蘭之家 着男子巾幅 佯爲桂 先聚於薛儀賓之女 幽蘭乃□□□□儀 賓 賓乃罷呂家之婚 以其子同事 桂處士之子 以兩夫人同心補遺無以抄間 以論此事者 乃歎贊 其行 乃述其事 其文若 「九雲夢」 波調姸姸 如春花方暢 無塵涯之氣 方可謂之能善文矣 吾亦 其家□事□其文 乃序乃次 以續其首 可謂僭也 然以無其本故 乃可得以序也☯(어떤 사람이 나에게 묻기를, "「홍백화전」은 누가 지었는가?"라고 하니, 나는 대답했다. "누가 지었는지 모르노 라." 그가 또 말했다. "그러면 왜 '홍백'이라 했는가?" 이에 내가 말했다. "나도 그 근본은 모른다. 나 역시 저번에 스승께 들은 것이다. 스승이 말하기를, '명나라 성화[1465~1487] 연간에 계씨와

___

181) 중국의 娜嬛齋藏板 「繡像紅樓復夢」이 영인 附載되어 있다.
182) 위와 같다.
183) 원래 『태평광기』에는 들어 있지 않고 『國色天香』, 『燕居筆記』, 『繡谷春容』 등에 들어 있는 작품이다.
184) 『國色天香』 소재 「古杭紅梅記」; 『燕居筆記』 소재 「紅梅記」; 낙선재본 『태평광긔』 소재 「홍미긔」들이 영인 부재되어 있다.

순씨 양가에서 재자를 낳았는데 계씨가에서는 아들을, 순씨가에서는 딸을 낳아 4촌 형제의 의리로써 결연코자 했더니, 그 사이에 여승상의 아들 방언이 미인을 맞고자 하여 순씨가의 딸에게 혼사를 청하게 되자, 여자가 슬프게 탄식하고 낸[유란]의 집으로 도망하여 남장을 하고 거짓으로 계씨라 성씨를 고쳐 먼저 설의빈의 딸에게 장가들었다. 유란은 곧 설의빈의 딸이었다. 의빈이 이에 여씨가와의 혼인을 깨고 그 딸로써 계처사의 아들을 섬기게 하니, 양부인이 잠시도 게을리하지 않고 한 마음으로 서로 모자란 점을 보충하며 섬겼다. 이로써 이 일을 논하는 사람들이 그 행위를 찬탄하고 그 일을 기록하였다. 그 글이 「구운몽」처럼 문체가 아름다워 봄꽃이 만발하는 것 같고 티끌 세상의 기색이 없으니, 아주 좋은 글이라고 할 수 있다.'고 했다. [결자 미상] 서를 쓰고 순서를 정하여 그 첫머리에 이어 놓았다. 가히 분수에 지나치는 하지만, 그러나 본래 서문이 없으므로 내가 서문을 썼다).

② 『諺文古詩』(가람본), '언문칙목녹', 144: 「홍빅화젼」.

③ Courant, 915: 「호백화 胡白花」.[185]

【增】

1) 『字學歲月』[1744](尹德熙 1685~1766): 「紅白花傳」.

2) 『私集』(尹德熙 1685~1766), 4, 「小說經覽者」[1762]: 「紅白花傳」.

3) 『大畜觀書目』(19C初?): 「紅白花傳」 一冊.

4) 『[演慶堂]諺文冊目錄』(1920; 藏書閣所藏): 55. 「紅白花傳」 3冊.

〈이본연구〉

【增】

1) 고대 42장본의 필사 연도는 1845년이다. 정확한 필사 연도를 기록하고 있으며, 필사 연도를 알 수 있는 이본 가운데 가장 이른 시기의 것이다. 그러므로 19세기 초반에는 「紅白花傳」이 항간에 유행한 것으로 보아야 한다. 「紅白花傳」은 한문본, 국문본, 구활자본이 있는데, 한문본이 19종, 한글본 필사본이 10종, 구활자본이 1종이다. 19종에 달하는 한문본 「紅白花傳」은 오자, 탈자를 제외하면 이본 간 큰 변이는 없었다. 이는 한문본 필사의 특성 때문이겠지만, 짧은 시간 내에 흥행된 작품이었던 것으로 생각하게 한다. 국문본 중에는 성균관대 소장본이 가장 많이 변개된 모습을 보이고 있으나, 김광순 52장본을 제외하고 여타 국문본의 경우 부분적인 변이가 극미하다. 국문본 가운데는 한문본과의 밀접한 관련을 맺으며, 필사 혹은 번역된 것이 많다. 또한 한문본은 19종 모두 회장체로 된 반면, 국문본은 회장체로 구성되지 않는 이본도 있었다. 따라서 「紅白花傳」은 한문본이 국문본에 선행한다(崔允姬, "「紅白花傳」의 構成的 特徵과 敍述意識," 高麗大 碩論[1999. 8], p. 69).

국문필사본

〈홍백화전〉

| 【增】 홍백화전 | 정명기[尋是齋 家目] | 1(낙장) |

---

185) Courant, 915에 「호빅화 胡白花」란 것이 있으나 아마도 이것은 「홍빅화」의 오기일 것으로 생각된다.

국문활자본

홍빅화	국중(3634-3-30=4)[186]	1(博文書舘, 1926, 79pp.)

한문필사본

〈홍백화전〉

【增】 紅白花傳 抄	김광순[筆全](51)	1(42f.)
【增】 紅白花記	고대(C14-A62)[漢少目, 愛12-2]	1(道光貳拾伍年[1845]菊月畢, 42f.)
【增】 紅白花傳	고대[육당](古C14-A13)[漢少目, 愛12-3]	1
紅白花傳	김동욱[羅孫](古853.5/홍7161)/정문연 [韓古目](1461: R35P-000044-2)	……
紅白花傳 單	김동욱[羅孫](古853.5/홍7162) /(R35P-000044-3)/[筆叢](79-5)	……
【增】 紅白花傳	동양문고[漢少目, 愛12-16]	1(光武二年[1898]戊戌三月九 日親衛第四大隊)
【增】 紅白花傳	박재연[家目]/[中韓飜文展目(2003)]	1
【增】 紅白花傳	버클리대(미국)[漢少目, 愛12-9]	1(歲在丙申仲夏初六畢書于梅 營海雲堂)
【增】 紅白花傳	성균관대(D7C-176)[漢少目, 愛12-11]	1(65f.)
【增】 紅白花傳	연세대(811.36 홍백화)[漢少目, 愛12-12]	1(72f.)
【增】 紅白花傳	연세대(811.36 홍백화가)[漢少目, 愛12-13]	1(戊戌十二月二十三日夜畢書 於高井三嘉宅小舍廊, 55f.)
【增】 紅白花傳	연세대(811.36 홍백화필)[漢少目, 愛12-14]	1(60f.)
紅白花傳	임형택[莽蒼蒼齋 家目]	……
【增】 紅白花傳	임형택[莽蒼蒼齋 家目]	1([序文]癸丑三月十五日 完山 李書, 59f.)[187]
【增】 紅白花傳	전남대(古3Q2홍42ㄱ)[漢少目, 愛12-18]	1
【增】 紅白花傳 桂一枝傳	정규복[漢少目, 愛12-19]	1
【增】 紅白花傳	정명기[尋是齋 家目]	1
【增】 紅白花傳	정명기[尋是齋 家目]	1[188]

815.1. 〈자료〉

Ⅰ. 〈영인〉

---

186) 판권지가 낙장되어 확실한 서지적 사항은 알 수 없다.
187) 光文會 原稿用紙 사용.
188) 『逐睡全書』 所收.

「홍백화전」

【增】

　1) 金光淳 編.『金光淳所藏 筆寫本韓國古小說全集』, 51. 박이정출판사, 1994. (김광순 소장)

815.2. 〈연구〉

Ⅱ (학위논문)

〈석사〉

　815.2.1. 崔允姬. "「紅白花傳」의 構成的 特徵과 敍述意識." 碩論(高麗大 大學院, 1999. 8).

Ⅲ. (학술지)

【增】

　1) 탁원정. "「紅白花傳」 연구."『韓國古典研究』, 6(韓國古典研究學會, 2000. 12).
　2) 尹世旬. "『紅白花傳』을 통해 본 愛情傳奇의 이행기적 양상."『漢文學報』, 2(우리한문학회, 2000. 2).
　3) 차충환. "「강상월」과 「부용헌」: 고소설의 개작본."『인문학연구』, 6(경희대학교 인문학연구원, 2002. 12). "「강상월」과 「부용헌」: 「창선감의록」과 「홍백화전」의 개작"으로 『韓國古典小說作品研究』(월인, 2004. 10)에 재수록.
　4) 崔允姬. "「紅白花傳」." 刊行委員會 編.『古小說研究史』(月印, 2002. 12).

〈줄거리〉

　(5) …… 부친이 원적(遠適)함을 슬퍼하였다.

◑{홍벽전}

◪816.[[홍생원유기 洪生遠游記]]

　〈작자〉 安鼎福(1712~1791)
　〈출전〉『覆瓿』, 雜錄, 41

◪817.[홍선 紅線] ← 『금강유산기』 / *전기

〈관계기록〉

　①『古香屋小史』(金祖淳 ?~1831), '五臺劍俠傳': 閏人曰 余童子時 愛太史公 刺客傳 讀之 往往亡食 以爲天下之奇 無過於是 及讀唐傳奇 「韋十一娘」·「紅線」諸傳 又茫然自失 譬之荊聶諸公 如猛虎下山 終始具塗人耳目 見之悍然增氣而已 若韋娘紅線之類 如神龍入雲 時露鱗爪 其神變殆不可測 似乎勝之 所處異 而所用殊也●(윤인[金祖淳의 號]은 이르기를, 내 일찍이 동자 시절에 태사공[司馬遷 B.C. 145~86]의 자객전을 애독하던 중 가끔 먹을 것까지 잊었으며, 스스로 생각하기를, '천하의 기이한 일이 이에서 더할 수 없겠다.' 하였더니, 당 전기 소설 중의 「위십일랑」·「홍선」 등 여러 전 작품을 읽고서는 오히려 아득히 정신을 읽었다. 비유컨대 형가[?~B.C. 227]189)·섭정190)은 마치 사나운 범이 산을 내려오는 것 같아서, 뭇 사람들의 이목 앞에 나타나자

---

189) 중국 상고 전국 시대 燕나라의 태자 丹의 식객이 되어 荊卿 또는 慶卿이라 불렸다. 단에게서 秦나라가

사나운 기운을 돋아낼 작품이지만, 위랑[191]·홍선[192]의 무리는 마치 신룡이 구름 속에 숨어 있으면서 가끔 그 비늘과 발톱을 드러내는 것 같아서, 그의 신변은 거의 측량할 수 없어, 앞의 것에 비해서 오히려 나을 것 같으니, 이는 각기 사정이 달라서 모든 것이 같지 않기 때문이었다).

【增】817.2. 〈자료〉

Ⅲ. (학술지)

  1) 노영근. "「고압아전기」작품 분석."『국민어문연구』, 5(국민대 국어국문학연구회, 1997. 3).

◑{홍수전 洪秀傳}

〈관계기록〉

  ① 金起東, 「국어국문학, 51, p. 106:「洪秀傳」(延大圖書館藏).

★[[홍순언전 洪純彦傳]]193) ← *이장백전

2. 〈연구〉

Ⅲ. (학술지)

【增】

  1) 이신성. "서포만필 소재 홍순언일화에 대하여."『서포문학의 새로운 탐구』(中央人文社, 2000. 11).

◆818.[홍연전 洪延傳]

국문필사본

【增】 호연전	박순호[家目]	1(49f.)
【增】 홍연전	박순호[家目]	1(上文年壬子元月二十日畢, 筆權氏, 79f.)

818.2. 〈연구〉

【增】 Ⅱ (학위논문)

빼앗아 간 땅을 되찾아 주든가, 아니면 秦王 政(후의 始皇帝)을 죽이든가 해 달라는 부탁을 받고, 진에서 도망해 온 장수 樊於期의 목과 연나라 督亢(河北省 固安縣)의 지도를 가지고 진나라에 들어가 진왕을 알현하고 죽이려 하였으나 실패로 끝나 도리어 죽음을 당하였다.

190) 중국 전국 시대 韓나라 사람. 원수를 피해 屠란 곳에 숨어 살았는데, 韓卿과 嚴遂가 그에게 재상인 韓傀를 죽이라 했지만, 그는 어머니가 살아 생존해 있음을 이유로 거절하였으나, 어머니가 죽은 후 가서 傀를 죽이고 자살하였다.

191) 「위십일낭」의 여주인공 이름.

192) 「홍선전」의 여주인공 이름.

193) 「홍순언전」은 홍순언의 일화를 담고 있는 '傳' 작품을 통칭하는 것이지, 「홍순언전」이란 고전 소설 작품이 독립되어 있는 것은 아니다. '홍순언 이야기'는『열하일기』의 玉匣夜話에 실린 唐城君洪純彦事를 비롯하여 韓致奫의『海東繹史』; 李肯翊의『燃黎室記述』, 別集;『通文舘志』; 朴東亮의『企齋雜記』; 洪氏家 家傳「唐陵遺事」; 柳夢寅의『於于野談』; 李源命의『東野彙輯』; 李重煥의『擇里志』; 李瀷의『星湖僿說』 등에 보인다.

〈석사〉

【增】

1) 정수연. "「홍연전」 연구." 碩論(성신여대 교육대학원, 2003. 8).

▶(홍영선북정기 洪靈仙北征記 → 홍영선전)

◪819.[홍영선전 洪靈仙傳] ← 홍영선북정기

▶(홍윤성전 洪將軍傳 → 홍장군전)

◪820.[홍의동자 紅衣童子]

▶(홍의장군전 紅衣將軍傳 → 곽재우전)

◪821.[홍장군전 洪將軍傳] ← *원두표실기 / 홍윤성전

〈작자〉 李海朝(1869~1927)

【增】

1) 당시 인기 있는 작가였던 이해조는 자신의 기발표 신소설들을 새로 교정 발간하고,「수호지」
등의 기존 소설과 설화, 일화 등을 수용하여「홍장군전」과「한씨보응록」을 만들었다. 그리고는
광고194)에서도 그의 유명세를 이용해서, 이해조의 손을 거친 작품들임을 강조하고 있는 것이다(오
윤선, "「홍장군전」의 창작 경위와 인물 형상화의 방향,"『古小說研究』, 12[2001. 12], p. 305).

〈관계기록〉

① 金台俊,『朝鮮小說史』, p. 94:「洪允成傳」.

② 金起東,『李朝時代小說論』, p. 209 및 p. 589:「洪允成傳」.

③ 金台俊,『朝鮮小說史』, p. 248:「洪將軍傳」.

④ 金起東,『李朝時代小說論』, p. 33 및 p. 591:「洪將軍傳」.

〈비교연구〉

【增】

1)「홍장군전」과 함께 이해조가 편집했다고 거론되는「한씨보응록」은「홍장군전」과 아주 공통점이
많다. 두 작품 모두 시대 배경이 같고, 세조 정변의 두 인물을 주인공으로 하고 있다. 또한
「한씨보응록」은「홍장군전」과 마찬가지로「수호지」의 삽화를 빌어온 것이 눈에 뜨인다. 그리고
수양대군을 긍정적인 시각에서 그린 고전 서사물은 단 이 두 작품뿐이라는 것 또한 무척 흥미롭다.
전해 오는 민간 설화들에서도 '나쁜 수양대군, 불쌍한 단종'이라는 민중의 의식은 분명한 것이었
다. 하지만, 두 작품은 수양을 미화하여 그리고 있다. 특히「한씨보응록」에서는 작품 전체적으로
「홍장군전」에서보다 더 수양의 미화에 많은 양을 할애하고 있다. …… 이상에서 살펴본 결과
「홍장군전」과「한씨보응록」은 자매편과 같은 성격을 가지고 있다. 두 작품에서의 작자의 시각이
비슷한데다가, 작품 내에서의 역사적 사실과 관계 없는 허구들도 서로 일치하고 있다. 특히
홍윤성이 전라감사로 가게 된 배경, 문종렬의 세조 암살 시도 사건이「한씨보응록」에서는 구체적
으로 서술되어 있는데 반해,「홍장군전」에서는 별다른 설명 없이 간략히 사건의 개요만을 이야기
하고 있어,「한씨보응록」을 이미 읽은 사람들만이 충분히 이해할 수 있도록 되어 있다. 이는

---

194)「花의 血」(五車書廠, 19180, 뒷면.

「한씨보응록」이 지어진 후, 동일한 작가 혹은 같은 시각을 가진 다른 작가가 「홍장군전」을 지었음을 추측할 수 있게 한다(오윤선, "「홍장군전」의 창작경위와 인물형상화의 방향," 『古小說研究』, 12[2001. 12], p. 299; p. 300).

821.1. 〈자료〉

Ⅰ. (영인)

821.1.1. 仁川大民族文化研究所 編.『舊活字本古小說全集』, 32. 銀河出版社, 1984; (再刊) 國際아카데미, 2002. (오거서창판)

821.2. 〈연구〉

Ⅲ. (학술지)

【增】

1) 오윤선. "「홍장군전」의 창작경위와 인물형상화의 방향."『古小說研究』, 12(韓國古小說學會, 2001. 12).

◐{홍장전 紅粧傳}

〈작자〉 愼後聃 (1701~1761)

〈관계기록〉

① 『河濱雜著』(愼後聃 1702~1761), 刪雜記諸篇: 「續列仙傳」 一篇·「續搜神記」 一篇·「龍王記」 一篇·「海蜃記」 一篇·「遼東遇神記」 一篇·「紅粧傳」 一篇·「奇文昌說」 一篇·「文字抄」 一篇·「雜書抄」 一篇·「隨筆錄」 一篇·「經說」 一篇·「雜錄」 一篇 所記多誕妄荒雜 皆余幼時 狂馳之爲也 並削之 癸卯[1723]菊秋日書◐(「속열선전」 1편, 「속수신기」 1편, 「용왕기」 1편, 「해신기」 1편, 「요동우신기」 1편, 「홍장전」 1편, 「기문비설」 1편, 「문자초」 1편, 「잡서초」 1편, 「수필록」 1편, 「경설」 1편, 「잡서초」 1편은 내용이 매우 허탄하고 망녕되며 거칠고 잡된 것들인데 모두 내가 젊었을 적 어린 기분으로 지었던 것이라 모두 삭제하였다. 계묘년 가을에 쓰다).

▶(홍평국전 洪平國傳 → 홍계월전)

【增】 ◐{홍학사전 洪學士傳}

【增】〈관계기록〉

1) 『[演慶堂]諺文冊目錄』(1920; 藏書閣所藏): 172. 「洪學士傳」 1冊.

【增】 ◐{화곡전}

국문필사본

| 【增】 화곡전 | 여태명[家目](204) | 1(14f.) |

▶(화룡도 → 적벽대전)

■『화몽집 花夢集』[195] → 강로전 / 김화령전 / 동선전 / 몽유달천록 / 영영전 /

---

195) 『문헌정보』 수정.

운영전 / 원생몽유록 / 주생전 / 피생명몽록

2. 〈연구〉

Ⅲ. (학술지)

【增】

1) 소재영. "필사본 한문소설『花夢集』에 대하여."『民族文化硏究』, 35(민족문화연구원, 2001.
   12). 고려대 민족문화연구원,『東아시아文學 속에서의 韓國漢文小說 硏究』(월인, 2002. 5);
   『韓國學硏究』, 2(연변과기대 한국학연구소, 2002. 9)에 재수록.『동북문화기행』(집문당, 2002)에
   "「북한자료『花夢集』에 대하여"로 수록.
2) 소인호. "조선중기 전기소설사와『화몽집』."『한국 전기소설사 연구』(집문당, 2005. 3).

◆822.[화문록 花門錄]

【增】〈관계기록〉

1)『[演慶堂]諺文冊目錄』(1920; 藏書閣所藏):「花門錄」.

822.2. 〈연구〉

Ⅱ. (학위논문)

〈석사〉

【增】

1) 고혜련. "「화문록」에 나타난 갈등 양상과 여성 의식 연구." 碩論(숙명여대 대학원, 2000. 8).
2) 이양하. "「화문녹」 연구." 碩論(영남대 교육대학원, 2001. 2).

Ⅲ. (학술지)

822.2.6. 杜銀球. "「花門錄」 硏究."『關東語文學』, 4(關東大 國語敎育科, 1985. 5).『國文學硏究』(新
   陽社, 1996. 2)에 재수록.

822.2.11. / 822.2.12[196)]

【增】

1) 차충환. "「화문록」의 성격과 장편규방소설에의 접근양상."『인문학연구』, 7(경희대 인문학연구원,
   2003. 12).『韓國古典小說 作品硏究』(월인, 2004. 10)에 재수록.

【增】(화문창선록 花門彰善錄 → 화씨충효록)

▶(화문충의록 花門忠義錄 → 화씨충효록)

▶(화문충효록 花門忠孝錄 → 화씨충효록)

【增】◐{화분금}

【增】 국문필사본

【增】화분금　　　　　　　　　　박순호[家目]　　　　　　　　　　1(24f.)

---

196) 811.2.11과 811.2.12는 발표 연대순이 잘못 배열되어 있다.

◪823.[화사 花史]

〈작자〉 林悌(1549~1587)[197]

〈출전〉『白湖集』, 부록 '南溟小乘'

〈관계기록〉

① 「花史」, 結尾(部分): 總論曰 天地之間 人是一物而已 花有千百種 則人固不如花之壽矣 天以花行四時 人以花辨四時 人孰如其信 榮不謝榮於春風 落不怨落於秋天 人孰如其仁◉(이상의 것을 통틀어 말한다. 천지 사이에서 인간은 오직 한 가지뿐이로되, 꽃에는 천 백 종이 있으니, 사람은 진실로 꽃의 목숨과는 같지 않은 것이다. 하늘은 꽃으로써 봄·여름·가을·겨울의 네 계절을 행하고, 사람은 꽃으로써 네 계절을 분간하니, 인간이 어찌 꽃이 신용을 지킴과 같겠는가? 꽃은 끊임없이 봄바람에 피고 가을이 되어 떨어져도 원망하지 않으니, 인간이 어찌 그와 같이 어질겠는가?).

② 「花史」(李家源藏): 夫寓言托物 古人多用其體者 則復誰下辭於其間哉 盧氏此傳 雖使莊周騁其辭 韓退之掉其舌 未能出其右者 盖此等文字 全以無情之物 托有情之事◉(무릇 우언은 사물에 의탁하는 것으로, 옛 사람 중에는 그 체를 쓴 사람이 많았은즉 다시 누가 그 사이에 말을 쓰겠는가? 노씨[盧兢]가 쓴 이 전은 비록 장주[莊子]가 그 사를 내달리고 한퇴지[韓愈]가 그 혀를 놀렸다 하더라도 그 같은 부류에서 벗어나지 못했을 것이다. 대개 이들 문자는 모두 무정지물에게 유정한 일을 빗대어 말하는 것이다).

③ 「花史」(가람本), 跋: 此書也 田大有台持來 余取覽之 則其文辭 簡而不繁 暢而瀾 此物名記事 符合於理所固 然間間有怪奇處 可以覺睡 而至於君君臣臣治亂興亡 君子小人進退得失 亦可以監誠矣 留意於此等書 不能捨也 極炎中 以拙筆 揮汗寫之 後人覽此 而知余勤勞 忽以小焉 歲黑鷄流月初始書 望後二日訖工 花山後人金良輔◉(이 책은 대유 전태가 가져 와 내가 취해 보니 그 문사가 간결하고 번잡하지 않았으며 통달하고 물 흐르듯 하였다. 이 물명들에 대한 기사는 이치에 부합하는 바 확고하나 간간이 괴기처가 있어 잠을 깨울 수가 있었고, 임금과 신하들의 치란 흥망과 군자나 소인들의 진퇴와 득실은 또한 감계[198]가 될 만했다. 이 글에 뜻을 두어 버릴 수가 없기에 매우 더운 중에도 땀을 훔쳐 가며 베꼈다. 후인이 이 글을 보고 나의 수고를 알면 작다고 여길 것인가. 무술년[1718] 유월[음력 6월]초에 쓰기를 시작하여 17일에 필사를 마쳤다. 화산후인 김양보).

④『羅州林氏世乘』, 3, 逸蹟條: 末年玩世韜晦 絶意仕宦 酒後輒浪吟高歌 歌後吹玉簫彈伽倻琴 公之逸蹟不可彈記 其所著文 有「愁城誌」·「元生夢遊錄」 及「南溟小乘」·「管城旅史」又「花史」等書◉(말년에는 세상에서 자취를 감추고 세상을 희롱하며, 벼슬자리에 나아갈 생각을 끊었다. 술을 마신 후에는 곧 소리 높여 시를 읊조리고, 이어 옥통소를 꺼내어 가야금에 맞추어 불었다. 공의 숨은 자취는 이루 다 적을 수가 없다. 그 지은 글로는 「수성지」·「원생몽유록」 및 「남명소승」·「관성여사」·「화사」 등이 있다).

---

197) 南聖重說(金台俊,『朝鮮小說史』, 1939, p. 272; 李秉岐·白鐵,『國文學全史』, 1957, p. 161) 혹은 盧兢說(李家源, "「花史」의 作者에 對한 小考," 1960)도 있다. 특히 가람본 「화사」에는 숙종 41년(1702) 壬午에 南聖中이 '余作「花史」'라고 跋을 붙이고, 숙종 44년(1705) 乙酉에 金良輔도 그 친구인 聖中의 작인 同書를 위하여 跋을 붙이고 있다.

198) 지난 잘못을 거울로 삼아 다시는 그런 잘못을 저지르지 않도록 하는 경계.

⑤ 『白湖文集』[4刊, 1958], 4, 附錄, ‘元生夢遊錄’: ……而外此漏板文字 若「花史」・「史辨」・「瀛海錄」及 狀誌文字 又諸先生挽章 若敍述 總若干卷姑錄爲別集 以俟後日重版時合刊焉◉(그 밖에 판본에서 빠뜨린 글들, 즉 「화사」・「사변」・「영해록」 및 장・지에 해당하는 글들이나 또 선생의 만장 같은 약간의 서술들은 모두 약간권의 별집으로 만들어 후일 중판할 때 합간하고자 한다).

한문필사본

【增】花史	고대[玄民][漢少目, 寓3-3]	1
【增】花史	국중(漢93-108)[漢少目, 寓3-6][199]	
【增】花史	國史編委[漢少目, 寓3-7]	1
【增】花史	김광순[筆全](51)	1(9f.)
【增】花史	김광순[筆全](61)	1(白湖林悌, 13f.)[200]
【增】花史 全	김광순[筆全](61)	1([末尾]花山後人金良輔序)
		1(11f.)
【增】花史	金大[『花夢集』](ㄹ12-1:41 松)	
【增】花史	동양문고(VII-4-354)[201]	
【增】花史	서울대(古4200-7)[漢少目, 寓3-10][202]	(今上二十七年辛巳……鄭之賢)
【增】花史	성균관대(D7C-177)[漢少目, 寓3-17]	1(18f.)
花史	연대[古2](811.939/18)	1(33f.)[203]
【增】花史	영남대[漢少目, 寓3-21][204]	
【增】花史	임형택[漢少目, 寓3-28][205]	
【增】花史	정명기[尋是齋 家目]	1(낙장)
【增】花史先生夢遊錄	정문연(B3C-1)[漢少目, 寓3-33]	
【增】花史	정문연(D7C-67)[漢少目, 寓3-34][206]	
【增】花史	정문연(K4-6889)[漢少目, 寓3-35]	(辛丑, 28f.)[207]
【增】花史	芝谷書堂[漢少目, 寓3-31][208]	

한문석인본

【增】花史	정문연[漢少目, 寓-3石1]	5-3(四刊, 1958)

---

199) 『東諺抄』 내 『東稗洛誦抄』 所載.
200) 복사본을 영인한 것이다. 끝에 ‘花月令 幷書’(趙宗鉉)(3f.)가 附記되어 있다.
201) 「天君演義」 附 「花史」・「元子虛傳」.
202) 『海叢』 所載.
203) 「愁城誌」 합철.
204) 『搜採異聞』 소재.
205) 『白湖稿雜抄』 소재.
206) 附 「愁城誌」.
207) 「元子虛傳」 합철.
208) 『郤睡漫錄』, 乾 소재.

823.1. 〈자료〉

Ⅰ. (영인)

【增】

1) 金光淳 編. 『金光淳所藏 筆寫本韓國古小說全集』, 51. 박이정출판사, 1994. (김광순 소장)

Ⅱ (역주)

1) 구인환. 『삼설기·화사』. 우리고전 다시읽기 13. 신원문화사, 2003.

823.2. 〈연구〉

Ⅲ. (학술지)

【增】

1) 林信和. "「花史」研究." 『同大語文』, 2(同德女大 國語國文學科, 1967. 11).

2) 신두련. "이조「花史」系소설의 연구." 『교육경남』, 50(경상남도교육위원회, 1976. 3).

3) 文範斗. "「花史」에 나타난 林白湖의 歷史觀과 現實認識." 『國語國文學研究』, 26(嶺南大 國語國文學會, 1998. 12).

4) 朴蓮淑. "「花史」と「多滿寸太禮」·「四花の爭論」: 李朝と江戸時代の文學の對比." 『日本學報』, 53(韓國日本學會, 2002. 12).

5) 김광순. "「화사」의 작자 시비." 『한국고전문학사의 쟁점』(새문사, 2004. 2).

◆824.[화산기봉 華山奇逢]209)

〈관계기록〉

① 『諺文古詩』(가람본), '언문칙목녹', 192: 「화산긔봉」.

② Courant, 844: 「화산긔봉 華山奇逢」.

【增】

1) 『[演慶堂]諺文冊目錄』(1920; 藏書閣所藏): 51. 「華山奇逢」 12冊.

【增】

〈비교연구〉

1) 작품의 중반 이후에서 반복적으로 장황하게 펼쳐지는 각 군담의 양상은 물론이고 설정 인물도 「삼국지연의」나 「초한연의」의 인물에 빗대어지는 경우가 허다하다. 陣法傳, 一騎勝負, 埋伏計, 誘引法 등의 책략은 「삼국지연의」의 수법을 거의 그대로 수용하고 있다. ……(원문 인용 생략)…… 작가는 서번절도사 서량의 막하에 있는 군사와 장군을 「삼국지연의」의 제갈공명과 오호대장에 비기고 있다. 또 유소저의 위의를 「삼국지연의」에서 유황숙과 정략 결혼하는 손권의 누이를 들어 묘사하고 있다. 이를 통해 작가가 당의 실재 역사에도 정통했지만 「삼국지연의」나 「초한지」 등의 연의류 소설도 숙지하고 있었음을 알 수 있다. 연의류 소설에 대한 숙지는 비단 군담의 양상이나 진법전 등에 그치는 것이 아니라, 「삼국지연의」에 등장하는 개개 인물의 風度와 威儀에도 정확하게 이해하고 있다고 하겠다(田城芸, "長篇 國文小說의 變貌와 英雄小說의 形成," 高麗大 博論[2000. 8], p. 62).

---

209) 「천수석」의 속편이다.

【增】〈이본연구〉

1) 이본을 검토해 본 결과, 서사적 진행에 있어서 활자본이 가장 안정된 형태를 보였으며, 문맥의 의미가 유기적으로 연결되어 있음을 알 수 있었다. 활자본은 전반부만을 대상으로 하고 있기 때문에, 「화산기봉」의 전체를 설명하는 데 있어서 적합하지 않았다. 반면 善本으로 불리는 장서각본은 축약 혹은 누락에 의해서 서사 진행이 매끄럽지 않는 부분이 자주 발견되며, 후반으로 갈수록 그 심각성이 컸다. 한편, 낙은문고[강전섭 소장]본은 전체적으로 축약이 진행되면서 형성된 이본이다. 이상의 내용을 토대로 이본들의 관계를 살펴보면, 낙은문고본과 활자본이 좀더 친연성이 있는 것으로 짐작된다. 그러나 장서각본과 활자본의 내용이 동시에 수용된 형태로 보건대, 장서각본의 영향 또한 일정 정도 받았음을 알 수 있다. …… 내용적인 측면을 보면, 장서각본과 활자본에서는 이성의 영웅적 행적만이 강조되었다. 반면, 낙은문고본에서는 동생 이무에 대한 배려가 빠른 이본들에 비해 상대적으로 크게 나타났다. 특히 활자본은 동생 이무의 행적이 완전히 배제되었으며, 아들 대에 대한 관심 또한 소홀했다. 오로지 이성을 중심으로 이야기가 펼쳐졌다. 그리고 장서각본을 제외한 두 이본에서는 武를 폄하하는 발언이 삭제되는 등 武에 대한 인식이 보다 긍정적으로 나타났으며, 이와 같은 현상은 낙은문고본에서 좀더 두드러졌다. 특히 호왕과의 전투는 장서각본에 비해 군담이 장황하게 서술되었다. 이러한 현상이 자주 눈에 띄는 것으로 보아, 낙은문고본은 군담에 대한 관심이 상대적으로 컸던 것으로 보인다(丁惠京, "「華山奇逢」 研究," 高麗大 碩論[2005. 2], pp. 29~31 발췌 인용).

국문활자본 210)

화산긔봉 華山奇逢	국중(3634-2-61=6)/哈燕[韓籍簡目 1] (K5973.5/4290/13)/홍윤표[家目]/ [亞活全](12)	1([著쬁金然奎, 東亞書館, 1917. 12.22, 114pp.)

824.2. 〈연구〉

Ⅱ. (학위논문)

〈석사〉

【增】

1) 문순희. "「화산기봉」 연구." 碩論(한국정신문화연구원 한국학대학원, 2002. 2).

2) 丁惠京. "「華山奇逢」 研究: 갈등 양상과 창작 방식을 중심으로." 碩論(高麗大 大學院, 2005. 2).

Ⅲ. (학술지)

【增】

1) 이지영. "활자본 「화산기봉」과 필사본 「화산기봉」의 대비연구." 『國語國文學論叢』(全南大出版部, 1997. 6).

2) 李昇馥. "계모갈등과 가문의식: 「화산기봉」을 중심으로." 『고전소설과 가문의식』(월인. 2000. 11).

---

210) 『이본목록』에 추가. 【增】 활자본은 필사본 권 13~18의 6권까지만을 활자화한 것이다.

　3) 김익환. "「華山奇逢」에 나타난 '殺害' 主旨의 의미."『語文硏究』, 47집(語文硏究學會, 2005. 4).

◘825.[화산선계록　華山仙界錄]
〈관계기록〉
　①「第一奇諺」(洪羲福 1794~1859), 序: 녁대 연의에 뉴ᄂ 임의 진셔로 번역ᄒᆞᆫ 빈니 말ᄉᆞᆷ을 고쳐 보기의 쉽기를 취홀 ᄯᅡ룬이요 그 ᄉᆞ실은 ᄒᆞᆫᄀᆞ지여니와 그 밧「뉴시삼대록」·「미소명힝」·「조시삼대록」·「츙효명감녹」·「옥원지합」·「님화졍연」·「구릐공츙녈긔」·「곽쟝냥문록」·「화산션계록」·「명힝졍의록」·「옥닌몽」·「벽허담」·「완월회밍」·「명쥬보월빙」 모든 쇼셜이 슈삼십 죵의 권질이 호대ᄒᆞ야 혹 빅 권이 넘으며 쇼불하 슈십 권에 니르고 그 남아 십여 권 슈샴 권식 되ᄂ 스오십 죵의 지ᄂ니.
　②『諺文古詩』(가람본), '언문칙목녹', 11:「화ᄉᆞ선계록」.
　③ Courant, 831:「화산션계록　華山仙界錄」.

【增】
　1)『[演慶堂]諺文冊目錄』(1920; 藏書閣所藏): 33.「華山仙界錄」80冊.

825.1.〈연구〉
Ⅰ.(학위논문)
〈석사〉
【增】
　1) 최영아. "「泉水石」과「華山仙界錄」비교연구." 碩論(啓明大　教育大學院, 1997. 8).

Ⅲ.(학술지)
【增】
　1) 강은해. "「천수석(泉水石)」과「화산선계록(華山仙界錄)」연구."『語文學』, 71(韓國語文學會, 2000. 10).
　2) 장시광. "「화산선계록」에 나타난 계모 이야기의 양상과 의미."『국제어문』, 28(국제어문학회, 2003. 9).
　3) 장시광. "「화산선계록」의 여성반동인물 연구."『국어국문학』, 135(국어국문학회, 2003. 12).

◘826.[화산중봉기　華山重逢記] ← 김상국전
국문필사본

화산중봉긔	계명대[古綜目](고811.35화산중)	1(光緖十五年[高宗26, 1889]蘭洞宅書)

826.2.〈연구〉
Ⅲ.(학술지)
【增】
　1) 李相澤. "「華山重逢記」." 李相澤·朴熙秉·林治均·宋晟旭 엮음,『고전소설의 기초 연구』(태학사,

2002. 10). "「華山重逢記」 연구"로 이상택, 『한국고전소설의 이론』, II(새문社, 2003. 3)에 재수록.

2) 이순우. "「화산중봉기」 연구."『한국고전연구』, 8(한국고전연구학회, 2002. 12).

◪827.[[화서국전 華胥國傳]]

■『화석자문초 花石子文鈔』 → 각로선생전

〈작자〉 李鈺(1760~1813)[211]

〈출전〉 金鑢(1766~1821),[212] 『藫庭叢書』, 22, 花石子文鈔.

〈관계기록〉

①『藫庭遺藁』, 10, 叢書題後, '題花石子文鈔卷後': 余平生喜作古文詩騷 其所用工亦累年耳 然語或澁而難 圓字或强而難壓 每以此患之 又讀漢唐以來 諸名家詩文 亦然 心以爲作文本自 如此 及見吾友李其相之爲文詞也 每操筆立書 疾如風電 手無停腕 心無凝思 毋論長篇大文短 律小闋 無不可圓之語 無不可壓之字 讀之者 或嫌其時用方言俚語 以爲文字之一疵 然大抵了 無生澁牽强之態 眞可謂一時之奇才也 適得其文一卷 又加黇寫云爾 己卯季春己未穀雨 藫老 書于集淸臺花下◓(나는 평생에 고문과 시·소[213]) 짓기를 좋아하여 그 공부에 노력한 바가 또한 여러 해가 되었다. 그러나 말에 있어서는 혹 막혀서 원만하기 어렵게 되고, 글자에 있어서는 혹 억지로 끌어 써서 익숙해지기 어려웠다. 늘 이 때문에 근심하였는데, 또 한나라 · 당나라 이래 여러 명인들의 시문을 읽어 보니 역시 그러하여 마음 속으로 글을 짓는 것은 본래 이와 같은 것이라 여기게 되었다. 나의 친구 이기상[李鈺]이 문사를 짓는 것을 보매, 늘 붓을 잡고는 즉시 써 내려가 빠르기가 바람과 번개 같아서, 손에서는 팔뚝을 멈춤이 없으며, 마음 속에서는 막히는 생각이 없었다. 장편 · 대문 · 소결을 막론하고 원만하지 않은 말이 없었고 익숙하지 않은 글자가 없었다. 그 글을 읽는 자 중에는 혹 그가 때때로 방언과 속어를 사용함을 싫어하여 문장의 한 흠이라고 여기기도 하지만, 그러나 대개는 전혀 꺽꺽하거나 억지로 늘인 흔적이 없었으니, 참으로 한 시대의 뛰어난 재주라 할 만하다. 마침 그의 글 한 권을 얻어 또다시 베껴 두기로 한다. 기묘년 삼월 기미일 곡우에 담정노인은 집청대의 꽃 아래에서 쓰노라]).

◑{화씨빙륜록}

〈관계기록〉

①『諺文古詩』(가람본), '언문칙목녹', 76:「화시빙뉸녹」.

◑{화씨삼대록 花氏三代錄}

〈관계기록〉

①『諺文古詩』(가람본), '언문칙목녹', 20:「화시슴디록」.

【增】 ◑{화씨쌍육록}

국문필사본

---

211) 모든 사전 수정.

212) 모든 사전 수정.

213) 한시의 한 體.

화씨쌍육녹	박순호[家目]	1(경신유월슌구닐, 80f.)

【增】 ▶(화씨전 花氏傳 → 화씨충효록)
▶(화씨창선감의록 花氏彰善感義錄 → 창선감의록)
▶(화씨충의록 和氏忠義錄 → 화씨충효록)
◪828.[화씨충효록 花氏忠孝錄][214] ← *감의록 / *원감록 / *창선감의록 / *창선록 / 충의록 / 충효록 【增】 ②[215] / 화문창선록 / 화문충의록 / 화문충효록 / 화씨전 / *화씨창선감의록 / 화씨팔대록 / 화씨팔대선행록 / 화씨팔대충의록 / 【削】'화씨팔대충의록 /'] [216] / 화씨팔대충효록 / *화씨효행기 / *화진전 / 화형옥전 / 화형옥충의록

【增】〈관계기록〉

1) 『[演慶堂]諺文冊目錄』(1920; 藏書閣所藏): 56.「花氏忠孝錄」37冊.

국문필사본

【增】(화문창선록)

【增】 화문챵서록	박순호[家目]	1(87f.)
【增】 화문챵셔록 和珍樂	박순호[家目]	1(122f.)

(화씨전)

【增】 화씨전 권지니라	박순호[家目]	1(98f.)

(화씨창선감의록)

화씨창션감의록 상/중	박순호[필총](101)	낙질 1(상: 46f.; 중: 21f., 총 67f.)[217]
【增】 화씨창선감의록	정명기[尋是齋 家目]	낙질 1(卷下)

(화씨충효록)

화씨츙효록	계명대[古綜目] (의811.35화씨츙)	1
【增】 화시츙효록	김광순[筆全](60)	1(58f.)
【削】 화씨창선감의록	박순호[필총](101)	낙질 1(상: 권말 낙장, 46f.; 중: 권말 낙장, 21f.)
【增】 화시츙효록	박순호[家目]	1(71f.)
【增】 화씨츙/튱효록	박순호[家目]	낙질 1(상·하 합: 75f.)

---

214)「화씨충효록」 중에는 내용상으로「창선감의록」의 이본인 것과 별종의 작품인 것으로 구분될 수 있으나, 편의상 모두 독립 항목에 포함시켜 다루고자 한다.
215)『이본목록』·『작품연구 총람』·『문헌정보』 수정.
216)『이본목록』 수정.
217) 이 작품의 내용은「화씨충효록」보다는「창선감의록」과 거의 같다.

권지상이라/하권종

【增】 화씨츙효록 권지뎨십칠	박순호[家目]	낙질 1(17: 49f.)
【增】 화씨츙효록 권지뎨십팔	박순호[家目]	낙질 1(18: 80f.)
【增】 화씨츙효록 권지십육	박순호[家目]	1(73f.)
【增】 화씨츙효록 권지십일	박순호[家目]	낙질 1(11: 58f.)
【增】 화씨츙효록 권지이십오종	박순호[家目]	낙질 1(25: 72f.)
【增】 화씨츙효록 권지이십ᄉ	박순호[家目]	낙질 1(24: 50f.)
【增】 화씨츙효록 권지일	박순호[家目]	1(70f.)
【增】 화씨츙효록 권지일	박순호[家目]	1(辛卯陳月十四日成冊 신묘진월십사일성책, 39f.)
【增】 화씨츙효록	박순호[家目]	1(185f.)
【增】 화씨츙효록	박순호[家目]	1(49f.)
【增】 화씨츙효록	박순호[家目]	1(77f.)
【增】 화씨츙효록	박순호[家目]	낙질 1(72f.)
【增】 화씨츙효록이라	박순호[家目]	1(122f.)
【增】 화씨튱효록	서울대[심악](813.5-H99cp)	1(光緒二年[1876])
【增】 화씨충효록 권지니십오	여태명[家目](30)	낙질 1(25: 己未雷月元日謄, 69f.)
【增】 화씨튱효록	여태명[家目](172)	1(70f.)
【增】 화씨츙호녹	여태명[家目](216)	1(71f.)
【增】 화씨즁효록	여태명[家目](224)	1(63f.)
【增】 화씨츙의록	여태명[家目](255)	1(62f.)
【增】 화씨튱효록	여태명[家目](322)	1(을미지월일팔질 수조셔즁 증손녀, 66f.)
【增】 화씨충효록	임형택[莽蒼蒼齋 家目]	2(상·하, 丁未[1907] 12월, 합 130f.)
【增】 花氏忠孝錄	정명기[尋是齋 家目]	낙질 1(권20)
【增】 화씨충효록	정명기[尋是齋 家目]	낙질 1(권25)
【增】 화씨충효록	정명기[尋是齋 家目]	낙질 1(권20)
【增】 하씨충효록	정명기[尋是齋 家目]	낙질 1(권20)

(화씨팔대록)

【增】 화씨팔대록이라	박순호[家目]	1(32f.)
【增】 화씨팔디록 츙이 권지초	박순호[家目]	1(45f.)
【增】 화씨팔디록	박순호[家目]	1(57f.)
【增】 화씨팔디록	박순호[家目]	1(을히듕춘이월듕순긔렴, 나미어ᄆ니 윤부인, 100f.)
【增】 화씨팔디록소셜	박순호[家目]	1(82f.)
【增】 화씨팔디록소셜	박순호[家目]	1(自甲子之乙丑十春三月日, 부인서씨 난불가불상찰이니라, 45f.)
【增】 화씨팔디록소셜이	박순호[家目]	1(78f.)
【增】 화씨팔디록츙의쇼셜	박순호[家目]	1(55f.)

하

| 【增】 화씨팔[대]록 | 서울대[심악](813.5-H99pp) 1(경오년춘삼월염간셩북근셔라) |
| 【增】 화씨팔대록 | 정명기[尋是齋 家目] 낙질 1 |

(화씨팔대선행록 / 화씨팔대충의록 / 화씨팔대총효록)

【增】 화시팔딕츙으녹花氏八代錄綠雨堂[古文獻]	1
화씨팔딕션힝녹 권지라	박순호[필총](51)	1(경신납월십일닐시작ᄒ여십팔일오시의필셔ᄒ노라, 79f.)[218]
【增】 화시팔딕츙의녹	박순호[家目]	1(70f.)
【增】 화씨팔대츙의소설 花氏八代忠義小說	박순호[家目]	1(辛卯八月初四日製諺書, 44f.)
【增】 화씨팔딕츙의록 권지초	박순호[家目]	1(신사동김진사딕책, 40f.)
【增】 화시팔딕튱의녹	여태명[家目](275)	1(23f.)
【增】 화시팔대츙의록	여태명[家目](370)	1(32f.)
【增】 화씨팔대츙효록	정명기[尋是齋 家目]	낙질 1
【增】 화씨팔대츙효록	정명기[尋是齋 家目]	낙질 1
【增】 화씨팔딕츙의녹	홍윤표[家目]	1(甲申正月初六日始作, 己亥正月二十六日加衣, 126f.)

828.1. 〈자료〉

Ⅰ. (영인)

「화씨충효록」

【增】

1) 『花氏忠孝錄 화시츙효록』, 1~5. 韓國學資料叢書, 35. 韓國精神文化硏究院, 2004. (한국정신문화연구원 소장)

828.2. 〈연구〉

Ⅲ. (학술지)

【增】「화문효행록」

1) 宋晟旭. "「화문효행록」." 李相澤·朴熙秉·林治均·宋晟旭 엮음, 『고전소설의 기초 연구』(태학사, 2002. 10).

【增】「화씨충효록」

1) 김수연. "「花氏忠孝錄」의 성격과 소설사적 위상." 『古小說硏究』, 9(韓國古小說學會, 2000. 6).

2) 차충환. "「화씨충효록」과 「제호연록」의 連作關係 考察." 『語文硏究』, 127[33:3](韓國語文敎育硏究會, 2005. 9).

▶ **(화씨팔대록 花氏八代錄 → 화씨충효록)**

▶ **(화씨팔대선행록 花氏八代善行錄 → 화씨충효록)**

---

218) 이 작품의 내용은 「화씨충효록」보다는 「창선감의록」과 거의 같다.

▶(화씨팔대충의록 花氏八代忠義錄 → **화씨충효록**)
▶(화씨팔대충효록 花氏八代忠孝錄 → **화씨충효록**)
▶(화씨효행기 花氏孝行記 → **화씨충효록**)

◪829.[화옥쌍기 花玉雙奇]
〈관계기록〉

① 「화옥쌍긔」, 하: 락양후난 삼즈 이녀를 싱ㅎ고 하남후는 이즈 이녀를 싱ㅎ니 각각 부풍 모습ㅎ야 일즉이 룡문에 오르며 명문 거족과 혼인하야 부귀를 누리며 즈손이 계승 챵셩ㅎ더라 그 뒤 일을 알고져 홀진틴 「쳑쥬계후록」을 볼지어다.

국문활자본

【削】화옥쌍긔 花玉雙奇	[權純肯, 156]	1(廣益書舘, 下: 1914. 10. 10)
화옥쌍긔 상/하 花玉雙記 上/下	국중(3634-2-61=1)<하권 재판>/[亞活全](12)[114]	1(국한자 병기, [著·發]李鍾楨, 廣益書舘, 초판 1914.10.10; 재판 1918.3.18, 상: 제1회~제10회, 82pp.; 하: 제11회~제19회, 78pp.)
화옥쌍긔 상/하 花玉雙記 上/下	고대(3636-98)/국중(3634-2-61=2)<상권>/국중(3634-2-61=3)<하권>/정문연[韓古目](1485: R35N-003046-8)/[亞活全](12)	2(국한자 병기, [著·發]李鍾楨, 大昌書院, 상: 제1회~제10회, 1914.9.25, 120pp.; 하: 제11화~제19회, 1914.10.10, 99pp.)

〈회목〉
(광익서관본)[219]

★[[화왕계 花王戒]](97) ← **풍왕서**
〈작자〉薛聰
〈출전〉『三國史記』, 46, 列傳, 6

2. 〈연구〉
Ⅲ. (학술지)
【增】
1) 오상태. "「화왕계」 연구." 『어문학』, 65(한국어문학회, 1998. 10).

830.[[화왕전 花王傳 ①]]
〈작자〉蔡紹權(1480~1547)
〈출전〉『拙齋先生文集』, 3, 「雜錄」[220]

---

219) 대창서원 판본도 회목이 이와 같다.

830.2. 〈연구〉

Ⅲ. (학술지)

【增】

1) 李九義. "「花王傳」의 構成과 意味." 『韓國思想과文化』, 5(修德文化社, 1999. 9).

◪831.[[화왕전 花王傳 ②]]

〈작자〉 金壽恒(1629~1689)

〈출전〉 『文谷集』, 26 雜著

831.2. 〈연구〉

Ⅲ. (학술지)

【增】

1) 김창룡. "초기의 꽃 가전과 유서: 「화왕전」." 『가전 산책』(한성대출판부, 2004. 4).

◪832.[[화왕전 花王傳 ③]]

〈작자〉 李頤淳(1754~1832)

〈출전〉 『後溪文集』(초간본), 6

〈관계기록〉

① 「花王傳」, 結尾: 太史公曰 富貴繁華 惟人之所欲 而亦人之所當戒也 姚魏之所以冠於花中者 以其富貴之可尙也 及其摧殘也 反不如梅與菊者 以其富貴之易喪也 噫 人之所貴者 獨不在於 晩節乎◑(태사공이 말하기를, "부귀와 번화는 모든 사람이 원하는 것이나 또한 사람은 마땅히 경계하여야 한다. 화왕인 요씨와 왕후 위씨가 꽃 가운데 으뜸인 까닭에 그 부귀를 숭상할 만하지만, 그 꺾이고 쇠잔한 데 이르러서는 도리어 매화나 국화만 못하니, 부귀란 잃어 버리기 쉬운 때문이다. 아, 사람에게 소중한 것은 어찌 그 만년의 절조에 있지 않으랴?).

▶(화용도 華容道 → 적벽대전)

▶(화용도실기 華容道實記 → 적벽대전)

▶(화용도전 華容道傳 → 적벽대전)

◐{화월인연 花月因緣}

〈관계기록〉

① 金起東, "古典小說의 書誌學的 考察," 『국어국문학』, 51, p. 106: 「花月因緣」(成大圖書館藏).

◐{화윤별취록 華尹別聚錄}

〈관계기록〉

① Courant, 909: 「화윤별취록 華尹別聚錄」.

---

220) 『仁川蔡氏文獻集』(仁川蔡氏宗會, 1988).

▶(화정미행록 華鄭美行錄 → **화정선행록**)

◪833.[화정선행록 和靜善行錄 / 華鄭善行錄 / 花鄭善行錄]← **화정미행록**

　〈관계기록〉

　　①「화정선행록」結尾: 위왕 창년의 효행 충심이 천하에 현저하나 소설 별전에 있는 고로 초조히
　　　기록하노라.

　　②『諺文古詩』(가람본), '언문척목녹', 4:「화정선힝녹」.

　　③ Courant, 873:「화정션힝록 華鄭善行錄」.

　　④ 金台俊,『朝鮮小說史』, p. 161.

　　⑤ 金起東,『李朝時代小說論』, p. 599.

　　【增】

　　　1)『[演慶堂]諺文冊目錄』(1920; 藏書閣所藏): 39.「花鄭善行錄」15冊.

833.2.〈연구〉

　Ⅲ.(학술지)

　【增】

　　1) 장효현.「화정선행록」연구."『정신문화연구』, 26:3[92](한국정신문화연구원, 2003. 9).

▶(화진전 花珍傳 → **창선감의록**)

　〈관계기록〉

　　①「창선감의록」(姜銓燮所藏)의 卷頭: 여념간의 은셔쇼셜이 만흐되 그즁의「화진전」이라 ᄒᆞᄂᆞᆫ
　　　칙이 족히 착흔 일얼 권ᄒᆞ고 악흔 일을 경계홀만 흔지라 인ᄒᆞ야 등셔ᄒᆞ노라.

▶(화충가 華蟲歌 → **장끼전**)

▶(화충선생전 華蟲先生傳 → **장끼전**)

▶(화충전 華蟲傳 → **장끼전**)

◑{화향전 花香傳}

▶(화형옥전 花荊玉傳 → **화씨충효록**)

▶(화형옥충효록 花荊玉忠孝錄 → **화씨충효록**)

◑{화호외사 畫葫外史}

◪834.[환몽과기 鰥夢寡記]

◪835.[[환백장군전 歡伯將軍傳]]

　〈작자〉金得臣(1604~1684)

　〈출전〉『栢谷文集』

835.2.〈연구〉

　【增】

　　1) 김창룡. "술과 부채에 실은 풍정:「환백장군전」·「청풍선생전」."『가전 산책』(한성대출판부,

2004. 4).

◐{환춘전} ← 이한림전221)

■『황강잡록 黃岡雜錄』

▶(황경기대록222) → 황경양문록)

◐{황경양문록 黃景兩門錄}

〈관계기록〉

　　① 「남강월젼」(덕흥서림판), 結尾: 차후로 황씨에 일문에 부귀 횐혁ᄒ고 ᄌ손이 창셩ᄒ니 그 뒤일을 알고져 할진딘 「황경량문록」을 볼지어다.

　　② Courant, 931: 「황경긔ᄃᆡ록」.

◐{황고전}

【增】　국문필사본

【增】 황고전　　　　　　　　　　박순회[家目]　　　　　　　　1([표지이면]南炳埰, 57f.)

▶(황공전 黃公傳 → 황월선전)

■『황동명소설집 黃東溟小說集』→ 달천몽유록 / 사대기 / 옥황기 / 천군기

〈작자〉黃中允(1577~1648)

◆836.[황릉몽환기 黃陵夢還記]223) ← 경암계암전 / 황릉묘몽유록224)

〈작자〉

【增】

1) 인목왕후는 바로 정명공주의 모친이다. 이비와 인목왕후의 행적의 유사성과 「황릉몽환기」 이본 (2)[고려대 소장 「황릉몽환기」]에 인목왕후의 유일한 혈육인 정명공주 내외의 이름이 적힌 것은 우연의 일치로 보기에는 공교롭다. 그러나 어떤 관련을 인정한다 해도 시기적으로나 작품 내용으로나 홍주원이나 정명공주가 「황릉몽환기」를 직접 창작했을 가능성은 희박하다. 따라서 그들의 후손이나 직접적인 후손이 아니더라도 인목왕후의 사적을 잘 알고 있는 後人이 창작한 것이 아닌가 한다(池硯淑, "「여와전」 연작의 소설 비평 연구," 高麗大 博論[2001, 6], pp. 155~156).

2) 「황릉몽환기」의 작자 문제는 아직 밝히기 어려운 과제이다. 표지에 적힌 '雜記彙集 慶安齋 手筆'의 慶安齋를 필사자로 보겠으나 누구인지에 대하여 아직 확인치 못하였다. 「황릉몽환기」와 함께 수록되어 있는 「튱목공신도비명 忠穆公神道碑銘」이 끝난 다음에 다음과 같은 기록이

---

221) 『이본목록』·『작품연구 총람』·『문헌정보』에 추가.
222) 「황경이대록」의 오기일 듯하다.
223) 『이본목록』·『작품연구 총람』·『문헌정보』에 추가. 【增】 이 작품이 「투색지연의」→「여와전」→「황릉몽환기」의 연작 소설이라는 설이 제기된 바 있다(池硯淑, "「여와전」 연작의 소설 비평 연구," 高麗大 博論, 2001. 8).
224) 『이본목록』·『작품연구 총람』·『문헌정보』에 추가.

적혀 있다.

'永安尉 洪柱元

貞明公主

宣祖大王第一女'

이로 보아 혹시 「황릉몽환기」의 작자가 홍주원, 혹은 정명공주와 어떤 관계에 있을 가능성을 생각해 볼 수 있겠다. 洪柱元(1606~1672)은 宣祖의 딸 정명공주와 결혼하여 永安尉에 봉해졌고, 1647년 謝恩使로 청나라에 가서 時憲曆을 구입해 귀국하여 신식 曆法의 시행을 건의하기도 한 인물이다. 홍주원의 문집인 『無何堂遺稿』(전 1책, 사본, 서울대 규장각 소장)에는 현재 알려지지 않고 있는 국문 소설 「소생전」을 읽고 지은 「戲書諺書蘇生傳」이라는 제목의 시가 있는 것으로 보아, 홍주원의 소설에 대한 관심을 窺知해 볼 수 있겠다. 銀鉤鐵索墨淋漓 玉手何人寫此辭 仍想洞房春政好 若爲飛蝶入羅帷. 작자 문제는 조금 더 考究가 필요한 과제이다(장효현, "「黃陵夢還記」에 대하여," 국어국문학전국대회[1995. 5]; 『韓國古典小說史研究』[2002. 11], p. 141 재수록 인용).

〈관계기록〉

① 『諺文古詩』(가람본), '언문칙목녹', 152: 「황능몽환긔」.

【增】

1) 「황릉묘요얼탕평전」・「경암계암전」 합본(성균관대 소장) 필사 후기: 이 칙 젼후편 보ᄋ 셰샹 화복 간고 우락이 일체샹반이니 탄흔들 실 듸 잇ᄂ 「황능묘녹」과 「경암계암록」 만치 아니ᄒ나 셩현현비와 녈녀졀부의 ᄉ젹이 되강 긔록ᄒ녀시며……

〈이본연구〉

【增】

1) 「황릉몽환기」의 원본은 이본 (2)[고려대 소장 「황릉몽환기」]와 같은 완정한 문맥에 (4)[성균관대 소장 「황릉묘몽환기」]의 풍부한 내용을 갖추고 있었을 것이다. 이러한 원본 계열로부터 생략과 축약이 비교적 심한 (1)[강전섭 소장 「황릉묘몽유록」]이 먼저 분화되고, 이후 문맥이 깔끔하지만 약간의 생략이 존재하는 (2)가 나왔으며, 내용은 모두 갖추고 있지만 오자가 있는 (4)로부터 문맥이 어지럽고 오자・낙자가 많은 (5)[성균관대 소장 「경암계암전」]와 (3)[단국대 소장 「계암경암전」]이 차례로 나왔을 것으로 추정된다(池硯淑, "「여와전」 연작의 소설 비평 연구," 高麗大 博論[2001, 6], p. 155).

국문필사본

【增】 (경암계암전)

【增】 게암겡암젼	단국대(古 853.5/여635)	1(임신즁츄상이일에ᄎ칙을시죽)225)
【增】 경암계암전	성균관대(D7B-61)226)	

【增】 (황릉묘몽유록 / 황릉몽환기)

---

225) 「여와젼 경냥진군문챵셩요열」에 합본.
226) 「황릉묘요얼탕평전」・「자운가」・「탄금가」・「소군원가」 합본.

836.2. 〈연구〉

Ⅲ. (학술지)

836.2.2. 禹快濟. "「黃陵夢還記」 研究: 二妃傳說과의 關係를 中心으로." 『語文學』, 58(韓國語文學會, 1996. 2). 石軒丁奎福博士古稀紀念論叢刊行委員會 編, 『韓國古小說史의 視覺』(國學資料院, 1996. 10); <u>안암어문학회 편,『韓國古典文學論叢』[水月金麟九敎授定年紀念](한국문화사, 1998. 4)에 재수록</u>.

【削】836.2.3. 禹快濟. "「黃陵夢還記」와 二妃傳說과의 관계 고찰." 안암어문학회 편, 『韓國古典文學論叢』[水月金麟九敎授定年紀念](한국문화사, 1998. 4).

【增】

1) 지연숙. "「황릉몽환기」 연구." 『고전문학연구』, 18(한국고전문학회, 2000, 12).

2) 張孝鉉. "「黃陵夢還記」에 대하여." 『韓國古典小說史研究』(고려대출판부, 2002. 11).

3) 지연숙. "「황릉몽환기」의 작품세계." 『장편소설과 여와전』(보고사, 2003. 8).

▶(황릉묘몽유록 黃陵廟夢遊錄 → 황릉 【削'묘'】 몽환기)227)
▶(황릉묘요얼탕평기 黃陵廟妖蘗蕩平記 → 여와전)
◪836-1.[황명배신전 皇命陪臣傳]

【增】 한문필사본

【增】 明陪臣傳 全 　　　　김광순[筆全](61) 　　　　1(歲丁巳南至月旬四日 北靑累人李白沙序, 57f.)

◑{황명통기 皇命通紀}
〈관계기록〉

① 『諺文古詩』(가람본), '언문칙목녹', 123: 「황명통긔」.

◪837.[황백호전 黃白虎傳]

837.1. 〈자료〉

837.1.1. 권택무 · 림호권 윤색 · 주해. 『황백호전(· 황월선전 · 운영전)』. 조선고전문학선집, 22. 평양: 문예출판사, 1987; <u>서울: 연문사, 2000(영인)</u>.228)

◪838.[황부인전 黃夫人傳]229) ← 황처사전

〈관계기록〉

① 「황부인전」(세창서관판), 後言: 이후 수적은 다 「삼국지」에 잇고 서쳔을 취ᄒᆞ야 현덕은 쇼렬황뎨 되고 공명은 승샹이 되어 한통을 니어 통일ᄒᆞ랴 ᄒᆞ나 텬쉬 임의 정ᄒᆞ얏ᄂᆞᆫ지라 공명이 갈력

---

227) 「이본목록」 · 「작품연구총람」 · 「문헌정보」 수정.

228) 「황백호전」 · 「황월선전」 · 「운영전」이 합책되어 있다.

229) 「삼국지」 원본에는 없는 내용으로, 민간 설화에서 취재한 작품인 듯하다. 결미 부분에도 "황부인 수적은 「삼국지」에 업ᄂᆞᆫ 고로 대강 긔록ᄒᆞ노라"라고 되어 있다. 「화용도실기」의 1~5회와 내용이 같다.

진츙ᄒ야 삼고지은[三顧之恩]을 갑흐려 ᄒ다가 쥬셩이 오장원에 써러지니 엇지 슬프지 아니ᄒ리
오 황부인 ᄉ적은 「삼국지」에 업ᄂᆞᆫ 고로 대강 긔록ᄒ노라.

<hr>

국문필사본

【增】(와룡선생출사전 / 제갈공면출사전)

【增】 와룡선생출사전 臥龍先生	박순호[家目]	1(冊主人紅月宅, 大柿宅, 16f.)
出師傳		
【增】 졔갈공명출셰젼 권지상	박순호[家目]	1(51f.)
諸葛亮出師表上		

838.1. 〈자료〉

Ⅰ. (영인)

838.1.1. 仁川大民族文化硏究所 編.『舊活字本古小說全集』, 32. 銀河出版社, 1984; (再刊) 國際아
카데미, 2002. (세창서관판)

838.2. 〈연구〉

Ⅲ. (학술지)

【增】

1) 김인회. "「黃夫人傳」硏究."『도솔어문』, 15(단국대 어문학부 한국어문학전공, 2001. 2).

◨839.[[황새결송 황새決訟]]230) ← 『금수전』 / 『삼설기』 / 『일대장관』

〈출전〉『三說記』

〈관계기록〉

① 『靑城雜記』(成大中 1732~1812), 「醒言」: 鶯鳩與鶩 以音爭 勝議就長者而考 咸曰 鶴也可
然鶯恃其音之妙也 幽憩而笑 鳩亦不以爲意 慢行而謠 鶩則自知不若二禽 乃潛啄一蛇 先造鶴
而餌之 且告之私 鶴適飢 一吸而盡喜 曰第與俱來 至則鶯先囀一聲 鶴乃啄微吟曰 淸則淸矣
近於哀 鳩繼之鳴 鶴仰吭 徐嘻曰 幽則幽矣 近於淫 最後鶩伸頸而叫 鶴擧尻疾唱曰 濁則濁矣
近於雄 考課之法 未優者勝於是 鶩自以爲勝 升高四顧 振噣而號 不知止也 鶴亦矯趾遠睇
有自得色 鶯鳩漸沮而遁☯(꾀꼬리와 비둘기와 따오기가 서로 자신의 노래 솜씨가 낫다고 다투다
가 어른에게 나아가 판결을 받기로 하고 모두 학에게 부탁하면 좋을 것이라고 했다. 그런데
앵무새는 자기 목소리의 아름다움만 믿어 그윽한 곳에 쉬면서 비웃었고, 뻐꾸기 또한 의심
없이 이길 것이라 여겨 느릿느릿 날아다니며 노래 불렀다. 따오기는 스스로 제가 다른 두 새들에
비하여 못함을 알고 가만히 뱀 한 마리를 잡아다가 학에게 뇌물로 바치며 사정을 이야기했다.
학이 마침 배가 고팠던 김에 한 입에 먹어 치운 후 기쁜 나머지 말하였다. "모두 오너라." 모두
이르자 먼저 꾀꼬리가 한바탕 지저귀자, 학이 천천히 읊조려 말하였다. "소리가 맑긴 맑되
너무 구성지구나!" 이어 비둘기가 울어 보이니, 학이 우러러 소리를 지르더니 천천히 말하였다.

<hr>

230) 서울대본 「금수전」에 「녹처사연회」와 합철되어 있다. 『삼설기』(3책 9편본)에도 들어 있다.

　　"그윽하기는 그윽하지만 음란함에 가깝다." 마지막으로 따오기가 목을 펴며 소리를 지르니 학이 꼬리를 쳐들며 재빨리 말하였다. "흐리기는 흐리지만 웅장함에 가깝도다. 고과의 법에 이보다 나은 자가 아직 없었다."고 하니, 따오기가 제가 이겼다고 생각하여 높이 날아 올라가 사방을 돌아보며 큰소리로 부르짖어 멈출 줄을 몰랐다. 학 역시 발을 곧추 세워 먼 곳을 바라보며 의기양양해 하니, 꾀꼬리와 비둘기는 더욱 의기가 떨어져 도망하고 말았다).

　　② 『秋齋集』(趙秀三 1762~1849), 7, 秋齋紀異, 「說囊」: 知慧珠圓比詰中『禦眠楯』是滑稽雄 山鶯 野鶩紛相訟 老鸛官司判至公◑(지혜가 구슬처럼 둥글어 힐중에 비할 만하데. 「어면순」 그것은 골계의 으뜸이라. 산꾀꼬리 들따오기 서로 송사를 하니, 늙은 황새라니 판결은 공정도하다).

839.2. 〈연구〉

　　Ⅲ. (학술지)

　　【增】

　　1) 金在煥. "「황새결송」의 형성 배경과 우화소설." 『새얼語文論集』, 12(새얼어문학회, 1999. 12).

　　2) 徐信惠. "「황새결송」에서의 이야기 배치 효과와 작품의 의미." 『溫知論叢』, 6(溫知學會, 2000. 12).

◖840.[황생전 黃生傳 ①] ← 황생의 망상

　　〈작자〉 李晬光(1563~1628)[231]

　　〈출전〉 『芝峯類說』(1614), 15-20

◖841.[황생전 黃生傳 ②]

　　【增】〈작자〉 金琦(1721?~??)

　　【增】〈출전〉 『寄軒遺稿』, 4

　　【增】　한문필사본

　　【增】 黃生傳　　　　　　　　　　　　　　송준호(『寄軒遺稿』, 4)

▶(황석산몽유록 黃石山夢遊錄 → 용문몽유록)

▶(황설록 黃薛錄 → 황운전)

◖842.[황설현전]

▶(황연단 → 연당전)

▶(황연당전 → 연당전)

▶(황운설련전 黃雲薛蓮傳 → 황운전)

◖843.[황운전 黃雲傳] ← 황설록 / 황운설련전 / 황장군전

　　〈관계기록〉

　　〈관계기록〉

---

231) 영조 때의 金錡(字 稗圭, 號 寄軒)의 작이라는 설도 있다(『寄軒遺稿』).

① Courant, 800:「황운전 黃雲傳」.
② Courant, 3356:「黃雲傳」.

【增】

1) 『[演慶堂]諺文冊目錄』(1920; 藏書閣所藏): 158.「黃雲傳」1冊.

국문필사본		
(황운전)		
【增】 황운전 권지상	미도민속관[생활사 도록](56)	1
황운전	임형택[莘蒼蒼齋 家目]	3(셰지계슈원월념삼일히쥬 후인 필셔, 1: 39f.; ……)

국문활자본		
(황장군전)		
황쟝군젼 黃將軍傳	국중(3634-2-54=5)<재판>/[仁活全](17)	1(21회, 박건회 편집,[著·發] 朴健會, 東美書市, 1916.1.17; 재판 1917.3.31, 128pp.)
황쟝군젼 黃將軍傳	국중(813.5-황687ㅅ)/국회[目·韓II] (813.5-황687ㅅ)/대전대[이능우 寄目] (1087)/조희웅[家目]	1(申泰三, 世昌書館, 檀紀 4285 [1952], 113pp.)
【削】 황쟝군젼 黃將軍傳	[權純肯, 158]	1([著·發]朴健會, 新舊書林, 1916. 1. 17)
황쟝군젼 黃將軍傳	국중(3634-2-54=3)<4판>	1(21회, 박건회 평집, [著·發]朴 健會, 新舊書林, 초판 1916.1.1 7; 4판 大正 1924.1.25, 128pp.)

843.1. 〈자료〉

Ⅰ. (영인)

「황장군전」

    843.1.6. 仁川大民族文化研究所 編.『舊活字本古小說全集』, 17 銀河出版社, 1983; (再刊) 國際아카데미, 2002. (동문서시, 1917년 재판)

843.2. 〈연구〉

Ⅱ. (학위논문)

「황운전」

〈석사〉

【增】

1) 백순미. "「황운전」 연구." 碩論(한국교원대 교육대학원, 2001. 2).

Ⅲ. (학술지)

【增】

1) 박숙례. "정문연본 「황운전」에 나타난 여성적 시각." 『藏書閣』, 5(한국정신문화연구원, 2001. 8).

〈회목〉

(東美書市版 「黃將軍傳」)[232]

◆844.[황월선전 黃月仙傳] ← 월선전 / 월성전 / 황공전[233] / 황월성전

〈작품연대〉

【增】

1) 「황월선전」의 이본 중 필사시기가 가장 앞선 것은 1990년 필사된 이본 ㉓[김광순 筆全, 18, 경인]이다. 그런데 이 이본은 원본 계열과 다른 ③계열에 속한다. 1897년 필사된 이본 ⑳[연세대 소장, 30장, 丁酉]이 그 다음으로 이른 시기에 필사된 것인데, 이 이본은 가장 변개가 심한 ④계열의 양상을 보인다. 이처럼 필사 시기가 앞선 이본들이 원본과 계열을 달리하는 사실을 고려할 때, 「황월선전」은 이들 이본이 필사된 19세기 말보다 조금 앞선 19세기 후반경에는 창작되었을 것으로 추정된다(김민조, "「황월선전」 이본 연구," 『古小說硏究』, 15[2003. 6], p.242).

【增】

〈이본연구〉

1) 작품 전반을 通御하는 태몽 모티프, 계모와의 화해 가능성을 담고 있는 박씨의 덕행에 대한 언급, 원본의 모습을 담고 있는 편지글과 祭文 등을 모두 갖춘 이본④[김광순[筆全](37)]를 '잠정적 善本'으로 선정하였다. …… 「황월선전」의 필사본과 활자본은 인물 형상이나 사건 전개에 있어 차이를 보이며 별개의 계열을 이룬다. 필사본은 작품 전반에 걸쳐 매우 유사한 서사 전개를 보이지만, 결말부에서 적지 않은 차이를 보인다. 이 부분의 주요 단락인 벌주 대목과 천벌 대목의 유무와 變改 여부에 따라 필사본을 4 계열로 나눌 수 있다. 「황월선전」은 벌주 대목과 천벌 대목이 모두 있는 (1)계열이 형성된 후, 벌주 단락이 화해로 대체된 (2)계열과 벌주 단락만으로 종결된 (3)계열이 파생되고, 천벌 단락이 소거된 (3)계열에서 계모에 대한 징치가 家長에 의해 직접 행해지는 (4)계열이 파생된 것으로 보인다. 벌주 단락에서 월선은 박씨에게 지난 악행을 응징하는 罰酒와 가족으로 再合하기를 기원하는 이별주를 권한다. 벌주 단락은 악행을 저지른 계모에 대한 징치와 함께 가족으로서의 화해와 화합의 의미도 지닌 것이다. 천벌 단락은 단순히 벌주만으로 악한 계모에 대한 징치가 부족하다는 인식에서 덧붙여진 것이 아니라, 적강 소설의 구조 안에서 천상 인물을 핍박한 죄악의 대한 천상계의 응징으로 설정된 것이다. …… 「황월선전」은 활자화 과정을 통해 인물 형상이나 사건 전개에 있어 필사본과는 이질적인 작품으로 변개된다. 폭포 대목의 변화, 고난 형상의 약화, 윤부인의 등장, 불효의 혐의가 있는 대목들의 삭제 등을 통해 월선을 유교 이념에 부합하는 완벽한 孝女로 그리는 대신, 박씨의 모해에 타당성을 제공하던 사건이나 인물을 삭제하여 박씨를 철저한 惡人으로 그린다. 「황월선전」의 활자본은 상업 소설의 통속성이 작품 변화의 주원인으로 작용하면서, 필사본에서 보이던 계모와 전실 소생 사이의

---

232) 신구서림판 「황장군전」의 회목도 이와 같다.

233) 『작품연구 총람』에 추가.

갈등에 내재된 다면적 면모를 소거시키는 대신, 극명한 선악 대비를 통해 주인공의 입장에 철저히 편드는, 계모형 고소설의 유형적 특성을 고스란히 보여 주는 작품으로 변개된 것이다(김민조, "「황월선전」 이본 연구," 『古小說硏究』, 15[2003. 6], pp. 243~244).

국문필사본

(월선전)

월션젼니라	박순호[필총](79)	1(□州郡蘇台面[吾村], 권말 낙장, 44f.)
【增】 월션전 권지단니라	사재동[김민조, "「황원선전」 이본 연구," 221][234]	낙장 1(丙辰正月初三日, 12)
【增】 월션전 권지단	여태명[家目](186)	1(44f.)
【增】 월션전이라	여태명[家目](101)	1(61f.)
【增】 월션전	여태명[家目](6)	1(65f.)

(황월선전/황월성전)

【增】 황월성전	계명대[古綜目] (고811.35황월성)	1
황월선전	김광순[筆全](18)	1(권말 낙장, <u>긔유연이월염육일필죵이라</u>, 40f.)
황월성젼니라	김광순[筆全](18)	1(<u>셰을축연시월십삼일필서하여노라, 임자난 강소제라</u>, 39f.)
황월션전	긴광순[筆全](18)	1(<u>졍인윤이월슌필셔라</u>, 권두 낙장, 42f.)
【增】 황월성젼이라	김광순[筆全](52)	1(40f.)
【增】 황월선전	김종철[家目]	1(39f.)
【增】 황월성젼니라	동국대[김민조, "「황월선전」 이본 연구"]	1(영천군 우항동이 김시부인 종필이라, 구월 염팔일, 27f.)
【增】 황월션전 권지단	동국대(동상)	1(무닌연즁춘이월염팔일, 40f.)
【增】 황월성전 권디단	미도민속관[생활사 도록](55)[235]	
【增】 황원션젼라	박순호[家目]	1(경술연정월의십일야의필, 48f.)
【增】 황월션젼이라	박순호[家目]	1(35f.)
【增】 황월성전이라	박순호[家目]	1(정유연정월이십사일, 47f.)
황월션전	사재동[家目](0102)	1(庚午)[133]

---

234) 작품 표지에는 「九雲夢」, 속표지에는 '丙辰丁月初三日 / 金進玉傳'이라 적혀 있으며, 본문의 첫 장부터 12장까지의 「황월선전」이 '월션견권지단니라'로 시작되어 필사되어 있는데, 그 내용은 작품의 첫 부분부터 박씨가 落胎藥을 구해 오라며 노비들을 재촉하는 부분까지이다. 제13장 이하는 '구운몽이라'로 시작되는 「구운몽」이다(김민조, "「황월선전」 이본 연구," 『고소설연구』, 15[2003. 6], p. 221, 각주 12 참조)

235) '징경전'과 합철되어 있다.

황월선전 全	사재동[家目](0458)	1(54f.)
황월성전	사재동[家目](0459)	1(丙辰正月十二日, 칙쥬인는 0천신당 면금산이 〃 싱원되이라, 융희사연 [1910]졍월이십일종이라, 86f.)
【增】 황월선전	성대(D07B-0077)	1(1928)
【增】 황월선전	여태명[家目](48)	1(즁츈니월순육일강소졔필셔, 55f.)
황월선전	연대[古1](811.36황월선)	1(丁酉正月十七日終, 冊主 金五衛將 宅, 十四日書于 鍾川萬弘面蛇峴草 堂, 30f.)
황월성전	연대[古2](811.93/81)	1(朝鮮慶尙道榮州郡平恩面人王里, 38f.)
황월성전	영남대[目續](도남 古813.5)	1(60f.)
황월선전 黃月先傳	이수봉[家目]	1(江原道江陵郡連谷面杏亭里百六 番地崔沙月宅, 졍亽연졍월달초슌졍, 24f.)
【增】 황월선전	임형택[莽蒼蒼齋 家目]	1(戊午[1918년], 26f.)
【增】 黃月仙傳	정명기[尋是齋 家目]	1
【增】 황월선전	정명기[尋是齋 家目]	1
【增】 황월선전	정명기[尋是齋 家目]	1
황월선전지단	조희웅[家目]	1(신희십월이십이일 묵읍듕보리 김창 봉필셔ᄒ노라, 65f.)

국문활자본

(권션징악)황월선전	국중(3634-2-38=5)<1928>	1([著·發]金東縉, 德興書林, 1928.11. 5; 1931, 38pp.)
(勸善懲惡)黃月仙傳	/국중(3634-2-38=6)<1931>	

844.1. 〈자료〉

Ⅰ. (영인)

「황월선전」

【增】

1) 金光淳 編.『金光淳所藏 筆寫本韓國古小說全集』, 52. 박이정출판사, 1994. (김광순 소장)

Ⅱ (역주)

「황월선전」

844.1.6. 권택무·림호권 윤색·주해.『황백호전(·황월선전·운영전)』. 조선고전문학선집, 22. 평양: 문예출판사, 1987; 서울: 연문사, 2000(영인).236)

---

236) 「황백호전」·「황월선전」·「운영전」이 합책되어 있다.

【削】 844.1.7.조선문학창작사 고전문학실 편. "「황월선전」."『한국고전소설해제집』, 下(보고사, 1997. 4).

844.2. 〈연구〉

【增】 Ⅱ (학위논문)

〈석사〉

1) 박연미. "「황월선전」 연구." 碩論(한국교원대 대학원, 2003. 2).

Ⅲ. (학술지)

844.2.5. 鄭相珍. "계모형 고전소설의 후대적 변모와 「황월선전」."『우암어문논집』, 9(부산외대 국어국문학과, 1999. 2).『韓國古典小說硏究』(三知院, 2000. 7)에 재수록.

【增】

1) 조선문학창작사 고전문학실 편. "「황월선전」."『한국고전소설해제집』, 下(보고사, 1997. 4).

2) 김민조. "「황월선전」 이본 연구."『古小說硏究』, 15(韓國古小說學會, 2003. 6).

▶(황월성전 → 황월선전)

▶(황장군전 黃將軍傳 → 황운전)

◐{황제전}

▶(황주기연 黃珠奇緣 → 항주기연)

▶(황주목사계 黃州牧使戒 → 황주목사계자기)

◪845.[[황주목사계자기 黃州牧使戒子記]] ←『삼설기』/ 황주목사계 / 황주목사기(107)

〈출전〉『三說記』

845.1. 〈자료〉

Ⅰ. (영인)

845.1.2. 仁川大民族文化硏究所 編.『舊活字本古小說全集』, 20. 銀河出版社, 1984; (再刊) 國際아카데미, 2002. (조선서관판『삼셜긔』)

▶(황주목사기 黃州牧使記 → 황주목사계자기)

▶(황처사전 黃處士傳 → 황부인전)

◐{황한기봉 黃韓奇逢}

〈관계기록〉

① Courant, 852:「황한긔봉 黃韓奇逢」.

② 金起東, "古典小說의 書誌學的 考察,"『국어국문학』, 51, p. 106:「黃韓奇逢」.

◐{황화롱전}

◪846.[황후별전 皇后別傳]237) ← *소현성록

◐{회공출세록}

〈관계기록〉

① 『諺文古詩』(가람본), '언문칙목녹', 55: 「회공츌세록」.

▶(회동이씨삼대록 → 해동이씨삼대록)
▶(회문전 回文傳 → 소약란직금도)
▶(회산군전 檜山君傳 → 영영전)

◆847.[회선오세 回仙悟世] ← 회선오세한단기화

【增】〈비교연구〉

1) 「한단기화」[「회선오세한단기화」]는 당나라 傳奇인 沈旣濟의 「枕中記」를 개작한 것이다. 「침중기」에서 노생은 도사 여옹을 만나 자신의 신세를 한탄하다가 여옹이 준 베개를 베고 잠을 자게 되는데, 꿈에 청하현의 최씨와 결혼한 후 자신이 원하던 부귀영화를 누리고 죽음을 맞이한다. 그런데 깨어 보니 잠자기 전에 주막의 노파가 짓고 있던 기장밥이 아직 뜸도 들지 않은 것을 보고 인생의 허무함을 깨닫는다. 「한단기화」의 앞부분은 「침중기」와 상당히 유사하지만 내용은 크게 부연되어 있다. 「침중기」는 명나라 때 湯顯祖가 「邯鄲記」라고 하는 희곡으로 개작하기도 하였는데, 개작 방향이 「한단기화」와는 크게 다르다. …… 우선 「한단기화」의 서두는 「침중기」와 유사한데 꿈속의 내용은 크게 다르다. 「침중기」가 노생의 이야기를 간략하게 서술하고 있다면, 「한단기화」는 「침중기」의 내용을 보다 구체화시키고 있다. 이 점은 등장인물의 命名에서도 드러난다. 「침중기」에서는 여옹이나 노생 등 대부분 등장인물의 이름을 구체적으로 밝히지 않았는데, 「한단기화」에서는 이름을 구체적으로 밝히고 있다. …… 이처럼 「한단기」나 「침중기」에서는 역사적으로 실존한 인물이 아니면 이름을 밝히지 않았는데, 「한단기화」에서는 등장인물의 이름을 구체적으로 밝히고 있는 점이 주목된다. 또한 「한단기화」에서는 새로 등장하는 인물들이 대부분 가공 인물이고, 역사적 인물이라고 하더라도 장구령, 이임보 등은 소설에서 흔히 등장하는 인물이다. 이 점에서 「한단기화」는 「한단기」나 「침중기」에 비해 허구적 성격이 크게 강화되었다고 할 수 있다(이지영, "回仙悟世邯鄲奇話"에 나타난 장편 한문소설의 특징과 지향," 『古小說研究』, 18[2004. 12], pp. 116~118 발췌 인용).

847.2. 〈연구〉

Ⅲ. (학술지)

【增】

1) 이지영. "「回仙悟世邯鄲奇話」에 나타난 장편 한문소설의 특징과 지향." 『古小說研究』, 18(韓國古小說學會, 2004. 12).

【增】〈회목〉

(奎章閣 소장 「回仙悟世邯鄲奇話)

[권 1]

1: 人間世仙翁散花 行旅店老嫗炊黎

237) 「소현성록」의 내용 중 선인황후 소씨의 행적만을 별책으로 만든 작품이다.

2: 聽密語盧生救危　定佳約崔公報德
3: 聞天香狂蝶窺花　逞神術蒼龍鬪珠
4: 張小姐閨中守約　崔侍郎水上遇賊
5: 蛾眉山道士授書　石頭村佳人薦枕
6: 摸二書群凶釀禍　打一網諸賢泣寃
7: 泣生別孝子辭母　赴死地忠婢替主
8: 滎陽縣中夜變服　雲南嶺連宵値危
9: 踰南嶺黑夜救危　赴北關白日鳴寃

[권 2]
10: 正王法凶徒伏劂　借天威閨女執柯
11: 討反賊元帥用武　斬勇將公子奮威
12: 淸雲洞死妹逢弟　閬中城神術破妖
13: 巡雲南元帥逢舊　返京師諸軍受功
14: 兩小姐芳閨邃約　諸夫人香亭論詩
15: 說風情妖女貪賄　亂閨壺狎客竊妻
16: 背主人奸婢貪賄　試神術魅婦破膽
17: 巧乘機二書留案　假幻形三婦下堂
18: 倫玉環淫書荐凶　貪金幣妖尼肆毒

[권 3]
19: 陳學士濃水救禍　張夫人南岳感夢
20: 墮淫書奸人嫁禍　誣虛辭狎客陷主
21: 理粉粧好子入宮　換乳稚盧侯失兒
22: 崔夫人轉禍封爵　白雲尼遺毒幻形
23: 徹北關烈婦雪寃　就南市奸黨伏法
24: 再脫網妖尼逃刑　五畵眉淫婦受杖
25: 金光庵好尼蓄毒　華陰縣淫婦作孽
26: 武陵縣蕓茷泣玦　玉簫亭桃苪呪魂

〈줄거리〉

【增】

(1회) 노방은 한단의 여관에서 도사 여동빈을 만나 그가 주는 베개를 베고 잠을 잔 후 집으로 귀가했다. 그리고 귀가 후 혼인을 위해 청하현의 고모를 찾아가는데, (2) 청하현의 한 주점에서 최소저를 납치하려는 불한당들의 계획을 엿듣고 이를 최시랑에게 알려 화를 방비하도록 했다. 그리고 최시랑은 노방의 풍모를 보고 사위로 정했다. (3) 과연 이 날 밤 노방의 말대로 불한당이 침입했는데, 최시랑의 아들 최성이 이들과 칼짜움을 벌여 항복시켰다. (4) 이후 노방은 과거에 급제한 후 장구령으로부터 자신의 선친이 이미 장구령의 딸과 정혼했다는 말을 듣고 최소저와 장소저를 모두 부인으로 맞이하고자 했다. 최진 일가가 상경하던 도중에 최소저는 도적을 만나 실종됐다. (5) 한편 실종된 최소저는 아미산 도사에게 구출됐다.

노방은 하남순무사가 되어 도적을 평정하고 석두촌에서 혜향을 만나 가연을 맺었다. 그리고 탐관오리 우은을 파직시켰는데, (6) 파직된 우은이 원한을 품고 이임보와 함께 노방, 장구령, 최진을 역모로 모함하여 노방 등이 변방에 충군되고 가속은 관노가 됐다. (7) 관노가 된 장소저는 고을 태수 어무린의 아들 어화룡이 납치하려 하자 시비 난방이 대신하여 잡혀갔다. (8) 장소저 모녀는 도망가 유리걸식하며 온갖 고난을 겪는데, (9) 노방의 일로 연좌되어 운남으로 유배 가던 혜향이 도중에 얼어 죽을 위기에 처한 장소저 모녀를 만나 도와 주었다. 이들은 함께 운남으로 가서 서로 의지하며 지냈다. 한편 어무린에게 잡혀갔던 난방은 탈출·상경하여 등문고를 쳐서 어무린 부자의 죄상을 알렸다. (10) 조정에서 어무린 부자의 죄상을 조사하던 중 이임보의 모략이 밝혀져 노방 등은 복직되었다. (11) 이후 노방은 황제의 명령으로 억지로 영락군주와 혼인하고 검남 지방의 반란을 진압하기 위해 출정했다. 그런데 적군이 도술을 쓰자 함께 출정한 최성(최진의 아들)이 아미산 운수도인을 찾아갔다. (12) 최성은 그 곳에서 운수도인에게 구출되어 제자가 된 누이와 상봉했다. 노방은 최성의 무용, 최소저의 신술에 힘입어 난을 진압했다. (13) 노방은 경사로 돌아오던 중 운남에 이르러 장소저 일행과 만나 함께 돌아와 헤어졌던 가족이 재회하며 (14) 최소저 및 장소저와 혼인하고 여러 부인과 어머니를 모시고 평화로운 날을 보냈다. (15) 그런데 영락군주가 장부인과 최부인을 시기하여 이들을 해치고자 하여 기실(記室)

송연과 체결했다. (16) 영락군주는 급기야 송연과 통정하고 노방에게 미혼단(迷魂丹)을 먹여 사리분별을 어둡게 했다. (17) 그리고 환용단(換容丹)과 음서(淫書)를 사용하여 장부인을 모함하여 결국 장부인은 친정으로 쫓겨나게 됐다. (18) 이후 다시 최부인을 모함하는 한편 요승 백운을 시켜 장부인을 납치하게 하는데, 납치된 장부인은 강물에 투신했다. (19) 강물에 빠진 장부인은 친척 진성서 일가에게 구조되고, 영락군주와 송연은 다시 장부인을 죽일 계략을 세우는 한편 최부인을 모함했다. (20) 영락군주와 송연은 옹간을 끌어들여 장부인을 납치하려다 실패하고 송연은 양국충과 결탁하여 최부인을 제거하고자 하여 (21) 우선 최부인이 낳은 아들을 시비의 딸과 맞바꾼 후, 거짓 어명으로 최부인에게 사약을 내렸다. (22) 그러나 곧 어명이 거짓임이 밝혀지며, 영락군주와 통정한 후 송연을 배신한 옹간이 송연의 죄상을 고발했다. (23)이 때문에 그 동안 영락군주와 송연이 저지른 악행이 밝혀져 악인들이 벌을 받았다. 그 와중에 요승 백운은 달아나 장부인을 납치하여 강물에 빠뜨린 후 환용단을 먹고 자신이 장부인으로 변했다. (24) 그러나 총명을 회복한 노방이 가짜임을 알아보자 정체를 드러내고 도망갔다. (25) 백운은 귀양 가던 연연이라는 여자를 꾀어 환용단으로 장부인이 되어 노부에 들어가게 하는데, (26) 연연은 장부인 행세를 하면서 백운과 결탁하여 집안을 어지럽힐 음모를 꾸몄다(이지영, "回仙悟世邯鄲奇話"에 나타난 장편 한문소설의 특징과 지향," 『古小說硏究』, 18[2004. 12], pp. 113~116).

▶ (회선오세한단기화 回仙悟世邯鄲奇話 → 회선오세)

▶ (횡부가 橫負歌 → 변강쇠전)

◐ {효경전}

국문필사본

효경전	계명대[古綜目](고811.35효경전)	1

◐{효녀전 孝女傳}

【增】 국문필사본

【增】 효녀전	박순호[家目]	1(甲子十一月三日五代孫侍從院主事南平文尙晉謹誌, 48f.)

◇848.[효부전 孝婦傳]

▶(효열록 孝烈錄 → 효열지)

◇849.[효열지 孝烈志] ← 효열록

849.2.〈연구〉

【增】 Ⅱ. (학위논문)

〈석사〉

1) 장정미. "「효열지」 연구." 碩論(한국교원대 대학원, 2005. 2).

Ⅲ. (학술지)

【增】

1) 이성권. "계모형 고소설의 갈등과 그 성격: 계모형 가정소설과 가문소설 「효열지」를 중심으로." 『古小說硏究』, 9(韓國古小說學會, 2000. 6).

2) 이기대. "「孝烈誌」의 인물 형상과 소설사적 위상." 『어문학』, 80호(한국어문학회, 2003. 6).

【增】 ◐{효우창선록 孝友彰善錄}

【增】 국문필사본

【增】 효우챵션록 숭권/ㅎ권 孝友昌善錄	박순호[家目]	2(上: 72f.; 下: 88f.)

▶(효의정충록 孝義貞忠錄 → 효의정충예행록)

◇850.[효의정충예행록 孝義貞忠禮行錄]

〈관계기록〉

① 『諺文古詩』(가람본), '언문칙목녹', 181: 「효의졍츙예힝녹」, 수십팔 종.

② Courant, 870: 「효의졍츙녜힝록 孝誼貞忠禮行錄」.

【增】

1) 『[演慶堂]諺文冊目錄』(1920; 藏書閣所藏): 78. 「孝義貞忠禮行錄」 一秩 57冊[238]; 一秩 29冊

국문필사본

【增】 효의졍츙예힝녹	미도민속관[생활사 도록](57A)	10
【增】 효의명튱녹 권지십구	서울대[심악](813.5-H998jp v.19)	낙질 1(권 19)

---

238) 상단에 '現在 五六'冊이라는 注記가 붙어 있고, 하단 摘要欄에는 '第二十九冊欠'이라 되어 있다.

▶(효장황제장대기 孝莊皇帝粧臺記 → **여용국전**)

◪851.[효종대왕실기 孝宗大王實記] ← **병자란 / 이완실기**

【增】◗{효행전 孝行傳}

　【增】　국문필사본

　　【增】　효힝젼이라　　　　　　　박순호[家目]　　　　　　1(24f.)[239]

　　【增】　효힝젼이라　　　　　　　박순호[家目]　　　　　　1(丁卯年二月二十二
　　　　　　　　　　　　　　　　　　　　　　　　　　　　　日膳書, 20f.)

【增】◗{후삼국지 後三國志} ← **속삼국지**

　〈관계기록〉

　　1)『私集』(尹德熙 1685~1766), 4,「小說經覽者」[1762]:「後三國志」.

　　2)『海南尹氏群書目錄』(國立中央圖書館所藏):「後三國傳」.

【增】◗{후서유기 後西遊記}

　【增】〈관계기록〉

　　1)『[演慶堂]諺文冊目錄』(1920; 藏書閣所藏): 26.「後西遊記」20冊.

　　2)『絹敬堂曝曬書目總錄』:「後西遊記」八本.

　　3)『集玉齋書目』:「後西遊記」八卷.

▶(후속누몽 → **후홍루몽**)

◪852.[후수호지(전) 後水滸誌(傳)] ← **속수호지**[240]

　〈참고자료〉

　　① 淸初 有「後水滸傳」四十回 云是古宋遺民著 雁宕山樵評 盖以續百回本 其書言宋江旣死
　　餘人尙爲宋御金 然無功 李俊遂率衆浮海 王于暹羅 結末頗似杜光庭之「虯髯傳」古宋遺民者
　　本書卷首論略云 不知何許人 以討考之 當去施羅[施耐庵·羅貫中]未遠 或與之同時 不相爲下
　　亦未可知 然實乃陳忱之托名◖(청나라 초에「후수호전」40회가 있어서, '옛날 송나라 유민이
　　짓고 안탕산초가 평했다'고 적혀 있는데, 대개 이것은「수호전」100회본을 이은 것이다. 이
　　책에는 송강이 이미 죽고나서 남은 사람들은 아직도 송나라를 위하여 금나라를 방어하였으나
　　공은 없었고, 이준이 드디어 무리를 거느리고 바다를 건너가 섬라[暹國]의 왕이 되었다고 하고
　　있는데, 그 결말은 두광정의「규염객전」[241]과 비슷하다. '옛날 송나라 유민'이라고 한 것은
　　이 책 머리에 있는 '논략'에서 이르기를 '어떤 사람인지 알 수 없으나 시대로 생각해 본다면
　　시내암·나관중으로부터 먼 시대는 아닐 것이다. 혹은 그들과 같은 시대로서 그들보다 이후는
　　아닐지도 모르는데 역시 알 수 없는 일이다.'라고 하였다. 그러나 사실은 진침[1613~1670?][242]의

------

239) 첫머리에 無題 가사(5f.) 합철

240) 본총서 모두에 추가.

241) 중국 당나라 때 杜光庭이 지은 傳奇小說. 혹은 張說이 지은 것이라고도 한다.

242) 중국 명말 청초의 소설가. 호 雁宕山樵.『水滸後傳』8권 40회은 120회본「수호전」을 기본으로 하여

　탁명이다)[魯迅, 『中國小說史略』, p. 116].

② 淸初 流寇悉平 遺民未忘舊君 逐漸念草澤英雄之爲明宣力者 故陳忱作「後水滸傳」則使李俊 去國而王于暹羅☯(청나라 초에 떠돌아다니는 도둑[流寇]은 모두 평정되었으나, 명나라의 유민들은 옛 임금을 잊지 못하여 마침내는 점점 초택[草澤]의 영웅이 명나라를 위하여 활약함을 생각하게 되었다. 그러므로 진침은「후수호전」을 지어서 이준으로 하여금 나라를 떠나 섬라의 왕이 되게 하고 있다)[同上, p. 233].

③「水滸後傳」八卷 四十回 (每卷五回): 明陳忱撰 題'古宋遺民著·雁宕山樵評' 卷首有論略 忱字退心 號雁宕山樵 浙江烏程人☯(명나라 진침이 찬한 것으로, 표제에 '옛 송나라의 유민이 짓고 안탕산초가 평하다'라고 되어 있으며, 책머리에 '논략'이 있다. '침'의 자는 하심, 호는 안탕산초이며, 절강 지방의 오정 땅 사람이다)[孫楷第, 『中國通俗小說書目』, 188].

〈관계기록〉

【增】 (한문)

①『五洲衍文長箋散稿』(李圭景 1788~?), 7, '小說辨證說': 有「桃花扇」·「紅樓夢」·「續紅樓夢」·「續水滸志」·「列國志」·「封神演義」·「東遊記」 其他爲小說者 不可勝記☯(「도화선」·「홍루몽」·「속홍루몽」·「속수호지」·「열국지」·「봉신연의」·「동유기」 등의 작품이 있고, 그 밖의 이루 다 헤아릴 수 없는 작품이 있다).

②『中國歷史繪模本』(完山[映嬪]李氏, 1762), no. 59:「後水滸志」.

【增】

1)『字學歲月』[1744](尹德熙 1685~1766):「後水滸志」.

2)『私集』(尹德熙 1685~1766), 4,「小說經覽者」(1762).「後水滸傳」.

3)『欽英』(兪晩柱 1755~1788), 5, 1778. 5. 1: 閱「水滸後傳」四十回 古宋遺民著 雁宕山樵評☯(「수호후전」 40회를 읽었는데, 송나라의 유민이 지은 것으로, 안탕산초가 평을 붙였다).

4)『海南尹氏群書目錄』(國立中央圖書館所藏):「後水滸傳」.

5)『緝敬堂曝曬書目總錄』:「蕩寇誌」 十八本.

6)『集玉齋書目』:「蕩寇誌」 十八卷.

【增】

(국문)

1)『大畜觀書目』(19C初?):「續水滸傳」諺四冊.

2)『大畜觀書目』(19C初?):「後水滸傳」諺 十二冊.

3)『[演慶堂]諺文冊目錄』(1920; 藏書閣所藏): 67.「後水滸誌」12冊.

〈이본연구〉

【增】

1) 번역본「續水滸傳」은 民國 13년(1974)에서 15년(1926)에 『盛京時報』에 연재되었던 동명 소설 「續水滸傳」이 아니다. 19세기 전반에 작성된 것으로 보이는 純組 연간의 '大畜觀書目'과는 시기적으로 맞지 않기 때문이다. 그렇다면「속수호전」은 어느 책을 지칭할까? 지금까지 알려진

─────────────

그가 잇대어 지은 것으로 알려져 있다.

「수호전」의 대표적인 속서로는 청 康熙 초년에 나온 陳忱의 「水滸後傳」(8권 40회)과 兪萬春의 「結水滸傳」(일명 蕩寇志, 70회)을 들 수 있다. 그러나 「수호후전」은 분량이 40회이고 「결수호전」은 70회이다. '대축관서목'의 번역본이 4책밖에 되지 않는 점으로 미루어 70회본인 「결수호전」을 번역했다기보다는 40회본인 「수호후전」을 번역한 것으로 추정하는 것이 타당할 것이다(朴在淵 編, 『韓國所見中國小說戲曲書目資料集 十二峰記 십이봉던환긔』[2002. 11], p. 16).

853.◘[후홍루몽 後紅樓夢][243)

〈참고자료〉

① 「後紅樓夢」三十回: 淸無名氏托曹雪芹撰 首逍遙子序 '頃白雲外史散花居士竟訪得原稿'云云 此書續紅樓夢凡例及梁恭辰勸戒近錄四均引 在續作中 此當爲最早之書◓(청나라 무명씨가 조설근[1715~1763][244)에게 가탁하여 지은 것이다. 머리 부분에 소요자의 서문이 있는데, '앞서 백운외사와 산화거사가 방문하여 원고를 얻었다.'고 하고 있다. …… 이 책은 「홍루몽」의 속작 중 가장 이른 시기에 이루어진 것이다)[孫楷第, 『中國通俗小說書目』, p.121].

〈관계기록〉

① Courant, 944: 「후쇽누몽 後續樓夢」.[245)

【增】

1) 『[演慶堂]諺文冊目錄』(1920; 藏書閣所藏): 30. 「後紅樓夢」 20冊.

【增】 〈이본연구〉

1) 이 역본[낙선재본 「후홍루몽」]에선 원본의 30회(부록 2회는 제외)를 20권으로 압축했기 때문에 회목이 모두 실리지 못하고 일부 생략되기도 했으며, 각 회의 내용 분량이 원본과 일치하지 않고 약간 많은 편이다. 다른 낙선재본 번역 소설 중에서도 이와 같은 현상을 보이는 작품이 보인다. 그러나 「후홍루몽」의 경우 회목은 매 책의 첫머리에만 수록되었고 본문 중에는 나오지 않는다. …… 번역본에 수록된 회목은 일정한 기준이 없이 채택되었으므로, 회목과 실제 내용과는 분량상 일치하지 않는다. 예를 들면 번역본 제1권에는 원본의 제2회 초반부까지 실려 있고, 번역본 제2권에는 원본 제3회의 후반까지 포함하고 있다. 그리하여 원본 제3회의 후반에서 번역본 제3권이 시작될 때 제3회의 회목은 그대로 생략하고 제4회의 회목을 첫머리에 내세우고 있는 것이다. 그것은 제3권의 내용이 실제로 원본 제4회 부분 전체와 제5회 전반부까지를 차지하고 있기 때문이다. 그 이후도 마찬가지 원리에서 제5회 후반부에서 시작하여 제7회의 앞부분까지 번역된 낙선재본 제4권은 원문 제6회의 회목을 쓰고 있는 것이다. 이러한 이유로 매 권의 첫머리마다 '화셜'을 붙이고, 끝에도 원문의 중간 부분에서 끝맺음에도 불구하고 '빈명이엇지ᄃᆝ답ᄒᆞ고하회분히하라'와 같이 상투적 방식을 쓰고 있다(崔溶澈, "「紅樓夢」 續書 硏究 I," 『中國小說論叢』, I[1992. 3], p. 203 및 p. 204).

2) 낙선재본 「후홍루몽」의 체재는 매권 약 50여 장(100여 쪽)씩 묶여 있으며, 한 면마다 9행씩,

---

243) 「홍루몽」 제120회에 이어 계속되는 내용이다. 부산대 도서관에 중국본이 수장되어 있다.

244) 중국 청나라 때 소설가. 이름은 霑. '설근'은 그의 字이다. 남경에서 태어나 10세 무렵에 아버지를 따라 북경에 가서 살았다. 「홍루몽」의 작자.

245) Courant이 말한 「후쇽누몽」은 「후홍누몽 後紅樓夢」의 오기가 아닐까?

행마다 27~28자씩 유려한 궁체로 씌어 있다. …… 이 역본에선 원본의 30회(부록 2회는 제외)를 20권으로 압축했기 때문에 회목이 모두 실리지 못하고 일부 생략되기도 했으며, 각 회의 내용 분량이 원본과 일치하지 않고 약간 많은 편이다. …… 그러나「후홍루몽」의 경우 회목은 매 책의 첫머리에만 수록되었고, 본문 중에는 나오지 않는다. 원본과 번역본의 회목을 대조해 보면 번역본에 수록된 회목은 일정한 기준이 없이 채택되었으므로, 회목과 실제 내용과는 분량상 일치하지 않는다. ……「후홍루몽」의 번역 방법도「홍루몽」이나 기타 낙선재본 번역 소설과 크게 다르지는 않음을 알 수 있다. 대체적으로 분류하면, 번역의 방법에 있어서는 중국식 한자어를 그대로 사용한 것과, 알기 쉬운 다른 한자 어휘로 전환한 것, 한자어를 완전히 풀어서 직역한 것, 혹은 적절하게 의역한 것, 원문과는 다르게 첨역이나 축역한 것, 혹은 아예 한 단락을 생략한 것, 그리고 원문의 한자를 잘못 읽었거나 잘못 풀이한 것 등 다양한 점이 발견된다(崔溶澈, "「紅樓復夢」에 대하여," 장경남 · 이재홍 · 강문종 校註,『후홍루몽』[2004. 9], pp. 16~17).

3) 낙선재본『후홍루몽』은 逍遙子의『後紅樓夢』을 번역한 것이다.『홍루몽』속서 가운데 가장 먼저 나온 것으로 알려진 이 책은 1796年을 전후하여 간행된 것으로 추정하고 있다. 정위원의 간행본이 나온 지 불과 5년 만의 일이다. 원전은 30回이지만 낙선재 번역본은 20권 20책으로 되어 있다. 따라서 모든 회목이 사용되지 못하고 중간 중간에서 권수를 가르고 있다. 원전의 제3회, 5회, 8회, 11회, 13회, 16회, 21회, 23회, 26회, 29회 등 10회 부분의 회목은 생략되어 있다. 필사본은 半葉에 9행 18자로 쓰였으며, 번역은 직역을 위주로 하고, 중국어를 그대로 차용하거나 우리식 한자어로 전환한 경우가 보이며, 간혹 첨역이나 축역도 있다(崔溶澈, "韓國에 서의「紅樓夢」傳播와 飜譯." 鮮文大 中韓飜譯文獻硏究所,『紅樓夢的傳播與飜譯 홍루몽의 전파와 번역』[2004. 11], p. 75).

853.1. 〈자료〉

【增】Ⅱ (역주)

1) 장경남·이재홍·강문종 校註.『후홍루몽 後紅樓夢』. 조선시대 번역고소설총서 19. 이회, 2004.[246]

853.2. 〈연구〉

【增】Ⅲ. (학술지)

1) 崔溶澈. "「후홍루몽」에 대하여."『후홍루몽』(선문대중한번역문헌연구소, 이회, 2004. 9).

◐{훈실전}

▶(흑룡록 黑龍錄[247]) → 임진록)

【增】 <제의> '黑'[壬]·'龍'[辰]의 기록

▶(흑룡일기 黑龍日記 → 임진록)

◪854.[[흑의인전 黑衣人傳]]

〈작자〉 洪芳[248]

---

246) 중국본인 乾嘉間白紙本「全像後紅樓夢」과 浙江도서관 소장 필사본「後紅樓夢」이 附載되어 있다.
247) 표제는 '黑[壬]龍[辰]의 기록'이란 뜻이다.

〈출전〉『雜同散異』, 38

▶(홍무왕삼한전 興武王三韓傳 → 흥무왕연의)

◪855.[흥무왕연의 興武王演義] ← 각간선생실기 / 개국공실기 / 김유신실기 / 용화선생실기 / 흥무왕전 / 흥무왕삼한전

〈작자〉李鼎均 (1852~1899)

〈관계기록〉

①「興武王演義」, 1, 李鼎均 序: 余自早歲 得見興武史略於文獻錄中 以寓景仰之慕者有年 幸去年冬 偶得本傳 於王遠裔之家 而平生偉蹟 纖悉無遺 披讀再三 擊節稱賞 旣而復歎曰 昔歐陽子 得王彦章家傳 以記畵像 使五代之史 炳然有稱 今興武之貞忠大業 優爲三國上人物 前朝時 金開府 三國之史 未盡善美 獨其家遺傳 燦然以此 千載之下 足以興起乎 智士之心 猗歟壯哉 公以不世之才 又得有爲之君 若太宗文武之賢明 有同魚水 言聽計從 東征西討 所向無前 百濟高麗以次削平 而贊揚王化 使東韓之人 稱新羅聖代 然則其忠義勳勞 雖以諸葛武侯郭汾陽論之 庶無愧矣 余於公尤有憾焉 其在泗沘之役 與我中郎先祖同滅百濟 又策名同朝 距今雖年代侵遠 使如孔北海論之 則詎無通家之誼乎 遂乃參考諸史 襃輯群說 著爲「興武王演義」三篇 凡三國之忠臣烈士山川城邑 靡不備述 是書也 雖若浮虛誇張 大略幾越乎家傳及東史之本旨也 使端人正士讀之 則以不免於輕薄之辭 然特以欽仰之切 有所稱之耳 崇禎紀元後五周丁亥二月己卯 延安後人 李鼎均謹序◐(내가 일찍부터 문헌 기록에서 흥무왕에 관한 일의 대략을 보고 사모하고 우러러보는 마음을 가진 지가 몇 년이나 되었다. 다행히 지난 해 겨울에 먼 후손의 집으로부터 본전을 얻어 보니 평생의 위대한 자취가 자세하게 모두 빠진 것이 없어서 두 번 세 번 살펴보고 무릎을 치며 칭찬하였다. 조금 있다가 다시 탄식하기를 "옛날 구양자[歐陽修 1007~1072]가 왕언장249)의 가전을 얻어 화상을 기록하여 5대의 역사가 밝게 칭찬이 있게 하였다.250) 지금 흥무왕의 정충251) 대업이 넉넉히 3국의 인물이 되나, 전조 김개부[金富軾 1075~1151]의 『삼국사기』는 선과 미를 다하지 못하였고, 다만 그 집의 유전이 찬연히 빛나니, 이것이 천 년 뒤에 지사의 마음을 일으키게 할 수 있구나! 아아 장하도다. 공[金庾信]은 세상에 드문 재주를 가진 사람으로서 또 무언가를 이루려는 임금을 얻은 것이 태종·문무왕 같이 현명하여 고기가 물을 얻음과 같음이 있어서 말을 들어주고 계획을 따라 주었다. 동서로 정벌하여 나아감에 앞선 이가 없어서, 백제·고구려를 차례로 평정하고 임금의 교화를 찬양하여 이 땅의 사람들이 신라 성대라 일컫게 했다. 그러나 그의 충의와 훈공은 비록 제갈량[181~234]·곽분양[郭子儀 697~781]252)으로 논하더라도 거의 부끄러움이 없을 것이다."고 하였다. 나는 공에 대하여 더욱 유감이 있으니, 공이 사자성 싸움에 우리 중랑장[李茂]253) 선조와 함께 백제를 멸망시키고

---

248) 이본의 하나인 任埅의 『天倪錄』 所收 「孟道人携遊和詩」에는 그 작자를 成琓이라 하고 있다.

249) 중국 오대 때 양나라의 장수. '豹死留皮 人死留名(호랑이는 죽어 가죽을 남기고, 사람은 죽어 이름을 남긴다)'는 말을 남긴 것으로 유명하다.

250) 중국 25사의 하나인 「新五代史」는 송나라 仁宗 때 歐陽修 등이 後梁 태조로부터 後周 恭帝에 이르기까지 (907~959)의 역사를 편찬한 것으로 총 75권이다.

251) 마음이 아주 자세하고 한결같은 충성.

252) 중국 당나라 때의 장군. 안록산의 난을 토벌하는 등 많은 공을 세워 汾陽王의 봉함을 받았다.

253) 원래 중국 당나라 사람으로, 高宗 때 중랑장으로 있다가 蘇定方의 부장이 되어 신라에 와 백제를 평정한

또 같은 조정에서 신하가 되었다. 지금으로부터 비록 연대는 머나 만약 공북해[153~208][254]에게 논하도록 시킨다면 어찌 통가의 의가 없겠는가? 드디어 여러 역사를 참고하고 여러 설을 모아 「흥무왕연의」 3편을 지었는데, 모든 3국의 충신 · 열사 · 산천 · 성읍 등이 갖추어져 서술되지 않은 것이 없다. 이 책이 비록 허황되고 과장되어 대략 가전과 동국 역사의 원뜻을 거의 넘어선 듯하여, 단정한 사람이나 올바른 선비에게만 읽게 한다면 경박하다는 말을 면치 못할 듯하나, 특별히 우러름이 간절하기 때문에 칭찬만이 있을 따름이다. 숭정 기원 후 5주가 되는 정해[1887] 2월 기묘에 연안 이정균[1852~1899]은 삼가 서하노라).

② 「興武王演義」, 3, 朴容淳, 跋文: 丙申秋 龜城李鼎均氏 以中郎[唐 中郎將]諱茂之後孫 爲有通家之誼 搜采史說 輯成文卷三篇 名曰「興武王演義」 匡合偉蹟 開卷瞭然 此乃文獻之不足在昔之謂也 延平之再合爲今之稱也 於載不忘果載玆乎 越若戊戌冬 從弟容旭與族人鍾樂甫合謀干布 相奔盡誠 踰年而紏功 因屬余以記之辭 不獲已 敢自柒翰 略陳追慕之義 不明是懼敢不欽敬者哉☯(병신년 가을에 구성 이정균씨가 중국 당나라의 중랑장 이무의 후손으로서 집안 역사를 세울 뜻이 있어서 역사와 전설을 찾고 채집하여 3편의 책으로 만들어 이름을 「흥무왕연의」라 했다. 위대한 업적을 고치고 합침에 개권이 요연하다 함은 곧 문헌이 부족한 옛날을 이름이요, 연평이 다시 합쳤다 함은 지금의 일을 말한 것이다. 무술년 겨울 종제 용욱씨가 족인 종락과 이 책을 펴내기로 의논하고 서로 분주히 정성을 다하다가 해를 넘겨 마침내 공을 이룬 후 나에게 글 쓰기를 부탁하니 내 감히 그만둘 수 없어 감히 붓을 들어 추모의 뜻을 대충 썼으나 미처 공경의 뜻을 다하지 못했을까 두렵다).

③ 「角干先生實記」(金山本), 趙儀顯序(1899): 此編新羅開國公太大角干金先生之實錄也 千載之下秘而復出 先生之裔昌宇淙壎 方營鋟梓 袖示余而請葫蘆之役 余辭以不文曰 先生之豊功偉烈 有非後學之所能名焉 盖自幼少時斬馬學劒 以至殲濟統韓 而救親急君之節 炳若日月 …… 夫功必有誌 誌必有傳 而何是書之羅而麗而千百歲而壁經始出 後孫之雲而仍而歷幾百世而剖 剛始謀 …… 誌以傳奇 歲己亥黃鍾之月上澣 箕城後人 知慶州郡守 趙儀顯謹序☯(이 책은 신라 개국공 태대각간 김선생[김유신]의 실록으로, 천 년 동안이나 비밀로 전해 오다가 다시 세상에 나왔다. 선생의 후손 종훈씨가 바야흐로 간행을 떠맡고 원고를 내게 가져다 보여 주며 호로의 역할을 청했다. 내가 글을 못한다고 사양하며 이르기를, "선생의 많은 공과 뛰어난 열행은 후학이 능히 무어라 할 바가 못된다. 대개 선생이 어릴 적부터 말머리를 베고[255] 칼쓰기를 연마하여 백제를 섬멸하고 삼한을 통일하였으니, 친히 위기의 빠진 임금을 구해 낸 충절은 해와 달처럼 밝도다. …… 무릇 공에는 반드시 기록이 있고 기록은 반드시 전함이 있을 것이니, 어찌 이 책은 신라와 고려 천백 세를 지내고서야 벽에서 비로소 나왔단 말인가?").

④ 同上, 李集夏記(1900): 夫天之生賢豪 盖不數 如周之姜子牙·漢之子房·孔明者 上下千百世凡幾人矣 孔子曰 才難不其然乎 信斯言也 新羅開國公太大角干金先生諱庾信 當武烈文武王

공으로 延安伯에 봉해졌고, 이후 후손들이 본관을 연안으로 정하고 그를 延安李氏의 시조로 받들었다.

254) 중국 후한 시대의 학자 孔融.

255) 전설에 의하면, 김유신이 청년 적에 우연히 靑樓에 들려 天官이라는 창기와 가까이 한 적이 있는데, 어머니 萬明에게 꾸지람을 듣고는 다시는 찾지 않았다. 어느 날 술자리에 참석했다가 크게 취해 말에 올랐더니, 그 말이 유신이 깨닫지 못하는 사이에 천관의 집에 이르렀다. 비로소 이를 안 유신은 말의 목을 베고 돌아섰다고 한다.

之際 感激恩遇 遂許鞠躬 尺書飛騰 海外諸國莫不入貢 …… 但文獻無徵 不得其詳者存矣 先生之仍致馥 自密州袖先生演義三冊而來 是書之出於千載之下者 亦豈非冥冥所佑耶 於是 乎 救親急君之節 神護鬼助之事 殲妖破怪之跡 森列在目 愀然 如復見先生矣 逮命之日 先生 實記 印于金山先生之墓齋 幹其事者 裔孫昌宇也 …… 先生可謂文武吉甫歟 余盥讀三編 興起 不已 因記其實蹟之顚末 以寓後生欽慕之心焉 歲庚子二月下浣 後生 月城李集夏記●(무릇 하늘이 현인 호걸을 냄은 대개 몇몇에 지나지 않는다. 주나라의 강자아[姜太公]나 한나라의 장자방[張良], 공명[諸葛亮] 같은 몇 사람뿐이다. 공자도 말하기를, "인재는 구하기 어렵다더니 참으로 그렇구나!"256)라고 했다. 신라 개국공 태대각간 김유신선생은 무열·문무왕 때를 당하여 임금의 은혜를 입음에 감격하여 드디어 허리 굽히기를 허락하고 편지를 띄워 보내니, 해외 여러 나라에서 들어와 조공 바치지 않음이 없었다. 다만 징험할 문헌이 그 자세한 것을 남길 수 없었는데, 선생의 먼 후예인 치복이 밀주257)로부터 선생에 대한 연의 3책을 소매에 넣어 왔다. 이 책이 천 년 후에 나온 것은 그 어찌 하늘258)의 도움이 아니랴? 이에 친히 위기에 빠진 임금을 구한 절의와 신이 보호하고 귀신이 도운 일과 요괴를 없애 버린 자취가 눈 앞에 벌여 있어259) 마치 선생을 다시 보는 듯하게 되었다. 돌아가신 날에 선생의 실기가 금산에 있는 묘소의 재실에서 간행되니 그 일을 주관한 사람은 후손인 창우였다. …… 선생은 가히 문과 무에 걸친 길보라고 할 수 있다. 내가 삼가 세 편을 읽고 나니 흥이 일어남을 억제치 못하고 인하여 그 사실의 전말을 기록하여 후생의 흠모하는 마음을 붙이는도다. 경자년 2월 하순에 월성의 이집하가 쓴다).

⑤ 「角干先生實記」(金元培刊本) 金元培序(1902): 吾族之貫金海者 世繼寢遠文蹟無徵 實爲後 孫之所齎恨矣 矧我先祖興武王豊功偉烈 彰著於羅代 足爲輝耀千載 惟其實錄尙未闡揚於世 此莫非後孫之責 而宗支散在各處 落落如晨星之相望 請世採撫 尙未無據矣 近因龜城宗人鍾 樂而得奉實記一編 自先祖忠簡公永川墓所來者也 奉讀再三 究其顚末 先王遺跡宛如目覩 而巍勳壯烈 極爲昭詳 實瀛興誌靡不畢擧 與唐將蘇定方李茂當時事蹟炳烺方駕 豈不韙乎 壯哉 噫 我東遺文異蹟在在昭著 俾後興起 而其纖悉滂沛者 無若此實記一編池 雖凡他人覽輒 嗟歎 況吾諸宗追慕之誠 窮宇宙可已耶 肆營刊布壽傳之計 以爲世守之寶 盍趨事而勉旃乎 因爲之序 歲在壬寅暮春上浣 後孫參事 元培謹書●(김해를 관향으로 하는 우리 일족의 대대로 내려 오는 계통은 매우 오래 되어 기록을 찾을 수 없으니 참으로 후손으로서 한탄스러운 바이다. 하물며 우리 선조 흥무왕의 큰 공훈과 위대한 공적은 신라에 있어서 현저하였으니, 족히 천추만세 에 찬란히 빛날 만하나, 오직 그 실록이 아직 세상에 드러나지 않았으니, 이것은 후손들의 책임이 아닐 수 없다. 그러나 후손들이 각처에 흩어져 살아 샛별을 바라보는 것과 같으니, 세상에 널리 찾고 살폈으나 아직 근거할 것이 없었다. 근자에 구성260)에 사는 일족 종락으로 인하여 실기 한 편을 얻었으니, 이 책은 선조 충간공의 영천 묘소에서 나온 것이다. 받들어 읽기를 거듭하고 그 전말을 살펴보니, 선왕[흥무왕, 김유신]이 남기신 업적은 눈으로 보듯 완연하

---

256) 『論語』泰伯.
257) 경남 密陽의 옛 이름.
258) '冥冥'의 원뜻은 '冥府' 혹은 '地府'를 가리킨다.
259) '森列'은 촘촘하게 늘어서 있음.
260) 경상북도 智禮[현 金泉]의 옛이름.

고, 크나큰 공훈과 장한 충성이 매우 소상하였다. 나라 안의 지리가 실리지 않음이 없고, 당나라 장수 소정방[595~667][261]과 더불어 이무의 당시 사적이 환하게 서술되어 있으니, 어찌 아름다운 일이 아니겠는가. 장하도다. 아! 우리 동국의 유문 이적이 소상히 적히어 후세에 나타나서 그 자세하고 풍성함이 이 실기 한 편만한 것은 없다. 비록 타인이 보아도 문득 놀라고 탄복할 일인데, 하물며 우리 후손들의 추모하는 정성으로서야 진실로 우주를 다한들 끝이 있겠는가. 간행하여 오래도록 전할 계책을 세워 대대로 간수할 보배로 삼고자 한다. 어찌 일에 착수하여 부지런히 힘쓰지 않을까 보냐? 인하여 서를 쓴다. 임인년 모춘 상완에 후손 참봉 원배는 삼가 서한다).

⑥『申箕善全集』(申箕善, 1851~1909), ‘「興武王實記」 序’: 裔孫之居嶠南者 蒐輯野乘稗記 可信之文 參以正史 編成實記數弓[262](후손 중에 교남[嶺南]에 사는 사람이 야승 패기를 수집하여 믿을 만한 글을 만들고, 정사를 참고하여 실기 수 권을 편성하였다).

⑦『開國公實記』, 金悳鍊 序(1924): 近密州宗人致馥有家傳「角干演義」書 疑亦採輯史傳 而文字則演之 似涉傳奇之體也 然顚末焉略備 序次焉不紊 亦可見先生之平生也 爲先生之裔孫諸氏者 以公佈之意 有丁酉之智禮本 庚子之金山本 又有庚申之京城本 皆活字也 刪其演語 釐爲三冊 或單卷 而卷端標題則以實記字 或傳字易之 然刪之猶未盡傳奇之味 依舊尙在 旣非先生之氣像也 又非史氏之體製也 讀者多病之 悳也人劣學淺 不足與議於其間 而顧以先生之後承義不敢自外 謹就攷三本 仍其事而刪其文 分其節 而序其蹟 又增入後賢稱述 別爲附錄而分編爲四卷 合編爲一部 著之於凡例 庶便於考覽 易於窺測 而僭偎則極矣 至如家訓碑紀行錄 幷無徵焉 嗚呼 惜哉 餘外未盡 留俟來後之高明云 先生乘箕後千二百五十一年甲子之月後孫悳練謹書☯(근래에 밀쥐[密陽]의 문중 사람인 치복의 집에 「각간연의」란 책이 있는데, 역사에 전하는 것을 채집하여 문자로 연의하여 전기체에 가깝게 한 것이었다. 그러나 내용이 전말을 대충 갖추었고 차례도 어지럽지 않아 선생[金庾信 595~673]의 일생을 살필 수 있었다. 선생의 후손들을 위해 이를 간행할 뜻을 가졌다. 이미 정유년에 지례에서 간행된 본과, 경자년에 금산에서 간행된 본과, 경신년에 서울에서 간행된 경성본 들이 있으나 이들은 모두 활자본이다. 그 부연된 말들을 빼 버리고 고쳐, 혹 단권으로 되어 있던 것을 3책으로 바꾸었고, 권머리의 표제는 혹 ‘전’이라 되어 있던 것을 ‘실기’로 바꾸었다. 그러나 이와 같이 고쳤음에도 전기적인 색채가 아직 남아, 이미 선생의 기상과는 다르고 또한 사가의 체제도 아니어서, 읽는 사람들이 많이 이를 병으로 여겼다. 나 덕련은 사람됨이 못나고 배움도 얕아 더불어 의논할 바 못 되어, 선생의 후손으로써 선생의 뜻을 이어 감히 스스로 없애지 못하고 삼가 세 본을 근거로 하되 그 사실들은 그대로 둔 채 문장만을 고치고 절을 나누고 서문을 붙이며 후현들의 칭송의 글을 더해 넣어 별도의 부록을 만들었다. 전체를 네 권으로 나누고 합편하여 1부로 했으며, 범례를 붙여 보기에 편코 엿보기 쉽도록 했으나, 분수에 맞지 않음이 너무 크다. 가훈이나 비기나 행록[263] 같은

---

261) 중국 당나라 때의 장군. 이름은 烈, 定方은 字. 660년 3월 나·당연합군 총사령관으로서 13만의 당나라 군사를 거느리고 山東半島에서 황해를 건너 신라군과 함께 백제를 협공하여 사비성을 함락한 후 의자왕과 태자 隆을 사로잡아 당나라로 보냈다. 이듬해 다시 신라군과 더불어 고구려의 평양성을 포위 공격하였으나 불리해지자 철퇴했다.

262) 국립중앙도서관 소장 「興武王實記」(一山 古2511-96-15)에는 ‘編成三韓傳’으로 되어 있다.

263) 사람의 말이나 행실을 적은 글.

것은 함께 찾아볼 것이 없었다. 아아, 애석하도다. 그 밖의 미진한 점들은 머물러 두고 후일의 고명한 사람을 기다린다. 선생이 작고한 지 1251년 만인 갑자년[1924] 월에 후손 덕련이 삼가 쓴다).

〈이본연구〉

【增】

1) 첫째, 「흥무왕삼한전」은 「흥무왕연의」를 바탕으로 하였으나, 나름대로의 시각을 가지고 작품을 이루었다. 회장체 제목 아래에 연대 표시를 해주고 있으며, 필요에 따라 작품 내용의 순서를 바꾸거나 내용을 첨입하기도 한다. 특이한 것은 왜국과 관련된 부분은 모두 삭제하고 있는데, 이는 출판법 시행과 일제 시대라는 시대적 상황에 따른 결과로 보인다. 둘째, 「흥무왕삼한전」은 1926년에 간행된 국문본 「해동명쟝 김유션실긔」의 모본이 되었다. 「해동명쟝 김유신실긔」에는 「흥무왕삼한전」에만 있는 내용은 들어가 있는 반면, 「흥무왕삼한전」에만 빠져 있는 내용은 빠져 있다. 게다가 '모사 창덕' 부분, '탐라 첩자 현효' 부분과 같은 세세한 부분에서도 같다. 그러나 「해동명쟝 김유신실긔」에서는 시문이나 논평 부분은 생략하고 있는데, 이는 경제성 때문으로 보는 것이 타당할 것이다. 셋째, 「흥무왕삼한전」은 열전을 바탕으로 하면서도, 열전에 없는 다양한 설화를 수용하고 있다. 이들 설화는 김유신이 어떻게 전쟁 영웅이 될 수 있었던가를 설명하는데 적절하게 이용된다. 「흥무왕삼한전」은 열전에 있는 김유신의 역사적 영웅성을, 시중에 유포되었던 설화를 적절히 수용하여 설명하려 한 것이다. 「흥무왕삼한전」은 역사적 사실성과 그것을 뒷받침하는 구비 문학, 그것을 적절히 수용, 배치하는 작가의 문학적 능력이 함께 어우러져서 이루어진 작품인 것이다. 사실 「흥무왕삼한전」은 그 전에 간행되었던 김유신 관계 작품들은 총망라하면서, 국문본인 「해동명쟝 김유신실긔」로 전승된 작품이다(임치균, "興武王三韓傳," 李相澤 외 3인 엮음, 『고전소설의 기초 연구』[2001. 10], pp. 271~272).

국문활자본

〈김유신실기〉

신라통일 김유신실기 (新羅統一)金庾信實記	국중(3638-31)/홍윤표[家目]	1([著]李元珪, [發]姜權馨, 永和出 版社, 단기 4287[1954].11.15; 1961. 10.10, 110pp.)

〈흥무왕삼한전〉

흥무왕삼한전 興武王三韓傳	대전대[이능우 寄目](1219) /정명기[尋是齋 家目]/哈燕 [韓籍簡目 2](K.5973.5.8102)	낙질 1(新明書林 發賣, 金在鴻家 發行, 1921, 1: 143pp.)

한문판각본

〈개국공실기〉

【增】 開國公實記	국중(古2511-傳10-173)/국중 [東谷](古2511-傳10-71)/국사	4-2(金商冕 編, 慶州金山齋刊行, 1 924)

	편찬위원회(B91-8)[漢少目, 英15-木1]	
【增】 開國公實記 興武王實記	국중(古2511-傳10-49)/국중(古2511-文10-52)[漢少目, 英15-木2~3]	4-2(金聖陪 編, 京城 金海金氏大同宗約所刊行, 1933)
【增】 開國公實記	국중[東谷](古2511-傳10-68)[漢少目, 英15-木4]	낙질 1(上)

<table>
<tr><td colspan="2">【增】 한문목활본 264)</td></tr>
</table>

(각간선생실기)

【增】 角干先生實記	국중(古2511-傳10-106)[漢少目, 英15-목활9]	낙질 2(권 1; 권 3, 金永根·金致煥 共編, 1924)
【增】 角干先生實記	국중[東谷](古2511-傳99-5)[漢少目, 英15-목활10]	낙질 1(권 2)
【增】 角干先生實記	부산교대[漢少目, 英15-목활4-2]	3(金元培刊本, 歲在壬寅[1902]暮春上浣 後孫參事 元培謹書, 1: 54f.; 2: 46f.; 3: 36f.)
角干先生實記 角干先生錄	서울대[奎](5877)/金山敎大	3(142)
角干先生實記	연대[국회:古綜目]	3(金元培刊本, 歲在壬寅[1902]暮春上浣 後孫參事 元培謹書, 1: 54f.; 2: 46f.; 3: 36f.)
角干先生實記	柳鐸一	3-3(金元培刊本, 歲在壬寅[1902]暮春上浣 後孫參事 元培謹書, 1: 54f.; 2: 46f.; 3: 36f.)
角干先生實記	정문연(K2-681)	3(金昌宇·金淙壎等編, 光武4[1900])

(김유신)

金庾信	[洪良浩, 『海東名將傳』]/[文集傳](9)	

【增】 (흥무왕실기)

【增】 興武王實記龍華先生	경북대(고92355-김67ㅎ)[漢少目,	

하

---

264) 이하 『古小說硏究』, 9(韓國古小說學會, 2000. 6)의 "한국 한문소설 목록"에 의거 대폭 訂補함. 『이본목록』 855 「흥무왕연의」항의 '한문활자본'조에 있던 「각간선생실기」는 '한문목활본'조로, 「개국공실기」는 '한문판각본'조로, '한문판각본'조에 있던 「흥무왕연의」는 '한문목활본'조로 변경한다.

實記	英15-목활6]	
【增】 興武王實記	계명대[古綜目](고920.051 김유신ㄱ)	낙질 2(권1~2, 金顯駿 等編, 光武 十年丙午[1906] 申箕善序, 光武 11[1907])
【增】 興武王實記	국중(2511-10-196-1-4) 낙장	1(金昌德, 光武3[1899], 낙장)
【增】 興武王實記 全	국중(의산古2511-10-58)	3-1(1: 1회~16회, 2: 17회~25회, 3: 26회~37회, 申箕善 書, 金容 圭……等 編, 1955, 82pp.).
【增】 興武王實記 乾/坤	국중(一山 古2511-96-15) /金宗洫/조선대[漢少目, 英15-7-1]	2(光武十年丙午[1906]仲秋 …… 東陽 申箕善謹序 · 光武元年丁 酉[1897]仲春 延安後人 李鼎均 謹誌 · 興武王誕降後一千三百 二十六年 歲在庚申[1920]孟夏 下澣 …… 李鍾林謹書, 興武王誕 降後一千三百十一年265)己酉 [1909]四月上澣 金水坤跋, 1: 序 4f.; 目錄 3f.; 本文 78f.; 63f.; 2: 本文 63f., 跋 2f.)
【增】 興武王實記	국중(한古朝57-가251)//연세대 [漢少目, 英15-8]	3(申箕善李鼎均白鑾洙 序, [著· 跋]金奉琪, [印·發]全羅北道 長水郡 金炳宣, 大正 12年[192 3].9.9, 1: 序 4f., 目錄 3f., 45f.; 2: 43f., 3: 39f., 跋 2f.)
【增】 興武王實記 卷之2	국중(한古朝57-가251-2)	낙질1(金容太 編, 駕洛洞開刊, 1 915, 74f.)
【增】 興武王實記	부산교대[漢少目, 英15-목활5]	낙질 1(권3, 光武10[1906])
【增】 興武王實記	서울대[奎](6651)/金松泰/연세대 [漢少目, 英15-木活2]	
【增】 興武王實記	정명기[尋是齋 家目]	1

(흥무왕연의)

【增】 興武王演義	경희대/동국대/연세대/조선대 [漢少目, 英15-木活1]	3(1899)

한문활자본

【增】 (흥무왕삼한전)

【增】 興武王三韓傳	계명대[古綜目](이920.051	1(光武元年丁酉[1897] 李鼎均

---

265) 김유신 탄생 후 1311년이 아니라 1315년이어야 한다.

<table>
<tr><td>김유신ㄱ)</td><td>序, 興武王誕降後一千三百二
十六年 歲在庚申 後孫金鍾熺
跋, 153f.)</td></tr>
</table>

【增】 | 일어번역본 |

【增】(각간선생실기)

| 【增】 角干先生實記 | 국중(朝51-A11) | (金元培 著, 朝鮮研究會, 明治44
[1911].1.28, 183pp.)[266] |

855.1. 〈자료〉

Ⅰ. (영인)

「김유신」 / 「김유신전」

855.1.1. 仁川大民族文化研究所 編.『舊活字本古小說全集』, 2. 銀河出版社, 1983; (再刊) 國際아카
데미, 2002. (영창서관 · 한흥서림 · 삼광서림판, 「해동명쟝 김유신실긔」)

Ⅱ (역주)

【增】

1) 大村友之丞 編.『角干先生實記·看羊錄·東京雜記』. 朝鮮研究會, 1911.[267]

Ⅲ. (활자)

【增】

1) 안영훈. “「실라국흥무왕전」.”『새얼語文論集』, 13(새얼어문학회, 2000. 12).

855.2. 〈연구〉

Ⅲ. (학술지)

「김유신전」

【增】

1) 안영훈. “「金庾信傳」의 改作樣相.”『새얼語文論集』, 12(새얼어문학회, 1999. 12).

2) 안영훈. “「김유신전」”『새얼語文論集』, 14(새얼어문학회, 2001. 12).

3) 안영훈. “「김유신전」의 두 계열과 창작 양상.”『어문론집』, 41(한국문학언어학회, 2004. 12).

4) 안창수. “「김유신전」의 서사문학적 특성.”『한민족어문학』, 44(한민족어문학회, 2004. 6).

「흥무왕연의」 / 「흥무왕전」

856.2.16. 박흥수. “「흥무왕삼한전」 연구.”『文化傳統論集』, 4 (慶星大 鄕土文化研究所, 1996.
10).

【增】

1) 金東協. “「삼국지연의」가 「흥무왕연의」에 미친 영향.”『한국학대학원논문집』, 9(韓國精神文化

---

266) 『看羊錄』·『東京雜記』가 합책되어 있다.

267) 日譯임.

研究院 韓國學大學院, 1994. 12).

2) 金東協. "「흥무왕연의」에 나타난 일본관(日本觀)의 양상과 그 의미."『大東漢文學』, 6(大東漢文學會, 1994. 12).

3) 김동협. "「흥무왕연의」에 대한 종합적 고찰."『東國論集』(인문사회과학편), 14(東國大, 1995. 12).

4) 金東協. "「흥무왕연의」에 나타난 김유신의 영웅적 모습과 그것의 시대적 의미."『大東漢文學』, 8(大東漢文學會, 1996. 12).

5) 안영훈. "「실라국흥무왕전」(해제)."『새얼語文論集』, 13(새얼어문학회, 2000. 12).

6) 金東協. "「興武王演義」의 體裁와 構成."『新羅文化』, 19(東國大 新羅文化研究所, 2001. 8).

7) 林治均. "「興武王三韓傳」." 李相澤·朴熙秉·林治均·宋晟旭 엮음,『고전소설의 기초 연구』(태학사, 2002. 10).

▶(흥무왕전 興武王傳 → 흥무왕연의)

▶(흥보전 興甫傳 → 흥부전)

◪856.[흥부전 興夫傳] ← 놀부가 / 놀부전 / 박타령 / 박흥보가 / 박흥보전 / 연의각 / 장흥보전 / 흥보전

〈관계기록〉

① 『酉陽雜俎』(唐 段成式), 續集, 卷一, 支諾皐 上 : 旁彵 新羅人 有弟甚富 旁彵因分居 乞衣食 國人有與其隙地一畝 乃求蠶穀種于其弟 弟蒸而與之 彵不知也 後生一蠶 大如牛 食葉數樹不足 弟知而殺之 四方百里 蠶飛集其家 謂之蠶王 四隣共繰之分供 穀唯一粒 穗長尺餘 旁彵常守之 忽鳥啣去 彵逐之 上山 鳥入石罅 旁彵因止石側 至夜半月明 見群小兒赤衣共戲 一小兒曰 爾要何物 一小兒曰要酒 小兒露一金椎子擊石 酒及罇悉具 一曰要食 又擊之 餅餌羹炙 羅于石上 良久飲食而散 以金椎挿于石罅 旁彵取其椎而歸 所欲隨擊以辦 因是富侔國 常以珠璣贍其弟 後其弟效之 爲群兒所執 拔其鼻 如象而歸◐(방이는 신라 사람으로 아우가 있었는데 매우 부자였다. 방이가 분가하여 살았기 때문에 옷과 밥을 구걸하여 살았다. 어떤 사람이 틈바구니 땅 1무 정도를 방이에게 주었다. 그가 누에와 곡식 종자를 아우에게 구하니, 아우는 이들을 쪄서 주었는데 방이는 이를 알지 못했다. 후에 한 마리의 누에가 생겨났는데 크기가 소만하여 여러 나무의 잎을 먹고도 부족하였다. 아우가 이를 알고 누에를 죽이니 사방 백 리 안의 누에들이 방이의 집에 몰려들어 그 죽은 누에를 누에의 왕이라고들 하였다. 그래서 이웃들이 모두 모여 나누어서 실을 짜야만 했다. 한편 곡식 종자는 하나만이 싹이 터 자라더니 이삭이 한 자 이상이나 되었다. 방이가 늘 지키고 있었으나 갑자기 새가 나타나 물어 갔다. 방이가 뒤쫓아 산 위에 이르렀으나 새는 바위 틈 속으로 들어가 버리고 말았다. 이에 방이는 돌 곁에서 멈출 수밖에 없었다. 한밤중이 되니 달은 밝은데 붉은 옷을 입은 여러 어린아이들이 모여 노는 것을 보게 되었다. 한 아이가 말하기를, "너는 무엇이 필요하냐?"고 하니까, 다른 아이가 "술이 필요하다"고 하니까, 아이는 금방망이를 꺼내어 바위를 치자 술과 잔 따위가 모두 갖추어졌다. 또 한 아이가 "먹을 것이 필요하다."고 하니까, 또 금방망이로 바위를 치니까 떡·밥·국·산적 따위가 바위 위에 벌여졌다. 한참 후에 아이들이 음식을 먹고 나서 금방망이를 돌 틈 속에 꽂고 흩어졌다. 방이가 그 방망이를 가지고 돌아와 바라는 바대로 두드려 마련하니, 이로 인해 그의 부유함이

나랏님과 같을 정도가 되었고, 늘 보물을 아우에게 주곤 하였다. 후에 아우가 방이를 그대로 흉내내다가 여러 아이들에게 잡히어 코를 뽑혀 코끼리 코처럼 되어 돌아왔다).

② 『敎坊歌謠』(鄭顯奭, 1872) ‘倡歌’條: 「匏打令」兄賢弟頑 此勸友也◉(「박타령」은 어진 형과 못된 아우의 이야기이니 이는 우애를 권한 것이다).

③ 「贈桐里申君序」[1872](鄭顯奭): 詩三百篇 其善者 可以感發人之良心 怒者 可以懲創人逸志 故王者 以是行敎化移風俗 使人各得其性情之正矣 後世滑稽俳優之徒 起 以談辯諷刺之言之者無罪 聞之者 足以爲戒 淳于髡優孟 東方朔之類是已 我東倡夫之歌 殆彷彿乎古之俳優 「春香」·「沈靑」·「興富」等歌 皆足以勸善懲惡 但其人也賤 其詞也俚 語多悖理 聞者徒爲戲笑之資 亦不解其本旨矣 日 倡夫李慶泰告予曰 高敞申處士在孝 家不甚貧 自奉儉薄 古樣若野老 嘗召諸倡 皆於我乎歸 訓以文字 正其音釋 改撰其鄙俚之甚者 使之時習 於是 遠近就學者 日以盈門 皆舍而餇之 常有優樂底意 人皆異之……「春香」·「沈靑」·「興富」等歌 易爲感發人情 而足以勸懲者 其餘無足聽者也 歷聽俗唱 敍事多不近理 遣語亦或無倫 況唱之識字者尠 高低倒錯 狂呼叫嚷 聽其十句譜 莫曉其一二 且搖頭轉目 全身亂荒 有不忍正視 欲革是弊 先將歌詞 祛其鄙俚悖理者 潤色以文字 形容其事情 使一篇文理接續 語言雅正 乃選唱夫中容貌端正 喉音弘亮者 訓以數千字 使平上淸濁 分明曉得然後 敎以歌詞誦若己言 次敎以聲調 其平聲 要雄深和平 其叫聲 要淸壯激厲 其哭聲 要哀怨悽悵 其餘響 要撓樑遏雲 及其升場試唱 要得字音必分明 敍事有條理 使聽之者 莫不解得 且要持身端直 一坐一立 一擧扇 一舞袖 亦皆中節然後 始可謂名唱 寄語桐里 須試此訣 美錦堂居士 戲寫◉(시 삼백 편은 그 좋은 내용의 것은 사람의 양심을 감동시킬 수 있고, 그 나쁜 내용의 것은 사람의 게으름을 징계할 수 있다. 그래서 나라를 다스리는 사람은 이로써 교화를 행하고 풍속을 착한 데로 이끌어서는 사람들로 하여금 그 성정의 올바름을 얻도록 했던 것이다. 그 뒤에 골계 배우의 무리들이 일어나서는 이야기와 변론으로써 세상을 풍자했는데, 풍자한 사람은 죄를 입지 않았고, 그것을 듣는 자는 자신의 경계로 삼을 수 있었으니 순우곤[268]·우맹[269]·동방삭[270]의 무리들이 그들이다. 우리 동방의 창부[271] 들의 노래는 옛날 배우들의 그것과 매우 방불하여 「향낭가」, 「심청가」, 「흥부가」 등은 모두 권선징악을 하기에 충분하다. 다만 그 사람[唱者]이 천하고, 그 사설이 낮고 천하며, 그 말이 많이 이치에 어긋나서 이를 듣는 자들이 한갓 우스갯거리로만 여기고 그 본뜻을 이해하지 못하고 있다. 창부 이경태가 나에게 말하기를 고창의 신처사 재효는 집안 형편이 그리 가난하지 않고 검소하게 살아 고박[272]하기가 촌노인와 같다. 일찍이 여러 노래꾼들을 불러 모아서는 문자를 가르치고 음과 뜻을 바르게 했으며, 사설이 심하게 천하고 속된 것은 고쳐서 그들로 하여금 때때로 익히게 하였다. 이에 원근에서 배우러 오는 사람이 날마다 문을 메웠는데, 모두

---

268) 중국 전국 시대 제나라 사람. 골계 다변으로 유명했다. 宣王이 밤새도록 술 마시기를 좋아하여 정치가 문란해지자 제후가 번갈아 침입하기에 이르니, 순우곤이 왕에게 은거를 청하여 왕도 이를 따랐다.

269) 중국 춘추 시대 초나라의 유명한 배우. 초나라 莊王을 섬겼는데, 孫叔敖가 죽은 후 그 아들이 가난했기 때문에 우맹이 가짜로 손숙오 차림으로 노래를 지어 장왕을 감동시키고 손숙오의 아들에게 벼슬을 내리게 했다.

270) 중국 한나라 무제 때 사람으로 골계 해학에 뛰어나 담소할 때는 언제나 풍자를 즐겨했다고 한다. 속칭 ‘三千甲子東方朔’이라 하여 장수한 사람의 대표로 치나 이는 어디까지나 민간 전설에 지나지 않는다.

271) 남자 광대.

272) 예스럽고 질박함.

숙식을 제공하였다. 늘 광대들의 소리에 뜻을 두었으므로 사람들이 모두 이상스럽게 생각했다. ……「춘향가」, 「심청가」, 「홍부가」 등은 인정을 감동시키기 쉬우며 또 권선징악을 할 만한 것이다. 그 나머지 소리는 들을 만한 것이 못 된다. 속창[판소리]을 두루 들어보니 서사가 많이 이치에 닿지 않고 사설 또한 간혹 두서가 없었다. 더욱이 창을 하는데 글을 아는 창자가 드물어 고저가 뒤바뀌고 미친 듯 울부짓고 외쳐서 열 마디를 들어도 한두 마디조차 알아들을 수가 없다. 또 머리를 흔들고 눈을 굴리며 온몸을 어지럽게 놀리니 차마 바로 볼 수도 없다. 이러한 폐단을 없애자면 먼저 가사 중에 속되고 이치에 어긋난 것을 제거하고 한문으로 윤색하여 그 사정을 표현하여 한 편의 문리가 접속되도록 해야 할 것이다. 표현이 고상하고 바르게 되면 창부 중 용모가 단정하고 목소리가 크고 맑은 자를 골라서 글을 많이 가르쳐서는 평성, 상성, 청탁을 분명하게 깨치게 한 다음에 가사를 자기 말처럼 외우게 해야 한다. 그 다음에는 성조를 가르치는데 평성은 웅심[273] 화평해야 하며, 규성[274]은 청장[275] 격려해야 하며, 곡성은 애원 처창[276]해야 하며, 여운은 들보의 띠끌을 날리고 구름을 멈추게 해야 한다. 나아가 무대에 올라 창을 해보아 자음이 분명하고 서사에 조리가 있으며 듣는 사람이 다 이해해야 하며, 또 몸가짐을 단정하고 곧게 하여 한 사람은 앉고 한 사람은 서서 부채 한 번 드는 것, 소매 한번 날리는 것까지 모두 절도에 맞은 다음에야 비로소 명창이라 할 수 있다. 동리에게 맡기노니 모름지기 이 방법을 시험해 보기 바란다. 미금당거사는 장난삼아 쓰다).

④ '觀優戲'[1843?](宋晩載 1788~1851), 제11수: 燕子唧鮑報怨恩 分明賢季與愚昆 鮑中色色形形怪 鉅一番時開一番◐(제비가 물고 온 박씨 원과 은혜를 보답하니, 어진 아우 어리석은 형이 분명하구나! 박 속에는 형형색색 이상도 하이. 톱질 한번 할 적마다 떠들석하네).

⑤ 『嘉梧藁略』(李裕元 1814~1888), 樂府, 觀劇[1826], '燕子鮑 第二令': 江南社雨燕飛來 鮑子如罌 萬物胎 一富一貧元有定 難兄難弟莫相猜◐(초사일 강남서 돌아온 제비, 항아리 같은 박은 만물의 근원이라. 잘 살고 못 삶은 본디부터 정해진 것, 누가 더하고 누가 못함을 시새워 말라).

⑥ 『平山申氏世譜』, '桐里祖考孝行錄': 晩年以勵世經綸 「初頭歌」·「烏蟾歌」 著作 古來 「兎鼈」·「赤壁」·「沈淸」·「春香」·「興甫」·「橫負歌」 等 一一校正 正經緯 刪其淫化 使世人感發忠孝烈之心◐(만년에 세상을 격려하는 경륜으로 「초두가」, 「오섬가」를 지었고 옛부터 전해 오던 「토별」·「적벽」·「심청」·「춘향」·「홍보」·「횡부가」 등을 일일이 교정하고 경위를 바르게 하며, 그 음란한 것을 빼어 버리고 세상 사람들로 하여금 충효열의 마음을 감동시키게 하였다).

⑦ Courant, 820: 「홍부전 興甫傳」.

⑧ 『海東竹枝』[1925](崔永年 1856~1935), 中編, 俗樂遊戲, 「春香歌」: 「春香歌」 主其烈 「沈靑歌」 主其孝 「興夫歌」 主其友愛 使世人有感發之情◐(「춘향가」는 열을 중심으로 하고, 「심청가」는 효를 중심으로 하며, 「홍부가」는 우애를 중심으로 하여, 세상 사람들로 하여금 감동을 일으키게 하는 마음을 갖게 한다).

---

273) 글이나 사람의 뜻이 크고도 깊음.
274) 크게 부르짖는 소리. 판소리의 唱調 중 羽調를 말한다.
275) 시원스럽고 씩씩함.
276) 몹시 구슬프고 애닯음.

〈작품연대〉

【增】

1) 현전하는 자료를 바탕으로 볼 때, 「興夫傳」은 판소리로 불려지다가 1800년 무렵에 京板 25張本으로 처음 소설화된 것으로 추정된다. 그 뒤 1870~1873년 사이에 申在孝에 의하여 상당한 개작이 이루어졌다. 그 뒤 다시 18C 말이나 19C 초에 김창환이나 송만갑 등의 근대 명창에 의해서 다시 새로운 판소리 「興甫歌」가 짜여졌다(金昌辰, "「興夫傳」의 異本과 構成研究," 慶熙大 博論[1991. 2], p. 276).

〈비교연구〉

【增】

1) 「흥부전」의 기본 단락과 제 근원 설화와 '돌쇠와 마당쇠 설화'를 몇 가지 패턴으로 분류하여 비교한 결과 기존 설화 중 '박 타는 처녀 설화'와 '돌쇠와 마당쇠 설화'가 가장 「흥부전」에 근접하고 있으나, 그 중에서도 '박 타는 처녀 설화'보다는 '돌쇠와 마당쇠 설화'가 더 많은 유사성을 갖는다고 할 수 있다. 두 선인과 악인을 형제로 고착시켰고, 제비를 곤경에 빠뜨린 침입자로 구렁이가 등장하는 것도 똑같고, 마지막으로 악인을 징계하되 죽지 않고 개과천선시키는 결과 처리가 같다는 면에 더욱 신빙성을 갖도록 하고 있다는 점이다. …… 기존에 나타난 근원 설화와 '돌쇠와 마당쇠 설화', 「흥부전」의 관계를 보면 '돌쇠와 마당쇠 설화'가 동물 보은담과 선악 형제담, 무한 재보담의 측면에서 거의 대부분 「흥부전」과 일치한다는 점을 발견할 수 있었다. 이것은 이들 상호 관계에 있어 계승의 문제에 상당히 접근하고 있음을 나타낸다고 할 수 있다. 따라서 '돌쇠와 마당쇠 설화'가 「흥부전」의 근원 설화일 가능성이 상당히 높다고 할 수 있다(오종근, "「흥부전」 根源說話의 再考察," 『禪武學術論集』, 9[1999. 2], pp. 319~320).

〈이본연구〉

【增】

1) 五衛將[申在孝]의 「朴打令」을 京板 「興富傳」과 비교할 때, 대략 그 차이는 이러하다. (1) 경판에서는 놀보를 惡의, 홍보를 仁의 化身으로써 形象하는 見地에서, 완전히 그들의 사회적 地盤을 떠나 순수한 관념을 福善의 因果에서 전개시켰다. 그러나 오위장은 그들 형제의 사회적 신분적인 면을 망각치 않고, 서민으로서의 홍보의 본질을 그렸다. (2) 오위장본에는 窮無不所爲의 새로운 세계관이, 홍보 부처로 하여금 굶지 않으려는 노력에서 諸般 賤役으로 끌고 다녔다. (3) 경판에서는 놀보의 妻는 놀보의 성격 묘사의 일부분으로써 出場하지 않는다. (4) 오위장본에는 홍보의 代杖 가는 장면이 없다. (5) 경판에는 「春香傳」·「淑英娘子傳」의 인용이 있고, 揷入歌謠는 수적으로 적고 또 불완전하다. (6) 오위장본에는 홍보의 匏는 세 통이오, 놀보의 匏는 여섯 통이나, 경판에서는 홍보의 그것은 네 통, 놀보의 것은 10여 통이나 열세 통만 탄다. 이것은 곧 後者에는 서사시적 요소가 지배한 것을 증명하는 것이요, 前者는 과분한 판的 제약을 받고 있음을 말함이다. (7) 놀보 홍보의 각 匏통에서 나온 것은 이러하다. [이하 생략](金三不, "申五衛將 研究 序," 학위논문[1949. 7]; 『판소리연구』, 10[1999. 12], pp. 457~458).

2) 각 이본간 계열을 추정해 보았다. 그 기준은 첫째는 제3~6단락의 구성 양상, 둘째는 홍부 자식 소단락의 위치, 셋째는 놀부박의 개수와 양상이었다. 이 세 개의 기준을 가지고 「흥부전」의 이본들의 계열을 추정해 본 결과 「흥부전」에는 모두 5개의 이본군이 있는 것으로 분석되었다. 맨 첫 번째로 나온 유형은 '가-A형'으로서 1860년 무렵에 간행된 것으로 추정되는 경판 25장본을

母本으로 하여 생겨 나온 이본들이다. 이 경판 25장본을 거의 그대로 따르는 이본들에는 경판 20장본(1870?), 金文基本(1901), 一蓑本(1913), 新文舘本(1913), 翰南書林本(1920) 등이 있다. 그리고 경판 25장본을 바탕으로 新舊書林本「燕의 脚」(1913)에 영향을 받아서 1917년에 博文書舘本이 간행된다. 그리고 이 이본이 1950년대 이후에 世昌書舘本으로 다시 간행된다. 이 유형의 특성으로는 제3-4-5단락 다음에 제6단락 '도승이 집터 잡아주기'가 없는 점과 흥부 자식 小단락이 제3단락 제3소단락에 자리하고 있는 점을 들 수 있다. 그리고 놀부박도 열세 개로 가장 많은 점도 하나의 특성이다. 이 유형의 모본인 경판 25장본에서 흥부의 의식 지향은 양반으로 되어 있으나 실제 신분은 양민 정도로 되어 있고, 작품의 주제는 勸善懲惡으로 되어 있다. 두 번째로 나온 유형은 '나-B형'으로서 1870~1873년에 쓰여진 것으로 추정되는 申在孝本을 모본으로 하여 생겨 나온 이본들이다. 여기에는 필사본으로 林熒澤本(1916)과 金東旭 A本(1913 이후) 史在東 B本(1913 이후) 등이 있고, 판소리창본으로 李善有唱本(1933)이 있다 이 유형서는 두 주인공의 이름이 모두 '흥보·놀보'로 되어 있다. 이 유형의 특성으로는 '가-A형'에 없는 제3-4-5단락 다음에 제6단락이 새로 생긴 점과 흥보 자식 소단락이 제4단락 제3소단락에 자리하고 있음을 들 수 있다. 그리고 놀보박도 일곱 개 이하로 줄어든 점도 하나의 특성이다. 이유형의 모본인 신재효본에서 흥보 형제의 신분은 모두 종의 신분인 조상으로부터 신분 상승된 양반으로 설정되어 있다. 또 주제는 改過遷善과 友愛의 결합 형태로 되어 있다. 세 번째로 나온 계열로 추정되는 것은 '다-A형'이다. 이 유형에 속하는 이본들은 모두 판소리 창본인 것이 특징인데, 19C 말이나 20C 초 무렵에 西便制의 명창 金昌煥과 東便制의 명창 宋萬甲 등이 당시의 판소리를 바탕으로 '가-A형'과 '나-B형'을 참고하여 새롭게 짠 것으로 생각된다. 현재 이때의 「興甫歌」는 完形으로 전해지는 것은 없으나, 그들의 제자들이 물려 받은 「홍보가」의 형태로 전승되고 있다. 즉 西便制는 鄭珖秀 창본(1986)으로, 그리고 東便制는 朴緣珠 창본(1981)과 朴奉述 창본(1982) 등으로 전승되고 있다. 이 유형에서는 두 주인공의 이름이 모두 '흥보·놀보'로 되어 있다. 이 유형의 특성으로는 첫째 구성 양상이 제3-5-4-6단락의 순서를 취하고있는 점과, 흥보 자식 소단락이 제3단락 제3소단락에 자리하고 있음을 들 수 있다. 또 놀보박도 일곱 개 이하인 점을 들 수 있다. 이 유형의 창본들에서 흥보의 신분은 潘南朴氏 양반으로 놀보의 신분은 양민 정도로 그려져 있다. 또 주제는 우애로 일관되어 있다. 네 번째로 나온 유형으로는 '나-A형'을 들 수 있다. 이 유형은 제3-6단락의 구성 양상에서는 신재효본을, 그리고 흥부 자식 소단락에서는 경판본을 따르고 있는 점이 특성이다. 이 유형의 현전하는 최고본으로는 1908년에 필사된 吳永順本이 있고, 그 밖에 1913년 이후에 필사된 金東旭 B本과 1916년 이후에 필사된 史在東 A本이 있다. 또 창본으로는 朴東鎭 창본(1975)이 이 유형에 속한다. 이 유형에서 흥부 형제의 신분이나 작품의 주제 등은 이본에 따라 각기 다르다. 다섯 번째로 나온 유형으로는 '가-B형'을 들 수 있다. 이 유형은 제 3~6단락의 구성 양상에서는 경판본을, 그리고 흥보 자식 소단락에서는 신재효본을 따르고 있는 점이 특성이다. 이 유형의 현전하는 最古本으로는 1913년에 新舊書林에서 나온 「燕의 脚」을 들 수 있다. 이 이본을 거의 그대로 베낀 필사본으로 金東旭完本(1916)과 高大圖書館本(?)이 있다. 그리고 구활자본으로는 永昌書館本(1922 이후)과 京城書籍業組合本(1925)과 世昌書館本(1952)이 있다. 한편 「燕의 脚」과 내용이 약간 다른 이본으로 필사본 하바드大本이 있는데, 이 이본은 1913년에 쓰여진 모본을 1957년에 다시 베낀 것이다. 이 유형에서는 두 주인공의 이름이 모두 '흥보·놀보'로 되어 있다. 이 유형의 「燕의 脚」系列에서 흥보의 성은 연씨로 되어 있으며, 신분은 양민과 양반의 중간 정도로 설정되어 있다. 그리고 작품의 주제는 권선징악과 우애의 결합 형태로 표현된다(金昌辰, "「興夫傳」의 異本과 構成 硏究," 慶熙大 博論[1991. 2], pp. 500~501).

3) 연경본[「흥보전」]의 두드러진 이본적 특성을 정리하면 다음과 같다. 첫째, 연경본은 흥보의 선함을 강조하고 있다. 연경본의 이런 면모는 경판본과 상통한다. 둘째, 연경본은 흥보에 대해 대체로 동정적인 시선을 견지하고 있으며, 다른 본들에 비해 흥보에 대한 희화화가 덜한 편이다. 그렇기는 하나 연경본은 허례나 허세 등 양반의 허위 의식에 대해서는 비아냥거림과 풍자를 보여 준다. 셋째, 연경본에는 놀보가 부자가 된 흥보집에 도둑질하러 간다는 설정이 보인다. 넷째, 연경본은 "일런 일노 볼지라도 의을 부듸 성각하쇼 그 뒤야 뉘 알니 언셩불출ᄒᆞ니 그만 져만"이라는 말로 끝맺고 있는데, 이 마지막 구절을 통해 창본과의 관련을 확인할 수 있다(박희병, "「흥보전」," 李相澤 외 3인 엮음, 『고전소설의 기초 연구』[2001. 10], p. 294).

4) 연경본이 19세기 중엽에 생성된 이본임이 거의 확실해짐으로써 우선적으로 해야 했던 작업은 유사한 시기에 생성된 이본인 경판본 「흥부전」과 신재효의 「박타령」과 비교해 보는 작업이었다. 그 결과 연경본은 근간 설정면에서 신재효본 쪽보다는 경판본 쪽에 훨씬 더 가깝다는 점을 알 수 있었다. 인물들의 형상이나 도승 등장 여부와 같은 핵심 단락의 양상, 놀보박 사설의 전개 양상 등의 측면에서 이러한 점을 확인할 수 있었다. 다만 부분적으로는 경판본보다 신재효본 에 더 가까운 대목들도 있기는 했다. 또한 연경본 「흥보전」은 기록 전승본이기에 앞서 창본으로서 의 특성을 상당 정도로 보유하고 있었다. 당대 창본의 완전한 전사본이라 보기는 어려울지 모르겠으나, 경판본에 비해 기록적 윤색은 그리 많이 겪지 않은 것으로 판단되었다. 그렇다면 연경본의 존재는 19세기 중엽 또는 그 이전에 경판본의 근간 설정과 유사한 판소리 「흥보가」가 실재했었음을 뜻하는 것은 아닐까 하는 추정도 가능하였다. 신재효본과 유사한 대목들이 더러 발견되는 것도 판소리 칭 진승의 과정 속에서 나타난 현상의 한 측면이었을 것이다(정충권, "연경도서관본 「흥보젼」 연구," 『국어국문학』, 130[2002. 5], pp. 218~219).

〈판본연대〉

【增】

1) 金東旭은 「春香傳」의 坊刻 성립 시기를 高宗初로 추정한 바 있는데, 별로 무리가 없는 견해로 받아들여진다. 김동욱의 논의대로 京板 「춘향전」의 성립을 1860년대 후반에서 1870년대로 추정한다면, 경판 「흥보전」의 성립 시기는 이보다 약간 후대로 내려올 것으로 보인다. 경판본 사설 중에는 「춘향전」이나 「숙향전」 등의 내용이 나오며, 판소리 「춘향가」의 사설과의 영향 수수 관계(예를 들면 '金玉 사설'이나 '노정기' 등)를 고려하더라도 1870년대를 더 거슬러 올라갈 것 같지는 않으며, 申在孝 개작 「박타령」의 필사 시기보다도 더 후대로 내려오리라고 보여진다. … 따라서 필자의 견해로는 경판 「흥보전」의 성립 시기는 경판 「춘향전」의 성립 시기 직후인 1870년대 후반이나 늦어도 1880년대 중반 경이 아닌가 생각한다. 필사본들의 필사 연대를 보면 金文基本이 1901년으로 가장 빠르며, 吳永順本이 1908년, 一簑本이 1913년, 林熒澤本이 1916년 이며, 金東旭·史在東本은 未詳이다. …… 결국 필사본들의 성립 시기는 1900년대 초에서 1910년 대 후반이나 1920년대 초반까지로 볼 수 있는데, 김문기본과 일사본을 제외하고는 경판본과의 영향 수수 관계는 확실하지 않고, 그 사설들은 창본을 저본으로하여 독자적인 개작 과정을

거쳐 정착한 것으로 볼 수 있다(柳光秀, "「興甫傳」 研究," 高麗大 博論[1989. 8], pp. 100~102).

2) 「朴打令」의 제작 연대는 이것은 작품에서 구하면, 甲戌年(高宗 11년, 1874), 丙子年(高宗 13년, 1876) 이후의 作임을 짐작할 수 있다. '子息 나코 함께 사다 쫓아낸 동생이니 아무리 오래 되고 形容이 變해신들 모를 이가 있게나냐마는 友愛하난 사람이라 아조 모르난 체하야 뉘신지오 興甫난 참 모르고 묻난 줄로 알아구나 나가든 年調까지 告하야 甲戌年에 나간 興甫요……' '丙子 八月日에 科擧 보러 서울 가고 宅 사랑이 뷔었일 제 凶獰한 네 아비놈……' 그러나 이 '甲戌', '丙子'年은 구체적인 사회적인 배경이 傍證을 하는 것이 없으므로 매우 애매한 것은 不免이나, 그의 다른 작품의 제작 연대가 그의 晩年임을 미루워 볼 때, 만년의 범위에 든 갑술, 병자년을 취하였다(金三不, "申五衛將 研究 序," 학위논문[1949. 7];『판소리연구』, 10[1999. 12], p. 457).

3) 그간 거의 다루어지지 않은 하버드대본「흥부전」은 특히 흥미롭다. …… 주목할 만한 대목은 속표지에 적혀 있는 '癸丑六月二十一日 김횡걸칙을 본을 밧고 丁酉十一月初五日 필집유하노라', '丁酉年十月十日始謄 丁酉冬至月二十日校閱了' '칙쥬교본소쥬라' 등의 기록이다. 여기에서 일본인 교본소쥬(橋本蘇洲)가 필사와 교열을 마친 정유년은 1897년이 분명하니, 그가 대본으로 삼았던 '癸丑六月二十一日 김횡걸칙'에서 '癸丑年'은 1853년일 것이다. 이런 사실은 각별한 중요성을 지닌다. 하버드대본「흥부전」은 현재 소개된 이본들 가운데 가장 이른 시기에 정착되었다는 사실뿐만 아니라 신재효 개작 이전의 모습을 간직한 텍스트이기 때문이다(정출헌, "판소리 향유층의 변동과 판소리 사설의 변화:「흥부가」의 사설을 중심으로,"『판소리연구』, 11[2000. 12], p. 105).

4) 간기에 따른다면 연경본[흥보전]은 癸丑年 6월 21일의 '김횡걸 칙'을 母本으로 하여 丁酉年 11월 5일에 필사되었으며, 현 책주인은 '교본소쥬'라는 점을 알 수 있다. …… '칙쥬 교본소쥬라'의 윗부분에 약간 다른 필체로 적혀 있는 '丁酉年十月十日始謄 / 丁酉冬至月二十日校閱了'까지 고려한다면, 이 이본은 1853년의 것을 모본으로 하여 橋本蘇洲인 듯한 필사자가 1897년 10월 10일부터 필사하기 시작하여 1897년 11월 5일 필사를 마치고 같은 달 20일에는 교열까지 마친 것임을 알 수 있다. 그 가장 결정적인 근거는 橋本蘇洲의 활동 연대와 관련된다. …… 橋本蘇洲의 주 활동 시기는 1894년에서 1901년까지의 8 년간이다. 그렇다면 연경본「흥보전」 필사 시기도 1857년이 아닌 1897년임이 분명해진다. …… 현재까지 전해지는「흥보가(전)」의 이본 중 19세기에 출판 혹은 필사되었음이 거의 확실한 이본으로는 1860년대 전후의 경판본「흥부전」과 1870년대에 이루어진 신재효의「박타령」이 있는 것으로 알려져 있다. 따라서 19세기의「흥보가(전)」에 대한 그간의 연구도 이 두 이본에 주목할 수밖에 없었다. 그러나 이제 연경본「흥보전」 역시 이 두 이본과 유사한 시기에 생성된 이본임이 거의 확실해진 이상 이에 대해서도 두 이본 못지않은 관심이 가해져야 하리라 본다(정충권, "연경도서관본「흥보전」 연구,"『국어국문학』, 130[2002. 5], pp. 190~191 및 195).

국문필사본

(놀부가)

놀보흥부가라	김진영	1(46f.)
【增】 놀보흥보가	박순호[家目]	1(병자이월十日종60f.)

(박흥보가 / 박흥보전)

| 朴興夫傳 | 정명기[尋是齋 家目] | 1(79f.) |

(흥부전)

흥부전	계명대[古綜目](고811.35흥부전)	1(기해납월쳐슉일등셔, 56f.)
흥보전	김문기[古典文學精選]	1(신축이월, 26f.)[148]
【增】 흥보놀보전 연의록	박순호[家目]	1(63f.)
흥보전 권지이	사재동[家目](0463)/정문연 (R16N-001267-14)	1(권말 낙장, 15f.)
흥부전 권지단	서울대[일사](813.5H483)	1([권말]계튝[1913]칠월이십칠 일안현필셔, [뒷표지]大朝開國 五百二十六年丙辰[150], 41f.)[151]
흥보전 朴興甫傳	임형택[莽蒼蒼齋 家目]	1([표지]丙辰九月二十二日, 金 議官軍峴宅入納; [권말]병진구 월시무엿쉰날석약의종하노라, 軍峴新刊, 26f.)
【增】 흥보전	정명기[尋是齋 家目]	1

국문경판본

【增】 흥부전	정명기[尋是齋 家目]	1
【增】 흥부전 권지단 興夫傳	정문연	1(松洞新版, 20f.)

국문활자본

(연의각)

燕의脚 흥부가	국중(3634-2-94=3)<재판>	1([著·發]洪淳泌, 京城書籍業組 合, 초판 1925.11.10; 재판 1926.12. 20, 89pp.)[155]
【削】 燕의脚 흥부가	[李:古研, 306]	1(京城書籍業組合, 1916, 89pp.)
燕의脚 흥부가	국회[目·韓II](811.31)/대전대 [이능우 寄目](1117)/정명기 [尋是齋 家目]/[仁活全](29)	1(國漢字倂記, [著·發]申泰三, 世昌書舘, 1952. 12. 30, 89pp.)[156]
燕의脚 흥부가	국중(3634-2-94=1)	1([編]李海潮, 新舊書林, 1913.2. 25, 99pp.)
燕의脚	국중(3634-2-94=5)<초판> /국중(3634-2-94=6)<재판>/ 국중(3634-2-94=2)<5판>	1(국한자 병기, 李海潮 編輯, [著發] 池松旭, 新舊書林, 초판 1916.11. 5; 재판 1917.6.20; 5판 1922.5.25, 89pp.)

(흥보전 / 흥부전)

흥보젼 興富傳	국중(3634-2-94=4)/박순호[家目] 3판/ 哈燕[韓籍簡目 1](K5973.5/4290/10)/ 홍윤표[家目]	1([著·發]盧益亨, 博文書館, 초판 1917. 2. 15; 재판 1917. 9. 5, 60pp.; 1919, 89pp.; 3판 1924. 6. 30, 60pp.)[158]
【增】 (古典文學)興夫傳	국중(3636-7)	1(三文社 編, 三文社, 4286[1952], 194pp.)
흥보젼 흥부전	고대/국중(일모813.5-세299ㅎ)/ 국회[目·韓II](811.31)/대전대[이능우 寄目](1140)/박순호[家目] 1950/ 정문연[R16N-001317-8]/조동일 [국연자](23)/홍윤표[家目]	1(世昌書館, 檀紀 4283[1950].?.3; 檀紀 4285[1952].8.30, 56pp.)[159]
(륙젼쇼셜)흥부전 권지단	국중(3634-2-95=1)/[仁活全](17)	1([著·發]崔昌善, 新文館, 1913. 1 0. 5, 52pp.)[160]

【增】 중어번역본

【增】 (흑백기)

【增】 黑白記	북경대(892.9153/1143)	1([原著者] 朝鮮 張赫宙, [翻譯 者]范泉, 上海: 永祥印書館, 民國3 5[1946])年4月初版, 159pp.)[277]

일어번역본

(흥부전)

【增】 フンブとノルブ	조희웅(복사)	1(張赫宙, 赤塚書房, 1942.9, 225 pp.)

판소리창본

(박타령)

【增】 燕의脚 朴打令	심정순창	(『每日申報』, 1912.4.29-6.7)

856.1. 〈자료〉

Ⅰ. (영인)

「연의각」

856.1.2. 仁川大民族文化研究所 編. 『舊活字本古小說全集』, 29. 銀河出版社, 1984; (再刊) 國際아
카데미, 2002. (세창서관판)

---

277) 張赫宙의 日譯本의 重譯이다.

「흥보전」/「흥부전」

　856.1.6. 仁川大民族文化研究所 編.『舊活字本古小說全集』, 17. 銀河出版社, 1984; (再刊) 國際아
　　　카데미, 2002. (신문관판)

Ⅱ (역주)

「흥보가」

【增】

　1) 최동현 주해.『동초 김연수바디 오정숙唱 오가전집』. 민속원, 2001.

「흥보전」/「흥부전」

【增】

　1)『홍길동전·심청전·흥부전·토끼전』. 한국고전시리즈, 5. 보성출판사, 1994.
　2) Kimm, Samuel. *The Story of Two Brothers: Nol-bu and Hŭ-bu.* Seoul: Il-Ji-Sa, 1998.
　3) 정병헌 외 교주.『흥부전』. 생각나라, 2000.
　4) 구인환.『심청전·흥부전』. 우리고전 다시읽기 7. 신원문화사, 2002.

Ⅲ. (활자)

【增】

　1) 김진영 외 편.『흥부전 전집』, 1. 박이정, 1997. (신재효본「박흥보가」; 심정순 창본「박타령」; 정광수 창본「흥보가」; 박동진 창본「흥부가」; 박헌봉『창악대강』所收「흥보가」; 이선유 창본「박타령」; 김연수 창본「흥보가」; 박녹주박송희 창본「흥보가」; 김소희 창본「흥보가」; 강도근박봉술 창본「흥보가」; 박봉술 창본「흥보가」)
　2) 郭正植.『쉽게 읽는 고소설』. 신지서원. 2001. (경판 20장)
　3) 김진영 외 편.『흥부전 전집』, 2. 박이정, 2003. (경판 25장「흥부전」; 경판 20장; 신새효본「박타령」 [가람본]; 오영순 소장 27장「장흥보전」; 서울대 일사문고 소장 41장「흥부전」; 임형택 소장 26장「박흥보전」; 김동욱 소장 37장「흥부전」; 김동욱 소장 낙장 14장; 김동욱 소장 낙장 34장; 김문기 소장 26장)
　4) 김진영 외 편.『흥부전 전집』, 3. 박이정, 2003. (사재동 소장 낙장 46장「흥부전」; 동 낙장 14장; 하버드대 옌칭도서관 소장 51장「흥보전」; 김진영 소장 46장「흥부전」; 고려대 도서관 소장 46장「연의각」; 세창서관판 활자본「연의각」; 동 신문관판「흥부전」; 동 박문서관판)

856.2. 〈연구〉

Ⅰ. (단행본)

【增】

　1) 정충권.『흥부전 연구』. 월인, 2003.

Ⅱ. (학위논문)

〈석사〉

「박타령」/「박흥보가」/「흥보가」

【增】

　1) 유성재. "동편제「흥보가」전승과정에 나타난 사설 및 음악의 변이: 박봉술제「흥보가」와 박녹주제

「흥보가」를 중심으로.” 碩論(중앙대 대학원, 2000. 2).
2) 강진구. “구성주의적 국어수업이 학습자의 학습태도 및 학업성취에 미치는 효과:「흥보가」를 대상으로 한 고전문학 교육을 중심으로.” 碩論(공주대 교육대학원, 2000. 2).
3) 김나영. “판소리문학의 학습자 중심 교수·학습 방안: 고등학교 국어「춘향전」과「흥보가」를 대상으로.” 碩論(성균관대 교육대학원, 2000. 8).
4) 서창우. “신재효「박타령」의 문제의식과 의미.” 碩論(경북대 대학원, 2000. 8).

「흥부전」

【增】

1) 정재봉. “「적성의전」과「흥부전」의 대비 연구.” 碩論(경북대 교육대학원, 1999. 8).
2) 김형선. “「흥부전」의 사회·경제적 고찰.” 碩論(한양대 교육대학원, 2000. 2).
3) 홍성재. “「흥부전」에 나타난 시대 의식 고찰: 문학 교육적 측면을 중심으로.” 碩論(인천대 교육대학원, 2000. 2).
4) 박영주. “「흥부전」의 교육적 내용과 의의.” 碩論(부산외국어대 교육대학원, 2000. 8).
5) 이대중. “「흥부전」작품군 사설 연구: 수용가요의 변이양상을 중심으로.” 碩論(배재대 대학원, 2001. 2).
6) 이성호. “제7차 문학교과서 고전소설 제재의 학습목표와 학습활동 분석:「이생규장전」,「흥부전」,「양반전」을 중심으로.” 碩論(고려대 교육대학원, 2003. 8).
7) 서홍성. “「흥부전」의 지도 방안 연구.” 碩論(순천대 교육대학원, 2004. 2).
8) 박정순. “한국 고전소설의 초등교육 텍스트 변형:「흥부전」과「심청전」을 중심으로.” 碩論(위덕대 교육대학원, 2004. 8).
9) 송지은. “「흥부전」의 주제의식 연구: 사회상과 인물형상을 중심으로.” 碩論(공주대 교육대학원, 2005. 2).

Ⅲ. (학술지)

「박타령」

【增】

1) 김세환.「춘향전」과「박타령」에 나타난 해학적 풍자 : 신재효본 판소리를 중심으로『語文論集』, 19(中央大 文理科大學 國語國文學科, 1986. 5).
2) 설중환. “작품의 구조와 의미:「박타령」.”『판소리 사설연구』(국학자료원, 1994. 4).
3) 원명수. “桐里의「박타령」사설에 ‘희극성’ 연구.”『韓國學論集』, 23(啓明大 韓國學硏究所, 1996. 12).
4) 申香淑. “「박타령」.”『판소리文學의 神話』(박이정, 1997. 4).
5) 유영대. “고전문학의 언어와 문학 교육: 신재효본「박타령」의 경우.”『문학교육학』, 2(한국문학교육학회, 1998. 8).
6) 권민기. “「박타령」의 생태주의적 의의와 문학교육.”『부경어문』, 1(부경대 국어국문학과, 2000. 4).
7) 정충권. “경판「흥부전」과 신재효「박타령」의 비교 고찰.”『판소리硏究』, 12(판소리학회, 2001. 10). “경판「흥부전」과 신재효「박타령」의 비교”로『흥부전 연구』(월인, 2003. 10)에 재수록.

「박흥보가」 / 「흥보가」

856.2.49. 徐鍾文. "「흥보가」 '박 사설'의 生成과 그 機能." 『韓國古典文學硏究』(合本)[백영정병욱
　　　　선생환갑기념논총](新丘文化社, 1982. 5). ……

【削】 856.2.52. 박동규. "흥부놀부의 현대적 인물형 :「興夫傳」." 『文學精神』, 21 (열음사, 1988.
　　6).

【削】 856.2.53. 金昌辰. "「興夫傳」 人物의 傳統性 考察 : 前代 敍事文學과의 關聯을 中心으로."
　　『語文硏究』, 64(韓國語文敎育硏究會, 1989. 12).

【削】 856.2.55. 김창진. "「흥부전」 보은담의 현실성 고찰 (1)." 『전농어문연구』, 3(서울시립대 국어국문
　　학과, 1990. 12).

856.2.59. 정충권. "흥보 박사설의 형성과 변모." 청관고전문학회, 『고전문학과 교육』, 1(태학사,
　　　　1999. 6). "「흥보가」 흥보사설대목의 형성과 변모"란 제목으로 『판소리 사설의 연원과 변모』
　　　　(다운샘, 2001. 11); 『흥부전 연구』(월인, 2003. 10)에 재수록.

【增】

　1) 柳光秀. "판소리에 수용된 가요의 연구:「흥보가」를 중심으로." 『우리어문연구』, 3(우리어문연구
　　　회, 1989. 10).

　2) 류수열. "판소리에 대한 국어교육적 접근:「흥보가」를 중심으로." 『판소리硏究』, 9(판소리학회,
　　　1998. 12).

　3) 설중환. "작품의 구조와 의미:「박타령」." 『판소리 사설연구』(국학자료원, 1994. 4).

　4) 김진영·최동현. "「흥보가」 연구사." 『흥보가』(박이정, 2000. 8).

　5) 박영주. "「흥보가」의 매력." 『판소리 사설의 특성과 미학』(보고사, 2000. 9).

　6) 정충권. "놀보 박사설의 전승 양상과 「흥보가」의 변모." 『국어교육』, 103(한국국어교육연구회,
　　　2000. 10). "놀보 박사설의 전승 양상"으로 『흥부전 연구』(월인, 2003. 10)에 재수록.

　7) 엄기주. "「興甫歌」에 反映된 社會相:『三綱行實圖』類의 變化와 關聯하여." 『古典文學硏究』,
　　　18(韓國古典文學會, 2000, 12).

　8) 정출헌. "판소리 향유층의 변동과 판소리 사설의 변화:「흥부가」의 사설을 중심으로." 『판소리硏
　　　究』, 11(판소리학회, 2000. 12).

　9) 최난경. "박봉술「흥보가」 연구: 박녹주·강도근 「흥보가」와의 비교를 중심으로." 『판소리硏究』,
　　　11(판소리학회, 2000. 12).

　10) 최난경. "오수암의 'O·K 흥보가전집' 연구: 김창환제와 박초월제와의 비교를 중심으로." 『韓國
　　　音樂硏究』, 28(韓國國樂學會, 2000. 12).

　11) 김석배. "「흥보가」 '제비노정기'의 전승양상." 『문학과언어』, 26(문학과언어학회, 2001. 5).

　12) 정충권. "흥보가의 문학교육적 함의." 『국어교육이란 무엇인가』(서울시립대학교 인문과학연구
　　　소, 2001.7). 『흥부전 연구』(월인, 2003. 10)에 재수록.

　13) 김정애. "역할극 수용을 통한 「흥보가」의 문학치료적 전망과 현대적 재창조 방안." 『겨레어문학』,
　　　27(겨레어문학회, 2001. 10).

　14) 김종철. "「흥보가(전)의 전승 양상 연구." 『판소리硏究』, 13(판소리학회, 2002. 4).

　15) 정충권. "「흥보가(전)」의 전승양상 연구." 『판소리硏究』, 13(판소리학회, 2002. 4). "「흥부전」의
　　　전승양상"으로 『흥부전 연구』(월인, 2003. 10)에 재수록.

16) 鄭雲采. "「흥보가」의 구조적 특성과 문학치료적 효용."『고전문학과 교육』, 4(청관고전문학회, 2002. 6).

17) 한정미. "판소리 사설의 민요 수용양상과 연창자들의 민요 수용에 대한 인식:「춘향가」,「심청가」,「흥부가」를 중심으로."『韓國民俗學』, 35(韓國民俗學會, 2002. 6).

18) 채희윤. "「흥보가」 연구: 대화주의와 출세주의를 통하여."『한국서사문학의 통사적 고찰』(푸른사상, 2002. 11).

19) 姜允晶. "朴東鎭 本「흥부가」 사설의 특징: 申在孝本「朴興甫歌」와의 比較를 中心으로>"『판소리硏究』, 15(2003. 4).

20) 김석배. "김창환제「흥보가」에 끼친 신재효의 영향."『판소리硏究』, 15(판소리학회, 2003. 4).

21) 정충권. "「흥보가」 창본의 비교."『흥부전 연구』(월인, 2003. 10)

「흥부전」

856.2.115. 李石來. "肯定과 否定 :「興夫傳」의 웃음에 對하여."『韓國古典文學硏究』(合本)[백영정병욱선생환갑기념논총](新丘文化社, 1982. 5). ……

【削】 856.2.121. 李文奎. "「興夫傳」의 文學的 特質에 對한 考察."『先淸語文』, 11·12합병호(서울師大 國語敎育科, 1985). 印權煥 編著,『興夫傳 硏究』(集文堂, 1991. 11) 재수록.

856.2.127. 李相澤. "흥부 놀부의 人物評價."『韓國文學史의 爭點』[城山張德順先生停年退任紀念論叢](集文堂, 1986. 11). 印權煥 編著,『興夫傳 硏究』(集文堂, 1991. 11); "「흥부전」의 인물 평가"로『한국고전소설의 이론』, I(새문社, 2003. 3)에 재수록.

856.2.134. 박영주. "「흥부전」의 민담적 성격."『成大文學』, 26(成均館大, 1988. 12). 반교어문학회 편,『고소설의 사적전개와 문학적 지향』(반교어문총서 3, 보고사, 2000. 3);『판소리 사설의 특성과 미학』(보고사, 2000. 9)에 재수록.

856.2.136. 金昌辰. "흥부놀부의 人間性 變化過程 考察:「박타령」을 중심으로."『國際語文』 9·10(國際大 국제어문학연구회, 1989. 7).

856.2.140. 【削】 박영주. "「興夫傳」의 민담적 성격 : 구조유형론적 측면을 중심으로."『成大文學』, 26(成均館大 國語國文學科, 1989. 12). → 856.2.134

856.2.144. 金昌辰. "漢文短篇 報恩譚의 유형과 의미:「흥부전」 보은담 중심으로."『석천정우상박사화갑기념논문집』(간행위원회, 1990. 9).

856.2.166. 성현경. "「興夫傳」 硏究: 경판 25장본을 중심으로."『판소리硏究』, 4 (판소리학회, 1993. 12).『韓國옛小說論』(새문社, 1995. 4)에 재수록.

856.2.167. 정충권. "「흥부전」과 성조 신앙「성조가」의 관련성과 그 의미."『口碑文學硏究』, 1(한국구비문학회, 1994. 6). "「흥부전」의 형성과 성조신앙·「성조가」"로『흥부전 연구』(월인, 2003. 10)에 재수록.

【削】 856.2.168. 전신재. "「흥보가」의 희극성."『한림어문학』, 1 (翰林大 國語國文學科, 1994. 8).

856.2.185. 오종근. "「흥부전」 根源說話의 再考察."『禪武學術論集』, 9(國際禪武學會, 1999. 2). 오종근·백미애,『조선조 가정소설』(월인, 2001. 8)에 재수록.

856.2.186. 이지영. "「흥부전」의 '놀부심술사설' 연구: 무가계 사설의 하나로서."『古小說硏究』, 7(韓國古小說學會, 1999. 6).

【增】

1) 鄭泰榮. "「興夫傳」의 諧謔性과 敎育的 配慮: 依他的「興夫傳」은 排除되어야."『새교육』, 166(대한교육위원회, 1968. 8).

2) 김창진. "「흥부전」 보은담의 현실성 고찰(I): 한문단편 보은담과의 대비를 중심으로."『전농어문연구』, 3(서울시립대 문리대 국어국문학과, 1990. 12).

3) 김창진. "「흥부전」 놀부박의 판짜기 원리 고찰."『도암유풍연박사회갑기념논문집』(동 간행위원회, 1991. 12).

4) 나일심. "국민학교 읽기 교재의 고전작품과 그 원전의 분석 연구:「장끼전」과「흥부전」의 갈등상황 비교를 중심으로."『國語敎育硏究』, 8(春川敎大 國語敎育學會, 1993. 12).

5) 윤경희. "경판 25장본「흥부전」 연구: 작가의 세계관을 중심으로."『판소리硏究』, 4 (판소리학회, 1993. 12).

6) 김진영. "「흥보전」의 이원적 성격과 담화조직 방식."『흥보전』(박이정, 1997. 6).

7) 김창진. "「흥부전」 주제의 연구 방법론."『송전유우상교수정년기념논문집』(전남대 국문과, 1997. 8).

8) 김창진. "「흥부전」의 주제는 공존공영이다 (5)."『경희어문학』, 19(경희대 국문과, 1998. 9).

9) 서은아. "독자 수용의식의 측면에서 살펴 본「흥부전」의 문학적 가치."『태릉어문연구』, 8(서울여대 국어국문학회, 1999. 7).

10) 金昌辰. "「흥부전」의 주제는 '공존공영'이다, 1."『목포어문학』, 2(목포대 국어국문학과, 2000. 8).

11) 김창진. "놀부가 흥부를 내쫓은 까닭은?:「흥부전」의 주제는 '공존공영'이다, 2."『國際語文』, 22(국제어문학회, 2000. 12).

12) 鄭洋. "놀부와「태평천하」의 윤직원."『韓國言語文學』, 45(韓國言語文學會, 2000. 12).

13) 김진영. "「흥부전」의 연구사적 검토."『慶熙語文學』, 21(慶熙大 文理科大學 國語國文學科, 2001. 2).

14) 이현국. "조선조 후기 소설의 현실 대응 양상과 그 의의:「이해룡전」·「허생전」·「흥부전」에 나타난 물질 문제를 중심으로."『어문학』, 72(한국어문학회, 2001. 2).

15) 전용오. "「興夫傳」에 投影된 人間象, I."『民族文化』, 12(漢城大 民族文化硏究所, 2001. 2).

16) 조춘호. "「흥부전」 연구."『우애소설연구』(경산대출판부, 2001. 2).

17) 정충권. "「흥부전」의 生態論的 考察." 淸冠古典文學會,『고전문학과 교육』, 3(중앙교육진흥연구소, 2001. 6).『흥부전 연구』(월인, 2003. 10)에 재수록.

18) 조성항·김태순. "소설에 나타난 諧謔性 硏究:「흥보전」과「봄봄」 中心으로."『京福論叢』, 5 (경복대학, 2001. 9).

19) 김성민. "악의 문제와 그 극복에 관한 고찰: C. G. 융의 그림자 이론과「흥부전」에 대한 분석심리학적 해석을 중심으로."『한국기독교신학논총』, 22(한국기독교학회, 2001. 10).

20) 정충권. "경판「흥부전」과 신재효「박타령」의 비교 고찰."『판소리硏究 』, 12(판소리학회, 2001. 10). "경판「흥부전」과 신재효「박타령」의 비교"로『흥부전 연구』(월인, 2003. 10)에 재수록.

21) 최윤오. "「흥부전」과 조선후기 농민층 분화."『역사비평』, 57(역사비평사, 2001. 11).

22) 권순긍. "문제제기를 통한 古小說 敎育의 방향과 시각:『고등학교 국어』 교과서 소재「九雲夢」

·「春香傳」·「興夫傳」을 중심으로."『古小說硏究』, 12(한국고소설학회, 2001. 12).

23) 金鎭英. "「흥부전」의 人物形象."『人文學硏究』, 5(경희대 인문학연구원, 2001. 12).

24) 조용호. "「흥부전」의 카니발적 특성."『韓國古典硏究』, 7(韓國古典硏究學會, 2001. 12).

25) 전용오. "「興夫傳」에 投影된 人間像, Ⅱ."『民族文化』, 13(漢城大附設 民族文化硏究所, 2002. 2).

26) 정충권. "연경도서관본「흥보전」연구."『국어국문학』(국어국문학회, 2002. 5). "연경도서관본「흥보전」고찰"로『흥부전 연구』(월인, 2003. 10)에 재수록.

27) 徐仁錫. "「흥부전」 수용의 사회사." 金慶洙 編,『古典文學의 現況과 展望』(亦樂, 2002. 9).

28) 朴熙秉. "「흥보전」." 李相澤·朴熙秉·林治均·宋晟旭 엮음,『고전소설의 기초 연구』(태학사, 2002. 10).

29) 柳光洙. "「興甫傳」." 刊行委員會 編.『古小說硏究史』(月印, 2002. 12).

30) 이상택. "「흥부전」의 주제와 미학."『한국고전소설의 이론』, Ⅰ(새문社, 2003. 3).

31) 李勛相. "조선후기 사회 규범들간의 갈등과 향리사회의 문화적 대응: 판소리「흥보전」과 중재 문화의 발전."『판소리硏究』, 16(판소리학회, 2003. 10).

32) 정출헌. "탐욕이 넘쳐나는 시대에「흥부전」다시 읽기."『문학과경계』, 9(문학과경계사, 2003. 5).

33) 정충권. "「흥부전」 근원설화론."『흥부전 연구』(월인, 2003. 10).

34) 정충권. "필사본「흥부전」고찰."『흥부전 연구』(월인, 2003. 10)

35) 신동흔. "판소리문학의 결말부에 담긴 현실의식 재론:「심청전」과「흥부전」을 중심으로"『판소리硏究』, 19(판소리학회, 2005. 4).

◆857.[흥선격악록 興善擊惡錄]

〈작자〉 朴應和(1889~1968) ?

국문필사본

홍선격악녹 興善擊惡錄　　　　임형택[莘蒼蒼齋 家目]　　　낙질 1(朴應和 저작, 隆熙二年[1908] 八月一日德洞新刊, 1: 46f.)

◆858.[흥선대원군실기 興宣大院君實記]

▶(히경전 → 정해경전)

▶(힐문전 詰問傳 → 김힐문전)

부록

『古典小說 異本目錄』

(문헌 약호 일람)

[仁活全] → 仁川大民族文化研究所編.『舊活字本 古小說集』. 전 33책. 銀河出版社, 1983~1984; (再刊) 國際아카데미, 2002.

【增】[中韓飜文展目] →『조선시대 번역소설에 대한 원전 정리 및 주석 연구』. 鮮文大學校 中韓飜譯文獻研究所. 2003.

【增】[漢少目] "韓國漢文小說目錄".『古小說研究』, 9(2000. 6), pp. 371~451.

【增】[筆叢]『羅孫本 筆寫本古小說資料叢書』. 전 82책. 保景文化社, 1991.

【增】계명대[古綜目]→계명대학교 동산도서관,『계명대학교개교50주년기념 古書綜合目錄』, 2004.

김광순[筆全] → 金光淳編.『金光淳所藏筆寫本 韓國古小說全集』. 1~40. 景仁文化社, 1993~1994; 41~50. 박이정, 1998; 51~60. 박이정, 2002; 61~70. 박이정, 2004.

【增】綠雨堂[古文獻] → 송일기·노기춘.『海南綠雨堂의 古文獻』, 第一輯. 태학사, 2003.

【增】미도민속관[생활사 도록] → 김영·이수진. 미도민속관·중한번역문헌연구소.『한글생활사전시도록』. 2004.

조동일[國研資] → 조동일 편.『국문학연구자료』. 전 30책. 박이정, 1999.

(부록 1)

歲陰歲陽表

金白酉

(부록 3)

月名異稱一覽

三月 (辰) 花月 嘉月 蠶月 窅月

(고전소설 연구자료총서 Ⅱ)

『古典小說 作品研究 總覽』

(부록 1)

고전소설 작가록

5. 김기 金琦 1722(경종 2)~1794(정조 18)

【增】

　조선 후기의 문인. 본관은 안동. 자는 치규(稺圭), 호는 기헌(寄軒) 또는 서호(西湖). 경기 여주(驪州) 백양리(白羊里)에서 사경(嗣慶)의 아들로 태어났다. 그는 용모가 청수하고 기상이 빼어나며 행동이 장중하여 보는 사람들이 모두 원대한 기량의 인물로 칭찬했으며, 취학 후에는 문리에 숙달하여 숙사(塾師)들도 때때로 질문에 응대하지 못했고, 기억력이 뛰어나 무슨 서적이나 한번 보면 모두 기억하여 동리 부로(父老)들이 모두 대과의 장원감이라고 촉망하였다. 그러나 18세 때 과장에 나가 당시 선비들의 부정 행위가 만연함을 보고 고향집으로 돌아와 다시는 벼슬길에 나가지 않을 뜻을 굳혔다. 그는 효성이 극진하여 아버지 사경의 병환이 해가 지나도 낫지 않자 온천 욕법이 좋다는 의원의 말을 듣고 충청도 신창현(新昌縣)으로 아버지를 모시고 이사하였다가 병환이 쾌차하자 고향에 돌아가지 않고 충청도 옥천(沃川)으로 옮겨 살았으며, 거기서 당시의 명유 이명원(李命源)에게 후대를 받아 교유하면서 경전자사(經典子史)를 비롯하여 제가 잡서를 통람하였다. 그러다가 이런 공부들이 모두 성인의 도를 배우는 길이 못됨을 깨닫고 당시 기호(畿湖)에서 학행의 중망을 지고 있던 송능상(宋能相), 송명흠(宋明欽) 두 학자의 문하에 출입하며 성학(聖學)에 전념하였다. 그 뒤 상경하여 뒤에 상국이 된 김익(金熤), 당시 관직에 있던 이정보(李鼎輔), 이익보(李益輔), 이조원(李肇源) 등과 친교를 맺어 그들로부터 한결같이 출사(出仕)의 권고를 받았으나, 벼슬길에 나가는 것은 도를 실천하기 위한 것인데, 그 도를 실천할 수 없는 바에야 구차하게 벼슬자리나 지키고 앉았으면 그것은 녹봉과 헛된 명예만 탐내는 일이 아니겠느냐고 반문하고 굳게 거절하였다. 그 뒤 스승 송운평(宋雲坪)이 돌아가자 더욱 세정과 멀어져 전라도 무주(茂朱) 설천(雪川)에 은거하며 산수 자연 속에서 학문에 정진하였다. 그러나 이때에 유행 역질에 가족이 전염되어 8, 9인이 함께 사망하자 가난과 함께 무서운 정신적 고통을 겪었는데, 그러면서도 안연(晏然)히 살아가는 그의 생활을 딱하게 여긴 당시의 합천(陜川)군수 심익운(沈翼雲)이 자기의 자질(子姪)과 향리 자제들을 보내 수업시킴으로써 생계를 유지하게 하였다. 이때에 급문(及門)한 제자들 중에 박치원(朴致遠), 김근추(金謹樞), 신돈항(愼敦恒)[『燕岩集』의 「烈女咸陽朴氏傳」에서 입언지사(立言之士)로 말해진 학자] 등은 모두 세상을 피해 학문에 정진한 평민 학자들이었다. 44세 되던 영조 41년에 아버지 상을 당하자, 그의 가난한 생활을 잘 아는 심군수의 주선으로 장례를 마쳤다. 그 뒤 충청도 영동(永同)에 옮겨 살게 되어 향리 사족 학자들과 교유하며 강학(講學)과 영시(詠詩)를 일삼다가 여생을 마쳤다. (宋寯鎬)[1]

　◆ 작품 → [[정생전 丁生傳]]·[[황생전 黃生傳]]

7. 김려 金鑢 1766(영조 42)~1821(순조 21)2)

21. 남유용 南有容 1698(숙종 24)~1773(영조 49)

◆ 작품 → [[굴승전 屈乘傳]]·[[모영전보 毛穎傳補]]

【增】
57-1. 영허 暎虛 1541(중종 36)~1605(선조 38)

　　대사의 법호는 해일(海日)이고 별호는 영허(暎虛)이다. 당호(堂號)를 보응(普應)이라 했으며, 성은 김씨다. 본디 사족(士族)의 자손으로 만경현(萬頃縣) 불기(不欺)고을에 살면서 유학을 업으로 삼았다. 어머니 홍씨가 꿈에서 한 이인을 보았는데 쥐고 있는 밝은 구슬을 전해 주면서 스스로 잘 보존하라 했다. 이에 임신을 하고 신축년(1541) 9월 4일 갑인시(甲寅時)에 아이를 낳았다. 아이 적에 벌써 널빤지로 책상자를 만들었고, 말하는 소리가 항상 책을 읽는 듯했다. 겨우 8살 때『대학 大學』을 읽던 중 증자(曾子)가 말하되 '열 눈이 보는 바이고 열 손이 가리키는 것이니 근엄해야 한다(十目所視 十手所指 其嚴乎)'는 대목에 이르러 여러 존장들이 '근엄'의 뜻이 무엇인가 물으니 '두려워하고 조심하는 것'이라고 대답했다. 이에 여러 사람이 모두 기동(奇童)이라고 불렀다. 15살 때 과거시험을 쳤으나 낙방하였고, 19살 때 마침내 출가하여 능가산 실상사에 들어가 대선(大選) 겸 중덕(仲德)인 인언대사(印彥大師)에게 머리를 깎았다. 5년 동안 스승을 모시며 여러 경론을 열람하다가 하루는 홀연히 무상함을 생각하고는 오래 한 곳에 머무는 것이 옳지 않다고 여기고 지리산에 들어가 부용대사(芙蓉大師)를 찾아 머리를 깎고 참배한 후 선교(禪敎)를 두루 열람하며 스승을 3년간 모셨다. 이후 또한 풍악산으로 가 학징대사(學澄大師)를 뵙고 일상의 계율을 익혔다. 그리고 묘향산에 들어가 서산대사(西山大師)를 뵙고는 팔만진전(八萬眞詮)의 궁금한 것에 대해 물었다. 상비로암에서 10년간 주석하고 기축년(1589)에 옛날 머물던 능가산으로 돌아와 『지장경 地藏經』을 송독했다. 어느 날 밤 꿈에 장차 지장이 감로수를 정수리에 부었다. 꿈에서 깨니 마음이 활연해져서 거칠 것이 없었다. 신묘년(1591) 은사인 인언대선이 입적하여 다비를 한 후 팔표(八俵)로 돌아가 천지를 집으로 삼았다. 혹은 비구 혹은 거사와 함께 정업을 닦아 이로써 신실함을 이루었다. 기사년(1605) 2월 5일 방장의 방을 닫았다가 얼마 후 문을 열고 문도들에게 말하기를 "대중은 각기 무상함의 따름을 마음에 두고 소중히 하라."고 말한 후 조용히 시멸(示滅)하니 세수 49세였다. 열반하던 날 저녁 상서로운 빛이 하늘에 뻗치고 상서로운 기운이 공중에 가득 찼다. 49재를 당하여 문인들이 무차(無遮)대회를 여니 재를 올릴 때마다 서기가 뻗치지 않는 경우가 없었다.3)

　　◆ 작품 → [[부설전 浮雪傳]]

82. 이옥 李鈺 1760(영조 36)~1813(순조 13)4)

---

1) 宋寯鎬, "失意의 美學 : 未發表 漢文小說 「丁生傳」 考,"『연세어문학』, 5(연세대 국어국문학과, 1974. 6), pp. 15~16 참조.
2) 『작품연구 총람』 부록 1 고전소설 작가록(p. 557) 수정.
3) 1635(崇禎 8)년에 涵影堂이 쓴 '행적'에 의함(金承鎬, "16세기 승려작가 暎虛 및 「浮雪傳」의 소설사적 의의,"『古小說硏究』, 11[2001. 6], pp. 148~149).

(부록 4)

조선조의 주요 관직 편람

【增】 별제(別提)	교서관, 상의원, 군기시, 예빈시, 수성금화사, 전설사, 내수사, 소격서, 빙고, 장원서, 사포서	[이상 정6품 및 종6품]
	각 조, 사축서, 조지서, 도화서, 활인서, 와서, 귀후서, 전함사, 전연사	[이상 종6품]
훈도(訓導)	전의감[의학], 관상감5)[천문학·지리학·명과학], 사역원[청학·몽학·왜학] 5백 호, 이상의 고을	[종9품]

---

4) 『작품연구 총람』 부록 1 고전소설 작가록(p. 598) 수정.
5) P. 652 하단 끝 [천문학지리학명과학]을 좌측 '관상감' 바로 뒤에 붙이고, p. 653 상단 첫줄 [청학몽학왜학]은 좌측 '사역원' 바로 뒤에 붙일 것.

(고전소설 연구자료총서 Ⅲ)

『古典小說 文獻情報』

(부록)

古典小說 表題 總目

가

▶(가루지기타령 → 변강쇠전)

◑1. [[가수재전 賈秀才傳]] ←『단량패사』

◐{가실전}

▶(가심쌍완기봉 → 방한림전)

◑2. [[가야진용왕당기우록 伽倻津龍王堂奇遇錄]]

▶(가인기우 佳人奇遇 → 사각전)

◐{가인지전 佳人之傳}

◑3. [[가자송실솔전 歌者宋蟋蟀傳]] ←『문무자문초』

【增】◐{가정소설}

◐{가짜신선타령}

▶(각간선생실기 角干先生實記 → 흥무왕연의)

◑4. [[각로선생전 却老先生傳]]

◑5. [[각저소년전 角觝少年傳]]

◐{간간소사야성기}

◐{간택기}

▶(감용전 → 김용전)

【增】▶(감응록 感應錄 → 태상감응편)

▶(감의록 感義錄 → 창선감의록)

【增】◐{감지성절역간병}

【增】▶(갑진록 甲辰錄 → 임진록)

◑6. [강감찬실기 姜邯贊實記] ← 강감찬전 / 강시중전

▶(강감찬전 姜邯贊傳 → 강감찬실기)

◑7. [강남홍전 江南紅傳] → 옥련몽

■『강도록 江都錄』→ (강도)몽유록 / 오대변송문 / 작여오
상송문

◑8. [[강도몽유록 江都夢遊錄]] ←『강도록』/ 몽유록 ①

◑9. [강로전 姜虜傳] ←『화몽집』

▶(강릉매화전 江陵梅花傳 → 매화전)

▶(강릉매화타령 江陵梅花打令 → 매화가)

◑10. [강릉추월 江陵秋月] ← 강릉추월옥소전 / *봉황금
/ *소운전 / *소정월봉기 / *소학사전 / *소한림전 /
*옥소기연(봉) / *월봉(산)기 / 이춘백전 / *천도화 /
추월전 / 춘백전

▶(강릉추월옥소전 江陵秋月玉簫傳 → 강릉추월)

▶(강산전 → 심청전)

▶(강상누 → 강상루)

▶(강상련 江上蓮 → 심청전)

◐{강상루 江上淚}

◑11. [강상월 江上月]

▶(강시중전 姜侍中傳 → 강감찬실기)

◐{강씨부인실기록 姜氏夫人實記錄}

【增】▶(강씨접동전 → 접동새)

▶(강원조생원전 → 조생원전 ①)

◑12. [강유실기 大膽姜維實記] ← 강유전[6] / 대담강유실기

【增】▶(강유전 姜維傳 → 강유실기)

◐{강천각소하록 江天閣銷夏錄}

▶(강태공실기 姜太公實記 → 강태공전)

◑13. [강태공전 姜太公傳] ← 강태공실기

【增】◐{강희원전}

◑14. [개과몽선록 改過夢仙錄]

◐{개과천선록 改過遷善錄}

---

6)『문헌정보』부록 '古典小說 表題 總目'[이하 '총목'
으로 약칭]에 부분 추가.

---

7) '총목'에 부분 추가.
8) '총목'에 부분 추가.

▶(곽씨경전 → 옥단춘전)

▶(곽씨양문록 郭氏兩門錄 → 곽장양문록)

▶(곽씨열녀젼 郭氏烈女傳 → 곽낭자전)

▶(곽씨열행록 郭氏烈行錄 → 곽낭자전)

▶(곽씨전 郭氏傳 / 霍氏傳 → 곽낭자전)

▶(곽씨효행록 郭氏孝行錄 → 곽낭자전)

◑{곽양부자전}

▶(곽열녀전 郭烈女傳 → 곽낭자전)

◑{곽왕전}

▶(곽장군전 郭將軍傳 → 곽재우전)

◈31. [곽장양문록 郭張兩門錄]

◈32. [곽재우전 郭再祐傳] ← 곽장군전 / 홍의장군전

　【增】32-1.[곽종운전]

◈33. [곽해룡전 郭海龍傳] ← 쌍두장군전

◈34. [[관부인전 灌夫人傳]]

◈35. [[관성자전 管城子傳]]

◈36. [관운장실기 關雲長實記] → *삼국지

◈37. [[관자허전 管子虛傳]]

▶(광문전 廣文傳 → 광문자전)

◈38. [[광문자전 廣文者傳]] ←『방경각외전』

　【增】◈38-1.[[광문자전 廣門子傳]]

▶(광한루 廣寒樓 → 춘향전)

▶(광한루기 廣寒樓記 → 춘향전)

▶(광한루악부 廣寒樓樂府 → 춘향전)

◑{광한사 廣寒史}

◈39. [광해주실기 光海主實記]

▶(괴똥어미전 → 괴똥전)

★[[괴똥전]] ← 괴똥어미전 /『노처녀의 비밀』/ 복선화음록

▶(괴산정진사전 塊山鄭進士傳 → 정진사전)

◈40. [괴화기록 槐花記錄]

◑{교각로영일기}

　【增】◑{교만흥전}

▶(교산소설 蛟山小說) → 홍길동전 / 남궁선생전 / 손곡산
　인전 / 순군부군청기 / 엄처사전 / 장산인전 / 장생전

▶(구공청행록 寇公淸行錄 → 구래공전)

▶(구두장군 九頭將軍 → 김원전9))

◈41. [구래공(전) 寇萊公(傳)] ← 구래공정충직절기 / 구래
　공충렬기 / 구래공충효록

▶(구래공정충직절기 寇萊公貞忠直節記 → 구래공전)

▶(구래공충렬기 寇萊公忠烈記 → 구래공전)

▶(구래공충효록 寇萊公忠孝錄 → 구래공전)

◑{구룡전 九龍傳}

◈42. [구봉기 九峰記] ← 구봉정기

▶(구봉정기 九峰亭記 → 구봉기)

◑{구양공충효선행록 歐陽公忠孝善行錄}

▶(구운기 九雲記 → 구운몽)

◈43. [구운몽 九雲夢] ← *구운기 / 선화록 / 운선전 /
　탄몽설 / 현화록

▶(국문소설 → 고전소설)

【增】▶(국복전 國福傳 → 임진록)

◈44. [[국선생전 麴先生傳]]

◑{국소저전}

◑{국수재전 麴秀才傳 ①}

◈45. [[국수재전 麴秀才傳 ②]]

◈46. [[국순전 麴醇傳]]

　【增】◑{국조전}

◈47. [[국청전 麴淸傳]]

◈48. [[굴승전 屈乘傳]]

◈49. [굴원전 屈原傳] ← *김희경전

　【增】◑{굿시하간전}

◑{궁수재사혼부가}

▶(권경채전 → 권용성전)

◑{권률장군전 權慄將軍傳}

▶(권선동전 權仙童傳 → 권익중전)

▶(권신랑전 權新郎傳 → 권용선전)

◈50. [권용선전 權龍仙傳] ← 권신랑전 / 규중담화 / 규중한
　화 / 수매청심록 / 이중백전10)

◈51. [권용성전 權龍星傳] ← 권경채전

▶(권익중실기 權益重實記 → 권익중전)

◈52. [권익중전 權益重傳] ← 권선동전 / 권익중실기 /
　선동전

◈53. [권장군전 權將軍傳] ← 양신랑전 ②

　【增】◑{권장자전 權長者傳}

　【增】◑{권저주전}

◑{권진사전 權進士傳}

◑{권홍낭전}

---

9) ‘총목’에 부분 추가.

10) ‘총목’에 부분 추가.

★[[귀매 鬼魅]]

◑{귀여아전}

◆54. [귀영전]

▶(규문고사 閨門古史 → 달기전)

◑{규소전}

▶(규중담화 閨中談話 → 권용선전)

▶(규중문어 閨中門語 → 소운전)

▶(규중칠우공론 閨中七友公論→ 규중칠우쟁론기)

◆55. [[규중칠우쟁론기 閨中七友爭論記]] ← 규중칠우공
론

▶(규중한화 閨中閑話 → 권용선전)

◆56. [규한록 閨恨錄]

★[[그 아내]]

◆57. [[금강공주전 金剛公主傳]]

■『금강유산기 金剛遊山記』→ 백화국재설중흥록 / 백화국
전 / 안빙몽유록 / 여용국평란기 / 오화전 / 유여매쟁춘
/ 홍선전

▶(금강취류 → 금강취유)

◆58. [금강취유(기) 金剛聚遊(記)]

◆59. [[금강탄유록 金剛誕游錄]]

◆60. [금고기관 今古奇觀] ← 고금기관

▶(금광공주전 → 금강공주전)

◑{금국화}

▶(금낭이산 金囊二山 → 보심록)

◑{금대옥환전 金帶玉環傳}

▶(금대환전 金帶環傳 → 금대옥환전)

▶(금덕전 → 금송아지전)

【增】【增】▶(금도야지전 金猪傳 → 이수문전)

▶(금독전 金犢傳 → 금송아지전)

【增】【增】▶(금돼지전 金猪傳 → 이수문전)

▶(금령전 金鈴傳 → 금방울전)

◑{금목토초상화}

◆61. [금방울전] ← 금령전 / 능견난사

◑{금봉회봉}

◆62. [[금산몽유록 錦山夢遊錄]]

◑{금산사 金山寺}

▶(금산사기 金山寺記 → 금산사몽유록)

◆63. [금산사몽유록 金山寺夢遊錄] ← 금산사몽회록 /
금산사창업연록 / 금산사창업연몽유록 / 금산사창업연

회록 / 금산사창업연의 / 금화령회록 / 금화사경회록
/ 금화사기 / 금화사몽유록 / 금화사태평연기 / 금화사태
평연몽유록 / 김화령전 / 부용당 / 성생전 / *왕회전
/ 제왕연회기 / 『화몽집』

▶(금산사몽회록 金山寺夢會錄 → 금산사몽유록)

▶(금산사창업연록 金山寺創業宴錄 → 금산사몽유록)

▶(금산사창업연몽유록 金山寺創業宴夢遊錄 → 금산사몽
유록)

▶(금산사창업연회록 金山寺創業宴會錄 → 금산사몽유
록)

▶(금산사창업연의 金山寺創業演義 → 금산사몽유록)

◆64. [금상첨화 錦上添花]

▶(금생이문록 琴生異聞錄 → 금오몽유록)

▶(금생전 琴生傳 → 금오몽유록)

▶(금선각 金仙閣 / 金仙覺) → 장풍운전[11])

▶(금섬노인전 金蟾老人傳 → 섬동지전)

◆65. [금섬전 金蟾傳 ①]

▶(금섬전 金蟾傳 ② → 섬처사전)

◑{금성쌍연회합록}

◑{금성쌍인기}

【增】◑{금소년전}

▶(금소전 → 금송아지전)

◆66. [금송아지전] ← 금독전 / 금소전 / 금우전 / 금우태자
전 / 오색송아지전 / 오색우전 / 『일대장관』

◆67. [금수기몽 禽獸奇夢]

■『금수전 禽獸傳』→ 녹처사연회 / 황새결송

◆68. [[금오몽유록 金烏夢遊錄]] ← 금생전 / 금생이문록

■『금오신화 金鰲新話』→ 남염부주지 / 만복사저포기 /
용궁부연록 / 이생규장전 / 취유부벽정기

◆69. [[금옥연 金玉緣 ①]]

▶(금옥연 金玉緣 ② → 홍루몽)

▶(금우전 金牛傳 → 금송아지전)

▶(금우태자전 金牛太子傳 → 금송아지전)

◆70. [[금의공자전 金衣公子傳]]

◆71. [[금잠가연 金簪佳緣]] ←『오옥기담』

◆72. [[금포기우록 芩浦奇遇錄]]

◑{금해림랑 金薤琳琅}

◆73. [금향정기 錦香亭記] ← 종경기전 / 종성전[12])

---

11) '총목'에 수정.

▶(금화령회록 → 금산사몽유록)

▶(금화사경화록 金華寺慶會錄 → 금산사몽유록)

▶(금화사기 金華寺記 → 금산사몽유록)

▶(금화사몽유록 金華寺夢遊錄 → 금산사몽유록)

▶(금화사태평연기 金華寺太平宴記 → 금산사몽유록)

▶(금화사태평연몽유록 金華寺太平宴夢遊錄 → 금산사몽 유록)

◑{금화외편 金華外篇}

▶(금환기봉 金環奇逢 → 김희경전)

◑{금환재합연 金環再合緣}

▶(기갑록 己甲錄 → 인현왕후전13))

■『기담수록 奇談隨錄』→ 고총각 / 김참판 / 진포수전 / 한량전

▶(기몽 奇夢 → 대관재기몽)

◆74. [[기몽설 記夢說]]

◑{기봉성취록 奇逢成娶錄}

◑{기봉쌍룡기 奇逢雙龍記}

◑{기봉장애 奇逢長涯}

▶(기봉정취록 奇逢正聚錄 → 기몽성취록)

▶(기봉정취보 奇逢正聚譜 → 기몽성취록)

▶(기우록 奇遇錄 → 최척전)

■『기재기이 企齋記異』→ 서재야회록 / 안빙몽유록 / 최생 우진기」 / 하생기우전

◑{기화몽 奇花夢}

▶(길동록 吉童錄 → 홍길동전)

▶(김각간실기 金角干實記 → 흥무왕연의)

◆75. [김경여전 金慶餘傳]

◆76. [[김광택전 金光澤傳]]

　【增】■『김기현교수본 한문소설 필사집 金基鉉敎授本漢 文小說筆寫集』→「선현유음」

▶(김길동전 金吉童傳 → 홍길동전

◑{김낭자전 金娘子傳}

　【增】◑{김대왕대비전}

◆77. [김덕령전 金德齡傳] ← 김장군전

◆78. [김봉본전 金鳳本傳]

◆79. [김부식전 金富軾傳]

▶(김부인열행가 金夫人烈行歌 → 김부인열행록)

◆80. [김부인열행록 金夫人烈行錄] ← *곽낭자전 / *곽씨 전 / *곽씨효행록 / 열녀전 ② / *옥낭자전

◆80-1.[김산해전 金山海傳]14)

▶(김상국전 金相國傳 → 화산중봉기)

▶(김상서재세록 金尙書再世錄 → 김희경전)

▶(김상서재합록 金尙書再合錄 → 김희경전)

▶(김상서전 金尙書傳 → 김희경전)

◑{김상헌전 金尙憲傳}

◑{김생록 金生錄}

◆81. [김생전 金生傳]

▶(김선각 → 금선각)

▶(김성운전 金成運傳 → 진성운전)

◆82. [김순부전 金淳夫傳]

▶(김시각전 → 진대방전)

▶(김신부부사혼기 金申夫婦賜婚記 → 김신부부전)

◆83. [[김신부부전 金申夫婦傳]] ← 김신부부사혼기 / 동상 기(찬)

◆84. [[김신선전 金神仙傳]] ← 『방경각외전』

◆85. [김씨남정기 金氏南征記]

▶(김씨봉효록 金氏奉孝錄 → 김씨효행록)

◆86. [김씨열행록 金氏烈行錄]

▶(김씨효문록 金氏孝門錄 → 김씨효행록)

◑{김씨효행록 金氏孝行錄 ①} ← 김씨봉효록 / 김씨효문록

▶(김씨효행록 金氏孝行錄 ②)

▶(김연단전 → 연당전)

◆87. [김영철전 金英哲傳] ← 김철전

　【增】▶(김요문전 金堯門傳 → 정수경전)

◑{김용귀전 金龍貴傳}

　【增】◑{김용대전}

◆88. [김용전]

◑{김용주전 金龍珠傳}

◆89. [김원전 金圓傳] ← 구두장군15)

▶(김유신실기 金庾信實記 → 흥무왕연의)

▶(김유신전 金庾信傳 → 흥무왕연의)

◆90. [김윤전 金允傳 / 金倫傳]

◆91. [김응서실기 金應瑞實記]

◆92. [김이양문록 金李兩門錄]

---

12) '총목'에 부분 추가.
13) '총목'에 부분 추가.
14) '총목'에 수정.
15) '총목'에 부분 추가.

◪93. [김인향전 金仁香傳 / 金燐香傳] ← 인향전

▶(김장군전 金將軍傳 → 김덕령전)

◪94. [김전전 金銓傳]

◪95. [김진옥전 金振玉傳/金鎭玉傳] ← 진옥전

▶(김철전 → 김영철전)

◪96. [김취경전 金就景傳]

◖{김태백전}

▶(김태자전 金太子傳 → 육미당기)

◪97. [[김풍헌전 金風憲傳]]

◪98. [김학공전 金鶴公傳] ← 김학사전 / 김학사재생록
/ *박만득 박금단전 / *신계후전 / *탄금대

▶(김학사재생록 金學士再生錄 → 김학공전)

▶(김학사전 金學士傳 → 김학공전)

◖{김한택전}

◪99. [김해진전]

▶(김현감호 金現感虎 → 호원)

◪100. [김홍전 金鴻傳 / 金弘傳]

▶(김화령전 金華靈傳 → 금산사몽유록)

◪100-1.[김황후전 金皇后傳]16)

◪101. [김효증전 金孝曾傳] → *육효자전

◪102. [김희경전 金喜慶傳 / 金凞敬傳] ← 금환기봉 /
김상서전 / 쌍문충효록 / *여중호걸 / 장씨효행록

【增】◖{김희량전}

◪103. [김힐문전 金詰紋傳] ← 힐문전

◪104. [까치전]

▶(까토리전 → 장끼전)

▶(까투리와 장끼가 → 장끼전)

◪105. [꼭두각시전] ← 고독각씨전 / 곡독각씨전 / 『노처녀
의 비밀』

▶(꿩의 자치가 雌雉歌 → 장끼전)

▶(꿩전 → 장끼전)

［나］

【增】105-1.[낙동야언 洛東野言]

◖{낙성기유록}

◪106. [낙성비룡 落星飛龍 / 洛城飛龍] ← 비룡전 / 성룡전

▶(낙성전 落星傳 → 방한림전)

▶(낙양삼사기 洛陽三士記 → 삼사횡입황천기)

▶(낙양삼절록 洛陽三絕錄 → 홍백화전)

◪107. [낙천등운 落泉登雲]

◖{난동리해룡전}

◪108. [난봉기합 鸞鳳奇合]

◖{난사군방 蘭社群芳}

▶(난조재세기연록 鸞鳥再世奇緣錄 → 난초재세록)

◪109. [난초재세록 蘭蕉再世錄] ← 난초재세기연록)

▶(난학기 鸞鶴記 → 난학몽)

◪110. [난학몽 鸞鶴夢]

◖{남가몽 南柯夢}

◖{남강기우}

◪111. [남강월(전) 南江月(傳)] ← *징세비태록

◪112. [남계연담 南溪演談 / 南溪聯譚]

◪113. [[남궁선생전 南宮先生傳]]

◪114. [[남령전 南靈傳 ①]]

◪115. [[남령전 南靈傳 ②]] ←『매화외사』

【增】◖{남룡전 南龍傳}

◪116. [남송연의 南宋演義]

▶(남씨충렬록 南氏忠烈錄 → 양씨전)

▶(남씨충효록 南氏忠孝錄 → 양씨전)

◪117. [[남염부주지 南炎浮州志]] ←『금오신화』

▶(남용성전 南龍成傳 → 양씨전)

▶(남원고사 南原古詞 → 춘향전)

【增】▶(남윤선전 → 남윤전)

◪118. [남윤전 南允傳] ← 남윤선전17)

◪119. [남이장군실기 南怡將軍實記] ← 남이장군전

▶(남이장군전 南怡將軍傳 → 남이장군실기)

◖{남장군전 南將軍傳}

▶(남정기 南征記 → 사씨남정기)

◖{남정전승사실}

◪120. [남정팔난기 南征八難記] ← 팔장사전

【增】◖{남한연의 南漢演義}

▶(남호몽록 南湖夢錄 → 왕회전)

◪121. [남홍량전 南洪量傳]

◖{남흥기사 南興記事}

▶(낭자전 娘子傳 → 숙영낭자전)

---

16) '총목' 수정.

17) '총목'에 부분 추가.

◑{대순전 大舜傳}
▶(대왕전 大王傳 → 서한연의)
▶(대월서상기 待月西廂記 → 서상기)
◑{대의각미록 大意各美錄}
▶(뎍 → 젹)
▶(뎐 → 젼)
◪139. [[도깨비말]]
　【增】▶(도마무전 都馬武傳 → 제마무전)
★[[도미 都彌]]
▶(도상옥중화 圖像獄中花 → 춘향전)
▶(도술이 유명한 서화담 徐花潭 → 서화담전)
◪140. [도앵행 桃櫻杏] ← 영평공주전
◪141. [도원결의록 桃園結義錄]
▶(도원수권률전 都元帥權慄傳 → 권률장군전)
　【增】◑{도원전}
　【增】◑{도척전 盜跖傳}
◑{도화선 桃花扇}
■『도화유수관소고 桃花流水館小藁』→ 이홍전 / 장복선
　　전 / 최생원전 / 협효부전
▶(독갑이말 → 도깨비말)
◑{돈수언전}
◑{동각일사 東閣逸事}
◪142. [동국사기 東國史記]
◪143. [동국습유 東國拾遺]
◑{동국역대전 東國歷代傳}
　【增】◑{동국조판서전}
▶(동국지 東國志 → 임진록)
◑{동명왕실기 東明王實記}
◑{동방기}
◪144. [[동방일사전 東方一士傳]]
▶(동봉소설 東峯小說 → 매월당소설)
　【增】◑{동봉전}
◪145. [동상기 東廂記] ← 김신부부전 / 사혼기 / 『이야기』
▶(동상기서 東床奇書 → 동상기)
▶(동상기찬 東床記纂 → 동상기)
◪146. [동선기 洞僊記 / 洞仙記] ← 동선사 / 동선전 /
　　동선화 / 『화몽집』
▶(동선사 洞仙事 → 동선기)
▶(동선전 洞仙傳 → 동선기)

▶(동선화 洞仙花 → 동선기)
◑{동오왕자녀별전 東吳王子女別傳}
◪147. [동유기 東遊記]
▶(동자문답 童子問答 → 공부자동자문답)
▶(동주열국지 東周列國誌 → 열국지)
▶(동주연의 東周演義 → 열국지)
◪148. [동진연의 東晋演義]
◪149. [동한연의 東漢演義]
▶(됴 → 조)
▶(두껍대전 → 섬동지전)
▶(두껍전 ① → 섬동지전)
▶(두껍전 ② → 섬처사전)
◑{두씨정절록 杜氏貞節錄}
◑{두호기연록}
◪150. [두홍전 頭紅傳]
　【增】◑{둘재전}
◪151. [[등대윤귀단가사 등大尹鬼斷家私]] → 금고기관
　　/ ← *행락도
◑{등하미인전 燈下美人傳}

라

▶(란 → 난)
▶(로 → 노)
▶(룡 → 용)
▶(류 → 유)
▶(륙 → 육)
▶(리 → 이)
▶(림 → 임)

마

◑{마고산실기 馬古山實記}
◪151-1.[마두영전 馬斗榮傳][18]
▶(마무전 馬武傳 → 제마무전)
◪152. [마원철록 馬元哲錄]
◪153. [[마장전 馬駔傳]] ← 『방경각외전』

---

18) '총목' 수정.

◐{마철전}

◐{만가춘설 萬家春說}

◆154. [[만덕전 萬德傳]]

◆155. [[만복사저포기 萬福寺摴捕[19]記]] ←『금오신화』
/『신독재수택본전기집』

◆155-1.[만신주봉공신록 萬身主封功臣錄]

◆156. [[만옹몽유록 謾翁夢遊錄]] ← 몽유록 ②

◆157. [[만하몽유록 晩河夢遊錄]] ← 몽유록 ③

▶(만화본 춘향가 晩華本春香歌 → 춘향전)

◐{망남아전 男兒傳}

◐{매당편 梅棠篇}

◆158. [[매생전 梅生傳]]

▶(매월당소설 梅月堂小說) →『금오신화』/ 남염부주지
/ 만복사저포기 / 용궁부연록 / 이생규장전 / 취유부
벽정기

◆159. [매화가 梅花歌] ← 강릉매화타령 / 매화타령

▶(매화양류전 梅花楊柳傳 → 매화전)

■『매화외사 梅花外史』→ 남령전 / 文廟二義僕傳 / 부목한
전 / 生烈女傳 / 守則傳 / 신병사전 / 심생전 / 유광억전
/ 車崔二義士傳 / 포호처전

◆160. [매화전 梅花傳] ← 강릉매화전 / 매화양류전 /
설중매화전

▶(매화타령 梅花打令 → 매화가)

◐{맹성호연}

◆161. [메기장군전]

◐{명감록 明鑑錄}

◐{명당성회록 明堂盛會錄}

◐{명문정의 明門正義}

▶(명비전 明妃傳 → 왕소군새소군전)

▶(명사십리 明沙十里 → 장유성전[20])

◐{명성쌍의록 明星雙義錄}

【增】◐{명원전}

◐{명월기함록 明月起涵錄}

▶(명월부인박씨전 明月夫人朴氏傳 → 박씨전)

▶(명월부인전 明月夫人傳 → 박씨전)

◐{명의록 明義錄}

◆162. [명주기봉 明珠奇逢] ← 명주기연 / 명주기봉쌍린자
녀별전

▶(명주기봉쌍린자녀별전 明珠奇逢雙麟子女別傳 → 명주
기봉)

▶(명주기연 明珠奇緣 → 명주기봉)

▶(명주보월 明珠寶月 → 명주보월빙)

◆163. [명주보월빙 明珠寶月聘]

◐{명주보은록 明珠報恩錄}

▶(명주옥연 明珠玉緣 → 명주옥연기합록)

◆164. [명주옥연기합록 明珠玉緣奇合錄]

▶(명주옥연기회록 明珠玉緣奇會錄 → 명주옥연기합록)

◐{명주회봉}

◐{명행록 明行錄}

◆165. [명행정의록 明行貞義錄[21]] / 明行正義錄]

◆166. [명황계감 明皇誡鑑] ← 명황계감언해

▶(모란정기 牡丹亭記 → 장국진전)

▶(모란화 牡丹花 → 장익성전)

◆167. [[모영전보 毛穎[22]傳補]]

◆168. [[모원봉전 毛元鋒傳]]

▶(목단화 牧丹花 → 장익성전)

◆169. [[목련전 目連傳]]

◆170. [목시룡전 睦始龍傳] ← 목시룡형제충효전 / 목엽
전[23] / 목충효전

▶(목시룡형제충효전 睦忠孝傳 → 목시룡전)

▶(목염전 → 목시룡전)

【增】▶(목엽전 木葉傳 → 목시룡전)

▶(목충효전 睦忠孝傳 → 목시룡전)

◆171. [[몽견주공기 夢見周公記]]

▶(몽결초한송 夢決楚漢訟 → 제마무전)

◆172. [[몽기 夢記 ①]]

▶(몽기 夢記 ② → 대관재몽기)

◆173. [[몽김장군기 夢金將軍記]]

▶(몽린기 夢麟記 → 옥린몽)

▶(몽린록 夢麟錄 → 옥린몽)

◆174. [[몽사자연지 夢謝自然志]]

◐{몽서화}

◆175. [몽연록 夢緣錄]

---

19) ‘총목’ 誤字 수정.
20) ‘총목’에 부분 추가.
21) ‘총목’에 부분 추가.
22) ‘총목’ 誤字 수정.
23) ‘총목’에 부분 추가.

▶(몽옥기 夢玉記 → 몽옥쌍봉연록)

▶(몽옥성회록 → 몽유성회록)

▶(몽옥쌍룡기 夢玉雙龍記 → 몽옥쌍봉연록)

◪176. [몽옥쌍봉연록 夢玉雙鳳緣錄] ← 몽옥기 / 몽옥쌍룡기 / 몽옥쌍환기봉

▶(몽옥쌍환기봉 夢玉雙環奇逢 → 몽옥쌍봉연록)

◪177. [[몽유 夢喻]]

▶(몽유달천록 夢遊達川錄 → 달천몽유록 ①)

▶(몽유록 夢遊錄 ① → 강도몽유록)

▶(몽유록 夢遊錄 ② → 만옹몽유록)

▶(몽유록 夢遊錄 ③ → 만하몽유록)

▶(몽유록 夢遊錄 ④ → 원생몽유록)

▶(몽유록 夢遊錄 ⑤ → 취은몽유록)

◪178. [몽유성회록 夢遊盛會錄]

【增】◖{무곡전}

◖{무릉기합록 武陵奇合錄}

◪179. [무릉도원 武陵桃源] ← 오미인

◖{무명록}

◪180. [무목왕정충록 武穆王貞忠錄] ← 설악전

◖{무봉전}

◖{무숙이타령}

【增】▶(무쌍전 無雙傳 → 고압아)

◖{무양공주본전삼련록}

◪181. [[무유선생전 無有先生傳]]

◖{무장공자전 無腸公子傳}

◪182. [[무하옹전 無何翁傳]]

◖{무학대사전 無學大師傳}

◖{무후유사 武后遺史}

■『묵재일기 黙齋日記』→ 설공찬전 / 왕십붕전 / 왕씨전 / 주생전

◪183. [[문구몽전 文九夢傳]]

▶(문렬공기사록 文烈公己巳錄 → 정재전)

■『문무자문초 文無子文鈔』→ 가자송실솔전 / 상낭전 / 성진사전 / 신아전 / 烈女李氏傳 / 장봉사전 / 鄭運昌傳

▶(문무자소설 文無子小說) → 가자송실솔전 / 상낭전 / 성진사전 / 신아전 / 烈女李氏傳 / 장봉사전 / 鄭運昌傳

◪184. [[문방사우전 文房四友傳]]

▶(문성궁몽유록 文成宮夢遊錄 → 사수몽유록)

◖{문성기 文成記}

◪185. [문장풍류삼대록 文章風流三代錄] ← 소씨삼대록 ②

◪186. [문중화 文中畵]

◖{문창공전}

【增】▶(문창성요얼탕평 文昌星妖孽蕩平 → 여와전)

【增】▶(문창성평요기 文昌星平妖記 → 여와전)

▶(문창진군탕평록 文昌眞君蕩平錄 → 여와전)

◖{미소명행(록) 湄蘇明行(錄)}

◪187. [미인도 美人圖]

▶(민성후전 閔聖后傳 → 인현왕후전)

◪188. [민시영전 閔始榮傳]

◪189. [[민옹전 閔翁傳]] ←『방경각외전』

▶(민중전기 閔中殿記 → 인현왕후전)

▶(민중전덕행 閔中殿德行 → 인현왕후전)

▶(민중전실기 閔中殿實記 → 인현왕후전)

▶(민중전전 閔中殿傳 → 인현왕후전)

▶(민판서대감역사 閔判書大監歷史)

바

◪190. [박만득 박금단전] ← *김학공전 / *신계후전

◪191. [박문수전 朴文秀傳] ← 어사박문수전

▶(박부인전 → 박씨전)

◖{박삼출전 朴三出傳}

◪192. [[박수재전 朴秀才傳]]

▶(박씨부인전 → 박씨전)

◪193. [박씨전 朴氏傳] ← 박씨부인전 / 박부인전 / 이시백전 / 충렬부인전

◪194. [박안경기 拍案驚奇]

◪195. [[박열부전 朴烈婦傳]] ← *열녀함양박씨전

▶(박원수전 朴元帥傳 → 장백전)

▶(박응교전 朴應敎傳 → 박태보전)

▶(박정재전 朴定齋傳 → 정재전)

◖{박진사전 朴進士傳}

◪196. [박천남전 朴天男傳]

◪197. [[박천연전 朴天然傳]]

▶(박타령 → 흥부전)

▶(박태보실기 朴泰輔實記 → 박태보전)

◪198. [박태보전 朴泰輔傳] ← 박태보실기 / 본조충신박태

보전 / 박한림전

◑{박파주전 朴坡州傳}

【增】◐{박판서전가세}

◐{박학사사절록 朴學士死節錄}

▶(박한림전 朴翰林傳 → 박태보전)

▶(박효낭실기 朴孝娘實記 → 박효낭전)

◆199. [박효낭전 朴孝娘傳]

▶(박흥보가 朴興甫歌 → 흥부전)

▶(박흥보전 朴興甫傳 → 흥부전)

◆200. [반씨전 潘氏傳]

◆201. [반필석전 班弼錫傳]

▶(반혼기 返魂記 → 설공찬전)

■『방경각외전 放璚閣外傳』→ 광문자전 / 김신선전 / 마장
전 / 민옹전 / [봉산학자전] / 양반전 / [역학대도전]
/ 예덕선생전 / 우상전

【增】◐{방씨전}

▶(방운전 → 봉래신선록)

▶(방울동자전 → 금방울전)

◆202. [방주전 方酒傳 / 方胄傳24)]

◆203. [방한림전 方翰林傳] ← 가심쌍완기봉 / 계심쌍환기
봉 / 낙성전 / 쌍완기봉 / 쌍환기봉

【增】◐{배덕전 裵德傳}

◆204. [배비장전 裵裨將傳]

◆205. [배시황전 裵是幌傳]

◆206. [[배심 裴諶]] ←『전기』

★[[배정승 拜政丞]]

◐{백계양문록}

◐{백극지}

◆207. [백년한 百年恨]

◆208. [백련전 白蓮傳 / 百年傳]

◐{백룡전 伯龍傳}

◐{백복전 白福傳}

▶(백빈주중봉기 白蘋洲重逢傳 → 사씨남정기)

▶(백상서가 白尙書歌 → 숙영낭자전)

▶(백선군전 白仙君傳 → 숙영낭자전)

◐{백씨전}

▶(백아금 伯牙琴 → 유백아전)

▶(백아전 伯牙傳 → 유백아전)

◐{백알산전}

▶(백옥루 白玉樓 → 옥루몽)

◐{백옥리 白玉梨}

◐{백운무전}

◆209. [[백운선완춘결연록 白雲仙翫春結緣錄]]

◐{백운전}

◐{백의상} ← 양매결적승연

◐{백이전 伯夷傳}

▶(백포장군전 白袍將軍傳 → 설인귀전)

◆210. [백학선(전) 白鶴扇(傳)] ← 유백로전

▶(백학선혈루 → 백학선전)

◐{백학진전 白鶴振傳}

▶(백호소설 白湖小說) → 서옥설 / 수성지 / 원생몽유록
/ 화사

◆211. [백화국재설중흥록 百花國再設重興錄] ←『금강유
산기』

◆212. [백화국전 百花國傳] ←『금강유산기』

◐{백화전}

◆213. [백후록 白猴錄]

◆214. [[백흑란 白黑蘭]]

▶(번암소설 樊巖小說) → 溪巖金先生傳 / 만덕전 / 朴永緖
傳」/ 朴進士傳 / 朴孝子傳 / 白士良傳 / 白義士傳
/ 受南傳 / 辛起金傳 / 李節度傳 / 李進士傳 / 이충백전
/ 淸風義婦傳 / 七分傳

▶(번이화정서전 樊梨花征西傳 → 이화정서전)

◐{범나부전 范羅夫傳}

▶(범문정공충렬록 范文正公忠烈錄 → 범문정충절언행록)

◆215. [범문정충절언행록 范文正忠節言行錄] ← 범문정
공충렬록

◐{범문제연별전 范門諸緣別傳}

【增】◐{범방전}

▶(범수전 → 범저전)

◐{범저전 范雎傳}

▶(범저전칠국춘추 范雎傳七國春秋 → 범저전)

◆216. [[벽란도용녀기 碧瀾渡龍女記]] ←『일대장관』

◆217. [벽부용 碧芙蓉]

◆218. [벽성선(전) 碧城僊(傳)]

◐{벽주금천쌍환 碧珠金川雙環}

▶(벽파금천쌍환기봉 碧坡金川雙環奇逢 → 벽주금천쌍

---

24) '총목'에 부분 추가.

환)

▶(벽허담 碧虛談 → 벽허담관제언록)

◪219. [벽허담관제언록 碧虛談關帝言錄] ← 벽허담

▶(변강쇠가 卞强釗歌 → 변강쇠전)

◪220. [변강쇠전 卞强釗傳] ← 가루지기타령 / 변강쇠가 / 송장가 / 횡부가

▶(변강쇠타령 → 변강쇠가)

◪221. [[변씨열행 卞氏烈行]] ←『오옥기담』

▶(별삼국지 別三國誌 → 삼국지)

▶(별삼설기 別三說記 → 삼설기)

▶(별숙향전 別淑香傳 → 숙향전 ①)

▶(별주부전 鱉主簿傳 → 토끼전)

▶(별주전 鱉主傳 → 토끼전)

▶(별춘향가 別春香歌 → 춘향전)

▶(별춘향전 別春香傳 → 춘향전)

▶(별토가 鱉兎歌 → 토끼전)

▶(별토문답 鱉兎問答 → 토끼전)

▶(별토전 鱉兎傳 → 토끼전)

◪222. [병인양요 丙寅洋擾] ← 한장군전 ②

▶(병자란 丙子亂 → 효종대왕실기)

◪223. [병자록 丙子錄]

◪224. [병자임진록 丙子壬辰錄] ← 천하장군

★[[보개 寶開]]

★[[보덕각씨전 普德閣氏傳]]25)

◪225. [보심록 報心錄] ← 금낭이산 / *명사십리26)

◪226. [보은기우록 報恩奇遇錄]

▶(보은록 報恩錄 → 보심록)

【增】▶(보응 報應 → 금고기관)

◑{보응유유회기}

▶(보타기문 普陀奇聞 → 육미당기)

◪227. [보홍루몽 補紅樓夢]

▶(복선화음록 福善禍淫錄 → 괴똥전)

▶(봉공록 封功錄 → 만신주봉공신록)

◪228. [봉래신선록 蓬萊神仙錄] ← 방운전 / 봉래신설

▶(봉래신설 蓬萊新說 → 봉래신선록)

▶(봉빈전 鳳彬傳 → 이봉빈전)

▶(봉신연의 封神演義 → 서주연의)

◑{봉산학자전 鳳山學者傳}

◑{봉선루기 逢仙樓記}

◑{봉선화전 鳳仙花傳}

◑{봉향진은축}

◪229. [봉황금 鳳凰琴] ← *강릉추월 / *소운전 / *소학사전 / *소한림전 / *옥소기연(봉) / *옥소전 / *월봉(산)기 / *이춘백전 / *천도화 / *춘백전

▶(봉황대 鳳凰臺 → 이대봉전)

▶(봉황전 鳳凰傳 → 이대봉전27))

■『부담 浮談』→ 불효부전 / 신방초일 / 해서기문

◪230. [[부목한전 浮木漢傳]] ←『매화외사』

◪231. [[부벽몽유록 浮碧夢遊錄]]

◑{부부화락록 夫婦和樂錄}

▶(부설거사 浮雪居士 → 부설전)

◪232. [[부설전 浮雪傳]] ← 부설거사

【增】◑{부안록 鳧雁錄}

▶(부용당 芙蓉堂 → 금산사몽유록)

◪233. [부용상사곡 芙蓉想思曲]

▶(부용의 상사곡 → 부용상사곡)

◪234. [부용전 芙蓉傳]

◪235. [부용헌 芙蓉軒]

◪236. [부인관찰사 婦人觀察使] ← *이춘풍전

◪237. [부장양문록 夫張兩門錄] ← 부장양문열효록

▶(부장양문열효록 夫張兩門烈孝錄 → 부장양문록)

◑{부홍루몽 復紅樓夢}

◪238. [[부휴자전 浮休子傳]]

◪239. [북송연의 北宋演義]

【增】239-1.[분장루 粉粧樓]

◪240. [불가살이전 不可殺爾傳 / 不可殺議傳奇]

▶(불로초 不老草 → 토끼전)

★[[불효부전 不孝婦傳]] ←『부담』

★[[붕학동지전 朋學同志傳]]28)

◪241. [비군전]

▶(비룡전 飛龍傳 → 낙성비룡)

◪242. [비소기 悲笑記] → * 소운전

◑{비시명감}

◪243. [비환보복일기 悲歡報復日記]

---

25) ‘총목’에 부분 수정.
26) ‘총목’에 부분 추가.
27) ‘총목’에 부분 추가.
28) ‘총목’에 부분 수정.

◆244. [[빈소선생전 嚬笑先生傳]]
◆245. [[빙도자전 氷道者傳]]
◆246. [빙빙전 聘聘傳 / 娉娉傳]
◆247. [[빙허자방화록 憑虛子訪花錄]]
◆248. [[빙호선생전 氷壺先生傳]]

사

【增】◑{사가기 私歌記}
◆249. [사각전 謝角傳] ← 가인기우 / 사객전
▶(사객전 史客傳 → 사각전)
◆250. [[사대기 四代紀]] ←『황동명소설집』
◆251. [사대장전 史大將傳] ← 사안전
【增】◆251-1.[사대춘추 四代春秋]
▶(사명당기 泗溟堂記 → 사명당전)
▶(사명당실기 泗溟堂實記 → 사명당전)
◆252. [사명당전 四溟堂傳] ← 사명당기 / 사명당실기
▶(사성기봉 四姓奇逢 → 임화정연)
◆253. [[사성록 四誠錄]]
◆254. [[사수몽유록 泗水夢遊錄]] ← 문성궁몽유록
◆255. [사심보전 謝沁甫傳] ← 송재상사심보전
◆256. [사씨남정기 謝氏南征記] ← 남정기 / 백빈주중봉전
　　/ 사씨부인전 / 사씨전
◑{사씨별록 謝氏別錄}
▶(사씨부인전 謝氏夫人傳 → 사씨남정기)
▶(사씨언행록 謝氏言行錄 → 유한당사씨언행록)
▶(사씨전 謝氏傳 / 泗氏傳 → 사씨남정기)
▶(사씨행록 謝氏行錄 → 유한당사씨언행록)
▶(사안전 史安傳 → 사대장전)
◆257. [[사우열전 四友列傳]]
◆258. [사육신전 死六臣傳]
◑{사은기우록 私恩奇遇錄}
▶(사혼기 賜婚記 → 동상기)
◆259. [[삭낭자전 索囊子傳]] ←『단랑패사』
【增】◑{산곤륜전}
◆260. [[산군전 山君傳]]
◆261. [산양대전 山陽大戰] ← 조자룡실기 / 조자룡전
◆262. [[산양처자전 山陽處子傳]]
◑{산중화 山中花}

◆263. [삼강명행록 三綱明行錄]
◑{삼강해록 三江海錄}
◑{삼교지귀 三敎指歸}
◆264. [삼국대전 三國大戰]
▶(삼국이대장전 三國李大將傳 → 이태경전)
【增】◑{삼국주유장록}
◆265. [삼국지 三國志] ← 삼국지연의 / 삼국지통속연의
▶(삼국지연의 三國誌演義 → 삼국지)
▶(삼국지통속연의 三國誌通俗演義 → 삼국지)
◑{삼대충효록 三代忠孝錄}
◑{삼도전}
◆266. [삼문규합록 三門閨合錄]
◑{삼문명월기}
◑{삼문충효록 三門忠孝錄}
■『삼방록 三芳錄』←『삼방요로기 三芳要路記』/ → 상사
　　동기 / 왕경룡전 /「요로원(야화)기」/ 유영전
▶(삼방요로기 三芳要路記 → 삼방록)
▶(삼사기 三士記 → 삼사횡입황천기)
◆267. [삼사명행록 三士明行錄]
◆268. [[삼사횡입황천기 三士橫入黃泉記]] ← 낙양삼사
　　기 / 삼사기 /『삼설기』/『전수록』
▶(삼산복지지 三山福地志 → 전등신화)
▶(삼생기연 三生奇緣 → 쌍렬옥소삼봉)
◆269. [삼생록 三生錄]
▶(삼생유혜록 → 삼생록)
◆270. [삼선기 三仙記 / 취미삼선록 翠微三仙錄]
■『삼설기 三說記』←*『금수전』/ → 노섬상좌기 / 노쳐녀가
　　/ 녹처사연회 / 삼사횡입황천기 / 삼자원종기 / 서초패왕
　　기 / 오호대장기 / 황새결송 / 황주목사계자기
◆271. [삼성기 三聖記]
◑{삼영채진록}
▶(삼옥삼주기 三玉三奏記 → 옥주호연)
◆272. [[삼자원종기 三子願從記]] ←『삼설기』
◑{삼조감옥기}
▶(삼주기화 三珠奇話 → 옥주호연)
▶(삼출전 三出傳 → 박삼출전)
◆273. [삼쾌정 三快亭]
◑{삼학사전 三學士傳}
◆274. [삼한습유 三韓拾遺] ← 의열녀전 / *임열부향낭전

/ *향낭전
▶(상낭전 尙娘傳 → 향낭전)
★[[상번군사 上番軍士]]
◐{상봉연의록}
▶(상사동기 相思洞記 → 영영전)
▶(상사동전객기 相思洞餞客記 → 영영전)
【增】▶(상사루 相思淚 → 홍도)
▶(상씨충효록 尙氏忠孝錄 → 상운전)
◐{상왕전 商王傳}
◆275. [상운전 尙雲傳] ← 상씨충효록
◐{상은삼진록}
【增】◐{상주봉지}
▶(상주유씨전 → 이춘매전)
◐{상흥기사}
◐{새흥사}
◆276. [생육신전 生六臣傳]
◐{생화몽}
▶(서경덕전 徐敬德傳 → 서화담전)
◐{서경충효록 徐卿忠孝錄}
▶(서궁록 西宮錄 → 계축일기)
■『서궁일기 西宮日記』← 반정일기 / 서궁일기 상 / 서궁일기 하
◆277. [서대주전 鼠大州傳] ← 다람의 소지 / 서대쥐전 / *서동지전 / *서씨전 / *서옥설 / 『일대장관』 / *쥐전
▶(서대쥐전 → 서대주전)
◆278. [서동지전 鼠同知傳] ← 다람의 소지 / 서씨전 / 서옥설 / 서옹전 / 서용전 / 쥐전
◐{서문충효록 徐門忠孝錄}
◐{서민황제전}
◐{서부인전}
◆279. [서산대사전 西山大師傳]
◆280. [서상기 西廂記] ← 대월서상기 待月西廂記
【增】◆280-1[서시전 西施傳]
◐{서씨육렬기 徐氏六烈記}
▶(서씨전 鼠氏傳 → 서동지전)
◆281. [서옥기 鼠獄記] ← *서동지전 / 서씨전 / 서옥설 / 쥐전
▶(서옥설 鼠獄說 → 서옥기)
▶(서옹전 鼠翁傳 → 서동지전)

▶(서용전 鼠勇傳 → 서동지전)
◐{서웅전}
◐{서원록 西轅錄}
◆282. [서유기 西遊記]
▶(서유록 西遊錄 → 정향전)
◆283. [[서재야회록 書齋夜會錄]] ←『기재기이』
◆284. [서정기 西征記]
◆285. [서주연의 西周演義] ← 봉신연의
【增】285-1.[서진사전 徐進士傳]
◆286. [서진연의 西晉演義]
◆287. [서초패왕기 西楚覇王記] ←『삼설기』
◆288. [서태후전 西太后傳]
▶(서포소설 西浦小說) → 구운몽 / 사씨남정기
◆289. [서한연의 西漢演義] ← 대왕전 / 서한전 / 서한지 / *유악귀감 / *장량전 / *장자방실기(전) / 초패왕실기 / 초한연의 / 초한전(지) / 초한전쟁실기 / 항우전 / 홍문연
▶(서한전 西漢傳 → 서한연의)
▶(서한지 西漢誌 → 서한연의)
◆290. [서해무릉기 西海武陵記]
◆291. [서화담전 徐花潭傳] ← 서경덕전
◐{석성기봉}
◐{석씨가록 石氏家錄}
◆292. [석일태전]
▶(석주소설 石洲小說) → 곽삭전 / 위경천전/ 주사장인전 / 주생전
◐{석중옥 石中玉}
◆293. [[석탄중전 石坦中傳]]
◆294. [석태룡전 石太龍傳]
◆295. [석화룡전 石化龍傳]
▶(선관 仙官 두껍전 → 두껍전)
▶(선군전 仙君傳 → 숙영낭자전)
◐{선낭자전 仙娘子傳}
▶(선녀홍대 仙女紅帒 → 최치원)
▶(선달기전 鮮妲己傳 → 달기전)
◐{선덕여왕전 善德女王傳}
▶(선동전 仙童傳 → 권익중전)
◆296. [선부인가전 先夫人家傳]
◆297. [[선분기담 仙分奇談]] ←『오옥기담』

---

29) '총목'에 부분 추가.

◑{소생전 蘇生傳}

▶(소설 小說 → 고전소설)

◆329. [소소매전 蘇小妹傳] ← 금고기관(소소매삼난신랑)

◑{소수록}

▶(소씨가승세계총론 蘇氏家乘世系總論 → 소씨명행록)

◆330. [소씨명행록 蘇氏明行錄] ← 소씨명행충의록 / 소씨
  열공명행록 / 소씨충효록 / 소씨정충효봉 / 소씨청절록
  / 소씨청행록 / 충렬공명행록

▶(소씨명행충의록 蘇氏明行忠義錄 → 소씨명행록)

◆331. [소씨삼대록 蘇氏三代錄 ①]

▶(소씨삼대록 蘇氏三代錄 ② → 문장풍류삼대록)

▶(소씨삼대록 蘇氏三代錄 ③ → 소현성록)

▶(소씨열공명행록 蘇氏列公明行錄 → 소씨명행록)

◆332. [소씨전 蘇氏傳] ← 소부인전 / *소씨청행록 / *완월
  루 / *장학사전 / *장한림전 / *조생원전 ②

▶(소씨정충효봉 蘇氏貞忠孝奉 → 소씨명행록)

▶(소씨직금도 蘇氏織錦圖 → 소약란직금도)

▶(소씨직금회문록 蘇氏織錦回文錄 → 소약란직금도)

▶(소씨직금회봉 蘇氏織錦回封 → 소약란직금도)

▶(소씨정충효봉 蘇氏貞忠孝奉 → 소씨명행록)

▶(소씨청절록 蘇氏淸節錄 → 소씨명행록)

▶(소씨청행록 蘇氏淸行錄 → 소씨명행록)

▶(소씨충효록 蘇氏忠孝錄 → 소씨명행록)

◑{소아기 少娥記}

▶(소야란직금도 → 소약란직금도)

▶(소약란전 蘇若蘭傳 → 소약란직금도)

◆333. [소약란직금도 蘇若蘭織錦圖] → 소씨직금도 /
  소씨직금회문록 / 소씨직금회봉 / 직금회문 / 회문전

◑{소옹전}

◆334. [소운성전 蘇雲聖傳] ← *소현성록

◆335. [소운전 蘇(篛)雲傳] → *강릉추월 / *봉황금 /
  *소정월봉기 / 소학사전 / 소학전 / *소한림전 / *옥소기
  연(봉) / *옥소전 / *월봉(산)기 / *이춘백전 / *천도화
  / *춘백전

◑{소위명행록 蘇渭明行錄}

▶(소윤전 蘇允傳 / 蘇倫傳 → 소운전)

▶(소정월봉기 → 월봉기)

◆336. [소진장의전 蘇秦張儀傳]

◑{소태후전 → 서태후전}

▶(소학사전 蘇學士傳 → 소운전)

▶(소학전 → 소운전)

【增】◑{소한록 消閒錄}

▶(소한림전 蘇翰林傳 → 천도화)

▶(소향란전 → 소약란직금도)

◆336-1.[소헌몽록 疎(小)軒夢錄]

◆337. [소현성록 蘇賢聖錄] ← 소씨삼대록 ③ / *소운성전
  / *황후별전

▶(소현성전 蘇賢聖傳 → 소현성록)

▶(소효문충의록 蘇孝門忠義錄 → 소문록)

◑{속리산기 俗離山記}

【增】▶(속삼국지 續三國志 → 후삼국지)

◑{속수신기 續搜神記}

▶(속수호지 續水滸志 → 후수호지)

◑{속열선전 續列仙傳}

【增】◑{속영렬전 續英烈傳}

◆338. [속홍루몽 續紅樓夢]

◆339. [[손곡산인전 蓀谷山人傳]]

◆340. [손방연의 孫龐演義]

◆341. [손오공 孫悟空]

▶(손천사영이록 孫天使靈異錄 → 영이록)

◆342. [송금전 宋金傳] ← 금고기관

【增】◑{송명의록}

【增】◑{송문제전}

◆343. [송부인전 宋婦人傳]

◑{송승상댁전 宋丞相宅傳}

◑{송시열전 宋時烈傳}

▶(송장가 → 변강쇠전)

▶(송재상사심보전 宋宰相謝沁甫傳 → 사심보전)

◑{송파삼문금회보}

▶(수궁가 水宮歌 → 토끼전)

▶(수궁록 水宮錄 → 토끼전)

▶(수궁별주부전 水宮鱉主簿傳 → 토끼전)

▶(수궁용왕전 水宮龍王傳 → 토끼전)

▶(수궁전 水宮傳 → 토끼전)

◆344. [수당연의 隋唐演義] ← 수사유문 / 수양제행락기

▶(수륙문답 水陸問答 → 토끼전)

▶(수매청심록 守梅淸心錄 → 권용선전)

▶(수문전 壽文傳 → 현수문전)

▶(수사유문 隋史遺聞 → 수당연의)

★[[수삽석남 首揷石枏]]

▶(수상요화전 繡像瑤華傳 → 요화전)

▶(수성궁몽유록 壽聖宮夢遊錄 → 운영전)

◘345. [수성지 愁城誌] ←『이야기』

◑{수양의사 隋煬義史}

▶(수양제행락기 隋煬帝行樂記 → 수당연의)

★『수이전 殊異傳』→ 노옹화구 / 당태종모란자병 / 보개 / *선녀홍대 / 수삽석남 / 심화요탑 / *쌍녀분 / 아도전 / 영오세오 / 원광법사전 / 죽통미녀 / 최치원 / 탈해 /호원

▶(수저옥난 → 옥난빙)

▶(수저옥환빙 → 옥환빙)

◑{수저월암록}

◘346. [[수향기 睡鄕記]]

◘347. [수호지(전) 水滸誌(傳)] ← 양산박 / 일백단팔귀화기 / 충의수호지(전)

◘348. [숙녀지기 淑女知己]

◑{숙렬전 淑列傳}

◘349. [숙영낭자전 淑英娘子傳] ← 낭자전 / 백상서가 / 백선군전30) / 선군전 / 숙향전 ② / 옥낭자전 ② / 옥유동기 / 이선군전 / 재생연

◘350. [숙조역사 肅朝歷史] ← *박태보전

◘351. [숙종대왕실기 肅宗大王實記]

◘352. [[숙창궁입궐일기 淑昌宮入闕日記]]

▶(숙향낭자전 淑香娘子傳 → 숙향전 ①)

◘353. [숙향전 淑香傳 ①] ← 별숙향전 / 숙향낭자전 / 이태을전 / 이화정기 / 이화정기우기 / 이화정기적 / 재세기우기

▶(숙향전 ② → 숙영낭자전)

◘354. [[순군부군청기 巡軍府君廳記]]

▶(순금전 → 연당전)

◑{순씨팔룡}

◑{승난전}

【增】 ◑{시국전}

◘355. [[시새전 施賽傳]]

◘356. [신계후전 申桂厚傳 / 申繼後傳] ← *김학공전 / *박만득 박금단전

◘357. [신단공안 神斷公案] → *김봉본전 / *어복손전

◑{신도기우록}

■『신독재수택본전기집 愼獨齋手澤本傳奇集』← 만복사저포기 / 상사동전객기 / 옥당춘전 / 왕경룡전 / 왕십붕기우기 / 유소낭전 / 이생규장전 / 주생전 / 최문헌전

▶(신라국흥무왕전 → 흥무왕전)

【增】 ▶(신랑 新郞의 보쌈 → 정수경전)

◘358. [신립신대장실기 申砬申大將實記]

◘359. [신미록 辛未錄] ← 임신정란록 / 임신평란록 / 홍경래(전) / 홍경래실기

★[[신방초일 新房初日]] ←『부담』

◘360. [[신병사전 申兵使傳]] ←『매화외사』

◘361. [신숙주부인전 申叔舟夫人傳]

◑{신씨삼대록 申氏三代錄}

◑{신씨옥중록 申氏獄中錄}

◘362. [[신아전 申啞傳]] ←『문무자문초』

◑{신옥기린}

◑{신유록 神遊錄}

◘363. [신유복전 申遺腹傳] ← 천정연분

◑{신조기우록}

◑{신주광복지연의 神洲光復誌演義}

▶(심낭자전 沈娘子傳 → 심청전)

▶(심부인전 沈夫人傳 → 이해룡전)31)

▶(심사 心史 → 천군본기)

◘365. [[심생전 沈生傳]] ←『매화외사』

◑{심진사전 沈進士傳}

◑{심참판전 沈參判傳}

▶(심청가 沈淸歌 → 심청전)

▶(심청록 沈淸錄 → 심청전)

◘366. [심청전 沈淸傳] → 강산전 / 강상련 / 심낭자전 / 심청가 / 심청전

【增】 ◑{심평귀전}32)

◑{심향전 尋香傳}

---

30) ‘총목’에 부분 추가.

31) 「심부인전」은 「이해룡전」의 이본임이 확인되었으므로 원래의 항목번호를 삭제함.

32) 인터넷 고서 경매 사이트인 Kobay에 2004년 말 - 2005년 초에 경매번호 0510630947로 등재되었던 작품이나, 자세한 사항을 알 수 없어 일단 제목만 올린다.

★[[심화요탑 心火繞塔]]

◑{십리봉}

◑{십봉기연}

◪367. [십생구사 十生九死] ← 개똥추임록 / 이운선전

▶(십이봉기 十二峰記 → 십이봉전환기)

◪368. [십이봉전환기] ← 십이봉기

▶(쌍녀분 雙女墳 → 최치원)

▶(쌍동전 雙童傳 → 이윤구전)

▶(쌍두장군전 雙頭將軍傳 → 곽해룡전)

◪369. [쌍련몽 雙蓮夢]

▶(쌍렬옥소기봉 雙烈玉簫奇逢 → 쌍렬옥소삼봉)

◪370. [쌍렬옥소삼봉 雙烈玉簫三逢] ← 삼생기연 / 쌍렬옥
소록 / 쌍렬옥소봉 / 쌍렬옥소기봉 / 옥소기봉 / 옥소삼봉

▶(쌍렬옥소록 雙烈玉簫錄 → 쌍렬옥소기봉)

▶(쌍렬옥소봉 雙烈玉簫逢 → 쌍렬옥소기봉)

▶(쌍렬옥소삼봉 雙烈玉簫三逢 → 쌍렬옥소기봉)

◑{쌍룡보은긔 雙龍報恩記}

◑{쌍린기 雙麟記}

▶(쌍린자녀별전 雙麟子女別傳 → 명주기봉)

◑{쌍문쌍성충행록 雙門雙星忠行錄}

▶(쌍문충효록 雙門忠孝錄 → 김희경전)

◪371. [쌍미기봉(연) 雙美奇逢(緣)][33]

◑{쌍벽완취록}

▶(쌍봉기연 雙逢奇緣 → 왕소군새소군전)

◪372. [쌍선기 雙仙記]

▶(쌍성봉천록 雙星奉天錄 → 쌍성봉효록)

◪373. [쌍성봉효록 雙姓奉孝錄] ← 쌍성봉천록 / 쌍성효행
록

▶(쌍성효행록 雙姓孝行錄 → 쌍성봉효록)

▶(쌍신랑 雙新郎 → 양신랑전 ①)

▶(쌍완기봉 雙婉奇逢 → 방한림전)

◑{쌍월옥환기}

◪374. [쌍주기연 雙珠奇緣] ← 쌍주호연

▶(쌍주호연 雙珠好緣 → 쌍주기연)

◪375. [쌍천기봉 雙釧奇逢]

◑{쌍충록 雙忠錄}

▶(쌍혈옥소봉 → 쌍렬옥소록)

▶(쌍환기봉 雙環奇逢 → 방한림전)

---

33) '총목'에 오기되었던 '→ 옥교리'는 삭제함.

◑{쌍환호구성취후록 雙環狐裘成就後錄}

[아]

★[[아도전 阿道傳]]

▶(아정소설 雅亭小說) → 看書痴傳 / 관자허전 / 김신부부
전 / 大朗慧傳 / 白胤耆傳 / 兩烈女傳 / 은애전 / 李氏三
世忠孝傳 / 智證傳 / 慧女傳 / 慧昭傳 / 紅衣將軍傳

▶(아태조전 我太祖傳 → 태조대왕실기)

【增】◑{악비전 岳飛傳}

▶(악왕연의 岳王演義 → 무목왕정충록)

◪376. [악의전단전 樂毅田單傳]

▶(안녹산전 安祿山傳 → 곽분양전)

◪377. [안락국전 安樂國傳] ← 안락국태자전

▶(안락국태자전 安樂國太子傳 → 안락국전)

▶(안릉일기 安陵日記 → 임신평란록)

◪378. [[안빙몽유록 安憑夢遊錄]] ←『금강유산기』/『기
재기이』

◪379. [[안상서전 安尙書傳]] ← 안여식전

◪380. [[안생전 安生傳]]

◑{안승상전 顔丞相傳}

◪381. [안언동전 安彦童傳] ← 주국안언동전

▶(안여식전 安汝式傳 → 안상서전)

▶(안평국전 安平國傳 → 적성의전)

◪382. [안황중전 安黃中傳] ←『단랑패사』

◪382-1.[압록강 鴨綠江]

◪383. [[앵구목송와갈선생전 鶯鳩鷔訟臥渴先生傳]]

◪384. [약산동대 藥山東臺]

◪385. [양귀비 楊貴妃]

◪386. [양기손전 楊己孫傳]

▶(양매결적승연 良媒結赤繩緣 → 백의상)

◑{양문록 楊門錄}

◪387. [양문충의록 楊門忠義錄]

▶(양문충효직절기 楊門忠孝直節記 → 양현문직절기)

◪388. [[양반전 兩班傳]] ←『방경각외전』

◑{양보은전}

▶(양부밀전 → 양부인전)

◑{양부인전}

▶(양산박 梁山泊 → 수호지)

◪389. [양산백전 梁山伯傳] ← 축영대

【增】◐{양산부인 홍무서전}

◪390. [[양산숙전 梁山璹傳]]

【增】◐{양상군전}

◐{양성이생전 陽城李生傳}

◐{양세기연 兩世奇緣}

◐{양세충전}

◪391. [양소저전 楊小姐傳]

◪392. [양신랑전 兩新郎傳 ①] ← 쌍신랑

▶(양신랑전 兩新郎傳 ② → 권장군전)

◐{양씨가록}

◪393. [양씨전 梁氏傳] ← 남씨충렬록 / 남씨충효록 / 남용성전 / 양씨충효열행록 / 양씨충효전 / 양씨효열록

▶(양씨전효열록 梁氏傳孝烈錄 → 양씨전)

▶(양씨충효열행록 梁氏忠孝烈行錄 → 양씨전)

▶(양씨충효전 梁氏忠孝傳 → 양씨전)

▶(양씨효열록 梁氏孝烈錄 → 양씨전)

◐{양정선행록}

▶(양주밀전 → 양추밀전)

◪394. [양주봉전 梁(楊)朱鳳傳] ← 이대봉전

◪395. [양추밀전 楊樞密傳]

▶(양태백전 楊/梁³⁴⁾太伯傳 → 양풍운전)

▶(양풍운전 → 양풍전)

◪396. [양풍(운)전 楊(梁)風(雲)傳] ← 양태백전 / * 장풍(운)전³⁵⁾

◪397. [양현문직절기 楊賢門直節記] → 양문충효직절기 / 양현문충효직절기

◪398. [어득강전 魚得江傳]

◪399. [어룡전 魚龍傳 / 漁龍傳] ← 어용전

◪400. [[어복손전 魚福孫傳]] ← 신단공안

▶(어사박문수 御史朴文秀 → 박문수전)

▶(어용전 魚龍傳 → 어룡전)

◐{언도전}

▶(언문삼국지 諺文三國誌 → 삼국지)

◐{언봉쌍계록 彦逢雙季錄}

▶(언삼국지 諺三國誌 → 삼국지)

【增】◐{언해소학소설 諺解小學小說}

◪401. [엄씨효문청행록 嚴氏孝門淸行錄]

◐{엄자릉소록 嚴子陵小錄}

◪402. [[엄처사전 嚴處士傳]]

◐{여귀보은기 女鬼報恩記}

◪403. [여동선전 呂童仙傳]

◪404. [여래님실기 如來任實記]

◪405. [[여선담전 呂善談傳]]

◪406. [여선외사 女仙外史]

◐{여설양문록}

【增】◐{여소학 女小學}

◐{여수경전}³⁶⁾

◐{여씨삼대록 呂氏三代錄}

▶(여와낭낭성회연 女媧娘娘盛會宴 → 여와전)

▶(여와록 女媧錄 → 여와전)

▶(여와씨성회연록 女媧氏盛會宴錄 → 여와전)

▶(여와씨전 女媧氏傳 → 여와전)

◪407. [여와전 女媧傳] ← 문창성요얼탕평 / 문창성평요기³⁷⁾ / 문창진군탕평록 / 여와낭낭성회연 / 여와록 / 여와씨성회연록 / 여와씨전 / 황릉묘요얼탕평기

◪408. [[여용국전 女容國傳]] ←『금강유산기』/ 여용국평란기 / 효장황제장대기

▶(여용국평란기 女容國平亂記 → 여용국전)

▶(여자충효록 女子忠孝錄 → 정수정전)

▶(여자행실록 女子行實錄 → 행실록)

◐{여자효행록 女子孝行錄}

▶(여장군전 女將軍傳 → 정수정전)

▶(여중호걸 女中豪傑 → 김희경전)

▶(여중화 女中花 → 춘향전)

◐{여태후전 呂太后傳}

▶(여화록 → 여와전)

◐{역학대도전 易學大盜傳}

◪409. [연당이소저전 蓮塘李小姐傳]

◪410. [연당전 蓮塘傳] ← 김연단전 / 순금전 / 황연당전

▶(연암소설 燕巖小說) → 광문[자]전 / 김신선전 / 마장전 / 민옹전 / [봉산학자전] / 양반전 / 열녀함양박씨전 / [역학대도전] / 예덕선생전 / 우상전 / 허생[전] / 호질

▶(연암외전 燕岩外傳 → 방경각외전)

---

34) '총목' 부분 수정.
35) '총목' 부분 수정.

36) '총목'에 부분 수정.
37) '총목'에 부분 추가.

▶(연오랑세오녀 延烏郎細烏女 → 영오세오)

▶(연의각 燕의脚 → 흥부전)

◖411. [[연적전 硯滴傳 ①]]

◖412. [[연적전 硯滴傳 ②]]

▶(연진길전 → 진길충효록)

◖413. [연화몽 蓮花夢]

▶(열공명행록 列公明行錄 → 소씨명행록)

▶(열국연의 列國演義 → 열국지)

◖414. [열국지 列國志] ← 동주연의 / 동주열국지 / 열국연
     의 / *진시황실기 / 춘추열국지

◗{열기전 烈妓傳}

■『열녀전 列女傳 ①』← 고열녀전

▶(열녀전 烈女傳 ② → 곽낭자전)

▶(열녀춘향수절가 烈女春香守節歌 → 춘향전)

◖415. [[열녀함양박씨전 烈女咸陽朴氏傳]] ← *박열부전

◖416. [열부유씨사적 烈婦劉氏事蹟]

◖417. [염라왕전 閻羅王傳] ← 음양염라왕전 / *포공연의
     / *포염라연의

◗{염불왕생전 念佛往生傳}

▶(염승전 廉丞傳 → 염시탁전)

▶(염시도전 廉時度傳 → 염시탁전)

◖418. [염시탁전 廉時道傳] ← 염승전 / 염시도전

◗{영렬전연의속 英烈傳演義續}

▶(영수창선기 永垂彰善記 → 옥린몽)

◗{영시몽록}

◖419. [영영전 英英傳] ←『고담요람』/『고담주옥』/
     『삼방록』/『삼방요로기』/ 상사동기 / 상사동전객기
     /『신독재수택본전기집』/ *잠상태 /『화몽집』/ 회산군
     전

★[[영오세오 迎烏細烏]] ← 연오랑세오녀

◗{영웅호걸 英雄豪傑}

◖420. [영이록 靈異錄] ← 손천사영이록

▶(영일남전 → 정일남전)

◖421. [영조대왕야순기 英祖大王夜巡記]

▶(영평공주전 寧平公主傳 → 도행행)

◖422. [[예덕선생전 穢德先生傳]] ←『방경각외전』

◗{예문전}

◖423. [[예산은자전 猊山隱者傳]]

◗{오고전}

◖424. [오관참장기 五關斬將記]

◖425. [[오대검협전 五臺劍俠傳]] ←『고향옥소사』

◖426. [[오대변송문 烏對卞訟文]] ←『강도록』

▶(오대잔당연의 五代殘唐演義 → 잔당오대연의)

◗{오로봉기 五老峰記}

◖427. [오륜전형제전 伍倫全兄弟傳]

▶(오미인 五美人 → 무릉도원)

◗{오복전}

◖428. [오색석 五色石]

▶(오색송아지전 → 금송아지전)

▶(오색우전 五色牛傳 → 금송아지전)

◖429. [오선기봉 五仙奇逢]

◖430. [오성과 한음 鰲城과 漢陰] ← 한음과오성실기

【增】◗{오씨록}

■『오옥기담 五玉奇談』→ 금잠가연 / 변씨열행 / 선분기담
     / 청루의녀 / 취란방기

◗{오왕별전 五王別傳}

▶(오우총담 五友叢談) → 천군실록

◖431. [[오원자전 烏圓子傳]]

◖432. [[오원전 烏圓傳]]

▶(오월춘추 吳越春秋 → 오자서전)

◖433. [[오유거사전 烏有居士傳]]

◖434. [오유란전 烏有蘭傳] ← 화사성몽 花事醒夢

【增】◖434-1.[五一論心記 오일론심기]

▶(오자서실기 伍子胥 → 오자서전)

◖435. [오자서전 伍子胥傳] ← 오월춘추 / 오자서실기

▶(오작교 烏鵲橋 → 춘향전)

◖436. [[오작상송설 烏鵲相訟說]]

◖437. [[오호대장기 五虎大將記]] ←『삼설기』/『전수록』

◖438. [[오화전 五花傳]] ←『금강유산기』

◗{옥경기 玉鏡記}

◖439. [옥교리 玉嬌梨]38)

◗{옥교행}

【增】439-1.[옥기린 玉麒麟]

◖440. [옥난기] ← *옥난기연 / 옥란기

▶(옥난기봉 玉鸞奇逢 → 옥난빙)

◖441. [옥난기연 玉鸞奇緣] ← *옥난기 / 옥란기연

◖442. [옥난빙 玉鸞聘] ← 수저옥난빙 / 옥난기봉

---

38) '총목'에 오기되었던 '← *쌍미기연'을 삭제함.

---

39) '총목'에 부분 추가.

▶(왈자타령 → 무숙이타령)

◪466. [왕경룡전 王慶龍傳] ←『삼방록』/『삼방요로기』
/『신독재수택본전기집』/ 옥단전 / 왕어사경룡전 / 왕어
사전 / 용함옥(전) / 청루지열녀

◖{왕낭전 王娘傳}

◪467. [[왕랑반혼전 王郎返魂傳]]

▶(왕랑전 王郎傳 ① → 왕랑반혼전)

▶(왕랑전 王郎傳 ② → 왕경룡전)

◪468. [왕릉전 王陵傳]

▶(왕비호전 王飛虎傳 → 왕장군전)

◪469. [왕소군새소군전 王昭君賽昭君傳] ← *명비전 /
쌍봉기연

▶(왕시봉전 → 왕십붕전)

◪470. [왕십붕전 王十朋傳] ← 왕시봉전 / 왕십붕기우기

▶(왕십붕기우기 王十朋奇遇記 → 왕십붕전)

◪471. [왕씨전 王氏傳]

▶(왕어사전 王御使傳 → 왕경룡전)

▶(왕어사경룡전 王御使慶龍傳 → 왕경룡전)

◪472. [왕장군전 王將軍傳] ← 왕비호전

◪473. [왕제홍전]

【增】◖{왕태상}

◖{왕태자전 王太子傳}

◪474. [왕현전 王賢傳]

◪474-1.[왕회전 王會傳] ← 금산사몽유록 / 남호몽록

【增】◖{외고주전}

◖{요광현전}

◖{요동우신기 遼東遇神記}

▶(요로원기 要路院記 → 요로원야화기)

◪475. [[요로원야화기 要路院夜話記]] ←『삼방요로기』
/ 요로원기 要路院記

◖{요열록}

◪476. [요화전 瑤華傳] ← 수상요화전

▶(용강전 龍岡傳 → 임진록 ①)

◪477. [[용궁부연록 龍宮赴宴錄]] ←『금오신화』

▶(용매기연 龍媒奇緣 → 장익성전)

◖{용문도총 龍門都摠}

◪478. [용문몽유록 龍門夢遊錄]

◪479. [용문전 龍文傳] ← 용문장군전 / 대성용문전

▶(용문장군전 龍文將軍傳 → 용문전)

◖480. [[용부전 慵夫傳]]

▶(용생원전 → 옹고집전)

◖{용왕기 龍王記}

【增】◖{용왕전 龍王傳}

【增】◖{용운가}

【增】◖{용전}

◖{용학선유기}

▶(용함옥 龍含玉傳 → 왕경룡전)

▶(용화선생실기 龍華先生實記 → 흥무왕연의)

▶(우리들전 別春香傳 → 춘향전)

◖{우마상과설 牛馬相誇說}

◖{우미인 虞美人}

◖{우부인전}

◪481. [[우상전 虞裳傳]] ←『방경각외전』

◪482. [[우언 寓言]]

◖『우초속지 虞初續志』

◖{운선전 雲仙傳 ①}

▶(운선전 雲仙傳 ② → 구운몽)

◪483. [[운수전 雲水傳]] ← 장운선전

◪484. [운영전 雲英傳] ←『고담요람』/『삼방록』/『삼방요
로기』/ *상사동기 / *영영전 / 수성궁몽유록 / 유영전
/『청구기담』/『화몽집』

◪485. [운향전 雲香傳]

▶(울지경덕실기 蔚遲敬德實記 → 울지경덕전)

◪486. [울지경덕전 蔚遲敬德傳] ← 울지경덕실기

▶(울치전 → 전우치전)

▶(웅치전 雄雉傳 → 장끼전)

▶(원감록 寃感錄 → 창선감의록)

★[[원광법사전 圓光法師傳]]

◪487. [원두표실기 元斗杓實記] ← *홍장군전 / *홍윤성전

◪488. [[원생몽유록 元生夢遊錄]] ← 몽유록 ④ / 원자허전
/『화몽집』

◖{원유기}

◖{원자실전}

▶(원자허전 元子虛傳 → 원생몽유록)

◖{원촉지 原蜀誌}

【增】488-1.[원회록 寃悔錄]

【增】◖{월궁옥섬가 月宮玉蟾歌}

◪489. [[월단단전 月團團傳]]

◪490. [월봉기 月峰記] ← *강릉추월 / *봉황금 / *소운전
　　/ 소정월봉기 / *소학사전 / *소한림전 / *옥소기연(봉)
　　/ *옥소전 / *월봉산기 / *월봉전 / *이춘백전 / *천도화
　　/ *춘백전

▶(월봉산기 月峯山記 → 월봉기)

▶(월봉전 月峯傳 → 월봉기)

▶(월선전 月仙傳 → 황월선전)

▶(월성전 月星傳 → 황월선전)

◪491. [월세계 月世界]

◪492. [월영낭자전 月英娘子傳] ← 월영전 / 호씨명행록
　　/ 호씨전 / 호씨행록전 / 호씨호공록

▶(월영전 月英傳 → 월영낭자전)

◪493. [월왕전 越王傳] ← *봉황금 / *소운전 / *소학사전

◪494. [월하선전 月下僊傳]

▶(월황전 → 월왕전)

◪495. [[위경천전 韋敬天傳]] ←『고담요람』/ 위생전[40)]

▶(위도왕전 韋島王傳 → 홍길동전)

◪496. [위봉월전 衛鳳月傳]

【增】▶(위생전 韋生傳 → 위경천전)

◖{위시랑전 魏侍郞傳}

◪497. [위씨세대록 魏氏世代錄] ← 위시오세삼난현행기
　　(록)

▶(위씨오세삼난현행기[록] 魏氏五世三難賢行記[錄] →
　　위씨세대록)

【增】◖{위씨전 魏氏傳}

◪498. [위씨절행록 衛氏節行錄]

◖{위왕별전 魏王別傳}

◪499. [위현전 魏賢傳]

◪500. [유검필전 庾黔弼傳]

◖{유경옥}

▶(유공선행록 柳公善行錄 → 유효공전)

【增】◖{유공전}

◪501. [[유광억전 柳光億傳]] ←『매화외사』

◪502. [유광전 劉光傳]

◪503. [[유구왕세자외전 琉球王世子外傳]] ←『단량패
　　사』

◪504. [유덕전 劉德傳]

▶(유록의 한 柳綠의恨 → 유록전)

◪505. [유록전 柳綠傳] ← 유록의한

▶(유리국심씨전 琉璃國沈氏傳 → 심청전)

◪506. [유문성전 柳文成傳 / 俞文星傳] ← *주원장창업실
　　기

◪507. [[유방삼의전 劉方三義傳]] ← 태평광기언해

▶(유백로전 俞伯魯傳 → 백학선전)

◪508. [유백아전 俞伯牙傳] ← 백아금 / 백아전 / 유백아종
　　자기금삼음

▶(유백아종자기금삼음 → 유백아전)

【增】◖{유봉록전}

◖{유봉선전}[41)]

◖{유봉전}

▶(유부인전 劉夫人傳 → 이춘매전)

◪509. [유생전 劉生傳]

◪510. [유선쌍학록 遊仙雙鶴錄]

【增】◖{유성가야금전}

【增】◖{유성대전}

【增】◖{유세운전}

◪510-1.[[유소낭전 劉少娘傳]][42)] ←『신독재수택본전기
　　집』

▶(유소저전 劉小姐傳 → 정을선전)

◪511. [유승상전 柳丞相傳]

▶(유씨부인전 劉氏夫人傳 → 이춘매전)

◪512. [유씨삼대록 劉氏三代錄] ← 유씨세가록 劉氏世家
　　錄

◖{유씨삼현별전 劉氏三賢別傳}

◖{유씨선행보응록 劉氏善行報應錄}

▶(유씨세가록 劉氏世家錄 → 유씨삼대록)

◖{유씨양문록 劉氏兩門錄}

▶(유씨열녀전 劉氏烈女傳 → 이춘매전)

▶(유씨열행록 劉氏烈行錄 → 이춘매전)

▶(유씨전 劉氏傳 → 이춘매전)

▶(유씨충효록 劉氏忠孝錄 → 유씨효행록)

◖{유씨충효명륜기 劉氏忠孝明倫記}

◪513. [유씨효행록 劉氏孝行錄]

◪514. [유악귀감 帷幄龜鑑] → *서한연의

---

40) ‘총목’에 부분 추가.

41) ‘총목’에 표제 항목 순서가 「유봉전」과 바뀌어
　　있어 바로잡음.

42) ‘총목’에 부분 수정.

◐{유양전}

◪515. [[유여매쟁춘 柳與梅爭春]] ←『금강유산기』

◪516. [유연전 柳淵傳]

◐{유엽기}

▶(유영전 柳泳傳 → 운영전)

【增】◐{유오룡전}

◪517. [유옥역전]

◐{유용승전}

◪518. [[유우춘전 柳遇春傳]]

◪519. [[유원보전 劉元普傳]] ← 금고기관

▶(유의정보국기 → 유의정전)

◪520. [유의정전] ← 유의정보국기

◪521. [유이양문록 劉李兩門錄]

◐{유장옥전}

◐{유최연전}

◪522. [유충렬전 劉忠烈傳]

◪523. [유치현전 柳致賢傳] ← 유희련전 / 유희현전 /
　　*정을선전

【增】◐{유태성전}

【增】◐{유판서전}

◪524. [유한당사씨언행록 幽閑堂謝氏言行錄] ← 사씨행
　　록 / 유한당(전) / 유한당언행록

▶(유한당언행록 幽閑堂言行錄 → 유한당사씨언행록)

▶(유한당[전] 幽閑堂[傳] → 유한당사씨언행록)

【增】◐{유홍랑선행록}

▶(유화기몽 柳花奇夢 → 유화기연)

◪525. [유화기연 柳花奇緣] ← 유화기몽

▶(유화양매록 柳花兩媒錄 → 매화전)

◪526. [유황후(전) 劉皇后(傳)]

▶(유효공미행기 柳孝公美行記 → 유효공선행록)

▶(유효공선행기 劉孝公善行記 → 유효공선행록)

◪527. [유효공선행록 柳孝公善行錄] ← 유공선행록 /
　　유효공미행기 / 유효공전 / 유효공현행록

▶(유효공전 劉孝公傳 → 유효공선행록)

▶(유효공현행록 劉孝公顯行錄 → 유효공선행록)

▶(유희련전 劉希蓮傳 → 유치현전43))

◪528. [유희현전 劉希賢傳] → 유치현전

▶(육기록 六奇錄 → 옥루몽)

【增】◐{육몽초성록전}

▶(육문정충절행록 六文靖忠節行錄 → 육신전)

◪529. [육미당기 六美堂記] ← 김태자전 / 보타기문 /
　　옥소기

▶(육서조생전 鸞書曺生傳 → 조신선전 B)

◐{육선기 六仙記} ← 육선기봉 / 육선기연

▶(육선기봉 六仙奇逢 → 육선기 六仙記)

▶(육선기연 六仙奇緣 → 육선기 六仙記)

【增】▶(육선생전 六先生傳 → 육신전)

◪530. [육신전 六臣傳] ← 육충신전 / 육문정충절행록

◪530-1.[육염기 六艶記]

◐{육인기봉조구연 六人奇逢遭舊緣}

◐{육조한담}

▶(육충신전 六忠臣傳 → 육신전)

◪531. [육효자전 六孝子傳] ← *김효증전 / *이해룡전
　　/ 효자전

▶(윤구전 允求傳 → 이윤구전)

◐{윤노공}

◪532. [윤선옥전]

◐{윤씨충효선행록 尹氏忠孝善行錄}

◐{윤여옥전}

▶(윤인경전 尹仁鏡傳 → 윤지경전)

【增】◐{윤중춘전}

▶(윤지경거평위일기 → 윤지경전)

◪533. [윤지경전 尹知敬傳 / 尹志慶傳] ← 거평위윤공
　　전44) / 윤인경전 / 윤최재합록 / 윤최재회록

▶(윤최재합록 尹崔再合錄 → 윤지경전)

▶(윤최재회록 尹崔再會錄 → 윤지경전)

【增】◐{윤판서부인전 尹判書夫人傳}

◪534. [윤하정삼문취록 尹河鄭三門聚錄]

◐{윤효자 尹孝子}

▶(율도왕전 → 위도왕전)

◪535. [[은애전 銀愛傳]]

【增】◐{은감록}

【增】◐{은무성신일관중하}

◪536. [을지문덕전 乙支文德傳]

▶(음양삼태성 陰陽三台星 → 옥주호연)

▶(음양염라왕전 陰陽閻羅王傳 → 염라왕전)

---

43) '총목'에 부분 수정.

44) '총목'에 부분 추가.

◖537. [음양옥지환 陰陽玉指環]

▶(읍혈록 泣血錄 → 한중록)

◖538. [[의승기 義勝記]]

▶(의열녀전 義烈女傳 → 삼한습유)

▶(의열비충효록 義烈婢忠孝錄 → 설저전)45)

■『의인의 무덤 義人의 墓』

▶(의협호구전 義俠好逑傳 → 호구전)

▶(이경난전 → 이정난전)

◑{이경작전}

◖540. [[이경전 二耕傳]]

◖541. [이계룡전 李季龍傳]

◖542. [이대봉전 李大鳳傳 / 李待鳳傳] → 대봉전 / 봉황대 / 봉황전46) / 양주봉전

▶(이대장전 李大將傳 → 이태경전)

◑{이도령전 李道令傳}

◖543. [[이돌전 李突傳]]

◖544. [이두충렬록 李杜忠烈錄]

◖545. [이등상강록]

◑{이랑전}

◖546. [이린전 李麟傳] ← 이인전

▶(이몽룡전 李夢龍傳 → 춘향전)

◑{이몽선전 李夢仙傳}

▶(이몽우전 → 취취전)

◑{이문성취록 李門成聚錄}

◑{이백경전 李白慶傳}

◖547. [이벽선생몽회록 李蘗先生夢會錄] ← 이벽전

▶(이벽전 → 이벽선생몽회록)

◖548. [이봉빈전 李鳳彬傳] ← 봉빈전

◑{이봉황연}

▶(이사마효충록 李司馬孝忠錄 → 이태경전)

◖549. [이상국전 李相國傳]

▶(이상서전 李尙書傳 → 이학사전)

◖550. [[이생규장전 李生窺墻傳]] ←『금오신화』/『신독재수택본전기집』

◑{이선객전 李仙客傳}

▶(이선군전 李仙君傳 → 숙영낭자전)

◖551. [이수문전] ← 금도야지전 / 금돼지전 / 이순문전47)

◑{이숙전}

【增】▶(이순문전 李順文傳 → 이수문전)

▶(이순신실기 李舜臣實記 → 이순신전)

◖552. [이순신전 李舜臣傳] ← 이순신실기

◑{이승상전 李丞相傳}

▶(이시백전 李時白傳 → 박씨전)

◑{이씨감천기 李씨感天記}

◖553. [이씨세대록 李氏世代錄]

▶(이씨충효록 李氏忠孝錄 → 이씨효문록)

◖554. [이씨효문록 李氏孝門錄] ← 이씨충효록

▶(이씨후대인봉쌍계록 → 인봉쌍계록)

◖555. [이안민전 李安民傳] ←『단랑패사』

■『이야기 而也其』→ 동상기 / 수성지

▶(이어사전 李御使傳 → 옥단춘전)

◖556. [[이업후전 李鄴侯傳]] ←『주선전』

【增】◑{이영성전}

◑{이영춘효행록 李英春孝行錄}

▶(이옥소설 李鈺小說 → 문무자소설)

◑{이옥쌍련기}

▶(이완실기 李浣實記 → 효종대왕실기)

◑{이운령전}

▶(이운선전 李雲仙傳 → 십생구사)

◖557. [이윤구전 李允求傳] ← 쌍동전 / 윤구전

▶(이은선전 → 십생구사)

▶(이인전 李麟傳 → 이린전)

▶(이인향전 李仁香傳 → 김인향전)

◖558. [[이장군전 李將軍傳]]

◖559. [이장백전 李長白傳] ← 계씨보은록 / *홍순언전

▶(이적선취초하만서 李謫仙醉草嚇蠻書 → 이태백실기)

◖560. [이정난전] ← 이경난전

◖561. [[이정해전 李廷楷傳]]

◖562. [이조양문록 李趙兩門錄]

【增】▶(이주벽전 → 권용선전)

【增】▶(이중백전 李仲伯傳 → 권용선전}

◑{이죽천행록 李竹泉行錄}

▶(이지봉전 李芝峯傳 → 지봉전)

---

45)「의열비충효록」이「설저전」의 이명동종 작품임이 밝혀져 항목 번호를 삭제함.

46) '총목'에 부분 추가.

47) '총목'에 부분 추가.

◪563. [이진사전 李進士傳 ①] ← 진사전[48]

▶(이진사전 李進士傳 ② → 이태경전

▶(이진사효행록 李進士孝行錄 → 이태경전)

◪564. [이춘매전 李春梅傳] ← 상주유씨전 / 유부인전 / 유씨부인전 / 유씨열녀전 / 유씨열행록 / 유씨전 / 춘매전 / 춘무전

▶(이춘백전 → 강릉추월)

◪565. [이춘풍전 李春風傳] ← *부인관찰사 / 춘풍전

◪566. [[이충백전 李忠伯傳]]

◪567. [이태경전 李泰景傳] ← 삼국이대장전 / 이대장전 / 이사마효충록 / 이진사전 / 이진사효행록

▶(이태백 李太白 → 이태백실기)

◪568. [이태백실기 酒中奇仙李太白實記] ← 이태백 / 이적선취초하만서

▶(이태백전 李太白傳 → 이태백실기)

◪569. [이태왕실기 李太王實記] ← 조선이태왕실기

▶(이태을전 李太乙傳 → 숙향전 ①)

◪570. [이학사전 李學士傳] ← 이상서전 / 이현경전 / 이형경전

【增】◪570-1.[이한림전 李翰林傳]

◪571. [이해룡전 李海龍傳] ← 심부인전[49] / 해룡전

▶(이현경전 李賢卿傳 / 李賢慶傳 → 이학사전)

◪572. [[이현주전]]

▶(이형경전 李馨慶傳 → 이학사전)

◪573. [[이홍전 李泓傳]] ←『도화유수관소고』

◪574. [이화몽 梨花夢]

◪575. [이화전 李華傳] ← *장인걸전

▶(이화정기 梨花亭記 → 숙향전 ①)

▶(이화정기우기 梨花亭奇遇記 → 숙향전 ①)

▶(이화정기적 梨花亭奇跡 → 숙향전 ①)

◪576. [이화정서전 梨花征西傳] ← 번이화정서전

▶(익부전 益夫傳 → 춘향전)

▶(익중전 益重傳 → 권익중전)

◑{인기연}

▶(인두껍전 → 섬처사전)

◪577. [인봉소 麟鳳韶]

◑{인봉쌍계록} ← 이씨후대인봉쌍계록

◪578. [인조대왕실기 仁祖大王實記]

▶(인향전 仁香傳 → 김인향전)

▶(인현성모민씨덕행록 仁顯聖母閔氏德行錄 → 인형왕후전)

【增】▶(인현왕비실록 仁顯王妃實錄 → 인현왕후전)

▶(인현왕후덕행록 仁顯王后德行錄 → 인현왕후전)

▶(인현왕후성덕현행록 仁顯王后聖德賢行錄 → 인현왕후전)

◪579. [인현왕후전 仁顯王后傳] ← 기갑록 / 민성후전 / 민중전기 / 민중전덕행(록) / 민중전실기 / 민중전전 / 인현성모민씨덕행록 / 인현왕비실록 / 인현왕후덕행록[50]

■『일대장관』→ 금송아지전 / 녹처사연회 / 벽란도용녀기 / 서대주전 / 황새결송

◑{일두선생언행록 一蠹先生言行錄}

◪580. [일락정기 一樂亭記]

▶(일백단팔귀화기 一百單八歸化記 → 수호지)

◪581. [일석화 一夕話]

【增】◪581-1.[일지매실기 一枝梅實記]

【增】◑{일촬금 一撮金}

▶(일치전 → 전우치전)

◪582. [임거정전 林巨正傳]

◪583. [임경업전 林慶業傳 ①] ← *병자팔장사전 / 임장군전 / 임충신전 / *임충민공실기

◪584. [임경업전 林慶業傳 ②]

◑{임경천전}

◑{임선객전}

▶(임시각전 → 진대방전)

▶(임신정란록 壬申靖難錄 → 신미록)

▶(임신평난록 壬申平亂錄 → 신미록)

◪585. [임씨삼대록 林氏三代錄]

▶(임씨정연삼문취록 → 임화정연)

◑{임씨현행쌍린기 林氏賢行雙麟記}

◑{임씨효행록 林氏孝行錄}

▶(임열부향낭전 林烈婦鄕娘傳 → 향낭전)

◪586. [임오군란기 壬午軍亂記]

▶(임장군전 林將軍傳 → 임경업전)

▶(임진란기 壬辰亂記 → 임진록)

---

48) '총목'에 부분 수정.
49) '총목'에 부분 추가.

50) '총목'에「기갑록」과「인현왕비실록」부분 추가.

◆587. [임진록 壬辰錄 ①] ← 갑진록 / 고담 / 국복전 / 동국지 / 선임록 / 용강전 / 임진란기 / 임진병란기 / 임진왜란전 / 흑룡록 / 흑룡일기[51]
◑{임진록 壬辰錄 ②}
【增】▶(임진명기논개실기 壬辰名妓論介實記 → 논개실기)
▶(임진병란기 壬辰兵亂記 → 임진록)
▶(임진왜란전 壬辰倭亂傳 → 임진록)
▶(임충민공실기 林忠愍公實記 → 임경업전)
▶(임충신전 林忠臣傳 → 임경업전)
◆588. [임호은전 林虎隱傳] ← 호은전
◆589. [임화정연 林花鄭延] ← 사성기 / 사성기봉 / 임씨정연삼문취록 / 임화정연기
▶(임화정연기 林花鄭延記 → 임화정연)
▶(잉어해몽설 → 메기장군전)

ㅈ

◆590. [자란전 紫鸞傳]
【增】◑{자자생설전}
◆591. [[자지자부지선생전 自知自不知先生]]
▶(자치가 雌雉歌 → 장끼전)
▶(자치전 雌雉傳 → 장끼전)
【增】◑{작비암}
◆592. [[작여오상송문 鵲與烏相訟文]] ←『강도록』
◆593. [잔당오대연의 殘唐五代演義]
▶(잠상태 岑上苔 → 영영전)
◑{잠천기}
◑{장경국전}
▶(장경부전 章敬夫傳 → 위경천전)
◆594. [장경전 張景傳 / 張慶傳]
▶(장경천전 章敬天傳 → 위경천전)
▶(장국증전 張國曾傳 → 장국진전)
◆595. [장국진전 張國振傳] ← 모란정기 / 장국증전
◑{장군전 將軍傳}
◆596. [장끼전] ← 까토리전 / 까투리와 장끼가 / 꿩의 자치가 / 꿩의전 / 꿩전 / 자치가 / 장끼가 / 화충가

/ 화충(선생)전
▶(장녕전 張寧傳 → 장한절효기)
▶(장노전 張魯傳 → 장로전)
◑{장담낭곡}
◑{장대장실기 張大將實記}
▶(장두영전 張斗英傳 → 장풍운전)
▶(장량옥소가 張良玉簫歌 → 서한연의)
▶(장량전 張良傳 → 장자방실기)
◆597. [[장로전 張魯傳]]
▶(장릉혈사 莊陵血史 → 단종대왕실기)
◑{장맹전}
◑{장문충효록}
▶(장박전 張朴傳 → 장백전)
◆598. [장백전 張伯傳 / 張百傳] ← 박원수전 / *주원장창업실기
◆599. [[장복선전 張福先傳]] ←『도화유수관소고』
◆600. [[장봉사전 蔣奉事傳]] ←『문무자문초』
◑{장부인전}
◆601. [장비마초실기 張飛馬超實記]
◑{장사몽}
◆602. [[장산인전 張山人傳]]
◆603. [[장생전 蔣生傳]]
◆604. [장석전 張碩傳]
▶(장선생전 獐先生傳 → 섬동지전)
▶(장소저전 張小姐傳 → 김희경전)
◑{장승상전 張丞相傳}
◑{장씨별록}
◑{장씨오룡기 張氏五龍記}
◆605. [장씨전 張氏傳] ← 장씨정렬록
▶(장씨정렬록 張氏貞烈錄 → 장씨전)
▶(장씨효행록 張氏孝行錄 → 김희경전)
▶(장영전 → 장한절효기)
◆606. [장오복전 張五福傳]
▶(장옥란전 張玉蘭傳 → 옥란전)
▶(장운선전 張雲仙傳 → 운수전)
◑{장운수전 張雲水傳}
◑{장원수전 張元帥傳}
◆607. [장유성전 張遺聖傳] ← 명사십리[52]

---

51) '총목'에 「갑진록」, 「국복전」, 「이진란기」, 「임진왜란전」 등 부분 추가.

52) '총목'에 부분 추가.

◑{장의사전}

◆608. [장익성전 張翼星傳] ← 모란화 / 목단화 / 용매기연

◆609. [장인걸전 張人傑傳] ← *이화전

◑{장일성전}

◆610. [장자방실기 張子房實記] ← *서한연의 / 장량전 / 장자방전

▶(장자방전 張子房傳 → 장자방실기)

◆611. [[장자전 莊子傳]] ← 금고기관

◑{장장군전 張將軍傳}

◑{장장백전 張長白傳}

◑{장조구민록}

◆612. [[장천용전 張天慵傳]]

◑{장태문전}

◆613. [장풍운전 張風雲傳 / 張豊雲傳] ← *양풍(운)전 / 장두영전 / 장풍전

▶(장풍전 張豊傳 → 장풍운전)

◆614. [장하연정기 張河演征記] ← 장하정숙연기

▶(장하정숙연기 張河鄭淑演記 → 장하연정기)

◆615. [장학사전 張學士傳] → *소부인전 / *소씨전 / *소씨청절록 / 완월루 / 장한림전 / *조생원전 ②

▶(장한림전 張翰林傳 → 장학사전)

　【增】 ▶(장한전 張韓傳 → 장한절효기)

◆616. [장한절효기 張韓節孝記] ← 장영전

◆617. [장현전]

◆618. [장화홍련전 薔花紅蓮傳]

▶(장흥보전 張興甫傳 → 흥부전)

▶(장희빈전 張嬉嬪傳 → 숙조역사)

◑{재상전}

▶(재생연 再生緣 → 숙영낭자전)

◆619. [재생연전 再生緣傳]

▶(재세기우기 再世奇遇記 → 숙향전 ①)

◆620. [[저군전 杵君傳]]

▶(저마무전 → 제마무전)

◆621. [[저백전 楮白傳]]

◆622. [[저생전 楮生傳]]

　【增】 622-1.[저승전]

▶(적강칠선임호은전 謫降七仙林虎隱傳 → 임호은전)

▶(적벽가 赤壁歌 → 적벽대전)

◆623. [적벽대전 赤壁大戰] ← 적벽가 / 화용도

【增】 ▶(적선여경록 積善餘慶錄 → 『금고기관』, 유원보쌍생귀자)

◆624. [적성의전 狄成義傳 / 翟成義傳 / 赤聖義傳 / 積成義傳 / 謫誠義傳]

◑{적성회연}

▶(적씨화행록 → 적성의전)

▶(적씨효행록 → 적성의전)

◑{적한림전 翟翰林傳}

◆625. [전관산전 全寬算傳]

■『전기 傳奇』→「고압아」/「배심」/「홍선」

■『전등신화 剪燈新話』

◑{전생록 前生錄}

■『전수록 餞睡錄』→「두껍전」① (獐慶宴狐蟾討論) /「삼사횡입황천기」/「오호대장기」/「추풍감별곡」

◆626. [전수재 / 전수재전 錢秀才(傳)] ← 농가성진쌍신랑

◆627. [[전신전 錢神傳]]

◑{전씨양우쌍련}

◆628. [전우치전 田禹治傳] ← 일치전 / 전운치전 / 전울치전 / 전윷치전 / 전일치전

▶(전운치전 田雲致傳 → 전우치전)

▶(전울치전 田蔚致傳 → 전우치전)

▶(전윷치전 → 전우치전)

▶(전일치전 → 전우치전)

◑{전후강필사연}

▶(절대가인 絕代佳人 → 춘향전)

▶(절세가인 絕世佳人 → 춘향전)

◆629. [절화기담 折花奇談]

◆630. [접동새] ← 강씨접동전[53]

▶(정각록 → 정비전)

◑{정경부인전 貞敬夫人傳}

◆631. [정광주피란록 鄭廣州避亂錄]

◑{정감전}

◑{정낭전}

▶(정대방이사적 → 진대방전)

▶(정도령전 鄭道令傳 → 정진사전)

▶(정두경전 → 정수경전)

▶(정명록 → 정을선전)

◑{정명화전}

---

53) '총목'에 부분 추가.

---

54) '총목'에 「정선매전」과 「정후비전」 부분 추가.

55) '총목'에 부분 추가.

56) '총목'에 부분 추가.

57) '총목'에 부분 추가.

▶(조순일전 → 조생원전 ①)

◆654. [조슬록 蚤蝨錄] ← 조실록

◑{조승상칠자기 趙丞相七子記}

★[[조신 調信]]

◆655. [[조신선전 曹神仙傳]] ← 육서조생전

▶(조실록 → 조슬록)

【增】◑{조씨보은록}

◆656. [조씨삼대록 曹氏三代錄]

▶(조씨전 趙氏傳 → 조생원전 ①)

◑{조씨후대록 曹氏後代錄}

◆657. [[조완벽전 趙完璧傳]]

◆658. [조웅전 趙雄傳] ← 조원수전

▶(조원수전 趙元帥傳 → 조웅전)

◑{조유성전 曹幽成傳}

◆659. [조일선전]

▶(조자룡전 趙子龍傳 → 산양대전)

▶(조자룡실기 趙子龍實記 → 산양대전)

▶(조중덕전 趙重德傳 → 조생원전 ①)

【增】◑{조진사전}

◆660. [조창전 曹彰傳]

◆661. [조충의전 趙忠毅傳]

◑{조태경전 趙泰景傳}

▶(조한림전 趙翰林傳 → 조생원전 ①)

◑{종갈양문록}

▶(종경기전 鍾景期傳 → 금향정기)

▶(종성전 → 금향정기)58)

◆662. [종옥전 鍾玉傳]

▶(주공전 朱公傳 → 주봉전)

◑{주공추전}

▶(주국안언동전 安彦童傳 → 안언동전)

【增】◑{주낭자전 朱娘子傳}

◑{주대영전}

◆663. [[주매신전 朱買臣傳]] ← 금고기관

【增】◑{주벽전 周壁傳}

◆664. [주봉전 朱奉傳 / 朱鳳傳] ← 주공전 / 주여득전 / 주해선전

◆665. [[주사장인전 酒肆丈人傳]]

◆666. [주생전 周生傳 / 朱生傳] ←『신독재수택본전기집』

/『화몽집』

◆667. [주선전 朱仙傳]

【增】◑{주씨청행록}

▶(주여득전 → 주봉전)

◆668. [주완벽전 朱完璧傳]

【增】668-1.[주왕전 周王傳]

◆669. [주원장창업실기 朱元障創業記]

【增】◑{주유삼강전}

◆670. [[주장군전 朱將軍傳]]

▶(주중칠선이태백실기 酒中七仙李太白實記 → 이태백실기)

▶(주해선전 朱海僊傳 / 朱海仙傳 → 주봉전)

◆671. [[주흘옹몽기 酒吃翁夢記]]

◆672. [[죽대선생전 竹帶先生傳]]

◆673. [[죽부인전 竹夫人傳]]

◆674. [[죽존자전 竹尊者傳]]

◑{죽천행록 竹泉行錄}

★[[죽통미녀 竹筒美女]]

◑{중당연의 中唐演義}

▶(중산망월전 中山望月傳 → 토끼전)

▶(중산토선생전 中山兎先生傳 → 토끼전)

▶(쥐전 → 서대주전)

◑{쥐헌전}

◆675. [증산보전 曾山寶傳]

【增】▶(증해경전 → 정해경전)

◆676. [지봉전 芝峯傳] ← 이지봉전

◆677. [지선전 智仙傳59)]

▶(직금회문 織錦回文 → 소약란직금도)

◑{진강목}

【增】▶(진공설전 → 진설홍전)

▶(진공필전 → 진성운전)

【增】◑{진관사세전전}

◆678. [진길충효록] ← 연진길전

◆678-1.[진녹사전 陳錄巳傳]

◆679. [진대방전 陳大方傳] ← 김시각전 / 대방전 / 임시각전 / 정대방이사적 / 진태방전

◆680. [진문공 晋文公]

◑{진문충의록}

---

58) ‘총목’에 부분 수정.

59) ‘총목’에 부분 추가.

【增】▶(진사전 進士傳 → 이진사전)

【增】◑{진설홍전}

◆681. [진성운전 陳聖運傳 / 陳聖雲傳] ← 김성운전 / 성운전 / 진공필전 / 진장군전

◑{진승상전 陳丞相傳}

▶(진시황실기 秦始皇實記 → 진시황전)

◆682. [진시황전 秦始皇傳] ← 진시황실기

【增】▶(진씨천선록 陳氏遷善錄 → 진씨효열록)

◆683. [진씨효열록 陳氏孝烈錄]

▶(진옥전 振玉傳 → 김진옥전)

◆684. [[진이 眞伊]]

▶(진장군전 陳將軍傳 → 진성운전)

◑{진주삼합재록 珍珠三合再錄}

◆685. [진주탑 珍珠塔]

▶(진태방전 陳泰方傳 → 진대방전)

◆686. [[진현전 陳玄傳 ①]]

◆687. [[진현전 陳玄傳 ②]]

◆688. [[진현전 陳玄傳 ③]]

▶(진효자전 陳孝子傳 → 진대방전)

▶(짐흥전 → 김홍전)

◆689. [징세비태록 懲世丕泰錄] ← *남강월

차

【增】◑{참반겸유록 參班兼遺錄}

【增】▶(창감록 彰感錄 → 창선감의록)

◑{창난조신록 倡難朝臣錄}

▶(창낭전 → 창란호연록)60)

▶(창란호연 昌蘭好緣 → 창란호연록)

◆691. [창란호연록 昌蘭好緣錄] ← 창낭전 / 창란호연

◑{창삼전}

◆692. [창선감의록 彰善感義錄 / 倡善感義錄 / 昌善感義錄] ← 감의록 / 원감록 / 창선록 / *충의록 / *충효록 ② / *화문충의록 / *화문충효록 / *화씨창선감의록 / *화씨충의록 / *화씨충효록 / *화씨팔대록 / *화씨팔대선행록 / *화씨팔대충의록 / *화씨팔대충효록 / 화씨효행기 / 화진전 / *화형옥전 / *화형옥충의록

---

60) 「창낭전」이 「창난호연록」의 이본임이 밝혀져 표제 항목 번호를 삭제함.

▶(창선록 彰[倡]善錄 → 창선감의록)

◑{창성록}

◑{창성숙전}

▶(창을기봉 → 이학사전)

◑{창효록 彰孝錄}

【增】◑{채각전}

◑{채란전}

◑{채련전 採蓮傳}

◆693. [채봉감별곡 彩鳳感別曲] ←『전수록』/ *추풍감별곡

◆694. [천개소문전 泉蓋蘇文傳]

◑{천고은설 千古隱說}

◑{천광보경재합}

◆695. [[천군기 天君紀]] ←『황동명소설집』

◆696. [천군본기 天君本記] ← 심사

◆697. [[천군실록 天君實錄]]

◆698. [천군연의 天君演義]

◆699. [[천군전 天君傳 ①]]

◆700. [[천군전 天君傳 ②]]

◆701. [[천궁몽유록 天宮夢遊錄]]

◆702. [천도화 天桃花] ← *강릉추월 / *봉황금 / *소운전 / *소학사전 / 소한림전 / *옥소기연(봉) / *옥소전 / *월봉(산)기 / *이춘백전 / *춘백전

◆703. [천리구 千里駒]

▶(천리춘색 千里春色 → 조생원전 / 장학사전)

◑{천상여인국 天上女人國}

◑{천생석 天生錫}

◆704. [천수석 泉水石]

◆705. [천정가연 天定佳緣]

▶(천정연분 天定緣分 → 신유복전)

◆706. [천추원 千秋怨]

▶(천하장군 天下將軍 → 병자임진록)

◑{철유기}

◑{철적전}

◆707. [[청강사자현부전 淸江使者玄夫傳]]

■『청구기담 靑丘奇談』→「운영전」/「정향전」

◆708. [청년회심곡 靑年悔心曲]

◑{청루기연 靑樓奇緣}

◆709. [청루의녀 靑樓義女] ←『오옥기담』

---

61) ‘총목’에 부분 추가.
62) ‘총목’에 부분 추가.

▶(춘무전 → 이춘매전)

▶(춘백전 春栢傳 → 강릉추월)

◖{춘유행}

▶(춘추대경론 春秋大經論 → 춘추대성전)

◆730-1.[춘추대성전 春秋大聖傳] ← 춘추대경론

▶(춘추열국지 春秋列國誌 → 열국지)

▶(춘추전 春秋傳 → 춘추대성전)

◖{춘풍상사별곡 春風相思別曲}

▶(춘풍전 春風傳 → 이춘풍전)

▶(춘향가 春香歌 → 춘향전)

▶(춘향신설 春香新說 → 춘향전)

◆731. [춘향전 春香傳] ← 광한루기 / 광한루악부 / 남원고
사 / 대방화사 / 별춘향가(전) / 성렬전 / 성춘향가(전)
/ *약산동대 / 열녀춘향수절가 / 오작교 / 옥중가인 /
옥중화 / 이몽룡전 / 익부전 / 절대가인 / *추월가 /
춘몽연 / 춘향가 / 춘향신설 / 향낭신설

◆732. [[출동문 黜僮文]]

◖{충계명감록 忠季冥感錄}

▶(충렬공명행록 忠烈公明行錄 → 소씨명행록)

◖{충렬기봉록 忠烈奇逢錄}

▶(충렬부인전 忠烈夫人傳 → 박씨전)

◆733. [충렬소오의 忠烈小五義]

◖{충렬쌍의록 忠烈雙義錄}

▶(충렬전 忠烈傳 → 유충렬전)

◆734. [충렬협의전 忠烈俠義傳] ← *염라왕전 / *포공연의
/ *포염라연의

▶(충신박태보전 忠臣朴泰輔傳 → 박태보전)

▶(충열전 忠烈傳 → 유충렬전)

▶(충의록 忠義錄 → 화씨충효록)

▶(충의수호지 忠義水滸誌 → 수호지)

▶(충효록 忠孝錄 ① → 설저전)

▶(충효록 忠孝錄 ② → 화씨충효록)

◖{충효명감록 忠孝明鑑錄}

◖{충효보응록 忠孝保應錄}

◆735. [충효선인창길록]

◖{충효여행록}

◖{충효전 忠孝傳}

◖{취경원기 聚景園記}

◖{취대록}

◆736. [[취란방기 翠蘭芳記]] ← 오옥기담

▶(취련전 / 취연전 → 정을선전)

◆737. [취미삼선록 翠微三仙錄]

◆738. [취승루(기) 取勝樓(記)]

◆739. [[취유부벽정기 醉遊浮碧亭記]] ←『금오신화』

◆740. [[취은몽유록 醉隱夢遊錄]] ← 몽유록 ⑤

◆741. [취취전 翠翠傳]

◖{취해록}

◆742. [[취향기 醉鄕記]]

◆743. [[취향지 醉鄕志]]

◖{친족소설}

【增】◖{칠공주요전}

◆744. [칠선기봉(전) 七仙奇逢(傳) ①]

▶(칠선기봉 七仙奇逢 ② → 임호은전)

◖{칠진주 七眞珠}

◖{침향루기 沈香樓記}

카

◆745. [콩쥐팥쥐전]

◆746. [쾌심편 快心篇]

타

◆747. [타호무송 打虎武松]

◖{탁록연의 涿鹿演義}

◆748. [탁영전 卓英傳]

▶(탄금대 彈琴臺 → 김학공전)

▶(탄몽설 誕夢說 → 구운몽)

★[[탈해 脫解]]

▶(탕옹변화 宕翁邊話 → 옥선몽)

◆749. [[탕파전 湯婆傳 ①]]

◆750. [[탕파전 湯婆傳 ②]]

【增】◖{태고태상천전}

■『태상감응편 太上感應篇』← 감응록[63]

▶(태서두서 太鼠豆鼠 → 콩쥐팥쥐)

◆751. [태아선적강록 太娥仙謫降錄]

---

63) '총목'에 부분 추가.

◆752. [태원지 太原志]

◆753. [태조대왕실기 太祖大王實記] ← 아태조전 / *조선
　　개국록 / *조선조국록 /조선태조대왕전

■『태평광기 太平廣記』

▶(태평광기상절 太平廣記詳節 → 태평광기)

▶(태평광기언해 太平廣記諺解 → 태평광기)

◑{태평유기 太平遺記}

▶(텬 → 천)

▶(토공전 兎公傳 → 토끼전)

◆754. [토끼전 ← 경화수궁전 / 별주부전 / 별토가 /
　　별토문답 / 불로초 / 수궁록 / 수륙문답 / 옥토전 / 중산망
　　월전 / 중산토선생전 / 토공전 / 토별가(전 / 토별산수록
　　/ 토별소화 / 토생전 / 토석사전 / 토선생전 / 토선생별주
　　부전 / 토의간 /토전 / 토처사전]

▶(토별가 兎鼈歌 → 토끼전)

▶(토별산수록 兎鼈山水錄 → 토끼전)

▶(토별소화 兎鼈笑話 → 토끼전)

▶(토별전 兎鼈傳 → 토끼전)

▶(토생전 兎生傳 → 토끼전)

▶(토석사전 兎碩士傳 → 토끼전)

▶(토선생별주부립전 兎先生鼈主簿立傳 → 토끼전)

▶(토선생전 兎先生傳 → 토끼전)

▶(토의간 兎의肝 → 토끼전)

▶(토전 兎傳 → 토끼전)

◑{토정록}

▶(토처사전 兎處士傳 → 토끼전)

▶(통방울전 → 금방울전)

▶(퇴별가 → 토끼전)

◆754-1.[투색지연의 鬪色誌演義]⁶⁴⁾

파

◑{파경전 破鏡傳}

■『파수기담 破睡奇譚』→ 꼭두각시실기 / 마씨행실록
　　/ 삼사횡입황천기 / 오호대장문답기 / 장끼재담 / 장자고
　　분지통 / 추풍감별곡

　【增】◑{판교삼낭자전 板橋三娘子傳}

---

64)　'총목'에 부분 수정.

　【增】◑{팔대춘정전}

◆755. [팔상록 八相錄]

▶(팔상명행록 八相明行錄 → 팔상록)

▶(팔선녀록 八仙女錄 → 구운몽)

▶(팔장사전 八壯士傳 → 남정팔난기)

◆756. [편옥기우기 片玉奇遇記]

▶(평국전 平國傳 → 홍계월전)

◆757. [평산냉연 平山冷燕]

◆758. [평안감사 平安監司]

▶(평양사리 → 옥련전)

▶(평요기 平妖記 → 평요전)

◆759. [평요전 平妖傳]

　【增】◑{평작전}

◆760. [포공연의 包公演義] ← *염라왕전 / *충렬협의전
　　/ *포염라연의

★[[포쇄별감 曝曬別監]]

◆761. [[포수이사룡전 砲手李士龍傳]]

▶(포염라연의 包閻羅演義 → 염라왕전)

◆762. [포의교집 布衣交集]

◆763. [[포절군전 抱節君傳]]

◆764. [[포호처전 捕虎妻傳]] ←『매화외사』

◑{폭포담명사록}

　【增】◑{풍류배 風流配}

◆765. [[풍악기우기 楓嶽奇遇記]]

▶(풍왕서 諷王書 → 화왕계)

▶(풍운전 風雲傳 → 장풍운전)

◆766. [[피생명몽록 皮生冥夢錄]] ←『화몽집』

▶(피은보은록 → 보심록)

하

◑{하각로별록 河閣老別錄}

◑{하날님전}

◑{하담소하록 消夏錄}

◑{하북이장군전 河北李將軍傳}

▶(하생기우록 何生奇遇錄 → 하생기우전)

◆767. [[하생기우전 何生奇遇傳]] ←『기재기이』

◆768. [[하생몽유록 何生夢遊錄]]

◑{하씨기순록}

◑{하씨삼대록 河氏三代錄}

◑{하씨선행록 河氏善行錄}

◆769. [하씨선행후대록 河氏善行後代錄]

◑{하씨세대록 河氏世代錄}

◑{하씨쌍천기봉 河氏雙釧奇逢}

◑{하씨창선록 河氏彰善錄}

◑{하씨팔룡자녀별전 河氏八龍子女別傳}

◑{하씨전 河氏傳}

◆770. [하유철전신사 夏維喆傳65)] ←『주선전』

◑{하윤별취록}

◆771. [하진양문록 河陳兩門錄]

◆772. [학강전 鶴降傳]

◆773. [한강현전 韓江玄傳 / 韓康賢傳]

◑{한글소설}

▶(한단기화 邯鄲奇話 → 회선오세한단기화)

◆774. [한당유사 漢唐遺事]

▶(한대경전 → 한태경전)

◑{한몽룡전 韓夢龍傳}

★[[한 무변 한 武弁]]

◑{한문충의록 韓門忠義錄}

◑{한송전}

◆775. [한수대전 漢水大戰]

◆776. [[한숙원전 韓淑媛傳]] ←『단랑패사』

◆777. [한씨보응록 韓氏報應錄]

◆778. [한씨삼대록 韓氏三代錄]

◑{한씨선행록 韓氏善行錄}

◑{한씨수연쌍룡기봉韓氏壽筵雙龍奇逢}

▶(한씨쌍성기우록 → 한씨수연쌍룡기봉)

◑{한씨팔룡 韓氏八龍}

◑{한양본기 漢陽本紀}

【增】▶(한음과오성실기 漢陰과鰲城實記 → 오성과 한
  음)

◆779. [[한장군전 韓將軍傳 ①]]

▶(한장군전 ② → 병인양요)

▶(한조삼성 漢朝三姓 → 한조삼성기봉)

◆780. [한조삼성기봉 漢朝三姓奇逢]

◆781. [한중록 恨中錄] ← 읍혈록 / 한중만록 / 혜경궁
  읍혈록

▶(한중만록 閑中漫錄 → 한중록)

【增】◆781-1.[한철골 寒徹骨] ←『인중화』

◆782. [한태경전]

◆783. [한후룡전 韓厚龍傳]

【增】◑{함안전}

▶(함양열녀박씨전 咸陽烈女朴氏傳 → 열녀함양박씨전)

▶(항우본기 項羽本記 → 초패왕전)

▶(항우전 項羽傳 → 초패왕전)

◆784. [항장무전 項莊舞] ← 홍문연

◑{항주기연 ?珠奇緣}

◆785. [해당향 海棠香]

◑{해동기화 海東奇話}

◆786. [해동이씨삼대록 海東李氏三代錄] ← 회동이씨삼
  대록

▶(해룡전 海龍傳 → 이해룡전)

◆787. [해상조오객전 海上釣鰲客傳]

◆788. [해서개자 海西丐者]

★[해서기문 海西奇聞] ←『부담』

◑{해신기 海蜃記}

◆789. [행락도 行樂圖] → *등대윤귀단가사

★[[행실록 行實錄]] ← 여자행실록 / 행실전

▶(행실전 行實傳 → 행실록)

▶(향낭구보 香娘舊譜 → 광한루악부)

▶(향낭신설 香娘新說 → 춘향전)

◆790. [향낭전 香娘傳] ←『문무자문초』/ *삼한습유 /
  상낭전 / 임열부향낭전

◆791. [허백전 許伯傳]

◆792. [[허생(전) 許生(傳)]]

【增】◑{허인전}

◑{현구기외사 玄駒記外史}

◆793. [현몽쌍룡기 現夢雙龍記]

◆794. [현봉쌍의록 顯封雙義錄]

◆795. [현수문전 玄壽文傳]

▶(현씨삼대록 玄氏三代錄 → 현씨양웅쌍린기)

▶(현씨쌍린기 玄氏雙麟記 → 현씨양웅쌍린기)

▶(현씨양웅록 玄氏兩雄錄 → 현씨양웅쌍린기)

◆796. [현씨양웅쌍린기 玄氏兩雄雙麟記] ← 현씨삼대록
  / 현씨쌍린기 / 현씨양웅록

◑{현씨팔룡기 玄氏八龍記}

---

65) ‘총목’에 부분 추가.

◑{현위충렬기 玄魏忠烈記}

◑{현풍곽씨전 玄風郭氏傳}

【增】◑{현행쌍행기}

▶(현화록 玄化錄 → 구운몽)

◆797. [[협효부전 峽孝婦傳]] ←『도화유수관소고』

◑{형남전}

◆798. [형산백옥 荊山白玉]

▶(형산옥 荊山玉 → 춘향전)

◆799. [형세언 型世言]

▶(혜경궁읍혈록 惠慶宮泣血錄 → 읍혈록)

【增】◑{혜경전}

◆800. [호구전 好逑傳]

▶(호남악부 湖南樂府 → 광한루악부)

▶(호남충렬록 湖南忠烈錄 → 정진사전)

◆801. [[호미낭전 胡媚娘傳]] ← 태평광기언해

◑{호백화}

◆802. [호섬전 虎蟾傳]

▶(호씨명행록 胡氏明行錄 → 월영낭자전)

▶(호씨전 胡氏傳 → 월영낭자전)

▶(호씨행록전 胡氏行錄傳 → 월영낭자전)

▶(호씨호공록 → 월영낭자전)

▶(호어 虎語 → 호원)

▶(호연록 好緣錄 → 제호연록)

◆803. [[호예 虎睨]]

★[[호원 虎願]] ← *김현감호 / *호어

▶(호은전 虎隱傳 → 임호은전)

◆804. [[호정 虎穽]]

◆805. [[호주명보록 湖州冥報錄]]

◆806. [[호질 虎叱]]

▶(홍경래 洪景來 → 신미록)

▶(홍경래실기 洪景來實記 → 신미록)

▶(홍경래전 洪景來傳 → 신미록)

◆807. [홍계월전 洪桂月傳] ← 계월전 / 계월충렬록 / 평국전 / 홍평국전

◆808. [홍길동전 洪吉童傳] ← 김길동전 / 위[율]도왕전

▶(홍난성전 紅鸞城傳 → 강남홍전)

◆809. [홍낭전 紅娘傳]

◑{홍달성전 洪達城傳}

◆810. [[홍도(전) 紅桃(傳)]] ← *최척전 / 상사루66)

◆811. [홍루몽 紅樓夢] ← 금옥연 ②

◆812. [홍루몽보 紅樓夢補]

◆813. [홍루부몽 紅樓復夢]

◆814. [[홍매기 紅梅記]] ← 태평광기언해

▶(홍문연 鴻門宴 → 항장무전)

▶(홍백화 紅白花 → 홍백화전)

▶(홍백화기 紅白花記) → 홍백화전)

◆815. [홍백화전 紅白花傳] ← 계순전 / 낙양삼절록 / 정백화전 / 홍백화 / 홍백화기

◑{홍벽전}

◆816. [[홍생원유기 洪生遠游記]]

◆817. [홍선 紅線] ←『금강유산기』/『전기』

◑{홍수전 洪秀傳}

★[[홍순언전 洪純彦傳]] ← *이장백전

◆818. [홍연전 洪延傳]

▶(홍영선북정기 洪靈仙北征記 → 홍영선전)

◆819. [홍영선전 洪靈仙傳] ← 홍영선북정기

▶(홍윤성전 洪將軍傳 → 홍장군전)

◆820. [홍의동자 紅衣童子]

▶(홍의장군전 紅衣將軍傳 → 곽재우전)

◆821. [홍장군전 洪將軍傳] ← *원두표실기 / 홍윤성전

◑{홍장전 紅粧傳}

▶(홍평국전 洪平國傳 → 홍계월전)

【增】◑{홍학사전 洪學士傳}

【增】◑{화곡전}

▶(화룡도 → 적벽대전)

■『화몽집 花夢集』→ 강로전 / 김화령전 / 동선전 / 몽유달천록 / 영영전 / 운영전 / 원생몽유록 / 주생전 / 파생명몽록

◆822. [화문록 花門錄]

【增】(화문창선록 花門彰善錄 → 화씨충효록)

▶(화문충의록 花門忠義錄 → 화씨충효록)

▶(화문충효록 花門忠孝錄 → 화씨충효록)

【增】◑{화분금}

◆823. [화사 花史]

▶(화사성몽 花事醒夢 → 오유란전)

◆824. [화산기봉 華山奇逢]

◆825. [화산선계록 華山仙界錄]

---

66) '총목'에 부분 추가.

◨826. [화산중봉기 華山重逢記] ← 김상국전

◨827. [[화서국전 華胥國傳]]

■『화석자문초 花石子文鈔』→ 각로선생전

◑{화씨빙륜록}

◑{화씨삼대록 花氏三代錄}

【增】◑{화씨쌍육록}

【增】▶(화씨전 花氏傳 → 화씨충효록)

▶(화씨창선감의록 花氏彰善感義錄 → 창선감의록)

▶(화씨충의록 和氏忠義錄 → 화씨충효록)

◨828. [화씨충효록 花氏忠孝錄] ← *감의록 / *원감록
  / *창선감의록 / *창선록 / 충의록 / 충효록 ② / 화문창선
  록 / 화문충의록 / 화문충효록 / 화씨전 / *화씨창선감의
  록 / 화씨팔대록 / 화씨팔대선행록 / 화씨팔대충의록
  / 화씨팔대충효록 / *화씨효행기 / *화진전 / 화형옥전
  / 화형옥충의록67)

▶(화씨팔대록 花氏八代錄 → 화씨충효록)

▶(화씨팔대선행록 花氏八代善行錄 → 화씨충효록)

▶(화씨팔대충의록 花氏八代忠義錄 → 화씨충효록)

▶(화씨팔대충효록 花氏八代忠孝錄 → 화씨충효록)

▶(화씨효행기 花氏孝行記 → 화씨충효록)

◨829. [화옥쌍기 花玉雙奇]

★[[화왕계 花王戒]] ← 풍왕서

◨830. [[화왕전 花王傳 ①]]

◨831. [[화왕전 花王傳 ②]]

◨832. [[화왕전 花王傳 ③]]

▶(화용도 華容道 → 적벽대전)

▶(화용도실기 華容道實記 → 적벽대전)

▶(화용도전 華容道傳 → 적벽대전)

◑{화월인연 花月因緣}

◑{화윤별취록 華尹別聚錄}

▶(화정미행록 華鄭美行錄 → 화정선행록)

◨833. [화정선행록 和靜善行錄 / 華鄭善行錄 / 花鄭善行
  錄]← 화정미행록

▶(화진전 花珍傳 → 창선감의록)

▶(화충가 華蟲歌 → 장끼전)

▶(화충선생전 華蟲先生傳 → 장끼전)

▶(화충전 華蟲傳 → 장끼전)

◑{화향전 花香傳}

▶(화형옥전 花荊玉傳 → 화씨충효록)

▶(화형옥충효록 花荊玉忠孝錄 → 화씨충효록)

◑{화호외사 畵葫外史}

◨834. [환몽과기 鰥夢寡記]

◨835. [[환백장군전 歡伯將軍傳]]

【增】◑{환춘전} ← 이한림전

■『황강잡록 黃岡雜錄』

▶(황경기대록 → 황경양문록)

◑{황경양문록 黃景兩門錄}

▶(황공전 黃公傳 → 황월선전)

■『황동명소설집 黃東溟小說集』→ 달천몽유록 ② / 사대
  기 / 옥황기 / 천군기

【增】◑{황고전}

◨836. [황릉몽환기 黃陵夢還記] ← 경암계암전 / 황릉묘몽
  유록68)

▶(황릉묘몽유록 黃陵廟夢遊錄 → 황릉몽환기69))

▶(황릉묘요얼탕평기 黃陵廟妖蘖蕩平記 → 여와전)

836-1.[황명배신전 皇命陪臣傳]70)

◑{황명통기 皇命通紀}

◨837. [황백호전 黃白虎傳]

◨838. [황부인전 黃夫人傳] ← 황처사전

◨839. [[황새결송 황새決訟]] ←『금수전』/『삼설기』/
  『일대장관』

◨840. [황생전 黃生傳 ①] ← 황생의 망상

◨841. [황생전 黃生傳 ②]

▶(황석산몽유록 黃石山夢遊錄 → 용문몽유록)

▶(황설록 黃薛錄 → 황운전)

◨842. [황설현전]

▶(황연단 → 연당전)

▶(황연당전 → 연당전)

◑{황영전}

▶(황운설련전 黃雲薛蓮傳 → 황운전)

◨843. [황운전 黃雲傳] ← 황설록 / 황운설련전 / 황장군전

◨844. [황월선전 黃月仙傳] ← 월선전 / 월성전 / 황공전
  / 황월성전

▶(황월성전 → 황월선전)

---

67) '총목'에 「화문창선록」과 「화씨전」 부분 추가.

68) '총목'에 부분 추가.

69) '총목'에 부분 수정.

70) '총목'에 부분 수정.

---

71) '총목'에 부분 수정 및 추가.

참고 문헌

<보기>
 (異目)=『古典小說 異本目錄』[목록류]
 (異資)=『古典小說 異本目錄』[자료류]
 (異研)=『古典小說 異本目錄』[연구류]
 (文情)=『古典小說 文獻情報』
 (作研)=『古典小說 作品研究 總覽』
 (줄集)=『古典小說 줄거리 集成』
 (研補)=『古典小說 研究補訂』
 【增】 = 增訂

刊行委員會 編.『敬山史在東博士華甲紀念論叢 韓國敍事文學史의 研究』. 大田: 中央文化社, 1995. (異研) (作研)

________ 編.『茶谷李樹鳳先生停年紀念 古小說研究論叢』. 景仁文化社, 1994. (作研)

________ 編.『石軒丁奎福博士古稀紀念論叢 韓國古小說史의 視角』. 國學資料院, 1996. (異資) (作研)

________ 編.『省吾蘇在英敎授還曆紀念論叢 古小說史의 諸問題』. 集文堂, 1993. (作研)

________ 編.『陽圃李相澤敎授還曆紀念 韓國古典小說과 敍事文學, 上』. 集文堂, 1998. (作研)

________ 編.『玩巖金鎭世先生回甲紀念論文集 韓國古典小說作品論』. 集文堂, 1990. (異研) (作研)

________ 編.『一葦禹快濟博士華甲紀念論文集 古小說研究史』. 月印, 2002. (研補)

________ 編.『黃浿江敎授停年退任紀念論叢 古典小說研究』. 一志社, 1993. (異研) (作研)

簡鎬允.「최현전.」『우리文學研究』, 14. 우리文學會, 2002. 12. (研補)

_____. 「崔灝傳」 연구: 17세기 傳奇小說과 國文小說과의 관계를 中心으로.”『語文研究』, 31:2[118]. 韓國語文敎育研究會, 2003. 6. (研補)

_____.『馬斗榮傳 研究』. 경인문화사, 2003. (研補)

_____.『先賢遺音』. 이회문화사, 2003. (研補)

葛賢寧.『中國小說史』. 中華文化出版事業委員會, 1933. (文情)

姜慶鎬. “『明皇誡鑑』의 研究: 그 諺解本을 通한 復元作業을 中心으로.”『論文集』, 15. 建國大 大學院, 1982. 8. (作研)

姜景勳. “筆寫本 雜錄『博聞』에 대하여.”『문헌과 해석』, 7. 太學社, 1999. 5. (作研)

姜東燁. “「龍門夢遊錄」에 대하여.”『韓國文學研究』, 14. 東國大 韓國文學研究所, 1992. 2. (作研)

江蘇省社會科學院 編/吳淳邦 外 譯.『中國古典小說總目提要』, 1~3. 蔚山大學校出版部, 1993.

(줄集)

姜愛姬. "「西海武陵記」硏究." 『梨花語文論集』, 5. 梨花女大 韓國語文學硏究所, 1982. 12. (作硏)

강영순. "「백년전」(百年傳) 원전 연구." 『冽上古典硏究』, 8. 冽上古典硏究會, 1995. 4. (줄集)

姜在哲. "「天君衍義」作者攷." 『東洋學』, 19. 檀國大 東洋學硏究所, 1989. 10. (作硏)

姜銓燮. "「文九夢傳」에 대하여." 『語文硏究』, 13. 語文硏究會, 1984. 12. (作硏)

______. "寶月 纂集 「팔승녹」의 吟味鑑賞." 『古小說硏究』, 13. 韓國古小說學會, 2002. 6. (硏補)

______. "『언문칙목녹』(諺文冊目錄) 小考." 敬山史在東博士華甲紀念論叢 刊行委員會, 『韓國敍事 文學史의 硏究』. 大田: 中央文化社, 1995. 5. (異目) (文情)

______. "「화진전」(花珍傳)에 대하여." 『韓國言語文學』, 13, 韓國言語文學會, 1975. 11. (作硏)

강진옥. "「신계후전」의 예비적 검토." 『梨花語文論集』, 9. 梨花女大 韓國語文學硏究所, 1987. 11. (作硏)

姜漢永. "國文學界의 宿願이 이루어지던 순간." 『文學思想』, 40. 文學思想社, 1976. 1. (異硏)

______. "판소리 사설 解說." 『申在孝 판소리 사설集』. 延世大出版部, 1969. 12. / 民衆書館, 1971. 9 (재판). (作硏)

______ 校註. 『癸丑日記』. 新古典社, 1958. (作硏)

______ 校注. 『申在孝판소리辭說集』. 韓國古典文學大系 12. 民衆書館, 1971. (異資) (文情)

姜賢敬. "「鰥夢寡記」에 대하여." 『語文硏究』, 29. 語文硏究會, 1997. 12. (줄集)

______. "「幻夢寡記」에 대하여." 『語文硏究』, 29. 語文硏究會, 1997. 12. (作硏)

建國大學校中央圖書館. 『漢籍綜合編』. 1991. (異目)

慶尙大學校圖書館. 『漢籍目錄』. 1996. (異目)

景一男. "「美人圖」의 書誌的 實態와 文學的 實相." 『語文硏究』, 25. 語文硏究會, 1994. 11. (異硏)

______. "「朴氏傳」의 佛敎的 性格." 『語文硏究』, 14. 語文硏究會, 1985. 11. (作硏)

계명대학교 동산도서관. 『계명대학교개교50주년기념 古書綜合目錄』. 2004. (異目) 【增】

啓明大學校 中央圖書館. 『古書目錄』. 1987. (異目) (文情)

啓明文化社 編輯部 編. 『新小說全集』. 전 21권. 啓明文化社, 1987. (異資) (文情)

高麗大學校 中央圖書館. 『景和堂[朴炯允]文庫目錄』. 1975. (異目) (文情)

______. 『晩松[金完燮]文庫目錄』. 1979. (異目) (文情)

______. 『薪菴[金約瑟]文庫漢籍目錄』. 1974. (異目) (文情)

______. 『癡菴[申奭鎬]文庫漢籍目錄』. 1983. (異目) (文情)

______. 『漢籍目錄(舊藏)』. 1984. (異目) (文情)

高麗書林. 『古典小說』. 전5집. 高麗書林, 1986~1991. (異資) (文情)

古典敎材刊行會 編. 『韓國古典小說選』. 새글사, 1966. (異資) (文情)

고전문학실 편. 『한국고소설해제집』. 서울: 보고사, 1997 중판 (上·下 2책). (異硏) (作硏)

과학원언어문학연구소 문학연구실 편. 『조선문학통사』, 상·하. 과학원출판사, 1959. (異硏) (作硏) (硏補)

郭正植. 『古典小說講讀』. 新知書院, 1997. (異資) (文情)

具滋均. "近世的 文人 張混에 대하여." 『文理論集(文學部篇)』, 7. 高麗大 文理科大學, 1963. 11.

______. (作研)

______. "「玉樓夢」을 通해서 본 小說史의 問題點." 『民族文化硏究』, 1. 高麗大 民族文化硏究所, 1964. 10. (作研)

______. 『國文學論考』. 博英社, 1966. (作研)

具忠會. "「淑香傳」異本考." 碩論. 高麗大 敎育大學院, 1984. 2. (異研)

國立國會圖書館支部 東洋文庫(日本). 『增補 東洋文庫朝鮮本分類目錄』. 國立國會圖書館, 1979. (異目)

國立圖書館. 『古書部分類目錄 首卷: 1945.8月 現在』. 1956. (異目) (文情)

국립중앙도서관. 『고서목록』. 1: 1970; 3: 1972; 4: 1973; 5: 1980; 6: 1994. (異目) (文情)

______. 『장서목록 (동양서 2): 역사·지리·어학·문학』. 1983. (異目) (文情)

______. 『장서목록 (동양서 8): 보유편』. 1989. (異目) (文情)

國史編纂委員會. 『古書目錄』. 1983. (異目) (文情)

국어국문학회 편. 『古典小說硏究』. 국어국문학연구총서, 5. 정음사, 1979. (作研)

國語國文學會 編. 『原本漢文小說選』. 大提閣, 1976. (異資) (文情)

______. 『제11회 전국국어국문학연구발표대회 기념 제2회 國語國文學 硏究 資料 및 坊刻本 展示會 目錄』. 1968. (異目) (文情)

國土統一院資料管理局. 『北韓出版物目錄』. 國土統一院, 1978. (文情)

國學振興研究事業推進委員會. 『藏書閣古小說解題』. 韓國精神文化研究院, 1999. (줄集)

國會圖書館. 『古書目錄』. 國會圖書館, 1995. (異目)

______. 『韓國 博士 및 碩士學位 論文總目錄』, 第1輯~第28輯(1945~1997. 2). (異目)

國會圖書館司書局參考書誌課 編. 『韓國古書綜合目錄』. 大韓民國國會圖書館, 1968. (異目) (文情)

權寧浩. "「장끼전 작가군 연구." 博論. 慶北大 大學院, 1995. 8. (研補)

권도경. "조선후기 통속적 한문소설 연구." 석론. 이화여대 대학원, 1999. 2. (作研)

權紋廷. "「花門錄」硏究." 석론. 국민대 교육대학원, 1999. 2. (作研) (줄集)

權相老. 『朝鮮文學史』. 第一프린트社, 1947. (作研)

權純肯. "「李春風傳」의 풍자성과 근대적 지향." 『泮橋語文研究』, 5, 泮橋語文學會, 1994. 4. (研補)

______. "1910년대 活字本 古小說 硏究: 그 改作新作의 歷史的 性格." 博論. 成均館大 大學院, 1990. 2. (異研) (作研) (文情)

______. "「콩쥐팥쥐젼」과 고소설의 童話化 경향." 『成大文學』, 25. 成均館大 國語國文學會, 1987. 12. (研補)

權五星. "「義狗傳」攷." 『嶺南語文學』, 10. 嶺南語文學會, 1983. 12. (作研)

權友荇. "「金山寺記」연구." 博論. 曉星女大 大學院, 1991. 2. (研補)

______. "「王郎返魂傳」形成에 關한 一考察." 『國語國文學論文集』, 5. 東亞大 文科大 國語國文學科, 1982. 12. (作研)

______. "「卓英傳」小考." 『國文學研究』, 11. 曉星女大 國語國文學科, 1988. 6. (줄集) (作研)

權仁淑. "「백학선전」硏究." 碩論. 梨花女大 大學院, 1988. 8. (異研)

______. "「윤지경전」의 역사적 성격 고찰." 『韓國古典研究』, 1. 韓國古典研究會, 1995. 8. (作研)

權泰乙. "拙齋 蔡紹權의 「花王傳」 考." 『國語國文學研究』, 25. 嶺南大 國語國文學, 1997. 12. (作研)

권택무. "중세소설 「황백호전」에 대하여." 평양. 『통일문학』. 1989. 1. (줄集)

권택무·최옥희. 『토끼전』. 조선고전문학선집, 44. 평양: 문예출판사, 1992 (海外우리語文學叢書, 44. 서울: 한국문화사, 1995 영인). (作研)

권혁래. "나손본 「김철전」의 史實性과 여성적 시각의 변모." 『古典文學研究』, 15. 韓國古典文學會, 1999. 6. (줄集)

______. "「박태보전」의 적층성과 충적의식의 충." 『연세어문학』, 28. 연세대 국어국문학과, 1996. 2. (研補)

______. "「빅시황전 裵是愰傳」 연구," 『古小說研究』, 3. 韓國古小說學會, 1997. 9. (研補)

______. "신발굴자료 「서진사전」 해제," 『동방고전문학연구』, 5. 東方古典文學會, 2003. 12. (研補)

金甲振. "「金生傳」 小考." 『韓南語文學』, 13. 韓南大 國語國文學會, 1987. 6. (줄集)

金乾坤. "『新羅殊異傳』의 作者와 著作背景." 『정신문화연구』, 34. 한국정신문화연구원, 1988. 5. (作研)

金庚美. "「鸞鶴夢」 研究." 『梨花語文論集』, 12. 梨花女大 韓國語文學研究所, 1992. 2. (研補)

______. "「南洪量傳」 연구." 『古小說研究』, 12. 韓國古小說學會, 2001. 12. (研補)

______. "「玉麟夢」의 주제와 의미." 『韓國古典研究』, 2. 韓國古典研究學會, 1996. 11. (研補)

金庚美. "「玉仙夢」의 性格과 作家의 小說認識." 『국어국문학』, 109. 국어국문학회, 1993. 5. (作研)

______. "「折花奇談」 研究." 『韓國古典研究』, 1. 韓國古典研究會, 1995. 8. (줄集)

______. "朝鮮後記 小說論 研究." 博論. 梨花女大 大學院, 1994. 2. (研補)

김경숙. "동양문고본 「남정팔난기」 연구." 『洌上古典研究』, 20. 洌上古典研究會, 2004. 12. (研補)

______. "「李大鳳傳」 一考: 고소설의 판소리화에 대한 일 시도로써." 『洌上古典研究』, 8. 洌上古典研究會, 1995. 4. (作研)

金光淳. "「金現感虎」의 異本과 文學史的 意義." 『韓國 古小說의 照明』. 亞細亞文化社, 1990. 1. (作研)

______. "「다람젼」에 對하여." 『어문론총』, 20. 경북대 국어국문학과, 1986. / 『韓國擬人小說 研究』. 螢雪出版社, 1987. (作研) (줄集)

______. "鼠의 擬人類小說의 相互關係," 『常山李在秀博士還曆紀念論文集』. 螢雪出版社, 1972. 7. (異研) (作研) (줄集)

______. "新資料 「윤션옥젼」에 對하여." 경북대, 『어문론총』, 31. 경북어문연구회, 1997. 8. (줄集)

______. "「장끼전」의 이본과 두 세계관의 인식." 간행위원회편, 『한실이상보박사회갑기념논총』. 형설출판사, 1987. 9. (異研) (作研)

______. "「天君實錄」." 『韓國古典小說作品論』. 集文堂, 1990. 10. (作研)

______. "「天君演義」 研究." 『朝鮮後期의 言語와 文學(韓國語文學大系Ⅳ)』. 螢雪出版社, 1978. 10. / 『天君小說 研究』. 螢雪出版社, 1980. 10. (作研) (줄集)

______. "「抱節君傳」에 對하여." 『語文學』, 23. 韓國語文學會, 1970. 10. (作研) (줄集)

______. "「花史」의 作者再考." 『語文學』, 14. 韓國語文學會, 1966. 4. (作研)

______. "한국 擬人文學의 사적 계보와 성격 (下)." 『語文學』, 17. 韓國語文學會, 1967. 12. (作研)

______. "解題."『金光淳所藏筆寫本 韓國古小說全集』, 49. 박이정, 1998. (줄集)

______ 編.『金光淳所藏 筆寫本 韓國古小說全集』. 1~40. 景仁文化社, 1993~1994; 41~50. 박이정, 1998; 51~60. 박이정, 2002. (異資) (文情)

______.『天君小說研究』. 螢雪出版社, 1980. (作研) (줄集)

______.『韓國古小說史와 論』. 새문社, 1990. (異研) (作研) (文情)

______.『韓國擬人小說研究』. 새문사, 1987. (異研) (作研) (文情)

金丘庸. "「玉樓夢」." 現代文學社 編,『世界文藝講座, 3: 作家·作品論』. 語文閣, 1963. 1. (作研)

김귀석. "「미인도」 연구."『韓國言語文學』, 48. 韓國言語文學會, 2002. 6. (研補)

金均泰. "「虎叱」."『韓國古典小說作品論』.『韓國古典小說作品論』. 集文堂, 1990. 10. (作研)

______. "朝鮮後期 人物傳의 野談趣向性 考察."『韓國漢文文學研究』, 韓國漢文學會, 12. 1989. 9. (作研)

______ 編.『文集所在傳資料集』. 全10卷 및 索引. 啓明文化社, 1986. (異資)

金根洙 編.『小說資料集成』. 서울, 1962. (異資) (文情)

金起東. "歌辭의 小說化 試論."『論文集』, 3·4合. 東國大, 1968. 4. (作研)

______. "古典小說 四題."『국어국문학』, 54. 국어국문학회, 1971. 12. (作研)

______. "『金鰲新話』의 研究."『東洋學』, 5. 檀國大 東洋學研究所, 1975. 6. (作研)

______. "「玉仙夢」 攷."『國語國文學論文集』, 3. 東國大 國語國文學會, 1962. 6. (作研)

______. "「六美堂記」 贅論."『국어국문학』, 33. 국어국문학회, 1966. 10. (作研)

______. "李朝小說一覽表."『李朝時代小說論』. 精淵社, 1959. (異目)

______. "「鍾玉傳」 研究."『論文集』, 14. 東國大, 1975. 12. (作研)

______. "「彩鳳感別曲」의 比較文學的 考察."『論文集』, 1. 東國大, 1964. 3. (作研)

______. "판소리의 플롯 考究."『曉城趙明基博士華甲記念 佛敎史學論叢』. 同刊行委員會, 1965. 5. (作研)

______. "韓國 古典小說 研究, 其一."『國語國文學論文集』, 7·8合. 東國大 國語國文學研究會, 1969. 12. (異研) (作研)

______. "韓國小說發達史 中."『韓國文化史大系』, V. 高麗大 民族文化研究所, 1967. 5. (作研)

______. "「香娘傳」(三韓拾遺)의 研究."『국어국문학』, 25. 국어국문학회, 1962. 5. (作研)

______. "「玄氏兩熊雙麟記」와「明珠奇逢」: 李朝連作小說의 研究(其 五)."『蘭汀南廣祐博士華甲紀念論叢』. 一潮閣, 1980. 10. (作研)

______ 譯.『李朝傳奇小說選』. 乙酉文庫, 144. 乙酉文化社, 1974. (異資) (文情)

______.『李朝時代小說論』. 精研社, 1959. (作研) (研補)

______.『李朝時代小說의 研究』. 成文閣, 1974; 1978 중판. (異研) (作研) (文情)

______ 編.『李朝傳奇小說選』. 正音文庫, 170. 正音社, 1978. (異資) (文情)

______ 編.『李朝諧謔小說選』. 正音文庫, 90. 正音社, 1979. (異資) (文情)

______ 編.『筆寫本古典小說全集』. 전 30책. 亞細亞文化社, 1980. (異資) (文情) (줄集)

______.『韓國古典小說研究』. 1983 / 제3판, 教學研究社, 1987. (異研) (作研) (文情) (줄集)

______ 編.『韓國古典小說叢書』. 전 13책. 太學社, 1983. (異資) (文情) (줄集)

______ 編.『活字本古典小說全集』. 전 12책. 亞細亞文化社, 1976~1977. (異資) (文情) (줄集)

金起東·李鍾殷 共編.『古典漢文小說選』. 教學研究社, 1983. (異資) (文情)

金起東·林憲道 共譯.『譯本 漢文小說選集』. 精研社, 1963. (異資) (文情)

김기동·전규태.『한국고전문학 100』. 서문당, 1984. (異資) (文情)

金基鉉. "「玉娘子傳」 研究."『茶谷李樹鳳先生停年紀念 古小說研究論叢』. 景仁文化社, 1994. 2. (作研)

______. "「玉麟夢」의 新考察."『淵民學志』, 2. 淵民學會, 1994. 4. (作研)

______. "尹繼善의 「達川夢遊錄」 研究."『順天鄕語文論集』, 3·4合. 順天鄕大, 1997. 12. (作研)

______. "「林將軍傳」 解說."『林將軍傳』. 예그린出版社, 1980. 8. (作研)

______. "「壬辰錄」 解說."『壬辰錄』. 예그린出版社, 1775. 2. (作研)

______. "「薔花紅蓮傳」의 한 異本: 高大本 「장이홍연전」에 대하여." 石軒丁奎福博士古稀紀念論叢 刊行委員會 編,『韓國古小說史의 視覺』. 國學資料院, 1996. (줄集)

______. "「薔花紅蓮傳」의 形成."『韓國文學論考』. 一潮閣, 1972. 10. (作研)

______ 校注.『壬辰錄』. 韓國古小說善本叢書, 3. 예그린出版社, 1975. (異研)

______.『校註 林將軍傳』. 예그린出版社, 1975. (줄集)

______.『韓國文學論考』. 一潮閣, 1972. (作研)

金基珩. "변신형 「두껍전」에 나타난 갈등양상과 변신의의미." 石軒丁奎福博士古稀紀念論叢 刊行委員會編,『韓國古小說史의 視覺』. 國學資料院, 1996. 10. (作研)

______. "「赤壁歌」의 歷史的 展開와 作品世界." 博論. 高麗大 大學院, 1993. 8. (研補)

金洛孝. "「淸華談」 研究." 博論. 漢陽大 大學院, 1994. 8. (줄集)

金南基. "李健의 생애와 '題小說詩'에 나타난 小說觀 考察." 韓國漢詩學會,『韓國漢詩研究』, 4. 太學社, 1996. 12. (作研) (研補)

______. "「何生夢遊錄」 연구."『陽圃李相澤教授還曆紀念論叢 韓國古典小說과 敍事文學』. 集文堂, 1998. 9. (줄集)

金大成. "「장끼전」 연구."『청람어문학』, 6. 한국교원대, 1991. 12. (異研) (作研)

김대숙. "「박씨전」 연구."『碧史李佑成先生定年退職紀念 國語國文學論叢』. 驪江出版社, 1990. 11. (異研) (作研)

______. "愚父賢女說話와 「심청전」."『판소리研究』, 4. 1993. 12. (作研)

金大綜合圖書館,『金大綜合圖書館圖書目錄 2, 漢書分類目錄』, 1958. (異目) (文情)

金道煥. "「최현전」 研究." 碩論. 高麗大 大學院, 2001. 8. (研補)

金東建. "「토끼傳」 研究." 博論. 慶熙大 大學院, 2001. 2. (研補)

金東旭. "岐山(朴憲鳳)本 「香娘新說」에 대하여."『東方學志』, 8. 延世大 國學研究院, 1967. 10. (作研) (研補)

______. "「두껍傳」 研究 序說."『국어국문학』, 55~57合. 국어국문학회, 1972. 11. (異研) (作研) (줄集)

______. "丙午板完山33張本 「春香歌」 발굴의 의미."『文學思想』, 47. 文學思想社, 1976. 8. (異研)

______. "李朝小說의 作者와 讀者에 대하여."『池憲英先生華甲紀念論叢』. 刊行委員會, 1971. 11. (作研)

______. "「仁顯王后傳」 異本考." 서울文理師範大, 『文理師大』, 1. 서울文理師範大學 學徒護國團, 1959. 3. (作研)

______. "「春香傳」 異本考." 『中央大30周年紀念論文集』. 中央大學校, 1955. 11. (作研)

______. "「春香傳」 異本考 [續]." 『春香傳寫本選集, 1: 「南原古詞」 外』. 國學資料叢書, 第一輯. 明知大學國語國文學科 國學資料刊行委員會, 1977. 5. (作研)

______. "「春香傳」 최초의 版本을 찾아낸 의의." 『文學思想』, 40. 文學思想社, 1976. 1. (異研)

______. "「洪吉童傳」의 國內的 淵源." 刊行委員會編, 『李崇寧博士頌壽紀念論叢』. 乙酉文化社, 1968. 6. (作研)

______, 「洪吉童傳」의 비교문학적 고찰." 『許筠의 文學과 革新思想』. 새문社, 1981. 5. (作研)

______. "판소리는 열두마당뿐인가." 『駱山語文』, 2. 서울대 文理大 國語國文學硏究室, 1970. 11. (作研)

______. "판소리 根源說話 添補." 『大東文化硏究』, 3. 成均館大 大東文化硏究院, 1966. 12. (作研)

______. "판소리 發生攷." 『論文集』, 3. 서울大, 1956. 4. (作研)

______. "한글小說 坊刻本의 成立에 對하여." 『鄕土서울』, 8. 서울市史編纂委員會, 1960. 7. (異研) (作研)

______ 編. 『影印古小說板刻本全集』. 전5책. 延世大, 1-3: 1973 / 4-5: 1975. (文情) (異資)

______. 『國文學槪說』. 民衆書舘, 1961. (作研)

______. 『改正 國文學槪說』. 民衆書舘, 1974. (作研)

______ 校注譯. 『短篇小說選』. 韓國古典文學大系, 13. 民衆書舘, 1976. 4. (作研)

______. 『春香傳比較硏究』. 三英社, 1979. (作研)

______. 『春香傳硏究』. 延世大學校出版部, 1965. (異研) (文情) (研補)

______. 『增補 春香傳硏究』. 延世大學校出版部, 1976. (作研) (研補)

______. 『韓國歌謠의 硏究』. 乙酉文化社, 1961. (作研)

______. 『韓國歌謠의 硏究(續)』. 宣明文化社, 1975. (作研)

金東旭·金泰俊 共編. 『景印解說古小說選』. 開文社, 1977; 개정증보 1980. (異資) (文情)

金東旭·鄭明基. "「紅白花傳」." 『國學資料』, 40. 藏書閣, 1981. 7. (줄集)

金東旭·鄭夏英 共編. 『韓國古代小說講讀』. 集文堂, 1987. (異資) (文情)

金東協. "「四代記」 考察." 『論文集』, 8. 東國大 慶州캠퍼스, 1989. 12. (異研) (作研) (줄集)

______. "「玉皇記」 考察." 『伏賢漢文學』, 5. 伏賢漢文學會, 1989. 12. (作研) (줄集)

______. "儒家的 人間理解 試論: 「天君記」에의 考察." 『韓國文學硏究』, 14. 東國大 韓國文學硏究所, 1992. 2. (異資) (作研) (줄集)

______. "「天君紀」 考察." 『韓國의 哲學』, 16. 慶北大 退溪研究所, 1988. 12. (異資)

______. "「興武王演義」에 대하여." 『국어교육연구』, 25. 경북대사대 국어교육연구회, 1993. 12. (作研)

金杜珍. "新羅昔脫解神話의 形成基盤: 英雄傳說的 性格을 中心으로." 『韓國學論集』, 8. 國民大 韓國學研究所, 1986. 2. (研補)

金明植. "「金氏烈行錄」과 「九疑山」: 古典小說의 改作樣相." 『국어교육』, 49·50. 한국국어교육연구회, 1984. 12. (研補)

金明昊. "燕巖文學과『史記』:『放璃閣外傳』의 분석을 중심으로." 宋載邵·金明昊·鄭大林 外 共編, 『李朝後期漢文學의 再照明』. 創作과批評社, 1983. 8. (作研)

______. "燕巖의 현실인식과 傳의 변모양상." 林熒澤·崔元植 編,『전환기의 동아시아 문학』. 創作과批評社, 1985. 5. (作研)

______. "『熱河日記』研究." 博論. 서울大大學院, 1990. 2. (作研) (研補)

金戊祚.『西浦小說研究』. 螢雪出版社, 1976. (作研)

金文基 編.『古典文學精選』. 太學社, 1980. (異資) (文情)

김문정.『임진록 연구』. 한일역사군담소설연구 1. 박이정. 2001. (研補)

김문희. "완판「춘향전」의 계열과 위상: '완판 26장본'·'완판 29장본'·'완판 33장본'·'완판 84장본'을 중심으로."『古小說研究』, 10. 韓國古小說學會, 2000. 12. (研補)

金美蘭. "「여자행실록」 연구."『畿甸語文學』, 4. 水原大 國語國文學會, 1989. 2. (줄集)

金珉助. "「河陳兩門錄」의 創作方式과 小說史的 位相." 碩論. 高麗大 大學院, 2000. 2. (研補)

김민조. "「황월선전」 이본 연구."『古小說研究』, 15. 韓國古小說學會, 2003. 6. (研補)

金炳國. "「九雲夢」 저작시기 변증."『韓國學報』, 51. 一志社, 1988. 6. (作研)

김복순. "「장학사전」-「완월루」의 변화양상 고찰."『연세어문학』, 17. 연세대 국문과, 1984. 12. (作研)

金思燁.『朝鮮文學史』. 正音社, 1948 /『改稿 國文學史』. 正音社, 1954. (作研)

金三不. "申五衛將 研究 序說." 학위논문. 서울大 文理大. 1949. 7;『판소리研究』, 10. 판소리학회, 1999. 12. (研補)

______ 編著.『國文學參考圖鑑』. 新學社, 1949. (異目) (文情)

______ 校註.『裵裨將傳·雍固執傳』. 民族文化叢書, 6. 國際文化舘, 1950. (作研)

金相勳. "「赤壁歌」의 變貌過程."『판소리研究』, 4. 판소리학회, 1993. 12. (作研)

金奭培. "고본「춘향전」의 성격."『茶谷李樹鳳先生停年紀念 古小說研究論叢』. 景仁文化社, 1994. 2. (異研)

______. "완판 방각본「별춘향전」의 성격."『한국문학논총』, 26. 한국문학회, 2000. 6. (研補)

______. "완판 방각본「춘향전」의 이본 연구: 계통과 변모 양상을 중심으로."『論文集』, 15, 金烏工大, 1994. 12. (研補)

金碩鎭 譯.『道軒遺稿』. 安東金氏道軒公家, 1996. (研補)

金壽峯. "「壽梅淸心錄」 研究."『牛岩語文論集』, 4. 釜山外大 國語國文學科, 1974. 2. (異研)

김수업. "「인현왕후전」의 작자 문제."『語文學』, 25. 韓國語文學會, 1971. 11. (作研)

김수연. "「화씨충효록」 연구." 碩論. 梨花女大 大學院, 1998. 2. (異研) (줄集)

金舜鎭. "地下國大賊除治說話와 李朝傳奇小說의 構造 對比分析."『구비문학』, 3. 韓國精神文化研究院, 1980. 1. (作研)

______. "「韓氏報應錄」 研究."『梨花語文論集』, 5. 梨花女大 語文學研究所, 1982. 12. (作研) (줄集)

金淳休. "「壬辰錄」攷."『東岳語文論集』, 4. 東岳語文學會, 1966. 7. (異研) (作研)

金承鎬. "「김황후전」 연구:「사씨남정기」와의 대비를 중심으로."『국어국문학』, 134. 국어국문학회, 2003. 9. (研補)

______. "사찰연기설화의 소설적 조명."『古小說研究』, 13. 韓國古小說學會, 2002. 6. (研補)

______. "「周王傳」에 나타난 合成的 敍事構成 양상과 그 의미."『語文研究』, 122. 韓國語文敎育硏究會, 2004. 6. (硏補)

______. "太虛堂의「伽倻津龍王堂奇遇錄」연구."『古小說硏究』, 7. 韓國古小說硏究會, 1999. 6. (줄集)

金信延. "「西宮日記」硏究." 碩論. 淑明女大 大學院, 1985. 8. (作硏)

______. "『今古奇觀』의 飜譯樣相: 高大本을 中心으로."『語文論集』, 27. 高麗大 國語國文學硏究會, 1987. 12. (異硏) (作硏) (줄集)

金連浩. "英雄小說의 類型과 變貌에 關한 硏究: 板刻本을 중심으로." 博論. 高麗大 大學院, 1993. 2. (作硏)

金烈圭. "우리나라의 民俗과 國文學."『成大文學』, 13. 成均館大 國語國文學會, 1967. 1. (作硏)

______. "「地下界 探訪 및 怪獸除置」素材論."『韓國學報』, 8. 一志社, 1977. 9. (作硏)

______. 『韓國民俗과 文學硏究』. 一潮閣, 1971. (作硏)

金 瑛 校注. 『악의전단전』. 鮮文大學校 中韓飜譯文獻硏究所, 2001. (硏補)

______ 校注. 『천리구』. 鮮文大學校 中韓飜譯文獻硏究所, 2003. (硏補)

김영·이수진 엮음. 『한국생활사 자료 전시도록 附: 중국 고소설』. 미도민속관선문대학교 중한번역문헌연구소, 2004. (硏補)

김영·이수진. 미도민속관중한번역문헌연구소. 『한글생활사전시도록』. 2004. (異目)【增】

金瑛·李秀珍 編. 『紅樓夢的傳播與飜譯 홍루몽의 전파와 번역』. 鮮文大學校 中韓飜譯文獻硏究所, 2004. (硏補)

金榮鎭. "「廉丞傳」硏究."『韓國漢文學硏究』, 23. 韓國漢文學會, 1999. 4. (硏補)

金煐泰. "「浮雪傳」의 原本과 그 作者에 대하여."『韓國佛敎學』, 1. 韓國佛敎學會, 1975. 12. (硏補)

金完鎭 소개, "「빙빙뎐」."『韓國文化』, 6. 서울大 韓國文化硏究所, 1985. 12.. (줄集)

金容德. "傳記小說의 통시적 고찰."『省吾蘇在英敎授還曆紀念論叢 古小說史의 諸問題』. 集文堂, 1993. 11. (作硏)

______. 『韓國傳記文學論』. 民族文化社, 1987. (줄集)

金容範. "「裵是愰傳」硏究."『李慶善博士回甲紀念 韓國語文學探究』. 民族文化社, 1983. 4. (作硏)

金用淑. "「癸丑日記」의 作者考."『이조여류문학 및 궁중풍속의 연구』. 淑明女大出版部, 1970. 4. (作硏)

______. "「仁顯王后傳」作者考."『국어국문학』, 21. 국어국문학회, 1959. 8. (作硏)

______. 『秘藏本 한듕록』[1981]. 淑大出版部, 1981. (異硏)

______. 『이조여류문학 및 궁중풍속의 연구』. 淑明女大出版部, 1970. (異硏)

金柔辰. "「崔顯傳」의 二重的 人物關係 硏究." 碩論. 梨花女大 大學院, 1990. 8. (異硏)

김윤세. 『임경업전』. 조선고전문학선집, 39. 평양: 문예출판사, 1992 (海外우리語文學叢書, 47. 서울: 한국문화사, 1995 영인). (作硏)

金恩希. "「沈生傳」의 近代小說的 性格考察."『德成語文學』, 7. 德成女大 國語國文學科, 1992. 8. (줄集)

金應煥. "「淑香傳」의 道敎思想的 考察." 李鍾殷編, 『韓國文學의 道敎的 照明』. 普成文化社, 1986.

1. (異硏)

金義政. "「林將軍傳」 硏究." 碩論. 檀國大 大學院, 1984. 8. (異硏) (作硏) (줄集)

金仁圭. "『金鰲神話』와 「雨月物語」의 比較硏究." 『우리文學硏究』, 8. 우리文學會, 1990. 12. (硏補)

金一根. "「癸丑日記」 新攷: 作者와 形成過程에 對해서." 『국어국문학』, 55~57合. 국어국문학회, 1972. 11. (作硏)

______. "『明皇誠鑑』과 그 諺解本에 대한 新攷." 『學術誌』, 24. 建國大, 1980. 5. (作硏)

______. "『明皇誠鑑』과 그 諺解本의 正體." 『陶南趙潤濟博士古稀紀念論叢』. 螢雪出版社, 1976. 4. (作硏)

金一烈. "「蘇大成傳」." 『韓國古典小說作品論』. 集文堂, 1990. 10. (作硏)

______. "英雄小說의 近代的 變貌에 關한 一考察." 『語文論叢』, 13·14. 慶北大 文理大 國語國文學科, 1980. 8. (作硏)

______. "「洪吉童傳」과 「田禹治傳」의 比較考察." 『語文學』, 30. 韓國語文學會, 1974. 3. (作硏)

______. 『朝鮮朝小說의 構造와 意味』. 螢雪出版社, 1984; 1991. (異硏) (作硏)

김일성종합대학 편. 『조선문학사』, I. 평양: 김종합대학출판부, 1982. 서울: 天地, 1989. (作硏)

金一台. "古典小說 「尹知敬傳」 考察." 『東岳語文論集』, 19. 東岳語文學會, 1984. 11. (作硏)

金章東. "「朴氏傳」 論考." 『한양어문연구』, 3. 한양대 한양어문연구회, 1985. 10. (作硏)

______. 『朝鮮朝歷史小說硏究』. 二友出版社, 1986. (作硏)

金長煥·朴在淵 校註. 『태평광긔 권지이』. 鮮文大 中韓飜譯文獻硏究所, 2003. (줄集)

金梓洙. "「雲英傳」의 素材로서의 「安生傳」." 『국어교육연구』, 6. 광주교육대, 1994. 8. (作硏)

金在用. "繼母型 古小說의 詩學的 硏究." 碩論. 西江大 大學院, 1991. 8. (異硏) (作硏)

______ 外共編. 『韓國古典小說講讀』. 集文堂, 1989. (異資) (文情)

______. "「江陵秋月傳」 硏究." 『韓國學論集』, 26. 啓明大 韓國學硏究所, 1999. 12. (硏補)

______. "「江陵秋月傳」의 이본에 대한 연구." 『韓國學論集』, 27. 啓明大 韓國學硏究所, 2000. 12. (硏補)

______. "「강능추월전」의 이본 형성과 변모에 관한 연구." 博論. 계명대 대학원, 2003. 2. (硏補)

金在喆. 『朝鮮演劇史』. 學藝社, 1933. (作硏)

金在煥. "「蛙蛇獄案」 硏究." 『동남어문논집』, 7. 동남어문학회, 1997. 8. (줄集)

김정녀. "「金華寺夢遊錄」 硏究史." 『古小說硏究史』. 一葦禹快濟博士 華甲紀念論文集 刊行委員會, 2002. 12. (硏補)

______. "낙선재본 「보홍루몽」의 번역 양상," 『보홍루몽』. 선문대 중한번역문헌연구소/이회, 2004. 10. (硏補)

______. "낙선재본 「홍루몽보」의 번역 양상." 김정녀·박재연 校註, 『홍루몽보 紅樓夢補』. 선문대 중한번역문헌연구소/이회, 2004. 7. (硏補)

김정녀·박재연 校註. 『홍루몽보 紅樓夢補』. 조선시대 번역고소설총서 16, 선문대학교 중한번역문헌연구소/이회, 2004. (硏補)

김정석. "「홍연전」 연구." 『成大文學』, 27. 成均館大 國語國文學科, 1990. 12. (作硏) (줄集)

______. "「활자본 「史大將傳」의 '短命譚' 수용과 그 의미." 『東洋古典硏究』, 8. 東洋古典學會,

1997. 5. (作研)

金鍾澈. "「게우사」의 자료적 가치."『韓國學報』, 65. 一志社, 1991. 12. (作研)

______. "「무숙이타령」(왈자타령) 연구."『韓國學報』, 68. 一志社, 1992. 9. (作研)

______. "「裵裨將傳」類型의 小說研究."『冠嶽語文研究』, 10. 서울大人文大 國語國文學科, 1985. 12. (作研)

______. "「별춘향전」의 복원."『亞洲語文研究』, 2. 亞洲大 國語國文學科, 1995. 12. (研補)

______. "심능숙의 「玉樹記」."『省吾蘇在英敎授還曆紀念論叢 古小說史의 諸問題』. 集文堂, 1993. 11. (作研)

______. "「玉丹春傳」."『韓國古典小說作品論』. 集文堂, 1990. 10. (作研)

______. "「玉樹記」 研究: 作品構造와 世界觀을 中心으로." 碩論. 서울大 大學院, 1985. 2. (作研) (줄集)

______. "「옹고집전」 연구: 조선후기 요호부민의 동향과 관련하여."『韓國學報』, 20:2(75). 一志社, 1984. 6. (異研) (作研)

______. "완서신간본 完西新刊本 「별춘향전」에 대하여."『판소리研究』, 7. 판소리학회, 1995. 12. (研補)

______. "「春香新說」攷."『茶谷李樹鳳先生停年紀念 古小說研究論叢』. 景仁文化社, 1994. 2. (作研)

______. 『판소리의 정서와 미학: 창을 잃은 판소리를 중심으로』. 역사비평사, 1996. (異研) (作研)

金俊範. "새로 발굴된 「류오룡전」에 대하여."『朝鮮時期朝譯本淸代小說與彈詞研究』. 中韓飜譯文獻研究所·韓國中國小說學會, 2005. 8. (研補)

김준형. "「金僞覺」의 발굴과 소설사적 의의."『古小說研究』, 18. 韓國古小說學會, 2004. 12. (研補)

金鎭英. "「강남홍전」의 연구:「옥루몽」의 개작과 변이를 중심으로."『語文研究』, 32. 語文研究學會, 1999. 12. (研補)

______. "「金庾信傳」." 玩巖金鎭世先生回甲紀念論文集 刊行委員會 編.『韓國古典小說作品論』. 1990. 10. (作研) (줄集)

______. "판소리문학 자료발굴의 현황과 연구전망."『국어국문학』, 123. 국어국문학회, 1999. 3. (異目)

金鎭世. "樂善齋小說의 特性."『정신문화연구』, 44. 한국정신문화연구원, 1991. 12. (作研)

______. "「碧虛談關帝言錄」 紹介."『國學資料』, 17. 藏書閣, 1974. 10. (줄集)

______. "「嚴氏孝門淸行錄」 研究 一."『백영정병욱선생환갑기념논총 韓國古典文學研究』(合本). 新丘文化社, 1982. 5. (作研)

______. "「玩月會盟宴」."『黃浿江敎授定年退任紀念論叢 II 古典小說研究』. 一志社, 1993. 4. (作研)

______. "李朝後期 大河小說 研究." 韓國古典文學研究會 編.『韓國小說文學의 探究』. 一潮閣, 1978. (줄集)

______. "「太原誌」攷."『論文集』, 1. 嶺南大, 1967. 12. (줄集)

______. "「洪吉童傳」의 作者攷."『論文集(人文·社會科學編)』, 1. 서울大學校 敎養課程部, 1969. 4. (作研)

金昌龍. "假傳의 발달과 소설적 접근."『黃浿江敎授定年退任紀念論叢 II 古典小說研究』. 一志社, 1993. 4. (作研)

______. "「郭索傳」 研究." 『東方學志』, 36·37合. 延世大 國學研究院, 1983. 6. (作研)

______. "金得臣의 假傳「歡伯將軍傳」,「淸風先生傳」 해제 및 번역소개." 『漢城語文學』, 6. 漢城大 國語國文學科, 1987. 5. (作研)

______. "「山君傳」 注疏." 『東方學志』, 64. 延世大 國學研究院, 1989. 12. (作研)

______. "「酒肆丈人傳」과 「酒肆主人」의 해제 및 번역 소개." 『漢城語文學』, 4. 漢城大 國語國文學科, 1985. 5. (作研)

______. "「竹夫人傳」(張·李)과 「湯媼傳」·「湯婆傳」의 解題 및 飜譯紹介." 『民族文化』, 3. 한성대 민족문화연구소, 1985. 5. (作研)

______. 『韓國假傳文學選』. 정음사, 1988 重版. (異資) (文情)

______. 『韓·中假傳文學의 研究』. 開文社, 1985. (異研) (作研) (文情)

金昌辰. "흥부·놀부 고향의 현장적 고찰." 『문학한글』, 7. 한글학회, 1993. 12. (作研)

______. "「興夫傳」의 異本과 構成研究." 博論. 慶熙大 大學院, 1991. 2. (研補)

김춘택, 『조선고전소설사연구』. 평양, 1986; 『우리나라고전소설사』. 한길사, 1993. (作研) (줄集) (研補)

金忠實. "訟事型 古典小說 研究." 碩論. 梨花女大 大學院, 1991. 2. (作研)

______. "「이운선전」 연구." 『梨花語文論集』, 13. 梨花女大 韓國語文學研究所, 1994. 2. (作研) (줄集)

金琸桓. "「쌍천기봉」의 창작방법 연구." 李樹鳳 外 共著, 『韓國家門小說研究論叢』, II 景仁文化社, 1999. 7. (研補)

金泰坤. 『黃泉巫歌의 研究』. 創又社, 1966. (作研)

金台俊. "「廣寒樓樂府」 解題." 『學燈』, 13. 學燈社, 1935. 11. (研補)

______. "玉丹春傳說考." 『學燈』, 18. 漢城圖書株式會社, 1935. 8. (作研)

______. "「春香傳」의 現代的 解釋." 『東亞日報』, 1935. 1. (研補)

______. 『朝鮮小說史』. 淸進書館, 1933; 學藝社, 1939. (異研) (文情)

______. 『增補 朝鮮小說史』. 朝鮮文庫 2:6, 學藝社, 1939. (作研) (줄集) (研補)

김태준. "「호질」과 「의산문답」의 관련." 『柿園金起東博士回甲紀念論文集』. 1986. 11. (作研)

김하명. 『조선문학사』, 3~5. 평양: 사회과학출판사, 1991~1994. (作研)

______. "고전소설 「옥린몽」에 대하여." 오희복 역, 『옥린몽』, 상. 평양: 문예출판사, 1966. (研補)

金學成. "「許生傳」." 『韓國古典小說作品論』. 集文堂, 1990. 10. (作研)

金學主. "讀「東廂記」." 『亞細亞研究』, 3:3 (通18). 高麗大 亞細亞研究所, 1965. 6. (作研)

김헌선. "「강릉매화타령」 발견의 의의." 『국어국문학』, 109. 국어국문학회, 1993. 5. (作研) (줄集)

______. "건달형 인물 이야기의 존재 양상과 의미." 『京畿語文學』, 8. 京畿大, 1990. 8. (作研)

______. "「무숙이타령」과 「강릉매화타령」 형성 소고." 『경기교육논총』, 3. 경기대 교육대학원, 1993. 12. (作研)

金鉉龍. "假傳體小說의 두 類型." 『茶谷李樹鳳先生回甲紀念 古小說研究論叢』. 刊行委員會, 1888. 12. (作研)

______. "徐居正의 『太平閑話滑稽傳』에 대하여: 安鼎福의 소설 「月團團傳」도 아울러 밝힘." 『人文科學論叢』, 10. 建國大 人文科學研究所, 1977. 12. (作研)(줄集)

______. "釋息影菴의 정체와 그의 문학."『韓國 古小說의 照明』. 亞細亞文化社, 1990. 1. (作研)

______. "「雍固執傳」의 根源說話 研究."『국어국문학』, 62~63. 국어국문학회, 1973. 12. (作研)

______. "「王慶龍傳」에 對한 考察."『語文論集』, 19·20 혹은『月巖朴晟義博士還曆紀念論叢』. 高麗大 國語國文學研究會, 1977. 9. (作研)

______. "「王郎返魂傳」 形成에 關한 一考察."『국어국문학』, 51. 국어국문학회, 1971. 1. (作研)

______. "『太平廣記』에 나타난 神仙攷."『국어국문학』, 52. 국어국문학회, 1971. 5. (作研)

______.『신선과 국문학』. 평민사, 1978. (作研)

______.『韓中小說說話比較研究』. 一志社, 1976. (作研) (줄集) (研補)

金賢淑. "「劉氏三代錄」 研究: 三代記 構成을 중심으로." 碩論. 梨花女大 大學院, 1989. 2. (異研)

김현양. "「獄中花」의 계보."『동방고전문학연구』, 1. 東方古典文學會, 1999. 8. (研補)

김형돈. "「春香傳」梁參議(梁周翊) 創作說에 대한 考察: 高敬命설화를 中心으로."『명지어문학』, 22. 명지어문학회, 1995. 3. (研補)

金洪植. "丁若鏞의「曹神仙傳」研究."『耘亭李相翊博士 回甲紀念論文集: 古典文學 어떻게 가르칠 것인가』. 集文堂, 1994. 11. (作研)

金興圭. "판소리 및 판소리系 小說의 世界像."『民族文化研究』, 17. 高麗大 民族文化研究所, 1983. 12. (作研)

______. "판소리의 二元性과 社會史的 背景."『創作과批評』, 31. 創作과批評社, 1974. 3. (作研)

꾸랑, 모리스 原著·李姬載 譯.『韓國書誌: 修訂飜譯版』. 一潮閣, 1994. (作研)

羅壽昌. "「淑香傳」 研究." 碩論. 崇田大 大學院, 1985. 2. (研補)

內閣文庫.『內閣文庫圖書分類目錄』, 下. 內閣文庫, 1961. (異目) (文情)

魯迅[周樹人].『中國小說史略』. 北新書局, 1930 再版重印. (作研)

檀國大 栗谷紀念圖書館.『漢籍目錄』. 1994. (異目)

大谷森繁. "「雲英傳」 小攷."『朝鮮學報』, 37·38合. 日本天理大 朝鮮學會, 1966. 1. (作研)

______.『朝鮮後期小說讀者研究』. 民族文化研究論叢, 23. 高麗大 民族文化研究所, 1985. (作研)

대전대학교도서관.『이능우교수 기증도서 목록』. 1992. (異目)

大提閣 編.『古代國文小說選』. 韓國古典叢書 IV. 大提閣, 1975. (異資) (文情)

大造社 編輯部. 古代小說集 1~4輯 1959. 12. (異資)

大村益夫·任展慧 編.『朝鮮文學關係日本語文獻目錄』. 橫濱: プリントピア, 1984. (異目) (文情)

大阪府立圖書館.『韓本目錄: 1968. 3末 現在』. 1968. (異目) (文情)

東京大學總合圖書館.『阿川文庫目錄: 朝鮮本』. 民昌文化社, 1989. (異目) (文情)

東國大學校 中央圖書館.『古書目錄』. 1981. (異目) (文情)

杜銀球. "燕巖 朴趾源 作家作品研究論文目錄(筆者別)."『淵民學志』, 1. 淵民學會, 1993. 4. (文情)

류준경. "낙선재본 중국번역소설과 장편소설사."『한국문학논총』, 26. 한국문학회, 2000. 6. (研補)

______. "「益夫傳」의 서사적 특징과 그 의미."『韓國文化』, 31. 서울大 韓國文化研究所, 2003. 6. (研補)

리철화 譯.『림제·권필작품선집』. 조선고전문학선집, 13. 조선예술총동맹출판사, 1963. (作研)

末松保和.『朝鮮研究文獻目錄: 單行本編』. 東洋學文獻センタ 叢刊影印版 5. 汲古書院, 1980.

(異目) (文情)

孟瑤.『中國小說史』. 전 4책. 臺北: 傳記文學社, 1971. (作研) (文情)

맹택영. "「금향뎡긔」 硏究: 3권3책본을 중심으로."『인문과학논집』, 14. 淸州大 人文科學硏究所, 1995. 9. (硏補)

文範斗. "「韋敬天傳」에 대하여."『嶺南語文學』, 28. 嶺南語文學會, 1995. 12. (作研)

______.『石洲權鞸文學의 硏究』. 國學資料院, 1996. (作研)

文璇奎. "「彰善感義錄」攷."『語文學』, 9. 韓國語文學會, 1963. 3. (作研) (줄集)

______. "解說: 「花史」에 대하여."『花史·周生傳·鼠大州傳』. 通文館, 1961. (作研)

______.『韓國漢文學史』. 正音社, 1961. (作研) (줄集)

______ 譯,『花史·周生傳·鼠大州傳』. 國學叢書 5. 通文館, 1961. (줄集)

______. "정신문화연구원본「금향졍긔」연구."『韓國學論集』, 17. 漢陽大 韓國學硏究所, 1990. 2. (硏補)

문홍구. "「癸丑日記」 硏究:「계축일기」교육의 현장론적 대안을 중심으로."『새국어교육』, 56. 한국국어교육학회, 1998. 8. (作研) (줄集)

文化財管理局 文化財硏究所.『日本所在韓國典籍目錄』. 1991. (異目) (文情)

文化財管理局.『韓國典籍綜合調査目錄』. 1: 경북·대구 [1986]; 2: 충남 [1988]; 3: 강원 [1989]; 4: 전북 [1990]; 5: 경북 안동 [1991]; 6: 광주전남 [1992]; 7: 부산[1993]; 8: 경남[1994]; 9: 충북제주 [1996]. (異目) (文情)

민긍기. "「몽유성회록」에 대하여."『洌上古典硏究』, 9. 洌上古典硏究會, 1996. 10. (作研) (줄集)

閔丙燾 編.『朝鮮歷代女流文集』. 乙酉文化社, 1950. (異資) (文情)

閔泳珪. "『月印釋譜』第七·第八 開題."『月印釋譜 第七·第八』. 延世大 東方學硏究所, 1957. (作研)

______. "「春香傳」三則 :「伍倫全備」와 '娘子瞽'와 元·明의 '才子佳人劇'."『人文科學』, 7. 延世大 人文科學硏究所, 1962. 6. (作研)

閔泳大. "「癸丑日記」."『黃浿江敎授定年退任紀念論叢 II 古典小說硏究』. 一志社, 1993. 4. (作研)

______. "「癸丑日記」 硏究," 碩論. 崇田大 大學院, 1978. 2. (作研)

______. "「癸亥反正錄」小考."『한국언어문학』, 26. 한국언어문학회, 1988. 5. (作研)

______. "「閔中殿德行錄」硏究."『韓南語文學』, 14. 韓南大 國語國文學會, 1988. 12. (줄集)

______. "「西宮日記」硏究:「西宮日記」卷之下와「反正日記」를 中心으로."『論文集』, 16. 韓南大, 1986. 4. (作研)

______. "「崔陟傳」硏究." 博論. 慶南大 大學院, 1991. 8. (異研) (作研)

______. "「崔陟傳」硏究."『韓南語文學』, 16. 韓南大 國語國文學會, 1987. 6. (作研)

______. "「崔忠傳」異本硏究."『韓南語文學』, 7·8合. 韓南大 國語國文學科, 1982. 12. (異研)

______.『癸丑日記 硏究』. 韓南大出版部, 1990. (作研)

______.『朝鮮朝寫實系小說硏究』. 韓南大學校出版部, 1991. (異研) (作研) (文情)

______.『趙緯韓과 崔陟傳』. 亞細亞文化社, 1993. (硏補)

閔濟 譯註.『韓國漢文小說選』. 中央大出版局, 1980. (異資) (文情)

閔燦. "「서대주전」의 전승경로와 사회적 성격."『논문집(인문사회과학편)』, 11:2. 대전대, 1992. 3.

(異硏)

____. "女性英雄小說의 出現과 後代的 變貌." 碩論. 서울大 大學院. 1986. 8. (異硏) (作硏)

____. "조선후기 우화소설의 다층적 의미구현 양상." 博論. 서울大 大學院, 1994. 2. (異硏)

____. "「호섬전」 연구," 『국문학연구 1988』. 태학사, 1998. 8. (作硏)

朴甲洙. "古本「春香傳」의 位相과 表現 (下)."『先淸語文』, 25. 서울大師大, 1997. 12. (硏補)

____. "東洋文庫本「春香傳」(1)."『語文硏究, 51. 韓國語文敎育硏究會, 1986. 10. (硏補)

朴敬伸. "巫俗祭儀의 側面에서 본「변강쇠가」," 碩論. 서울大 大學院, 1985. 2. (作硏)

朴光洙. "「江陵秋月傳」流通系列 一考察: 고려대도서관 소장본「강능츄월」을 중심으로."『語文硏究
』, 32. 語文硏究學會, 1999. 12. (硏補)

____. "「졔마무전」의 이본「都馬武傳」小考."『語文硏究』, 29. 語文硏究會, 1997. 12. (硏補)

____. 『매화전 연구』. 충남대출판부, 2002. (硏補)

朴箕錫. "燕巖의 生涯와 漢文短篇의 形成," 宋載邵·金明昊·鄭大林 外 共編,『李朝後期漢文學의
再照明』. 創作과批評社, 1983. 8. (作硏)

____. "「雲英傳」再評價를 위한 豫備的 考察."『국어교육』, 37. 한국국어교육연구회, 1980. 12.
(異硏) (作硏)

____. 『朴趾源文學硏究』. 三知院, 1984. (作硏)

朴魯春. "「憑虛子訪花錄」·「白雲仙瓵春結緣錄」略考."『한메金永驥先生 古稀記念論文集』. 螢雪
出版社, 1971. (作硏) (줄集)

____. "「天君實錄」解題."『국어국문학』, 67. 국어국문학회, 1975. 4. (作硏)

____. "「洪吉童傳」木板本 片考."『가람李秉岐博士頌壽論文集』. 三和出版社, 1966. 11. (異硏)

____. "回(廻)文體 詩歌 考察,"『論文集』, 6. 慶熙大, 1969. 12. (作硏)

朴斗抱. "「角干實記」攷."『東洋文化』, 12. 嶺南大 東洋文化硏究所, 1971. 8. (異硏) (作硏)

朴善英. "「東廂記」연구." 碩論. 梨花女大 大學院, 1985. 2. (作硏) (줄集)

朴善楨. "「春香傳」攷."『語文論集』, 23. 高麗大 國語國文學硏究會, 1982. 9. (硏補)

朴晟義. "高大圖書館 藏本 未發表 古代小說攷 其三:「劉丞相傳」·「鄭壽景傳」·「金凞敬傳」·「石太龍
傳」·「史客傳」小攷."『文理論集』(文學部篇), 7. 高麗大, 1963. 11. (異硏) (作硏)

____. "『金鰲神話』와『剪燈新話』의 比較硏究," 국어국문학회편,『古典小說硏究』. 정음사, 1979.
6. (作硏)

____. "「月下偶傳」小考."『高大新報』[1962. 6. 23.];『韓國古代小說論과 史』. 日新社, 1973. (作硏)

____ 編註.『原本韓國古典小說集成』. 宣明文化社, 1965. (異資) (文情)

____,『韓國古代小說論과 史』. 宣明文化社, 1973. 9.; 예그린出版社, 1978. 8. (異硏) (作硏) (文情)
(줄集)

____.『韓國古代小說史』. 日新社, 1958. (異硏) (作硏) (文情) (줄集)

____.『韓國古代小說集註』. 新光圖書, 1976. (異資) (文情)

____.『韓國古代小說集註』. 月巖全集, 7. 예그린出版社, 1978. (異資) (文情)

____.『韓國古典文學背景論』. 宣明文化社, 1968. (作硏)

朴淑禮. "「하진양문록」연구: 필사본과 활자본의 대비를 중심으로." 碩論. 韓國學大學院, 1999. 2.

(硏補)

朴舞任. "고전소설 「김요문전」·「옥인전」·「옥괴린」에 대하여." 『한국고전문학회 2003년 동계 연구발표회 요지집』. 한국고전문학회, 2003. 12. (硏補)

______. "「사씨남정기」와 「소씨전(장학사전)」의 대비." 『古典文學硏究』, 3. 韓國古典文學硏究會, 1986. 12. (作硏)

______. "「泉水石」 硏究." 碩論. 韓國精神文化硏究院 韓國學大學院, 1981. 2. (줄集)

朴英姬. "「蘇賢聖錄」 連作 硏究." 博論. 梨花女大 大學院, 1994. 2. (異硏) (作硏) (硏補)

______. "17世紀 長篇家門小說의 形成과 「蘇賢聖錄」 連作." 『茶谷李樹鳳先生停年紀念 古小說硏究論叢』. 景仁文化社, 1994. 2. (作硏)

______. "17세기 才子佳人小說의 수용과 영향." 『韓國古典硏究』, 4. 韓國古典硏究學會, 1998. 11. (作硏)

______. "長篇 家門小說의 향유집단 연구." 韓國古典硏究學會 編, 『문학과 사회집단』. 集文堂, 1995. 10. (作硏)

朴堯順. "「仁顯王后傳」 硏究: 特히 未發表 異本을 中心하여." 『崇田語文學』, 1. 1972. 12. (異硏) (作硏)

______. "한글본 「丁香傳」攷." 『韓南語文學』, 9~10. 韓南大學 國語國文學會, 1983. 12. (異硏)

______. 『韓國古典文學新資料硏究』. 韓南大出版部, 1992. (作硏)

박용식. "三國時代의 說話 연구와 소설사적 문제." 『省吾蘇在英教授還曆紀念論叢 古小說史의 諸問題』. 集文堂, 1993. 11. (作硏)

박인희. "「張遺星傳」의 淵源과 特徵." 『새국어교육』, 68. 한국국어교육학회, 2004. 12. (硏補)

朴逸勇. "가사체 「심청전」 이본과 초기 판소리 창본계 「심청전」의 관련 양상." 『판소리硏究』, 7. 판소리학회, 1995. 12. (硏補)

______. "「심청전」의 가사적 향유 양식과 그 판소리사적 의미." 『판소리연구』, 5. 판소리학회, 1994. 12. (異硏)

______. "英雄小說의 類型變異와 그 小說史的 意義." 『國文學硏究』, 62. 서울大大學院 國文學硏究會, 1983. 2. (作硏)

______. "「雲英傳」과 「相思洞記」의 비극적 성격과 그 사회적 의미." 『국어국문학』, 98. 국어국문학화, 1987, 12. (作硏)

______, "「전우치전」과 전우치 설화," 『국어국문학』, 92. 국어국문학회, 1984. 12. (異硏) (作硏)

______. "조선후기 애정소설의 서술시각과 서사세계." 博論. 서울大 大學院, 1989. 2. (作硏)

______. "「周生傳」." 『韓國古典小說作品論』. 集文堂, 1990. 10. (作硏)

______. 『조선시대의 애정소설』. 집문당, 1993. (作硏)

朴在淵. "奎章閣本 「型世言」." 『中國小說硏究會報』, 10. 中國小說硏究會, 1992. 6. (異硏)

______. "낙선재본 「대명영렬뎐」 연구." 『中國小說論叢』, Ⅵ. 中國小說硏究會, 1997. 3. (硏補)

______. "낙선재본 「평뇨긔」와 나손본 「평요뎐」에 대하여." 『평뇨긔·평요뎐』. 조선시대번역고솔설총서 14, 이회, 2004. 5. (硏補)

______. "애스턴 구장 번역 고소설 필사본 「슈수유문 隋史遺文」 연구: 고어 자료를 중심으로." 『2003년

도 하반기 어문학연구소 정례학술대회발표논문집』. 국민대 어문학연구소, 2003. 11. (研補)

______. "「왕시봉뎐」, 중국희곡「荊釵記」의 번역." 『中國學論叢』, 7. 韓國中國文化學會, 1998. 12. (作研) (研補)

______. "朝鮮 刻本 『花影集』에 대하여." 『한국문학논총』, 26. 한국문학회, 2000. 6. (研補)

______. "朝鮮時代 中國 通俗小說 飜譯本의 研究: 樂善齋本을 中心으로." 博論. 韓國外國語大學校 大學院, 1993. 2. (異研) (作研) (文情) (줄集)

______. "「朱仙傳」, 명대 화본소설「型世言」의 번역." 『주션뎐』. 중국소설·희곡번역자료총서 21, 선문대학교 중한번역문헌연구소, 2001. 7. (研補)

______. "「包閻羅演義」와 「염라왕전」에 대하여." 『염라왕전』. 중국소설희곡번역자료총서, 19. 선문대 중한번역문헌연구소, 1999. 5. (研補)

______ 校註. 『기벽연역·분장누』. 선문대 중한번역문학연구소/이회, 2002. (研補)

______ 校注. 『뉴방삼의뎐 花影集 』. 중국소설·희곡번역자료총서 17. 선문대학교 중한번역문헌연구소, 1999. (줄集)

______. 『당진연의』. 중국소설·희곡번역자료총서, 9. 선문대 번역문헌연구소, 1997. (作研)

______. 『빙빙뎐』. 중국소설·희곡 번역자료 총서 1. 학고방, 1995. (作研)

______. 『쌍미긔봉 第十才子雙美緣』. 선문대 중한번역문헌연구소, 2001. (研補)

______ 校注. 『진쥬탑』. 중국소설·희곡번역자료총서 4. 선문대학교 번역문헌연구소, 1995. (줄集)

______. 『포공연의』. 중국소설희곡번역자료총서, 16. 선문대 중한번역문학연구소, 1999. (作研)

______ 編. 『韓國所見中國小說戲曲書目資料集 十二峰記 십이봉뎐환긔』. 鮮文大 中韓飜譯文獻研究所, 2002. (研補) (줄集)

______. 『홍미긔 紅梅記』. 중국소설·희곡번역자료총서 18. 선문대학교 중한번역문헌연구소, 1999. (줄集)

박재연·양승민. "녹우당본「옥기린」에 대하여." 『옥기린 玉麒麟』. 다운샘, 2004. 6. (研補)

박재연·이재홍·김영·김명신 校註. 『홍루부몽 紅樓復夢』, 上. 조선시대번역고소설총서 18:Ⅰ. 이회, 2004. (研補)

朴晶蘭. "「張景傳」研究." 碩論. 梨花女大 大學院, 1985. 2. (異研)

朴鍾翼. "고소설「원회록」의 素材 分析." 『語文研究』, 44. 語文研究學會, 2004. 4. (研補)

박혜범. 『원홍장과 심청전: 「심청전」그 배경에서 작가 추론까지』. 박이정, 2003. (研補)

朴虎濬. "「張學士傳」研究." 碩論. 韓國敎員大 大學院, 1996. 2. (作研)

朴熙秉. "『金鰲神話』創作의 淵源과 背景." 『古典文學研究』, 10. 韓國古典文學會, 1995. 12. (作研)

______. "17세기 동아시아의 戰亂과 民衆의 삶:「金永哲傳」의 분석." 金學成·崔元植 외 9명, 『李佑成 敎授 定年紀念論文選 韓國近代文學史의 爭點』. 창비신서 101. 창작과비평사, 1990. 11. (作研) (줄集)

______. "傳奇小說의 문제." 『韓國漢文學研究』, 17. 韓國漢文學會. 1994. 12. (作研)

______. "「최척전」." 『韓國古典小說作品論』. 集文堂, 1990. 10. (作研)

______. "漢文小說과 國文小說의 관련양상." 『韓國文學에 있어서 國文文學과 漢文文學의 관련양상 』(1998년도 전국학술대회 發表文). 韓國古典文學會, 1998. 6. (作研)

______.『朝鮮後期 傳의 小說的 性向硏究』. 大東文化硏究叢書, XII 成均館大學校 大東文化硏究院, 1993. (異硏) (作硏) (줄集)

______.『韓國古典人物傳硏究』. 한길문학예술총서 7. 한길사, 1992. (줄集)

______.『韓國傳奇小說의 美學』. 돌베개한국총서, 1. 돌베개, 1997. (作硏)

______ 選注.『韓國漢文小說』. 한샘出版社, 1995. (文情)

______ 標點·校釋.『韓國漢文小說 校合句解』. 소명출판, 2005. (硏補)

方大秀. "「田禹治傳」 異本群의 작품구조 연구." 碩論. 서울大 大學院, 1988. 8. (作硏)

裵秀賢. "「遊仙雙鶴錄」의 갈등 양상과 인물 형상." 碩論. 高麗大 大學院, 2005. 2. (硏補)

裵源龍. "「雲英傳」과 「英英傳」의 比較考察."『國際語文』, 2. 國際大學 國語國文學科, 1981. 6. (作硏)

백순남. "「임진록」의 이본 고찰." 박현균편,『조선고전문학연구』. 평양: 문화예술종합출판사, 1993. 5; 서울: 한국문화사, 1995 영인. (作硏)

白承烈. "「田禹治傳」 硏究." 碩論. 慶北大 大學院, 1986. 2. (作硏)

白承鍾. "古小說 「홍길동전」의 著作에 대한 재검토."『震檀學報』, 80. 震檀學會, 1995. 12. (異硏) (作硏)

保景文化社.『羅孫本 筆寫本古小說資料叢書』. 전 82권. 保景文化社, 1991. (異資) (文情)

부셰, D. "「九雲夢」 著作言語 辯證."『韓國學報』, 68. 一志社, 1992. 9. (作硏)

______. "「南征記」 漢文本攷,"『백영정병욱선생 환갑기념논총』. 新丘文化社, 1982. 5. (硏補)

사성구·전성욱. "「춘향전」 이본에 대한 반성적 고찰." 향사설성경교수 화갑기념논문집간행위원회 편,『춘향전 연구의 과제와 방향』. 국학자료원, 2004. 1. (硏補)

史在東. "國文佛書의 文學的 硏究."『佛敎系 叙事文學의 硏究』. 中央文化社, 1996. 6. (作硏)

______. "「금광공주전」에 대하여."『東方學志』, 23·24합. 延世大 國學硏究院, 1980. 2. (作硏) (줄集)

______. "「금송아지전」의 硏究."『佛敎系 國文小說의 硏究』. 中央文化社, 1994. 11. (作硏) (줄集)

______. "「目連傳」 硏究 (上)."『韓國言語文學』, 3. 韓國言語文學會, 1965. 12. (作硏) (줄集)

______. "「目連經」의 流轉關係."『韓國語文學』, 22. 韓國語文學, 1983. 12. (硏補)

______. "「朴氏傳」의 形成過程."『藏菴池憲英先生古稀紀念論叢』. 螢雪出版社, 1980. 5. (異硏) (作硏) (줄集)

______. "佛敎系 國文小說의 形成經緯." 李相澤·成賢慶 編,『韓國古典小說硏究』. 1983. 9. (作硏)

______. "佛敎系 國文小說의 형성·전개."『省吾蘇在英敎授還曆紀念論叢 古小說史의 諸問題』. 集文堂, 1993. 11. (作硏)

______. "「사씨남정기」의 몇 가지 문제."『茶谷李樹鳳先生回甲紀念論叢 古小說硏究論叢』. 刊行委員會, 1888. 12. (作硏)

______. "「善友太子傳」 硏究."『語文硏究』, 9. 語文硏究會, 1976. 6. (作硏)

______. "「薛公瓚傳」의 몇 가지 問題."『語文硏究』, 25. 語文硏究會, 1994. 11. (作硏)

______. "「沈淸傳」 硏究序說."『語文硏究』, 7. 語文硏究會, 1971. 10. (作硏) (줄集)

______. "「안락국전」의 硏究."『語文硏究』, 13. 語文硏究會, 1984. 12. (作硏)

______. "「安樂國太子經」의 硏究."『論文集』, XIII:2 [29]. 忠南大 人文科學硏究所, 1986. 12. (作硏)

______. “「安樂國太子傳」 硏究.”『語文硏究』, 5. 語文硏究會, 1967. 11. (作硏) (줄集)

______. “「王郎返魂傳」의 몇 가지 問題.”『韓國言語文學』, 13. 韓國言語文學會, 1975. 11. (作硏)

______. “「王郎返魂傳」 再考.”『荷西金鍾雨博士華甲紀念論叢』. 刊行委員會, 1977. 2. (作硏)

______. “韓·中 目連故事의 流變關係.”『論文集』, XIV:2[31]. 忠南大 人文科學硏究所, 1987. 12. (作硏)

______.『佛敎系 國文小說의 硏究』. 中央文化社, 1994. (作硏)

______.『佛敎系 國文小說의 形成過程 硏究』. 亞細亞文化社, 1977. (異硏) (作硏)

______.『佛敎系 叙事文學의 硏究』. 中央文化社, 1996. (作硏) (줄集)

서경희. “「蘇大成傳」의 서지학적 접근.” 碩論. 이화여대 대학원, 1998. 2. (異硏) (作硏)

______. “「용문전」의 서지와 유통.”『梨花語文論集』, 16. 梨花女大 梨花語文學會, 1998. 12. (異硏) (作硏) (줄集)

徐大錫. “「九雲夢」·軍談小說·「玉樓夢」의 相關關係.”『語文學』, 25. 韓國語文學會, 1971. 11. (作硏)

______. “軍談小說의 出現動因 反省.”『古典文學硏究』, 1. 韓國古典文學硏究會, 1971. 9. (作硏)

______. “문헌설화와 고전소설의 대비연구.”『韓國文化』, 14. 서울大 韓國文化硏究所, 1993. 12. (異硏) (作硏) (줄集)

______. “叙事巫歌 硏究: 說話·小說과의 關係를 中心으로.”『國文學硏究』, 8. 서울大 國文學硏究會, 1969. 2. (作硏)

______. “「蘇知縣羅衫再合」系 翻案小說 硏究.”『東西文化硏究』, 5. 啓明大 東西文化硏究所, 1973. 3. (異硏) (作硏)

______. “英雄小說의 전개와 변모.”『省吾蘇在英敎授還曆紀念論叢 古小說史의 諸問題』. 集文堂, 1993. 11. (作硏)

______. “「劉忠烈傳」의 종합적 고찰.” 李相澤·成賢慶編,『韓國古典小說硏究』. 새문社, 1983. 9. (作硏)

______. “李朝翻案小說攷.”『국어국문학』, 52. 국어국문학회, 1971. 5. (作硏)

______. “「林慶業傳」 硏究.”『霞城李瑄根博士古稀紀念論叢 韓國學論叢』. 螢雪出版社, 1974. 7. (硏補) (作硏)

______. “「興夫傳」의 民譚的 考察.”『국어국문학』, 67. 국어국문학회, 1975. 4. (作硏)

______.『군담소설의 구조와 배경』. 梨花女大出版部, 1985. (作硏)

______.『劉忠烈傳』. 螢雪出版社, 語文叢書, 003. 1977. (作硏)

徐斗銖. “妄論 「春香歌」·「春香傳」.”『文章』, 3. 文章社, 1939. 4. (作硏)

徐首生. “東國文宗 崔孤雲의 文學 (下).”『語文學』, 2. 韓國語文學會, 1958. 7. (硏補)

서울大圖書館.『想白文庫圖書目錄』. 1978. (異目) (文情)

서울大文理大.『李熙昇先生還甲記念 圖書展示會出品書目』. 1956. (異目)

서울大人文大學附設 東亞文化硏究所 編.『補訂奎章閣韓國本總目錄』. 1980. (異目) (文情)

서울大學校圖書館.『奎章閣圖書韓國本綜合目錄』. 1981. (異目) (文情)

______.『一般古圖書目錄』. 1973. (異目) (文情)

______.『일사가람文庫 古書著者目錄』. 1966. (異目) (文情)

서울特別市立鐘路圖書館. 『藏書目錄: 古書解題篇』. 1970. (異目) (文情)

______. 『藏書目錄: 古書解題篇 追錄』. 1983. (異目) (文情)

서인석. "「장경전」의 판소리계 소설적 변모: 박순호본 「장경전」을 중심으로." 서울大師範大國語教育科編, 『宜民李杜鉉教授停年退任紀念論文集』. 서울大師大國語教育科, 1989. 8. (作研)

______. "가사와 소설의 갈래 교섭에 대한 연구: 소설사적 관심을 중심으로." 博論. 서울大 大學院, 1995. 2. (作研) (研補)

徐日權·姜蓮淑·蘇在英·曹圭益. 『중국조선족 문학논저·작품목록집』. 숭실대출판부, 1992. (異目) (文情)

書籍文物流通會, 『今西博士蒐集朝鮮關係文獻目錄』. 1961. (異目) (文情)

徐鍾文. "「변강쇠歌」研究." 『國文學研究』, 28. 서울大 大學院, 1975. 8. (作研)

______. "申在孝本「春香歌」童唱·男唱의 판의 分化에 대하여." 『張德順先生華甲紀念 韓國古典散文研究』. 同和文化社, 1981. 9. (作研)

______. "판소리 小說의 몇 가지 問題點." 韓國古典文學研究會 編, 『韓國小說文學의 探究』. 一潮閣, 1978. 9. (作研)

徐賢卿. "「일락정기」 연구." 碩論. 연세대 대학원, 1998. 2. (研補)

鮮文大學校 中韓飜譯文獻研究所. 『조선시대 번역소설에 대한 원전 정리 및 주석 연구』. 2003. (異目) 【增】

薛盛璟. "「九雲夢」의 構造的 研究(IV) : 表記文字論." 『원우론집』, 2. 延世大 大學院, 1974. 12. (作研)

______. "桐里의 「박타령」辭說 研究." 『韓國學論集』, 6. 啓明大 韓國學研究所, 1979. 12. (作研)

______. "坊刻本 古小說의 서지적 접근." 설성경·박태상 공편, 『고소설의 구조와 의미』. 새문社, 1986. 6. (研補)

______. "「최고운전」 연구." 『연세어문학』, 5. 연세대 국어국문학과, 1974. 6. (異研) (作研)

______. "「홍길동전」의 핵심 소재와 작가." 『古小說研究』, 6. 韓國古小說研究會, 1998. 12. (作研)

薛重煥. "『金鰲神話』論." 韓國古典小說編纂委員會 編, 『韓國古典小說論』. 새문社, 1990. 9. (作研)

成均館大學校中央圖書館. 『古書目錄』. 1979. (異目) (文情)

______. 『古書目錄: 第二輯』. 1981. (異目) (文情)

成耆東. "「癸丑日記」研究: 그 製作過程을 中心으로." 碩論. 中央大 大學院, 1985. 8. (作研)

成耆說. "「금방울전」考 : 그 說話的 側面을 中心으로." 『論文集』, 1. 仁荷大, 1975. 2. (作研)

誠庵古書博物館. 『誠庵文庫典籍目錄』. 1975. (異目) (文情)

성치경. "경판 「조웅전」 문헌변용의 문예학적 해석." 碩論. 부산대 교육대학원, 1997. 8. (文情)

成賢慶. "夢字小說研究." 『韓國小說의 構造와 實狀』. 嶺南大出版部, 1981. 2. (作研)

______. "「숙영낭자전」과 「숙영낭자가」의 비교." 『판소리研究』, 6. 판소리학회, 1995. 12. (줄集)

______. "女傑小說과 「薛仁貴傳」: 그 著作年代와 輸入年代, 受容과 變容." 『국어국문학』, 62~63. 국어국문학회, 1973. 12. (作研)

______. "「玉蓮夢」研究." 『國文學研究』, 9. 서울大 國文學研究會, 1969. 2. (作研)

______. "「劉忠烈傳」檢討: 「蘇大成傳」·「張翼星傳」·「薛仁貴傳」과 關聯하여." 『古典文學研究』,

2. 韓國古典文學硏究會, 1974. 3. (異硏) (作硏)

______. “李朝 夢字類 小說硏究.” 『국어국문학』, 54. 국어국문학회, 1971. 12. (作硏)

______. “朝鮮朝 夢字類 小說硏究.” 국어국문학회편, 『古典小說硏究』. 정음사, 1979. 6. (作硏)

______. “「춘향신설」과 「광한루기」의 비교연구.” 『古小說硏究』, 8. 韓國古小說學會, 1999. 12. (硏補)

______. “「興夫傳」 硏究: 경판 25장본을 중심으로.” 『판소리硏究』, 4. 판소리학회, 1993. 12. (作硏)

______. “판소리 문학으로서의 「沈淸傳」.” 『東亞硏究』, 5. 西江大 東亞硏究所, 1985. 2. (作硏)

______. 『韓國小說의 構造와 實狀』. 嶺南大出版部, 1981. (作硏)

蘇仁鎬. “「薛公瓚傳」 再考.” 『어문논집』, 37. 고려대 안암어문학회, 1998. 2. (異硏) (作硏)

______. “전기소설 「최치원」의 창작 경위와 문헌 성격.” 『국어국문학』, 127. 국어국문학회, 2000. 12. (硏補)

______. “「주생전」 이본의 존재 양태와 소설사적 의미.” 『古小說硏究』, 11. 韓國古小說學會, 2001. 6. (硏補)

蘇在英. “古小說發達史.” 韓國古小說硏究會 編, 『韓國古小說論』. 亞細亞文化社, 1991. 3. (作硏)

______. “宮廷文學의 悲劇性: 仁穆大妃·惠慶宮·仁顯王后 세 女人의 境遇.” 『民族文學硏究』, 3. 高麗大 民族文化硏究所, 1969. 7. (作硏)

______. “宮中秘史 「恨中錄」의 속편.” 『文學思想』, 31. 1975. 3. (作硏)

______. “『金鰲神話』의 文學的 價値.” 『梅月堂學術論叢』. 春川文化放送·江原大人文科學硏究所, 1988. 7. (作硏)

______. “白湖와 石洲의 小說史的 位置.” 『국어국문학』, 72·73. 1976. 10. (作硏)

______. “小說.” 韓國文學編纂委員會 編, 『韓國文學槪說』. 螢雪出版社, 1980. 3. (作硏)

______. “申光漢의 『企齋記異』.” 『崇實語文』, 3. 1986. 6. (作硏)

______. “「雲英傳」 硏究.” 『亞細亞硏究』, 41. 高麗大 亞細亞硏究所, 1971. 3. (作硏)

______. “「壬辰錄」群의 形成과 民衆意識의 變貌.” 『국어국문학』, 61. 국어국문학회, 1973. 7. (異硏)

______. “「壬辰錄」 硏究.” 『崇田語文學』, 1. 崇田大 國語國文學科, 1972. 12. (異硏) (作硏)

______. “資料解題, 水山 廣寒樓記.” 『崇實語文』, 4. 崇實大 崇實語文硏究會, 1987. 4. (作硏)

______. “韓國 諷刺文學의 樣相.” 金烈圭 外編, 『古典文學을 찾아서』, 知識産業社, 1976. 8. (作硏)

______. “「虎叱」 再論.” 『崇田語文學』, 2. 崇田大 國語國文學會, 1973. 12. (作硏)

______, 『古小說通論』. 二友出版社, 1983. (異硏) (作硏) (文情) (줄集)

______. 『國文學論藁』. 崇實大學校出版部, 1989. (異硏) (作硏) (文情)

______. 『企齋記異硏究』. 民族文化硏究叢書, 38. 高麗大 民族文化硏究所, 1990. (作硏)

______, 『壬丙兩亂과 文學意識』. 韓國硏究叢書 40. 韓國硏究院, 1980. (異硏) (作硏) (줄集)

______ 校註. 『壬辰錄』. 語文叢書, 010. 螢雪出版社, 1977. (異資) (異硏) (줄集)

______ 編. 『韓國諷刺小說選』. 正音文庫, 102. 正音社, 1975. (異資) (文情)

蘇在英·金楗泰·張庚男 外編. 『韓國古典文學關係硏究論著總目錄(1900~1992)』. 啓明文化社, 1993. (文情)

小倉進平 著, 河野六郎 補注. 『增訂補注 朝鮮文學史』. 東京: 刀江書院, 1964. (異目) (異硏) (文情)

손경희. “「淑英娘子傳」 硏究.” 碩論. 延世大 大學院, 1987. 2. (異硏)

孫秉國. "韓國 古典小說에 미친 明代 話本小說의 影響." 東國大 博論. 東國大 大學院, 1990. 8. (作研) (줄集)

孫晉泰. 『朝鮮民族說話의 研究』. 朝鮮文化叢書, 1. 乙酉文化社, 1947. (作研)

孫燦植. "「東廂記」研究:「金申夫婦傳」과의 比較分析." 『韓國古小說史의 視角』. 國學資料院, 1996. 10. (作研) (줄集)

孫楷第. 『中國通俗小說書目』. 北京, 1933 / 臺北: 鳳凰出版社, 1974. (異目) (作研) (文情)

宋道贊. "「劉忠烈傳」의 傳承本研究." 碩論. 高麗大 敎育大學院, 1988. 2. (異研)

宋晟旭. "대하소설의 연작유형에 대한 시론." 『국문학연구 1999』. 서울대학교 국문학연구회/태학사, 1999. 8. (研補)

______. "「女媧錄」과 조선조 대하소설의 관련양상." 『奎章閣』, 20. 서울大 奎章閣, 1997. 12. (研補)

______. "「옥원재합기연」과 「창난호연록」 비교 연구." 『古小說研究』, 12. 韓國古小說學會, 2001. 12. (研補)

______. "진대방전" 연구," 『空士論文集』, 35. 空軍士官學校, 1994. 9. (異研)

______. "필사본 「임화정연」 72책본에 대하여: 구활자본과의 비교를 중심으로." 『紅樓夢的傳播與飜譯 홍루몽의 전파와 번역』. 鮮文大 中韓飜譯文獻研究所, 2004. 11. (研補)

______. "婚事障碍型 大河小說의 敍事文法 研究." 博論. 서울大 大學院, 1997. 2. (줄集)

______. "「洪吉童傳」 異本新考." 『冠嶽語文研究』, 13. 서울대 國語國文學科, 1988. 12. (異研)

송일기·노기춘. 『海南綠雨堂의 古文獻』, 第一輯. 태학사, 2003. (異目) 【增】

宋宰鏞. "「마원철녹」 小考." 『國文學論集』, 14. 檀國大 國語國文學科, 1994. 5. (異研) (줄集)

宋貞愛. "「雲英傳」 研究." 碩論. 서울大 大學院, 1977. 8. (異研) (作研) (줄集)

宋寯鎬. "失意의 美學: 未發表 漢文小說 「丁生傳」 考." 『연세어문학』, 5. 연세대 국어국문학과, 1974. 6. (研補)

송하준. "「北征錄」의 소설화 과정과 그 성취." 『古小說研究』, 12. 韓國古小說學會, 2001. 12. (研補)

崇實大學校 中央圖書館 韓國基督敎博物館. 『圖書目錄』. 1992. (異目) (文情)

愼慶淑. "송사형 우화소설:「서대주전」,「서동지전」을 중심으로." 『어문논집』, 30. 高麗大, 1991.12. (異研)

______. "「운영전」의 반성적 검토." 『漢城語文學』, 9. 漢城大 國語國文學科, 1990. 5. (研補)

申基亨. "假傳體文學論考." 『國語國文學』, 17. 國語國文學會, 1957. 9. (作研)

______. 『韓國小說發達史』. 彰文社, 1960. (異目) (異研) (作研) (文情) (줄集)

申東旭. "「裵裨將傳」과 그 改作에 관한 考察." 『東方學志』, 37·38. 延世大 國學研究院, 1983. 6. (異研)

申東益. "「錦香亭記」 研究." 『국어국문학』, 65·66. 국어국문학회, 1974. 12. (作研) (줄集)

______. "「등대윤귀단가사」." 『國學資料』, 40. 文化財管理局 藏書閣, 1981. 7. (作研) (줄集)

______. "「一樂亭記」 연구," 『冠嶽語文研究』, 8. 서울大 國語國文學科, 1983. 12. (作研)

______. "「一樂亭記」 作者 小考." 『국어국문학』, 99. 국어국문학회, 1988. 6. (作研)

______. "「젹셩의젼」." 『黃浿江敎授定年退任紀念論叢 II 古典小說研究』. 一志社, 1993. 4. (作研)

______, 『金鈴傳·金圓傳』. 語文叢書 004. 螢雪出版社, 1977. (作研) (줄集)

申東一. "「喬太守亂點鴛鴦譜」[『今古奇觀』第二十八卷]에 관하여." 『韓國古典散文硏究』. 同和文化社, 1981. 9. (作硏)

______. "「심청전」의 설화적 고찰." 『논문집』, 7. 육군사관학교, 1969. 12. (作硏)

______. "飜譯本『今古奇觀』에 關하여 : 낙선재본과 신구서림판을 中心으로." 『白影鄭炳昱先生還甲紀念論叢 韓國古典文學硏究(合本)』. 新丘文化社, 1982. 12. (作硏) (줄集)

______. "李朝 戰爭小說 「朴氏傳」 硏究: 異本考를 中心으로." 陸士, 『論文集』, 6. 陸軍士官學校, 1968. 12. (作硏) (줄集)

신동흔. "「정수경전」: 관련설화와의 비교고찰." 『韓國古典小說作品論』. 集文堂, 1990. 10. (作硏)

申明均 編. 『小說集: 1~2』. 朝鮮文學全集, 제5~6권. 中央印書館, 1: 1936; 2: 1937. (異資) (作硏) (文情)

申相弼. "「洞仙記」 硏究." 碩論. 成均館大 大學院 漢文學科, 1998. 8. (作硏)

申英柱. "쥐를 擬人化한 寓話小說 硏究." 『紫霞語文論集』, 4·5合. 祥明女大, 1987. 3. (作硏)

신재홍. "夢記類 작품의 검토." 『宜民李杜鉉敎授停年退任紀念論文集』. 서울大學校師範大學 國語敎育科, 1989. 8. (作硏) (줄集)

______. "「옥련몽」과 「옥루몽」의 비교 검토." 『古典文學硏究』, 6. 韓國古典文學硏究會, 1991. 12. (作硏)

______. "「再生緣傳」." 『韓國古典小說作品論』. 集文堂, 1990. 10. (作硏)

申泰洙. "「이태경전」의 構成과 空間設定 技法." 『嶺南語文學』, 27. 嶺南語文學會, 1995. 7. (作硏)

申海鎭. "朝鮮中期 夢遊錄의 主題意識 硏究." 博論. 高麗大 大學院, 1997. 8. (作硏)

______. 『朝鮮中期 夢遊錄의 硏究』. 박이정, 1998. (作硏)

沈慶昊. "樂善齋本 小說의 先行本에 관한 一考察: 온양정씨 필사본 「옥원재합기연」과 낙선재본 「옥원중회연」의 관계를 중심으로." 『정신문화연구』, 13:1(통권 38). 한국정신문화연구원, 1990. 3. (異硏) (作硏) (文情) (硏補)

______. "「오륜전전 五倫全傳」에 대한 고찰." 『애산학보』, 8. 애산학회, 1989. 12. (異硏) (줄集)

______. "「趙雄傳」." 『韓國古典小說作品論』. 集文堂, 1990. 10. (作硏)

______. "朝鮮後期小說考證 (1)." 『韓國學報』, 56. 一志社, 1989. 9. (異硏) (作硏)

심재복. "「봉닉신셜녹」에 대하여." 『대구어문론총』, 13. 대구어문학회, 1995. 6. (異硏) (作硏)

沈載淑. "고전소설에 나타난 늑혼 삽화의 양상과 그 의미." 『韓國 古小說史의 視角』. 國學資料院, 1996. 10. (作硏)

______. "근대계몽기 신작 고소설의 현실대응 연구." 博論. 高麗大 大學院, 2000. 8. (줄集)

______. "「장백전」과 연의소설 「唐秦演義」의 관계를 통해 본 영웅소설 형성의 한 양상." 『어문논집』, 32. 고려대 국어국문학연구회, 1993. 12. (硏補)

안동대. 『고서목록』. 안동대학교도서관, 1994. (異目)

安東濬. "金時習 文學思想 硏究." 博論. 韓國精神文化硏究院 韓國學大學院, 1994. 8. (硏補)

______. "적강형 애정소설의 형성과 변모." 석론. 한국정신문화연구원 부속대학원, 1988. 2. (作硏)

안미을. "「조생원전」의 후대적 변모: 「김씨열행록」·「구의산」과의 비교." 碩論. 경남대 교육대학원, 1992. 8. (硏補)

安秉禹. "假傳에 대한 異見 散攷 :韓國 '假傳文學 研究' 拔萃."『明知語文學』, 7. 明知大 國語國文學會, 1975. 3. (作研)

______. "李朝心性假傳의 展開와 그 性格."『韓國學論叢』, 1. 國民大 韓國學研究所, 1979. 2. (作研)

安自山[廓].『朝鮮文學史』. 韓一書店, 1922. (異研) (作研) (文情)

安春根. "南涯文庫 藏書目錄 (1978. 6. 30 現在)." 한국출판판매주식회사,『古書研究』, '86. 韓國古書同友會報, 第三號. 1986. 10. (異目)

櫻井義之 編.『明治年間 朝鮮研究文獻誌』. 書物同好會, 1941. (異目) (文情)

梁承敏. "「元生夢遊錄」의 文獻收錄 및 印行 過程."『古小說研究』, 4. 韓國古小說學會, 1998. 2. (作研)

______. "仁興君 瑛과 「醉隱夢遊錄」."『古小說研究』, 5. 韓國古小說學會, 1998. 6. (作研) (줄集)

양승민·박재연. "원작 계열 「金英哲傳」의 발견과 그 자료적 가치."『古小說研究』, 18. 韓國古小說學會, 2004. 12. (研補)

梁彦錫. "「金華寺夢遊錄」의 敍述類型 研究."『人文學報』, 19. 江陵大 人文科學研究所, 1995. 6. (研補)

______.『夢遊錄小說의 敍述類型研究』. 國學資料院, 1996. (異研) (作研)

良友堂.『韓國古典文學全集』. 良友堂, 1981. (異資) (文情)

梁在淵. "「金太子傳」 評說."『국어국문학』, 25. 國語國文學會, 1962. 6. (作研)

梁惠蘭. "「玉蘭奇緣」의 異本攷."『한국어문학연구』, 6. 한국외국어대 한국어문학연구회, 1994. 12. (研補)

______,『朝鮮朝 奇逢類小說 研究』. 以會文化社, 1995. (作研) (줄集)

語文研究會.『敎養古代小說選』. 螢雪出版社, 1978. (異資) (文情)

嚴基珠. "「쌍성봉효록」 小考."『成均語文研究』, 29. 成均館大 國語國文學科, 1993. 12. (異研) (줄集)

______. "「彰善感義錄」 研究." 碩論. 成均館大 大學院, 1985. 2. (作研)

驪江出版社.『日本所在韓國古文獻目錄』. 驪江出版社, 1990. (異目) (異研) (文情)

余世柱. "「朴氏傳」의 構造와 後半部의 淵源考察."『嶺南語文學』, 13. 嶺南語文學會, 1986. 9. (作研)

呂丞九. "一笑 吳漢根 藏書에 대하여." 한국출판판매주식회사,『古書研究』, '86. 韓國古書同友會報, 第三號. 1986. 10. (異目)

呂運弼. "「李春風傳」."『黃浿江敎授定年退任紀念論叢 II 古典小說研究』. 一志社, 1993. 4. (作研)

______. "「李春風傳」과 판소리의 關係 研究."『論文集』, 24. 釜山女大, 1987. 8. (異研)

延世大學校中央圖書館.『古書目錄』. 1: 1977; 2: 1987. (異目) (文情)

______.『貴重圖書展示目錄』. 1967. (異目) (文情)

______.『庸齋[白樂濬]文庫目錄』. 1982. (異目) (文情)

嶺南大.『藏書目錄, 續篇: 中國·日本·西洋·漢古書』. 嶺南大學校 中央圖書館, 1980. (異目)

嶺南大學校 中央圖書館.『藏書目錄: 漢古籍篇』. 1973. (異目) (文情)

藝一文化社 編.『韓國古典文獻資料選集』. 전 80책. 藝一文化社, 2004. (文情)【增】

吳相泰. "「虎叱」의 作者에 對하여."『嶺南語文學』, 5. 嶺南大 嶺南語文學會, 1978. 12. (作研)

______. "「沈淸傳」 異本考."『국문학』, 6. 고려대문과대 국문학학생회, 1962. 11. (異研)

______. “「月下僊傳」 研究.” 碩論. 高麗大 敎育大學院, 1990. 2. (硏補)

吳秀美. “「三國志演義」의 演變 및 比較文學的인 研究” 碩論. 서울大 大學院, 1974. 2. (異硏)

오윤선. “「홍장군전」의 창작 경위와 인물 형상화의 방향.” 『古小說研究』, 12. 韓國古小說學會, 2001. 12. (硏補)

吳仁煥. “「林慶業傳」 研究.” 碩論. 啓明大 大學院, 1988. 2. (硏補)

吳宗根. “「당노뎐」 研究.” 圓光大, 『國語國文學研究(法山宋順康敎授華甲紀念論叢)』, 14. 圓光大 出版局, 1991. 10. (줄集)

______. “「셕화룡젼」 연구.” 『禪武學術論集』, 10. 國際禪武學會, 2000. 2. (硏補)

______. “「춘믹젼(春梅傳)」 연구.” 『국어국문학』, 123. 국어국문학회, 1999. 3. (줄集)

______. “「흥부전」 根源說話의 再考察.” 『禪武學術論集』, 9. 國際禪武學會, 1999. 2. (硏補)

______. 『韓國敍事文學의 研究』. 螢雪出版社, 1995. (異硏)

吳柱錫. “「石化龍傳」 研究.” 碩論. 韓國敎員大 大學院, 1994. 8. (硏補)

吳春澤. “「쌍녀분긔」와 「최치원」의 작자.” 『국어국문학』, 139. 국어국문학회, 2005. 5. (硏補)

______. “韓國 古小說 批評史 研究.” 博論. 高麗大 大學院, 1991. 2. (作硏)

吳出世. “英雄小說의 變貌樣相의 한 考察.” 『論文集』, 5. 東國大 慶州캠퍼스, 1986. 12. (줄集)

오희복 역. 『김려작품집』. 평양: 문예출판사, 1990. (硏補)

完山[映嬪]李氏. 『中國歷史繪模本』 (국립중앙도서관소장, 貴-240; 한-82-119). (異目) (文情)

玩巖金鎭世先生回甲紀念論文集刊行委員會 編. 『韓國古典小說作品論』. 集文堂, 1990. (文情)

王淑誼. “「周生傳」의 比較文學的 研究.” 碩論, 漢陽大 大學院, 1987. 2. (作硏)

우리어문학회. 『國文學概論』. 一成堂書店, 1948. (異硏) (作硏) (文情)

______________. 『國文學史』. 秀路社, 1948. (異硏) (作硏) (文情)

禹快濟. “『列女傳』의 敎訓書的 受容 考察.” 『茶谷李樹鳳先生回甲紀念 古小說研究論叢』. 刊行委員會, 1888. 12. (作硏)

______. “『烈女傳』의 受容樣相 考察 : 「謝氏南征記」를 中心으로.” 『石軒丁奎福敎授還曆紀念論叢』. 同刊行委員會, 1987. 12. (作硏)

______. “「元生夢遊錄」 研究.” 『古小說研究』, 5. 韓國古小說學會, 1998. 6. (硏補)

______. “韓國古小說總目錄.” 『古小說의 著作과 傳播』. 亞細亞文化社, 1994. (異目)

元容文. “元昊와 「元生夢遊錄」.” 『韓國古典小說史의 視角』. 國學資料院, 1996. 10. (作硏)

月村文獻研究所 編. 『한글필사본고소설자료총서』. 전 102책. 昨晟社, 1986. (異資) (文情)

柳光秀. “「興甫傳」 研究.” 博論. 高麗大 大學院, 1989. 8. (硏補)

柳龜相. “「이현주전」 解題: 古代小說의 한 反逆.” 『文學思想』, 37. 文學思想社, 1975. 10. (줄集)

柳奇玉. “申光漢의 『企齋記異』.” 『省吾蘇在英敎授還曆紀念論叢 古小說史의 諸問題』. 集文堂, 1993. 11. (作硏)

______. “申光漢의 『企齋記異』 研究.” 博論. 全北大 大學院, 1990. 2. (作硏)

______. “安曖의 「文房四友傳」 研究.” 『國語文學』, 33. 國語文學會, 1998. 8. (作硏) (줄集)

劉世德 原論, 崔溶澈 譯. “「九雲記」에 대하여 論함.”[1993] 『中國語文論叢』, 8. 高麗大 中國語文研究會, 1995. 8. (作硏)

劉永大. "京板「沈淸傳」의 異本問題." 『語文論集』, 24·25合. 高麗大 國語國文學硏究會, 1985. 1. (異硏)

______. "「沈淸傳」의 系統과 主題." 博論. 高麗大 大學院, 1989. 2. (作硏)

柳仁順. "「癸丑日記」 考 Ⅰ." 『語文學報』, 5. 江原大 國語敎育科, 1981. 12. (作硏)

유재일. "「兩新郎傳」 해제." 『冽上古典硏究』, 1. 冽上古典硏究, 1988. 4, (硏補)

柳鍾國. 『夢遊錄小說硏究』. 亞細亞文化社, 1987. (異硏) (作硏) (文情)

柳浚景. "漢文本「春香傳」의 作品世界와 文學史的 位相." 博論. 서울大 大學院, 2003. 8. (硏補)

兪春東. "「금향정기」의 연원과 이본 연구." 碩論. 연세대 대학원, 2002. 2. (硏補)

______. "성균관대 소장「종성전」소개." 『동방고전문학연구』, 5. 東方古典文學會, 2003. 12. (硏補)

______. "세책본「금령전」의 텍스트 위상 연구." 『冽上古典硏究』, 20(冽上古典硏究, 2004. 12. (硏補)

柳鐸一. "「三國志演義」 傳來時期와 그 板本." 『碧史李佑成先生定年退職紀念 國語國文學論叢』. 驪江出版社, 1990. 11. (異硏) (作硏)

______. "새로 發見된 庚子本「水宮歌」에 대하여." 『韓國文學論叢』, 4. 韓國文學會, 1981. 12. (異硏)

______. "完板 坊刻小說 硏究: 그 文獻學的 分析." 丁奎福·蘇在英·金光淳 共編. 『韓國古小說硏究』. 二友出版社, 1983. (異硏)

______. "「剪燈新話」-「剪燈餘話」의 韓國傳來와 受容." 『茶谷李樹鳳先生回甲紀念 古小說硏究論叢』. 刊行委員會, 1888. 12. (作硏)

______. 『完板坊刻小說의 文獻學的 硏究』. 學文社, 1981. (異硏) (作硏)

______ 編. 『韓國古小說批評資料集成』. 亞細亞文化社, 1994. (異硏) (作硏) (文情)

陸宰用. "「九雲記」 硏究:「九雲夢」과의 對比 및 中國小說의 影響關係를 中心으로." 碩論. 西江大 大學院, 1987. 2. (作硏)

______. "「九雲記」에 미친「鏡花緣」의 影響." 『嶺南語文學』, 21. 嶺南語文學會, 1992. 6. (作硏)

______. "「九雲記」 연구의 현황과 문제점 검토." 『嶺南語文學』, 28. 嶺南語文學會, 1995. 12. (作硏)

______. "「朴文秀傳」의 현대소설·설화로의 변이 양상." 『古小說硏究』, 11. 韓國古小說學會, 2001. 6. (硏補)

______. "「月峯記」의 構造와 意味." 『嶺南語文學』, 24. 嶺南語文學會, 1993. 12. (異硏)

______. "「月峯記」의 異本硏究: 主導 모티프의 패턴化 樣相을 中心으로." 博論. 西江大 大學院, 1995. 2. (作硏) (줄集)

윤경아. "「곽종운전」: 계모와 열녀의 운명." 『문헌과 해석』, 28. 문헌과해석사, 2004. 9. (硏補)

尹貴燮. "「九雲夢」의 한 異本." 『同大語文』, 1. 同德女大 國語國文學科, 1971. 5. (異硏)

尹勝俊. "朝鮮時代 動物寓言의 傳統과 寓話小說." 博論. 檀國大 大學院, 1998. 8. (作硏) (줄集)

尹榮玉. "「九雲記」 攷." 『朝鮮後期의 言語와 文學』. 螢雪出版社, 1978. 10. (作硏)

______. "「林慶業傳」 硏究." 『國語國文學硏究』, 15. 嶺南大 國語國文學會, 1973. 12.

______. 『九雲記』, 3. 螢雪出版社, 1982. (作硏)

______ 編著. 『韓國漢文小說』. 學文社, 1984. (異資) (文情)

尹用植. "申在孝「兎鼈歌」와 李海朝「鼈主簿傳」과의 比較硏究." 『冠嶽語文硏究』, 6. 서울대 國語國文學科, 1981. 12. (作硏)

______. "申在孝 판소리 辭說과 李海朝 판소리系 作品과의 比較研究." 碩論. 서울大 大學院, 1982. 2. (作研)

尹在根. "田禹治傳說과 「田禹治傳」." 碩論. 高麗大 大學院, 1982. 8. (異研)

尹柱弼. "「梅柳爭春」類 寓言의 양식적 특성."『民族文化』, 18. 民族文化推進會, 1995. 12. (줄集)

______. "16세기 사림의 분화와 낙서거사 이항의 「오륜전전」 번안의 의미."『국어국문학』, 131. 국어국문학회, 2002. 9. (研補)

______. "「오륜전비」 번안소설 이본에 대한 연구."『국어국문학』, 135. 국어국문학회, 2003. 12. (研補)

______. "寓言의 전통과 조선전기 夢遊記." 민족문화추진회,『民族文化』, 16. 民族文化推進會, 1993. 12. (줄集)

______. "「元生夢遊錄」 연구의 비판적 이해."『古小說研究史』. 一葦禹快濟博士 華甲紀念論文集 刊行委員會, 2002. 12. (研補)

______. "「元生夢遊錄」의 綜合的 考察."『韓國漢文學研究』, 16. 韓國漢文學研究會, 1993. 11. (異研) (作研)

______. "林悌·權韠의 방외인문학 사조와 초기 소설사의 방향."『省吾蘇在英敎授還曆紀念論叢 古小說史의 諸問題』. 集文堂, 1993. 11. (作研)

尹海玉. "「大觀齋記夢」에 나타난 寓言의 문학적 형상."『연세어문학』, 13. 연세대, 1980. 12. (作研)

______. "朝鮮後期 動物寓話小說의 구조적 고찰."『연세어문학』, 14·15합. 연세대 국어국문학과, 1982. (줄集)

______,『朝鮮時代 寓言 寓話小說 研究』. 박이정, 1997. (줄集)

윤혜진·이강엽. "「춘향전」의 발생과 형성." 향사설성경교수 화갑기념논문집간행위원회편,『춘향전 연구의 괴제와 방향』. 국학자료원, 2004. 1. (研補)

李家源. "九夫塚:「가루지기타령」의 根源說話."『국어국문학』, 28. 국어국문학회, 1965. 5. (作研)

______. "「九雲夢」 評攷."『九雲夢』. 德基出版社, 1955. 4. (作研)

______. "「陶山別曲」 贅論 (中): 그 作者 및 註釋에 對한 諸論을 읽고."『現代文學』, 18. 現代文學社, 1956. 6. (研補)

______. "「夢遊錄」의 作者再考."『국어국문학』, 23. 국어국문학회, 1961. 5. (作研)

______. "「兩班傳」 研究." 國語國文學會 編,『古典小說研究』. 正音社, 1979. 6. (作研)

______. "「春香歌」가 明曲에서 받은 影響: 주로 「三元記」·「還魂記」에서."『국어국문학』, 34·35. 국어국문학회, 1967. 1. (作研)

______. "「花史」의 作者再考."『語文學』, 14. 韓國語文學會, 1966. 4. (作研)

______ 校註.『九雲夢』. 德基出版社, 1955. (異資) (作研) (文情)

______.『麗韓傳奇』. 友一出版社, 1981. (作研) (文情)

______ 譯.『燕岩·文無子小說精選』. 博英文庫, 4. 博英社, 1974. (異資) (文情)

______.『燕岩小說研究』. 韓國文化叢書, 18. 乙酉文化社, 1965. (作研)

______ 譯編.『李朝漢文小說選』. 韓國古典文學大系 17. 民衆書館, 1961; 普成文化社, 1978. (異資) (作研) (文情)

______.『韓國漢文學史』. 民衆書館, 1961; 再版 1969. (作研) (줄集)

______. 『韓文學硏究』. 探求堂, 1969. (異硏)

이강옥. “「六美堂記」.” 『韓國古典小說作品論』. 集文堂, 1990. 10. (作硏)

이강용. “「월하선전」 연구.” 『배달말』, 10. 배달말학회, 1985. 12. (硏補)

李劍國·崔桓. “『新羅殊異傳』 연구의 기본적 맥락과 관점.” 韓國中國小說學會 編, 『中國小說論叢』, Ⅵ. 서울學古房, 1997. 3. (硏補)

李劍國·崔桓. “『新羅殊異傳』 崔致遠 本考.” 『中國語文學』, 33. 嶺南中國語文學會, 1999. 6. (硏補)

李慶善. “「裵是愰傳」 硏究.” 『論文集』, 1. 漢陽大, 1964. 10. (作硏)

______. “「李長白傳」 硏究.” 『人文論叢』, 3. 漢陽大, 1982. 3; 『韓國의 傳記文學』. 民族文化社, 1988. (作硏) (줄集)

______. “「丁香傳」 小考.” 『새터姜漢永敎授古稀紀念 韓國판소리·古典文學硏究』. 亞細亞文化社, 1983. 9. (作硏)

______. “韓國의 軍談小說 및 「九雲夢」·「玉樓夢」과 「三國志演義」의 비교.” 『淵坡車相轅博士頌壽論文集』. 刊行委員會, 1971. 6. (作硏)

______. “「洪將軍傳」 硏究.” 『韓國學論集』, 5. 漢陽大 韓國學硏究所, 1984. 2. (作硏) (줄集)

______. 『三國志演義의 比較文學的 硏究』. 一志社, 1976. (作硏)

______. 『韓國의 傳記文學』. 民族文化社, 1988. (作硏)

李庚秀. “金鑢의 生涯와 『丹良稗史』의 文學的 性格.” 『국어국문학』, 92. 국어국문학회, 1984. 12. (作硏)

李京雨. “說話的 側面에서 본 「朴氏傳」.” 『論文集』, 13. 淸州師大, 1984. 4. (作硏)

______. “「天君演義」.” 『韓國古典小說作品論』. 集文堂, 1990. 10. (作硏)

李九義. “「崔致遠」 傳의 小說性.” 『嶺南語文學』, 29. 嶺南語文學會, 1996. 6. (作硏)

李基大. “「난학몽」에 나타난 역사의 변용 과정과 작가의식.” 『古小說硏究』, 15. 韓國古小說學會, 2003. 6. (硏補)

______. “「薔花紅蓮傳」 硏究.” 碩論. 高麗大 大學院, 1998. 8. (硏補)

李起衡. “筆寫本 「華容道」 硏究: 作品群의 形成과 變異樣相을 中心으로.” 博論. 慶熙大 大學院, 2001. 8. (硏補)

李金喜. “「南征記」의 文獻學的 硏究.” 博論. 淑明女大 大學院, 1987. 2. (作硏)

______. 『謝氏南征記硏究』. 半島出版社, 1991. (異硏)

이내종. “「彰善感義錄」의 原本과 祖述本에 대하여.” 省吾蘇在英敎授還曆紀念論叢 刊行委員會 編, 『古小說史의 諸問題』. 集文堂, 1993. 11. (異硏) (作硏)

______. “「彰善感義錄」 異本考.” 『崇實語文』, 10. 崇實大 崇實語文硏究會, 1993. 10. (異硏)

李能雨. “이야기冊(古代小說) 舊活版本 調査目錄.” 『淑大論文集』, 8. 淑明女大, 1968. 11. (異目) (文情)

______. “이야기冊(古代小說) 板本誌略.” 『淑大論文集』, 4. 淑明女大, 1964. 7. (異目) (文情)

______. “「洪吉童傳」과 許筠의 關係: 實在 傳說型의 人物 洪吉同의 出現에서.” 『국어국문학』, 42·43. 국어국문학회, 1969. 2. (作硏)

李能和. “朝鮮巫俗考,” 啓明俱樂部, 『啓明』, 19, 1927. 5. (作硏)

______. 『春夢緣(漢詩春香歌)』. 文化書林, 1929. (作研)

이대형. "19세기 한문소설 「趙武傳」의 연원과 특성." 『동방고전문학연구』, 1. 東方古典文學會, 1999. 8. (줄集) (研補)

______. "趙武 이야기의 變異." 『洌上古典研究』, 16. 洌上古典研究會, 2002. 12. (研補)

李東歡. "「雙女墳記」의 作者와 그 創作 背景." 『民族文化研究』, 37. 高麗大 民族文化研究院, 2002. 12. (研補)

李明九. "「夢決楚漢訟」 研究 : 中國話本과의 比較를 中心으로." 『論文集(人文社會系)』, 33. 成均館 大, 1983. 2. (作研)

______. "「聘聘傳」 解題." 『國學資料』, 18. 藏書閣, 1974. 12. (줄集)

______. "李朝小說研究序說." 『論文集』, 13. 成均館大, 1968. 12. (作研)

______. "李朝小說의 比較文學的 研究." 『大東文化研究』, 5. 成均館大學校 大東文化研究院, 1968. 8. (作研) (줄集)

이명근. "「윤지경전」 연구." 『韓南語文學』, 19. 韓南大 國語國文學會, 1993. 12. (作研)

李明善 校正. 『壬辰錄』. 民族文學叢書, 1. 國際文化館, 1948. (作研)

______. 『朝鮮文學史』. 朝鮮文學社, 1948. (異研) (文情) (作研)

李明學. "「金氏南征記」에 대하여." 『大東文化研究』, 23. 成均館大學校 大東文化研究院, 1989. 2. (作研) (줄集)

李文奎. "高麗時代 敍事文學의 展開樣相考." 『茶谷李樹鳳先生回甲紀念 古小說研究論叢』. 刊行 委員會, 1888. 12. (作研)

______. "「三仙記」 研究." 『先淸語文』, 16·17. 1988. 8. (作研)

______. "「沈淸傳」의 文學的 特質 檢討." 張德順先生華甲紀念論叢刊行委員會 編, 『韓國古典散文 研究』. 同和文化社, 1981. 9. (異研)

______. "許筠作 「酒吃翁夢記」·「夢記」의 小說的 性格 檢討." 『새터姜漢永敎授古稀紀念 韓國판소 리·古典文學研究』. 亞細亞文化社, 1983. (줄集)

______. 『許筠散文文學研究』. 三知院, 1986. (異研) (作研)

李民樹 譯. 『燕岩選集』. 通文館, 1956. (異資) (文情)

______ 譯註. 『韓國漢文小說選』. 瑞文文庫, 166. 瑞文堂, 1975. (異資) (文情)

李玟浩. "「談囊傳」 研究." 碩論. 梨花女大 大學院, 1992. 2. (作研)

李芳周. "「尹知敬傳」 研究." 碩論. 韓國敎員大 大學院, 1996. 2. (줄集)

이병기. "「癸丑日記」, 一名 「西宮錄」: 解說." 姜漢永校注, 『癸丑日記』. 靑羽出版社, 1958. 4. (作研)

李秉岐. "「仁顯王后傳」 解說." 『文章』, 2:2. 文章社, 1940. 2. (作研)

______. "朝鮮語文學名著解題." 『文章』, 2:8. 文章社, 1930. 10. (異目) (文情)

______ 選解. 『要路院夜話記』. 乙酉文化社, 1953. (作研)

李秉岐·白鐵. 『國文學全史』. 新丘文化社, 1961. (文情) (異研) (作研)

李福揆. "「묵재일기(黙齋日記)」 소재 5종 국문·국문본 소설에 대하여." 『古典文學研究』, 12. 韓國古 典文學研究會, 1997. 12. (作研) (줄集)

______. "「설공찬전」·「주생전」 국문본 등 새로 발굴한 5종의 국문표기 소설 연구." 『古小說研究』,

6. 韓國古小說學會, 1998. 12. (研補)

______. "최초의 국문소설은 무엇인가."『새국어교육』, 56. 한국국어교육학회, 1998. 8. (異研)

______. 편저.『설공찬전: 주석과 관계 자료』. 시인사, 1997. (作研) (줄集)

______.『설공찬전 연구』. 박이정, 2003. (研補)

______.『임경업전 연구』. 집문당, 1993. (異研)

______ 편저.『초기 국문국문본 소설』. 박이정, 1998. (作研) (研補)

______.『형차기·왕시봉전·왕시봉기우기의 비교연구』. 박이정, 2003. (研補)

李尚九. "「三仙記」 研究."『語文論集』, 29. 高麗大 國語國文學研究會, 1990. 2. (作研)

______. "「淑香傳」의 文獻的 系譜와 現實的 性格." 博論. 高麗大 大學院, 1994. 8. (異研) (作研)

李相翊. "「彩鳳感別曲」과 「王嬌鸞百年長恨」."『蓮圃異河潤先生華甲記念論文集』. 刊行委員會, 1966. 5. (作研) (줄集)

______. "韓·中小說의 比較研究 其二."『研究論叢』, 2. 서울대 敎育會, 1972. 3. (作研)

______.『韓中小說의 比較文學的 研究』. 三知院, 1983. (作研)

李相澤. "「金允傳」 研究."『震檀學報』, 83. 震檀學會, 1997. 6. (異研) (作研) (줄集)

______. "樂善齋小說 研究 (I)." 韓國古典文學研究會編,『韓國小說文學의 探究』. 一潮閣, 1978. 9. (作研)

______. "「落泉登雲」攷: 作品解說을 兼하여." 梨花女大 韓國語文學研究會編,『落泉登雲』. 梨大出版部, 1971. 4. (作研)

______. "「靈異錄」 解題."『國學資料』, 34. 藏書閣, 1979. 10. (줄集)

______. "「尹河鄭三門聚錄」 研究." 張德順先生華甲紀念論文集刊行委員會,『張德順先生華甲紀念 韓國古典散文研究』. 同和文化社, 1981. 9. (作研)

______. "朝鮮朝 大河小說의 作者層에 대한 研究."『古典文學研究』, 3. 韓國古典文學會, 1986. 12. (作研)

______. "「昌蘭好緣」 研究."『震檀學報』, 75. 震檀學會, 1993. 6;『茶谷李樹鳳博士停年紀念論叢』. 景仁文化社, 1994. 2. (作研) (줄集)

______. "「泉水石」 解題." 梨花女大 韓國語文學研究所,『泉水石』. 韓國古代小說叢書, Ⅱ 梨花女大 出版部, 1972. 10. (作研) (줄集)

______. "哈佛大燕京圖書館 韓國小說에 관한 연구."『冠嶽語文研究』, 16. 서울大 人文大 國語國文學科, 1991. 12. (異目) (異研) (文情)

______ 編.『海外蒐佚本 韓國古小說叢書』. 전13책. 太學社, 1998. (異資) (文情)

李相澤·成賢慶 編.『韓國古典小說研究』. 새문社, 1983. (作研)

이상택·이종묵 역주,『화산중봉기·민시영전·정두경전』. 한국고전문학전집, 7. 고려대 민족문화연구소, 1993. (作研) (줄集)

李相澤 외 3인 엮음,『고전소설의 기초 연구』. 태학사, 2001. (研補)

李相鎬. "「虎叱」作者考."『論文集』, 1. 蓮庵工業專門大, 1984. 12. (作研)

李石來. "古代小說에 미친 野談의 影響."『省谷論叢』, 3. 省谷學術文化財團, 1972. 11. (作研)

______. "「三仙記」研究."『論文集』, 10. 聖心女大, 1979. 4. (作研)

______. "「烏有蘭傳」 研究."『論文集(人文·社會科學篇)』, 11. 聖心女大, 1980. 7. (作研)

______.『朝鮮後期小說研究』. 景印文化社, 1992. (作研)

李善亨. "「부용전」 소고."『국민어문연구』, 11. 국민대 국어국문학연구회, 2004. 2. (研補)

______. "「廉時度傳」 研究." 碩論. 國民大 大學院, 2000. 2. (研補)

李樹鳳. "家門小說 研究."『東亞論叢』(人文社會科學篇), 15. 東亞大學校, 1978. 12. (作研)

______. "古小說 短篇集『呂善談傳』研究, 1."『陽圃李相澤敎授還曆紀念 韓國 古典小說과 敍事文學, 上』. 集文堂, 1998. 9. (줄集)

______. "「金李兩門錄」 研究."『최정석박사회갑기념논총』. 연세대, 1988. 12. /『韓國家門小說研究』. 경인문화사, 1992에 재수록. (줄集)

______. "「桃櫻杏」傳 研究."『開新語文研究』, 11. 開新語文研究會, 1994. 12. (줄集)

______. "『東國史記』 解題."『論文集』, 6. 嶺南大併設工專, 1969. 12. (줄集)

______. "晩華本「春香歌」에의 提言과 再試釋."『晩華本春香歌와 龍潭錄』. 景仁文化社, 1994. 2. (作研)

______. "「柳淵傳」 研究."『湖西文化研究』, 3. 忠北大 湖西文化研究所, 1983. 6. (作研)

______. "「紫鸞傳」論攷."『論文集』, 8. 嶺南大併設高等專門學校, 1971. 12. /『晩華本春香歌와 龍潭錄』, 1994. 2. (作研) (줄集)

______. "「紫鸞傳」 研究."『晩華本春香歌와 龍潭錄』. 景仁文化社, 1994. 2. (文情)

______.『晩華本春香歌와 龍潭錄』. 景仁文化社, 1994. (作研)

______.『要路院夜話記 研究』. 太學社, 1884. (異研) (作研)

______.『韓國家門小說研究』. 景仁文化社, 1992. (作研) (줄集)

李秀了. "「蘇大成傳」 연구."『梨花語文論集』, 6. 梨花女大 韓國語文學研究所, 1983. 10. (作研)

李守眞. "「烏有蘭傳」 再攷."『嶺南語文學』, 14. 嶺南語文學會, 1987. 8. (作研)

이순우. "「睦始龍傳」 연구."『韓國古典研究』, 4. 韓國古典研究會, 1998. 11. (作研) (줄集)

李昇馥. "「一樂亭記」의 前代小說 變容과 作者意識."『冠嶽語文研究』, 23. 서울大 國語國文學科, 1998. 12. (作研)

李信馥. "「金剛誕遊錄」 研究."『國文學論集』, 9. 檀國大 國語國文學科, 1978. 12. (作研)

이신성. "「玉簫仙 이야기」가 「月下僊傳」에 끼친 영향."『古小說研究史』. 刊行委員會, 2002. 12. (研補)

李王職庶務課.『李王家藏書閣古圖書目錄』(朝鮮版). 1924. (異目) (文情)

李佑成. "「虎叱」의 作者와 主題."『創作과 批評』, 3:3(通卷 11). 創作과批評社, 1968, 8. (作研)

이원수. "「蘇大成傳」과 「龍文傳」의 관계: 「龍文傳」 이본고를 겸하여."『語文學』, 46. 韓國語文學會, 1985. 3. (異研)

______. "「용문전」의 일고찰."『국어교육연구』, 16. 慶北大 師大, 1984. 12. (異研)

李源周. "「彰善感義錄」小考."『童山申泰植博士古稀紀念論叢』(啓明大出版部, 1979. 4). (研補)

______. "「虎叱」의 諷刺對象."『常山李在秀博士還曆紀念論文集』. 螢雪出版社, 1972. 7. (作研)

李渭應. "九州苗代川에서 發見된 壬亂遺民 沈氏家 世傳本「淑香傳」研究: 그 筆寫 및 創作年代 推定을 爲한 音韻學的 分析을 主로."『釜山大開校二十周年紀念論文集』. 釜山大, 1966.

5. (作研)

이윤경. "「성부인전」을 통해 본 「조생원전」의 변모양상." 돈암어문학회 편, 『문학적 맥락에서 본 국문학』. 국학자료원, 2003. 2. (研補)

李胤錫. "「박씨전」 考." 『女性問題研究』, 12. 曉星女大 韓國女性問題研究所, 1983. 12. (作研)

______. "「설인귀전」." 『韓國古典小說作品論』. 集文堂, 1990. 10. (作研)

______. "「林慶業傳」 考." 『國文學研究』, 6. 曉星女大, 1982. 12. (줄集)

______. "「林慶業傳」 異本考." 『研究論文集』, 25. 曉星女大, 1982. 9. (異研) (作研)

______. "「홍길동전」 필사본 89장본에 대하여." 『애산학보』, 9. 애산학회, 1990. 5. (줄集)

______. 『林慶業傳 研究』. 박사학위논문 ⑥. 정음사, 1985. (異研) (作研)

______. 『홍길동전 연구: 서지와 해석』. 계명대출판부, 1997. (研補)

李恩明. "「토끼傳」 異本考: 그 系譜와 敍述의 變異樣相을 中心으로." 碩論. 仁荷大 大學院, 1985. 2. (作研) (研補)

이은정. "「閨中七友爭論記」와 「四誠錄」 研究." 『韓國語文學研究』, 16. 梨花女大 國語國文學會, 1985. 12. (줄集)

李仁榮. "『太平通載』 殘卷小考." 『震檀學報』, 12. 震檀學會, 1940. 9. (作研)

李在銑, 『韓國開化期小說研究』. 一潮閣, 1972. (줄集)

李在秀 編. 『古典文學選』. 東光出版社, 1972. (異資) (文情)

______. 『韓國小說研究』. 宣明文化社, 1969; 螢雪出版社, 1973. (異研) (作研) (研補)

李在郁. "「春香傳」の傳本に就て." 『文獻報國』, 2:4 (6輯). 朝鮮總督府圖書館, 1936. 11. (異研) (作研)

李姃秀. "「華容道」 研究." 碩論. 梨花女大 大學院, 1993. 2. (研補)

李政隱. "「明沙十里」 攷: 飜案 및 異本과의 關係를 中心으로." 『嶺南語文學』, 19. 嶺南語文學會, 1991. 6. (研補)

李廷卓. 『韓國寓話文學研究』. 二友出版社, 1982. (異研) (作研) (文情)

李鍾黙. "趙聖期의 學問과 文學." 『古典文學研究』, 7. 韓國古典文學研究會, 1982. 12. (作研)

______. "「周生傳」의 미학과 그 의미." 『冠嶽語文研究』, 16. 서울대 國語國文學科, 1991. 12. (作研)

李鐘周. "漢文本 「洪吉童傳」 檢討." 『국어국문학』, 99. 국어국문학회, 1988. 11. (異研)

李周映. "舊活字本 고전소설과 坊刻本의 관련 양상." 『韓國古典小說과 敍事文學, 上』. 集文堂, 1998. 9. (作研)

______. "舊活字本 古典小說의 刊行과 流通에 關한 研究." 博論. 서울大 大學院, 1997. 8. (異目)

______. 『舊活字本 古典小說 研究』. 月印, 1998. (異目) (異研)

李志映. "「김산해전」 연구." 『聖心語文論集』, 23. 가톨릭大 國語國文學科, 2001. 2. (研補)

______. "「王郎返魂傳」의 巫俗的 淵源에 관한 試考." 『古小說研究』, 5. 韓國古小說研究會, 1998. 6. (作研)

______. "謫降型 「두껍傳」의 異本研究." 『德成語文學』, 7. 德成女大 國語國文學科, 1992. 8. (異研) (作研)

______. "「崔賢傳」 研究." 『韓國古典小說과 敍事文學』. 集文堂, 1998. 9. (줄集)

______. "한문본 「창선감의록」의 변이와 개작의식." 『韓國古小說學會 第57次 定期學術大會』. 韓國

古小說學會, 2002. 4. (硏補)

李芝夏. "「玉鴛再合奇緣」 連作 硏究." 博論. 서울大 大學院, 2001. 2. (硏補)

______. "「용문전」 연구."『冠嶽語文硏究』, 14. 서울대 국어국문학과, 1989. 12. (作硏)

李昌培.『增補歌謠集成』. 靑丘古典聲樂學院, 1961. (異資)

______.『韓國歌唱大系』. 弘人文化社, 1976. (異資)

李昌植. "「東國史記」에 대하여."『새국어교육』, 46. 한국국어교육학회, 1990. (줄集)

李昶憲. "경판방각소설 「삼국지」에 대한 연구."『仁濟論叢』, 11:2. 仁濟大, 1995. 12. (異硏)

______. "단편소설집『삼설기(三說記)』의 판본에 대한 일 고찰."『冠嶽語文硏究』, 20. 서울大 國語國文學科, 1995. 12. (異硏)

______. "한남서림 간행 경판방각소설 연구."『韓國文化』, 21. 서울大 韓國文化硏究所, 1998. 6. (異目)

李春基. "「三韓拾遺」에 끼친 背景說話의 影響."『한양어문연구』, 9. 한양대 한양어문연구회, 1991. 12. (作硏)

______. "「三韓拾遺」 연구."『韓國文學의 道敎的 照明』. 普成文化社, 1886. (줄集)

李泰華. "신문관 간행 판소리계 소설의 개작 양상." 碩論. 高麗大 大學院, 2003. 8. (硏補)

이필우. "「蘇知縣羅衫再合」系 번안소설의 실상과 상호관계." 석론. 경남대 교육대학원, 1992. 2. (作硏)

李憲洪. "訟事說話와 訟事小說에 끼친 中國 公案類의 영향에 대하여."『茶谷李樹鳳先生回甲紀念 古小說硏究論叢』. 刊行委員會, 1888. 12. (作硏)

______. "정수경전 연구: 작품구조를 중심으로."『國語國文學』, 23. 釜山大 國語國文學科, 1986. 2. (異硏)

______. "朝鮮朝 訟事小說 硏究." 博論. 釜山大 大學院, 1987. 2. (作硏) (硏補)

______ 역주.『조웅전·적성의전』. 연강학술도서 한국고전문학전집, 23. 고려대 민족문학연구소, 1996. (異資) (作硏)

李鉉國. "「田禹治傳」의 형성과정과 異本間의 변모양상."『文學과 言語』, 7. 文學과言語硏究會, 1986. 5. (作硏)

李惠求. "宋晩載의 觀優戲."『中央大學校30周年紀念論文集』. 中央大, 1955. 11. (作硏)

李慧淳. "新小說 「行樂圖」 硏究: 中國小說의 「滕大尹鬼斷家私」와의 관계를 중심으로."『국어국문학』, 84. 국어국문학회, 1980. 10. (作硏) (줄集)

______. "韓國古代飜譯小說 硏究序說."『韓國古典散文硏究』. 同和文化社, 1981. 9. (作硏)

______. "「好逑傳」 硏究." 梨花女大 韓國文化硏究院,『論叢』, 23. 梨花女大 韓國文化硏究院, 1977. 10. (作硏)

李惠和. "「尹仁鏡傳」 硏究."『月山任東權博士頌壽紀念論文集(國語國文學篇)』. 集文堂, 1986. 4. (異硏) (作硏) (줄集)

______. "「崔孤雲傳」의 形成背景 硏究: 異本攷를 兼하여." 碩論. 高麗大 大學院, 1984. 8. (硏補)

梨花女子大學校 韓國文化硏究院.『梨花女子大學校圖書館 古書目錄』. 1981. (異目) (文情)

梨花女大 韓國文化硏究院.『韓國古代小說叢書』. 전 4책. 通文館, 1958~1961. (異資) (文情)

이희우. "괴팅겐대학 도서관 한국 고소설 자료수집에 대하여". 『冠嶽語文硏究』, 9. 서울大 國語國文學科, 1984. 12. (異目) (文情)

印權煥. "「鼈主簿傳」 漢文本考." 韓國古小說研究會 編, 『韓國 古小說의 照明』. 亞細亞文化社, 1990. 1. (異研) (作研)

______. "「水宮歌」의 揷入說話考." 『人文論集』, 30. 高麗大 文科大, 1985. 12. (作研)

______. "「수궁가」의 형성과 창작적 계보." 『배달말』, 11. 배달말학회, 1986. 12. (作研)

______. "「心火繞塔」 說話攷." 『국어국문학』, 41. 국어국문학회, 1968. 9. (作研)

______. "「雍固執傳」의 불교적 고찰." 『民族文化研究』, 28. 高麗大 民族文化研究所, 1995. 12. (作研)

______. "「적성의전」 根源說話 研究." 『人文論集』, 8. 高麗大文科大, 1967. 7. (作研)

______. "「토끼傳」." 『韓國古典小說作品論』. 集文堂, 1990. 10. (作研)

______. "「토끼傳」群 결말부의 변화양상과 의미." 『정신문화연구』, 14:3[통권 44]. 韓國精神文化研究院, 1991. 9. (異研) (作研)

______. "「토끼傳」 根源說話研究 : 印度說話의 韓國的 展開." 『亞細亞研究, 25(10:1). 高麗大 亞細亞問題研究所, 1967. 3. (作研)

______. "「토끼傳」의 比較 考察: 京板·完板·가람本 「兎鼈歌」를 中心으로." 『人文論集』, 29. 高麗大, 1984. 12. (異研)

______. "「토끼傳」 異本攷." 『亞細亞研究』, 29(11:1). 高麗大 亞細亞問題研究所, 1968. 3. (異研) (作研)

______. "「興甫傳」의 불교적 측면에 대하여." 『어문학보』, 20. 강원대 사범대 국어교육과, 1997. 6. (作研)

______. "「興夫傳」의 說話的 考察: 根源說話의 探索과 小說化 過程을 中心으로." 『語文論集』, 16. 高麗大 國語國文學研究會, 1975. 1. (作研)

______. 『興夫傳 研究』. 集文堂, 1991. (作研)

印權煥·薛重煥·張孝鉉·田耕旭. 『韓國古小說選』. 太學社, 1995. (文情)

仁川大民族文化研究所 編. 『舊活字本 古小說集』. 전 33책. 銀河出版社, 1983~1984. (異資) (文情)

仁川大學民族文化研究資料叢書刊行委員會 編. 『舊活字本 古小說全集』. 전 17책. 國際아카데미, 2002. (文情) 【增】

日本國立國會圖書館參考書誌部 編. 『國立國會圖書館所藏朝鮮關係資料目錄』, 3: 朝鮮文篇. 1986. (異目) (文情)

임근수. "「잔당오대연의」 연구." 『다곡이수봉박사정년기념 고소설연구』. 경인문화사, 1994. (줄集)

林明德 編. 『韓國漢文小說全集』. 전 9책. 中國文化學院·韓國精神文化研究院, 1980. (異資) (文情)

임명옥. "「금향정」 소고." 『中國學論叢』, 7. 韓國中國文化學會, 1998. 12. (研補)

임성래. "동양어문화대학도서관 소장 한국고문헌목록." 洌上古典研究會, 『洌上古典研究』, 7. 1994. 4. (異目)

______. "「두껍전」 연구." 석론. 延世大 大學院, 1981. 7. (作研)

______. "「호섬전[虎蟾傳]」에 대하여." 『韓國 古小說의 照明』. 亞細亞文化社, 1990. 1. (作研)

林哲鎬. "「임진록」." 『黃浿江教授定年退任紀念論叢 II 古典小說研究』. 一志社, 1993. 4. (作研)

______. “「田雲致傳」硏究(Ⅰ).”『연세어문학』, 9·10합병호. 延世大 國語國文學科, 1977. 6. (異硏)

______. “「田雲致傳」硏究(II).”『연세어문학』, 11. 延世大 國語國文學科, 1978. 12. (作硏)

______. “「陳錄已傳」 硏究.”『국어국문학』, 125. 국어국문학회, 1999. 10. (줄集)

______. 『壬辰錄 硏究』. 박사학위논문 ⑫. 정음사, 1986. (異硏)

林治均. “「改過夢仙錄」 硏究.”『정신문화연구』, 67. 韓國精神文化硏究院, 1997. 6. (作硏) (줄集)

______. “「곽씨효행록(郭氏孝行錄)」 연구.”『古小說硏究』, 6. 韓國古小說學會, 1998. 12. (作硏) (줄集)

______. “「남정팔난기」 연구.”『국문학연구 1997』. 태학사, 1997. 7. (作硏) (줄集)

______. “連作型 三代錄 小說硏究.” 博論. 서울大 大學院, 1992. 2. (作硏) (줄集) (硏補)

______. “「옥루몽」의 서지적·구조적 특성과 미학적 가치.”『고전작품 역주·연구 및 한국 근대화 과정 연구 (I:2)』. 서울대 한국문화연구소, 1994. (硏補)

______. “「王會傳」 연구.”『藏書閣』, 2. 한국정신문화연구원, 1999. 12. (硏補)

______. “「유효공선행록」 연구.”『冠嶽語文硏究』, 14. 서울大人文大 國語國文學科, 1989. 12. (作硏)

______. “「이대봉전」 연구.”『冠嶽語文硏究』, 20. 서울大人文大 國語國文學科, 1995. 12. (作硏) (줄集)

______. “「이씨효문록」 연구.”『陽圃李相澤敎授還曆紀念 韓國 古典小說과 敍事文學, 上』. 集文堂, 1998. 9. (作硏) (줄集)

______. “「현몽쌍룡기」 연구.”『국어국문학』, 113. 국어국문학회, 1995. 4. (作硏)

______. 『조선조 대장편소설 연구』. 태학사, 1996. (作硏) (줄集)

林憲道 編譯. 『朝鮮時代漢文小說』. 集文堂, 1980. (異資) (文情)

林熒澤. “17世紀 閨房小說의 成立과 「倡善感義錄」.”『東方學志』, 57. 延世大 國學硏究院, 1988. 3. (作硏)

______. “傳奇小說의 戀愛主題와 「韋敬天傳」.”『東洋學』, 22, 檀國大 東洋學硏究所, 1992. 10. (作硏) (줄集)

______. “「조선개국록」: 민간적 상상의 역사소설.”『민족문학사연구』, 5. 민족문학사연구소, 1994. 7. (作硏)

______. “「洪吉童傳」의 新考察(上)·(下).”『創作과 批評』, 42(11:4) / 43(13:1). 創作과批評社, 1976. 12. / 1977. 3. (異硏)

장경남. “壬亂 實記文學과 傳의 관련 양상.”『古小說硏究』, 6. 韓國古小說學會, 1998. 12. (줄集)

張德順. “夢遊錄 小考.”『東方學志』, 4. 延世大 國學硏究院, 1959. 6. (作硏)

______. “「裵裨將傳」의 小說化 過程.”『韓國說話文學硏究』. 서울大出版部, 1970. 10. (作硏)

______. “丙子胡亂을 前後한 戰爭小說.”『人文科學』, 3. 延世大 人文科學硏究所, 1959. 1. (作硏) (硏補)

______. “說話의 小說化 : 「雍固執傳」과 「裵裨將傳」을 中心으로.”『東亞文化』, 7. 서울大 東亞文化 硏究所, 1967. 8. (作硏)

______. “屍愛說話와 小說.”『論文集』, 2. 淑明女大, 1962. 8. (作硏)

______. “「沈淸傳」의 民間說話的 試考.”『思想界』, 31(4:2). 思想界社, 1956. 2. (作硏)

______. “「李春風傳」 研究.”『國語國文學』, 5. 國語國文學會, 1953. 6. (作硏)

______. “作中人物을 通하여 본 「春香傳」.”『震檀學報』, 23. 震檀學會, 1962. 12. (作硏)

______. “「콩쥐팥쥐」와 Cinderella.”『국어국문학』, 16. 국어국문학회, 1957. 5. (作硏)

______. “홍길동은 實存했던 人物인가?”『茶谷李樹鳳先生回甲紀念 古小說硏究論叢』. 刊行委員會, 1888. 12. (作硏)

______. “「洪吉童傳」의 故鄕.”『韓國文學의 淵源과 現場』. 集文堂, 1986. 10. (作硏)

______. “「興夫傳」의 再考 : 古代小說論攷 (I).”『국어국문학』, 13. 국어국문학회, 1955. 6. (作硏)

______. 『國文學通論』. 新丘文化社, 1960. (異硏) (作硏) (文情)

______. 『韓國文學史』. 同和文化社, 1975. (作硏)

______. 『韓國說話文學研究』. 서울大出版部, 1970. (作硏)

張德順·金起東 共編. 『古典國文小說選』. 正音文化社, 1984. (異資) (文情)

張德順 外 四人共編. 『韓國古典文學全集』. 전5책. 希望出版社, 1965. (異資) (文情)

장석규. “「관우희」·「관극팔령」의 창작 방법과 송만재·이유원의 작가 의식.”『문학과언어』, 12. 文學과 言語研究會, 1991. 5. (硏補)

______. “「구운몽」과 「옹고집전」의 상관성.”『국어교육연구』, 23. 국어교육연구회, 1991. 12. (作硏)

張時光. “「雙釧奇逢」 連作 研究.” 碩論. 서울大 大學院, 1996. 2. (異硏) (作硏) (硏補) (줄집)

藏菴先生回甲紀念事業會. 『語文研究會 第3回 古書展示目錄』. 1971. (異目) (文情)

張正龍. “「江陵秋月傳」 異本研究.”『平沙閔濟先生華甲紀念論文集』. 同刊行委員會, 1990. 10. (作硏)

______. “「장끼전」 異本의 內容考察,”『人文學報』, 11. 江陵大 人文科學研究所, 1991. 8. (異硏)

張籌根. “敍事巫歌의 始源과 民俗文藝史上의 位置.”『文化人類學』, 5. 韓國文化人類學會, 1972. 12. (作硏)

張鴻在. “「淑香傳」에 나타난 거북(=龍)의 報恩思想.”『국어국문학』, 55~57. 國語國文學會, 1972. 11. (作硏)

張孝鉉. “「九雲夢」의 主題와 그 受容史에 관한 研究,”『金萬重文學研究』. 國學資料院, 1993. 2. (作硏)

______. “「朴氏傳」의 제 특성과 형성 배경.”『한글』, 226. 한글학회, 1994.3. (硏補)

______. “애국계몽기 고전장편소설의 역사현실 대응.”『어문논총』, 33. 1994. 12. (作硏)

______. “애국계몽기 창작 고전소설의 한 양상.”『정신문화연구』, 41. 한국정신문화연구원, 1990. 12. (作硏) (줄집)

______. “「玉樓夢」의 文獻學的 研究.” 碩論. 高麗大 大學院, 1981. 9. (作硏)

______. “「六美堂記」의 作者 再論.”『古典小說研究의 方向』. 새문社, 1985. 3. (作硏)

______. “長篇家門小說의 成立과 存在樣態.”『정신문화연구』, 14:3 (통권 44). 한국정신문화연구원, 1991. 9. (作硏)

______. “傳奇小說 연구의 성과와 과제.”『民族文化研究』, 28. 高麗大 民族文化研究所, 1995. 12. (作硏)

______. “朝鮮後期의 小說論.”『語文論集』, 23. 高麗大 國語國文學研究會, 1982. 9. (作硏)

______. "중세 해체기 소설에 나타난 賤妾의 형상." 『陽圃李相澤敎授還曆紀念 韓國 古典小說과 敍事文學』, 上. 集文堂, 1998. 9. (줄集)

______. "「홍길동전」의 生成과 流傳." 『국어국문학』, 129. 국어국문학회, 2001. 12. (硏補)

______. "「黃陵夢還記」에 대하여." 국어국문학전국대회[1995. 5]; 『韓國古典小說史硏究』. 고려대학교 출판부, 2002. 11. (硏補)

______. 『徐有英文學의 硏究』. 亞細亞文化社, 1988. (異硏) (作硏)

______. 『육미당기』. 고려대학교 민족문화연구소, 1995. (異資)

前間恭作. 『古鮮冊譜』. 전 3책. 東洋文庫, 1944~1957. (異目) (文情)

______. 『朝鮮の板本』. 福岡: 松浦書店, 1937. 京都大文學部國語國文學硏究室編. 『前間恭作著作集 上』(京都大國文學會, 1974)에 再錄. (異目) (異硏) (文情)

전경욱 해제. 『김학공전 권지단』. 박이정, 1995. (異硏) (줄集)

田光鉉. "『勸念要錄』에 對하여." 『駱山語文』, 2. 1970. 11. (作硏)

全國敎育大學院長協議會. 『全國敎育大學院 敎育學碩士學位論文目錄』. 제8집~제10집. 1994~1996. (文情)

全圭泰 編. 『韓國古典文學大系』. 전 6책. 明文堂, 1991 重刷. (異資) (文情)

______ 編. 『韓國古典文學大全集: 小說集』. 전5책. 世宗出版公社, 1970; 西江出版社, 1975. (異資) (文情)

全南大圖書館. 『古書目錄 I』. 1990. (異目) (文情)

全北大圖書館. 『古漢籍解題』. 1990. (異目) (文情)

전상욱. "「월봉기」군 소설의 작품세계." 碩論. 延世大 大學院, 1996. 2. (作硏) (줄集)

田城芸. "「九雲夢」의 창작과 명말 청초 艶情小說." 『古小說硏究』, 12. 韓國古小說學會, 2001. 12. (硏補)

______. "長篇 國文小說의 變貌와 英雄小說의 形成." 博論. 高麗大 大學院, 2000. 8. (硏補)

______. "「현봉쌍의록」 연구 (1)." 石軒丁奎福博士古稀紀念論叢 刊行委員會 編, 『韓國古小說史의 視覺』. 國學資料院, 1996. 10. (作硏) (줄集)

전성운. 『한·중소설 대비의 지평』. 보고사, 2005. (硏補)

全聖鐸. "「金就景傳」 研究." 『論文集』, 18. 春川敎大, 1978. 2. (作硏) (줄集)

______. "「장화홍련전」의 국한문본과 한문본의 내용 및 저작 연대에 관한 고찰." 『논문집』, 8. 춘천교육대학, 1970. 2. (異硏) (作硏)

______. "「薔花紅蓮傳」의 一硏究: 朴仁壽作 漢文本을 中心으로." 『국어교육』, 13. 한국국어교육연구회, 1967. 12. (作硏)

______. "「장화홍련전」 異本攷." 『論文集』, 16. 春川敎大, 1976. 2. (作硏)

田溶文. "「곽낭자전」 研究." 『牧園語文學』, 5. 牧園大 國語敎育科, 1985. 9; 『韓國女性英雄小說의 硏究』. 목원대출판부, 1996. (作硏) (줄集)

______. "「곽낭자전」 이본의 연구." 『韓國言語文學』, 49. 韓國言語文學會, 2002. 12. (硏補)

______. "「숙영낭자전」 異本考 (2)." 『목원국어국문학』, 11. 목원대 국어국문학과, 1995. 2. (異硏)

______. "「玉娘子傳」 研究: 이본고를 中心으로." 『古小說研究』, 1. 韓國古小說學會, 1995. 12. (作硏)

______. “「위봉월전」 研究.”『藏庵池憲英先生古稀紀念論叢』. 同刊行委員會, 1980. 5. (作研)

______. “「李氏孝門錄」에 대하여.”『韓國言語文學』, 40. 韓國言語文學會, 1998. 8. (研補)

______. “「張國振傳」 小考.”『韓國言語文學』, 31. 韓國言語文學會, 1993. 6. (作研)

______.『韓國女性英雄小說의 研究』. 목원대학교출판부, 1996. (作研)

鄭景柱. “筆寫本 漢文小說集『草湖別傳』解題,”『漢文古典의 文化解釋』. 慶星漢文學研究會, 1999. 9. (研補)

丁奎福. “古小說과 中國小說,” 韓國古小說研究會,『韓國古小說論』. 亞細亞文化社. 1991. 3. (作研)

______.“古小說史에 끼친 中國說話小說의 영향.”『省吾蘇在英敎授還曆紀念論叢 古小說史의 諸 問題』. 集文堂, 1993. 11. (作研)

______. “「九雲夢」 老尊本의 二分化.『국어국문학』, 97. 국어국문학회, 1987. 5;『東方學志』, 59. 延世大 國學研究院, 1988. 9. (異研)

______. “「九雲夢」 서울大學本의 再攷.”『大東文化研究』, 26. 成均館大 大東文化研究院, 1991. 12. (異研)

______. “「九雲夢」 乙巳本에 대하여.”『人文論集』, 17. 高麗大 文科大學, 1972. 5. (異研)

______.“「九雲夢」의 根源思想考: 空思想을 中心으로.”『亞細亞研究』, 28. 高麗大 亞細亞問題研究 所, 1967. 12. (作研)

______. “「九雲夢」의 比較文學的 考察.”『論文集』, 16. 高麗大, 1970. 12. (作研)

______. “「九雲夢」의 表記文字에 대하여.”『開新語文研究』, 1. 忠北大 師大 國語敎育科, 1981. 8. (作研)

______ “「九雲夢」 異本攷: 그 原作의 表記文字 再考를 提起한다.”『국어국문학』, 23. 국어국문학회, 1961. 5. (異研) (作研)

______.“「九雲夢」 異本考(續完).”『亞細亞研究』, 9(5:1). 高麗大 亞細亞問題研究所, 1962. 5. (異研)

______. “「金剛經」과 「九雲夢」.”『국어국문학』, 55~57. 國語國文學會, 1972. 11. (作研)

______. “「南征記」論考.”『국어국문학』, 26. 국어국문학회, 1963. 6. (異研) (作研)

______, “「西遊記」와 「王郎返魂傳」.”『月巖朴晟義博士還曆紀念論叢』/『語文論集』, 19·20合. 高麗 大 國語國文學研究會, 1977. 9. (作研)

______.“「西遊記」와 韓國古小說.”『亞細亞研究』, XV:4 (48), 高麗大 亞細亞研究所, 1972, 12. (作研)

______. “「梁山伯傳」攷.”『中國研究』, IV. 韓國外國語大 中國問題研究所, 1979. 7. (作研)

______. “「諺翻南征記」攷.”『淵民李家源博士六秩頌壽紀念論叢』. 汎學圖書, 1977. 4. (作研)

______. “「玉樓夢」의 作者 및 著作年代에 對하여: 構成에서 본.”『語文學』, 15. 韓國語文學會, 1966. 10. (作研)

______. “「王郎返魂傳」의 원전과 형성.”『古小說研究』, 2. 韓國古小說學會, 1997. 1. (作研)

______. “「雲英傳」의 問題.”『高大文化』, 11. 高麗大總學生會, 1970. 5. (作研)

______. “「林花鄭延」 論攷.”『大東文化研究』, 3. 成均館大 大東文化研究所, 1966. 12. (作研)

______. “「第一奇諺」에 대하여,” 高麗大,『中國學論叢』, 1. 高麗大 中國學研究會, 1984. 4. (作研) (줄集)

______. “「彰善感義錄」의 儒家思想과 小說史的 意味.”『茶谷李樹鳳先生回甲紀念 古小說研究論

叢』. 刊行委員會, 1888. 12.　(作硏)

______. "「秋風感別曲」의 문헌학적 연구." 刊行委員會編, 『徐廷範博士華甲紀念論文集』. 集文堂, 1986. 9. (異硏) (作硏)

______. "「平妖傳」의 한국번역문학적 受容." 『韓國文學과 中國文學』. 국학자료원, 2001. 5. (硏補)

______ "韓國의 女裝彈琴譚과 『太平廣記』 所載 王維傳." 『淵民李家源先生七秩念論叢』. 正音社, 1987. 4. (作硏)

______ "「洪吉童傳」 異本攷 (一)/(二)," 『국어국문학』, 48/51. 국어국문학회, 1970. 5/1971. 1. (異硏)

______. "「洪吉童傳」 漢文本의 텍스트 문제." 『東方學志』, 68. 延世大 東方學硏究所, 1990. 10. (硏補)

______. "幻夢說話考." 『亞細亞硏究』, 8:2 (통권 18). 高麗大 亞細亞硏究所, 1965. 6. (作硏)

______ 『九雲夢硏究』. 學術硏究叢書, 3. 高麗大出版部, 1974. (作硏)

______ 編. 『韓國古典文學의 原典批評』. 새문社, 1990. (作硏)

______, 『韓中文學比較의 硏究』. 高麗大學校 出版部, 1992. (異硏) (作硏) (文情)

丁奎福·印權煥·薛重煥·田耕旭 共編. 『韓國古小說選』. 문학아카데미, 1990. (異資) (文情)

丁奎福·印權煥·張孝鉉·田耕旭 編. 『韓國古小說選』. 문학아카데미, 1990. (異硏)

鄭吉秀. "「折花奇談」 硏究: 19세기 愛情傳奇 傳統의 繼承과 變容." 碩論. 서울大 大學院, 1999. 2. (作硏)

鄭魯湜. 『朝鮮唱劇史』. 朝鮮日報社, 1940. (作硏)

丁來東. "韓中 目連故事의 比較." 『成大論文集』, 11. 1966. 12. (作硏)

鄭.明基. "세책본 소설의 간소에 대하여: 동양문고본 「삼국지」를 통하여 본." 이윤석·大谷森繁·정명기 편저, 『貰冊 古小說 硏究』. 혜안, 2003. 8. (硏補)

______. "「呂童仙傳」 硏究." 『古小說硏究』, 1. 韓國古小說學會, 1995. 12. (줄集)

______. "「유씨부인전」에 나타난 烈과 再生." 『연세어문학』, 14·15합. 연세대 국어국문학과, 1982. (줄集)

______. "「지선전」의 짜임새와 의미 소고." 『洌上古典硏究』, 9. 洌上古典硏究會, 1996. (줄集)

______. "「崔陟傳」." 『黃浿江敎授定年退任紀念論叢 II 古典小說硏究』. 一志社, 1993. 4. (作硏)

______. "野談의 變異樣相과 意味硏究." 博論. 延世大 大學院, 1989. 2. (異硏) (作硏)

鄭珉. "「韋敬天傳」의 浪漫的 悲劇性." 漢陽大, 『韓國學論集』, 24. 漢陽大 韓國學硏究所, 1994. 2. (作硏) (줄集)

____. "「주생전」의 창작기층과 문학적 성격." 『한양어문연구』, 9. 한양대 한양어문연구회, 1991. 12. (異硏) (作硏)

丁範鎭. "「枕中記」 硏究: 特히 『三國遺事』 調信說話와 關聯하여." 『大東文化硏究』, 2. 大東文化硏究院, 1966. 6. (作硏)

______. "韓·中小說의 思想的 對比." 『韓國思想大系』, 1, 文學·藝術思想篇. 成均館大 大東文化硏究院, 1973. 2. (作硏)

鄭炳說. "「몽옥쌍봉연록」 연구." 『대전어문학』, 13. 대전대 문과대 국어국문학회, 1996. 2. (硏補)

______. "「廉時度傳」: 傔人의 삶., 그리고 諸敍事樣式들의 넘나듦." 『문헌과 해석』, 7. 太學社, 1999.

5. (作研)

______. "「玉鸞再合奇緣」作家 再論."『冠嶽語文研究』, 22. 서울大 人文大 國語國文學科, 1997. 12. (作研)

______. "「玩月會盟宴」研究." 博論. 서울大 大學院, 1997. 8. (作研) (줄集)

"朝鮮後期 東아시아 語文交流의 한 斷面."『韓國文化』, 27. 서울大 韓國文化研究所, 2001. 6. (研補)

______. "「화서국」: 조선인들의 유토피아."『문헌과 해석』, 4. 태학사, 1998. 8. (作研)

鄭炳昱. "金時習의 生涯와 思想."『思想界』. 思想界社, 1958. 9. (作研)

______ 解題. "樂善齋文庫本 目錄 및 解題."『국어국문학』, 44·45, 1969. 7. (異目) (作研) (文情)

______. "「崔文獻傳」紹介."『白樂濬博士還甲紀念國學論叢』. 思想界社, 1955. 11. (作研)

______. "(자료)파리 동양어학교 소장 한국 고문헌 목록 및 서지(유고)."『문학 한글』, 11·12합(한글학회, 1998. 6). (異目)【增】

______.『國文學散藁』. 新丘文化社, 1960. (作研)

______.『한국의 판소리』. 집문당, 1981. (作研)

鄭炳昱·李承旭 校註.『九雲夢』. 韓國古典文學大系, 9. 民衆書舘, 1972. (作研)

鄭炳昱·李泰極·李應百·崔泰應 共編.『精選韓國古典文學選集』. 書榮出版社, 1978; 再版 1983. (異資) (文情)

鄭炳昱·張德順·李石來 共編.『古典文學精粹』. 景印文化社, 1971. (異資) (文情)

鄭炳昱 외 4인 編著.『韓國古典文學精選』. 아세아문화사, 1985. (文情)

鄭炳浩. "金鑢의 傳研究." 碩論. 慶北大 大學院, 1989. 2. (作研)

______. "19세기 漢文小說「洛東野言」解題 및 註釋."『東方漢文學』, 25. 동방한문학회, 2003. 12. (研補)

鄭相珍. "「張仁傑傳」研究."『韓國文學論叢』, 12. 韓國文學會, 1991. 11. (研補)

鄭善姬. "睦台林 文學 研究." 博論. 梨花女大 大學院, 2001. 2. (研補) (줄集)

鄭良婉.『日本東洋文庫本 古典小說 解題』. 國學資料院, 1994. (異目) (文情) (줄集)

鄭然峰. "張維의「氷壺先生傳」研究."『韓國古典小說史의 視角』. 國學資料院, 1996. 10. (作研)

鄭英子. "「玉樓夢」研究, 下."『부산교육』, 181. 부산교육위원회, 1976. 3. (作研)

鄭容秀. "「金山寺夢遊錄」계의 창작배경과 주제의식."『古小說研究』, 10. 韓國古小說學會, 2000. 12. (研補)

______. "「왕회전」연구."『동양한문학연구』, 14. 동양한문학회, 2000. 12. (研補)

______. "「龍門夢遊錄」研究."『한문학보』, 1. 우리한문학회, 1999. 2. (研補)

鄭雲采. "「유생전」의 이본적 특성과 부녀 대립 양상."『先淸語文』, 24. 서울大師大 國語科, 1996. 10. (作研) (줄集)

鄭仁漢. "「甕固執傳」의 說話 研究."『文學과 言語』, 1. 文學과言語研究會, 1980. 8. (作研)

______. "爭年說話 및 그 小說的 受容 研究."『韓國學論集』, 10. 啓明大, 1983. 12. (作研)

鄭宗大. "「一樂亭記」에 대한 고찰."『국어교육』, 69·70. 한국국어교육연구회, 1990. 7. (研補)

______.『艷情小說構造研究』. 啓明文化社, 1990. (作研)

鄭鉒東. 『古代小說論』. 螢雪出版社, 1970. (異硏) (作硏) (文情)

______. 『梅月堂 金時習 硏究』. 新雅社, 1965. (硏補)

______. 『洪吉童傳 硏究』. 文豪社, 1961. (作硏)

정준식. "「金鶴公傳」 연구의 성과와 과제." 『古小說硏究史』. 刊行委員會, 2002. 12. (硏補)

______. "추노계 야담의 소설적 변용." 『韓國文學論叢』, 15. 韓國文學會, 1994. 12. (硏補)

鄭昌權. "「鸞鶴夢」 硏究." 碩論. 高麗大 大學院, 1996. 2. (作硏) (줄集)

______. "「옥린몽」의 작가 고증과 이본 양상." 刊行委員會 編, 『韓國古小說史의 視覺』. 國學資料院. 1996. 10. (作硏) (硏補)

______. "조선후기 장편 여성소설 연구:「완월회맹연」을 중심으로." 博論. 高麗大 大學院, 2000. 2. (硏補)

鄭出憲, "동물 우화소설의 작품세계와 그 역사적 전개."『省吾蘇在英敎授還曆紀念論叢 古小說史의 諸問題』. 集文堂, 1993. 11. (作硏)

______. "「운영전」의 애정 갈등과 그 비극적 성격." 『韓國古典小說史의 視角』. 國學資料院, 1996. 10. (作硏)

______. "「장끼전」에 나타난 조선후기 유랑민의 삶과 그형상." 『古典文學硏究』, 6. 韓國古典文學硏究會, 1991. 12. (作硏)

______. "朝鮮後期 寓話小說의 社會的 性格." 博論. 高麗大 大學院, 1992. 8. (異硏) (作硏)

______. "판소리 향유층의 변동과 판소리 사설의 변화:「흥부가」의 사설을 중심으로."『판소리연구』, 11. 판소리학회, 2000. 12. (硏補)

정충권. "「소현성록」의 여성주의적 성격과 의의."『古小說硏究』, 4. 韓國古小說學會, 1998. 2. (作硏)

______. "언킹도시귄본「홍보젼」 연구."『국어국문학』, 130. 국어국문학회, 2002. 5. (硏補)

______. "「옹고집전」 이본의 변이 양상과 그 의미."『판소리硏究』, 4. 판소리학회, 1993. 12. (異硏)

______. "眞假爭主 話素와「華山重峰記」."『陽圃李相澤敎授還曆紀念論叢 韓國古典小說과 敍事文學, 下. 集文堂, 1998. 9. (作硏)

鄭夏英. "「廣寒樓記」 評批 硏究."『韓國古典硏究』, 1. 韓國古典硏究會, 1995. 8. (異硏) (作硏)

______. "「沈生傳」의 題材的 脈絡과 敍事方式."『고전문학연구』, 18. 한국고전문학회, 2000. 12. (硏補)

______. "「沈淸傳」 根源硏究 序說."『國語文學』, 21. 全北大 國語國文學會, 1980. 12. (作硏)

______. "「春香傳」 漢文異本群 硏究."『省谷論叢』, 29: 1. 省谷學術文化財團, 1998. 8. (硏補)

______. "漢文演本「春香傳」考."『韓國言語文學』, 23. 韓國言語文學會, 1984. 12. (異硏)

鄭學成. "『신독재수택본전기집』의 17세기 소설집으로서의 성격과 위상."『古小說硏究』, 13. 韓國古小說學會, 2002. 6. (硏補)

______. "「왕시붕기우기 王十朋奇遇記」에 대한 고찰."『古小說硏究』, 8. 韓國古小說學會, 1999. 12. (硏補)

______. "「要路院夜話記」 硏究."『國文學論集』, 13. 檀國大 國語國文學科, 1989. 9. (硏補)

______. "寓話小說 硏究." 碩論. 서울대 大學院, 1973. 2. (作硏)

______. "林白湖 文學硏究." 博論. 서울大 大學院. 1986. 2. (硏補)

______. "전기소설 「劉少娘傳」 연구." 『古小說硏究』, 16. 韓國古小說學會, 2003. 12. (硏補)

鄭學成. "傳奇小說 「崔娘傳」 硏究." 『茶谷李樹鳳先生回甲紀念 古小說硏究論叢』. 景仁文化社, 1988. 12. (作硏) (줄集)

______. "「花史」." 『韓國古典小說作品論』. 集文堂, 1990. 10. (作硏)

丁惠京. "「華山奇逢」 硏究." 碩論. 高麗大 大學院, 2005. 2. (硏補)

정홍교·박종원. 『조선문학개관』, Ⅰ. 평양: 사회과학출판사, 1986. 서울: 인동, 1988. (作硏)

鄭煥局. "『神斷公案』 제7화 「魚福孫傳」 硏究." 碩論. 成均館大 大學院 漢文學科, 1995. 2. (作硏) (줄集)

鄭興謀. "「강릉매화타령」 이야기 연구." 碩論. 高麗大 大學院, 1986. 2. (硏補)

조광국. "「芙蓉相思曲」 연구: 구성적 특징과 갈등 구조 및 사회적 의미를 중심으로." 『冠嶽語文硏究』, 23. 서울大 國語國文學科, 1998. 12. (作硏)

______. "「월하선전」 연구." 『韓國 古典小說과 敍事文學, 上』. 集文堂, 1998. 9. (作硏)

______. "「靑白雲」 한문본 연구." 『古小說硏究』, 18. 韓國古小說學會, 2004. 12. (硏補)

趙東一. "古小說과 政治: 「田禹治傳」의 境遇를 中心으로." 『世界의 文學』, 4:3(通卷 13). 民音社, 1979. 9. (異硏) (作硏)

______. "英雄의 一生: 그 文學史的 展開." 『東亞文化』, 10. 서울大 東亞文化硏究所, 1971. 9. (作硏)

______. 『문학사와 철학사의 관련 양상』. 한샘, 1992. (作硏)

______. 『전우치전』. 국문학총서, 1. 시인사, 1983. (作硏)

______ 編. 『조동일 소장 국문학연구자료』. 전 30권. 박이정, 1999. (文情) (異資)

______. 『한국문학통사』, 3. 知識産業社, 1984. (作硏)

______. 『韓國小說의 理論』. 知識産業社, 1977. (作硏)

趙祥祐. "「빅년전」 硏究." 『東洋古典硏究』, 8. 東洋古典學會, 1997. 5. (作硏)

______. "「저승전」 연구." 『東洋古典硏究』, 14. 東洋古典學會, 2000. 12. (硏補)

______. "「젼관산젼」 硏究." 碩論. 檀國大 大學院, 1995. 2. (줄集)

조선문학창작사 고전문학연구실. 『고전소설 해제』. 전3책. 평양: 문예출판사, 권 1: 1988; 권 2: 1991; 권 3:1992. 고전문학실편. 『한국고소설해제집』. 서울: 보고사, 1997 중판 (上·下 2책). (異目) (作硏) (文情) (줄集)

朝鮮總督府. 『朝鮮總督府古圖書目錄』. 朝鮮總督府, 1921. / 亞細亞文化社, 1985. (異目) (文情)

曹壽鶴. "假傳 硏究." 『語文學』, 29. 韓國語文學會, 1973. 10. (作硏)

______. "『殊異傳』의 著述者 및 文體考." 『嶺南語文學』, 17. 嶺南語文學會, 1990. 6. (硏補)

______. "禹秉鍾의 心性假傳 및 托傳硏究." 『嶺南語文學』, 9. 嶺南語文學會, 1980. 12. (作硏)

______. "조선 전기의 假文." 『省吾蘇在英敎授還曆紀念論叢 古小說史의 諸問題』. 集文堂, 1993. 11. (作硏)

______. "「崔致遠傳」의 小說性." 『嶺南語文學』, 2. 嶺南語文學會, 1975. 11. (作硏)

______. "「花史」에 미치는 「花王戒」의 影響 與否." 『國語國文學研究』, 14. 嶺南大, 1972. 9. (作硏)

______. 『韓國의 托傳과 假傳』. 嶺南大出版部, 1987. (作硏)

趙鏞豪. "金光洙의 「夢遊錄」 硏究." 『古小說硏究』, 11. 韓國古小說學會, 2001. 6. (줄集)

______. "三代錄 小說研究:「劉氏三代錄」·「林氏三代錄」·「趙氏三代錄」을 對象으로." 博論. 西江大 大學院, 1996. 2. (作研)

______. "「淑香傳」의 構造와 意味."『古典文學研究』, 7. 韓國古典文學研究會, 1992. 12. (作研)

趙潤濟. "朝鮮小說史槪要."『文章』, 2:7. 文章社, 1940. 5. (作研)

______. "『春香傳』異本考."『校註 春香傳』. 乙酉文化社. 초판 1957. 10; 5판 1970. 3. (異研) (文情)

______. "「春香傳」異本考 (二)."『震檀學報』, 12. 震檀學會, 1940. 9. (줄集)

______.『國文學史』. 東國文化社, 초판 1949; 제7판 1962. (作研)

______,『校註 春香傳』. 乙酉文化社, 1957; 5版 1970. (줄集)

趙在顯. "「박만득전」과 推奴系 小說의 비교 연구."『국민어문연구』, 8. 국민대 국어국문학연구회, 2000. 3. (줄集)

______. "「진대방전」研究." 碩論. 國民大 大學院, 1999. 2. (異研) (作研)

趙采九. "「蟾同知傳」攷."『국문학』, 4. 高麗大 國文學會, 1960. 9. (줄集)

趙春鎬. "「烏有蘭傳」研究."『國語敎育研究』, 17. 慶北大 國語敎育研究會, 1985. 12. (作研)

趙惠蘭. "「금향뎡긔」研究." 碩論. 梨花女大 大學院, 1986. 2. (作研) (줄集)

______. "「제마무전」研究."『茶谷李樹鳳先生停年紀念 古小說研究論叢』. 景仁文化社, 1994. 2. (作研)

______. "「漢唐遺事」研究."『韓國古典研究』, 1. 韓國古典研究會, 1995. 8. (異研) (作研) (줄集)

趙興旭. "「황장군전」."『韓國古典小說作品論』[玩巖金鎭世先生回甲紀念論文集]. 集文堂, 1990. 10. (줄集)

조희웅. "古典小說 研究 落穗 數則."『語文學論叢』, 17. 國民大 語文學研究所, 1998. 2. (作研)

曺喜雄. "國文本 古典小說 形成年代 考究."『論文集 (人文·造型)』, 12. 國民大, 1978. 2. (作研)

조희웅. "국민대 省谷기념도서관 소장 고전소설에 대하여."『語文學論叢』, 18. 國民大 語文學研究所, 1999. 2. (研補)

曺喜雄. "樂善齋本 飜譯小說 研究."『국어국문학』, 62~63合. 국어국문학회, 1973. 12. (作研)

______. "「洛城飛龍」과 「蘇大成傳」의 比較考察."『冠岳語文研究』, 3. 서울大 人文大國語國文學科, 1979. 3. (作研)

______. "「元生夢遊錄」作者 再攷."『文理大學報』, 11:1. 서울大 文理大, 1963. 11. (作研)

______. "李古本「春香傳」研究 : 成立年代 및 系譜推定."『국어국문학』, 58~60합병호. 국어국문학회, 1972. 12. (異研)

______. "「인봉소」研究."『古典文學研究』, 2. 韓國古典文學研究會, 1974. 3. (作研)

______. "「조웅전」연구."『趙雄傳』. 語文叢書, 017. 螢雪出版社, 1978. 11. (作研)

______.『이야기문학의 모꼬지』. 박이정, 1995. (作研)

______.『朝鮮後期 文獻說話의 研究』. 螢雪出版社, 1980. (異研) (作研)

______.『趙雄傳』. 語文叢書, 017. 螢雪出版社, 1982. (異研)

曺喜雄·松原孝俊. "「淑香傳」형성연대 재고."『古典文學研究』, 12. 韓國古典文學會, 1997. 12. (作研)

朱吉淳. "「春香傳」의 根源說話考: 醜女 '빡보' 說話를 중심으로."『國語敎育研究』, 1. 朝鮮大 師大

國語敎育科, 1975. 2. (研補)

周王山. 『朝鮮古代小說史』. 正音社, 1950. (異研) (作研) (文情)

曾天富. "韓國小說의 明代 擬話本小說 受用의 一考察." 碩論. 釜山大 大學院. 1988. 2. (研補)

池硯淑. "「몽옥쌍봉연록」-「곽장양문록」 연작 연구." 碩論. 高麗大 大學院, 1997. 8. (作研) (줄集)

______. "「몽옥쌍봉연록」-「곽장양문록」 연작의 창작 기반과 문제 의식." 李樹鳳 외, 『韓國家門小說 研究論叢』, Ⅱ 景仁文化社, 1999. 7. (研補)

______. "「여와전」 연작의 소설 비평 연구." 博論. 高麗大 大學院, 2001, 8. (研補) (줄集)

지정엽 역. 『란초재세기연록』. 조선고전문학선집, 48. 평양: 문학예술종합출판사, 1994 (海外우리語文 學研究叢書, 103. 한국문화사, 1996 영인). (作研)

池浚模. "傳奇小說의 嚆矢는 新羅에 있다." 『語文學』, 32. 韓國語文學會, 1975. 2. (作研)

秦京煥. "소설사적 관점에서 본 「창선감의록」과 「사씨남정기」의 관계." 丁奎福外編, 『金萬重文學研 究』. 國學資料院, 1993. 2. (作研)

______. "「창선감의록」의 사실주의적 성격과 낭만적 구성."『고전문학연구』, 6. 韓國古典文學研究會, 1991. 2. (作研)

______. "「倡善感義錄」의 작품구조와 소설사적 위상." 博論. 高麗大 大學院, 1993. 2. (研補)

______. "未發表 古代小說 「빅녀전」 解題."『도솔어문』, 5. 檀國大 國語國文學科, 1990. 2. (줄集)

진재교. "漢文小說과 記錄傳統과의 관련성에 대한 몇 가지 문제."『古小說研究』, 11. 韓國古小說學 會, 2001. 6. (研補)

車溶柱. "「九逢記」 攷."『淵民李家源先生七秩頌壽紀念論叢』. 正音社, 1987. 4. (作研) (줄集)

______. "「九雲夢」과 「玉樓夢」의 세계." 韓國古典小說編纂委員會 編, 『韓國古典小說論』. 1990. 9. (作研)

______, "「金山寺夢遊錄」."『韓國古典小說作品論』. 集文堂, 1990. 10. (作研)

______. "「玉蓮夢」의 作者 및 著作年代."『語文論集』, 10. 高麗大國語國文學研究會, 1967. 9. (作研)

______. "許筠論 再考."『亞細亞研究』, XV:4 (通卷 48). 高麗大 亞細亞研究所, 1972. 12. (作研)

______. 『古小說論攷』. 啓明大出版部, 1985. (作研)

______. 『玉樓夢 研究』. 螢雪出版社, 1982. (作研)

______ 譯註. 『彰善感義錄』. 語文叢書, 012. 螢雪出版社, 1978. (作研)

______. 『韓國漢文小說史』. 亞細亞文化社, 1989. (異研) (作研) (文情) (줄集)

창성편집위원회 편.『韓國古文學資料叢書: 古小說筆寫本編』. 전 40책. 창성, 2001. (文情)【增】

總務處中央行政圖書館.『漢書目錄』. 1971. (異目) (文情)

崔康賢. "『新羅殊異傳』 小考."『국어국문학』, 25. 국어국문학회, 1962. 6. (作研)

______. "「新羅殊異傳」 小攷(續)."『국어국문학』, 26. 국어국문학회, 1963. 6. (研補)

최기숙. "「양풍전」의 환상성과 상상력의 원천 탐색."『연세어문학』, 28. 연세대 국어국문학과, 1996. 2. (研補)

______. "17세기 장편소설 연구." 博論. 연세대 대학원, 1999. 2. (作研)

崔吉容. "「寇萊公貞忠植節記」 研究: 歷史的 人物의 小說化 問題를 中心으로."『논문집』, 27. 전주교 대, 1991. 3. (作研)

______. "「明珠寶月聘」 連作小說 研究." 碩論. 全北大 大學院, 1984. 2. (研補)

______. "「몽옥쌍봉연록」 연작의 서지적 고찰,"『古小說研究』, 12. 韓國古小說學會, 2001. 12. (研補)

______. "「성현공숙렬기」 연작."『韓國古典小說作品論』. 集文堂, 1990. 10. (作研)

______. "「聖賢公淑烈記」 連作小說 研究:「聖賢公淑烈記」와「林氏三代錄」의 作品的 連繫性을 中心으로."『국어국문학』, 95. 국어국문학회, 1986. 5. (作研)

______. "「雙釧奇逢」 連作型小說 研究."『茶谷李樹鳳先生回甲紀念 古小說研究論叢』. 刊行委員會, 1888. 12. (作研)

______. "「玉鴛再合奇緣」 連作의 作者考."『논문집』, 28. 전주교대, 1992. 3. (作研)

______. "「劉孝公善行錄」 連作 研究."『국어국문학』, 107. 국어국문학회, 1992. 5. (作研)

______. "「六美堂記」 研究: 國譯本「金太子傳」의 飜譯態度를 中心으로." 전주교대,『논문집』, 23. 전주교육대학, 1987. 5. (作研)

______. "「昌蘭好緣錄」 連作 研究."『古典文學研究』, 7, 韓國古典文學會, 1992. 12. (作研)

______. "「玄氏兩熊雙麟記」 連作小說 研究:「雙麟記」와「明珠奇逢」의 作品的 連繫性을 中心으로."『國語文學』, 25. 全北大 國語國文學會, 1985. 8. (作研)

______. "한글필사본「瑤華傳」의 번역 및 변이양상."『紅樓夢的傳播與飜譯 홍루몽의 전파와 번역』. 鮮文大 中韓飜譯文獻研究所, 2004. 11. (研補)

______.『朝鮮朝連作小說研究』. 亞細亞文化社, 1992. (異研) (作研) (文情)

崔南善. "「金鰲神話」 解題."『啓明』, 19. 啓明俱樂部, 1927. 5. (作研)

______. "「桃花扇」 傳奇와「春香傳」."『六堂崔南善全集』, 9. 玄岩社, 1974. 10. (作研)

______. "外國으로서 歸化한 朝鮮古談: 몽고의「흥부놀부」."『東明』, 1: 12. 東明社, 1922. 11. (作研)

______. "印度의 鼈主簿 兎生員."『東明』, 16. 東明社, 1922. 12. (作研)

______. "朝鮮의 콩쥐팟쥐는 西洋의 신데렐라 이약이."『怪奇』, 2. 東明社, 1929. 12. (作姸)

______. "토끼타령: 傳說의 廣布性으로 보는 人類文化의 原始 世界性."『東亞日報』[1927. 2. 4] /『六堂崔南善全集』, 5. 玄岩社, 1974. 10. (作研)

______.『朝鮮常識問答 續編』. 東明社, 1947. (作研)

崔來沃. "官奪民女型說話의 研究."『張德順先生華甲紀念 韓國古典散文研究』. 同和文化社, 1981. 9. (作研)

______. "說話와 그 小說化 過程에 對한 構造的 分析."『國文學研究』, 7. 서울大 國文學研究會, 1968. 8. (作研)

______. "「雍固執傳」의 諸問題 研究."『東洋學』, 19. 檀國大 東洋學研究所, 1989. 10. (異研)

최문정.『임진록 연구』. 박이정, 2001. (研補)

崔文和. "坊刻本「沈淸傳」 研究." 碩論. 高麗大 敎育大學院, 1977. 2. (作研)

崔範勳. "「洪吉童傳」의 語學的 考察."『우리文學研究』, 1. 예그린出版社, 1976. 4. (異研)

崔三龍, "「田禹治傳」."『韓國古典小說作品論』. 集文堂, 1990. 10. (作研)

______. "「田禹治傳」의 道仙思想 研究."『한국언어문학』, 26. 한국언어문학회, 1988. 5. (異研) (作研)

崔淑仁. "「李春風傳」 研究,"『梨花語文論集』, 5. 梨花女大 韓國語文學研究所, 1982. 12. (異研) (作研)

崔勝範. "「안빙몽유록」에 대하여." 『國語文學』, 24. 全北大 人文大, 1984. 2. (作研)

______. "한글古典의 새로운 확장." 『文學思想』, 24. 文學思想社, 1974. 9. (研補)

崔勇男. "「이수문전」 연구." 『국어국문학』, 118. 국어국문학회, 1997. 3. (作研) (줄集)

崔龍洵. "「林將軍傳」 研究." 碩論. 高麗大 敎育大學院. 1978. 2. (作研)

崔溶澈. "「九雲記」에 나타난 「紅樓夢」의 研究." 『中國語文論集』, 5. 高麗大 中國語文研究會, 1992. 12. (作研)

______. "『金鰲新話』의 版本에 대하여." 『금오신화의 판본』. 국학자료원. 2003. 7. (研補)

______. "『金鰲新話』 朝鮮刊本의 發掘과 板本에 관한 考察." 『民族文化研究』, 32. 高麗大學校 民族文化研究所, 1999. 12. (研補)

______. "樂善齋本 完譯 「紅樓夢」 初探." 『中國語文論叢』, 1. 高大中國語文研究會, 1988. 12. (研補)

______. "「續紅樓夢」의 內容과 樂善齋本의 飜譯樣相." 『中國小說論叢』, 3. 中國小說研究會, 1994. 10. (研補)

______. "韓國所藏 中國小說 資料의 發掘과 研究." 『中國語文論叢』, 10. 高麗大 中國語文研究會, 1996. 6. (作研)

______. "韓國에서의 「紅樓夢」 傳播와 飜譯." 『紅樓夢的傳播與飜譯 홍루몽의 전파와 번역』. 鮮文大 中韓飜譯文獻研究所, 2004. 11. (研補)

______. "「紅樓夢」 續書研究 (I)." 『中國小說研究』, Ⅰ. 中國小說研究會, 1992. 5. (作研) (研補)

______. "「紅樓夢」 續書研究 (Ⅱ): 「續紅樓夢」에 대하여." 『茶谷李樹鳳先生停年紀念 古小說研究論叢』. 景仁文化社, 1994. 2. (作研)

______. "「紅樓復夢」에 대하여." 장경남·이재홍·강문종 校註, 『후홍루몽』. 조선시대번역고소설총서 19. 이회, 2004. 9. (研補)

______. "「紅樓夢」의 韓國 傳來와 影響 研究." 『中國語文論叢』, 4. 高麗大 中國語文研究會, 1991. 12. (作研)

崔溶澈·張本義. "『金鰲新話』 朝鮮刊本의 發掘과 版本에 관한 고찰." 『民族文化研究』, 32. 1999. 12. (研補)

崔雲植. "「金鶴公傳」 研究." 『국어국문학』, 74. 국어국문학회, 1977. 4. (作研) (研補)

______. "「玉丹春傳」 小考." 『國際大學論文集』, 6. 國際大學, 1978. 4. (作研)

______. 『沈淸傳研究』. 集文堂, 1982. (異研) (作研)

崔雄權. "北韓의 古典小說 收集整理研究 일고찰." 『論文集』, 28 .崇實大, 1998. 12. (文情)

崔元植. "鳳伊型 건달의 文學史的 意義: 피카레스크의 可能性." 宋載邵·金明昊·鄭大林 外, 『李朝後期漢文學의 再照明』. 創作과批評社, 1983. 8. (作研)

______. "李海朝의 文學世界." 『韓國近代小說史論』. 創批新書, 77. 創作社, 1986. 11. (作研)

崔元午. "「무숙이타령」의 형성에 대한 고찰: 장편가사와 관련하여." 『판소리研究』, 5. 판소리학회, 1994. 12. (作研)

______. "서사무가와 고소설: 「바리공주」와 「숙향전」, 「연진길전」의 관계." 『한국 고전산문의 탐구』. 월인, 2002. 5. (研補)

崔允姬. "「남정팔난기」 英雄形象과 小說史的 意味." 博論. 高麗大 大學院, 2004. 8. (研補)

______. "「雙美奇逢」의 번안 양상 연구."『古小說研究』, 11. 韓國古小說學會, 2001. 6. (研補)

______. "「육염기」 연구."『古小說研究』, 19. 韓國古小說學會, 2005. 6. (研補)

______. "「紅白花傳」의 構成的 特徵과 敍述意識." 碩論. 高麗大 大學院, 1999. 8. (研補)

최윤희·김명선.『쇽홍루몽』. 조선시대 번역고소설총서 21, 선문대학교 중한번역문헌연구소, 2004. (研補)

최자경. "유만주(兪晚柱)의 소설관 연구." 碩論. 연세대 대학원, 2001. 2. (研補)

최장섭. "고전소설「옥루몽」의 작가와 창작연대 문제."『조선어문』, 3. 평양: 과학백과사전종합출판사, 1989. (研補)

崔智然. "「雙仙記」 研究." 碩論. 高麗大大學院, 1997. 8. (作研) (줄集)

崔珍源. "판소리 文學攷:「春香傳」의 合理性과 不合理性."『大東文化研究』, 2. 成均館大 大東文化研究所, 1966. 6. (作研)

______ 編.『韓國思想大系』, I, 文學·藝術思想篇. 成均館大學校 大東文化研究院, 1973. (作研)

최진형. "고소설 향유 관습의 한 양상."『古小說研究』, 18. 韓國古小說學會, 2004. 12. (研補)

崔皓晳. "「설저전」 異本研究."『우리文學研究』, 13(우리문학회, 2000. 12). (研補)

______. "「셜졔젼」 연구."『古小說研究』, 6. 韓國古小說學會, 1998. 6. (作研)

______. "「玉麟夢」 研究." 博論. 高麗大 大學院, 2000. 2. (줄集) (研補)

______. "「옥린몽」 작가 연구."『어문논집』, 40. 안암어문학회, 1999. 8. (研補)

忠南大中央圖書館.『鶴山文庫目錄』. 1997. (異目) (文情)

탁원정. "「一樂亭記」 研究." 碩論. 이화여대 대학원, 1996. 8. (줄集)

통일원.『북한의 주요원전 색인목록 (II): 정기간행물 1993-1994』. 통일원, 1995. (異目) (文情)

河東鎬. "第二回 愛書家賞受賞者所藏目錄." 한국출판판매주식회사,『古書研究』, '86. 韓國古書同友會報, 第三號. 1986. 10. (異目)

學習院東洋文化研究所 (日本).『朝鮮史關係所藏圖書目錄』. 1975. (異目) (文情)

한국고전문학연구회 편.『古典小說 研究의 方向』. 새문社, 1985. (作研)

韓國古小說研究會 編.『韓國古小說論』. 亞細亞文化社, 1991. (作研)

______ 編.『韓國 古小說의 照明』. 亞細亞文化社, 1990. 1. (作研)

韓國古典文學全集編纂委員會.『韓國古典文學全集』. 전5책. 希望出版社, 1965. (異資) (文情)

韓國古典小說編纂委員會 編.『韓國古典小說論』. 새문社, 1990. (作研)

韓國民族美術研究所.『澗松文庫漢籍目錄』. 1967. (異目) (文情)

韓國語文學會.『古典小說選』. 螢雪出版社, 1970. (異資) (文情)

韓國精神文化研究院.『藏書閣古小說解題』. 韓國精神文化研究院, 1999. (異目)

______.『藏書閣圖書韓國版總目錄 附補遺篇』. 1984. (異目)

______.『藏書目錄: 古書篇 1』. 1991. (異目) (文情)

______.『韓國古小說目錄』. 1983. (異目) (文情)

한국정신문화연구원편찬부.『한국민족문화대백과사전』. 전 28권. 1989~1995. (異研) (文情) (줄集)

韓國出版貿易株式會社.『古書通信』, 14. 1999. 4. (異目)

______.『古書通信』, 15. 1999. 9. (異目)

韓國學文獻硏究所 編.『韓國開化期文學叢書 1: 新小說·飜案(譯)小說』. 亞細亞文化社, 1978. (異資) (文情)

한글학회.『국어학자료은행편람』. 전 4책. 1996. (文情)

한길연. "「창란호연」과 「완월회맹연」 비교 연구."『冠嶽語文硏究』, 28. 서울大 國語國文學科, 2003. 12. (硏補)

한샘國語國文學硏究所.『國語國文學論文目錄』. 제6집(1991.3~1992.2). 한샘출판주식회사, 1993. (異目) (文情)

韓榮煥. "『傳燈新話』·『金鰲神話』·『伽婢子』의 比較考察."『새터姜漢永敎授古稀紀念 韓國판소리·古典文學硏究』. 亞細亞文化社, 1983. 9. (作硏)

______.『剪燈新話와 金鰲新話의 構成比較硏究』. 開文社, 1975. (異硏) (作硏) (文情)

韓龍雲. "譯經의 急務."『佛敎』, 新 3[1937. 5];『韓龍雲全集』, 2. 新丘文化社, 1974. (作硏)

海軍士官學校圖書館.『漢籍目錄』. 1977. (異目) (文情)

허경진. "「酒肆丈人傳」에 對하여."『東方學志』, 27. 延世大 國學硏究院, 1981. 6. (作硏)

허문섭.『채봉감별곡 기타』. 조선고전문학선집, 15. 연변: 민족출판사, 1983 (海外우리語文學叢書, 85. 서울: 한국문화사, 1996 영인). (作硏)

허문섭·리해산 등.『조선고전작가작품연구』. 연변인민출판사, 1985. (文情) (作硏)

허준구. "『丹良稗史』의 야사적 성격과 그 의미."『泰東古典硏究』, 14. 翰林大 泰東古典硏究所, 1997. 12. (作硏) (硏補)

許鎬九·姜在哲 共譯.『譯注 春香新說·懸吐漢文 春香傳』. 以會文化社, 1998. (硏補)

玄昌廈. "「九雲夢」研究."『現代文學』, 89(8:5). 現代文學社, 1962. 5. (作硏)

胡懷琛.『中國小說研究』. 商務印書館, 1933. (作硏) (文情)

洪起元 譯註.『셔궁일긔 西宮日記』. 民俗苑, 1986. (作硏)

______.『泣血錄(읍혈녹)』上. 民俗苑, 1992. (作硏)

洪性南. "「元生夢遊錄」 異本의 再檢討."『古小說研究』, 3. 韓國古小說研究會, 1997. 9. (作硏)

洪淳鈺. "「黃生傳」."『東國政治』, 2. 東國大 政治學會, 1959. 12. (줄集)

洪旭. "「장끼傳」 研究."『文脈』, 5. 慶北大師大 國語敎育科, 1977. 12. (作硏)

洪在烋. "「琴生異聞錄」."『국어교육연구』, 2. 慶北大師大 國語敎育科, 1971. 2. (줄集)

______. "「琴生異聞錄」 解說."『국어교육연구』, 2. 慶北大師大 國語敎育科, 1971. 2. (作硏)

______. "「仙官두껍전」 解說."『국어교육연구』, 1. 경북대사대 국어교육연구회, 1969. 12. (作硏)

______. "「烏有居士傳」."『國語國文學硏究』, 25. 영남대 국어국문학과, 1997. 12. (作硏) (줄集)

洪亨淑. "「玉仙夢」 研究." 碩論. 梨花女大 大學院, 1990. 2. (줄集) (作硏)

華鏡古典文學硏究會 編.『鄕歌·古典小說關係論著目錄: 1983~1992』. 檀大出版部, 1993. (異目) (文情)

黃淳九.『漢文小說講讀』. 白山出版社, 1989. (異資) (文情)

黃載文. "「韓氏報應錄」의 특징과 작가 문제."『陽圃李相澤敎授還曆紀念 韓國 古典小說과 敍事文學』, 上. 集文堂, 1998. 9. (줄集)

黃浿江. "懶庵 普雨와 「王郞返魂傳」 : 華嚴寺本 觀念要錄을 中心으로."『국어국문학』, 44·45합병호.

국어국문학회, 1969. 2. (作研)

______. “불교 전기·불교설화의 전래과정과 고소설.”『省吾蘇在英教授還曆紀念論叢 古小說史의 諸問題』. 集文堂, 1993. 11. (作研)

______. “林悌와 「元生夢遊錄」.”『論文集』, 4. 檀國大, 1970. 12. (作研)

______. “「虎叱」 研究.” 韓國古典文學研究會 編,『韓國小說文學의 探究』. 一潮閣, 1978. 9. (作研)

______.『朝鮮王朝小說研究』. 檀國大出版部, 1981. (作研)

______.『韓國敍事文學研究』. 檀國大出版部, 1972. (作研)

______ 外共編.『鄕歌·古典小說關係論著目錄: 1890~1982』. 檀大出版部, 1984. (異目) (文情)

黃浿江教授停年退任紀念論叢刊行委員會 編.『古典小說研究』. 一志社, 1993. (文情)

『敬山史在東博士所藏本古典小說目錄』. 未刊行 打字本. (異目) (文情)

『李熙昇先生還甲記念 圖書展示會出品書目』. 1956. (異目) (文情)

Courant, Maurice. *Bibliographie Coréenne*(3vols and Supplément. Paris: École des Langues Orientales Vivantes, 1894~1901. (異目) (作研) (文情)

Harvard-Yenching Institute Library.『哈佛大學哈燕學社圖書館韓籍簡目(*A Classified Catalogue of Korean Books in the Harvard-Yenching Institute Library at Harvard University*』. Cambridge, Massachusetts, 1: 1962; 2: 1966; 3: 1980. (異目) (文情)

Skillend, W. E.『古代小說(*Kodae Sosŏl: A Survey of Korean Traditional Style Popular Novels*)』. London: School of Oriental and African Studies, University of London, W.C. I ., 1968. (異目) (作研) (文情)